U0468430

東京怪談 全十三作品

歐戶人日記 ①

上海社会科学院出版社
SHANGHAI ACADEMY OF SOCIAL SCIENCES PRESS

目 录

第一章　东京大学，活祭坟场　　001

第二章　妖刀村正，鬼节禁忌　　020

第三章　驮尸秘辛，血色樱花　　031

第四章　驮尸夜行，斩穴老头　　041

第五章　凶宅旅店，妖狐姥姥　　050

第六章　黑冢窃尸，佛珠发威　　058

第七章　水下桥姬，食尸河童　　066

第八章　斩穴下葬，封尸立碑　　075

第九章　恶疾人妻，杀人童谣　　083

第十章　人皮娃娃，致命血蛊　　092

第十一章　千年古刹，灯笼妖僧　　100

第十二章　富商冤死，百里驮尸　　109

第十三章　毛倡妓，琵琶曲　　117

第十四章　诡异般若，九州奇案　　127

第十五章	缘定三生，铁板神算	133
第十六章	阴缘红伞，白衣桥姬	141
第十七章	倩兮女，飞头蛮	150
第十八章	海座头，蛇冢村	158
第十九章	温泉酒馆，猫又报恩	166
第二十章	青女坊，纸垂条	176
第二十一章	飞头蛮，落头氏	185
第二十二章	座敷童子，孩童失踪	195
第二十三章	二口女祭，梦魇惊魂	203
第二十四章	人面树，葬火海	213
第二十五章	琴师绝恋，墓前焚琴	221
第二十六章	蛇冢煞墓，蛇骨妖婆	229

尾声　　　　　　　　　　　　　　　　　　237

第一章　东京大学，活祭坟场

(1)

我叫白逸，你没听错，因为我身份证上确实写着这名，本人如今在日本东京大学留学。我今年刚满22岁，我有个死党叫司徒天，我们俩从小就认识，可谓是真正的青梅竹马。他跟我一样都自幼跟一个老家伙学武，各类冷兵器无一不精，尤其偏爱九节鞭。司徒天比我大1岁，我喜欢叫他司徒。我们俩是莞城人，高考报考了同一所大学。

我们俩自称三铁死党，曾经一起同过窗，一起干过架，一起分过赃，就差一起嫖过娼了。我们俩的高考成绩惨不忍睹，勉强考上一所莞城的三流大学。要说咱最大的梦想就是希望能一夜暴富，迎娶白富美，走上人生巅峰。在三胖子《盗墓笔记》的影响下，我们两个人非常天真地选择了最容易发家致富的考古专业。

半个月前，我跟司徒天很荣幸地接到学校系主任发的通知，说我们俩能公费前往日本东京大学留学。听到这消息，司徒天想都没想就答应了，他整整兴奋了一晚上。我太了解这家伙了，他绝对是想去岛国见见传闻中的苍老师。当然，我心里也有这种纯洁的念头。打接到通知起，到前往日本的签证下发审批通过，足足用了半个多月。

等签证成功批下，我们两个没见过大世面的少年，总算坐上了飞往日本东京的国际航班，开始前往拥有苍老师的那个神秘国度。现在，我们俩正坐在飞往日本的国际航班上，司徒天这家伙在我旁边呼呼大睡，我看着机窗外

的白云，开始在脑海中幻想我即将抵达的城市——东京。

东京这座城市的各项指标都位居世界一流，无不吸引着世界各地的游览观光客。

当然，我也位列其中。我作为一个传统的华夏子孙，很奇怪的是，我从小便对日本怀有憧憬，我不知道为什么，就好像有东西在召唤我。时光荏苒，我依然能够感觉到那股神秘力量在吸引我，我知道自己是时候亲自去日本看看了。

至于司徒天这小子，他不单单是我的死党，还算我的大哥吧。因为司徒他们一家人都对我非常好，就连我的生活起居都会得到他们的照顾，司徒说是因为他祖上和我爷爷有忘年之交。我出生的时候母亲难产，医生问我父亲，是保我还是母亲，他选择了我，我不知道父亲当时是什么感受。不过，我只知道从那以后，父亲天天嗜酒如命，整日喝个烂醉如泥，这也让我和他之间形成了一道无形的鸿沟。

此刻，我依然望着机窗外依稀可见的富士山，心情十分复杂。我知道对于未来在日本会发生的一切，完全充满了未知和神秘，但我心中一直坚信，这趟东京留学之旅将会改变我的一生。

伴随着飞机在日本成田机场降落，我和司徒天拿上各自的行李走下机舱，二人并肩走出机场大厅，原本晴空万里的东京却突然下起了小雨，要知道位于亚热带季风气候的东京来说，雨水本就较多，能碰见雨水还是一件常事。我干脆就张开自己的双手，来迎接到东京的第一场雨。

"白逸，你傻了吗？赶快跟上啊，罗叔叔还在等着呢，我们还是快点离开比较好。"我知道司徒天很讨厌下雨天，加上他们家信奉风水玄学，所以直接打断了我的闲情逸致。

"好啦，我就来。"在这时候如果我要和他去探讨什么欣赏雨景，我绝对会被他说的那堆风水学给活活烦死。所以我也只能勉强一笑，乖乖听从司徒天的安排。

不过，我还是想好好享受一番，我稍作深呼吸，似乎闻到了空气中浓郁

第一章 东京大学，活祭坟场

的樱花香味，幻想自己站在白雪皑皑的富士山顶峰，俯瞰整个富士山的全貌。日本的大街两旁很干净，随处可见田园式建构的街头巷道，小镇的电线杆上站着几只白鸟，温暖的阳光与朦胧的湖水融为一体。还有日本的各式小吃料理，诱人可口的寿司，美味的拉面、香甜的米酒、各色连名字都说不上来的甜点，瞬间涌入我的脑海。

日本是一个多么宁静而繁荣的城市，让我对即将开始的留学之旅充满了无尽遐想。

就在我还在享受这场春雨的喜悦时，一道刺眼的光亮打破了我的臆想。

我睁开眼睛，突然发现在远处楼顶上有个黑影，他手上的东西正在熠熠发亮。

我很清楚那是望远镜，我死死盯着那道黑影，想知道他到底打算做什么？

然而，让我诧异不解的是那道黑影此时却站了起来，好像在跟我互相对峙。

"喂！白逸，你到底走不走，再不走我可不管你了啊！"司徒天此时却在远处大声叫道。我发现司徒天已经离我很远了，我刚想回应他，不过想起楼顶上的黑影，我又再次看了过去，楼顶上早已空空如也，就好像那上面从没有人出现过。

我也没时间多想，向着司徒天跑了过去，跟司徒天一起坐在了车的后座，顺手带上车门。这会儿，容我说句心里话，坐在车上的感觉就是踏实，要知道飞机就一铁盒子，说掉就掉，基本命悬一线。

"白逸，你就别去学校住了，我们家在银座还有些关系，找个住处也比较容易，去学校住多苦，加上银座那边风水好，住着舒服。"司徒天开始苦口婆心地劝我，想让我和他一起住，我猜主要还是他爸爸司徒奋仁嘱咐过，不能让我受了委屈。

"我知道这是司徒叔叔的意思，但是我觉得住在学校学习方便，银座离学校那么远，我又不是来东京旅游，司徒叔叔的好意我心领了，你也知道，我是个喜欢清静的人，银座人太多，我去了反而不自在。"我选择婉拒司徒家的好意，我能来东京就已经很麻烦他们了，我也是个有自尊的人。

听到我婉拒了他，司徒天显然有些气愤："哎呀，你这倔脾气，别说我老爸了，我更希望咱们一起住。实话跟你说吧，东京大学地处盆地，由西向东倾斜，有阴盛之倾。东边靠海，是季风进入大陆的必经口，但是经年下雪，寒气长年累积，暖气从上方溜走，所以得不到阳气补充，属于极阴之地，我还是奉劝你不要去住比较好。你一个人住，遇到脏东西我怎么给我老爸交代。"

对于接受过现代高等教育的我来说，向来不相信什么风水迷信和牛鬼蛇神。所以，司徒的苦口婆心被我当成了危言耸听，左耳进，右耳出。我认为他只是吓吓我，人家东京大学开办了那么多年，也没听说过有什么奇怪传闻。

对于保持沉默的我，司徒无可奈何，他咬了咬牙："罗叔，把车调头！"

被称为罗叔的那个人显然没缓过来，说道："小天，这样真的好吗？"

"不管，你回去复命即可，我以后再过去，现在我要去学校住一段时间。"

"可是……"罗叔很是为难，一脸纠结之色。

"可是什么呀，赶紧调头，再说我就叫我老爸削你！"

"好，小天，你别生气，我这就调头。"

结果很明显，司徒天还坚持站在我这边，毕竟我们从小玩到大。虽然他是个小富家少爷，但他总是喜欢和我这穷小子玩在一起，十几年了，偶尔闹些小矛盾，但更加坚定了我们之间的兄弟情义。

对于司徒的这番举动，我很感动。因为他们家特别相信风水，对于已经测到不吉利的事绝不会做，然而却肯为了我铤而走险，打破他们风水学上所谓的禁忌。我并未说话，向前伸出我的右手握成一个拳头，虽然司徒故意扭过头装作很生气的样子，但他也跟着伸出拳头与我对碰了一下。我表示了我的感谢，他也表示了他的理解。

然后我们俩相视一笑，十几年的默契在此时就完全展现了出来。一切尽在不言中。车子在日本的高速路上奔驰，中途我还看见了日本的标志性建筑东京铁塔，还有许多繁华的商铺，下了高速之后很快赶到东京大学的校门口。

我一下车东京大学的校园气息就完全笼罩了我，我顿时觉得无比震撼，你能想象在樱花如此繁盛的季节，樱花成林的景象？没错，在我们眼前是数不尽的樱花海，整齐的樱花树排列在两边，而路的尽头便是东京大学。

"白逸，看傻了吧？东京大学好歹也算日本屈指可数的大学，要说年头也有好几百年了，这里可出了不少人才，其中不少成了日本的顶梁柱，所以日本历届政府也要给东京大学一个面子。综合来说，东京大学的建筑大多是几百年前留下来的幕府式建筑，具有很强的历史参考价值，不管什么时代，都没有人敢打学校建筑的念头，所以才有了今天的规模，除风水差了点，别的都很洋气。"司徒天的话让我很震惊，我想都没想过自己还能来这样的地方。

罗叔走在最前头领路，我和司徒天拉着行李跟在后面，司徒天一边给我介绍东京大学，一边大步地向樱花大道深处进发，我现在就像懵懂无知的少年，默默无闻地跟在司徒天背后。不过，我一路上都在欣赏校园的樱花，我突然察觉到了异样，好像有人在监视我们。

因为这异样的感觉，所以司徒天说那么多我都没听进去，不过我很想知道，司徒天这家伙为什么对日本东京大学如此了解。但我没有问，我想可能是司徒天他爸爸说的吧，他能知道一些日本的事也算正常。

在罗叔的带领下，我们直接来到了校长办公室，我和司徒留在外面等候。

我暗自猜想肯定有一些特殊原因，想来也应该，我是属于插班类型的留学生。

过了很久，罗叔才出来，他把刚拿到手的学生证和寝室牌给了我们俩。

随后，罗叔就驾车离开了，我和司徒拿着自己的行李，我们俩闲来无事，就在走廊里随意逛了起来。我放眼望去，这里就仿佛是幕府时代的将军府一般，古老而富有生命力，所有的房间都是标准日本式推拉门，可惜灯光不是特别好，走路时木板还会发出咯吱咯吱的响声。

不过，今天机场的那个黑衣人让我很费解，因为我不知道拿着望远镜的黑衣人想做什么？这让我头疼不已，隐隐间我意识到，我的世界似乎就要发生翻天覆地的变化。

我和司徒天拿着各自的行李，开始找男生寝室大楼，走着走着我们俩步入学校的另一块景区，大概走了十来分钟，我们终于见到了男生寝室的全貌，我和司徒天被彻底吓傻。这比我们在国内的男生寝室辉煌气派多了，而我也特别喜欢这种古老的建筑。入口处建成了半圆形的石门，这让我想起了园林里拱月形的门，我们满怀期待地走了进去。

斜对面的红砖墙是教学楼，我们走在各大社团招募的小道上，突然，有一个留着小胡子的男生对我们弯下腰行礼，然后向我们问路。司徒天这家伙最喜欢自作聪明，他指着另一栋红砖墙的大楼说："你看，那边就是寝室了，你住几号寝室？"

那个留着小胡子的男生鞠躬道谢："谢谢你，我要前往414号寝室。"

我一下抓住司徒天的手，笑着说："真巧，我们也是，我叫白逸，他叫司徒天。"

问路的男生看着我们："我是小次郎，白逸君，司徒君，初次见面，以后请多关照。"

我和司徒天不好意思地挠挠头，拖着两大箱行李和小次郎一起去找寝室。

我们好不容易找到414号寝室，刚一进门，寝室的环境又让人大吃一惊。

我立刻捂住司徒天的嘴巴，可是事实证明这无效，他打小练武，我的小胳膊早被他一手甩开了。在我们打闹的同时，小次郎选好了自己的床位，他招手叫我们别傻站在门外，进来看家电是否安全，整个寝室的四壁除了挂有

第一章 东京大学，活祭坟场

字画之外，还有空调、洗衣机、衣柜、书桌等家具，可谓是样样齐全。

小次郎看了看手机的时间，对我们说："白逸君、司徒君，我们一起去吃饭吧，我请你们去附近吃些日本料理。"

我和司徒天再三推脱，显然不想让小次郎破费，毕竟我们三个人才刚认识。

小次郎却摆出东道主的气势，让我们俩快点换鞋，还解释道："就当庆祝我们相识。"

此时还未到下班高峰期，因此地铁站内人很少。买票时听小次郎说，东京的地铁平时都异常拥挤，几乎每个人都唇齿紧闭，面色凝重，很少有人互相交谈，并且列车上禁止拨打手机。在早高峰时段，为了防止女性被性骚扰，所有列车都会划分女性专用车厢。在东京的不少地铁站还有一队穿着白色制服的列车员——他们主要负责在列车开动前，将堵在各个门口的乘客硬生生地塞进车里。

我幻想着一张张被挤成肉饼那样贴在车窗上的脸，不禁有些担忧。想起国内一线城市，虽早晚高峰期也很拥挤，但还不至于需要工作人员将乘客硬塞入车厢。不过，东京的地铁很准时，可惜地铁拥堵不堪，但在地铁里从来没有发生过相互推搡，发生口角争端的场景。

小次郎带着我和司徒天搭乘地铁赶到银座附近，银座两侧人行道宽阔，而且实行主要道路在周末和节假日禁止任何车辆通行的制度。小次郎拐入一个小巷子，边走边说："酒吧和夜总会开始营业的时间是晚上九点左右，下午四五点银座边华灯齐放，五彩缤纷的霓虹灯和荧光灯为这座城市增添了不少活力。"

我们三个人走到一家日本料理店前，小次郎带头推开店的木门，拨开门帘。

其实，我的肚子早饿扁了，我的脚还未进门就被鞠躬说"欢迎光临"的服务员拦住了。

小次郎走上去拉住我，舔了舔嘴唇："白逸君，我们进去前要先脱鞋。"

我低头看了看一旁的鞋柜子，取下一双鞋子，一脸尴尬地蹲下身来换鞋，司徒天跟我一样也在换鞋，换好鞋之后。服务员领我们三个人到一个铺有草垫子的榻榻米，我坐下来后惯性地摸了摸草垫子，手指一尘未染。只听咻地一声，站在旁边的服务员打了一个卷轴。

我和司徒天同时发出惊呼："天呐！日本居然还有这样的菜单！"

小次郎为此见怪不怪，看着菜单问我们俩："对了，你们要吃什么？"

我和司徒天都对自己的日语水平信心满满，看了一眼菜单，可这都是什么鬼字体？我只能勉强看懂一两道菜名。于是，我假装没吃过日本料理的样子对小次郎说："我们没在日本吃过日式料理，小次郎，不如你来点吧，我们不挑食。"

小次郎对点头哈腰的服务员说了一堆日语，等菜上到矮桌子上，我开始猜测小次郎可能是一个小富二代。总共上了五道菜和一瓶清酒，分别是生鱼片、鱼子酱寿司、北海道的石狩锅，两碗荞麦面。

我吃了一个寿司，用手肘碰了碰司徒天，用中文说："好吃，比国内的好吃多了，正宗的就是不一样啊。"

司徒天露出鄙夷的眼神，对我说："白逸，我觉得一般般，没那么好吃。"

此时，坐在我们对面的小次郎，夹起一块橙红色的肉，蘸了他面前那个小盘里的一点酱油和绿色芥末，十分开心地说："白逸君、司徒君，你们吃吃这北海道的鲑鱼，鱼肉鲜嫩，口感很好。"

我和司徒天确定这是三文鱼后，夹了一块说："原来三文鱼就是鲑鱼。"

结果我刚吃一口，就体验到了传说中的倍酸爽，芥末的辣味从鼻腔直冲到头顶，眼泪立刻夺眶而出，一时之间，我被呛了个手忙脚乱。司徒天向我递过来他刚泡好的玄米茶，我接连喝下两杯，一股绿茶的幽香流入胃部，顿时缓解了不少。

小次郎将我刚才情急之下插在寿司中的筷子拔出来，递给我之后，才笑着继续说道："白逸君，在日本很注重各种礼仪，其中用餐的就有很多忌讳。"

司徒天把手里的筷子放在桌上,抬头看着小次郎追问道:"噢? 比如说?"

小次郎喝了口清酒,答道:"比如用筷子,忌扭转筷子,用嘴舔取粘在筷子上的饭粒,这是一种坏毛病,没出息;忌拿筷子在餐桌上游寻食物,这是缺乏教养的表现;忌用同一双筷子让大家依次夹拨食物,会使人联想起佛教火化仪式中传递死者骨殖的场面。忌用筷子穿、插着食物吃,这不该是饭桌上应有的举动。"

小次郎顿了顿,喝完杯子里的清酒,接着说:"正在吃饭的时候,不能够一边拿着勺子,一边去招呼客人,而是一定要先把勺子规规矩矩地放好,然后再起身去招呼客人,就算客人已经走到了身边,也要先将勺子放在桌上,再和客人说话,否则对于有教养的家庭来说,是一种极其不礼貌的行为。"

我和司徒天相视一眼,我们俩一瞬间感觉自己增长了不少知识。

于是司徒天说:"小次郎,你以后多跟我们说些日本礼仪,不然到时候被人嘲笑还不明白怎么回事。"

司徒天说完后对我使眼色,我很赞同司徒天的建议,但我对司徒天变得好学了而感到奇怪。司徒天见我不吭声,便用力掐我的手臂,我忍着抽他耳光的冲动,附和道:"是啊,拜托你啦,小次郎!"

小次郎颇为无奈地点了点头,付账之后,我们三个人搭乘地铁原路返回。

日本地铁的速度很快,钻出地铁站后,我们此刻正走在回学校的街道上。

走了好一段路,在我们前面的小次郎停下脚步,我和司徒天聊着聊着也没看路,差点撞上他。顺着小次郎的目光看过去,一个衣着朴素双目失明的男孩子在弹吉他,吉他的旋律非常好听,男孩的身旁有个音响,放着日本古时候的民谣,他在自弹自唱。

我们停下来听了几曲,小次郎上前投了一些零钱,我也让司徒天上前去支持这个有梦想的男孩。梦想这个词，有时离我们很近，但有时又很远。不过，只要有一个人支持追梦人，追梦人就会有勇气向梦想继续前进。

回到寝室，我盯着墙上的一幅怪画看了许久，因为画上那棵树很离奇，树的躯干上居然有一张人脸。小次郎走过来，拍拍我的肩膀："白逸君，这东西叫浮世绘，也就是日本的风俗画或版画，有些画师会根据日本古代传说作画，你想知道这幅画上的人脸树有什么故事吗？"

我还没开口，司徒天插了一句："小次郎，你听过这故事？快说给我们听。"

小次郎这家伙故意吊我和司徒天的胃口，坏笑着说："你们真的想听？"

司徒天翻了个白眼，挥着他的拳头，非常不爽地说："小次郎，你快点说啊！"

小次郎这家伙却忽然摇了摇脑袋，耸耸肩贼笑道："其实，我也不知道。"

说了老半天，原来这小子是在耍我跟司徒天，我们俩把他狠狠地收拾了一顿。

(2)

转眼之间，我跟司徒天到东京大学已经有一个礼拜了，由于多年来阅尽各类岛国小电影，还上过短期的日语补习班，勉强能与岛国妹子沟通，只是不太流利而已。

这会儿，我正在给对面刚认识不久的日本妹子铃木千夏，讲中国湘西一带的赶尸故事。还别说，铃木妹子听得两眼直冒光，按照如此大好形势，我应该有机会近水楼台先得月。

司徒天见状很是不爽，冷嘲热讽道："白逸，你又在忽悠铃木了？"

我发现他想打扰我泡妹子，立马反驳道："司徒，一边儿去，少给我捣乱！"

铃木千夏听完赶尸的奇闻后，故作神秘一笑："白逸君，我相信你讲的故

第一章 东京大学，活祭坟场

事，其实，我们学校的学生私底下都在传，据说东京大学前身是一个巨大的坟场，在平安时代大阴阳师安倍晴明推算下，以活人生祭的形式活埋数万女子，能杀死妖怪。"

我皱着眉头，突然追问道："铃木，你口中这个活祭坟场是传说，还是真实事件？"

铃木点了点头，兴致勃勃道："在东京大学还有很多传说，活祭坟场的细节你想听吗？"

司徒天听到这来了兴趣，立马搬上自己的椅子跑到铃木千夏旁边坐着，详细地追问道："铃木同学，你快讲讲啊。"

说句心里话，光是活祭坟场四个字，都让我脊椎发凉，但是当着铃木千夏和司徒天的面，不能让他们认为我是一个胆小鬼，只有硬着头皮点头答应，以下是铃木千夏讲述的故事。

日本东京是一座历史悠久的城市，早在平安时代，日本定都于此，魑魅魍魉横行。据说，当时的日本天皇在大阴阳师安倍晴明的建议下，以活人生祭这种形式，确定好几处阴气浓郁之地选定数万名女子，将她们残忍杀害，多半都是用武士刀直接砍断头颅。女子们死前被强制吞下阴阳师特别炼制的脱骨香，脱骨香能引来妖怪。其香可飘百里，妖怪闻了，必定会按香味寻来。

铃木千夏说到此处，我的脑海里浮现出一个极为恐怖的场景，一排排女子吃完脱骨香，一起跪在地上，她们的面前有一个大坑，后面站着一排手持武士刀的刀客，齐齐挥刀把她们的脑袋砍下。我光想想都起鸡皮疙瘩，而铃木千夏这个大美女，居然还面不改色的再继续讲述。

终于，在活祭万名女子之后，血气引来妖怪，最后妖怪们开始疯狂啃食那些女尸，妖怪们并不知道，这些女人死前都生吞了脱骨香，躲在暗处的阴阳师见状，赶快发动脱骨香的奇效。凡是吃了女尸肉的妖怪，脱骨香会不断加热，妖怪体内宛如烈火焚烧，最终爆体身亡。

可惜，好景不长，这次万人活祭只消灭了一部分妖怪，当时天皇陛下身边有不少小人和奸臣。其中一位叫梅川的阴阳师见天皇陛下为解决妖怪之事，终日面带愁容，不禁想出一个变态的法子，并在私底下偷偷告诉了天皇。

铃木千夏忽然停下来，转过脑袋微笑着问道："你们猜，梅川想到了什么法子？"

我心中升起一股不好的预感，听一个大美女讲如此恐怖的故事，简直是一种自虐的行为。偏偏活祭坟场这个怪诞传说，又让我十分好奇，我认真想了想，反问道："他要屠杀所有女子？"

司徒天挑了挑眉毛，一脸你是白痴的表情反击道："白逸，你傻啊？要真屠杀所有女子，还不引起全国暴乱？那个叫梅川的阴阳师，应该是建议当时的天皇，颁布了什么法令吧？"

"没错！"铃木千夏的声音有些颤抖，"他建议让所有的女子都生吃脱骨香！"

"什么？"我不禁失声大叫道，居然还想出如此恶毒的方法，真是变态。

"天皇立马颁布法令。"铃木千夏无奈叹息，"虽说消灭大量妖怪，但女子死伤无数。"

司徒天打了个哆嗦，接茬说道："铃木，你刚才说的生人活祭真是太恐怖了。"

铃木千夏来回看了一下四周，压低声音："其实，我也不清楚，这个传说是否真实。不过，平安时代百妖横行，妖怪不待在水远山遥的森林或深山中，城市被妖怪大肆入侵，京都沦为魑魅魍魉的巢穴，为了封印妖怪，不惜活祭吃了脱骨香的数万女子，最终连人带妖一并消灭，应该是真事！"

我若有所思地点了点头，下意识地问道："铃木，那学校为什么要建在坟场上？"

铃木千夏冲我耸了耸肩膀："这我就不知道了，记住我的忠告，晚上千万别去学校后山。"

司徒天坐在铃木身旁，继续追问："为啥不能去后山？难道后山有

第一章 东京大学，活祭坟场

妖怪？"

铃木千夏咬紧下嘴唇，眉头拧成一团说："学校后山就是当年的坟场，相传许久之前有一对情侣半夜跑去后山偷偷幽会，结果听见有女子在低声哭泣，那对情侣第二天被警方发现时，已经化成两具干尸，好似让妖物吸干了血气。"

司徒天却不以为然地反击道："铃木，后山真有如此恐怖？我不相信。"

铃木千夏见司徒天质疑自己，怒气冲冲地说："好，那我们三人打个赌，如果你们俩今晚敢去后山，并且用手机录下凭证，我请你们吃一个月的大餐，如果你们不敢去，要反过来请我吃一个月。"

司徒天和我相视一眼，异口同声地回答道："好！铃木同学，我们跟你赌了！"

我本想继续问问后山的详情，结果晚自修上课铃声响起，铃木千夏和司徒天都回了自己的座位。这节课我根本没听，满脑子都在想铃木千夏讲的恐怖传说，那些女子被砍头之后，脑袋翻飞的恶心画面，一直在我脑海中疯狂闪现。

最后一节课转眼即逝，晚自习下课，我收拾好课本，走在回寝室的路上。

我拉过司徒天小声问道："你相信铃木说的活祭坟场？咱们今晚真要去后山？"

司徒天边走边玩着手机，低头回答道："好了，白逸，这活祭坟场应该是骗人的。再说了，关咱们什么事？有这闲心还不如想想，今晚咋去后山和接下来该怎么赚大钱，日本的消费水平太高了，单单靠我们自己的话，再过久点估计会被活活饿死。"

司徒天一提钱，我想起不久前在网上看到一则招聘启事，顿了顿说道："司徒，其实我有赚大钱的方法，几天前我在一家论坛上，无意中看见一单任务，完成之后会有八万日元，咱们自小练武，应该能接下那个任务，只是靠发死人财，不太吉利。"

司徒天眉头紧蹙，半眯着绿豆眼说："噢？什么任务？具体情况，咱们回去详谈。"

我点了点头跟在司徒天身后，我们俩加快速度往寝室狂奔，在路上还遇见了不少漂亮的学妹，强忍着没有上去搭讪。回到寝室之后，我发现跟我们同寝室的小次郎还没回来。不过，我也没在意，毕竟每个人都有属于自己的夜生活，立马打开我的二手笔记本电脑，翻出我六天前看到的那个帖子。

帖子的内容大概写着，有一名叫山本龙一的富商死去了亲人，自己不方便亲自驮尸，因对于生意人而言，驮尸容易沾染尸气，显得不吉利，于是出18万日元，请两名年轻力壮的少年，替他给死去的亲人驮尸，上面还详细说出了驮尸的步骤。

首先要选好墓地，死者家属找来斩穴人，选定适合下葬的墓园或陵墓。第二步是斩穴人将尸体化妆，驮尸人把尸体驮到指定地点准备下葬，斩穴人下葬前要进行搜尸与封尸立碑。

在驮尸之前，驮尸人一定要点燃一根红蜡烛，往尸体的额头滴两滴蜡油，用行话来说叫行尸定魂，红蜡烛的作用相当于引魂灯，与生人之气强行隔开，在驮尸中途千万不能让活人接触死尸，或者会触动尸体导致尸变，以及其他诸多禁忌，帖子最后留有山本龙一的联系电话。

司徒天看完帖子之后，他点燃一根烟，吸上几口说："白逸，你胆子大吗？"

我白了司徒天一眼，拍着胸脯傻笑道："我不怕，倒是你这家伙，小时候就胆小如鼠，你现在给句痛快话，驮尸人这个单子，咱们到底接不接吧？"

司徒天强行把烟头掐灭，丢到电脑桌旁的垃圾桶里，鼓足劲儿说："正所谓富贵险中求，为了八万巨款，咱豁出去大干一票，你负责联系山本龙一，约他半小时之后，到学校门口碰头。"

很快，我拿出自己那个用了两年多的破手机，拨通山本龙一的电话，小声问道："请问是山本先生吗？我在网上看到您发布的驮尸任务，想约您出来谈谈具体细节，不知您能否前往东京大学一趟。"

手机另一头传出一道嘶哑的声音:"我现在很忙,明晚九点有人会到东京大学接你。"

说完,对方直接挂断了电话。为此我见怪不怪,毕竟,富人都有些怪癖。

"白逸,你怎么没说话?"司徒天看了我一眼,"怎么样?山本龙一咋说?"

我收起破手机回答道:"明天晚上九点,山本龙一会派人到学校门口接咱们。"

司徒天点了点头,不知道在想些什么,迟疑了好一阵才说:"等会儿去后山。"

我看了一眼司徒天的床下说:"嗯,记得把你的九节鞭带上,用于防身。"

司徒天把放在床下的九节鞭拿出来,直接挂在腰间。我本来也想带上自己那条九节鞭,但因为锁在了柜子里,我又比较懒,所以就拿出我藏在床下的两根铁棍,放在背后用皮带牢牢固定住。

15分钟之后,我们俩分别带着两根铁棍和一条九节鞭,偷偷翻过男生寝室的围墙,闯入学校所谓的后山坟场。进入后山给我的第一感觉,除了阴森恐怖之外,还闻到一股让人莫名心悸的死气。阴风一阵接一阵刮过,我身上的汗毛都立了起来,放眼望去整个后山的占地面积非常大,阵阵阴风把樱花树吹得飒飒作响,风中还夹带着凄凉的哭啼声。

我竖起耳朵细细聆听,带着一丝疑惑,转过头问司徒天:"你听见哭声了?"

司徒天咽下一口唾液,举目眺望远处的高山,抬手指着面前的山说:"白逸,据我判断哭声应该是从山中传出来的,不过,我怀疑这听起来不像是人在哭,反而像发情的野猫在叫春,要不咱们赶过去看个究竟?"

"不!千万别去!"我听到司徒天如此的建议,连连摇头,"你忘记白天铃木千夏说有一对情侣惨死之事了?莫非,后山深处当真存在着能吸干人阳

气的妖怪？ 亦或者说，有什么离奇的未解之谜？"

话音未落，那原本低沉的哭声，又加重了不少，时高时低萦绕着整个后山。

我顺着声音的方向看了过去，这一看差点没把我活活吓死，因为不知道从什么时候起，后山的半山腰居然站着一名身穿白色校服，戴着口罩长发飘飘的神秘女子。 神秘女子低垂着脑袋，风吹乱了她的头发，所以我看不清其面容。

然而，那神秘女子仿佛发现了我跟司徒天的存在，她抬手徐徐拨开遮挡住脸庞的长发，露出一张极其丑陋的脸，鼻子不知所踪，眼睛只剩下了一只，摘下口罩后，瞧见她的嘴巴开裂到耳朵之下，她咧嘴冲我们俩冷笑。

那让人毛骨悚然的笑声借着风，迅速传遍整个后山，还折射出回音传到我跟司徒天耳中。 我的头皮立马炸开，背上冷汗直冒个不停，彻底打湿了我的衣服。

我两腿一软瘫坐在地，鬼哭狼嚎道："我的妈呀！ 妖怪啊！ 有妖怪啊！ 咱们快逃！"

司徒天看向半米之外，凄然一笑，拉起瘫坐在地的我说："白逸，咱没法跑了，她来了。"

果不其然，那神秘女子居然神不知鬼不觉地，跑到我们俩面前，她什么都没说，只是静静地看着我们，谁都不知道她心里在想什么。 此刻，四周死寂如水，除了呼啸的风声外，还能清楚听见我和司徒天急促的心跳声。

神秘女子把长发拨到一旁，张大裂开的嘴巴问道："回答我，我漂亮吗？"

我摸了摸揣在腰后的铁棍，心想只要这丑八怪敢动手，我就跟她拼了！

司徒天那对绿豆眼在眼眶中转上几圈，一脸献媚地说："漂亮。 你到底是谁？"

神秘女子忽然放声大笑，笑着笑着居然哭了起来，大声喝道："我漂亮？ 我跟你们一样都是学生，你在说谎！ 男人都只会花言巧语，天下间的男人都该死！若不是因为那个男人，我会变成现在这副人不人鬼不鬼的模样？"

司徒天听出了长发女子话中的蹊跷，接茬问道："莫非，多年前那对情侣是被你所杀？"

长发女子再次仰天狂笑，仿佛是在嘲笑司徒天无知，顿了顿继而说道："没错！那个男人居然带着那个女人来后山偷偷幽会，我本想饶恕那对狗男女，岂料那个贱男，偷袭我不说，居然还毁了我的容貌。一怒之下我用随身携带的美工剪刀，成功杀死那对狗男女，我为了隐瞒真相，用剪刀剪下二人的皮，从此躲藏在后山。"

司徒天打了个哆嗦，忍不住插一句嘴："等一等，你不会因爱生恨变成了妖？"

我打量着面前这个丑陋的女子，想起之前在网上看过的一张图片，跟面前的家伙很像，下意识地脱口而出："如此一来，你变成了裂口女？"

"没错！"裂口女见自己的秘密暴露，"不过，你们不该来后山，这里会是你们的墓地！"

裂口女忽然动了，她的头发和指甲在瞬间变成了血红色，还在以肉眼无法识别的速度疯长数倍，面对这突如其来的惊变，我二话不说，拎起手里头的铁棍，往裂口女的眼睛打去。司徒天立马亮出九节鞭，一鞭子抽向裂口女的脖子。

裂口女显然没想到，我们俩居然敢对她动手，一时间被打了个措手不及，铁棍成功刺穿她另外一只眼睛，九节鞭抽到裂口女的脖子上，裂口女发出凄厉地惨叫，指甲开始四下乱抓，像走火入魔的疯子。铁棍依然插在裂口女的眼眶中，她叫唤一阵之后，用右手猛然拔出铁棍，鲜血瞬间喷涌而出，那场面残忍无比。

裂口女虽然变成了瞎子，但依然在死命反抗："死！你们俩都要给我死！"

我的铁棍之前成功刺瞎裂口女，被裂口女拔出来丢在一旁，司徒天用眼神示意我等会去捡铁棍，偷袭裂口女。我微微点头表示回应，开始往裂口女

背后绕去，而司徒天则握紧九节鞭继续攻击裂口女。

九节鞭在裂口女身上快速来回鞭打，裂口女穿着的衣服被鲜血染红，脸庞还有几条特别显眼的鞭痕。在司徒天九节鞭的攻击下，裂口女狂性大发，虽说她变成了瞎子，鼻子却异常灵敏，好似能闻到人的气味。锁定位置之后，全速奔跑杀向司徒天，血色长发往前甩出，像一条巨蟒把司徒天死死缠住，还将他高举过头顶，悬浮于半空中，长发又裹紧了几分，司徒天那张大饼脸立马涨得通红，整个人在不断地痛苦哀嚎。

我趁机捡起铁棍，使出浑身的力气高高跃起，凌空对准裂口女的头顶狠狠地刺下去，铁棍成功穿过其天灵盖，鲜红炙热的血液顺势喷了我一脸，裂口女吃痛乱舞，发疯似的把司徒天跟骑在她背上的我，一并甩飞出去数米远。司徒天和我纷纷跌落在地，顺着地滑行了好几米才停下来，背上的衣服早已破烂不堪。

我勉强站直身体，背部的刺痛让我倒吸一口凉气，发现一旁的司徒天，居然躺在地上装死人，扬起右腿踢了他一脚，恶狠狠地骂道："司徒，你别给我装死，快爬起来，今晚咱们若不联手解决裂口女，绝对会死无葬身之地！"

司徒天一个鲤鱼打挺，抢起九节鞭，怒气冲冲地吼道："我是伤员，你踢我干啥？"

我瞧着不远处的裂口女，心情莫名烦躁喝道："闭嘴！咱们还是想办法咋灭了她吧。"

裂口女那张丑陋的脸被司徒天抽到皮开肉绽，鲜红的血液沿着额头在缓缓流动。皎洁的月光照射着裂口女那张脸，很明显此刻的她已经处于暴走边缘，奋力拔出头顶的铁棍，抬头怒吼道："凭你们还想消灭我？简直是痴心妄想！你们俩都该死！我要跟你们同归于尽！"

说罢，裂口女活生生地撕裂自己的嘴，半跪在地上嘴张开老大，从她嘴里渐渐爬出一堆密密麻麻地血虫子，血虫子通体赤红，在裂口女的脸上钻进钻出，随后从她身上各个地方拥出大量血虫，开始疯狂啃食着她的肌肤。

裂口女丝毫不在意血虫在啃食自己，反而发出狞笑道："我要你们陪葬！"

血虫子把裂口女啃了个精光，转眼间就只剩下一具白骨，这般恶心的场景，让我险些把午饭吐出来，拿出腰上另外一根铁棍，死死盯住在地上变异的血虫子，血虫的体积开始壮大，少量的血虫，迅速聚集在一起，堆成一个大肉球。

司徒天一条九节鞭紧握在手，蓄力打向肉球，结果这一鞭子打过去，好比打到了棉花上，那肉球非但没有受损，却露出一个巨大的洞，把九节鞭死死吸住，司徒天一不留神，连人带鞭被猛地拉了过去。

我见情况不妙，想出手去拉司徒天，结果低头一看，我居然让剩下的血虫给包围了，它们慢慢爬上我的脚踝，我开始疯狂乱跑，试图摆脱血虫。司徒天此时已经命悬一线，眼看离肉球越来越近。

第二章　妖刀村正，鬼节禁忌

(1)

当我以为司徒天必死时，千钧一发之际，凌空传来一声暴喝："式神腾蛇，焚妖烈火！"

一道金色纸符打向肉球，肉球仿佛受到了惊吓，硬生生推开司徒天，金符幻化出一条头有尖角，背生双翼的红色巨蛇，蛇身长达 2 米有余，蛇口大张对准大肉球吐出两团熊熊烈火，烈火迅速烧死肉球，肉球变成一滩乌黑血水，我身边的血虫相继死去，传出让人想吐的恶臭味。

大肉球刚死不久，那条会喷火的巨蛇亦不知所踪，我跟司徒天总算松了一口气，因为我知道我们暂时没了生命危险。忽然从空中徐徐飘下一个满头白发，邋里邋遢的神秘黑衣人，他右手持一把白扇，左手挂有一串七彩佛珠，站在我们的面前。

我打量着从天而降的神秘人，发现神秘人那满头白发，成功遮住他额头处的一道刀疤。

神秘人看着我们俩开口说道："你们两个记住，千万别把今晚的事说出去！"

我拍掉身上的灰尘，一脸疑惑地反问神秘人："你是谁？刚才那条巨蛇是你弄出来的？"

神秘人收起白扇，瞪住我跟司徒天连连摇头，答非所问："我是一名阴阳师，刚才那条蛇是我的式神，名为腾蛇，专杀妖邪之用。话说你们两个小家

第二章 妖刀村正，鬼节禁忌

伙胆子真大啊！按照我的推算，一周之内你们必有血光之灾，也罢，今夜你我相遇，想来也算一种缘分，送你们两串佛珠避灾。"

司徒天连忙摆手追问道："且慢，东京大学的前身，真是一个活祭了数万名女子的坟场？"

阴阳师思考了好半天，将佛珠收起，叹息一声："没错，东京大学的前身确实是一个坟场，当年大阴阳师安倍晴明建议天皇陛下，让女子生吞脱骨香，并将之在阴气浓郁的地方斩杀，借助于鲜血吸引妖怪食尸，阴阳师在暗处发动脱骨香，烧死众多妖怪。"

我一开始还以为铃木千夏是在讲故事，听面前的阴阳师这么一说，禁不住打了个寒战。

阴阳师大手随便一挥，两串佛珠仿佛有了灵性，依次飞到我跟司徒天的手里，而后只见一阵白烟冒起，面前的阴阳师凭空消失了，仿佛根本未曾出现过，可我后背的伤却告诉我，今晚发生的一切都是真事。

我跟司徒天二人戴上阴阳师送的佛珠，连忙逃回寝室，我一路上都在胡思乱想，尤其是与裂口女激战的画面，还有那恶心的吃人血虫，现在想起来仍然头皮发麻。幸好在神秘阴阳师的救助下，我们俩才能死里逃生，回到寝室看见小次郎已经回来了。

小次郎原本是在玩电脑，转头发现狼狈不堪的我跟司徒天，问道："你们怎么了？"

我咽下一口口水，平复好情绪才缓缓开口说："小次郎，就在不久前我们俩去了后山，差点死在后山，因为后山有一个叫裂口女的妖怪，我跟司徒天与她展开激战，裂口女蜕变成一个大肉球，命悬一线之际，一位阴阳师从天突降，用式神烧死大肉球。"

小次郎先是一愣，继而放声哈哈大笑："白逸君，后山怎么可能会有裂口女，你是想跟我比赛讲故事吗？"

司徒天偷偷撞了一下我，用眼神示意我别说话，他开口道："小次郎，没错，我们想跟你比赛讲故事。"

我忽然想起神秘阴阳师交代的话，立马闭上了嘴巴。

不过，我总觉得今晚发生的事太不可思议了，若非我亲身经历，根本不敢想象，日本确实存在妖怪，连传闻中的阴阳师都出现了，当真是大千世界无奇不有，彻底颠覆了我对这个世界的认识。

小次郎关掉自己的电脑，面对着我跟司徒天说："跟我比讲故事？你们还差得远呢，不知道你们听过妖刀村正的传说吗？"

我跟司徒天连连摇头，表示自己从没听过什么妖刀村正。

不过，司徒天说自己浑身臭汗，找好衣服去洗澡了，我在等小次郎讲故事。

几分钟后，小次郎摆出一副世外高人的样子，便开始自顾自地讲了起来。

相传在江户时代，当时最有名的武士麻仓，手持有万人斩之美誉的妖刀村正，他在20岁的时候横扫当时各大武士，天皇破例赐封"战神"称号。可惜，在他得到称号之后，麻仓失去了目标，连能够与之交手的武士都没有了。

最让麻仓愤怒的是，他的妻子和小妾所生下的婴孩，没有任何一个能活过3岁，都是在3岁离奇夭折，为此麻仓特意找来寺院高僧、阴阳师布局施法，可惜，这一切都没有起到效果。

不知从何时起，江湖上开始流传说麻仓杀孽太强，得罪了神明，没有子嗣送终是报应。

麻仓听见这个传言，一怒之下带着妖刀闯入谣言发布者家中，将其上下过百人家眷全数屠杀，还用妖刀把十个人的皮活剥下来，挂在大门口，并放出狠话，若谁人敢在背后议论他，绝对血洗其全家。

从那以后，坊间无人敢在背后议论麻仓，都怕一个不小心惹了这尊杀神被灭门。

一年之后，麻仓发布一则消息说他要收一名孩童，当自己的义子，还承诺会将一身的刀法倾囊相授。这个消息在江湖上掀起轩然大波，无数的人都挤破脑袋想把自己的孩子送去给麻仓当义子。

麻仓府的门槛都快让人踏破了,最终麻仓选定了100名孩童,留在自己的府中修炼,从中他会挑选出最有潜力的孩子当义子。经过为期两年的训练,麻仓选定一个叫神佑的孩子,因为神佑性格孤傲冷僻,身上那柄刀从不离身,深晓武士道精神,在刀法领悟方面当属百年难得一见的奇才。

三年过去了,麻仓为神佑举办江湖宴,在府邸中大摆宴席,请来江湖上各大名人,为自己的义子一一引见,此举无非是在帮神佑铺路,让他以后在江湖上能走得更顺畅。那天宴席结束,宾客各自散去,麻仓喝得烂醉如泥,妻子在负责收拾宴席,神佑在房中照顾醉酒的麻仓。

神佑端来一碗醒酒汤,递到麻仓面前,喂他亲自喝下后,没有退出麻仓的房间,他的腰间居然挎着麻仓那把妖刀村正,诡异地对躺在床上的麻仓笑道:"义父,你是否觉得周身无力,想睡觉呢?"

麻仓缓缓睁开眼睛,自然感觉到了神佑的异样,他的视线开始模糊,四肢瘫软无力,头晕眼花,低声质问:"神佑,你竟然敢拿我的妖刀村正,不对!你刚才给我喝了什么东西?"

神佑拔出腰间的妖刀村正,站在麻仓面前,恶狠狠地说:"麻仓,你当年血洗我的家族,如今是我报仇雪恨的时候了,你怎么也想不到吧?这个复仇计划我等了足足三年,现在总算能得偿所愿了!"

神佑根本不给麻仓再次开口的机会,挥刀把麻仓活活劈死,将整个麻仓府的所有人在一夜间屠杀干净。麻仓的人头跟人皮被神佑挂在麻仓府大门口。自此神佑消失不见,妖刀村正恰好钉死麻仓的人头。一时间麻仓身死的消息,传遍整个江湖,没有人知道其真正的死因,但从那以后江湖中的武士都断定,妖刀村正是一把会给主人带来厄运的邪刀!

小次郎讲完了他的故事,看着我追问道:"如何?我的故事很精彩吧?"

我唯有顺着他的意愿答道:"很精彩,我先洗个澡,然后继续听你讲故事。"

小次郎讲完故事时,司徒天也洗好澡出来了,自然没听到小次郎说的妖

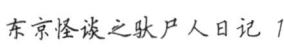

刀村正。"

我找好衣服慢慢走入浴室,剩下小次郎和司徒天二人在大眼瞪小眼。

(2)

小次郎沉默许久,点燃一根香烟对司徒天说:"司徒君,你刚才去洗澡了,错过妖刀村正的故事,你想听我讲讲日本鬼节的禁忌吗?"

"什么? 日本还有鬼节?"司徒天拿起桌上的矿泉水喝了一口,"小次郎,你开始说吧。"

小次郎猛吸几口烟,徐徐吐出宝蓝色烟雾,把日本鬼节的禁忌娓娓道来。

每年农历七月十五,正是日本的鬼节。在鬼节夜里,无论什么人都要供奉妖怪,准备美酒佳肴,还要点长明灯和烧冥钞供妖怪享用,若没照做定会招来妖邪入侵,倒霉一辈子,严重的会有性命危险。

鬼节夜死门打开,子时妖怪会出来夜行,禁忌非常多,所以千万不能破了鬼节的禁忌。

一、千万不可与妖怪抢食,不可对妖怪不敬。

二、鬼节一旦开始,深夜不能暗中放孩童出门,否则会被妖怪掳走。

三、鬼节之夜,每家每户都不能前往墓园和阴气重地。

四、切勿在樱花树下饮酒,或与尸体相伴。

若是破坏以上禁忌,定会招来妖怪。

鬼节的起源时代来自日本平安时代。 平安时代乃是百妖夜行的起源。当时妖怪与人类共同生活。 有些胆子大的妖怪甚至还敢在白天出现,随着妖怪们的野心越来越强大,竟然试图占领人类的领地,与人类展开战斗。 天皇陛下连忙命'清明公'安倍晴明组建阴阳师联盟,全力绞杀各个区县的暴乱妖怪。 妖怪死完一片又一片,怨气冲天不说,有的妖怪还变为更加强大魔怪,每逢鬼节阴气极重之夜,妖怪都会出来大杀四方。 日本首都(东京)乱作一团。 为此,人们养成了在鬼节祭奠妖怪的风俗。

小次郎告诉司徒天，这个故事发生于日本首都东京，距今大概有70年。

"德川，今天是鬼节，你要给美子烧点东西去啊！"一名老妪看着对面的中年男吩咐道。

德川脸色通红，身上还带着一股酒气，他打了个饱嗝，根本没听清楚老妪的嘱咐，反而一脸不耐烦地大骂道："知道了，你废话真多，美子死去多年，你自己说我哪一年没有去祭奠她？"

老妪本想再继续说点什么，可是见自己的儿子烦她，叹了一口气走出房外。

德川躺在地上呼呼大睡，他在梦中仿佛看见了自己的妻子美子，那个让他又爱又恨的女人，爱是因为对方漂亮，恨是因为她对婚姻不忠，曾经背着他有外遇。

在德川的梦中，美子流着眼泪哭诉道："德川，你怎么如此狠心？对我痛下杀手？"

德川是个火爆脾气，立马暴怒破口大骂："贱人！你还好意思说？你对婚姻不忠，出卖了我对你的感情，还害死了我的儿子杉本，我不杀你难消我心头之恨啊！"

美子抹去眼泪阴森森地说："我没有，真的没有，你不相信我？我今晚来找你！"

美子说完变成一副极为丑陋的模样，张开血盆大口向德川咬去，德川惊叫一声从梦魇中惊醒，额头蓄满了汗水，连带着衣服都浸湿了。有件事德川一直没敢对外人说，当年发现自己的妻子出轨，一怒之下杀掉了美子，在二人搏斗中，误伤儿子杉本，儿子杉本送到医院抢救无效死亡。随后他伪造美子的自杀现场，对外说是因出轨暴露，美子羞愧破腹自尽。后来，经过详细调查，他才发现自己误会了妻子，她并没有出轨，恍然大悟之后，大错已铸成。

自从知道真相后，每晚都会梦见刚才那个场景，德川夜夜都会梦到美子和儿子杉本，妻儿像魔鬼一样不断折磨着自己，渐渐地他需要依靠酒精麻痹才能安然入睡，或许是因为良心不安，每逢鬼节和美子的死祭他都会去墓前拜祭。

今夜，德川像往常一样穿着白色的丧服，带上许多清酒和一堆元宝蜡烛，去美子坟前祭拜，他从家走到墓园仅需20分钟，进入墓园找到美子的墓碑，德川半跪在墓前，双眼泛红地盯住墓碑上那张黑白照片，照片中的女子五官精致，面带微笑，给人一种如沐春风般的感觉。

德川拧开清酒的盖子，往墓碑前倒上一瓶，号啕大哭道："美子，我来看你了，你跟杉本在下面还好吗？都是我的错，当初若不是我气昏了头，怎会对你狠下杀手，还害死了我们唯一的儿子？"

德川浑然不知身后站着一名老妪，她手里的供品掉在地上："德川！是你杀了美子！？"

德川身体一颤，他回过头看着自己的母亲，凄然笑道："母亲，你没听错，确实是我错手杀了美子，杉本在我跟美子搏斗时，被我误伤，送往医院抢救无效死亡，为了掩盖真相，我不惜伪造自杀现场，这些年我饱受折磨，他们母子俩总会在我梦中出现，今夜，美子在梦中说她会来找我。"

德川的母亲一时无法承受残酷的真相，两眼一黑便昏死过去，德川连忙去扶住自己的母亲，打电话叫来救护车送到最近的医院，医生诊断结果，德川的母亲受了严重打击，诱发心肌梗塞，死在手术台上。

一夜之间，德川失去了一切，他把母亲的尸体领回家，挖了个坑把母亲埋在院子的花圃里，希望以这种方式，让母亲能永远陪在自己身边。德川开始在花圃周围，不断地喝酒，直到第二天清晨，替德川家搞清洁的护工发现，德川变成了一具白骨，躺在花圃之中。

我恰好洗完澡走出来，打断小次郎，一脸疑惑地追问道："小次郎，德川他真死了？"

"真死了！死状非常离奇。"小次郎顿了顿道，"因为护工早上发现他时，德川已经死去很久，当时有人流传德川触犯鬼节禁忌，才被食尸怪给活活啃死了，至于真相如何，没人知晓。"

第二章 妖刀村正，鬼节禁忌

司徒天接过话匣子说："小次郎，后来德川案变成了悬案？"

小次郎掐灭烟头，伸了伸懒腰答道："是的，人们都叫德川案为食尸悬案。"

小次郎爬到自己的床上悄然入睡，我坐在床上望着头顶的吊扇，今晚的恐怖经历还在不停地回放。经历过裂口女之战后，我甚至开始相信，小次郎所讲述的两个故事极有可能是真实事件。毕竟，连裂口女跟阴阳师我都见到了，还有啥事不可能发生？

司徒天确认小次郎睡着了，边替我涂药边问道："白逸，你相信那个阴阳师说的话？"

"一周之内，会有血光之灾？"我回头笑着说，"是福不是祸，是祸躲不过，去睡觉吧。"

司徒天唯有点点头，收起红药水，爬回自己的床上，盖好被子开始睡觉。

我不知为什么，总觉得有人在盯着我，回头看了一眼小次郎的床，也合上了眼睛。但是，谁都没有发现，小次郎那哀怨如刀的眼神，以及嘴角渐渐勾勒出的一抹冷笑。

时间转眼匆匆过，手机的铃声让我从睡梦中苏醒，眯着眼睛接通电话："喂，谁啊？"

"我是山本龙一，我给你十分钟做准备，之后马上到东京大学门口等着。"

我还没反应过来，山本龙一便径直挂了电话。我火速起床套好衣服，叫醒司徒天这个贪睡的家伙，小次郎还在呼呼大睡，现在已经接近中午11点了，我也没打算叫醒他。

我跟司徒天匆匆洗漱一番，狂奔到东京大学门口，对于我和司徒天来说，大学逃课是家常便饭了，反正考试能及格就行，所以，我至今都搞不明白，为啥当初系里的老头会选我和司徒天，到东京大学留学。

没过多久，一辆黑色奔驰停在我们面前，从车上下来一个年轻人："上

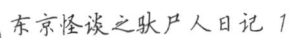

车，出发去见山本先生。"

我跟司徒天两个没见过大世面的少年，被眼前的奔驰车给惊住了。

虽然司徒天家里算小富，但他也没坐过大奔这种高级小轿车，我们俩战战兢兢地坐在奔驰车后头。我最后上车顺手关好车门，年轻人是一名司机，一路上他不开口说话，我们俩自然闭口不言，生怕说错话得罪人。

奔驰车穿过几条街道，来到东京商务酒店门前停下，年轻人命令我们下车，他走在最前方领头，进入酒店之后，金碧辉煌的装潢设计和倒挂在天花板上的水晶灯，险些亮瞎我和司徒天的眼睛。

年轻人面无表情地按下电梯的按钮，在等电梯的间隙，开口询问："你们真的要接驮尸任务？"

让他如此一反问，我忽然察觉到事情貌似没我想的那么简单，皱着眉说："有问题吗？"

年轻人面带难色，露出一副欲言又止的模样："你们知道吗？在日本驮尸是个风险高又不吉利的职业，驮尸沿途不单会招来妖邪抢尸，遇上生命危险。倘若中途意外尸变，驮尸的人还会让尸毒入体，中毒者百日之内，定七窍流血而死！"

说话间，电梯门已经打开，年轻人领着我们走进去，按下18层数字键，关闭电梯大门，电梯楼层的数字在徐徐上升。年轻人站在中间静静地看着我们俩，忍不住摇了摇头，最终停止劝告。

其实，不用年轻人过多告诫，我跟司徒天打心底里明白，驮尸这个行当会有多危险，毕竟财富与风险向来都是并存的。但高额的报酬却让我怦然心动，更使我热血沸腾的还是驮尸沿途，究竟会发生什么匪夷所思的怪事？

电梯门"叮"一声打开，年轻人默不作声地带着我跟司徒天往前走，左转之后来到一个超级豪华的贵宾包间门前。年轻人轻轻敲了一下面前的门，恭敬地往里头喊道："山本先生，您邀请的客人已经到了，现在是否方便，请他们进来与您相见？"

第二章 妖刀村正，鬼节禁忌

房内的人只说了一个"进"字，年轻人把我们俩推进去，还将门给关了，映入眼帘的是一大堆价值不菲的名牌家具，白色沙发上坐着一名老态龙钟，满脸老年斑的老者，他下巴上蓄满了白胡子，两鬓的白发贴在耳旁，身穿一套龙腾武士服，脸上布满千沟万壑的皱纹，右手紧攥一根黑色拐棍，左手端起一柄紫色朱砂茶壶，喝了一口茶，回头对我跟司徒天笑道："小家伙们，别傻站着瞎猜了，我这个糟老头子就是山本龙一，坐到沙发上来，咱们好好谈谈关于驮尸的委托。"

我跟司徒天走到沙发前坐下，山本龙一放下紫砂壶说："首先，我很佩服你们的勇气，这次要驮的人对于我来说很重要，中途我不希望出什么差错，所以会委派一名我们山本家族的人同行，酬劳依然是18万日元，抵达目的地自然会拿到报酬。"

我还巴不得能派个人跟着，至少心里放心了："山本先生，什么时候出发？"

"时间还早，今晚三井会去接你们。"山本龙一连连摆手，"你们俩先回去上课吧。"

山本龙一下了逐客令，我们俩自然不能赖着不走，我心中虽然存有疑惑，但不想多问，什么事该问，什么事不该问，我还是很清楚的，眼下等于拿人钱财，替人消灾。

那个年轻人走了进来，伸出手自我介绍："正式认识一下，我叫三井，是山本先生的司机。"

我跟司徒天分别与他握手，随后紧跟在三井后头走出包间。

山本龙一拿起沙发上的遥控器按了一下，墙面自动旋转，从里头走出一个中年人。

山本龙一放下遥控器，抬头问道："黑木，你觉得刚才那两个年轻人如何？是你要找的人吗？"

黑木平视前方冷冷地说了一句："看他们今晚的表现。我还有事，关于他俩回头再说。"

山本龙一见状，非但没生气，还笑着点点头："好，黑木，今晚拜托你了。"

话音刚落，黑木面无表情地独自走了出去，仿佛世上任何事都跟他无关。

第三章　驮尸秘辛，血色樱花

(1)

现在回到另一边，三井驾驶先前那辆黑色奔驰，载着我跟司徒天回东京大学，车停在学校门口，让我们俩下车，三井调头驾车远去。我跟司徒天直到现在，仍然一头雾水，山本龙一此举到底啥意思？纯属单纯见见面？

我的手机在裤子口袋里振动，拿出来一看屏幕，居然是铃木打来的，心情顿时大好，笑嘻嘻地接通电话："铃木，找我有什么事？"

铃木在电话那头低声说道："白逸君，你快回来吧，系主任准备查逃课的学生。"

我立马挂断电话，拽着司徒天往教室飞奔，被系主任那个老家伙抓到，不死都会脱层皮，严重点估计能记大过，挂科拿不到学分之类。待我们俩跑到教室门口，却发现铃木千夏正站在教室门口，笑得连腰都直不起来了。

司徒天一下子反应过来，对准我的屁股狠踹一脚骂道："白逸，你个蠢货，咱们让铃木给耍了。"

我彻底无语了，转念一想确实如此，假如系主任真的在查逃课学生，铃木千夏怎么可能会在课堂上打电话，给我通风报信呢？我快步走到铃木千夏跟前，无奈地说道："铃木同学，你这玩笑开大了。"

铃木千夏伸手拍拍我的肩膀，撒娇道："好啦，跟你开个玩笑，白逸君，你们昨晚真去后山了？"

司徒天立马插嘴说："没有，我们昨晚不敢去，至于与你的赌约，我们绝

不会赖账。"

  我见司徒天撒谎，多半是因为阴阳师那番警告。

  我接着补充道："不过，要等我们今晚成功做完驮尸的任务，才有报酬履行赌约。"

  铃木千夏不知为何，突然脸色大变，睁大双眼喊了出来："老天啊，你们俩要去驮尸？听我一句劝，千万不能去干这行，驮尸真的很危险，稍有不慎就回不来啦，在日本驮尸人的死亡率高达百分之八十，没几个驮尸人活得长久，侥幸没死的驮尸人，因驮尸多年沾染不少尸气，日积月累演化成癌症。"

  司徒天发现铃木千夏话中的重点，追问道："铃木同学，你很了解驮尸人？"

  铃木千夏点点头，深吸几口气说："因为我爷爷当过驮尸人，进去坐着听我细说。"

  我们三个人围在一起，铃木千夏想了很久，才开口说："驮尸人，通常只能在夜晚时分进行驮尸，白天不能驮尸，在驮尸前雇主必须要封存好尸体，驮尸途中会派阴阳师或者斩穴人随行，一来防止尸变，二来能消灭抢尸的妖邪。当驮尸人最终都没好下场，要么因折寿早死，要么身染怪疾，想听跟驮尸人有关的秘辛？"

  "驮尸秘辛？铃木同学，你别卖关子了，快说说吧。"我才明白过来，当驮尸人还真不容易。

  铃木千夏组织好语言，看着我跟司徒天说："因为驮尸路途遥远，除了体力好之外，还必须是童男之身，唯独阳气浓烈者才能驱退魑魅魍魉，若童男只身上路，沿途配合阴阳师或斩穴人保护，不会有很大的性命危险。打平安时代起，驮尸人这一职业就存在了，驮尸人在普通人眼中，是靠死人发财的生意，难娶妻生子，天生鳏命，所以有个不太好听的别称——短命鬼。"

  我跟司徒天听到这些，我的心都凉了半截，压根没想到驮尸人居然如此危险。

  不过，对于我跟司徒天来说，咱俩都是正儿八经的处男，今天见山本龙

第三章 驮尸秘辛，血色樱花

一那番派头，他请的人应该很牛皮。

上课铃响起，我们分别回到自己的座位，果不其然课上到一半，我就瞧见系主任那个死老头子居然真的在教室外头巡查，我开始偷偷庆幸还好今天没逃课，不然，万字日文检讨书还要花钱请人代写。

我趴在课桌上发呆，根本不知道老师在上头讲啥东西，这些课程之中，除了杨老头讲课有意思外，相比之下别的老师都在念教材，无异于听天书，提不起半点兴趣。杨老头完全不同，他会把相关的课本知识，融入探险寻宝的故事里。

有时候，我甚至都在怀疑，杨老头是不是真的当过盗墓贼，因为他讲的故事太逼真了，给人一种仿佛那些事他都亲身经历过。当然，这等傻瓜的问题，我自然不会去问杨老头，毕竟人生在世，谁没点不堪回首的过去？

时间转眼匆匆过去，铃木同学对于打赌的事，根本没放在心上，纯粹出于好玩罢了。我跟司徒天还死皮赖脸地找她蹭了一顿午饭，说有钱后再还给她。下课之后，我跟司徒天回到寝室，本想打算在网上找找看，有没有新出的岛国爱情动作片，结果发现小次郎这家伙，居然没去上课，正趴在床头写东西。

我怀着好奇心，走到小次郎床边问道："小次郎，你在写什么东西？"

小次郎收起黑色笔记本，坐直身子回答说："其实，我想当一名作家，所以试着写一些真实的故事。"

司徒天这家伙最爱听故事，于是向小次郎建议："作家？好啊！小次郎同学，能多讲点故事给我听吗？"

小次郎微笑着说："真的？司徒君，既然你喜欢听，我给你讲一个大家都在私底下口口相传的故事。"

我听见大家都在传几个字，尴尬讪笑："慢着，小次郎，你讲的不会是活祭坟场吧？"

小次郎背靠在墙上，摇了摇头，突然降低声音："不，它主要是讲血色樱花与一对恋人在樱花树下殉情有关！"

033

樱花在日本盛行近千年，从江户时代开始广泛种植，人们慢慢养成赏樱花的风俗，久而久之樱花变成日本的国花，深受大众喜爱。每年3月至4月为赏樱花的好时节，樱花会在一夜间开遍整个日本，无论你在什么地方，都能闻到一股芬芳的花香。樱花虽美却容易凋零，从怒放到凋零，通常只需七天，又称樱花七日。

　　相传在江户时代以前樱花为纯白色，倘若有一个武士背叛了国家，或者打了败仗，就会选择在樱花树下，切腹自尽完结自己的生命，所以在江户时代有大量武士自杀，樱花树下血流成河，随后樱花仿佛吸收了人血，花开始变成血红色，花瓣越红的樱花树，说明树下死的人越多。

　　听到这，我忍不住插了一句嘴："小次郎，不对啊，你刚才明明说血色樱花跟一对恋人殉情有关啊！"

　　小次郎点了点头，表情略显凝重道："没错，樱花确实和一对恋人之死有着莫大的关系！"

　　司徒天见我还想继续发问，连忙摆手打断我："白逸，别插嘴，专心听故事！"

　　小次郎继续讲述，很久以前，有一名叫樱雪的女孩，她跟许多传统的日本女性一样，没出嫁前不能在外抛头露面，除了偶尔被家人派出去应酬，她几乎没有孤自一人跨出门槛半步。所以当他第一次见她时，便把她形容成笼子里的金丝雀，偶尔一天忘记关上笼门，被关习惯的她依旧不敢探出头。

　　那天樱雪依旧被派到富甲一方的高桥河西家应酬，说是给高桥河西祝寿，其实是为了能谈成生意而已，想靠樱雪来打动高桥家族，只要和巨富拉上关系，从此荣华富贵享之不尽。

　　樱雪那天由于出门前打破了一个杯子，被自己的父亲训斥了一顿，再加上父亲将她当作商品一样送来送去，心里憋了一肚子火，又无处发泄，只能在暗地里生闷气。

　　樱雪也没少找过自己的母亲诉苦，可在男子主义当权的江户时代，樱雪深晓母亲有心无力，也只能看着她受苦。想到这些，樱雪简直不敢想以后会怎么样，尽管她试图强忍，但眼眶还是滚出了热泪。

如此一来，就算是个相貌平平的普通女孩，配上泪眼婆娑的样子，谁看了都会萌生爱慕之心，更何况是出生在军阀世家的樱雪。高桥河西那人还算有点怜香惜玉，让他儿子高桥带樱雪到园里逛逛，高桥河西是为了和樱雪的父亲商量不可告人的秘密，自然要把旁人支开。

樱雪小心翼翼地跟在高桥背后，不过，这时她的心情一下子舒服多了，呼吸着眼前的新鲜空气，欣赏起花园里各种各样的花树来，加紧抽枝发叶。

高桥看着樱雪露出孩童般的笑容，禁不住也跟着笑了，他牵住樱雪的手走到樱花树下。当时樱花树上只挂了几朵白色小花，可在樱雪眼中，却是她一辈子最珍爱的花。

(2)

樱雪出生在信奉武士道精神的军阀世家，家族从来都没有养花的雅兴，在家中的花圃里自然闻不到半点花香。高桥非常喜欢花草并且还深入研究了，所以他给樱雪讲了很多关于每种花的传说故事。樱雪沉浸在故事的氛围中，整个人仿佛重获新生。那天是樱雪最开心的一天，她再也无法忘记那个知识渊博，风趣幽默的高桥。

樱雪自从那次从高桥家回来，就开始萌生了自私的念头，想到自己的处境黯然伤神，那点念头立马烟消云散。后来高桥河西的事败露，幸好没把樱雪的父亲抖出来，条件是照顾好他的儿子高桥。

从此以后高桥就住入樱雪家，樱雪脸上又重现了笑容。可惜樱雪的父亲却来了个一百八十度的大转变，简直就不把高桥当人看，像使唤一条狗一样。尤其在得知二人经常在一起聊天，樱雪的父亲更是怒火中烧，连拳打脚踢都用上了。俗话说，爱的力量胜于一切阻碍，爱情的火花一旦燃起，岂会轻易熄灭？

等了整整一个多月，机会总算来了，因为樱雪的父亲要去军府，家里的守卫被抽走不少。

樱雪早早收拾好包袱等着高桥，经过一番周密计划，终于二人躲躲藏藏地逃了出来，只要穿过眼前这片盛开白花的樱花树林，便可逃出囚笼。

二人想着以后的幸福生活，脸上洋溢着微笑，却不知前面存在着更大的危险。

当二人快走出樱花林时，樱雪想起了母亲，她这一走永远都不回来了，真想不出父亲将会怎样折磨她，不经意间她又流出眼泪。高桥看着心爱的人伤心，便把她搂得更紧，并且答应她能偷偷溜回去看母亲。猛然间一群军人从樱花树后冲出来，把樱雪和高桥给团团围住，樱雪瞬间傻眼了，面前站着一身军装的父亲，站在父亲身后的母亲，早已泪流满面。

此时此刻，一切都真相大白，因为樱雪在走前去给母亲告别，她无意间向母亲泄露了这次的逃跑计划。只不过，樱雪怎么也没想到，她最爱的母亲居然会出卖自己，跑去跟父亲告状？

樱雪的父亲铁青着脸，立马拔出挂在腰上的武士刀，抓紧刀柄杀向樱雪和高桥。

樱雪何时见过这等场面？她吓得哇哇大哭，高桥立马拔剑冲上去，只身挡在樱雪身前。

高桥跟樱雪的父亲开始展开激战，两个人纷纷使出看家本领，刀光剑影，不死不休。

高桥寡不敌众身负重伤倒在樱雪的怀里，在樱雪哭泣声中缓缓闭上双眼安然离开。

樱雪最珍爱的东西被毁后，她觉得自己早就失去了活着的意义，想起高桥从前给她讲过那些感人肺腑的故事，可现在他变成了一具冰冷的尸体，蒙眬之间，樱雪仿佛看到有人在向她招手，说要带她到另一个充满爱的世界。

樱雪心动了，脸上渐渐浮现出幸福的笑容，徐徐拾起情郎手里的半截剑，刺穿自己的脖子。樱雪整个人倒在高桥的怀里，她自杀时根本不感到痛苦，相反还得到了解脱，嘴角带有浅笑。樱雪的父亲见女儿自杀，一气之下拉着自己的妻子离开，樱雪和高桥的血在樱花树下缓缓流动，一阵微风吹过，那白色樱花从樱花树上徐徐飘下，落到二人的身上，白花瓣让血给染成了红花瓣，整个场景如梦境般凄迷，似真似幻。

有传言说第二天，日本每家每户房前屋后都自动长出樱花树，并且所有的樱花都格外血红妖娆，有人说是樱雪和高桥之血染红的。樱花从此成为爱情的见证，后来这个故事广泛流传，成功吸引无数对热恋中的男女，效仿二人到樱花树下谈情说爱。

当小次郎讲完最后一个字时，我才从自己的幻想世界回过神来，鼻头有点发酸，哽咽着说道："小次郎，我不管你说的是真是假，反正这个故事打动了我，你真是一个很会说故事的人，希望你能如愿以偿，成功当上一名作家。"

小次郎冲我微微点头："白逸君，谢谢你，我想当作家，是为了让更多人听我讲故事。"

司徒天一副意犹未尽的样子，舔了一下嘴唇："小次郎，我还没听够呢，继续讲新故事吧。"

小次郎伸了个懒腰，贼笑着说："我这人有个怪癖，每天最多讲两个故事，多了没有。"

司徒天听到这话差点没吐血，颇为尴尬地说："那好吧，只有等到晚上我们完成驮尸任务回来，再继续听你讲故事，白逸，这都大中午了，小次郎你收拾一下，咱们一起去食堂吃午餐。"

小次郎却摆手说道："不了，我昨晚没睡好，午餐就不吃了，你们去吃吧。"

我的肚子早就在提抗议了，回头对司徒天说："好啦，你别打扰人小次郎休息。"

我拽着司徒天走出了寝室，向学校食堂进发，其实我们俩的饭卡里加起来连300日元都不到，估计只能吃最便宜的紫菜包饭。食堂在教学楼正对面，距离寝室最多10分钟的路程，沿途还能看见许多穿着黑色校服短裙，脚上套了一对黑色丝袜，长发飘飘的女同学。

由于现在已经过了饭点，食堂里的学生并不多，没过一会，我跟司徒天成功买到了紫菜包饭。说实话，这段时间我吃紫菜包饭都快吃吐了，若一直吃下去，恐怕整个人都会变成紫菜。

我们俩端着餐盘准备找位置的时候，突然传出一道女声："白逸君，你们过来一起吃吧。"

我朝声音的位置看过去，居然是铃木千夏在招手叫我，我那个心花怒放啊！而且最重要的是，铃木身旁居然坐着我们学校公认的女神校花和歌忘忧。可气的是，司徒天这家伙居然抛下我，率先冲了过去。

我跟司徒天分别坐在铃木千夏对面，司徒天整个人都看傻了，嘴角差点没流出哈喇子。

我吃了一口紫菜包饭，傻傻地看着对面的女神说："忘忧，你好，你是我的女神。"

和歌忘忧小啜一口面前的饮料，扑哧一笑道："你好，白逸君，很高兴能认识你，我听铃木说起过你，铃木说你们今晚要去驮尸是真的？"

司徒天不知道抽什么风，突然抢过我的话茬："没错！今晚出发，委托人叫山本龙一。"

和歌忘忧那张姣好的面容，陡然变色疑惑地问道："你们接了山本家族发布的任务？胆子也太大了点，愿天皇陛下保佑你们没事。在日本很少有人敢接他们的委托，因为山本家族的那些任务，危险系数都非常高。"

为了巨额报酬，我才不管什么危险与否，在我眼里任何任务都有危险。

我见现在的情况不太对劲，赶快扯开话题："好啦，忘忧同学，谢谢你的提醒。不过，既然接了山本龙一的委托，我们兄弟俩自然不会退缩，在我们华夏有一句古语，叫男子汉大丈夫，言出必行！"

司徒天向我投来一个鄙视的眼神，他知道我在显摆，也不点破我，反倒顺着我的意思把话题成功转移。司徒天吃完最后一个紫菜包饭，拿出随身携带的纸巾，擦干净嘴巴："好啦，忘忧你是铃木的朋友，自然算我的朋友，我这人没什么爱好，就喜欢听人讲故事，不知道你有没什么好听的故事？"

和歌忘忧还没答话，铃木千夏抢先道："时间太短，我给讲个短怪谈，叫半夜别照镜。"

我吃饭的速度也很快，找司徒天要了张纸巾抹嘴，打趣道："半夜别出门我就听过。"

和歌忘忧骨子里就是个好奇宝宝，不耐烦地说："好啦，铃木你快讲，别吊人胃口。"

铃木千夏调整好思绪，才缓缓说出故事："在女生寝室一直都流传着一个和镜子有关的怪谈，好像是因为有个女生打破她的全身镜，用镜子碎片割腕自杀了，自从那件自杀事件发生后，时至今日那间寝室都没人敢住，变成了杂物房。当初只要入住过那间寝室的女生，都会感到非常不舒服，而且第二天起来她们的镜子全都碎了，头发掉了一地。"

和歌忘忧惊叫一声，脸色有些苍白，追问道："铃木，该不会是闹鬼吧？"

铃木千夏捧腹大笑道："世上怎么会有鬼？不过，这件怪谈至今还是个未解之谜。"

铃木千夏讲完拉上和歌忘忧离开，离开前还跟我道别，我也作出了回应。

结果我回应完后，发现司徒天这家伙，居然还死死盯着和歌忘忧的背影流哈喇子，认识司徒天这样的兄弟，真是丢脸丢到火星去了，打了一下他的后脑勺骂道："司徒，认识你太丢人了，女神早走了，还看个毛啊！赶紧回寝室上网查查，驮尸要准备什么玩意，顺便好好睡一觉，保持充沛的体力。"

司徒天一把拍掉我的手，摸着后脑勺咬牙切齿地说："你比我好不了多少！"

很快我们俩在打闹中回到寝室，我想起小次郎还在睡觉，唯有轻轻地推开寝室大门，开门之后，结果我发现小次郎这家伙居然不在床上，想必是被饿醒出去吃饭了。

司徒天突然推开我，二话不说快步跑到我的小书桌前，拉开椅子坐下，打开我那台二手笔记本电脑，我搬来一张小凳子，坐在旁边看他连接无线网络，打开谷歌搜了一下驮尸人，结果却让我们俩大吃一惊。

第四章　驮尸夜行，斩穴老头

(1)

因为我看见谷歌呈现出来的搜索结果，居然全都是驮尸人在驮尸时的各种照片，从照片上不难看出，许多尸体都是让委托人强行风干后，封死在棺材里或者用黑布死死裹住，才交给驮尸人。我推测那些棺材应该不会太重，很有可能是那种特别定做的红漆轻木棺。

网上都在流传着各种关于驮尸人的禁忌，经过司徒天多次筛选后，有一点能够确定，驮尸人在驮尸时，必须要用红绳子把棺材或密封的尸体捆在背上，腰间都会挂上两个特别的紫色铃铛，紫色铃铛用来提醒生人勿近，否则容易沾染尸气，严重点还会引发尸变，最终酿成惨剧，害人害己。

网上关于驮尸人的资料并不多，所以司徒天很快就关掉了笔记本电脑，爬到自己的床上看杂志。

我思考了好一阵，才开口问道："司徒，你说咱们这次去驮尸，会不会出事？"

司徒天放下手里的杂志，瞪着我骂道："白逸，你傻啊！俗话说，打得过就打，打不过就逃，三十六计走为上计！放心啦，山本龙一那个老家伙，应该会派世外高人协助咱俩。"

在司徒天说话时，我也爬回了自己的被窝，躺在床上答道："司徒，按照你这么说，也还算有道理。算了，我也不打算想太多那些乱七八糟的事，任务结束能发钱就行了。"

我的话刚说完，就听见司徒天那床上传出了响亮的呼噜声，要不是我跟这家伙是发小，一般人还真看不出来，他居然如此大大咧咧，用没心没肺四个字来形容最合适。

其实，这事还得从司徒天上小学三年级说起，不知怎么回事，他染上了一个特别怪的毛病，无论在何时，只要你给他一个枕头，让他靠在枕头上，不超过一分钟，他绝对能给你睡死过去，而且还会打呼噜。

我躺在床上没过一会，便睡着了，不知沉睡了多久，我居然让一个噩梦惊醒了，等我醒来打开手机一看，居然已经九点半了，很快三井给我打了电话，说让我和司徒天准备好，到学校门口等着，10分钟左右，他能赶到门口。

我挂断电话，叫醒还在睡觉的司徒天，为了预防万一，司徒天和我一人拿了一条九节鞭，说起九节鞭这玩意，我们俩从小练到大，小时候训练没少被反抽。 收拾完毕，把寝室大门锁好，狂奔到学校大门口等三井来。

在门口站了一小会，还是白天那辆黑色奔驰，我拉开后车门坐上去，司徒天紧跟在我后头，负责关车门。 三井重新发动奔驰，驶离东京大学，上车后我才发现副驾驶座上还坐着一个老头，老头的右眼瞎了，脸上有几条刀疤，看起来有点吓人。

三井一面开着车，一边对我说道："白逸君，在我旁边的是黑木先生，他是山本家族御用的斩穴人。"

斩穴人？ 我头一回听说这三个字，赶尸人我倒是听过，不禁反问道："三井先生，什么叫斩穴人？"

黑木老头揉了揉眼睛，咧嘴笑道："小家伙，斩穴人等于替死者相葬身之地，等同于你们华夏的阴阳先生，专门负责给死人选择埋葬的风水宝地。 只不过，斩穴的危险系数比阴阳先生要大很多倍，我的右眼就因年轻时斩穴太多，遭受天谴才瞎了。"

司徒天根本不敢想象，黑木的眼睛居然是这样瞎的，顿了顿问道："黑木先生，您这次要跟我们俩一起同行？"

黑木先是迟疑了一下,才挠挠头顶稀少的白发回答道:"没错,山本老爷对我有救命之恩,此次的死者是老爷的妹妹山本晴子小姐,我自然要到现场亲自替晴子小姐斩穴,选一处宝地,让她能够得以安息。"

听完这话,我觉着黑木这老家伙,居然还挺讲情义,甘愿冒着天谴都要给恩人的妹妹斩穴。我看了一下车窗外,结果车子并非开向白天的大酒店,相反越开越偏僻,我忍不住道出心中的疑惑:"三井先生,我们现在是去什么地方?"

三井面无表情地握着方向盘往右急转,奔驰车快速驶入一条泥巴小路,他头也不回地,从嘴里吐出三个字来:"殡仪馆!"

我的喉头滚动了一下,眼睛依旧望着车窗外,完全没想到日本的殡仪馆竟然会建在深山里!假如从殡仪馆开始出发驮尸,岂不是要翻山越岭?我幻想着自己半夜三更驮上一具尸体翻山越岭,仔细想想还真让人毛骨悚然。念及此处,我不禁回想起那晚在后山遇见的阴阳师,他断言我和司徒天一周之内,必有血光之灾!

我摸了一下戴在右手腕的七彩佛珠,内心感觉非常不安,便慢慢靠近司徒天,在他耳边小声问道:"司徒,你说那个阴阳师的断言会成真?"

司徒天半眯着双眼,眉头拧成一团,在我耳畔回答说:"咱们都接下驮尸任务了,既来之,则安之吧!"

三井虽然看起来年纪不大,但驾驶技术相当一流,奔驰车最后停在一座小山脚下,因为再往前开就要上山了,只能靠下车步行,唯有如此才能上到山顶的殡仪馆。黑木老头最早下车,我自然跟着推开车门走下去,司徒天相继也下了车。

三井这家伙见我们三个人都下车了,立马发动奔驰车火速离去,那架势就好像见鬼了一样。

黑木目送渐行渐远的奔驰,又回头看着我问道:"你叫白逸?不得不说,老头子我还是很佩服你们俩的勇气,当真是初生牛犊不怕虎。毕竟,驮尸人这个行当,跟我们斩穴人差不了多少,说难听点都是在做死人生意,靠

赚死人钱维持生计。"

我点了点头，对于黑木的话我非常认同，指着司徒天介绍道："黑木先生，这家伙叫司徒天，他是我从小玩到大的好兄弟。对了，黑木先生，我们俩头一回驮尸，接下来我们该干什么？为何山本先生不亲自来送他妹妹走完最后一程？"

黑木像看怪物一样看着我解释道："在日本有个不成文的规矩，但凡女性死者选定了驮尸人，男性家属均不能露面，否则会招来厄运。当然，这些东西并非迷信，因为我斩穴多年，中途也遇见了不少诡异之事。"

司徒天顿时兴趣大增，搓了搓手对黑木说："黑木先生，能给我讲几个您经历过的离奇诡事？"

黑木对司徒天点了点头，他走在前方带路，我们沿着一条通往山顶的石板路走去。

黑木边走边思考了许久，低着脑袋开口说道："那我给你讲个和长命灯有关的故事吧。"

我一脸不解之色望住黑木，引魂灯我听过不少，这长命灯到底是啥呢？

以下是黑木所讲的故事，一家在天皇时期特别出名的灯笼铺，一盏非常恐怖的长命灯。

日本天皇时期元和四年元月八日，有一家叫长命灯的灯笼铺，铺头里的店主叫川下，川下以做死人灯笼闻名。某天夜里，川下做了个噩梦，他梦见自己被人杀了，还有他制作长命灯的秘密也让人曝光了。

第二天深夜，川下和往常一样准备做长命灯，他制作灯笼的过程不允许任何人观看，包括自己的妻子美惠子在内。美惠子一直很好奇，于是终于忍不住偷偷跟在川下身后，打算看看长命灯究竟是如何造出来的。

川下和往常一样，躲在一间小木屋里，美惠子则把白纸糊的窗户戳了个小洞，顺着洞眼望进去，结果她的瞳孔猛然紧缩，她发现自己的丈夫居然在裁剪一张鲜血淋漓的人皮，川下右手握着一把大剪刀，咔嚓咔嚓地剪着，剪刀上还染了不少血，在旁边还有许多块状用于编灯笼的软竹子。

川下很快把一张人皮的三分之二给剪成灯笼形状，走到角落里的小木桌旁，拿起事先点燃的蜡烛，蜡烛在人皮上炙烤，发出滋滋滋地响声，很快人皮就被蜡油软化了，把人皮放在一旁晾着，拾了几根竹子编织成灯笼，再把烫好的人皮贴到上面，用蜡烛来回烘烤，一个完整的长命灯完成了。

(2)

美惠子被吓坏了，她扯着嗓子失声尖叫，在屋内的川下自然听见了她的叫声，立刻拿起手里的大剪刀冲出门外，手上还有血迹未干，死死盯住自己的妻子，质问道："惠子，你刚才在偷看？你说！你究竟看到了什么？"

美惠子脸色苍白往后狂退，一个不小心跌倒在地，哭泣着说："川下，我什么都没看见。"

川下握紧剪刀徐徐逼近美惠子，双眼眯成一条缝，狰狞地说："是吗？惠子，虽然你是我的妻子，但是你知道了我的秘密，我一样要送你一盏人皮长命灯！而且我还要亲手剥下你的皮来制作。"

川下毫不留情地用剪刀剪开美惠子的肚子，将她的皮完美剥下，制成了人皮长命灯。

听黑木讲完人皮长命灯的故事，我彻底吓傻了，有一个极度骇人的场景，在我脑海中渐渐浮现，一个老头子手里拿着一把黑色大剪刀，走到我面前说要剥下我的皮，做成一盏人皮长命灯。

不知不觉间，我们三个人已经来到了山顶的殡仪馆，殡仪馆整体面积不算太大，在同类殡仪馆中估计算一般吧，我们还没跨进殡仪馆的大门，隔老远就在空气中闻到了一股冥纸焚烧过后的味道，随后扑面袭来浓烈而刺鼻，让人心生呕意的尸臭味。

我跟在黑木后头跨入殡仪馆，映入眼帘的先是一大堆白色花圈，馆内两旁还摆了不少红漆棺材，棺材的棺盖上还贴有一张红纸，纸上写有不同的名字。

就在这时，一只白猫突然从后堂窜出来，纵身一跃，举起猫爪扑向

黑木。

我跟司徒天被吓了一跳，连忙左躲右避，黑木依然面不改色，站在原地一动不动。

随后，后堂传出悠扬动听的箫声，那白猫顿时温顺无比，站在黑木肩膀上低声喵喵叫。

黑木抬手抚摸着白猫的背毛，大声打趣道："白岛，你还不快点出来见见老朋友？"

话音未落，一个年龄和黑木差不多大的老者从后堂走出来，朝白猫招招手。

那猫仿佛受到了召唤，从黑木肩上跳下去，跑回他脚边站着，老者先是看了一眼黑木，又扫了一眼我跟司徒天，便笑骂道："黑木老鬼，你又收徒弟了？"

黑木立马摆了摆手，感叹道："白岛，你误会了，这两位是替山本先生驮尸的。"

白岛眼中闪过一丝精光，阴阳怪气地说："黑木，山本龙一当真就请了这两个小家伙？"

我跟司徒天听到这轻蔑的话，马上就非常不爽了，心想这老家伙啥意思？

我迈着步子走到白岛跟前，摆出一张超级臭脸说道："白岛先生，您看现在时间紧迫，因为要赶在天亮之前完成，所以我们没多少时间闲聊了，能把山本先生妹妹的遗体交给我吗？"

白岛点了点头，用眼神示意我们跟着他。然后，他转身向最里边的一口棺材走去。我亲眼看他撕下棺盖上的纸，单手推开棺盖，棺内躺着一名被薄膜完全密封的女子。女子一身日本樱花和服，那张毫无血色脸上画着浓妆，脸颊两旁高高顶起的颧骨，以及那张樱桃小嘴都涂满了胭脂红，双手合十放在肚腩之间，脚下是一双木屐鞋。唯一让我不解的是，山本晴子的脖子上有一对非常明显的奇怪牙印。

司徒天的眼睛虽小，但眼神儿非常尖锐，自然也发现了山本晴子脖颈处的奇怪牙印，他顿了顿指住牙印的地方，问道："白岛先生，您知道晴子小姐是怎么死的吗？"

白岛凝视着棺材内的山本晴子，叹息道："晴子小姐，是被巨蝇吸干了血。"

我接了一句嘴问道："巨蝇？白岛先生，巨蝇很厉害？它是什么东西？"

站在旁边一直没开口的黑木，却忽然说道："我知道巨蝇的由来，我讲给你听吧。"

大概在平安时代后期，有位名叫宫本的富商，他的产业主要集中在在岛原路偏南的寺町街上。宫本为了扩大自己的生意，开始弄起了饮食业，当时最火爆的生意，当属吃极品野味。

宫本通过一些打猎好手，猎捕到许多狸猫，把狸猫拿来炖汤，做成美味佳肴，高价出售。

久而久之，宫本这一举措十分成功，很快就有许多社会名流慕名到他的店里吃狸猫肉。

然而，宫本一直有一个怪癖，他喜欢把所有的狸猫关在一起，然后在同一天杀掉。他经常按照客人需求来宰杀狸猫，生意越发红火的同时，发现狸猫的数量供不应求，宫本开始着急了。

一个星期后，宫本发现狸猫没了，立马招来那群猎手，不惜提高价钱也要猎杀大量狸猫。

猎手们都清楚，附近一带的狸猫，基本上都让他们杀光了，几乎处于灭绝边缘。

其中一名猎手站出来建议道："宫本先生，狸猫被杀得太多了，我们何不如用别的肉类代替呢？我当猎手多年，自然也接触过不少饮食业的人物，因为肉类只要加工得好，味道相似，基本上没人能吃出差别来。狸猫肉跟田鼠肉相近，何不如捕杀田鼠来代替？这样一来能降低不少成本。"

宫本对于猎手的建议想了好久，可是转念一想，还能节约成本，连连点头表示认同。他立即下令，由发出建议的猎手负责，大量捕杀田鼠，并提出田鼠按头数来计算工钱，还会嘉奖出色猎手。一开始，田鼠肉代替狸猫肉没露出马脚，可随着时间推移，有一名将军在宫本店里吃了用田鼠代替的狸猫肉，竟然当场猝死，脸色发紫，身上长满了大大小小的紫斑，还有许多蝇在疯狂啃食他的尸体。

将军府的人发现将军离奇猝死，立马抓来宫本审问，结果田鼠肉曝光，宫本所有的产业全被封杀，还惹上了牢狱之灾。如此一来，宫本在一夜间便一无所有，他还欠着猎手们的工钱没给，直到有一名猎手去探视他时，他才明白事情的真相。

宫本知道自己被猎手们给整了，猎手们嫌他太吝啬，事先喂田鼠吃剧毒粉，田鼠炖成汤让人喝了，自然也会中剧毒，浑身抽搐不说，还会长满大小不一的紫斑。宫本入狱的翌年深冬，突然染上怪疾，惨死在监牢中，遂于元禄十五年（1702年）过世。他过世的第二天，从监牢外突然飞进一头极大的巨蝇，在宫本的尸体上来回啃食。看到这么大一只的巨蝇，士兵们都觉得非常惊讶。

因为无论何种蝇类，一般来说，都不会在大冬天出现，就算是炎热的夏天，也很少看过如此大的巨蝇。

士兵们厌恶巨蝇不断地纠缠，心里觉得又躁又烦，偷偷摸摸地抓住大蝇，将它残忍杀害。或许是因为巨蝇数量多，不到一会儿，又有许多巨蝇相继飞来，数量多到让人害怕，它们开始疯狂啃食起活人来。一夜之间，整个牢房内没有一人活下来，要么是被吸干了血气，要就是活活啃死。

黑木打了个长长的哈欠，露出轻松的笑容问道："怎么样？白岛，我讲得好听吧？"

白岛白了黑木一眼，毫不留情地打击道："行了，你不炫耀能死？赶紧驮尸出发。"

说罢，白岛转身离开走回后堂，黑木揉了揉自己的鼻子，拉上司徒天走到山本晴子的棺材前，把一串紫铃铛递给司徒天，并低声嘱咐道："好了，小家伙，你先把铃铛绑在自己的右手上，你驮一段路程，回头到了神奈川县交界处，再换另外一个小家伙驮。"

我走到司徒天身边帮他把山本晴子的尸体从棺材里抱出来，放到他背上，拿出事先准备好的红绳，围绕着尸体和司徒天后背绕上几圈，快速打两个绳结，尸体就这样绑在了司徒天的背上，我还帮他绑了紫铃铛。

司徒天对我微微一笑，驮起尸体往外走，还不忘开口说道："黑木先生，我这人喜欢听各种各样的诡异故事，我看您应该知道不少日本的民间故事吧？回头您在路上要多给我讲讲，让我听个过瘾。"

黑木连连点头，表示没有问题，他在最前方领头，司徒天在中间驮着尸体，因为山本晴子本人并不重，司徒天驮起来也不吃力。我跟在司徒天后头，临下石板小路时，还回头望了一眼殡仪馆，我发现那只白猫竟然双眼直冒绿光，站在殡仪馆大门口死死地盯住我。

第五章　凶宅旅店，妖狐姥姥

(1)

我让白猫盯得头皮发麻，连忙加快步伐离开。我们从殡仪馆下来后，司徒天驮着尸体在跟黑木老头闲聊，因为我们要快速赶往神奈川县的墓园，墓园建在深山老林内。只有通过步行才能把尸体驮过去，走的都是一些山间小路，尤其是驮尸人这个行当，业内人士最忌讳走阳光大道，因为容易沾惹大量人气引发尸变。

司徒天自幼习武，力量比我还大不少。这家伙驮着一具尸体大气都不带喘，估计是耐不住好奇，听故事的瘾又犯了，傻笑着说："黑木先生，反正现在路上也无聊，干脆您给我讲故事吧。"

司徒天双手托着尸体，往上提了提追问道："黑木先生，您听说过和猫有关的故事吗？"

黑木忽然笑了，他抬头看着不远处说："有啊，我给你讲一个超恐怖的猫眼男孩。"

距今大约 200 多年前，日本江户时代，有一个很贫穷的小村子住着一群喜欢养猫的人，整个村子都是靠养猫来赚钱维持生活，村子里的人心肠都很善良，但是却极为贫穷，由于村子里的夫妇生了很多小孩，他们发现要靠养猫赚钱，来养活孩子并不容易。

随着村子里第 100 个男孩出世，男孩叫夏木，他一生下来就跟别的孩子不同，生下来没多久就会开口叫妈妈，还能替父母干粗活，脑子异常聪明，就是怎么也长不高，夏木到六七岁了，连同龄人一半的身高都没有。

夏木渐渐变得孤僻，性格开始扭曲，因为贫穷没能去上学，闲暇时只能在家里干农活，或者养猫。他跟猫相处的时间越长，越觉得自己像一只被人歧视的猫，不知从什么时候起，他试着跟猫一起生活，一起嬉戏打闹，一起吃饭睡觉。直到后来，夏木还学起了猫叫和猫走路的步伐。

夏木学习猫的事没跟任何人提起，直到他9岁那年，在地里干农活不小心从山坡高处摔下来，摔瞎了一只左眼，夏木的母亲接到消息时，当下昏死过去。在村子里唯一的医生建议下，杀了一头黑猫，给夏木换上了一颗墨绿色的猫眼。

夏木在床上躺了整整三天，身体才恢复正常，半个月后眼睛拆线当天，左眼的视力比起原来还强许多倍，甚至能看到极其细微的东西，到了夜晚仿佛拥有了红外线夜视仪，他拥有了猫的夜视能力，变得更加像猫了。

两个月过去了，夏木一直喜欢晚上到河里洗澡，今天晚上，他依然拿着衣服到村头的小河边洗澡，先把衣服放在河岸边，将自己脱个精光，扑通一下跳入河里，夏木刚下水不久，突然从河水下冒出一头体型巨大的独眼黑猫来。

独眼黑猫怪叫一声，张开血盆大口把夏木整个咬断，夏木在瞬间死于非命，脸被猫咀嚼成碎片，上半身还留下了一道深深地猫痕，下半身不知所踪，独眼黑猫杀死夏木后，潜入河底消失不见。等到第二天早上，全村的猫纷纷离奇暴毙，连带整个村落的人都死了个精光。

司徒天吞下一口口水，突然有点尿急，站在一旁解开皮带，边小便边对我调侃道："白逸，你小子以后别随便惹猫，小心猫来找你报仇！不过，黑木先生讲的这故事还真挺吓人，毕竟把猫眼装到人眼里，居然还能用，真是太匪夷所思了。"

黑木却不以为然地干笑着说："小家伙，你可知这大千世界，天天都在上演不同的奇闻逸事？而我这些年的所见所闻，仅仅是冰山一角罢了，要说真正厉害的还是那些身怀奇术的阴阳师，阴阳师终身与妖怪打交道，见闻

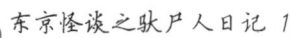

很广。"

黑木提及阴阳师，我又摸了一把手腕上的七彩佛珠，内心深处总有一种感觉，神秘阴阳师给我和司徒天的七彩佛珠，会在今夜起到大用途。在我看来，学校后山从天而降的阴阳师实在是太厉害了，他送的佛珠肯定厉害。

司徒天小便完毕，系好皮带，驮紧尸体转身继续往前走。

司徒天没发现什么诡异之处，而我却发现了一个疑点，因为我发现背后好像有人在跟踪自己，虽然对方气若游丝，可我与生俱来的第六感，绝对不会欺骗自己。

我看着最前方的黑木离司徒天较远时，立马小跑到司徒天右耳边："司徒，我发现气氛不太对头！后面好像有人在偷偷跟着咱们，这路真的是去神奈川县的墓园？咋给我一种阴森森的感觉，差点没让黑木说的故事活活吓死！"

司徒天深吸一口气，双手托住尸体往背上靠了靠，反过来调侃我："白逸，你怕个屁啊！故事而已，听着过瘾就好，管它是真是假？再说了，我们担心也没太大效果，该来的始终会来。"

黑木走着走着忽然在前面停下了脚步，导致司徒天差点撞上去，黑木抬头看了看月朗星稀的夜空，拉长着一张苦瓜脸喃喃自语道："真是出门不利，今天晚上十点之后，属于怨气最厉害的时候，希望不会遇上妖怪。"

我踱步到黑木身后，自然听见了他方才的碎碎念，出于好奇便问道："黑木先生，在日本真的有妖怪吗？"

黑木先是点了点头，又跟着摇了摇头说："我听过一个跟妖怪有关的故事。"

日本奈良时代恒武天皇迁都平安京，在他的统治之下，突然爆发了百年难得一遇的鼠疫，鼠疫像龙卷风一样席卷了整个平安京，恒武天皇立马颁布法令，为了扼杀瘟疫源头，各个地区开始疯狂灭杀老鼠，但凡见到鼠类一律杀无赦！

同时，恒武天皇还颁布了另外一条法令，在京都全城抓捕染上了鼠疫的普通百姓，只要染上鼠疫的百姓都会被隔离起来，私底下用火将其全部烧死，借此达到防止鼠疫病毒二次疯狂扩散。

恒武天皇在颁布隔离法令当晚，全城所有士兵开始疯狂逮捕感染了鼠疫的人们，捉来身染重疾的病人，全用烈火焚烧而死，连死者生前的衣物一起烧毁，那些肮脏的老鼠同样难逃一死，像感染了鼠疫的人那样在熊熊烈火中死去。

据悉，那一夜日本平安京死亡了近万人，连带着各种类型的老鼠，只要是老鼠，人们都会想办法将它活活烧死。经过一系列有效的措施，鼠疫总算得到有效控制。不过，当时的大夫没能研究出抵抗鼠疫的药，所以只要染上鼠疫，唯有等死。

灭鼠行动在全日本大范围进行，直到第三个月最后一天，有人流传说那天晚上，天降异象，在恒武天皇的家中居然出现了一头酷似人形的老鼠，老鼠体型巨大，还能站立行走，出手攻击了恒武天皇。

在恒武天皇命悬一线之际，多亏当时负责保护恒武天皇的贴身护卫，及时发现人形巨鼠，以死相搏，才从巨鼠手中救下天皇，当晚有高僧前往天皇的府邸，告诫恒武天皇，说他下的法令不好，一时间杀灭太多老鼠招来鼠妖。

次日，恒武天皇撤销了大量灭杀老鼠的法令，让百姓们见到老鼠躲避即可，或者让猫来捕杀老鼠，鼠疫事件慢慢得到平息，直至最后人们完全忘记了这事，包括恒武天皇被人形巨鼠攻击一事，也鲜有人知。

(2)

黑木边讲故事，边领着我们朝神奈川墓园前进，一路上我听得津津有味。

黑木抬头看了一眼夜空，又看了看我，说道："快下雨了，现在换你驮。"

我点了点头，按照黑木的话把司徒天绑在背上的尸体解开，让司徒天把尸体绑到我背上，好让我继续驮尸赶路。我走在黑木身边，小声问道："黑木先生，您刚才说快下雨了，咱们还要走多久才能休息？"

黑木想了想回答说："快了，你别看这地方偏僻，只要你出钱，还是有旅店可以住的。"

我驮着尸体遥望远方，暗自估算着路程，距离神奈川县的墓园还有两个多小时左右的路程，不出意外的话，今晚应该能完成第一单驮尸任务。

我们三个刚穿过一片小树林，还没走出多远，天空突然乌云密布，狂风乱舞，电闪雷鸣。

黑木见状不由大喊道："快往前冲！暴雨要来了，我们要快点找到旅店投宿。"

我驮着尸体跟在黑木背后快速奔跑，司徒天在我后头压阵，我们三个人运气极好，还没跑出一段路，便瞧见不远处有一家旅店。旅店的形状颇为怪异，旅店两旁的木门上挂着两盏大红灯笼，建筑风格带点江户时代的复古气息。

我们跑到旅店门口。我驮着尸体不方便入内，结果一位少妇却迎了出来。

少妇看着我们三个人，开口笑道："住店一晚，每个人收九十日元。"

黑木直接拿出二百七十日元交给少妇，对方连问都没问，收好钱领我们进店。

旅店外头下起了倾盆大雨，震耳欲聋的雷声，让我烦躁不安，气氛十分压抑。

因为我是驮尸人，片刻不能离开尸体，除非有人替我监班，方可离开尸体。

黑木和司徒天聚在我房间里，讨论着后头该怎么办。毕竟，这暴雨还不知道要下多久。

我们三个人经过商议后，最终决定，暴雨一停立马出发，为了不耽误下葬之日，唯有赶工了。

第五章　山宅旅店，妖狐姥姥

黑木见现在有些无聊，反问我跟司徒天："你们听过富士山下的传说？"

我先是摇了摇脑袋，对黑木说道："黑木先生，您说的富士山下，是陈奕迅的一首歌？"

司徒天白了我一眼，说道："白逸，别瞎问，听黑木先生说。"

黑木从怀里拿出一盒香烟，抽出一根烟点燃吸上几口，才开始说："在日本所有子民的心中，最神秘的山脉就是富士山，传说富士山内住着许多狐狸。狐狸作为极富神秘色彩的灵兽，屡次在深山老林中出现，尤其是凶宅、墓地、坟场等地方。还有更离奇的说法，据说富士山倒过来看像一只巨大的狐狸，曾经还有人在富士山见到过，半夜跑来跑去的妖狐，妖狐旁边站了一位妖狐老太婆，即为妖狐姥姥，在富士山顶吹雪花。"

平安时代有一名叫太郎的画师，他为了考证妖狐姥姥是否真的存在，不惜深入富士山探险。太郎家境一般，虽然算不上富裕，但靠着祖上遗留下来的祖产，解决温饱问题足矣，可惜他已经快30岁了，至今依然是孤家寡人。

太郎最大的爱好，就是画出一幅惊天奇画，好一举成名，再找一个貌美如花的老婆。

在好朋友的建议下，太郎花了大价钱，买好登山的装备，选择在晚上进入富士山，结果登山到半山腰，就发现一只奇怪的动物蹲坐在山顶，双眼发光地看着他。

这动物浑身雪白，似人非人，颜面又似妖怪，眼眸如翠玉般油绿，又有非常漂亮的面容。

太郎发力冲上去，仔细一看，结果发现这只怪物的脚上有伤，定睛望着自己的绿眼眸，又很惹人爱怜。踌躇一阵之后，太郎还是决定上前再看个仔细。

奇怪的是，眼前这只动物竟能吐人言："我是妖狐姥姥，为富士山的守护神，守护富士山多年，不被其他妖怪入侵。因前几日被进山打猎的猎户所伤，自从受伤之后，既无可果腹之物，也没疗伤之法。希望您怜悯我，施舍些爱心给我，请您帮我疗伤，再赐给我些食物，好吗？"

太郎本性善良，见妖狐姥姥如此可怜，从背包里拿出之前准备的应急药物，替妖狐姥姥包扎了伤口，还喂了许多食物给它吃，妖狐姥姥带着太郎回到了它所在的家，是一家破败不堪的小旅店，在太郎的悉心照料下，妖狐姥姥很快就痊愈了。

某日，妖狐姥姥好得差不多了，便招来太郎问道："你是我的救命恩人，说吧，想实现什么愿望？"

太郎傻傻地盯着妖狐姥姥，脸色有点发红，羞涩地说："我，我想给你画一幅肖像。"

妖狐姥姥欣然答应，坐在一张桌子上，太郎兴奋地拿出背包里的画具，开始画了起来。

太郎在绘画方面造诣颇高，寥寥几笔，妖狐姥姥的形象立马跃然纸上，细看之下，那简直就跟现代用相机拍的照片一样，尤其是那双勾人心魂的墨绿色眼睛，更是被太郎画得格外有神。

大概10分钟之后，太郎才画完了整幅画，盖上自己的签章，写下落款。他很高兴，因为妖狐姥姥这幅肖像是一张惊世奇画，绝对能让他一夜成名，光是想着以后能名利双收，太郎还有点小激动。

太郎显得有点心急了，一心想着扬名天下，欲向妖狐姥姥告别："我该走了，谢谢你。"

妖狐姥姥在太郎离开旅店时，还不忘警告太郎："太郎君，我知道你是一个心地善良的好人。不过，千万别把遇见我的事说出去，不要让人知道我的存在，更加别让人知道这家旅店，否则，你会立马死于非命！"

太郎一心想着成名，哪里还会听妖狐姥姥的劝告，随口应付了事，太郎最终还是离开了，回到自己居住的地方，他靠着自己给妖狐姥姥画的那张肖像，开始大肆宣扬自己在富士山遇见的奇事，早把妖狐姥姥的告诫抛之脑后了。甚至还召集一群当地有名的画家，让他们来家中观赏妖狐姥姥的肖像。

所有人都在夸奖太郎画艺超群，甚至有神来之笔的感觉，因为看画的人都有一个感觉，画上的妖狐姥姥仿佛像活物，那双墨绿色的眼睛，隐约还会转动，看画者会在脑海中自动浮现出一个画面，在大雪终年不化的富士山之上，有一头全身雪白，貌若天仙的妖狐蹲在上面，俯瞰整个京都。

太郎在收获名利的同时，发现自己的身体出了毛病，他开始掉头发，脸上毫无血色，还有点蜕皮。有一天夜里，太郎在屋子里看挂在床头的那张妖狐姥姥肖像，他整个人跟老僧入定般坐在床上，连动也不动一下。

忽然，那张肖像上的妖狐姥姥发出点点绿光，那双眼睛居然会发光，一颗白狐头从画中慢慢凸显出来，张开嘴巴吸起了太郎的阳气来，太郎双眼张开老大，身上的头发和眉毛在瞬间就全白了，原本白嫩的肌肤，立马布满了千沟万壑的褶子，渐渐地太郎变成一具干尸。

直到第二天，有同行画师来拜访，才发现惨死家中的太郎，太郎变成了一具干尸，连白森森的骨头都能看见，而那张挂在床头妖狐姥姥的肖像上空无一物，只留下一行字：言而无信者，定吸光阳气！

黑木喝了一口矿泉水，坐在我对面问道："怎么样？我说的故事如何？算故事大王吗？"

司徒天吃着旅店提供的饼干，饶有趣味地点头说："算！黑木先生，你讲得太给劲儿了！"

谁知黑木却开始摆手，放好矿泉水，自嘲地笑着道："比起我徒儿流川，我还差一点，流川那臭小子，才算当之无愧的故事大王，他继承了我的衣钵，平日里还喜欢研究各种风俗禁忌，收集各类诡异怪谈。"

第六章　黑冢窃尸，佛珠发威

(1)

我顿时对黑木的徒弟很好奇，因为我跟司徒天差不多，从小就喜欢听故事，小时候没少听教我和司徒天练武的老头子讲故事，导致后来我们俩武艺平平，练武的心都用去听老家伙讲故事了。

司徒天拿出手机看了一眼时间，转过大脑袋问黑木："黑木先生，不知道这雨什么时候才能停，希望我们这一路不要出啥大乱子，最好能尽快赶到神奈川的墓园，将山本晴子小姐准时下葬立碑。"

黑木看了一眼房间的窗户外，雨水打在窗户上发出噼里啪啦的声音，一道闪电掠过，这时窗户突然冒出一个干瘪丑陋的脑袋，脑袋头发稀疏，额头皱纹满布，定眼细看竟是一头妖怪从窗户外跳了进来。妖怪双目血红，鼻子好比鹰勾，耳朵尖细修长，身体骨瘦如柴，衣服破烂不堪，打着赤脚，右手还拎着一把染血的菜刀，左手赫然提了一个蓝色包袱，妖怪把包袱顺势抛出，然后跳出窗外。

包袱在半空中散开，结果里面居然滚出三颗血淋淋的女人头。有一个女人的头颅，差点飞到我手上，幸好我躲避及时，才没中招。不过，看着地上那三颗人头，我的五脏六腑瞬间开始翻腾，跑到旁边张嘴干呕，差点儿连胆汁都呕了出来。

司徒天在旁边扶着我，向黑木提问道："黑木先生，您知道刚才的妖怪？"

黑木凝视住地上的三颗脑袋，面色凝重地说："那妖怪叫黑冢，其相貌丑恶，只喜欢收集美女的头颅，别名又叫窃尸怪。黑冢是一个很喜欢在雨夜出没的家伙，经常活动于坟地，鼻子非常灵敏，百里之内可闻到尸味，它喜欢把刚刚死去不久的人的尸体偷走，送到别人家里吓人，是一个喜欢恶作剧的妖怪，有时候又会只砍下尸体的某个部位，所以也有人叫它解尸怪。"

黑木换了口气又继续说："民间还有另外一种传说，黑冢是一极端危险的妖怪，总是袭击单身美女，猎其头收藏。据说黑冢生前是一好色老头，调戏良家妇女被村人乱棒打死，死后怨念不灭，借一老妇的尸身化为妖怪，专门报复女子。总之古时民间女子单独夜行时遇见黑冢会用黑炭涂黑面部，让黑冢认不出自己是男是女，或许能逃过一劫。"

我总算没继续呕吐，脸色恢复了正常，突然想起我放在司徒天房间的尸体，立刻大喊道："黑木先生，我们赶快去看看山本晴子小姐的尸体！倘若如您所说，黑冢喜欢偷窃尸体，山本晴子小姐的尸体岂不是很危险？"

黑木反倒神秘地笑了，他指着我腰上挂着的一串紫色铃铛说："你别慌，只要铃铛没响，则代表晴子小姐的尸体安全无恙，因为紫铃铛和尸体上那串铃铛相通，倘若尸体离开铃铛超过一定范围，你身上的铃铛会发出急促地响铃声。"

司徒天跑到我右侧，伸手把玩了一下紫色铃铛，调侃道："没想到，这紫铃铛还有如此奇效，不过，刚才那头窃尸妖怪来时，我手里的七彩佛珠忽然有了反应，身体莫名其妙地充满了力气。"

我侧着脸望着司徒天，又瞧了一眼我对面的黑木老头说："不会吧，七彩佛珠真有反应？"

黑木一脸好奇之色地看着我们俩，追问道："你们两个小家伙，到底在说什么七彩佛珠？"

我挽起袖子亮出戴在手上的七彩佛珠，顿了顿才开口说："黑木先生，这七彩佛珠是一个神秘的阴阳师在救下我们兄弟二人性命时所赠，还断言我们俩一周内会有血光之灾，让我们俩要小心性命不保。"

黑木看见七彩佛珠之际，瞳孔立马紧缩，那模样好似受到了极度惊吓，他快步跑到我面前，紧紧地握着我手上的佛珠，问道："小子，你还记得那个送你这串佛珠的人，现今身在何方吗？没想到啊，那位高人居然还在人间！"

我打了个哆嗦抽回手来，因为黑木那眼神，给我一种他想把我活吞了的错觉。

黑木意识到自己失态了，他尴尬地笑着转移话题："你们俩拥有他送的信物，一定要好好保存，他不愿跟你们说他的身份，你们亦无需打听太多。毕竟，有些事情，你们俩目前还没有资格知道。"

就在这时，我身上的铃铛传出响声，很明显有东西接触了山本晴子的尸体。

黑木率先反应过来，朝着司徒天的房间冲去，我和司徒天紧随其后，还没进司徒天的房门，便看见进店时看到的那个美少妇竟然抱着尸体冲了出来。美少妇看见我们三个人直接迎上来，幻化出原来真实的模样。

美少妇的脸变成了一张尖嘴狐腮的狐狸脸，白色的毛发覆盖住全身，背后还有三条尾巴在左右摇曳着。狐狸把山本晴子的尸体，用尾巴牢牢卷住，张开利爪向我和司徒天杀了过来。我见状立马来了个驴打滚，取下腰间的九节鞭，朝狐狸的脸用力挥去。

狐狸顺势来了个摆尾，借助于另外一条尾巴，挡下我的攻击，司徒天抓住空挡甩出他的九节鞭，啪啪两声脆响，九节鞭在狐狸背上留下两条血色鞭痕。

狐狸顿时疼痛不已，张嘴嗷嗷大叫，司徒天又乘机朝着狐狸的尾巴连抽三鞭，山本晴子的尸体落地，我跑过去把尸体驮在背上，生怕这狐狸把尸体抢走了，黑木夺过我手里的九节鞭，以超乎常人能理解的速度，疯狂地鞭挞着狐狸。

在司徒天和黑木的九节鞭连环攻击下，狐狸被抽得奄奄一息，蜷缩在角落瑟瑟发抖。

第六章 黑冢窃尸，佛珠发威

黑木把九节鞭丢给我，走到狐狸面前问道："你是妖狐姥姥？为何要偷尸体？"

狐狸浑身是伤，呜咽着说："我也不想偷尸，但是这家旅店原本就是一间凶宅，我当初吸了不少活人的阳气，经过修炼之后才幻化成狐狸，如今来这里的活人越来越少，我的修炼止步不前，为了吸收更多的阳气，才把原来的破房子变成旅店。"

话音未落，狐狸转身喷出一阵青烟，化为一道白雾而消失不见，顺带着连旅店一起消失了。

我驮着尸体，看着眼前突然发生的怪事，不禁有些缓不过劲，压根不敢相信这都是假的，进门口的那个年轻美少妇，竟然是狐狸演变的，而且还是那种千年老妖怪，妖狐姥姥这名字还真没叫错，整个跟黑山老妖没多大区别。

暴雨在我们与妖狐姥姥打斗时，就已经停止了。现在气温有点冷，朔风像刀子一样刮打着我的脸，冷到让人直打哆嗦。妖狐姥姥逃跑了，我们一行人又再次开始赶往墓园，还没走多久，我感觉脚下有什么东西，低头一看地下凭空出现一双干枯的手，那双手把我钩倒在地。

黑冢再次惊现，抱起山本晴子的尸体就往前狂跑，连头都不回。我那个郁闷啊！看来这妖怪还真够执着，我和司徒天相视一眼，自然朝着黑冢逃跑的方向追去，黑木年纪虽大，可速度一点都不比我们俩慢。

黑冢抱着尸体身手好比猴子那般灵活，在丛林里快速奔跑，幸好我和司徒天专门练过，比起黑冢虽然没它快，但也不会轻易被黑冢甩掉，我们一路追踪来到一处杂草丛生、立满了墓碑的无名墓地。

黑冢在一处墓碑前停下，把山本晴子的尸体放在地上，扬起手里的刀，准备砍下其脑袋。

司徒天见状立马打出九节鞭，锁住他拿菜刀的手腕，使劲儿往前一扯，菜刀飞出一米多远。

我拿出自己身上的那根九节鞭，右手猛然发力，鞭声划破空气，打到黑

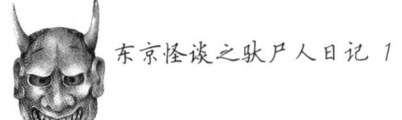

冢的身上。

(2)

正当我想着打出第二鞭，岂料黑冢反手一抓，死抓住我的九节鞭，昂首怪叫，开始发生异变，原本看着瘦弱的身子，此时强壮的肌肉突起和青筋暴起。它使全力把我拖了过去，我被拉得凌空飞起。

司徒天见我遇险，取出小腿上的短刀抛给我，我成功接住刀，在接近黑冢之际，立刻拔出短刀，对准黑冢的眼睛狠狠地刺下去。从习武那天起，老家伙就警告过我，要么不下手，一下手就必须致敌以死命！

黑冢疼痛不已，把我的九节鞭丢开，它想一脚踹飞我。我手里握紧短刀一个转身，反手对准它另外一只眼睛刺下去。黑冢抬手格挡，刀刺穿其手掌。司徒天立刻奔了上来，把山本晴子的尸体拖到黑木脚边。

我依然拿着刀在黑冢身上一顿乱划，不得不说，外国产的冷兵器就是锋利，划起妖怪来根本不费力。司徒天这家伙偷偷绕到黑冢背后，高高跳起来，抛出九节鞭锁死它的脖子，咬牙一拉，黑冢的脖子显出几条勒痕，我顺势往它的脖子补上一刀，不出顷刻，黑冢就归西了。

黑冢死后，我暗自松了一口气，毕竟这妖怪比起之前妖狐姥姥凶猛残暴多了。

只不过，事实证明，我高兴得太早了，黑冢那具尸体突然发生尸变，尸体像起初的裂口女那样，分裂成无数只血虫子，虫子经过几次裂变和重组，再度演变成黑冢的身形，速度比起之前快了数倍，一个瞬间移到我面前，抬手就是一巴掌抽到我脸上。我来不及反应，直接让变异后的黑冢扇飞出去。

司徒天反应比我快，扬起手里头的九节鞭，抽到黑冢身上，结果九节鞭整条没入它的身体内部，基本等于打在了棉花上。黑冢咧开自己那一张大嘴，把司徒天活吞到肚子里去了。

我从地上爬起来，浑身跟散架了一样，发现司徒天惨遭活吞，双眼泛红大吼道："该死的妖怪！你找死！竟敢活吞我的兄弟！"

第六章 黑冢窃尸，佛珠发威

我现在十分愤怒，虽然平日里我喜欢跟司徒天抬杠，但我们俩的感情其实很深厚，不是亲兄弟，却比亲兄弟还亲。我拿着司徒天给我的刀，双脚踏地，整个人宛如利箭射出，刀径直插入黑冢的脑袋，结果我发现自己居然拔不出刀来，黑冢连血都没流半滴，反倒加深吸力，把我也给吸到了肚子里。

我只觉得眼前一片黑暗，还伴随着让人反胃的酸臭。我在黑暗的空间里，毫无章法地拳打脚踢，急火攻心吐出一口血来，血液顺着手臂流到七彩佛珠上，七彩佛珠绽放出耀眼的七彩佛光。我手臂上的七彩佛珠，发出的佛光冲破黑冢的肚子。我跟司徒天成功死里逃生。我们俩总算活了下来，浑身污秽之物，还非常地臭。黑冢早已灰飞烟灭！

黑木这老家伙在一旁守着尸体，站在不远处，抬手叫道："你们快过来！准备驮尸出发！"

我和司徒天顾不得身上邋遢，因为驮尸的时间紧迫，现在要加快脚步才能顺利完成这次任务了，我方才与黑冢展开恶战，消耗太多体力，所以我先让司徒天去驮尸，他驮一段路程，我驮一段路程。

司徒天自然没啥意见，黑木把山本晴子的尸体放在司徒天背上，并且牢牢绑紧，颇为好奇地看着我问道："小家伙，你在那妖怪肚子里头，到底搞了什么东西，居然把那家伙给活活炸死了？"

司徒天驮着尸体，也很好奇地看着我："对啊！你小子莫非有啥秘密武器没亮相？"

我无奈地耸了耸肩，高举右手解释道："行了，什么鬼秘密武器，我能活下来就靠着手上这串七彩佛珠。当时我发现司徒天让黑冢活吞，立马拿起短刀去拼命，结果反倒手臂受伤被活吞了，在我进入它肚中没多久，手臂上的血液流到佛珠上，佛珠绽放出万丈七彩光芒，才将黑冢给炸成了灰烬！"

司徒天明显不太相信我说的话，把食指挪到嘴边咬了一口，挤出一滴血到佛珠上，等候老半天，结果那滴血液倒是让佛珠吸收了。可惜，到头来佛珠半点反应都没有，这下子把司徒天的肺都快给气炸了。

黑木和我见状，顿时站在原地哈哈大笑，因为司徒天的举动实在太

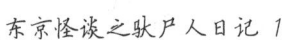

逗了。

司徒天恼羞成怒指着我破口大骂:"笑!你笑屁啊!给老子闭嘴!不准笑!"

看着司徒天发飙怒吼,我跟黑木连忙停止笑声,有些事不能太过分。

我们俩在黑木的带领下,继续向神奈川县的墓园前进,一路上大家都没怎么说话,气氛有点诡异。我是彻底吓傻了,因为今晚的经历比起学校后山那裂口女还要震撼,不禁在内心暗自思考,驮尸人这条路到底该不该继续走下去?

相反,司徒天的目光一直没离开过手里那串佛珠,我同样在想佛珠爆发出来的神秘力量,这东西过于神秘。隐约之间,我和司徒天好似卷入了一场事先策划好的惊天大阴谋中,从步入学校后山,到接受山本龙一的驮尸任务,一切看起来都那么凑巧。

我加紧步伐跟在司徒天右边,小声嘀咕道:"司徒,你不觉得这事处处透着诡异吗?"

司徒天为之一愣,边走边迷惑不解地反问我:"白逸,你怀疑这些事都是一场大阴谋?"

就在此时,黑木这老家伙突然跳进来插嘴说:"行了,这世上没那么多阴谋,我跟山本先生相识多年,他的为人我比任何人都清楚,绝对不会设什么阴谋诡计来害人,再说了,你们两个小娃娃有何物,能让他那样的富豪骗呢?"

听老家伙这么一提醒,我回神仔细想了想,确实还真是这个理:我跟司徒天什么都没有,人家山本龙一那么富有,咋可能吃饱了没事做,闲得无聊设阴谋诡计害我们兄弟俩?

走了没多久,在我们面前出现一片海,海面平静如水,由于现在我们处于深山老林之中,又赶上深夜时分,山里雾气重,所以压根看不清海的模样。我举目眺望远处,发现这片海面积很大,竟然一眼望不到头。

黑木看着面前的汪洋大海,忍不住叹息道:"小家伙们,眼下暴雨刚停不

第六章 黑家窃尸，佛珠发威

久，谁也不知道，在这诡异的海边上，有没有在夜间摆渡送人过河的船夫，希望运气好等到船夫吧，否则，这海我们过不去。"

我差点骂娘，真他妈太倒霉了，第一次驮尸遇上妖怪，险些丧命不说，现在连一片破海都要欺负我，感觉比生吃一只死老鼠还难受。我向驮尸的司徒天说道："司徒，你先别驮着了，把尸体放在地上，你好喘口气。"

司徒天却没有按照我的建议执行，眼睛一直在凝视远方，他从小就拥有一种与生俱来的特殊能力，就算在夜间他的视力也完全超出普通人白天的视力，跟红外线热导仪差不多。他此刻正望着大海，发现一道黑影正徐徐穿过海上迷雾，向我们这边慢慢靠近。

司徒天抖了抖背上的尸体，欣然笑道："远处有船来了，咱们马上能坐上渡船过海。"

我顺着司徒天盯住的方向望去，对于司徒天的话我深信不疑，没人比我更清楚他的夜视特殊能力了，从小时候起，司徒天没少在我面前显摆。不过，我们俩是铁哥们，无论什么秘密都会开诚布公。

大概过了10多分钟，果然如司徒天所言一条小木船驶到我们面前，船头站着准备收船桨的船夫，船夫体格瘦弱，跟侏儒差不多，戴着一顶黑色斗笠，看不清他的面容，身上穿着渔民出海打渔时的那种渔民服。

船家来回打量着我们三个人，最终视线定格在司徒天身上，良久之后才开口询问道："你是驮尸人？"

司徒天驮着尸体冲船家微微昂首，并解释道："没错！我是驮尸人，今晚我和我的朋友们必须要过这片海，驮尸赶到神奈川县的墓园，还希望您能渡我们过河，关于价钱方面您随便开。"

船夫手里握住船桨，思考了好一阵子才说："好，三个人，一口价六百日元。"

黑木立马脱掉自己脚上的布鞋，从鞋内拿出六张一百的日元，递给船夫之后，我们才陆续上船。

第七章 水下桥姬，食尸河童

(1)

船夫接过钱，眼神极为诡异，开始撑桨划船，船在他的控制下，缓缓穿过迷雾萦绕的海。

黑木这老家伙靠在木船头，正跷着二郎腿，嘴里还在吃随身携带的零食，边吃边自言自语道："在日本有两种可怕而诡谲的怪物，分别是水下桥姬跟食尸河童。河童和桥姬都生活在河流和沼泽中，都喜欢吃人和食尸。一种说法是河童性格凶残，经常潜伏在湖底，看到落单人就会拖入水中，挖取肝脏吃掉。另外一种说法更离奇，河童本来是村中的普通小孩，父亲出轨被母亲发现，父亲恼羞成怒杀死了母亲并埋尸湖边。因此受到了诅咒，变成半人半虾的怪物河童。他杀死了母亲之后，专门在湖边寻找负心人，将其拖入水中杀死，所以，如果恋爱中男女到了日本，千万不要在湖边或海边吵架，否则必死无疑！"

黑木咽下一口口水，继续补充道："桥姬也叫桥女，虽为女妖怪，却有着一张奇丑无比的脸，桥姬因为面容丑陋得不到自己心爱男人的爱，或是被人夺其所爱，而在桥上投河自杀死后化为妖怪。

古代人对自杀方式也很讲究，比如武士等以剖腹的方式结束自己的生命，而女子只能以投河的方式去结束生命。因为代表着痴情女子的嫉妒与怨恨，这类妖怪通常也比较恐怖。比如在《明治妖记》中所讲到的桥姬就是这样，因为深爱着自己心爱的男子却不能和他在一起，最后从桥上跳河自杀。

第七章 水下桥姬，食尸河童

化为桥姬后，若晚上有男子从这里经过的话，她就会现身于桥上，用各种方法去诱骗该男子，而后将他引到河里淹死。不过，桥姬的目标不仅仅是男人，妒由心生，若有长得比自己漂亮的女孩子经过，桥姬也会把她们拉到水中杀害。桥姬一词，除了特指桥头女神之外，还被用来指称江户时代站在桥边的私娼以及位于桥场附近茶屋里的私娼。"

我从黑木手里抢过一袋零食，咬开包装袋说："别解说了，快讲故事吧。"

黑木白了我一眼，丢给司徒天一包零食，自己点上一根烟抽上几口，讲起了桥姬的故事。

故事发生在日本江户时代，正好下着鹅毛大雪，地点在一处名为落樱桥的地方。

三更天，落樱桥，洋子立于桥上，乌发如瀑，身姿如燕，罗衣何飘飘，轻裾随风远。

元泰打量着手里的白色油纸伞，命令驾车的车夫，把马车在落樱桥头停下，他拿起油纸伞走下马车，独自一人缓缓走上桥去，一步步慢慢靠近站在桥头的洋子，厚底的官靴，踩在铺满皑皑白雪的青石板桥面，竟然没发出一点声音。

洋子此时身穿一袭大粉袍，宽大的袖衣服，长长的裙摆，迎着朔风在雪花中微微摆动。

月光如水，星河璀璨，桥上风急，裙摆在风雪中翻飞，白雪落到洋子的青丝上，徒添几分古典美，桥下的小河早凝结成白色冰晶，透过冰河倒影，洋子发现她苦等多时的人终于来了。

元泰打开白色油纸伞，挡住洋子头上的白雪，温润一笑道："洋子，你等久了吧？"

洋子转身看着自己心仪的对象，轻轻地摇了摇脑袋："元泰君，我没关系的，你想让我等你多久都行，倒是你出来的时候没让人发现吧？毕竟，你比我清楚，我们的关系不能获得世俗之人的认同。"

元泰听见洋子的话，心里百感交集，他是有妻室的人。但一个礼拜前的三更天，那天晚上还下着暴雨，元泰坐在马车之中准备回家，无意间的回头，便看见站在落樱桥头，打着一把白色油纸伞的洋子，洋子那超凡脱俗的气质与美貌，立马吸引了他的注意。

元泰走下马车，上了落樱桥，鼓足勇气和洋子聊了起来，因为这一聊，元泰发现洋子简直就是他的知音，无论谈论天南地北，或者古今中外的人文历史，洋子样样精通，某些方面比起元泰本人，都略胜一筹。

元泰与洋子在落樱桥邂逅，并相约每逢双日的三更天，都要赶来落樱桥头幽会。

元泰收起油纸伞，放到桥栏旁边，搂着洋子的柳腰道："洋子，对不起，我不能给你应有的名分。"

洋子冲元泰淡淡地微笑，用纤纤玉手抵住元泰的嘴巴说："元泰君，虽然我不能让你明媒正娶，不过，我知道你今生最爱的人就是我，你这辈子都不会背叛我，对吗？"

元泰挪开洋子的手，深情地抚摸洋子的脸庞说："愿与卿伴，白头偕老。"

洋子听见元泰如此感人肺腑的告白，小脸一片绯红，情不自禁地吻上了元泰的嘴唇。

良久唇分，洋子像个吃了糖果的小女孩般，把脑袋埋在元泰的胸膛之中。

元泰心中有个疑惑，总算提了出来："洋子，为何我们一定要在双日三更天才能见面？"

洋子听见三更天几个字，她的脸色陡然一变，哀求道："元泰君，你别问了，我不能说。"

元泰发现洋子情绪开始变得不对劲，索性也不再打破砂锅问到底。

二人在桥上谈情说爱的同时，谁都没料想到，这一幕全都落到了马车夫的眼中。马车夫眼里闪过一丝阴狠。他表面上看像一名马车夫，其实，真正身份是元泰的妻子安插在元泰身边的内线，负责监视与汇报元泰平日的一举一动。

马车夫经过几次核实，才发现自家姑爷居然有了外遇。元泰和洋子幽会完毕，元泰重新回到马车内，脸上洋溢着幸福的笑容。他每次跟洋子幽会结束，脑海里包括梦境之中都会浮现出在落樱桥头与洋子幽会的场景。

元泰显然还不清楚，他的秘密已经被马车夫知道了。

元泰赶回他所在的府邸。不对，确切点来说是他妻子的府邸。元泰是入赘女婿，在家中根本没有半点地位，大小事务都由其妻端木月说了算。元泰其实并不爱端木月，但碍于祖上定下来的婚约，才勉强跟端木月结婚成家。

自打元泰遇见洋子后，便更觉得世上没有比洋子还好的女人了。他整个人早已走火入魔。

元泰和端木月分房睡了三年多，今晚元泰沐浴结束，回到自己的房中入睡。

此刻，在端木月房中，一名中年男子坐在她对面，开始汇报他今天的见闻。

端木月听完中年男子的汇报，顿时大发雷霆，恶狠狠地骂道："狐狸精！竟敢勾引我夫君，山野君，你继续给我盯着元泰的一举一动，如有任何异常都要跟我汇报，下次我要亲自去捉那个骚狐狸！"

山野君正是白天那个马车夫，他应了一声"嗨"，拉开背后的木门，走出端木月的房间。

时间从指缝中悄然流逝，转眼又到了双日。元泰的心情格外愉悦，他把自己打扮得非常英俊，手里还拿有一本诗词，以及一幅画卷，心中暗自盘算着，今夜要跟他心爱的洋子，讨论诗词歌赋。

时间转瞬到了三更天，元泰像往常那样，招来山野预备马车，他要去落樱桥跟洋子幽会。

元泰前脚刚走，端木月命令府中另外一辆马车悄悄跟在后头，两辆马车

相距10余米，山野驾车的速度很快，从端木府到落樱桥仅仅用了半刻钟，元泰拿起诗词和画卷跳下马车，洋子依然站在桥头痴等。

元泰快步跑上桥去，跟洋子交谈起来，还没谈多久，一群男人冲上桥，把元泰与洋子团团围住，端木月的马车也停在山野那辆马车旁边，她徐徐走下马车，斜着眼睛看向桥上的那对男女。

(2)

元泰直到此刻才恍然大悟，他亲眼看着端木月走上桥，怒气冲天地站在自己面前。

端木月瞄了一眼元泰身边的洋子，扬起手打了洋子一记耳光，呵斥道："小贱人！"

元泰本想出手阻拦，却被端木月带来的人给控制住了，只能眼睁睁地看洋子让人欺负。

洋子在那群男人的轮番暴打下，整个人早已奄奄一息，端木月下令那群男人停手。

元泰站在端木月面前，拦住她的去路，大声质问道："端木月，你到底想怎么样？"

端木月脸色突变，她非但不生气，反而仰天大笑："元泰，你能有今天都是靠我端木月。现在，我让你作个选择，如果你跟我彻底断绝关系，你将一无所有。倘若你今天选择这个小贱人，永远别出现在我面前！"

元泰看了一眼样子，又回头看了下端木月，在权势和爱情之间到底该如何抉择？

元泰貌似下了最后的决心，居高临下地看着洋子："我们结束了，我不爱你！"

洋子听到元泰如此绝情的话，心中早已万念俱灰，依靠桥栏强行站起来，转头向元泰凄然一笑，她居然从桥栏上翻了下去，洋子最终还是受不了如此致命的打击，以投河自尽结束了自己的生命。

第七章 水下桥姬，食尸河童

元泰和端木月回府之后，端木月为防患于未然，下令搬迁移居，最终端木府的人全部离开。从那以后落樱桥多了一个传说，有一名打更夫曾在大雪纷飞的三更天，见到过一名女子穿着一袭白衣流仙裙，手里持了一把油纸伞，站在落樱桥头低声哭泣，边哭边吟唱着诡异歌谣。

还有另外一种说法，在樱花开放的季节，樱花瓣飘落在落樱桥上，铺满了整座桥。

尤其是单身男子，在三更天千万不能上落樱桥。因为，桥下会冒出一名白衣女子，女子先是冒出脑袋，以双眼迷惑男人的心神，再变出成千只手，将手臂拉伸变长，趁那些被迷惑了的男人心神失守，将人拉下桥去活活掐死，男人的尸体自动沉入河中。第二天，只要有人路过落樱桥，都能看见河面上漂浮着一具白骨。

黑木伸了个懒腰，打着哈欠说："讲完了，关于河童的故事，等我有空再讲。"

黑木这话刚说出口，司徒天就不爽了，抱怨道："你一次性讲完会死呀？"

黑木压根没理司徒天，他闭上双眼在船上假寐，那样子好似在说，我不理你。

原本正在船头划船的船夫，忽然开口说："年轻人，你想听河童食尸的故事？"

我心想反正现在闲得无聊，便迫不及待地回答道："想听，您快讲吧。"

船夫先是咳嗽几声，清了一下嗓子："故事不长，是我在这片海上，摆渡多年亲眼所见，时至今日，我还记得非常清楚，正是半年前的插花节，那天夜里下着蒙蒙细雨，两名准备私奔的年轻男女逃到海边，苦苦哀求我摆渡送二人过海，还给我开了三倍价钱。我见这对有情人可怜，一时心软便答应下来。"

我平躺在木船板上，插了一句嘴道："那后来呢，这对有情人私奔成功没有？"

船夫叹息着摇了摇头，不禁心生感慨："没成功，他们俩后来都死了！"

司徒天带着疑惑死死瞪住船夫，他颇为不解地问道："为什么？"

船夫摇着船桨，思绪仿佛回到那天晚上，而后发出冷笑声："原因很简单，这对男女私奔是因为对爱情不忠，谎话连篇，才遇见了河童，河童挖出二人的五脏六腑吃掉，还硬生生扯断男人的四肢。"

我听见船夫讲述河童生吃人的五脏六腑，胃部泛起阵阵胃酸，干呕几下："真恶心！"

司徒天跟我完全相反，一脸兴趣勃勃的样子，追问船夫："您见过河童长什么样子？"

船夫稍微有些愣神，放下手中的船桨，停止划船，转头狞笑道："你想看？ 我让你看！"

船夫转头的那个瞬间，脑袋往下凹陷，耳朵逐步变尖，嘴巴变成了鸟喙，四肢化为青蛙，身体竟然变异成了猴子，背上长出甲壳，双腿蹬地，举起双手向司徒天的面门抓去，司徒天幸好反应及时躲过一抓。

司徒天即刻亮出九节鞭，使尽全力打向河童的脑袋，九节鞭猛然一击，把河童打蒙了。

我连忙一脚踢醒黑木，也跟着拿出挂在腰间的九节鞭，瞄准河童的脖子甩了过去，九节鞭成功绑住河童的脖子，司徒天则继续耍九节鞭，像古代凌迟酷刑那般，在河童身上开始疯狂乱抽。

河童在司徒天和我混合双抽下，开始不住地痛苦哀嚎，绿色的血液都快流干了。

在我们俩的合力之下，河童总算被活活抽死了，司徒天把河童的尸体丢入大海。

当我回过神之后，发现黑木这老家伙在旁边，整个人基本吓傻了。 他一脸惊魂未定的样子，我轻轻地踹了他一脚，让他捡起木船上的船桨，站在船头负责继续摇船前进，大概过了半个多小时，小木船总算成功抵达岸边。

我们三个人相继下船，换我负责驮尸体，黑木在最前头领路，带着我和

第七章 水下桥姬，食尸河童

司徒天走入一条小道。

我们不知翻过了几座小山丘，大概在这深山老林里辗转几次之后，我才清楚听见不远处传来溪水流动的声音，因为荒郊野岭之中，实在是太安静了，静到连一只乌鸦扑扇着翅膀，从天空中飞过，嘴里发出那让人毛骨悚然的鸦啼声，都听得非常清晰。

我驮着尸体紧跟在黑木后头，一根黑色羽毛从在我面前飘然落下，我抬头看了一下飞远的乌鸦，心情有些烦躁，极度不耐烦地问道："黑木先生，到底还要走多久，我们才能抵达神奈川的墓园？"

黑木走着走着突然停下脚步，转身对我说："快啦，年轻人，脾气别太暴躁。"

说完，黑木这老家伙继续往前走，我拿这老泼皮没办法，只能老老实实跟在他后头。说来也怪我自己，因为我和司徒天都不认识路，司徒天这货不用驮尸，反倒落了个清闲，居然还哼起了山路十八摸，当真是够猥琐。

我内心燃起一股无名火，抓着尸体的双腿，回头骂道："司徒，你有毛病啊？在这鸟不拉屎的地方，竟然唱山路十八摸？唱歌至少要分场合吧，况且就你这破锣嗓子，也不怕中途引来个妖怪，把你给活吃了？"

司徒天无所谓地耸了耸肩，嬉皮笑脸地说："怕啥啊！妖怪敢来，我抽死它！"

黑木直接无视我跟司徒天，独自走在前头带路，司徒天和我在后头拌嘴扯淡。

走了没一会，我发现了一条吊桥，冷风一吹，吊桥两旁的黑色绳索，开始疯狂摇荡起来。吊桥下方有一条水流湍急的河流，听着河流声不禁想起那河童演变成的船夫，以及不久前在船上听黑木讲的桥姬故事，直到现在头皮都还有点发麻，感觉不久前就好似做了一场噩梦。

黑木在吊桥前停下，扬手解释道："等我们走过吊桥，爬上对面山顶，就算完成任务了。"

不知为何，黑木此言一出，我顿时松了一口气，下意识地抓紧尸体的

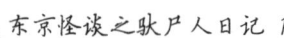

大腿。

不得不说黑木这老家伙，胆子比起一般小老头要大多了。他率先走上吊桥，连吊桥两边的绳索都没扶一下，整个人简直如履平地般走了过去，那气势根本不像一个上了年纪的老人。

黑木很快走过吊桥，站在对面朝我跟司徒天大喊道："两个胆小鬼，别发傻了，快过来吧！"

我驮着尸体转过脑袋对司徒天说："喂，司徒，咱们商量个事呗，我现在驮了尸体不好过桥，你扶着绳子，我跟在你后头走，你比谁都清楚，我打小有恐高症，就当帮我一把，等会我替你多驮一段路。"

司徒天抠着鼻孔奸笑道："那个啥，白逸啊！我们是兄弟，帮忙没问题，除非，等会你要直接驮到墓园才行，否则，我撂挑子不帮了！"

我就知道这司徒天会占便宜，咬牙切齿地说："好！老子忍了！回头你要有事别求我！"

黑木又在对面催促，司徒天连忙扶住吊桥的绳索，一步步往前面走，我紧紧跟在他背后，在过桥的途中，我无意中往桥下看了一眼，结果竟瞧见河面徐徐探出一双修长白皙的手来，而后又浮现出一张极为丑陋的女人脸，女人的长发随意披散在河面，缓缓抬起头朝我咧嘴阴森冷笑，冷笑声立刻传遍这座死寂如水的荒山，还跟在后山时遇见的裂口女一样，自带回音特效。

接下来，我亲眼看着女人的背后，逐步演化出无数双手，感觉跟千手观音差不多，那些手还会不断伸长。我甩了甩脑袋，缓过神之后，立马朝司徒天失声惊叫道："司徒，快跑啊！桥下的河里有头女妖怪！"

第八章　斩穴下葬，封尸立碑

(1)

话音未落，我跟司徒天跑得比兔子还快，我们俩头也不回，一前一后冲过吊桥。

我冲过桥之后，把尸体解开轻放到地上，一屁股坐在地上，大口大口地喘着粗气。

司徒天拍着自己的额头，边吞口水边说："白逸，幸亏你发现了妖怪，不然咱死定了。"

我的小心脏总算恢复了正常，抬头提问道："司徒，这河下的妖怪该不会是桥姬吧？"

黑木老头走到我面前，把我拉起来，白了我跟司徒天一眼骂道："你们太没出息了，其实妖怪没你们想的那么恐怖，你们接触妖怪世界不久，自然不清楚，不同种类的妖怪，有着不同的弱点，亦或特殊限制。"

司徒天若有所思地点了点头，追问道："黑木先生，您老见多识广，给我们兄弟俩仔细说说呗。"

黑木干咳几声开始讲述："举个例子，例如刚才水下的桥姬女妖，你如果不去看河面，自然不会引出桥姬，被其用眼神迷惑心智，但是这类妖怪存在特殊限制，倘若一离开水域，绝对会灰飞烟灭，所以从今往后，在面对不同的妖怪时，必须成功找到其致命伤，方能将其消灭！"

我先前因为被司徒天欺压，非常不爽地再次驮起尸体，边听黑木讲解，

边向墓园进发。

　　一路上除了听黑木讲解妖怪禁忌外,我还在想这次的驮尸任务可谓几经波折,途中险些几次丢掉小命。很快我们三个人大概走了10多分钟,成功抵达神奈川墓园,在墓园老头的安排下,我驮着山本晴子的尸体来到墓园内部,山本龙一事先交代好了一切。

　　墓园老头把我们领到一个很深的坑前,立有一块墓碑,墓碑不但有山本晴子的照片,照片下还镌刻着"山本晴子之墓",坟坑内放有一口红色的大棺材,棺盖大开在外,棺材中间铺有一张红布,棺材两侧还堆满了各种昂贵的衣服和首饰,以及白色的精致玩偶,我将尸体解开平放在地。

　　黑木此时不知从他身上的什么地方,变出一张山本晴子生前的照片,把照片贴在尸体的额头中间,回头对我和司徒天吩咐道:"你们俩分别咬破自己食指,对准晴子小姐嘴巴挤几滴血,一会儿等血干了,才开始封尸立碑。"

　　我跟司徒天自然照做,咬破自己的手指,挤出几滴血到山本晴子那张烈焰红唇中,血液一眨眼的工夫便干了,凝固在山本晴子的嘴角处。黑木命令我和司徒天把山本晴子平放到棺材内,之后再闪到一旁,替他护法。

　　我和司徒天分别一左一右站在墓穴两旁,黑木左右打量一番,才用右手从裤袋里掏出几张被剪成纸人形状的白纸人,手指夹紧白纸高高举过头顶,侧着脸对我和司徒天警告道:"小家伙们,一定要记住,无论你们等会看到什么,都别打扰我!"

　　我自然点头答应,司徒天也同样如此,黑木得到我们俩的肯定,立马咬破自己的下嘴唇,仰起头对准白纸人吐去,血依次沾染了纸人后,再将纸人丢入棺材之中,纸人好似被赋予了生命,轻轻地飘向山本晴子,宛如安睡在母亲怀中的婴孩。

　　黑木再次咬破左手的食指,在山本晴子的尸体上空,画了一只诡异的血色眼睛,随后他那原本已经瞎了的眼睛,居然奇迹般地张开了,只是眼睛的颜色不对劲,那赤红色瞳孔陡然放大数倍,如同在暗夜中潜行寻找猎物的饿狼,眼中充满了嗜血和阴狠的味道。

第八章 斩穴下葬，封尸立碑

我看到如此恐怖的场景，险些吓晕过去，继续盯着黑木在墓碑前的一举一动，很快那发红的眼睛消失不见，而山本晴子的额间多了一个红色诡眼，反观黑木老头整个人浑身的力气仿佛都被抽干了，脸色亦苍白如纸。

司徒天眼疾手快，发现黑木体力不支，快栽倒进山本晴子的墓地中时，单手拽住老家伙的右手，对还没缓过神来的我吼道："白逸，你是瞎了？还是吓傻了啊？赶紧过来搭把手！"

我在司徒天的怒吼之下，我才回神抓住黑木的另一只手，黑木在我们兄弟俩的搀扶下，坐在地上，抹去额头的汗水，顺上好几口气，才继续说："好了，你们俩别担心，我没事。刚才我那叫开眼封尸，比较耗心神，所以脱力了。"

司徒天见黑木终于恢复正常，大着胆子问道："黑木先生，啥是开眼封尸？"

我对黑木刚才展现出来的开眼封尸之术，也深感吃惊，坐在地上说："黑木先生，让我猜测一下，您之前施展的开眼封尸，该不会是对山本晴子小姐的尸体，种下了某种神秘封印？"

黑木站起来拍打着我的肩膀，微微一笑道："没错，我给晴子小姐的尸体种了戾眼，在日本的斩穴人，只有斩穴超过五十年以上，并遭受天谴的眼瞎者，都能有一次机会，不惜耗费自身精血，开启戾眼替死者封印尸体，由此驱除各类妖怪。"

司徒天又望了一眼棺材里的山本晴子，继而向黑木发问："黑木先生，接下来该干什么？"

黑木跳到墓地之中，取下贴在山本晴子额头的照片，以及之前那些纸人，再度跳出墓来，从上衣口袋里掏出打火机，用打火机把照片和纸人点燃，一并在墓碑前焚烧干净，待这一切做完之后，才算能让人喘口气。

黑木继而对我和司徒天交代道："封尸结束了，你们两个小家伙，跳下去把棺盖合上。"

在黑木的要求下，我们俩跳下去把棺材关好，棺材板还挺重，我跟司徒天费了老大劲才把棺材合上。而后，黑木让我们俩在原地等他，说是要去找之前墓园的老头拿两把铲子，来铲土填山本晴子的墓。

黑木离开之后，我拍掉身上的尘土，对司徒天说："司徒，你发现没有？看来驮尸这行当也没传闻中那般凶险，我觉得驮尸人应该是咱们以后发家致富的一条野路子，要不咱以后多接几单驮尸生意？"

司徒天却不以为然地摆了摆手："白逸，你想钱想疯了吧？咱们这次运气好而已，若不是有那阴阳师给的七彩佛珠，我们俩早让沿途的妖怪生吃了。再者说，上啥地儿去找一个斩穴人一起搭档接生意？"

听司徒天如此一说，我仔细想想真如他所言，光会驮尸还真不行，还要另外找一个像黑木这种斩穴人。毕竟，驮尸到墓地后还得下葬啊！现在为21世纪，啥玩意都整一条龙服务，看来必须想法子找个斩穴人当搭档。

"等会儿，司徒，我想有个人应该可以当咱们的搭档！"因为我忽然想起黑木说他有个徒弟叫流川，假如真的非选合伙搭档，黑木的徒弟自然是不二人选。原因很简单，年轻人身强体壮，在执行任务期间兴许还能帮我和司徒天。

"白逸，你说谁啊？我咋不知道？"司徒天挠着自己的后脑勺，一脸不解之色地反问我。

"黑木的徒弟流川。"我顿了顿继续道，"我仔细想过了，找流川合伙，总比找黑木强。"

司徒天恍然大悟，颇为嫌弃地说："确实，回头想法子认识一下流川，你说得没错，黑木该退休了。"

司徒天本想继续吐槽黑木，我却瞧见不远处有一个黑影朝这边走来，用眼神示意司徒天，让他立马闭嘴，因为从体型上判断，那黑影正是黑木。在我看来，背地里议论别人不太好，更何况像黑木这种老家伙。

(2)

转眼间，黑木从远处慢慢走来，他的左右手分别拎着一把大号铲子，很

第八章 斩穴下葬，封尸立碑

快来到我和司徒天跟前。

黑木的神情看起来有些古怪，把铲子相继丢给我们俩，贼笑着命令道："速度快点，赶紧填坟。"

我反应较快，顺手接住黑木丢过来的铲子，相反司徒天就没我这般迅速的反应了，铲子直接砸到他的大脑门上，司徒天由于没接到铲子，铲子落地之际，又砸到了他的脚。这会儿，司徒天正捂住发红高高肿起的脑门，一面跳脚一面鬼哭狼嚎，指着黑木骂道："黑木老头，你这老家伙故意整我是吧？"

"我是让你小子长点记性，没事少在背后议论人。"黑木笑嘻嘻地看着司徒天，冷哼一声，"行了，少在我面前装模作样，按照你现在这样的体格，我才不相信刚才你被铲子砸伤咯，赶紧拿起铲子去铲土填坟，若敢偷懒，我手中有你们俩此次任务一半的报酬，小心我扣光四万日元！"

司徒天得知黑木老头拥有克扣报酬的大权，岂敢继续扮受伤，他二话不说弯腰捡起地上的铲子，兴冲冲地跑到坟前，开始奋力铲起土来。我自然不会偷懒，站在司徒天对面也开始铲了起来。

"不对啊，黑木老头，按道理说这填坟的活应该由你负责啊？你没坑我吧？"司徒天才铲了几分钟，就有点大喘气，停下手里的动作，抹去额头的汗水，一边铲一边抱怨道："白逸，没想到这钱还真难赚，看来我减肥有望了。"

司徒天出言嘲讽黑木，黑木竟然没反驳？我怀着好奇心，转过头望了一眼黑木的方向，这老家伙果真是朵极品奇葩，他此刻正靠在一块别人的墓碑前打瞌睡，还扯着震天的呼噜声。

我无奈地甩几下脑袋，拿黑木没半点法子，用铲子继续往坟内铲土。司徒天依然在碎碎念，不过，手里的动作并没停。在我们俩通力合作下，总算把山本晴子的坟给填好了，汗水打湿我的衣服，紧紧地贴在背脊上，脸庞跟额头蓄满汗珠，阴风呼啸而过，刺骨的凉意由脚底直冲至脑门，我几乎是下意识地打了个哆嗦。

079

司徒天这家伙把铲子一丢，比我还要悲惨，身上几乎湿透了，乍看之下跟只落汤鸡差不多。司徒天把衣服脱下来，双手齐齐发力，居然拧出了水来。司徒天打小就比我聪明，胆子也比我大，这会他甩着衣服，走到我耳边奸笑道："白逸，咱们去吓吓黑木老头。"

我瞄了一眼靠在不远处那块墓碑睡觉的黑木，舔了一下嘴唇，内心还有点犹豫，思量片刻开口说道："司徒，你看黑木老头那满头白发，等会儿别让咱们的突然恐吓，一个不小心活活吓死过去！"

司徒天冲我甩来一记白眼，低声骂道："看你那没出息的样儿，真是胆小鬼！"

我心里那个气愤，我最讨厌被人骂胆小鬼，小时候因为这事，我没少跟人干架。不过，战果一路飘红，小爷是个常胜将军，永远胜多输少，周边的那群孩子都让我打怕了，隔三差五就有孩子家长找上门，要我家老头子给个说法。

不过，我家老头子和我一个臭脾气，凡是有家长因为孩子遭我打伤找上门讨说法，他铁定会指着对方的鼻子破口大骂："你家孩子打不赢叫没用，只要人没打死，有啥事儿尽管来找我！"

司徒天骂完我之后，穿上衣服独自一人，蹑手蹑脚地走向黑木。他本想在黑木耳边大吼一嗓子，结果人还没近身，原本在睡觉的黑木，突然睁开那只没瞎的眼睛，面无表情地瞪住司徒天："你小子，竟然还想吓唬我？"

司徒天顿时傻眼，他站在黑木面前摆摆手，尴尬地解释道："没有，你想多了，再者说，我岂敢吓您老人家啊？我想找您问问，我们什么时候才算完成这次的驮尸任务？如何能拿到报酬？"

黑木站起身子，伸了个懒腰，撇撇嘴说："莫慌，时辰未够，我们还要等逢魔时到来。"

我发现司徒天的阴谋败露，连忙跑到他身旁，恰好听见黑木说出的逢魔时。

司徒天疑惑地点了一下头，皱着浓眉反问黑木："逢魔时？什么玩意？"

第八章 斩穴下葬，封尸立碑

"哼，没文化的小家伙，逢魔时即黄昏时刻为超自然的时段，黄昏（17点~19点）黎明（3点~5点），日本阴阳道称为妖怪最容易出没的时候，也是人与妖怪可以同时出现的时刻。一般野外逢魔时在黄昏（17点~19点）黎明（3点~5点），而室内逢魔时在子夜（11点~1点）。"黑木左右扫视一圈，看向我和司徒天继续补充道，"毋庸置疑，在斩穴人眼中，逢魔时是替死者下葬的最好时机，因为在别的时间段很容易引发尸变。"

司徒天跟我一直在听黑木讲述，通过黑木的嘴，我才彻底知晓，在日本关于尸体下葬和埋葬之地还有许多风俗禁忌。比如，死者分男女性别，以及职业跟死因，死后尸体是否残缺不全，都会直接影响埋葬之地。

在这儿，我拿山本晴子举例说明，山本晴子是日本传统女性，20多岁，单身未婚，生前为山本集团的副总裁。她平日喜好插花跟品茶，最爱的是樱花，因意外让妖怪残害致死，尸体四肢完整，死因清晰明朗。黑木说他三天前，亲自到这个墓园，替山本晴子相了一块风水宝地，甚至不惜耗费自身血气替她封印尸气，规避妖怪侵蚀。由于山本晴子并非冤死，死后能得到安息，亦叫死而瞑目，不会化身妖邪之物，四处游荡，扰乱人间。

大约又过了半个多小时，黑木才把我和司徒天给叫醒，我们俩跟在他后头，三个人徐徐走到山本晴子的墓碑前。只见，黑木从裤子口袋里掏出一把小刀，把右手移到山本晴子墓志铭对面，朝着自己的右手使劲划下去，血飞溅到墓碑上。

黑木右手握拳，挤出大量血液，五指染血不说，还用带血的食指，在一笔一画写着山本晴子的墓志铭，血液顿时与墓碑融为一体，"山本晴子之墓"几个字，亦因此变幻成了血红色，甚至还略带若隐若现的血色红光。

黑木完成这一系列怪异动作后，那张褶子脸看起来比吸血鬼还白几分，他躺在地上，喘了数口粗气，缓缓说道："不辱使命，总算完成了血祭，山本晴子小姐，一定会成功前往极乐国度。"

相反，我和司徒天两个人基本上已经看傻了，若非亲眼所见，压根儿不敢相信，世间居然存在如此神奇诡谲的秘术。我率先回过神来，把躺在地上

的黑木老头扶起来，关切地追问道："喂，黑木先生，你脸色看起来不太好，你没事儿吧？"

司徒天负责扶住黑木另外一边，打趣道："老家伙，你别放血过多，不小心挂了啊！"

"滚蛋，收拾一下，准备连夜赶回去给山本先生汇报情况，回头我让我的徒弟流川跟你们俩见见面。"黑木转过脑袋，没好气地瞪住司徒天骂，"我做完这单任务，就正式金盆洗手了，我看你们两个小家伙有勇有谋，心思缜密，最主要还保持童子之身，做驮尸这个行当，一旦入行便很难出来了。"

说心里话，我和司徒天巴不得连夜离开这鬼地方。毕竟，谁喜欢半夜三更睡在坟地？除非脑子有病吧。我自问没那么大胆子睡坟地，于是在墓园老者的安排下，我跟司徒天出高价，让墓园老者把经常替墓园送死人，去火葬场的老司机叫醒，连夜开车走高速公路，送我们离开了。

另外，我要单独讲一个公认的特殊禁忌，在日本但凡是死法离奇的死者，尸体纷纷都不能由交通工具运送，因为所有的司机都觉得尸体坐过自己的车，会惹上不干净的脏东西，一律拒绝驮尸人借助于汽车来运死尸。

第九章　恶疾人妻，杀人童谣

(1)

由于时间较晚，高速路上车少，走了两个小时京田高速路，中间穿过两条捷径小路，才赶到山本集团。黑木在车上用手机给我和司徒天分别转了2万日元，而后因时间太晚，他的徒弟流川已经休息，黑木告诉我和司徒天，说不久之后自然能跟他徒弟见面。

我跟司徒天赶到山本龙一的办公室，通过三井成功拿到剩余驮尸尾款，随后三井负责开车送我们俩回东京大学。我们俩一下车就火速冲入学校旁的小超市，买了一堆下酒菜之后，又急匆匆地跑回寝室。我们俩之所以会如此兴奋，完全是因为小次郎这家伙的古怪规定，他说以后每天晚上10点40分便开始讲故事，事先要准备啤酒才行，否则他不讲。

没一会，我和司徒天分别提了一大堆零食和啤酒，像驾着筋斗云的孙猴子般飞奔进寝室。

我推开寝室大门，瞧见小次郎在玩电脑，便喊道："小次郎，别玩了，快开始讲故事吧。"

司徒天比我还要心急，把买来的东西，全堆在小次郎的电脑旁笑道："兄弟，边讲边吃。"

小次郎关掉电脑，打开刚买来的罐装日本啤酒，喝了一小口："司徒君，切勿急躁，让我仔细跟你说说，我要讲的这个故事与日本童谣有关，你跟白逸君从华夏远道而来，你们兴许不知道，在我们日本流传甚广的除了樱花之

外，杀人童谣同样出名。"

我不禁皱着眉头，接茬追问小次郎："杀人童谣？小次郎，童谣有什么好讲的？直接唱出来就行啦。"

小次郎又喝了一口啤酒，摇了摇脑袋邪笑道："白逸君，我讲的童谣，具有杀人之奇效。"

小次郎仿佛陷入回忆之中，将凌乱的思绪理清楚，才开始把杀人童谣这个故事娓娓道来。

很久以前，有位富甲一方的富豪西门町，他的妻子吉田步美生下一男婴。步美因生子染下奇怪的恶疾，请了许多名医前来治疗，都起不到任何效果。步美自知大限将至，因为自从文政十年秋初起，她就一直卧病在床，如今已是文政十二年（1829年）四月，正值樱花盛开的时期。

卧床不起的步美，心中一直盼望着自己有一天能康复，与西门町在昔日的庭院里观木赏花，在春日逍遥游之情景；同时她也挂念着膝下的孩儿西门田，由于身染恶疾不能与孩子相见过多，生怕恶疾传染给没发育完全的西门田。

母子二人唯有隔着一面薄纱，互相交流着，今天夜里西门町像往常一样，带着自己的儿子西门田来见卧床不起的步美，步美那头如墨的长发早已脱落光，白皙光滑的脸上浮现出大大小小的紫斑，皱纹布满整张脸，她躺在床上哆嗦着手道："田儿，快，快过来，让我好好看一眼。"

"父亲，这真的是母亲吗？"西门田看着病床上病入膏肓而秃顶的母亲，下意识地往西门町身后躲了躲，结结巴巴地继续说："我……我怕……"

西门町蹲下来拉起儿子胖乎乎的小手，抬手指着躺在床上的妻子说："田儿，她真是你母亲，你别怕！"

西门町在说话之际，还试图把西门田往前轻推，好让孩子离吉田步美更近些。

岂料，西门町这个举动，反而刺激了西门田，小家伙甩开西门町的手，冲出了步美的房间。

第九章 恶疾人妻，杀人童谣

吉田步美见状眼泪立马涌出眼眶，她放下右手，向自己的丈夫凄然一笑道："好了，西门，我知道我现在的样子很吓人，田儿还小不懂事，你别太勉强他。你我既然夫妻一场，命中注定我难逃此劫，但求你能全心全意照顾田儿，将他养育成才，未来能成就一番大事业，我就算是死也瞑目了。"

西门町点了点头，算是答应了吉田步美，他深知自己的妻子时日无多，这么多年来，亦没少花钱请全国各地的名医高人前来为吉田步美治病，可惜效果都不怎么理想。吉田步美之所以能活到今日，完全是依靠名贵药材养着，否则，早就一命呜呼了。

吉田步美不忍丈夫见到自己，如今这副不人不鬼的模样，对西门町说道："你先出去吧，我想小睡一会儿。"

"步美，你放心，我一定会继续寻找名医，替你治疗。"西门町与步美结婚多年，岂会不明她心中所想，看了对方几眼，不禁又是一番摇头叹息，"步美，你好好休息，我先去看看田儿。"

吉田步美目送西门町离开，眼泪如大坝决堤，迅速沾湿枕头。她常年饱受恶疾折磨，内心早已千疮百孔，这些年经常遭人白眼，虽然没人敢当着她的面说出来，但来服侍她的佣人，眼神里都充满了畏惧之色。

吉田步美躺在床上缓缓闭紧双眸，不出顷刻，她渐渐陷入沉睡，做了一个很诡异的噩梦，梦中出现了她唯一的两个亲人，儿子西门田与丈夫西门町，二人均头绑白布，身穿白色丧服，灵堂正中央恰巧挂着她自己的黑白遗照。

"啊！"吉田步美陡然从梦中惊醒大喊道："救命！来人！快来人！"

吉田步美的尖叫声，立马引来佣人的注意，连带着西门町一起跑了进来，而在他背后，还多了一个眉清目秀的年轻人，此人身穿一袭白袍，右手持白色桃花折扇，书卷气极其浓厚，好比古代才子。

躺在床上的吉田步美仿佛让勾魂使者夺取了魂魄，双眼空洞无神，脸上满是恐慌，直到见到西门町走到她跟前，拍打着她的肩膀安慰道："步美，你怎么了？我托人给你找来千城神医治病。"

年轻人定眼盯住吉田步美,两道剑眉拧成一团,神色凝重地向西门町拱了拱手说:"西门先生,依我观察贵夫人的面容,恐怕命不久矣,贵夫人面无血色不说,脸色更加是苍白如纸,此乃大限将至,病入膏肓之恶相!"

西门町听见千城的诊断,脸唰地一下变白了,哆嗦着身子,回过头盯住千城反问道:"千城神医,莫非,您就没有什么医治之法? 哪怕倾家荡产,我也要治好步美的病!"

千城抬起右手捏紧自己的下巴,面露难色答道:"西门先生,其实办法并非没有,但在看我看来此法过于凶险,若稍有不慎您的家族恐怕会惹来厄运,甚至祸及后代!"

"神医,无论付出什么代价,我都愿意!"西门町走到步美床前,抓紧她的手,目光坚定地凝视着对方说,"步美,你放心,我会想尽一切办法,好好配合千城神医,将你彻底治愈!"

小次郎说着说着,突然停了下来,他把啤酒易拉罐捏扁,平放在桌上,站起来对坐在对面的我和司徒天:"你们好好想一想,千城会用什么医治之法? 我去洗手间方便一下,等回来继续给你们讲后面的故事。"

说罢,小次郎这家伙,居然独自一人走入了浴室里,丢下听故事听到一半的我和司徒天。 我跟司徒天心里那叫一个郁闷,对于我们俩这种故事迷来说,听故事听了个半截,简直比生吃一头死老鼠还难受。

司徒天极其不爽地灌了一口啤酒,破口咒骂道:"小次郎这家伙,真他妈的不给力,老子最讨厌讲故事讲到一半的家伙,还不如让你来吹牛皮,好好吹一下你那个神龙见首不见尾,超级厉害的特种兵堂哥。"

"司徒,火星有多远你给老子滚多远!"我没好气地瞪住他说,"司徒,我堂哥沈异确实是名很厉害特种兵,据我所知,当初他是华夏赫赫有名的兵王,还前往过日本执行秘密任务呢,好像还跟日本某个神秘组织结下了血海深仇。"

"哼,我读书少,你可别骗我!"司徒天依然是一副你呀少忽悠我的模样望着我,喝下一口啤酒,打了个响亮的酒嗝说,"行啦,咱们回头再讨论你堂哥那个华夏兵王,眼下等小次郎出来,接着听他讲刚才的故事。"

(2)

我们俩在外头等了足足半个多小时,司徒天实在耐不住了,便朝洗手间大声喊道:"喂,小次郎同学,你怎么还不出来讲故事？该不会是掉厕所里了吧？信不信我把厕所门给踹了,把你小子拉出来！你不管咋样,好歹出个声儿啊！"

我喝了一口啤酒,坐在司徒天背后,静静地看着他那副猴急的表情,忍不住笑出声来:"司徒,你给我滚过来坐下,耐心等等呗,看眼下这个样子,小次郎同学,没一时半会儿还搞不定呢。"

按照我对司徒天多年来的了解,若不是我开口劝阻,按照司徒天的脾气,估计还真有胆子把厕所门给踹了,然后硬生生拉出在厕所里出恭的小次郎给他讲故事。

司徒天又接连骂了几句,才极其不爽地坐在我旁边嘀咕道:"真不过瘾！"

司徒天刚骂完,小次郎甩着刚洗完的手从厕所走了出去,一脸歉意地走到司徒天面前说:"司徒君,真不好意思,借用你们华夏的一句古话,正所谓人有三急啊！"

司徒天连连摆手:"没事,小次郎同学,你赶紧接着说下面的故事。"

小次郎反过来问我和司徒天:"两位,有没想到千城会用什么方法治病？"

司徒天耷拉着大脑袋,用手撑住下巴:"用药？或者怪异秘术？"

我则非常天真地接着答道:"按照我的判断,千城应该是用了心理疗法。"

"白逸君,看不出来,你的智慧还很高。"小次郎面带笑意地冲我微微点点头。

不过,此话一出,司徒天便不高兴了,言下之意不就是说司徒天智商不

高吗？我见司徒天要发飙，连忙拉住了他。小次郎这会儿还没发现气氛变了，直接拉开椅子坐在我和司徒天对面，继续讲起了之前的故事来。

吉田步美这些年来看了太多所谓的神医，对治疗完全失去了信心，她打心底里不相信面前这个叫千城的年轻男子会把自己治好。毕竟，之前有过那么多经验丰富的名医来问诊，连病症都没查出来，谈治愈何其艰难？

千城仿佛看穿了吉田步美的心思，三步并作两步走到吉田步美床边，随意甩动右手，右手的袖子内居然相继飞出几根银针，银针自动扎到吉田步美手臂的血管上，吉田步美则立刻昏睡过去。

千城这一手袖内飞针和突然昏睡过去的吉田步美，可把站在一旁的西门町给吓坏了，西门町怒气冲天地盯着千城责问道："住手！马上住手！千城，你这是在干什么？想要谋害我夫人步美的性命吗？"

千城把扇子放在一旁，无视西门町的质问，右手变为拈花指状开始做出一系列奇怪的动作，假如西门町细心观察，绝对不难发现，在空气中居然还有好几条透明丝线连着银针，让千城小心翼翼地操作着。

此时此刻，如果还有其他的医道高手在此，绝对会被眼前的情景吓傻，银丝飞针，断人生死。是多少医生或者道人梦寐以求想要达到的境界？如今，这千城看上去年纪轻轻，在医道方面，居然拥有如此逆天的造诣。

千城捻转银丝替吉田步美问诊的同时，还不忘分神对西门町说："西门先生，通过我刚才的问诊，发现贵夫人的情况很不乐观，贵夫人是在不经意间伤了心神，要彻底医治唯有采用独特偏方。"

我临时打断小次郎说："偏方？该不会是要找什么新生婴儿的肉吧？"

司徒天这家伙比我还要生猛，问道："难道，千城需要特别的血？"

小次郎听了我们俩的奇葩答案，摇了摇头阴笑："需要血，以及唱童谣！"

小次郎又打开一瓶日本啤酒拉罐，咕噜咕噜猛灌几口，继续往下讲。

西门町早就急红了眼，近十年来，他一直在找寻医治步美的良方，如今让他遇上了，岂有不冒险试一下的道理，于是便问道："千城神医，您说吧，偏方需要什么奇特药材？或者药引子？"

千城思量片刻才说道："需要令郎在深夜吟唱童谣和大量公鸡血，在令郎唱歌的时候，杀掉公鸡让贵夫人喝下公鸡血就能治病。"

西门町连忙安排下人去准备，千城说完治疗的法子后，他便不知所踪，没人知道他去了什么地方。不过，任谁都没想到，千城留下的医法，是西门家族噩梦的开端。

在当天晚上，西门町陪同自己的孩子西门田坐在步美的房门口吟唱童谣，同时命令仆人杀鸡用碗接血，第一次治疗，效果十分明显，步美的脸色发生很大的变化，这让西门町高兴了好几天。

很快，半个月过去了，西门町外出洽谈一桩生意，深夜降临，西门田跟往常一样，依旧坐在门口替自己的母亲吟唱童谣，医治怪疾。吉田步美在佣人的帮助下，成功服下公鸡血，隔着床帘看着坐在门口唱童谣的西门田，情不自禁地流下了两行清泪。

吉田步美命令佣人去照顾自己的孩子入睡，她经过一段时间的治疗，已经完全能下床走路了，她迈着小碎步走到房门口，抬头看着璀璨星河，脑海中闪过许多零碎片段，其中有一个场景把她吓坏了，如同西门田歌谣所唱，有一名拿着斧头的男子，在背后追杀她，她一直逃，到后来她还是没能逃脱，让斧头男子砍杀后，将她的尸体挂在了大树上。

吉田步美失声惊叫，因为她在死亡前一秒，发现拿着斧头追杀她的男子竟是自己的丈夫！吉田步美双手抱着自己的脑袋，倒在地上来回翻滚，大脑传出那种如万蚁食脑般撕心裂肺的痛楚，让她完全崩溃了。

吉田步美在地上翻滚了一阵子，突然房顶传出一阵清脆动听的箫声，她向声音看过去，发现一名身穿白衣，面容俊俏的神秘男子，正手持绿箫金鸡独立于房顶，吹奏着另外一首童谣。

毋庸置疑，站在房顶吹箫的神秘男子，正是半个月前的千城神医。

吉田步美看着看着，双目逐渐变成赤红色，千城一直在注意吉田步美的变化，待其双目完全变红，向她飞去一把未开封的匕首，结果吉田步美单手接住,那架势堪比一代武林侠女,千城脚尖轻点屋顶,伴随清风飘飘飞下,踱步到吉田步美面前。

千城附身在吉田步美耳边,小声吩咐道:"去吧! 去替我解决那些人!"

吉田步美欣然点头,握紧匕首就出了西门府,千城一个闪身消失不见。

次日,吉田步美从睡梦中苏醒,发现自己头疼欲裂,身上的衣服居然也换成了新的,但她并没有多想,很快佣人端来稀粥,她开口问女佣人:"怎么样? 西门老爷还没回来?"

女佣人端着稀粥递给她,并回答道:"回夫人,老爷连夜赶回,人在厢房歇息。"

吉田步美喝了一口稀粥,接续问:"最近有发生什么大事?"

女佣人想了想,脸色很是难看地说:"有啊! 昨夜,司马大人一家惨遭灭门,凶手不知所踪,任何线索都没留下,据说是有杀人狂魔出现,夜里还有人听见了一首诡异的童谣呢。"

"童谣? 惨遭灭门? 杀人狂魔?"吉田步美的脑子开始剧痛,一些零碎画面在她脑海中浮现,她用力一把推开女佣人怒骂道:"滚出去! 你给我滚出去! 没我的允许,你不准进来!"

女佣人出去没多久,千城像白衣幽灵一样,出现在吉田步美面前,吉田步美被吓了一大跳,千城抽出一把匕首抵住她的喉咙,又单手拿出夹在腰间的箫,开始吹起箫来,一曲终了,并在她耳边吩咐道:"让你和你的家人,一起下去陪那些人吧!"

次日清晨,西门家跟司马家一样,全府上下,惨遭杀害,一人不留!

小次郎揉了揉发红的眼睛,伸了个懒腰说:"好啦,这个故事是我听我爷爷说的,还不算特别精彩,两位将就听听看,我要特别解释一下,千城并非什么神医,而是一名毒医,喜欢用毒控制病人杀他的仇人,而他那袖中飞针,才是真正的下毒工具。"

我用力挠挠额前的长发问道:"最后呢? 千城他怎么样了?"

小次郎此刻已经躺在了自己的床上,没好气地说:"我也不知道! 司徒家跟西门家当初联手谋杀他的父母，为了报血海深仇他不惜以身试毒，研究各种奇怪的毒药，包括如何控制病人的思想和行为，很明显，他这招借刀杀人，用得非常完美。"

司徒天这家伙，反倒在一旁冷嘲热讽："嗜！真没劲儿，我先睡了。"

说罢，他翻身回到自己的床上，开始呼呼大睡，我见他们俩都睡了，经过一夜的折腾，我自然也要休息了，就这样我和司徒天第一单驮尸任务，有惊无险，总算顺利完成，还拿到了巨额报酬。

第十章　人皮娃娃，致命血蛊

(1)

第二天一大早，铃木千夏的电话就把我给叫醒了，她给我讲了个好消息。

因为今天我最喜欢的杨老头要回来了，就是那个上课喜欢讲故事的老家伙。

当然，这种好事自然不会忘记司徒天，于是我顺便把司徒天也给叫醒了，拉着他一起赶到食堂与铃木千夏碰头。司徒天这家伙在我叫他起床时还想打我，结果听我一解释，说能跟日本妹子共进早餐，匆匆洗漱一番，别看他体积大，结果跑得比我还快。

小次郎这家伙，一如既往被我和司徒天抛弃在寝室里，因为怕他跟我们俩抢夺资源。

很快，我打扮得特别风流，司徒天则一副人模狗样跑到食堂，找到了铃木千夏，我们俩在铃木千夏的建议下，各自点了一份日式早餐，很普通的铁板鱿鱼烧，自打司徒天来到日本后，便爱上了鱿鱼铁板烧这种食物。

铃木千夏比我们俩来得早，坐在我们对面的她，已经吃完了早餐，拿出随身携带的纸巾，擦干净嘴巴，压低声音神神秘秘地说："下面我要讲一个事，它确实发生过，它被誉为'东京大学十大灵异传说'之首，它叫人皮娃娃，据说人皮娃娃真的是用人皮所制，先收集一张完好无损的人皮，将人皮脱油晒干，裁剪成人偶娃娃般大小，在缝制人皮娃娃前，必须收取心爱之人的头发，连带着贴身物品一起缝好，滴下几滴自己的血到人皮娃娃眼中，致命血蛊就做成了。"

以下是铃木千夏所讲述的人皮娃娃传说，跟许多年前东京大学的校花洋子离奇死亡有关。

东京大学建校百年有余，曾几何时很流行各种各样的娃娃，鬼娃娃花子，SD腐尸高仿娃娃、人皮娃娃、晴天雨娃娃、巫蛊娃娃等等。不过，据说江户时代末期，在东京大学这片区域曾不断发生过一系列让人闻风丧胆的连环剥皮杀人事件，坊间流传说，那些被剥下来的人皮，都让凶手制成了人皮娃娃。

其中，许多年以前发生过一起轰动整个东京大学的离奇命案，校花洋子灵异死亡直播案，洋子是当时学校学生们公认的校花，家境非常贫穷，单亲家庭长大，学习成绩全校第一，美貌能匹敌当时爆红的电影女明星，甚至还有星探到学校来找洋子试镜，萌生挖她去拍戏的念头。

一心以学业为重的洋子，果断拒绝了星探的邀请，还对外发出声明，求学期间以学业为主。没过多久，洋子的母亲因多年来操劳过度，患上怪疾，需要大量的医药费来养着。无奈之下，洋子答应了之前那名星探的请求，与他签订相关经纪人代理合同，走上明星之路。

听到此处，我忍不住插嘴追问道："铃木，这么说，洋子最后真成大明星了？"

铃木千夏白我一眼，视线扫过我们几个人，她很是诡异地微笑道："没错，洋子真的成了大明星，还是在一夜之间爆红，还因此获得了一个灵异校花的外号。"

洋子签约半个月左右，经纪人替她接了一家电影公司发出来的工作，工作内容让人十分费解，电影公司老板打算开设一档灵异类型的真人综艺节目，洋子负责现场直播，兼任主持人。

洋子在经纪人的带领下，前往电影公司签署演员雇用合同，成功拿到第一笔高额预付金，成功替自己的母亲交付高额医药费，总算解了燃眉之急。

时间转眼即逝，七天之后，到了节目开拍当晚。

节目组一行人乘坐一辆黑色的日产七人车，负责开车的是导演，一位上了年纪的猥琐中年大叔，他通过后视镜偷偷瞄了一眼洋子，洋子坐在车后座，乌黑的秀发高高盘起，鬓上还插着一根红色的簪子，簪子形似飞燕，身穿一身大红色和服。

洋子似乎察觉到导演的目光，连忙低下头盯住自己脚上的木屐鞋，头也不敢抬起来，扯了扯坐在她旁边的经纪人高野，低声问道："高野君，你知不知道，我们要去什么地方录制节目？"

高野转过脸向车窗外望了望，十分淡然地说出四个字："郊外墓地！"

洋子整个人仿佛让雷电击中，下意识地打了个哆嗦，甚至升起一股立马跳车的冲动。在日本一直沿袭着这样的传说，单身女子若三更半夜前往墓地或阴煞之地，一生都不会有好运，严重者会无后送终，甚至英年早逝。

不过，洋子现在已经卖身于电影公司，根本不能擅自改变什么东西，假如违约，就要偿还巨额违约金。时间在快速流逝，导演驾驶车子来了个轻轻地飘移甩尾，车子则立即停住了。

一行人浩浩荡荡地走下车，为首的是导演，接着才是摄影师和两名随行的化妆人员，以及余下的工作人员。大半夜赶到墓地拍摄灵异节目，洋子内心深处害怕极了，放眼望去四周立满了大小不一的白色墓碑，墓地中间还有一圆形花圃，花圃内种着不知名的白色野花。

导演和摄影师在最前头领路，洋子和她的经纪人高野走在最后头。

经纪人高野在洋子身旁小声命令道："洋子，我希望你能时刻记住，等会儿你一定要听导演的话，导演说让你怎么做就怎么做，否则，你自己准备赔违约金吧！"

洋子听后一口答应，说到底，她还是个稚气未脱的学生，怎么可能斗得过高野这种在社会上摸爬滚打多年的老油条？洋子为了不赔偿违约金，为了筹集自己母亲的医药费，她偷偷给自己加油鼓劲，并下定决心，只要能赚钱，拍什么东西都行。

第十章 人皮娃娃，致命血盡

导演把台词本递给洋子，让她按照台本上的台词去说，说白了这是一档灵异真人秀，为了赚取人气跟噱头，让洋子证明她在这块墓地见过灵异现象。洋子记忆力自小超群，有过目不忘的本事，很快背好了台词，与其说像台词，其实就是一首日本的恐怖歌谣。

导演亦选定了一块位置特别的墓碑，这块墓碑恰好位于整个墓地的交叉十字路口，无论从什么角度拍摄，都能清楚看见站在墓地正中央穿着大红和服的洋子，洋子此刻站在中间等候摄影师打手势。

工作人员提前在洋子周边放好道具，只要洋子一步入道具范围，道具会自动启动，摄影师见道具布置完毕，马上架起摄影机，预备开机拍摄，导演让灯光师开灯烘托墓地恐怖的环境。

导演走到摄影师背后站着，轻咳几声下令道："各就各位，预备，开始！"

伴随着导演一声令下，摄影师按下开机键，洋子穿着大红和服在墓地翩翩起舞，没一会儿，转身对准镜头唱了起来："妹妹背着洋娃娃，走到花园去看樱花，娃娃哭了叫妈妈，树上的小鸟在笑哈哈。有天爸爸喝醉了，拣起斧头走向妈妈，爸爸啊爸爸砍了很多下，妈妈的头滚到床底下，她的眼睛还望着我，爸爸叫我帮帮他，我们把妈妈埋在树下，然后爸爸举起斧头，剥开我的皮做成了娃娃，埋在树下陪妈妈！"

随后，镜头一闪，洋子的脚成功踩到事先安排好的道具，血浆即刻爆炸，喷了她一脸，她的和服更加妖艳，她死死地盯着镜头，流下了两行长长的血泪，继而倒地，在地上痛苦爬行，爬到摄影机前，咧开嘴微笑，伸出舌头舔去从脸上流到嘴边的鲜血。

"卡！洋子，你演得很好，演戏天赋真高啊！"导演站在摄影师背后看完整个拍摄过程，直至最后一个镜头。他入行多年，根本没见过像洋子这种天生的演员，尤其是那诡谲神秘的微笑，舌头舔血的动作，处处透着妖娆之气。

(2)

"铃木同学，后来这档节目真的很红吗？"我喝了一口买早餐时，食堂送

的牛奶问道。

"是啊！铃木，我光听你说也不觉得很恐怖啊！"司徒天吃着紫菜饭团，接茬说道。

"白逸君和司徒君，你们俩当时人没在日本，自然不知道节目播出后，洋子一夜之间变得有多红！"铃木千夏顿了顿继续补充道，"听说过贞子吧？洋子那时的名气比贞子还大，而且贞子还不是真实存在的人！"

听到此处，我忍不住倒吸一口凉气，贞子我自然听说过，日本超级灵异故事中的开山鼻祖，跟鬼娃娃花子齐名（恐怖片《咒怨》的演员）。看来，洋子确实爆红了。

司徒天喝完牛奶，用手抹了抹嘴说："好啦，铃木，快上课了，你继续讲啊！"

铃木低下头，斜眼望了一眼手腕处的手表："行，我尽量讲快点。"

所有人都没想到，因为一个无心之举，让洋子一夜成名，火到一塌糊涂，甚至各种广告片约不断，尤其是那身大红和服和那标志性的魅笑，粉丝们都封她为"鬼后"，她的形象极其深入人心。

洋子一口气接拍好几个广告，拿到巨额广告费，成功治好了母亲的病。

洋子走红没多久，生活得到很大的改善，只是出门要化装，躲避粉丝和传媒。

还有电影公司不惜出高价，甚至威胁恐吓，从高野手中强行挖走了洋子。

不过，高野后来还因此跟洋子大吵一架。最终，二人不欢而散，变成死敌。

在新公司的强烈要求下，洋子花费一个月的时间，绞尽脑汁构思了一部以人皮娃娃和血蛊为题材的悬疑惊悚电影，并亲自出演电影女主角。之前的墓地直播节目，帮她赚足了人气，新公司抓住商机，决定筹拍由洋子自编自演的悬疑电影《人皮娃娃》，宣传噱头为鬼后洋子，自编自演惊悚处女作！

司徒天耐不住性子，插嘴问道："不用问，《人皮娃娃》肯定超火，票房各种大卖吧!"

铃木千夏却摇了摇脑袋说:"确实超火,只是片子没放多久,便强行禁播了!"

"被强行禁播?"我深感好奇,皱着眉头:"该不会有什么意外发生吧?"

铃木千夏打了个响指,对我微笑道:"没错!洋子在拍摄现场离奇惨死!"

洋子的剧本成功通过相关部门审批,很快拿到了拍摄许可证,公司倾尽全力,力邀同期当红男明星,与洋子一同出演《人皮娃娃》。《人皮娃娃》讲述了一个天堂与地狱之间爱与被爱的故事。

洋子饰演片中的女一号,是一名叫灰原患有严重心理疾病的女性人偶师,人偶师在日本非常出名,喜好制作各种各样的人偶和娃娃。而男主人公金宝,则出演一名叫柯向的心理医生,负责治疗灰原。

前期的拍摄都非常顺利,眼看电影即将接近收尾阶段,那天晚上,意外却突然降临。

拍摄倒计时第二天深夜,洋子跟柯向像往常一样,赶赴片场,拍摄最后一场戏的现场是在一个哥特式建筑风格的欧洲大教堂,教堂中摆有一口透明的玻璃棺材,玻璃棺材为主要道具之一,这场戏主要讲洋子陷入狂想,以为自己变成了人皮娃娃,拥有不死之身,自己躺在玻璃棺材上被绑住四肢,玻璃棺材正上空有一把用麻绳悬挂着的利斧,后面会让柯向砍断麻绳,巨斧直接掉下来,借此证明洋子确实能不死。

一切都按照原计划进行,直到拍摄进度到洋子整个人被绑在棺材上,自言自语道:"柯向,你要相信我,我是拥有不死之身的人皮娃娃,我把自己改造成了人皮娃娃!来啊!斩断那悬在空中的利斧,跟我一同见证奇迹!"

柯向手持巨斧徐徐走向玻璃棺材,阴冷地望着洋子,冷笑道:"让我送你上天堂!"

柯向猛地举起巨斧,砍断麻绳,那把悬在半空的斧头,急速向着洋子的脑袋落下。柯向还想继续念台词,结果意外突生,他被溅了一脸血,血还夹带着温度，味道略咸，很明显巨斧斩断了洋子的脑袋，脑袋在地上滚了一圈，恰好滚到柯向脚边，洋子的眼睛睁开老大，一副死不瞑目的表情。

"啊！死人了！死人了！"柯向根本无暇抹去脸上的血，疯了似的跑到导演面前，抓住导演的手，失声尖叫道："导演！死人了啊！你说怎么办？该怎么办？"

导演的神情很镇定，拿出手机打了报警电话，警察很快赶到现场，经过现场技术勘查，断定为蓄意谋杀事件，因为那把悬在半空的斧头应该是道具斧头，结果却变成了真斧头，绝对是有人蓄意谋杀！

法医清理完案发现场，把洋子的尸体装好，带回车上，准备通知家属前来领尸，并且在第一时间将片场相关人员全部带走，因为在片场的每个人都有不可避免的犯罪嫌疑。一行人全部被送往警局。

"铃木，杀害洋子的凶手该不会是柯向吧？"我特别疑惑地问道。

"不！不是柯向！"铃木千夏顿了顿继续说："杀害洋子的人叫高野！"

司徒天差点没把嘴里的牛奶喷出来，大声喊了出来："高野为什么要杀她啊？"

铃木千夏没有正面回答，吊足了我跟司徒天的胃口之后，才缓缓说："接着听我说。"

在警察离开没多久，一个穿着怪异的中年男子从教堂的某个台子底下钻了出来，他颇有深意地笑着，拳头紧握发出脆响，面目狰狞，恶狠狠地咒骂着："洋子！你这个贱人，想当初要不是我一手挖掘你出来演戏，你能大红大紫，会有今天的成就？红了就一脚把我踢开，不杀你难消我心头之恨！"

高野刚说完没多久，门外居然快速拥出一群身穿制服的警察，每个警察手里都握着一把警枪，枪头瞄着他的脑袋，齐声喝道："不准动，双手抱头，蹲在地上！"

高野看着如此强大的阵容，他瞬间吓傻了，再笨的人都能明白，这是警方布的一个死局。

高野见自己难逃法律的裁决，双手抱头，蹲在地上哀求道："别！别杀我，我认罪！"

为首的两个警察走向高野，拿出随身携带的手铐把他铐起来，亲自押上警车，送回警局。

经过负责该起案件的警察审问，高野很快坦白交代所有犯罪细节。原来，高野因为嗜赌成性，欠下了巨额赌债，本想借着洋子大红，好赚取高额佣金还赌债。岂料，计划赶不上变化，洋子让一家势力很大的公司挖走了。高野日日遭人追债，他暗地里还找过洋子借钱，结果洋子没搭理他。

高野就这样记恨上了洋子，三天前的晚上，还指着洋子的鼻子大骂："臭婊子！若不是我，你会有今天？没错，你现在确实红了，但我找你借点钱都不肯，你这个忘恩负义的贱人！给老子等着！我要你不得好死！"

高野最终得到了法律的制裁。洋子离奇死亡的消息，像瘟疫一样席卷了当时的整个娱乐圈，《人皮娃娃》未播先红，传媒记者开始疯狂报道，大肆渲染洋子生前的各种事件，更有好事者不知道从何处，把洋子死亡的现场照片爆了出来。洋子的母亲在医院听闻女儿的意外死讯，一时间无法接受，当天夜里，她的病情急转恶化，连吐几口鲜血，最终抢救无效，随着女儿洋子一起离开了人世。

故事讲到这儿，我忍不住叹息道："铃木，这故事真悲惨，洋子纯粹是无辜的。"

司徒天亦跟我一样，连连点头说："没错，洋子又没干坏事，高野真可恶啊！"

"好了，关于洋子的故事我只知道这么多，至于后面发生的事，根本没人知道。"铃木千夏抬手看了看手表，继续对我跟司徒天说，"我们赶快去上课，我昨天看了下课表，第一节课是杨老师的，他估计会讲一些有趣的故事。"

第十一章　千年古刹，灯笼妖僧

(1)

铃木千夏领着我和司徒天，一路往课室狂奔过去，我们赶到时杨老头人已经到了，打了个报告，杨老头放我们进入课室。杨老头形式地点了一下名，发现居然没有人逃课，全员到齐。

杨老头那张长满了老年斑的褶子脸，露出欣慰的笑容，他轻轻敲着讲台，良久之后才开口说道："行了，为了奖励你们都来听我这个老头子的课，我给你们讲个故事吧，在我们这有个风俗，每逢过年或者鬼节的时候，所有人都要去一些知名的百年庙宇，或者千年古刹拜访寺内的得道高僧，让高僧开光赐福，祈求天神庇佑。"

我举起手向杨老头提问道："杨老师，这跟你接下来要说的故事有关系？"

杨老头对我说："没错，你坐下，我要开始讲了，这故事是说在千年古刹内，寄存着灯笼妖僧。"

日本的灯笼起源于一千多年前，每年的农历正月十五元宵节前后，人们都会挂起象征团圆的灯笼，来营造一种喜庆的气氛，这个传统一直延续至今。在日本，大多数灯笼都是白色的，也有少数黄色或者红色灯笼，尤其是比较有名的寺院，悬挂的都是白色灯笼，这是一种非常诡异的景象。

至于为什么会这样，有人说是因为日本灯笼等同于阴阳引妖灯，而大部分寺院悬挂灯笼是为了招妖，利用灯笼招引妖怪，然后将夜半时分游荡在荒野，或者寺庙间的妖怪诱惑来绞杀掉。

故事还要从很久之前说起，每逢过年之际，日本警方年年都会接到无数诡异的报警电话，报警的大部分人都说晚上在寺庙祈福的时候，声称自己见到了一个奇怪的僧人，僧人披着一件白色袈裟，僧人并没有脑袋，相反脑袋上长着一顶白色灯笼，而出现这种灯笼妖僧的寺庙，往往会发生可怕的诡异事件。

七百多年前，有一个叫大石的僧人，他从小时候起就是孤儿，自幼被他的师父梦溪所收养，从小出家为僧，与师父一起修行。随着时光荏苒，大石慢慢长大了，他也清楚自己的师父梦溪，是当代最有名的得道高僧。

自从满18岁那年起，大石在生日当天许愿和立下誓言，身为师父的关门弟子，绝对不能丢了他的脸面。那晚之后，他开始玩命潜心修佛，希望自己能变成一代圣僧，像梦溪那样普度众生，受人尊敬。大石终日蜗居在禅房中念经，专研佛法，甚至陷入走火入魔的魔障，仍旧毫无察觉。

半个月之后，梦溪在外头苦修归来，回到寺庙中不见自己的徒弟大石，经过一番探寻才发现大石在闭关修行。说来也怪，梦溪在方圆百里都很有名，但整个寺庙一共就他们师徒二人，每逢佳节，一些达官贵人无论多忙，都会赶来庙中拜会梦溪，祈求梦溪为自己批一句箴言。

梦溪推门进入大石的房内，看着坐在蒲团上打坐静修的徒弟，发现大石的脸色很不自然，他快步走到大石跟前喝道："大石啊！你要时刻谨记，佛本是道，悟道切勿强求，悟了便是悟了！"

端坐在蒲团上的大石缓缓睁开眼睛，抬起头看着站在自己面前的梦溪，良久说不出话来，他自己修佛多年，自然知晓如何悟道，只是过于急于求成，才会变成眼下这等情况。

大石是自己亲手带大的孩子，梦溪岂能不明对方心中所想？不过，他修道多年，自然明白佛语有云，万千事物冥冥之中自有定数，凡事均讲求一个缘字。修佛悟道同样如此，若有机缘，在顷刻间便入道，若无缘，穷其一生都无法入道。

大石站起身子，反问梦溪："师父，弟子何时才能成为您这样的得道高僧？"

梦溪听见这个问题，却忽然抬头大笑几声："得道高僧？为师岂敢自称高僧？我扪心自问距离高僧二字相差甚远，这些所谓的得道高僧，无非是外界世俗中人所给予的虚名罢了，你千万不可让虚名蒙蔽了双眼和道心。"

梦溪讲完之后，动也不动地站在大石对面，脸上带有神秘笑容看着大石。

大石双手合十，而后向梦溪拜了一下，恍然大悟道："是！徒儿谨记师父的教诲！"

梦溪知道自己的徒儿已经成功躲过心魔，他自然轻松不少，毕竟，这是他最看好的关门弟子。梦溪走出大石的禅房，又准备潜心专研新佛法。可惜，梦溪不知道的是，大石嘴上虽然那么说，但心里仍有不甘，依然打算强行悟道。

时间如流水，转眼间又是三年过去了，再度迎来一个鬼节夜，大石继承了梦溪的衣钵。

大石在梦溪死后没多久，便接手了整个寺庙，成了新的高僧，但梦溪为何而死？外界的人只知道他是病死的，真相只有大石一人知道。那天夜里，三年前的某个夜晚，大石强行悟道之事败露，他走火入魔，梦溪出言劝阻，惨被入魔的大石杀害。

当天夜里很多人都没有休息，无论男女老少，在鬼节之夜，都不会入睡，而是开始叠大量的灯笼纸船，顾名思义，灯笼纸船的外形酷似灯笼，下底为船型，中上部分则是灯笼，中间空心来摆放元宝蜡烛。在鬼节放灯笼纸船，意味着生人对过世亲人的想念。

等到子时，你就能看见街上有很多人手里拿着大小不一的灯笼纸船，蹲在河边或者搭载着小船，点燃灯笼船中的蜡烛，轻轻地放到河面上，让河流送走放在灯笼内的那一份思念，放完灯笼船，则会到附近寺庙祈求来年顺利平安。

第十一章　千年古刹，灯笼妖僧

大石像往常一样，坐在寺庙中的蒲团上，旁边放有一盏白灯笼，静静地等候信徒前来祈福。这时不知从什么地方，突然跑出一群火狐妖来。火狐妖蜂拥而至，嘴里吐出滔天烈火，大石被烧了个措手不及。更让人费解的是，那群火狐妖仿佛不怕死一般，到最后居然选择跟大石同归于尽。

大石最终让火狐妖烧成了一具黑尸，而最早发动攻击的火狐，居然割下了大石的脑袋，放到旁边那盏灯笼上，随后火狐妖群自动散去。待人发现大石死后，火狐群早已不知所踪，在大石身边只发现几根金色的狐狸毛。

我的胆子向来比较大，说难听点叫"虎"，举手问道："杨老师，大石为啥会被火狐群杀啊？最后又怎么样了？"

"我是听别人讲的，火狐群为何杀大石，我自然不知晓。"杨老头顿了顿，白了我一眼继续说道："不过，在外界一直有流传说，曾经有人在鬼节路过大石生前修行过的寺庙，也就是现在东京塔附近的银次庙宇，发现寺庙里竟然坐着一个身披白色袈裟，没有脑袋，头顶白色灯笼的妖僧！"

杨老头刚解释完，结果门口突然多出一名身穿一袭黑衣的少年，他敲了一下教室的门，用十分流利的日语，恭敬地鞠了一个躬，笑着自我介绍道："您好，杨老师，我是新来的插班生流川，是黑木先生的徒弟。"

话音未落，我和司徒天两个人都傻了，看向站在门口的流川，不禁想起黑木老头来，这少年真是黑木老头的徒弟？这算咋回事？究竟啥情况啊？一时间，我顿时深感疑惑，流川无缘无故变成插班生。其中，难道还存在着什么不可告人的秘密？

杨老头的故事说完之后，便开始枯燥无味的课程，黑木的徒弟流川随便找了个位置坐下，从我身边路过时，还冲我挤眉弄眼，那风骚的模样简直跟黑木一模一样，让我有一种想暴打他一顿的冲动，因为这家伙简直太欠收拾了。

司徒天见没故事听，便趴在课桌上呼呼大睡，我则开始放空脑袋，开启各种神游太虚的模式。一节课的时间很快结束，杨老头恨铁不成钢地看着睡死过去的学生们，差点没直接气晕过去。到最后，流川这家伙在下课时，找

我要了电话号码,说晚点他会主动联系我谈新接的生意。

(2)

第二节晚自习还没上课,我发现流川居然偷偷逃课了。我跟司徒天因为实在好奇灯笼妖僧的故事,果断也跟着逃课。在学校门口叫了辆出租车,火速赶到杨老头口中那个寺庙的遗址。按照历史记载,遗址恰好在东京塔附近的东京银次庙宇。东京银次庙宇追溯上去正是大石生前修行过的寺庙,寺庙之前貌似被毁过,被毁有两个主要原因,每个原因所发生的故事版本均有所不同。

最可信的版本是,在鬼节夜不知什么原因,寺庙背后的山林突然燃起一场离奇大火。在这我要特别说明一下,日本的鬼节又称为盂兰盆节,也称作中元节,从一定意义上讲,中元节归属道教,盂兰盆节归属佛教,有些地方俗称鬼节、施孤,又称亡人节、七月半之类。

盂兰盆节在飞鸟时代之前传入日本,现在,已成为日本仅次于元旦的盛大节日。

盂兰盆节在日本又称魂祭、灯笼节、佛教万灵会等,原是追祭祖先、祈祷冥福的日子。现已是家庭团圆、合村欢乐的节日。每到盂兰盆节时,日本各企业均放假 7~15 天,人们赶回故乡团聚。节日期间家家都设魂龛、点燃迎魂火和送魂火,祭奠祖先。现在一般在阳历的 8 月 13 日前后迎接祖先的灵魂,和活人一起生活 4 天。16 日以送魂火的方式把祖先的灵魂送回阴间。京都的"大文字烧"就是这个活动的顶峰。另一种欢送的形式是盂兰盆舞,夏夜,在太鼓声中,男女老少穿着浴衣起舞,现在已成为日本著名的观光活动。

那天晚上的大火,足足烧了一个晚上,几乎烧毁大半山林,寺庙亦被烧毁很大一部分,不少僧侣因此失去性命。甚至有流传说是火狐妖怪从中作乱,刻意放狐火烧山林,好借此报复寺庙内道行高深的僧人。

当然,具体真相是啥,我也无从考证,唯一能够证明真相的那些老家

第十一章 千年古刹，灯笼妖僧

伙，早就去地方见阎罗王那个糟老头子了。司机大叔驾驶着出租车开过好几条高速公路，大约花费了一个多小时，才把我跟司徒天送到东京塔附近的银次庙宇，司徒天等车一停稳，推开车门下车便跑。

老子反应慢半拍，变成了负责出车费的人，付钱之后，我也追上司徒天。我们俩一路走一路问行人，但是在问的途中，发现这些人都不愿提起银次庙宇，那感觉跟活吞了死耗子差不多，甚至还有人骂我们俩神经病。

皇天不负有心人，几番辗转过后，总算成功找到了传说中的银次庙宇，银次庙宇在东京塔最边缘的三不管地区，还有些靠近山野。我们俩赶到银次庙宇，第一眼觉得银次庙宇实在太阴森诡异，因为寺庙占地面积很大，年久失修不说，还生机全无，尽显死气。

我和司徒天互相给彼此壮胆，徐徐走到寺门紧闭的门前，门并没有上锁，踏上长满了野草的台阶，寺门两旁各有一头残缺不全的石狮雕像，正中间挂了一块牌匾，因为岁月无情的冲刷，已看不清颜色和字迹。

司徒天一脚踹开寺门，迎面扑来一股灰尘，可在我闻起来居然有点像人骨灰的味道。因为我小时生活在农村，比较孤陋寡闻，不小心吃过人的骨灰，那味道好比橙子口味的棒棒糖，那叫一个倍儿酸爽，因为这我还遭父亲一顿毒打，可谓是终生难忘。

我跟在司徒天后头步入寺中，举目望去发现寺庙正中央立着一尊残臂佛像，佛像已经褪去了颜色，表面亦坑坑洼洼，佛像后的墙壁早已龟裂，还脱落了不少。我们俩继续往佛像靠近，还没等完全走过去，便听见一道嘶哑的声音从佛像后传来："寺庙已关，若问凡事，明日请早！"

这声儿险些把我和司徒天吓死，我们俩还没开口说话，一个满头白发佝偻着腰，右手提着一盏白色的灯笼，身穿一袭破旧补丁袈裟的老头走了出来，他的脸色很苍白，并且还是个独眼瞎子，愣神看了我跟司徒天许久，才缓缓开口说："两位，敢深夜前来本寺，胆子还真不小啊！"

我和司徒天顿时蒙住了，这个提着灯笼的老家伙到底什么意思？我虽然心有不悦，但这毕竟是人家的地盘。我自然要放低姿态问道："老先生，您好，我想找您打听一下，这里是不是银次庙宇？ 您听说过大石的故事？"

老家伙不知发什么疯，突然大声吼我跟司徒天："大石？ 说！ 你们怎么知道他的？"

让老家伙这一吼，我居然还有点儿畏惧，打了个哆嗦说："老先生，您莫生气，我来这没恶意，大石的事我也是听他人所说，因为好奇这件往事的真相，所以才根据仅有的线索来此一窥究竟。"

老家伙在我问完之后，他的脸色陡然惊变，奋力把手里的灯笼丢向我和司徒天，我们俩打了个侧空翻闪开，他面目扭曲地怒喊道："没想到，过了这么多年，竟然还有人知道这件事？ 罢了，你们俩既然找上门来，那就永远留在这儿陪我吧！"

说话间，老家伙整个人单膝半跪在地，在我跟司徒天的眼前开始突变，脸上的血管接连暴起，眼睛从眼眶里爆出来，脸型逐步变成椭圆形，身体随着变长不少，连半点弯腰驼背的迹象都看不出来，身上的肌肉鼓起老大，脑袋彻底变成了一盏白色灯笼。

司徒天指住老家伙，鬼哭狼嚎道："白逸，原来这老家伙就是大石啊！"

大石自然听到了司徒天的喊声，他什么都没说，张开嘴巴从嘴里吐出熊熊烈火，那火焰直击我跟司徒天的面门，若不是我反射神经强大，把司徒天推开，自己来了个驴打滚，估计早让大石烤熟了。

大石见没喷中，摇摆着身体走到司徒天跟前，居高临下地张开大嘴巴："我要烧死你！"

司徒天估计被大石吓傻了，居然毫无反应，我心里那个郁闷，这家伙是傻子吗？ 眼看大石即将喷出第二波烈焰，我连忙抽出捆在腰间的九节鞭，自打上次跟后山的裂口女大战之后，我跟司徒天养成了随身携带九节鞭的好习惯。

我右手抓着九节鞭，悄悄地绕到大石的背后，想蓄力甩出去死死套住大石的脖子，九节鞭甩出去的瞬间，能清楚听见鞭子划破空气的声音。 我以为自己的计划会成功，结果大石忽然回头，嘴里事先储蓄好的火焰朝我喷来。

第十一章 千年古刹，灯笼妖僧

我幸好留有后手，双腿蹬地翻出几个后空翻，虽然逃过一劫，但头发仍被火烧去不少，脸上火辣辣地疼。司徒天这家伙立马站起来亮出九节鞭，在大石背后飞身跳起，舞鞭抽向大石的脑袋，大石背后仿佛长了眼睛那样，身子稍微往左边一倒，躲过司徒天这一记狠鞭。

我则有了喘息的机会双手抓着九节鞭，迅速朝大石冲过去，死死勒住大石的脖子，让他无法喷火，大石虽然是妖怪，但力气不大，唯一厉害的就是能喷火。

我向司徒天高声喊道："司徒，你力气大！快！快滚过来帮我解决大石！"

司徒天自然不会让我身陷险境，把手里的九节鞭打出去，鞭子直接贯穿大石头顶的白色灯笼，在大石背后的我偏头躲过鞭击。我的九节鞭本来就锁死了大石的脖子，右手发力拽住九节鞭往后拼命扯，大石被我拖着在地上滑行。

大石还在地上来回挣扎，嘴里发出暗哑的声音嘶吼着："啊！啊！啊！放开我！放开！"

司徒天跟我自幼受老家伙的教导，斩草不除根，春风吹又生！对待自己的敌人绝对要下死手，想尽所有办法让敌人去见阎王爷。司徒天收回九节鞭快步跑到大石面前，拎着鞭子对准地上嗷嗷大叫的大石一顿狠抽，那感觉比变态佬拿着鞭子鞭尸还要爽好几倍。

大石开始还能鬼叫几声，司徒天也算个虎货，鞭鞭都在下死手，抽了大概上百下，九节鞭上全是血，伴随着每一次的抽打，血液飞溅起老高。反观躺在地上的大石，身上早已布满或长或短，深浅不一的鞭痕，鲜红的血液彻底染红他的白袈裟，头顶的白色灯笼，早让司徒天这个暴力狂抽了个稀巴烂。

大石已经让司徒天这个家伙活活给乱鞭抽死了，司徒天好似还没抽过瘾，我实在看不下去了，连忙扯出锁在大石脖子上的九节鞭，大声呵斥司徒天："喂！司徒！你够了啊！给我马上停手，还真没看出来你居然有鞭尸

这等邪恶癖好！"

司徒天白我一眼，没好气地骂道："滚蛋！要不是我帮忙，你小子早变红烧猪了！"

我自知理亏，心想不跟司徒天这没文化的家伙一般见识，看着地上大石的尸体，我犹豫了好一阵，掏出装在裤子口袋里的烟盒和打火机，抽出一根烟叼着，点燃吸上几口，吐出许多烟雾。

司徒天向我微微点头，我用右手的两根手指夹着烟蒂，稍微用力弹向地上的大石，大石那顶灯笼脑袋，瞬间被烟头点燃，很快火势越来越旺，几分钟之后，大石的尸体便让火烧为灰烬。我和司徒天互看一眼，连忙跑出寺庙在公路边拦住一辆出租车，本来司机大叔还不愿载我和司徒天，后来我出双倍车费，司机大叔见钱眼开，才让我们俩上了他的车。

第十二章　富商冤死，百里驮尸

(1)

晚上10点多，我和司徒天在各种各样的目光下，狼狈地回到寝室，发现小次郎还在看书。

小次郎自然也发现了我跟司徒天的怪异之处，他抬手推了一下眼镜，上下打量着我们俩故意调侃道："等一等，看两位这身装扮，莫非是传说中的同志加基友？半夜相约到深山老林去打野战？"

司徒天冷哼一声没理他，找好衣服冲进厕所开始洗澡，我见状也找好衣服，紧随其后。

小次郎在我们俩进去之后，在门外头怪叫："两位好好干！等下出来告诉我，谁攻谁受！"

司徒天跟我差点儿没被他给活活气死，其实吧，我们俩一起洗澡算多年的习惯了，在小的时候，夏天因为太热，没少光着身子跑到河里去捞鱼抓虾。我记得非常清楚，有一回我们俩光着屁股在河里抓螃蟹。

结果司徒天这人比较悲惨，他的小鸡鸡居然让螃蟹给夹了，疼得他在水里哇哇大哭。

后来，这件糗事变成我威逼他的小把柄，为此我没少让他给我当手下，负责各类杂事。

我和司徒天洗澡的速度极快，几乎接近秒杀，洗完澡我躺在床上，拿着手机连上无线看电影看得正爽，结果没看几分钟，流川这家伙突然打了个电

话进来，电话里他神秘兮兮地说，要约我和司徒天到学校对面的日本料理店碰头，说准备好好谈一单大生意，报酬超级丰厚。 我寻思着恰巧这几天系里管事的老头外出讲课，乃是天赐良机，肯定能大发一笔横财啊！

我挂断电话对正坐在电脑面前，打游戏的司徒天喊道："司徒，你给我麻利点，刚才流川那小子给我打了通电话，说叫咱们到学校对面日本料理店去，他打算请客吃东西来着。"

司徒天这超级好吃鬼，一听到有免费的夜宵吃，动作立马加快数倍，恨不得多生一双腿。 不出一会儿，我们俩直接冲出学校大门，跑入料理店里头扫视一圈，发现流川那个无比猥琐的家伙正戴着一副特大号的黑色蛤蟆镜，坐在最角落那张桌子向我们俩招手。

很快，我和司徒天便坐到了流川的对面，他招来服务员，用日语叫了不少好吃的东西。

大概过了10分钟，叫上来的食物都被我们三个人开始疯狂扫荡，桌上为数不多的鱿鱼串烧，让流川消灭完之后，他打了个饱嗝说："行了，你们俩先别吃了，等会我们出发，去谈一单富商冤死的生意，报酬虽然高，但风险同样也很高。"

我抓起一粒花生米吃掉，喝完最后一口清酒道："流川，我们真要接这种危险的生意？"

司徒天这家伙脾气暴躁，他朝我吼："闭嘴！ 你小子少废话，听流川说。"

流川看着对面的两个活宝，连连摆手咧嘴笑道："好啦，你们俩消停一会，在我们日本有一个特别不好的风俗怪癖，如果有什么富豪或者社会名流离奇冤死，其亲人会出高价邀请驮尸人来驮尸。 在驮尸途中，斩穴人会一路随行，尸体必须驮到斩穴人之前堪舆好的墓地，通常都是葬在死者故乡百里之外的荒山野岭。"

我知道事情绝对没有流川表面说的那么简单，一面吃着糯米丸子，一面追问流川："好啦，流川，你小子少给我打哈哈，在我们华夏有句古话，拿人

第十二章 富商冤死，百里驮尸

手软吃人嘴短，具体说说是什么情况吧？"

流川打了个响指，身体微微往前倾，左右望了望才说道："我实话实说吧，这单生意的富商身份很复杂，他从表面上看是普通商人和慈善家，经过我的暗中调查，发现这家伙背地里干了不少违背良心的事，用禽兽二字来形容都毫不为过。"

我顿时明悟，原来这家伙不是好人，接茬问道："流川，老实说，你还知道啥内幕？"

流川冲我跟司徒天招招手，示意我们俩围过去，他从手里拿出手机，开通蓝牙连上我的手机，给我发了一份文件，然后看着我和司徒天，小声嘱咐我们："这单生意的委托人叫美奈子，要驮的死尸名叫龙腾，你们俩回去看完我给的东西，自然明白龙腾有什么怪癖。"

流川说完招来服务员买单，结完账后他丢下一句："养足精神，明晚七点，学校门口见。"

就这样流川特别拉风兼流气地离开了，挥一挥衣袖，没带走半片云彩。我和司徒天从小接受良好而又高大上的教育，深知谁知盘中餐，粒粒皆辛苦的伟大含义。

我们俩把没吃完的东西让服务员打包带走，寻思着带回去给小次郎吃点儿，顺便让他讲几个灵异故事来听，好让我和司徒天过过故事瘾。在回寝室的途中，司徒天负责拎夜宵。打开寝室大门，能听见小次郎用键盘码字的声音。我坐下来看流川发到我手机里的东西，当我打开文件时便吓呆了。

因为文件内有许多图片，图片的内容让我的胃部开始疯狂翻滚，实在忍不住了，把手机随便往床上一丢，朝着厕所狂奔过去，掀开厕所的马桶盖，开始狂呕，连胆汁儿都呕了出来。

司徒天拿起床上的手机，还没来得及看，冲我喊道："白逸，你咋吐了？该不是怀孕了吧？"

我的脑子里全是手机上那些恶心的照片，真是大千世界无奇不有，世上居然还有那么变态的家伙。我绝对不是乱骂人，因为手机里的照片无论从什

么方面来辨认,都不像电脑做出来的合成图。

我又干呕好一阵子,按下马桶的冲水键,马桶刚冲干净,顺带还扯了几张纸巾,把嘴巴擦干净。司徒天手里头还抓着我的手机,站在原地讽刺我:"怎么了,白逸?你究竟咋的了?好端端的怎么吐了?给我好好说道说道。"

司徒天故意欺负我,我便想着要恶心他一下,不服气地说:"司徒天,你小子,少在那给我冷嘲热讽,我最看不惯你这种人!有本事瞧瞧手机里的东西,若你不吐,我请你吃一个月的食堂!"

司徒天像占了大便宜那般,转头对小次郎说:"现在,请次郎君,你做个证人!"

说着说着,他点开我的手机,滑动解锁一看屏幕映射出来的东西,结果把司徒天吓到手机都丢了出去。要不是我早有准备,快速跑去接住手机,估计让司徒天那么一甩,手机百分之百报废。

司徒天瞬间变身成哪吒三太子脚踩风火轮,狂奔到厕所里头对着马桶狂吐,一边吐还一边咒骂我:"白逸!你这个锤子!你给我看的什么玩意儿?实在太恶心了!"

我拿着手机,吹着小口哨,走到小次郎背后笑道:"次郎君,你又在码字?"

小次郎停下打键盘的双手,推了下架在鼻梁上的眼镜,转过脸问我:"对了,白逸君,你和司徒君是怎么回事?你手机里到底有什么神秘的东西?能借给我看一看吗?"

我看小次郎如此好奇,自然不能放过整他的机会,但表面还是要故作为难地说:"不好吧,次郎君,这些东西不能白白给你看啊!除非,你答应我一个条件,回头无论什么时候,给我和司徒天讲几个灵异故事。"

虽然,我跟司徒天表面上合不来,平日里喜欢互黑吐槽彼此,但真正遇到好事儿,还是会第一时间想起对方。小次郎想了一分多钟,然后答应了我的条件,我把手机递给小次郎,等着他看照片后,冲入厕所狂吐的窘态。

第十二章 富商冤死，百里驮尸

但是，直到司徒天从厕所内出来，小次郎依然是一副津津有味的样子，在欣赏手机里的变态照片，时不时还会自言自语，高度赞扬拍照者："谋杀界的艺术家！ 天生的艺术家啊！ 好！ 简直拍得太好了！"

我跟司徒天顿时无语，在小次郎的强烈要求下，我把照片发给了他一份。 想着刚打包回来的宵夜，我几乎没胃口吃，脑子里都是照片上的东西，一排排的老鼠摆在一起，还有许多猫被分解成不同的恐怖形状。

我带回来的夜宵到最后，全让小次郎这个变态狂吃了个精光，他吃完之后，第一个爬到床上睡觉。 我和司徒天看了看时间，已经接近 11 点多，今晚估计也听不到小次郎讲故事了，便相继爬上自己的床，开始呼呼大睡。

(2)

在日本，黑夜跟白天交替很快，第二天一大早，小次郎叫我和司徒天起床。

我和司徒天都想着因为晚上有驮尸任务，一定要多吃点儿，吃完早餐还顺便去学校小超市买点食物带在路上吃。 结果这一天下来，我们俩除开吃饭就是倒在床上睡大觉，经过之前的实践证明，驮尸之路并不太平，一路上可谓危机重重，若不小心仔细，绝对会命赴黄泉。 说实话，为了消磨时间我们俩还打算让小次郎讲讲故事，结果一打听才发现这家伙请假回神奈川去了。

时间的齿轮在快速转动，我和司徒天两个人都快睡肿了，总算熬到晚上 7 点。

我们俩带上自己的武器，奔赴学校对面的拉面馆各自吃完一碗日本拉面。 随后，我们俩跟个傻瓜一样站在学校大门口，足足等了流川半个多小时。 在等待期间我给流川那个挨千刀的死人，打了至少 20 多通电话，结果这家伙愣是一个没接。

很快时间走到 8 点整，一辆黑色破丰田车突然急刹车，来了个小漂移后，稳稳地停在我和司徒天面前。

我紧紧盯住这辆破丰田，指着车门大骂："喂！ 里面开车的家伙给我出

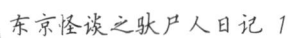

来，没看到差点撞死人啊！"

司徒天等流川本来就憋了一肚子火同样怒气冲天，直接冲上去踹了一脚丰田车的轮胎，骂道："车里头的家伙，我看你是找削呢！你会不会开车？不会开车的话，你给我滚下来，我他妈绝对不打死你！"

我们俩还没骂过瘾，丰田车的车玻璃自动摇了下来，随后露出一张十分欠揍的脸，用特有的公鸭嗓嬉笑着说："别啊，两位大哥千万别发火啊！你们两位老人家要淡定，路上堵车我才来晚了，咱们先上车去美奈子家吧，赚钱才是正事。"

对于日本的交通，我跟司徒天深有体会，有时候简直能把人活活堵死。

于是，我们俩选择放流川一马，不过，死罪可免，活罪难逃。在我和司徒天的强迫下，流川含泪答应负责在驮尸路上讲怪谈故事，以及任务完成后请我们俩吃一个月的夜宵。

协议达成，我和司徒天拉开后车门，坐了上去。我们坐在流川那辆不知道转了几手的黑色破丰田车，火速狂飙到委托人美奈子的私人别墅。流川随便找了个车位停好车，带着我和司徒天来到一栋别墅门前，按下门铃，几分钟之后，来开门的人居然是一位极品少妇，那张脸简直比妲己还妖艳。

司徒天看得眼睛都直了，真是有点丢人现眼，我实在看不过去，在他腰间掐了一下。司徒天疼到险些流眼泪，满脸横肉立马通红，不知是我用力过头还是咋的，这家伙没忍住直接叫了出来："疼啊！疼！白逸！你快给老子松手！"

流川看着我们俩不住地摇头，步入美奈子的别墅。我和司徒天没继续打闹，也跟在流川后头走了进去。我走在最后头自然把门带上，我们三兄弟坐在沙发上，委托人美奈子从厨房给我们一人冲了一杯日本咖啡，分别放在我们面前的桌子上。

随后，美奈子就开始详细介绍自己的丈夫。在她的介绍之下，我们对死者龙腾有了一番新的认识。龙腾是一位隐形的超级大富商，由于身体患有隐疾，膝下无子。在他死后，美奈子成了他唯一的财产继承人。美奈子跟龙

第十二章 富商冤死，百里驮尸

腾年纪相差很大，典型的老夫少妻，据悉龙腾早期是依靠制药发家，旗下有许多家大型制药厂，众所周知，制药无论在什么国家，都是一个能牟取暴利的行业。

司徒天这家伙坐在沙发对面，依然双眼放光地在美奈子身上来回扫射，那根本就是豺狼看到小白羊的样子。我顿时觉得认识司徒天这鸟人，简直是我人生中最大的耻辱。太丢人现眼了！

流川发现司徒天的异样，用手肘撞了他一下骂道："你刚才还没丢够人吗？！"

司徒天在流川的撞击之下，才徐徐缓过神来，随意抹去嘴角的口水，非常厚脸皮地赞扬道："美奈子小姐，请您原谅我的无礼，因为您真的太美丽迷人了，才让我深陷其中，无法自拔。"

美奈子那张白皙的脸，微带点绯红，露出两个酒窝，掩嘴轻笑："司徒君，谢谢您的赞美。"

对于司徒天这种不要脸的拍马屁行为，让我不得不佩服他那条三寸不烂之舌，估计给他多练个七八年，他能把死人给说活了。司徒这家伙，尤其是在漂亮少妇面前，那张嘴跟抹了蜜糖那般油滑，各种话都敢往外说。

流川拿起桌上的咖啡小喝一口，问道："美奈子女士，我对您的丈夫龙腾先生进行过暗中调查，发现他有一种近乎变态虐杀动物的怪癖，我想他之所以离奇死亡，肯定与这怪癖相关吧？"

美奈子柳眉微皱，显然不愿流川说出龙腾喜欢残害小动物的变态癖好，唯有尴尬地笑着说："没错，流川君的手段果然非凡，居然把我丈夫龙腾那点不为人知的秘密，都给挖出来了。"

流川依旧保持着淡笑，眼睛一直盯住美奈子，好似要看透她埋藏在内心深处的巨大阴谋。

美奈子让流川盯得有点头皮发麻，调整好语气问道："流川君，你看时间也不早了，你们打算何时去殡仪馆驮我丈夫的尸体？"

流川却摆了摆手，看着美奈子家中的吊钟说："时辰未到，美奈子小姐，

我怀疑你龙腾先生的死因跟你有关，至于是不是你策划的凶杀案，我没有兴趣知道，但我希望您回头别赖账，准时结算这次驮尸和斩穴的报酬。"

我和司徒天都不傻，涉及钱这块，都会变得精明不少。 流川的话外音，我岂会听不明白？ 用俗语翻译过来就是，你个心肠恶毒的女人，给我小心点，你要不给钱，回头我就去告发你的阴谋。

美奈子点头应允，为了安抚流川还特意用手机转账到流川的户头，金额是整个驮尸任务的一半。 流川收到票子之后，见目的达到，找美奈子要了殡仪馆地址，拉着我和司徒天迅速离开。

唯有司徒天这货还一脸依依不舍，显然让美奈子这极品少妇迷住了。 不过，这等心如蛇蝎的女人，送给我都不要，谁知道她会不会半夜把我的小鸡鸡剪掉，严重点还会因此丧命。

流川先开着车子在一家卖日本刀的店里，买了三把短匕首和若干黑色流星飞刀，分给我和司徒天一部分。 随后，我们又火速赶往超级市场，买了好几袋食物，从车尾箱取出一个双肩登山包，把东西全装到里头。 一个小时之后，我们赶到美奈子口中的殡仪馆，与殡仪馆里的老头沟通许久，还给美奈子打电话，验明身份之后，等驮尸时间到了，我们才来领走龙腾的尸首，开始驮尸。

因为时间关系，流川只能把车停在殡仪馆，还不到驮尸出发的时间。

流川提议现在有钱了，在殡仪馆附近找个能吃饭的餐厅，先饱餐一顿。

我用手机导航，成功找到一家离殡仪馆很近的餐厅，我们往餐厅赶了过去。

第十三章　毛倡妓，琵琶曲

(1)

半个小时后，我们三个人坐在一家叫极品美味的店里吃日本料理。

司徒天又爱上了一种新食物，紫菜饭团。流川结账之前，他还叫了不少紫菜饭团打包，美其名曰带在路上吃。时间不知不觉走到凌晨，驮尸的时间到了，跑回殡仪馆驮着龙腾的尸体出发。

在手机导航的指引下，我和流川联手坑了司徒天，我们俩一致同意让他先驮山路。

其实，流川这家伙的体积与司徒天有一拼，他俩几乎算一见钟情。两个食量远高于常人的超级大吃货相遇，无异于火星撞地球般生猛。司徒天也算得上一号狠人，这会儿他一边驮着尸体，嘴里一边吃着之前买的紫菜饭团。

我实在看不过去，因为他影响到了我的食欲，立马骂道："司徒，你别吃了！"

司徒天一口吞下紫菜饭团，嘴角还沾着好几颗米粒："白逸，我吃东西犯法？"

流川和我跟司徒天混久了，自然学会不少中国式幽默，顺势补道："司徒君，你多吃点，回头你被活活撑死了，我免费替你斩一处好墓穴，白逸负责给你驮尸。我们当兄弟的，会送你走完最后一程。"

司徒天吃完第三个紫菜饭团，没好气地骂道："滚犊子，要死也是你先死。流川，你让我先驮前半段，我知道是你小子整我。不过，我刚想起来一件事，你之前不是答应了我跟白逸要在路上讲故事给我们俩听吗？"

经司徒天这么一提醒，我也想起来了，接着说："就是，你小子快点讲吧！"

流川在我们俩的逼迫之下，开始将毛倡妓的故事娓娓道来。

很久以前，江户国野田镇的山间有一座寺庙，城墙略矮，大多用木板来建造，其楼梯、支撑屋子的柱子也都是用木板。在那个时候，寺里的和尚是不用遵守清规戒律的，娶妻生子以及食肉饮酒，凡常人能享受的天伦之乐他们也可以同享。

寺里有一个住持很好色，常常晚上溜出庙里，去青楼找娼妓或勾引良家妇女。

多年过后，一个眼角长满鱼尾纹且满脸苍白的女子来到寺庙，住持想了许久才记起此女子是谁。女子把藏在身后怕生的7岁的小姑娘带到他面前，咬牙切齿地骂道："你这个祸害！当年把我抛下还害我到处带着这个拖油瓶谋生，如今你若不收下她，我死后变成厉鬼都不会放过你！"

此女子是住持当年寻欢时的最后一个。那时，住持同这女子欢度一夜春宵后，天未亮就穿好衣物，鬼鬼祟祟地回到寺庙。如今女子身患重病，自知去见阎罗王的日子没几天了。

住持将小姑娘偷偷地带到僧舍，对她千叮万嘱，几乎每天都在小姑娘耳边说一遍："你给我记住了！如果没有我的允许，你不能走出这个门半步，无论是谁来找我也别发出任何声音，否则，你我都会被赶出去。"

小姑娘叫柴崎琴子，内向乖巧，每日每夜都在房屋里寸步不离。在一个月朗星稀的夜晚，窗外狂风肆虐，把窗户吹得啪啪作响。此时，她又听见了若隐若现的琵琶曲，原本被狂风惊醒的她，伴着悠扬动听的琵琶曲安然入睡。

次日，琴子睁开眼没多久，在脑子里回想了一下，感觉自己昨夜好似做了一个怪梦，梦中有一个失去双眼的男子在弹琴，他那修长的手指每拨动一根琴弦，她的心便越安宁。琴子知道她的母亲是个艺妓，在她3岁时，开始

第十三章 毛倡妓，琵琶曲

教她弹奏琵琶曲，自幼学习唱歌跳舞。如今寺里无人抚琴弹奏，但昨夜的梦却是那么真实，感觉就好像是在她面前弹奏。

在白天的时候，偶尔有前来拜佛烧香的人，或者寺庙的僧人会路过住持僧舍，隐隐约约都能看见一道小小的身影，但又不敢擅自推门闯入。时间过了很久，看见过的几个和尚都怀疑住持金屋藏娇。这话慢慢传入了住持的耳朵里，他为了维护自己清高的形象，将10岁左右的琴子卖给了青楼的老鸨。

住持为了撤下这个会破坏他名声的包袱，不惜撒谎欺骗年幼的琴子："我知道你很爱弹琵琶，但是寺庙里没有琵琶让你弹奏，但是我能送你到一个地方天天弹琵琶，而且还是江户国最好的地方，在那儿你还可以弹给很多人听。"

琴子对住持说的话自然深信不疑，很高兴地点了点头答应留在青楼。住持对着老鸨，眨了眨眼睛，老鸨年轻时跟住持有一腿，自然心领神会，立马派人带领琴子去她的新住所。住持和老鸨小声地商量了一些事情之后，他才面带笑意地拿着贩卖琴子的银两离开，重新回到寺庙继续当住持。

时间过得飞快，转眼间琴子在青楼待了四年，已长成亭亭玉立的大美人，她经历无数个日夜的苦练，领会了各种音律，琴技功底日渐深厚，在青楼几乎无人敢与她一较高下。有许多嫖客听闻青楼出了一个琴艺高超的艺妓，人还长得很好看，因为好奇便纷纷前来青楼，只为一睹这传闻中的奇女子。久而久之，有的富家子弟看见琴子柳叶弯眉，身材十分丰满，不禁心生淫欲。

但好景不长，青楼的老鸨换了，新老鸨非常贪钱。

新来的老鸨上位第一天，就颁布了一条新命令——艺妓不仅要卖艺，还要卖身。

柴崎琴子虽在青楼卖艺，但从小洁身自好，对此要求一再反抗。老鸨见她不明自己身在何处，于是命下人使用棍棒将她打醒。每当夜里琴子眼中含泪看着自己身上那些伤口时，内心深处那份坚持开始慢慢塌陷，她深知毫无依靠的自己如果要活着，就一定要在短时间内赚够钱，好赎回自己的卖

身契。

　　不论白天或者晚上，弹得一手好琴且身怀其他技艺的柴崎琴子是青楼里收入最多的女人。许多嫖客在她每场弹琴的台下观赏时，就盼望着有朝一日能与她共度春宵，如今机会降临，即使家有娇妻也要来欢度一夜。

　　在琴子的印象中，有一个武士对她极好，每回来见她都赠她首饰，从不像其他男人那样粗鲁地对她。武士第一次见她便说："我自小就欣赏会弹琴的女子，每次都在台下听你弹琴，而这都不及坐在你身旁听你弹琴，而且那琴声会不断来回转变，一会儿凄凉婉转，一会儿又欢快动听。"

　　琴子听到赞美后更加卖力地弹唱，或跳舞，引得武士频频发出笑声。

　　很快，时间到了子时，她和武士躺在榻榻米上互道情话。

　　武士说："琴子，我已买通老鸨，以后你只为我服务，我会加倍努力争取早日替你赎身。"

　　琴子听着这话内心十分感动，多少年了，多少年没有人如此关心过自己了？琴子伸手从背后环住武士的腰，眼泪簌簌地往下掉。武士转过身来，举手轻轻地替她拭去泪水，然后两人逐渐陷入缠绵的世界里，再各自昏昏睡去。

　　很多嫖客因为武士独霸琴子而感到愤恨，时常聚集在一起挡住武士的去路。武士的武术并没有练到以一挑十的地步，于是被嫖客们打得伤痕累累。如此一来，他去青楼的次数日益减少。每逢琴子问他为何近日极少去看她。他都说府中老爷要他每日练武，不敢违抗老爷的命令，只有深夜时偷偷溜出来。

　　令琴子万万没料到的是，曾说要替她赎身再带她回家的武士，连续一个月都没来见她。青楼里有些嫉妒她的艺妓故意路过她身旁时，大声地说："听说原田府的那位武士娶了个年轻美貌且是处子之身的女子哦，不过，他们刚结婚就搬走了。"

　　琴子的脸色显得很苍白，带着半信半疑的心跑到原田府。当她赶到时，原田府早已关紧了木门。琴子看着紧闭的大门，她的心像被人用尖刀划成了

第十三章 毛倡妓，琵琶曲

一片一片的，疼到足以让人铭记一生。最终，琴子的心完全死了，变成了没有灵魂的行尸走肉，整整三天没有接客，没有进过一粒米，也没有睡过觉。

唯一没有改变是，在武士离开后，琴子的客人仍比其他艺妓的要多几倍，甚至也有别的艺妓接过的客人也选择了她。艺妓们向老鸨抱怨这情形，而老鸨竟也无言以对。

"你们看，那个贱人，一开始死活不同意卖身，如今却与那些狗男人夜夜畅欢。"

"是啊，把我们的生意都抢走了，而且她又没我们漂亮，凭什么这样！"

"我们想个法子把她赶出这里。"

楼道间有两个艺妓看着琴子与官人一起走进房间的背影，暗自在心中计划了起来。

次日，当琴子问候别的艺妓时，她们露出鄙夷的眼神盯住她，边回头看她的反应边冷嘲热讽："她当初不是不从吗？现在这样抢客人是故意要表现给妈妈看的，如此有心机的人怎么还留在这里？！"

琴子看着她们的背影，眼底掠过一丝悲伤，低着头走回了房间。她一打开衣柜就看见数只硕大的老鼠从里面蹿出来，吓得她抱着头放声尖叫，而后开始低头哭泣。两个艺妓从门缝看到她被吓到了，站在门外偷笑。

不一会儿，琴子就恢复了正常状态，穿着华丽的和服，坐在梳妆台前略施粉黛，戴上客人送她的首饰，然后抚了几把琵琶的弦，脸上满是不舍的神情。

今夜她如往常一样端坐在台上，微微低头，但眉目间掩饰不住她流露的悲伤。她独自演奏时，不顾老鸨的暗示弹了一曲自己改编的小野小町的《小仓百人》。曲调缓慢、悠长，也极其悲伤，让人不禁黯然泪下，既是为了祭奠她的爱情，也是一种告别的方式。

站在楼上听见此曲的艺妓也有些动容，但也有人在嫉妒柴崎琴子。

其中一位还冷嘲热讽："呵，有什么了不起的，反正她都要离开了。"

(2)

司徒天有些急不可耐，抬了抬背上的尸体，追问流川："琴子真离开了吗？"

因为是山路很崎岖，我见司徒天满头大汗，他驮着龙腾的尸体慢慢前行，我们这次的任务是把龙腾送到美奈子事先跟流川商量好的那种墓穴，负责斩穴的自然是流川，不惜花高价埋在一处好地方。我不禁感慨万千，有钱人真好，买个墓地都能花十几万日元，让我情何以堪？

流川顿了顿又继续往下讲毛倡妓的故事，我自然也竖起耳朵仔细听。

当晚散场后，琴子接客人来自己的房里。丑时，客人已熟睡，她轻轻地离开床，内心感到无望，赤脚来到化妆台前，弯腰低头拿出抽屉里的三尺白绫自杀。等到第二天清晨，躺在她床上的客人醒来拿着衣服，低头就往外走，当他的头顶触碰到琴子白皙的双脚时，抬头仔细一看，悬吊在半空的人正是琴子。客人被吓到了，尖叫一声，来不及穿好外衣便跌跌撞撞地跑了出去。

青楼里的人被这一声尖叫吸引了过来，纷纷推开门问是谁的声音。

但是，大家都摇摇头，一脸茫然之色，显然没有人知道原因。

隔壁房间的艺妓路过琴子的房间时，又退了几步，瞬间她就昏倒了，大家这才明白刚才的声音源自何处。此时，琴子虽然刚死，她还没前去投胎，心中仍有挂念，想着她最深爱的琵琶。她轻轻飘了起来，在她生前的房子外面，透过窗外静静地注视着，忽然她听到老鸨和两个艺妓的对话。

"既然琴子她已经死了，以后你们就不要再拜托我把对艺妓施虐的嫖客派给谁了，还有，你们要记住自己许下的诺言，如果你们不能给我带来同等的利益，那也是要受到我的惩罚的。"

"是，妈妈。"

"怎么样？现在她不在了，是不是感到大快人心？"

"那当然，谁叫她以前那么目中无人！"

柴崎琴子把木窗的边缘抓出了五条痕迹，转瞬间，浓烈的怨念油然而生。

当她准备去寺庙时,竟在无意间听见了住持的声音。

"哎,我乖女儿啊,你怎么就这么走了呢?"他收起假惺惺的悲伤,确定屋外没人后转身向老鸨讨伐,"我知道,她是你害死的吧? 是因为我总向你要她接客收入的一半,你才害死她的吗?"

老鸨不想理这个老和尚,当年他年轻时吸引过她,但现在已毫无关系。于是,她一脸敷衍地回答道:"没错啊,但就算是我做的,老家伙,你有什么证据能证明呢? 你又能拿我怎么样?"

住持一时无言以对,他此次前来只是想再从老鸨那里获得一些钱财。 谁知老鸨也不是吃素的,派人强行将他拖着丢出了青楼。 此时,有佣人来问尸体该如何处置。 参与了陷害琴子的帮凶们听闻后匆匆赶来,对一筹莫展的老鸨说:"妈妈,你就派人将她卷在席里然后丢到乱葬岗就好了。"

老鸨摆摆手说:"好,就按照你们的意思这样处理吧。"

琴子记下了所有对话,她发誓一定要让这些人体验生不如死的痛苦。

夜里狂风四起,听起来像被杀害的女子大怒加悲切的声音,使人的全身不禁泛起了鸡皮疙瘩。 风声初歇就下起了倾盆大雨,雨珠像冰雹一样狠狠地砸在窗户上,不断有雨射进屋内。

住持刚进屋要去关窗,就听见背后传来令人发指,凌厉又阴森的女声:"你的死期到了!"

住持听到这熟悉的声音,吓得双腿不停地颤抖着,他想转身确认身后的那个人时,却发现自己怎么也动不了,沾着水的脚步声愈来愈近。 他闭上双眼又睁开,终于琴子站在他面前,恶狠狠地质问道:"怎么? 老和尚,你现在见到我,你不高兴吗?"

老住持眼前的这个女人,不,确切的说不是人,是一头妖怪。 她全身长满了浓密的毛发,紫色的瞳孔里都泛着熊熊烈焰。 他开口说话才发现自己已经紧张到声音颤抖,且说不完一句完整的话:"你……不是死了吗?"

琴子仰头大笑,笑得很是诡异怒吼道:"你都没死,我怎么能死! 我的父亲，你可能不知道吧？我母亲当年其实根本没病！但你们俩都一样狼心狗肺将我丢弃不管，所以，我现在是带你去见她的，你俩不在一起真是太可惜了！"

住持想要呼救，却怎么也喊不出声，他到处张望，想趁琴子不注意之时逃走。

住持愚蠢的行动让琴子察觉了，警告他说："你别想大声呐喊，今晚是逃不掉的了，窗外下着大雨，山上的泥路难行，就让我送你一程吧。"

住持心底一沉，稍微移了一下脚步，发现自己可以动了。这时琴子还坐在椅子上喝茶，眼睛却盯着他始终没有转移。住持刚走一步，就被拦住了，她不耐烦地催促："好了，老家伙，去阎王殿陪她吧！"

住持撒腿乱窜。琴子长发一甩，头发就将他死死地裹住，不一会儿住持就窒息了。

琴子悬梁自杀的当晚，去坟墓挖了母亲的墓，撬开棺盖一看，极度震惊。棺材里面居然空空如也，压根没有尸体！于是她找到母亲之前住的地方，打听到母亲已经嫁给了另外一个男人。

琴子偷偷来到母亲所住的府中，她亲眼看见母亲怀里有一个男婴，时不时与身旁的男子闲言碎语。次日，男子发现妻子不在身旁，起床呼唤了很久也没人回答，在茶桌上看见一张纸上用方形的字体写了几个字——您妻子的尸骨在野田镇的坟场。

男子急忙赶去坟场，气喘吁吁地站在妻子的墓前，没流眼泪，什么也没说，转身离开了。柴崎琴子站在远处观望青楼，每夜仍有许多嫖客前往。老鸨把琴子的死讯封锁了，青楼外没有人知道她不出现是因为自杀了。这让琴子更加怨恨，为什么别人都活得那么舒服？

丑时，琴子来到青楼，曾让她被众人冷落的始作俑者正在房内宽衣。正在宽衣的老鸨一抬头看见纸窗上映出一个女人的影子，发结已经散乱，头发披在肩上，张牙舞爪地在恐吓她。她愣着不敢说话。这女人影子如同一缕来自古画的魅影，转瞬间不知所踪，不一会儿又出现了。如此反反复复，将

第十三章 毛倡妓，琵琶曲

老鸨吓昏了。

第二日清晨，老鸨醒来时仍躺在地上，忆起昨夜里见到的画面，心里有些后怕，坐在化妆桌前准备梳头时，盯着镜子里的面容尖叫个不停。众人闻声前来，看到她那张脸后都极度震惊，昔日里与她一起联手的艺妓拨开人群站在她面前，想哭又哭不出来。她俩被毁的地方都是一样的，嘴唇被撕烂，脸颊、额头和鼻子都被划了无数刀。大夫赶来时见伤痕太深也说恢复不了了。与此同时，老鸨的房里，挂着一张住持的脸皮，脸皮上滴着鲜红的热血，桌上放着头颅，眼珠已经不见踪迹。

此后，青楼里有三个人疯了。

在暗香浮动的夜晚，琴子梳着传统的发髻，身着华丽的和服，脚蹬厚厚的木屐，手握着一盏灯，迈着细碎的脚步来到青楼旁一条寂静的小巷。不一会儿，嫖客见巷子里有灯光映射出一个女子的身影，忽然改变方向朝巷子深处走去。

寂静的巷子传来沉重缓慢的脚步声，隔着一盏灯的距离，突然嫖客打了一个激灵，牵起她的手就走向更黑暗的地方。太阳徐徐升起，阳光照耀大地后，平民百姓去田里耕种，一位老农夫远远就看见一把十字架上绑着一个东西，一开始他以为是其他农夫做的稻草人，走近一看把他吓了一跳，不是稻草人，是已经失去体温长满了毛发的尸体。

每到夜里，只要有嫖客靠近小巷接触了琴子，便会惹来灾祸。这件事传到了隐居在山上的一个盲人琴师耳朵里，盲人琴师搭了个木屋住了多年，从不下山，偶尔在竹林里弹奏琵琶曲。不知为何，此次盲人琴师拿着木棍，带上琵琶走出了深山。

傍晚，盲人琴师来到了青楼附近，他随意找了个小店点了几盘小菜，竖起耳朵聆听邻座的对话。因此他知道了青楼、寺庙、小巷发生的所有事情的经过。

皎洁的月亮悬挂在空中，当盲人琴师要找的人出现时，他再次抬头仰望，乌云已遮住了月光。他立刻攀上屋顶，找个不明显的角落静坐，将琵琶放在交叉的腿上，琴弦被波动的画面似一片波光粼粼的湖面。琴子听到琴声，头胀得老大，她立刻蹲下来，抱着脑袋什么也做不了。

　　盲人琴师边弹边唱，弹的是收妖曲，唱的是净妖咒语。声音传播迅速，琴师知道了琴子成妖的原因，不忍心下死手，于是将她化成了一朵花种在木屋外的院子里，希望她今世好好修炼，来世再投个好人家。

第十四章 诡异般若，九州奇案

(1)

流川讲完毛倡妓后，我被吓到了。我都有点怀疑，自己以后见到日本歌妓会不会没有反应？试问一个大美女在你面前唱歌跳舞，正当你无比享受之际，猛然一抬头，却发现美女居然是一头会吃人的妖怪。

老头子告诉我，我八字属阳，天生命硬，不过阴气缠身，总会看到一些一般人看不到的东西。也因为如此而命途多舛，所以我从小就对一些奇怪的事件特别感兴趣，包括司徒天同样也是如此。

说来巧合，流川这小子对灵异之事一样特别感兴趣，几乎达到了癫狂的程度。流川现在开始让我说故事了，无奈之下，我只有拿铃木千夏之前讲给我和司徒天听过的故事来顶上去。

为此，我还特别向流川解释了一下，铃木千夏是我和司徒天在日本认识的第一个日本女人。不得不说，她在我们眼中，一直是个女神级别的存在，温文中带着安静，尔雅中带点高冷，是个不折不扣的女神。

不过，自从和我们熟识之后，我们发现了她的另一面，让我和司徒天都惊诧不已。那就是她对日本怪谈特别感兴趣，我觉得这可能是女神和我们成为朋友的原因了。

我组织好语言，马上开始讲述般若的故事，流川正喝着牛奶与我并肩而行。

"白逸君，马上就到周末了，你们有没想过去什么地方走走？"铃木千夏

好像跟我很熟悉一样，每次见到我都表现得很亲昵，有时候还挺让人无语，不过想想这是一个女神，我就非常开心。

司徒天就不这么想了，他每次都会找我私下抱怨，羡慕我女人缘太好，就连他这辈子唯一的真爱都围着我转，导致他恨不得把我的皮给活剥了，害我不得不欺骗他，说我不喜欢铃木千夏。

"司徒，这种事你别太放在心上了，有些事情是强求不了的，像你达不到我这么高的水准，难免得不到女人的芳心，不要灰心，指不定过几年，你就变得比我还帅了。"正如你所见，我好心好意劝说他，每回都要翻脸一次。

话虽如此，但铃木千夏这个女人就好像海底针一样，总是让人琢磨不透，所以，我打从一开始就不相信，她会看上我这种人。我更怀疑她在我身边肯定别有用心。

"哦，不知千夏小姐有什么好玩的地方可以推荐一下呢？"言归正传，我依旧与铃木千夏保持着一定距离，不近也不远，既不会让她觉察，又不会直接着了她的道。

铃木千夏确实是个聪明的女人，按照我这样的做法，一般的女人都会直接甩我一耳光，附带加上一句："你算什么东西！"

而铃木千夏恰恰不在此列，她则说："哎呀，白逸君真调皮，怎么还叫我千夏小姐？太见外了吧，不过，白逸君还真厉害，一猜就知道我的心思。中国有句古话叫心有灵犀一点通，是不是在说我们呀？"

司徒天此刻正望着我咬牙切齿，还真把我当情敌了，我那个郁闷。

"哦？千夏小姐又有什么好玩儿的事？"我直接跳过前面铃木千夏的调情直入主题，我也不想和城府深的女人玩心计。铃木千夏找我总离不开一个话题，讲述各种神秘怪谈，所以我能直接断定，铃木千夏绝对有话题要和我聊。

"白逸君还真深知我心，好啦，我也不继续绕弯子了。"铃木千夏装作毫不知情，在我面前撒娇道。

我并没回应，低头看着我的书，就好像没有听到。因为我知道，她一定

第十四章 诡异般若，九州奇案

还有下文，如果我回应，恐怕又会变成我和她的调情戏，想必我身旁的某人肯定不乐意。

铃木千夏也很识相，收起了做作之态，瞬间变得严肃起来："在九州发生了一系列神秘怪事，说是前一段时间各地的小孩受了惊吓，都说看到了不好的东西。过了一段时间，竟然还发生了小孩被解尸的事，手段极其残忍。当地警方立马展开调查。进一步调查，却发现了很多不可思议的事。"铃木千夏停了下来看着我，很明显是在吊我的胃口。

"什么不可思议的事？千夏倒是说完啊！"最先耐不住性子的是司徒天。

"白逸君，人家口渴了，你都不给人家去买点水喝嘛，不然，你让人家怎么继续讲下去呀！"果不其然，我察觉到身旁司徒天那要杀人一样的目光，让我打了个寒战。

"行，我马上去给你买水！"我一脸不耐烦地随意敷衍道。

"司徒君，要不然你去给我买吧。"铃木千夏向司徒天抛了一个媚眼。

司徒天两眼发光，赶紧献媚道："能为千夏小姐效劳，是我此生的荣幸。"

"你怎么也叫我小姐，不要这么见外嘛，叫我千夏就好了。"

"是的，千夏，你千万不要走开，我很快就能买回来！"司徒天拔腿就跑。

我静静地侧坐在一旁，装作不认识他的样子。

我知道铃木千夏是故意将司徒天支开，待司徒天离开后，铃木千夏四下张望了几下，看起来很谨慎。不知怎么回事，铃木千夏又故意靠近我。

"白逸君，你听说过般若？"

"般若？这个我还真没听说过。"虽然我对般若有一些了解，知道般若在佛教中是指智慧的意思。但是，在日本这种怪谈圣地，谁知道般若会是什么，所以我干脆就说不清楚。

"嗯，那我就给你讲一个故事吧，白逸君要仔细听哟。"

幕府时代，有个叫直树舞姬的女人，她的夫君是一位将军，名叫田安光

次郎。

在田安光次郎成名之前，只是一介下级武士，和直树舞姬结为了夫妻。二人天天花前月下，好不自在。没过多久，田安光次郎受命征战边疆，因战绩显赫，被封为幕府大将军，自此便开始了举贤纳妾。

一天黄昏，直树舞姬正漫不经心地梳着那头挂到席面的乌发，梳着梳着，发丝和梳齿搅在了一起，怎么都梳不顺。接下来便听到"啪"的一声响，木梳居然断了！

不过这对她而言并不算什么，她开始慢慢转过身，镜子里的她已经有了鱼尾纹，容颜虽然还算精致，却写满了憔悴，她在镜子里抚摸着自己的脸，感到莫名的悲怜和怨恨。

"我们曾经那么相爱，可如今为什么？"直树舞姬开始自言自语起来。

想当初，她和田安光次郎成双成对，没有权势的纠纷，没有种种异数，多么风流自在。想当初，田安光次郎为了追到她，争风吃醋，绞尽脑汁讨她欢喜。

只可惜，今非昔比，田安光次郎一战成名，加官晋爵。

想靠近他的女子不计其数，她怎么也想不到自己会被田安光次郎遗忘。

"去安田将军府探探安田老爷出门没有？"她吩咐门外的侍婢。

直树舞姬依旧召唤近侍服侍，换上那件外红里紫碎梅花的长礼服，还特意配了点红色的眼影。她描得十分缓慢跟精细，直到侍婢回禀说安田老爷早去了千夜妃子时才出了点差错。她将眼线画出眼角，就像一道血痕，目光瞬间就暗淡了下来。

要知道，她梳妆打扮只为见他一面，结果他却早已忘却了自己。念及此处，她狠狠地将身上衣物和附近的东西全砸在了侍女的身上，就连他当时送给自己的玉镯同样摔了个粉碎，宛如昔日的爱情，一去不复返。

是夜，长长的幕府大院，幻化成一条长长的后院，一个孤单的女人正在嘶喊，她幻想着他就在眼前，她慢慢变得年轻了，她醒了，还是只有她自己。

第十四章 诡异般若，九州奇案

直树舞姬看着镜子，镜子里面的人面容苍白，不知为何，她忽然就看不清自己的眼睛了，只看到一个面目模糊又非常狰狞的黑影。蒙眬之间，眼睛变成了野兽的眼睛，额头也长出了牛角，嘴角露出獠牙，皮肤渐渐变青。这些都在一瞬间闪现，可她竟然一点都不害怕。

她只觉着这个东西与自己很亲切，就像是牙齿与嘴唇一样。

她此刻脑海中又开始浮现田安光次郎与其他女人苟且的画面。

那个影子嚓一声便从镜子里飘走了，就像是野狼在寻找猎物一样。

从那天开始，京城再也没宁静过，不断有女子大病或者暴毙，总会有一个奇怪的东西夜夜侵扰她们的梦，恐吓威逼，再将恨化为瘟疫，散播在这些女子的身体里。

除了绝顶聪明的她，还有谁能猜得出来这个生魂的真实身份？

如果爱无法留得住他，那她就宁愿做他唯一的恨。

"你身边收集的瑰宝，我要亲自摧毁！待你怕了，你便会回来认错！"直树舞姬因为妒怨幻化成妖魔，它一直都很恨，那双有毒的红眼永远隐藏在黑暗之中，伺机将成双的伉俪焚烧成斑驳的焦土。

这便是由怨恨所产生的般若妖怪。

(2)

"怎么样，你明白了？"铃木千夏盯着我，想看清我的反应。

"哦，般若在你们日本是由女人怨念产生的妖怪，女人还真可怕！"

"哼，你才可怕呢，明明是那个男人太过分！男人都爱喜新厌旧，这是他应有的惩罚才对！"铃木千夏很是愤怒，第一次见她如此天真无邪。我估计听得太认真，竟然没发现我和她相隔这么近，几乎是面对面，吓得我赶紧向后退了一步。

"司徒君，你回来啦？我们去吃饭吧。"还好司徒天在此刻及时出现，我随便找了一个理由就准备开溜，我可不想再被这女人抓到什么把柄，还是及时脱身的好。

"白逸，我还想和千夏好好聊聊，怎么就要走了？"司徒天平时挺机灵，一到关键就掉链子。在女人面前恨不得多捅我一刀，真是交友不慎。

"喏，千夏，你要我给你买的水，赶紧喝吧。"司徒天将水双手递给了铃木千夏，脸上笑容叫那个淫荡，我真想跑上去抽他两记耳光。

"谢谢，我现在又不渴了，你把水给白逸君喝吧。"

"不用，他身板硬，水分多。"

司徒天直接把我无视了，我还真不知道，是该感谢他，还是该恨他！

铃木千夏对着我莞尔一笑，然后才接过水："你们要去吃饭？我陪你们一起。"

司徒天听罢眼睛都绿了，抢在我前头立马说道："好！我们一起去！"

司徒天这个典型就是要告诉大家，交友要谨慎！我们就在学校食堂吃饭，主要多了一个女人，觉得很别扭。一路上，司徒天对铃木千夏，点头哈腰，我还真想扭头离开。

"我刚才去买水的时候，千夏你说九州那边的案子越查越离奇，到底是怎么回事？"司徒天泡妞归泡妞，正事还是没忘，不过，我都听了一些，那个故事跟这个案子没半毛钱的关系。

"问题很简单，是谁伤害了那些孩子？"铃木千夏咬紧下嘴唇问道。

最初我还不在意，仔细一想，我得出一个令自己都害怕的答案。

"我猜估计是有，什么变态的杀手！"

司徒天没有听到铃木千夏的故事，想猜对也很难咯。

此时，我和铃木千夏一起说了出来："孩子的母亲！"

就这样，流川听完了我转述的故事，他关心的竟然不是故事，反倒关心我跟铃木千夏有没有奸情。我想想我也是醉了，都认识的什么朋友？因为这个司徒天差点又跟我干架。为了公平起见，我还是让他讲一个具有中国特色的故事给流川听。

第十五章　缘定三生，铁板神算

(1)

司徒天想了好久好久，总算想起老头子之前讲过的那些个经典的短篇故事。

在中国的古时候，有一个叫姜国的小国家，姜国许多人都以考取功名为人生目标，其中有个叫星云的读书郎，他生来天资聪慧，非常孝顺父母，因为是独子的关系，将来还得靠他考取功名，光宗耀祖。

星云与龙家世代交好，龙家有一女子名叫龙燕，龙燕天生就是个大美人，而且身上还带有异香。她与星云从小玩到大，十足的青梅竹马，索性双方家长就为二人订立婚约，并且约定好等星云成功考取功名之日，两人便举行婚礼。

奈何天公不作美，星云考了好几次，都未能中榜，龙家不愿等，提出解除婚约。

星云非常不甘，他觉得自己的人生一片昏暗，日日借酒浇愁。直到有一日晚上，龙燕托她身边的贴身丫鬟送来一封信给星云，信中内容说她被她许配给了一个大官的儿子，明天便要启程离开，想在离别前夕，见星云最后一面，于是相约在二人儿时玩耍的山上见。

当天晚上，龙燕脸上写满了愁容，她总算与星云见上一面，轻声说："星云，我俩自幼便在一起，早已私订终身，为何天意弄人，让我们无法在一起？只是，过了今夜，我将嫁为他人妇，你该如何是好？"

星云站在龙燕面前，无奈地苦笑着："龙燕，我是爱你的，你父亲所言不假，若我考不上功名，又谈何给你幸福？ 他也是为了你的未来考虑，若你下嫁他人，我发誓绝对终身不娶，我本想生生世世伴在你身旁。 不过，为了让你能永远记住我，我想了一个办法。"

龙燕发现星云的神情不太对劲，只见星云掏出一把匕首刺入自己的心脏："龙燕，原谅我，今生若不能与你在一起，我活着还有什么意义？ 愿我们俩来生能够永结同心，白头到老啊！"

说着，星云就这样死在了龙燕怀中，脸上带着幸福的笑容。

"星云，我相信我们一定会再见面。"龙燕埋好星云的尸体，差人暗地里通知星云的家人。

星云的父母得知星云过世，将他厚葬之后，一家人离开了姜国，不知道去了何处。

因为星云死了，龙燕还是在父亲的强迫下，远嫁给那大官的儿子，离开那天，她还到星云坟前祭拜，哭得撕心裂肺，连眼睛都哭肿了。

龙燕结婚之后，连笑都不会笑了，晚上还是会思念最深爱的星云，她对星云的爱，早已深入骨髓，随着岁月的流逝，依然未曾减少分毫；星云帅气的面孔，温柔且儒雅，充满了书卷气。

时光骑着白马在不停地狂奔，转眼间已经过去了 10 年，10 年之中，发生许多坏事。

老天爷仿佛是为了惩罚龙燕，所有的倒霉事，都让龙燕撞上了。 先是自己的孩子离奇夭折，父母生病而死，夫君战死沙场从此阴阳两隔。 一连串的噩耗像洪水猛兽般袭来，使得龙燕一夜白头，世上只剩她一人了。

龙燕为忘掉伤痛，变卖掉仅有的家产，背上简单的行囊，开始独自游荡四方。

直到某一天，龙燕来到李国，赶上暴风雨决定在某个客栈住一晚。

龙燕所住的客栈非常一般，一位年轻小伙计，为她安置好行李和一间上房。

第十五章 缘定三生，铁板神算

只是当龙燕见到小伙计时，她整个人都呆住了，因为这小伙计居然与星云一模一样。

"这是怎么回事？他是星云吗？！"龙燕躺在床上暗想着，拍了自己一巴掌，痛楚游过她的全身，她确定这绝对不是梦。小伙计确实跟星云长得一模一样，小伙计会准时给她送来上好的酒菜和整理客房，看着小伙计的模样，有那么一个瞬间，让龙燕想起她与星云一起过的那些开心日子。

龙燕实在忍受不了相思之苦，特意叫住这名小伙计。

小伙计回过头来，朝龙燕笑着说："姑娘，敢问有何事？"

小伙计的声几乎都跟星云相同，举手投足间随处能见他的影子。

龙燕流下了眼泪，带着哭腔问道："小二哥，在我进来的时候，我看见你的样子，让我想起一位故人，敢问你叫什么名字，今年多大了？"

小伙计整个人愣了一下，不知为何，他看着龙燕回答道："我叫星云，而你叫龙燕，与我曾有婚约。十年前，我死在了你怀中，与你定下约定。"

待小伙计讲完之后，他完全失去了现有的记忆。

于是，龙燕最终与小伙计结了婚，生下一男一女。他还会给自己的孩子讲故事，但是，每逢自己的孩子问起小伙计，这个故事是不是真的？小伙计总笑着说："我和你娘亲啊，上辈子就认识了，注定缘定三生。"

司徒天讲完这个无比狗血的故事，他还非常臭屁地对流川说："怎么样？好听不？"

流川也是个奇葩，竟然连连点头答道："挺感人的，还有不？这个太短了没意思。"

司徒天好似让流川勾起了讲故事的欲望，顿了顿说："有！等会讲铁板神算！"

流川面带疑惑地看向司徒天，小声追问："铁板神算？铁板不是用来烤鱿鱼的吗？"

我和司徒天听到这如此极品的问题，险些笑抽过去，铁板神算的铁板，居然用来烤鱿鱼？我开始暗想着，不知道从事这行的那些老头子们听见了，

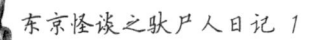

心中会有什么感想。

司徒天调整好情绪，开始转述小时候老头子讲过的铁板神算。

(2)

这是在清朝末期时的事，在丰都城住着一个叫白非同的铁板神算，他专门在丰都城门口替过路的人占卜凶吉，铁口断命，然而他的占卜和断命都非常准，一下子就红了起来，全城都知道他这个铁板神算，赐名白铁板。

有一日，他在等一个城中首富的小儿子雷云霆。

白非同看了一下雷云霆的生辰八字说："雷二公子，老夫劝你现在赶紧回家去！"

雷云霆却反问："老家伙，占卜的结果是什么？你为何要催我回家？"

"哼，你若是不快点回家，绝对会死！"白非同直接说出占卜的结果。

"真的？是个人都会死，你能算出我死的年月日包括时辰？"

"好！你姑且等等。"白非同掐着手指算了一下，眉头拧成一团。

"怎么样？算出来了吗？"

"就在今晚，四更天！"

"好！白铁板，我信你一回，如果你说错了，明天我绝对会来找你！"

"雷二公子，如果明天我说的没实现，老夫在此等你来取我头颅！"

雷云霆听到这充满自信的话，顿时大为恼火，丢下一句狠话离去。

白非同目送雷云霆远去，不禁连连摇头："命中定数，时也命也。"

其实，刚才那个年轻人乃城中首富雷风的小儿子，姓雷名云霆，雷云霆是标准的城中小霸王，平日里坏事做尽，欺压百姓。他之所以知道白非同，皆因百姓们把白非同给神话了。白非同给人一种天机神算下凡的感觉，好似世间万事，他无所不知，无所不晓。

雷云霆与他大哥雷云天打赌，赌白银三百两，府中的下人都知道此事。

于是乎，他拿着自己的生辰八字，前去找白非同算凶吉，他偏偏不信这个邪。换句话说，白非同算的卦象若真的对了，他自然会想办法耍赖皮。

第十五章 缘定三生，铁板神算

雷云霆今天晚上很高兴，三百两白银明天就要到手了，又能去潇洒好一阵子。

司徒天咬了一口压缩饼干，反问流川："流川，你想知道白非同有没有算准吗？"

流川显然没听过华夏的故事，点了点头说："想啊！不过，司徒君我从听你开始讲故事时，心中一直存有疑惑，假如白非同真没算准，那雷云霆第二天岂不是真要割掉他的脑袋？白非同为何那么自信？"

司徒天伸了个懒腰，打着哈欠道："原因很简单！白非同知道雷云霆必死！"

流川没继续追问司徒天，像个小孩子一样坐在他身旁，听他讲下面的故事。

话说雷云霆的身子骨很差，终日游手好闲，还时常去逛青楼，早让酒色掏空了身子。雷云霆的父亲花高价找来名医，给他开了好几个药方子，均是名贵药材，每天都要喝三次中药来调理。

雷云霆跟往常一样，喝下中药后，匆匆沐浴完，就叫上府中的一个丫鬟去共赴巫山。雷云霆若放到现在，肯定能赶上飞虎队第一号快枪手，简直是秒射那种类型。今天夜里不知为何，雷云霆的精神异常兴奋，兴奋到一口气缓不过来，突然猝死在床上。亦就是古时候大夫常说的房事过度，中了马上风。

但让人疑惑不解的是，雷云霆猝死的时辰，居然真如白非同所推算的时辰相同，四更天整，分秒不差。小丫鬟何曾见过如此症状，连衣服都来不及穿，跑出雷云霆的房间，在门口大声喊道："来人啊！救命啊！少爷中了马上风！"

小丫鬟原本为青楼戏子，嗓音高亢嘹亮，这一嗓子嚎出去。整个雷府都能听到，一大群人朝着小丫鬟所在的位置跑了过来。结果，雷风听闻自己的小儿子死于马上风，当即下令让府中的侍卫处死小丫鬟，说是为自己的儿子雷云霆陪葬。

雷风的大儿子，雷云天看着自己弟弟的尸体，靠在床边号啕大哭："弟弟啊！这都怪哥哥啊，我不该与你打赌，你今早去城门口找白铁板算卦象回来之后，我就好意提醒过你，千万要小心四更天，可惜。你最终还是没把我的话放在心上，结果未能逃过此劫！"

雷风从雷云天口中听到打赌一事，极其愤怒质问雷云天："云天，是怎么一回事？你快如实招来！"

雷云天组织了一番语言，才把打赌的事全盘托出，雷风听后震怒，下令雷云天明日一早，要想尽一切办法，把白非同那老家伙给抓来，让他给自己的小儿子陪葬！

雷云天双手抱拳躬下身子领命，并信心十足地说道："爹，您请放心，孩儿定不负您所托，今夜就算翻遍整个丰都城，也要将白非同找出来！"

说罢，雷云天叫上府中的家臣出发，开始寻找白非同的下落。但任谁都没想到，其实这就是雷云天和白非同串通好的一场阴谋，主要针对雷云霆。正所谓一山难容二虎，继承人自然越少越好。

半个月前，雷云天在一个狩猎场打完猎，发现落魄的白非同晕倒在猎场门口，经过一番思量，他出手救下白非同。其实，白非同其实根本不是什么铁板神算，这家伙纯粹就一江湖骗子。白非同花高价钱，在最短时间内名扬丰都城，让城中百姓将之神化。

雷云天知道依照自己二弟雷云霆的纨绔性格，引他落入自己的陷阱，一点都不困难，于是才有了那所谓的赌局，从头到尾都是一场为了成功谋杀雷云霆，还不让外人察觉到雷云天的惊天杀局。

却说，雷云天现在已经带领着一群家臣赶到丰都城最偏僻之地，乃一处深山老林，林中有一间茅草屋，屋内还隐隐能看见灯火。雷云天命家臣在门外候着，他一把推开门，走了进去。

雷云天一进门就发现坐在木椅上的白非同，二人相视一笑，雷云天走近白非同。

白非同率先站起来问道："大少爷，您可满意？别忘了，您之前答应我的事。"

雷云天连连点头，很高兴地笑着说："满意，希望你能替我保密。"

白非同自然明白雷云天的意思，立起三根手指："如有泄密，不得好死！"

雷云天赞扬完之后，主动伸出双手与白非同拥抱，白非同自然照做，当雷云天抱着白非同的瞬间，闪电般地抽出藏在腰后的匕首，对准白非同的腹部，猛刺好几下，在对方耳边恶狠狠地说："白非同，你千万别怪我心狠手辣，世上没有密不透风的墙，唯独死人才能永远保守秘密！"

白非同到死那一刻，才恍然大悟，原来雷云天早对他起了杀心，为确保阴谋不泄露，自然要杀他灭口。这样子，世上再也没人知道这件事了，白非同死后，雷云天向茅草屋的两个下人吩咐道："你们两个，白非同已经让我送去阴曹地府，记住割下他的脑袋，挂在城中显眼的地方！"

两个下人欣然领命，走进茅草屋执行命令，剩下的事雷云天无须过问，他带人离开了茅草屋。直到次日清晨，城门口围着许多老百姓，百姓们都在讨论一件事，跟铁板神算白非同有关，因为白非同的脑袋正悬挂在城门上。

故事讲到这已经结束了，流川无法接受："司徒君，雷云天太心狠手辣了！"

司徒天点点头，不禁心生感叹道："唉，我也这么觉得，但是在华夏古时候，有多少帝王将相，豪门贵族的子弟，为争夺家产和权力，不惜兄弟自相残杀，皆因权力二字。"

流川自然明白其中的道理，在日本古代没少发生类似事件，谁都无法改变这类事件的发生。司徒天驮着尸体，脑子里不知道想什么东西，他走着走着忽然转过脸看向我："白逸，该换你驮了吧？"

我拿出手机看看时间，在这深山老林中竟然没啥信号，从时间上来算确实该我驮了，我解开绑在司徒天身上的红绳说："换我来，最后一段路程，咱们一人一半。"

司徒天对我的提议没有任何意见，他快步走到流川身旁，二人勾肩搭背

139

地聊了起来。在司徒天讲故事时，我根本没心思去听，因为他讲的故事不行，过于老派。

流川这臭小子却听得津津有味，非常喜欢华夏的神秘文化，尤其铁板神算这方面。之所以会换成我驮尸，不单单因为时间到了，最要命的是因为司徒天这家伙在过那些石头路的时候，脚底让尖锐的石子刺穿了，脚上打起不少水泡，到现在走路还有点拐。

不过，幸好流川这臭小子随身带着医疗器械，他用刀挑破司徒天脚上的那些水泡，拿出绷带细心包扎好。如若不然，司徒天肯定会拖后腿，影响整个驮尸进度。

第十六章　阴缘红伞，白衣桥姬

(1)

我驮着龙腾的尸体继续往墓园龟速前进，深夜寂静如水，因为我们的身上撒了流川特制的药粉，山里的蚊子根本不敢靠近。我见实在闲着无聊便问流川："喂，流川，你能不能继续讲些故事让我听，这一路上我们除了防范那些个妖怪，都快淡出鸟来了。"

司徒天也是个爱听故事的人，立马接茬游说流川："没错啊！流川，我觉得白逸的建议非常好，反正也是闲着，你讲故事来听，这样不单单有意思，而且我脚底还受伤了，你讲故事让我不觉得疲惫，对驮尸大有好处。"

"噢！你脚底受伤关累不累什么事？好吧，我服了你们俩，听我继续讲故事。"流川实在拿我跟司徒天没办法，因为少数一定要服从多数，不然这家伙会被我和司徒天打，他又继续念道："良人，我死之后，黄泉路上，忘川河中，三生石旁，奈何桥头，我还能遇见你吗？"

以下为流川讲述的故事，他自己取名为阴缘红伞，白衣桥姬。

幕府时代，秦羽将军手下有一个非常厉害的少年剑客叫良人。良人自幼被秦羽将军收养，幼时便跟将军习武练剑，此时已经成为将军的得力副手。在秦羽将军所有的手下之中，他是最讨将军喜爱的一个。

良人为人正义善良，头脑还十分聪明，修养和武艺都很高，同龄人都很爱跟他玩。

在良人20岁那年，他临危受命接了秦羽将军的一道密函，秦羽将军表面

上是让他回家去看看所谓的家人，实际是派他赶赴京城刺探军情，好在第一时间了解战局，让将军作出相应部署。

良人出发时正值冬季，大雪纷飞不说，连山岭跟河流都披上了一件洁白的冰衣，良人的坐骑是秦羽将军的御用战马，可日行千里，跟将军在战场征战多年，这样不会耽误时间。奔了一程赶上大雪冲垮了山林小路，小路已经无法继续通行，附近只有一些小村庄。

话说这已经是当天夜里的事情了。良人为了不延误军情，已经骑了整整一天的马，天色逐渐变暗，附近居然连一个能投宿的旅店都没有，唯有下马找小村庄投宿。

良人牵着马寻找最近的小村庄，凛冽的寒风迎面吹来，他抬头看了看夜空。

良人随秦羽将军征战多年，看天象推测出暴风雪将来临，而且马也露出了疲态。

良人又走了一阵，发现在不远处的石桥后面有一间木屋。眼看暴风雪快到来，他也顾不了那么多，赶紧牵着马跑过石桥，来到那家木屋门口，正当良人打算敲门时，一张清秀的面容露了出来，女子看到良人牵着马匹，便说："你是想来投宿吗？眼看这暴风雪就要来了，你快快进来吧！"

良人连连点头把马牵进木屋后头的马厩，进入木屋之后，发现一位瞎眼老太太也在里头，先前的女子在往火炉里头添加木材。老太太虽然眼睛瞎了，但还是开口让良人到炉边烤火取暖。

这时，那年轻女子已经换了一身白衣走了出来，虽然白衣身上有几块格外显眼的补丁，但并不影响女子超凡脱俗的气质，良人仅仅看了一眼，便被女子给迷住了，甚至有点不敢相信，山野之中竟能养出此等丽人。

年轻女子发现良人在看自己，俏脸微红着对良人说："先生，我还不知您的姓名，依我看这暴风雪一时半会也停不了，不如在寒舍小住一晚，等到明日雪小了些，再骑马赶路，不知您觉得意下如何？"

良人才发现自己唐突佳人，尴尬地挠了挠头发："我叫良人，是秦羽将军收养的义子。"

老婆婆听到良人的回答，突然称赞道："原来是保家卫国的战士，你可曾上过战场？"

良人见这对母女对人和蔼可亲，闲来无事，便跟她们讲起他随将军上战场杀敌的事。

其实，在良人第一眼见年轻女子时，确实怦然心动了，居然萌生了娶妻的念头。过了好一会儿，年轻女子端着刚温好的酒放在桌上，在喝酒时，年轻女子挨在良人旁边坐下，举止显得十分高雅。良人偷偷看了一下，心想，生平还是第一次看到这般清新脱俗的美女。此时，老婆婆就说起了旁边的少女。

老婆婆看似自言自语道："良人，她叫白衣，是我收养的孤儿，在我眼睛没瞎之前，还能帮着她做点事，现在成了瞎子，反倒变成白衣的累赘，白衣性格单纯善良，若我以后不在人世了，留下白衣一人如何是好啊？"

良人听了这些，更是一直盯着白衣不放，而年轻女子羞红着一张脸，慢慢低下头去。老太太隔着桌上食物，对良人说："良人，你一路赶来应该很冷吧？多喝点酒暖暖，粗茶淡饭，不知合不合你胃口。"

良人应了一声好，举起杯子就开始喝酒，随后，他也吃了不少饭菜。

吃饭之际，良人讲了很多战场上的事，甚至还讲了在打仗的时候，他们吃过树皮。

白衣坐在良人的身边仔细听着，正所谓哪个少女不怀春，自古美女爱英雄。白衣此刻非常崇拜良人，认为良人是顶天立地的大英雄，幻想着他在战场上奋勇杀敌，百里之外取敌方将领的首级。

良人吃饱喝足之后，看着对面的老婆婆，犹豫很久才说："老婆婆，我有事相求。"

"白衣，你把东西收好洗干净。"老婆婆点了点头先支开白衣，待白衣完全离开去了后屋，又继续对良人说，"好啦，良人，我也知道你想说什么，白衣是我一手带大的，但是她的婚事我不想强迫，若她愿意跟你走，我自然不

反对她与你在一起。"

良人顿时感到很无奈，他与白衣才相识，怎么可能说服对方跟他走呢？

良人不知该如何开口，白衣站在他身后说道："良人，我愿意跟你走。"

白衣此话一出，良人高兴得直接跳了起来，他转过脸看着白衣眼中满是爱意。

良人与白衣立下约定，让白衣在这里等他归来，白衣欣然答应，说一定会等良人。当天晚上，良人和白衣共度良宵，二人的婚事算订下了，但是良人还有任务在身，不能陪白衣太久。他知道若不及早完成任务，延误将军的战机。按照当时的律法，良人要用自己的刀，在樱花树下切腹自尽。

良人看着榻榻米上的白衣，把她叫醒说自己要去执行任务，白衣也没让良人为难，亲自替良人做好饭，良人吃完饭，牵着马跟老婆婆和白衣道别，在临走时还留给白衣一块贴身玉佩和令牌。

良人一个翻身坐在马上，低头对白衣说："白衣，若七天后，我没来这里与你相见，你拿着玉佩和令牌前往将军府，将军府的人会负责安排你的一切，静静等我回来。"

白衣接过玉佩和令牌，内心非常高兴，她知道这代表良人已经认可了她。

良人凝神看着白衣，然后右手勒住缰绳，双腿夹紧马肚子，喝道："驾！"

白衣站在原地，痴痴地望着渐行渐远的良人，收好良人给的信物，流下两行清泪。白衣坚信良人绝对会来接她，七天时间转瞬即逝，在这七天里白衣饱受相思之苦。

第八日终于来了，白衣一大早就站在木门口痴等良人。

老婆婆实在忍耐不得，开口对白衣说："去吧，去将军府找他吧。"

白衣得到老婆婆的批准，满心欢喜地租了一辆马车，赶到将军府。

结果却让她大失所望，甚至伤透了心，因为她得到的消息是良人在秦羽将军的安排下，早就定下娃娃亲，只是良人并不知晓娃娃亲这事。白衣伤心欲绝，回到小木屋，向老婆婆哭诉。

第十六章 阴缘红伞，白衣桥姬

当天晚上，白衣在床上翻来覆去许久都无法入眠，脑海里全是良人的样子。

停了七天的暴雪，又开始下了起来，白衣起身穿上自己最深爱的那件白色素衣，她梳妆打扮好，打着大红伞，站在木屋门口，抬头望着漫天鹅毛大雪，伸手接住一片雪花，徐徐走到石桥头，泪流满面地喃喃自语道："良人，我死之后，黄泉路上，忘川河中，三生石旁，奈何桥头，我还能遇见你吗？"

说罢，白衣丢掉手中的大红伞，一头跳入河中，没错，她选择了投河自尽。

对于白衣这种重视贞洁的女子而言，她想下嫁于其他男子，明显已经不行了。索性选择一死了之。也许是天意弄人，在白衣投河自尽的第二天，良人驾马赶回木屋，接到白衣投河的噩耗。

良人由老婆婆口中得知，白衣去将军府找过自己，却被无情地赶了出来，还说他有婚约在身。良人伤心极了，亲手将白衣埋葬，顿时心灰意冷看破红尘，于是连将军府也不回，剃发为僧，成为四处云游的行僧。良人到各地漂泊，每到一个庙宇，必定为白衣念经。

有传言说，在某一年的某个大雪夜，良人穿着袈裟，回到与白衣相遇的地方。他隔着老远看见那座石桥，石桥上布满了白雪，下方的小河结满冰晶。隐隐约约之间，仿佛看见有一名白衣女子撑着大红伞，向他低声呓语："良人，我死之后，黄泉路上，忘川河中，三生石旁，奈何桥头，我还能遇见你吗？"

直到第二天早上，一个赶货行脚商人路过，才发现桥头站着一个全身结冰的东西，走近一看结冰的东西正是良人。良人死的时候，嘴角挂着微笑，脚边还有一把大红伞。当然，这都是传言，整件事的真假根本没人知道，亦无从判断。

(2)

流川讲完白衣的故事就觉得口干舌燥，拿起随身携带的水壶拧开来，猛

灌了几口水又继续问我跟司徒天:"白衣这个只是现在比较流行的故事,还有个江户时代的版本,跟阴缘红伞有关,你们俩想听吗?"

对于我跟司徒天这种故事迷而言,只要是故事皆不放过,自然点头说好。

流川把水壶收好之后,开始讲述发生在江户时代的故事——阴缘红伞。

江户时代末期,有个叫大熊的作家,他的祖屋就在江户沼岸当中一座石桥的附近。大熊画画和写作的天赋都非常高,不仅如此,他还是一个面貌清秀、和蔼可亲的帅气小伙子,在附近一带也相当出名。

大熊有个怪癖,他喜欢晚上三更半夜作画,说是安静能找到灵感。

很快子时降临,月亮依然高高挂起,星河布满夜空。大熊跟往常一样,摆好画具坐在窗前准备画画,月光洒在画纸上,顺着窗户的正南方看去,恰好能看见那座石桥。大熊不知怎么了,忽然突发奇想,想跑到石桥上画画。

正所谓心动不如行动,大熊说去便去,他收拾好画具背在肩上,出门之后把门锁好,向着石桥慢慢靠近,没几分钟,大熊来到石桥的阶梯处,一步步走了上去。结果待他走上去之后,才发现石桥上赫然站着一名白衣女子,她右手撑着一把大红色油纸伞,脚下穿了一双白色分趾鞋,尤其是那一张勾人心魂的面容和及腰的黑色长发更让大熊心跳加速。

大熊整个人都快窒息了,小心脏跳个不停,把画具放在地上,走向白衣女子小声询问道:"姑娘,现在夜色已晚,为何半夜三更还在此处?你不觉得害怕吗?这附近夜里很危险,我劝你还是赶快回家去吧。"

白衣女子非但不觉得害怕,相反还转过身笑问大熊:"害怕?那你给我说说吧,我为何要感到害怕?真的有危险吗?我该怕的是人?亦或者说我该怕妖怪?"

大熊被白衣女子一连串的反问给问蒙了,他一脸尴尬,支支吾吾老半天都说不出个所以然来,结果却冒出一句让白衣女子匪夷所思的话。大熊鼓足勇气问道:"姑娘,敢问您的芳名是什么?我乃一名画师,说实话,你在我眼里宛如仙女下凡,能否让在下替你画一幅肖像?"

第十六章 阴缘红伞，白衣桥姬

白衣女子掩嘴轻笑，发出银铃般的笑声，收起大红纸伞，说："我叫榛子，你当真是一位会画画的画师？我很高兴你能为我作画，不过，事先声明，如果你画得不好，我不给你银两噢。"

大熊听着榛子的俏皮话，憨憨地咧嘴回答道："榛子，我免费画，不会收钱。"

榛子在大熊的指挥下撑开之前那把大红纸伞，侧身坐在桥栏上，脸上露出淡淡的微笑，眼睛里充满了哀伤，定神凝视远方，那股哀怨凄凉的气质，立马吸引了大熊。

大熊架好画画用的工具，在纸上画了起来，寥寥几笔便勾勒出榛子的大概轮廓，大熊越画越快，越画越顺手，半个时辰画完榛子的肖像，还添上了颜色，大熊收起画具对榛子招了招手说："我画好了，榛子你过来看看吧。"

榛子看着画上栩栩如生的自己，不知为何居然流下了眼泪，泪水沿着她的下巴滴在画纸上面，大熊拿出随身携带的白手帕递给榛子抹眼泪，榛子擦干眼泪回头向大熊说道："谢谢你替我画像，我还不知道你叫什么名字呢？"

大熊挠了挠头发，非常腼腆地笑着说："我叫大熊，未来打算成为一名非常厉害的画师，今天晚上能遇见榛子你，我真是太高兴了，不知道我们能不能成为好朋友？让我继续为你画画呢？"

榛子想了想终于点头答应，还不忘问道："大熊君，你觉得我怎么样？"

大熊难得脸红一次，低下头不敢看榛子，用蚊子才能听到的声音说："榛子，你真的很漂亮，你是我这辈子见过最漂亮的女人，如果可以，我真想和你过一辈子。只不过，我知道我配不上你。"

榛子见大熊如此直白，她一下子愣在原地不知所措，或许连她自己都记不清，多少年没有哪个男人敢在她面前，如此直白地表达出对她的爱慕之意。在听到大熊表白的瞬间，榛子泪如雨下，不知为什么而哭，真正的原因恐怕只有榛子自己清楚。

大熊抬头发现早已哭成泪人的榛子，还以为自己唐突了佳人，举起右手抽了自己一个耳光，还不忘对榛子道歉："榛子，对不起，我不该如此唐突，

还希望你能够原谅我的无礼之处。"

榛子非但没有生气，她是被大熊的纯真给感动哭了，看向大熊说道："大熊君，我没有怪你的意思，我是流下了感动的泪水，为什么我以前没有遇见你？或者能够早点遇见你呢？"

大熊明白过来榛子并没生气，激动之下想一把抱住榛子，伸出双手往前一抱，却发现他根本抱不了榛子，他的身体仿佛直接穿了过去，大熊顿时恍然大悟，看向榛子的眼神满是哀伤，略带哭腔说："榛子，你到底是人还是妖？"

榛子见自己的身份让大熊发现了，主动收起她手里的那把红色大纸伞，对大熊说："我其实是寄宿于阴缘红伞内的女妖，大熊君，如果你今晚有半句话欺骗了我，你便会被这阴缘红伞强行吸入伞内陪我，永远不能出伞。"

大熊经榛子这么一解释，总算明白了事情的真相，他已经不感到害怕了，相反还很开心，是那种发自内心深处的开心，因为大熊这么多年来，一直都在等待一个能让他怦然心动，或者一见钟情的女子。现在，他比任何时候都坚信，坚信榛子会是陪他走完下半生的伴侣，哪怕对方不是人，是一个妖怪也没关系。

榛子的气息开始变衰弱，连忙打开阴缘纸伞，她的轮廓和元气才逐步恢复，看着面前的大熊，沉默了许久，好似下定了决心才开口说："大熊，你走吧，今夜的事你权当一场梦吧，就当你我从来都没遇见过，你知道吗？我们相遇的那个瞬间，就等于一个错误的开始，人与妖相恋，注定没有好下场。"

大熊忽然向榛子咆哮道："我不管！人与妖又如何？榛子，我为何不能与你相恋？"

榛子没有回答大熊的问题，而是极其不舍地看了一眼大熊，眼角流下一滴泪，然后整个人直接钻入阴缘红伞内，阴缘红伞立刻飘起来，越飘越远，越飘越远，在大熊的面前逐步远去，根本不顾大熊的嚎叫和追赶，阴缘红伞和榛子就这样在他眼前彻底消失了。

大熊最终还是没能追上阴缘红伞，他跪在地上失声痛哭，好不容易遇见一个自己深爱的女子，却因为人妖殊途，不能与她白头到老，世间最痛苦的事莫过于此。大熊从那夜之后好似丢了魂一样，日日拿着他给榛子画的那幅肖像发呆傻笑。

　　渐渐地大熊的身体日渐消瘦，郁郁寡欢。不过，他对榛子的思念丝毫未减，每天晚上半夜三更都会带上画具去桥上痴等，期待着那个叫榛子的女子会突然出现。就这样，大熊一年四季都会在桥上等榛子，无论春夏秋冬，几十年如一日，从不改变。

　　直到大熊70多岁那年的第一个初春，前来赏花的旅人发现死在桥上的大熊。大熊死时怀里紧紧抱着他给榛子画的那幅肖像，露水虽然打湿了少许，但画上的榛子依然美丽动人，打着一把大红纸伞的女子，嘴角勾起浅浅的笑意，足足让大熊痴恋了半生。

第十七章　倩兮女，飞头蛮

(1)

我听流川讲完了阴缘红伞和白衣桥姬的故事，对日本又有了一番新的了解，同时感慨日本真是个非常神奇的国家。我知道日本人都非常信奉武士道精神，还有日本女子对爱情的忠贞和日本男人的坚定不移，单单说这两种特别的精神信仰，都让我敬佩不已。

现在，我正一脸怨气地驮着龙腾这老家伙的尸体，继续往前进发。反观流川和司徒天这两个家伙，正跟在我身后边走边闲聊，时不时还发出淫荡且猥琐的笑声。

我根本不用仔细听，他们俩聚在一起，除了说美食之外，就只会意淫岛国美女了。

我的身板瘦弱，驮着尸体走了一个多小时，实在没力气了，回头喊道："喂！两位大哥，我都快累死了，肚子也在打鼓，咱们能在原地休息一下不？反正，我刚打开手机看了，时间还很充裕。"

流川看着满头大汗、脸色苍白的我，下令说："好，原地休息，补充体力。"

司徒天一屁股坐在地上，拿出一盒压缩饼干丢给我，躺在地上假寐。

我把龙腾的尸体放在一旁，根本不想去看他那张死人脸。

因为，眼下我要吃东西，如果龙腾影响了我的食欲，那可亏大发了。

司徒天虽然眯着眼睛，但依然不肯放过流川，谁叫这孙子不肯帮忙

第十七章　倩兮女，飞头蛮

驮尸。

只见司徒天突然翻身坐起，嘴里还吃着饼干问道："流川，按照目前的情况来看，应该不会遇见妖怪之类的吧？"

流川眉头紧蹙，看了看远方说："这个，我也说不准，妖怪这玩意说来就来了。"

流川如此极品的回答，让我和司徒天纷纷摇头，很明显流川又在我们两个土鳖面前显摆起来。当我仔细一想，司徒天也问的是一句废话，如果妖怪来了，还能坐在这儿闲聊吗？

我伸了个懒腰又瞄了一眼龙腾的尸体，顿时觉得人生太无常了，不知怎么回事，从远处传来神秘的奸笑声，而且还是一串接着一串那种，我抬头往上一看，居然看见有个巨大的头颅悬浮在半空中，眼睛直勾勾地紧盯着我，嘴里继续发出嘿嘿嘿的怪笑声。

司徒天跟我一样发现抬头看向天空，他早就惊呆了，因为那头颅还在空中疯狂盘旋。

这一下可把我们俩吓惨了，然而最恐怖的还没结束，那个巨大的头颅渐渐浮现出轮廓来，徐徐从天上降下，幻化成一名年约三四十岁的中年女子，她看起来十分妖艳，涂脂抹粉，半咧着朱红色的嘴唇，依然不停地笑着。

流川立刻指着从天而降的妖怪女子，结结巴巴地说道："倩兮女？快！快对她笑啊！"

我虽然不明白流川为啥让我和司徒天对着他口中的倩兮女笑，但依然照着流川的吩咐开始傻笑，流川怎么样也不会害我，我转头看了一眼司徒天，他同样站在流川身边傻笑，流川边笑边向龙腾的尸体靠近。

原因很简单，你如何让一具尸体开口笑呢？所以难保这个让流川叫作倩兮女的女妖怪会夺走或消灭龙腾的尸体。流川朝我和司徒天使眼色，我们认识不算久，但简单的手势还能看懂。大概意思是让我和司徒天拿出身上的九节鞭，去对付朝我们慢慢走过来，嘴里还笑个不停的倩兮女。

我和司徒天互相使了个眼色，兵分两路左右夹攻倩兮女，我在心中暗骂

151

流川傻瓜，既然要与倩兮女开打，我他妈一开始还傻笑个屁啊？害我连脸都快笑僵硬了，真是不怕神一样的对手，就怕猪一样的队友。

倩兮女发现我没有笑，她依然笑嘻嘻地说："笑啊！你继续跟我一起笑！不然我吃了你！"

司徒天差点没被倩兮女这句话活活气死，妖怪也有够弱智的，他开始骂倩兮女："你个丑八怪，你他妈脑子有问题吧？大爷我笑不笑跟你有半毛钱关系吗？再说了，我不笑你又能拿我怎么样？有本事你过来咬我一口啊！"

我顿时满头黑线，摊上这么个智商比二百四十九多一的队友，我也是醉了。

其实，我岂会不知道司徒天的用意，无非是想分散倩兮女的注意力，好让我或者流川偷袭。果然不出我所料，倩兮女让司徒天给激怒了，她大张着嘴巴指着司徒天骂道："你居然说我丑？你居然说我丑？"

倩兮女立刻施展出瞬移，身形快到还拖出好几道残影，转眼杀到司徒天跟前，伸出右手想狠狠地抽司徒天一巴掌。正当巴掌要落到司徒天脸上时，一枚黑色五星飞镖从流川手里射向倩兮女。

倩兮女仿佛感知到了危险来临，瞳孔立马紧缩，脸色唰地一下就白了，立马收回自己的手，侧身顺势躲开，向站在尸体旁边的流川，咬牙切齿地咒骂着："小家伙，你居然敢偷袭我？好！非常好！"

我向司徒天使了个眼色，因为流川要负责守护尸体，自然不能与倩兮女展开近身搏斗，所以只好用飞镖偷袭。流川这小子背后还背着一把武士刀，我却从来没看他用过，极有可能是他拿来显摆的神器。

我的右手紧握九节鞭，司徒天率先向倩兮女发动攻击，九节鞭让司徒天弄成一条直线甩往倩兮女，直逼对方的面门。倩兮女做出一个下意识的动作，试图往左边躲闪，我怎能放过如此大好机会？

我抓准时机打出手里的九节鞭，只听啪一声响，九节鞭前三节鞭到倩兮女左半边脸上。

倩兮女脸上留下一道鞭痕，绿色的血液透过皮肤表层，慢慢地流了出

第十七章 倩兮女，飞头蛮

来，由颧骨徐徐往下流，看上去异常狰狞。而我这一鞭子，也彻底打乱了倩兮女的阵脚。司徒天乘胜追击，又紧随其后舞动起九节鞭，抽倩兮女的右半边脸，倩兮女看着即将打到脸上的九节鞭想用手去抓。

司徒天看起来有点傻，但不是真傻，他手腕一抖，九节鞭立刻扭转方向，像蛇一样上下扭动了一下，这一扭便打到倩兮女的肩膀上，绿色的血再次很快从肩膀上溢出来，连带着身上的衣服也破了。

倩兮女压根没想到，司徒天和我这两个普通人敢和她动手打斗，我暗自琢磨着，妖怪对人类的第一想法，人看到妖怪跑都来不及，谁敢像我跟司徒天一样，攥紧九节鞭往死里使劲儿抽打妖怪？

我和司徒天都清楚，倩兮女估计很畏惧我们俩手上的九节鞭，如此一来，我们俩抽得更欢乐了，像喜欢鞭打尸体的变态那般，快速挥舞着九节鞭，一左一右开始狂抽个不停，每抽一次倩兮女，对方身上又会多落下一道鞭痕，很快在我们俩的迅猛攻击下，倩兮女被抽了个血肉模糊。

我右手腕一抖，九节鞭缩成一团回到我手里，我紧紧抓住九节鞭，结果抓了一手黏稠的绿色液体，不用说这玩意儿是倩兮女的血，我露出厌恶之色，松开九节鞭在空中胡乱舞动着，打算这样来甩干净倩兮女的血。

相反，司徒天依然在继续鞭挞倩兮女，倩兮女身上估计让我们俩抽得没有一块好肉，此刻正躺在地上苦苦哀嚎，一副半死不活的样子。有时候，我都怀疑司徒天是不是有双重人格，还拥有大量的暴力因素，所以一旦爆发出来，就变成了恐怖的暴力分子。

流川发现倩兮女被我跟司徒天联手抽死了，站在不远处向我喊道："白逸君，你过来一下，我有事要找你谈，你顺便叫上司徒君一起过来。"

我走到司徒天身旁，这家伙还抽上瘾了，手里的九节鞭来回交替，一次又一次打到倩兮女的身上，而此刻的倩兮女甚至连白骨都能看清。

由此可见，司徒天的力气有多大了，这还是因为我们俩从小接受了超级变态的训练方式。如果你从小就开始用拳头打大树，打个十多年，你一样能拥有司徒天的爆发力和破坏力。

153

(2)

　　我不管三七二十一拉起司徒天便向流川走了过去，司徒天和我并肩站在流川对面，等流川发号施令。在我看来，流川这人虽然猥琐了点，但总的来说还算不错，他跟司徒天一个德行。

　　流川扫视了一下四周，对我和司徒天立起大拇指说："佩服，你们俩的胆子真大！你们可知道倩兮女的来历？其实，倩兮女的出现，预示着我们要倒大霉了，我估计这次的任务注定凶多吉少咯。"

　　我和司徒天均是一脸疑惑，同时开口问道："为什么啊？"

　　流川叹息一口气，抬手指向我们身后躺在地上早已死去的倩兮女解释道："很简单，因为我们遇上了倩兮女，笑女又称为倩兮女，取巧笑倩兮之意。据说笑女生前都是那些青楼女子，因为素性轻浮，所以常嘻嘻哈哈地笑个不停，听见她笑声的人大都凶多吉少。"

　　司徒天接过话匣问道："还有啊，流川，你给我解释解释，刚才你为啥要叫我跟白逸对着倩兮女傻笑？我都快笑傻了，我如此帅气英俊的脸庞，如果不小心笑面瘫了，你小子要负全部责任！"

　　流川怕我跟司徒天听不明白，顿了顿又继续说："据资料记载，笑女往往在夜间出现于幽静的山路或街道上，倘若路人独身经过，并听见由远及近地传来女人的笑声，但张望四周却连一个人影也没有，那一定是笑女的杰作。随着脚步声与笑声一步步接近，那种情状真是令人毛骨悚然。"

　　我若有所思地点了点继续问道："原来如此，如果遇上了后面该怎么办？"

　　流川沉思片刻开口说："白逸君，你这个问题问得非常好，如果遇上倩兮女，通常老人们都会告诫年轻人，遇到笑女在背后阴笑时，千万不能回头去看，而要装作若无其事的样子尽快离开。但若不小心或条件反射地回头的话，就会看见笑女巨大的头颅悬浮在半空中，眼睛直勾勾地紧盯着你，嘴里继续发出怪笑，你越是害怕，笑声就越大。若是拔腿狂奔，那笑声会一直追着你。"

第十七章　倩兮女，飞头蛮

我拍着自己的额头，不知道该说什么好，继续向流川："何必跑？ 直接打死！"

司徒天这家伙从小就比我还崇尚暴力，立即跑到流川面前豪气冲天地说："打死算便宜她的了，按照我的意思，流川你拿出你那把武士刀，乱刀砍死还差不多！"

流川看着我们俩嘴角微微抽搐，又向倩兮女的尸体看了过去，结果流川发现了异样之处，倩兮女的尸体不见了，抬头看向空中，却瞧见一个脖子长约2米的女妖怪，张开嘴巴露出锋利的牙齿，开始咀嚼着倩兮女的尸体。

我们俩发现流川的脸色不对劲，也跟着抬头仰望，我看到了这辈子都无法忘记的一幕场景，一个长脖子大脑袋，背上还有翅膀的女妖怪，四肢悬浮在空中，正在疯狂啃食倩兮女的尸体，今晚天色不算太黑，借助于耀眼的月光，我看清了神秘女妖的样子。

女妖面目可憎尤其是前面两颗门牙还沾有绿液，经过我目测之后，断定她的脖颈至少有2米以上，转眼就把倩兮女啃了个干干净净，说具体点就是连骨头都没剩下，连尸带骨全吃了。

流川表情十分凝重，他转过头对我和司徒天说："这女妖怪叫飞头蛮，脖子能随意伸长，牙齿上含有剧毒，你们两个要格外小心，千万不能被它咬了，或者让长脖子缠绕住了，要不然会死人！"

我看流川不像是在开玩笑的样子，我跟司徒天又拿出了九节鞭，只要飞头蛮敢下来，我绝对乱鞭抽死！ 我坚信司徒天跟我一样也有这样的想法，兴许他比我想象中还要残忍暴力得多。

与此同时，流川也摆出一副随时准备展开大战的架势，先从裤子口袋里摸出几个流星飞镖，瞄准飞头蛮的眼睛，咻咻几声之后，流星飞镖像小火箭般，攻向飞头蛮的眼睛，飞头蛮没有躲避，而是怪笑两声，用力抖动双臂，让背上的翅膀自动合起来，挡下了流川飞出去的流星飞镖。

我看着都傻眼了，他妈的这样还打个屁啊？ 对方有翅膀，打不过可以随时飞上天，脖子又那么长，分分钟绕到你背后咬你一口，最恐怖的是飞头蛮

喜欢吃尸体，那龙腾老头肯定会成为飞头蛮的新目标。

我想明白之后，立刻对司徒天喊道："快！快去帮流川的忙，一起守住龙腾那老家伙的尸体，飞头蛮要抢尸！为了预防飞头蛮，我们两个要充当守卫，对方一靠近，就甩九节鞭去狠狠地抽！"

司徒天与我自幼相识，像穿一条开裆裤长大的，啥都没说跟在我后头一起跑到流川旁边，我们三个人形成一个品字包围圈，正中间是龙腾的尸体。流川头一次拔出了他身上带着的那把武士刀，严阵以待，随时能大开杀戒。

飞头蛮不傻，比起倩兮女要滑头得多，把长脖子缩短，舞动起背上的翅膀，手指甲变异成利爪，牙齿露在外面，耳朵跟头发相继产生新的变化，头发爆起跟雷电劈过那种样子相同，耳朵变尖了很多，眼睛的眼球往外突出，还在不停地怪叫，如轰炸机般向我们三个人的方向飞了过来。

飞头蛮第一次是从我们头顶掠过，没有发动攻击，在空中盘旋了一大圈，又再次返回来，司徒天眼尖儿，右手往上一扬，九节鞭划破空气打到飞头蛮的翅膀，也不得不佩服司徒天的特殊功能，正好打到翅膀上那些薄膜，直接贯穿了过去，在飞头蛮的翅膀上成功留下了一个小洞。

飞头蛮吃痛不已，突然伸出右手抓住司徒天还没收回去的九节鞭，右手猛然发力，打算把司徒天活活拉上去。可惜，梦想是美好的，现实是残酷的。原来老家伙在训练我们俩的时候，对我们俩的九节鞭都做了改造。

司徒天露出一个阴谋得逞的笑容，轻轻旋动九节鞭的第一节鞭，结果让飞头蛮抓在手里头的九节鞭，在刹那间缩了回来。若不是飞头蛮反应迅速，这会儿估计早被司徒天给拖了下来，很明显司徒天这家伙是故意让飞头蛮抓着他的九节鞭，想把飞头蛮从天上拖下来。

飞头蛮在司徒天手里吃了亏，我变成了新的攻击对象，飞头蛮扑打着还在流血的翅膀，脑袋忽然伸长，想用这样低级的方法来咬我一口。但是，别忘了一个千古不变的真理，人始终比妖怪聪明和狡诈。

眼看飞头蛮离我只有半米的距离，我向司徒天跟流川挑了挑眉毛，还打了个简单的手势。司徒天跟流川都不是笨蛋，在瞬间就明白了我的计划，故

第十七章 倩兮女，飞头蛮

意往后退几步，让飞头蛮能完全看见龙腾那老家伙的尸体，还要让丫觉得有机会叼走龙腾的尸体。

果然如我所料，飞头蛮用头撞了我一下。我用驴打滚姿势躲开。飞头蛮转头就去叼龙腾的尸体。

只不过，飞头蛮却不明白，这一切都是我提前策划好的陷阱。司徒天甩出九节鞭捆住飞头蛮的脖子。我跟着从地上站起来，打出九节鞭，锁住飞头蛮受伤的翅膀，流川精通日本刀法，以迅雷不及掩耳之势，闪到飞头蛮侧边，拔出武士刀高举过头顶，对准飞头蛮的用尽全力向脑袋砍了下去。

流川手里的武士刀刀光一闪，飞头蛮的脑袋应声落地，脑袋在地上滚了几圈，脖子依然是那么长，死状极为恐怖。我敢跟你打赌，如果一般人看了，绝对三天吃不下饭，严重点兴许直接精神崩溃，要么心脏病突发，提前去见阎罗王。

流川取出随身携带的手帕，把武士刀上的血擦拭干净，右手顺势把刀往天上一抛，这个动作把我和司徒天都吓了一跳。我们俩拔腿跑出老远，结果流川这个显摆的家伙，身子徐徐往后一挪，天空中还在旋转翻飞的武士刀丝毫不差插入刀鞘。

第十八章　海座头，蛇冢村

(1)

流川显摆结束很臭屁地朝我和司徒天炫耀："怎么样？ 刚才我那招抛刀绝技帅吗？"

此话一出，我跟司徒天立马就炸窝了，流川，你大爷的把刀抛起来就为了耍帅？

我怒气冲天地冲到流川面前，破口大骂："流川，我帅你一脸！ 迟早帅死你！"

司徒天自然不甘落后，他比我还要火大，因为他最见不得人在他面前耍帅，而且还要得比他高端大气上档次，于是指着流川的鼻子骂："流川，你帅！ 你最帅！ 你们全家都很帅！"

流川还对着我们俩连连点头，特别不好意思地笑道："谢谢，我知道我很帅。"

听见流川这样的回答，我和司徒天都笑喷了，如此一来，我们俩气也消了不少。

没办法，人家流川耍帅是因为他有那个资本，至于我跟司徒天想想就算了。

现在负责驮尸的人变成了司徒天，因为跟飞头蛮战斗，我们都有点筋疲力尽。

尤其是我在一年前的内伤还没好，现在又如此高强度的打斗，简直是在

第十八章 海座头，蛇冢村

玩命。

当然，司徒天比我好不了多少，体积过于庞大，手脚不太灵活，经常吃亏。

司徒天驮着尸体，脸色很难看，时不时开口问流川："还要走多久！"

流川瞄了一眼手机上的导航地图，苦着一张脸对我和司徒天说："两位兄弟，十分钟之后，我们要跟一个叫海座头的妖怪合作才能渡过一片海域。不过，你们放心，我跟师父认识这家伙许多年了，它是个心地善良的妖怪，通常情况下不会害人。"

"流川听你的意思，海座头是由人变成妖的咯？你知道其中的缘由不？"我反问流川。

"知道，现在时间有限，我师父给我讲过，回头我再说给你们听。"流川随口回答道。

司徒天也明白现在听故事不太合适，顺嘴问了一句："海座头到底是干什么的？"

"最早在江户时期出现过这个妖怪，如果出海的渔夫突然被雾困住分不清前后左右，有时候前面的雾里就会映出人影，靠近了一看，是个背着琵琶的琴师，当渔夫在他的指引下安全抵达岸边的时候，琴师依然站在海上远远相望，是妖怪中的善类。"流川边在前面带头边思考着补充道："海座头。在日本，座头是对盲僧的称呼，海座头，传说是在海上出现的背着琵琶琴的盲僧人，他身体巨大，浮在海面上行走。"

经流川一介绍，我跟司徒天对海座头有了初步了解，说通俗点海座头相当于当代的摆渡人，海座头乃妖怪界的摆渡人。在我看来是妖怪没关系，一样能做朋友，前提这妖怪一定要是好妖怪。

我们三个人又往前走了大概10米左右，我还没靠近海边，就听见海水流动的声音，并非平日里那种波涛汹涌的大海，什么滔天巨浪拍打礁石压根儿没有。等我们看见这一片跟死水差不多的海时，我和司徒天都愣住了。

因为在我们俩前方不远处的海面上站着一个身体巨大的神秘男子，那个

神秘男子穿了个全身白，背上隐约可见背有一把白色的琵琶。他的头发高高扎起像飞机头那样。其实，与其说这个男人是站着的，还不如说他借助于紫色葫芦悬浮在海面上，因为他脚下还有一个巨大的紫色葫芦，紫色葫芦亦悬浮于海面，海风轻轻吹过，白衣随之四下飘荡。

流川抬手指住那个神秘男子，深吸一口气大喊道："海座头，我流川要过海！"

站在流川旁边的我跟司徒天都吓傻了，原来那个神秘男子就是海座头，不过流川这又是玩什么啊？流川是傻了吗？竟敢公然命令海座头？据我了解在日本的妖怪没几个是好妖怪，即使有，也不爱听人发号命令。

流川喊完没5分钟，原本位于海中央的海座头脚踩紫色葫芦漂了过来，他没有走上岸边来，一直站在紫葫芦表面，他虽然眼睛瞎了，但嘴巴还能说话，他对流川说道："小家伙，你总算来了，你师父那老家伙还没死吧？还记得我跟你师父的约定吗？"

流川挠了挠额头的长发，向海座头点了点头，憨笑着答道："海座头，你的事我肯定不会忘，放心吧，你送我们到对岸之后，我自然会完成当年你跟我师父的约定，取回你想要的东西，如果你不放心可以在岸边等我。"

海座头很欣慰地笑了，他见流川依然信守承诺，很是高兴便开口说："行！我相信你，斩穴后裔自古以来以守信为人生宗旨，你小子总算没有坏了你师父的名声。好了，小家伙们都跳上我的葫芦来吧，我马上送你们过海！"

在海座头的命令下，我们三个人相继跳上他的紫色葫芦，因为司徒天占地面积过大，还驮着龙腾老头的尸体，所以要站在海座头后面，如果他站在最末尾，估计能直接掉到海里头去淹死，没让妖怪咬死，反倒让海给淹死了，那才叫死得冤枉。

我站在司徒天后面，防止龙腾老头的尸体尸变之类，流川在最后头压阵。海座头站在葫芦最顶端，双手负在背后像个许久没有出山的世外高人，头也不回地问道："各位要出发了，你们准备好了吗？"

第十八章 海座头，蛇冢村

我们三个人齐齐应了声好，海座头右手和左手快速打出一个手印，一个特别大的印记打到紫葫芦上面，紫光突显反射到我们一行人的身上，很快海座头用左手取下背上的白色琵琶，右手往前一指，紫葫芦自动在海面上漂了起来。

我跟司徒天还是头一回体验飞一般的感觉，刚出发没多久，海座头站在葫芦头端开始弹奏琵琶曲，曲声悠扬动听，曲风是带有日本特色的古典民谣风味，偏偏其中又夹带着浓浓的思念和惋惜之情。听这海座头弹奏琵琶，我仿佛看见了有两位相识多年的知音，坐在树下一起把酒言欢弹琴吟曲。

海座头在弹奏方面的造诣已经达到炉火纯青的境界，因为他完全看不见都能弹出这么悦耳动听的曲子，就好比日本刀客那样，做到手中无刀，心中有刀，人刀合一的最高境界。我坚信海座头绝对达到了同等境界。

一首琵琶曲终了，余音还在海上来回环绕，久久没能散去，海座头把琵琶拿在手中，长叹一口气，大声吟唱道："樱花啊，樱花啊，阳春三月晴空下，一望无际是樱花，如霞似云花烂漫，芳香飘荡美如画。"

司徒天忍不住回头问流川："流川，海座头跟你师父黑木到底有什么约定？"

流川舔了舔下嘴唇，闻着迎面吹来的海风，还带有咸咸的味道，说："约定？与其说是一个约定，倒不如说是我师父对海座头许下的承诺，或一单交易，当初我师父黑木要通过他才能过海完成一单斩穴生意。"

司徒天依然不死心，继续追问流川："流川，你给我具体说说那个约定呗。"

流川的思绪回到许多年前，挑了些重点内容讲给司徒天听："最早海座头认识一个叫芳一的琴师，芳一跟他一样精通琴艺，二人相遇一见如故，很快成了无话不谈的知音。芳一后来因为某些事要离开了，把他自己的琵琶让海座头暂时保管，说他回来之日，就是取琵琶之时，与他再合一曲。"

"后来呢？芳一回来了吗？"司徒天提了提背上龙腾的尸体，因为死尸会越来越重。

"没有，海座头一直没能等到芳一回来，最终海座头等来的是芳一死亡的噩耗，原因居然是因为芳一去给某个大官弹奏琵琶，结果大官认为芳一琴艺不精湛，没有传闻中那么厉害，一怒之下下令割掉芳一的耳朵，并将之残忍杀害。"流川讲到这儿，都十分沮丧地长叹了一口气。

司徒天为此亦深感惋惜，继续反问道："流川，按照我的猜想，你师父黑木老头当年跟海座头的约定，想必就是让他拿着芳一生前留给海座头的那把琵琶，替海座头把琵琶还给芳一吧？"

(2)

流川点了点头以示回应，我的听力极好，流川跟司徒天的对话我自然也听到了。其实，换谁都没想到其中居然还有这样的缘由。海座头对我们讲的事没发表任何意见，待流川讲完大家都陷入一阵沉默。

海座头却扭过头询问流川："你考虑好了吗？你真的要去里面？你师父黑木当年进去都九死一生，我还记得非常清楚，他脸上那道疤就是那时候留下的，而且他还发誓这辈子不进去，至于是什么原因想必你知晓？"

流川眉头微微皱起，他岂能不明白海座头的话外之音，颇为无奈地苦笑道："呵呵，海座头，我知道村子里很凶险，毕竟蛇冢村是各种妖怪的大本营跟聚集地，我师父这辈子最怕相见，又最爱的女人不就在里头吗？"

我和司徒天听得一头雾水，看来还跟黑木老头有关系啊。我那颗八卦之心又燃起熊熊烈火，耐不住好奇，一连提出好几个问题："村子？什么村子居然连黑木老头都不敢进去？里面还有他害怕的女人？"

流川知道有些前尘往事根本瞒不住，所以就直接讲了出来："等一下，我先回答你第一个问题。其实，十多年前，我跟师父接了一单斩穴的任务，师父在村子里受了重伤，后来才知道我们前往的村落叫蛇冢村，蛇冢村是阴气最重的地方，适合埋葬所有冤死的人，一般的墓园根本不行。"

我点了点头继续问道："蛇冢村里头真有黑木害怕的女人？我还是头一回听说。"

第十八章 海座头，蛇冢村

流川颇为无奈地耸了耸肩说："确实有个叫香叶的女人，师父这辈子都不敢面对她，因为她是为了救师父而死，当年师父受了重伤，逃到一家温泉酒馆里头，恰好遇见了香叶，香叶出手救了师父，可她自己却死了。香叶死后不愿离开温泉酒馆。师父心怀愧疚离开了蛇冢村，并立下重誓，这辈子都不会踏入村子半步。"

司徒天的脑袋瓜展开联想，接茬说："我懂了，所以你师父才让你替他来跟海座头完成约定，而我们这次的任务除了驮尸斩穴以外，就剩下你帮海座头送琵琶，履行之前约定的事吧？"

流川眼前一亮，调侃司徒天："不错啊！你跟我在一起久了，脑子都变灵活多了。"

司徒天撇了撇嘴，开始反击流川："滚蛋，流川，我聪不聪明跟你有半毛钱关系？"

我顿时狂汗不已，看着司徒天那让人担忧的智商，不禁让我想起一句话来，梦想还是要有的，万一不小心见了鬼，实现了呢？当然，我不敢当着司徒天的面说，否则他会拿起九节鞭跟我干架。

海座头站在最前头听我们三个互相拌嘴扯淡，笑着说道："小家伙们，快要上岸了，流川，你等会拿上芳一送我的琵琶去还愿吧，我会在岸边等你们胜利归来，记住我的话，蛇冢村内很危险，如果时间允许，代替你师父黑木去看看香叶。"

流川自然点头答应，很快紫色葫芦停在了岸边，我们三个人分别从海座头的葫芦上跳下来。海座头解下背上的琵琶，递给了流川，临走时自然又是一番告诫，说如果遇上危险，打不过就跑，要么躲起来，他会在岸边接应我们三个人。

得到海座头的承诺，流川背好琵琶回头对海座头鞠了一个躬，并感谢道："谢谢你，你放心，我绝对会完成你的心愿，我流川在此保证，除非我死了，否则费尽千辛万苦都要把琵琶送到你心中所想的地方。"

说完，流川走在最前头带着我和司徒天，我们从步入蛇冢村起，我浑身

就很不自在，总觉得有东西在静静窥视自己。可是，我每次回头都没见到什么怪东西，司徒天依然驮着尸体跟在流川身后。

司徒天扭了扭脖子，快步追上流川说："流川，蛇冢村的名字是怎么来的？"

流川没有回头，一直往前走着，同时还回答了司徒天的问题："蛇冢村原来是一处乱葬岗，所有冤死或者惨死的人的尸体残骸，都会被随意丢弃到乱葬岗中，而尸体的尸气，我们又称作尸臭味会引来大量的蛇，前来啃尸体上长满尸斑的腐肉，和吃干净尸体身上的白色蛆虫。"

我走在最后头不假，还是能听见流川的解释，看来我的感觉没错，因为蛇冢村确实很诡异，原来前身是一个乱葬岗，怪不得阴气逼人，让我都有点受不了了。我为了能不掉队，跟上大部队的步伐，也冲了上去与司徒天跟流川并肩行走。

流川走着走着忽然停了下来，前面的路口处立有一块残缺不全的石碑，石碑后面有一条狭长而弯曲的小路，我们冲向石碑，发现石碑上雕刻着几个字——蛇冢荒村，生人勿进，违者必死！

司徒天却摆出一副天大地大我最大的表情，豪气冲天地说："哼！别以为立这一块破石碑就想吓唬小爷我，流川，我跟你说，我他妈还真不吃这一套，我要是怕了，我名字倒过来写！"

我和流川无奈相视一眼，真想对司徒天说，人蠢不是罪，重点你要坚持吃药，千万不能放弃治疗。况且你读书少，就别出来卖弄了，怎么说也算考上大学的人，名字倒过来写还不可以倒过来看吗？

我与司徒天认识十多年，很好奇他究竟是怎么活下来的，和这样的人做队友真的没问题吗？俗话说得好，不怕神一样的对手，就怕猪一样的队友，大家都看得出来，司徒天就是这样的猪队友。

流川抽出武士刀，走在最前面斩那些拦路的野草跟树枝，我跟司徒天紧紧跟在他后头，脚下是褐色的泥巴路，对于我跟司徒天来说，这种泥巴路我们俩从小走到大，村子里全都是这样的路。相反，流川走起来还有点不顺畅，左右摇摆。

我跟司徒天沿途看见那些树上结满了诱人的紫色果子，连树叶和草都是紫色。

司徒天这个超级吃货，舔了舔嘴唇，便开口问流川："树上的紫色果子能吃吗？"

流川没好气地瞪了司徒天一眼，骂道："吃？你知道那是什么果子吗？"

我跟着抬头望了下树上的紫色果子，接茬问道："什么果子？"

流川没有说话，掏出一枚流星飞镖向不远处斜对面树上的一颗果子投了过去，流星飞镖死死地扎在果子中间，紫色的汁水发出滋滋滋地声响，把流星飞镖彻底腐蚀，看到如此恐怖的场景，我跟司徒天都咽下两口唾液。我在心里想着，这他妈还能叫果子吗？简直就是超强的硫酸啊！

流川带着我们走出了长满紫色果子的那条小路，踏上另外一条路，这条路两旁开满了香味怡人的红色花朵，花瓣如血红色，比起寻常花要大好几倍的样子，走着走着流川回头警告我和司徒天："记住我的话，不想太早去见阎罗王，什么都不要碰。"

我还是头一回见流川的表情这么严肃，我跟司徒天收起吊儿郎当的态度，这跟小命有关不能儿戏。流川带着我们又走了十来分钟的路程，举目眺望才瞧见不远处有许多木房子里头亮着灯火。

第十九章 温泉酒馆，猫又报恩

(1)

我一路上没什么话说，这次的驮尸任务虽说报酬丰厚。其实，这一路上我内心特别不安，尤其是在打死倩兮女和飞头蛮之后，右眼皮老跳个不停。我跟司徒天说起这事，他讪笑我读书少，说我不相信科学，净整些迷信玩意。

流川这家伙往往比较奇葩，他对我说："白逸君，我若没记错，再走十分钟就到了海座头口中的温泉酒馆，很多年之前我和师父来过这儿。当时，我年纪虽然小，有一件事却记得非常清楚，这酒馆里的酒味道很棒，重点是香叶老板娘当年超级漂亮，美若天仙。"

司徒天对美女最感兴趣，就算驮着尸体也要凑过来问流川："真的吗？流川，你看现在都这么晚了，不如我们找个地方歇歇脚如何？养足精神吃点东西补充体力？况且海座头也说让你代表你师父黑木，去看看香叶。"

司徒天那点小心思我怎会不知道？无非就是想看看流川口中的香叶老板娘长什么样子。

流川催促我们俩加快步伐，朝他口中的温泉酒馆冲刺，结果让我大吃一惊，司徒天驮着龙腾的尸体，竟然跑得比我还要快上不少。我甚至都有点怀疑，前面司徒天是不是故意装累偷懒了。

在一番狂奔之下，我们三个人成功赶到流川说的那家温泉酒馆门口，酒馆生意冷清到了极点，我甚至非常好奇，香叶为啥一定要把酒馆开在这种鸡

第十九章 温泉酒馆，猫又报恩

不生蛋，鸟不拉屎的鬼地方？开到市区中心岂不是最好？

流川貌似看出了我心中的疑惑，但没开口解释，带着我们踏上酒馆门口的石台阶。台阶长满了青苔，比起流川当年来的时候又破旧了不少，还没敲木门，酒馆的木门便被人拉开了，很快酒馆内走出一个穿着素衣的女子，看见流川就露出很迷人的微笑，对流川说道："流川，你个臭小子，这么多年也不来看我，跟你师父黑木一样没良心。"

瞎子都看得出来，眼前这女子正是酒馆老板娘香叶。不过，她这番话把我雷了个不轻，一上来就兴师问罪，还不忘给流川和黑木老头扣上没良心的帽子。我在脑中补一个画面，有可能是当年黑木那个猥琐老头，把香叶给那个啥了，最后始乱终弃不想负责。

香叶把我们三个小家伙带了进去，司徒天负责把尸体背上二楼的一间杂物房放着，因为通往二楼的楼梯又窄又陡，在我的帮助下，司徒天费了九牛二虎之力，才上了楼，把龙腾的尸体解下来，丢在杂物房的地上。

很快，我和司徒天赶去泡温泉，身上满是汗臭味，早就想洗个澡了。等我们俩泡完温泉出来，换了身干净的衣服，浑身上下轻松不少。我又爱上了温泉这玩意，不得不说，泡温泉太舒服了。

在过道中间，我瞧见流川正抱着香叶养的那只白猫，便问道："这猫叫什么名字？"

"猫又。"流川轻抚白猫的脑袋，白猫往他怀里拱了拱，他继续笑着向我解释："关于这只猫其实还有一个故事，还是老板娘香叶讲给我师父黑木那个老家伙听了，老家伙告诉我的。"

司徒天貌似嗅出了一丝不寻常的味道，贼笑道："流川，你师父该不会跟老板娘有一腿吧？"

流川同样露出一副非常猥琐的表情，看向司徒天说："很有可能，老家伙基本上不跟我说他的风流韵事，其实老家伙年轻时候很帅气，后来不知怎么就长残了。"

我还想听故事呢，看这两个家伙居然聊起了八卦，实在看不过眼，便打断他们俩:"好了,你们两个大男人要不要这么八卦? 流川,你别在这吊我的胃口,赶紧讲关于猫又的故事。"

流川好像也明白了过来,停止八卦的话题,开始认真讲故事。

许久以前,安川国有位少将叫岸谷理沙,年近二十三,他的父母英年早逝,将年幼的他寄住在舅父、舅母府中,能文能武的理沙在15岁时,就得到了天皇的认可,派他随从舅父上战场。

八月台风侵袭且自带暴雨,街道上扬起呛人的沙尘,百姓的农作物被冲走。

大雨初歇,理沙带领随从巡视最后一个叫米谷的村落,返程时遇见一只白色的奄奄一息的肥猫挡住他们的去路,随从纷纷吓唬它,它却仍躺在地上丝毫不动。

他下马看那只有一张樱桃小嘴的猫,蹲下来察看它的腿,白毛被流溢着鲜红的热血染了色,有的血已经凝结,可见受伤不久。 他扯下自己的衣布为它止血,然后再拿大棉布将它包起,但这只猫非常有灵性,它突然起身从棉布中逃脱,一瘸一拐地跑,瞬间蹿进草丛里消失得无影无踪。

天皇为了拉拢和讨好理沙,特为他挑选一名叫映莉子的女子,许为他的未婚妻。 映莉子生性孤傲,但有一张美若天仙的脸。 近日,她养了一只同她一样性格的猫,但她的猫与别的猫有些不一样,它有一双镶嵌了蓝宝石的鸳鸯眼,全身白色的长毛,脚掌有小朵小朵的花纹。

虽有天皇的指令,但岸谷府还是派人到未婚妻的府中下聘礼。 佣人们扛着5斤人参,5斤鲍鱼,5斤鳗鱼章鱼,300两黄金等,领头的管家上前,笑着说:"少夫人,我是岸谷府的管家,这是我家少爷下的聘礼。"

映莉子一眼望去,没见到她喜爱的东西,眉头紧锁,冷言道:"怎么没有酒类的东西?"

佣人一脸茫然,管家顿了顿,又笑道:"少夫人,您别生气,我这就给您派人送酒来。"

不一会儿,三个佣人扛了六大缸散发着花香的白酒摆在大堂,映莉子手

第十九章 温泉酒馆，猫又报恩

轻轻地抚摸着猫的背部，脸上绽放淡淡的笑容，管家松了一口气，说："夫人，您看还满意吗？如果您满意了，我这就带人回府报告了。"

映莉子点点头，甩手示意他们离开。

岸谷府内，理沙坐在书桌前正在读中国的诗句，管家敲了敲门进去，站立在他正前方说："少爷，少夫人已经收下了聘礼。"

"听说她喜好酒味，送去的她可还满意？"他嘴里扬起一抹笑，这真是个奇女子。

"少夫人一闻到用鲜花酿的酒，就笑起来了。应该是满意的。"管家擦了擦汗，答道。

此刻门外有脚步声渐行渐远，管家和理沙听到两个路过的女佣喃喃细语。

"你听说了吗？他们扛聘礼去未来的少夫人的府中，只见少夫人面对昂贵的礼品一脸淡然，然后说她不要这些东西，只要酒。"

"呵，真是一个奇怪的女子。天皇为何将这么一个女子许配给我们少爷呢？"

"听说，虽然她对人冷淡，但美丽又聪明，想必……是对少爷以后上战场有所帮助吧。只要是对咱们少爷好的人，我们都要好生对待呀。"

管家竖着耳朵听完了对话，便匆匆告辞出门，而后将门外的两个女子教训了一顿。

理沙暗自笑了笑，看了看笔下的画，一个长发飘飘的女子，眼眸黯淡流露出一丝悲伤，嘴角浅浅的笑意，微启的丹唇想说话又说不出，怀中有一只她在抚摸的白猫，她们坐在白色的地毯上，身旁摆放着各式各样的酒壶。虽然他未见过映莉子，但从佣人谈论的口中，他可以想象出她的模样。

农历七月初七，即中国的七夕，这一夜，妇女在庭院向织女星乞求智巧，后被赋予了牛郎织女的传说，使其成为象征爱情的节日。然而今夜，理沙和映莉子将举行婚礼仪式。

清晨，府中的佣人聚在一起整理五颜六色的长条诗笺，而后写下愿望和诗歌，再用纸做的装饰品一起挂在府内的小竹子，他们留了些给少爷。月圆之夜，朝廷的文武百官纷纷前来贺喜，大家吃着桌上陈列的团子、芒草、芋等美味，看着新人进行婚礼，口中不停地赞叹。

仪式持续了几个小时，夜深人静时，理沙和映莉子坐在寝殿的窗前，望着悬挂在天上的皎洁的圆月，沉默了许久。理沙想打破这沉闷的氛围，于是开口用几句和歌来探询妻子的心思：

"未见君容但闻名，寒菊入夜白露生。终宵彷徨昼复念，魂断相思露也轻。"

映莉子突然笑了，饶有兴趣地接下去："山樱烂漫霞氤氲，雾底霞间隐芳芬。多情最是依稀见，任是一瞥也动人。"

理沙这几句诗歌早已有暗示。而映莉子接着的那几句，真令他欣喜不已。

忽闻窗外滴滴答答的雨声，理沙高兴地比妻子先前一步去关门窗。关好后，他又坐在她身旁，说："夫人，今日你成为我的妻子，以后有我在，你便不需做这些事，至于其他琐碎的杂事都会有佣人做。况且你脚不宜多站立。以后你想要什么，尽管和我说，定当尽我所能为你得到，如果我要去远方打仗，那你可吩咐管家，或等我回来。"

映莉子的心头涌上一阵感动，这突如其来的温暖让她措手不及，只好低头躲开他炽热的目光。不知他如何知道她的腿虽能行走但有些跛，此时，依偎在她腿边的肥猫突然发出娇羞的一声喵，引得他们笑出声。理沙目不转睛地盯着她的脸庞，她的一颦一笑都牵动着他的心，仿佛有惊骇的海浪冲过来，将他的身体浮在水面上漂着。

她抬头起身，朝他走去，替他宽衣解带。她一不小心触碰到他身躯上因常年锻炼而突起的肌肉，心一惊，立刻将手缩回去，转身不语。他笑着说自己来，然后将灯笼里的火烛吹灭。他横抱起她，借助于明亮的月光朝床走去，一夜春宵未尽。

次日清晨，天皇召集文武百官开会议，映莉子帮理沙穿戴整齐后走出

第十九章 温泉酒馆，猫又报恩

门，不一会她见他折回来，开口想问是落了什么东西时，被他朝她的额头落下的一个吻堵住了，然后他才匆匆离去。 她梳妆完毕后，一推开门，看见候在一旁的管家，就用了比平日里柔和些的语气说："管家，带我去舅母的府邸吧。"

管家愣了一会，回过神来匆匆去准备马车和礼品。

舅母知道映莉子从小亦无父无母，这个女子家世显赫，但向来低调，没有外人知道她的才华如何了得，也没有人知道她的性情，连她府中的佣人也只是赞赏她的美貌。 映莉子一下马车，舅母便听到守在门外的佣人传报，她也是第一次看到映莉子，上前握着她的手，面带微笑说："哎呀，果然名不虚传，真是个美人胚子呀！ 来，快到里面坐。"

映莉子被热情的舅母弄得一惊一乍，笑着说好。 跟舅母进了府内，才发觉府邸很大，而且装饰得十分辉煌，府内有四个居室，有书院，有茶室，还有园林。 他们来到茶室，舅母说："你尝尝这种茶，刚入嘴时有些苦，但稍后就会有些甘甜，是从中国运来的。 我很喜欢这种茶香。"

映莉子喝了一小口，细细体味后，笑着说："很香甜。"

舅母放下茶杯，得意地笑笑，又说："你嫁给理沙，以后能常喝到这种茶了，理沙从小就没有父母，总是丢三落四的，吃饭也不准时，还好以后有你照顾他。"

临走时，舅母在她耳旁小声说："你可要赶快为岸谷家添一位新丁呀！"

她羞红着脸，不好意思地点了点头，快步离开。

(2)

司徒天又发挥了他的八卦加猥琐本色，追问流川："流川，当时真的有那么开放？ 连生孩子都要催促？ 怎么感觉跟我们现代差不多。"

流川翻了个白眼，有种想破开司徒天脑袋的冲动，没好气地说："你闭嘴，听我讲！"

司徒天这家伙自讨没趣，马上闭嘴坐在我旁边，听流川继续讲。

回到岸谷府，理沙还未回来。映莉子随意地进入居室，当她来到书房时，被木架上的书籍惊住了。从小到大，她不喜参与任何言论，只喜欢看父亲书房里的书，于是她在书房里度过了一个下午。

是夜，理沙回来后在寝殿见不到她，急忙呼唤管家，管家跑过来，气喘吁吁地说："少夫人她在书房，早上请安回来之后，除了用餐的时间，一直都在书房看书。"

他快步地朝书房走去，只走了五步就抵达书房，书房的门敞开着，他悄悄地走进去，看见她趴在书桌上睡着了，手臂下压着一张写满他名字的纸，突然他身体发出一阵心疼的反应，责怪自己让她久等了。他轻轻地抱起她朝寝室，一小步一小步地慢慢地走，怀中的她的脸像个刚出生的婴儿般，惹他只想不分昼夜地陪在她身旁寸步不离。他为这样的时刻沉醉，不禁想，真希望今夜只停留在这一刻啊。

天刚亮，她一睁开眼，就看见身旁的理沙正盯着天花板微笑。理沙用余光看见她醒来，转身面对她，四目相视，他看懂了她的疑惑，答道："昨晚是我抱你回来的，想到这个我就笑了。夫人，昨天让你久等了。"

"没关系，这是你的本职，而且我知道我嫁的是什么人啊，所以我理解。"

"夫人，你真好。"

映莉子笑着催促他起床，两人一言一语地走到内阁用餐，管家见他们夫妻两人高高兴兴的，自己的心里跟吃了棉花糖一样感到既柔软又甜蜜。用过餐后，他们来到书房，映莉子一眼就看见自己昨夜写的名字，害羞地快步走过去藏起来，想了想理沙应该知道了，于是又拿出来。

"你的字很好看，小时候练习过吗？"

"没有，只是闲来无事随便写写的。"

理沙知道她为人谦虚低调，转了个话题说："昨日，因战事再起，众将和天皇商议了许久，不久后，我就要上战场了。"

他的话一落，她心里的不安就愈发强烈，用乞求的眼神，小心翼翼地试

第十九章 温泉酒馆，猫又报恩

探着问："我突然心里很不安，眼皮也一直跳，能换别人去吗？ 要是你发生了什么事，那我可怎么办呀？"

她越说越带着哭腔，他拉她的臂弯将她紧紧相拥，再三思虑后说："不会的，不会的，我会平安凯旋的，为了你，我一定平安归来。"

她拥着他，害怕得落泪，听到他的承诺心里逐渐舒坦。 她亦承诺说："倘若你死了，我亦必死无疑。"

之后的几日，理沙不分昼夜地陪着映莉子，他们在四壁挂着字画的茶室一起喝茶，谈论茶道。 他比较了解茶的文化，知道喝一壶茶需要许多讲究，若要深入详说，恐怕三天三夜也说不完。 但他看着她好学的眼神，像个师长般讲解：

茶道源于中国，最初用茶的人群是僧侣，后来逐渐变成一种仪式，如同祈祷，也是一种仪式。

程序依次是：洗茶、冲泡、封壶、分杯、分壶、奉茶、闻香、品茗。 日本的茶道分抹茶道和煎茶道，其茶道用到的茶具相当多，比较繁琐。

他又说："我的书房有许多关于这类的书籍，你得空时可去阅读。"

她听后点点头，笑着说："我想学插花。"

第二日，他为她请来一位插花高手，她高兴得几乎要跳跃。 她独自研究插花时，他便在一旁观看，时而提出自己的建议，时而和她喃喃细语。

和自己喜欢的人在一起的时光总是飞快流逝，他要远赴战场的这一天还是到来了。 在临行前的一个晚上，她一夜未眠，心中的担忧再次油然而生，但她不能再扰乱他的心，他是将士，保卫国家和平是他的职责。

她认真地将一件件的衣裳和头盔给他穿戴好，他低头看见她眼里的担忧，一把抱住她说："夫人，你放心吧，我向你保证，我一定会平安回来的，你要照顾好自己，别到时见你消瘦了一圈呀。"

她吸了吸泛酸的鼻子，拍了拍他的背，笑着说道："好，我答应你，你也要照顾好自己，有几场仗要打呢。"

长长的队伍离开时，他用眼神示意让她回去，她却追着跑了一段路，直

到身后的管家和家佣拉住才使她停下来。望着远去的背影，她终于泪如雨下，似乎要将之后长时间里难熬的思念都哭尽。

理沙每到一个地方驻扎军营，就会写一封信给她。她每每收到信，都高兴得像个孩子似的傻笑。直到她收到第20封信，知道他们已到达目的地，她决定提笔回一封信。

信中理沙写此时面对的地形和要打的仗，他有些苦恼不知如何进攻是好。她凭借自己往日所阅读的地理书籍，摄取其中的知识写在信中传递给他。

终于，他再次写信来："夫人，非常感谢你的帮助，这使我们轻易地打赢了第一场战争。以后，还请你多多指教。"

她拿着信捂嘴窃喜，提笔娓娓道府中的好事，又提天气逐渐寒冷，衣服食物都要准备充足。最后落笔，愿一切都好。

过了一周，她问管家可有收到信。管家安慰她说没有，可能是少爷打仗太劳累忘了给您写了。她却听不进这些话，心中愈来愈忐忑不安，坐如针毡，起身在室内来来回回走了十几遍。管家和府中佣人也都跟随她担忧起来，又不断地安慰她，直到深夜，她站累了，才回房休息。

她刚躺下就想到远方打战的丈夫，身体疲劳却辗转反侧。天蒙蒙亮，她就起身穿戴衣物，推开门，将衣物往里拽了拽，一朵清纯的白色樱花在她眼前飘落，突然心为之一动，叹道："真美啊，要是有你……在我身旁就好了。"

此时，管家拿着一封家书往她跑来，她拿过信紧张地把信撕成一半。信里写岸谷少将被涂了毒的弓箭射中，负伤在战场。她心里那颗稍微降落一些的大石头忽然又被提起来，转身对管家说："给我一匹最好的马，可以日夜不停地奔去战场的马，半个时辰内带到我面前。"

半个时辰后，管家牵着一辆以强壮的黑马为中心的马车，派府中最识方向的佣人作为车夫，再三叮嘱车夫路上一定要注意少夫人的安全。

他们两日后到达军营，赶路期间除了让马吃了一次草，就再也没有停下

第十九章 温泉酒馆，猫又报恩

过。她一下马车就冲进帐篷，拨开士兵，看见他泛白得如同涂了面粉的嘴唇，她的担忧和思念都汇成眼泪落在他的手背上。她大声地呼唤他的名字，躺着的人却仍无动于衷。

她吩咐士兵以及其他将军先离开，众人识趣地退出帐篷。她在他耳边小声地念叨起来："其实啊，我是那只您救过的猫呀，您可能忘了吧，台风让百姓苦不堪言的日子，你去巡视，途中被我挡住去路。您还记得吗，我说过倘若你死了，那我也活不成了，而今日危及您的性命，我也不能不救您。我死后，你也别太伤心，今世能与你成为夫妻，我感到非常荣幸和幸福。若来生缘再起，愿我们早日相识再成为夫妻。"

话毕，她闭上双眼，将毕生功力都运行，口中圆形的救命药给理沙服下后，映莉子的身子从脚开始消失。不一会儿，理沙睁开了眼，摸了摸眼角有湿润的泪水，心中隐约感到不安。他呼喊外面的人进来，士兵站在他面前，惯性地问少将有何吩咐。不等他开口，士兵又问怎么少夫人不见了呢。

岸谷理沙忽然有些明白了，不顾旁人在落泪。从此以后，他终生未娶，孤独终老。

第二十章　青女坊，纸垂条

(1)

猫又的故事结束没多久，流川怀里那只猫又突然跳出他的怀抱，往房外跑了出去。结果酒馆老板娘香叶的身影出现在门口，猫又在香叶脚边来回磨蹭，叫个不停。

香叶抱起猫又步入我们的房间，还把门给拉起来关上。

香叶扫了我们三个人一眼，面带笑颜地问道："你们刚才在干什么？"

流川答非所问地回了一句："想知道？你跳个舞和唱首歌呗。"

香叶顿时摇了摇头，瞪住流川娇嗔道："你啊！跟黑木一样，都不爱吃亏。"

香叶放开怀里的猫又，开始翩翩起舞，嘴里唱着日本特有的民谣。

流川说香叶年轻时当过歌伎，我和司徒天都看得出来她对流川很好，欣赏完老板娘香叶的舞和歌，我们四个人聚在一起闲聊，天南地北胡吹乱侃，直到司徒天提出让香叶讲个故事来听听。

香叶想了老半天，清清嗓子说："好啊！我给你们讲青女坊吧。"

我还是头一次听说这东西，便问道："青女坊是什么东西？"

香叶连忙摆手示意我别问太多，安静听她讲关于青女坊的故事。

时间回到 800 年前，天皇派朝廷里精通相术者到乡中挑选宫女，挑选标准是：年龄 13 岁以上，20 岁以下，姿色端丽，合法相。被选中者要进入后宫当宫女。

第二十章 青女坊，纸垂条

几个月后，太监乘坐马车来到月亮镇的野泽宅邸，其声势浩大，车马二三，队伍前后都有侍卫跟随。

野泽家的所有人都飞奔前来跪拜，太监言简意赅地通知：令爱野泽希末已被选为官女。

这句指令让野泽希末容颜失色，上齿咬紧下唇，想反抗却不敢吭声。待宫里的人都离开了，她才和父亲哭诉："爹，怎么办啊？怎么会是我呢？我可是即将要结婚的人啊！"

野泽老爷的父亲在朝廷当官，后因朝廷改造，他父亲利用官权将所负责那带的四块地皮以低位的价格购入。父母离世后，老爷将一块靠近山间的地皮用来种地，另三块贴近市井的卖给了商人。

他们只有希末这一个女儿，妻子生她时差点难产死去。听产婆说当时女儿的一只脚先伸了出来，把产婆吓得想尽办法将脚推进去，再让女儿的头先出来。他们庆幸上苍眷顾，保得母女平安，因此对女儿宠爱有加。

女儿从小未做过任何苦活，一见她在打扫屋子就会有佣人抢过她手中的棉布，露出为难的表情。洗衣做饭也不许她插手。只要是她想要的东西，老爷都会帮她带来，见此情形的妻子总打趣说，你们上辈子是情人吧？

这回从小娇贵的女儿被选入宫，野泽显得很苦恼，原以为不从商也不从官就能躲过天皇的双眼，哪知这一日到来得如此之快。他深知违抗天皇的指令者，都会遭受满门抄斩的后果，从古至今，无一例外。

中谷家是从商的门户，家中有独子名叫池一，今年19岁，是个盲目听从父母安排的孝子。中谷池一的父亲在他12岁那年因脑中风去世，留下她和年迈的母亲相依为命。他父亲在世时，做了些小本生意，留下几家店铺给他管制。

父亲走后，母亲的精神日益衰弱，他很是担忧。有一个雨夜，母亲唤他坐在床沿，流露出期待又渴望的眼神，她希望他赶快娶妻生子，若他没有为中谷家延续香火，那她死也不能瞑目，更无脸去见他的父亲。

池一应允母亲替他找媒人的要求，无需几日他就知道了野泽希末的性格

以及家世背景。母亲很看重希末，劝他主动去追求。他以写和歌的方式传递爱意，字字句句都染上了花蜜般黏稠的甜味，但希末收到第一封信时并不心动，也没有回复。直到她收到第 20 封信，才决定下笔回复他。

在每日送往的书信中，两人产生了爱情。

两个月后。黄昏落幕，夜空中星光璀璨。中谷池一站在野泽宅门外，一只手背在后面，开始轻吟歌唱，他的歌声低柔、悦耳。渐入佳境后，野泽希末向他招手示意可以进屋，这时他才将背后的手露出来，一束散发着淡淡清香的白色樱花在她眼前一亮。

中谷池一今日的装扮与平日里有些许不同，双眸炯炯有神。四目不约而同地对视中，她陷入了他饱满深情的眼睛里，他牵起她的双手宣布："希末，美丽善良的姑娘，我要娶你为妻！"

野泽希末低着头，微红的脸颊更惹他怜爱。她的内心激动得像只鲁莽的小鹿不停地乱撞，感觉稍不小心就要撞出身体外，久久不能平息。池一看透了她的小心思，脸上露出了得意的笑容，心里比吃了蜜还甜。

天空即将明亮前，中谷池一穿好衣服，匆匆地离开。希末晨起后，来到院子里，向正在品茶的父母请示中谷君的求婚。父母面面相觑，招手让她坐下，知道女儿的意愿后，父亲先开了口："待他派人来提亲后，我们再讨论婚礼的事吧。"

晌午，中谷家的几个佣人提着大大小小的聘礼，站在大堂等待野泽老爷。希末先前一步到达，她欢喜地看着眼前的礼品，猜测这门亲事应该可以如愿了。果不其然，野泽老爷一来就看了看聘礼，通过佣人的口述，同意了这门亲事。这一天，野泽希末像一只快乐的小鸟，兴奋地手舞足蹈。她父亲同她商量婚礼不需要极其繁琐，从简最好。她连连点头，只要娶她的是中谷池一，婚礼如何操办都可以。

是夜，中谷池一再次来到野泽希末的闺房。他带了家中亲友从外地运来的年糕，一盒里有几包，包装纸里面有两块长方体的白色的糕点。希末夹了一块，糕点入口即化，甜而不腻。她迎上他的目光，眼角带着笑意。

第二十章 青女坊，纸垂条

他说："希末，我同我母亲商量，通过双方都想从简来操办的意愿，不如我们举行佛前式婚礼吧？"

希末不假思索地说出了心中的答案——只要是你，如何举行都可以。

所谓的佛前式婚礼上，就是男女双方在佛像面前宣读婚约，向祖先报告两人结为百年之好，相守一生。在婚礼上，还要把一种叫"纸垂"的白色纸剪成又细又薄的纸条，然后把它缠在树枝上。这是一种传统的风俗，意味着把已故的亲人的魂招回来，永保平安！在婚礼上进行玉串奉奠仪式时，必须由和男女双方血缘亲近的人主持。

然而今日，野泽希末一想到要入宫，就苦恼得彻夜未眠。中谷池一站在她身后许久，都没有察觉。

"在想什么呢？"他笑道。

希末可笑不起来，再过几日就要举行婚礼了，偏偏这时候摊上大事。池一见她不说话，以为她也患上了婚前抑郁症，连忙问："怎么了？是华服不喜欢？还是你有什么顾虑？"

希末顿了顿，艰难地开口说："今日宫中的公公来传话，说我被选为宫女，池一哥哥，我们的婚礼怎么办？我这一去要很久。"她抬头看着池一的脸，眼眶蓄满了泪水，抱着他就哭起来。

池一抬手轻轻地抚摸她的发丝，恐怕以后都见不着如此洁白无瑕的脸，也听不到如银铃的笑声。一想到这，内心涌上猝不及防的哀伤。她把头贴在他的胸前，他用下颌磨磨她的头。过了一会，他想到了一句老话——留得青山在，不怕没柴烧。

池一紧紧地握住她的手，认真地说："希末，你入宫吧，虽然……时间可能会很长，但是现在我们都只有19岁，晚点结婚也不迟。"

希末直起身板，瞪大双眼，怀疑自己耳朵听错了，问道："你刚才是说同意我入宫？"

池一点了点头，并且许诺他会等着她回来，然后一起完成婚礼。

父母帮希末打包好行李，同她站在邸宅的门口等待。母亲一边拭泪一边叮嘱，她边安慰边张望远处。宫里派来的人刚刚抵达，可是池一还没有来。那些人催促她赶快上马车，路程遥远需要尽快启程。她刚坐上马车，就听见池一呼唤她的名字，急忙向车夫喊停。她露出头，看了一眼车后的那个男子，坚定的眼睛似乎在对他说，池一哥哥，我一定会回来，请等我。

希末入宫后，每日清晨都需早起做一天的苦差。

第一件事就是到水井打水，装着水的木桶很重，从未干过粗活的希末小心翼翼地踩着碎步，但还是摔倒了，于是她又回去重打井水。

其次是洗衣物床单，然后砍柴来烧水做饭，打扫住处。希末看着一堆衣物不知如何下手，便偷偷地瞥一眼其他宫女搓洗的动作，然后跟着做。

令她最恼怒的是砍柴和做饭，一块块硬邦邦的柱形木头总是不听她的话，无论她将斧头落在何处，都砍不成两半，气得她站在原地直跺脚。

不知如何做饭，面对已被用刀拍头又剖腹后仍活泼乱跳的鲤鱼，她很是害怕，嘴里不断地念叨："小鱼，拜托你别再动了，我是新手啊，对我好点好吗？"

可鲤鱼不理会她，像舞女一样扭动着身体。

她一怒，紧握手里的刀，闭上双眼，心一横就将鲤鱼用力地拍死了。

晚上入寝前，有两个姑姑召集她们站在院子里，点评她们每天做得如何。表情严肃的姑姑第一个点了她的名字，训斥她洗的衣物残留污渍，砍的柴寥寥无几，做的饭难以下咽。队伍里有人小声的冷嘲热讽，也不是什么富贵人家出生的，连这点小事都做不好。

她砍柴时手掌磨出了水泡，轻轻一碰就疼得龇牙咧嘴。熄灯之后，她躺在床上感到身心俱疲，憋在心中的委屈只能自己咽下，泪水浸湿了枕头的两边。

自从希末入宫，野泽老夫妇思女成疾。五年后，中谷老夫人再次卧病在床，脸色苍白双眼无光，亲友仔细端详了老夫人的气色后都劝他："池一，你还这么年轻，赶紧娶妻生子吧，否则你那倔强的母亲死也不会瞑目的。"

第二十章 青女坊，纸垂条

(2)

没过多久池一就娶了个如红玫瑰般妖娆但拜金的女子，妻子性格火暴，喜爱抱怨。与此同时，听闻此讯的野泽老爷愤怒地摔破了描上青花的瓷杯，佣人们都被吓得低头不语，他们从未见过老爷如此生气。一个月后池一的母亲离世，死前仍不忘嘱咐他一定要生个儿子延续香火。

两年后，妻子生了个大胖儿子。中谷池一为了壮大店铺，抵不住他人的诱惑来到赌坊，几周后，贪得无厌的池一不仅输光了赢来的钱，还将家中仅剩的两个店铺当作抵押而输掉了。妻子为此日日与他争吵，一气之下，在他出门后，将家里的钱财都带上后逃之夭夭。从此愈来愈颓废的池一带着儿子，一日又一日地挨饿，直到有一天，他梦见了他的父母。

母亲坐在他床边抹泪，父亲站着责怪他不但将店铺卖掉，还让唯一的孙子遭受饥饿之苦。待他醒来后，想起父亲的话忍不住咒骂，但他也明白了自己不能就此等死。

中谷家败落的同时，野泽老爷因病重而去世，导致夫人一时之间无法接受突如其来的变故而患上严重的抑郁症，自杀而亡。宫中的希末闻讯，马不停蹄地赶回。她一进门就听到女人凄厉的哭声，一刹那，脚步无法迈开，腿一软，跪在父母的棺材前号啕大哭，不停地扇自己耳光，骂自己不孝。

夜里只有希末一人守灵时，中谷池一站在宅邸门外徘徊，过了许久，他走进大堂，站在她面前。希末垂着头鞠躬，可眼前的那双脚一直没有离开，这时她抬起头看见了一双怜悯的眼眸，她原以为自己的眼泪已经流干了，没想到这双眼让她再次抽抽嗒嗒地哭起来。他蹲下来，伸出手臂绕过她的头，让她靠在肩膀痛快地哭泣。

希末在宫中7年，如今已经26岁。她从无名小卒爬到御女官的期间，学会了烧得一桌美味佳肴，服侍嫔妃并为主子出谋划策，让主子登上了更高的位置，但是刚入宫的那两年，她频频被人陷害。

一个阴沉的午后，后宫有一名妃子流产，经太医的诊断为保胎汤中摄入了麝香。这是一种呈暗褐色粒状物的药材，孕妇只要食入一点或长期点这种

香就会流产。

天皇大怒下令要彻查。未到黄昏就有侍卫来到宫女的住所，翻遍了所有的铺位，最后在希末的枕头下找到扎着银针的布娃娃和麝香。希末顿时傻了眼，连衣物都洗不净的她怎么可能会针线活？情急之下，她拼命地摇头否认。平日会暗中帮助她的玉山姑姑也不敢出面，人证物证都在，说什么都无用。

天皇下令将希末打入牢房，吩咐卫兵严加看管，若再不承认就使用重刑，直到她说出为何要这样做。玉山姑姑花了些银子见到希末，几日不见，她已被折磨得蓬头垢面，双眼暗淡无光，嘴角已经皮开肉绽，且全身都是伤痕。玉山姑姑小声地对希末说要坚持住，她会找到真凶。希末点点头，不敢张口。

有了姑姑的相助，事情的真相很快就被揭露，天皇下令让侍卫擒拿真凶后将其处死，其家也被满门抄斩。

希末将丧事处置完毕后，和中谷池一再续情缘，她已经失去了父母，不能再失去心爱的人。在宫中时，她对他朝思暮想，如今还能与他在一起，心里自然高兴。每一个缠绵的夜里，中谷池一都会问她一些关于家产的问题，她都一一如实回答，认为他只是想了解。

半个月后的清晨，她的左眼皮像缝了根针线一样被人往上扯，忽然想到父亲留下的唯一的地契，可她翻遍了柜子也没有找到。于是坐下来静心的回忆自己将地契搁置在何处，这一想便想到近几夜频繁问她家产的中谷君，她发疯似的跑到中谷宅邸，只见大门紧闭，屋檐下布满了蜘蛛网。路过的行人告诉她，中谷的宅邸早被卖了。

野泽的家境也陷入了绝望的地步，佣人都已离去。希末不愿相信短短一个月内接二连三发生的都是事实，却整日以泪洗面，又一直痴痴地等着他，并且一度自我催眠——他一定会回来的，一定会回来。

又一个五年过去，仍不见中谷池一的踪影。她的容颜不再焕发光彩，皮肤老化严重，经常蓬头垢面，白牙变成了黑色，一眼望去仿佛嘴里养了一窝

第二十章 青女坊，纸垂条

黑色的鲤节虫。在无数个寂寞的深夜里，她的心渐渐地冷冻，起誓再也不相信任何男人的承诺。

她没有离开宅邸。一个阳光明媚的早晨，有位英俊潇洒的公子造访，她坐在镜子前耐心地梳马尾般长的头发，她不知来者何人，但心被提了起来，满怀期待地幻想可能是中谷池一原路折回要将她一同带走。她的眼周长了一圈的色斑，浑浊的双眼偷偷地看镜子照射的门口的脸庞。但是站在门口的那个人，不是他。

她将木梳用力地丢到角落，起身快速朝那个男子走去。男子看见她的模样被吓得魂飞魄散，定在原地腿软，一眨眼间，男子的血淌了一地。此后，她不断地杀戮无辜，变成了一个奇丑无比的妖女。

直至某一日，一位身穿有肩衣及长袴通常礼服、梳月代式银杏髻的武士，带着内穿小袖、外搭羽织、手拿一把扇的中谷池一到来。他们的脚步声越来越近，希末默不作声地梳发，露出洋洋得意地笑，心里哼道：中谷池一，你带给我的惊喜真多啊，明年今日我也送你一个惊喜——祭日！

忽然武士和中谷池一的背后有一阵瘆人的凉风侵袭，头顶散播巫婆般阴森的笑声："哈哈哈哈哈哈哈哈，中谷池一，你还敢回来！"她抓住池一的衣服仰头大笑，旁边的武士趁此时机立刻拔出挎在左腰的长刀砍断了她的手。

野泽希末惨叫一声，眼中使出熊熊烈火，像头猛兽攻击中谷池一，武士再次举刀向她背后冲心脏的位置刺入，半截刀插在她的体内。她忽觉天旋地转，对着躺在她身旁的已经闭上双眼的中谷池一笑，嘴里不断吐血液，渐渐地断了气。

香叶深吸一口气，看着坐在对面的我们说："怎么样？各位觉得好听吗？"

司徒天率先带头鼓掌，这家伙真是色性难改，见到美女就爱往上扑。既然有司徒天带头鼓掌，我和流川也跟着拍手叫好。流川看了一眼挂在墙上的钟，对香叶说："抱歉，我们现在要换衣服，继续驮尸上路了。"

香叶微微点头，转身走出了房间，临了还不忘回头说一句："有空让他来

看看我。"

　　流川自然明白香叶口中的他代指何人，想起自己师父黑木跟香叶的事，流川也深感惋惜，两个明明互相深爱着对方的人，却因为世俗的观念不能在一起，一个终身未娶，一个终身未嫁。有道是，早知浮生若梦，不如一夜白头。

第二十一章　飞头蛮，落头氏

(1)

离开了香叶的温泉酒馆，我驮上尸体继续出发，司徒天还在吃香叶送的食物。

我驮着尸体忽然想起之前打死了的飞头蛮，好奇之下便问流川："你知道飞头蛮是怎么来的吗？"

流川想了想才回答我说："知道，我讲给你听吧，飞头蛮的别名叫落头氏。"

以下为流川所讲述的故事。

在许多年以前，调月镇一个大户人家院内不时传来主人小衫一郎的豪爽笑声。小衫君育有一女。日本民间对月份的别称有两种，三月出生，其月又称弥月，弥生草木渐渐茂密的月份故名为弥生。不幸的是小衫夫人在生育时伤了身子，不再有身孕，小衫君悲痛之下对唯一子嗣分外疼惜。

院里弥生窝在母亲怀里。小孩长得粉妆玉琢，头发用红绳挽成两髻，红绳上的铃铛随着摆动发出声响，显得分外灵动。孩子手中捧着日本糕点吃得满嘴都是，嘴上时不时带着微笑，偶尔朝着父亲说着讨喜的话，还会扮扮鬼脸，好不可爱。

小衫一郎是远近闻名的大善人，遇到天灾人祸，总是他家先出来布施善粥，而且不管多忙，小衫一郎都会抽出时间亲自为灾民施粥。自从弥生会跟跄走路后，布粥时小衫一郎身后就多了一条小尾巴，弥生力气不够，举不起

铁勺，只能安慰灾民，小嘴一张一合说出来的话语让人甜到心里。

只是在弥生6岁时发生了一件怪事后一切都变了。

夜晚，弥生梦见自己身处一条小船上摇摇晃晃特别不舒服，忽然看见河里出现一团暗影，一具无头尸身缓缓从暗影中浮出立在船头，又听见背后发出冷笑，转头看向船尾，一颗人头瞪大双眼盯着她笑，脖子流出的鲜血染红了整片河流。弥生吓得花容失色号啕大哭。

正在门外守夜的贴身仆人小丫从瞌睡中惊醒，连忙拉开房门，弥生看向声响处，小丫见自家小姐的人头双耳化作翅膀，正飘荡在空中，长发无风飞舞，脸上脖子处似乎还在滴着鲜血，身子却还好好地躺在榻榻米上，失声尖叫昏倒在地上，不省人事。

小衫夫妇闻声面面相觑，暗道不好。挥手让所有仆人退下，赶忙迈进弥生的闺房。

看着眼前的情景，小衫夫人不禁潸然泪下道"我可怜的女儿啊！"

小衫老爷紧拥着小衫夫人进门，反手把房门关紧。

弥生一时震惊过后，见父母进门来，怕父母以为自己是怪物要遗弃自己了，想着该怎么办。正好已是破晓之时，门外鸡鸣响起，弥生的头自动往榻榻米上飞去复原后，马上把被子盖到头上，包住全身面朝里间，不敢面对父母。

小衫夫人见女儿包住自己，怕她想不开，推开小衫一郎，跪坐在弥生旁，将她抱入怀中哽咽安慰道："女儿乖，女儿不怕，娘亲在这呢，父亲也在这呢。"见她没有回应，看向小衫一郎不知如何是好。

小衫老爷见爱妻伤心不已，上前想要将弥生的被子扯下来，听见弥生躲在被子里一直小声呢喃："父亲娘亲，弥生不是妖怪不是妖怪。"

小衫老爷心疼地说道："弥生乖乖，快出来，别闷坏了，父亲都知道，出来听父亲说。"

得到了父亲的承诺，弥生方从被子钻出来，清澈透亮的眼珠蓄满了泪水，楚楚可怜。

第二十一章 飞头蛮，落头氏

小衫老爷盘腿坐在妻女旁边，望了望妻子，怜爱着看向弥生。"弥生，为父告诉你今晚为什么会这个样子，这事情很重要，你要答应父亲，一定不可以将这件事说出去让别人知道，你明白吗？"

弥生见父亲如此正色，从母亲怀里坐起来，抽泣着点头。"弥生知道，一定不会告诉别人，父亲请放心。"说完向小衫一郎行了大礼，表示自己郑重承诺。

发生这么件事后，弥生仿佛长大了不少，小衫老爷抬手摸摸弥生脑袋，眼睛悠悠看向远处，慢慢回忆着说："吾族名为落头氏。我们头能离开身子而不死。原本并不在这个地方生活，几百年前有位族人出了部族后与族群走散了，一直没回来，以为再也见不到她，那天她突然找到了部族，全身上下没有一块好的地方，不停地赶我们走，说有仇人来了。"

顿了顿，小衫老爷想到后面发生的事，满脸无奈心酸道："族人们都很奇怪，过着与世隔绝的生活，不招惹是非，每次出族都是采购好所需要的生活用品后，当天就回来，从不在外面过夜，怎么会有仇人呢？"

"族长吩咐将人带下去好好休息，那族人不肯，将因果道出来。她走失后遇到了位好心将军，收留她做婢女，知道自己与常人不同，很小心地在府里生活。某晚头从外面飞回来给将军发现，但当时将军什么也没说。有一天，她端膳食给将军，却在帐篷外听到军师们在里头密谋灭她的部族。原来将军自打那天后心里很不安，将他们视为不祥的异类。发现部族就在不远处，便要举兵进攻部族。"

"族人们正要回去收拾行李。这时听见战鼓响起，战队已经到了村口。族人虽骁勇善战，但也损失惨重。族长为了不再生事端，从遥远的东方迁渡而来隐居深山中。"

认真聆听父亲说话的弥生问道："那父亲娘亲怎么会来此地？没有与族人生活。"

小衫一郎望向小衫夫人充满爱意地说："我不愿你娘亲在深山中受苦，我要给你娘亲最好的一切。你一直都与平常人一样，我与你娘亲以为离开部族

久了，所以发生了变化，没想到这一天还是来了。"

之后小衫府上传出消息称，弥生病了，为了更好地照顾孩子，把手上一些铺子转出去。

小衫一家便很少出门，连施粥也不见人影，渐渐小衫弥生便淡出了人们的视野。

时光荏苒，弥生已是碧玉年华。这天她如同往常一样，稍作打扮与小衫夫人请安，跟母亲说明今天的去向后，带着仆人出了门，坐上马车往镇外一座山上去，山路不太好走，在车上感觉像是坐摇篮，弥生正想假寐一会儿，就听车外仆人说："小姐，到深山了。"

拨开车帘，弥生探身扶着丫鬟，手踩着车夫的背下了车，一下车弥生像是挣脱笼子的小鸟，展开双臂感受扑面而来的大自然的气息。

盼咐丫鬟拿好从家里带出来的东西，漫步往山脚下的破庙走去，快到庙宇时，弥生停下了脚步，发现庙宇前已有一人，疑叹一声："平时这儿除了我，不见任何人，今天怎么会有人在这呢？"

走过去发现是一位翩翩少年，正在逗弄猫儿。

弥生小心打量着男子，这时男子也望了过来，惊叹道："好一位妙龄女子。"

弥生今日梳着时下民间流行的银杏返，身着水绿色小袖和服，腰上绑着吉弥节，勾勒出曼妙身材，眉如春山，颜如秋水，见男子直勾勾地望着自己，脸不由羞红抬起衣袖遮住自己的半张脸。

丫鬟见男子盯着自家小姐眼都不转，若是让老爷夫人知道还不得教训自己，跺了跺脚大声骂道："呔！你这男子，穿着像是大户人家的少爷，怎这般无礼！"

男子听到丫鬟教训缓过神来，朝她们拱手道："是我太失礼了，见到小姐还以为是山中仙子现身，不敢再动，怕惊扰仙子，惹仙子不快。"

弥生双手握在身前："公子谬赞，弥生实不敢当。"

"弥生？这位小姐，您父亲是否是镇里善人小衫一郎？"男子避开小动物

第二十一章 飞头蛮，落头氏

兴奋地朝她们跨了两步。丫鬟见男子突然往这边过来，忙将弥生挡在身后说，"我家小姐就是小衫弥生，你别过来！不然我家老爷不会放过你的！"

男子顿时哭笑不得，连连摆手道："您别误会，我也是调月人氏，家住镇西，名为浅川野。小时候曾有幸见过小衫老爷，非常敬佩。家里老母亲也一直教导我，要向小衫老爷学习。"为了不让她们误会，浅川野用快速的语调介绍着自己。

弥生再次欠了欠身子说："请浅川先生莫怪，小丫鬟不懂事，先生怎么会加害于我们呢。"

"先生？这么年轻怎么居然会是先生!？"丫鬟非常惊讶。

弥生伸出一指，点点丫鬟的头，道："亏你还经常往府外办事，这位就是镇上，为平民百姓免费教书的浅川先生。"

浅川野微微一笑，说："我只是略尽绵薄之力。"

"喵！"脚下传来猫绵长沙哑的叫声，低头一看，原来是破庙前的小猫，闻到了弥生带来的食物，见弥生这么久还不把食物给它们吃，按捺不住纷纷走了过来。

(2)

弥生连忙提过丫鬟手中的食盒，蹲下揉了揉跟前猫儿的头，看着猫儿饿得受不了的样子，心疼地道歉："对不起，我应该早点过来看你们的。"说着把食物一点一点分给围在身边的小猫。弥生看着小猫们吃东西时可爱的样子，忍不住逗弄它们。

"你经常带食物过来喂它们吗？"不知什么时候浅川野走到她身边蹲下，正拿着食物喂小猫，他看着弥生的样子，心怦怦地跳。

弥生扭头看着浅川野点点头："这些猫儿太可怜了，我若不理，就要惨死在这里了。"

浅川野博学多才，深深吸引着弥生，像是多年不见的知己。两人相谈甚欢，约好以后在此地见面。

只是自从弥生和浅川野见了几次面后，便整天心神不宁。小衫夫妇非常担忧，怕女儿在外面受人欺负了，找来仆人询问是否发生了什么事情。仆人表示小姐只跟浅川野在深山交谈了几次，但每次都离他们比较远，所以并不清楚。

静坐在铜镜前的弥生，眉头轻皱。想起那天与浅川野见面时的情景，叹息一声。

"弥生，我心悦你。你愿意嫁给我吗？"浅川野深情款款地看着她。听闻这一句话，弥生顿时心慌意乱，手不由得摸向脖子上经常佩戴着的项链。

浅川野顺着她的手望去，说："我知道有这么一个部族，族人都能身首分离，脖子上会有红线，有的是一种不大显眼的细缝，或者是断裂处的一滴血。"她睁大双眼，如同惊弓之鸟，往后退了好几步。

浅川野又接着说："弥生，请相信我，我会好好待你。"说完将右手伸向她。

她手足无措，转身连忙带着仆人赶车回家。

听见声响，弥生缓过神来，看见铜镜上的自己竟在流泪，见父母进门，起身扑在母亲怀里哭出了声。小衫老爷见女儿哭得如此伤心，道："是浅川野欺负你了？我还当他是个好东西，女儿你放心，父亲替你找他算账。"

弥生连连摇头，将发生的事情都说了出来。小衫老爷听完后陷入了沉思。

过了一会儿小衫老爷说道："弥生，不管你做什么决定，父亲都支持你！"

弥生感动不已，提笔写了一份信给浅川野，只有七字：愿发同青，鬓同白。

浅川野收到信，笑逐颜开。找母亲商量婚事，浅川夫人听说儿子要娶的是小衫弥生，二话不说连连点头称好，当天就找媒人上门了。小衫一郎知道两个孩子是两情相悦，在一起不容易，不刁难，就应允了。

再说织田府上的织田老爷是京都佩戴长剑的武士家族的旁支，育有七子

第二十一章 飞头蛮，落头氏

一女，所以对膝下唯一的女儿宠爱有加。两年前织田纪子在一次茶话会上遇见浅川野，非常欣赏浅川野，暗许芳心，为了讨浅川野开心，无论什么节日，都会让仆人准备礼品送至他家，总会撒娇让织田夫人带她去拜访浅川夫人。

现在听说他下聘礼将与别人结婚，越想越不甘罢休，哼道："我费尽心思只为讨你母亲开心，你居然这样对我！"

织田纪子面色扭曲，手紧抓着华服，似乎要把浅川野当作华服撕碎一般。等到神色慢慢平静，她招手让仆人进来，问"浅川先生的未婚妻是谁？"

仆人行礼回道："是镇里大善人小衫一郎的千金。"

"小衫一郎？"织田纪子细细思索一番，小衫一郎的女儿不是一直抱病在家吗？抬眼交代仆从下去调查小衫弥生。

不一会儿，仆从就来禀报："织田小姐，小衫弥生小时候总会在她家施粥棚里帮忙，6岁生病以后就很少出门，小衫老爷保密得很好，探听不到什么消息。最近一段时间与浅川先生传出婚讯，才知道一直在深山脚下喂流浪猫的人是她，听人道小衫弥生人既美又心善，小人向她府上的佣人打听，曾听丫鬟讲到她很珍惜一条项链，洗漱都要戴着，只有在睡觉时才会摘下来。"

织田纪子转转眼珠，反问道："项链？你确定她从不在人前摘下吗？"

仆从行礼道："小人打听消息时，那佣人再三发誓她是亲耳听丫鬟说的。"

织田纪子闭目不知想到什么，嘴角微微上扬，美丽的脸庞显得格外扭曲，让人不寒而栗。

第二天听到弥生又要到深山去，织田纪子向织田大熊讨要了一位家里雇佣的浪人，就往深山赶去。深山脚下，弥生正在等待着浅川野的到来，这时见远处一辆马车向她快速跑去，车上的仆人一拉马绳，马儿前蹄提起，吓得弥生连连后退。

丫鬟惊慌地跑上前去，打量弥生是否受伤，然后叉着腰破口大骂："这是

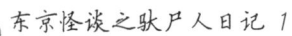

谁家的马车？没长眼啊！"

车夫看了她一眼没理会，跳下马车跪在旁边等候主人。仆从拉开车帘，织田纪子扶着仆从的手缓缓下车，在弥生面前站定。

"我是织田纪子，你就是小衫弥生？"织田纪子瞟了一眼丫鬟朝弥生道。

弥生扶着丫鬟，向织田纪子施礼："织田小姐有什么事吗？"

织田纪子抬眼直盯着弥生脖子上的项链，语气不善道："那没错了，找的就是你。"

她微抬下颚，仆从领会，举手拍出两声响，浪人从马车后面一跃而下。弥生见到魁梧的浪人愣了愣神，不知道哪里惹到这位大小姐。就在这瞬间浪人出手将她脖子上的项链扯了下来，浪人收手把项链交给织田纪子。

织田纪子轻抚着项链，勾唇笑道："我还以为是条什么项链让你这么爱惜，也不过如此。"

她抬手将项链扔在地上。轻蔑地扫视着弥生看见她脖子上有条红色细线，误以为是胎记，勃然大怒道："你这女人好不要脸，身体有缺陷，怎么能嫁给那么完美的浅川先生。"

刚从学堂出来的浅川野往森山赶，看见前面小衫府上丫鬟正与人争执，快步向前跑去。眼前的情景让他怒火中烧，仆从拦着浪人。弥生被丫鬟护在身后，原本在脖子上的项链在地上，颈上的红线清晰可见，整齐的和服在推搡中变褶皱了。

浅川野向前把弥生护在怀里，挡着红线。朝织田纪子呵斥道："哪来的贼人！我已让仆从报官，你们还不退下。"

织田纪子见浅川野如此深情对待弥生，怒道："你们一个睁眼瞎，一个破身子，简直绝配！"

说完，她气鼓鼓地上了马车，像是惊慌地离开了。

弥生一直悬着的心总算落下，压抑着的委屈涌上心头，在浅川野的怀中泪流满面。

织田纪子回到府中闺房，越想越气，我不好过，你们也别想好。让人准

192

第二十一章 飞头蛮，落头氏

备了些礼品，往浅川府去。

浅川夫人正在抄写佛经，听房门通报织田纪子来了，放下笔往大厅走去。浅川老爷去世得早，浅川野每日都要去学堂，没时间在家中陪她，虽衣食无忧，但心里总是很孤独。这两年织田纪子偶尔陪着她聊天，虽知道这丫头是看上自己儿子，毕竟大户人家出身，言行举止都很优雅，但儿子现在已经与弥生定了亲，便把她当半个女儿看待。

两人刚聊了一些家常，织田纪子就按捺不住，向浅川夫人说道："夫人，纪子今天见了浅川先生的未婚妻，样貌身形都不错。只是您不知道，她经常戴项链的脖子上有条长长的红线，像是要渗血，可瘆人了。"

浅川夫人听完后，脱口而出："那不是飞头蛮！？"

织田纪子见她神情恐慌，追问道："夫人，您说什么？什么是飞头蛮？"

记起身边还有人在，浅川夫人稳住身形，端茶喝了一口解释道："你们年轻人不太清楚，在民间流传着一种说法是若脖子处缠红线的女人，千万不要去接近，更不能娶，这种妖怪非常恐怖，几人聚在一起杀人，啊！这么说来小衫一郎他们也都是！"

织田纪子听完瘫坐在椅子上问："夫人，那该怎么办？"

她想起今日自己所做的事情，一阵风吹过，冷得她直打寒战，后背已湿透。

"纪子，你府上不是有很多雇用的浪人武士，通知织田老爷，让他派人过来，我们一同去找小衫一郎。"浅川夫人紧抓住织田纪子手腕，仿佛这股力量能够支撑她。织田纪子六神无主地点头，吩咐仆人快去快回。织田老爷知道此事后，便把府上所有家丁都叫去浅川府汇合。

在马车上，浅川野为了让小衫夫妇放心把女儿交给自己，决定亲自上府解释这件事。快到府邸时，见门外围着许多百姓，派车夫前去打听消息。车夫回来慌张地说："小姐，老爷夫人出事了！"

弥生、浅川野连忙下车，挤进人群到府门口。弥生看见父亲、母亲被羽箭射中双双倒在血泊中，甩开浅川野冲进去跪倒在双亲旁边，泣不成声。

193

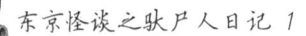

浅川野见未婚妻哭得伤心，想要上前去安慰她，却被人扯住衣袖，回头一看发现是自己母亲，正朝他摇头。织田纪子更在一旁添油加醋说："浅川先生，你和夫人都被他们骗了，他们一家人全都是妖怪。"

弥生抬头看着人群中的织田纪子，梳着发髻的头发不知何时散落下来，白嫩的脸上变成了透明，血管清晰可见，口中伸出两颗牙齿。织田老爷看得心惊胆战，下令仆从射箭。弥生以为自己必死无疑，恍惚中见一熟悉身影扑过来，伸手抱着她。

浅川野临终前摸着弥生的脸颊，无比温柔地看着她："别哭，我的弥生最美最善良了。"

一天之内父母惨死，爱人也死在自己面前，看着这一切，弥生仰天大叫一声，只听她呜咽着说："我们根本不害人，只是与常人有异便是妖了吗？"拔起浅川野身上一只羽箭刺在胸口，趴在浅川野身上，望着织田纪子阴冷一笑。

七天后的早上有人发现织田府的所有人都死了，查不出死因。很久以后当初参与这起案件的一个官差回忆，他拉开织田纪子的房门，见离她尸体不远处似乎有一颗人头，对着他龇牙一笑便不见了。

第二十二章 座敷童子，孩童失踪

(1)

流川讲完了飞头蛮的由来，我跟司徒天许久没有说话，在思考着人跟妖到底有何区别。

司徒天这时候听故事的瘾又犯了，他死缠着流川给他讲关于座敷童子的传说，流川在司徒天的死缠烂打下，开始讲座敷童子的事来，讲之前还对我们俩解释，这个故事是他听一个卖花圈的老板娘说的。

从很早的时候起，在日本各个地区便流传着关于座敷童子的奇闻逸事。座敷童子是日本的妖精。它会以小孩子的姿态附在家中，传说只要有座敷童子在，家族就会繁盛。如果在一起玩耍的伙伴中，你看到的明明都是熟悉的面孔，却总感觉比最开始时多出一人，这时候多半就是他搞的鬼。座敷童子是个只能被小孩子看到身形的很老实的妖怪。

相传越新镇上有小户人家的女童陆续不断地离奇失踪，百姓们既恐惧又愤怒，他们求助于官府，但官府也对此束手无策。整个小镇都陷入一种人心惶惶的氛围里，大家都不敢再带孩子出门，在家也派人时刻跟随孩子。

"我的孩子呢？我的孩子呢？"一位妇人站在原地转圈，不停地重复这句话。路过的行人用可怜的眼光看着她，却没有人上前问候。

竹中老先生和几个佣人赶来，他抓住她的双手问："夫人，夫人，你怎么了？"

妇人迷离的双眼落在他身上，看清来者何人后，又焦急地说："老爷，我

们的孩子……我们的孩子不见了。"

竹中老先生皱着眉，一脸的不解，自己的孩子明明在家中，夫人平日里也没有什么病，为何现在她总说孩子不见了呢？他带着一连串的疑问，拉着夫人的手往府中走。

竹中夫妇在当地开了一家专门定制服装的店铺，竹中夫人作为裁缝，老先生负责购买优质的面料。他们有一个5岁的女儿，乖巧，好学。

没有女童消失的事件之前，夫妇二人总带她到店铺，把她放在一旁玩耍。偶尔有客人来定制一套和服，妇人说一句"欢迎光临"，她也跟着学一句，逗得客人大笑，夸她聪明又可爱。她见妇人手握量体裁衣的木质尺子，问母亲这是什么。母亲笑着回答，这丫头好奇心真大呀，这是尺子呀。

竹中夫人一进府就看见小小的和津美朝她跑来，扑进她怀中。她紧紧地抱着，生怕一松手就会不见，哽咽道："太好了，你在……真是太好了。"

老先生让佣人来抱走女儿，可是夫人不肯撒手，她的双手用力将女儿抱得有些生疼。老先生有些纳闷，印象中她是个处事淡然遇事从容不迫的女子，如今这般反常他还是第一次见到，但还是选择后退了一步——让夫人抱着女儿和他一同进卧室。他看着她像个孩子一样慌张，终于忍不住问："夫人，你今天到底是怎么了？怎么如此慌张？这一点都不像平时的你啊。"

夫人抬头望了望四周，神秘兮兮地说："今天我带着女儿上街了，可是女儿的脸时而是她的，时而又不是她的。我在面料市场认真挑选时，一不小心松开了她的手，一转眼她就不见了，把我急疯了，到处找也找不到。"

她看了看怀中女儿，满足地说："这丫头，还好让你们找到了，不然她要有个三长两短，那我也活不成了。"

他听着妻子胡言乱语，皱着眉，心想妻子是不是精神方面有些问题，还是被蛊惑了，因为从早到晚女儿都没有踏出过府中一步。可是妻子认真的面孔又使他不得不相信，他越来越觉得玄乎，于是找观音佛堂的僧人来为妻子驱邪。

是日，僧人诵了一段经文后，告诉老先生他的妻子不会再这么失常了，

第二十二章　座敷童子，孩童失踪

并且吩咐他近段时间不要让妻女出门，否则会发生灾难。妻子很快就恢复了往常的状态，老先生提起之前发生的事，正在浇花的妻子停下来反问："我做过那样的事吗？"见她回忆不起，他也就当没发生过。

五天后，老先生因生意不得不出远门，他对上次妻子发生的事情仍心有余悸，很担忧她会再上街，忧心忡忡地对她说："夫人，我要出远门一趟，近日你不要上街了，有什么要买的就叫管家他们去买吧。现在外面很不安全，要是出门了可能会丢了孩子的。"

妻子一听到"丢了孩子"四个字，敏感得拼命点头，答应他绝不上街。

老先生还是不放心，转身再三叮嘱家中的管家及佣人："在我回来之前，不管夫人和小姐要求出门去做什么事，你们都要阻止，绝不能让她们踏出府中一步，不然她们要是出了什么事，那你们也准备卷铺盖走人吧。"

离开的那日，老先生站在门口许久，迟迟不愿坐上马车。夫人笑着催促他赶快上路，否则夜里找不到客栈就会流落街头。他想了想，把管家叫到一旁叮嘱说："记住，要是有个什么不测，你要快马加鞭赶去寺里向僧人求助。"

说完，他头也不回地坐上马车。他知道车后有一群人在挥手告别，但他不敢看，生怕看了会更舍不得离开。深知身为一家之主，他若不去奔波，就不能给妻女一个安稳的家，只有坦然地面对离别才能带来更好的东西。

当天夜里，下了一场连绵不断的暴风雨，竹中夫人被轰隆隆的雷声吵醒，关紧窗户后，顺手替和津美盖棉被，却摸到她滚烫的双手，她将手放在自己的额头上感受温度，又放在女儿的额头上，发觉女儿的额头比较烫。突然她坐起来，一声又一声地呼唤管家。可雷声盖过了她的声音，她穿好衣服，用被子包裹着女儿跑到管家的房前敲门。

铺天盖地的雷声雨声，他们一急就忘了老先生交代的话，撑着伞抱着孩子往雨中奔跑。他们一家一家地敲门找医师，可是沉浸在梦中的人们都没有听到敲门声，眼见孩子的体温愈来愈低，管家说："夫人，不如你在这里等等我，我找到了就回来找你。我们这样一起找太颠簸了，小姐的身子也受不

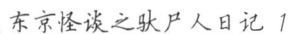

了的。"

夫人点头催促他："好，好，你快去找，然后快点来找我们，我们就在这里等你。"

管家的身影消失在雨中，不一会儿，蹲在墙边靠着的竹中夫人的眼前出现了一个幻影，隐隐约约有个身带仙气的人从雨中走来，渐行渐近。她抱紧孩子，心里有些惶恐，但眼睛直盯着那团幻影想探个究竟，可那人始终不出现。忽然，她像被人锤了一下颈部，只觉天旋地转，眼前一黑失去了知觉。

黎明之前，暴风雨过去。旭日东升之后，天空一片湛蓝，却无一片云朵。

竹中夫人慢慢地睁开双眼，看见许多人围在床边，她一个一个地望过去，唯独不见和津美。猛地一下坐起，又因颈部的疼痛惨叫一声，问管家："我的女儿呢？我的女儿呢？"

没有一个人回答她，空气中蔓延着悲伤的气息，她想起老先生离开前说的话，生起悔意之心，扬起手用力地扇自己一个又一个耳光，管家和佣人伸出阻拦的手却都被她甩开。

她落下了悲恸的眼泪，发出如梦呓般的喃喃之声："都是我不好，都是我不好，是我弄丢了我的女儿，我的和津美呀……都是我不好……"

过了两日，竹中老先生回来了。回程路上他已经听说女儿在雨夜被丢失的事情，刚踏进府中，就快步走到卧室，自从夫人知道和津美丢失之后，就患了一场心病，日日夜夜躺在床上不起。

他既心疼又生气，对于女儿的丢失，他固然心痛，但见到眼前陪伴了他20多年的妻子，他更是自责不已。妻子望着他难过的脸，原本毫无生气的脸庞抽搐着，眼泪簌簌落下。夫妻二人相拥痛哭。

沉重的脚步声一步一步地靠近书房，老先生轻声地斥责管家："你向来做事有分寸，也不会辜负我的委托，怎么这次你犯了这么大的错误？亏我临走前再三嘱咐你！糊涂啊！真是糊涂啊！"

管家站在原地一言不发，等老先生走了，他才擦干侧脸冒的汗。他未和

第二十二章 座敷童子，孩童失踪

别人提起过，从背着夫人从雨中回来的那晚起，他就没再睡过一场安稳的觉，总是梦见和津美小姐问他为什么去了那么久，为什么丢下她们。

时间回到雨夜。管家兴冲冲地返回去找夫人和小姐，远远地就看见一团幻影抱走了小姐，那人也看见了他，抱起孩子撒腿就跑。他也顾不上暴风雨，丢掉雨伞就追，可是他老了，跑着跑着就摔了一跤，也看不清那人的面容，仿佛是人，又不像人。于是，只能先把夫人带回去。次日清晨，他向官府的人求助，将事情原委说完后，他们却不愿意帮助他，称对此无能为力。

老先生再次动员全府上下去找和津美，但是毫无线索也无方向的寻找如同大海捞针，就此维持了一年。在他心灰意冷时，忽然想到了寺庙。于是他亲自上山拜访僧人，将孩子丢失的来龙去脉跟他说了一遍。

僧人叹了口气说："你带夫人出趟远门游玩，会有所收获的。"

眼见妻子一日比一日消瘦，老先生再也看不下去了，劝道："夫人，我们去别的地方走走吧，我陪你去散散心，在这里太触景伤情了，你这样下去我看着难受啊，我可不能再没了你啊！"

这一天，夫妇两人行经路德村，决定在此暂住一宿。

路德村以温泉著称，四周环山，景致优美，是闻名遐迩的世外桃源。他们所投的客栈是一家新开的，有个热情的掌柜和年轻的女侍。他们是今天第一对客人，于是掌柜将最好的房间以优惠的价格给他们住。

此时，一个穿着红色和服的清纯美丽的少女抱着棉被走进来，恭恭敬敬地对他们说："两位客官，你们还需要什么吗？"

"天！啊！"老夫妇一字一字地吐出来，盯着眼前这个女孩一动也不动，简直不敢相信自己的双眼，"这世间怎么会有同我女儿一模一样的女孩？"

妇人掐了下老先生的手臂，幽幽地说："不是在做梦啊。"

这确实不是梦。的的确确有个长得与和津美相仿的女子，她送棉被，取灯火来到夫妇的面前。一瞬间，勾起夫妇二人一连串鲜活的回忆。

老先生点点头，迟疑了一会，唤住这名少女。

少女停住脚步，回过头来问："先生，有什么事吗？"

老先生不知不觉地握紧妻子的手，想从中获取一些勇气。以微微颤抖的口吻询问："冒昧地问一下姑娘，芳名是什么？今年几岁？"

下一刻，墙上的时钟仿佛停止了，夫妇两人屏住呼吸等待她的答案。

女孩有些胆小害羞，低头答道："我叫明美，今年13岁。"

老夫妇转身下楼问掌柜有关女孩的身世。掌柜仔细地打量他们，叹了口气："明美之前和她的母亲住在一个小小的破屋里，那时她的父亲已经去世，母亲又有病缠身，母女俩的生活只能靠明美天天上山采药来维持。可是某一天清晨，明美和往常一样出去采药，回来时就发现母亲已经断气。我遇上她时，她被饥饿害得胃部疼得厉害而全身抽搐，我见她一个人难以维持生活，就将她带到客栈来帮我打理。"

夫妇两人一副恍然大悟的样子，心想这或许是上苍派给他们的礼物啊。老先生思量了一下，探询道："掌柜，既然她如今无父无母，那不如让她跟我们走吧，我们在越新镇上有个家宅，还有个店铺。她长得太像我们的女儿了，而我们的女儿，前不久失踪了。"

老先生的声音越来越小，但是站在楼上的明美还是听到了。掌柜摇摇头，说："这个我做不了主，你们去问她吧，她若同意跟你们走，那你们带走就是了。"

妇人一听，激动地立刻上楼去找。站在楼梯旁的明美叫住她，她惊喜地回头，走上前问道："明美，你愿意做我们的女儿吗？我们能给你一个温暖的家，能竭尽所能给你想要的。最重要的是，你不需要再颠沛流离，我们都很喜欢你，希望你和我们一起回府。"

明美突然像被附了身，吞吞吐吐地说："娘，我是你的女儿和津美啊，那夜我躺在你怀中，一个陌生的男子将我抱走，后来我因未及时得到医治而病情加重，导致性命不保。如今，我只想和你们回家。"

少女恍恍惚惚说完这段话，就再也记不起这段记忆。夫妇二人被吓了一大跳，很快又回过神来，妇人依偎在老先生怀中抽泣，虽之前猜测女儿可能

第二十二章　座敷童子，孩童失踪

回不来了，但由他人口中得知真相时还是会伤心。 次日清晨，他们决定带着明美一起回府。

大家看着面前这个熟悉又陌生的女孩，感到有些不可思议。 她清秀的脸庞，除了鼻头比失踪的小姐多些肉，其他的无一不相似。

明美喜欢玩游戏，常和佣人一起玩骑马和跳绳。 佣人被她骑在肩膀上或背上，或换玩跳绳，三个人轮流跳。 他们也玩捉迷藏，一个佣人的眼睛被棉布遮住，然后开始捉人，人未捉到一个就被绊倒几次。 那段日子，府中悲伤的气息终于被欢笑声所取代。 大家不会因为玩幼稚的游戏而感到耻辱，反而觉得身心愉悦。

明美很喜欢绘画，以前她家境不好，没有可以画画的工具，她就用大自然赠予的草、花、沙子等拼成一幅画。 如今，管家带她来到书房，借助于凳子拿到了收藏已久的纸张、壁画。

她立刻欢呼雀跃起来，手舞足蹈地走到书桌旁坐下，管家向她介绍书房的书籍分类，写字用的工具，还有一些收藏品。 管家讲得头头是道，她却专心地一横一竖地描绘起来。

她熟悉了府邸后，偶尔会在夜里发出巨大的脚步声，穿着白色的和服，披头散发在管家或佣人的窗外飘荡，直到他们被吓得发出惊恐的声音，她才匆匆回房装睡。

又是一个雨夜，电闪雷鸣，情形如同多年前的那个夜晚，她抱孩子一家一家地敲门，可就是没有人开门，雨水打湿了她们的衣服，孩子脸上的温度越来越低，忽然她就晕倒了，醒来后不见孩子，发疯似的找，可头顶却传来幽幽的一声： 你的孩子已经不见了，她回不去了。

竹中夫人从梦中惊醒，回想起刚做的梦，心里还有些后怕，于是慌慌张张地到隔壁房间，看到明美安然地睡着，心里舒了一口长长的气，躺在她身边睡着了。 自从明美来到了竹中府后，老夫妇的店铺生意就愈来愈好，他们增加了三个店铺，除了接收定制和服，也接受定制其他款式的衣服。

后来，竹中夫妇去世了，明美接管了店铺的生意，她将生意做得越来大，不仅做服装定制，也做面料批发商。 传说，有一个雨夜，一位出门巡视的武士撞见了盗走女童的小偷，追了很远才抓住，并将小偷绳之以法。 从此，人们又高高兴兴地带着自家的孩子上街买花、看戏、捏泥人、唱大戏等，活得不亦乐乎。

第二十三章　二口女祭，梦魇惊魂

(1)

司徒天如愿以偿，听流川讲完了故事，虽然融入了他之前讲的缘定三生里那个元素，但我们都没放在心上，听故事而已，不用太较真。我驮着尸体又走了半个多小时，中途流川想打电话给美奈子汇报情况，因为龙腾死因过于特殊，所以要找一处阴气极重之地斩穴埋尸。这是我们三兄弟首次联手接的第一单大生意，怎么说都不能以失败而告终。

怎奈，蛇冢村里头根本没有信号，流川想打电话汇报情况都不行。

一路上经过好几场恶战，我们三个大老爷们儿，早已心神俱疲，显然不适合继续上路。

流川算了一下时间，说在原地休息一个小时，然后才接着驮尸出发。这样的提议我和司徒天举双手赞成，说实话我和司徒天来到日本并不久，在日本人生地不熟，就和流川这个猥琐的家伙熟悉，其实最主要的原因，是因为我们仨都有一个共同的癖好，闲暇时候喜欢聚在一起讲各种恐怖怪谈。

这会儿，流川基本不觉得累，相反他还很兴奋，又给我们讲起了他在日本听过的怪谈。

流川拿出随身携带的水壶，扭开水壶盖子猛灌几口水，意犹未尽地说："说起来，你们俩还真是够胆大的，怎么想到来日本东京大学留学？要知道在日本的大学之中，东京大学的灵异怪谈名列首位！"

我知道流川这家伙马上就要讲故事了，所以并没有接话茬，坐在一边静

静等候。

司徒天拍着胸脯信誓旦旦地吼道:"流川,你小子赶快讲啊! 小爷我名叫司徒天,不是白叫的! 灵异怪谈又怎么了? 大爷我本来就是为关二爷转世,从来不怕牛鬼蛇神! 你说是吧,白逸?"

司徒天看样子有点虎,所以直接表露出了他的本性,脾气还跟以前一样暴躁。

对此,我也只能笑笑,因为我更想知道,流川会给我们讲怎样的离奇故事。

果不其然,流川受不了司徒天继续吹牛皮:"哼,光说不练假把式,我还说我是大罗神转世呢! 你还真别贫嘴,就拿食堂灵异事件来说吧,我建议你们在半夜三更,千万别去我们学校的食堂,尤其是食堂四楼,那基本就是一个禁地!"

听到这儿,我眼前一亮,追问流川:"哦? 难道还有什么不为人知的惊天秘密?"

流川的表情似乎像说了什么不能说的秘密一样,赶紧捂住嘴,不敢再继续往下说。

司徒天趁着虎劲儿居然一把抓住流川的衣领:"你小子快说! 你若是不说,信不信我现在暴打你一顿!"很明显,司徒天这人特别讨厌说话说一半儿的人,他这个怪毛病我从小就知道。

我见二人有干架的苗头,赶紧拦住司徒天:"行啦! 司徒,你嘛别冲动,有话好好说,人家流川不说自然有他的原因不是?"我偷偷捏了一把司徒天的手心,再给他使了一个眼神,我可还想听下面的故事呢,不能让司徒天毁了这次机会。

司徒天似乎领略到我的意思,立马回了一个恍然大悟的眼神给我,看来脾气也跟着减少了不少。

司徒天赶紧收手,独自闷坐在一旁,吃着事先带来的压缩饼干。

不过,刚才的眼神只有我们俩才明白,流川显然还没回过神来,直接愣

第二十三章 二口女祭，梦魇惊魂

在原地。

我接过话，顺了顺流川的衣领："流川君，你别介意，司徒天就是这样，别跟他一般见识。"

流川这才回过神来，脸上有些不悦，显然已经生气了，他冲我微微点点头。

流川调整好心情，才继续说道："没事，没事，今晚还有路程要走，大家都睡一下吧？"

流川明显是想跳过这个话题，可对于鬼怪传说如此着迷的我，怎么会轻易放过！

我试探性地问道："别，流川，你给我讲那个故事呗，你刚才说半夜不要去啥地方来着？"

流川知道我这人难缠，在我的软磨硬泡之下，总算松了口："我们学校食堂啊，你可能还不知道……"流川话还未完，他似乎又想到了什么，赶紧转移话题继续道："没有没有，我什么都没说。"

我现在已经非常确定，食堂内定有蹊跷，至于流川为什么会执意避开这个话题，我也不得而知。对于我和司徒天两个外人来说，还有很多跟东京大学有关的神秘事件，我们俩亦无从知晓。

既然流川都讲了个开头，尤其是像我和司徒天这种对怪谈情有独钟的怪癖者，更加心痒难耐。我在心里暗自计划着，等这单驮尸任务结束之后，一定要抽个时间去学校食堂四楼探险，但前提是我们不能毫无准备，我们得知道更多资料，才能前去探险。

我又继续诱导着："流川，你别介意，我随口问问，你实在不愿说就算了。"

在这时我又给司徒天使了一个眼神，司徒天虽然虎，但和我还算有默契。

司徒天站起来拍了拍大腿，吆喝道："哟，想我司徒天3岁见死人，5岁摸僵尸，10岁进荒墓，那可谓是胆大如虎，什么牛鬼蛇神本大爷没见过，更

别说一个食堂了，流川，你就这点胆气，还不如苍老师给我的心跳呢！"真不愧是我的铁哥们，一个眼神就明白我的意思。

这下流川非常不爽了，指着司徒天骂道："你！ 你！ 你给我闭嘴！"

虽然流川有些气急败坏，但仍旧不肯吐露半分，这倒引起了我和司徒天的极大兴趣。

我又开始调侃道："哎，司徒，你怎么能这样说？ 人家流川怕把我们给吓到，才不说而已，不过，按照我的猜测，我估计他自己也很胆小，所以不敢说了。"说着，我眼神瞟向流川。

"什么？ 我才不是什么胆小鬼！"流川被我的激将法彻底激怒，小宇宙大爆发，瞪大那双根本不算大的眼睛，望向我和司徒天怒吼道："好，既然你们两个家伙想听，那我就直接讲出来好了！"

相传，在很久很久以前，江户小石川有个叫作深田恭子的女人，这个女人生性温和，端庄典雅，美丽大方，是当时所有男人都想追求的女人。

当时有个叫作铃木的人，铃木宅邸家大业大，只可惜宅邸夫人不幸去世，留下一子。

铃木次郎是宅邸的一代目，因为爱妻去世很是痛心疾首，将所有的爱都转移到自己的孩子身上。 只因为自己常年要外出征战，不能时刻待在家中陪伴儿子，所以发出外榜，求得一贤妻良母，照顾子嗣。

深田恭子成了他首要的寻找目标，后来他总算如愿以偿，深田恭子成为他的继室。

深田恭子嫁给铃木次郎之后作为一位贤妻良母，对铃木次郎的儿子呵护有加，铃木次郎很是放心，也就安心地外出征战，不问家事，每年端午回家都很满意，很欣慰能够娶到这样一个女人。

可惜好景不长，深田恭子在第二年也生下一子，按道理来说，这本是一件天大的喜事。

在此之后深田恭子对铃木次郎的孩子不再那么呵护有加，更多的是在照顾自己的孩子。

第二十三章 二口女祭,梦魇惊魂

铃木次郎常年征战,并不知晓家中事务。在今年端午回去之后看见自己的孩子日渐消瘦,心疼不已,便对深田恭子拳脚相加,警告她要好好对待自己的孩子。深田恭子怎能经得起这般折腾?挨了一顿打之后,对铃木次郎的孩子好了许多。

铃木次郎见到深田恭子有如此转变,觉得她有自己的孩子对自己的孩子好点还可以接受,想必这么一来,她也不敢对自己的孩子有多大坏念头,所以他再次满怀心事地出去征战了。

深田恭子在铃木次郎离开后,又恢复了本来面貌,不过变本加厉的是,她竟然时有时无开始虐待起了铃木次郎的儿子。

在下一年的端午前夕,也就是五月初四,铃木次郎提前赶了回去,因为他收到了噩耗,自己的孩子离奇夭折了!

铃木次郎异常悲愤,他通过暗中调查得知深田恭子经常虐待自己的儿子。

但是,他碍于明天就是端午节,所以命人将深田恭子和她的孩子一起关进了厨房。

到了第二天,有仆人发现,厨房里只剩下深田恭子一个人,她的孩子不知所踪。

仆人大惊失色,赶紧禀报给铃木次郎知道,铃木次郎很是诧异,想要过去一探究竟。

过去后只发现深田恭子自顾自地不断说:"对不起,对不起……"。

深田恭子在一夜间憔悴了不少,披头散发,举止跟神态很是诡异。

铃木次郎慢慢走过去,想问个明白。当铃木次郎碰到深田恭子的瞬间,深田恭子的头发像活了一般,舒展开来,在她的头顶居然露出了一个大嘴巴!

头发张牙舞爪地向着铃木次郎冲了过去,铃木次郎拔出长刀,抵挡住了头发的包围。可身边的下级武士就没那么好运了,直接被拖过去,被深田恭子头上的大嘴一口咬断脖子,鲜血喷涌而出,连发出尖叫的机会都没有,连脖子带头被送进了大嘴之中，当场命丧黄泉，只留下一具无头尸体喷着血在地上抖动着。

铃木次郎征战多年，从来没有见过如此凶残的怪物，心中竟然萌生了退却之意。

深田恭子头上长着嘴巴的一边嚼着刚吃进去的人头，一边转过身来，满脸哀怨道："对不起，对不起……"那幽怨的声音伴随着骨头碎裂的响声，让人听了都不由得头皮发麻，双腿发软。

铃木次郎先是惊吓地嚷着："有妖怪！来人啊！来人啊！"他先是抬头大声嚷嚷，随后拔腿便跑出了厨房。

等铃木次郎再次带着人冲进厨房的时候，厨房里什么人都没有了，包括地上的那具无头尸体，要知道，厨房里的出口只有进门的那一个！

自那以后，铃木次郎大病了一场，身体一天不如一天。

在第二年的端午，也就是五月初五，深夜。铃木次郎死在了厨房，只留下了一具无头尸体。

听他下人说，铃木次郎半夜说恍惚之中听到了一个熟悉的声音，"对不起，对不起……"

之后每年的端午，下人都不敢进厨房，说是深田恭子化身二口女每年端午都要回来。

(2)

"怎么样？吓人吧！"流川挑了挑眉头，趾高气扬地问我和司徒天。

司徒天稍微缓过神来，大笑："你不是要说学校食堂吗？咋讲二口女去了？"

"笑就笑吧，我可能记不太清了，说错了还不行吗？"流川的眼神之中显然有些恐惧，但稍转即逝。不过，依旧没有逃过我的眼睛。

"大家都累了，休息一下，继续出发。"流川赶紧掩饰自己的恐惧，转移了话题。

我见流川真有难言之隐，也不再强求他了，推了一把司徒天，给他一个眼神。

"嗯，我先眯一会，实在扛不住了。"说着指了指不远处的空地方。

司徒天这才故意说："哎呀，我突然都有点想念学校的食堂了，哈哈！"

流川在睡前非常隐晦地说了一句："不管你们信也好不信也好，晚上千万不要去食堂！"

流川如此小心隐晦令我非常惊讶，不过我一点也不会改变我的决心，有些事避无可避。

我平躺在地上想着想着，我缓缓合上了双眼，面前渐渐浮现出一个场景，我发现自己居然在学校。

地点为学校寝室，司徒天坐在我身旁小声说道："白逸，你觉得流川到底在隐瞒什么东西？这么鬼鬼祟祟的，难道真是他故事里的二口女？要是有的话，直接说出来不就行了吗，有什么好怕的！"

"我觉得事情没有那么简单，不然也不会让他这么避讳了。"我若有所思地回答道。

司徒天听后也陷入了沉默，奇怪的是，我和司徒天整整一夜没有合眼，都在琢磨着食堂的事情，明天，我们将要去一探究竟！

第二天，天还未黑，我们便是早早来到了食堂，不过异常的是，现在还是白天，却不见一个人影，食堂从来没有这么冷清过，一阵凉意袭来，冷得我直打哆嗦，奇怪的是，竟然没有风！

司徒天在这时却产生了退意，嘴角打着哆嗦道："白逸，要不我们不要去看了吧，要不真有什么，到时候有个什么三长两短，我咋和我未来的媳妇交代?！"

"真没出息，这就怕了？以后还怎么娶媳妇啊？我看你是怕跟苍老师交代不了吧！"

"这……"司徒天吞了一口唾沫，"那你在前面带头吧！"

其实还别说，我的腿早就软了，不过碍于面子不好拉下脸，该死的虚荣

心作祟！

我们哆哆嗦嗦地来到了食堂三楼，还有一楼就到了，但是一把生锈的大锁毫不留情地封住了上去的唯一通道。

"慢着，你看，老天也都不让我们上去，我想我们还是回去吧。"司徒天看到这把大锁，整个人立即松了一口气，又再次露出了心中的胆怯。

我何尝不想退却，"也好，那我们……"就在我准备建议我们回去的时候，这把大锁竟然自己打开了！在寂静的楼道中显得格外诡异！

天也不知什么时候完全黑了下来，我和司徒天相互对视一眼，眼中写满了不可思议。

"白逸，你看这……"司徒天狠吞了一口唾沫。

"该来的始终都会来，是福不是祸！"我也很难站立住脚，自我安慰道。

"妈的，拼了！大不了就是一死！"司徒天愤然大喊着。

我和司徒天在犹豫后依然选择了猥琐地前行着。说来也有点奇怪，我们两个人很顺利地爬上了四楼。一眼望去，什么人也没有，除了墙壁的残破不堪之外，还是一如既往的冷清寂寥。

"白逸，你看吧，看吧，我就说流川在胡扯，根本没有他说得那么吓人呢，你看，什么都没有！"司徒天虽然试图缓冲一下眼下的恐惧，但是，很明显他现在已经被吓得吐字不清了。

"是吧，也没有什么嘛！"我觉得还是应该附和他一下，可以给自己壮壮胆。

就在这个时候，一阵寒意突然降临，冷到让人直打哆嗦。一个女人阴森森的笑声，回荡在四楼食堂的周边，那感觉就好像在身边，又好像非常遥远，吓得我和司徒天抱着脑袋叫了起来，撒腿就往楼下跑。

可是就在我们转身的刹那，一个红衣女子不知什么时候站在我们的身后，使得我们不得不停下脚步。她面容姣好，皮肤白皙，只是她身上的皮肤跟脸苍白到没有一点血色，我们现在能非常清楚地听见她在笑，但她连嘴都没有张开！

第二十三章 二口女祭，梦魇惊魂

我和司徒天鸡皮疙瘩掉了一地，她直勾勾地望着我们俩，不说话。

只能听到她不停地大笑着，那笑声听着听着，就让人心里发毛。

我们俩想逃跑，忽然发现自己的脚像是被什么东西困住了，动也动不了，低头仔细一看，竟然是那个女人用双手抱住了我们的脚，两眼直勾勾地望着我们！ 再向前一看前面什么也没有，只剩一堵墙，我居然不知道什么时候跑到了墙角！

女人不断向我靠近，眼神也越来越空洞，头发开始摇摆起来，就像是一条条小蛇般活了起来！，她的头直愣愣慢慢地向后转，转到90度的时候我以为就到极限了，可我听到了骨头脆裂的声音，她的头直直转了180度，更恐怖的是，她转过来的头顶有一张超级大嘴巴，我现在居然能闻到里面散发出来的刺鼻恶臭，没错，一直都是这张嘴在笑！

我发现自己几乎窒息，头发慢慢包裹着我的头，那张散发着恶臭的大嘴开始不断靠近！

我已经可以想象到我死了的样子，大嘴把我活活咬碎，放声大喊："啊！救命！"

我猛然睁开眼睛，发现流川正坐在我旁边，一脸微笑地看着从噩梦中惊醒的我，轻轻地拍着我的脸蛋儿，十分淡定地说道："怎么样？ 做噩梦了吧？ 都劝了你别听，现在知道原因了吗？"

我随手抹去脸上的冷汗，实在想不明白为啥会做噩梦，又向司徒天看过去，结果这司徒居然没事，果真是没心没肺，吃得饱睡得香。 更过分的是，这家伙竟然还打起了呼噜来，简直让我无言以对。

流川貌似看出了我的疑惑，递给我几张纸巾，让我擦掉脸上的汗珠，接着极度猥琐地把手搭在我肩上，调侃道："小白，你别害怕啊，有哥在不会有事的，等咱们这单生意赚了大钱，哥看你还是一童子鸡，回头带你去温泉酒店开苞！"

"滚蛋！ 你叫司徒天跟你一起去吧！"我指着睡得跟死猪一样的司徒天说。

流川放声大笑，撇头看了一眼放在他背后的尸体，因为司徒天还没醒来，所以他又继续与我闲扯淡："白逸君，你来日本之后，有没听说过人面树的爱情传说？"

我伸了个懒腰，打着哈欠问道："人面树的版画我倒看过，你给我讲传说吧。"

流川丢给我一记白眼，命令我去叫醒正在睡觉的司徒天起来，一起听他讲人面树的故事，之所以叫那家伙，原因很简单，若有故事听不叫上他，估计等他醒来后能把我和流川都暴揍一顿，绝对只会挑脸打。

第二十四章　人面树，葬火海

(1)

　　江户时期，本川国有个姓井川的富贵人家，在初雪飘零的夜里诞生下一个男娃。全家上下欢喜不已，然而当接生婆将孩子带给井川峻一看时，一声未吭的孩子突然就笑了。井川峻一隐隐约约有种不对劲的感觉，担忧这孩子被鬼神附体了，随后甩甩头嘲笑自己的迷信。过后不久，沉浸在晚年得子的喜悦中的井川峻一为儿子取名为冬，也因此倍加爱护。

　　市井街道上有一家有名的酒家，其名为半岛小屋。掌柜姓小松，世代以卖酒为生，其酿造的酒香飘十里，饮一杯就能上瘾，因此又称"一杯瘾小屋"。恰巧在同一个夜里，小松太郎的妻子生了一个女儿，并取名为美雪。

　　井川冬天资聪颖，生性不受束缚，10岁时曾多次翻墙被抓到，因此井川峻一对他更为严格，吩咐佣人时刻监视少爷。自从那以后，井川冬开始认真地学剑术、学武术。满20周岁那日，身为八尺男儿的井川冬双腿一蹬，两手一爬，便轻易地翻过了墙。他独自来到市井，四处向人打听半岛小屋在何处。早就听闻半岛小屋的酒好喝，今日冒险逃出来，若是不去喝几杯，怎么也说不过去啊。

　　此时已是傍晚，半岛小屋满厅都是人，有平民百姓，也有达官贵人。近日，小店的掌柜都出门游山玩水去了，只交代了他们的女儿来管理。每日，美雪都会乔装打扮成男子一边端菜盘一边算账收钱，忙得不亦乐乎。

　　井川冬于百转千回后，终于抵达，他仰视门口的木头做的店招牌，用潦

草的字体写着"半岛小屋"四个大字。 但此时店内已没有空位,站在店门口的小二一直弯腰低头地道歉,但是井川冬哪能够等下去。 他喝道:"快去叫你们掌柜出来,本少爷现在就要进去吃菜喝酒。"

美雪听到店外有争吵的声音,从容不迫地朝井川冬走去。 店小二立刻像见了救命的稻草般,快速地将事情的经过叙述了一遍。 她听后莞尔一笑,轻声说道:"这位客官,现在小店的位置都已坐满,您进去也是无地可喝酒的,看您如此英姿飒爽,可否看在我的面上稍等一会,一有位置我会立刻安排您进去。"

井川冬被她的笑容怔住了,如同看见了春天里盛开的花朵,甜美且迷人。 她的声音听起来温柔悦耳如银铃,使人觉得飘飘然而心胸舒畅。 他一眼就识破了眼前这人不是男性,便用稍微柔和的语气应允:"好,看在你的分上,我就等一会。"

美雪微微欠身,转身走入店内。

井川冬的目光一直落在她的身上,见她端盘时微笑,低头时的从发丝流露出的汗珠以及算账时认真的侧脸,都无一例外地吸引了他,仿佛磁铁碰见了铁壁。 他又看了看店内,其装饰不同于其他酒家,四周的木墙壁挂了壁画,支撑着小店的六柱大木头上都挂了一个小银铃,风从巨大的窗户吹进来时,能够听到悦耳且美妙的铃声。

一等便是两个钟头,店小二将井川冬带入店内后,他提了一个要求:"你们让我等了如此之久,应该有点表示吧?"

美雪站在他面前,一脸歉意地说:"那是当然的。"她转身吩咐店小二去酒窖拿最好的酒来。

可这时井川冬转了转眼珠,指着美雪面不改色地说:"我并不是要你们送好酒给我,而是要你坐下来陪我喝几杯。"

桌上摆了大大小小的酒壶,井川冬已经喝醉了,趴在酒桌上。 美雪让下人将他抬到小店后面的小苑里的客房休息,将近子时,小店打烊了后,美雪才来到小苑。 远远就听到一阵阵忽大忽小的呼噜声从客房传来,她轻轻地推开门进去，站在床边观望着他的脸，心里不禁感叹：真是一张英俊的脸，得迷死多少少女啊。

第二日清晨，井川冬听闻窗外鸟鸣就睁开了眼，明晃晃的阳光洒在他的脸上。一推开门就看见了离自己10米外的在树下喝茶的美雪，她冲他招手问候。美雪身后的那棵大树体积很大，树叶茂密，树枝胡乱地缠绕在一起，观看久了会有一种阴森的感觉，若在夜里欣赏肯定会以为有神鬼住在树上。井川冬不禁打了个寒战，想要逃走的意愿十分强烈。

"井川先生，不如吃完早饭再走吧？"

"不了，谢谢您的收留，我得赶紧回去。不过，昨晚是我告诉你我的名字的吗？"

他有一些疑惑，一觉过后，关于昨晚酒后发生的事情和说了什么话都不记得了。美雪坚定地点了点头，笑着目送他出门。

回到府内，井川峻一正襟危坐在大堂中央，手边桌上有一条皮鞭。井川冬深知接下来会发生什么，他缓缓地向前走，低着头站在井川峻一的面前。过了半晌，第一条被皮鞭留下的伤痕落在他身上，没有出声，只是咬紧牙关忍着。当第五鞭落下来时，他终于承受不住，眼前一黑，向前倒了下去。只是，自此往后，井川冬都可以独自出府了。

井川冬去半岛小屋的次数越来越多，一来二去，美雪也和他成了好友。虽然美雪不知道他的身世，但这丝毫不影响她欣赏他。

樱花盛开的那日清晨，美雪刚踏出房门就听见头顶传来平稳的男声，却不见其人。

"美雪小姐，你愿意和我一起去看樱花吗？"

她转身抬头看了看，果不其然是井川冬在屋顶，也不问他是如何知道自己不是男子之身，而是佯装略略一想的模样，然后说："这个啊，要看井川冬您的表现啦。"

屋顶的人一脸茫然，她这是什么意思呢？他轻松地从屋顶下来，一抬头就看见那颗茁壮的大树，察觉心里再次生起了有一种好似有些亲近又有些恐

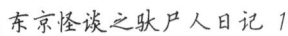

惧的感觉。

他不知道，在他留住小苑的那晚，美雪与大树的对话。

"人面树，请您帮我留住他待在我身边好吗？"

"美雪，你明知道若你再执意地跟他在一起，你迟早有一天会因他而死去。这又是何必呢？"

(2)

美雪被这一问，显得十分苦恼。顿时，她绷着脸陷于沉思之中，低着头不再说话。她心知肚明这是宿命，但是遇见他，也是她命中注定的啊。由爱而产生的情愫，那种死也要和他在一起的决心，哪能够由她控制。树鬼无奈地摇了摇头，人世间的爱情啊，最是令人痴迷且盲目的。

井川冬的加入让美雪他们轻松了一些，也因此提前打烊。她朝井川冬眨了眨眼，爽快地说："走吧，我们去赏樱花。"

他们肩并肩地走着，虽然一路上都没有说话，但彼此在不约而同对上双眼时已多次交流，这种眉目间的传情比语言的表达更让人觉得美妙。他们很快走到樱花树下，却发现今年的两排樱花颜色不一，其中一排是白色，另一排是血红色。美雪快步上前，仰视着樱花的眼里闪烁着璀璨的星星般，微红的脸颊惹人怜爱。

井川冬问美雪，是否有男友。美雪答没有。他不禁窃喜，心里怦怦跳的节奏愈来愈快，顿时沸腾了他血管里每一处的热血。他摘了一朵血红色的樱花戴在美雪的发丝上，深情而认真地向她表达内心浓厚的爱慕之情。

美雪一时之间望着他的眼惊慌失措，多次蠕动嘴角也没有表明，只好低头来缓解这突如其来的尴尬的气氛。井川冬见她犹豫不决，便说："你别担心，也不需要你立刻就回复我，待你听见自己内心的声音后再作决定吧。"

次日，井川冬还是一如既往地去半岛小屋，却不料眼前一片狼藉。顺着众人惊恐的目光看见有个身穿华服的男子，带着几个佣人，一副流氓地痞的模样，用挑衅的目光瞪着美雪。井川冬挤开人潮，站到美雪的身旁，以严肃且凌厉的眼神回击，同时拔出侧腰挂着的剑。那几个流氓见大事不妙，想逃走却仍虚张声势。

"我是本川国的将军的儿子，你们敢动小爷我一根汗毛，我就让你们这家店关门大吉！哼！"

"是个男人就不要说无用的话，废话少说，你选斗剑还是选斗武？"

霎时间，几个流氓惊慌失措，在众人的唾沫中连滚带爬地离开。井川冬转向身后的美雪，他察觉到她因害怕而抖个不停的腿，问道："怎么样？伤着了吗？下次这种人再来这里，你就派人去找我，我会立刻赶来的。"

美雪仰起头，迎上头顶那双关切的眼睛，顿时泪眼婆娑，顾不上他人的眼光把头栽进他的怀抱里，他胸膛前的衣服湿了一大片。

那日，美雪和井川冬终于正式在一起。

后来，美雪给他的信里其中有一段是这么写的：

"井川君，其实我从很久以前就喜欢上您了，当您向我表达爱意时我既高兴又忧伤，两情相悦是多么美好的一件事，只是我们今生的缘分太短暂。但我还是要说，与你在一起的那段日子是我最快乐的时光。"

井川冬每日都去半岛小屋帮忙，既当保镖又当店小二，还教美雪练剑术和武术。美雪对剑术特别苦恼，怎么学也学不好，每日反复练习，取得的进步仍不大。因此她对他的仰慕之情愈来愈浓厚，衷心地说："井川君，你能学到如此高超的剑术，我真是佩服得五体投地呀。"

他笑道："我从十岁就开始练，这么多年，练不好可是会被我爹教训的。"

日子过得其乐融融，幸福得像蜜一样，他一直坚定不移地认为，他们会一直这么生活下去。

在他们准备成亲的前五日，如同往常一般，井川冬抱着一大束紫色的鸢尾前往小苑，身后跟着一位有名的老裁缝，他想象着美雪穿上结婚礼服时美若天仙的模样，步伐快而有力，仿佛要飞奔起来。找遍了所有卧室都没找到

美雪。他失落地来到大树下，眼前的一切，让他们震惊得哑口无言。

妖艳的鸢尾从怀中坠落，草地上铺着美雪最喜欢的一件和服，不见肉身，不见血迹，衣服覆盖着尸骨，人却凭空消失了一般。站在他身旁的老裁缝也被吓住了，不由自主地往后踉跄了几步，而后立即反应过来，连滚带爬地跑了出去。

井川冬双眼通红，像得了红眼病似的，愣在原地许久才捡起地上的遗物，以及桌上茶几下被压着的一封信。他面如死灰，却还是不愿相信这是真的，前几日一直都身体安然无恙的人，怎么会突然消失了呢？他越想越伤心，忍不住眼泪夺眶而出，泪腺像坏了的水龙头般，怎么关也关不了，泪水一直滴滴答答地落在信封上。

美雪的魂魄在树身里，目睹了这一切，可是她现在非常虚弱加上法力不够，只能观望井川冬会如何做。在她死去的前一天，人面树说："美雪，其实我是未来的你，未来的我知道现在的你会发生什么事情……如果你听我劝告，就能逃过这一劫。你今生不能与凡人相恋，一旦动了心，你的元气就会被日益消耗，所以我才苦口婆心地劝你放弃呀！"

忽然，空中飘起了白色的毛绒绒的鹅毛大雪，雪越下越大，渐渐转化成雨夹雪，落在肌肤上，然后融成水。井川冬抖了抖身上的雪，起身准备离开。此时，从大树上飘下了一朵血红色的樱花，落在他的脚边，他越来越感到不安，想不明白从不开花结果的大树为何会掉一朵樱花下来。

回到府中，井川冬回顾这一切，越来越想查个明白。他打开了用竹帛做的信封，认真地看每一行字，看到最后一段，再次忍不住落泪。

"井川君，你不要太伤心……一周后请替我到小苑看看那棵参天大树。另外，千万不要去探究我的死因，记住，千万不要！否则会引来杀身之祸！"

百姓们自从听说小松美雪离奇消失后，纷纷前来小苑的树下，想探个究竟。但不料花费了整整一日也找不到任何线索，不得不各自回去。

由于对美雪太过想念，井川冬时常会到小苑的树下站一会儿。有一天，

第二十四章 人面树，葬火海

他站在大树下，仰望了很久，直到整棵大树的树干表皮上逐渐呈现人脸时，仿佛有一个铁球向他砸来，吓得一个踉跄就屁股先着地。进入眼帘的全是美雪的美貌，数不清有多少张她的脸，只觉像是被人一张张捏出来粘在那里的一样。

在离大树很远的一个小角落里，有一个贼一样的人在偷偷地注视着这一切，他阴险的脸上露出了卑鄙的笑容。井川冬盯得目瞪口呆，突然他起身，如履薄冰地向人面树走去，用力地将微微颤抖的手去抚摸树皮上的脸。再次把他吓一跳，原本毫无表情的脸，突然咧开嘴笑了。

井川冬心里依旧很难过，脸上挂着牵强的笑容，他们什么也没说，眼睛却说了很多话。此时躲在角落的贼悄悄地溜走了。回到井川府，他对美雪的死因仍然耿耿于怀，于是命佣人请隐居的道士前来解惑。

从此以后的每夜他都会梦见美雪坐在树下喝茶，对他说井川君来和我一起喝茶吧，他刚靠近几步就见她身后的那棵大树的树干都裂开了，形成了一个有大脑洞且无眼的怪物，怪物的千百只手都向他伸来时，突然就醒了。令他有些后怕的是，醒来前他拼命地想脱离梦境，却全身瘫痪不能自主，好比梦中想要逃跑而手脚无法动弹时一般。

没过多久，官府的人不知从哪听信了谣言，传小苑的大树有邪气，若不尽快砍掉就会引来妖怪祸害本川国。他们风尘仆仆地赶来小苑，命人将树砍伐后用熊熊烈火烧成灰烬。

井川冬赶到时，大树的根已被掘起，上百斤的大树如同一座屹立着的灯塔，直直地倒了下来，小苑的土地都被震碎了三分之一。这时候，树根的土壤里出现了很多黑色的小虫子，在场的人震惊得说不出话，官府的人将手里的火把丢下去。

井川冬一想到以后都见不到美雪了，也不再想活在这世上，于是不顾旁人的拉扯也要冲上去抱着大树，在熊熊烈火中，他轻声地对她说："生不在一起，死也要在一起"。

不一会儿，一人一树全被烧成灰烬。人群也都散去。

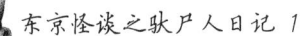

后来，传说向官府传谣言的人就是去半岛小屋被当众侮辱的流氓老大，躲在角落偷看人面树的贼也是他。井川冬和美雪一齐死去后，他每夜都会梦见他们来向他索命。每逢他对人说起，都没有人相信他说的话。日积累月，他成了一个疯子，某一天夜里，因心肌梗塞发作而死去。

第二十五章　琴师绝恋，墓前焚琴

(1)

流川瞪了司徒天一眼，一把夺过他正在拨弄的琵琶，那模样好似看什么稀世珍宝，来回仔细抚摸琵琶的纹理，这琵琶代表海座头对他的一种信任，他一定要把琵琶成功还回去，就算豁出性命都行。

司徒天特别傻地问了一句："你知道还给谁？如果那家伙死了呢？"

流川没好气地回答道："我知道给谁，给一个叫鹿野修二的家伙就行。"

这下子轮到我不明白了，海座头等人不是那个无耳琴师芳一吗？怎么又变成鹿野修二了？不过，在司徒天的追问下，流川才把原因给讲了出来，原因其实很简单，鹿野修二的师父往祖上追溯，有人是芳一生前收的弟子。

流川酝酿了很久，才开始讲下面的故事，故事跟鹿野修二的爱情有关。

新武镇有个世代从商的门户，其家唯一的儿子叫修二。鹿野老先生对修二格外重视，一味地想将他培养成一名优秀的商人，将来继承他的家业。鹿野修二满13周岁的时候，父亲为他请来一位教算术的先生。可是修二学了许久仍对此一窍不通，也不感兴趣。因此，平日里上课的情形是——先生在台上口吐唾沫，修二在台下昏昏欲睡。

一个阳光明媚的上午，鹿野修二要去店铺现学如何管理下属，在路上遇到一家门外用春藤缠绕的琴行。他好奇地走进去，用白布挡住门的室内，就像一个少女的闺房。到处可见不一样的布偶，有面带微笑穿着红色和服的少女，有吐出舌头翻着白眼穿着一身黑的武士，还有只露背影的一家三口。

店里的主人走过来，看着鹿野修二饶有兴趣地欣赏，对他说："这些都是小女亲手用针线、棉布和棉花做的，还挺好看的吧？"

鹿野修二踮着脚拿到那个一家三口的布偶，好奇地问："怎么这一家没有露脸呢？"

这不是第一次有人问店主，每次他都是摇摇头，因为他也不清楚女儿的小脑袋里装了些什么，做的每一个布偶都不会有一丝相同的元素。

鹿野修二将布偶放回原位，转身走向一把琵琶。他手抚琴身的力道轻得像在摸一个刚出生的婴儿，生怕一用力就会弄疼她，琴的背板刻了大小不一的白色的碎花，这使他情不自禁地幻想自己身在群山之中弹琴的场景。

此时，主人走到他身旁，小心翼翼地拿起，将琴放在鹿野修二的手中，然后说："这是我们店里最贵的一把琴，鹿颈是用唐木制作。上端的龙虾尾用白檀，转手用樱木。颈部的四个柱用日本朴树的木头，琴体的背板用紫檀，腹板用泽栗木制作。"

鹿野修二小声地重复了一遍店主刚说的话，惊觉自己竟一字不落的念出来了。这把琴细节处有很多，可见工匠制作时的用心。他是第一次见琵琶，却有一种要将此琴带回府的强烈的念头。于是他摸了摸口袋，问店主："这把琴多少钱？您最低多少能卖给我？"

店主说了一个数字，鹿野惊呼太贵了，和店主讨价还价，最后两人达成交易。价格虽还是很高，但喜欢的东西价钱再贵也值得。自从将琵琶带回府后，鹿野修二就不再去上算术课了，反而吩咐管家去请了一位最著名的琴师。

琴师名叫北乃，年过四十，性格古怪。他招收弟子只有一个要求：对弹琴感兴趣，且学了之后进步显著者。管家看出了最后一句的意思，也就是不教愚人。他将此要求转告修二，修二二话不说，抱起琵琶就寻了过去。

"您好，我是鹿野修二，此次前来是想拜您为师。"北乃不作声，悠然地喝茶，修二又说，"我知道您收弟子的要求高，不知我所了解的知识是否有资格成为您的弟子？"

第二十五章　琴师绝恋，墓前焚琴

　　鹿野修二将怀中的琴用简洁的语言介绍了一遍，可北乃仍不为此动容。情急之下，他开口解释："北乃先生，虽然我从未学过弹琴，但是我既然前来向您拜师学艺，就必定不会拿此事开玩笑，也不会三天打鱼两天晒网的。"

　　北乃放下茶杯，打量了他好一会儿，说："我并不要我的弟子给予我多少学费，也不要求弟子的家世有多显赫，倘若收进来的弟子学了一年半载也不通其中的奥妙之处，那我还是会将他赶出师门的。"

　　鹿野修二牢牢地记住了这句话，北乃的每一堂课，他都会认真听讲并做好笔记。鹿野老先生偶尔从门口佯装路过，见他认真的样子，也不忍心再反对他。心想儿子不愿从商，但能坚持和努力去做一件事，有个一技之长也好，否则，以后会成为一个无用之人。

　　过了三年，北乃的弟子中，只有鹿野修二的琴技最精湛，但缺少人情韵味以及作词能力。

　　于是北乃对他说："修二，如今你的琴技虽然厉害，但是你弹的曲子缺少感情色彩，还有作词方面，现在你最重要的事情就是将它们也学会。"

　　从此，鹿野修二每日都要背和歌和中国的诗集，将中日两种文化糅合，懂了这两种东西，在作词上就能有所进步，慢慢地就能得心应手。一开始他念中国的诗集，感觉心有余而力不足，写出来的词也显得很凌乱。

　　北乃先生又建议他背上简单的行囊出门远行，体验身在群山之中弹琴的仙境，聆听海浪争先恐后地扑打在礁石上的声音，又或者认识一些旅人，将他们的故事作为词写出来。他听了师傅的话，向父亲申请。没想从一开始极力反对的父亲，如今却凡事都支持他，只是叮嘱道："我已没了你的母亲，不能再失去你，所以，你一定要多加小心，要平安归来！"

　　鹿野修二登上山顶时，弯着腰不停地喘气，过了一会儿，他慢慢地走上前俯览脚下的一切，不禁感叹道："终于知道了会当凌绝顶，一览众山小的感觉。"趁此时机，他拿出琵琶，琴声游荡在山的每一个角落，比平时在室内弹出来的声音更美妙。这使他感到心胸舒畅，即使无人欣赏，也卖力地弹奏。

　　黄昏，他行至一家新开的客栈，决定在此暂住一晚。到了晚上，客栈大

厅聚集的人越来越多，其中有一个清纯秀丽的女子面带微笑地朝鹿野修二走去，女子邀他一同去对面的酒家用晚餐，说："冒昧地问一下，公子可有一同用餐的友人？"

鹿野修二愣了愣，他从未接到过邀请，更何况对方是一个美人。心中莫名地起了一堆疑惑，难道这女子看中了他的钱财？立即看了看自己身上的穿着之类，并没有富贵出身的痕迹呀。

女子见他犹豫，又担心他误会自己的意图，连忙解释道："公子，您别误会，我只是见您时刻背有一把琵琶，想必您也是个极爱弹琴的人。我从小喜欢琴，但缺少这方面的天赋，无论如何练习都达不到精湛的境界。而今日在异乡，能遇到志同道合之人，看来这是一种缘分啊！"

（2）

鹿野修二听到女子如此真诚的邀请，便欣然接受。谈论之间，两人频频发出笑声。他知道了女子叫由希子，是一个喜欢做针线活和弹琵琶的美人。借着酒劲，鹿野修二拿出琵琶，在喧闹的大厅旁若无人地弹起来。慢慢地嘈杂声愈来愈小，在场的所有人似乎都被点了穴般原地不动，只竖着耳朵听曲。

由希子高兴地拍手，大声地称赞："好，好，好，弹得真好呀！这琴声如同奔腾不息的河流，仿佛我的面前就有这么一条河流呀！"

鹿野修二大吃一惊，激动地握着由希子的手说："知音啊！接下来你要去哪里？如果没有目的的话，可否与我为伴一同走一段路？"

由希子爽快地应允了，不知自己是如何回到客栈的，鹿野修二一醒来就头疼得厉害又口渴，走到桌上提起水壶时，看见一碗汤水，碗下压着一张纸条：鹿野公子，这碗是醒酒汤，你看见就喝了吧，可以缓解头疼。

他喝完汤就跑去找由希子，不慎撞到一个散发着茉莉花香的女子，转身对女子道歉时，看见原来是由希子，两人不约而同地笑了。随后两人收拾好行囊，退了客房，然后一起出发了。

第二十五章 琴师绝恋，墓前焚琴

大和美村是一个以温泉而闻名的村庄，每年都有许多人前往这里泡温泉。但他们不知道的是，距村庄二三里路的山那边，有一片清澈得像绿宝石的湖泊，上苍将它的四周用几座小山峰挡住。除了当地的樵夫，极少有人知道这片湖泊。

"那公子是怎么知道的呢？"

"我家的佣人告诉我的，他是这里的村民。"

山上的泥路有些滑，鹿野修二扶着由希子小心翼翼地下阶梯，寻了个较好的位置就地而坐。望着一片湖水，鹿野修二琴兴大发，说："这么好的风景，又有知音在场，怎能不弹一曲呢！"

说罢，拿出随身携带的琵琶。琴声时而像下起了连绵大雨，时而又像大山崩裂的声音。由希子在一旁听着，心忽上忽下。两人都沉醉在优美的琴声之中。鹿野修二弹了许久才依依不舍地结束，对于他而言，此时此景，可能以后再也遇不到了。

由希子再次鼓掌说："公子弹得真好！我从未听过有人能弹出这么美妙的音乐，除了北乃先生。"

鹿野修二听到那个名字，不可思议地问道："你认识北乃先生？"

由希子点点头说："是呀！他是我父亲的好友"。

在这个大千世界，能够遇到一个志同道合的人已经不易，谁也不敢想彼此之间还有其他相连的关系。顿时，鹿野修二有种命中注定的感觉。回到新武镇，两人分离前约好八月十五的月圆之夜，到此地聚合，然后去那个湖泊弹琴赏月。

在鹿野府，北乃先生认真地看了一遍鹿野修二作的词，然后又听了他弹的曲子。起身走到他身旁，拍了拍他的肩膀，笑道："不错，真的不错！假以时日，你肯定会比为师还厉害，虽然你不可能超过祖师爷芳一，如今你能达到如此境界，也能算我的得意门生！"

这一天，鹿野修二孜孜不倦地弹琴，忽然一不留神，将一根弦拨断了，于是他再次来到那个琴行，希望店主能帮他修好琴。琴行的室内的摆饰品仍

然是那些布偶，但当他伸手推门时，却看见门后挂了一个长得神似他的布偶，他头也不回地问："店主，这个布偶是您女儿做的吗？那您的女儿叫什么名字呢？"

店主不假思索地回答："是的呀，我女儿叫由希子。"

此时耳边响起了一个声音："我呀，我喜欢做针线活，做了很多个布偶呢。"

鹿野修二惊喜地问："请问由希子小姐在哪里？我想见见她。"

店主忽然表情沮丧，唉声叹气地说："不知为何，小女出了趟远门，回来之后身体就变得很差，后来，我去找了著名的医师说是患上了肺痨。最近小女在家休养，不宜见公子，请公子以后再见吧。"

"哎哟，好痛！"鹿野修二恍恍惚惚地低着头走路，一不小心撞上了树干。

鹿野修二停下来边揉额头肿起的包，边回想由希子在旅途发生了什么事。

过了很久，他也没能想起什么，由希子是在客栈和他相识的，之前她去过什么地方都不清楚。此时，他的心头涌上一阵悲伤，好不容易有个和他有如此多相似之处的知音，却不幸染上了大病。

修二回到府里，就将自己锁在书房里专心致志地写词，但一直都写不顺，反复修改。子时，鹿野老先生见书房的灯还亮着，就走进去跟他说："修二，你要早点休息啊。爹很担心你，最近你总是心不在焉的，晚上也不早点休息，是不是出了什么事？需要爹帮忙？"

鹿野修二的鼻头酸酸的，眼泪差点流下来。这段时间因为由希子的病情，他整日整夜都心神不宁，只想着如何早日完成送给她的曲子，却忽略了最亲近最关心他的父亲。

于是他坦言相告："爹，我出门的途中认识了一个女子，她听得懂我的琴声，也认识北乃先生，而且是我买琵琶的琴行店主的女儿。可是最近她生病了。人生在世，能遇到一个知音实在不易啊，所以，最近我在写词和作曲，

第二十五章 琴师绝恋，墓前焚琴

打算八月十五时送给她。"

鹿野老先生一听，瞬间就明白了儿子的心意，便说："那好，你继续写吧，但是别太晚休息，你们都要注意自己的身体呀，不然怎么一起赏琴呢？"

过了半个月，鹿野修二再次来到琴行，用了一上午的时间才让店主带他去见由希子。

一个散发出栀子花香的园子，由希子穿着浅色的和服坐在樱花树下，手边堆满了棉布、棉花和不同颜色的毛线。她听见沉重的脚步声，头也不抬地问："爹，你怎么来了？今天不用看店吗？"

"由希子！"鹿野修二温柔地呼唤她。由希子猛然抬头，放下手中的针线。

父亲站在鹿野修二的身旁眯着眼睛笑，说了声你们好好聊，然后走了。

望着消瘦了一圈的由希子，鹿野修二的心被揪了起来，却故作不知实情地问："你最近还好吗？没想到你的父亲，就是卖我琵琶的店主。"

"我挺好的，你呢？北乃先生有没有点评你写的词？还有弹得如何？"

"我也很好，他说我弹得琴比以前好多了，词也比以前写得好，但是都还需要多加练习。"

过了一会，鹿野修二和由希子同时开口说："八月十五……"

两人因默契相视一笑，鹿野修二再次开口说："八月十五，我们不如就在你家的园子里赏月吧，我弹琴给你听。"

由希子点了点头。这个时候她若要出远门，父亲肯定是不会允许的，之前也一直因此担忧得辗转难眠，如今听到鹿野修二的建议，她的心里舒服多了。

农历八月十五，一轮弯月悬挂夜空，明亮的月光照射大地，地面闪烁着银光。鹿野修二借助于月光认真地看了看由希子的更惨白的脸庞，心中清楚她的病情越来越严重了，不胜哀伤，却又不得不振作精神，强颜欢笑："由希子，这首曲子，是我送给你的一个礼物。因作词能力不够，于是借用了《古今和歌卷》中的一首。"

鹿野修二拿出随身携带的琵琶，不仅边弹，还边唱：

飞蛾扑火中，身死徒灭曾无惜，舍生所为何？ 唯欲一全慕君情，此由之外复何求？

由希子扇动睫毛，哭得梨花带雨，她不停地道歉："对不起，鹿野公子，对不起，我们……今生有缘无分啊！"

鹿野修二放下琴，将身旁的由希子搂在怀中，哽咽道："傻瓜，我知道，我都知道。"

由希子在他怀中越来越脆弱，鹿野修二抱着她回房休息。 看着她安然地睡着后，就起身离开了。 他走后没过久，由希子猛地咳了一声，看了一眼手中沾了一团血的白布，自言自语道："看来，我今夜就要死了。"

守在她身旁的父亲，听到咳嗽声就醒来了，看到她手中的血布，泪流满面却说不出一句话。 由希子伸手抹去他脸上的泪水，笑着安慰自己的父亲："爹，您别太伤心。 人都逃不过生老病死中的任何一项，我天天拖着这病身也很累了，很想睡一觉。 爹，如果下次鹿野公子来找我，请务必告诉他我的心愿，我只有一个心愿，就是希望他可以再弹一曲给我听。"

说完，由希子安静地闭上了双眼，她的父亲握着她的手泣不成声。

由希子下葬那一日，鹿野修二也去了。 他拿出琵琶对着由希子的墓碑弹奏，边弹边哭，有几次都没法继续弹奏。 一曲完毕，鹿野修二想起往后再也没有人能听懂他的琴声，悲伤至极，狠心地将琴摔烂了。 后来，有人说鹿野修二去世后，葬在了由希子的墓旁，每天夜里墓园都会传出优美的琴声。

第二十六章　蛇冢煞墓，蛇骨妖婆

(1)

我跟司徒天这两个大老爷们儿，听完流川讲的往事之后，双眼发红都快哭了。

流川带头往西方走了十来分钟，来到一个荒凉之地，只有两块墓碑立在不远处，那两块墓碑分别是由希子跟鹿野修二，流川手里握着琵琶，缓缓地弹奏了一首曲子，找司徒天借来打火机和纸巾，点燃纸巾用于烧琴，很快琴燃了起来，放在鹿野修二的墓碑前。

流川完成了海座头的愿望，他在鹿野修二的坟前将琴烧了，事情办完之后。

我们还要继续寻找煞墓，现在驮尸的人又变成了我，司徒天则休息补充体力。

其实，我的体力跟司徒天差不了多少，驮着老家伙不算太吃力，我们往前继续走，步入一片荒野的墓地，一座座墓碑立起老高，我走到其中一块墓碑前看了一眼，墓碑上没有墓志铭，这就是传说的无名氏。

我驮着尸体转头问背后的流川："流川，我们要找的是不是这块墓地？"

流川来回望了望墓地四周，直接摇头说道："不是！这块墓地埋葬着的全都是无名氏，即为无名无姓，客死异乡的死人，跟我们不一样，我们知道死者姓名，所以不能把龙腾埋在这块墓地。"

司徒天没有驮尸，走在最后头用手摸着两边的墓碑玩，走到倒数第二个墓碑时，他发现墓碑上插着一根奇怪的簪子，好奇之下就使劲儿把簪子给拔了出来，结果这一拔，把司徒天吓坏了，因为在簪子出来的时候，一个浑身长满了眼睛的女妖怪，从墓地下突然冒了出来，死死抓住司徒天的脚。

司徒天把簪子丢掉，胡乱踹这浑身上下长满了不下百双眼睛的女妖怪。司徒天的裤角被抓破了，他扯着喉咙大声求救："喂！前面的两位大哥别走了啊，赶快过来救我的命，我让女妖怪缠住了！"

流川回头第一时间就拔出了武士刀，以极快的速度杀向女妖，举刀砍断女妖的脑袋。

但是就这样，女妖怪还没死，女妖的右手依然死死抓住司徒天，把他往墓地里拖。

流川仿佛想起了啥，对我和司徒天喊道："我想起来了，这是百目女妖，快砍她的眼睛！"

流川的话绝对不会假，我也冲了上去用九节鞭疯狂乱抽百目女妖身上眼睛。

没过一会儿，在我们三人的合力之下，总算成功杀掉百目女妖，同样间接证明一个真理，好奇心不仅能害死猫，还能害死一群人。若不是司徒天见到簪子起了好奇心，手贱地去动了一下，怎会引出墓地下的百目女妖？

我身上的衣服被百目女妖眼里喷出来的绿色血液给染绿了一大片，还有非常恶心的臭味。

百目女妖虽死，但我却暗自想着，百目女妖不愧为百目女妖，真没浪费这四个字，因为我看见百目女妖身上真的长满了接近一百双，大小不一的赤红色眼睛，在那些眼睛还没被我跟司徒天抽瞎之前，同时一眨一眨地很恐怖。

我看着墙角已经死掉的百目女妖，在我看来百目女妖战斗力并不高，因为是女性妖怪，解决她基本上没费太大劲儿。但是就因为对方折腾得厉害，我跟司徒天身上的衣服都让她给染绿了。司徒天脚边还留有几道超长的抓痕，幸好没啥生命危险。

第二十六章 蛇冢煞墓，蛇骨妖婆

流川在一旁擦拭武士刀的同时，还在骂司徒天："你知道吗？刚才的情况有多危险？我不是说了吗？不要随便乱动东西？你知道百目女妖的厉害之处？百目女妖是一个全身上下都有眼睛的异类，据说该女妖生前专门诱惑男人夺人双目为己用，如果被她夺满一百只眼睛就会变成无法收服的大魔头。"

听到这儿，我和司徒天都忍不住倒吸一口凉气，看起来不咋样的百目女妖，竟然如此生猛，还喜欢夺取男人的眼睛，幸好我们有三个人，三打一把她给干掉了，不然司徒天岂不是会变成瞎子？

百目女妖才杀死没多久，司徒天又从我背着的包里拿了不少压缩饼干出来吃，我想不明白，司徒天的胃到底有多能吃？驮尸对于他来讲根本不算什么，就算驮两个龙腾都没问题，要知道当初老头子在训练我们俩的时候，可是让我和他一大早背着铁在满山跑。

很快，我们三个人穿过刚才那块墓地，步入蛇冢村的最深处，四周树木丛生。先前看见的灯火就在我们面前。司徒天这家伙说他想去敲门看能不能骗点好吃的东西，却被流川一把拦住了。司徒天问流川为什么？流川没搭理他，而是丢下一句，不想死就听我的话。

司徒天无奈之下只有继续吃饼干，他吃得正爽突然从地底窜出来一个神秘的小东西，以极为灵活的身手跳起来，把他手里的饼干给抢走了。司徒天那叫一个郁闷，活了多年了都是他从别人手里抢吃的，包括小时候都是如此，如今让个神秘的小东西给抢了。

那小东西抢了司徒天的东西还不跑，从地里跳出来说："你们别往前走了，前面是蛇骨婆的地盘，如果你们进去会被蛇骨婆咬死的。"

流川打量着突然从地底冒出来的小东西，然后叫了出来："小东西，你是山童？"

山童发现流川居然能认出自己，很开心地拍着手说："不错，你居然能认出我来。"

司徒天愤怒地看着山童骂道："小东西，你为什么要抢我的东西吃？"

山童仰起脑袋义正言辞地说道："你还真够笨的啊！我饿了自然要吃东西。"

流川知道司徒天即将发飙，开口阻拦并解释道："司徒君，山童是好妖怪，山童因为其身形矮小如同孩子般而得名。主要特点是体毛浓密，似猿猴，头顶盘，仅有一目，也有的叙述中为单足，能像人一样站立步行，力气很大，爱恶搞作弄人。"

我也加入劝阻的队伍中，我驮着尸体拍着司徒天的肩膀说："好啦，你还跟个小妖计较？"

当山童看见我背上的尸体，一只眼睛睁开老大，哆嗦着说："你们是驮尸人？真是不要命了，居然想把尸体埋在由蛇骨婆负责把守的煞墓里？"

司徒天本来就非常不开心，特别显摆地回了一句："有什么好怕的？就你这种妖怪胆子小，如果是我的话，若惹火了小爷我，我一把火烧了那群所谓的蛇骨婆！"

山童走到流川面前伸手说道："我挖洞很快，如果想让我帮忙，把能吃的都给我吧。"

流川捏着下巴在作思考，过了一分钟达成了合作意向，让司徒天把吃的都给了山童。

山童开心地笑了，流川开始想法子确定煞墓的具体位置，他拿出一块紫色的玉，把玉高高抛起，看着玉掉下来所指的方向，来回丢了三次，玉都指向西方。

我驮着尸体站在流川旁边问："你丢紫玉能确定煞墓的方向？"

流川点了点头对我跟司徒天说："等会儿，你们要紧跟在我背后，千万别走散了。"

我跟司徒天纷纷点头答应，山童在最前方领路，走到一个地方停下，他一把掀开不远处虚掩着的草皮，结果一个特大号的地洞出现在我们一行人面前。这时，我对山童这小东西又高看了几分，简直太厉害了。

第二十六章 蛇冢煞墓，蛇骨妖婆

(2)

山童率先跳下地洞，跟着是流川和司徒天，我在最末尾。进入地洞后，发现洞内很宽敞，而且我们面前有一条直路，我总觉得越往里头走，越是恐怖跟阴森，这种感觉让我非常不舒服，就好似人死了之后，在下面走黄泉路的时候，多走几步会不会看到奈何桥上手持孟婆汤的孟婆？

走了10分钟，流川的紫玉有了反应，表示我们已经成功锁定了煞墓的具体位置。

我们三个人跟在山童的后头，让山童往前挖一段路，好让我们驮尸上去。山童没有反对，他开始挖洞挖好了之后，叫我们准备上去埋尸，埋好尸体按照原路返回即可。我们钻出地洞，发现四周全是那种木房子，眼下只需要把龙腾这老家伙的尸体埋好就行，棺材都省了，甚至连墓碑都不用立，因为给冤死之人立碑，等于不立。

司徒天背着腾龙的尸体，抹去脸上的汗水，山童又在旁边帮我们挖了个大坑用于埋尸。

忽然远处的山上齐刷刷飞出一群黑乌鸦，"呱呱"乌鸦发出阴森而刺耳的鸦啼，混合着司徒天那声怒吼，一起传出去老远不说，让我们三个人吓了一大跳，所以无论发出啥鬼哭狼嚎，都能自带回音特效。

山童已经把坑挖好了，司徒天跳下去解尸把龙腾埋在里头，山童开始往里面填土。

没一会儿，这次的驮尸任务完成了。我听着这乌鸦的啼叫声汗毛全部起立，结果头一抬，见一只体型硕大的乌鸦，正蹲在不远处的一棵大树的枝丫上，它那一双浊黄的眼睛正死死地盯着我看。我被乌鸦盯得头皮发麻，随手拣起一块碎石头，奋力向乌鸦砸去，惊得那只硕大的乌鸦扑棱棱飞起，在上空盘旋一圈，渐渐飞远不见了。

乌鸦的惊叫惊动了蛇骨婆，很快一大群蛇骨婆冒了出来，把我们团团围住。

终于，我见到了山童口称的蛇骨婆，大大的蛇头，还在不断地吐着蛇信子，双手居然是人手，下半身为蛇身，身上布满了青色的蛇鳞，两只手的手臂分别缠绕着两条蛇，右手青蛇，左手赤蛇。

我跟司徒天都知道，在学武的时候老家伙说过，蛇很怕火，于是我们俩撕烂自己的袖子摸出裤子里的打火机，点燃手上的衣服然后对准蛇骨婆和其中一间木房子丢过去，蛇骨婆见到有火来，第一时间选择躲避，而司徒天的衣服成功烧燃一间木房子，大火立马疯狂蔓延开来。

蛇骨婆受到了刺激，把我们几个团团围住，开始操控手里的蛇咬人，我跟司徒天都练过武，只要看见有蛇骨婆近身，九节鞭直接抽过去。边抽边往之前的地洞靠近，山童首先跳入地洞，接下来是司徒天。

眼看轮到我的时候，刚想往下跳，却发现一条蛇朝我飞来，流川一把将我推开，我掉到了地洞里，流川的右手臂让蛇给咬了，而他回过头用武士刀斩断了那条蛇的脑袋，我在地洞里把被蛇咬了的流川拉下来，司徒天第一时间把流川背在背上往前狂奔。山童为了不让蛇骨婆继续追，特别挖了很多陷阱来误导蛇骨婆。

山童这种妖怪除了喜欢恶作剧，特别贪吃之外，总的来说还算有情有义，至少还记着流川之前把身上的食物都给它吃了，后来我们才达成了合作协议。

当我们知道事情败露之后，我就知道会迎来一场恶战，幸好我们有山童的暗中帮助。司徒天力气比我大，他负责背流川穿过山童挖的地道，我自然在最后面断后。

我们这次的驮尸任务虽然成功了，但是由于司徒天放火烧了蛇骨婆的木房子，彻底激怒了蛇骨婆。我们在山童的地洞里开始逃跑，山童跑了一阵回头发现司徒天背上的流川脸色发青，嘴唇黑紫，明显中了蛇骨婆的蛇毒。它让司徒天把流川放在地上，还非常好心地替流川吸出蛇毒。

从山童挖的地洞逃出来后，我们奔向海边，那里海座头一直守在岸边等我们。

然后，我们三个人坐上海座头的紫色葫芦，现在唯独流川一人还昏迷

第二十六章 蛇冢煞墓，蛇骨妖婆

不醒。

我们在海座头的葫芦上，距离蛇冢村老远，依稀还能瞧见蛇骨婆那个村落变成了火海。

因为蛇骨婆住的那些房子都是用茅草或木板建成，间隔距离不大，点燃其中一间房子，余下的房子亦跟着烧了起来，火势宛如燎原之火，瞬间燃遍四周，房子遭漫天大火淹没，立刻化为一片火海。

回到岸上之后，我和司徒天来不及多想，背起流川跑到高速公路上，像个疯子一样冲到马路中间，手里拿出大把大把的日元，出好多倍高价拦下一辆私家车，让司机奔向最近的医院。

虽然山童之前说过，它吸出了流川体内大量的蛇毒，不会有啥生命危险。

只不过，出于安全考虑，我和司徒天还是把流川送进医院检查一番，结果流川被医生安排到急诊病房，注射了蛇毒血清，但流川依然没有苏醒的迹象，医生说流川中的蛇毒很奇怪，命确实保住了，能否苏醒还要看流川的运气。

时间过得飞快，转眼我和司徒天从医院回到学校已经过去两天了，腾龙他老婆给我们俩发了这次驮尸任务的费用，全花在流川的身上了，给他转到了学校附近最好的医院，住上了高级病房。

没错，我和司徒天是赚大钱了不假，但我们俩现在心里一点儿都不开心。 因为我们俩都清楚，这些钱是流川为救我一命换回来的，他被蛇骨婆的蛇给咬了，现在还躺在医院昏迷不醒。

假如时间能够倒流，我宁可不接这桩生意，不赚这笔钱，也希望流川他能够平平安安。

到现在我依然忘不了在蛇冢村经历过的恐怖事件，梦中还时不时会出现蛇骨婆的样子，蛇骨婆左手缠着一条青蛇，右手则是一条赤蛇，操控着两条蛇开始攻击我们仨。 眼看蛇就要咬到我，流川一把将我推开，他让青蛇给咬中了右手臂，倒在地上不省人事。

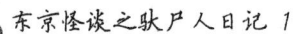

我惊叫一声从噩梦中惊醒，于我跟司徒天而言，蛇冢村会是我们俩一辈子的人生禁地，或许正如山童偷偷送我和司徒天走地道，站在河岸对我们俩说的那句警告——蛇冢荒村，生人勿进！

我在上海座头的船之前，叫山童跟我和司徒天一起离开，结果山童说它不能走。它告诉我如果它离开蛇冢村，绝对活不长久，不出三天必死无疑，死因绝对是七窍流血，况且它也不想跟外界的人接触太多。

我和司徒天暗自猜想，山童肯定有什么特殊原因，不能离开蛇冢村。

回来之后，我在谷歌上查阅了蛇骨婆，在日本各地，存在着非常多的蛇冢。这个是封印怪蛇还有祀妖蛇的。在这些蛇冢中封印着一个妖蛇，蛇骨婆右手青蛇，左手赤蛇，操纵着这两条蛇袭击人类。

尾 声

"白逸君,你又做噩梦了?"睡在我上铺的小次郎,轻轻地敲了几下我的床沿,压低声音问道,"自从你跟司徒君驮尸回来之后,你们俩好像丢了魂一样,难道你们遇见了什么恐怖的事情?"

我翻身坐起,拿出压在床头的日本香烟,抽出一根叼在嘴里,用打火机点燃,猛吸上好几口,脑海中想起流川那臭小子的模样。恍惚之间,仿佛那个特别小气而猥琐的家伙正站在我面前,捏着自己的下巴,冲我招手奸笑道:"小子,你给老子等着,总有一天哥哥要带你去温泉酒店开苞!"

司徒天不知什么时候,亦跟着醒了过来,他坐在我对面的上铺,红着眼睛问我:"白逸,你说流川那家伙还能醒过来吗?"

对于司徒天的问题,我不知道该如何回答,毕竟在那样危险的关头,谁都清楚想活下来的几率实在太小了。我丢了一根烟给司徒天,他稳稳接住,用打火机点燃吸了好几口。过去这么久,我们俩对流川能不能醒过来都没抱太大希望。因为,在我们心中都有一个答案,流川可能永远醒不来了。

小次郎看着我们俩,叹息道:"说吧,说出来会好受点,就当给我讲你们的离奇经历。"

我沉默了许久,鼻头微酸,眼睛有点发红,眼泪夺眶而出,俗话说男儿有泪不轻弹,只是未到伤心处。我知道蛇冢村那负责守墓的蛇骨婆不好对付,从我们放火烧蛇骨婆住的村子开始,拥出大量的蛇骨婆将我们三个人团团包围,我很清楚那会是一场恶战,一场只许胜利,不许失败的恶战!理由

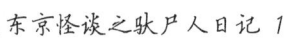

很简单，因为失败了就会死！

"好吧！小次郎，你记住我跟你讲的东西，千万别对外人说起。"我为了能讲得更顺畅些，用手把烟头掐灭，弹到垃圾桶里，娓娓说道："其实，这一切还要从两天前那个深夜讲起……"

在我准备开始讲蛇冢村的经历时，忽然响起急促的敲门声，我无奈只有先停下来等等，小次郎发现我不想下床。他就主动走到门前扭开门上的把手，在门打开的刹那间，我和司徒天两个人都愣住了，我们俩几乎同时抬头望着门外，异口同声地大喊道："是你？！"

我跟司徒天为什么会同时失声尖叫？突然出现的神秘人究竟是谁？在蛇冢村被蛇骨婆咬的流川真醒不过来了吗？山童离别时对我和司徒天说的那句蛇冢荒村，生人勿进暗指何物？蛇冢村内究竟还匿藏着多少不为人知的惊天秘密？

同时，更让人头皮发麻的离奇诡事正在日本发生，通过网络或者坊间高速流传着，充满危险与刺激的驮尸之路，热血少年在驮尸途中，不断与各类妖怪展开激斗，妖怪世界里的咬喉住持、雨降小僧、雪姬、酒吞童子、骨女、文车妖妃、铁鼠都将诡谲登场！精彩未完，欲知后事如何，请看《东京怪谈之驮尸人日记2》。

图书在版编目(CIP)数据

东京怪谈之驮尸人日记：全4册 / 荆十三著. —上海：上海社会科学院出版社，2016
ISBN 978 - 7 - 5520 - 1453 - 2

Ⅰ. ①东… Ⅱ. ①荆… Ⅲ. ①长篇小说-中国-当代 Ⅳ. ①I247.5

中国版本图书馆 CIP 数据核字(2016)第 147445 号

东京怪谈之驮尸人日记 1

著　　者：	荆十三
责任编辑：	冯亚男
封面设计：	周清华
出版发行：	上海社会科学院出版社
	上海顺昌路 622 号　邮编 200025
	电话总机 021 - 63315900　销售热线 021 - 53063735
	http://www.sassp.org.cn　E-mail:sassp@sass.org.cn
排　　版：	南京展望文化发展有限公司
印　　刷：	上海天地海设计印刷有限公司
开　　本：	710×1010 毫米　1/16 开
印　　张：	15.5
字　　数：	217 千字
版　　次：	2016 年 7 月第 1 版　2018 年 3 月第 2 次印刷

ISBN 978 - 7 - 5520 - 1453 - 2/I·192　定价：119.00 元(全四册)

版权所有　翻印必究

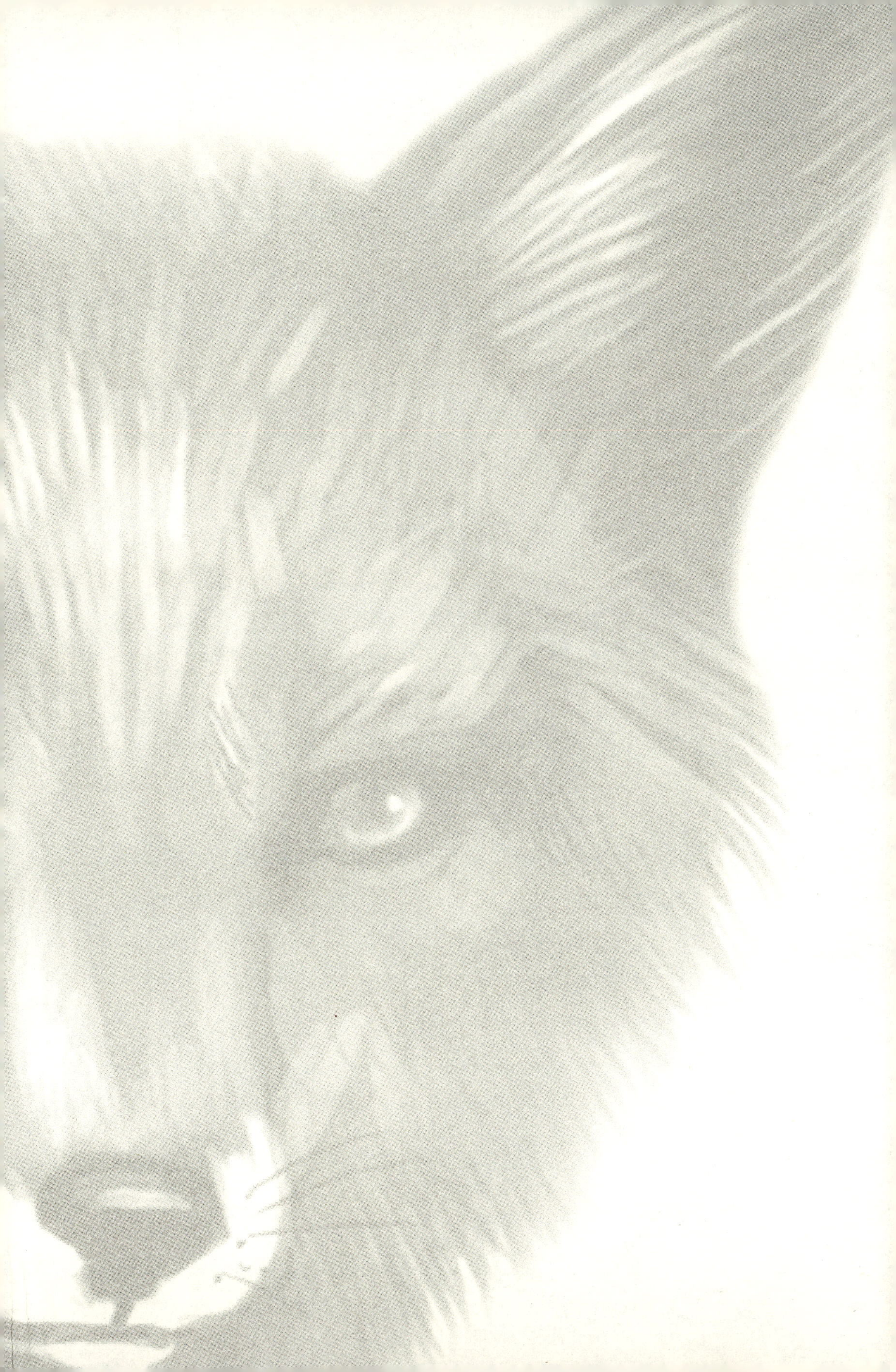

东京怪谈
初十三 作品

缺门人日记 ❷

上海社会科学院出版社
SHANGHAI ACADEMY OF SOCIAL SCIENCES PRESS

目 录

第一章	百年老店，人肉寿司	001
第二章	人皮纸鸢，兽面文身	010
第三章	骨灰咖啡，人头咖喱	020
第四章	误食狗粮，骨女出嫁	025
第五章	酒吞童子，处女杀手	034
第六章	催人泪下，痴情雪姬	043
第七章	美人古镇，夺脸粉婆	052
第八章	寿衣诡铺，裁缝匠人	061
第九章	女星跳楼，特殊葬礼	068
第十章	丢婆山，姥姥火	075
第十一章	针女媚笑，长发如针	083
第十二章	镰鼬铁爪，古井枉骨	092
第十三章	地狱温泉，溺女骸骨	102
第十四章	夜宿荒寺，咬喉住持	111

第十五章	泥田坊，丢臭泥	122
第十六章	手之目，邪妖僧	131
第十七章	山间精灵，雪女之泪	140
第十八章	涂佛修士，养尸炼油	150
第十九章	洛新妇，妻蜘蛛	159
第二十章	道成寺钟，生死相依	168
第二十一章	巨脚怪，足洗邸	177
第二十二章	古库里婆，食尸编发	185
第二十三章	文车妖妃，血泪诅咒	193
第二十四章	食心鲛人，眼泪珍珠	202
第二十五章	玉藻前，九尾狐	218
第二十六章	天狗神犬，生死大战	228
尾声	野槌巨蟒，血色瀑布	238

第一章　百年老店，人肉寿司

(1)

我和司徒天从床上蹦下来，一起冲到门口，死死抱住门口那个脸上带着坏笑的家伙。没错，突然出现在宿舍门口的神秘人就是流川那家伙，流川他苏醒后没通知我和司徒天便偷偷出院了，背上依然背着之前那把武士刀。

眼下，我跟司徒天现在的动作很诡异，加上流川三个大老爷们死死地抱在一起。尤其是我这些天的自责和愧疚，眼泪仿佛决堤的洪水。我抱着流川放声大哭。

小次郎站在背后，看着我们三个人抱在一起痛哭的场景，将我一把拉开说："逸仙君，你们三个人抱够了没有？不知道的还以为你们取向有问题，打算今晚相约去学校后山决战到天亮！"

我抹去眼角的泪水，转过身去，义正严辞地反驳小次郎："小次郎，我最后一次告诉你！我的取向很正常，你如果有需要就找流川，你们俩晚上一起去泡温泉能捡肥皂玩。"

流川听后闪身来到我面前，伸手捶了我胸口一拳道："你才去捡肥皂！"

司徒天突然拉开流川，扯着嗓子大喊："流川，大难不死，必须请吃饭！"

流川本想以病号为借口，拒绝请客，但是在我跟司徒天的威逼之下，他终于松口答应请客吃饭。小次郎自然被算在其中，流川带领我们一行人，走出东京大学，搭乘电车赶到银座的一家古老寿司店。

流川说我们要去的寿司店是那种百年祖传的老店，名为炼瓦亭，味道绝对一流，手法极为正宗。炼瓦亭是百年老店，位置很偏僻，我们穿过好几条热闹的商业步行街，七拐八拐之后才进入一条小巷里。

司徒天刚进入巷子没多久便闻到了一股香味，狂吞几口口水："流川，你找的这家炼瓦亭寿司店，当真开了上百年之久？有点像我们华夏的那种百年老字号店。"

流川特别坚定地点了点头，回答道："司徒君，炼瓦亭创立于1895年。"

小次郎突然插了一句嘴说："寿司起源于中国用酸腌制的食物。在公元200年即东汉时期，中国已开始流传"寿司"这种食品，在辞典中的解释为以盐、醋、米及鱼腌制而成的食品，宋朝年间，中国战乱频繁，寿司正好为逃难的充饥食品，而品种更多，菜蔬类，鱼类，肉类，甚至贝壳类都有。公元700年，即奈良时代，出外营商的日本商人将寿司流传入日本，当时的日本人，用一些醋腌制过的饭团，加上一些海产或肉类，压成一小块，整齐地排列在一个小木箱之内，作为沿途的食粮。直到1700年，即江户年间，寿司才于日本广泛流传，成为一种普通的食品。"

流川不知是出于什么心理接茬补充道："在江户时代的延宝年间（1673—1680），京都的医生松本善甫把各种海鲜用醋泡上一夜，然后和米饭攥在一起吃。可以说这是当时对食物保鲜的一种新的尝试。在那之后经过了一百五十年，住在江户城的一位名叫华屋与兵卫的人于文政六年（1823）简化了寿司的做法和吃法，把米饭和用醋泡过的海鲜攥在一起，把它命名为与兵卫寿司，公开出售。这就是现在的攥寿司的原型，这种说法早已成为了定论。"

我见气氛不太对劲，亦跟着搭腔说道："不用管那么多，东西好吃就行啦。因为每个国家都有这样的百年老店和特色食物，但由于科技时代跟经济发展过于迅猛，百年老店和那些传统手艺会逐渐消失在大家的视线里，最终彻底失传。"

我这话一说，大家都若有所思地陷入了沉默，确实如我所说，很多古老的东西，都没能得到应有的传承，而消失在历史的长河之中。不得不说，这实在是一种悲哀。

我们大概往巷子深处走了有十来分钟，总算来到流川口中的炼瓦亭，我开始站在店门口打量，炼瓦亭的占地面积不大，门口还有一个小台阶，店面总体还是保持了那种老式的建筑风格，店门两旁挂着大灯笼和一串风铃，灯笼上写有"炼瓦亭"三个字。

我们四个人拨开面前的珠帘，依次换上鞋子走进店里。流川跟店里的老板很熟悉，直接找了一张小桌子坐了下来。我和司徒天等人依次入座，小次郎坐在我旁边，我本想点食物吃，结果他把自己的手机递给我，说是让我看一下。我点开一看，结果我的头皮立马炸开来，因为图片全都是那种用人皮制成的人皮纸鸢，很多图片上还有一群人在放人皮纸鸢，脸上还带着兴奋的笑容，看起来像是在比赛。

"小次郎，这是人皮纸鸢？"我的喉咙稍微有些涌动，"图片上的人都在干吗呢？"

小次郎从我手中夺回他的手机，无视正在点食物的另外两个家伙，小声对我说："其实，在日本的古时候，有一种惩戒犯人或者叛徒的剥皮酷刑，我也是听我爷爷说的，当时很多人都难逃此刑，把一个人的皮活生生剥下来，然后裁剪成纸鸢的形状，图片上的人是在参加人皮纸鸢大赛，获胜者能得到奖赏。"

我听见这儿，顿时打了个哆嗦，不禁感叹道："没想到，竟然有这么变态的比赛。"

"逸仙君，现在先吃东西，回去之后我详细讲述。"小次郎故意吊起我的好奇心，顿了顿继续补充道，"我提前告诉你，我要讲的人皮纸鸢绝对是一件真实事件！"

我很讨厌小次郎这种故意卖关子的做法，但他的故事又让我好奇，无奈之下唯有等吃完东西，回去寝室听他讲人皮纸鸢。这时候，流川跟司徒天发生了争执，他们俩在争什么味道的寿司最好吃。

看到这儿，我也深感无语，不就点个寿司吗？二人居然还能吵起来。

我跟小次郎看着他们俩在争论，根本不想发表任何建议。

流川依然坚持说道："我个人认为，芥末寿司最好吃。"

司徒天受不了芥末那股味儿，连连摆手说道："我讨厌吃芥末寿司！"

他们经过一番争执，最终决定，分别点自己最爱吃的寿司类型。

我对寿司没多大感觉，点了份跟司徒天一样的鲑鱼寿司，然后流川和小次郎点了芥末寿司，流川把单牌递给服务员，让他去下单。服务员刚离开没多久，寿司店老板走过来，与流川打招呼，老板是个上了年纪的老人家，满头白发不说，脸上还长有许多老年斑，他忽然搬了一张椅子，坐在司徒天旁边，怔了怔问道："几位客人，我方才听见你们在争论什么味道的寿司最好吃，其实我觉得人肉寿司最好吃。"

我也对寿司店老板口中的人肉寿司很感兴趣，只不过，我现在不想听。

因为等一下就要吃寿司了，若现在听人肉寿司的故事会影响食欲，还有点自虐的感觉。

司徒天的好奇心被勾了起来："老板，你快讲讲人肉寿司的故事吧。"

我顿时满头黑线，很佩服司徒天无比强大的内心，打算边吃寿司边听寿司店老板讲人肉寿司。我开始自动幻想人肉寿司的血腥制作场景，我知道在日本做料理生鱼片，至少需要两把刀，一把是柳刃刀，用于切鱼生，还有一把粗加工的，要厚些和短点，可切鱼头跟开膛。

我仿佛看到寿司店老板手里拿着一把切割人肉的柳刃刀，刀刃在肉上来回滑动，那些肉很快被切成一条条肉条，肉条的长短相同，整齐地码在一起，待各种配料或鱼肉上来之后，把切好的肉拍在米饭表面，借着微火加热，人肉发出滋滋滋地响声，大概七八分熟，人肉寿司就算大功告成了，想到这画面我差点没把隔夜饭呕出来。

寿司店老板迟疑许久，才严重地警告道："几位客人，在听我说故事之前，我们要先约法三章，今天我说的故事，你们都不能对外说，要不然以后都没人敢来我这里吃寿司了。"

司徒天早就心急难耐了，拍着胸脯说："老板，我答应你，绝对不说出去。"

随后，小次郎和流川同样表态，表示自己会遵守诺言，不对外讲。

说实话，听人肉寿司的故事，其实一开始我是拒绝的，但众怒难犯，只好硬着头皮准备听故事。我们四个人全部凝神看向老板，在其他三个变态的急切要求下，寿司店老板开始讲述，他小时候听长辈讲过的人肉寿司。

(2)

生于江户年间的人，一开始根本不怎么爱吃肉，通常都是以米饭为主食，直到寿司风靡整个日本，逐步变成能让大众都吃得起的民间食物，而不是达官贵人才能享受的极品美食。在坊间一直流传着一件跟寿司有关的恐怖传说，据悉在江户时期还是德川幕府在统治日本，也是日本封建统治的最后一个时代，德川家康为大将军，设定幕府产生了武士阶级，直到第三代将军德川家光，幕府机构才逐渐完善。

在武士横行的江户时代后期，武士的地位比庶民高多了，就算武士用武士刀斩杀庶民都不会受到惩罚。其间有一名叫龙马的武士，极其喜爱吃寿司，他花重金请许多有名的寿司师傅，赶到他府中替其制作寿司，或者亲自赶往一些寿司店，只为品尝不同类型的寿司。

龙马很快吃完了附近所有的寿司，他在手下秀田的口中听到一家店，店名居然叫人肉寿司，听闻是用人肉做成的寿司，根本没人敢去品尝，都误以为是真用了人肉来代替鱼肉。

人肉寿司店很快在坊间流传了起来，后来人肉寿司店更加嚣张，还挂了张挑战书在店门口，更是大放厥词，倘若有人敢来吃店里的人肉寿司，就撕下门口的挑战书进店品尝。

与此同时，亦不忘大肆诋毁武士，说所谓的武士都是一群胆小鼠辈。龙马听闻之后，顿时大怒，带上一群贴身侍卫，杀向人肉寿司店，原因很简单，只是为了捍卫身为一名武士的尊严和武士道精神。

龙马带着侍卫经过几番辗转，才在一个较为偏远的地带，找到人肉寿司店，门口确实贴有一张所谓的挑战书。龙马二话不说冲上去一把撕下，气沉丹田大声喝道："都给我出来！我要挑战试吃人肉寿司！"

由于龙马习武多年，这一声吼可吓坏了不少人，人肉寿司店内的人自然都听见了。店老板连忙跑出来，定眼一看，整个人都傻了，因为他认出了龙马，龙马乃是远近闻名的武士，出门有个习惯，都会带上大量贴身侍从。

店老板知道这回可能捅娄子了，拱手笑道："原来是龙马大人，我是人肉寿司店的老板桑本，不知道大人来此所为何事？"

龙马把头高高扬起，压根儿不想搭理桑本，怒气冲冲地说："桑本，听说你们这里推出了什么人肉寿司？还胆敢发挑战书，说我们武士为胆小鼠辈，可确有此事？"

桑本听到龙马这话，知道这事儿恐怕不能善终，立马赔笑道："龙马大人，实不相瞒，其实挑战书乃小人的一种营销手段，至于诋毁武士，小人可是万万不敢啊！"

龙马不想跟桑本多计较，亮出手里的挑战书说："现在，我要去吃人肉寿司。"

桑本的那张脸马上变了色，他怎么可能真用人肉来做寿司？毕竟，普通百姓杀人是大罪，武士杀平民百姓不用受罚。但眼下龙马要吃人肉寿司，若没人肉寿司，岂不是犯了欺诈之罪？

桑本的初衷其实很简单，想借助于人肉寿司来增加一些人气跟生意，岂料真的惹来了大麻烦，如今真有人要吃人肉寿司，而且还是一个武士。他甚至联想到自己因为欺骗罪名惹怒龙马，会不会让龙马用武士刀给活劈了？

龙马发现桑本还不为所动，愣在原地发呆，顿时怒火中烧，指着桑本大声骂道："桑本君，你为何不领我进店？你该不会是骗人的吧？还是说，店内根本不存在什么人肉寿司？想借此故意来诋毁武士道精神？"

桑本下意识地打了个哆嗦，抹去额头的冷汗，回答道："龙马大人，请您跟我一同进店，进店之后还麻烦您稍微等一下，因为人肉寿司的制作流程十分复杂。"

说罢，桑本迫于无奈，只好先把龙马与其随从一并请入自己的店里，让自己请的人好生招待着，他则火急火燎地冲进后堂，打算跟寿司师傅木藤商谈如何渡过难关。

桑本很清楚若处理不好，很可能会脑袋搬家，让龙马给当场处死，他来到后堂发现自己请来的木藤还趴在木桌子上呼呼大睡。桑本那叫一个气愤，马上大祸临头，居然还有闲心睡觉，内心带着怒火便冲了过去。

桑本一巴掌拍到木藤的后脑勺上，同时还不忘咒骂道："木藤！气死我了，我们马上就要大祸临头，你还在这睡觉？都是你出的馊主意，提议搞什么人肉寿司，现在反而弄巧成拙，惹出了大麻烦！"

木藤从睡梦中醒来，看着桑本摆了摆手说："桑本君，你切勿慌张，我自然有办法解决。"

"哼，但愿你所言非虚？并不是故意说谎来安慰我。"桑本面带疑惑地看着木藤，他明显不太相信木藤讲的话，眉头紧蹙道，"否则，让龙马发现根本没什么所谓的人肉寿司，我们都要脑袋搬家！"

木藤伸了个懒腰对桑本道："请您放心，我用脑袋担保，现在，您先去把龙马请进来。"

桑本早就手足无措了，他只好选择相信木藤能用妙计逃过此劫，不然即使侥幸逃过一死，恐怕也会脱一层皮。不过，转念仔细想想，如果木藤没把握怎会如此气定神闲？念及此处，便快步走出后堂，按照木藤的吩咐去请龙马。

而在外头的龙马还坐在一张桌上，端起面前的茶碗，抿了一口茶说："秀田君，我敢肯定这家店根本不存在那所谓的人肉寿司，一切都是桑本故意装神弄鬼，想借此提高自己店里的生意而已。"

秀田听着龙马的分析，仔细想想还真有可能是那么回事，他点了点头，立刻附和道："桑本进去许久未曾出来，毋庸置疑这其中定有猫腻！龙马大人，您当真是英明神武，桑本居然敢欺骗您，简直罪不可恕！"

"秀田君，此事无论真假，都对我有好处。"龙马反倒不以为意地摆摆手

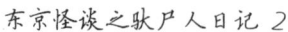

对秀田说道。

"好处？恕属下愚钝，不明白您的意思，还望您能为我解惑。"秀田躬身反问龙马。

话音未落，龙马放声大笑，拍着秀田的肩膀解释道："秀田君，众所周知我喜欢吃寿司，人肉寿司如果真的存在，我敢生吃人肉寿司，岂不是非常英勇？况且桑本不敢承认他欺骗我，因为他怕被我砍头。"

秀田明白了龙马的意图，连连拍手赞扬："龙马大人，如此一来，您能名利双收啊！"

在二人谈论之际，桑本已经从后堂走了出来，向龙马鞠躬道："龙马大人，本店的寿司师傅木藤请您到后堂，现场观看人肉寿司的整个烹制过程，由此证明我们没有说谎欺骗大人。"

龙马和秀田相视一笑，其中的意思不言而喻，龙马起身对桑本说："好！我跟你走一趟！"

桑本表面虽然看起来十分镇定，实则心慌不已，他领着龙马来到后堂，首先看见木藤已经戴着专用手套，持两把长刀在切割鲜血淋漓的肉块，刀刃上全是血，光看一眼都足以令人反胃。果然，秀田与龙马见到木藤的瞬间，二人脸色突变，大脑自动联想到人肉寿司，五脏六腑开始疯狂翻滚。

木藤停下手上的动作，拎起一块带血的肉末，喂到自己嘴里，边吃边转过头问："你们要吃？"

龙马和秀田早让木藤生吃人肉的举动给吓破胆了，拔腿就往外头跑连头都不敢回，而桑本依然傻愣在原地，死死地盯住木藤，以及他那带血的嘴角，打着哆嗦问道："木藤君，你真的是在生吃人肉？"

木藤把刚才的肉丢到砧板上，抹干净嘴笑着说："不！我吃的并非人肉，而是最普通的肉类，为了吓唬龙马，我故意把肉用血染红，搞出非常恐怖的场景，好借着心理战术把他吓走。"

桑本瞪大着双眼，他现在正是又急又气，顿了顿对木藤道："木藤君，你收拾一下，我们俩连夜离开这地方，倘若等龙马缓过神来之后，我跟你都有性命危险。"

木藤一副信心十足的模样，接连摆手说："放心吧，龙马不会来了，他的面子丢尽了。"

桑本这下子彻底服了木藤，很明显木藤把任何细节都计划在内，龙马完全掉进他的计谋之中。不知是什么人，把龙马带人前来人肉寿司店挑战逃跑的事传了出去，龙马觉得自己太丢人，索性迁居别处。

寿司店老板讲完了整个故事，面带笑意反问道："怎么样？我说的故事如何？"

我觉得人肉寿司没预想中那么恐怖，其实，在寿司店老板讲故事的期间，先前点的那些料理都已经上来了，而且我们也快消灭完了。为给老人家面子，我们四个人还是很配合地拍手叫好。

第二章 人皮纸鸢，兽面文身

(1)

我们吃完桌上的寿司，流川结账之后，一行人才离开寿司店搭车返回学校。流川说要先赶回去跟黑木老头报平安，独自一人率先离开。我和司徒天加上小次郎则回到学校寝室，我躺在自己的床上，想起那个人肉寿司的故事，不禁有些好笑，日本古代的人真胆小。我又转念一想，倘若真用人肉来做寿司，会是什么味道？

我想着想着忽然想起小次郎之前提过的人皮纸鸢，这应该是个有趣的故事。

其实，在我眼中日本是一座以动画片和爱情动作片闻名全世界的城市，它很像传说中的神秘国度，经济高速发展和人口急剧增长，日本武士都极度信奉武士道精神，同时也是各种妖怪的发源地，让我无法理解的是，日本居然真的存在各种妖怪与诡事。

我望着正坐在床上码字的小次郎，想了想才开口说："小次郎，该讲故事了。"

司徒天本来正用手机在打游戏，转过头问我："讲故事？什么故事？"

小次郎慢慢合上自己的笔记本电脑，对司徒天说道："人皮纸鸢！"

"人皮纸鸢？光听名字虽然好像很重口味的样子。"司徒天把手机丢在一边，搓着自己的手贼笑道，"不过，我喜欢听，小次郎同学，你快说吧！"

小次郎干咳几声，先提了一个奇怪的问题："你们听过风筝节？"

第二章 人皮纸鸢，兽面文身

我和司徒天相继摇头，风筝节是什么玩意？光放个风筝而已，居然还定了节日？

我知道小次郎又要开始卖弄自己的学识，果然不出我所料，他继续补充道："在日本，风筝节已有450年的历史了，本来是为了庆祝家中长男诞生而开始。日本的风筝节很传统，但没有固定的时间，风筝有大有小，关键是很多风筝上面印的都是最传统的日本民族图案。风筝传入日本后，原是作为同事方面传递讯息之用，直到江户时代才在民间流传开来。早期的风筝多为长方形和半圆形，上面没有任何装饰。到了明治时代，浮世绘的画风已形成日本风筝的独特风格，让风筝的艺术与欣赏价值更为提高。"

司徒天对这种历史根本提不起兴趣，直接打断小次郎："好啦，小次郎君，你快讲故事。"

小次郎颇为无奈地耸耸肩，他深知司徒天的火爆性子，便正式开始讲人皮纸鸢。

日本的历史复杂多样，无论什么事都会通过人或文字流传下来，当然古代亦存在许多变态刑法，早在战国时代就规定了极其残忍的刑法，随着时间的推移，刑法越来越多，根据不同的罪名，来执行相关刑法。

据日本战国时代的历史记载，由于战事繁多，倘若是敌人变成了俘虏和敌国女性战犯，一般采用穿胸这种刑法，并非像想象中那样从胸口刺进去，而是采用尖头的铁棍从侧面穿透胸部，然后挂在木竿上面示众。

当然还有不少女忍者会执行任务。女忍者任务失败被抓后，一般不能选择自杀，而是被剥光衣服放在木板上，用尖刀从胸骨中间刺进去，一直划到小腹部，之后内脏都会流出来，实在是惨不忍睹。

除此之外，还有许多变态刑法。例如开颅，就是把犯人锁在铁箱子里面，只漏出头部。然后用一个大锤子砸下去，后果可想而知。还有板烧这个刑法，跟现代的烧烤有点像，我甚至开始怀疑，烧烤的源头是不是来此于板烧。首先把钢板烧热，然后把犯人剥光放在上面，直到烤熟。

小次郎说到此处，喝了一口水，我开始自动展开联想那一大堆刑法，当

真能与满清十大酷刑相媲美。我实在不愿相信,无论哪个国家的古代,只要发生战争都会存在类似酷刑,人命根本不值钱。

小次郎调整好思绪,继续往下讲述。

在战国时代有个生性残暴的武田将军,他虽然是个常胜将军,但在当时他却恶名远播,原因很简单,因为他有个很变态的怪癖,喜欢用各类刑法惩罚俘虏和犯人,或者自己手下的失败者。

俗话说,吃多了山珍海味,偶尔也想换换新口味,他觉得惩罚战俘太没意思了。

武田再次出征打仗,依然是大获全胜,待他回来之后,得知自己怀孕的妻子生下一名男婴,可把他高兴坏了,回去第一件事是替自己的儿子取名武胜,寓意武能常胜。同时,在战役中依然抓有许多俘虏跟犯人。

在儿子出生的当天夜里,武田没在家陪孩子,反倒马上回去关押俘虏之地,准备试试手下佐助不久前新开发出来的酷刑。佐助取此酷刑名为人皮纸鸢,其实说来很简单,把犯人或俘虏的一整张人皮剥下,剥下之后把皮挂在能晒到太阳的地方暴晒;把尸油完全晒干,拿笔在皮上画出纸鸢外形,以微火烘烤成形固定,最后剪下纸鸢的形状,拿竹子编织好,完成后续一系列流程后,人皮纸鸢彻底完成。

武田最初听完人皮纸鸢的构想,居然感到热血沸腾,还伴随着强烈的兴奋感,连在梦里都会浮现出人皮纸鸢。把人皮纸鸢放飞高空,是一件多么霸气的事?他是从古至今,第一个放飞人皮纸鸢的将军。

武田赶到之后,佐助恰好在等他,佐助面前跪了一排俘虏,俘虏里有男有女,他们身上都布满了深浅不一的伤口,胸前绝大部分让铁块给烫过,几个女俘虏连脸上都留下了烙印,看起来格外恐怖。

佐助自然发现了武田,小跑到他面前鞠躬道:"武田大人,准备开始制作人皮纸鸢?"

武田先是向佐助点了点头,随后目光依次扫过跪在身边的那排俘虏,脑袋里浮现出一个极为诡异的画面,他幻想着自己亲手用武士刀把俘虏们的皮

第二章 人皮纸鸢，兽面文身

给剥下来，安排自己的手下开始制作人皮纸鸢。

武田光是想想都觉得自己身上的血正在疯狂沸腾，除开打了胜仗和喜得贵子之外，很久没有一件事儿能让他如此激动了。他转过脸命令佐助："佐助君，你要加快速度制作人皮纸鸢！"

佐助自然点头答应，招来两名士兵准备开始现场制作，两名士兵拔出腰间的武士刀，右手持刀分别徐徐走向俘虏，手起刀落，寒光乍现，两颗人头同时滚落地，连半丝哀嚎都没传出。

武田看着不远处的双眼瞪开老大的人头，伸出舌头舔了舔下嘴唇，那样子好似许久未曾吃东西的豺狼，恨不得马上扑过去把尸体给啃干净。佐助见状又继续命令两个士兵开始用匕首剥皮。

余下的战俘看着自己的同伴惨死，一脸悲切之色，其中有几个男俘虏看不过眼，开始骂武田是灭绝人性的畜生，诅咒对方不得好死，断子绝孙。不过，还没骂完，只见武田抽刀冲向男战俘，一刀从左边直接砍到右边，三颗男人的人头依次落地。

佐助小跑到那些男俘虏的尸体前，连着踢了好几脚，边踢边骂："低贱的战俘，还敢骂我们伟大的武田大人，简直是自寻死路！"

武田哈哈大笑，显然对佐助这番举动十分满意，之前那两名士兵已经用匕首完整剥下了两张人皮，白花花地肠子流了满地，武田慢慢走向两名士兵，并大声命令道："你们两个等一下把刚才那三个男人的皮给剥下来，然后负责将人皮上的尸油烤干！"

两名士兵点头答应，开始动手做人皮纸鸢，随后又叫来三个士兵生火，把不久之前才剪下来的完整人皮架在火上烘烤，待皮上的尸油烘干之后，直接往上面绘出纸鸢的形象。

佐助是个很会见风使舵的人，他走到武田跟前，故意讨好道："武田大人，您先去休息吧，这种事情交给小人处理即可，我保证不出几天，就能给你做出一只完美的人皮纸鸢！"

武田拍着佐助的肩膀赞扬道："好！我先回府了，佐助君！此事交给你

全权负责!"

说罢,武田怀着愉悦的心情赶回府中,归家之后发现妻子和孩子已经睡去,他匆匆洗漱一番躺在床上双眼紧闭,不出顷刻就睡着了。在梦里武田梦见自己正在和一群人放许多做好的人皮纸鸢,纸鸢上面画着带有独特标记的兽面文身,众人都非常激动跟高兴。

(2)

翌日清晨,武田与往常一样来到关押俘虏的地方,已经见到有几名士兵在旁边忙碌了。

其中,还多了一个穿一袭黑衣的小老头,老家伙头发稀疏,下巴上留着山羊胡,佝偻着腰,手上还有大量老茧。对于这个突然出现的陌生老头,武田面带疑惑地走向对方,开口盘问道:"老家伙,你是什么人?怎会在这儿出现?"

小老头抬头看着武田,鞠躬道:"武田大人,我叫河村,是来帮你做纸鸢的匠人。"

武田顿时恍然大悟,暗自寻思着,原来这老家伙是来弄人皮纸鸢的匠人,差点还把他当成奸细。知道对方真实身份后,武田立刻下令道:"河村,按照你的速度,做好一只人皮纸鸢需要多长时间?"

河村捋了捋山羊胡,沉默几分钟才说:"若我一个人做,一天能完成三只人皮纸鸢。"

武田听见河村的回答,他皱着眉头,心里有点不高兴,因为按照他最初的构思,是想举办一场轰动方圆百里的人皮纸鸢大赛,用于树立自己的威信,让所有人都惧怕他,比赛不单单如此,按照赛制规定,胜出者赏赐高额奖品,失败者会被做成新的人皮纸鸢!

河村好歹混迹多年,发现武田皱眉,连忙改口说:"武田大人,不知道您有什么想法?"

武田很快向河村说出要举办人皮纸鸢大赛的事,定下死命令要对方在半个月内完成至少三十只人皮纸鸢。如若不然，就要把河村人头落地，如果准时做好，有双倍工钱。河村让武田吓到脸都白了，因为事关生死，他自然不敢怠慢，连忙告别武田赶回去召集附近一带的纸鸢匠人前来帮忙。

佐助恰好和河村撞了个正面，他一把拉住河村问道："河村君，出什么事了？你居然如此慌张？"

河村扯开佐助定了定神，喘了几口气说："佐助大人，出大事了，武田将军刚才跟我说要搞什么人皮纸鸢大赛，让我在最短的时间内做出三十只人皮纸鸢，如果我办不到，会被将军砍头的啊！"

河村说完又继续往外赶，他知道如果人皮纸鸢这事弄不好，分分钟会提前去见阎罗王！

佐助站在原地不知想什么东西，眼神很是怪异，通过河村这件事，他明白了一个道理。只要武田要求的事没办好，百分之百会掉脑袋，所以平日里他一直很小心，尽量从各方面给武田出谋划策，满足武田那种变态到极致的心理，让其发泄杀戮的欲望。

佐助佯装很喘的样子，跑了进去，大老远便喊道："武田大人，我想到了一个好点子！"

武田手里拿着一块石头，蹲在地上好像画一个东西，头都没抬地问道："佐助君，先说说你想到了什么好点子？"

佐助同样蹲在武田身旁，继续说："武田大人，我们可以举办一场人皮纸鸢比赛，让不同的人来自愿报名参加比赛，赢了有奖赏，输了会受到处罚。"

武田停下手里动作，把石头丢到一边，反问佐助："佐助君，你现在说的那么简单，比赛虽说赏罚分明，如果大家都怕受罚，没人敢前来参加比赛，又该怎么办？"

佐助遭武田这么一问，愣住几秒钟才想出了一个方法："武田大人，这些你都不用担心，到时候如果没有人敢来参赛，我们可以采用抽签的方法！"

武田没听明白佐助话中的意思，很是疑惑地说："佐助君，你说用抽签？怎么个抽法？"

佐助伸长着脖子，凑到武田耳边开始窃窃私语起来，只见二人边说还边笑，最后武田竟然连连点头叫好。反正，有一点能够确定，许多平民百姓或者战俘又要惨遭毒手了，人皮纸鸢大赛注定是一场噩梦。

在他们二人商量计划的时候，河村已经领着六七个同行赶来，看样子是预备大干一场。

武田想以最快的速度举办人皮纸鸢大赛，先支付了一半报酬给河村等人，还催促手底下的士兵快点剥皮，佐助则是主要负责人，所有大小事件均交给他一人做主，其余人等要无条件配合。

武田交代完毕之后，开始在一旁监工，甚至还亲自动手剥下好几张人皮，把已经干了的人皮画上独特标志。众所周知武田他对蛇有着一种疯狂的喜爱，所以拿笔沾上鲜红的人血，在表面画了一个张开獠牙的蛇脑袋。

河村带来的那群纸鸢匠人和武田手下的士兵，开始没日没夜地赶工，很快半个月过去了，大伙齐心协力总算准时完成任务，让众人都松了一口气，因为没有准时完工，武田大怒可能会杀光所有人，武田听到佐助的汇报，当即命令佐助给纸鸢匠人们发完余下的工钱。

同一时间，武田还发布了一个命令，让在附近居住的平民百姓赶到清风山集合。

果然不出武田所料，大伙一听说是举行人皮纸鸢比赛，当即吓到魂飞魄散，这玩意搞不好还会小命不保，试问谁会拿自己的生命开玩笑？所以，百姓们都没有一个人敢去报名参赛，都是面露恐惧地盯着武田身后那群士兵手里的人皮纸鸢。

武田在佐助耳边低声耳语，佐助连连点头向后面的士兵们："把准备好的东西拿出来！"

士兵们取出挂在腰间的竹筒子，他们把竹筒全都平放在地上，里头满是红绿相间的竹块。

"今天，你们不想参加也要参加！如果谁想逃跑，我绝对会让逃跑之人，享受最残酷的剥皮极刑！"武田大手一挥，恶狠狠地大吼道："好了，现

第二章 人皮纸鸢，兽面文身

在本将军要随机点一群人出来抽签，抽到红色签之人留下参赛，绿签则能平安离去！"

很快一大群手持武器的士兵，把百姓们团团围住，外围的高处甚至还有弓弩手在戒备着。

武田强制性选了一批人出来，其中包含着男女老幼，每人手里分了一只人皮纸鸢，让士兵压着人上清风山顶，开始放纸鸢。伴随武田的一声令下，比赛正式开始，但眼下风尚未起，又不是好时节，怎么可能放飞人皮纸鸢？

武田顿时勃然大怒，居然没有一个人把纸鸢放起来，高高举起右手喝道："给我射箭！"

弓弩手纷纷把弓拉满，取下背上的箭，搭在弓上射出，平民百姓们无力反抗，发出痛苦的嚎叫，相继惨死在清风山。武田这一暴行像瘟疫那样，快速传遍方圆百里，都说他是个杀人如麻的暴力将军。

其间，武田还发明了不少酷刑，一如既往举办人皮纸鸢大赛，如果没人参加就会强行抓人参赛。其实，武田自己心里清楚，他这么做只是想建立自己的威信，让所有人提到他都为之心惊胆战。

入秋不久，武田临时接到一道出征命令，率领大军去攻打别的地方，结果武田的这次出征并不顺利，因为大意而落入敌人的陷阱，外加上佐助背叛，吃了一场败仗全军覆没。他本不想当逃兵，但想起家中的妻儿，又很是思念，就决定见完妻儿最后一面，才去樱花树下破腹自尽，永表效忠天皇。

就这样，武田抢了一匹黑马，脸上还带着伤痕，身上的衣服还有血渍，赶了整整一夜的路，到家中发现自己的妻儿和仆人全部离奇惨死，不知是被何人所杀。妻儿的死让他受不住打击而一夜白发，神经失常变成了疯子，以后逢人便大声喊："快点！你快陪我去放人皮纸鸢，人皮纸鸢大赛马上就要开始了！"

一开始还有人会殴打武田来出气，后来又觉得他可怜，整整半年过去了，大家都在传武田他跳山自尽了，因为有一个年轻女子说，她最后一次见到武田的时候，武田恰好站在清风山上，指着天空大声喊道："人皮纸鸢，我

017

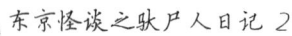

要变成人皮纸鸢在天上飞！"

故事讲到这就完全结束了，小次郎抽着烟，继续解释道："年轻女子说当武田喊完这句话后，直接纵身跳下山去，当然，至于事实究竟是什么样？我也不清楚，因为谜团到至今依然没能解开。"

我忍不住长叹一口气，武田将军的下场正应了那一句话——天理循环，报应不爽。

如果人的一生作恶多端，杀孽过重迟早会遭受天谴，世间万物，皆有轮回。

当然，嗜杀之人轻则无子送终，孤独终老，重则不得好死，遗臭万年。

"武田将军落到如此下场，纯属他自己活该！"司徒天舔了舔嘴唇，一副意犹未尽的样子，继续追问道："小次郎同学，刚才听你提到一种文身，为什么武士或者士兵都要纹兽面文身？"

小次郎看了一眼墙上的版画，笑着说："因为方便分辨敌我，在战国时期如果发生大规模的战争，只有依靠戴在士兵们脸上的兽面文身面具，才能尽可能避免误伤，或者自相残杀这种情况的发生。"

我从小也看了不少日本动画片，一些动画片内会出现妖怪或者战士戴了面具的场景，日本电影里还能看见歌伎的特别面具，怀着好奇的心理反问小次郎："小次郎，能跟我说一下，为什么你们日本人都喜欢戴面具？"

小次郎顿了顿回答道："这个我倒不是很清楚，不过，我知道一个关于面具的怪谈。"

"怪谈？跟面具有关？"司徒天这家伙显得有些激动，他知道又能免费听怪谈了。

"没错，不过，具体的故事我记不清了。"小次郎这次没能成功变身故事大师。

"嗐！连故事都记不清了，你还怎么讲？"司徒天一脸不悦地说道。

小次郎不好意思地抓了抓额前的头发，开口解释道："司徒君，兽面文身起源于面具，日本面具的历史起源于公元前 3 000 年左右的贝壳制面具，然后才是土制面具的登场。 在古代，面具是人类带着最原始的愿望——延命息灾、除魔招福来制作的一种物件。 绳文时代以后的数百年间，虽然面具制作有可能一直被延续下来，在此之后，进入了飞鸟时代、奈良时代、平安时代，从中国大陆和朝鲜半岛传来了很多佛教仪式及艺术表演中使用的面具。这些分别是伎乐面、舞乐面、行道面。 伎乐是起源于3世纪中国南部的吴国的一种歌舞，号称从百济归化过来的人在飞鸟时代将其传入日本。 这种歌舞是为了供奉佛祖的一种表演，妓乐在各地的寺院的法事大会上被隆重上演，直到从平安时代以后才开始逐渐衰退。"

司徒天似懂非懂地点点头，兴致并不高昂，对小次郎刚才的面具科普完全不感兴趣。

第三章　骨灰咖啡，人头咖喱

(1)

我不知道是怎么回事，我记得自己原本在听小次郎讲故事，听着听着居然睡着了。

在梦中我仿佛梦见自己回到了战国时代，脸上戴有一张兽面纹的面具，到最后让敌人给活捉了，沦为俘虏要接受剥皮酷刑，做成人皮纸鸢，我瞬间从噩梦中惊醒，额头蓄满了冷汗，齐刘海紧贴在我的额前。

小次郎跟司徒天同时转头看向我，他们俩面前一人摆着一杯刚冲好的咖啡，很明显在我做噩梦期间，这两个家伙在悠闲地喝咖啡。我马上跳下床，走到二人面前，发现垃圾桶里还有写着日文的咖啡包装，小声抱怨道："小次郎，你真不够意思，有咖啡都不早点拿出来让我尝尝鲜，日本的咖啡我还没喝过呢。"

小次郎见我向他抱怨，喝了一口咖啡，站起来对我说："我马上去给你冲一杯新咖啡。"

司徒天放下咖啡杯，故意大声喊道："小次郎，你记住，一定要冲骨灰咖啡啊！"

骨灰咖啡四个字让我打了个哆嗦，竟然还能用人的骨灰做成咖啡？我想着还有点期待，打算尝尝骨灰咖啡的味道，不由觉得自己口味真重，看来是被流川那个死变态影响了，以后要离那家伙远点。

10分钟后，流川端着一杯热气腾腾的咖啡递给我，打趣道："逸仙君，尝一下骨灰咖啡。"

我接过咖啡移到鼻尖，闻了一下，发现居然没有咖啡那种苦涩的味道，反而多了一股酸甜味，用嘴巴小小地抿一口，咖啡从嘴里涌入喉咙，味道和酸牛奶差不多，向小次郎竖起大拇指，称赞道："好喝！非常好喝，小次郎这真是用人骨灰做成的咖啡？"

小次郎忽然放声大笑，让我坐下来听他说："当然不是，骨灰咖啡是我听别人说的事情。"

不知为何，我听到这话，心里顿时松了一口气，笑着说："骨灰咖啡你能详细讲讲吗？"

小次郎坐在自己的位置上，端起咖啡杯喝了一口咖啡，将骨灰咖啡的事娓娓道来。

故事发生于20世纪80年代，在日本东京都与崎玉县突然惊现一名超级变态的连环杀手，专门杀年轻貌美的女子和小女孩儿，一个月时间接连多名女性被他杀害，杀人手法极度残忍，犯罪现场不留下半点蛛丝马迹，还录下了整个杀人过程。

警方对此束手无策，因为凶手过于狡猾，直到某天警局收到一份匿名录像带，录像带中的内容更加让人毛骨悚然，录像带中拍摄的内容包括猥亵、食尸、饮血。凶手大概以为吃掉女童后会令自己长生不老。

与此同时，连带着许多被害女性的家属都收到类似录像带，其中一家还收到了一只纸箱，纸箱里面放着被害女子的空骨灰盒，还贴了一张标签，标签上写着您女儿骨灰味道很好，让我冲成了咖啡。

警方通过日夜观看录像带，总算发现了新的线索，安排大量警员出动成功抓捕凶手。

小次郎把咖啡喝光了，他看我吓傻了，就继续说："这是个真实案件，凶手叫宫崎勤，宫崎勤事件发生于1988—1989年的日本东京与崎玉县，案中罪犯宫崎勤先后绑架、伤害及杀害4名年纪介乎4~7岁的女童，然后拍摄裸照猥亵、奸尸、吃尸、饮血。凶手幻想吃掉女童后会令其死去的爷爷复活。

几个月后被害女童的家属都收到一只纸箱，里面放着被害女童的骨灰，犯案过程甚至被拍成录像带作为他个人的收藏品。"

司徒天听着都捏紧了拳头，破口大骂道："畜生！拉出去枪毙一百回都不够！"

小次郎依然心平气和地说着："司徒君，别太生气了，他在 1989 年因伤害他人与谋杀而被捕。律师以心智失常为由想为他脱罪，但未被法官接受。主审法官藤田宙靖前年宣判死刑时表示：被告为满足变态的性欲而杀害 4 名女孩和致一名女孩受伤，罪不可赦。2008 年 6 月 17 日宫崎勤在东京监狱被处死刑。多年来他未曾向受害人家属道歉，反而向治疗师说，请你告诉全世界，我是一位好人。日本警视厅起初将事件命名为 117 号事件，后来被日本传媒称为东京·崎玉连续幼女诱拐杀人事件。"

我根本没想到，骨灰咖啡背后还跟这种变态杀人案有关，说句真心话，我恨不得把那变态杀手千刀万剐，当真是猪狗不如。当然，我也知道，在当时那个年代，全球乃至各个国家都会发生很多起这种变态连环杀人事件，包括现代社会同样存在。

我们三个人不知道为什么，居然同时陷入短暂的沉默，或许是因为连环杀人案的关系。

(2)

其实，对于骨灰咖啡我倒是不觉得恶心，毕竟没那种让人反胃的感觉。我喝完小次郎冲给我的那杯骨灰咖啡，味道确实跟平常的普通咖啡不同，多了股浓浓的酸甜味儿，咖啡的苦涩反倒不知所踪。到最后，我甚至还喝了两大杯所谓的骨灰咖啡。

司徒天就不同了，他坚信自己喝的是骨灰咖啡，非要拉着小次郎继续讲故事。

其实，我很清楚，司徒天这家伙纯粹就是想听离奇故事，刻意在对小次郎死缠烂打，跟无赖差不多。不过，我能证明一件事儿，我跟司徒天认识十多年，他的脸皮绝对比城墙还厚几分。

小次郎实在抵不住司徒天的骚扰，直接败下阵来道："司徒君，你别继续在我耳边念叨了，我现在就给你讲一个新故事。"

司徒天完胜小次郎，向我挑了挑眉毛，咧嘴傻笑："行！你打算讲什么？"

小次郎的眼珠子在眼眶里转了好几圈，歪着脑袋问道："你们有没有吃过日本咖喱？"

小次郎不说我还真不觉得，我跟司徒天来日本也算久了，竟然没吃过日本风味的咖喱。我想了想接茬说："没有，我和司徒天到日本都一直没有时间去吃日本咖喱，主要不知道什么地方的咖喱口味比较正宗。"

小次郎愣了愣神，表示很惊讶，我跟司徒天来日本这么久，居然还没吃过咖喱，他缓缓说道："其实，日本并不是咖喱的发源地，除了印度及与其邻近的各国外，日本也是酷爱咖喱的国度，看看现在摆在超市货架上出售的各种咖喱粉、咖喱块，绝大多数的外包装上都打着日本风味的印记，其实，日本与印度虽然同处于亚洲，但日本人吃的咖喱却是到了明治维新时期才由欧洲传入的。似乎无论什么东西，一经传到日本，便转型为更加精致、细腻、温和的事物，与其本土文化巧妙地融为一体。咖喱传到日本后，也得到了新的发展。咖喱到了日本人手中，出现了可以大规模生产的咖喱粉与咖喱块。虽然不再像印度家庭自制的咖喱那样味道千变万化、自在随心，但胜在够方便，节省时间。不必上餐馆，不必费力气学厨艺、买材料，只要稍微加热，淋在米饭上即可食用，咖喱也因此成为一种普通的美食。"

如果小次郎不说，我还真不知道咖喱不是日本人发明的，在我的记忆里一直认为发明咖喱的是日本人。我顿了顿继续问道："小次郎同学，你讲这些跟你下面要说的故事有关系？"

小次郎想了想回答道："有吧，确切点来说，我讲的这个不算故事，而是一个真实发生过的凶杀案，你们用手机在网上搜索一下咖喱人头案，具体我就不详细讲述了，你们看了就会明白是怎么一回事。"

我依照小次郎的意思，打开谷歌输入咖喱人头案，很快弹出一则新闻。

新闻大抵内容如下：食尸兄弟吃尸体是为了什么？尸体当零食，每天都要吃上一具尸体才觉得满足。食尸兄弟中弟弟已被捕，但哥哥还外逃，当地的市民就要提高警惕这位吃尸狂魔，食尸兄弟刨坟挖尸吃。

食尸兄弟人头挂家里，食尸兄弟尸体当零食，好惊悚！两兄弟为什么会有食尸的习惯？难道他们都不怕吗？现在这个社会真的发展到人吃人的地步了吗？实在太可怕了，食尸兄弟因盗墓成性，久而久之对死尸有特殊癖好，更发展到将3岁儿童杀害食用，令人瞠目结舌，食尸兄弟被捕时竟然正在煮"咖喱人头"，让在场的警察都呕吐不止，想想都汗毛直竖啊！

巴基斯坦兄弟两人竟然有一次偷吃百具尸体。一日，两人一夜之间偷了上百具尸体回家，由于尸体过多，最终尸体的恶臭惊动了邻居。这两兄弟也入狱2年，没想到刚出狱，又盗吃了3岁男童的尸体。

据英国《每日邮报》媒体相关报道了解到，这两名男子一个是35岁（哥哥），另一个只有30岁。哥哥已经被捕，名叫穆罕默德·阿里夫。弟弟仍然在逃，叫穆罕默德·法尔曼。

两名男子涉嫌吃掉一具3岁男童的尸体。目前，其中一名男子已被逮捕，另一名男子仍然在逃。据悉，这两名男子曾在2011年因吃掉100百多具尸体被判入狱两年，两年后才刑满释放。

看完这案子，我觉得自己这辈子都不会吃咖喱了，因为太他妈恶心人了。

咖喱人头的案子让我不寒而栗，外国人还真是重口味，连人头都能用来煮咖喱吃了。

我为了给自己压压惊，看见小次郎刚新买回来的零食，打算试试是什么口味儿，我也没注意看，随手拿起一包撕开，感觉有点像大骨头卤肉棒，反正味道很正点，具体我也不知道叫啥名字。

第四章　误食狗粮，骨女出嫁

(1)

我一口气吃光好几袋，小次郎见我吃完零食，一脸惊讶地指着我说：“逸仙君，你居然把那些东西吃完了？”

我舔了舔下嘴唇，扯了张纸巾擦嘴，还很回味刚才的味道，反问道：“怎么？有问题？”

小次郎吞下一口口水，他脸上的表情跟吃了大便一样，说：“这不是给人吃的东西。”

“什么？不是给人吃的？”现在轮到我跟吃了大便一样，“不会是给狗吃的吧？”

小次郎一脸尴尬地点了点头，司徒天则哈哈大笑，捂着肚子连眼泪都快笑出来了。

我顿时心生呕意，连忙冲进厕所开始狂吐，一想到自己在无意间居然吃了狗的食物，简直欲哭无泪。呕了好一阵子，我才从厕所走出来，十分生气地走到小次郎面前：“小次郎同学，你怎么能把给狗吃的东西放桌上？”

小次郎没回答我，司徒天反而搭话说：“不放桌上放啥地儿？你点儿背，不能怨社会！”

司徒天的话，让我无言以对，确实如他所言，我唯有自认活该倒霉。

小次郎犹豫片刻，接着说道：“你们还别说，看见这骨头，我想起一个传说来。”

司徒天顿时两眼放光，他连忙跑过去拉着小次郎的手说："传说？什么传说？"

小次郎一脸嫌弃地拍掉他的手，把零食袋丢进垃圾桶，开始讲述骨女的传说。

传说发生的具体年份不详，但起因是一个相貌丑陋的女子而起，名唤锦织平霓。自幼和管家相依为命，但已故的父母留下了一份不菲的财产。管家很忠心，将家中大小事务打理得十分妥当。否则她孤身一人，不知如何撑起偌大的家业。

10岁之前，她并不知道自己的相貌如何，与管家一同出门时，总是被人夸奖，便以为自己姿色优异。直到某一日，她偷溜出宅邸，听到有人在背地里谈论锦织家，她躲在一个角落，竖耳聆听。

"锦织家的小姐长得可真丑，那个小丫头却以为自己美若天仙，要不是她家大业大，我儿子在她家工作，我才不夸她。"

所谓年轻气盛，年仅15岁的锦织站在她们身后，怒吼："你们才丑，你们都是丑八怪！"言罢，便抹泪跑开。

自从那以后，幼童遇见她，毫无礼数地冲她吐口水，辱骂她丑人多作怪，并且追赶她，直到她淡出他们的视野。她想了想，恐怕全镇的人都知道她的模样，目光渐渐地暗淡，脸上的泪水已被风吹干，还残留泪痕。从此，她再也不愿踏出家门，即便是在家中，她以一张深色的面纱遮住脸，只露出双眼，亦只有这双清澈的眼眸令她自豪。

一日早晨，出去办事的管家回来，他右手轻抚一个男孩的脸盘，向锦织平霓解释道，男孩名为早川矢泽，与平霓同岁，前几年家破人亡。管家路过一个巷子时，见他被其他乞丐拳打脚踢，将他解救后，男孩道谢欲走，管家却拉住他。他满脸是伤，浑身脏兮兮的，管家心生怜悯，便将他带了回来。

男孩脸上有一道疤痕，颜色略深，贯穿整个右脸，像一条毛毛虫，令人不敢接近。他僵硬地立在大厅，见锦织平霓靠近，便垂首低眉，好似生怕吓着她。锦织平霓小心翼翼地走到他身旁，察觉他紧张得身体轻微抖动，便默默地走开了。

镇上传得沸沸扬扬，街道上能听得幼童唱：锦织家，锦织家，女娃男娃都长相丑陋！不久，这段词便传入锦织平霓的耳中，她愤然，却深知自己还未能与之对抗。

一转眼，五年过去，年老的管家去世前，将家中一切都交给平霓和矢泽打理，并且有两年他们听不见传言，想是管家封了百姓的口。

一个如父如母的人再次离开了平霓，让她深受打击，一时之间无法接受。

后事全由早川矢泽操办，平霓心痛到麻木，守夜时，矢泽见她魂不守舍地跪在地上烧纸钱，便陪在她身旁，半夜见她支撑不住昏倒在地，他立即抱起她回房，又派人找来大夫。

后事办完后，春天来了，万物复苏时节，大地回暖，百花齐放。这一年的春天，天气格外好，锦织平霓忽想出门散散心，便对矢泽交代了所有店铺的事项，她交给他，比较放心。

矢泽一听她要独自出门，脸色渐渐变了，神色担忧地劝她带一个仆人，但她一意孤行。局面僵持了许久，早川矢泽轻轻地叹了口气，他最拿她没辙，便不再劝说，只是叮嘱她万事定要当心，不要轻易相信他人。她微微颔首，保证自己一定会平安归来。

途中，锦织平霓路过一个小村庄，不经意间，瞥见一家布置得很是温馨的书坊，便走了进去。一个文质彬彬的掌柜从书堆中抬头，对她温柔地笑，请她随意翻看，随后又将头埋入书中。

不一会儿，掌柜将地上琳琅满目的书籍都归好类后，端了一壶热气腾腾的茶和新鲜果子摆在她面前，她正在看一本汉诗诗集，抬头后微微吃惊。掌柜坐在她面前，问道："姑娘怎么一人出门？不怕遇到恶人吗？"

"我这副面容，恶人见了，恐怕也得后怕三分。"她"扑哧"一声笑出来，眼睛明亮如月光，看不出一丝哀伤。

"怎么？难道姑娘的面容美若天仙，能够迷得恶人颠三倒四？那我可得

好好欣赏一番。"掌柜以为她在调侃自己，也不深思，便接她的话。

只见平霓的脸瞬间暗淡了下来，轻声道："不是。我若让你见了，你必定会被吓走，还是别看了。"

掌柜意识到自己说错了话，忙连声道歉，又安慰道："姑娘，你别伤心，是我说话不经大脑，真是对不起。但我这人素来胆子大，不会害怕的，说不定能为你支招。"

平霓收起暗淡的神色，目光重新点燃了起来，她轻轻揭开一层薄薄的褐色的面纱，双眼以下全是红色的疤痕，摸上去是软的，但看起来仍令人胆战心惊。掌柜极力保持镇定的面色，惋惜了好一会儿，方才介绍自己。

掌柜是一教书的先生，名为熊谷文子，因热爱书籍，便在此开了一家书坊。经过言谈，两人得知了彼此的身世，又一见倾心，引发了平霓想嫁给他的念头，她只想与他一同经营这间小书坊，平平淡淡地共度余生。

次日，她与熊谷文子告别，兴冲冲地回宅邸，将此事告诉了早川矢泽，神色十分严肃认真。矢泽一听，脸色大变，却温和地劝道："他并不是一心对你好，定是看上了你的财产。更何况，这是你的终身大事，一定要慎重考虑。"

已被爱情冲昏头脑的平霓心中不快，反驳道："你怎知他是否真心？子非鱼，焉知鱼之乐？请不要随意判定一个人，即便你不同意，我也会和他成亲，别忘了，这是我的家！"

一席话说完，早川矢泽被最后一句话伤得体无完肤，瞬间面色无光，泪水在眼眶里滚动。锦织平霓静下心来，发觉自己说得太过分，本想向他道歉，却见他转身回房。

没错，这里不是他的家，由不得他做主，矢泽接受了这样的现实。他躺在床上，抬头便见窗外皎洁的半月，周围无一颗星辰，忽觉自己如同高高悬挂的月亮，自始至终都只有他是一个人。

举办婚礼的前一日早晨，锦织平霓犹豫了许久，但最终决定向早川矢泽道歉，毕竟他为这个家付出得太多，相对而言，他更像是一家之主，凡事尽

第四章 误食狗粮，骨女出嫁

心尽力。

她轻轻地敲了敲门，见屋内未出声，便又敲了敲。过了一会，她以为早川矢泽仍在生气，便坐在门外自顾自地说："哎，你别生气了，是我一时糊涂说错了话，你大人有大量，别跟我这种小人计较。只是，你不清楚熊谷君，他对我的情意是言语所不能道尽的，还请你多多理解我。"她顿了顿，提高了声贝，"你与我一同长大，于我而言，你的祝福很重要，希望你准时到场。"

一席话毕，她回头望了望，心想屋内的人应该听到了，便拍拍身上的灰尘，起身离开。

(2)

当夜，锦织阖家大小都忙得不亦乐乎，有人准备婚宴，有人准备新娘的礼服，几乎每个人都有任务要做，而平霓亦在父母的墓前说了许多话，她喜极而泣，只希望父母在天之灵能够庇佑她，为她高兴。

婚礼当日，早川矢泽并未出现，但大喜之日，锦织宅邸的人都无暇顾及他去了哪里，大家都知晓他心中只有小姐一人，以为他心中不快，散心去了。一群人热热闹闹，婚礼进行得十分顺利。待夜深人静后，方才有仆人问起是否有人知道早川少爷的去向。

他们终于如愿以偿地结了婚，新婚之始两人都非常幸福，夜夜尽欢。只是没过多久，熊谷文子每夜都喝得烂醉如泥，回到家中又莫名其妙地对妻子发火。平霓很是害怕，生怕他某一日对她拳打脚踢，却仍替他更衣，让他舒舒服服地入睡。

早晨，身旁的人还未醒，锦织平霓便起身，洗漱一番后来到大厅。她一转念，将熊谷贴身仆人唤来，轻声地问完话之后，仆人告诉她，镇上的人都知锦织家家大业大，便传言姑爷整日游手好闲，不思进取，只是靠着锦织家活着。

一个堂堂男子汉大丈夫，怎么听得了这些话，平霓挥手示意仆人下去，又唤来新管家，心想两人已成婚便是一体，便让管家日后带姑爷学会打理

店铺。

待她回房，熊谷文子已经换好衣物。她的手背在身后，笑吟吟地要他猜测手中有何物。他猜不出，做出楚楚可怜的模样，央求她。她心满意足地伸出手，将代表锦织家的印章递给他。

熊谷文子拿到印章后，很是高兴，拥过她的身体，在她耳旁反复问道："你真的愿意将家业交给我吗？"

"当然，但你要发誓今生不可负我，否则你定人财两空。"

"好，你的情意是我在世间最珍贵的东西，我答应你，定不负你。"

熊谷文子每日都同管家到店铺，认真地学管理生意，但家里的工人都不认同这个新来的姑爷，他们的心中只认定早川少爷一人，便都不愿听从他的安排。

之后几日，不知熊谷文子从何得知了一件事，工人不愿服从的原因其一是，他们一对早川矢泽忠心耿耿，绝不二心。其二是，矢泽出门之前已交代了他们，如果小姐将印章交给了熊谷文子，让他掌管家中所有事项，就要传信给他，他会尽快赶回来。

熊谷文子将此情形告知了锦织平霓，他佯装一副受重伤的模样，面露难色，感伤道："这明明是我们的家，为何事事都要看仆人的面色？如此主仆不分。日后，我在这个家更是没有立足之地了。"

锦织平霓见他这般说，顿时心中不快，风尘仆仆地赶去店铺，熊谷文子跟在她身后，脸上露出一抹得意地笑容。她劈头便骂一直不辞辛苦地付出的工人们，冷冷地说："倘若再这般无礼，那请离开，我们锦织家不需要这样的人！"

工人都被吓一跳，他们从未见过小姐发脾气，便都应"好"。熊谷文子有了权力后，渐渐地，将对家里忠心的人都换成他自己的人，而平霓对此一无所知，直到熊谷文开始夜不归宿。每次，他都解释是应酬，但如此频繁的应酬，令她觉得事有蹊跷，便遣人调查他最近的行踪，却始终不明。

熊谷文子开始怠慢她，甚至视她如同空气，她时常伤心得落泪，他却不

第四章 误食狗粮，骨女出嫁

闻不问。一日午后，他带回一个年轻貌美的女子，对平霓说要纳妾。她不同意，忆起当初他的誓言，感叹道，人心叵测。

她红着眼扯熊谷文的衣袖，却被他一脚狠狠地踹倒在地。没人敢上前扶她，她幡然醒悟，自己竟不知何时起身旁的人都已换成了他的看门狗。

一个阴沉沉的早晨，锦织平霓在房里绣着山水图，正要收线之际，见香椎沛儿带着仆从进来，她立即收起绣品，却被仆从用力地抢过，将绣品一刀一刀地剪烂。

香椎沛儿凑近她，大声地贬低她，嘲讽她。平霓气急猛推香椎一把，两人推搡之间，剪刀划破了香椎沛儿的手。香椎扬起另一只手，"啪"一声，面纱缓缓飘落在地，尖锐的指甲在平霓的脸上划出鲜红的血液。

熊谷文子听得声响，立即赶过来，他一眼就见得锦织平霓脸上的血迹。平霓以为此人会念及一日夫妻之恩，而关怀她。香椎沛儿使眼色让侍女挡住平霓，自己扑在他怀中向他哭诉，他见她手上的血液如同坏了的水龙头般，流个不停。不禁微微皱眉，面色难看，朝平霓道："你疯了？别不知好歹。"

锦织平霓抬起头，微微一笑，面带一丝诡异。她的脸上依然流着泪，怒吼："我不知好歹？到底是谁不知好歹！良心都拿去喂狗了！"

熊谷文子勃然大怒，自从他掌家以来，未曾有人对他这般放肆，一个已习惯高高在上的人，哪能够忍受别人的辱骂。忽然，他见平霓脸上皮开肉绽，血迹垂直流下。他冷哼一声，便带着香椎沛儿走了。

夜间，锦织平霓对着一面圆镜往脸上抹药。一瞬间，脸容恢复得比以前的更红润，并且疤痕竟淡了许多，她奇怪地盯着镜中的自己，有些不敢相信。忽闻屋外一声巨响，顺声音望去，外面火光冲天。

不久，镜中出现了熊谷文子的身影，他领了一帮高举火把的仆人，站在最前面咆哮道："贱人，竟敢背着我偷人。"

平霓一头雾水，此时，仆人往前扔了一个东西，依稀是个人影，她靠着火光辨认出这正是不告而别的早川矢泽。可他不再是从前那般傲气的矢泽，而是满身伤痕的男人。不知他如何伤成这般，竟让他如一潭死水般躺在地

上，一动也不动。忽然她的心猛地疼痛起来，像被人撕碎了一般，忙奔向他，呼唤了好几声怀中的人，他竟无法应答。

她的脑中飞快地闪动着昔日的画面，忆起熊谷文子曾向她哭诉时的话，她瞪大双眼，眼中如同有熊熊烈火般，好似下一秒她就要露出尖锐的牙齿，道："熊谷文子，你不得好死！"

熊谷文子身旁的香椎沛儿掩嘴一笑，嘲讽道："相公，你看他们可真是鹣鲽情深，简直羡煞旁人。"

"贱人，你还敢说这话？就是你破坏我的家庭，才害我这般狼狈，你也不会有好下场！"平霓怒视她。

平霓猛地撕下了自己的面皮，呈现出一幅更红的面孔，她消瘦的身子逐渐露出白骨，在场的人都被吓一大跳，仆人后退了十几步，屋内只剩四个人。

香椎沛儿躲在熊谷文子的身后，声音抖动，却咬着牙说："破坏你的家庭？是你自己不争气，肚皮这么久了都没动静，相公不知有多着急。"言罢，她轻抚自己微微隆起的肚子。

熊谷文子被平霓的变身惊得说不出话，只觉她像一个白骨精。他抓住沛儿的手腕，双脚一步一步地往后退。平霓已被激怒，她放下怀中的矢泽，双眼的红光一闪，那对男女立即趴倒在地，沛儿惨叫一声，眼睁睁地看着自己的腿上鲜红一片，血液"滴答滴答"地流在地面上。不知何时起无一人立在屋外，任凭熊谷如何叫唤，只听得沛儿痛不欲生的哭泣声。

平霓得意扬扬地靠近他们，讥诮道："你们怎么向我行这么大的礼？快，起来。我就不扶你们了，我怕脏！"她转身坐在上座，冷笑一声，"我这副模样，也是拜你们所赐，若不是你无情、喜新厌旧、贪婪无知，和那个贱女人一同欺得我自缢，我们肯定会过着幸福的生活。"

熊谷文子连忙跪在她面前，不断地磕头求饶，可现下锦织平霓心已碎成了一盘散沙，她已不是当初那个易心软的女子。世上的许多事，都是播下什么种子，就会结什么果。矢泽不会再醒来，她亦生无可恋，但今夜，她要他们陪葬!

窗外又重启了火光，仆人纷纷起哄，他们认为妖怪都是害人精，此屋内的人若不烧成灰烬，必定会殃及众生。一个个火把像飞箭似的冲他们而来，熊谷文子左躲右闪，拔腿欲走，却被平霓抓住他的衣领。这正合她意，不能同甘共苦，但能同生共死，何乐而不为? 矢泽，等等我，来生一起走。她在心中默默念着，忽然一个火把点燃了她的衣裳，火势愈来愈大，仆人已看不清屋内。

小次郎长吁一口气，接着解释道："对了，说起来这骨女的形成是因为，生时被人侮辱、欺负、蹂躏的女子，愤恨而死后，化为妖怪，因为只剩下一堆骨头，所以会用人皮伪装自己，在华夏叫画皮，聊斋志异中也有记载。"

我和司徒天都相继点头，对于聊斋志异我们俩都不陌生，相反还很熟悉。

第五章 酒吞童子，处女杀手

(1)

司徒天还想拉着小次郎继续说故事，结果小次郎却道："还想听故事？去传说故事社！"

司徒天连连摆手，又开始施展耍赖绝技说："小次郎，你再讲一个，我马上不烦你。"

我都佩服司徒天的脸皮，一般人还真无法抵抗，小次郎彻底服软了，开始讲新的故事。

公元990年，日本平安时代，突降一妖童，居于大波国大江山山上，以霍乱之名震惊京都。

据了解，此妖童生来嗜酒，喜食人肉，故名曰酒吞童子。

公元974年，越后寺。住持安野弘治巡夜途中，忽闻一婴孩啼哭，又见天边一道异星陨落，他断言此婴今后必定引起轩然大波，一生杀戮不断。便将他留于寺内，试图以佛法教诲，赐法号悟心。

随着悟心的渐渐长大，他的特异之处也是愈发明显。俊俏得毫无瑕疵，几乎可以用漂亮来代称，虽然他只有几岁，但是他的俊俏绝不逊色于世间的美女，并且他的机敏才智也开始初显端倪，让安野弘治甚是喜欢，因为所教经文，悟心一览即通，更有过目不忘的记忆。有人揣测，安野弘治有心让悟心做下任住持。

也因为太过完美的原因，不乏引来了一部分人的嫉妒与仇恨。其大师兄

第五章　酒吞童子，处女杀手

武直村步便是其中一个，武直村步为人聪明机智，品行端正，乐于助人，才智过人，在寺里可以说是个十足的好师兄，好徒弟，在京都也备受天皇的宠幸，深得安野弘治的信任，也慢慢将寺内的一些事务交给他打理。原本照这样下去，住持之位必定非他莫属。

但是不知道师父从哪里抱回一个毫不出众的婴孩，说是必须细心照料，施以佛法。以前师父也不是没这么做过，记得没错，都只是在讲经途中捡回来的遗孤，寺中好多师兄弟都是安野弘治一手栽培的，就连武直村步本人也是如此。他在这个婴孩身上能够看到自己的影子，对他也甚是喜欢。他因此非常感谢安野弘治，他也非常爱这个生他养他的越后寺。他也想让这个孩子和他一样，喜欢上这里的一切。

也就是这个毫不出众，自己期望颇大的婴孩，如今却已经达到要动摇自己地位的地步，不管有什么理由，这都是不允许的！武直村步每一天都在饱受煎熬，原本一切是那么的美好，那么的稳定，自己可以为这个寺院付出自己的一切，包括生命！而这个悟心呢？他什么都做不了，但他仅仅是慢慢长大，我的一切美好生活与想象都被打破。在武直村步看来，这事儿永远也不允许发生。

公元988年，受天皇恩典，越后寺成为祭天的唯一地点。也就是这一年，安野弘治准备将悟心推荐给天皇，顺道说出这个孩子的来历，来博得天皇的欣悦。因为在安野弘治看来，按照悟心当前的状态，长此以往，必定胜过历届住持，遇到悟心的异象已然被自己用佛法度化。

当武直村步得知这个消息后，勃然大怒。如今，悟心已然是他的眼中钉，肉中刺，只要天皇得知他的存在后，下届住持之位必然非他莫属！可他还只是个孩子，我居然会输给一个孩子？这种事情绝对不能发生！武直村步发现这是一个机会，下定决心要让悟心身败名裂的机会！

于是他开始了毁灭这个破败之源的邪恶计划。

他以大师兄的身份成功将悟心从安野弘治的身边骗了出来，将他关进一个屋子里，并且利用自己在天皇面前得到的宠幸贿赂了天皇身边的侍女，想

命其与悟心结合，并以酒迷醉之。这样只需要设法让天皇看到，那么悟心即便有再大的本事，也不可能再有所作为！

他看着悟心天真无邪的眼神，心中竟然产生了一丝怜悯。想着悟心本来可以前程似锦，加上他俊俏的外表，聪明的才智，今后必定大有作为，国家会更加昌盛。但是，一想到他会断掉自己的前程，心中所有的怜悯瞬间转化为愤怒，"悟心，不要怪罪师兄，要怪只能怪你太过优秀，太过幸运，也只能怪你生不逢时！"

最后天皇也只是笑笑："哈哈，安野主持，你的小天才看来还真是不一般嘛。"言罢，对于悟心的期望直接变成了安野弘治的一个玩笑。

安野弘治险些当场晕倒，当他知道了事情的真相以后更是无可奈何，一夜之间发须皆白，显然已经心力交瘁。"武直啊，我待你如何？"安野弘治将武直村步叫到禅室。

"师傅待我如亲生，自不必说。"

"那你知错了吗？"

"徒儿不知！"

"你不知？你恋慕虚荣，窥视住持之位，这叫作贪！你心生歹意，致悟心于不仁不义之地，这叫嗔！如今执迷不悟，还不知悔改，你这叫作痴！你现在连犯了贪嗔痴三条罪责，你还不知错！"

武直村步听后才知道自己行事败露，双脚发软，直接跪倒在地。

"佛门已经容不下你了，你，走吧！"安野弘治深吸了一口气，强忍着眼里的酸楚。

"师父！"武直村步跪倒在安野弘治的面前，"徒儿知错了！"

安野弘治也不是什么圣人，现在竟说不出半句话来。毕竟武直是自己从小看着长大，就像自己的亲骨肉。武直村步见还有挽回的余地，赶紧说道："师父，您就这么忍心？我可是你看着长大的！我离开了这座寺我还能去哪里呢？这里是我唯一的家，我土生土长的地方啊！我知道你喜欢悟心，但是我哪点不如他，既然事情都已经这样了，就让我留下来照顾您吧！难道您真的忍心让我横死街头吗?"

安野弘治终于忍不住流下眼泪。许久之后,安野弘治冷静下来,肃穆着脸,这前后的反差竟然让武直村步心生恐惧。"悟心不是常人,在我遇见他的那一天起,就预感他的未来必然会引起天下骚动。只是可惜我一厢情愿让他领受佛法,如今都已功亏一篑。你记住,若是悟心心智依旧一心向佛,那便不说,若是他心有杂念,那便……"

"那便怎么样?"见安野弘治闭上了眼,武直村步疑惑地问道。

"杀了他,以绝后患!"武直村步直接瞪大了眼睛,他从来没见安野弘治这么可怕过。

悟心到底是何方神圣,竟然会引得一向慈善的师傅动了杀心?

不过,或是悟心始终太过年少,即便发生了这么大的事情他也不为所动。亦如往常一样念经,一样生活,循规蹈矩,并没有任何的不妥。但真的就是这个样子吗?安野弘治见悟心如此,心中愈发忧虑,悟心不是常人,必须去探一探他的心思,否则日后必成大患。

夜幕初降,主持安野弘治巡夜途中,见厨房忽有烛光闪耀,以为是蟊贼闯入,便悄然前去,抓个措手不及。安野弘治来到窗前,只见一瘦小黑影急略而过,烛光突灭。安野弘治见势不对,立马冲进厨房,灯光一照,一夜猫呼啸而过,一瓦瓶掉落地上,安野弘治疑虑着前去嗅探,是酒!可蟊贼之身影早已消失无踪,任凭安野弘治如何搜寻,终不得果。

念想寺院内本无酒肆,若是蟊贼,怎会盗他家之酒来我寺院中作乐?

(2)

第二天一大早,天还不是很亮,安野弘治召集所有寺院僧人前去主堂,须说出昨日去留,人证何在。盘问半天也得不出个所以然。只是突然一念,想起了悟心,莫不是武直村步所作之孽留下祸根?

寺院禅修寺内,一个发须皆白,面色如纸的老者对着空无一物的墙壁,坐于禅垫之上。他的后面是一个年纪尚轻,但是样貌出众的机灵小和尚。

老和尚念着经，并没有在意身后的小和尚，而这个样貌出众的小和尚展现出了与他这个年龄不相吻合的沉着，与耐力。以至于你完全不会将他当成一个出世未久的小毛孩。

"悟心，你最近佛修进展如何？"

"回师傅，每日一茶，每月一盏。"

"哦？不错不错，那你可有习他家之气？"

"禀师傅，弟子每思每念，皆归于佛法，佛法大深，须得每日回想，不得有他家之念。"

在这时，安野弘治却停止了念经，两个人就这样静坐在原地，气氛稍许有些升温。悟心此时居然闭上了双眼，仿若在静思，一派大师才会如此。

"山下经有失酒告示，且寺内常有蟊贼进出，你说这两者之间可有联系？"

"你倒是答啊！"悟心此刻却陷入了沉寂。

"我就知道，你不敢作答。"

"师父，我……"悟心见状，欲言又止。

"想你小小年纪，竟有如此城府，为师错矣！悔不该当初！"安野弘治满脸痛苦之色。

"我知你异于常人，原本想让你皈依我佛，却何想只是我一厢情愿。武直村步是我一手带大，所思所想皆是我念，如今他如此这般，想必我一开始便容不下你，只可惜佛法无边，修行近百，却始终无法触及边际。"

"师傅，我不怪你。"悟心虽才几岁之身，但所思所想，却非常人，"佛法虽无边，但你若心存信念，必能有所大成，此谓心诚则灵。"

"哈哈，心诚则灵？这只不过是众生梦境罢了，你还想继续欺瞒老衲？"悟心看着老态龙钟的安野弘治，再也说不出话来。

"也罢，老衲相信你日后定会有所作为，本想我自己来了结这个因果，但你就是我的心头肉，肉中刺！速速逃命去吧！"言罢，安野弘治七窍流血而死，原来在他找来悟心之前，已经服下毒药，为的就是造成悟心毒害他的假象，借他人之手除去悟心，但另一方面，却又让悟心逃走，就像他自己说的，对于悟心，就是他的心头肉，肉中刺，杀不得，也放不得！

悟心对着安野弘治磕了十个响头，以此来感谢安野弘治的养育之恩，也算是对即将离别的寺院作最后的告别，额头都已经磕出了鲜血。

至此悟心残害越后寺安野住持的消息瞬间传遍天下，所有正义之士都得而诛之。所以悟心一路隐姓埋名，过着躲躲藏藏的生活。

但是有一天，他听说大波国大江山位于三界交辖，属于三不管地带，很多罪犯强盗，妖怪什么的都聚集在那里。虽然有些害怕，但想想自己的处境，最好的选择，依旧是那里。至此，他便踏上了漫漫的求生之路。

不过他有一个毛病，喜欢喝酒。或许是武直村步害的吧，但是他发现在酒中能够发现真实的自己，不怯懦，勇敢，并且能够将自己变成另外一个人，很是奇妙。

因为身上没有分文，并且不能让人发现他的行踪。所以他只得去喝坟墓的祭酒，并且他发现，哪怕他不吃饭，只喝酒，依旧能够保存气力。而且他能够在坟墓看见一些不好的东西，但是他装作看不见，也就没什么关系。

有一次，在他以为所有人都离开的时候，愣头愣脑地就跑出来，拿起酒壶就喝了起来，无意间注意到拜祭人的篮子还留在这里。他暗叫不好，但是已经来不及了，他身后已经有人发现了他的存在。

说来巧合，这家人出身贫微，住所偏僻，也就不知道什么安野住持，更别提什么被害的事情。所以一看见悟心便是喜欢上了这个孩子，看其可怜，便带回了家中。

"你叫什么名字呀？"这家人的小女儿，兴奋地看着悟心。

小孩子都这样，喜欢热闹。加上悟心样貌俊俏，任谁看了都喜欢。

悟心只觉得很饿，并没有在意这个小女孩儿，依然自语道："给我酒！"

"酒？好奇怪的名字。"

"给我酒，我渴了。"

"原来你是要喝酒，哈哈，真好笑，你等等，一会我就给你带过来。"

"你是哪里的呀，怎么一个人呢？ 不过看你这么喜欢喝酒，我以后就叫你酒童吧。"悟心狼吞虎咽地喝着酒，就像是很久没有吃饭一样，这个小女孩儿见悟心没有搭理她，自顾自地聊了起来。

"妈妈，以后就叫他酒童行吗？"

"胡闹，谁会叫如此奇怪的名字？"

"不嘛，就要叫酒童！ 你喜欢的对吧，酒童。"悟心无奈地看着她，嘴角微不可察的抽搐了一下，小孩子真烦人，这是他得出的结论，然后又去喝自己的酒去了。

"你看吧，别人都不喜欢。"

时间就这样过去，悟心觉得在这里过得挺不错的，有地方住，有酒喝，重要的是没有勾心斗角。 也就打消了前去大波国的念头。

也就是在这样平凡的日子里，一群武士来到了这里狩猎。

"树直，你是不是没有射中啊？ 我们都找了大半天了，哪里来的麋鹿啊？"

"不可能，我明明记得我射中了，但是它跑得太快了，别说了，赶紧追吧"

"不会吧，你都射中了，它还能快到哪里去，没中就没中嘛，我们也不会嘲笑你不是，你说是吧，庚下君。"

"对呀，哈哈哈！"

"你们就嘲笑吧，等我找到它了，会有你们好看的。"

"别生气嘛，欸？ 等等我们啊，哈哈"言语间他们便是追了上去。

回到这家人的家中，悟心正静修，突然听到一只麋鹿的痛苦叫声，佛家出身的他立马前去察看。 他顺着声音顺利找到了受伤的麋鹿，一支箭正中它的心脏，它的生命正岌岌可危，不知道它跑了多远，只觉得是个奇迹，所以悟心第一时间想到的是要治疗这个麋鹿。

"快，我看到了，就在前面。"

"树直，你慢点。"

第五章 酒吞童子，处女杀手

悟心发现有人来了，想要躲藏已经不可能了，加上，他要拯救这只麋鹿！所以他不能退缩。

"你们看吧，我说了的吧，我肯定射中了，看你们还敢嘲笑我。"

"等等，这里怎么会有一个小孩呢？"庚下见四下无人，这受伤的麋鹿跑这么远已是奇迹，但是在这荒郊野外，一个小孩突然出现在麋鹿身边，想想还是挺瘆人的。

"管他呢，肯定是附近谁家的小孩吧，你看这麋鹿，我没说错吧。"

"小孩，快让开，麋鹿都要死了，你守着也没用。"

不过悟心只是平淡地望着他们，犹如他们都是死人一般，让他们心里发毛。

"你这小孩，不识抬举，说着拿着马鞭就要挥过去。"

"等等，你们觉不觉得这个小孩儿有点眼熟？"

"你别说，还真有点儿，肯定在哪见过，可是在哪呢？"

"悟心！他是杀害安野住持的那个妖童！"

"原来是他！真是冤家路窄啊！"

"酒童，你在哪儿呢？"就在这个时候，那个小女孩寻觅着悟心来到了这里。"酒童，你在这里啊，快跟我回去吧，妈妈叫你回去吃饭呢。"

悟心暗叫不好，可是小女孩已经到了他的跟前："啊？它受伤了？"

"小孩，离他远点，他可是个妖童！"

"你们才是妖呢！酒童才不是坏人呢。"

"你跟一个小破孩说什么，赶紧把这妖童给绑起来，不就一了百了了"，说着庚下便下马准备将悟心给抓起来。可是他还没碰到悟心，便觉得胸口一凉，他惊讶地看着悟心，直直倒了下去，谁也没有看清楚发生了什么，就连悟心本人也不知道，当看着自己的手满是鲜血的时候，他愣住了，"我？这是我干的？"

这下剩余的人直接被吓傻了，"妖童！看刀。"树直当即一刀刺向悟心，可是悟心还是不可思议地看着自己的手，根本没有反抗的意思。

041

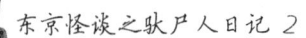

"小心！"此时，小女孩却突然扑到了悟心的前面，当悟心反应过来的时候，明晃的刀身已经刺穿了小女孩的身体。

"酒童，好好活下去！"小女孩艰难地说出这句话，悟心的内心空了，他的眼睛突然充满了寒光，死寂一般的寒光。

谣传没过多久，也就是公元990年，大波国大江山山上突然出现一个自称酒童的妖童，仅凭一己之力引起当地妖怪四处为恶，或许是他太过俊俏与恐怖，还有人谣传他专门诱惑少女，并将其吞掉，所以称其为酒吞童子，那些少女全部都是处女，又称其为"处女杀手"。其势力之大，手段残忍到让人胆寒，以迅雷不及掩耳之势轰动京都。

第六章　催人泪下，痴情雪姬

(1)

小次郎讲的这个故事确实精彩，因为我和司徒天还是头一回听闻，有喜欢杀处女的妖怪。

小次郎怕司徒天接着耍赖皮，借口说自己要码字，把我们俩赶出寝室，让我们去传说故事社。就这样，司徒天连拉带扯把我拖到传说故事社，才步入社团没多久，便发现了三个大熟人，两女一男坐在一起，流川跟和歌忘忧还有铃木千夏。

司徒天重色轻友多年，见到两个美女，当即丢下我飞奔过去，一把挤开流川，坐了下去。

流川差点儿跳起来抽司徒天两个大嘴巴子，没好气地说道："司徒君，你来这干什么？"

我此时也坐在了流川旁边，冷嘲热讽道："还能干啥？听故事，这家伙故事瘾又犯了。"

铃木千夏捂着嘴巴咯咯偷笑，突然提议："既然大家都认识，不如举行个讲故事大赛？"

司徒天乐开了花，听个故事不单有美女相伴，而且还能听见各种离奇怪谈。

和歌忘忧率先打头阵，她要讲一个感人的爱情故事，故事内容跟雪姬有关。

流川好似与和歌忘忧不对路，毫不留情地打击道："好好讲，别回头输了哭鼻子。"

和歌忘忧心头有些不服气，估计是看不惯流川臭屁的样子，挥舞着自己的粉拳，撅着小嘴大声叫嚣道："流川君，你别太得意，我就不信等下你讲的故事有多好听，我这个绝对比你的好听！"

和歌忘忧叫嚣完毕，开始讲了起来。

飞鸟时代有一非常著名的猎人村落，住着一个猎人，名唤冈田树里，是个面目清秀，乐于助人、品行良好的年轻男子。一夜寒冷的冬日，他一如既往地到附近的山上打猎，载着满满的收获下山，却不料遇见了暴风雪。若要回村庄，必须得过一条5米宽的河流，然而现下岸边已经没有渡河的船，只能绕远路过一条狭窄的小桥。

眼见雪势愈来愈大，他的衣服已经抵不住冷风侵袭，脸颊冻得通红，全身不由自主地颤抖，今日必定要回村庄才行，于是一步一步地朝小桥的方向走，每一步都陷入厚厚的积雪中，不一会儿，他的鞋被浸湿了。

走了约有一里路，远远便望见那条破旧的小木桥，因路途遥远，极少有人过桥，亦无人修桥。经过十多年的冲击，那条小桥似乎有些摇摇欲坠，而且桥面上落满了白白的雪花，足以使人忽略它的残躯。

忽然，冈田树里停住了脚步，他的瞳孔中有一个女子的背影。那女子着一袭轻薄的白衣，身材姣好，有一头淡蓝色的长发，她站在桥中一动不动，像是被附体了一般，但隐约闻得她伤心的啜泣声。

冈田树里站在桥头，面对她的背影问道："姑娘，天气这么冷，你怎么不回家呢？"女子没有应答，仍是扬起手袖擦拭泪水，哭泣声几乎细不可闻。他有些担忧，又不知如何安慰，便说："姑娘，你在这待久了会被冻坏的，我看你还是早点回去吧。"

那女子仍不作答，冈田树里欲过桥，可桥身只容得一人过。他微微皱眉，扶着桥想看清女子的面容，好向她借个道。那女子极力支撑着桥，面色痛苦地盯着腿，单脚转身面对他。女子肌肤胜雪，杏眼积满泪水，有些楚楚可怜。

　　他的心一暖，连忙蹲下身抬起她的左脚，轻轻地按了按，只闻得女子痛得叫出了声，想是肿了。 他急问道："可是扭伤的？ 无法走路？"

　　女子从未与任何男子这般亲近，脸颊一层一层地红起来，慢声道："无法走动，劳烦你扶我过桥，我家在那边。"

　　冈田树里顺手望去，她指着远处，只见白雪茫茫一片，房屋都被积雪覆盖了。 在雪中行走稍不谨慎就会打滑，他灵机一动，忽然横抱起女子，笑道："即便是我扶着你也无法走啊，何况路途遥远，在冰天雪地中步行极易跌伤。"

　　一席话说完，女子不再挣扎，羞得不再言语，她面朝他的胸膛，紧张得大气也不敢出。 越是这般，她越闻得男子从骨子里散发出的薄荷芳香，令人不由得贴近。 一眼望去，漫天飞雪，只有两人在雪地中行走，其姿势暧昧，像一对将成的恋人。

　　屋外的木质栅栏略矮，使人耳目一新的是庭院的两排樱花树，如今，紫褐色的枝桠上已盛开了一朵朵绯红的小花，甚是娇嫩艳丽。 虽白色的房屋外表看来并不辉煌，甚至给人一种历史悠久的感觉，但樱花替房屋增了不少色彩。

　　走过樱花树中央有一条石路，小路两排有四盏红木小房屋似的落地灯，抬头便见一座凉亭。 亭后有一片池塘，一层厚厚的积雪覆盖了周围的草木。 室内两面墙壁挂有字画，桌上的花瓶装了几枝娇嫩欲滴的樱花，一套茶具躺在花瓶旁，还有一个焚香的小香炉。

　　冈田树里将背上的竹篓放在拉门外，再将女子轻轻放在榻上，望着一幅画出神，画上有一个淡蓝的女子，长得很是好看，眼神却冰冷无比，有一股说不出的凄凉。 他又觉这女子像是出自贵族人家的小姐，生活得很是诗意。

　　女子红着脸慢慢地移至桌旁，以香匙从香盒中挖了两勺，放入堆满白灰的香炉内，不一会儿便飘出短短的白烟，浓郁的芳香散布屋内的每个角落，她笑道："小女子上野梨香，刚燃的是檀香，不知公子闻得习惯否？"

他盘腿坐下，闭眼细闻，忽觉全身的肌肉都变得柔软起来，对她笑道："果真是好香！在下冈田树里。"

她用露水和樱花烧茶，沏了杯递给他，含笑道："多谢冈田君相救，否则今日我恐怕要冻死在雪地里，想想还是有些可怕。"

冈田树里笑着摇摇头，示意她无需道谢，随即小啜了一口茶，赞叹道："此茶使人清心，敢问此地还有什么东西是不好的？香是上好的，茶亦是，人更是。只得用'美好'二字来形容啊！"

日暮时分，橘红的阳光从纸窗透入，静静地洒在上野梨香的蓝发表面，泛着金光，使正在低头续杯的人儿更加温婉动人。冈田树里痴痴地凝视她，慢慢地喝完了那杯茶，笑道："现下时间也不早了，我就先告辞。"见梨香欲起身欢送，他忙道"你有腿伤，就不必送我了，我会替你将门关好。"

上野梨香眼中闪过一丝不舍，问道："我们还会相见吗？"她的脸上流露出感激之色，随即含笑点头道，"劳烦你。"

待他背上竹篓，答应她还会来找她。她心念一转，急忙挪到门口，"冈田君，望你不要向他人提及今日之事，否则你将命不久矣！"

天色已经暗下来，冈田树里归心似箭，不假思索地答应了。

五年后的一个冬夜，屋外大雪纷飞，伴随着呼啸的风声，几乎无人敢出门。忽然，一道敲门声响起，引得烛光下的冈田树里抬头望着木门，不片刻敲门声再起，他揉了揉双眼，以为是她要来，连厚衣裳都未披上就起身去开门。

他稍微探出头，就被凛冽的寒风疯狂地攻击，鼻头一下就被冻红了。一长发及腰的女子落入眼帘，她站着直跺脚，发梢夹了一朵朵的雪花，双眼含渴望的光，两片薄薄的红唇哆嗦，问道："能否让我暂住一晚？"

屋内的烛光使他看清了女子的面容，她全身肌肤雪白。见桌上有一本诗集，便翻了翻，问道："冈田君喜欢诗歌？"

冈田树里点点头，将一张黑色的布扯开，竟全是书，大概有三四十本的样子。他皱眉道："姑娘怎知我的姓氏？我们应该是第一次见面吧？"

第六章 催人泪下，痴情雪姬

女子掩面笑出了声，怪嗔道："冈田君贵人多忘事啊，五年前你在雪地中将我抱回家，如今认不出了？"

冈田树里一拍头，惊呼："原来是你呀，这些年可还好？"

她笑而不语，抬头直视他的脸，问道："冈田君如今可有意中人？"

他脸微微一红，腼腆地笑了笑："有，将要成亲。"

她心一沉，心底微微泛酸，不甘心地问："是谁这么有福气，能得到冈田君的心？"

"镇上的大善人，小泉薰。"他一脸骄傲，笑得很是温柔，仿佛小泉薰就在他面前似的，这令上野梨香嫉妒。

若有人在兴和镇上寻找小泉薰，必定能轻易找到，她是镇里家喻户晓的人物，父亲是一名大夫，虽家境一般，但都是热心肠的人。

那一日，天色渐渐暗了，冈田树里正下山，却不料被身后的猛兽突击，流了一手臂的血，鲜红得刺眼。小泉薰正从外回家，见一满身是血的人昏倒在医馆的门口，不禁吓了一大跳，忙喊父亲扛进去。

冈田树里醒来后，发觉手臂已被绑了无数层绷带，头上的伤亦被处理了，白色的纱布显而易见，只觉头部仍然有些疼痛。小泉薰刚端药汤进门，见他要下床，立即将他按下躺着，面色严肃，语气却温和："你还不能起身，我爹说你要多休息。即便好了些，也不要随意外出，不然容易感染，这伤就好得更慢了。"

他半躺着，静静地凝视她，她是每个男人的梦中情人，长得眉清目秀，略施粉黛，身着朴素，却有一种清新脱俗的气质。她被盯得不好意思，脸微微一红，便起身端过桌上的药汤。冈田树里从小就怕喝药，眼见一碗满满的黑汤，未凑近就已闻得一股浓浓的药味，他面色为难地看着她，她却视而不见。

待他一饮而尽，她立即欢喜道："冈田君，你不必担忧。我父亲交代了，你只管在这住下就好，你的生活起居都由我照料，直到你痊愈的那一日。"

他心中忽然一暖，自从双亲离世后，他已经六年体验不到家的感觉了。眼前的这个女子，如此温柔地告诉他，你可以当这里是自己的家，我会照顾你。 他眼眶微微湿润，哽咽道："多谢你们，今日之恩，定当涌泉相报！"

(2)

每日早晨，小泉薰会端一盆温水让他洗漱，再将他的衣物拿去换洗，一日三餐都是她亲手下厨，亦是为他量身定做的。 每五日就换一次床单和被套，闲时便带他到院中散步，她喜欢爱情的诗歌，却一直没有意中人。

这一日，晨光熹微，微风习习。 小泉薰挽着他来到庭院，又独自进屋拿出一本诗集，含笑问道："冈田君可喜欢读诗？"

他点了点头，又跟着摇头，惹得她一脸困惑。 忽然，他垂下眼睑，低声说："小时候念过，父母离世后就再也没看过书籍，每日都要去山上捕杀小动物和拾些野菜，以此维持生活。"

她心一沉，自知触及了他的伤痛，急忙道歉："对不起，冈田君，引起了你的伤心事。"

他捧着她难过的脸庞，欢喜道："没事，无需说对不起，不过，你这是在担心我吗？"

她将头垂得更低了，像被人揭露了心事，恨不得找个洞钻进去。

冈田树里四指托起她的下巴，她一抬头便见他黝黑的眼眸，像是一潭深不可测的湖水，余光隐约可见他身后的红枫。 他轻轻将她揽入怀中，下巴贴着对方的头，见她未挣扎。

她"唔"一声，心中已明了，正要开口，便闻他柔声道："我们在一起吧。"说罢，他将她拥得更紧，怀中的人亦回他最用力的拥抱，仿佛这世间无人能将他们拆散。

子时，不知是何人在屋外敲门，响亮的敲门声传入小泉大夫的耳中，他掀开被子，披了件衣裳就往楼下走。 身后紧跟着小泉薰，她一直没睡得太死，稍有动静都能听个清清楚楚，更何况身居医馆，深夜有妇人抱孩子看病的实在太多。

这个孩童患的并不是普通的伤寒,而是麻风病,一种令人畏惧、极易传染的疾病。小泉大夫犹豫不决,似乎不愿就诊,妇人抱着5岁大的男孩,跪地哀求道:"大夫,求求你,求求你救救我儿子,我已经找了很多家了,但他们都不肯收。"

小泉薫见妇人脸上残留的泪痕,心生怜悯,怯怯地央求父亲:"爹爹,一直以来你都是我心中最厉害的人,你救救他好吗?"

小泉大夫答应了她,深知女儿是个极善良的人,而他的职责本是救死扶伤,倘若他不做,恐怕女儿这一生都不能安稳的度过。他严肃地下了命令,除小泉薫之外,任何人不得进入后院。

大夫抱着孩童来到后院的药房,将男孩的衣服解开,此时,小泉薫才真正体会到那种畏惧感。男孩身上遍布红色的斑疹,父亲说这是小儿易患的一种病,所幸他的属于轻度的,重则无法医治。

冈田在木梯撞见了这一幕,对小泉薫的爱意更深。他受大夫的委托要照顾妇人,此刻,只见妇人的目光呆滞,他的嘴唇微微张了张,却始终什么也没说,转身去烧了壶茶。一个茶杯落入妇人的眼中,她醒过神来,面色憔悴,通红的双眸看了看他,躬身道:"多谢,多谢!"

天明之前,大夫从后院走入前厅,他忙碌了一夜,脸色略显疲惫,却仍笑道:"已经给他服过药了,但还需观察,你现下可去客房看看。"妇人跪坐着躬身,头部几乎着地,片刻焦急地往客房走。

小泉薫正坐在床边,见妇人来了,立即起身让座。妇人心中欢喜,不停地向她道谢,她一撤头便见冈田树里进来。他伸出手牵着她到庭院,见她面带笑容,却热泪盈眶。忽然,她用力一握,感叹道:"世事无常,活着便好。"

冈田树里道:"自从在林中受到那一击,我也有这样的感想,通过这些日子,我发觉自己想学习医术,你父亲可收徒弟?即便日后我来医馆干活,也可以不用报酬的。"

小泉薰欢喜道："当然有呀，但父亲比较挑剔，他说学医之人必定要是品行良好，有天赋之人。当一个大夫，要有使命感。不如，咱们现下去问问？"

他们一同去请示小泉大夫，结果令人喜出望外，大夫竟无多言语就答应了。此后每日，小泉薰负责教他识药材，以及照料病人，偶尔一同去山上采药。这样一来，小泉大夫轻松了许多，他对这一对新恋人愈来愈满意。

在山上采药时，小泉薰只负责寻找，其余的体力活都由冈田树里来做，她每日都笑容满面，由心发出满满的幸福感。深夜，他回到了自己的小茅屋，时常看书到夜深人静，一放下书本，眼前出现的尽是小泉薰的笑容，他已经忘了大雪之中见到的拥有一头淡蓝色长发的女子。

山野梨香苦涩一笑，良久无言。忽然，她一挥手，屋内一角结了层冰，片刻，只有他们所站着的地方是一片干地。她一步步靠近他，他却惊恐地一步步后退，直至被迫冰面墙角。她面色难看，眼中有愤恨的火光，像一个被抛弃后疯了的妇人。

冈田树里被吓一跳，盯着结冰的屋子怔了怔，忽然想起儿时听父母讲雪女的故事，心中更是无比恐慌，带着哭腔苦苦哀求道："我求求你，千万不要杀我！"

她满意地笑了笑，伸出冰冷的一手捧住他的脸，媚声道："这可怎么办呢？你的心已经不属于我！不过，我可以让你活着，你只要不后悔就行。"

冈田树里也不深思，忙躬身点头，表示愿意。梨香伸出另一只手温柔地抚摸他的脸庞，将一块冰块放入了男子的双眼中。不知昨夜他是如何入睡的，推开纸窗，清晨的风吹进屋，刺骨的凉意。大雪已停，他理了理思绪，昨夜像是梦见了一个仙女，独自生活了这么多年，难道是爱情降临的征兆？他笑了笑自己，只觉心中有一个空白的地方，无论如何都回想不起其中的记忆。

他路过书桌，瞧见一本写了关于爱情的美妙诗句的诗集，不由得问自己，明明无心上人，怎爱上了这些？此时是冬日，就已满心春色，可真是奇

第六章 催人泪下，痴情雪姬

怪。他一如既往地前往医馆，微弱的阳光映得他的右脸黄灿灿的，顿时面色红润了些，他一进门便对小泉大夫躬身道："早上好，今日天气似乎不错。"

小泉薰欢喜地看着他，正想开口，却见他面无表情地转身走入了药房。她心一沉，以为自己犯了什么错误，站在药房门口问道："冈田君，你今日怎么了？"说罢，她进去伸手抱他，却被他一手推开。

他皱眉，瞪大双眼，不可思议地看着她，冷冷地说："男女授受不亲，请小泉小姐自重。"

话音刚落，他心中空白处忽然被扯了一下，痛得捂着胸口坐在榻上。

小泉薰的眼泪如泉水般涌出，却仍不断地呼唤他的名字，又将以往两人甜蜜的时光讲给他听。

然而，眼前的人眼神冰冷，一言不发。一夜之间，他记得所有人，唯独丧失了同她相爱的记忆。他不再听她言语，道声抱歉后便转身离开。小泉薰望着他远去的背影，她知道，这个人再也不会爱她了。

第七章　美人古镇，夺脸粉婆

(1)

和歌忘忧的故事讲完了，其实故事本身很一般，因为她是美女，大伙给足了面子鼓掌。

在这期间，铃木千夏拉着我和司徒天开始问我们驮尸路上的经历，司徒天自然愿意如实相告。只不过，在讲述过程中他把自己给彻底英雄化了，我与流川反倒变为扯后腿的家伙，我跟流川把他狠狠地收拾了一顿。

铃木千夏听得津津有味，按照之前商量好的顺序，眼下轮到铃木千夏讲故事了。

现在社团里面已经聚集了不少人，想来这些人，应该都和司徒天一样喜欢听怪谈故事。

铃木千夏不知怎么了，突然对司徒天说道："司徒君，谢谢你肯讲驮尸路上的经历给我听，虽然我明白有些地方，你故意夸大其词了，作为回馈我也给你讲一个大美人被夺走了脸的故事！"

司徒天让铃木千夏这么一嘲讽，红着脸硬着头皮说："好端端的怎么会被夺走脸？"

我想了一下，什么东西还能夺走人的脸？亦跟着问道："铃木同学，你快讲讲吧。"

铃木千夏的话成功吸引了社团里那些成员，全都因为她而聚了过来，静静听她讲故事。

第七章　美人古镇，夺脸粉婆

在平安时代的向阳镇非常出名，因为镇上专出绝色佳人，素来又有美人镇之美誉。

如同仙女下凡的佳人们，是镇里最美的一道风景，只需回眸一笑，就使男人站不住脚跟，即便是河里的鱼儿见了，也为之沉醉，因此素有沉鱼落雁之誉。镇子内外的年轻男子心里念着美人，渴望着有一日能娶一位成为自己的妻子，即使每日只看一眼，也叫人心荡神牵。

友里百合子便是其中一位，年仅17岁，出落得越发亭亭玉立。她肌肤娇嫩，双颊白中透红，年纪虽幼，却自有一番清雅的气质。但最令人惊艳的是她那双如一泓清水般的眼眸，眼大且圆，眼角微微上翘，睫毛较长。花儿见了她，垂下头，月亮见了她，躲进云层中。

加藤老爷和友里老爷是同行好友，两人都为教书的先生，且两家仅隔一座桥。但加藤家无女，仅有一子名为由树。加藤夫人一心想生女儿，虽未能如愿，但十分喜爱百合子，将其当自己的亲生女儿般对待，常常携带其子一同前往友里府中拜访，逢年过节就送百合子礼品。她断言百合子将来必定是个羞花闭月的美人，可惜未能见证自己的预言。

春暖花开时，阳光温和，附有轻微和煦的风。那日上午，加藤母子如同往常般上门拜访，刚入府里，便听见5岁的百合子小手拉着她母亲的无名指不停地摇晃，嘟囔道："我要去赏花，我要去赏花，娘亲，陪我去吧！"

加藤夫人对她喜爱至极，缓缓走上前去，俯下身子轻轻地捏她肉肉的小脸蛋儿，笑着低声问道："百合子，哎哟，你越来越惹人喜爱了呀，你真的想去赏花吗？"

友里百合子坚定地点点头，执意要去。

加藤夫人直起腰，不知和友里夫人说了些什么，友里夫人无奈的脸上露出同意的笑容，对百合子说："走吧，咱们去赏花，你呀你，你个小丫头，真是不得了，快谢谢加藤夫人！"

友里百合子行礼道谢，一行人欣然前往。

很快，一行人乘马车赶到花田，花田每年这个时候，都会有各种各样的

鲜花相继盛开，此时，恰好赶上清晨，空气中弥漫着淡淡花香，花瓣上还有少许露珠微微滚动。

友里夫人牵着百合子的手，同加藤母子并肩走着，打趣道："百合子呀，加藤夫人这般宠你，不如你认她为义母吧？"

说罢，她低头观察孩子的反应，友里百合子冲她一笑，随即大声宣布："好啊！"

她放慢步伐，摇摇头："都说女大不中留，你这孩子如今就这般，以后怎么得了？"

加藤夫人一听，心里自然高兴，让加藤由树牵着百合子去赏花，俯身在加藤由树耳边千叮万嘱。她望着两个孩子远去的背影，感叹道："以后他们要是能在一起就好了啊，那咱们就亲上加亲了噢，百合子若想回家看望，也容易。"

加藤夫人苍白的脸上流溢出幸福的笑容，她的话，实则是在试探。

友里夫人明了。虽两家是多年交情甚好的友人，但女儿的终身大事，她不能擅自做主。当初她和友里老爷在一起，主要原因是两情相悦，情是前提，有情才能生出悦，她希望百合子这一生都活得欢愉。

她坐在大树下乘凉，早春的阳光出奇地强烈。她露出浅浅的笑，神色认真，眼神坚定，嘴唇一张一开："等他们都长大了，彼此喜欢的话，应该就会在一起吧。我们做父母的还是要尊重孩子的意愿呀，您觉得呢？"

此时，友里百合子兴高采烈地跑来，加藤由树紧跟其后，她依偎在友里夫人的怀中，手舞足蹈地向母亲描述鲜花的形状和颜色，言语间，可以看出她有多欢乐。

加藤由树一向少言寡语，他站在加藤夫人身旁，友里百合子的一颦一笑都牵动着他的心弦，起起伏伏，像波光粼粼的湖面泛起了涟漪。

时间飞逝，转眼之间，夏至将至。许多人还拉着春天的尾巴，兴致勃勃地邀好友一同去赏樱花。只有加藤府中充满了悲切，传出阵阵悲恸的哭声，进出大厅的人都穿着黑色的礼服。

加藤夫人生前体弱多病，能坚持至今已属奇迹，她必是用尽毕生的力气。

丧礼过后，加藤老爷眼里满是沧桑，众人都能看出他那浅浅的笑容有多么牵强。加藤由树更是一言不发，整日在书房里绘画，有一次仆人去收拾书房，看见一地的纸团，打开一看，纸张上的图案都不是风景或人物，而是错综复杂的圆圈和竖条。他的内心如此的压抑。

半个月后，友里夫人携带百合子上门拜访，她内心一直忐忑不安，非常担忧加藤由树，年幼丧母对一个孩子而言，是多么的残忍。友里百合子在一个大树下找到加藤由树，他双腿弯曲坐在草地上，双眸直望向远处，顺着他的目光望去，是一团又一团白色的云朵。

她有些不解，坐在他身旁，小心翼翼地问："由树哥哥，你在看什么呢？"

加藤由树保持着原来的姿势，声音有些嘶哑，他已经很久没说一句话："看白云，纯净无瑕的白云。"

纯净无瑕的白云，可以净化我那些复杂的情绪。他没将这句说给百合子听，他明白，即便是说了，她也不明白。几夜之间，他仿佛长成了一个小大人。

没过一会儿，加藤由树垂下头，紧贴双膝，双臂包围头部，肩膀打颤，细小而柔弱的哭声就在这时传出来。

友里百合子眉头紧皱，伸出小手轻轻地拍着他的后背，安慰道："由树哥哥别怕，我娘亲说你是最勇敢的男子汉噢！"

很多年后，友里百合子无故失踪，他整夜整夜地失眠，一日找不到她，他就一日食不下咽。是她祸害了他，让他思念成疾。可他又感激她，每当他再忆起那个时候，心中仍然感激当时有她相伴。

时间之轴飞快转动，转眼间已是 12 年后。

加藤由树已有 18 岁，他仍寡言少语，但性格温润，举止文雅，身姿挺拔，单凭一双极细长的双眸就引无数少女倾倒，那双眼眸眯如一条细缝，微露瞳仁，开合有神光逼人，被誉为从漫画中走出来的美少年。然而，引无数少女心痛的是，这般美好的少年，只为一人倾倒，这人便是惹人怜爱的友里百合子。

成年后，加藤由树在父亲的私塾教书，友里百合子常去拜访，闲时和他对对诗歌，或唱两句歌谣。他的学生以孩童为主，每次友里百合子进入私塾，学生们都会一拥而上，而这次，不知哪个顽皮的孩童，大声地喊她师母。

她一愣，回头就迎上他的目光，羞涩得急忙低头看着学生们，有些不知所措。他走过来，拍拍带头起哄的学生，一脸严肃，语气却温和："你们可不能这样调侃友里小姐，要尊敬长辈！"

带头的学生试探着问："那可以请师母，噢，不，是友里小姐来教书吗？"

窗外不知何时下起了雨，友里百合子坐在木凳上，双手托腮，故作思虑一番，学生们清澈的眼睛里满是期待，痴痴地望着她。加藤由树知道她遇见这群皮孩童也会变得顽皮，这不，正在故作悬念呢。

她莞尔而笑，像个孩子般地说："好呀，但你们可不得这般顽皮，否则我可教不了书噢！"

学生们粲然一笑，笑声和欢呼声盖过屋外的雨声，形成了世上最动听的一道音符。

毋庸置疑，友里百合子成了私塾里最受学生喜爱的师长。她的一颦一笑，始终牵着加藤由树的情绪，看见她每日都在笑，他也会不自觉地笑出声。

可惜好景不长，这一幕惹来了灾祸。

(2)

几天之后，友里百合子未曾去上私塾，府中的仆人说小姐一清早就出门了。加藤由树心急如焚，派人到处寻找，又安慰友里夫妇，向他们保证自己一定会找回百合子。

　　镇上，清晨出现最多的人是卖早点的摊主，一个卖饭团的师傅对加藤由树说，他曾看见友里小姐和一个卖胭脂粉的白衣老妪走进了一个巷子，当时来买饭团的人很多，一转眼，她们就不见了。

　　加藤由树按摊主的叙述，将白衣老妪的样子画出来，贴在镇上的每个角落，又到镇外打探。可是，过了一周，仍毫无收获。他很迷茫，她一日未归，他就整夜整夜地失眠，漫漫长夜，思念吞噬他。他不敢入睡，一闭上眼就梦见她，次日醒来，又恨自己没有保护好她。

　　直到那日清晨，一个身材微胖，脸蛋却与友里百合子十分相似，不，不是相似，而是一模一样的女子，站在他们面前，哭诉着自己被欺骗的遭遇。友里夫妇非常心疼，边扶她坐下边安慰。

　　一个阳光明媚的清晨，友里百合子照常去私塾看望学生，自从回来后，友里夫妇十分紧张，不再让她教书，一个月只能出门一次。她在门外来回徘徊，脚步有些迟疑，正巧此时加藤由树撇头看见了她，大步地朝她走去。

　　学生们跑在他前面，围绕着友里百合子，曾经带头起哄的孩童扯扯她的衣襟，一脸委屈地问：“友里师母，你怎么不教书了？是我们不够乖吗？”

　　她有些不知所措，尴尬地站在那里，动作生硬。加藤由树有些疑惑，总觉得这个友里百合子不像是他认识的那个，他的记忆中，她很喜欢孩子，能对孩子的问题对答如流，和孩子在一起总喜欢逗他们笑。

　　但现在的她，变了许多，让他觉得陌生。

　　他不清楚那一周里，她究竟发生了什么，他想了解，她却不记得失踪后的事。这件事处处让人质疑，让他更加想查清楚，到底是谁害友里百合子变成如今这般生疏。

　　友里百合子趁学生们回去听讲，打算离开私塾。加藤由树没有挽留，目送她离开。她走了很远，见四周无人，拐进一个巷子里，瞬间变身为一袭白衣，脸上鱼尾纹甚深的老妪，这场景把加藤由树吓一跳，他冒险跟在她身后，这下总算弄明白了一些问题。

他不动声色，又见她推开一扇变形的木门，门吱呀一声，伴着一股常年被水腐蚀的气味，门楣上阵阵灰尘扑簌簌地往下掉落。

她丝毫不在意落在后背的灰尘，笑得五官紧凑，对友里百合子说："哎哟，你看看你，这是何苦呢？只要你把白粉抹在脸上，你的脸皮就被我所用，但你也不会因此死去，我会还你另一张脸皮，到时候你还是可以好好活着的呀！"

友里百合子对准她那张模仿自己的面容，用力地吐唾沫。老妪用手抹去唾沫，两指掐中她的下巴，恶狠狠地说："你最好识相点，赶紧把白粉抹了，否则你就在这里等死吧！"

说罢，老妪拿纸团封住百合子的口。换了身衣裳，重盘发髻，又换了另一张美若天仙的脸蛋，得意洋洋地走出那间小木屋，上好锁才放心离去。

加藤由树从屋顶一跃而下，在木门前用尽办法来拆门锁，却怎么也打不开，像是被施了法术。小木屋没有窗户，他失落地转身，不确定友里百合子是否在屋内。他不知道，他刚出巷子，屋内就传出一道碗碎了的声音。

不久前，京野府的千金也莫名地失踪。京野老爷常年经商，人脉广阔，很快就找回了她的女儿。但京野老爷总觉得有些蹊跷，又害怕女儿再次无故失踪，于是将女儿派到很远的地方去学经商，在她身边安排了很多武艺高强的男子。

加藤由树听闻这则消息后，立刻前往京野府邸。

一进京野府，他感觉自己的下巴都要脱臼了，眼前的一幕是怎么回事？她怎么会在这里？京野老爷客气地招待他，让他落座，指着京野小姐介绍道："加藤公子，这是我的小女，这段日子她回来。"

前半句如同五雷轰顶，他震惊至极，完全没在听后面的话。此时，那个由老妪变身而成京野小姐的女子正向他行礼，他却如同吃了黄连的哑巴，有话想说又说不出。一杯茶只喝了半杯，他就匆匆告辞，赶回之前小巷里的那间小木屋。他知道老妪会再来，便快速地登上屋顶，静观其变。

傍晚时分，他所处的位置是赏黄昏的最佳处，忽然想起他曾允诺日后一定要带友里百合子去山顶赏一回日出或夕阳，而今，独自一人看远边的火烧云，心里满是失落。

天边一抹玫丽色的彩霞就快消失殆尽，果真，老妪鬼鬼祟祟地来了。她嘴里念念有词，轻轻一推，门就开了。加藤由树趁此时机，迅速地溜进小木屋，站在老妪身后，徒手勒住老妪的颈部，又拿地上的麻绳绑住她的双手，直到她再动弹不得，他才腾出手来，跑到友里百合子的身旁解绳索。

友里百合子一见到他，心中的委屈一涌而上，抱着他泪流满面。加藤由树见她灰头土脸，发丝凌乱，衣裳满是破洞的模样，心似被刀刮伤般疼痛不已。他轻轻地擦拭她的泪水，干燥的脸有些生疼，她走到老妪的身旁，将失踪后的事情娓娓道来。

老妪是一个卖胭脂白粉的摊主，她说只要是涂抹了她的胭脂粉，脸蛋就能如婴儿般白皙嫩滑。年轻的姑娘听了，双眸立刻星光四射，纷纷争着要买10盒。友里百合子刚好买完饭团，经过美貌的姑娘们身旁，从她们的探讨中听到白粉的奇效，于是她也挤进去挑选。可惜，已经全部售完。

友里百合子不甘心地问："老婆婆，您还有胭脂粉卖吗？"

"有啊，但是在我家中呢，你要的话跟我走吧，也不远，那个巷子里拐过去就是。"

"好啊，那我跟您去一趟吧。"

友里百合子被困在小木屋后，发觉屋内还有另一个被骗来的姑娘气息奄奄地躺在草席上，她害怕得连忙后退，独自缩在角落。那姑娘听到动静，用力地开启嘴唇，声音极弱："你别怕，千万别用她的胭脂粉，否则就会像我一样。只要你不亲自抹上，面皮就不会脱落。"

她此生第一次见到那样的面容，血肉模糊不清，脸面涨红。她不知道姑娘是如何活下来的，见姑娘身着华丽的和服，问道："敢问，姑娘是谁的千金？"

姑娘突然抽泣起来，喃喃地说："我的父亲是京野老爷。"

友里百合子说完这些话，泪流不止，指着一旁的尸体，恨不得将老妪粉

身碎骨。

老妪瞪着她，诡异的笑："你们知道我为何要你们的面皮？你们这些人类就是贪婪，有了美貌还想要幸福的生活。"

加藤由树将剩余的胭脂白粉找来，打开后直洒在老妪的面部，老妪挣扎了一会，脸上开始慢慢地冒白沫。他遮住友里百合子的双眼，慢慢地退出小木屋。

京野府上的人闻讯前往小木屋，仆人见了老妪的脸像被疯狗啃噬过似的，模糊得直令人呕吐。为了避免晦气，匆忙地将自家小姐抬回了府。

子时，加藤由树横抱友里百合子回到自己的卧室，派最信任的仆人为百合子准备热水。待百合子洗漱一番，他再次横抱她上马车，并且亲自当车夫。

百合子不知深夜他为何要出门，问道："我们这是要去哪儿呢？"

加藤由树回头冲她笑笑，手臂伸过她的头部，在她额头上落下一个轻轻的吻："我们去看日出吧。"

凉风习习，远处害羞的太阳刚冒出一点点，天空像是被披上一层五彩的纱。短短几分钟的时间，太阳就升上高空，而在加藤由树怀中取暖的友里百合子，她仍紧紧地握着他的手，脑海里只有一个念头，愿时光停止在这一刻。

这一刻，即是永恒。

第八章　寿衣诡铺，裁缝匠人

(1)

铃木千夏的故事讲完了，我久久回不过神来，夺脸白粉婆和我们华夏古代的画皮妖怪差不多，都喜欢夺走漂亮女孩的脸为自己所用。不过，我一点也不害怕，自打驮尸之后，好像胆儿又大了不少。

司徒天还在一旁装受到了惊吓，惊魂未定地问道："千夏，你说夺脸白粉婆，会抢帅哥的脸来用吗？"

和歌忘忧抢先插话道："据我所知，白粉婆，又叫白粉姥姥多在大雪纷飞的夜晚现身于石川县能登半岛附近。传说白粉姥姥的脸庞毫无血色，而出现时总是一身雪白的和服，且头顶大伞，手拿拐杖和酒壶，平时以一副和蔼可亲的老婆婆的面目出现，喜欢欺骗容貌姣好的美少女。当没化妆的女性在路上不巧遇见白粉姥姥时骗她们用自己做的一种白粉涂脸，称此粉能让少女们更加白皙漂亮，但涂抹了这种白粉的少女整张面皮会脱落下来，而白粉婆就将少女的面皮收为自己用，算是个贯彻女性爱美主义的妖怪。"

铃木千夏没好气地白司徒天一眼，用日语调侃道："按照忘忧刚才的描述，白粉婆应该不会用司徒君你的脸，因为你的脸没人敢用！"

流川见状也顺势补道："确实，他那张脸能把人活活吓死，我估计连白粉婆都不敢夺。"

此话一出，整个社团里的人顿时哄堂大笑，大家都觉得司徒天那张脸应该没有妖怪敢夺。

在我们看来司徒天就是来搞笑的，其实，我也这么认为。我跟司徒相识多年，他的耍宝功夫有多厉害，我很清楚。大家笑着笑着，不知道是谁突然喊了出来，说著名女明星水月跳楼自杀了。

这个消息一出，把在场的许多人都吓懵了，知名女星跳楼自杀？到底是什么原因？仇杀？情杀？还是有不可告人的秘密？当然，这一系列推想都是大家的猜测，真相只有水月或她身边的人清楚。

流川的故事还没开始讲，黑木老头给他打了个电话，在电话里吩咐他，让他火速赶到一家寿衣铺去取东西，还带上我跟司徒天，去参加知名女星水月的特殊葬礼。流川自然依照黑木老头的吩咐执行。

流川挂断电话之后，就说黑木老头让流川带着我跟司徒天去一家寿衣铺取东西，我不太明白流川为啥要去寿衣铺，难道是有什么特别原因？流川不愿意多说，我自然没多问，反倒司徒天这家伙变安静了不少，原因很简单因为他心目中的女神水月跳楼自杀了。

我们三个人离开了传说故事社，相继冲出学校大门口，流川拦了一辆出租车，报了一个地址给司机大叔，司机大叔驾车往目的地赶。大概过了一个小时，我们才抵达流川口中的那家寿衣铺。

流川负责付车钱，我们下车走到寿衣铺门口，寿衣铺很旧了，还没进去就闻到了那种死人才会发出的味道，门口站着一个老头子，长相很是阴森，那双浑浊的死鱼眼毫无生气，好像在看一个死人。

流川胆儿不是一般大，走过去就给门口那老头子来了个拥抱，还笑着说："大空叔叔，好久不见，您真是越活越年轻了，想不到您的寿衣店居然还在营业，不久之前师父给我打电话了，让我来您这儿取些东西。"

大空推开流川拍了一下流川的脑袋，佯装生气道："小家伙，敢拿我开玩笑？我要是越活越年轻，岂不是变成了千年老妖怪？还有，你小子这么多年也不来看看我，是不是忘了我这老不死的家伙了？"

流川顿时吃瘪，立马摆手反驳道："大空叔叔，您真的冤枉我了，我怎么可能忘记您呢？再说了我要敢忘记您，不早让您给收拾了，都怪师父他平时

第八章　寿衣诡铺，裁缝匠人

给我接了太多生意，搞到我一边忙学业，一边忙赚钱。"

大空听着流川在自己面前胡扯，又往对方头上拍了一巴掌，笑骂道："行了，你这徒弟专坑师父三百年，黑木那老家伙收了你当徒弟，绝对是倒了八辈子血霉，动不动他就被你拉出来背黑锅，容我替他默哀三分钟。"

流川见自己的谎话被识破，不禁老脸一红，看来终日瞎扯淡，总有一天也会中招。眼下无异于他自己给自己挖了个大坑，然后傻呵呵的往里头跳，还附带着把土给埋好了。我跟司徒天都乐开了花，流川这家伙太逗了。

大空没跟我们多说什么，直接领着我们三个人进了店里，店面很古老，年久失修的桌子很多，屋顶上还结满了蜘蛛网，中间有许多大小不同的花圈，还有三口黑色棺材，墙面上挂着各种各样用黄纸扎成的玩意儿。

我初步看了一下，其中有童男童女，还有许多小动物。最惹人注目的是那三套挂在墙上的衣服，大空走到那三套衣服面前，依次把衣服取下来，转过身对我们吩咐道："这是我为你们特别准备的丧礼服，按照黑木老头的要求，等会儿你们要去参加一个跳楼自杀的女明星葬礼，绝对要小心啊！"

我拿过大空递给我的衣服，顺口问了一句："参加葬礼而已，为什么要小心？"

大空没有正面回答我提出来的问题，催促我们三人快点去换衣服，换完衣服才会告诉我们具体原因。流川拉着我和司徒天跑到店后头的一个厕所里，开始换衣服，我很快就换好了，就是司徒天的衣服有点紧身。

不过，司徒天还是成功穿上了，嘴里不断咒骂道："流川，你师父故意给我弄小号了！"

司徒天不说还好，一说我和流川一看，还真有可能是那么回事儿，黑木老头那家伙小心眼。说不定，真的故意整他了。我跟流川强行拉着司徒天回到店前，大空坐在桌子上喝茶，看着我问道："听黑木那老家伙说，你叫白逸仙对吧？"

我很不解为啥大空要问我的名字，我点了点头回答道："没错，我叫白逸仙，有问题？"

大空皱着眉头仔细打量着我，很久之后才说："给你取名字的人，绝对精通各类奇术，我看你面相并不吉利，反倒有种天煞孤星的感觉，仙字一般人根本不敢取，你出生时绝对不吉利，与你父亲关系不融洽，因为你带走了某位亲人的性命，还让人给强行改了命格。"

听到此处，我的脑袋轰隆一声炸开，这老家伙还真厉害，单单通过我的面相和名字，居然能推断出我的出生，最主要的是，他说我天煞孤星，我一点都不感到吃惊，因为司徒天的爷爷也这么给我批过命。

至于，我的名字是谁所取，我到现在都不清楚，反正生来就这个名字。

司徒天自然知道我的事，他很吃惊地问道："大空先生，您怎么知道这些事？"

大空又转过脸看了一眼司徒天，面带笑意说："小子，你的命格不错，天生命硬。"

流川有点儿不耐烦了，打断大空的话："好了，大空叔叔，我们还要去参加葬礼呢。"

大空跟流川算完三件丧服的钱，我们就坐车离开了，在车上我一直沉默着，或许真如大空说的那样，我命格里真带天煞孤星，不然我的母亲怎么会因此难产死掉？ 司徒天见我不说话，他捶了一下我的胸口，安慰道："行了，你小子别胡思乱想，我爷爷也说了，你要活到一百岁呢。"

（2）

我知道司徒天是好意安慰我，我露出一个比哭还难看的笑容说："我没事。"

坐在副驾驶位置上的流川，猛然回过头来骂道："行了，逸仙君，你比我好多了，我自小就是个被人抛弃的孤儿，当年若不是师父在路上捡到我，恐怕我现在早就饿死街头了，还有可能活到现在？"

到此刻，我才明白平日里看起来吊儿郎当，对什么事都漠不关心的样子，背后居然藏着这样的心酸往事。 我看见司徒天一副欲言又止的表情，他

第八章　寿衣诡铺，裁缝匠人

不知道如何开口，在这件事情上，司徒天最没有发言权。

借用我的话来说，司徒天绝对是上辈子拯救了银河系，所以今生才投了好人家。有时候，有些事情你不信命都不行。比如我，天生的倒霉蛋，一出生便害死了自己的母亲，所以父亲一直不太喜欢我，想必也是因为这个原因。还有读书的时候谁都怕我，不敢和我玩耍嬉戏，唯独司徒天这小子不同，他可以说是我肝胆相照的死党。

出租车在铺满沥青的高速公路上快速飞驰着，我把头看向车窗外，凝视着窗外街道飞快闪过的高楼大厦以及高档商铺。不知道为什么，我忽然想起了远在华夏的酒鬼老爸，他现在应该在喝酒吧？

司徒天伸手拍打着我的肩膀，咧嘴憨笑道："逸仙，你放心，我们会是一辈子的兄弟，无论发生什么事都不能分开我们俩。按照我的意思，咱们以后干脆娶个日本老婆，在日本成家立业。"

我让司徒天的话逗乐了，白他一眼反驳道："你小子也就嘴上说说，让你真去落实恐怕你不敢吧？还想着娶个日本老婆，小心让你爷爷知道，他老人家马上从华夏飞过来打断你的狗腿！"

司徒天不知联想到了什么场景，大热天的居然打了个激灵，他一脸讨好地看着我："逸仙，你看咱们俩兄弟多年，娶个日本老婆我就说说而已，这事儿吧你一定要替我保密，若让我爷爷知道，我有娶日本老婆的念头，就算不打死也要脱层皮。"

流川突然插嘴，出了个超级烂和狗血的点子，他转过头冲司徒天挑挑眉，贼笑道："司徒君，你如果不想让你爷爷打断腿，干脆直接别回华夏了，如果要回去你带个日本女朋友回去，先把生米煮成熟饭，或者奉子成婚，这样一来你爷爷想不承认都难咯。"

我听到流川的建议，顿时满头黑线，若让司徒天的爷爷知道这事儿，恐怕不止打断腿那么简单了。估计连家门都不让入，直接打断双腿，二话不说连人带孩子一起扫地出门。其实老一辈人都很反感日本和日本人。

不得不说，日本的媒体行业很发达，知名女星水月跳楼自杀事件，短短

几分钟内像龙卷风般立马席卷整个网络世界和日本各大论坛，威力堪比原子弹爆炸。尤其是司徒天这家伙，因为他刚来日本没多久就沦为了水月的脑残粉，在车上通过收音机再次听到此噩耗，险些在车里直接哭死过去。

估计是运气不太好，出租车堵在了高速路上，我再次想起那个叫大空的寿衣铺老人，拍了一下流川的肩膀问道："流川，我问你一件事，就是之前寿衣铺的大空，到底是什么人？他主要做什么事？"

流川咬着右手的食指，想了大概1分多钟，才回答我："逸仙君，你是说大空叔叔？在我眼里他就一老裁缝匠人，年轻的时候到过华夏，跟人学过一些面相学。当然，他的话你不用放在心上，所谓生死有命，富贵在天。"

司徒天就不同了，他的重点永远不跟正常人在一个频道，他亦跟着追问流川："流川，你提到的裁缝匠人是什么玩意儿？能吃吗？"

流川和出租车大叔都让司徒天的话给逗笑了，出租车大叔笑着解释说："匠人，在日本其实是一种信仰跟精神。通常代指从业者对自己的产品精雕细琢，追求完美和极致，对精品有着执着的坚持和追求，精益求精的精神理念。工匠们喜欢不断雕琢自己的产品，不断改善自己的工艺，享受着产品在双手中升华的过程。匠人精神的目标是打造本行业最优质的产品，其他同行无法匹敌的卓越产品。"

我大概听明白了出租车大叔的意思，其实匠人精神跟我们华夏的想法相近，都喜欢追求高品质的长袍，讲求精益求精，永远要生产出顶级商品。在高速路上大约堵了十来分钟，每次都是开开停停，前行速度跟蜗牛一样。

经过一番波折，出租车总算赶到墓园，还没下车，便看到墓园外头守着一大帮拿着长枪短炮的记者，估计都想在第一时间获得最新资料，然后借助于爆料领取第一批奖金。我对这类没良心的狗仔记者非常反感，如果可以我会暴打他一顿。虽然说驮尸人也是靠死人吃饭的行当，但至少讲究良心。

流川先是给一个人打了通电话，然后带着我跟司徒天拨开面前的记者，很快一名穿黑色西装的保镖，把我们三个人领了进去。这个墓园比我之前在日本见的墓园都要大好多倍，连带着墓碑都立起好几排，放眼望去全都是墓碑。

我们紧跟在保镖后面,他把我们带到一个中年女人面前,鞠了个躬说道:"人已带到。"

中年女人拿出手机,朝着流川摇了摇,问道:"你是黑木老先生的高徒流川?"

流川微微颔首,表示回应,接茬说道:"您是水月小姐的经纪人吧?方便让我看看水月小姐的尸体吗?对于后面我们驮尸斩穴有重大用途,您一定不希望水月小姐死后都不安生吧?希望您能好好配合。"

水月的经纪人面露难色,按照正常情况下来说,女死者很忌讳给男性看尸体,而且水月生前还是个公众人物,如果不小心让记者拍到,估计各种花边新闻会漫天飞,因此毁了水月生前的名誉。

流川好似一眼看穿了经纪人的顾忌,开口解释道:"您放心,我以人格向您担保,对于顾客的信息我们会绝对保密,再说了您也要相信我师父的口碑,毕竟他老人家从事斩穴行业多年。"

第九章　女星跳楼，特殊葬礼

(1)

时间回到几日前，葬礼大厅外被人流堵得水泄不通，黑木老头的眼前乌压压一片，耳旁有"咔嚓"的拍照声。他进入门口，一个身着黑色西装的身材魁梧的年轻男子，伸手拦住他，面色严肃地说："你不能进去。"

黑木老头写下自己的姓名，以及住址，黑衣人狐疑地打量他，此时，水月的经纪人走过来，向他好声好气地打招呼。黑衣人见他们这般熟悉，忙躬身道歉。黑木老头不作声，将装了份子钱的香典信封留下，便和经纪人走了。

来者大多是明星和记者，亦有些许商业人士。

黑木的面色稍微温和了些，问道："水月女士临死前可有给你留了什么信息？"

经纪人努力地挖掘记忆，片刻，她望了望四周，仅此他们二人，便小声说："水月出事前，好似和谁大吵了一场，向我发了一个短信，但我怎么也看不明白，只是一个"美"字。

黑木老头"哦"一声，带着一丝困惑，轻声说："我会派三个年轻人负责查实水月小姐的死因，他们很快会与你联系，节哀顺变。"

他们再次来到大厅，一位气质清新脱俗的年轻女子正上完香，见到经纪人，她一把抱住经纪人，哭得梨花带雨。黑木老头站在她们身旁，想必是水月小姐生前的好友吧，他本想离开，却听到了对话。

第九章 女星跳楼，特殊葬礼

"音姐，我知道水月从小是个孤儿，你将她从孤儿院带出来，一路培养她成才，当她是你的亲生女儿，但你要好好照顾自己，不然水月在天之灵会不安。"她看了一眼经纪人，哽咽道。

"好，我会的，你也是。"经纪人亦泪眼婆娑。

女子言罢，在一群黑衣保镖的保护下离开了缠人的记者。

我们来到墓园，靠近了水月小姐的棺材，一副透明的玻璃棺材，清晰可见水月的身体。我和流川仔细地检查她的伤痕，发觉有一处并非是摔伤所致，像是抓伤的。流川走到我这边，见耳后紫色的痕迹，与我相视一眼，又默契地点点头，心中已有了答案。

不知司徒天何时出现在我身后，突然冒出一句话，声音阴森："你们的眼神好暧昧？"

我被他吓一大跳，将身旁的流川撞得边吃痛地大吼司徒天，边捂着红肿的鼻头。司徒看着我俩窘迫的模样，笑道："你们刚刚在看什么，这么入神？"

一道幼童的笑声响起，流川掏出像烫手的山芋似的手机，险些掉地，握稳后，他瞪着大眼走开了，司徒天一脸期待地看着我，我翻了翻白眼："我们猜测她不是自杀而亡的。"

"那是什么原因？"

"暂时不能确定，我们今天开始调查。"

流川走过来，焦急地催促我们赶紧上车，也不知有什么重大的线索，只听说黑木老头通知现在要立刻赶去案发现场调查，晚一分钟就有可能被人将证据毁灭。

我们从水月豪宅的后门进入，经纪人令我们到主卧室，也是案发现场。她将一个很小的胸针放置我手心，说："这是我今日在床底发现的物品。"

"很明显，这是女士的。"流川仔细看了看。

我打开窗外，左右望了望，发觉离此地最远的一个监控器竟在500米外，便问经纪人："房屋外一百米内都没有监控器吗？"

"以前有一个，就在那个转弯的路口，前两天我送礼服给水月时还看见有的，不知现在怎么没了。"

"好，我知道了。"

司徒天现在站在一幅巨大的写真照片面前，默默地欣赏水月忧伤的眼神，她站在一片草丛和大团大团的成群结队的白云面前，身上披着和风图案的丝巾，看起来别具一格。

流川凑近我，在我耳旁低声说："有什么发现没？经纪人刚将平日中与水月关系很好的，又带有美字的名字都选了出来，结果只有这几个。"

我看了一眼他手上的名单，用黑线删除了许多个，只剩最后一个。我一把抢过名单，立刻跑出去，身后传来他们的呼唤声，我不理会，脑海中只有一个念头，警察局。

两个警察齐齐盯着我，推辞着说："先生，这案件已经定了，是自杀！"

"不是，肯定是被他人所杀的，我们已找到一些线索。"

我翻出手机上水月耳后的伤痕，再将那枚精致的胸针，以及名单递给他们，故意说："你们身为警察，竟如此胆小，让凶手逍遥法外，我要去向厅长举报！"

两个警察一听，忙叫我坐下再谈，其中一位中年的男子说："你放心，我们一定随叫随到。"

"好，那我们现在就先去山口一美家。"

我们刚踏出警察局，流川出现在眼前，身后紧跟跑得气喘吁吁的司徒天，我们相视一笑，搭着肩上了警车。

山口一美端上一壶上好的绿茶，玻璃瓶口冒着淡白若无的轻烟，淡淡的茶香扑鼻而来，她笑吟吟地看着我们，像是在等待我们发话。

"打扰你了，山口一美小姐。我们想问问你，清水月自杀时，你在何处？在做什么？和谁在一起？"

"当时不是很晚了吗？23点了吧？我那晚到家后，十点就睡着了，白日里拍戏太累。"

第九章 女星跳楼，特殊葬礼

我们走出大厦后，警察无奈地看着我，我瞪了眼一副"你们没用"的样子。流川见我怒气冲冲，立即和司徒天联手将我拖走了。

一无所获。正失落之际，流川接到了经纪人的电话，那头说她忆起了胸针的主人是谁，让我们立马过去。

"我记得当晚和水月通话时，有门铃声响起，她叫了一声美木后，匆匆地挂机了。水月的住宅很少有人拜访，她喜欢安静，却被人骂高冷骄傲。"

经纪人轻轻地叹了口气，接过我手中的胸针说，"我见美木莎戴过这枚胸针，只见过一次，记忆不是很深刻。但我派人打听过了，这是限量的，在本国只有两个人拥有，其中一个便是她，她和水月在学校便认识了。"

"肯定是她嫉妒水月大红大紫，就将女神害死了！"司徒天冷不丁地冒出一句，声音含有厌恶之意，此时此刻，他自觉全身都是满满的元气，下一秒就能赏那个美木莎两记耳光。

"不可能，她是水月最好的朋友，情如亲生姐妹。"

我们向经纪人告别后，按她提示的地址来到了美木家，是一座两层楼的白泥墙的别墅，一辆红色的跑车停在院子里。流川按了按门铃，片刻，一身白色蕾丝连衣裙的女子推门而出，见到我们三人，她先是一惊，然后优雅地走来，笑着问："你们是？"

司徒天一见美人就愣得说不出话，我朝他露出鄙夷的眼神，正要回答之际，一道带有磁性的声音响起，每次听到流川的声音，我都觉得心里有些麻麻的却很悦耳："你好，我是流川，他们是我的好兄弟。今日我们来，是听闻你是水月小姐最好的朋友，想向你打听她生前的一些事。"

美木莎听到我们要向她打听水月的事时，眼底划过一丝慌张，随后很快用笑脸掩饰，我在一旁不动声色地观察她，只能感叹一句，不愧是演员。

虽然美木家的房屋表面的设计比较普遍，但室内的构造简直令人惊喜，尤其是那一块落地窗，位置竟与水月家的一模一样，仔细一看，两人家中的构造都大同小异，唯独墙壁的颜色不一。

流川二话不说，直接进入主题，他掏出胸针，神色认真地问道："你可认

识这枚胸针？"

美木莎心一沉，红润的面色渐渐暗淡，脸上虽在笑着，可眼中尽是不安。她极力地保持笑容，佯装云淡风轻地说："不认识，是要送给我的？难道，你们是我的粉丝？不必这么破费的，不过既然是你们的心意，那我就收下了，谢谢你们。"

她伸手要拿，却被流川迅速收回。她的手悬在半空，尴尬地看着我和司徒天。流川冷哼一声："你不打算如实交代，对吧？那也没关系，我已查实胸针上的手印，就是你的！你还想怎么狡辩？"

"没错，就是我的！"她仰头大笑，目光冰冷。

"你这个贱人，快还我女神！"司徒天猛地从沙发上站起来，激动地怒吼。

她瞥了一眼司徒，笑着娓娓道："我和她同时进入演艺学院，从小一起长大，是彼此最好的朋友。"中学的水月有一张天然呆的面孔，被星探挖掘拍了许多杂志，每次她到学校，便会与美木莎分享其中的收获。起先，美木莎兴趣浓厚，愿意洗耳恭听，渐渐地，眼见水月拍了广告，已经小有成就，而她却什么都没有，心里不禁有些妒忌。

后来，美木莎进入了娱乐圈，过程十分艰辛，但也获得了女二号的角色，她十分高兴，坐着面包车去探班。仅坐了10分钟的车就到了水月所拍摄的场地，远远便见水月坐在一张高档的沙发上，身旁是经纪人和化妆师，以及一桌的零食。美木莎知道，她根本不会吃零食，都是摆给外面的记者炒作的。

来拍水月绯闻的记者数不胜数，美木莎绕过记者，缓缓地走在她面前，双眼发射光芒，将自己成功被选入的事告诉她。水月似乎不大愉快，只是淡淡地说了声恭喜，便不再多说。

美木莎像是被人浇了一桶冰冷的水，愣在原地，见她不愿多搭理，便气鼓鼓地转身离开。她在心中发誓，一定要超过水月。

自从她进入娱乐圈以来，认识了许多大人物，有不少导演在背后议论水

第九章 女星跳楼，特殊葬礼

月，他们大多被水月拒绝过。这一晚，她宴请了两位导演，希望他们能给自己一个机会。

一个大腹便便的中年男人诉苦："我现在要拍的这部戏，花了重金请她来，她都不来。真不知她要高傲到什么时候。"

另一个人说："人气越高，就是这般，若一直不收敛，过不久就会失足，且是一落千丈。"

美木莎听了，顿时心中很是高兴，她走过那一桌，笑着说："导演怎么不找我去？我虽没她出道得久，但演技也得到认可。"

"是吗？那我今晚2016房等你，你来了我就给你演女一号。"大腹便便的导演抓住她肌肤白皙的手，不怀好意地笑。得知美木莎在拍自己推掉的剧本时，水月立刻派经纪人约她见面。水月早就听闻那个导演品行不良，上次她拒绝亦是因为他死死抓住她的手不放，险些撞到一个大花瓶。

美木莎拍完戏已经10点了，她的经纪人将最后一个行程说出时，她犹豫了一会才说，去。车子停在转弯处，美木莎独自走了进去，她知道水月为何急忙将她唤来，却还是想看她的反应。

"你为何要接那个无耻之徒的剧本？他是不是强求你做了什么？"水月紧皱眉头，言语之间有些怒气。

"没有。这也不关你的事。"美木莎闭上疲劳的双眼，轻声说。

"呵，是我自作多情。"她顿了顿，心中无比失落，"身为你最好的朋友，你拍戏了我当然高兴，上次是因为，总之不是你认为的那样。"

她说得不明不白，听的人亦无力去揣测，起身欲走。水月一把拉住她，希望她表个态，却被她扇了一耳光，水月耳后以及面部都是血痕。

水月笑了笑，像一头深受重伤的狮子，一双眼眸像一潭装满了失望的河水，死死地盯住她，双手牢牢地抓紧她的衣襟。推搡之际，水月猛往后退了几步，像来不及刹车的小车迅速冲出了落地窗。

窗碎了，一地的玻璃，美木莎双腿不停地抖动，因为害怕水月活着会将她出卖，路过满是鲜血的水月身旁时，美木莎戴着一副手套将她掐死了。

"你知道吗？水月当时换了严重的疾病，一个被病魔折磨的人怎么可能时刻顾虑到他人的心情？你真是太残忍了！"

流川身后的手机一直亮着屏幕，随后陆续有警察进入室内，将戴上手铐的美木莎抓走了。

随着美木莎被抓，一系列的案情都将完全解开，所有的真相瞬间大白，而我们也顺利接下这次的驮尸任务，驮尸报酬高达90万日元。首先，我们被墓园专门拉棺材的车送到一个荒山野岭的地方，把棺材抬下车，墓园的那辆车便马上离开了。这次我们一共有四个人抬棺送葬，每个人分别负责抬清水月棺材的四个角，在最前面的是一个中年肌肉男，貌似叫安西，他干抬棺这个行业有10年以上。跟我们三个人一样是靠着死人混饭吃，姑且算半个同行。

司徒天一路上都在小声念叨，脸上写满惋惜之色，不知道的人还以为他刚死了爹，其实是因为清水月的死，让他很是郁闷，一个大明星是要多想不开才会去跳楼自杀？当然，清水月的死因，外界开始疯狂猜测，大部分都说是因为情杀，或者招惹上了某些强大的恶势力。

我不禁心生疑惑，日本的山名还真奇怪，便追问道："安西先生，您说这山叫丢婆山？"

安西举起右手示意大伙停下脚步，把棺材平放在地上，转过头看着我和司徒天，神情有些凝重地奉劝道："我最后问一次，你们三个人非翻过这座丢婆山，完成驮尸任务不可？"

流川胆儿比较大，好歹也和黑木老头闯荡多年，啥事没见过，出言调侃道："安西先生，那您说说看，为什么不能翻过丢婆山？"

安西冷笑几声回答道："先听我说完丢婆山的事，然后你们自己再作决定，是否要驮尸渡河！"

第十章 丢婆山，姥姥火

(1)

故事起源于江户时代，虽是重农抑商时期，但商人的财力比武士更大，在那时候，连最有魅力的花魁亦为财力所倾倒，而不是权力。这一日，一位商人要运送货物到京城，近傍晚时分，他们走过一条被山林包围的山路，进入了越固村。一路走来，他们发觉这一带竟方圆十里不见一户人家，所幸在此地有一家客栈，便打算住一宿歇歇脚。

商人盘了月代头，内穿深蓝格子的长襦袢，外搭浅杏色的纸子羽织，他右手持一把扇子，使唤车夫将货物驮入店内。客栈的掌柜满目皆是笑意，忙将商人及他的手下都打点好，又替他们准备了晚饭。

转眼就到夜间，商人喝得微醺，加上白日里舟车劳顿，便有些昏昏欲睡。忽闻背后有一男子提到附近的丢婆山，说有个诡异的故事。他一听，立刻来了精神，端坐在草席上，双耳却在向后仰。

很久以前，这座山本无名，丢婆山这名是后人取的。自从被命名为丢婆山之后，便有个奇怪的现象，每到黄昏时分，天空像一片梦境，一半呈粉紫色，一半为深蓝色，它屹立其中，远远望去，像一个人的脸颊洒了两片奇怪的腮红，略显神秘。

山前有一片密密麻麻的树林，山林与越固村相距5里路，但隐约可见山间的火光，像一团一团的火球，可它们从不点燃树林，这使居住在村里的百姓感到奇怪。逐渐地，有人散播传言，说可能是山中的怨灵来报仇了。

越固村的东西方都是大山，属于比较偏僻的一个小村庄，但处于温带，四季的气候分明。百姓们依山傍水而居，世代以务农为生，因常年风调雨顺，农作物长得很好，每年都能丰收。

于村民而言，这就是大自然恩赐的金银财宝，他们日出而作，日落而息，生活得很是幸福。若没有那场灾难，他们会一直无怨无悔地生活在这里。

岛谷秋元的母亲甚爱红豆，因此在村上开了一间售卖红豆的店铺。她的小店内有一幅字画，只写了"相思豆"三个大字。有人进店买豆时，一眼就看见那三个字，便问老妪为何写这三个字。老妪的脸微微一红，沉吟片刻，笑着说："这呀，出自一首汉诗，红豆生南国，春来发几枝，愿君多采撷，此物最相思。"

那人一副受教了的模样，买了一篮筐红豆，边走边笑着说要送给心爱的人。老妪很是高兴，欢喜地说："祝你们终能结为连理。"

老妪忆起年轻时，岛谷先生追求她，因两人学业未成，不能经常见面，一日不见，便觉已隔三秋。每次他们一相见，两人总有道不完的闲话。

那一日，先生故作神秘地遮住她的眼，让她将手伸出来。她有些紧张，因先生是个喜欢制造惊喜的人。她乖乖地伸出手，忽然手心一凉，睁眼后，瞧见一颗小小的红豆正在她手心上，先生立即咏那首汉诗，将绵绵情意表达得淋漓尽致，她心中欢喜不已，像吃了蜜般咯咯地笑。

夜里她归家，在微弱的烛光下，将收到的所有红豆都放在木桌上，一颗一颗地数着，边数边笑岛谷先生爱耍花样。为了不让母亲发现她的心事，她立刻将红豆装进麻料袋里，藏在枕下，夜里就伴着对他的思念入眠。

想到这儿，她不禁哑然失笑，多年过去了，往事历历在目。可惜，岛谷先生比她先走一步，那一年先生患了严重的伤寒，记不清是什么引起的了。

是夏末，岛谷秋元已经6岁，喜欢背个小竹篓和父母一同去田里干农活，他从不下田，只是在小路间摘花扑蝶，玩得不亦乐乎。岛谷先生年纪不大，却因常年务农有些驼背，他是个温润如玉的男子，对人极有耐心，即便

第十章 丢婆山，姥姥火

是一棵树，他亦会无微不至地关爱着。

夏末的夜间，本是有丝丝凉意的，可那一年，从夏末至深秋，从未刮过一阵凉爽的风，反而闷热无比，且无雨。眼看庄稼就要干枯，若是不丰收，那么他们就要挨饿，百姓为此愁得头发也白了。与此同时，田野里的虫蚁甚多，是以往的10倍，这让村民很是困惑。

村民为了驱赶蚊虫，自制了灭虫的药水，每日他们都将自己包得严严实实地在田地里洒药水。没过多久，岛谷先生便患了伤寒，他以为是天气所致，心中思量着天气好了，病也自然会好。因此也没多在意，只去药房抓了几帖药。

没想到，一下子村庄里几乎每户人家都患了同样症状的疾病，村民很是惶恐，他们的医术无法查出这是什么凶猛的疾病，更无法治愈。当时，岛谷先生带上所有盘缠，将母子二人一同带去京城治病。路经三天三夜，抵达时，他已经扛不住了，而母子二人病状比他轻些，治疗了三个月余，便回到了村庄。

短短一个月，因那场灾难，越固村的村民死的死，离开的离开，回来的人寥寥无几。一晃，10多年过去了，有新的村民在此地居住，百姓都遗忘了往日的苦痛，开始了新的幸福生活。

老妪泪眼婆婆地望着字画，这三个字还是先生写的。他读的书较多，字也写得好，他的每一个字都极有力道，像一个穿着黑衣的小人在摆弄舞姿似的，而左角下的名字却写了两个：岛谷比吕，内田未来。

岛谷秋元从侧面拨开门帘，就见母亲背对着自己在偷偷地抹泪，他知母亲是个自尊心比较强的人，便轻轻地转身原路返回。这不是母亲第一次哭泣，她只要一提及父亲，就会面露难色，心中既伤心又惋惜。他曾和母亲商量，将那幅字画摘下，可母亲不依，执拗地要挂在墙上。

母亲的厨艺极好，她会做许多点心，夏日里总会做些汤水，说是用来解暑。她精心经营着这家小店铺，将室内打扫得干干净净，使人一进屋就心旷神怡。这一日，一位名叫小仓清夏的妙龄女子路过此地，瞧见那幅字画，

饶有兴趣地走进来，赞叹道："那三个字写得真好，原来是卖红豆的呀！"

老妪微微抬头观察那女子，见她面容姣好，身材娇小，想是个同儿子差不多大的女孩。她笑了笑，问道："对呀，你喜欢吃红豆做的糕点吗？"

"喜欢，但是自从我娘去世后，就再也没有人做给我吃了。"

"这样啊，那你改日再来，我做给你吃。"

小仓清夏粲然一笑，露出两排洁白无瑕的牙齿，不敢置信地反复问道："真的吗？是真的吗？那就这样说好了噢，过两日我就来找您，但是呢，算我买的。"

老妪推辞着说不要钱。清夏却不依，说若不收钱，她便不来了。老妪推却不了，便点头应允了，她一下就喜欢上这女子，两人都同样执拗。

厨房内，老妪哼着小曲，将红豆洗净，又拣去杂物，再将其泡在冷水中，这样泡一宿，次日才易熬熟。岛谷秋元在一旁砍柴，他已经许久不见母亲这般欢乐，好奇地问："今日有何喜事，使您这般高兴？"

母亲欢喜地说："我答应一个与我脾性相同的女子，要做红豆糕点给她尝尝，这孩子说以前都是母亲做给她吃的，如今却没人了，我做这些事时，感觉自己是她的母亲，好像有了一个女儿似的。嗨，瞧我，又多想了。"

岛谷秋元明白母亲，她极爱女孩，曾怀有一个，却不慎流产，永远地失去了。母亲生了他之后，就再也无法生育。她心中很是遗憾，曾织好的女童的毛衣、围巾等物品都烧了，那些期盼也都破灭了。

母亲又说："你说，是做红豆糕好，还是做些红豆汤水好些？"

"你若愿意，两样都做更好。"他帮母亲解决了这个困扰。

母亲"对噢"一声，转身走进厨房，开始准备食材。

夏日，太阳一露出亮光，老妪便起身去厨房忙活。她先将红豆熬汤水，因做过多次，深知要熬约三个时辰。待红豆熟了，她再做红豆糕。

在店铺，岛谷秋元正在为一客人买的红豆称重，客人刚踏出门，小仓清夏就进来了。

"您慢走，欢迎下次光临。"他朝清夏一笑，"欢迎，请问需要些什么？"

第十章 丢婆山，姥姥火

小仓清夏微微一笑，她张望了四周，问道："昨日那个老婆婆呢？她说今日给我吃红豆糕呢。"

"哦？我娘啊，她现下在家中做糕点呢，我带你过去吧。"说罢，他将大门关好，然后领着女子从侧门往后院走。

一进门，便闻得一阵芳香扑鼻而来，老妪见到小仓清夏，很是惊喜，直招手示意她进厨房。小仓清夏站在老妪身后往前探，主动要学做糕点，却被老妪笑着往外推，一不小心撞到了刚要进来的岛谷秋元，重重的头直砸他的胸膛。

老妪见状，打趣道："你要想常吃，可以嫁入我家呀，保你每日都能吃到噢！"

话音刚落，小仓清夏脸颊微红，愣在原地不知所措。"娘，你别闹了，我们还小呢。"岛谷秋元怔了怔，连忙往外走。

"可不小咯，该成家立业了。"老妪见他们害羞的模样，觉得很是可爱，便忍不住想逗他们。

(2)

时日一长，老妪已把小仓清夏当作自己的准儿媳。她曾无意间撞见过几次，儿子亲自送清夏回家的场景。是夜，岛谷秋元刚踏进屋，老妪便拉着他坐下，面色严肃地问道："你认真地回答我，可是对清夏有意？"

岛谷秋元不假思索地点头。老妪欢喜地说："那你过两日就去提亲，早日将她娶回家，否则指不定哪日就被许作他人的妻子了。"

炎热的夏日终于结束，百姓们无比欢喜，历年来，秋天既是凉爽的日子又是丰收时节，果园里血红的苹果一个个硕大饱满，如婴儿的手掌般大的蜜橘亦都能饱餐一顿，想想就使人馋得垂涎三尺。

然而，今年之秋，本该是清爽的日子，今年却沉闷无比，整个村庄如同陷入火焰山一般。街上的店铺纷纷紧闭大门，无人敢出门，前几日，有一老人带着孩童上街，他们只出去了半日，回家不久后，就昏睡在床上。大夫疑

是中暑，便开了些药。

但是过了几日，药已经服完，却仍然不见好转，便又去请大夫来诊脉。一时之间，大夫很是疑惑，他断定这是因气候不适才得的病，于是又开了些其他的药方，并嘱咐他们若有其他症状一定要第一时间通知。

半个月过去，老人的病状加重了，他全身发热，夜里说胡话。村庄曾有个医术高明的大夫，但他已隐居多年，这一次，百姓纷纷心急如焚地请他就诊，大夫直接背上一个药箱便跟了去。

大夫检查了病人的身体，他的眉头紧缩，面色凝重，什么也不说便去药房。他开了好几帖药给那些病人喝，但病情仍不稳定。有人忍不住问："这到底是什么病？怎么这么久也不见好？"

大夫沉吟，面露难色，轻声说："这是一种厉害的传染病，名为传尸。除了我，你们都不要进去看望，否则会被染上。"

村里闹得沸沸扬扬，人人都避而不及，不敢再出门。但人与人之间，总免不了要接触，于是，越来越多的人患上了同样的疾病，其中老年人居多，大多都以流涕咳嗽开始，转而成身子发热，且持续的时间长。村庄位于大山之中，道路险阻，若要派一人出去寻几名高明的大夫，实在是一件难上加难的事。

同一时间，田地里的庄稼都被烤枯了，村民在患病的同时，温饱也不能自给自足。前不久，岛谷秋元的母亲亦患了伤寒，起初，她并不在意，以为这种小病抓几帖药吃，过几日便会好。但一周过去了，她不仅鼻塞头疼，夜里还咳个不停，扰得她夜夜都难以入眠。

大夫来看母亲的病时，问道："可有过同样的经历？"

岛谷秋元忆不起，母亲却答道："十多年前，我的丈夫就是因此去世的，我们母子侥幸逃过一劫。在京城治了三个月，便回来了。"

大夫略有所思地点点头，他暗暗想，人力和药物都缺乏，若他也染上了，那这个村庄将重蹈覆辙。

为了避暑，村民们全移至附近的山上，在那里，他们至少可以靠野菜野果熬过这段难过的日子。不知是何人提起往日,将曾经的灾难道出,扰得人心惶惶。更有人丧失了理智,居然提出,不如将年老无用又染了疾病的老人丢到山里,这样可以将食物和药材都提供给后代,指不定那一日,大夫就能研制出药方,让后代可以传宗接代下去。

"唉,我们村里有许多独自一人的老婆婆,要是那些人真做起来,恐怕我们也反抗不了,还要保护自己的母亲,这可如何是好啊?"

"当然要反抗啊,坚决不同意啊!但说实话,他们人多势众,若有个万一,我们首先得能保全自己一家。唉,看造化吧。"

岛谷秋元看着那对兄弟俩的背影,他自然是听到了对话,心中亦忐忑不安。虽大家口上都不同意,但在这个难以预测的夜里,他看了看熟睡的母亲和清夏,感觉自己的肩上扛了一把很重的担子,决心要守住她们,于是他一夜半睡半醒。

一道婴儿的啼哭声划破了清晨的寂静,岛谷秋元刚想抬头,却不料,好似落枕了。忽然,一妇人惊恐地嚎叫:"有老人不见了!昨夜她本是睡在我身旁的。"

众人围了过去,果真她身旁只有一张空席子,村民们忆起昨日,匆忙地将家人拉起往村庄跑,好似后面有洪水猛兽在追逐他们。

一夜之间,共有几十位老人失踪,有人传言是被丢进他们所留宿的那座山里,因此,有人为那座山取名为丢婆山。

村民回到村庄后,惊觉病状好了些,但是再也没有挑夫上丢婆山,那是一座埋了活人的地方,是一个堆积了人类罪孽的地方。

黄昏,秋日空中的一抹橙红映照丢婆山,岛谷秋元日夜不息地照顾母亲,这时他正趴在木桌上睡着了,暖阳照得他的脸一面红彤彤的。亥时,夜深人静,他却醒了,只剩一掌油灯强撑着最后一束光,忽然,他像是见着了不该见到的东西似的,猛地站起身来。

此刻,隔壁的邻居大声一叫,将半睡半醒之间的人都吵醒了,有男子责怪地问:"怎么大半夜还瞎嚷嚷?"

"那里有人！"那女子捂着嘴指着木桌上的油灯，惊恐地说。

"瞎说什么？那是一盏灯。"男子看也不看，再次盖上棉被。

"真的，真的有张怨恨的脸。"女子扑到他身旁，不停地摇晃他的手臂。

男子不耐烦地起身，小心翼翼地走近那盏灯，他"啊"的一声，连忙往后退了两步，正是一个老婆婆的脸，她正露鬼脸吓她们。

不一会儿，一户又一户人家亮起了油灯，整座村庄像是回到了傍晚时分，灯火通明。岛谷秋元站在庭院愣了许久，冰凉的晚风扑打他的脸，他听着对话，目光望向远处的丢婆山，忽见漆黑的树林一下像是有人路过，点了一盏又一盏的灯笼。

起初，他以为是成群结队的萤火虫，但揉了揉双眼后，才看清那是一团一团的火球！它们在山间窜上窜下，隔着树林，竟传出漫长的尖笑声，萦绕在耳边不散。

忽然，山间起了一团大火，一个人在火中被抛到了空中。顿时，四周响起妇人的尖叫声，有人小声地说，火中的人肯定是丢婆山的人，否则那些火怪怎么不来抓我们呢。

片刻，火团消失了。岛谷秋元抖了一地的鸡皮疙瘩，漫漫长夜，不知有几人见了此奇景，总之，他是无法再继续入睡了。据说，后来有人路过丢婆山时，见到了十几壶装满了骨灰似的东西。而丢婆山的火光再也没出现过，村民忆起那夜，更觉得是做了一场梦。

第十一章　针女媚笑，长发如针

(1)

安西虽然给我们说了姥姥火的传说，但是很明显我和司徒天还有流川，三个人完全都没当回事儿。无论是驮尸这个行当，还是斩穴，遇见的离奇怪事早已数不清，岂会因安西说的故事吓倒？

经过一番商议，首要路段负责驮尸的人是我，中途换司徒天，最后一段路程，一人驮一半。我让司徒天替我绑好水月的尸体，我不得不承认，水月这样的大明星，确实长得妩媚动人，连死了的样子都那么好看。

当然，请大伙不要多想，我不是司徒天，不是心理变态，也没有恋尸的癖好。

我驮着尸体开始艰难地在河里走着，司徒天和流川在两旁扶着我，怕我不小心摔到河里头去。安西已经完成了抬棺送葬的任务回去了，看着河对面的山，不禁想起安西讲的丢婆山与姥姥火。开始暗自思考，日本的古代当真那么不重视亲情，连老人家都能下狠手丢到山里？

流川发现安西讲完故事之后，气氛有些压抑，主动提出来要讲一个叫针女的故事，缓解一下氛围。最高兴的人莫过于司徒天，这样一来他又能免费听故事了，而且现在负责驮尸的人还不是他。

昔日，岛川国有个叫黑川志乃的下级武士，他常在夜里执勤。炎炎夏日之夜，他独自立在加藤府邸的守卫室外，暖风徐徐吹来，因午后饮了几杯酒，酒气逐渐上升，挥着催眠的作用，顿时，黑川志乃觉得眼酸，实在支撑

不住，便躺在守卫室呼呼大睡。

半梦半醒之间，隐隐约约像是进入了一个村庄，一排排两层式的木屋的屋檐下布满了蜘蛛网，好似许久未有人居住。黑川志乃走得双腿有些发软，便寻了一家敲了敲门，可良久都无人应答。忽然，一道浓郁的香气钻入他的鼻中，令他非常兴奋，只见一缕淡白若无的轻烟从转角处飘来，他不禁迈出大步，想探个究竟。

香气来自一栋三层白泥墙的房屋，此地仅此一家。屋内明亮得如同白昼，庭院设置了几盏木座路灯，一眼望去，纸拉门上映出一位女子的身影，她的腰肢细如柳，身子呈 S 弧形，披散着及臀的长发，隐约可见扬起嘴角的侧脸，好似在看什么。女子似乎听到外面有人，缓缓地拉开了纸拉门，黑川志乃一惊，欲转身离开，却定在原地，像被魔附身了般无法动弹。几分钟后，他从女子的呼唤声中醒过神。

女子不知何时已将浓密的乌发绾起，她着一身天蓝色轻薄的和服，微微抬眼看他的服色，一抹淡红色的胭脂划出她的眼尾，增了几分妖娆，加上嘴唇处的一点暗红，使她更像是一朵娇艳的罂粟。她微微露出笑容，似乎富有魔力，惹得黑川像是喝醉酒一般，头晕目眩。不久，她朝他招手示意进室内，他的脚步轻如鸿毛，整个人仿佛不由自主地向她飘去一般。

她转身时，和服领子裸露出一大块粉色的肌肤，以及细长无褶皱的玉颈，像是要引诱面前的男人。他正襟危坐，见她身后的一幅画中的男子，粗黑的眉毛，细眼薄唇，长得好似一个人。滚烫的清水发出咕噜咕噜的声音，女子伸臂沏茶的动作很是优美，他目不转睛地盯着之际，浑身打了一个激灵，只觉身子像是受到了风寒，体内忽冷忽热，脸色也跟着难看起来。那幅画中的男子，正是自己。

黑川志乃感到十分困惑，难道女子认识他？一双清目仔细端详了女子一番，一副如明月般美丽的面孔，却让他摇摇头。良久，女子被盯得脸颊浮上两片红晕，不知开口说什么，便将一杯茶水轻轻地放置在他面前。

回想之际，黑川志乃忘记自己是如何愿意跟她一同饮茶的，他张了张

第十一章 针女媚笑，长发如针

口，想问女子那幅画，却又觉不妥便作罢。女子如同他肚中的蛔虫，转头望了望墙上那幅画，婉声道："黑川君，您是想问这个吗？"

"这幅画中的人，与我几乎一模一样。姑娘可认识？"

"您唤我恭子即可，画中的男子是我前世的心上人，亦是今生的你。"长濑恭子笑吟吟道。

"若是前世的意中人，为何你今生还记得？难道？"黑川志乃不解。他垂首沉思之际，像是想起了什么，心中不禁惶恐起来，却极力佯装镇定道："恭子，我还有要事在身，不能与你再闲聊，就先告辞了。"

长濑恭子见他立即起身，忙拉住他的衣襟，再次露出迷人的笑容。顿时黑川志乃只觉眼前发黑，一个踉跄扑在她的怀中，沉沉地睡着了。恭子收敛笑容，手指如带有冰冷的气息划过他的脸庞，眼神忧郁得令人生出怜悯之心。她轻而易举地将志乃抱入室内，片刻，油灯熄灭了。

天色微明，黑川志乃徐徐睁开双眼，瞳孔只看得见一张美若天仙的面容，那人正笑意盈盈地凝视他，是长濑恭子！他猛地起身，"嘭"一声，又躺了下去，与此同时，闻得身旁的恭子"哎哟"一声，默默地离开了榻榻米床。

不久，长濑恭子抱着一个木箱子坐在他身旁，彼此盯着对方微微肿起的额头，笑出了声。她轻抚他红彤彤一片的肌肤，温柔地将白粉抹在上面，顿时，他的额头凉凉的，很是舒心。炎炎夏日，外面骄阳似火，这栋房屋却出奇的凉。恭子端来一杯水，又将一颗药丸放在他手心，他竟毫不犹豫地全吃进了肚中。此过程几乎一气呵成，全无声息。

黑川志乃拉开一层又一层的拉门，微微抬头就觉阳光太耀眼，刺得人睁不开双眼，好像身处黑暗中许久一般。他立即回屋盘腿坐下，一抬头便又见那幅画，不由得忆起昨夜，便向恭子问道："昨夜，我本想问你，却不知怎地睡着了。现下你可回答我否？"

长濑恭子笑而不语，轻轻地吹拂茶水的表面，饮了一小口，沉思一会，又饮了一口。她终于放下了茶杯，娓娓道："前世的你是位乡士，姓小田切，父母健在。而我，是你的第一位妻子。"

085

恭子的父亲是当地的一个富商，镇内外都有他的店铺，但只有恭子一个女儿。成为父亲的长濑老爷很是高兴，每日将她抱在怀中，逗她笑，喂她吃辅食。

恭子一日长一个模样，脸上的表情亦愈来愈多，时常惹得父亲哭笑不得。某日早晨，长濑夫妇替她洗浴完毕，正放在腿上准备穿衣，谁知这女娃竟撒了一泡尿，将长濑老爷心爱的便服也打湿了。

老爷轻轻地打她的小手掌，她瞪着一双无辜的大眼，十分委屈的样子。长濑老爷笑出了声，将小人儿撒娇的模样告诉夫人。夫人已替恭子换好了衣裳，将她一把抱起，打趣道："哎，我家恭子要把父亲的魂都要勾走咯！"

长濑恭子一听，竟咯咯地笑起来。老爷一手轻轻地拧了拧她胖乎乎的脸，另一只手握着夫人，顿时整个人都温柔起来，像夏日里凉爽的晚风。这一幕，亦是人间最曼妙的风景。

恭子从小学琴，父亲见她有天赋，可惜她局限于这座小镇，便差人在京城中找了一位琴技高超的师父，将年幼的恭子送入了京城。进京那日，恭子与父母依依不舍地拥抱，父亲比母亲更激动，久久握着她的手无言。殊不知，这一别，她认识了人生中最重要的一个人。

恭子生性温和，不久便在学堂交了一位师兄，仅比她多学两年，因平日里相谈甚欢，两人便时常相约去练琴。一日午后，师兄提议去一位同是乡士的小田切家练琴，面积宽广，且安静。恭子爽快地答应了，两人便背起古琴前往。

"辉真，我们来弹琴给你听了。"师兄一踏入门就大声喊道，语气中含有欢喜。

"来，快坐。"那个名叫辉真的年轻男子从室内出来，他一袭深蓝，面目俊朗，走起路来颇有贵族之风。恭子朝他躬身后，便不再看他，生怕被他的双眸吸了进去。

师兄将身后的恭子推上前，笑道："这是我学琴时认识的好友，长濑恭子，琴技相当了得，今日你可有耳福了。"

长濑恭子俏脸微微一红，谦虚道："多谢夸奖，但要论琴技，还是师兄的琴艺更加精湛。"

(2)

说罢，三人走过两排心脏形树叶的桂树，一同坐于庭院的红木凉亭内，恭子拿出古筝，师兄取出琵琶，商量着合奏汉诗。片刻，琴声初起，便使人觉得仿佛身临春江江边，江水和海水衔接，眼前是一轮明月与大海，月光照耀着春江，一眼望去，只有波光粼粼的江面。水天一色，明亮的空中只有一轮孤月高高地悬挂。

弹奏者表面风平浪静，内心已随着琴声起起伏伏。不断有仆人端新鲜果子、醇香的美酒上桌，但都没有人动。弹到最后八句，长濑恭子虽手指还在拨动琴弦，眉宇之间却露出一丝悲伤，随后她又摇摇头，于身为游子的她而言，思家之情只能适可而止。这一幕被小田切辉真尽收眼底，却佯装不知。

一曲终了，小田切辉真拍手称好，问道："弹的可是《春江花月夜》？"师兄拍了拍他的肩，笑道："没错，辉真兄好耳力！不枉我们在此弹奏一曲呀！"

小田切佯装厌恶地移开了师兄的手，师兄不觉尴尬，反而再次搭上他的肩，道："我们辉真兄很害羞呢。"

长濑恭子看着这对活宝，掩面笑了笑。不经意间，小田切辉真迎上她的目光，羞得她立即低头。落入眼帘的是一个粉色樱花图案的酒壶，瓶身像个大肚翩翩的孕妇，她伸手握住酒壶瓶口，斟满了三杯酒。随后，又有仆人端家常小菜以及糕点上桌，小田切作为主人，先敬了一杯。

师兄的挚爱除琵琶外，便是酒了。起先，他闻了闻酒香，嘴角的笑意愈来愈浓，一饮而尽后，赞不绝口："果然，还是你这儿的酒最好，麻烦把你的酿酒师借我用一用。"说罢，一旁的恭子又被他的幽默逗笑，他自己也觉得有些好笑，便哈哈大笑起来。

不知怎的，长濑恭子手中的瓷杯快速地滑落，掉在她的右腿边，一块小

碎片刺进了她的脚背，痛得她惊叫一声。坐在她右手边的小田切辉真听到杯子碎了的响声，立即蹲下身俯视伤口，忙唤仆人将药箱端来。

仆人立在他身旁，小声道："少爷，让我们来处理恭子小姐的伤口吧？"

小田切辉真摇摇头，将药箱放在面前，只听他轻轻地说："不用了，我来就行。"

恭子看不见他的脸，只觉他动作轻柔，即便是用烈酒清理伤口时疼痛难忍，却因他口中的别怕二字，自始至终未吭一声，只是暗暗咬紧嘴唇。他站起身时，额头满是汗珠，不知是因紧张还是害怕引起的，用棉布擦干后，便再次坐下。

"没事的，不会留疤，过几日便会好。"他安慰道。

如此一来，长濑恭子更不敢直视他的双眸，面朝他的方向，目光却望向他身后绿意葱葱的树木，她微微颔首，道声多谢。小田切微微一笑，佯装若无其事地撷菜吃，一瞬间，空气中蔓延着尴尬的气息。

在一旁看戏的师兄一直含笑不语，这会儿也看不下去了，调侃害羞的两人："我第一次见辉真兄如此紧张呢，他从未对任何一个女子这般，看来春天要来了，改日我去问问，何处的桃花开得好，咱们好一起去欣赏欣赏。"

坐在他对面的小田切辉真丢了一颗红提，示意他闭嘴。可师兄竟准确地接入口中，满口甜汁，下咽后还不忘赞一句，真好吃。辉真微笑道："你别介意，他就是喜欢调侃好友。"

"怎么会？和师兄相处过的人，都说他是个幽默风趣的人。"

"嘴这么甜，又多才多艺，难怪辉真兄会另眼相看！"

言罢，两人再次弹了一曲。不久，夜幕降临，恭子和师兄便起身告辞。辉真送他们到路口，尽管恭子多次让他回去，他也不依，只是想同她多走一段路，又不能被她发觉，于是笑道："你今日到我家中做客，我送你回家也是应该的。"

过了几日，小田切夫妇从外地归来，远远就闻得两琴合奏的声音，回旋起伏，轻柔悦耳，曲调多变，很是动听。两人面面相觑，眼神在说定不是儿

第十一章 针女媚笑，长发如针

子弹奏的，便迫不及待地踏入家门。

长濑恭子一见夫妇二人笑吟吟地看着他们，一不留神拨乱了一个琴弦，刺耳的琴声响起，好在师兄睿智，将曲调找回。良久曲毕，三人纷纷站起身朝二老施礼。夫妇二人打扮得体，无需介绍便知是谁。

小田切夫人上下打量恭子，赞叹道："真是人间鲜有！"

恭子不明，是说人还是曲子？此时，身旁的师兄声细如蚊："赶快道谢！"她不禁乱了阵脚，慌张地答了谢。夫妇二人满意地走进屋，掏出旅途中买的上好的茶叶，派人给凉亭那桌沏了壶茶。

转眼就到黄昏，小田切夫人热情地留他们用晚餐，两位年轻人不好推辞，便受了。桌上的菜式花样百出，香味猛地扑鼻而来。师兄见了，笑道："从小我就喜欢吃夫人做的饭菜，今日真是有口福了！"

小田切夫人拍了拍他的头，柔声道："就晓得油嘴滑舌，可不得偷吃，待人来齐再吃！"

小田切父子二人从书房走来，一群人坐下，有声有笑地用完了晚餐。辉真仍一如既往地送恭子归家，今夜他满面红润，体内的酒气上升，头脑却异常清醒。他忍不住问道："恭子，若我向你提亲，你可愿意嫁给我？"

长濑恭子一惊，心中似乎有甜汁注入，辉真不等她开口，便吻了下去。她只觉自己似乎窒息了顷刻，他口中有酒气，并未深吻，见她羞得脸绯红，未有过一丝的不情愿，便牵起她的手继续前往。

没过多久，两人便结婚了。婚后仍然十分恩爱，惹得师兄频频羡慕。三人一如既往地谈笑风生，偶尔师兄会自怜道，你们就留我一人，我也该找个女子一起过日子了。然而，半年后，长濑恭子得了当时流行的疾病，不久后就病逝了。

病逝前，她唤小田切辉真到床旁，问道："你会娶别的女子吗？父母肯定会要你娶一个女子，替你家传宗接代，也好照顾你。"

小田切辉真是个极孝顺的男子，他轻轻叹了口气，道："你不希望我娶妻生子，对吗？"

"对，你能答应我吗？"

辉真面色为难，但还是答应了。

长濑恭子去世一年后，父母见小田切日益消瘦，膝下又无一子，愁得寝食难安。正巧有媒人上门，同老夫人说，有一女子看上了辉真，愿意嫁给他。

于是，老夫妇动员了家族中的妇人，他们纷纷来劝说辉真。他见父母如此渴望孙子，心一软，便应允了。新妻子进门后，很快就怀了一个孩子。只是，孩子出生那一日，她因难产而离世。

黑川志乃默默地听恭子道完他们的前世，已得知眼前的恭子并非人类，他心一沉，小心翼翼地试探："你今生来找我，是有何事？"

"与你续前世的姻缘。"她一下凑近，鼻息扑在他的脸上。

他一惊，不由得后退了两步，惶恐道："可你我并非一类，是不能在一起的！"

长濑恭子仰头大笑，面孔狰狞，恶狠狠地瞪着他："前世你毁约，今生你亦不肯与我在一起，像你这般无用的男人，留着有何用！"

黑川志乃瞬间反应过来，撒腿就往屋外跑，一排排木屋出现在眼前，他冲进去锁紧大门。正弯腰喘气之际，惊觉眼前竟全是尸骸，吓得他双腿发软，但比起这些，外面的那个女人更可怕。长濑恭子在屋外大喊："无用的男人，不是听别人唆使便是逃避，有本事就出来！"

他在屋内侥幸自己逃过一劫，谁知一尸骸竟立了起来，且向他走去。他被吓一跳，忘了屋外的恭子，推开门便跑，身后是千万缕黑色的发丝追着他。片刻，他全身被裹得严严实实的，恭子柔软的乌发竟像尖锐的针一般，她稍一用力就将他刺得满身是血。

不知过了多久，他好似来到了仙境，四周白茫茫一片，地面光滑如镜。正在他燃眉之际，一道低沉的声音传来，像是来自一位老人："志乃，快回来，赶紧回来！"他来不及开口问老人，就一步踏空，陷入了一道无底洞似的深渊。

第十一章　针女媚笑，长发如针

　　他只觉脸上麻麻的，缓缓睁开双眼，一位捋着白胡须的老头落入眼帘，我这是见到仙人了吗？正寻思着，瞳孔中出现了同级的武士，那位年轻的武士惊喜道："你终于醒了，刚刚你满口鲜血，吓得我赶紧去请了住持来，还好将你召唤回来了。"住持见他平安无事，捋了捋胡须，抱着一个葫芦瓶，哼着小曲便起身走了。

第十二章　镰鼬铁爪，古井狂骨

(1)

我觉得自己体力有点不够了，对走着最前头的流川说："等一会儿，休息一下。"

流川看了我一眼，他走到一口封死的井面前站着，司徒天以为他要抢先坐在井上。

立马拔腿冲过去，提前霸占井口，还笑嘻嘻地说："怎么样？我先抢了好位置！"

流川看着那口司徒天坐在那口古井上，沉默良久想起一件事，便喝道："从井上下来！"

司徒天没搭理流川，随口说道："我为什么要听你的话，这井有问题？"

流川点了点头，继续补充道："不管有没有问题，你下来先，听我跟你讲。"

司徒天最终还是下来了，小跑到流川面前问道："说吧，因为什么原因不能坐？"

流川用力揉了揉自己的脸庞，面色平静地说："传说有的妖怪居住在古井中，在深夜的时候出现，对路人说喝水吧，如果按照他的意思喝了水，他就会消失；如果拒绝，他就会扭动全身开始跳舞，而看到了舞蹈的人会立刻发狂投井而死。"

司徒天倒吸一口凉气，大声喊道："流川，这真的假的？你该不会是在

第十二章　镰鼬铁爪，古井狂骨

骗人吧？"

流川摊了摊手，接过话茬说："反正我看过类似记载，在斋藤先生的回忆录里有写。"

司徒天强烈要求流川把回忆录内的东西转述出来，流川自然答应讲述。

相传日本幕府时期，存在一口恐怖的古井，常有受冤之人下坠，日积月累降一妖物于其内。常诱路人喝其泉，然则拖其入井绞杀之。其貌如枯骨，遂称其为狂骨。其经度化，化为风中妖物，虽人称镰鼬，但其行踪诡秘，鲜有人知。

寻觅良久，难以发现此类妖怪，唯在斋藤世传之文书中见其身影。此文书是斋藤老先生的亲身经历，关于这类妖怪他是这样描述的。

1872 年，在读书期间，正值清朝留学生爆棚日本的黄金时期，我有室友——两个中国留学生，他们分别是徐昌文和王涂。我们虽然不同国籍，但是一见如故。我因病休学了一年，碰巧我从老一辈那里听说了狂骨镰鼬的怪谈，叫我小心。不就是传说吗？我干吗小心呢？我病好后就回学校去了，也就是我回去这天发生了怪事。

然后就在这里，斋藤老先生的书信戛然而止。不过我们惊讶地发现他们世传文书中居然有中国人留下的亲笔录，那个人的署名，居然是徐昌文！我们在亲笔信中找到了当天所发生的事，里面这么写道——

斋藤这个小子居然病假一年，还真不知道他一年做什么去了，身子骨这么弱。不过今天总算是回来了。

这可让王涂给乐的，他就像是吃了兴奋剂一样拉着斋藤直奔小酒馆，说是只有斋藤才是真汉子，其他人喝酒都像娘儿们，才几杯就醉得不行。

而我也是无奈被拉了过去，想必又是一场血雨腥风。每次和司徒去喝酒总是遇不到好事情，我必须是百分百保持清醒的那个人，否则也不知道司徒又会出些什么岔子。

想起以前我们高中毕业那次，大家喝得都很嗨，当然也包括我，具体是怎么我是给忘得一干二净，但是很清楚的是，我们喝酒的那家馆子被王涂给

砸了，然后就是我们醒来后居然在拘留所！

家里人也是花了好些功夫才把我们给保释出来。事后我去问王涂，为什么要那么做，他的回答是，尽兴！自那以后，我就强迫自己养成了一个习惯，与王涂喝酒的时候留三分。

所幸王涂也很少喝醉过，说是没有能和他一较高下的人，每每都是点到即止。直到，他再次遇到斋藤！

想来也是缘分，我们初次来到日本，室友居然是个日本人！为了避免不必要的麻烦，我说请大家喝酒。不知道我当时是怎么想的，也不知道幸运还是不幸，我想当时我的脑门儿肯定是被门给挤了，他们两个居然一拍即合！

值得一提的是，斋藤的酒量很厉害，像个千杯不倒的酒仙，怎么喝都不醉，愣是直接把王涂给灌趴了！所以也就没闹出什么大乱子。等他醒过来的时候知道斋藤依旧稳若泰山以后，竖起大拇指的同时，还扬言下次一定要把他灌趴下！

现在想起来我心里还有些忐忑呢，这里可是日本，不像是在自己家里，在这里出了事我可怎么给王涂家里人交代呢。

别说，还真是怕什么来什么。但愿斋藤能够像上次一样把王涂给灌趴下吧，只希望奇迹能够再次重演。

这次的地点就是我们上次去的地方，我怀着忐忑的心情跟着他们进了小酒馆。

我无意间注意到斋藤的表情有些奇怪，就好像有什么事情瞒着我们。我一直都在想我的事情，都没想过心事重重的斋藤的感受。说来奇怪的是，一向我们都是无话不谈，可今天他却出奇地安静。

真是百思不得其解，像他这么一个直爽的人，会有什么事情令他如此反常呢？

虽然觉得奇怪，但是我并没有直接问他。一来是这始终属于别人的私事，别人有什么难言之隐也说不准，直接问别人的私事就显得太不礼貌与唐突，二来是既然他来找我们，肯定有求于我们，他肯定会说我们想知道的。

第十二章 镰鼬铁爪，古井狂骨

所以我现在也就只有等着，时机一到，我想斋藤一定会和我们说的。现在刚好也可以叙叙旧，我也不想打扰我们几个难得的好兴致。在日本这么久，有这样潇洒的画面也还是很少的。

我们几个最开始还喝着日本的米酒，但是总觉得喝得不够尽兴。

"老板，你这里有没烈酒？你这个酒像水一样，一点也不好喝！"

王涂显然喝高了，直接拉开隔间的房门对着走廊嚷嚷道，居然还用的是中文！

很快来了一个穿着和服的漂亮小姐，非常有礼貌的询问道："你好！请问有什么盼咐？"

一看就和王涂刚才的举动形成了鲜明的对比，所以司徒才收敛了些。

说着还努力地摇了摇手中的酒瓶，然后慢慢指了指手中的酒瓶，

"这个酒不够味！换成烈酒！"然后他再望了望那个和服小姐。

那个和服小姐脸上写满了茫然之色，继续用日语追问道："什么？"

王涂一直在用中文问，人家可是地地道道的日本人，对于中文一窍不通，怎么会听懂他的中国话？虽然和服小姐已经尽力去理解了。现在，巴不得立马走人，就像不认识王涂这小子一样。

这和服小姐虽然不知道他在说什么，赶紧一直道歉。因为他清楚这个客人生气了，顾客就是上帝，想必他们宁愿自己受罪，也不愿意让顾客不满意吧。

我刚想制止王涂，他明显喝得有点高，加上他这暴脾气，有时候还真让人受不了，就在这个时候，一个穿着和服的中年男子带着一帮子人匆匆赶了过来。

看着眼前的一切，他已然心领神会。

"客官不要急，我是这家店的管事，有什么照顾不周的地方还请多多包涵！"说着便给了和服小姐一个严肃的眼神。

和服小姐带着深深的歉意退到了老板的身后。

"你，你是这里的管事？"王涂显然正在兴头上，依旧用中文问道。

"正是在下！我想这从中定是有什么误会。"这个管事看似毫不出众，但是能够在这里做上管事，显然是有他的独到之处，我想还是不要让王涂在这么闹下去为好。等等，这老板的话，用的是中文！而且说得还很地道！

王涂听到老板的话也愣了一下，他是娇生惯养的富家少爷，天不怕不地不怕。

"误会？我要换烈酒喝！"现在王涂又开始用起了日语，显然要和老板抬杠。

他话还没说完，我赶紧将他的嘴堵住，拉到座位上坐好。

"我们想要换个酒！"这老板一直一脸微笑，看似很好说话。

但经我们这么一直胡闹下去，谁都会发火。

"哦，原来是这样，我明白了。"这个中年男子，对身后的和服小姐小声说了什么。

只见先前那位和服小姐点头后，立即转身离开。

(2)

"请问客官需要什么酒？我们在这里除了日本特制米酒，还有美国威士忌，意大利……"此人一看便是交际能手，即便遇到这种状况应付起来也是得心应手，游刃有余，在这个地方能当管事看来还真不是泛泛之辈。

管事话还没有说完，王涂便插上一句，显然还有些不服气，故意打断管事的话。

不过，我听王涂一说起来烈酒，想起了家乡的老人，因为很多老人喝的都是烈酒。主要是因为家乡那一边便宜，加上来到日本这么久，不想家，说实话那是不可能的，我心中的某种情愫便被调动了起来。

这管事顿了一下，很有深意地看了一眼我，不过，也就这样而已。

他依旧面不改色，很有诚意地说道："恕我直言，烈酒并不算这里上档次的酒，不论是从品色，价格，还是口感，它都上不了台面。看几位的穿着，想必也是很有品味的人，来到这里也是来体味生活，几位选择烈酒实在不是

第十二章　镰鼬铁爪，古井狂骨

上上之选。"

"你懂什么！"就在我快要暴走的边缘，王涂一拍桌子，气势汹汹地站到管事的跟前。

"烈酒对我们来说是才是极品，它的味道是最热血的力量，它的火辣是令人骄傲的不屈精神！你有什么资格去评断它的好坏，你又有什么资格断言它的档次！"说话间王涂将那个中年管事的衣领给提了起来，

他们那边的一群人见到情势不对，立马变得激动起来。

我们就这样陷入了僵持，我开始仔细分析现在的情况，他们的人虽然多出我们好几倍，但看不透的也就这个管事。好歹我们从小都练过几下子，看其他人的样子顶多算是装腔作势，算上看走眼的最多三四个能打的，王涂和这个管事打起来多半怕是要吃亏，但是我和一直静静喝酒的斋藤应该很快能摆平其他人，只要我们腾出手，打赢也只是时间问题。

这个管事却是死盯着王涂，就连看都不看一眼我和斋藤，我居然有种被小瞧了的感觉，不知道斋藤现在作何感想，不知道他什么时候站到了我的背后，只看到他面色凝重地望着这个管事。

"小心这个管事。"一向镇定自若的斋藤这时候却有些不安地小声对我说。

我很不解，再次打量起了这个管事，他除了看起来飘逸一点之外，也没什么特别之处啊，不过想起斋藤的话，我又不得不对这个管事多加了些提防。

很简单，因为斋藤是个武道世家，能够看出我们看不出的东西，难道，这个管事身上有什么其他的东西不成？

"小伙子，别生气，我也是一片好意。"这个管事显然城府极深。

"出于好意？荒谬！"说着便是一勾拳对着管事挥去，显然事情已经到了无法挽回的一步，我和斋藤也是直接冲向了人群。

这群人如我所料是那么地不堪一击，我和流川很是轻松地就解决三个人。对于有点功夫底一子的我和武道世家的斋藤来说，对付这些四肢发达，

头脑简单的人来说还是比较容易。

我和斋藤都只有一个想法，赶紧解决这些人，前去支援王涂。

就在我们正打得火热的时候，听到一声惨叫，这声音的主人不是别人，正是王涂。

我向着声音的方向看了过去，王涂直接撞破桌子，摔倒在地，腿上还流着血！看起来好不狼狈。我可是从来没见到王涂被人打得这么惨过！

我脑子里一片空白，即便这个管事再强，也不至于强大到这个程度吧？一时之间我都没反应过来，着实有些不可思议。斋藤反应倒是挺快的，在我蒙住的这段时间流川很快便走到了王涂的跟前，制止住了管事的继续进攻。

不知道是谁给了我一拳，我这下是真被打蒙了，趁我休息的空隙，他们居然偷袭我。

"不可原谅！"我正要寻找出气的目标，突然间，我的脚一个不听使唤直接倒了下去。我现在是丈二和尚摸不着头脑，又是怎么回事？我刚想站起来，发现自己的脚上莫名多了一道血痕。

"啊！"那刺骨地疼痛之感立即袭遍我的全身，到底怎么回事？

见我倒下，另外的几个人根本不给我休息的空隙，直接冲着我奔了过来，只是腿受伤了而已，就凭这些小喽啰还是奈何不了我的。我双手一用力，直接腾空而起，刚好跳到冲向我的两个人的身边，我顺势抓住他们两个人的头，一用力，两人的头便是狠狠撞在一起，双双倒地，我也借力坐到了桌子上，又是一个人冲了过来，我正准备好好伺候他一番，刚出手却讶异地发现，自己的手不听使唤了！

明显看到有血滴从我的手上喷溅出去！我直接被冲过来的这个人撞倒在地，虽然很是不可思议，但是它就这么发生了！

"不要挣扎了！挣扎是没有用的。"很快我便被两个人架了起来，带到了这个中年管事的身旁，这时我发现司徒和流川也乖乖地待在这里，很狼狈，反观中年管事，还是最开始的样子，就像是根本没出过手一般！很显然，我们败得很彻底！

第十二章 镰鼬铁爪，古井狂骨

"年轻人，你很有骨气！"这个管事看着我说，说着便是闭着眼深吸了一口气，像是在回味什么一般，很是享受。

"年轻就是好，可以随意怎么闹腾。"

"要打就打，要杀就杀，你不就仗着会使暗器。"王涂显然有些懊恼，自开打到现在，他连管事的皮毛都没碰到一下，你说他怎么想。

看着司徒这么叫嚣，管事明显有些不爽。

"啊！"王涂又是一声惨叫抱着自己右手。

我连看都没看到他出手，反观斋藤，他倒是显得很镇定，就好像知道什么一般。

"你们得学学这位小兄弟，年轻的资本不是你们这么耗的！"管事看了一眼斋藤，然后再看了看我和王涂。

"你到底想怎么样？"我倒是有些猜不透这个中年大叔。

他看了一眼我们，语重心长地说道："我是个生意人，自然不会对你们怎么样，可是你们阻碍我老板做生意，总得给你们一个教训，好给我老板一个交代，也算是给你们的惩罚。"没过多久，我们便出了小酒馆。

不过，是被扔出来的！我们被那些不入流的家伙狠狠地揍了一顿，还真有些丢人。

很奇怪的是，我们出来以后除了被那些喽啰打出的瘀伤外，并没有其他的伤口！是的，最开始让人疼痛难忍的脚伤，手伤全部消失了，只是残留的血迹让我们还顽固地相信它的存在。

"哈哈，痛快！好久没打这么痛快过了！"

我们几个躺在山坡上，仰望着天空，王涂兴奋地叫嚷。

"是啊，我记得最后一次打架是在学校的时候吧，那才是青春！"我也难得地觉得高兴。

"只可惜没有把那个臭屁的管事给打趴，不然今天更刺激！"

司徒依旧有些愤愤不平。

"话说回来，关于我们那些伤痛，斋藤，我想你肯定知道些什么吧？"我

099

的直觉告诉我，斋藤一定知道。

"对，要不是他耍诈，我早把他打趴下了，真可恨！"

被我这么一问，王涂也提起兴趣来。

"嗯，我知道。"斋藤依旧一副冷漠的样子。

"我猜得没错的话，那是一种叫作镰鼬的妖怪。"

"镰鼬？"

"对，听说是江户时代流行的一种妖怪，由三个妖怪组成的风系妖怪。"

"这么厉害？"

"没错！一个妖怪负责将人绊倒，一个妖怪负责伸出利爪割破人的皮肤，还有一个妖怪负责将伤口治愈，以至于让人遇到它也很难觉察到它的存在，是一种很神秘的妖怪。还有人说那本来就是天气与环境造成的一种自然现象，所以它是否存在对于当时的人们来说一直是个谜。"

"原来是这样！那个中年大叔一定是让这个妖怪在捉弄我们！"

"不过，大叔怎么会和这种神秘妖怪打交道？"

"嗯，虽说镰鼬很神秘，但也并非无迹可寻。"

"哦？说说看。"

想起今天我们被揍的狼狈样，我对镰鼬表现出巨大的兴趣。

"听说这种妖怪和一个叫作狂骨的妖怪走得很近，也可以说他们是衍生关系。"

"狂骨！"

"好霸气的名字！真有这种妖怪？"

"你们听说过古井狂骨的故事吗？"

"没有。"

"那就难怪了，我给你们说说吧。"

听说有些受到冤枉得不到伸报，并且投井自尽的人如果阴魂不散，便会变成一堆枯骨，也就是我说的妖怪狂骨。它常常在井边吟唱，并且不断地叫路过古井的人喝水，喝了水，它便认为你是个正直的人，你便会安然无恙，

第十二章　镰鼬铁爪，古井狂骨

如果你不喝，它便会将你拖进井底。

而喝了井里的水，并且向井里每天供奉一滴血天天吟诵佛经超度，如此七七四十九天之后，狂骨便会被超度，而他残留的气息便会跟随这个人，这便是镰鼬。

"厉害！"我听完之后只有这一个想法。

"要不我们也去弄个镰鼬玩玩儿？"王涂又开始了他的狂想。

"不过，当主人的力量弱于镰鼬的时候，它会噬主，人跟镰鼬融合变成移动的狂骨。"

"啊？"王涂听完又是耷拉着脑袋。

"管他什么镰鼬狂骨，统统打死他！"

说到这里，我们都没有再说话，只是仰望着天空，想着各自的心事。

"我当时进那个酒馆的时候，心里一直不舒服，我想这是作为武者的直觉吧，后来想想，心里仍然一阵后怕，常言道，不听老人言，吃亏在眼前。"斋藤老先生在他的回忆录里写道。

司徒天从井口跳了下来，内心深处依然有余悸，又回头看了几眼那口井，连忙催促赶快驮尸离开。 我知道这小子多半是让流川转述的故事吓到了，其实，我很清楚流川想干吗，在沿途讲各种故事给我和司徒天听，有两个大用处。 其一能舒缓疲劳，解决疲惫问题。 其二能放松心情，随时迎战妖怪。

第十三章　地狱温泉，溺女骸骨

(1)

由于我的体力不够用，现在替换成司徒天驮着水月的尸体，他走了一阵子，长叹了一口气说道："你们知道吗？我现在真想去泡个温泉，好好享受一番。"

说到温泉我不禁想起上次驮尸任务，也泡了一次温泉，那还是我头一回泡温泉。

流川的脸色却不太好看，迟疑老半天，点燃一根烟，吸了一口说："温泉泡多了不好。"

司徒天觉得流川话里有话，往上提了提尸体追问道："为什么？"

"因为温泉还有个别名，我们都叫它地狱温泉！"流川接连吸了好几口烟，吐出宝蓝色的烟雾，开口解释，"据日本历史记载，地狱是日本古代对温泉的称呼。为什么古代日本人把温泉叫作地狱呢？地狱本是佛教中的用语，象征着苦难的世界。经过火山喷发后的地带，硫磺漫山，烟雾腾腾，高温气体把岩石都化成了黏土，方圆数千米都寸草不生，成为不毛之地。日本人看到这种荒凉的景色，不由产生恐惧之心，不敢轻易靠近。联想起佛教中描绘的地狱场景，就把这些地方叫作地狱地带，而形成的一个个热水池子，便叫作地狱了。像日本箱根地区的大涌谷、小涌谷，古代就叫作大地狱和小地狱，连其周边的地名也相配叫作阎魔台、地狱泽。一直到1873年明治天皇外出巡游时，当地人觉得让天皇"下地狱"有点不吉利，才改了名。为了

第十三章　地狱温泉，溺女骸骨

突出其温泉乡的历史悠久，才特意保留了这个称呼，并且选出最有特色的八大温泉。据说最有名的分别是：血池地狱、白池地狱、龙卷地狱、海地狱、鬼石坊主地狱、山地狱、灶地狱和鬼山地狱。早在8世纪赤汤泉就很闻名，利用血池地狱的温泉制成的血池软膏可以治疗脚气。"

我不得不佩服流川这家伙学识渊博，我跟司徒天开始继续听他往下讲地狱温泉的事。

海岸镇坐落于海边，居住于此的百姓大多以捕鱼为生，常年可见碧海蓝天。

立秋，夜里晚风吹拂，像海浪般清爽，一阵阵扑向一栋两层式的木屋。

是夜，夏木千裕迷迷糊糊地睡着，皱着眉。忽然，见自己置身于潮湿密集的森林，头顶不断传来乌鸦的叫声，微弱的阳光穿过树叶间的缝隙洒在千裕的脸上，却抵挡不住森林的凄凉。他拨开一株又一株的植物，每走一步都提心吊胆，生怕身后有猛兽扑来，又担忧前方有陷阱。

不知走了多久，夏木千裕疲惫不堪，想停下来休息。而此时，透过与他一样高的草丛，看见了远处一排耀眼的椭圆形的红灯笼，烛光透过红纸打在木门上，屋檐下的黑木墙变成了暗红色，隐隐约约透露着一丝吸引又令人畏惧的气息。门外的幔帐上写着一个大大的汤和癒字，从外表看是一家十分普通的温泉旅店。

夏木千裕有些诧异，在深山野林中居然会有一家温泉旅店。他抬头望了望只有乌云的夜空，清凉的风吹得他连打几个喷嚏。他上路之前听闻温泉可以治腿疾，于是攥了攥一无所有的包，决定前往旅店停留一宿。10年前，夏木千裕9岁，父母带他出远门拜访老友，顺路游玩一番，却不慎因摔伤而感染，患上慢性疾病。10年里，父母不断地带他到处求医，可当时的医术尚不能治愈这种病，只能自己平日里用心养着。

拨开一道草丛，走到旅店面前，他敲了敲木门，内心有些许忐忑。这时，方格拉门缓缓地开了，一位穿着鹅黄色花纹的和服，脚着白色袜子的女子出现在眼前。千裕缓缓抬头，却不料，一道刺眼的光芒直射他的脸庞，将

他与那女子隔开。再睁开眼，落入眼帘的是他母亲焦急的神情。

"千裕，可有不舒服的地方？"母亲摸他的额头试温，关切地问。

夏木千裕擦了擦从额头流下的汗珠，母亲的声音将他拉回现实，暗自想，原来是一场梦啊。但这场梦中未蒙面的女子，却引起了夏木千裕的好奇心。

第二年秋天，天未亮，夏木夫人起身到厨房做饭团。逢年过节，若夏木老爷带他们出游，夏木夫人就会亲手做饭团，以防路上饥饿。

虽有些年未做了，但她仍能信手拈来，全程几乎一气呵成。第一个步骤是：米饭煮熟晾凉后，将双手洗湿，取一撮掺有白芝麻的盐，使整个手掌沾满盐花。

第二步便是将一碗刚煮好的米饭摊放在手掌上，然后轻轻地捏成团状。用两个手指在饭的中央挖一个凹洼，放入烤好并捣碎的鲑鱼肉，然后加上少量的米饭，盖住鱼肉。

第三步，用左手托住饭团，用右手轻轻地边转动边捏成饱满的三角形状。在饭团的头部放上一丁点鲑鱼。

夏木夫人看着做好的饭团，满意地笑了笑。推开门，太阳懒洋洋地挂在空中，微弱的阳光和着清新的空气，使人心情舒畅，不由得感叹一声，今日天气真好！

夏木千裕正在收拾换洗的衣物，见母亲上来帮忙，连忙转移她的注意力问："娘，我就快收好了，您放在桌上的是什么呢？"

母亲拿起装好的饭团，塞进他的行囊里，叮嘱道："噢，这是我刚为你做好的饭团，你第一次独自外出，要走那么远的路，要是途中遇不到饭馆，你就吃些，千万别饿肚子。"

夏木千裕点点头，向母亲道谢，然后告别。

此次离家，并不是为了游玩，而是要去江川国的夫子那里求学。几年前，夏木老爷做了些小生意，有些积蓄，他希望自己的孩子将来有所成就，不像他那般辛苦，于是四处托人找一位博学的夫子。夫子的学堂在一片红枫

第十三章　地狱温泉，溺女骸骨

林的山脚下，是静心学习的好地方。夏木千裕满怀期待地走了一半的路程，见天色已晚，打算找家旅店停留一宿。

忽然，一个转角处有一块飘忽不定的幔帐上写着极大的汤和癒字样。这场景，似曾相识，可他却想不起何时见过。

在哪儿见过？他不禁问自己。

此时，旅店屋顶，站着一个遮住半张脸的女子，正仔细打量着门外的夏木千裕，纱巾后面藏着她诡异的笑容。

侍女拉开拉门，她双脚并拢，双手五指并拢放于大腿前，向他低头鞠躬。夏木千裕回过神，脱鞋走过玄关，来到客房。放好行李后，他休息了半个钟，决定起身去汤池泡浴。入住前侍女介绍旅店，将诱人的药物温泉搬出来，又道可治小病，例如感冒、头痛、胃闷痛，亦可治一些慢性疾病。

旅店有两个汤池，都在室内，一个是圆形的，另一个是方形的。夏木千裕先去淋浴，再赤脚走向汤池屋。拨开幔帐，拉开拉门，屋内鸦雀无声，但眼前有位把头发高高盘成髻的女子，她正浸泡在圆形汤池里。他走近凝视她，见她窈窕秀弱，不施粉黛，闭着双眼一脸享受，使他为之着迷。汤池的热气不断冒上来，女子忽然睁开眼，伸手拿起头顶的毛巾擦汗珠。

夏木千裕立刻收回痴迷的目光，脸颊浮出一片红晕，佯装若无其事地走过女子身旁，踏进后面的方形汤池，背对女子坐下。不足 5 分钟，他按捺不住内心的躁动，悄悄地转身，盯着女子的背面出神。突然，女子伸手取泉水泼在自己的身上，戏谑道："您这样盯着看，我都不敢回头了。"

"啊，抱歉，但是你的背面真的很漂亮，像绣了一朵染了血液的杜鹃花，栩栩如生。"他一愣，转向别的话题。

女子转过身面对他，羞涩一笑："谢谢赞美，这是纹上去的呢。"

夏木千裕感到有些震惊，是用针文的吗，难道她不怕疼吗。女子见他单纯的模样，嫣然一笑："这家旅店的汤池都是药物温泉，据说一个月内泡多几次，时间一长，对有些用药物无法根治的疾病很有好处的噢。"

泡完之后，夏木千裕来到大厅，看见后背纹了朵花的女子正跪坐在矮餐

桌前，她身着一袭鹅黄色的和服，施过粉黛的脸显得更加妩媚，看起来更像一枚花仙子。这番场景，似乎之前见过呢

忽然，女子撇过脸，撞见他温柔的眼神，她含羞地笑，招手邀请他："夏木君，若不介意，就一同用餐吧？"

夏木千裕缓缓走向她，盘腿坐在榻榻米上，苦思冥想了许久，突然一脸恍然大悟的神色，像是记忆深处的一盏灯终于亮起来，拍手道："噢，原来是你！"

"嗯？什么原来是我？"女子一惊，以为被他发现了，为了遮掩心中的慌乱，故作一脸疑惑地问。

夏木千裕丝毫没有察觉，不好意思地挠挠后脑勺："没事没事，是我失礼了，抱歉。"转念，又说："咦，你怎知我的名字？姑娘，我总觉得你很像我见过的人，我们可曾见过彼此？芳名为何？"

女子哭笑不得，摇摇头。她右手执瓷酒壶，左手抵着壶底，往紧贴餐桌的小陶瓷杯倾倒直到斟足，低头说："我叫吉田里美，是这家旅店的掌柜。这是秋季的米发酵而成的清酒，您尝尝看。"

吉田里美扇动的睫毛像蝴蝶的翅膀，或许是窗外的月亮格外圆，夏木千裕直勾勾地看着吉田里美，双手举起酒杯，一饮而尽。

"夏木君，您尝尝这碗汤，我用油把鱼肉炸熟后炖了几个小时才出锅。"

夏木千裕心里甜滋滋的，不假思索地端起碗，大口大口地喝。

他没看见吉田里美那一抹皎洁的笑似乎在说，等你喝完这碗汤，就睡觉吧。

"吉田小姐，不知为何，我总觉得可能是我们前世的缘分未断，今生才得以相逢，不然我怎会对你的美貌感到十分熟悉呢？"夏木千裕暧昧的言语中，暗示了吉田里美。

夏木千裕越讲越看不清吉田里美的容貌，顺手一挥，酒从杯中倒出，他的力气极大。一旦酒精的作用挥发，当事人就控制不住自己的力道。好在，不一会儿，他就倒在榻榻米上。

"是啊，我们前世有缘，今生你是要来还债的，没想到你这么快就送上门来了，正合我意！"说罢，吉田里美唤仆人将夏木千裕抬到她的房间里。

(2)

次日清晨，夏木千裕全身无力，闭着眼费大劲撑起身，这一动，惊醒了身旁的吉田里美，她拍拍他的手。他却大吃一惊，瞳孔大得像一颗核桃，捡起地上的衣服落荒而逃。

怎么会？怎么可能？昨晚究竟发生了什么？他坐在自己的客房里绞尽脑汁地回忆，却还是没想出个因果。他呼出一口长气，方才舒展眉头，既然事已至此，身为大丈夫就要担起自己的责任。可他伫立在她屋外久久没有敲门，思虑了许久，终于选择面对，即使前方是悬崖，也不能就此逃跑。

"吉田小姐，我会对你负责的！"夏木千裕从未对一个女子说这般话，他明白这样的承诺，一旦说出就要做到，他紧张得闭着眼，一口气说完。

吉田里美笑出声，斩钉截铁地说："别，我们都是成年人，不需要你对我负责，你只管以后每个月来我的旅店住一夜，顺便泡温泉治你的腿疾，不管多远，你都要来，而且，你离开之后不能告诉任何人你我之间的事。"

夏木千裕诧异地问："好，但只要这样就行了吗？"

吉田里美点点头，不容置疑。

夏木千裕告别后，再次背上行囊上路，他有些小兴奋，脑海中浮现的全是吉田里美娇羞的模样，想起她的话，是在关心他吗，一想到这里，他笑得像个孩子。日落之前，他找到了那片红枫林，踩在红色的枫叶上，心情格外舒畅，甚至想跳着舞去夫子的学堂。

夫子早早就在学堂外眺望远方，见到他的身影，连忙上前问他："千裕，你一路走来可还好吗？是否有遇见什么奇怪的人？"

夏木千裕愣了一下，忆起吉田里美的忠告，便对夫子摇摇头。他搀着夫子，边往学堂走边说："没有呢，我一路走来挺顺利的，倒是让夫子久等了，实在抱歉。"

深夜，夏木千裕闭眼许久，仍无法入睡，他起身，趴在窗上仰望空中万千繁星，嘴角不自觉上扬。他觉得自己肯定是疯了，今夜居然会因一个女子毫无睡意，并且如此渴望与她重逢。

一个月内，夏木千裕白日里上课，夜晚躺在床上总觉得能闻到吉田里美的香气，入梦后，又见她不断地问你怎么还没来。

过了几日，他私下找夫子，站在一旁怯怯地问："夫子，我离家已经一个月了，今日想回家看望父母，您能给我两日假期吗？"

他撒了谎，紧张得快要哭出来。夫子见他平日里遵守纪律，学习也算勤奋，便应允了。

夏木千裕背上行囊，步伐轻快，像只雀跃的小鸟。一路上，他都在想，今日吉田里美穿什么衣服，她会和他说什么话，会准备什么饭菜。

他未进旅店便听到里头吉田里美的声音，便轻手轻脚地走向她，突然出现在她面前。吉田里美似乎吓了一跳。他捧着她的脸，深情款款地说："里美，我来了。"

吉田里美有些动情，却避开他的目光，调侃道："嗯，夏木君，是不是很想念我？一日不见如隔三秋？"

"哇，你是神仙吗？怎么知道的？"他眼里有星光闪烁，以为这是默契，笑得合不拢嘴。

"好啦，来了就好，饿了吧，我准备了很多好吃的东西噢。"她掩嘴偷笑，打住这个话题。

侍女端上酒菜，用眼神示意吉田里美。她像初次见面那时，斟满酒给夏木千裕喝。他凝视她，笑得傻气。不知酒里是否加了蜜，从不多饮的夏木千裕，这一次竟喝得微醺，牵着吉田里美的手，跟随她来到汤池屋。

吉田里美坐在方形汤池里，故弄妩媚的姿态，夏木千裕抵挡不住她的诱惑，快步地走到她身旁。他正要下水，却被吓了一跳，隐约看到汤池里有若干骨头似的东西。顿时清醒了不少，他揉了揉眼，这一次，清晰地看见了水面漂浮着许多白森森的骨头！

第十三章 地狱温泉，溺女骸骨

他指着那些骨头，说不出话，想拉吉田里美上岸，却听到一阵怪笑的声音，令人感到十分恐怖。

屋内萦绕着吉田里美得意的笑声，略带讽刺道："夏木千裕，怎么样？惊喜吗？ 别露出你那一副假惺惺的模样，你前世为了那个贱人，狠心把我和肚中的孩子抛弃，让我变成现在这般丑陋。啧啧，没想到今生你仍本性难移啊，跟那个贱人没什么区别！"

夏木千裕不敢置信，双腿直哆嗦。 他早已不记得前世的事，只觉眼前这个积怨甚深的女子认错了人，转身撒腿就跑，他跑了很久，以为自己已经脱离了魔爪，回头一看，不知吉田里美何时长了长臂，紧紧抓着他的衣襟，而他根本没跑出这个汤池屋。

他脸一沉，眼色淡漠，不愿再跟她纠缠，怒吼："你到底想怎么样？"

吉田里美露出厌恶的样子，放开他，讽刺道："啧啧，跟前世的你一模一样，死到临头还不跪地求饶！"

夏木千裕漆黑的瞳孔中闪过一丝希望，"扑通"一声跪在榻榻米上，哀求道："求求你，饶了我，前世是我的错，但是今生我不会再那般对待你。 你相信我，我一定会对你好的。"

吉田里美神情恍惚，往日的幸福生活历历在目，怎么今日却变成了这样。 夏木千裕趁她不注意，想要再次逃跑。 她一想起死在腹中的孩子，就恨得咬牙切齿，恨不得将夏木千裕撕碎。

她抓住夏木千裕，将他狠狠地摔在墙上。 夏木千裕吃痛地爬起，恼怒地骂她。

她却满意地笑，且丝毫不让步："既然你知道了我的真面目，那你今生怎可能会善待我？ 夏木千裕，我可不是以前的那个傻子，你这个撒谎精，活在世上就是祸害人间，我要送你去阴间陪你的贱人，好让你们实现永世不分离的诺言！"

说罢，她将夏木千裕扔进水温有 50℃ 以上的汤池里，他本能地浮出水面，可他愈挣扎就愈惹她不悦，她使出全身的力量一直按住他的头。 不一

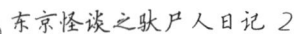

会，涨红了脸的夏木千裕就窒息了。

第三日，夫子迟迟盼不到夏木千裕归来，心急如焚，便雇了一辆马车赶去海岸镇。一下马车就疯狂地奔跑，可夏木夫妇他们摇摇头，没有一人知道夏木千裕去了何处。他们每日不分昼夜地寻找，却怎么也找不到人。夏木夫妇回到海岸镇后，痛心疾首，因此大病一场。不久后夫妻二人双双病逝。

据说，温泉旅店只接过一个客人就是能看见旅店的人。这个人，便是夏木千裕。从进门的那一刻起，他就注定躲不过。凡事皆有因果。而吉田里美，这个因怨念深厚而成妖的女子，将夏木千裕杀死之后，她选择了自杀，因为她对世间没有诸多眷念。

第十四章 夜宿荒寺，咬喉住持

(1)

故事刚说完没多久，天空忽然乌云密布，电闪雷鸣。暴雨马上就要来临了，外加司徒天身上还驮着水月的尸体，所以我们三个人要加快速度，狂奔向不远处的荒寺避雨。我们三个人跑到荒寺没多久，以为里头没有人居住，结果还没进寺庙的大门，就让一个老和尚拦住了。

老和尚身上披着破旧的僧衣，脸色苍白如纸，显得有些病态，看起来应该是太久没有见阳光那种感觉。老和尚上下打量着我们三人，抬手指着司徒天问道："施主，看您背上背着尸体，想来您是一名驮尸人吧？"

老和尚此话一出，我顿时震惊了，看来这老家伙见多识广，并非荒野山僧。

雨越下越大，丝毫没有停雨的意思，流川身上都湿了，对老和尚说："大师，我们要在您的寺内避雨，不知道您能否行个方便？让我们躲雨？"

老和尚没说话，直接领着我们三个人进了寺庙，放眼望去寺庙内非常干净，房梁四个角连蜘蛛网都看不到，正中间的佛像已经残破褪色，通过墙壁上那些开裂的纹路，不难推断出寺庙已经存在多年。

老和尚见我们三个人都湿透了，于是主动说道："三位小施主，我去后堂拿些干柴，生火让你们把衣服烤干，免得遭受风寒侵扰。"

我们向老和尚道谢，我现在才觉得果然出家人都是以慈悲为怀，老和尚转身往后院走去。

流川却死死盯住老和尚的背影，眼神很不对劲，他有点神经质地问我：

"你发没发现？ 老和尚有点古怪，试问谁会一个人守着一家残破的寺庙？ 还是在深山老林里？ 最主要他居然知道我们是驮尸人？"

还别说经过流川的分析，还真像那么回事，我不禁有点担心："流川，我想应该不会有什么问题吧？ 你应该是神经过敏想太多，那老和尚看起来挺慈祥和蔼，反正我们时刻防备着他好了。"

司徒天接过话茬说："不怕！ 就算那个老和尚有问题，我们三个人绝对能干掉他！ 小爷还不信了，三个年轻小伙子还打不过一个老家伙！"

就在司徒天说话期间，老和尚已经抱着一堆干柴和一个烧火用的火折子回来了。 我在想着不知道他有没有听到我们刚才的对话，不过，看表情应该是没有听到，脾气再好的人听到那话，都会大发雷霆。

老和尚把干柴架好，拾起许多干燥的枯草，堆在干柴中间，拿着火折子吹了几下，火折子冒出点点火星之后，马上挪到枯草堆，不出顷刻枯草堆开始冒烟儿，火瞬间燃了起来，总算给了我一丝温度。

我脱掉湿透了的上衣，很有礼貌地对老和尚说道："谢谢，谢谢您收留我们避雨。"

老和尚他朝我点了点头，露出慈祥的笑容反问我："小施主，你背上为何满是伤痕？"

我让老和尚这一问给问懵了，因为我背上的伤痕，都是我那个酒鬼老爸喝醉酒用皮带或者鞭子抽打所致。 每次只要他一喝醉都会打我，我早已习以为常，很少人会问我背上的伤，老和尚的话，使我微微湿了眼眶。

我泛红着双眼回答他："实不相瞒，我背上这些伤痕，都是被我父亲打出来的。"

老和尚伸出长满了老茧的手，轻轻摸着我的头，低声说道："孩子，我给你讲个故事。"

(2)

老和尚开始把他的故事娓娓道来。 在太平年间，传说有一个恐怖的妖

第十四章　夜宿荒寺，咬喉住持

僧，倘若有香火断绝的山野寺庙，妖僧就会马上出现，若有旅人宿之，便断其喉咙，因传其身披袈裟，遂称其为咬喉住持。

眼下，恰好赶上樱花盛开的时候，尽管相距百里，依旧可以嗅到令人陶醉的花香。

宏野太郎是一名下级武士，不知为何他辗转反侧，选择了一个人独自漫步在山林间，似乎只有这样才能缓解心中的愤懑。 日本的夜空格外的明朗，皎月明耀得犹如一盏天灯，以至于在这毫无灯光临幸的山林之间却亦如白昼。

原本只想舒缓一下心中的忧闷，可是这里实在太过迷人，竟然有着些许发光的密草，潺潺流向远方的带着星子的小涧，还有那明朗舒心的夜空，他也就稍许走远了些。 这里的一切宛若梦境一般，但又是那么的真实与可靠，让宏野太郎也有些恍惚，不知是真实，还是梦境。

突然间刮起的阵阵邪风，扰乱了宏野太郎游览山涧的雅致。 他才注意到今晚居然没有虫鸣，没有鸟啸，就连一点有生气的声响也没有。

正当他似乎察觉到什么的时候，从风中隐隐听到了一丝奇异的声响。 不过只是那么一瞬，他只以为自己太晚不睡产生了幻象，醒了醒睡意，他还是决定回去的好。 可是那邪风之中又传来了一两声更为清晰的声响，原本睡意正酣的他不禁侧耳倾听，那声音悠长而稳重，是钟声！

宏野太郎本是信佛之人，自是对佛家有着难以分说的羁绊，加上离开本土这么久，还真有些离别感伤的情愫，在宏野太郎思索的空隙间，他情不自禁地向着那座神秘的寺院挪动着步伐，钟声也是显得愈加庄重与浓烈。

当他从深深地忆乡情节之中回过神来的时候，发现他已经穿过重重林障，来到了一个神秘的场所。

它与宏野太郎想象中的寺院完全不是一个样子，映入他眼帘的是一排直入云间的阶梯，此时不知哪里飘来阵阵迷雾，缭绕在阶梯的周遭。

两根木桩竖立在阶梯开始的部分，就像是某个结界的入口一般，显得很是庄严肃穆。 木桩上还悬挂着纸条，不对，准确来说是符咒，符咒随着邪风

飘动，就好像是活着的一般。

他才明白自己现在是在异国他乡，即便寺院不是一个样子也很正常。

当宏野太郎顺着阶梯看上去的时候，距离这两个木桩一段距离的地方竟然出现了相同的木桩，在这迷离的夜色中如影若现。他使劲揉了揉眼睛，想要看得更加清楚一些，可是更加诡异的事情发生了，在阶梯之上的木桩越来越多了起来，每隔相同的距离，就会有着相同的木桩立在阶梯的两旁，就好像，就好像是在引导他一样！

当宏野太郎得出这个结论的时候，他显得很是震惊！而且他清楚地记得阶梯两旁原本是没有木桩的！他想要快些回去，但是他转过身才发现，他早就已经忘记了来时的路！

既来之，则安之。这么仔细一想，他也就淡然了许多，始终是福不是祸，是祸也躲不过。宏野太郎整理好情绪，继续踏上直上云霄的阶梯。好在一切还算顺利，他成功地登上了山顶。说来奇怪，走了这么长的路，他也不感到疲惫，就好像身体里蕴藏着无穷的能量。

就在他苦苦思觅，快要得出什么的时候，一阵苍劲脆耳的钟声再次响起，将他从沉思之中拉了回来。宏野太郎再次打量起山顶的风貌，一座偌大的日式寺院出现在他的眼帘。不过整个寺院显得很是空洞，就好像很久没有人来过一般。

寥寥的庙香，孤独的钟声更是平添了一丝寂寥。

越是接近这个古寺，他就越是觉得悲怆。来到庙宇的中心，他惊异地觉察到寺堂上的佛像竟然在流眼泪，就在他想要靠近一些时，一个黑影不知何时出现在了宏野太郎的面前，还拦住了他的去路。

他被吓得几个踉跄险些摔倒在地，宏野太郎再仔细一看，此人身材枯瘦，背上稍微后拱，有些驼背，面上带着慈祥的微笑，他一手拿着佛珠，一手立于胸前，原来是个老和尚。再看他的服饰，想必便是这座寺院的住持。

宏野太郎理了理衣襟，向老住持行了个佛礼。他想不管地域跨度再大，

第十四章 夜宿荒寺，咬喉住持

佛礼想必变化也不会太大吧。 老住持依旧微笑，就好像宏野太郎什么都没做一般，没有回礼，也没有理会。

宏野太郎就再次向老住持行了个佛礼，可是他依旧没有任何动作。

寺院的钟声在此刻显得格外的清晰与明亮，宏野太郎心里开始有些忐忑了，再仔细一想，他以前也没听说这附近有什么寺院啊什么的，原本来到这里也是一种奇遇，就好像是被某种介质吸引过来得一般。

宏野太郎暗叫不好，全身冷汗直冒，他现在只有一个念头，逃！ 可就在这时，整座寺院都开始摇晃了起来，隐隐有着坍塌的迹象，他再看向老住持，不知道是不是错觉，宏野太郎竟然发现他的眼角闪耀着泪光，但稍纵即逝。 让宏野太郎也不敢相信是真还是假。

寺院摇晃得更加厉害了，房梁也不争气地开始纷纷坍塌下来。 很明显，现在是个逃跑的好时机，可是宏野太郎发现自己的双腿在这个时候死活不肯挪动半步，就好像是被固定在原地了一样。

在此时，宏野太郎却听到了那原本不动如钟的老住持低声的吟笑起来，不过嘴唇却并没动！ 一块房梁很是合适的砸向了开始不正常的住持，在宏野太郎以为可以松一口气的时候，宏野太郎诧异地发现住持并没有应声倒下，房梁只是削掉了他的前半身。

现在居然可以清晰地看到住持早已坏死的脑浆，尸虫肆虐地在里面爬来爬去，内脏很是有序地掉落下来。

宏野太郎并没有时间去探寻这个住持的现状，因为宏野太郎依然还可以听到他在笑，笑得那么沉痛，笑得那么悲凉。

当宏野太郎回过神来，他发现一块房梁直直地向他砸来，看着那依旧坚持未曾倒下的老住持，他可以想象得到自己马上就要变成那个样子，心中一下子慌了神，大声叫了出来："不要！"

"啊！"宏野太郎突然又听到了一声比自己叫得还惨的叫声，可房梁根本就没有想要停留下来的样子，他也根本来不及去想到底怎么回事，只是惶恐的闭上了眼，只觉得眼前一亮，整个人便坐了起来。

宏野太郎四下张望，才发现自己正躺在床上，原来刚才那只是他做的一个梦。

还好只是虚惊一场，他有点虚脱地躺了下去。

"啊！"宏野太郎刚躺下去又被一声尖叫吓得坐起来，他惊恐地四下张望，又怎么回事？

只看见一男子艰难地从床底爬上来，恶狠狠地看着他："宏野太郎！"

"怎么了？"他现在还真是丈二和尚摸不着头脑，疑惑地望着这个男子。

"我正做着美梦，正要和梦中情人翻云覆雨，我要给你拼了！"说着便朝宏野太郎冲了过去。

这个男子与宏野太郎同是下级武士，武田二野，从小玩到大，最近因自己花天酒地被妻子发现，被赶出家门，只好到宏野太郎这里避避风头。现在宏野太郎才明白，他做梦的时候不小心把武田二野踢到床下面去了，不碰巧的是这家伙正做着黄粱美梦。

结果不容多说，宏野太郎被狠狠地揍了一顿，但是也还好，总比被吓得一惊一乍的奇异事件来得好吧。

"你说的是真的？"武田二野一口咬着饭团，一口喝着小酒，一边毫不在意地询问着宏野太郎道。

"我骗你们干吗，说来那个老住持好像真的哭了！嗯，我敢肯定他是哭了！"宏野太郎依旧在仔细回味着昨天的寺院奇梦。

"那老住持哭不哭干你什么事啊，话说回来，你做个梦都做得鼻青脸肿的啦？哈哈哈"。一旁也是下级武士的安野显然也不着调，探听八卦才是他的长项。

"还不是武田二野……"

"哦，还不是那个怪梦搞的鬼，不好好睡觉，胡搅蛮缠，所以我就把他给叫醒了。"

宏野太郎刚想说，武田二野就插了进来，显然是怕我说出他做春梦的

第十四章　夜宿荒寺，咬喉住持

事实。

宏野太郎很是无语地看了看武田二野。

"别想啦，宏野太郎，不就是一个梦嘛，听你说来还是挺阴森的，你干吗非要跟自己过不去呢，还是多想想什么时候找个媳妇吧。"武田二野显然已经吃饱喝足，肩并着宏野太郎的肩，继续着他的狂想。

不过，想来也是，一个梦而已，也没什么大不了的，宏野太郎如是安慰着自己。

"噢，我想起来了！"就在宏野太郎快要放弃的时候，安野拍了一下桌子，大叫了起来。

不知他哪根筋不对，拍桌子的声音异常响亮，引来了周围人的注目。

他赶紧站起来向店家老板点头道歉。然后他悄悄跟宏野太郎说："我爷爷经常给我提什么寺院的事情呢，不过那时候我太小，也没有太过注意，现在终于想起来了，我就说，怎么总感觉听说过寺院的事情呢。"

这倒是再次勾起了宏野太郎的兴趣："哦，厉害！那你还记得你爷爷说的什么吗？"

"嗯……"安野思索了一会，"具体，我也不记得了。"

"不记得了你还提出来干吗，你不知道这小子脑子一根筋！"武田有些不耐烦。

"哎，别急，我不知道，我们可以去问我爷爷，你说是不是？"

"你爷爷？你爷爷不是在你老家吗，我们还要去你老家？"武田很讨厌去别人家。

"我没记错的话，那座寺院就应该在我老家，也不是很远，坐电车几个小时就到了。"

"几个小时？"武田有些丧气。

"你是说寺院就在你老家那边？如果真是这样，我觉得倒是可以一去。"宏野太郎一向是想做什么就做什么的人，完全的行动派代表。

"不会吧，宏野太郎，他说的是可能在那里，又不是确定，到时候去了，那里没有寺院怎么办。"武田依旧不依不饶,对于娇懒的武田来说,行万里路,那还不如杀了他来得直接。

"反正我要去,就算有很小的概率,一句话,你去不去?"宏野太郎逼问道。

"我不去!"

话虽如此,他还是扛不住宏野太郎的软磨硬泡,三人就这样赶到了那个地方。

这里不是大城市,乡土气息浓厚,加上樱花树,为他们这趟寻寺之旅增添了不少的兴致。

"什么?"

爷爷显然已经上了年纪,安野说了好多次他都没有听清。

"爷爷,这两位是我的同学,他们前来是想问关于古寺庙的事情!"安野几乎是对着他爷爷的耳朵在说。

"噢,欢迎欢迎!"爷爷声音有些嘶哑,说得也很是缓慢。

但,说话间依旧中气十足,与他们这些晚辈有着非常大的差别。

"古寺院? 我想起来了,那是一个很长的故事。"爷爷缓慢地端起茶杯,意味深长地品了品茶,才缓慢地说道。

在很久以前,这座山上有一座宏大的寺庙,寺庙以灵验著称。 听说是佛身金光,有求必应,即便不应,也会有好运降临,所以天天香火不断,人来人往。

某一年爆发旱灾,所有人都去寺庙寻求帮助,希望能够保佑降得大雨,不过不知道为什么,所有人求得的雨符久求不应。 旱灾依旧在恶化,寺院住持便开仓济民,不光管吃喝,还管治病给药,几乎是花光了寺庙的所有积蓄。

直到最后还将寺庙象征鸿运的佛身上的金子给刮褪了救济灾民。

在寺庙的全力救济下,大家终于顺利度过了旱灾。 不过自那以后,来求愿的人再也没有灵验过,说是佛身无金,有求难应。

第十四章 夜宿荒寺，咬喉住持

所以前来上香的人越来越少，愿肯前来的，多半都是曾经受过寺院救济过的老人。寺院再也没有以前的辉煌。

如今时代的发展日新月异，大部分年轻人都选择了背井离乡，以求得好生活。村落人口急速锐减，这更加使得寺院香火凋零。

不知从哪一天开始，寺院再也没有人去上香，寺院的弟子们纷纷被遣回家，或者是出逃。

只剩下住持一个人，不知为什么他迟迟不肯离开寺院。至于他的去向一直是个谜。

只是在每天晚上12点都会听到钟声响起，每每有陌生人听到钟声便会情不自禁地走过去。而且，每一次去的人都没有出来过。

"噢？没出来过？那是怎么回事？"宏野太郎不禁有些疑惑，想他在梦境之中也去了那个寺庙，想起来也是有点惊险。他还在想，进去的人出了什么事？想得宏野太郎直接打了一个寒战，就好像此情此景在那里上演过一般。他的记忆亦如放电影一样搜寻着相同的场景。

宏野太郎灵光一闪，突然想起寺庙里的老住持，怎么就想起他了？

宏野太郎摇了摇脑袋，想快点把这个孤独的老者从他的记忆里甩出去。

宏野太郎再次望向了老人家，他居然笑了起了，笑得那么慈祥。

宏野太郎一下子站了起来，这笑容和梦里的住持简直就是一个模子里刻出来的。

看到宏野太郎的动作，爷爷也开口了："小伙子，听故事就要好好听！知道吗？"

宏野太郎一看身边的武田，他不知道什么时候睡了过去。

"那些人，听说是被住持咬断了脖子。"爷爷说话顺畅了，只是无形中多了一种庄重。

宏野太郎越听身上的冷汗越多，此刻梦里那个住持的微笑，是那么慈祥，又那么瘆人。

宏野太郎强忍着自己的恐惧，问了一句："敢问爷爷，那个老住持为什么要这么做？"

"没什么，老住持只是想让他们上个香而已，他们要么不去上，说是不能换成钱，也不能换成食物。要么就是他们上香一点诚意也没有，表面上说得富丽堂皇，其实心底却是有着别样的心思。"

宏野太郎说道："我倒愿意去寺庙上香，就不知道爷爷知道那古寺庙该如何去？"

宏野太郎想，要是不去上香，这老住持也怕是会死缠着他不放。

爷爷又开始带着那标志性的微笑对着宏野太郎，让他打心底里觉得难受。

宏野太郎按照爷爷说的路子上了山，而且叫上了另外两个人。

虽心中有千万个不愿，但这也没办法，如果不做，宏野太郎也不知道会发生什么。

很奇怪的是，这一条道居然和宏野太郎梦里的道路一模一样，只是那些柱子早已斜七扭八，那座寺庙也是破旧不堪。

"不是吧，这里还真有寺庙！"

很快便来到了寺院的庙堂，在这时钟声居然响了起来！

不知何时他们面前出现了三炷香，现在已经无法用惊险来形容了。

只有宏野太郎还算淡定，小声说："上香时不要有杂念，否则，我们都会出事！"

另外两个人连连点头，显然被吓得不轻。宏野太郎深吸了一口气，闭上眼，想着寺院以前救济灾民的事情，加上后面的世事变迁，宏野太郎只想让住持忘却尘世的困扰，世事原本纷扰，佛家只求清净而已。

在他上香后不久，钟声慢慢消散，宏野太郎的脑海中突然出现了老住持的身影，他依旧在微笑，只不过非常清楚地看到他在流泪。宏野太郎向他行了一个佛礼，此刻，老住持并没有置宏野太郎不理，而是向宏野太郎也回了一个礼。宏野太郎再次听到了老住持的笑声，不过，他听得出来是畅怀的大

第十四章　夜宿荒寺，咬朕住持

笑。 随即宏野太郎便不省人事。

　　当宏野太郎醒过来的时候，他已经回到了家里，是武田和安野背着宏野太郎回来的。 对于古寺院的事情，他们都没有再提起，武田从此像是变了一个人，或许是老住持也给了他们一个回礼。

第十五章　泥田坊，丢臭泥

(1)

老和尚的故事讲完了，暴雨也开始变小了，我和司徒天还有流川穿好烤干的衣服，预备继续踏上驮尸之路。告别老和尚，司徒天驮着水月的尸体，我们走在泥泞的泥巴路上，离寺庙越来越远，我还不忘回过身向站在寺庙门口的老和尚鞠躬行礼，老和尚冲我挥挥手道别，嘴角挂着微笑。

司徒天驮着尸体往前走了十来分钟，不远处为一片泥泞的凹地，无法绕行唯有强行过田。

流川突然拦住了司徒天，神情颇为凝重："先等等，可能田里会有泥田坊！"

司徒天和我惊愣在原地，异口同声地追问流川："泥田坊？什么玩意？"

流川让我们坐在地上，听他讲关于泥田坊的由来。

镰仓幕府时代，农民生活压力不堪重负，政府为了减少农民的负担，更改了政策。意料之外的是，没过多久，这一政策竟被贵族们肆意地滥用，他们强行购买和霸占农民的土地，使许多家庭陷入更大的困境。

北川谷国有个姓水源的老翁，育有一子一女，他拥有一亩田地，前半生都以务农为生，每日他和她的女儿水原七惠都会去看望农作物。直到那一日，有一群人冲进他们家。

"土匪！强盗！你们无法无天了！"老翁被气得手摸胸口，怕是心脏病发作了，水原七惠冲进侧房寻药，她的双手颤抖得厉害，倒药丸给老翁时，药

第十五章　泥田坊，丢臭泥

丸撒了一地。

不速之客大概有六个人，突然，他们纷纷站成两排，让出一条路，从门外大步走来的是他们的主子，一个脸上戴了半边面具的男人，但这并遮不住他狰狞的面孔。

"你们最好乖乖就范，将这亩田卖给我，否则，你的小女就要当我府上的仆人了！"他伸出右手两指捏着水原七惠的下颌，不怀好意地打量她。

老翁上前甩开他的手，将那张印了指纹的地契丢在他脸上，拉着水原七惠站在一旁，吼道："滚！你们通通都滚！"

面具男拿着地契，得意地笑了笑，冲手下们招招手，一伙人扬长而去。忽然，老翁如同漏了气的气球，歪靠着墙壁，一脸歉意地说："七惠，真是对不住了，你的婚期迫在眉睫，父亲却不能为你做些什么，连丰厚的嫁妆都无法给你了。"

水原七惠拼命地摇头，忍着泪水，安慰道："您别这么说，嫁妆不重要，只要您身体安康，便是我最大的心愿了。您也别太伤心，虽然现在田地没了，但总有一天可以买回来的。我呀，会和西川君好好过日子的。"

夜深人静时，水原史奈一手拿着酒壶，步履踉踉跄跄，嘴里念叨着老天不公，他走进屋子，发觉父亲还未入睡，正精神抖擞地瞪着他。水原史奈今年年仅二十，身高六尺有余，已经不再惧怕父亲。他放下酒壶，盘腿坐在父亲的对面。

"今日，家中唯一的一亩田已经被卖了，你以后再出去花天酒地就不要找我要钱，家里已经揭不开锅了！"老翁有些怒气，但一直压抑着没有爆发。

"所以，卖了的钱呢？"

"呵，你现在还想要钱？实话告诉你，没有！是被强卖的！"

"那也有钱啊！噢，对了，最近家中有一桩喜事。你是想把钱留给七惠吧？那好啊，只要你以后所有财产都属于我就行了。"

一周后，水原七惠身着一袭白色的和服，笑靥如花地嫁给了西川绘真。在婚宴上，西川绘真说起他们的相识。

那日电闪雷鸣，水原七惠后脚刚迈出老裁缝的店铺，暴雨立即哗啦啦地下，情急之下，她跑到一间杂货铺的屋檐下躲雨。转念之间，忆起父亲的叮嘱。她的裙摆被打湿了，只得伫立在屋外四处望了望，可是没有瞧见要购置的物品，便问掌柜："您这还有锄头卖吗？"

"有呢，不过只剩那一把了，比较贵。"掌柜指了指角落，笑着说。

"噢，那算了。"她有些失落，手中的钱只买得起最便宜的锄头，转身正想离开，突然一道闪电出现，把她吓得紧闭双眼，耳边时不时传来轰隆隆的声音，雨水也在慢慢上涨。她在心里念叨，已经走不了了，看来要下很久了啊。

身后的掌柜顺势望去，朝着屋檐下的水原七惠大声喊："小姐，你进来吧，外面雨大，现在走不了的！"

她再次探着身子往里瞧，掌柜已煮好一壶茶，小心翼翼地端一杯给她，笑得温柔："这家店是以我的名字开的，你先喝杯茶暖暖身子，茶叶是我母亲亲手采摘的噢。"

水原七惠脑里快速闪过'西川绘真'四个字。她接过茶杯，轻轻地吹气，然后小啜一口，赞叹道："好香的茶噢，你母亲手艺真好。谢谢你西川君，我是水原七惠。"

不一会儿，雨停了，水原七惠刚走，就听见身后有人拿着锄头唤她的名字。

"水原小姐，这把锄头以最便宜的价卖给你。"他本想送给她，通过浅谈，了解到她是个注重自己的尊严的女子，对她的好感也渐渐上升。

水原七惠还未反应过来，西川绘真将锄头往她手里一塞，拿走几张钱便跑回了小店，边跑还边朝她大喊："明天见。"

后来她去店里买东西，总能比别人的便宜一半，而这些，水原七惠都不知晓，逢年过节，他也会送她礼物。

老者在台下默默地听完了那些故事，他早已泪流满面，女儿和女婿到他那一桌敬酒时，他拉着他们的手叮嘱了许久，眼里满是不舍和高兴，言语

第十五章 泥田坊，丢臭泥

间，引得四座泪水纵横。

西川绘真从小和母亲相依为命，他父亲只留下了一家小小的杂货铺，他尚年少时，母亲身体还很硬朗，可近年来，渐渐出了毛病，常年需要用药来维持病情。水原七惠得知婆婆患有腿疾，便四处寻找秘方，夜里帮婆婆的腿部按摩，直至她入睡。

众人都夸水原七惠是个好媳妇，即便有孕在身也悉心照料母亲。她的肚子渐渐大了，时常走路缓慢。冬至降临，她不再去帮忙照看店铺，夜里婆婆入睡后，她就坐在炕上做针线活，直到丈夫回来。

春雪消融，比下雪时更冷，风轻轻一吹，就好像有细细的针划过肌肤。清晨，西川绘真正要出门，她叫住他，一只手藏在背后，眼含爱意。然后，她踮起脚尖，慢慢地拿出她亲手织好的围巾替他戴上。

西川绘真心里一暖，佯装生气的模样责怪她，天气冷还出来站这么久。待她安静地躺在床上，他替她将被子的边边角角都盖好，然后在她的额头上落下一吻，又用脸紧贴她的肚子说了些话，他才离开。

她被他逗得哈哈大笑，朝着肚里的孩童，温柔地说："刚才那个像个孩子的人呀，就是你父亲，哎呀，我这样说你会不会听不懂啊？"

深秋，落叶纷飞。天未亮，西川家中就传出孕妇的尖叫声。屋内水原七惠满头大汗，发丝粘在脸上，神情痛苦难忍，产婆焦急地说："夫人，你别叫啊，这样很浪费体力的，对孩子和你都没有好处啊！"

忙了几个小时后，太阳升起，树上的鸟儿歌唱，伴随着婴儿的啼哭声。产婆抱着孩子，笑着说："是个女孩！"水原七惠筋疲力尽地躺着，脸上露出淡淡的笑容，眼神极其疲惫，像是下一秒就能睡着。西川绘真在她床边一手抚摸她的脸，一手抱着孩子，笑着说："七惠，辛苦你了，你看，孩子长得一半像我，一半像你噢！"

水原七惠笑笑，她张了张口，声音极小："瞧你喜欢的，才刚生出来，哪能看出长得像谁呀！"

水源老翁闻讯前来，后面紧跟着西川绘真的母亲，两位老人激动不已，

对他们说了好些话。小小的屋子里欢笑声不断，阳光洒在门楣上，鸟儿仍在歌唱。于他们而言，这一天，是最美好的时光之一。

光阴似箭，冬日万里冰封，雨夹雪的天气常有，一不小心就会摔倒在地，因此人们都不轻易外出。水原七惠听闻父亲病重，焦急地跑去找西川绘真，他立即关了店铺同她前往。

老翁躺在床上，瘦得只剩皮包骨，他缓缓抬头，示意水原七惠靠近一点。西川绘真和水原史奈并肩站在他面前，老翁轻声说："我将自家的那亩田买回来了，我想了想，史奈以后还得娶妻生子，这亩田只能交给他了。史奈，以后你要用田地来耕种，不可随意卖给他人，更不能荒废，你在我面前答应我。"

"知道了，知道了。"水原史奈不耐烦地答应了。

说罢，老翁合上了双眼。

(2)

同年冬季，西川老妪的病情突然加重，她整夜都睡不着，短短一周，整个人瘦了一圈。西川绘真看在眼里，痛在心中，他不断地寻医替母亲治病，但医师都说，治不好了，最多只能拖到明年夏天。

长时间治疗下来，他们拖欠了许多医药费，西川绘真踏破了亲戚的门槛，但已经借不到钱。夜里，他躺在水原七惠的身旁，卸下了所有伪装，躲在她怀中泪如雨下。他不知还能如何走下去，若把店铺卖了，那父亲唯一留下的东西也没了。

这一个拥抱，水原七惠知晓了他羞于表明的忧虑和疲惫，他隐藏在面具后的哀伤和痛苦。在这一刻，他们融合为一体。她的泪水浸湿了枕头，心中暗暗地下了决定。

未进屋，扑鼻而来的是一股浓浓的酒味，地上和桌上都是酒壶，而简陋的家具上覆盖了一层白白的尘埃，屋里的人听闻有脚步声，便立即起来往外走。

第十五章　泥田坊，丢臭泥

"哟，稀客呀！"水原史奈讽刺道。说话的人正是水原史奈，他一如既往地白日里呼呼大睡，夜里把酒寻欢，从未有一日忆起要去田地里播种。

"我也不跟你拐弯抹角了，最近我手头紧，你能否借些钱给我？"

"果然是无事不登三宝殿啊，不过，说实话我最近也手头紧。"

"拜托你，我们一有钱就会还你，拜托你，现在借些给我。"

"我的好妹妹，虽然田地已经被我卖了，但……"

他未说完，水原七惠也不知从何处借来的力量，她冲过去一把拽住他的衣领，直逼墙角。

她的目光有着从未有过的冷厉，一字一字地说："你记着今日的事，你最好祈祷将来不求我！"

水原七惠一离开父亲留下的木屋，就卸下了刚才武装的盔甲，她走到一条小河边，蹲在岸上哭了许久。她对这个世界还有所期待，却对有血缘关系的人心灰意冷，幸好，她有自己的家庭，在那个家里，她很幸福。

第二日，店牌被摘下的那一瞬间，西川绘真听见自己心中有一个地方碎了，他来不及感伤，右手携店牌，左手提几袋药，一路沉默不语。他不知道，不务正业的水原史奈睡眼惺忪，手拎一酒壶，从他身旁路过，撞见了这一幕。

水原七惠见他早早归家，脸上虽在笑，却掩饰不住浓郁的悲伤，她的视线移至一块长方形的木牌，猛然鼻头一酸，险些落泪。她心想，挨过去，挨过这个时期，会好起来，会一天比一天好。她接过那几袋药朝厨房走去，边熬药边偷偷地抹泪。

西川绘真坐在母亲身旁，自然地握着她的手，他这才发现母亲的手有几条疤痕，她黝黑的脸上布满了皱纹，发丝早已雪白，顿时心中的酸楚一下涌上来，再也忍不住，泪如雨下。

母亲抬头轻轻地抹去他的泪水，她亦泪眼婆娑，语重心长地说："绘真，你是家中的顶梁柱，别轻易落泪，你还有妻女要照顾。人都逃不了生老病死，更何况我已老了。七惠是个好媳妇，我儿子真有眼光啊，见你现在成家

立业，我也能放心了，你们以后要好好生活啊！"

母亲慈祥地轻拍他的脸，她最后的心愿已经交代清楚。门外的水原七惠正要端药进来，听见了这话，她站在原地愣住，泪水落入了药汤里。

还未立夏，西川老妪就病逝了。

老翁辛苦赚来的一亩田被卖了，他的遗嘱变成了子虚乌有，水原史奈仍然每日往酒馆、青楼两地游荡，直至那一日清晨，他回到家，一如既往地睡了一觉，醒来后摸了摸藏在棉被中的酒壶，却发觉，见底了。

顿时他睡意全无，睁大双眼盯着酒壶，只剩几个银子安然地躺在里面，他如何也想不起，自己何时变得如此穷困潦倒，只知再过一个月，他将要挨饿。是夜，微弱的烛光洒在他身上，他坐在屋外，望着一片黑暗的前方，那里有父亲留下的那亩田，忆起父亲曾在烈日下劳作。倏然间，他赏了自己一记耳光，心底悔恨不已。

忽然刮起了一阵大风，尘土侵袭木屋，水原史奈被呛得猛咳了几声，他抬头一顿咒骂，却见远方突然亮出了三簇小小的火焰，它们浮在空中，有些神奇。他揉了揉双眼，扔掉了怀中的酒壶，猛地站起来拔腿就跑。关紧木门后，他回想了一下，还是有些不敢置信。他胆战心惊地靠近窗户，却听见黑暗中有声音传来："把田还给我！把田还给我！"

这道魔音一直在他的脑海中挥之不去，使人心中不禁发毛。转念，他想了想，这该不会是谁在作怪吧？竟敢来吓唬小爷？我都已落到如此窘迫的境界，难道还不够吗？

他越想越生气，用力地打开门，意气风发地站在屋中央，朝着田里的人大喊："是谁？你给我快出来，闲得慌才出来吓人吧，那也要看看对方是谁，今儿算你倒霉，碰上我，你是不想活了！"

田里的农作物有节奏的摇摆，可是空中未起一丝风。黑暗中，那人笑了，笑得诡异："哈哈哈，你这个小兔崽子，竟敢把我的田给卖了，你可真行啊！"

一只上半身乌黑的独眼怪悬挂在空中，他"咻"一声逼近水原史奈，嫌恶地说："你这个无用的东西，往后你什么也没有了，我就等着你下来陪我！"

水原史奈当场被吓昏，次日醒来，发现自己正躺在田地里。他疯了似的往西川家跑，水原七惠一见是他，二话不说将其往外推，拒绝他的来访。他却双手用力地抓住她的手臂，神秘兮兮地说："我告诉你，昨夜父亲来找我了，不知为何他变成了一头独眼怪，双手都只有三只手指，还威胁我！拜托你，让我暂时住在你这里吧？"

水原七惠觉得荒谬，嘲讽道："你是想来我这里骗吃骗喝？你做梦！你榨干了父亲，现在还想来榨干我吗？往事历历在目，你答应父亲的没做到，现在他来找你，也是你应得的。知道吗，这一切都是你自作自受！"

"你要怎样才肯相信我？我说的都是真的，我发誓，若有一句是谎话，我就被雷劈死！"他苦苦哀求。

"无论你如何说，我也不会相信。你现在肯定是把钱都用尽了，但是你还记得吗，当时我的家人受难，我去求你，你是怎么对待我的？没想到这么快你就来求我了，呵！"

最令人心碎的莫过于此，曾是最亲密的人，如今却像是陌生人，只愿此生不复再见。水原七惠忆起往日的种种，小时候她和父亲一前一后在田野里歌唱，兄长坐在屋外眺望，那时一家人的关系还很融洽。

她闭了闭双眼，见他这般狼狈的模样，有些于心不忍。她走进厨房，将所有食物和一些银两都塞给他，语气不带一丝感情："你走吧，以后都不要出现在我面前，父亲走后，不知你是否有一刻感到亏欠了他？我只要一见到你，便会想起昔日痛苦的记忆，所以，我们以后都不要再见面了。"

直至这一刻，水原史奈才发觉，原来他令最亲密的人深受伤害，而这种伤害不会随着时间被遗忘，反而像黑洞，当时不弥补，以后就再也补不好了。他动动嘴角，本想说些什么，看到水原七惠伤心的样子，他什么也没说，垂着头转身离开了。

流川像个知识渊博的历史学家，我觉得他和蒲松龄先生差不多。流川说

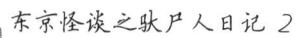

他查阅大量历史资料后，获取了少许有用的资料，当深夜独自一人路经田地旁时，常会遽然发现田亩的正中央站着一个漆黑的人影。这个漆黑的影子总会一边不停地呐喊着还我田地来，并一边向人丢泥巴。这就是泥田坊。那是个只有一只眼睛的妖怪，并非是田亩的守护神。据说，迎面丢来的泥巴相当腥臭，一旦不幸被丢中，臭味将持续3天左右。

第十六章 手之目，邪妖僧

(1)

在听泥田坊的同时，司徒天驮着尸体在我和流川的帮助下，已经成功走过泥泞的田地。

事实证明，流川想得太多，神经过于紧张，田里根本没有什么泥田坊存在。

我们三个人的裤子和鞋子全都是泥，司徒天边走边抱怨："流川，我现在很累。"

流川岂会不明白司徒天那点小心思，吹了个口哨说："行了，我马上给你讲个故事。"

时间倒回到飞鸟时代，在石板镇的大谷村附近，有一座无名的小山。起初，有些强盗居住在山上，他们每日喝酒吃肉，好不痛快。然而有一日，对现状不满的强盗开始伤害无辜。后来，一到夜里，山间就会传出震耳欲聋的琴声，堪比杀人的刀，但这琴声并不传到村庄里。令人不禁好奇，到底是谁人午夜在山间作怪？

故事要从700年前说起，大谷村置于群山之中，以老少居多，多数村民以务农为生。村内只有一家饭馆，每当就餐时刻，饭馆内会传出悠扬的琴声，引得路人纷纷上前围观，甚至有人为此坐在里头饮酒。

弹琴的人是一位女子，她一袭天蓝色花纹的和服，一头漆黑的乌发只有头顶绑了个发结，其余的都披散着。她的耳朵灵敏，知道来的人越发多了，

仍低头含笑，手指飞速地在琴弦上拨动。人潮越发拥挤，她面前的盘子里装满了客人施舍的钱币。

太阳逐渐西落，满厅的客人，亦有酒香，衬着窗外温柔的阳光，天边暖色的彩霞，她兴致大发，开始唱起歌来。"相思人不见，不见又常思，最是难堪处，心情辗转时。"唱的是《万叶集》中有名的一首短诗，她独自改编而成的曲子，有一种说不出的感伤，但歌声美妙动听，令人沉醉。一曲完毕，余音绕梁，众人仍屏息静听，久久回不过神。

戌时，琴师起身欲离店，店小二连忙上前扶她，她右手持一根木棍，左手搭在店小二的手腕上。这时，众人纷纷站成两排，让出一条路，他们不禁赞叹，原来她双目失明，却还能练得如此高超的琴技，真是了得！

待浅草由香缓缓离去，在场的客人恢复了本来的面貌，有人大口喝酒，有人大口吃肉。琴声引得宾朋满座，女掌柜脸上的颧骨齐齐上升，几欲代替了略肿的眼袋，可见她是相当高兴。一店小二站在账台收银子，末了，他望着浅草由香远去的背影，长叹一声："唉，真是可怜啊！小小年纪便出来谋生。"

话音刚落，女掌柜的笑容褪去了，她面带忧色，附和着说："是啊，若不是为了母亲，现在该是在寻师练琴或游走天下吧，再不济，也不必在这小小的饭馆卖唱。"

坐在他们附近的客人听了，纷纷问起浅草由香的身世。在女掌柜的口中他们得知，浅草由香年仅十六，自小和母亲相依为命，近年来，母亲常年卧病在床，家中的大小事务都由她操劳。而今，她去饭馆弹琴也是因母亲的医药费，以及她们已经几日吃不上米饭了。一直以来，白日里她去耕田，又去山上摘些野菜，拾些木柴。回到家，她烧水煮粥，母亲不能下床，便不得知她喝的只是粥水。

家中有一把破旧的筝，是已逝的父亲留下的。早些年，母亲身子还很好时，常说起与父亲往日的美好时光，她一想起父亲，嘴角总会不自觉地上扬，然而今日，她已经许久不再笑了。起初，被病缠身的头一年，因右身一

第十六章 手之目，邪妖僧

侧受伤严重已经行动不便，一向温婉的她很懊恼、多愁，每每夜里都能听到她的啜泣声。平日里她不愿与人开口讲话，与他人多言两语都嫌恶。

当时浅草由香只有13岁，她对这突如其来的一切不知所措，有时母亲会迁怒于她，指使她做家务活。两年后，她逐渐长大，理解了母亲的痛苦，便事事以母亲为主，将辛苦赚来的钱全花在医药费上。如今，她穿的衣裳仍是母亲年轻时父亲送的，掌柜问起她时，她只说，能够穿母亲的衣裳，也是一种福气。

她10岁就开始学琴，那把筝虽旧，但琴弦仍很好，弹了这么多年，也没有断一根。她默默地想，可能是父亲在保佑她，后面肯定会有出路。

遇见女掌柜那日，天气无比晴朗，天空一片碧蓝，像一片干净清澈的海洋。市井街道上人来人往，浅草由香在一个不起眼的角落独自抚琴吟唱，她呆滞的脸面向前方的小银碗，都已经接近晌午，却连一枚铜钱也见不着，心中不免有些失落。

正是晌午时分，一抹粉色樱花底纹的衣角出现在她面前，那人的脚步逐渐靠近，突然，"啋"的一声，一枚银子落入小银碗里，浅草由香听到声响，立即明白过来，她抬头，虽然她看不清那人的面容，但想是满脸笑容的好心人。那人正笑盈盈地俯视她，长得眉清目秀，身上有一股仙气，把玩着手中的几枚银子。浅草由香欠了欠身，脸上流露感激之色："谢谢你。"

浅草由香不善于表达，但那人看出了她有些激动。匆匆赶路之下，女掌柜被她的琴声吸引，见她衣裳破旧，想是个可怜之人。转念之际，她想到一个好主意，便说："你可愿意到我的饭馆来弹琴？我是清水，此村只有我一家饭馆，你可四处打听打听，今日我还需赶路，你想好了便来找我。"

说罢，女掌柜便走了。回到家中，浅草由香喂母亲喝完药，坐在她床头犹豫了一会儿，问道："娘，今日有个女子，说是此村一家饭馆的掌柜，邀我每到用餐时就去弹琴，但我看不见她的面容，不确定她说的是真或是假。您觉得呢？"

母亲握着她的手良久，见她消瘦的脸庞被晒黑了许多。她脸上有些愧色，轻轻地叹了口气："丫头，是娘对不住你，让你这么小就如此辛苦。你喜爱弹琴，去饭馆弹总比在路边好啊，只是得去向他人打听清楚。无论如何，出门在外，你得保护好自己，其他的都是次要的。明白吗？"

浅草由香笑着点点头，母亲将她拉入怀中，心疼极了。

秋日，温带地区的天气昼夜温差大。一阵凉风吹过，打在浅草由香裸露的手臂上，肌肤上立刻起了一层疙瘩，想必是要下暴雨了。她想起小院里晾着的被子，不禁加快了步伐，赶到家中已经汗流浃背。

所幸，夜里只是刮风，并无一滴雨。浅草由香家住小河边，只有一户邻居，一到夜里，四周万籁俱寂，只闻得脚踩落叶发出嘎吱声响，如同她舒畅的心情。背着母亲来到庭院，与母亲饮茶，她放下一盏茶盅，笑了笑说："娘，今日喜听琴者逐渐多了，待明年天气稍暖些，我们就用这些盘缠去镇里玩几日吧？"

母亲默默地听她说着，良久无言，她心中肯定有诸多期盼，而今她们俩一个眼神不好，一个无法独自行走，实在是难以出远门。浅草由香意识到自己说错话了，急忙将筝取出，试弹了几声，然后才弹唱起来。

(2)

近几日，邻居的儿子从学堂归来，那人喜爱听琴。有一日清晨，他到小河边散步，闻琴声从不远处传来，便寻去。只见孤陋的房屋旁坐着一女子，她正沉浸在自己的琴声之中，他伫立在门口许久，直到曲子弹完了。他的声音浑厚，赞叹道："真是美妙！"

浅草由香有些慌张，站起身。那人走近她，笑着说："我是你的邻居，名为一郎，是个学生，喜爱琴曲，如果你喜爱诗歌，可否同我交换？"

浅草由香不太明白，但闻声可知此男子应该是个心宽体胖的人，他立即解释道："我可以教你许多诗歌，你弹琴给我听，这样可好？"

她一脸恍然大悟的神色，连连点头。此后，一郎便常来浅草家中，她弹琴，他聆听，偶尔说几句自己的见解。曲子弹完，他们便带着愉悦的心情开始学诗。起初，由香学诗的热情高涨，遇到不明白的总会追着一郎问。没过多久，大抵是乏了，就总在课堂上打瞌睡，有时一郎会突然变出一个面具，将她吓一跳，她便清醒了。而那个要当先生的人却因她的恼羞成怒正在捧腹大笑，她忽觉此刻他们都露出了自己真实的一面，从而感到，其实这样的时光就是她想要的。

如今，她正值碧玉年华，喜欢上情意悱恻的诗歌，对儿女私情浮想联翩。今夜她忆起一郎教她《小仓百人一首》里的诗，"谁知寂寞苦，残月挂长天。我自别离后，思君夜不眠。或者明月照无情，此别吞恨声。如今愁影对，破晓有黎明？"

她一开口就笑出了声，随后又连连摇头，世人最为情痴，最为情痴。母亲见她有诸多感慨的样子，便笑着打趣地问："怎么？是想念一郎了吗？"

她猛地一抬头，紧张得连连摇头否认，母亲又笑道："别担心，他学成归来便会在此地教书，娘看得出，他亦对你有意，你无需否认，两情相悦，是世间难得的珍贵，你们都要好好珍惜。"

深夜，沉寂得能听见针掉落的声音，躺在床上的浅草由香却无法入睡，她劳碌了一日，忆起母亲的话，脑海中开始浮现往日和一郎的快乐时光，也许只有这个时刻，平日里对这方面后知后觉的她，才能感知一郎的情意和自己的心意。

心在，情在，欢乐亦在，已经很美好。于是她决定，待他归来，就要向他表明心意。即便她双目失明，是啊，她双目失明，但是她能养活自己，能扛起一个家，是一个合格的女儿，所以，她相信自己也能做好一个妻子的角色。

清晨，由香安顿好母亲后，便前往饭馆。不知怎的，饭馆外站了一圈人，他们指着里面小声地谈论。由香路过他们，闻得一人说："你看，里面一片狼藉，听说昨夜亥时有几个蒙面强盗入室抢劫，将所有银两都抢走了，还伤及一些无辜。"

"唉，谁知道那些强盗是不是村里的人呢？你瞧今年田里的庄稼都不丰

收,我一家也快要挨饿了。"另外一男子轻轻地叹了口气。

浅草由香拨开人群挤进去,匆匆走进饭馆,女掌柜见她一来,急忙将她拉到一旁,忧心忡忡地说:"由香,这几日怕是不能营业了,昨日强盗将我和几个店小二都刺伤了,我们也怕他们会再来。你也趁这几日多休息休息,夜里还是别出门了。"

这事传到了县尉的耳中,连夜就派官差来巡捕。连续一周,强盗都没有出现过,百姓便以为他们大抵是不敢再来了,便都像往日那般开门营业,一下子又变得热热闹闹。饭馆亦开门营业,由香依旧每日都去弹琴。

冬日下了一场连绵无期的暴风雪,庄稼都被冻坏了,河上的桥也被摧毁了,百姓苦不堪言,无人敢出门。夜里寒风呼啸,犹如夹杂着千军万马奔腾而来,有些家中传出孩子被吓得直哭的声音。仅仅一个冬日,许多老人引发旧疾,又扛不住寒冷,不幸在寒风中离世。好在,浅草由香的母亲没有大碍。

春日一放暖,各家各户皆大欢喜,闷在家中整整一个冬,如今终于能出门看看碧海蓝天,只是百姓的饥饱仍很成问题。

一个夜晚,浅草由香走在那条无比熟稔的回家的路上,忽觉身后有人鬼鬼祟祟的,她的耳朵听见那人渐近的脚步声,一转身,树影斑驳,空旷的路上只有她一人。难道是我想多了?她虽心中这么安慰自己,步伐却加快了许多,夜黑风高,实在令人害怕。

她走得有些腿软,汗流满面,却一步也不敢停。突然,一旁的树林枝叶发出声响,像是有什么人躲在其中,她不禁再次加快了步伐,越走越发觉身后有人。下一分钟,身后突然有一阵猛风似的扑来,双手被人紧紧抓住,嘴里被人塞了一块肮脏的布。

那些人蒙着黑布,头戴着黑草帽,唯有双眼露出来,他们笑得令人作呕,其中一人说:"虽然是一个瞎子,但看起来也不差哎,你们有没有想舔一口的?"

"放开我!我既无钱,又无色,你们抓我做什么?"她恼怒。

第十六章 手之目，邪妖僧

"对噢，大当家的，这个瞎子能有什么钱？我们还是别在这里浪费时间了。"一个尖锐的声音响起。

"你们傻啊，看她身上的琴，这年头就是卖唱的瞎子才有钱！说不定她家里更多钱呢！"

浅草由香大大地吃了一惊，说自己的盘缠全在身上，是个孤儿。说着，强盗将她所有的钱都掏出来，又将大刀架在她脖子上逼迫，见她宁死不从，便命手下将其按倒，奸污了她。浅草由香一怒之下，踹中那人的命根子，那人吃痛地离开，竟拔出大刀，嘴上咒骂着，将她一刀杀死了。

次日清晨，一郎的母亲早起散步，突觉脚下踩中了蛇似的物体，软软的，吓得她立即收脚往回跑，边跑边回头看。过了一会，她停下来，发现地上的东西未移动，便往回走。谁知这一看，她的脸色瞬间变得惨白，扶着树根，只觉胃里翻滚得难受。

女掌柜听到噩耗，连忙派人一同前往，未接近，她就有点害怕。她迈出迟疑的脚一步一步地上前，看到浅草由香流了一地的血，脖子和身子差些断了，衣裳亦凌乱不整。女掌柜猜到些什么，不敢再看，将浅草由香衣服整理好后，命人将其抬回她家中。

浅草老妪听到开门的声响，焦急得直下床，却不慎摔倒在地，她的脸上还残留风干的泪痕，大声喊道："是由香吗？是你吗？"

屋外一行人不敢作声，女掌柜进屋将她扶起，一脸忧伤地看着她。在庭院，她见到了自己担心了一整晚的女儿，却不料，回来的竟是冰冷的尸体。她趴在女儿的身上，哭得悲痛欲绝，不断地喊："由香啊！我的女儿，你起来！你怎么能让娘白发人送黑发人？你怎么能抛下我一人留在这世间？怎么可以？"

大谷村传出了这桩死讯后，整个村庄都陷入了惶恐之中。

在半山腰的一间宽阔的屋里，一群强盗正满心欢喜地擦拭抢来的银子，大当家的拿了几锭银子给一个手下，派他去买些酒肉回来，他们今夜要痛痛快快地大吃大喝一场。

"大当家的，你说，那瞎子死了，不会来找我们吧？"一手下放下银子，忆起当夜盲人的惨样，仍然心有余悸。

"说什么屁话？你什么时候变得迷信了？少说有的没的！"他呵斥。

夜渐渐深了，山间四周黑漆漆一片，树林承影。买酒的手下走在石路上不自觉地拽了拽衣裳，寒冷的山风穿进衣内，凉得直令人发抖。忽闻一道销魂的笑声在头顶响起，他直愣在原地，四处张望，却一个影子也没有。

突然，又闻发出笑声的地方，有人开口了："居然敢用抢了我的钱去买酒喝？以为我不知道你们在何处落脚吗？你们真是胆大包天！"

"咣"一声，他手中的酒壶掉了，连灯也丢下就拼命地跑。如风一样飘过的黑影，立在他面前，他看见那人双眼紧闭，手上却长了两只眼睛，那眼睛正在朝他眨眼。"啊"，他大喊一声，惹得妖怪不耐烦地将他的头拧下，然后飘向了山腰。

强盗屋子窗外突然出现一个身影，凌乱及腰的长发飘来飘去，一手下看见了，大吃一惊，直躲在大当家的身后，指着那扇窗，说不出一句话。大家顺手望去，纸窗外并无异常，而是木门突然敞开了。大当家以为是买酒的回来了，便起身去迎接。谁知一到门口，他整个人被拖了出去，就再也没有进来。

屋内的一群人诚惶诚恐地盯着那扇门，忽然一道琴声响起，他们却捂住双耳，只觉耳膜要被震破了，脸通通涨得血红。浅草由香出现在门口，见他们竟还未离世，怒气冲冲地飘向他们，她面孔狰狞，双手紧紧地掐住他们的颈部。

片刻，一屋的强盗都倒在地上。

第二日清晨，大谷村的饭馆内一圈人坐在榻榻米上，其中有一人说得津津有味："那些强盗昨夜都死了，而且不像是被山里的野兽咬死的，脖子上的痕迹都显紫色，下手很残忍！"

"我们村最近接二连三地出现这种死讯，真是有点可怕啊！"店小二忍不住打了个寒战。

第十六章 手之目，邪妖僧

"呵！ 这就叫冤有头，债有主！"女掌柜靠着账台，道出一鸣惊人的话。

虽说，故事结束了，流川依然继续自言自语道："当然，手之目也是日本古代传说中的一个妖怪，是一个手上长着眼睛的怪物。 手之目生前是一个盲眼艺人，每天去餐馆弹琴，靠客人的施舍度日。 但是一天夜晚，当他拿着琴和一天所得的施舍回家时，被一个强盗杀死，并抢走了他的钱。 死后，便化身为手之目。 他面部的眼睛仍然是盲的，但在两只手上分别长出两只眼睛。 为了报仇而四处游荡，看到了疑似凶手的人就冲上前去将其掐死。 但由于他生前是个盲人，不可能通过眼睛找到凶手，所以不巧被他撞上的人常常遭殃。"

第十七章　山间精灵，雪女之泪

(1)

流川说故事的能力比他师父黑木老头强多了，听完一个故事还不过瘾。

司徒天又厚着脸皮继续磨流川，甚至还威胁说不讲就罢工不干了。

流川迫于无奈，受不了司徒天的赖皮，开始讲一个类似之前和歌忘忧的那个雪姬故事。

在许多年以前的幕府时代，很多人都在传说自己看见有白色精灵出没山林间，专门引诱路过的男子，吸其精气。因他们常常幻化成美貌的女子，又只在大雪肆虐的时分出现，故被称为雪女。

一个暴风雪疯狂肆虐的夜里，一男子不顾风雪的阻碍，依旧向着大山深处艰难前行。再向前一点，或许便是雪女经常出没的地域了吧，男子如是想着。"快回来！不要再向前了！"后面一女子奋力地奔跑着，不断跌倒，又再次爬起来，毫不顾全身的狼狈。

"你回去吧，这么大的风雪你会受不了的！你要多为我们的孩子想想啊！"男子依旧没有想要停下来的意思，依旧向前走着，就好像自己一辈子最珍贵的东西就在前方一般。"你都走了，我们孩子就没爹了！为什么你这么执着呢？"

男子在此刻停了下来，陷入了无尽的挣扎。在这个空当，女子终于追上了这个男子，从男子的背后一把将他给抱住，"不要离开我们，我和孩子需要你，不要再继续往前走了，这个家不能没有你！这个世界也不能没有你。"

第十七章 山间精灵，雪女之泪

女子说这些话，在男子看来，是那么的暖心，那么的依恋，仿佛整个狂躁的冰冻的世界都静止下来了一般。

这男子名叫朝仓一景，是风林火山的统将信玄的左膀右臂。因为八旬母亲突然病重，想要回家探望，被信玄大人一口否决，因为信玄说只要攻下野田城，入主京都的日子便指日可待，不允许任何人在这个时候离开岗位，所以他一气之下书信一封呈上信玄，便撤兵返转。

不得不说，信玄德高望重，只说兹事体大，回去定要兴师问罪，也就不了了之。

朝仓一景反转的路上，必经一片森林。虽然朝仓一景早就感觉这片森林给人一种不祥的感觉，加上正值战乱年间，这种地势也是敌人埋伏的好地方，更加让朝仓一景担忧，但是因为急着赶路，绕道的话又得多花上好几天，所以也就硬着头皮进了森林。

今天刚好是个下雨天，他们走着走着，突然听到了一些奇怪的声响。朝仓一景命令全军停止前进，进入战备状态。待全军潜伏下来之后，除了下雨的声音，什么声音都没有，与其说没有，倒不如说静得可怕。

难道是自己听错了？朝仓一景很是疑惑，不应该的，自己在战场上征战多年，是不会听错的，所以，他命全军多等了一会。就在朝仓一景快要放弃的时候，声音又再次出现了，是那么的明显与清晰，几乎能够传到每一个将士的耳中，是娶亲的调子！没过多久，一队娶亲队伍便出现在了朝仓一景的面前，他们整齐地排列在一起，并且像是在舞蹈一般全部都按着节奏踩着步子，那节奏忽快忽慢，忽远忽近，让人很是困惑。

按照日本民间传说，下雨天正是狐妖娶亲的日子，所以人们在雨天最好不要到森林去。它们最喜欢行走在茂密的丛林之中，因为它们娶亲不想让人类看到，否则它们就会生气。狐妖生气是非常可怕的，还记得黑泽明的电影《梦》，里面的主人公看到了狐狸娶亲之后，他的母亲就交给他一把匕首，说是去给狐狸们道歉，还要在彩虹尽头的地方找到它们，并用匕首自刎谢罪。

果不其然，令人惊异的是，娶亲队伍的人都戴着精小的蓑笠，让人看不清他们的样子，但随着他们的缓慢前行，朝仓一景身边的近侍看清了他们的面庞，狐狸！人身狐狸面！狐妖！当即吓得他叫出声来。所有人听到后显然都受到了惊吓。

但是更令人惊异的是，娶亲队伍中的所有人都齐齐地望了过来，准确说来是所有的狐狸都直勾勾地望了过来。时间仿佛在这一刻停止，更准确点是狐狸队伍的所有动作，所有音乐都停了下来，还在动的，只有那淅淅沥沥的小雨冲破森林的声音。

然后在一瞬间，狐狸们直接化作了一阵烟雾消散在空气中。没有征兆的，直接在久经战场的将士们面前消失了！整个军队顿时哗然，"将军，快回去吧，狐狸们生气了，这是很严重的！""将军，我们快离开吧，此地不宜久留。"

"肃静！"朝仓一景从来没见到军队如此紊乱过，"慌什么，你们可都是风林火山的将士！"

一听到风林火山，所有的将士都像是听到了召唤，全部都安静了下来。"你看看你们现在，不就是几只狐狸吗？把你们弄成什么样了？"看到大家如此慌乱，朝仓一景决定必须要稳定军心。

"还知道将旗上写着什么吗？"

"知道！"大家有气无力的回答着。

"没吃饭吗！"

"知道！"一部分人大声应和着。

"你，告诉大家，将旗上写的什么。"朝仓一景随意点了一位依旧六神无主的将士。

"疾，疾如风，徐，徐如林"

"大声点，你作为风林火山的将士底气在哪里！"

"疾如风！徐如林！侵掠如火！不动如山！"

"很好！"在说完这一切之后，将士们的信念又开始坚定了一些。

"信玄大人就是山，他永远不动如钟那样在我们身后，是我们的保护神！

第十七章　山间精灵，雪女之泪

正所谓，不动如山！进攻时，骑兵们像风一样发动快攻，再由步兵们像林一样悄悄逼近，再由我们骑兵，像火一样横扫千军！如今信玄大人正如山一样坐在我们身后，你们还害怕吗！"

"不怕！"这下全军的气势达到了顶点。

"那好，我们现在就要像林一样前行，遇到任何敌人，哪怕是狐妖，就由我们的骑兵像火一样将他们燃烧殆尽！现在，听我指令，以作战队形全速前进！"

"是！"

山顶雪峰之上，两个白色精灵将朝仓一景一行人尽收眼底。

"这个叫作朝仓一景的人挺有骨气的嘛。"

"难道妹妹看上他了？哎哟喂，你就别发花痴了。"

"姐姐你就不要取笑我了，我怎么可能会爱上一个人类呢？"

"那最好，反正他们都是要死的人了，你爱了也白搭。"

"你是说？"

"人有人规，妖有妖戒，狐妖娶亲的时候最忌讳被人类看见，这对新娘来说是个奇耻大辱，除非有人愿意在新娘面前以死谢罪，否则它们将用尽一切方式去报复看见它们的人。这群人这么有骨气，想来也不会去谢罪什么的吧，那么你说他们还有多长的命啊？"

"什么？这个戒律也太过分了吧？"

"什么过分不过分的，你还是好好想想我们雪女的戒律吧，比他们残酷得多了，你呀。还是静下心思好好看戏吧，我们本就命薄，受山神的照顾才能如此快活，这种戒律想必也定有它的道理。"

"我要救他！"雪女不知为何，心中被莫名的牵动。

"什么？你不要命啦？那里可是狐妖的地盘！"

"我要救他！姐姐，你就帮我一次吧！"

看着妹妹坚定的眼神，姐姐也就没有再劝阻，"好啦好啦，帮你一次了，谁叫你是我唯一的妹妹呢，只不过你必须答应我一件事。遵守我们的

戒律！"

"我答应你！姐姐真是太好了。"

"少来。"

当朝仓一景回到家的时候，只记得自己的军队遇上了各种奇怪的事情，士兵一个接着一个横死在他的面前，最后全军莫名其妙地覆没了！至于自己是怎么活下来的，怎么过的雪山，他一点记忆也没有。

他很确信，他有一部分记忆丧失了。不管他怎样努力去回想都没有结果，每天都被自己的士兵惨死的噩梦惊醒，醒来之后只是号啕大哭。这样浑浑噩噩地过了不知多久，他才注意到，自己家里多了一个女人，每天照顾他母亲的生活起居。因为无缘无故丢失了信玄大人的一支精锐部队，所以信玄一气之下剥夺了他的一切，府上的仆人走的走，逃的逃。

"你叫什么名字？"他无意间再次遇到这个神秘的女人。

"我叫陶冶杏子！"她说话的时候在笑，笑得好像所有的鲜花都为之开放了一样。他看着居然出了神。

以后的每一天，他都和这个女人在一起，和她一起照顾自己的母亲。他记得自己回来之前，母亲大人已然病入膏肓，将不久于人世，朝仓一景害怕自己见不到母亲大人的最后一面，才匆匆赶回来。但是自从这个女人来到了自己的家里，母亲大人的病也稍见了起色。我如今已经一贫如洗，那她定然不会是在意我的钱财，这么优秀的女人，我怎么敢去染指呢。

"对不起！杏子，你是个优秀的女人，我很爱你，也很爱我们这个家，当初要不是你，我也活不到今天。"暴风雪中，朝仓一景转过身将追上他的女子深深地拥入怀里，就像是要和她融为一体一样。

虽然母亲大人的病情有所好转，但是她已年近古稀，依旧还是逃不过岁月的摧残。在她死前，她叫住朝仓一景，死死地拽住他的手，另一只手将陶冶杏子的手放进他的手里，然后非常开心地离开了。

所以，朝仓一景虽然认为自己远远配不上眼前这个女人，但是依旧履行了母亲大人的遗愿，不过，她并没有拒绝。

第十七章 山间精灵，雪女之泪

"你这么优秀，为什么会看上我这样一个废物呢？"

"因为，我爱上了你那颗热腾腾的心。"

"这句话，我好像在哪里听过？"这句话一下子触发了朝仓一景的记忆，他头疼欲裂，脑袋不断地运转着，"你快走！"他的记忆一下子回到了雪山上，一个曼妙的白衣女子眼神慌乱地看着山上，然后推攘着朝仓一景，"不要回头！ 快走啊！"

就在他快要看到山上的事物的时候，脑袋又疼了起来。"你怎么了？"陶冶杏子急忙询问道，"你等等，我去找郎中！"

"不！ 不要！ 啊！"朝仓一景抓住陶冶杏子，但是太多的画面直接从脑子里面涌了出来，狐妖，蛇群，沼泽，毒雾，会动的树，闪电，惊叫声，全部零碎地出现在自己的脑海，痛得让他都有种崩溃的感觉。 突然画面又开始转动，一切都消失不见，取而代之的是雪花，刚才叫他离开的那个白衣女子又出现在了他的面前，犹如仙女一般楚楚动人，他的笑容仿佛能够融化世间的一切。

但是她的身体像是玻璃一样，一片一片开始脱落，碎裂，在极端的时间之内，整个世界都和她一样变成了碎片！

(2)

"啊！"此时朝仓一景一下子从床上坐了起来。

"你醒了？"陶冶杏子拧了拧盆中的毛巾，让朝仓一景慢慢躺下，将毛巾放在他的头上。"大夫说，你精神虚弱，需要好好休息，我想可能是又想起你那帮将士了吧？"

"嗯，是的。 不，也不全是。"朝仓一景眼睛盯着房梁，依旧意犹未尽地回想着，"我总是梦见一个白衣女子，好像我跟她有着说不清的关系，但是我总看不清她的样子。"

"白衣女子？"陶冶杏子质疑地询问道。

"嗯，是的。 嗯？"朝仓一景似乎意识到了什么，立马又坐了起来，"不

不！没有！只是个梦而已，杏子不要多想！"

"多想的是一景君吧，一景君还是听大夫的话，好好歇着吧，我去给你熬药！"陶冶杏子咯吱一笑，没想到他会这么认真，然后若有所思地离开了房间，只留得朝仓一景一个人在房间里独想。

"但是，我心意已决，我一定要过去，希望杏子原谅。"暴风雪依旧肆虐，就像是一把尖刀，狠狠地插进朝仓一景的心脏。要知道，说出这句话，真的需要勇气，哪怕他征战沙场数十年，依旧难以做出抉择。

"你过去以后，你会后悔的！"

"不，杏子，我爱你，但有人在等我，我要去给她一个答复，相信我！我会回来的！"

"杏子，等着我，我很快就会回来！"

"不，不要！其实，其实我……"

风雪又加大了它运转的速度，似乎像是要将一切摧毁，将一切覆盖一样，所以朝仓一景并没有听到陶冶杏子后面说的什么，他怀着对她的不舍依旧向前前进着，直到她消失在风雪的尽头。

"杏子，我想要找回我的记忆。"朝仓一景信誓旦旦对陶冶杏子说。

"嗯？你都没有失去过，又怎么要说找回呢。"陶冶杏子以为他在开玩笑，依旧和他嬉闹着，"难道你现在过得不好吗？"

"不是，只是我……"

"只是什么呀？难道你现在过得不开心吗？为什么非要给自己制造烦恼呢？忘了它吧，你这样对身体可不好。"陶冶杏子将自己努力地拥进他的怀抱，感受着他的体温，享受着现在一切的味道。朝仓一景也放下了杂念，安静地感受着这一切，"真希望时间永远停留在这一刻啊！你说呢？杏子。"杏子并没有回话，因为他发现，杏子早就已经熟睡了过去。

"杏子，对不起，我又食言了。"朝仓一景漫无目的地前进着，他现在依稀可以看到山峰的样子，不禁加快了脚步。

突然一个趔趄，朝仓一景摔倒在雪地里。并不是因为其他的原因，而是

第十七章　山间精灵，雪女之泪

他像是进入了另一个世界一样，风雪完全停了下来，而在他的身后，风雪依旧肆虐。 不过他却没有时间去感叹这神奇的一幕，因为在他眼前出现了一个白衣的女子，她的一颦一笑，一举一动都是那么的摄人心魄，这个女子就是他在梦里经常梦到的白衣女子！ 这时他的记忆如蜂拥而出。

在他被雪女解救之后，身上已负重伤，昏迷不醒。

"妹妹，你别这么执着嘛，就让他死了得了，也省得那群臭狐狸前来闹事。"

"我要救他！"她面无表情，但意志坚定。

"你要救你救好了，看你这样子快要破戒了，我可管不了了。"

说着她便咬破了自己的手指，准备用自己的精元为他疗伤。

"傻妹妹，你疯了，这样你会死的！"

"与其这样没心没肺地活着，我倒还不如轰轰烈烈死去的好。"

"你……"

最后他活了下来，雪女破了不能救人这条妖戒，失去了作为妖的权利。

"我们已经尽力了，是死是活，就看他的造化了。"

"活下去！ 一定要活下去！"朝仓一景依稀看到雪女在对着他说话。

"是你？ 哼。"

朝仓一景转过身，那个白衣女子不知何时已经站到了他的身后，在看清楚白衣女子的样貌后，朝仓一景瞳孔不禁一缩，因为此人与陶冶杏子长得一模一样！ 怎么回事？

"请问仙女与我有何瓜葛，为何我一直在梦中梦见你。"

"梦见我？ 哼，抬举了，我想，你梦中那个人应该是我那个傻妹妹。"

"那她现在何处？"

"噢？ 你这么想知道她在何处？"

"是的。"

"好，只要你把心脏挖出来，我就让你见到她！"

"为什么？"

"如果你还记得的话，应该知道，我们是受山神庇佑的雪妖，救了你，我们便失去了他的信任。狐妖你记得吧？他们现在正在侵占我们的领域。难道你没发觉雪地正在减少吗？"

朝仓一景陷入了沉思。

"更令我愤怒的是，我那个傻妹妹居然无法自拔地爱上了你，要知道，雪女是不能爱上人类的。否则……"

"否则……她将会在三年之内化成一堆白雪。"

"什么？"按照自己昏迷到现在，已经快到三年了。

"别算了，她的寿命只有三天了。不过，不要担心，一切都还没有那么糟，还有挽救的余地。"

"你说"

"山神说，只要我们挖出你的心脏并且吃掉，那么一切都可以恢复如初。"

"你确定这样就可以救她吗？"

"我以雪妖的荣誉发誓！"

"那好，在此之前你能答应我一件事吗？"

"死人话还这么多。你说吧，但我不一定能答应。"

"希望帮我给她说一声，要好好活下去！"

"这个你还好意思说，要不是你，我们现在活得快活着呢。"

"非常感谢！"说着便拿出自己随身携带的短刀，向自己的心脏刺去。

"不要！"在这个时候，陶冶杏子冲了过来，尽管她极力奔跑，但依旧未能及时阻止。

朝仓一景应声倒下，看到陶冶杏子冲过来，还以为只是死前的幻觉，"对不起，杏子，我又食言了。"然后便不省人事。

"我就是你梦中的那个她啊！你醒醒！不要！"她咬破了自己的手指，用自己的精血挽救着他垂死的性命。

"妹妹！你真不要命了，现在吃了他的心脏我们还可以活下去，你在干什么！"

"我要救他！"她依旧固执得像个小孩。

"你……也罢。"

"对不起！姐姐。"她没有看向她，因为欠她的太多了，她们的命本来就是拴在一条绳子上的蚂蚱，如此的脆弱而又无力，姐姐一直想方设法保护她，为的是让这个相依为命的妹妹能够快乐。

"傻妹妹，最终还是没有让你快乐，我在前面等你，就算等到下一世转世轮回，我依旧会是你的姐姐！"她眼角划过一丝泪珠，直接变成了水晶飘落在地上，这时风雪全没了。

她现在依旧燃烧着自己岌岌可危的精血极力挽救着他性命，哭得已经像个泪人。"我会去找你的，姐姐！"她转过头仔细端详着他那坚毅的面庞，"都是你，这么傻，明明还想晚点给你说再见，可你就这么个急性子，要是没有了我，你以后该怎么过啊"她现在已经泣不成声。"要好好照顾我们孩子，好好照顾你自己！你这个傻蛋。"言语间她的身体开始变得透明，最后消失不见。随之而消失的还有那万里的白雪，全部都消融了。

随着这里的雪融化，雪女传说也渐渐消失在人们的记忆。其实最遥远的，不是我爱你，而是我那么爱你，却不知道你一直在我的身边。

流川依然像之前那样，每说完一个故事，便开始解说故事的真正来历，雪女在深山中居住，和人差不多，有着美丽的外表，常常把进入雪山的男人吸引到没人的地方，和他接吻的同时将其完全冰冻起来，取走其灵魂食用。雪女的孩子叫雪童。日本人认为雪童就是带来冬天第一场雪的妖怪。相传在日本上古时代，因为民智未开，老一辈的人特别相信一些神祇妖怪的传说，甚至于认为大自然的灾厄便是由神祇鬼怪们负责掌控的，所以才有雪地里的雪女怪谈。

第十八章 涂佛修士，养尸炼油

(1)

司徒天一直驮着尸体，边走边听一点儿都不觉得累，经过商量，我和司徒天决定要让流川一直讲故事。因为这家伙根本不需要出力气驮尸，讲故事当为了消除我和司徒天的疲惫感，只有这样才能顺利完成驮尸任务。

流川最终败下阵来，我跟司徒天二比一完胜，流川休息了一会儿，又继续讲全新的故事。

战国时期，青鸾山中有一黑妖横行。凡是进入林中之人非死即伤，官府当即昭告天下，若有贤人异士将其驱之，必定施以丰厚金银。不过所有人都知道林中黑妖的厉害，所以迟迟未有人前来揭榜。也因此青鸾山有个厉害的黑妖这个消息很快传遍了日本。官府的报酬也与日俱增，正所谓重金之下必有勇夫。有很多村民甚至是下级武士都自告奋勇的前来驱除黑妖。

今夜无月，在黑妖所在的林子之中，零碎地游荡着几盏油纸灯。正是应征前来的下级武士，他们三五成群，还有的单独行动，虽然人数甚多，但是由于林子很大，他们又太过分散，所以看起来难免有些势单力薄。

"还黑妖呢，连个鬼影都没有，是不是骗咱们的呀。"山下林子的某一处，一个身材魁梧的人将嘴里的草茎狠狠摔到地上，左手无意地摆弄着腰间的佩刀。

"青木，别急啊，既然官府都发出告示了，这还假得了？我们的陷阱都已经排布好了，只需要静静等着就行了。"一旁一个身材略矮的人，一手把持

第十八章 涂佛修士，养尸炼油

长矛，另一手拉着一条绳子。

"这么等下去什么时候才是个头，其他人都在四处寻觅，要是被他们给抢先了，我们花这么多的工夫不就白费了？ 我还是跟上他们前去吧。"

"你又不是没有听说先前有多少人命丧在这个黑妖的手上，还是不要去冒险为好。 即便抓不住也能保住命不是。"

"就你胆小，想我一介武士，还会怕了这个所谓的黑妖不成。 你在这里守着就可以了，我出去转转，这样机会大些，多想想赏金的数目吧，你妻子的病就能治好了，也够我们花上好一阵子了。"

"好吧，你出去万事小心，有什么状况就赶紧回来，两个人也好应付。"

"放心，我知道怎么应付。"

叫青木的人慢慢刨开身边的草丛，左右望了几眼，几个快步便消失在了原地。 看着青木慢慢离开他的视线，山下左右看了看，抓着长矛的手不由得紧了紧。

此时已到深夜，林中除了微微拂动的寒风外，静谧得可怕。 青木没走多久，他离开的草丛又发出窸窣的声响，"是谁？"山下一个机灵低沉的声音问道，可是并没有人回应。"青木，是你吗？"

山下询问之际，草丛又恢复了往常的宁静。 山下见没有人回应，还以为是自己太过紧张而产生的错觉，所以也就不再理会，但是在另一侧的草丛又发出了窸窣的声响，在这静谧的可怕的黑夜之中，这次山下听得很清楚，有什么东西过来了！

山下屏住了呼吸，看来自己的陷阱奏效了！ 只看见一个黑色影子从草丛中飞掠而过，在山下的陷阱面前停了下来，"还差一步！"山下心中暗暗准备着，"再走一步啊！"那个影子却迟迟不肯再向前一步，似乎觉察到了什么突然转过了身，看着山下所在的方向。

虽然是晚上山下连它的样子都看不清楚，但是它的眼睛却散发着犀利的寒光，山下毫不怀疑再被这眼神多看几眼，便是直接能将自己盯死！

转瞬间黑影消失不见，山下不敢置信地望着陷阱的方向。他索性站了起来，"这是怎么回事？"山下完全不明白发生了什么。就在这时突然刮起了寒风，所有的草丛都被吹得沙沙作响。山下敏锐地发现草丛中有物体摩擦的声音，他心中有种不好的预感。

"青木，我知道是你，你快出来！"他慢慢向着草丛靠近，刨开一看，一个黑影在拼命地啃食什么东西。仔细一看，是人的手！他再向前看去，全部都是尸体。来这儿的人都死光了！他脑中闪过这个念头。突然发现一丝丝寒意向他袭来，黑影正直愣愣地盯着他！他当即晕死了过去。

这个消息瞬间再次以迅雷不及掩耳之势传遍了各地，一般的武士也都不敢再来揭榜。黑妖官榜再次冷寂，赏赐也从最初的金银变成了加官晋爵，也引得好些人前去揭榜，但都以失败而告终。至此，黑妖官榜变成了一个死榜。

直到有一天，一个叫作丰田新南的苦行僧看到此榜，说是他能祛除黑妖，但是这么多人都命丧在黑妖的手中，大家听到苦行僧的话不禁觉得可笑。为了证明他有能力祛除黑妖，他便一个人去了山中。顺便前去打探一下黑妖的虚实。

是夜，丰田新南提着油纸灯笼便踏上了驱妖之旅。他头戴蓑笠，肩上挎着一个麻布口袋，左手拿着铃铛，脚下走的每一步都像是精心计算过的一样，缓慢而优雅。他每走一步就轻轻摇一下铃铛，并且嘴里一直念叨着，语毕才迈出下一步，就这样如此反复。

山林没有其他特点，有的只是静谧。铃铛的声音几乎传遍了山林的每一个角落，某个隐秘的角落也开始有了动作。丰田新南突然睁开了双眼，停止了向前的步伐，摇铃铛的速度也稍微有些加快。他嘴中一直念叨着，眼睛随意地左右瞄了一下，随即便闭上了眼睛。原本宁静的山林开始沙沙作响，起风了。

丰田新南开始停止念叨，铃铛的速度也慢了下来。只见一个黑影在上下跳跃，跃跃欲试地准备给不知天高地厚入侵山林的人一个教训。它见这个

第十八章 涂佛修士，养尸炼油

怪人没有了任何动作，以为和先前那些人一样，怕是被吓得腿软了吧。它抓紧时机，呼啸着对着丰田新南俯冲而去，它几乎已经看到这个盲目闯进自己地盘的人鲜血淋漓，跪地求饶的画面，它的脸上写满了愉悦与无尽的痛快。

就在它离丰田新南只有几尺距离的时候，丰田新南从挎包里掏出了一把黑色的粉末，直接洒向怒气冲冲的黑妖身上。黑妖当即痛苦得摔倒在地，它根本不敢相信这个看似不起眼的家伙居然还有这样的本事。丰田嘴里又开始了念叨，铃铛摇晃得愈发的频繁。黑妖发现自己居然使不出半点气力，看来是低估了这个家伙了。

丰田新南从包里又取出了一串佛珠，这下黑妖有些害怕了，居然是个僧人！

"妖孽，你在此处作恶多端，若你肯放下屠刀，早早消散了去，我今日便放你一条生路。"

"哼，区区一个僧侣，我还怕了你不成。"

"冥顽不灵！"丰田新南见黑妖不知悔改，用佛珠狠狠地砸向黑妖。黑妖一咬牙，硬生生扯下自己的一条手臂，逃开了去。这倒是让丰田新南惊讶不已，"好重的怨气！"

"该死的僧侣，不好好走你的阳关道，非要来坏我的好事，你会后悔的！"言罢便消失不见。丰田新南看看黑妖的断臂，心中若有所思。

(2)

第二天，苦行僧制服黑妖的消息瞬间传遍大街小巷。当地的最高官吏柳明上俊听到这个消息，赶紧找到了那个苦行僧。黑妖的事情已经弄得人尽皆知，早就得到上级指令要祛除妖孽，稳定民心。可是这么久了，只听到又是多少人死于非命的消息，却从来没有让他过安稳日子的消息，这下终于有人可以解决这件事，他当然是求之不得。

"贫僧只是行僧，为民请命乃是我修炼的一部分，大人不必如此，加上我

153

本僧侣，不近酒肉，希望大人能够谅解。"柳明上俊把丰田新南请到府中鱼肉相敬，终于找到一个能为他分忧解难之人，难免有些激动，加上官榜就已经写清楚，能除此妖者，加官晋爵。

"你解决了黑妖，以后有的是荣华富贵，你还在意这些做什么，来来来，陪我喝一杯，我今天太高兴了！"

"实不相瞒，我乃一介行僧，对于官榜之事大人不必放在心上，四处修行才是我的正道。我今天过来是希望大人能够助我，仅凭贫僧一己之力也还是不能完全将黑妖降服。"

柳明上俊听后对丰田新南更加敬重，"高僧果然好魄力，不知高僧要本官如何配合你呢？只要本官力所能及，必定全力帮助你。"

"多谢大人，首先我想知道进去的人有没有活着出来的？"

"这个嘛，我只记得前段时间有个人活着出来了，不过也是被吓得不轻。"

"请问大人此人现在何处呢？"

"我们见他精神错乱，便是将他给送回家里去了。"

"嗯，我得见见此人，说不定此人是祛除黑妖的关键。"

"好，安二郎，你带队人马护送高僧前去。"

他身后的侍卫随声附和，于是带着丰田新南来到了山下的家中。

"不要过来！啊！死了！全死了！"见到丰田新南一群人，山下又开始发作。

"咳咳，都是那该死的黑妖，害的我家山下变成这样，呜呜"山下的妻子安抚着山下，委屈地哭了起来。

"他们小两口也挺可怜的，一直相依为命，山下为了治他妻子的病才去祛除黑妖，可黑妖又岂是那么容易对付的呢？唉！"围观人中也在为着山下一家抱不平。

"你们说，山下是个怎么样的人？"丰田新南询问着围观的群众，他注意到山下除了被吓得失常以外，并没受什么伤害。而其他人非死即伤，只有这

第十八章 涂佛修士，养尸炼油

个叫山下的人，黑妖并没有伤他，这说明了什么？"

"这小子，憨厚老实，对他老婆也是呵护有加，没做过什么伤天害理的事啊，怎么就非要遭受这种罪呢。"

丰田新南听后陷入了沉思，然后立即回去，仔细查看了黑妖的断臂，他发现这手骨属阴性，是个女性的手臂，而且表面涂了一层黑色物质，这层物质再往里一些泛着淡淡的金灿的颜色，是金！ 丰田新南终于明白了。

"大人，若我所料非虚，这个黑妖定是涂佛修士！"

"涂佛修士？ 这是个什么妖怪？"

"回大人，这个解释起来有点困难，待我将这个妖孽祛除之后，大人定会知晓。"

"那好，你今晚就可以将它给祛除了吧？"

"还不行，我还需要大人帮我一个小忙。"

"哦？ 高僧但说无妨。"

"我想让大人查一下在黑妖出事之前，有哪家经常更换妻子的，最好是家中富贵的那种。"

"就这个？ 我还以为什么大不了的事情呢，安二郎，按照高僧的要求，你赶紧去查查。"

安二郎随即动身，前去查看。 连续查了好几天，这附近根本就没有符合上述要求的人，"难道是我错了？"丰田新南疑惑了起来，"不会的，一定是某个环节出了问题！ 可到底是哪里出了问题呢？"丰田新南百思不得其解。

"他家里闹鬼，还口口声声说爱我，原来早就娶过妻子了，我反正是不想再去他家里了，他就是个无赖！"丰田新南正在河边行走，突然听到有人在说话，仔细一看，原来是两个妇女在河边洗衣服。

"哈哈，那鬼长什么样，居然没把你给吃了！ 你还真是幸运呢！"

"别说了，那鬼可吓人了。 不对，重点不是这个好吧，我正在讨论那个无赖呢！"

"恕贫僧冒昧，敢问你们说的那个人姓甚名谁，家落何方啊？"丰田新南似乎又找到了新的线索，赶紧前去询问。

"你谁啊，我凭什么要告诉你呢！"那个女子被这突然的一问吓了一跳，然后愤愤然地反问道。

"贫僧丰田新南，正在处理黑妖一事，你说的事情或许对我有帮助。"

"黑妖？你就是那个苦行僧？"

丰田新南终于从那个女子的口中得知，是有这么一个经常更换妻子的人，叫作上原之助。他家境穷困，但吃苦耐劳，准确说来是个很可靠的人。他之所以经常更换妻子，是因为他娶的每个妻子都会被一个鬼怪缠身，每日气血不足，百病缠身，说是不离开上原之助就会被鬼怪缠身致死。所以她们都选择逃离这个房子，说来奇怪，当她们离开这个房子以后，身上的病自然就好了。

丰田新南怀着疑惑的心情来到了上原之助的家，非常破旧！他家中有一个灵台，应该是供奉了什么神佛之类留下的，只是奇怪的是现在云台上面是空的。里面住着一个醉得不省人事的邋遢之人，想必便是上原之助。

这也就是为什么安二郎一直查不到这个人了，原来他并不富裕。

"我不想的，我不想的！只是我也控制不了。谁能控制自己的欲望呢！"丰田询问他的时候，上原之助哭得像个孩子，"我们原本是那么的相爱！"上原之助终于说出了事情的始末。

原来他本是一个痴情郎，对他的妻子麻生衣忠贞不渝，他们很相爱。但是一场病故夺去了他妻子的性命，麻生衣临死之前说，不要将她埋葬。只要将她的尸体烘干，再在全身涂上金粉，并且每天香火不断供奉七七四十九天，只要不爱上其他女人，她便会回来。可是过了四十九天之后，麻生衣并没有回来，上原之助也就接受了他妻子死了的事实，喜欢上了另外的人，并且与之结了婚。

怪事就这样发生了，他新的妻子对他说，一个叫麻生衣的女人天天晚上来找她，说是不离开上原之助，便要她求生不得求死不能。这可吓坏了上原

第十八章 涂佛修士，养尸炼油

之助，赶紧和她离了婚。可是他依旧忍受不住，去和另外的人结了婚。同样的事情发生了，在他遭送她回娘家之后，才知道是麻生衣在搞鬼。

"你既然回来了，为什么不来找我呢！为什么要对她们这样呢？你出来啊！"结果上原之助依旧没有见到麻生衣，他一气之下便将涂上金粉的麻生衣的尸体拖到了附近的林子里面埋了。

"什么？她变成了涂佛修士？还在四处害人？"说着他便是号啕大哭了起来。

"为什么不放过自己！都是我的错。"

丰田带着他到了柳明上俊的面前，"大人，今晚便能一举祛除涂佛修士！"

"好！我代表所有人感谢你。你还需要我为你做点什么吗？"

"如果非要做什么的话，就去给山下一点帮助吧。"

"山下？"柳明上俊沉思了一会，然后看了一眼上原之助，恍然大悟："好，我一定会照顾好他们的。"

是夜，上原之助带着丰田来到了埋葬麻生衣的地方，丰田开始不断念叨着，铃铛也快速响动着。

"该死的行僧，你居然还敢回来！"不一会，涂佛修士就出现在他们的面前。当她看见了上原之助的时候，愣住了。然后咬牙切齿地说到："原来是你这个负心汉！带着帮手来了。"

"生衣，一切都是我的错，你放过你自己好不好！"

"谎话连篇，还说一生只爱我一个，你这个负心汉！现在说什么都没用了，拿命来吧！"说着直直冲向了上原之助，这时上原之助却闭上了眼睛。

丰田急忙扔出佛珠阻止她的行动，可她并没有理会，佛珠直接穿透她的肩膀，她的右手还是插入了上原之助的心脏。

"你，你为什么不躲开？"涂佛修士不可思议地看着被自己刺穿的上原之助。

"因为，我爱你，是我错了，放过你自己吧。"说完直接倒了下去。

157

涂佛也因为被佛珠击穿而失去了行动的能力。

但是她仍然努力爬到了上原之助的身边,"和尚,你动手吧,但我有一个要求,把我和他埋在一起。"

"阿弥陀佛,贫僧答应你。"说着丰田用佛珠对着涂佛脑门砸去。

第十九章　洛新妇，毒蜘蛛

(1)

对于这类故事，我还是很感兴趣的，所以我建议流川要多讲一点涉及历史的故事。

流川想了整整10分钟，才把新的故事娓娓道来。故事发生于大化改新前后，这在日本是一个很特殊的时代。当时朝廷推出新政策，使大片荒地、山林被贵族占领，并且被大规模地开垦成为住宅和私人田地，而拥有这些财产的人被称为庄园主。

某一诸侯国的小城镇中有个名为竹下胜嘉的庄园主，他的宅邸有多名奴婢，还有些负债的农民。大雪纷飞的清晨，他迎娶了第三任妻子，这个人便是石垣葵。

石垣葵是一对负债的农民夫妇的女儿，年轻貌美，身材曼妙。竹下胜嘉看见她时，双眼久久无法自拔，心中更是想要拥有。在石垣夫妇的哀求下，他提了个诱人的条件：要想还清债务，就把女儿嫁给我。

婚礼并没有大办，据说是由于第一任夫人不太同意竹下胜嘉再娶妻。但竹下下了很多聘礼，有华服，上好的胭脂粉，珍贵的食材等。

石垣葵的母亲心灵手巧，梳得一头好看的岛田髻。清晨一早，母亲便来到石垣葵的房间，站在她身后认真地为她挽上头发，再用龟壳梳子束紧。石垣葵揽镜自照，对母亲满意地笑了笑，她用铅粉将脸抹得雪白，眉毛画得粗短，像一条毛毛虫，两颊涂得火红，以及嘴唇也点了一抹红。她换上榻榻米

上的白色华服，头上戴一顶白帽盖住发髻。

跪在榻榻米上拜别父母时，父母握着她的手百感交集，悲从中来，泣不成声，但她并不怪罪他们。在这个权力至上的社会，他们都无能为力。

她淡然地跪坐在小型的轿子里，两个仆人扛着一根支撑轿子的杆子，哼着口号启程。她不敢回头，生怕自己会控制不住情绪让父母难堪。仆人扛到一半就有些体力不支，她只觉如坐针毡，眼眶的泪水快要溢出。终于，轿子每摇晃一下，她滚烫的泪珠就落在手背上，灼伤她的肌肤。

轿子停在宅邸的门口，一个面带浓妆的婆子笑意盈盈，上前扶着她走进宅邸的长廊，然后拐进与走廊相连的寝殿。婆子见她眼睛微红，妆容失色，便好心劝说一番，又替她往脸上略施粉黛。婆子见她逐渐平复心情，妆容甚好，便关上了拉门。

没有人知道，这一路走来，她有多么想死去。她并不爱庄园主，父母亦知道她的心只倾向长泽沙织。

长泽沙织与她青梅竹马，家中有一亩田，衣食无缺。平日里，两人的父亲喜欢称兄道弟，常聚在一起喝酒闲聊。如果没有这桩交易式的婚姻，她和长泽沙织也将在不久后完婚。

只是天不遂人愿，她出嫁那日，长泽沙织被父亲锁在木屋里，父亲不敢得罪竹下胜嘉，劝他不要插手此事，他不顺从，父亲才出此下策。

待他跑到石垣家，石垣葵早已离去。他伫立在门外，双手攥拳，心底有无限的失落，又恼恨，像是被人抢走了最宝贵的东西。他怔怔地盯着她离去的方向，灵魂出窍了一般，久久不能回过神。

恍惚间，长泽沙织忆起童年的时光。那一年他9岁，时常去田野里帮父母耕种，隔得很远，也能听到石垣葵哈哈大笑的声音。根据声音，他能想象出她灿烂的笑容。

夏日炎炎，乡村的夜里总能听见蛙鼓蝉鸣的声音，孩童最大的乐趣便是约二三朋友一同去田里钓青蛙。那一日，一抹粉色的晚霞映在空中，长泽沙织偷偷地拿起钓竿往田野跑。忽然，他听见一道熟悉的声音，顺着声音找

第十九章 洛新妇，毒蜘蛛

去，果真是她。

"我要钓那只最大的，嘘，要最大的噢！"石垣葵激动地大叫，却被父亲告诫这样大声会吓走青蛙，于是她将又短又胖的食指放在唇边。

长泽沙织被她的动作逗笑，静悄悄地从她侧边走去，他未开口，就将坐在泥土路上的石垣葵吓得掉进了稻田里。他放肆地哈哈大笑，看着浑身是泥的石垣葵，觉得很是可爱。可石垣葵就不高兴了，看着空无一蛙的田地，哭得撕心裂肺。

从那一日起，长泽沙织常去找石垣葵嬉戏，她不理他，他就用尽千方百计引起她的注意力。得知她喜食河鲜，在一个午后，趁着父母都进入了梦乡，他们拿着两头尖锐的竹竿来到一条河边，河流位于树林之中，空气无污染，河水亦清澈，一群群鲷鱼在这条河里嬉戏。

当日黄昏，他们收获颇多，背上装了半筐鱼的竹筐，兴高采烈地走回家。却不知，家中的父母已经心急火燎地寻找他们许久。

刚踏进门，他们笑得格外灿烂，长泽沙织本想向父母炫耀一番，谁知父亲紧锁眉头，声音沉稳且无情："长泽沙织，你给我跪下！"

他怔怔地看着父亲，不明白父亲为何大怒。

"跪下！"小小的双膝跪在地上，他垂着头不敢说话，心中觉得十分委屈。

石垣夫妇见到女儿，先是高兴地抱着，接着石垣先生亦一脸严肃地斥责她："小葵，你可知你犯了什么错？"

石垣葵被父母吓得一惊一乍的，愣愣地摇了摇头，杏眼眼眶积满了泪水。这时，一道稚嫩的男声响起："石垣叔父，您别怪她，是我带她去的。我知道错了，以后我们再也不会独自去危险的地方让你们担忧了。"

长泽沙织的忏悔堵住了石垣先生要下的命令。一晃是多年过去了，他不但玉树临风，更是一个有担当的男子，而她亦出落大方，待人温柔和善。只是老天如此捉弄世间的有情人，相爱十多年，却被他人夺走。

虽没有大办婚礼，但出席的客人也不少，大多是男方的亲戚。而女方唯

一的亲戚都没有出席,原由是石垣夫妇地位低下,不适合出席。 婚宴上的菜式颇为丰富,桌子中间的菜是主体,有一大盘鲷鱼鱼头和鱼尾向上卷起,整条鱼像个月牙,炸得香脆。 一盘深红色的龙虾静静地躺在盘子上,使人垂涎欲滴。

石垣葵在婚宴上看不见父母,便茶饭不思,她站在胜嘉旁边,对着客人强颜欢笑。 仪式进行到最后一项时,桌上有三只扁平杯子,杯中斟满了米酒,胜嘉拿起第一杯,啜了三口酒,然后传给石垣葵。 依次喝完了第二杯和第三杯。

深夜,万籁俱寂。 庄园主胜嘉身穿黑色丝绸和服,手持白色折扇,脚着白色便鞋。 他站在石垣葵的面前,俯身靠近她,仔细地端详她的模样。 他轻轻呼出的鼻息吹拂她脸上的绒毛,使她有些恼羞成怒,猛地撇头,头上的白帽险些掉落。

他却轻轻地笑了,扳正她的头,对准她的嘴唇一阵猛吻。 她愤怒地狠狠咬了他的下唇,牙齿上有血液,他是她的夫君,可以做这些事,但这一刻,她仍无法心甘情愿地让他触摸。 本以为他会就此放手,谁知这个庄园主征服欲大增,不顾嘴上的疼痛,一只手扣住她的后脑勺,再次吻下去。 她不再反抗,任他摆弄,亲热过后,她摸了摸面庞,不知何时流了一脸泪。

窗外明亮的圆月高高悬挂,室内温暖,石垣葵却觉得异常冰冷,她侧着身,忍着身上的疼痛一声未吭,久久无法入眠,而身旁的人,却如同一头死猪般呼呼大睡。

石垣葵一向不踏出自己的寝殿,不喜与宅子里的人打交道。 府中有重大的事宜,竹下胜嘉会找大夫人和管家夫妇商量,而二姨娘则每日都忙于打理花草树木,只有她,像是个披着隐形斗篷的透明人,对这里的一切都漠不关心。

时日一长,竹下胜嘉对她的新鲜感也已褪去,无论他送她多少价值不菲的饰品,还是每夜陪她入睡,她都无动于衷。 最令他难受的是,唯有两人相处时,她可以一言不发,但他不能。 他恼怒,质问她,却得不到答案。

"你为何总不露笑容？为何不和他人说话？你到底想怎样？……你就那么恨我？"

石垣葵猛地抬头瞪着他，她确实恨他，恨他活活地拆散了一对相亲相爱的恋人。她没有一日不想念长泽沙织，白日里她提笔练字时，会想起他教他写字时的眼神；刮风下雨时，她倚在窗边担忧他出门是否带了伞；深夜失眠时，她脑海中浮现的全是他那张英俊的脸，心突然就像上了锁的门把，很沉重。那要命的思念，扰得她心情郁结。

长泽沙织，我难过的是，日日夜夜听不见你的声音，抚摸不了你的脸庞。

嫁入竹下府的第 180 天，清晨，石垣葵穿上了一身白色素衣，打扮得体地出现在竹下胜嘉的面前。那是他第一次看见她笑，姣好的面容带了甜美的笑，几近融化了他的心。

趁此时机，石垣葵用柔和的语气问道："老爷，近几日听说我母亲身子不大好，今日我想回去看看她老人家，不知老爷可否让我与身旁的丫鬟一同前往？这样，您也不用担心路途发生意外。"

自古英雄爱美人，面对如此妩媚的女子，竹下胜嘉也抵抗不住，便欣然地同意了。那是石垣葵很长的一段时间里最快乐的一天，她未进门就喊爹娘，然而刚踏入门槛，就撞见了长泽沙织。

他瘦了许多，下巴留了小胡碴，衣服松松垮垮地套在身上。四目交接的那一瞬间，两人的都已眼眶泛红，这么多日的想念，只需这一眼，就能明白彼此有多煎熬。

石垣葵支开身旁的仆人，冲过去紧紧地抱着他，她曾幻想过无数种与他重逢的场景，但只有这一种符合他们，不需言语的默契，一个拥抱和一个眼神就足矣。

(2)

又是一年盛夏来临，莲花准时在池塘中绽放开来，空气中弥漫着淡淡花香，蛙鼓蝉鸣声四起，石垣葵给了仆人一些银两打发他们走了。她与长泽沙织同坐在庭院大树下的藤摇椅上，闻花香赏星河。

长泽沙织将她的手紧紧地握着，十指相扣，即便是夏日，她的肌肤亦冰冰凉凉的。他有很多话想说，猜测她在竹下宅邸过得肯定不如意，却又不敢提及她的伤痛，只好谈起别的话题。

反倒是她毫不介意，大方地说出自己埋在心里的声音："我在那里过得并不好，时常想念你以及父母，想知道你们的消息，却无人通报，想听听你们的声音，却处处设有难关……"

他不说话，看着她说起过往时，虽然语气轻快，但他明白她当时有多无助。他无法再让她继续撕开往日的伤疤，宁愿受那些苦楚的都是自己，于是捧着她的脸吻了下去，可是下一分钟，她就推开了他。

他疑惑地望着她，眼底掠过一丝悲伤，问道："你怎么了？"

然而，就是这寻常的四个字，让她泪腺崩塌，哭得梨花带雨，他的心突然就软了，一只手揽过她的头，另一只手轻轻地拍她的背。

"我已经不是个清白之身的女子，配不上你，更没资格与你有肌肤之亲，你那般好。"

"说什么傻话，你就算离开人世了，也是我的人。是我无用，让你深受委屈，将来一定把你带回我身边。"

那一夜，石垣夫妇没有赶回家中，长泽沙织和石垣葵相拥入眠。一直这样度过了七日，离别终是到来了，即便有再多的不舍，也要分别，否则后果不堪设想。

只是谁能预测，这一次的告别，竟是最后一次。

一踏进竹下宅邸，只见竹下胜嘉正坐在上座等着她，他一开口，时光像是倒回了多年前长泽叔父端坐着命令长泽沙织，掷地有声："跪下！"

石垣葵的笑脸突然僵住，不明所以地愣在原地。竹下胜嘉的脸像被人赏了一记耳光一样黑，起身一手抱着她的腰就往外走，她咬他的手臂，那人反而抓紧了她的衣襟。不知来到了何处，四处幽森破旧，竹下胜嘉将她丢进一

第十九章 洛新妇，毒蜘蛛

间小黑屋，她哀求，却听到脚步声愈来愈远。

屋内一片漆黑，偶尔有小虫子发出奇怪的声响，她望过去，黑暗中有两双眼睛也在看着她，渐渐地愈来愈多。她迅速站起来，用力地推门，却发觉门好像被卡住了。她再一次用身体撞门，仍是徒劳，反而这一动作惊醒了黑暗中那股邪恶的力量。

一群群黑色的物体怒视她，仿佛在责怪这个不速之客，他们撑起八条腿凑近她的脚边，将她逼到墙角，已经无路可退。那群小东西陆续爬上她的大腿，疯狂地吸吮她的血液。

这一刻，石垣葵不再哀求，没有人会来救她，她将被蜘蛛毒死。蜘蛛的毒液输入她的体内，渐渐地，她再也无法睁开双眼。

"葵夫人死了！"女仆跌跌撞撞地跑进大堂，上气不接下气，嘴里却反复念叨这句话。转念，她补充道："她真的死了，全身是血，是黑色的血！"

在场的人都不敢置信，无一不起鸡皮疙瘩的，有的甚至干呕。只有竹下胜嘉面不改色，他佯装镇定地骂道："那个贱人，死不足惜！管家，你派人去收拾她的死尸，随便处理一下就行了。"

石垣葵死了，但是没有外人知道。

第二年春天，全城樱花盛开，竹下胜嘉再次外出办差事，他路过一个山脚的茶馆，正好走得乏了，便拖着疲惫不堪的身子进去喝茶，打算歇息一会再上路。

"给我来碗大麦茶！"他坐在长木凳上擦汗，一阵凉风吹来，女掌柜转身的瞬间，发丝飞舞，面带笑容地端一壶茶向他走来，看得他有些意乱情迷。

他留了下来。夜里，女掌柜身着透明的衣物，一步一步地靠近他，坐在他床头。竹下胜嘉哪受得了这样的诱惑，双手搂着她的腰，两人在棉被里缠绵。

第三天，竹下胜嘉一如既往地来到茶馆，站在她面前，提给她一套华服："美人儿，我来了！"

说罢，眼前的美人突然仰头大笑，迅速地变身成一只巨大的红蜘蛛，八条腿比竹下胜嘉的还长。这一幕来得猝不及防，他胡乱地拿起火把朝红蜘蛛一划，红蜘蛛立刻后退三步。

"你用火也没用，今日我要你死，你就必须得死！……你还记得石垣葵吧，那个被你丢进毒蜘蛛房间里的妻子！"她故意将妻子二字说得很重，俯身凑近他，嫌弃地嗅他的气味"啧啧，你还是那么臭，当年和你同床共枕简直就是一场噩梦！"

"你这个贱人不守妇道，还跑来兴师问罪！"他不甘示弱地咒骂，即使全身发抖，牙齿打战。

"废话少说，自缢还是被我吞食，你选一个！"她不想解释，只想尽快解决。

"一日夫妻百日恩，你怎能这么无情？以前我对你哪里不好，你偏偏去偷腥……"

不等他说完，石垣葵吐出蜘蛛丝缠住他，她厌恶男人像个女人一样念叨个不停，既然他不选择，那就吃掉好了。她这么想着，将竹下胜嘉当成一般食物，整个人被她吞下肚里。

石垣葵饱餐一顿后，又化身为美女子。为了让自己看起来更美艳些，她特意穿了件红色花纹的和服，手拎一个小竹篮，哼着小曲走在乡间小路。

小时候，遇上风和丽日的天气，长泽沙织就会拉着这样装扮的石垣葵去田间小路漫步，朝着空旷的田野大声一吼，然后两人露出洁白整齐的牙齿笑个不停，像爱笑的小娃娃。

长泽沙织见她这身装扮，笑得合不拢嘴，和她整晚对着夜聊。子时一到，石垣葵起身要告别，被长泽沙织拉着她的手，他不经意地说："别走。"

她的泪一下就掉下来，神色哀伤，呶呶嘴像个孩子，过了会儿，哽咽道："长泽，你我相识近二十年，你知道我从小就喜欢你，即使你淘气时欺负我，我也为你而着迷。然而今日，我已不是人，不能与你共患难，也不能与你共白头，对不起，你忘了我吧，今夜过后，重新开始新的生活。"

他亦哭得泣不成声，拉着她的手哀求道："你别走，你让我变成和你一样的生物,无论是蜘蛛还是蛇都没关系,我只想和你在一起啊,你让我现在去哪里找一个如此相爱的人?"

"黎明之前,也就是太阳再升起的时候,我就会化成一缕白烟,远远地消失。亲爱的,你别伤心啊,你若伤心,我必更伤心。别怕,你会忘了我的,然后和爱你的女子相亲相爱一生。"

说罢,她施法让他入睡,扶他躺在榻榻米上。她整夜都坐在他身旁,轻轻地抚摸他的五官,在心里念叨:这样啊,来生遇到你,我还能认出你。长泽,来生,我们再相爱。

天蒙蒙亮,她已不在,而他醒来自问身处何处,除了自己的名字,他对过往,一无所知。

流川最后补充了一段介绍,其实这个洛新妇,又能叫为新妇罗,《妖怪百象记》中有记载,称其为蛛女,是蜘蛛变为人形,诱惑男子,当男子被诱惑后3日的子时,会被其取走首级食用,是极危险的妖怪,传说在日本镰仓时代的一风骚女子,在服侍某一领主的时候红杏出墙,被领主发现,被扔入装满毒蜘蛛的箱子里处死。死后怨灵化作人形,常出没在森林中勾引年轻男子,取其性命,据说其惧怕火。

第二十章 道成寺钟，生死相依

(1)

洛新妇有点像我们华夏的蜘蛛精，我寻思这次的驮尸任务应该会很顺利，因为一路走来根本没碰到什么妖怪，除了现在下着小雨，别的都还算顺利。 流川现在又开始说新的故事了，司徒天依然在驮尸。

多年以前，濑户县有一家陶器铺，女主人龟梨羽绮独自一人经营，一个月前，这家店铺欢天喜地地开业了。

是夜。 街道店铺里灯笼的火光熄灭了，一扇扇木门逐渐紧闭。 龟梨羽绮正收拾门外的幔帐，身后突然响起一道沉稳沧桑的男声："这位施主，我们是前往罗虞山修行的僧人，今日路过此地，来不及赶到别处留宿，现天色已晚，寒风凛冽，不知施主可否收留我们一宿？"

老者披着袈裟，腿上缠白色的胫巾，右手持鹿角头杖，左手拿一串佛珠，龟梨羽绮认得这种佛珠———元宝菩提子，一粒粒看起来像一个小小的元宝。 他身旁站了个年轻的僧人，面容消瘦，鼻头微红，但眉清目秀，肩上背着两袋行囊，看起来不重，可面色略显疲惫。 年轻的僧人对龟梨羽绮淡淡一笑，双手合十向她示礼。

龟梨羽绮的心底涌上一番怜悯，他们如此艰辛的赶路，刺骨寒风吹得肌肤生疼，且现在街道上已无处可收留他们，就当做一回好心人为自己积德，她这样想着，领着两个僧人前往后坊的储物室，室内干净整洁，五排木架上摆放的全是陶器，大小不一的茶盅、茶杯、碗盘，色彩丰富，图案复杂，但使人赏心悦目。

年轻的僧人拿起一个青色菊花纹的茶盅，仔细地端详，转而走向另一排木架，饶有兴趣地欣赏，连他自己都未察觉自己已微微上扬的嘴角。龟梨羽绮将棉被放在榻榻米上，年迈的僧人一躺下就入睡了。

她见他反复端详盘子的图案，静悄悄地走过去，滔滔不绝地赞叹："这是我有一年外出，一个志同道合的朋友送的，是我极喜爱的一个。您看，中间圆形的图案是富士山哎，刻得惟妙惟肖，边缘的图案是花瓶的下半身，小小的花瓶里刻的都是樱花，甚是好看！"

僧人重回那一排的木架，小心翼翼地拿出茶盅，他在一些寺庙见过花色的茶盅，却从未见过这般精致的。四目交接的瞬间，龟梨羽绮明白了他的意思，便说："这个呀，我是从一个饭馆的掌柜那儿买的，听掌柜说，他的店往来的客官很多，有一回一个财大气粗的客官吃了他家的菜，赞不绝口，一喜之下，将手上的茶壶送给了他。当时掌柜还纳闷，不知这有何厉害的，后来有人见他随意放在账台上，就说这是外国有名的瓷器，青花茶壶，菊花花纹的那种。"

"原来是这样，好似这里的每一个陶器都有个小小的故事。女施主眼界宽广，小僧实在佩服。"他放回茶壶，眼睛眺望其他木架上的陶器，"这么多，应该有女施主亲自制作的吧？"

龟梨羽绮有些不好意思："您左一个女施主右一个女施主，我可真有些听不习惯，小女子名为龟梨羽绮，请师父随意。"

"小僧秋山南一，请女施主多多关照。"他刚说完这句话，躺在床上的老者翻了个身，打起了长呼噜声，像是在示意他不要多说。

龟梨羽绮担心老者醒来会催促秋山南一，不知为何，和他说话时她的心底就会有种莫名的满足感，有个声音一直在说别期望了别期望了，可是偏偏她收不回这个念头，甚至——希望秋山南一可以在这里一直住下去。

她被自己的这种想法一惊，听到他又提了那三个字，只得无奈地笑笑，柔声细语地问："秋山师父，我们出去说吧？"

秋山南一随她来到另一间室内，倏然间，眼前像是有一道光，齐齐刷照在辘轳车的转盘中心，慢慢转移至用竹、铁制成的刀具，还有施釉的一些材料。最让他惊喜的是烧窑，空间很高很宽敞，但由于温度太高就只在门口眺望了一会。

龟梨羽绮撩起衣袖，手中一团泥，瞳孔紧盯眼前的转盘。她将泥团摔掷在辘轳车的转盘中心，随手法的屈伸收放，拉制出坯体的大致模样，然后开始印坯。做到第三步——利坯，她用手指上下抚摸坯体，并轻轻弹叩，邀请秋山南一听其不同部位的响声。

她笑了笑，再次轻轻弹叩："您听，发出这种"咚咚"声的坯体就属中等厚度者，而发出清脆的'卟卟'声响的便是属于适当薄度者，一般都是高档瓷坯体才能如此，较厚者则发出'咯咯'声。还挺有趣的噢！"

秋山南一认真地点点头，眼皮却有些招架不住困意，好似舞台上的帷幕，演出的时间已经结束了，它们频频想要落幕。

龟梨羽绮未听到他的声音，便回头一看，见他疲惫地支撑着脸庞，有些失落，又不得不做出女主人体谅的模样，于是她轻轻地拍他的肩，他抬头一望，困倦的眼眸却有些温柔，她说："秋山师父，您回客房休息吧，我等会把这个坯体摆放在木架上晾晒，或许明日就可以刻花了噢！"

秋山南一半眯着眼，梦游般回到储物室，关门时不忘向她挥手。她捧着坯体，将其放在木架上，望了望空中的圆月，笑着想：今夜花好月圆，有缘与他相遇，或许是上天的安排。

次日清晨，她早早起来，推开门就看见秋山南一在大树下闭目静坐，他的右脚置于左膝上，再把左脚安放于右膝上，右手掌置于左手掌上，两拇指轻轻接触，放松置于腿上。她转向另一边，轻轻地拿起坯体放在左手掌心上，用右手指捏了捏。

此时，她又看了眼秋山南一，他还在继续，于是她坐在室内的木凳上，双膝上铺了一层柔软的垫子，将坯体放在垫子上，拿起竹制成的刀具，专心致志地在坯体上刻樱花的花纹，刻好一圈后，秋山南一已经站在门口了。他

第二十章 道成寺钟，生死相依

冲她笑了笑，问道："龟梨羽绮施主，这是在刻花呢？"

他终于喊了她的名字，她有些愉悦，举起坯体，让他看清了花纹："是呀，您看，可还行？"

秋山南一笑着点了点头，坐在她身旁认真地观看，她将坯体浸入釉浆中片刻，然后取出，釉浆均匀地附在坯体表面。她突然站起身，转身要出门，他一言不发地跟在她身后。

她在烧窑里待了一会儿，时不时会去测看火候，以便掌握窑温的变化。她指了指烧窑说："秋山师父，你我有缘相遇，这个陶器就送给您吧，只是你们今日就要离开，这得烧一个昼夜，您看？"

秋山南一思考一会儿才说："龟梨羽绮施主，谢谢你的好意。我和师父可能还需走一段时间，到了罗虞山也得抓紧学习，这样一来，只得明年的夏天才能再来此地领取了。"

他再次合掌鞠躬。她却有些失落，要很长一段时间才能见到他了啊，要是到时候他不来，我可怎么办。

她叹了一声，不知如何是好。情急之下，她转身进入厨房，拿了些用樱花做的糕点和烧饼塞给他，犹豫了一会，像是下了决心："秋山师父，这个你们拿着，途中能充饥。不瞒您说，我对您有意，不过，您不用立即回我，我等您到明年夏天来此领陶器。"

说罢，她对他意味深长地笑，这时老者从客房出来，她急忙退后几步。老者缓缓走来，也向龟梨羽绮合掌鞠躬致谢。

"谢谢女施主的收留。"他言简意赅地说，转头示意秋山南一"咱们走吧，还要赶路。"

雪白的鹅毛大雪从空中簌簌地飘落，整夜整夜都在下雪，这个冬天似乎比往年的都要漫长，但龟梨羽绮一想到过了春天，就能见到秋山南一，心底便有种说不出的喜悦之情，她安慰自己：春季将至，夏日不会远。

春季万物复苏，放眼过去，一片翠绿。雨后，山间的空气湿润清新，陆续有挑夫路过龟梨羽绮的陶器铺，他们挑着几十斤的柴唱山歌，声音洪亮。

她站在山头眺望远处，那座高大壮观的山峰就是罗虞山。

然而，在山的另一头，有自己最心爱的人。

她心中期待那人来，又很害怕那人不来，即使心中这般矛盾，她依然坚持到底，殊不知，若他不来，到底该如何是好？爱可以令人愉悦，也能心生怨恨，世间有多少女子因积怨而变成怪物。

（2）

夏天的时候，秋山南一依然是从前那般打扮，走进了龟梨羽绮的店铺。龟梨羽绮手捧樱花花纹的瓷杯放置于腹前，她说话的时候，眼睛都泛着爱意："秋山师父，您来了，走这么远很疲惫了吧？不如今夜就在小舍休息，明日再赶路吧？"

她体贴得让他不忍心拒绝，于是点头称好。他当然不知道，龟梨羽绮的葫芦里在卖什么药。

夜里的风比白昼的凉爽许多，人们喜爱在庭院吹温柔的晚风。龟梨羽绮端出芳香四溢的米酒，斟一杯给秋山南一，劝道："秋山君，喝一杯吧，就一杯，尝尝我酿得如何，你的评价于我而言很重要呢！"

他举起一杯，俯首闻酒香，有股蜜糖的香味，想必入口甘甜，于是一饮而尽。龟梨羽绮满意地看他一眼，自己也举起酒杯，向他致敬。不记得龟梨羽绮说了些什么，秋山南一不再推脱，豪爽地与她对饮杯中酒，且相谈甚欢。

龟梨羽绮感叹道："今朝今夕，两人一酒，话里投机，竟如此美。"

秋山南一也被她染得感性起来，仔细一看，她也是个美人，高挺的鼻梁，柳眉杏眼，嘴唇小巧而轻薄，他应了声："是啊，不知此景何时能再重逢，或许以后都不会有了吧。"

"不管以后会如何，今朝有酒今朝醉。"龟梨羽绮仰头，将杯中的酒一饮而尽。

酒壶见底时，秋山南一倒在桌上，龟梨羽绮将他拖到自己的房间，与他

第二十章 道成寺钟，生死相依

一同躺在榻榻米上，可是她如何也睡不着，转念，她将他的外衣都褪去，挽着他的手臂，笑着入睡。

次日，秋山南一本想伸颈举臂，却发觉自己的左手臂很是沉重，低头一看，惊得他差点喊娘。他从她的双臂中挣脱出来，穿衣之际，龟梨羽绮醒了。他们面面相觑，又立刻扭头回避，她先开了口："虽然秋山师父是修行的僧人，但是我们现在的关系，您是不是要做些什么？"

秋山南一穿戴完毕，想了想，或许这样能解燃眉之急，于是点头说："得一美人是我的荣幸。我今日就回罗虞山的寺庙将现在的僧人身份解除，然后再来娶你。"

她双眼放光，以为自己在做梦，便狠狠地掐了自己的手臂一把，不是做梦啊，是梦醒了，实现了。秋山南一收拾一番，便匆匆离开。龟梨羽绮则十分高兴，以为他真会回来娶自己。

夏天很快就过去了，秋山南一已经去了半个月。刚开始时，龟梨羽绮总安慰自己，或许是住持因此事惩罚了他，过几天就会来的。但是过了许久，碧绿的树叶都已经渐变成金黄色纷纷掉落，他也没有来，她的心如同这些落叶，掉落后被人踩踏而过，像一把锋利的刀刺了进来。可是她不甘心，凭什么她的付出，换不来一丝回报？

龟梨羽绮翻山越岭。在深夜的山间遇到过野猪，一群群野猪从她身边呼啸而过，她从未见过此般壮烈的场景，哭得猛往树上爬，可是一爬上树，她抬头就看见一只巨大的蜘蛛，吓得她一松手，整个人从树上掉下来。

她一瘸一拐地走到罗虞山，找到寺庙。她蓬头垢面，原本有生气的脸，见到秋山南一的那一刻，眼泪簌簌地掉，可是她的语气却怎么也温和不了。

"你不是说会来找我吗？你为什么没有来！不要找你太忙这种借口！"她质问，怒气冲冲地拽住他的僧衣，"你这种骗子怎么配得上这件衣服，给我脱下来！"

秋山南一极为震惊，看着她抽搐的脸，一点也看不到当初那个温柔可人的女施主的影子，他甩开她的手，使劲地往山后跑，脚下像是踩了风火轮，

速度几近飞翔。

　　罗虞山山后是一片海，蔚蓝的海浪一阵阵冲击着轮船，秋山南一先龟梨羽绮一步，在船离岸之际踏了上去，而龟梨羽绮仍在身后气喘吁吁地跑，他吁出一口长气，拍着自己的胸脯说："终于没追上来了！"

　　龟梨羽绮眼睁睁地看着船带走了那个人，在岸上气得直跺脚，大吼："秋山南一，你别得意，我一定会追到你的！"

　　她的声音像有功力的弦，弹一句就波动湖面，阳光照得蔚蓝似海的湖水像被洒了一层银光，波光粼粼，却有些刺眼。秋山南一心有余悸，一直回头望，直到见不着她的身影。

　　龟梨羽绮走了很远也找不到一艘船，她棕色的眼瞳映照出海上的悲伤。渐渐地，她悲伤的神色转换成了愤怒，不知怎的，眼珠居然发出了红色的光，最令人咂舌的是，她的下半身变成了蛇的身体。

　　她仰头大笑，右边嘴角上扬，顿时如同风一般，迅速地潜入湖中，不费吹灰之力就追上了秋山南一，站得很远就冲他得意地喊："秋山南一，我说过我会追上你的，哈哈哈哈。"

　　他奋力地跑，进了一座红木制造的寺庙。僧人正在清扫寺院，他一冲进来，不小心将僧人手中的扫帚甩出去很远。住持恰好从殿前走出来，他急忙问："住持，有一个女妖怪在追杀我，您这可有地方让我躲一躲？"

　　住持的眼睛锁住殿里高高挂起的巨型的吊钟，告诉他，这顶钟高 2 米，直径有 1 米，是陶制的，很坚固。他毫不犹豫地躲在里面，不一会儿，龟梨羽绮就找来了。僧人们见她半人半蛇，吓得扫帚一掉，全躲在住持的身后。

　　她温和地询问住持可有外来的僧人进来。住持站在殿前双手合十，摇摇头。她不信，自己明明看见秋山南一跑进了这个寺庙，便上前要进殿，却被僧人拦住。僧人们齐齐施法，嘴里念念有词，住持也拿出禅杖与她斗争，但是他们都无法收服龟梨羽绮，还被她打得受重伤，全体躺在地上呻吟。

第二十章 道成寺钟，生死相依

龟梨羽绮进殿，疯狂地翻箱倒柜，撒了一地佛经。她愤怒地威胁："秋山南一，我知道你在这里。你要是再不出来，等我找到你了，你就死定了！"

秋山南一十分惧怕，躲在钟内不敢出声，手脚却不自觉地打颤。这时，一股阴森的气息扑面而来，龟梨羽绮丝毫不感到惧怕，反倒站在钟下仰头死死盯着他，眼神极具杀气。

可是下一秒，她居然落泪了，豆大的泪水顺脸庞而流。她忽觉自己因一个男子而变得这般丑陋，实在不值得，但事已至此。她胡乱地擦干泪水，朝着钟里的人骂道："你这个没用的孬种，呵，好一句承诺，不，好一句谎言，竟把我害得如此之惨！"

吊钟悬挂得太高又坚固，龟梨羽绮对此无可奈何，站在钟下冥思苦想。突然，她爬到屋檐下，一手缠着木架，下身缠住吊钟，闭眼施法。

僧人的眼瞳映出一片火海，火势越来越大，已不由人控制。龟梨羽绮一心想和心爱的人在一起，既然不如愿，她就连着吊钟，将自己自燃。秋山南一顿时觉得自己置身于一个火炉中，汗流不止，低头一看，不知何时起钟底起火了，他大叫，可是僧人们都无法起身，也进不了殿里。

不一会儿，两人一同在鼎钟内被烧成了灰烬，风轻轻一吹，把往事都吹散了。

流川自己说完都不禁感慨万千，心情格外沉重，他对我和司徒天说："这个故事能用你们华夏的一句话来概括，问世间情为何物，直教人生死相许！其实，这个故事应该是真的，因为一个寺庙的钟化为妖怪，专把人变成和尚，而且会忘记自己以前的事。古时候，真的有个清姬，爱上了去熊野参拜菩萨的僧人安珍。安珍身为僧人，毅然离开了清姬，为了心爱的人，清姬千里迢迢追寻安珍而去，一路吃了不少苦，终于追到安珍时已经人不像人，鬼不像鬼了，安珍被吓得拔腿就跑，清姬就一路追，安珍抢先一步渡过一条大河，清姬追来时已经没船了，她还是跳进了河里，结果变成了一条大蛇继续追上岸，安珍跑呀跑呀跑到道成寺里去了，结果蛇也追来了，寺庙里的高僧

都无法对付那条蛇，就把安珍藏在了大钟里，清姬追进来后几下子就知道他躲那里，呼啦一下子就把钟给缠住了，无奈大钟坚固，最后，清姬估计是无可奈何了，但又不愿放弃，于是就自燃起来，把自己连同钟，钟里的和尚都烧成黑炭了。 和心爱的人不能同生，那就同死。"

第二十一章　巨脚怪，足洗邸

(1)

　　流川的故事让我觉得爱情，无论古代还是现代，永远是那么伟大，那么感人肺腑。

　　为了改变气氛，流川改变了说故事的风格，开始讲一些非常猎奇的故事。

　　近年来，苏里山脉一带出现了数只豹皮狸猫，它们常在夜里的林缘村寨附近觅食。猎人通过日夜观察，发觉它们的踪迹后，开始大量的捕杀，再拿去变卖。

　　是夜，树林边缘有一双绿色的眼眸发出刺骨的寒光，月光透过树木的缝隙洒在它身上，它迈出轻缓的步子，低头继续觅食。不远处，它右侧的灌木摇晃了几下，急急地抬头一望，却什么也没有。忽然，一支箭朝它直直地射去，它惊恐地奔跑，却还是没能逃脱。"嗷"一声，深红的血液从它的腿内侧流出，猎人手持一张弓，得意扬扬地朝它走去。

　　猎人再次拉开弓，单眼瞄准狸猫的肚皮。忽然，一道低沉的声音从暗处传来："且慢！"猎人回头一望，一个提着纸灯笼的男子站在暗处。片刻，男子缓缓走来，他将灯笼提低，看不清他的面容。猎人不耐烦地说："你是谁？少管闲事！"

　　男子站在他面前，两人仅隔一盏灯的距离，猎人看清了那人的模样，身着纸子襦袢，手携一把和扇，见这打扮像是个商人。男子拿出几锭银子，在

他眼前晃了晃，说道："你把这只狸猫放走，我就将这些银子都给你，够你吃喝一阵子了。"

猎人的目光猛地一亮，不禁动了恻隐之心，他收好弓箭，微微得意地拿了银子便走了。眨眼的瞬间，狸猫逃离了他们的视线，躲在不远处的丛林中目送商人离去。

商人连夜赶回了新予镇，马车停在牧野宅邸外。他回来后的月圆之夜，明亮的月光洒在仓库的门楣上，仆人轻轻一推，惊见一只巨大的赤脚从屋顶进入，正在屋内左右摇摆着。他被吓得尖叫一声，又跑出屋外仰望，却不见半个人影。牧野弘川闻声前来，那只皮肤粗糙的赤脚突然停止了晃动。片刻，一道尖锐的声音从屋顶传来，像是它的主人发出的，她一字一字地说："快给我洗脚！"

众人面面相觑，眼中似乎在问，这到底是怎么一回事？难道是妖怪？不禁后退了两步，留管家站在前面。管家曾听说过赤脚大仙的传说，他微微一笑，在牧野弘川耳边小声道："老爷，莫非是神仙光临？"

牧野弘川略想了想，向屋顶问道："是哪位神仙大驾光临小舍？"

"快给我洗脚！"赤脚怪听到他们的对话，忍不住哈哈大笑，她的玩心大起，不理会牧野的困惑，冷冷地重复了一遍。

牧野弘川从未受过这般无礼的态度，顿时恼怒，命仆从手持一把大刀，轻轻地靠近，再毫不手软地砍下去。众人接近之际，赤脚怪像是发现了他们的诡计，突然化成一缕白烟，顺着屋顶的洞外仰望，只有一团纯洁无邪的白云。

仆从们放下大刀，瘫坐在地上，仍心有余悸，摸着胸口缓不过神。牧野弘川又命人将屋顶的洞连夜修好，暗自想，真是奇怪，明日他就不会来了吧。

第二日，牧野弘川将家中奇事与一同僚提起，同僚很是好奇，便建议他暂时交换宅邸住一段时间。牧野略想了想，觉得妥当，便应允了，即刻返家收拾行李。

第二十一章 巨脚怪，足洗邸

高桥夫人挽着老爷的手臂，神色恐惧，她问道："老爷，我们还是住回自己的宅邸吧？这里很恐怖啊。"

高桥老爷拍了拍她的手，笑道："不必害怕，即便有妖怪，也不会害人。有我在，你不必担忧"。

转眼就到夜间，高桥老爷早早用完晚饭，正坐在偏殿品茶，在这个位置，他可以清楚地看见仓库的屋顶。可是直到子时，仓库并未有巨脚出现，他有些乏了，又恼怒，决定明日就同牧野弘川换回宅邸。

"怎么样？见到了吗？"牧野弘川小声地问。

"哼，弘川，你我相识多年，我视你为兄长，你若是想住我府也用不着花费心思来骗我吧，害我空欢喜一场，仓库根本就没有什么赤脚怪！"

"怎么会？我亲眼见到的。"

高桥老爷望着他，面色担忧，像是看一个精神失常的病人似的，急忙告辞离开。牧野弘川百思不得其解，难道已经离开了吗？

牧野一家搬回的头夜，仓库中又出现了那只脚，赤脚怪慢声道："快替我洗脚，你们以为搬家了就能逃过一劫吗？都给我听好了，你们早已惹来杀身之祸！"仆从哄堂大笑，觉得那人是在说梦话，好歹他们的老爷也有些能耐，又待人和善，怎会引来杀身之祸？屋顶的人见他们不依，暴躁得直蹬踏屋顶，不一会儿，屋顶都被踏破了。

亥时，牧野弘川从店铺归来，见屋顶破烂不堪，边缘处有几个仆从在小心翼翼地修理，他怒声问管家："怎么成这般？难道是她又来了？"

管家面色忧愁，明白所指的她是谁，便点了点头，将赤脚主人的话转告牧野弘川。牧野紧锁眉头，顿时心中更加不快，面带怒色道："怎有这般无耻之徒，不但戏弄我，还敢诅咒！你派人明日准备一下，若他再来，一定要擒拿。"

当夜，狸猫化成一女子，从窗户进入牧野弘川的寝殿，床上的人睡得浅，一听到动静立即睁眼呼唤。情急之下，她直视他的双眸中闪过一丝绿光，牧野弘川立即又躺下。她坐在床头，唉声叹气地说："我是特意来告知

179

你的，过几日，令爱的心上人会遭遇不测，请你们务必小心谨慎，记得要雇武功高强的人来抗敌。 另外每夜从屋顶伸下的脚是我的，你们不必害怕。"

她微微一笑，轻快地飞了出去。 次日早晨，茶香沁人心脾，牧野弘川坐在大厅吃早饭，管家从仓库火急火燎地跑来，气喘吁吁地汇报，他本在监视仆从做工，已有二三仆从将大刀磨得锋利，弓箭也准备好了。 但是，在仓库的一个角落，发现了四具死尸。

死尸？ 牧野弘川立即起身，只见躺在地上的人用黑布蒙面，想是进来盗窃的，以伤势看来，像是被大脚怪踩踏而死，身上布满了大脚印。 他心念一转，忆起昨夜梦中仙女的告知，仔细一想，若是盗窃，一二人便足够，人多反而会打草惊蛇，难道？ 他瞅了一眼管家道："将尸体低调处理，命下人不得外泄出去，还有，这些工具也都收了。"

管家有些错愕，面色为难道："若那妖怪再来呢？"

"来了就好生伺候即可。"他撇下这句话转身就走，留下管家一脸困惑。

果真，夜里狸猫再次登上屋顶，只露出一条虎斑尾巴。 管家派了五个仆从去服侍她，将她的腿洗的白白净净，她媚声道："哎呀，真舒服，真舒服呀！"

(2)

过了几日，牧野幸子偷溜出门去找赤西和彦，从赤西家的后院进入，她轻声走到他身后，笑吟吟地一把拥住，脸蛋自然地贴在他的后背，嘟囔道："父亲将我关禁闭似的，连续几日不准我踏出寝殿的门槛，真把我闷坏了。 幸亏今日他们都忙，我便想法子逃出来，可想你了。"

赤西和彦握住腹前她的双手，笑道："这会让他们担心，还是快快回去吧，牧野叔父通知我了，近几日都不能出门的，就你胆大。"

忽然，她的鼻头泛酸，松开了手，低头垂下眼睑道："我不回去，若真有人来杀你，我就与你一同抗敌。 再说，难道你不想见到我吗？"

赤西用食指刮了下她的鼻头，柔情地看着她道："可别说傻话，我们还有

第二十一章　巨脚怪，足洗邸

很长的路要一起走下去。我当然每日都想见到你，但现在不是危险时期吗？为了未来，你我都要保重，我可不能为一己私情害你受伤。"

牧野幸子笑逐颜开，心中既感动又不安。她的脸上露出担忧之色，紧紧牵着他的手迟迟不肯放。两人像是最后一次告别似的，万般不舍。最终，仆从搀着她上了马车。马车乘风离去，扬起了身后一层沙尘。

赤西和彦用衣袖遮住半面，有沙粒落入眼中，他便伸出另一只手擦拭。在他转身踏入宅邸之际，身后有浪人正一步一步地靠近，浪人用刀狠狠地刺进了他的腹部，准确且快速。鲜血如坏了的喷泉般四处飞溅，浪人欲再次进攻，却被赤西双手钳住了刀。他的脸色愈来愈痛苦，满口鲜血，最后直直地倒了下去。

大厅里，牧野幸子心不在焉地端起茶杯就喝，滚烫的茶水烫红了她的舌尖，"啪嚓"一声，她手中的茶杯垂直掉落，摔得粉碎，黄色的茶水打湿了她的裙角。站在一旁的仆从不敢出声，忙拾起碎片便走开了去。

她如坐针毡，眼皮从途中就一直跳动，惹得她心中很是不安。有仆从小心翼翼地提醒她去寝殿换一套便服，她却不依。牧野弘川刚踏进宅邸，就见她双手合十放在胸前，不停地来回走动。他立即上前扶女儿坐下，面色难看，皱眉道："赤西和彦被人杀害了！"

这一刻，忽觉河水停止了流动，万物亦停止了生长。牧野幸子只觉头痛欲裂，眼前一黑，脚步一个不稳，整个人昏倒在父亲的怀中。

牧野幸子昏睡了三日，仿佛不愿醒来。牧野弘川每日都在她床边呼唤，既担忧又心疼。这一日，幸子终于睁开了双眼，忽然，赤西和彦的脸在她的脑海里一闪而过，像是在提醒她心爱的人已逝的事实，她一下钻进父亲的怀中失声痛哭。连续一周，幸子全身瘦了一圈，她咽不下饭，又睡不安稳，每日都沉浸在悲伤之中无法自拔。

踏出房门那一日，空中万里无云，只有几只小鸟自由自在地飞翔，院中的树枝上开了一朵朵红色的小花，她摘了一朵别在发髻上，顿时显得脸色红润了些。见她久病初愈，仆从忙搀着她，远远便望见牧野弘川正在书房练书

181

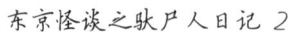

法，她微微一笑，径直走去。

"外头风大，你多添些衣裳。"他放下笔笑着说道。

"爹爹，你能派人替我查清真相吗？ 我不想和彦冤死。"她看向别处，咬牙切齿道。

牧野弘川略一沉吟，低声道："我会帮你查实，你切不可自己乱来。"

过了几日，管家引一陌生男子进入了书房，书房是闲杂人等不可进入的地方，牧野幸子好奇地跟了过去，虽门窗紧闭，但仍听得到室内的声音。

"牧野老爷，你托我办的事，我已经查清了。"幸子一听，迫不及待地推门而入，男子欲言又止，他盯着老爷，只见老爷点了点头，示意他可以继续说下去。

"是一个名为墩子的商人，曾和赤西公子有过节，心中一直不痛快，便雇了浪人，伺机将他杀害。"

牧野弘川膝下无子，为了将来有人接手他的家业，便培养了女儿的心上人。 赤西和彦是个聪明的男子，在他的掌管下，短短几年，牧野家的生意蒸蒸日上，成为镇内名副其实的第一。 但是他行事高调，与同僚墩子有过几次争吵，每次都不欢而散，墩子被羞辱一番后，心中愈来愈不痛快，对赤西和彦的妒忌和恨意日益渐增，因而动了杀人的念头。

幸子听后，无法再保持骄矜的姿态，她的口鼻扭曲，愤然道："这个狗东西，我要去杀了他！"牧野弘川被吓一跳，他从未见过女儿这般，便对那人挥挥手，暗示他离开。 他抓住女儿打颤的手臂，虽面带笑容，语气却冷冷的："别意气用事，爹爹会派人暗中解决，只是一浊物，用不着我们亲自动手。"

他的眼神坚定，幸子迎上他的目光，她的泪珠在眼眶中流动，父女俩握着彼此的手，良久无言。 这夜，狸猫又将脚伸入牧野宅邸的仓库，幸子久闻赤脚怪已久，却从未见过，便跟随仆从来到了仓库。 她站在一旁，盯着满是毛的巨脚愣了愣，冲屋顶喊："我是牧野幸子，久仰您的大名，但听说从未有人见过您。 您洗完后，不打算下来吃些东西吗？ 我们这的东西可是最美味的。"

狸猫含笑道："问世间有几人的美貌比得上幸子小姐的？我就不出来献丑了。今日前来是有要事禀报，你父亲家大业大，又培养了人才，墩子一直对你们心怀恶意，正蠢蠢欲动。你要通知你父亲两日内多收买些武艺高强的浪人，必要时刻，我会出来与你们一同对敌。"

幸子愣了愣，心念一转，忙问道："上次，也是你来通知我们的，你究竟是何许人也？竟如此知晓未来的事，这都是你设计的？"

狸猫将双腿抽回，幽幽地说："幸子小姐，我可没时间来设计你们，只是你父亲救过我一命罢了。"

话音刚落，幸子恍然大悟地望着屋顶，急着想说"等等"，可洞外的空中只剩一片朱红色的夜空，今夜亦不是平常之夜啊。

三日后的深夜，一个村庄附近的树林里，一群人手持火把四处张望，领头的墩子厉声道："今夜一定要将他们抓出来，一个都不能留活口！"他身后的浪人齐齐答应，便各自分头执行。

高木上有数只眼睛注视着底下的人，见他们都分散了，牧野弘川高举右手暗示。忽然，十几棵树上的人轻身一跃，稳稳地落地，他们抽刀的速度极快，一言不发地冲过去，将敌人一刀致命。

牧野亦稳稳地落在墩子的身后，他的目光犀利，讥笑道："我们就看看，到底是谁先死！"

树林的刀鞘声惹得乌鸦在头顶盘旋，它们只觉人类百般聊赖，便飞去了别处。在这片黑漆的树林中，忽闻一道猫怒吼的声音，只见一棵光秃秃的大树上狸猫的绿眸。她纵身一跃，在墩子将刀逼向牧野弘川的面部之际，死死地咬住了墩子的肩膀，猛地一撕，一块肥肉被扔至草丛中。

忽然，狸猫化成一位武士，冰冷的目光像是要将墩子吃掉，她缓缓地靠近他，甩开他肩上的左手，用刀直插入血肉的伤口。墩子面色惨白，痛得仰天大叫。有浪人闻声，从狸猫的背后攻击，牧野弘川靠在树下，用沙哑的嗓音喊道："小心后面！"

狸猫微微皱眉，挥手略施法术，浪人在她面前扑通跪下，像被一块巨石

压住了般动弹不得。她得意地微微一笑，在冷色的夜里，她像幻影般令人看不清，好似走了两步就冲到敌人的身后，以迅雷不及掩耳的速度将其杀害。

牧野弘川摸着伤口，面色苍白，此时此刻，他仿佛只能看见狸猫化成的武士，毫不留情地将敌人一一消灭。狸猫被溅了一脸血，她将墩子提到牧野弘川的面前，狠狠地扔在地上，道："主人，你看，该怎么处置？"

主人？只有被救了的动物，会将恩公当作主人般尊敬和保护，他想起那一夜。狸猫替他将伤口包扎好，半跪在他面前，将赤脚怪的事一一道明，牧野弘川将她扶起，厌恶地看了一眼不断求饶的墩子，对手下说："活埋！"

不知狸猫从哪变出两把锄头，浪人就地挖坑，顾不上擦拭额头上的汗珠，毫无表情地将墩子扔进土坑。墩子愈是开口求饶，进入口中的泥土便愈多，不一会儿，他整个人都被泥土掩埋。狸猫满意地笑了笑，变身一跃到树林深处去了，她那银铃般的笑声从遥远的地方传来，不禁令人有种真实感。牧野仰头望着明月，心想今夜能睡个好觉了。

第二十二章　古库里婆，食尸编发

(1)

司徒天实在没力气了，把水月的尸体换给我驮着，他跟在流川身边继续听故事。

流川在讲之前就说过，这次的故事非常重口味，警告我跟司徒天要有心理准备。

对于流川所谓的警告，我们俩根本没放在心上，因为小次郎说的故事比流川还要重口味。

相传江户时期，有一位非常出名又美艳的花魁，名为鬼束花伊。相貌简直无可挑剔，引得无数游客垂涎欲滴，流连忘返。然而，最让人津津乐道的还是她那曲折又悲惨的一生。

鬼束花伊并不是她真正的名字，她原来的名字叫清原结衣，异常雅致。在做娼妓之前是高官清原正雄的女儿，正值豆蔻年华，是个秀外慧中的女子，在京中的名声很好，未满15岁就已被媒人踏破了门槛。

这天清原正雄如同往常一般进宫觐见天皇，却不知怎的惹得天皇大发雷霆，当场被脱下官服，夺去姓氏，押入了天牢。清原一家人被流放蛮荒之地。

事发那天早晨，清原正雄还答应结衣，等他归来便带她们到郊外游玩。此时，结衣正与母亲商量着出门要带的食物，两人相谈甚欢。然而，一仆从匆匆忙忙地跑来，告知朝堂上所发生的事，又道现在有官差带人来抄家了。

清原夫人惊闻大祸临头，两眼一翻晕倒在地，不省人事。后来在流放中郁郁寡欢，身子也越来越不如从前，不久就在途中病逝了。

俗话说，虎落平阳被犬欺。还未从父亲入狱，房屋被封，以及母亲病逝的事中缓过神来的结衣，被衙役卖去一家京城有大店级别的，名为盯院的汤屋。毕竟像结衣这般姿色、才艺均出类拔萃的女子并非满地皆是，衙役因此也可以得到不菲的报酬。

身处妓院里的清原结衣，不禁悲从中来，她举手捂住眼睛，泣不成声。这时候盯妓院的老鸨带着侍女进来了，朝着结衣的方向挥挥手："将她的衣服扒了，换上这套看看。"

结衣一惊，双手护在胸前，往后退了几步，怒视着老鸨咬牙道："你们别过来！我父亲不会放过你们的！"

老鸨不屑一笑，尖声道："哎哟，你父亲都入狱了，还怎么不放过我？还当自己是人见人爱的大小姐呢。"

"我父亲的友人会来的！"结衣不甘示弱。

"现在哪个大官敢说与你父亲有关系？都巴不得撇得干干净净！再说了，要真想救你，还会等到现在？可别白日做梦了！"老鸨瞟她一眼，讥讽道。

清原结衣怔一怔，不得不承认老鸨一语道破了事实，她跌坐在榻上失神地望着一个角落。老鸨缓步走到她的身边，俯身拧着她娇嫩的脸蛋，在她耳边轻声说："进了这个店就是我的人了，若不是见你有几分姿色……"她顿了顿，命令道，"你赶紧给我老老实实的把衣服换了，不然有你好受的！"说罢，她示意侍女走上前，独自摔门而出。

不知过了多久，耳旁响起侍女的声音："小姐，您还是听话，快些把衣服换上吧，如今她还不会对你动手，但若是怒了"侍女不由得打了个寒战，"这里折磨人的方式可多着呢"

结衣转头看了一眼侍女，闭上了充满悲伤的双眼，静静地躺在地上，侍女也不敢吱声。约一个时辰后，结衣慢慢坐起身，张开双手，小声呢喃道：

186

第二十二章　古库里婆，食尸编发

"更衣。"

夕暮，在大厅等待已久的老鸨，正要遣人进去看看时，听到了推开门的声音。只见她缓缓从楼梯上走下来，头发挽成岛田髻，插着华丽的笄年与大栉，身穿红色中着，披着用金线描绘着大片彼岸花的色打褂，最是让人惊叹的是那脸上眉中的一抹红，整个人像是摇曳在奈何桥旁的彼岸花，显得妖娆又艳丽。

老鸨踱步上前围着她转了一圈，连连点头称赞："不愧是官家女子，瞧这皮肤嫩得能掐出水，这小模样不知要迷倒多少男人。"

结衣理了理衣服，朝老鸨欠了欠身，云淡风轻地说："天皇已经夺去了我的姓氏，现在我的名唤作鬼束花伊。"

老鸨一脸将要赚得堆金积玉，摆摆手，讨好道："好好好，你想怎么改都行，先下去好好休息，两日后的首秀可别给我搞砸了噢。"说罢，急忙安排仆人出去宣传。

首秀那日，鬼束花伊表演得非常成功，初夜被卖出妓院有史以来最高的价格，一个肥头大耳的富商成了她的入幕之宾，不禁使人感叹一朵鲜花插在牛粪上。一年内，在老鸨的安排下，将花伊捧成了京中首屈一指的花魁，许多人为了见她一面而打破头，不惜撒下千金，这一幕亦让不少女子羡慕嫉妒。

窗外下着小雨，花伊正在榻榻米上休息。老鸨匆匆地跑进来，让她快点起身梳洗，说有人点名要她伺候。她将手支撑着脑袋，神色慵懒，从容不迫地说："您说笑吧，见过有谁做这一行的白日接客呢？"

老鸨笑得合不拢嘴，脸上的褶子都皱到一块："有钱能使鬼推磨。快快快！伺候好了照之前一样分你一成。"花伊这才慢悠悠地起身让人伺候着洗漱。

她踏着轻步来到包间，一幅画得栩栩如生的浮世绘映入眼帘，让人感觉自己仿佛身临其中。花伊绕过一扇漆艺屏风，朝着客人行礼道："公子，让您久等了。"

那人起身上前，欢喜地问道："你就是鬼束花伊？"

花伊点头道是，她微微抬头打量他，见他头戴冠帽，身材挺拔，长得十分俊朗。她如同往常一般，斟酒与客人，寺井比丘道声谢后举手推辞，这一举动，使花伊另眼相看。寺井比丘很是怜爱，热情地攘小菜到她碗中，却不料她丝毫不动筷。

按照规矩，花魁第二次与游客见面亦不会动筷子，更何况鬼束花伊这等高冷的女子。直至第三次见面，鬼束花伊准备了专用的筷子给寺井比丘用餐，他很是惊喜，酒醉饭饱之后，便进了她的闺房。

那一夜他们谈天说地了许久，两人相见恨晚，不禁叹道或许前世已结缘。不知不觉中，彼此心生爱意，两人糅合着甜蜜的情意缠绵了一夜。第二日，鬼束花伊在他身旁醒来，忆起昨夜，脸上微微一红，娇嗔地陪他入浴，共进早饭后，才依依不舍地送他到大门。

她正往回走，一眼瞥见妓院一楼门口的两边房间，设计得像是笼子一般，里面挤满了普通的妓女，她们只能跪坐其中任由客人挑选。

她轻轻地叹一声，不再观望。

（2）

一日清晨，夕阳初上，回想起和寺井比丘的约定，她天还没亮就起床梳洗打扮自己，便满心欢喜地出门，马车早已备好，侍女搀扶着她坐上了马车。谁也未能料到，这一次外出，竟让她走向了万劫不复之路。

马车行驶在颠簸的道路上，车内的人一路摇摇晃晃，让人胃里翻滚。没过多久，车停了，花伊迫不及待地下车，与侍女往寺庙走去。未进宝殿就见殿内佛祖的金像，她心底深处生出敬畏。走上十几层楼梯，她气喘吁吁地跪在蒲团上，双掌并拢在胸前，道了一声佛，三拜后才起身，让侍女前去打听情况。

一位僧人走上前来，询问她们需要什么帮助。花伊回礼道："小师傅你好，请问比丘施主来了吗？"僧人听到这名字，脸上流露出惊讶之色，这使花

第二十二章　古库里婆，食尸编发

伊觉得疑惑，便问他出了什么事。

僧人却只说："阿弥陀佛，施主请随我来。"

她们往偏殿走去，却绕了几地方，花伊觉得很奇怪，接待香客的地方应该是寮房或是小河上的凉亭，现下怎么还未到。不知僧人如何知道了她心中所想，轻声道："阿弥陀佛，施主莫急，你要找的人就在前方的无忧院。"

她放眼望去，一片绿意盎然，高大的青檀树笼罩着无忧院，树身粗壮无比，估计已有百年历史。僧人行至门口，向她们微微一躬："施主，已到了，小僧告辞。"花伊道声谢，见僧人走后，吩咐侍女守在门口候着，迫不及待地走了进去。

院内的小道两旁摆满了她喜欢的花朵，她笑逐颜开地踏着步伐，行至一半，隐约见到比丘挺拔的身影，不禁加快脚步。她刚踏进门槛，便喊了一声比丘，声音洪亮。那人听到声音，缓缓转过身来。

鬼束花伊瞪大了眼，整个人犹如晴天霹雳，连连摇头往后退，不断地说："不可能，这不可能！比丘你怎么会是和尚！"

寺井比丘见她激动得害怕，向前想去安慰她，却被她拒绝了。"你别过来！"花伊失声尖叫道，同时往后退了一大步，将柱子旁摆放的花瓶撞倒，"砰"的一声，像是砸断了绷在她心中最后一根弦。

花伊跌在地上，不顾手上被碎片刺伤的血迹，崩溃地抓着胸口，流露出失望的眼神，对比丘轻声道："连你也骗我，你别过来！你再过来我就拿碎片划伤脸！"

寺井比丘停住脚步，担忧她真拿手上的一块大碎片伤害自己。他静静地凝视她，良久无言。不一会儿，趁她低头之际，他大步上前将她揽进怀里，口中连声说着："对不起！对不起！"

花伊挥舞着手臂，碎片被挥出去好远，她双拳敲打着市井比丘，用力地将他往外推，喝道："走开！你不要碰我！"

他将她牢牢地搂住，等到她精疲力尽不再挣扎，方才沉声说道："花伊，我以为你能理解我的。"

怀中的人低头嗤笑一声："你以为？ 呵！ 是我错了，你是我的恩客，我怎么能对你这般撒泼。"

见她这样贬低自己，他心口隐隐一痛，柔声道："不是你的错，是我没做好。"他抓住她的手，双手十指相扣，"花伊，我已经替你赎身。"

他以为她会开心得跳起来，谁知花伊一听，将他狠狠地推开，愤然道："赎身？ 谁让你替我赎身的！"

寺井比丘不知所以然，觉得她有点无理取闹，心中也不快："你不高兴吗？ 难道你乐意服侍别的男人？"

见她沉默地起身，他气急之下，嘲讽道："你就如此自甘下贱？"话音刚落，他悔极了。 听的人却愣了愣，冷冷道："那也与你无关！"

他无奈地摇摇头，深知若再这样说下去，肯定是不了了之。 于是将她紧紧拥着，柔声道："花伊，乖，你听我说，被赎了身的人已经不能再回去了，你且先在这住下，我过两天再来看你。"

屋外骄阳似火，花伊却觉得浑身发冷，她紧紧裹住自己，仿佛也裹住了她那千疮百孔的心。 几天后，寺井比丘送来许多东西讨她欢心，可花伊却避开他，话也不同他说。

忽然，一道耀眼的亮光在她眼前闪烁，刺得眉头微皱，忙举手遮住双眼。 片刻，忽觉自己的颈部凉凉的，睁开眼一摸，原来是一条金光闪闪的项链。 她有些诧异，狐疑地凝视他，一个和尚从何得来如此贵重的物品，便问道："你实话告诉我，这么贵重的项链如何来的？"

她面前的那张笑容僵住了，寺井比丘站起身，他心思灵动，笑着说："当然是我去换来的，用光了我所有的储蓄。 怎么样，好看吧？ 快快快，给我瞧瞧。"

说着，他后退一步，认真地看了几眼，不断地赞叹："我家花伊最美啦，戴什么都很好看呢！"

鬼束花伊收起性子，冲他笑了笑，右手却抚摸着那条项链，心中隐隐不安。 他们的关系又恢复了从前那般，两人爱意浓厚，每夜都并肩而眠。 寺

第二十二章　古库里婆，食尸编发

寺井比丘每隔几日，就会带些饰品或衣裳给她，有时说是香客赠送的，有时说是在街上看到觉得适合她，便买了回来。

她开始了解和尚的生活，得知他们每日都能赚香客许多钱财，心中的疑惑便解开了。过了些日子，一个清晨，忽见一帮武僧进了无忧院，他们不带一点表情，直冲进来将寺井比丘抓了出去。

一位年老的住持走出来，他雪白的眉毛几近皱成一字眉，脸上却平静如水，淡淡地说："寺井比丘，你可知罪？"

鬼束花伊惊愕地望着寺井比丘，见他恼羞成怒，却挣不脱武僧用力的手，他笑道："知罪？谁有罪！那些本就是我的，被你们贪了去，还让我认罪？"

住持将他的罪行一一念出来："半年前，你偷了寺庙的香火钱，去外面花天酒地，我念你从小是个孤儿，便睁一只眼闭一只眼，装作没发生这种事，只希望你多反省，以后不再犯即可。如今，你不但领一个风尘女子进寺庙，还再次盗窃，除此之外，许多香客被你忽悠成功，也得了不少好东西吧。"

"这不是他做的，是我！"一道女声响起，众人的目光齐齐看向鬼束花伊，却又立即举手挡住光。

温和的阳光洒在鬼束花伊的脖子上，那条镶有珠宝的项链正在发射光芒，她得意地笑了笑，炫耀道："好看吧？没错，就是我指使他做的，以我的经历，最惨时也享受了富贵，不用愁吃愁喝。而今你们这个破寺庙什么也没有，又不让我出门，我只好这样了。"

住持大吃一惊，命两名武僧去抓鬼束花伊，谁知她轻身一跃，竟跳上了屋梁。瞬间她丰腴的身子变得瘦骨嶙峋，衣服松垮，肌肤微皱泛黄，她的额头刻满了皱纹，双眼变得奇大而凹陷，嘴角却仍上扬，露出了她口中仅剩的两颗牙。

众人看得震惊极了，不禁对她畏惧三分。一位武僧站在一口井旁，见了那老太婆的模样有些微微作呕，便弯腰朝井口呕吐。武僧"啊"的一声，吓得倒退几步，旁边有人扶住了他。

住持小心翼翼地上前，只见井口浮现一张惨白的面孔，他装作镇定地回头，拉住要去探视的人，对那人摇了摇头。

　　此时，屋顶的老太婆不知何时怀中有只白猫，她缓缓开口："你们别看了，那是死人，头发已经没了。你们不知道吧？"

　　她故作神秘一笑，笑得极其怪异，然后将她不为人知的一面娓娓道来。

　　双亲通通被迫而死，全家唯剩她一人苟且地活着，却又被卖到妓院。她爱上了一个男子，正高兴之际，这个男子却欺骗了她。她心中的怨念积累的愈来愈多，在寺庙落脚后，她一发不可收拾，因怨成魔。

　　一到深夜，她就用法术控制寺井比丘，派他去盗窃寺庙的钱财，白日里她就佯装是个乖巧的女子。但她老得飞快，头发日益脱落，为了不被人发现，在寺井比丘去盗窃的同时，她便坐在一个盛着死人头发的桶前，用头发编织成物品，然后将其放进拉门旁的花篮里，次日夜晚再将那些头发牢牢地粘在自己的头皮上。

　　寺井比丘一想到自己竟和心肠如此歹毒的人同床共枕，不禁打了个寒战，他立即躲在武僧的身后。这时，住持念起了咒语，屋顶上的老太婆只觉头疼难忍，一个不慎从上面滚落到地上，武僧立即上前抓住她。

　　鬼束花伊不甘心，佯装深爱寺井比丘的模样求饶，可那软弱的男人根本就不敢上前。不一会儿，她便化成一缕白烟，飘进了住持的收妖瓶里。

　　住持对着瓶子默念道："走吧，通往极乐世界，下世轮回投好胎。"

第二十三章 文车妖妃，血泪诅咒

(1)

我把水月的尸体往上提了一下，问流川："流川，日本古时候真的存在收妖的高僧？"

流川很是坚定地点了点头，回答道："没错，确实存在，在日本古代还有文车妖妃呢。"

司徒天显然对这类香艳故事很感兴趣，马上接茬说："新故事是文车妖妃？你快说啊！"

流川知道司徒天的性格比较急，组织了一下语言，就马上讲了起来。

远在数百年之前的一个暴风雨之夜，三浦府邸除了不停端水的奴婢进出西寝殿，几乎阖家大小都站在屋外神色严肃，他们之中有人紧张地张望屋内，即使什么也见不着，有人双手合十向上苍祈祷，还有人拦住忙碌的奴婢询问情况，最后的这个人，便是他们的少爷，名唤三浦信泽。

三更天，产婆终于抱出了男婴，刚回府不久的三浦信泽喜极而泣，他终于有了儿子。

三浦信泽是家中唯一传续香火的后代，家世显赫，但为人低调。他的母亲早年病逝，父亲三浦信泽是一位名将，曾立下许多功劳，可谓战功赫赫。7岁那年，清晨头脑最清晰时，父亲便会催促他一同去练剑。他喜欢练剑，觉得舞剑的男子最英俊，时常幻想着有一日他也能像父亲一样上战场杀敌。

他们身着白色的武士服，手持一把用枇杷木制成的木刀，步伐一进一退。 三浦信泽除了力道不及父亲，舞剑的姿势倒也学得有模有样。 父亲常夸他天资聪颖，假以时日，定能比自己还优秀，将来上战场也不会是奢望。

只是，他 10 岁时，父亲上了战场后，就一去不复返。 他依然记得那一日，父亲像往日一样允诺会平安归来。 短短几日，他变成了孤儿，整日伤心得号啕大哭。

管家从小看着他长大，见了他哭得红肿的双眼，心疼他便将他抱在怀中，告诉他其实父亲和母亲相聚了，正在天上看着他，他们会一直保佑他，说不定还会在梦中和他相见。 小小的三浦信泽听信了管家的话，便安静地睡着了。

如今，三浦信泽已经二十五有余，娶了樱井将军的女儿佐知子。 只是，他心中另有其人。 樱井佐知子亦是一位美人，长得端庄秀丽，身着衣饰亦十分出众，如漆乌发梳成一个髻，一支镶了珠宝的银簪子插入发中。 可惜她嫁入三浦府邸五年有余，至今未能替三浦家添得一儿半女，她心中有愧，面对丈夫偶尔的夜不归宿，只得睁一只眼闭一只眼便过了。

直到丈夫那一日领回一个女子，丈夫看那女子时眼神充满了温柔，并宠爱地拍了拍她的头，这一系列的举动使樱井佐知子妒忌不已。

她有一种很不好的预感，内心忐忑不安，几乎屏住了呼吸，不等她开口，便闻一道富有磁性的声音响起，内容却令她面色惨淡，那句话如同一群蚊子般不断地在她耳边嗡嗡作响："她是小栗美砂，我要娶她。"

她忽觉天旋地转，内心狂风骤起，从未想过自己的容忍竟成了丈夫与别的女人双宿双飞的漏洞。 她仔细打量了一番正向她行礼的小栗美砂。 小栗美砂长得眉清目秀，楚楚动人，但衣饰普通，发上插着一支没有镶珠宝的银簪，手腕空空无一饰品，在她的面前显得有些寒碜。 她不禁疑惑，如此一普通的女子，家境定不优越，他到底看上她哪一点？

在樱井佐知子臆想之际，三浦信泽派人领小栗美砂到侧室歇息。 他拉着樱井氏的手，走进东寝殿后，解释道："我已近年三十，上战场的次数愈来愈多，若在我死前未为三浦家添一子来延续香火，那我到了地下也无颜面对祖

第二十三章 文车妖妃，血泪诅咒

宗，你无需担忧，她只是一个小妾。"

她紧紧地抱住他，泪水在眼眶里打转，语气温和："你能否不娶她？你娶了她，就会冷落我，我不习惯夜里身旁没有你。"

说着，她的泪无声无息地掉落，但三浦信泽不为此动容。他坚定地说："夫人，你不得不同意了，她的肚里已经怀有我的孩子，难道你希望我将她们母子丢弃吗？要我眼睁睁看着自己的孩子过得寒酸，我做不到。"

怀里的泪人一听，猛地推开他，动起肝火来，嘲讽道："那我呢？我是你的妻子，对你的行为一再隐忍，你有考虑过我的感受吗？她大可以将孩子生下，再让我们抚养成人。你如今这般执意要娶她，恐怕早就对她有意了吧？"

"平日里你是个知书达理之人，如今怎么糊涂了？同床共枕这些年，你身旁的人是个毫无责任的人吗？无论你如何想，我都不会改变决定！"他脸上露出一丝疲倦的神色，不愿再同她争论。

"是你不明白我的心，问世间有哪个女人愿意与别人共享自己的丈夫？你定是对她有意多年，既然你执意要娶，那就莫怪我日后不待见她。"

他早已预料过此事的后果，但樱井佐知子的反应完全超出他的想象。只是樱井氏不知，若丈夫和初恋情人结为连理，日后她做再多，亦是徒劳。她若伤害那个女人，挽不回他的心不提，更不要奢望他多看你一眼，即便是看了，也毫无温柔可言，反倒增生厌恶之情。

小栗美砂是一名刀匠的女儿，他的父亲手艺很好，名扬内外，因此引来许多达官贵人的委托，三浦将军便是其中之一。他们住在竹林里的一个小木屋里，方圆一里只有这一户人家，周围极为寂静。

出征前的两个月，三浦将军携幼子出来游玩，他记起要送儿子一把精致牢固的宝刀，便骑着一匹雄壮的黑马前往竹林，将马安置好后，然后按照记忆寻小木屋。

这一日，小栗刀匠和女儿正在屋外嬉戏，见三浦将军到来，来不及让女儿进屋，便施了一个大礼。他们两个爷们坐在竹凳上探讨制剑的细节，从用

料到刻什么样的花纹，时不时传出笑声，又滔滔不绝，像两个相识多年的挚友。

  他们没有注意到两个孩子，三浦信泽随手捡起翠竹，忆起父亲教的剑术，顿时玩心大起，将竹当作刀肆意地舞弄，引得落地的竹叶翩翩起舞。这一幕吸引了小栗美砂的眼球，她远远看着他，拍手赞叹："真厉害！除了舞剑，你还会其他的吗？"

  "当然，但这里既没马也无弓箭。"他点点头，望了望四周。

  小栗美砂莞尔一笑，一溜烟的时间，就从屋内取出弓箭，递给他。不知是谁弄好了箭靶，三浦信泽站在箭靶前几米，喜出望外地盯着她。

  先是三浦将军射了一箭，直击红圆的中心，刀匠拍了拍他的肩，赞叹："好！多年过去了，只增不减啊！"

  说罢，刀匠取过将军手中的弓箭，亦一箭直射正中心。小栗美砂兴奋地拍手称好，她更期待接下来三浦信泽的箭术。只见他稍微走上前了些，神色认真，全神贯注地直视红圆的方向，一眨眼的瞬间，三根箭像一家人似的稳稳地站在红圆范围内，风一吹，似乎还能听到它们在笑。

  伫立在三浦信泽身后的三人，其中两人欣慰地相视一笑，一人被惊得张大了口。小栗美砂也练过箭术，但她练不好，臂力不够，而仅仅年长她两岁的少年，箭术却相当了得。

  此次一别，竟十多年后才重逢。当时刀匠刚去世，小栗美砂拿着父亲所剩无几的盘缠来到一家饭馆当侍女。饭馆的生意极好，但侍女只有二三人，小栗美砂每天都忙得来不及看清客倌的脸。

  是夜，接近子时，小栗美砂从厨房出来，听见倚在门口的侍女在谈论一个男子："听说，那个年轻英俊的少将每夜都来这里喝酒哦，他皱着眉的样子都好帅！"

  "噢，你是说年纪轻轻就上战场杀敌，剑术马术都很厉害的三浦信泽吧？"

  "是啊！你看那间小雅阁里，他还在那里坐着喝酒呢！只是无人敢靠近,虽方方面面都很好,但他对女色有些抵抗!"

小栗美砂轻咳了几声示意,两个侍女有些惊慌,低着头匆匆地走了。她望了望那间雅阁,犹豫了一会儿,发觉想见他的心很急迫,便悄无声息地走去。她拨开幔帐,见他左手撑着脑袋,右手握着酒壶,眼神忧郁,似乎有许多话想说,却没有认真听他说的人。

她跪坐在他对面,静静地看着他。三浦信泽看清来人是小栗美砂,很是高兴,寒暄了几句。今夜旧友、美酒皆有,衬着窗外花好月圆,她替他斟酒,自己也小啜了一口,而他借着酒劲,向她大吐心中的不快。两人谈起现状,又忆起昔日,雅阁内时而传出哽咽的声音,时而传出笑声。

直到这一刻,她才得知三浦将军 10 年前英勇牺牲,那年幼的他是如何度过那段残忍的日子的呢?一个人,很辛苦吧,思念的人远在天边,彼此之间再也拥抱不了,亦见不了面,即使他再坚强,也会在夜里偷偷哭泣吧?想到这里,她的心好似被刀片轻轻划过般,疼痛不已。她突然移到他身旁,温柔地拥住他,像一位慈母般。

(2)

正因为有过同样的经历,她更不敢轻易说些安慰的话。于一个深陷苦难之中的人而言,能说到他心坎里的人寥寥无几,一个拥抱则是最好的安慰,亦是最温柔的力量。

怀中的人愣了一会,可能是深夜,人脆弱的情绪容易被释放,亦可能是酒精的作用,他的头枕着她的臂弯,悲伤一涌而上,忍不住小声地啜泣。

不知过了多久,三浦信泽感到乏了,便随意躺在榻榻米上。小栗美砂脸上一片绯红,想是喝得八分醉,她俯身凑近他的脸,端详了一遍,又一遍。他下颌的胡茬没有处理干净,日益堆积的心绪无处释放,五官长得好看,却略显憔悴。她扶起他,摇摇晃晃地走进客房,两人一躺下便睡着了。

两人重燃旧情,可是没过多久,三浦信泽又要上战场,临走时,他深深地看了她一眼,允诺他若胜利归来,就娶她回府,从此相爱度过这一生。

他一走就是三年，佳人在水一方，日夜盼着他早日归来。短短三年，于小栗美砂而言，却好似已过了半生，亦正是这三年，她不仅成了掌柜的心腹，还爱上了宋词。夜里她读到"莫道不消魂，席卷西风，人比黄花瘦"这三句，特意到镜前观察自己的脸色，发觉最后一句最符合自己，不由得心疼自己。

归来的当日，天皇在朝上赏赐三浦信泽一桩婚姻，且不由分说。他的心情一下跌入了谷底，无法抑制心中的肝火，便掉头就走。那一瞬间，他只想拉着小栗美砂私奔，抛弃荣华富贵，一同浪迹天涯。

冬日里出奇的冷，能延续至春日。小栗美砂屋内的温度不高，加上体质下降，便着凉了，常在夜里咳得无法入睡。管家请示大夫人，却被她三言两语打发了去，他只好取些廉价的黑石送到西寝殿。黑石一烧就会烟熏整间屋子，小栗美砂又只好走出去，站在屋外冻得瑟瑟发抖。

好在孩子平安出世，长得也健全。从此三浦府中热闹了许多，人人觉得男婴像极了少爷，尤其是那一双清澈的凤眼，仿佛是一个模子里刻出来的。樱井佐知子听了下人的叙述，不屑地笑了笑，却忍不住心中的好奇。她理了理华服，欣然前往西寝殿。

她眉目和善，瞧了瞧妇人怀中的男婴，温婉巧笑道："妹妹，你好生养着，乏了就让下人去做。哎呀，这孩子长得真像三浦君，胖乎乎的脸真是惹人怜爱！"

小栗美砂先是一愣，随之移除了嫌疑之心，但仍恭恭敬敬地说："有劳夫人过来看望，妹妹也请夫人注意身体，如今昼夜温差大，可不要感冒了才好。"

樱井佐知子握着她的手，轻轻拍了拍。又招手让奴婢端上一对银镯，小栗美砂起先推脱，夫人虽是一枚弱女子，但气势丝毫不减，她说妹妹若是不收下，便是看不起我了。小栗美砂不再推脱，便受了。

府中上下都在传两位夫人终于和睦相处，三浦信泽从朝中归来，听到此消息很是高兴，又有些内疚。他之前和大夫人一直冷战，接二连三地上战场,已经许久无法顾及她。 他走进东寝殿,微微松了一口气,笑道:"夫人,感谢你。"

她转身,脸上流露出欣喜之色,娇嗔道:"你我夫妻之间说什么谢字,倒是你已经许久没来我这儿过夜了!"

他从身后抱住她,脸贴脸说道:"明日我就要上战场了,家中大小事宜就交给你,劳你多费心,替我照顾她们母子!"

他说到"母子"二字时停顿了一下,她立即领会,笑着点头示意他不需担忧。

一场大战,多则几年,少则要打几个月。 樱井佐知子时常收到三浦信泽的家信,他每到一个营地驻扎,便会写一封。 她坐在油灯下看信,得知他已走远,她的脸上流露出一抹奸诈的笑容,像是在盘算什么。

天微亮,风有些凉。 小栗美砂惯性地摸了摸身旁,这个动作重复了几次,却未触摸到男婴柔软的肌肤,她立刻睁开眼,猛地坐起来,四处找自己的孩子,却如何也找不着。 整个人未上妆,亦来不及换衣,便像个疯子般跑出去,四处喊:"我的孩子不见了,我的孩子不见了!"

众人闻声推开门,飞快地来到她的房外,着实被她失礼的模样吓一跳,管家先开了口:"二夫人,二夫人,你告诉我,发生什么事了?"

她哭得撕心裂肺,双手抱头蹲下身,嘴中反复念叨着:"我的孩子不见了! 我的孩子不见了!"

小栗美砂因此得了疯病,病情时好时坏,樱井佐知子顾虑到三浦信泽的颜面,便将她幽禁在西寝殿,不犯病时就可以出门晒晒太阳。 没过多久,小栗美砂就去世了,原因不明。

三个月后,三浦信泽携了一把木刀回府,他满心欢喜地走进西寝殿,却不见其人,便问管家。 管家低着头,支支吾吾的,他意识到一定出了大事,便怒道:"你若对我有所隐瞒,我就将你遣回去!"

管家说清了来龙去脉,三浦信泽大惊失色,疯了般跑去坟场,在那里哭了一日。 他面如枯槁,一副心如死灰的模样回到府中,樱井佐知子看了很是

焦急，她唤了几声他的名字，那人却没应答。

下一秒，她站在他面前，心疼地看着他，说了句让他讶异的话："我怀了你的孩子，已经三个月了。"

刹那间，三浦信泽感觉自己的头很是沉重，恍惚之间，看不清她的脸，整个人倒向她。再次醒来，是三日后，太医说，将军是伤心过度，加上劳累，但休息几日，喝几服药调理一下就会好，不必太担忧。

十月怀胎，樱井佐知子非常珍惜这来之不易的孩子，她事事都小心翼翼。三浦信泽没再出征，虽常陪在她身旁，但已无往日的热火的感情。某个夜里，樱井佐知子正睡得甜，耳边却时不时飘来阴森的女声："还我孩子的命来！快还命来！"

她闭着双眼不敢睁开，全身往三浦信泽的怀里缩。不仅如此，每当她们在树下时，都会有一阵冷风侵袭，即便是夏日，亦出奇地凉。孕妇对这些很是敏感，便急忙回屋。他们没有看见，树后有一个身影。

日子一天天的过去，樱井氏的肚皮一天天鼓起来，像一个快要爆炸的气球。她十分期待孩子的诞生，日夜轻抚肚皮，对他滔滔不绝。

怀孕八个月时，她用过安胎药之后，突觉自己内脏被虫子撕咬了般，疼得在地上尖声嘶叫，面色十分苍白。三浦信泽抛下宾客，闻声跑去，只见妻子的腿部流了一淌血，像是要生了。他急忙让管家找产婆来。

产婆很快就来了，看了眼被血染红的床单，她面色难看，忧心忡忡，恐怕将有一人不保。

起初暖风吹拂，不一会儿，空中乌云压顶，暴雨欲降临。两个时辰不到，产婆出来了，她垂头丧气地说："对不起将军，夫人流血过多，没能保住他们。"

三浦信泽瞪大双眼，拨开她们冲进去，见孩子的半身未能出来，他紧握她的手，摇头哭泣："夫人，你别睡，我不准你走，听见没？你不能走。"

樱井佐知子淡淡地笑，擦拭他的泪水，可是她已用尽了力气，再也抬不起手了，不一会儿，便没了气息。她死不瞑目，是他替她合上了双眼。众人的沉浸在悲伤之中，未见到一个黑暗的角落里有身影一晃而过。

在阴间，小栗美砂倚靠在孟婆桥上，像是在等一个人。见那人来了，她没行李，轻蔑地笑道："姐姐来了！等你许久了。"

"你等我做什么？"她直视不讳。

"当然是有话要问你。当初我的孩子莫名失踪，是你做的？"她问。

"你自己当母亲的，不看好孩子，却质问我？不过，到了这里，也不妨直说了。是的，就是我做的，我将他丢去喂了狗。呵！谁让你勾搭我丈夫！"她一扬头，脸色大变。

"一报还一报，现在你们也死了！恐怕三浦家就要断子绝孙了！哈哈哈，都该死！"她那令人毛骨悚然的笑声，传遍了阴间的每个角落。

两年内，三浦府上的两位夫人去世的消息传遍了大街小巷，再也无女子敢踏入府中，又有人传言那个地方是妖怪捣乱，因为三浦信泽的死惹来妖怪，所以府邸成了一栋无人敢靠近的凶宅。

流川说这个故事是他自己虚构的，据他真正的了解，真正的文车妖妃是日本奈良时代末期的天皇宠妃，妖艳无比，是风华绝代的佳人。当时天皇身边另外一宠妃藤原元方之女佑姬十分嫉妒。村上天皇擅长和歌和汉诗，将日本王朝文化培育开花，天皇平生最大的夙愿便是早得子嗣，但天不遂人愿，其后宫三千佳丽竟无一人怀有龙种——因此，谁能诞下第一皇子便成了宫廷上下最为关注的事情。所以当文车妃产下第一子的同时，佑姬幽禁了她，并把婴儿杀掉喂了狗，文车妃子因此而疯掉，于3年后猝死。死前用血写下诅咒，此后佑姬虽然生了广平亲王，但是也过早猝死。据说广平亲王死前有人看到一个长得十分像文车妃的女人出现在广平亲王的宅邸。

第二十四章 食心鲛人，眼泪珍珠

(1)

我和司徒天互相看了对方一眼，同样想着宫心计还真不是一般的恐怖，各种勾心斗角。

我驮着尸体让流川给我喂了一口饼干，说道："流川，你等会讲个感人点的故事。"

流川点了点答应我的请求，吃了一口饼干，把剩下的饼干丢给司徒天，又接着讲故事。

日本明治时期（1868—1912），鲛人传说开始盛行。传闻鲛人驻身北海之巅，是一种专门勾引男子心魄，并且将他们的心全挖出来统统吃掉的奇特生物。因其上身化为漂亮女子，下身为鱼尾，所以又被称为美人鱼，听说吃了她们的肉便会长生不老。

因为鲛人个个生得美丽，遂又有传闻曰，鲛人很痴情，一生只会爱上一个男子，并且会一生铭记。她们一生只会掉下一滴眼泪，那天便是她们的死祭，眼泪会化为珍珠，说是真爱之珠，若是情侣得到便会一生相守。

所以一些有着不良企图的人，正试图寻找她们的踪迹。

沐直青藤是明治天皇身边顶尖的棋手，深得明治天皇的信赖。也因为如此，被朝中反对势力视为眼中钉，下棋时被他人陷害，被天皇剥夺作为国手的资格，因此每日痛不欲生。

自那以后，他便觉得日子挺难熬，基本上每天都处于一种空闲无聊的状

第二十四章 食心鲛人，眼泪珍珠

态，即便自认为精力旺盛的他也感到了深深的疲倦，他的身心就像久涸的干河急需得到雨露的滋养。他已经觉得生无可恋，不过他觉得这样死去，未免有些令人遗憾。

所以他决定出去走走，第一个想到的便是去九州的北海。还记得很多年前，一直憧憬着北海美丽的风景，如今时过境迁，不知道北海变成什么样子了呢？

他一个人开始了准备自己首次的也是最后一次的长途旅行。很快他的好友上级武士佐佐木便察觉出了沐直青藤的异样。

当佐佐木知道沐直青藤想要出去旅游的想法之后，表示双手赞同，居然很快就打好了行李，说是择日不如撞日，撞日不如就日，因为他很清楚沐直青藤现在的心情！弄得沐直青藤也是哭笑不得，沉重的心情轻松了不少。

虽然还是在一年一度的祭祀期间，但是佐佐木依然坚持了他的选择。按照佐佐木的说法，这才是青春嘛，不违背指令的青春就如同没有梦想的童年，那么你的青春就会死在昨天。对于他这一套奇异的道理，显然沐直青藤完全不明白，但是，他依然很高兴。因为对沐直青藤来说，行走势在必行，佐佐木肯离开职位陪他行走，他很是感动。

沐直青藤打理好家里的一切事宜便开始了他的漫漫征程。

就在他们快要出城门的时候，城门守卫却是拦住了他们的去路。

"祭典的路在你们的后面，你们不会迷路了吧？"守卫头领西下山和说道。

沐直青藤显得有些尴尬，居然忘了城门这一茬。

"出去游历少了我怎么行呢？哈哈"就在我左右为难之际，西下山和突然笑起来并且不知道从哪里提出了他的背包跨到他的肩上，显然他早就知道沐直青藤要去九州的消息，已经准备好了行李。

沐直青藤再向身旁的佐佐木看去，佐佐木居然用戏谑的眼神看着沐直青藤，很明显佐佐木和山和早就串通好了！这下可好了，独自的旅行梦想彻底泡汤了。

沐直青藤也只是苦笑着摇了摇头。

"听说有人要逃跑呢？"

沐直青藤几人还没走几步，后面又传来了一阵令人背脊一凉的声音。

沐直青藤险些一个跟跄摔下去，又会是谁呢，眼看还差一步就能离开这里了。

"禾，禾子小姐？"

"跑路都不叫上我，你们也太不够意思了吧。"居然是禾子，天皇的掌上明珠！只见她将背包随意的放在肩上，满脸怨恨地望着沐直青藤，很显然，她也是早就得到消息了！很明显她也不是一个安分的公主啊。从小便是像个男孩子一样与他们打成一片。

他们互相对视了一眼，觉得很是好笑，这下有意思了，这还真变成旅行了。人也到齐了，这下我们总可以出发了吧。沐直青藤心想道。

沐直青藤单手一挥："好，那我们出发。"

"等等我！"

"你做什么？"禾子愤怒地问道。

"我要保证禾子小姐的安全，加上你就这样走了，天皇肯定会打死我的！"她拎了很多东西，加上急速奔跑，说话有点上气不接下气。

"你不能去，你走了，谁来应付我母亲大人！"顾不上她狼狈模样，禾子一口否决道。

"不要，除非小姐你打死我！"

"算了，让她一起吧，我们再不走就来不及了。"沐直青藤很是无语地说道。

就这样，他们一行五人踏上了漫漫的旅程。

他们迈着轻悦的步伐，洋洋洒洒地登上了去九州北海的游船，此时已近黄昏。刚上船禾子就开始了漫漫的寻觅之旅，她说要游览游船的每一个角落。佐佐木在此刻却是不得不担起了保护禾子安全的重责，也就跟了前去。

西下山和说他不喜欢人多的环境，于是回到了自己的房间。

第二十四章 食心鲛人，眼泪珍珠

现在只剩下沐直青藤一个人。虽说终于如愿以偿，但是却有种被遗弃的感觉。沐直青藤独自一人来到了甲板上，找到了一个人迹稀少的角落。瞭望着海角落日的余晖，眼神之中尽是悲凉之意。

想到自己的家乡已然被自己抛在了身后，思念之情犹如失缰的野马直上心头。自己此去便不会再回家了吧，他如是想着。

沐直青藤无意间注意到身旁出现了一股沁人的暖意，让人觉得很是舒畅，但暖意之中似乎又有着其他的成分，不过似有似无，让他又有些不自在，到底是什么呢？沐直青藤怀着疑惑的心情向身旁看去。

这一看还真吓了他一跳，或许是他太专注了，禾子小姐不知道什么时候站在了他身边。

她现在正一脸专注地望着沐直青藤，他心里咯噔一下跳得很是厉害。然后更加令人觉得惊讶的是禾子小姐居然突然向他伸出了手，这一切发生得太快，沐直青藤连反应的时间都没有，直接愣在当场，这是什么状况？

"难道禾子小姐要向我表白吗？不过也太唐突了吧，如果她要问我，我该怎么回答呢？我还真没想过啊！怎么办！怎么办？"沐直青藤内心极度挣扎着。

就在他陷入自己无尽遐想的空间时，禾子的手已经触碰到他的脸颊，沐直青藤忐忑的心情更加不言而喻，虽然很想阻止，但是这样也还是不错呢，还不如顺从来得好，他也不吃什么亏。越想越觉得心跳得厉害。

但是禾子的手只是食指触碰了一下他的脸颊就将手收了回去，这不由得让沐直青藤有那么一丝的失望，看来是自己想多了，沐直青藤的一切情绪瞬间平稳了下来。想来也是，禾子小姐再怎么说也是个公主，怎么会这么喜欢一个低下的棋手呢？

不过她收回去的手没有放下，而是将手指放在了嘴唇上润了润，眉头紧蹙，看似很认真地思索了一会，这次不知道是因为什么，沐直青藤突然觉得禾子很是楚楚动人，她的一举一动，一颦一笑，竟然让他生出一笑百媚生的感觉。是错觉吗？只觉得今天的禾子较之从前有着很大的不一样，具体是

哪一点，他也说不上来。

"喂！你怎么了？"禾子一边在他的眼前挥着手，一边轻声叫着沐直青藤。

沐直青藤这才注意到，自己呆呆地望着禾子很久。

"没什么。"他装作毫不在意的样子擦掉眼泪，"海风太大，眼睛有些受不了。"

对于沐直青藤的感受他并不是很想让别人知道，毕竟并不是每一个人都有兴趣分享你的悲伤，加之他觉得和禾子还没有达到知心的程度，也没有必要让她知道。

"是吗？"禾子深深地看了他一眼，沐直青藤居然从她的眼内看到一丝深深的失落感。

很快她便转过头眺望着暮色下的海角，以至于沐直青藤也不敢相信自己看到的情景。

邮轮在此时拉起了长鸣。他们就这样怀着莫名的心情静静地瞭望着远方。

"我还记得以前最开心的就是坐在海边看日落，因为每次看到海上的日落，心情总有种莫名的满足感。"不知过了多久，沐直青藤还是忍不住打破了令人尴尬的境遇。

"那现在多了一个人了呢！"禾子脸上写满了天真与无邪，像是戏谑的询问他道。

"嗯？"沐直青藤惊讶地望着她，显然他还不明白现在的状况，他零下的情商在此刻被暴露无遗。

"如果哪个女孩子嫁给你，一定是世界上最幸福的人。"禾子很快恢复了正常，淡笑着看向远方。

沐直青藤在此时却陷入了沉默，所有的心绪一下子跌到低谷。

禾子发现他的异常，小心地询问道："我说错了什么了吗？"

"没有。"沐直青藤深吸了一口气，想到自己即将离开这个世界，心情又低落了不少。

"对于一个将死之人,我也给不了谁幸福了。"

禾子惊讶地看向沐直青藤,见他现在失落的表情,也就很识趣的没有说话。

海风轻轻拂过,沐直青藤的头发也随风有着丝丝凌乱。

"你是个好人! 好好活下去!"在沐直青藤听到这句话的同时,心中有种莫名的悸动。

不过,他并没有去看此时禾子是用怎样的表情说这句话的,他也没有回应。

两个人就这样一起眺望着海天之际,各怀着自己的心事。

沐直突然想起禾子应该是和佐佐木一起,怎么只有她一人,他刚想问,身后传来一阵喧闹。

他顺着声源望去,发现不远处围上了好多人。居然有人在船上打起来了,这可有意思了,如果让佐佐木知道怕是会兴奋得不行,一定会前去以劝架之名大展拳脚的! 光是想想都让沐直青藤觉得好笑。

不对,沐直青藤发现那肇事主角身影有那么些熟悉,他再仔细一看,不是别人,正是佐佐木本人! 而他身边的女子也是那么的让人觉得熟悉,她的背影竟与禾子有着诸多的相似之处,要不是因为禾子小姐就在自己的身边,沐直青藤怕是会认为那便是禾子吧? 想必是佐佐木又去哪里勾搭的女孩吧,对于那边发生的事情沐直青藤心中也有了一些定数。

像是这种事情,在佐佐木身上也不是发生一次两次了,所以沐直青藤早就习以为常了。

"我们过去看看吧。"沐直青藤准备拉上了禾子赶过去,但是,让沐直青藤惊讶的是,他直接抓了个空,他身边什么人都没有,就像禾子直接消失了一般!

我再看去,佐佐木身边的女子赫然便是禾子本人! 为了搞清楚状况,他急忙向着佐佐木那边赶去。

"好好活下去！"不知从哪里传来一阵微不可察的声音。不过沐直青藤却没有听到。只是这时沐直青藤心中生出了一种不好的预感，具体是什么他也说不上来。

沐直青藤加快步伐来到佐佐木的身边，发现西下山和还有小侍女都在这里。见禾子正愤愤然地站在人群中间，与一群人对峙着，想必是这个娇气的公主又在使孩子气了。

"沐直，你来得正好，这些家伙竟然不让我上去，你来给我评评理！"

见禾子气势汹汹的样子，此事怕是不能善了了。她与刚才和自己见到的禾子气质完全对不上，准确说来，这个才是真的禾子！沐直青藤琢磨了大半天，居然都不知道自己在想些什么了，完全乱了！

"沐直，你发什么愣？"

"噢，发生了什么事？"

"他们欺负我！"

"大人明鉴，只是即将遇上暴风雨，顾及客人们的安全，我们才禁止有人上船顶的！我敢发誓，我绝对没有对小姐不敬的地方！"

禾子向来就不是省油的灯，想必是她想上船顶被人阻挠，公主气大发的结果。沐直青藤看向佐佐木和西下山和更加证明了我的判断。不过暴风雨？这片海域怎么会有暴风雨呢？

"原来是这样！如你所言非虚，我代这位小姐向你们道歉，如果你故意欺瞒，我也保不了你，这样可好，我敬爱的禾子小姐？"

她把头扭到一边算是默认了，挥动着拳头说："你若敢欺瞒本小姐，我绝对会打你！"

这样禾子才勉强放过他们一马。见天边黑压压的一片并且不时吐着雷蛇，大家都回到自己的住宿躲避即将到来的暴风雨。

"真奇怪，这片海域一向风平浪静，怎么会突然遇到暴风雨呢？真是见了鬼了！"佐佐木见多识广，依旧埋怨道。

"佐佐木，你实话告诉我，禾子小姐一直和你在一起对吧？"

第二十四章 食心鲛人，眼泪珍珠

"肯定啦，她这脾气你又不是不知道，我不跟着怕今天会闹出更大的事！那我怎么对得起天皇对我的厚爱呢！"

我突然意识到了什么，沐直青藤再仔细打量了一下西下山和身边的女人，是铃木千夏无疑！对于我的种种表现，西下山和尽收眼底。

"你确定？"

"沐直，你怎么了？"

"没，没事。"

西下山和若有所思地看着沐直青藤。

就在这个时候，船开始摇晃起来，并且明显听到非常多的撞击船体的声音。

"快看，有人！"沐直青藤一行人听到这里，立马跑到甲板上一看究竟。

不知道什么时候他们的船驶到了一个海湾里，四处都是礁石，礁石上零零散散地坐立着很多女人，并且每一个人都堪称绝色美女，但是很是骇人的是，他们只有上半身是人形，下半身是鱼尾巴。

"鲛人？"西下山和直接脱口而出，面色渐渐变得凝重。

"快堵上你的耳朵，还要将自己绑起来！"

"慢着，那东西是美人鱼吗？我还是头一回见到。"佐佐木显然非常兴奋。

"表面上看起来祥和友善，如果一旦饿了，会把你吃得连骨头都不剩！"

(2)

"不用这么夸张吧？"

"大家快躲起来！"西下山和果断下达命令。

在大家都进入船舱内之后，西下把沐直拉到一边。

"沐直，你听好了，你一定要记住我后面说的每一句话！"

"西下，你干吗？这样很吓人！"

"沐直，听着，现在我们所有人的命都交给你了！"

"什么？你在开玩笑？"对于西下的举动沐直青藤有点不解，认为对方是在说笑。

"仔细听着，我会和佐佐木负责保护禾子公主不受到鲛人的侵袭，但这并不是长远之计，我们坚持不了多久，而你才是关键！"

"你说什么啊？我完全听不懂！"

"听我说，鲛人中有一个已经对你产生了印记，你需要做的就是找到她，得到她的眼泪，并且用这个刺入她的心脏！只要你这么做，鲛人便会撤退，我们也会获救。"说着西下将一把匕首递到他的面前。

"什么？我怎么可能做得到，我怎么可能得到眼泪呢？还要我杀人？我做不到！"沐直心中的不安在持续地增长。

"沐直！这会让你很难接受，但是你和她曾经相遇过，你不记得了吗？"

"你说什么？"

"看来只有最后一个办法了，原谅我，沐直！"说着西下山和强行让沐直青藤吃下了一个奇怪的东西，并且熟练地在他穴位上插起了针。

"西下你干什么？"容不得沐直青藤思考，他的脑子一瞬间像是要炸开一般疼痛起来，很多奇怪的画面像是播电影一样快速播放着。

佐佐木想要去阻止，但是却被西下山和一掌击倒在地上，直接晕死过去！

"你？西下山和，我以公主的身份命令你，快停下。"西下一下子停了下来，看了一眼禾子，继续着自己手上的动作。禾子被吓得说不出话来，因为那眼神，太过可怕！

在这时船摇晃得更加厉害了，想必是鲛人已经开始进攻船了。原本晴空万里的天上瞬间乌云密布，还掺杂着隆隆的雷电之声，狂风也开始呼啸起来，甲板上都是人，他们都是听到奇怪声音迷失心智的人，不断地在呼喊着自己心上人的名字，还有人直接跳海的。

这时沐直青藤脑海中出现了一个美丽的鲛人。那是他很小的时候，他父亲带他出海的时候遇到风浪，不幸与父亲失散。在他垂死之际，有一个人将他拖上了岸，他才得以存活下来。

虽然他很疑惑为什么她会一直在海里，但是她一直都没有回答他。直到遇上皇家船将他带回了陆地，这也是为什么他会在天皇手下做棋手的原因。至此，他再也没有见过她，随时光流逝，他渐渐地将她给遗忘了。

画面一转，他又看到了在甲板上与禾子看日落的场景，对，是她！他全部都想起来了！

"沐直，相信我，只有你才能拯救这一切！"

鲛人在这时候开始登船了，但是与美人鱼不同的是，他们手上都拿着长长的鱼叉。一触碰到迷失心智的人，便是慢慢引诱他们往船沿靠去，最后直接抱着他们跳下船。有意志坚定醒过来的人的，被他们直接用鱼叉刺穿，然后疯狂地撕咬着他们的身体后奔向大海。

终于，甲板上的人所剩无几。鲛人们开始注意到船舱内的人们的存在，在一张张美丽的脸庞上沐直只看到狰狞和血腥。他们呼啸着向船舱内冲过来。

"沐直，去做你该做的吧。想活命的，就跟我来！"说着西下山和便是对着鲛人冲了出去。其他人左右望了望，再看了看鲛人，一咬牙，"杀呀！"都提着自己能够作为武器的东西跟着西下山和冲了出去。

鲛人们不断地发出令人作呕的声音。

言语间，早就有几个鲛人直接命丧当场，还有的人杀得起了性，索性直接拿起了倒下鲛人手中的鱼叉。

经过不知多久的奋战，船上的鲛人已所剩无几，说来奇怪，这些鲛人基本没有什么畏惧，哪怕只剩下几只，也没有要后退的意思。这点让人想想都觉得不寒而栗。

在鲛人痛苦的嘶叫声后，包括西下在内所甚无几的人类一起解决了最后一个鲛人。

大家都深感疲惫，有的人直接躺在血流成河的甲板上，互相对视了一眼。

211

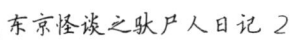

"赢了？"

"我们赢了！"

剩下的几个人，全都兴奋地抱在一起。不过，西下并没有松懈，只是死死望着海面。

当他们打败最后一个鲛人的时候全部都安静了下来，鲛人也似乎死亡殆尽了一般，天空虽然依旧乌云密布，但是缺少了雷电的掺杂。很安静，安静得就连一丝风都没有！

"什么嘛？这，这鲛人也不过如此嘛！"大家尽兴之余又开始数落起了鲛人。

"大家快出来吧，已经没事了！快出来啊！"剩下的人向着屋内的人吼叫道。

这就完了？显然一点也不敢让人相信，沐直青藤开始仔细地盯着甲板上的鲛人尸体，发现有一部分已经开始变得隐隐约约，好像就要消失一般。

"等等！"西下严肃地说道。

"哈哈，还担心什么？都已经死透了，有什么好看的，难道他们还会消失不成？"说话间，他们依旧在寻找着其他人的踪影。

"安静！"

"哎呀，你一惊一乍的干吗！"

其他人这下说不出话来了，因为甲板上的鲛人尸体都在不断消失，而且消失得速度在不断的加快，就连留在地板上的鲜血也在消失，全部都在消失！就像是一场梦一样，全部消失得无影无踪了。他们相互望了望，显得很是不可思议，但是他们身上被鲛人留下来的伤口依旧证明着那些鲛人的存在。

风开始慢慢升起，雷电也从远处开始慢慢靠近，还能听到船身"吱吱嘎嘎"的响声。

"快跑！快进船舱！"

这时沐直青藤在船舱内向西下一群人吼叫着，他们都是愣愣地对视了一

眼，只看到天地正在翻转，准确来说，是船身正在倾斜！在船的另一侧居然翻起好几米高的巨浪！然后，大家不敢置信地对视了一眼，

"跑！"他们齐齐嚷了一句，向着船舱拼命狂奔。

这艘船在此时摇摇欲坠，西下费了好大劲才勉强跑到船舱里。此时一阵海浪袭来，只感觉到天旋地转，整个船瞬间变得漆黑一片，除了隆隆的海水声外，就没有其他的声音了！这船尽然被水完全淹没了！其他人全部被冲进了海里！没过一会，又再次看到了光明，并且能够清楚听到一切的声音，太震撼了！

沐直青藤透过玻璃向外望去，一个与船一样高大的鲛人立在船的面前，只是他并没有幻化成人的样子，在他的头顶站着一个人，依然是美人鱼形象，沐直青藤仔细一看，她竟然和禾子长得一个模样。是她！对！就是她！只是她现在显得那么的冷漠，一副拒人之外的高贵模样。

"这？这是！"佐佐木才醒过来就看见了这奇特的一幕。

突然这个鲛人凌空一举，一道闪电闪在他的手上，直接幻化出一把巨大的鱼叉。他高举着鱼叉，看他的样子，是想要将船直接劈成两半！

不行！这样子所有人必死无疑！沐直青藤直接打开船舱冲了出去，他觉得现在只有他能阻止这一切。

"沐直，你不要命了？沐直，快回来！"禾子不敢置信地叫喊着。

我想，如果真如西下说的那样，那么她一定会认得我，那么，我是唯一可以阻止她的人！

"禾子！"沐直青藤冲出去向着她挥着双手，一时间忘了她叫什么名字了，只好尽力让她发现我的存在，他也不知道叫禾子她是否会回应。

可是她并没有要停下来的意思，怎么回事？难道我失败了？我不甘心，依旧向着她走近一些，我想可能是他没看到我，

"住手！"显然沐直青藤还是失败了，鱼叉依旧没有停。他在此时静静地闭上了双眼，想到所有人都会因为他死在这里。突然他脑中又出现了她的身影。

213

"禾子！"这时，那鱼叉直直停在了半空。

"是你？ 你回来了！"沐直一下子睁开眼睛，发现那鱼叉并没有挥下来。 所有的一切又都安静了下来，那巨大鲛人头上的那个禾子正一脸欢喜地看着他。

沐直终于松下了一口气，艰难地笑了笑："我全都想起来了！"

"那你快上来吧，我还有正事要做，不然伤着你了。"她微笑着对他说道。

在船舱内的佐佐木看到这个场景，已然目瞪口呆。 西下山和依旧面无表情。

所有的人都惊恐地望着那巨大鲛人，还有站在他面前渺小的人类。 因为他们的生命现在正掌控在他们手里。 禾子看到这一切更是直接晕倒了过去。

"你能答应我一件事吗？"

"可以，什么事都行。"

"你不能骗我，那你放过船上的这些人可以吗？"

"就算要我命也行，只要你放过船上的人。"

"不好意思，这件事我办不到。"

听到这，船上的人又开始沸腾了起来，显然他们都知道自己会死。

"你为什么要这样？"

"如果你愿意，我会让你活下去，别再提这件事了！"

"你真残忍！ 他们都不该死！"

"你给我闭嘴！"说着海啸又开始疯狂翻滚。

"让开，不然我连你也杀！"

"不行，算我看错你了，要杀他们，你先杀我！"

这时她的眼角开始闪烁着泪光，问道："为什么你非要逼我？"

"你变了。"禾子来到沐直青藤身前，伸出手抚摸着他的脸颊。

"那你和我走，我不想再被这诅咒奴役，我不想继续杀人。"

"好，就算天涯海角，我也和你走！"

第二十四章 食心鲛人，眼泪珍珠

这话一出口，禾子心中一股暖流涌动，沐直青藤顺势将她给搂入怀中。

"能再见到你，真好！"禾子脸上露出了幸福的笑容。

"你？"禾子突然感到一阵刺痛，巨型鲛人发出了巨大的悲鸣声。

沐直青藤看着他麻木的面庞，慢慢后退，这时西下脸上闪过一丝愧疚。

沐直青藤一个激灵，醒来后发现禾子一脸绝望地望着自己，胸口正流着绿色的液体。

还不等他们反应，好几个震天的声响出现后，一张非常大的网直接套在了巨鲛人身上，还有好几张网直接落在了禾子的身上。另一队同样服装的人用最快的速度站在第二层甲板上。接下来更令人觉得震撼，好几米长的铁针直接打在巨型鲛人的穴位上，直接便是将巨型鲛人锁定得动弹不得。

这时我看到在第三层甲板上走出来一个领头模样的人，戴着面具，披着风衣，他身边也跟了好些人，等一下，居然西下山和也在他身边！

沐直青藤似乎明白了什么。

"火枪队，准备！"

"留下小的，开枪！"

"等等，不要！"沐直青藤想要阻止。

但是他们根本就没有理会，只看见巨鲛人应声倒下，发出一丝不甘的长啸。沐直青藤看见那个鲛人在哭泣，心里也是莫名的一沉，完了。

这时所有人都欢腾了起来，在沐直青藤听起来却有着一种莫名的嘲讽感。

"西下！这都是你干的好事！"沐直青藤恶狠狠地看着西下，西下只是低下头，不敢看向沐直青藤。

"别啊，沐直，他不过只是一条听话的狗而已。"闻声，那个领头的人摘下了面具。

沐直青藤看到这个面庞的时候，直接全身疲软跪倒在地。因为这个人不是别人，正是诬陷他，导致天皇不再信任他，让他失去一切的人，斋藤原志！

215

"哈哈，知道是我也不用惊讶成这个样子吧？ 要知道，当初可是我建议先皇将你带入宫中的。 你还没感谢我呢？"

"什么？"沐直青藤不敢置信地问道，"你说什么？"

"哎呀，不小心说漏嘴了，那就干脆全告诉你把，你知道为什么你会忘掉这个鲛人吗？ 哈哈"

"是你！ 是你！ 一切都是你！"

"哈哈，你现在才明白未免太晚了点吧，不过你倒是第一个见证我长生不老的人，怎么样，我对你好吧？"

"你！"他再看着生命垂危的禾子，"啊！"直接气血攻心吐血而亡。

"死了？ 还想让你看着我长生不老呢，真扫兴。"

"沐直……"禾子已经非常虚弱。

"叫吧，他已经死了，是不是很伤心？ 没事，大声地哭出来吧！"

"啊！"禾子歇斯底里地叫喊着，听不到声音，也不见其掉下眼泪。

"还想呼唤同伴？ 冥顽不灵！ 给我把她拉过来！"

就在这时，不远处掀起了巨大的浪花，仔细一看，海浪里全都是鲛人。

瞬间所有人都慌了，赶紧对着即将到来的鲛人群。 鲛人群的速度很快，以非常暴力的方式冲撞船体，挥舞着手中的鱼叉刺向斋藤原志的人，而他们也向她们开着枪，一时间仿佛世界末日一般。

出乎意料，战斗很快就结束了，双方都伤亡惨重。 鲛人很不情愿地离开了，这时天空开始放晴，礁石也消失不见，一切都好转了起来，只是，禾子和沐直青藤的尸体却消失不见了！

"你们这群废物！ 不是叫你们好好看着它吗？ 废物！"说着开始暴走，掏出了火铳。

在离船只很遥远的地方，这里围着很多的鲛人，在中间有两人，准确说来是一鲛一人。

"我想救他，希望你们成全我。"禾子已经面色苍白。

"我想我已经爱上他了。"当禾子说完这句话，所有鲛人都安静了下来。

第二十四章 食心鲛人，眼泪珍珠

然后，他们开始一个个依依不舍地离去。

"感谢你们！"禾子用尽了最后一丝气力向他们深深鞠了一躬。

"还有你，天真又脆弱的你，没有了我你受伤了怎么办？"说着她的眼角开始闪烁，一滴眼泪掉在了对方的手里，变成一颗珍珠。

"我要惩罚你，带着对我的爱，永生永世地活下去！"禾子把珍珠强行喂到了沐直青藤的嘴巴里头，用手轻抚着对方的面庞，面带微笑地慢慢变成了海浪。

第二十五章　玉藻前，九尾狐

(1)

司徒天听完鲛人的故事，感动到双眼通红，咬着下嘴唇，恶狠狠地说道："流川，因为你刚才的故事让我哭了，所以为了安抚我的心情，你必须另外再讲一个故事！如果不讲，小心我揍死你！"

流川当时就震惊了，内心完全崩溃，摊上司徒天这等朋友，只能说如果不能反抗，还是选择认命吧。没错，流川统计过跟司徒天的斗争中，没有一次胜利过，每回都是他败下阵来，讲新的故事。

果不其然，流川想了几分钟，才问司徒天和我："你们知道苏妲己吧？"

苏妲己？我岂会不知道苏妲己，连忙点头回答道："知道，亡国之女，九尾狐妖！"

司徒天同样很好奇，接茬说："苏妲己在我们华夏那边，你讲她有何用？"

流川讪笑司徒天无知，马上出言反驳他："别急，你听我说完下面的故事就知道了。"

1120年，日本镰仓时代，天显一妖狐，九尾，常幻化人形。因其魅惑鸟羽天皇而被诛杀，死后怨念不散，化作杀生石，传其源自中国，自称为玉藻前。

公元735年（天平7年），吉备真备遭唐回国，满载而归。是日，天降七彩异云，吉备真备惊恐万分，"吾乃罪人矣！"

第二十五章 玉藻前，九尾狐

阿倍仲麻吕问其缘由，"吾离开大唐之时，遇一疯老道，说船上有不祥之物，非要上船降之。 回程出发在即，哪由得闲人碍肆。 便是将其驱赶，不了了之。 还记得出发当日，便是有这七彩异云！"吉备真备满脸痛苦之色。

阿倍仲麻吕掐指一算，也是震惊不已，当即上报圣武天皇。"此物恐会伤及皇室，还请天皇允以重视！"

"爱卿言重矣，区区邪秽之物，犯不得如是慌张。 当务之急乃是传授唐学，强民之根本，轻重缓急，爱卿还得好好推敲。"

"可是……"

"嗯？"圣武天皇脸色突然变得严肃起来。

虽然阿倍仲麻吕和吉备真备一直担忧着异物出事，但一切都如圣武天皇所言，风调雨顺，国泰民安，也就不了了之。

几百年后，也就是1108年，因崛河天皇突然病逝，年仅5岁的鸟羽即位，即鸟羽天皇。

是夜，安倍晴明夜观星象，大恐。 安倍泰亲甚是疑虑，安倍泰亲的爷爷也就是安倍晴明，向来稳若泰山，今天为何却突现惶恐之色？ 不过他并没有敢问，因为他常被教导，不做多余之事，不问多余之话。

安倍晴明连夜赶往白河法皇居所。"你是说，天降有妖物出世？ 还会危及皇室血脉？"白河法皇被深夜吵醒，深感不悦，"休要危言耸听，要是乱说，可是杀头大罪！"

"微臣不敢信口雌黄，如有半句虚言，自当以死谢罪！"

"哦？ 可知是何妖物？"

"在下不知，但以星象来看，必是祸乱天下的不祥之物！"

"你确定？"

"在下确信无疑！"

"此事姑且不要声张，你去查探此妖物的来历样貌，我会负责保护天皇安全。"

1115年，鸟羽天皇下令举行狩猎大赛，获胜者将会有丰厚奖赏。 比赛开始不久，原本作为裁判的鸟羽天皇也按捺不住自己天生贪玩的性子，举上弓箭，骑上骏马激越地奔进了狩猎场，吓得身边侍卫急忙追上去。

就在这时天地异象，天边出现九彩异云，但稍纵即逝。

"这是？"虽然异云只出现了一瞬，但依旧未能逃过安倍晴明敏锐的洞察。此时安倍晴明正在家中教授安倍泰亲，"不好！"安倍晴明大叫一声，便冲进书房，将安倍泰亲置于一旁。

安倍泰亲倍感疑虑，也是跟了进去。"居，居然出现了！"，安倍泰亲一进去就看见安倍晴明呆坐在地上，嘴里不断念叨着。一卷史料掉落在安倍晴明的脚边，安倍泰亲前去拾起，准备归于原处，但依旧忍不住自己的疑惑，好奇地看了一眼，史料上是这么记载的：

"公元717年（养老元年），我吉备真备有幸被天皇选作遣唐使前去大唐，同去的有阿倍仲麻吕，大和长冈……"全都是一些吉备真备去大唐的自述，也没什么不一样。安倍泰亲相信安倍晴明的现状定是与此卷史料有关，他还是选择了继续观看下去，他讶异地发现有一部分用着红色的字迹，上面写道：

"公元735年，本是个学成归来的好日子，只见天边出现七彩异云，我知道，我犯了一个弥天大错！"

安倍泰亲没有再看下去，因为史料就此被人为截去，戛然而止。

"九彩，九彩……"

安倍泰亲正疑惑之际，听到了安倍晴明的呢喃，"爷爷，你说什么？"

"吉备真备时它是七彩，如今出现了九彩！"安倍晴明自言自语道，"原来如此！"

"爷爷？"

"我就说为什么它当时没有出世，原来它当时受了重创！"

"难道吉备真备所言非虚？"

"难怪我查它好几年却一直杳无音讯，一无所获。"说着他看了安倍泰亲一眼，然后闭上了眼睛陷入了沉思。一会儿之后，他突然睁开了眼睛，眼神中多了一丝寂寥与无力,"泰亲,爷爷对你如何?"

"爷爷对我很好!"安倍泰亲不清楚安倍晴明为何会如此问,只是他察觉到安倍晴明苍老了些许,也就明快地回答了。

"很好,你跟我来。"说着安倍晴明扭了一下茶壶,一道密室大门缓缓打开。

回到狩猎场,鸟羽天皇正四处寻觅着自己的猎物,突然听到有女子在呼救。不过声音微不可闻,鸟羽天皇还以为是自己的幻觉,在这深山老林怎么会有女人呢,仔细一听什么声音也没问有,也就没有做理会。

可就在他快要找到自己的猎物的时候,"救救我!"那呼叫声又再次传来,明显听到在很远的地方有个女子在呼喊,"有谁在吗?"可以听得出来这个女子很年轻,也应该很漂亮。

鸟羽天皇在确认了声源之后,快马加鞭赶了过去。"大家快跟上!"鸟羽天皇的近侍们全部奔跑着跟上他的步伐。

在鸟羽天皇骑了一段距离后,那个声音却是突然消失了。难道自己跑过了?鸟羽天皇放慢了速度,开始仔细寻找了起来,不过,他的注意力却放在了那个消失的女子的声音上。

"快!往那边跑了!"一群人快马加鞭地赶了过来。

只见一只九条尾巴的狐狸快速在树林间穿梭,"居然有九条尾巴!还真是稀罕,别让它跑了!"

"它跑得可真快,都中了一箭了,居然还能跑这么远!真是不可思议。"

"你们闪开,让我来,这么追下去什么时候是个头!"说着一个人拉开了自己的弓,箭脱弦而出,在空气划过带出阵阵"嗖"声。

原本瞄准狐狸心脏的箭,被突然冲出来的黑色影子打断了原有的路径。在他们惊讶之余,一阵马啸声从箭的方向传出来,一个人影从马背上掉了下来。

"是谁?"那个身影从黑暗中走了出来,并且后面鸟羽天皇的亲侍也是跟了过来,刚好拦住了受伤狐狸的去路。

"鸟羽天皇？"见到出来的被摔的狼狈男子，其他人全部傻眼了。

"是谁胆敢暗算本皇？"

所有人急忙跪下去不敢说话，"天皇恕罪！"射箭的男子声音颤抖得很是厉害。

"我们本是追寻九尾狐狸而来，没想到鸟羽天皇也在此处，臣下罪该万死！"

"臣下罪该万死"其他人也是随声应和着道。

"哦？ 九尾狐狸？ 是有九条尾巴的狐狸？"

"回天皇，是这样的！"

"那它现在何处？"鸟羽天皇因为从小失去双亲，得不到家庭温暖，转而在游玩上花了不少心思，猎奇也自然是他的本性之一。

"鸟羽天皇，它在这里！"鸟羽天皇的近侍从后面叫喊道。

这时没有退路的狐狸正强提起自己最后的气力，向着这群人类对峙着。

"让我瞧瞧！"鸟羽天皇显得有些迫不及待。

这只狐狸毛色亮丽，九条尾巴每一条都有着自己的特色，不多也不少，恰到好处，它的眼神里泛着媚态，尽管箭支射中了它的后腿，但是依然不能减少它身上所散发出来的魅力。

鸟羽天皇见到它的第一眼，居然联想到了那个呼救的美丽声音。 怎么可能？ 他赶紧甩了甩脑袋，想要让自己清醒一些。

"天皇大人，待小人将它抓住送到大人面前。"那个射箭的男子站出来义正辞严地说道。

鸟语天皇再次看向那个九尾狐，发现它美丽得出奇，眼神中略带一丝忧伤，颇有灵性，简直就像是一个人，活生生的人！ 若它是个女子，怕是会迷倒很多人吧，想着竟出了神。

"天皇大人？ 天皇大人！"见鸟羽天皇很久没有出声，射箭男子再三呼唤。

鸟羽天皇终是缓过神来，他举起右手，示意所有人都不要动作，然后慢慢向着九尾狐靠近。

九尾狐看着鸟羽天皇向着它靠近，开始竖起毛向他示威，但是显然阻止不了他的继续动作。就在鸟语天皇快要碰到九尾狐的时候，九尾狐情急之下一口向着他的手咬去。

"天皇大人！"所有人都紧张了起来。

可是鸟羽天皇强忍着伤痛依旧示意大家不要出声，然后他一口气拔掉它腿上的弓箭，然后说，"逃命去吧，小家伙。"见他并没有恶意，便是慢慢地松开了口，一脸疑惑地看着他，然后开始慢慢后退，"快走吧，不要再这么不小心了！"

"你们让开！"鸟羽向着侍卫们说道。

狐狸看了看后面留出一条路的侍卫，再看了看一眼鸟羽天皇，眼中多出了一丝奇异的色彩。然后迅速地向山林深处奔去，几个跃步便是不见了身影。

"天皇大人，您的手受伤了？"一个侍卫见鸟羽天皇看着山林出了神，小心翼翼地问道。

"快给我包扎！"

"是！"

(2)

1117年（永久5年），白河法皇为集权政务，将自己的养女藤原璋子许配给鸟羽天皇，鸟羽天皇虽然心里很是反对，但是依旧无奈地答应。

结婚当天鸟羽天皇并没有和藤原璋子同床共枕，并且一直不肯与其见面，宁愿去其他的妃子那里，也不待见她，藤原璋子有种被冷落的挫败感。

"为什么？"藤原璋子在房间里砸着任何可以拿得动的东西，"我哪点不好了，我哪点不如那些人了！这是为什么！？"

"藤原小姐！"服侍她的侍女们显然做不了任何事情。

"你很不甘心吗？"

"是谁？是谁在说话？"她看着身边的侍女，"是你？你再说一遍！"说着就要扇过去。

"光会和下人发火，有本事去找鸟羽天皇。"

"是谁？你们听到了吗？"侍女们被吓得低下头不敢作声。

"只有你能听到，叫你的下人下去吧，我就告诉你怎么获得鸟羽天皇的宠幸！"

"你们下去！"

在侍女下去之后，出现一个妖魅百态的女人。

"你！"藤原璋子看着身边突然出现妖魅女子，吓了一跳。

"别担心，我不会害你，不然，你早就小命不保了。"

"你，你想让我干吗？"

"这么说吧，我想和你做个交易。"

"什么交易？"

"我可以帮你得到鸟羽天皇的宠幸，作为条件，你得听我的话。"见藤原璋子有点犹豫，"你放心，我不会让你做伤天害理的事的。"

"好，我答应你！"

"哎哟，答应得挺爽快的嘛，你就不怕我把你吃掉？"

"哼，要吃你早吃了，少废话，告诉我现在怎么做吧。"

"哈哈，你这妮子倒有些胆识，你过来。"

翌日，藤原璋子在庭院中弹起了琴，引得鸟羽天皇闻声而来，在此时她又跳起舞来，一颦一笑莫名都散发出勾人心魄的魅感。让鸟羽天皇眼前一亮，就像如沐春风般让他心动，他不知道为什么，一时之间竟然觉得自己爱上了这个才见过几面的陌生女子！

是佼，"没错吧，现在他可是爱你爱得要死呢。"

"是呢，你还真有一套！"

"闲话不多说，现在是你回报我的时候了。"

"你说吧"

第二十五章 玉藻前，九尾狐

"我要你让鸟羽天皇取代你义父，掌管朝政！"

"这……"

"怎么？难道你忘了鸟羽是怎么爱你的了吗？"

藤原璋子一咬牙"我答应你！"

翌日白河法皇下位。

"我要你建酒池！"

"我答应你！"

"我要你杀掉反对鸟羽的大臣。"

"我答应你！"

"我都还没说呢，你答应什么？"

"反正我不答应也不可能，对吧？"

"哈哈，算你聪明，如今安倍晴明说什么因为天灾当道，需要减少赋税，显然是他为自己无能找借口，而且，他好像注意到我的存在了，暗地里正在跟踪你，我要他死！"

"现在都杀了那么多人了，还要杀？你到底要干什么，指示我做了这么多，我一点都不知道你要做什么，我反正是不干了。除非你告诉我，你到底要做什么。"

"哦？你真想知道？"说着她的眼睛眯成了一条缝！"我实话告诉你吧，我要称王，我要全天下的妖怪都光明正大的活在阳光下！"

"你！你！"

"你既然知道了，那么，留你也没用了。玉藻前，出来吧。"

在这时候，一只九条尾巴异常艳丽的狐狸跳了出来，"你不是一直想化成人形吗，我今天就成全你！"

"爷爷，你这是做什么？"安倍泰亲见安倍晴明将自己最喜欢的锈刀交给自己，不解地问。

"我算出明日便是我的死忌，你把这把锈刀好好留着，利用我教给你的东西，等着，等到一个可以消灭此妖的时机。"

"爷爷！"

"不要哭，你记住，你是唯一可以消灭它的人，有一个九尾的狐狸会助你的，记住，要找到它，找到之日，便是灭妖之时！"

不知为什么，自从玉藻前夺取了藤原璋子的身体后，鸟羽天皇的身体一日不如一日，最后终于病倒在床。

"为什么会这样？"玉藻前伤心欲绝。

"我知道你喜欢他，所以我给了你一个接近他的机会，你还没谢我呢！"

"我问你为什么不管我怎么给他真气，就是不能治好他的病呢？"

"唉，傻丫头，男人都是薄情寡义的，你何必这样在乎他呢？"

"不！他不一样！我一定要治好他！求你告诉我，为什么！"

"这就是为什么我一开始不直接夺取这女人的身体的原因了，因为我们狐狸天生有种魅性，长期与男人待在一起，他们的阳气自然就会在我们身上，久而久之，就这样咯。我魅性太强，所以才让你进的身。"

"什么？都是因为我？"玉藻前呆呆地看着鸟羽天皇。

"别说丧气话了，还差一点我们就成功了，这男人迟早都要死，你何必这么在意呢！"

"不，不！我不要他死！我要离开他！这样他就可以活下去了！"

"你！冥顽不灵！这男人有什么好的，还不是个花心之人，你这样做他连你是谁都不知道，有意义吗？"

"不行，哪怕真是这样，我还是要这么做！"

"真是反了！这几百年我白养你了！要不是我元气大伤，哪轮得到你说话！你站住！给我回来！"

安倍晴明死后，藤原璋子也是久睡不醒。但是鸟羽天皇却是奇迹般的好了起来，"什么？你是说这一切都是妖狐作祟？"

"回天皇，安倍泰亲愿以性命担保！"

"真是气煞我也，我命你速速找到此妖，我要亲自将其斩杀，以泄我心头之恨！"

那须野的某处,"要不是你! 我早就得偿所愿,这下又只能多等几百年了! 你就在那须野静思吧,直到我达成所愿为止!"九尾狐气得险些暴走。"嗯? 有人来了? 还不少呢? 哼,真是找死!"

"他也来了? 不,你不要伤害他!"

"哼! 今天我就要你看着你的心上人死在你面前,好好待着!"

安倍泰亲显然心里没底,但是依旧有些按捺不住,再等下去也不是办法,想来,她九尾狐就孤身一人,还能抵挡千军万马不成!

"来得正好,本来还想放你一马,你敬酒不吃吃罚酒。"说着便对着鸟羽天皇冲去。

安倍泰亲赶忙拔出锈刀,连反应的机会都没有,就直接被弹开。 就在这个时候,玉藻前冲了出来,咬住了九尾狐的一条尾巴,生生扯断了!"不许你碰他!"

"九条尾巴! 是她!"说着安倍泰亲再次拔出锈刀,踩着奇特的步子"阴阳五极,妖魔尽断,疾!"九尾狐的尾巴一时之间全部断掉,"死!"说着又是一刀追了上去。

在九尾狐被砍下脑袋之后,怨气不散,化作一杀生石,所有鸟类昆虫触之即死,等待着复仇之日的到来。 自那以后,玉藻前便消失不见了,但在鸟羽住所的后山上,经常有人看见九尾狐狸,被奉为狐仙。

据野史记载,它生于印度,旅行到中国时,在夏桀时化身为妹喜、在商纣王时化身成妲己。 当商朝灭亡时她被姜子牙追杀,被迫漂洋过海来到日本,自称玉藻前,赢得了鸟羽天皇的宠爱与信任。 最后,她被晴明擒杀,其野心和执念仍以杀生石的形态保留在那须野,时刻等待时机报复。

第二十六章　天狗神犬，生死大战

（1）

我虽然不知道流川讲的故事是否属实，但玉藻前确实为苏妲己无疑，妲己被视为妖妃，乃亡国之女。 有时候，我会独自深思，到底是妖怪坏？ 还是人更坏？ 妖都能如此重情重义，而人呢？ 许多人都认为，人无情，妖有情。

我背上驮着尸体，撇过脸看着流川，边走边说："流川，你不去当作家都浪费了。"

流川白司徒天一眼，继续在最前头领路，眼看天色越来越暗，天空忽然聚集一大片乌云，霎时间狂风乍起，电闪雷鸣。 不难看出马上又会有一场暴雨要降临，我不禁有些感慨，真是点儿背不能怨社会，之前那场雨才下完，又要来一场新暴雨，每次出来执行驮尸任务都会遭遇各种坏事。

流川的眼神儿比较尖，指着不远处的建筑喊道："快跑过去，前面好像有一座小庙。"

我和司徒天顺着流川所指的方向看过去，果不其然，确实有一座面积很小的庙。

为了不被暴雨洗礼，我们三个人脚下跟踩了风火轮一样，向小庙的方向狂奔。

3分钟后，我们来到小庙门口，门口站着一个老和尚，他咧嘴笑道："进来避雨吧。"

第二十六章 天狗神犬，生死大战

我们没多想，便涌入庙内，庙还很新，修建应该没多久。

老和尚打量着我们三个人，突然问了一句："各位，想听我讲个故事？"

司徒天立马点头答应，因为他明白，这些老家伙活久了，知道各种稀奇古怪的事。

我把尸体解开放在一旁，老和尚若有所思地看了我一眼，将他要说的故事慢慢讲了出来。

时光倒流回1164年，天降一邪神，视为祸乱当道。扬言为民除君，为君屠民，引得乱世百年，遂被称为大天狗。1119年7月7日（元永二年五月二十八日），鸟羽天皇与待贤门院降下一子，取名显仁，别名赞岐院。传闻赞岐院实为鸟羽天皇之父白河法皇与待贤门院乱伦所生，据传当日，帝星陨落，天显异象，乃是大凶之兆。也冥冥中注定赞岐院将会坎坷一生。

也因为如此，赞岐院不得不称自己同父异母的兄长为父，着实给赞岐院带来不小的困惑。

1123年（保安4年），白河法皇住持鸟羽天皇退位，直接禅位于年仅4岁的赞岐院，更是打破了鸟羽天皇5岁继位的传奇，称为崇德天皇。这更加证明了某些不善的推论，让赞岐院的未来更是充满了荆棘，但实权还是由白河法皇掌控，依旧逃不了被权力之争所利用的命运。

1129年（大治4年），白河法皇驾崩，鸟羽上皇继承了白河法皇遗志，晋升为法皇，实权也理所当然地转到了他的手中。他一反白河法皇的政策，为巩固自己的政权，他将白河法皇一直疏远的藤原忠实的女儿藤原圣子迎入宫中。

1139年，知道真相的鸟羽天皇故伎重施，将自己与藤原圣子所生之子体仁亲王送给崇德天皇为养子，三个月后立为太子！赞岐院心里很是不悦，但白河法皇逝世后失去了它的保护，加上没有实权，所以对自己这个被称为父亲的同父异母的兄长，他是一点办法也没有，虽然想要反抗，但是无权无势的他只好睁只眼闭只眼地活着，心里痛苦万分，对皇室内的权力争斗厌恶至极，并且憎恶之情与日俱增。

第二年崇德天皇与女房兵卫佐局生下第一皇子重仁亲王，引得中宫藤原圣子与其父亲藤原忠通的不满。主要是因为藤原圣子与崇德天皇非常恩爱，但一直没有子嗣。

翌年，鸟羽天皇出家为法皇，得到法皇实权的他越加贪欲，因为憎恶年仅4岁就夺取了自己天皇一位的崇德，鸟羽对他的态度日渐暴戾。加之他觉得崇德生性怯懦，没有资格担任天皇意志，在半年之后便被废去了崇德天皇，立自己与藤原圣子的儿子体仁亲王为近卫天皇，年仅3岁，较之崇德天皇又早了一岁，想必也有着报复的心理。

更加令崇德天皇不满的是，他的让位声明上如是写道：天皇让位于皇太弟！所以，害得崇德天皇却并没有得到以天皇之父的身份监护年幼天皇的权利，这样自己以后便是失去了开设院政的资格，使得崇德天皇与鸟羽天皇的矛盾开始日益激化。

遇到诸多的不幸，自己又无力反抗，崇德天皇开始自暴自弃，每日以歌酒为伴。他对现世的不满与愤怒都统统抒发在了和歌之中。

"显仁好气魄，你在诗歌上的造诣怕是已经超过以往的圣人了。"在一次和歌歌会上，鸟羽天皇对崇德天皇称赞道。

"鸟羽法皇过奖了，我只是小打小闹，无意中发挥而已，哪敢妄自尊大，与圣人试比高。"崇德天皇显然知道鸟羽天皇此举乃是奉承而已。

"唉，显仁不必过谦，我也是略懂音律之人，显仁在此方面显然是举世无双，和歌在你身上也看到了希望！想必显仁之名，在此殊途上定会熠熠生辉，与圣人相比定是有过之而无不及啊。"

"法皇此言差矣，我也与法皇一样只是略懂音律，只是闲暇之余打发时间罢了，算不得什么造诣。"崇德天皇很是明白，鸟羽此举不过是暗中说明自己的现状，奉劝自己不要再对院政抱有念想，若是自己安心乐于和歌之上，还是会保全自己的安全。

"哈哈，我与显仁一拍即合，真不愧是父子，就连心都连在一起的，你说是吧？"听到这里，崇德天皇眼角直接抽搐了一下，父子？相必鸟羽比任何

第二十六章 天狗神犬，生死大战

人都清楚他们之间的关系吧，此举大有贬落之意。

"别说，还真是这样呢！"虽然崇德天皇心中恨得咬牙切齿，但是想想自己的现状，又能做点什么呢？除了装聋作哑之外，也别无他法，他只有静静地等待，等待属于他那个时刻的到来！

"重仁最近身体可好？听说他最近有些调皮，经常出外游玩。"

"回法皇，犬子一切安好，是有些调皮，说是宫中烦闷，想要换些新鲜空气。"

"哦？这小家伙想法倒是新鲜，我心甚欢，你说让美福门院收他做养子如何？"

"美福门院？"只要重仁做了养子，等近卫天皇一驾崩，那不是重仁便会上位？我设立院政不是指日可待了？这鸟羽打着什么算盘？

"难道显仁不愿意？不愿意就算了吧，看来是美福门院没有这个福气。"

"不不！这是小儿的福气，求都求不来，显仁我就代小儿先行谢过鸟羽法皇了！"

"哈哈，就这么说定了！明日带他来见我吧！"

"领命！"

翌日，崇德天皇带着重仁亲王来到美福门院。

"重仁，你日后有什么志向？"

"我日后定要游历天下，饱览天下美景！"

"好！有志气，法皇我全力支持你，哈哈哈！"

其实崇德天皇早就注意到，此院内昨日急急调兵，明面上是恐有刺客，实际上怕是针对自己，暗地里不知道有多少支弓箭对着自己。所以昨晚特意嘱咐重仁，绝对不能提及从政之事，否则性命难保，所以才有了刚才一出。

1155年，噩耗来袭，近卫天皇因体弱多病而驾崩，举国伤痛。但是这对崇德天皇来说无疑是个天大的喜讯！天皇驾崩不久，朝廷就召开了重大会议，会议的核心是，谁将继任新皇？这可让大家费了不少的心思，最终大部分人决定立重仁亲王为新皇，前不久鸟羽天皇才将重仁收于美福门院做

养子。

"不行！他并非太子，也非中宫的皇子，不能立他为新皇，我第一个不同意！"藤原忠通站出来极力反对，因为中宫正是自己的女儿圣子，但只可惜至今无后，若是有后的话，现在他就可以再次无限接近天皇这个位置。

"为今只是下下之策，我们再也找不出其他的人选了，可近卫天皇突然驾崩，我们都深感悲痛，正可谓，国不可一日无君，藤原大人此时又是何意？"

"对啊，我们这么多大臣都一致赞同，实属无奈，藤原大人就不要只顾一己之私吧？"

"什么？一己之私？天皇在上，我敢发誓，我的每一句话都是为天下着想，苍天为证！"

"哦？那藤原大人倒是说说看。"

"我反对的有三点：其一，重仁生性怯懦，整日只知道游山玩水，对政务毫不关心；其二，其父崇德更是不理朝政，成日与酒为伴，多次聚众举办无聊歌会，可谓游手好闲，有其父，必有其子，我可想不出重仁有何与众不同之处；其三，他并非中宫之子，立他为新皇，于情于理都不相符！"

他说完之后，群臣一片哗然，大家都陷入了热议，都觉得藤原忠通所言非虚。但是又实在想不出谁可以继任新皇。

"既然藤原大人词词入心，句句入府，想大人也是对朝廷忠诚之臣，那依藤原大人的意思，现在到底谁有资格继任新皇呢？"

"新皇一定是在美福门院的人才行，论资历，论才智，论品行，我都认为美福门院的另一养子守仁亲王更适合新皇继承遗志。"

"藤原大人开玩笑吧？守仁亲王尚且年幼，也并没有逃过你说的以上几点，此事还当从长计议。"

"非也，守仁亲王还是逃过一点。"

"哦？哪一点？"

"或许你们不知道，他的生父雅仁亲王自小文武双全，一直才智过人，加上其远大的政治抱负，现在临危受命我想他才是不二人选。"

"雅仁亲王?"

"哦？ 是他！"

"嗯，这样合情合理"

最后大家一致通过，立雅仁亲王为新皇，称为后白河天皇。

"在下定当不辱使命！"

自此，崇德天皇的设立院政的梦想彻底破灭，他与后白河天皇结下积怨，他认为自己唯一的希望就是被他给毁灭的，迟早有一天，他要拿回属于他的一切。

(2)

翌年，保元元年（1156年），鸟羽法皇久病不愈，恐有驾崩之虞。崇德已经一无所有，他想要抓住一切他可以抓住的希望，所以火急火燎地前往探望，但是被藤原忠通给拦住。

"贤婿，这么着急是要去哪儿？"

"岳丈大人？ 听说鸟羽法皇病情突然加重，我想前来探望。"

"这样啊，不过法皇大人有令，任何人都可以探望，唯独你不行！"

"岳丈大人说笑了，无缘无故的法皇大人怎么会发布这种口令呢？ 我只想探望法皇是否一切安好。"

"哼，你还是请回吧。"

"岳丈大人？"

"不要叫我岳丈大人，叫得好像我跟你很熟似的，居然和一个女房兵生下长子，真是耻辱！"

"我……"

"赶紧离开，是否要我叫守卫亲自送你回去呢？"

是夜，鸟羽天皇驾崩。

崇德天皇愤怒地回到鸟羽田中殿，想必不让他见到鸟羽法皇，肯定是鸟羽法皇即将驾崩，不想让我心生歹意。崇德越想心里越是愤怒，自己忍了这

么久，居然什么也没得到！"我一定要拿回我的一切！ 你们给我等着吧！"

当听说鸟羽驾崩之后，崇德更加确信了自己的计划，正在暗地里准备着。 不知道什么原因，后白河天皇得知了崇德将和藤原赖长等人举兵谋反，为了杜绝这类事情的发生，白河后天皇下令没收了藤原赖长的庄园，同时还暗中派遣源义朝和高阶俊成闯入藤原赖长的府邸，奉劝其早早打消念头。

不过显然起兵势在必行，翌日，崇德天皇便是高举义旗，集结藤原赖长、平家弘、源为义、平忠正、原为朝等人于鸟羽田中殿。

"哈哈，崇德天皇好魄力！"

"想我忍气吞声这么多年，是时候找回尊严了。 等事成之后，我一定封你们为大官，我要让后白河跪倒在我的面前！"

"那是那是，后白河算什么，也不过是半吊子出家，要不是藤原忠通对崇德天皇你耿耿于怀，想必，这天下，早就归于崇德天皇麾下了，那还用如此这般。"

"哈哈，说得好！ 我到时候定会好好赏你！ 来，干！"

"哈哈，干！"

虽然崇德聚众甚多，但与后白河天皇相比，也是小巫见大巫，势力弱小得多。

加之在后来的征战中，虽有小胜，但是没有赢过一次大仗，正可谓是屡屡败仗。 因此平清盛等人在一次夜里偷偷溜走，投奔了后白河天皇的阵营。 平清盛一行人离开之后，崇德的队伍也算是走上了衰落灭亡的边缘。

是夜，后白河天皇兵临城下，想一举消灭崇德及其余党。

"崇德，赶紧投降吧，你们已经没有取胜的可能了。"

"后白河，你休要嚣张，要打就打，我崇德天皇再也不会怯懦了！ 哪怕是死，我也要与你同归于尽！"

"崇德，念在我们多年好友的分上，我姑且当你刚才的话没有说，只要你肯缴械投降，我愿饶你一死！"

"少废话！"

第二十六章 天狗神犬，生死大战

"你为何要拿你将士的性命开玩笑呢？放过你自己，也放过他们吧，他们是无辜的！"见崇德不再回话，后白河又继续说道，"殿里面的将士们，如你们所见，你们已经被包围了！若是乖乖出来投降，我愿意不计前嫌，你还是我后白河天皇的部下，不用拿自己的性命做赌注！"

言罢，很多人都举起武器走了出来，有极少数冥顽不灵的也很快被拿了下来。

"崇德天皇带着几个近侍逃走了。"一个投降的士兵回道。

原来崇德逃入了仁和寺，找他的弟弟觉性法亲王，但是却被他抓了起来。

"你个乱臣贼子，竟敢谋上作乱！还有脸面投奔与我？待我禀报后白河天皇，再来慢慢处置你！"

"崇德，我说过，你逃不出我的手心的，你为何要如此固执呢？只要早点投降于我，不就不会这么狼狈了？"

"呸，少在那里假惺惺。"

"崇德，好汉不吃眼前亏，我可是为你着想，我们还是兄弟，我觉得没必要闹得这么僵吧。虽然你逆反于我，我知道那是事出有因，我还是想将此事大事化小。只要你低头认错，我让你依旧做你的崇德上皇！"

"哼！我没错！我说了，我不会再忍下去了！"

"冥顽不灵！"

翌日，崇德天皇被押解到赞岐国流放，这还真是几百年来的首次天皇、上皇被流放，上一次是在764年藤原仲麻吕之乱淳仁天皇被流放淡路，真可谓是奇耻大辱！

崇德天皇在赞岐国过着软禁般痛苦的生活，在此期间，他投身于佛教，以寻得解脱。并且开始向往极乐世界，抄写了五部大乘经寄回京都，以求得后白河天皇的原谅。

但是后白河天皇不再信任他，并且将他的经书拒之门外，还说抄经书寄给他简直就和诅咒没有什么两样，于是就将经书给打了回去！

"诅咒？你当佛经是诅咒？不肯原谅我就算了，居然还辱没佛经！真是不可原谅，不可原谅！"崇德一个人自言自语道。几天之后，崇德就像是发了疯似的一直辱骂着，从未间歇，也有人说，是因为软禁生活太过压抑而导致了崇德的崩溃。

自那以后，崇德绝食绝水，最后愤懑而死，死状犹如夜叉，还吓死了当时关押他的人。

据其余关押他的人回忆道："当时他的举止很是奇怪，嘴里一直念叨，还跳着大舞，我们以为是他自己的自我娱乐，也就没有多注意。在他死的前一天他开始不断辱骂，而且凶狠非常，手狂抓着墙壁，我们怕他受伤，进去阻止他，但是他见人就抓，还将我们的一个人生生抓死！想起来还一阵后怕！"

"对对，所以我们只好任凭他一个人在里面，也不敢去阻断他。"

"对了，他说的话句句狠毒，我们听着都觉得心里发凉！说的是什么'原为日本之大魔缘，扰乱天下，以五部大乘经，回向恶道'！"

"还有说，取民为皇，去皇为民！"

自崇德天皇死后，祸乱不止，一年之内，和后白河天皇还有藤原忠通有关的亲人相继死去，并且发生了大量的灾祸和怪异的事件。

朝廷认为是赞岐院的怨灵作祟，便在保元古战场春日河原设立崇德庙院。明治时期将其移至京都并创立白峰神宫，百年祸乱终得平息。

老和尚把故事说完了，我发自内心觉得故事十分精彩，因为里面融合了许多历史事件。

同样亦很震惊，老和尚怎么知道如此多的秘密？耐不住好奇，便问道："您这么知道怎么多事？"

老和尚露出古怪的笑容说："天狗是日本最广为人知的妖怪，天狗的传说，后来又融入了山岳信仰的宗教之中，镰仓时代《是害坊绘卷》描绘出天狗与天台宗僧侣大战，结果败退的景象，动作栩栩如生，相当有趣。据说在这个故事当中，来自华夏的天狗军团，前来向日本的天狗求援，但是日本的天狗摆出一副傲慢的态度，并穿凿附会说那些修行未臻火候、态度傲慢的山僧，死后会变成天狗。"

我若有所思地点了点头，经过老和尚的解释，由此断定这天狗还真不是什么好玩意，结果流川忽然把我拉开，拔出武士刀站在老和尚面前，大声质问道："你到底是谁？ 快说！ 不然我杀了你！"

尾声　野槌巨蟒，血色瀑布

(1)

老和尚发出几声怪笑，随后仰天长啸一声，身上的僧衣爆开，肌肉迅速膨胀起来，他变成了恐怖的妖怪，最吓人的还是脑袋彻底变成了狗头，背后还有一条黑色大尾巴，在左右摇摆着，猛然张开血盆大口咬向我的脑袋。

我岂会让这妖怪偷袭成功？马上一个侧空翻躲过，抽出腰间的九节鞭吼道："司徒天，你给我好好看住水月小姐的尸体，要是任务失败，看我怎么收拾你！流川，就让我们俩一起联手，斩杀这头该死的大天狗！"

流川也让突然变身的天狗给吓到了，他双手握着武士刀喝道："杀！斩天狗！"

话音刚落，流川人已经闪现到大天狗跟前，顺势一刀横砍，角度十分刁钻，天狗一个侧身躲过。而我自然不能闲着，抡起右手的九节鞭使劲甩出去，狠狠地抽到大天狗的脸上，正所谓打人要打脸，打狗自当如此。

大天狗没料到我会突然袭击，让我打了个措手不及，我想收回九节鞭，反倒让大天狗死死抓住了。我整个人被一股强大的蛮力拉飞出去，撞到寺庙的墙上，差点儿没把我的五脏六腑撞移位。

流川发现我遇险，再次挥刀砍向天狗的脖子，眼看即将砍中，天狗脖子一歪躲过。

流川身子往下扭动，杀了个回马枪，确切点来说是回马刀，刀尖刺穿天狗的右手臂。

尾声　野槌巨蟒，血色瀑布

我抓住时机，捡起地上的九节鞭，高高跳起来骑到大天狗背上，手里的九节鞭死死地套在它的脖子上，双手齐齐发力，打算活活勒死它。大天狗开始拼命挣扎，司徒天顾不上尸体，也拿出九节鞭跑过来帮忙，在大天狗面前疯狂乱抽，大天狗开始嗷嗷大叫。

我的脸上溅满了大天狗的血，非常恶心的场面，流川伺机拿刀冲过来，一把推开司徒天，双手持刀中立，双腿蹬地跃起，刀光闪过，武士刀刺破天狗神犬的心脏。

我在流川攻击的那个瞬间，就从天狗身上跳了下来，天狗神犬死了。

虽然，关键时刻还是靠流川用那把武士刀偷袭，刺穿天狗神犬的心脏，成功削弱了天狗神犬的战斗力。不过，我现在想起来还很害怕，那老和尚忽然在我面前蜕变露出原貌，差点吓死本人。

我和流川满身是血，但总算解决了天狗神犬，暂时没有性命危险。

流川建议我们赶快驮尸上路，早点完成任务，避免途中发生变故，司徒天开始驮上尸体。

我们一行人再度出发，朝着一个血色墓园前进，说实话我还真好奇，水月是女明星不假，一定非要葬在血色墓园？听流川说血色墓园在一条大瀑布附近，想想还真是有够危险，如果不小心掉下瀑布，岂不是死翘翘了？

经过与天狗神犬的战斗，流川跟我显然很疲惫，走路都有点打飘，在心里暗自估算着路程，距离血色墓园起码还要走半个钟头。路途遥远不假，但咱们接了任务就一定要完成，送死者走完最后一程。

我有时候觉得驮尸人这个职业，真的能让人增长见识，好像无意间闯入另外一个妖怪世界。与平日里的正常社会完全不同，而我认识的人都是一些怪人，包括司徒天也好，流川也好，统统喜欢各种稀奇古怪的故事。

流川带着我和司徒天来到一个山脚下，指着山顶说："我们爬上去把尸体埋好，就完成任务了。"

我抬头一看，到山顶差不多有 3 米多高，幸好旁边存在一条山梯能让人爬，否则还真上不去。

流川率先带头登山梯，司徒天跟我尾随其后，司徒天身体从小就比我好，所以他要多驮一些路程。司徒天嘴上虽然不说什么，我心里清楚得很，从小到大他都很关照我，像我的老大哥那样。

司徒天爬得满头大汗，背上的衣服全湿了，我开口劝道："司徒，让我来驮吧。"

司徒天甩了甩头发，转过脸对着我傻笑："白逸仙，你给老子滚蛋，少小瞧我！"

说话间，司徒天加快了登山梯的步子，赶上了最前头的流川，我走在后头看着司徒的背影，流下一行眼泪。我用手抹掉眼泪，继续攀爬，因为下过雨走起来还有点滑，所以我走得格外小心。

司徒天跟流川在前面说笑，我们又继续往上爬了十来分钟，总算抵达山顶，山上风非常大。

司徒天马上一屁股坐在地上，命令流川把背上水月的尸体解开，让他自己去找个好墓穴给埋了。流川依言照做，解开绑在尸体上的绳子，抱着尸体找了一个靠近大树的位置，把尸体放在旁边，取下身上的武士刀，开始用刀挖坑，挖了一阵子才发现速度不理想。

后来，干脆换成徒手挖坑，整整挖了半个多小时，才挖出一个很浅的墓坑，把水月给安葬下去。由于水月是坠楼死亡，按照斩穴行业的禁忌来看，坠楼而死的人不适合立墓碑，会招来恶人故意破坏。

我帮着流川一起用手填土，在我们俩的通力合作下，总算把这次的驮尸任务完成了。

一路上还好有惊无险，大伙儿都平平安安，除了之前那个天狗神犬，途中压根儿没遇到什么大妖怪。我和流川还有司徒天三个人躺在一起，望着漫天的繁星，感觉自己从事的行业很有意义，等于送一个人走完最后一程。

通过水月自杀事件，让我对人生有了新的看法。

我看着夜空自言自语道："你们说，人活一辈子是为了什么？"

司徒天这家伙从小就庸俗，贼笑着说："为了什么？为了老婆孩子热炕头啊!"

流川一脸不解之色,貌似没听懂司徒天话中的意思,反问道:"热炕头是什么东西?"

我和司徒天让流川给逗乐了,我对流川解释道:"热炕头跟日本的榻榻米一样。"

流川总算明白了热炕头的意思,在我们三个人打算起身离开之际,不远处传来怪声。

我们马上陷入紧急戒备状态,因为这声音太不正常,结果一个神秘的物体从我们面前的空地底下冒了出来,那是一条有着两个蛇脑袋的巨蟒,巨蟒体长接近2米,身上长满了坚硬的蛇鳞片,张开嘴巴露出獠牙朝我发动攻击。

我知道这双头巨蟒估计很难对付,马上驴打滚躲开,司徒天老早滚到一边,跟流川站在了一起,二人手里都拿着各自的武器。我亦连忙跑过去和他们俩汇合,看着突然出现的双头巨蟒,愈发觉得我真的是个倒霉蛋。

流川好像认出了面前的双头巨蟒,向我跟司徒天大喊道:"你们两个给我听清楚了,这条双头巨蟒的名字叫野槌,眼下我们要想尽一切办法攻击到它的尾巴,尾巴是它最致命的弱点!"

流川交代完毕,我和司徒天左右开弓,兵分两路打算绕到野槌背后,用九节鞭抽它的尾巴。结果远远超出我们俩的预料,野槌确实没有长眼睛,但给我的感觉就好像它有一双无形的眼睛,在我和司徒天移动的瞬间,突然把尾巴卷起来,奋力甩向司徒天。

野槌的尾巴改变大方向,尾巴展开横扫四周所有的树木,我们三个人知道恐怕很难打过这家伙。流川开始往前方奔跑,边跑还边大声喊道:"快跟着我跑,我知道前面有一条大瀑布,野槌怕水!"

(2)

流川这一嗓子十分洪亮,连带着还有回声效果,我和司徒天立马跟在流

川后头狂跑。

野槌依然在我们三个人后头紧追不舍,大有不把我们吃了就不甘心的感觉。

我跟着流川大概跑了 10 分钟的样子,前面确实传来了瀑布的声音。

我们三个人到达瀑布的时候,流川站在中间,我跟司徒天站在他身边,被眼前的场景彻底吓傻了,因为瀑布的水是血红色的,好像用人血泡出来的一条血色瀑布。 野槌巨蟒还在我们后头追赶,眼看就要过来了,流川忽然拉着我跟司徒天的手,往瀑布下面跳,还不忘大声喊道:"不管了! 我们兄弟三个人一起跳吧,你们华夏有句话说得好,我们都是兄弟,不求同年同月生,但求同年同月死!"

等我再次睁开眼睛时,后脑勺传来阵阵剧痛,浑身上下感觉跟散架了一样。

我先是看了看四周,发现自己居然挂在树上,司徒天跟流川就躺在我的不远处,他们俩前面是水流湍急的瀑布,水与礁石撞击发出的声音,像是沉睡多年的雄狮在仰天怒吼,最让人难以置信的是瀑布里的水血红无比,好似用鲜血汇聚而成的一条血色瀑布。

我的脑海中突然闪现出不久前,被野槌巨蟒追杀的情景,那体长 2 米多的蛇身,上面还布满了让人看了都头皮发麻的黑色蛇鳞,顶着两个巨大的蛇头,张开嘴巴露出尖锐的蛇牙,红色的蛇信子在来回吐动,尾巴猛然发力攻击我们三个人。

随后,在流川的命令下,我们为求保命纵身跳下瀑布,想到这儿,我总算记起了些东西,我在树上来回摆动,很快就从树上掉了下去,掉下去之前我为避免自己破相,顺势一个前滚翻缓冲潇洒落地。

我站起来拍掉头上和身上的沙子,脱下破烂不堪的血衣,快速跑向流川跟司徒天,他们俩身上的衣服同样有血,尤其流川胸前有三道爪印,是跟神犬天狗打斗时不小心负伤了,原本已经用白色绷带包扎好,现在也整个爆开了,鲜血如注往外冒个不停。

尾声　野槌巨蟒，血色瀑布

还好司徒天没有受特别严重的伤，只是他运气不好屁股让天狗神犬给抓了一下，估计短期内都不能坐和躺了。我摇晃二人好一阵子，都不见有苏醒的迹象，我就朝他们俩的脸上各抽一巴掌，直接把人给活活抽醒。

流川醒来之后，捡起手边断成半截的武士刀，从地上直接一个鲤鱼打挺起身，看了一眼身旁的司徒天，他一脸茫然地看着我追问道："逸仙君，你没事吧？那头野槌巨蟒在什么地方？"

我摇了摇头回答他："没事，不过，那条巨蟒太凶狠了，幸好我们逃掉了。"

流川抹掉脸上的泥土，他拍了拍自己的胸口说："那家伙叫野槌，是一种吃人的妖怪，身体像蛇一样细长，有两个大蛇头和一张大嘴，虽说没有眼睛，也没有鼻子，类似蚯蚓，也像一把没有握柄的槌子，喜欢攻击各种活着的东西，包括吞食蛇虫鼠蚁和人类，弱点除开尾巴之外，还很怕水。"

我把司徒天拉起来，上下看了很久，用手拍着他的大盘子脸说："司徒，感觉怎么样？"

司徒天使劲儿甩了甩自己的大脑袋，身上的伤口还在往外流血，我撕烂自己的袖子替他包扎好伤口，血总算止住了，避免会因为流血过多而死。流川不知道看到了什么玩意，那样子好像撞鬼一样，当我顺着流川的方向看过去，我彻底傻眼加内心崩溃。

因为在血红色的瀑布表面，悬浮着许多具腐烂的尸体，更让人不解的是，尸体从何而来？怎么不会往下沉？司徒天自然亦看到浮尸的场景，抬手指着那堆浮尸，结结巴巴地问道："流川……你知道现在这是啥情况不？"

　　我们三个人为了躲避野槌巨蟒的追杀，被迫跳下血色瀑布，醒来之后发现血色瀑布表面居然漂浮着十多具腐烂的尸体，瀑布下那口巨大的神秘石棺到底有什么？血色瀑布真的如传说中那样是用人血染红的吗？我们成功逃离血色瀑布之后，东京大学开始放长假了。流川在网上接下一单，由神奈川县著名珠宝商黑岩一郎先生发布的驮尸任务，我们便远

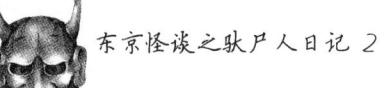

赴神奈川县驮尸。

在黑岩一郎的特殊要求下,准备驮尸闯入神奈川县最凶猛的死亡墓园,驮尸途中误入稻草人自杀林险诈尸,三更天在空中滑翔的吸血野衾,然而挂在墓园树上的神秘无头尸,到底又是谁? 在一系列的生死历险中,我们三个人能否再次化险为夷,逃出生天? 欲知后事如何,请看《东京怪谈之驮尸人日记3》。

图书在版编目(CIP)数据

东京怪谈之驮尸人日记：全4册 / 荆十三著. —上海：上海社会科学院出版社，2016
ISBN 978-7-5520-1453-2

Ⅰ. ①东… Ⅱ. ①荆… Ⅲ. ①长篇小说—中国—当代 Ⅳ. ①I247.5

中国版本图书馆 CIP 数据核字(2016)第 147445 号

东京怪谈之驮尸人日记 2

| 著　　者：荆十三 |
| 责任编辑：冯亚男 |
| 封面设计：周清华 |
| 出版发行：上海社会科学院出版社 |
|　　　　　上海顺昌路 622 号　邮编 200025 |
|　　　　　电话总机 021－63315900　销售热线 021－53063735 |
|　　　　　http://www.sassp.org.cn　E-mail:sassp@sass.org.cn |
| 排　　版：南京展望文化发展有限公司 |
| 印　　刷：上海天地海设计印刷有限公司 |
| 开　　本：710×1010 毫米　1/16 开 |
| 印　　张：15.75 |
| 字　　数：222 千字 |
| 版　　次：2016 年 7 月第 1 版　2018 年 3 月第 2 次印刷 |

ISBN 978－7－5520－1453－2/I・192　定价：119.00 元(全四册)

版权所有　翻印必究

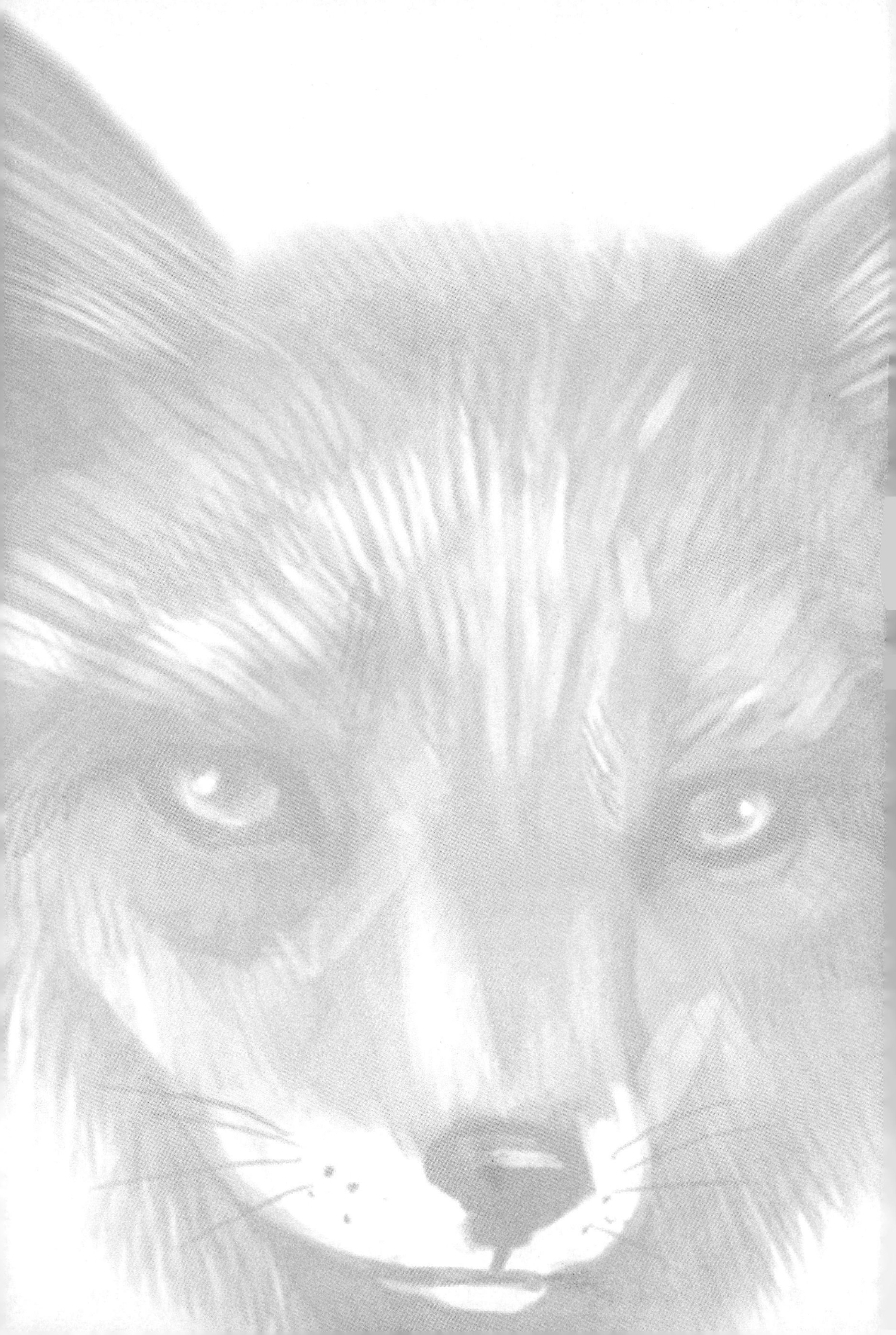

东京怪谈
钟十二 作品

献人日记 ❸

上海社会科学院出版社
SHANGHAI ACADEMY OF SOCIAL SCIENCES PRESS

目　录

第一章　瀑布浮尸，神秘石棺　　001

第二章　神秘皇陵，天价金棺　　009

第三章　戏子牡丹，人间绝唱　　016

第四章　死人脸，姑获鸟　　026

第五章　以津真天，巨鸟魔音　　035

第六章　黄泉客栈，人骨油伞　　043

第七章　日和坊，付丧神　　052

第八章　角盥漱，无脸人　　061

第九章　百年树，天神怨　　070

第十章　寺清鸟，毁寺院　　079

第十一章　紫藤精，千年恋　　087

第十二章　户隐鬼女，蛇蝎美人　　096

第十三章　双生花，姻缘泉　　105

第十四章　夜啼石，夜哭郎　　113

第十五章	雨降小僧，雨神侍童	121
第十六章	血傀儡，人形师	130
第十七章	珠宝大亨，天价委托	138
第十八章	阴阳堂，百百爷	148
第十九章	墓园凶冢，怨气冲天	158
第二十章	山魈偷袭，闯自杀林	168
第二十一章	独臂火猴，玩命逃亡	177
第二十二章	尸妻蔓延，血虫食妻	184
第二十三章	柳婆领魂，撒豆驱邪	195
第二十四章	祸津日神，天降厄运	204
第二十五章	雪山清姬，吸血诡屋	212
尾声		220

第一章　瀑布浮尸，神秘石棺

(1)

流川没有回答司徒天提出来的问题，先是扫了一下四周的环境，方才举目眺望远方，看见那些漂浮在水面的腐尸，让他眉头紧蹙，神情略显凝重地说："糟糕，我们可能被困在这鬼地方了，因为根本没东西能让我们攀爬！"

流川的话顿时点醒了我跟司徒天，我们俩连忙看了看周围，除开先前挂住我的树之外，果然如他所说。由于是在瀑布底下，长年照射不到阳光，树虽然多，但一点都不茁壮。峭壁表面长满了带刺的野生藤蔓与大量青苔，甚至连峭壁下的平地都是如此，人若想徒手爬上去，几乎是不可能完成的任务。

"不！我还年轻，不想被活活困死在这里！"司徒天的内心完全慌了，他用双手抓住自己的头发，来回走动着，忽然冲到流川面前，扯着对方的衣领大吼："流川，平时你的鬼点子最多，赶快想个办法让我们离开啊！"

我发现司徒天的情绪有些失控，几乎接近崩溃边缘，连忙把他拉开，厉声喝道："司徒天，你他妈的给老子闭嘴，遇见事就光会害怕，你让流川静下心来好好想办法，大吵大闹根本解决不了问题！"

司徒天遭我一吼，整个人就跟霜打的茄子那样，直接一屁股坐在了地上，我则抬头盯住皱眉深思的流川。过了大概10多分钟，他才咧开嘴笑着说："有办法了！我们把那些藤蔓砍断，将藤蔓编织成绳子，兴许能爬上去。"

流川的想法，让我和司徒天顿时眼前一亮，编织藤蔓为绳，说不定真

有用。

司徒天像小强一样满血复活，他从地上跳起来，主动去捡起流川那把断成半截的武士刀，迅速跑到藤蔓堆里疯狂乱砍。我和流川自然一起动手，我们俩用的是尖石头，我在跳下瀑布时，九节鞭早已不知去向。

在我们三个人的通力合作下，藤蔓越来越多，尤其是司徒天比谁都卖力。两个小时之后，中途我们轮番休息，目前的藤蔓已经足够编成一条长绳，流川开始编绳，我和司徒天继续弄藤蔓，以防编织完的藤蔓绳长度不够。

流川还没编完，便停了下来，叹息道："你们停手吧，就算编好藤蔓绳，我们也上不去。"

司徒天跟我一同看向流川，我先反问道："为什么？你刚才不是说有用？"

流川的目光定格在最东边的峭壁上，自言自语道："你看一下四周，因为这里的峭壁过于光滑和平整，我们的藤蔓绳根本没地方套，既然连套都套不上？又如何借助于藤蔓绳往上爬？"

我按照流川的意思，扫过整个峭壁，确实没地方能套藤蔓绳。

我现在的感觉好比1分钟前告诉你中了500万元，还没高兴多久，1分钟后却梦醒了。

司徒天不知为何，长叹一口气，蹲在地上一言不发。

我们三个人其实都清楚，流川拉着我和司徒天跳下来的瞬间，我一直在脑子里幻想各种结果，严重点摔个粉身碎骨，血肉模糊。轻微的落个终身残疾，或者破相之类。可能是我运气好，在下来的时候恰好挂在了树上，什么事都没有。

流川抬头看了看远处，我跟司徒天两个像白痴一样蹲在一起，看着血色瀑布从高处倾泻下来，然后猛烈地撞击着石礁，溅起无数浪花。我随意扫了一眼那些漂浮着的尸体，结果怪事发生了，在瀑布中央形成一个很古怪的旋涡，尸体全都被强行吸了下去。

我不知道抽什么风,扯着嗓子喊了一句:"喂!你们两个快过来看,瀑布中间有个旋涡,之前的那些尸体都被吸走了!"

我刚喊完,流川见状居然在鼓掌,边鼓掌边说:"有救了!我们有救了!"

我和司徒天相视一眼,同时看向流川,我举手指着自己的太阳穴,大概意思是在告诉司徒天,流川这家伙该不会受刺激过度,变成了精神病吧?

司徒天两手一摊,无奈地耸了耸肩,大吼道:"流川,你倒是快说啊!"

流川仿佛才回过神来,尴尬地摆摆手说:"我们可以出去了,如果我没判断错的话,在瀑布下方一定有个神秘的物体,否则,水面那些腐尸不可能被强行吸走!"

我看着血红色的水从高处冲击下来,心里不禁有些畏惧,虽然我和司徒天从小就是游泳健将,但面对眼前如此恐怖的血色瀑布,完全没勇气进去游。因为在我看来,这瀑布下面的大水潭,特别像用人血染红的血潭。

流川见我和司徒天久久没有动作,他先是一脸无奈地干笑几声,又转头向我们解释道:"两位,你们想知道这血色瀑布形成的原因?"

司徒天早就想问了,他极为慎重地点点头:"想!该不会真是用人血染红的吧?"

我没有说话,因为我跟司徒天的想法一样,血色瀑布实在过于诡异。

流川摇了摇脑袋,接着补充道:"你们都以为是用人血染成的吧?其实,人们把它过于神话了,血色瀑布并非如此,它形成的原因很简单,按照我的推断,瀑布下方肯定建有什么东西,存在特别的放射性元素,才导致水变成了血红色。"

流川的话刚说完,我跟司徒天都深感震惊,瀑布下居然还建了东西?那言外之意,如果我们三个人想成功逃出血色瀑布,根本没有别的选择,必须要潜入瀑布深处寻找一条逃生之路?

司徒天揉了揉自己的脸,站起来上下打量了流川一番,问道:"流川,你的水性好不好?我跟白逸那家伙几乎是从小在水里泡大的,外号'浪里小白

龙'，你等一下潜水应该不会拖后腿吧？"

流川转身朝司徒天竖起右手的食指，叫嚣着："司徒君，你别太得意了，我自小就是游泳高手，等会我们比赛看谁先找到通往下面的入口或者机关？"

司徒天和我对视一眼，从一开始我就知道司徒天那点小九九，无外乎故意刺激流川，想在他手里占便宜。果然不出我所料，司徒天接着继续说道："好！我们打个赌，如果你先找到入口或机关，我们俩请你吃一个月的饭，倘若你输了，同样请吃一个月如何？"

我在流川的脸上看不到丝毫畏惧，明显他对自己信心十足，拍着胸脯说："没问题，我坚信你们俩绝对会输个一塌糊涂，最后的大赢家肯定非我莫属！"

司徒天同样反讥道："流川，光说不练假把式，咱们手底下见真章！"

站在一旁的我简直败给了他们俩，眼下本该想法子如何逃出血色瀑布，结果变成两个人在打赌。有时候，我特想不明白，摊上这样的极品搭档，到底是好还是坏？

司徒天与流川一前一后向血色瀑布靠近，我自然不能傻愣在原地，紧随他俩后头，我们相继下到血红色的泉水里，那冰凉刺骨的寒意直接穿过毛孔，我仿佛觉得自己坠入了万丈冰窟。

反观前面的那两个疯子，居然还玩命往中央走去，距离之前那个吸力强大的旋涡仅仅只有几步之遥，我不禁有点担心，下面到底会有啥鬼东西？然而司徒天和流川也相继停下脚步，不知道发现了什么新事物。

我连忙小跑到他们俩的身旁问道："怎么不走了？有问题？"

流川指了指面前的旋涡，又转过身看我跟司徒天，他迟疑很久才说："现在，我只问你们敢不敢放手一搏？下去有可能会死，因为没人知道下面的情况，若不潜下去同样会死，而且是被活活饿死！"

(2)

经流川这么一提醒，我跟司徒天都清楚，还真应了那句老话，生死抉择

第一章 瀑布浮尸，神秘石棺

往往就在一念之间。

经过慎重考虑，我们三个人决定跟老天爷赌命，流川在最前面打头阵，司徒天在中间，我跟在他身后。

流川每一步都走得格外小心，生怕中了什么陷阱，我们三个人手牵着手每往前走一步，那刺骨的寒意便加强一分，那感觉好似在走通往罗刹地狱的阴冷黄泉路。流川率先踩入旋涡，结果整个人立马失去了平衡，旋涡像宇宙黑洞那般，强行把我们吸了进去。

旋涡的冲击力很大，一路把我们吸到最深处，掉到一个神秘的水潭内。

流川比较悲惨，因为司徒天压在了他身上，我则压住了司徒天，三个人肉叠罗汉，流川现在处于食物链最底端。

流川在最下面嗷嗷大叫，咒骂着司徒天："快点！快从我身上下去！"

司徒天故意作死，在下来时还刻意补刀，笑着调侃道："首次用人肉垫，感觉还不错。"

我觉得司徒天此刻无疑是在找死，因为流川已经处于暴走边缘了。我不想受到意外波及，马上跑到一旁，逃离了水潭，蹲在地上准备看好戏。司徒天被流川强行掀下，流川二话不说，抡起拳头对准司徒天一顿暴打，还专门挑特征明显的地方打，比如说司徒天那张大盘子脸。

在他们俩开打的间隙，我脱掉身上的湿衣服，开始观察起水潭的环境来，水潭说来也怪，在我的正前方有一条甬道，因为我到现在都没弄明白，为啥会被搞到这地方来，所以不敢贸然前行。

不过，幸好水潭不深，我们三个人在掉下来的时候都没受伤，但眼下想要原路返回，恐怕不可能，流川把司徒天打了个鼻青脸肿，骂骂咧咧地从水潭走上来，他们俩跟我一样身上全湿透了。

我给流川讲了刚才的发现，还问他我们要不要冒险进甬道？

流川这家伙艺高人胆大，说难听点叫人比较虎，竟然想都没想就直接答应了。我问他为何那么快答应？他给我的答案是，按照目前的情况来看，反正横竖都是死，为何不放手赌一把？我师父给我算过命，说我能活

005

100岁。

我听到如此极品的回答，嘴角微微抽搐，当真是有什么样的师父，就能带出啥样的徒弟。我甚至很怀疑，黑木那个老家伙真会算命吗？流川再次变成领头羊，我和司徒天跟在他后面，随着逐渐的深入，我们隐隐约约能瞧见，甬道内存在微弱的光亮。

我们走到入口处，临进甬道之际，流川忽然停下脚步，直接趴在地上，耳朵紧贴地面。

我和司徒天被流川的举动搞糊涂了，趴在地上到底要干啥？

1分钟之后，流川跳了起来，他自信地说：“放心走，这条甬道应该没问题。”

司徒天估计是之前让流川暴打一顿，心里不爽，嘲讽道：“吹牛，你走过？”

流川无所谓地耸耸肩膀，故意刺激司徒天，转头向我说：“我们出发吧。”

流川说完之后，还朝我眨了眨眼睛，言外之意，不言而喻。

我点了点头没说话，见我点头司徒天这会直接气炸，他冷哼几声表示自己的不悦。

后来，流川还是给我和司徒天讲了趴在地上的原因，他听到甬道内传出流水声，说明这不是一条死路。

说实话，我特别佩服流川，他应该没少跟黑木老头走南闯北，像刚才趴在地上听流水声，绝对是多年积累起来的经验。我们三个相继走进甬道，流川继续领头，司徒天在中间，我走在最末尾。在我进来之后，背后传来咔咔两声响，我回头一看，地下忽然冒起一块巨大的石板，把进来的甬道口给彻底封死了。

当石板把路封死，甬道两旁突然亮起了油灯，流川失声惊叫道：“不好！有机关阵？！”

我暗自猜想该不会是中招了吧？皱着眉头问道：“流川，我们中了陷阱？"

司徒天的脸色同样不太好看，他叹了一口气："怎么办？继续一条路走到底？"

流川用手在甬道旁边的墙壁轻敲几下，回头说："还能怎么办？继续走！"

因为退路断了，迫于无奈。我们硬着头皮继续前进，一步步往甬道内走，越往里走气温越低，两旁的油灯随阴风摇曳，好似随时都会熄灭。我们三个人走了好久好久，我甚至有种错觉，这条甬道会不会没有尽头？

随着我们逐步深入后，我闻到了甬道内传出让人反胃的尸臭味，中间瞧见好几根人骨头。

又走了好一阵，流川却忽然举手示意停下来，他低声道："前面有机关阵！"

我跟司徒天低头往前面望，发现那地没问题，跟平地差不多，刚想开口问流川原因。

流川没解释太多，反倒转身拽着我跟司徒天往后跑。我还没回过神来，前面的地开始往下深陷，露出一条往下通行的密道，密道的形状有点像儿童滑滑梯那种东西。随后，还接连从下面快速飞出两三排流星飞镖阵。

流星飞镖全打到了墙壁上，我不禁拍打着胸口，感慨道："逃过一劫！"

司徒天抹去额头的汗水，他的脸色很难看，调整好呼吸："流川，幸好有你，不然必死！"

流川跟着长叹一口气，又凝视着那条机关密道，喃喃自语道："我们先别着急下去，为了安全起见，大家捡一些小石头丢进去试试，我担心还有连环机关阵，如果贸然下去好比送死！"

流川的话并非没有道理，我们三个人分别开始找甬道内的石头，司徒天比较虎，跑回去把之前路上那些死人骨头都捡了回来。我跟流川一脸无奈，司徒天异常兴奋地把其中一根比较大的人骨头丢进密道，结果听到钝器摩擦骨头的声音。

流川吞下一口口水，面露惊恐之色，结结巴巴地说："下面……有血滴子绞杀阵！"

血滴子绞杀阵这六个字，让我下意识地打了个寒战，暗想着幸好之前没下密道，这一切还多亏流川步步为营，心思缜密。否则，光靠我和司徒天那个笨蛋，早让血滴子绞成血沫了。

司徒天把手里的人骨头丢到地上，转过脸问流川："流川，接下来我们该怎么办？"

流川的眉头拧成一团，他抬手在甬道右侧的石壁上敲敲打打，偶尔用鼻子闻个一两次。

流川做完这些事后，再次回到我跟司徒天身旁说："按照我的推断，建甬道的日子应该能追溯到几百年前，甚至更久远都说不定，没算错的话应该还有一轮机关阵，多丢几根人骨头去试试。"

司徒天按照流川的吩咐，捡起地上的人骨头，隔着老远丢了进去，这次同样传出先前的怪声。事实证明，流川的推断没错，果然还有一轮机关阵。转眼间，司徒天把所有的人骨头都丢了进去，再也没听见机关启动的怪声。

流川见机关阵成功破解，便开口解释："我从小跟师父走南闯北多年，类似的机关阵见过不少，尤其是这种古老的甬道下面，通常存在着价值连城的皇陵，会吸引许多盗墓人冒着生命危险进来寻宝。"

我没想到日本也有盗墓贼存在，看来果真是大千世界无奇不有，我们三个人误打误撞闯入了一个神秘的皇陵。司徒天这家伙比较兴奋，此刻搓着手跑到流川面前问道："流川，你跟我说说，黑木老头有没带你盗过墓？"

面对司徒天的问题，流川那张脸立马变色，他犹豫很久才说："盗过！"

司徒天更激动了，一心想让流川带头去寻宝，指望借此大发横财。

流川没说什么，叮嘱我跟司徒天要紧跟在他背后，千万不能独自行动。

我们三个人依次滑下那条密道，司徒天一边下一边鬼哭狼嚎。

第二章　神秘皇陵，天价金棺

(1)

等我苏醒时，发现我们全都躺在地上，之前的那条密道已被封死。

我睁开眼首先见到了一大堆金子，确切点来说是许多小金山和金子墙。

我强行坐起来发现正中间的墙壁上，镶嵌着一条被雕刻得栩栩如生，浑身金黄的长龙，龙头下摆有两三具结满了蜘蛛网的白骨。在我的斜对面有一口石棺，棺盖没有闭合，完全向外敞开着。棺盖表面还纹饰着许多稀奇古怪的图腾，乍看之下非常像古时候某种恐怖的妖兽，棺体呈长方体，通高约数十米，下有连体檐底座。

司徒天和流川相继苏醒，当司徒天看到大把大把的黄金，兴奋到手舞足蹈，就差精神分裂了。我却开始担心，如果我们没办法出去，岂不是要在皇陵内等死？我刚看了一下，这是一个完全密闭的空间，估计没人能逃出去。

流川发现司徒天想跑过去捡那些金子，大声叫道："司徒君！别碰那些金子！"

结果流川喊慢了一步，司徒天早已经捡起一把金子，整个皇陵立马开始剧烈震动，那条金龙缓缓张开嘴巴，龙头转向司徒天的位置，射出无数根密密麻麻的飞针，显然司徒天因为贪财触动了皇陵的机关。

司徒天把手里的金子丢掉，就地来了两个前滚翻，成功躲过致命的飞针，手臂被针擦破了点皮，他拍打着胸脯，一副惊魂未定的样子，咒骂道："妈的！老子不就是好奇捡点金子看看，险些提前去地府见阎罗王！"

龙头又开始转动，这次格外不同，我们头顶砸下来许多支一米多长的铁枪，突如其来的危机，让我们都吓了一大跳，幸好我武术功底不差。我连着几个侧空翻躲过，流川直接结手印，打出日本特有的神秘阴阳术躲避。

　　我不禁有点害怕，因为这个皇陵内，机关重重，如果不小心碰了什么东西，会不会因此命丧黄泉？或者触动机关后惨死？念及此处，我小跑到流川身边，还不忘回过头对司徒天大喊道："你快过来，我们三个人要齐心协力，想法子逃出去！"

　　司徒天见识过机关的厉害，自然不敢松懈，来到我跟前说："后面该咋办？"

　　我没回答，因为出谋划策的事，我向来不擅长，回头问流川："流川君，你怎么看？"

　　流川开始仔细观察起皇陵来，他的胆子比我和司徒天都要大，已经慢慢走到了那条金龙前面，金龙仿佛能感知到流川的存在，龙头又再次转动起来。流川不知发什么神经，双腿猛然蹬地，跳起来死死抓住金龙的犄角。

　　流川突如其来的举动，把我和司徒天吓了一跳，我们俩同时大喊道："流川，小心！"

　　流川此刻已经坐在了龙头上，双手抓紧龙角使劲儿往上拔，很快原本会吐出暗器的龙头完全停止，嘴巴内接连吐出七颗黑色的大珠子，随后便合上了嘴。流川从龙头上跳下来，暗自抹掉脸颊的汗水。

　　我跟司徒天跑过去，我二话不说，大骂流川："吓死我了你！"

　　司徒天对准流川的胸口直接来了一拳，呵斥道："你小子，下次要事先打个招呼。"

　　流川特别腼腆地挠了挠后脑勺，尴尬地笑着说："好，我下次注意，因为据我的观察，发现这座皇陵我听我师父提起过，因为金龙标志太明显，起初还刻意研究了一下，但没找到准确的位置，所以才放弃了。"

　　听完流川的解释，我特别激动地问道："流川，你研究过就好，知道怎么逃出去？"

第二章 神秘皇陵，天价金棺

司徒天跟我一个样，满怀期望的看着流川，希望他能说出一个让人兴奋的答案。

流川却摇了摇头，一脸歉意地说："不知道，我只研究过皇陵的轮廓，我们看到的算皇陵的一小部分，它的体积好比一个巨型迷宫，到处都布满了机关，稍有不慎就会掉落陷阱或中招。"

我现在好比让流川泼了一盆冷水，顿时泄气，指着龙头下那对白骨，叹息道："流川，按照你的意思，我们三个人会死在这座价值连城的皇陵里？变成三具结满了蜘蛛网的白骨？"

流川颇为无奈地坐在地上，他出言安慰道："让我仔细想想，或许能有办法出去。"

现在，我已经做好最坏的打算，因为我清楚逃出去的机会估计很小，流川的话是自我安慰而已。

司徒天蹲在我旁边，扭过脑袋对着我说："你说句老实话，我们俩真会困死在这个鬼地方？"

我一时间也是满面愁容，自言自语道："我心里也没底，祈祷流川能找到出去的线索。"

没错，眼下我们俩把希望都寄托在流川身上，他能否通过之前的研究发现线索？

流川不甘心放弃，召集我和司徒天，嘱咐道："从现在起，你们两个要跟紧我！"

司徒天舔了舔嘴唇，指着先前金龙嘴内吐出的七颗黑珠，反问流川："能捡走吗？"

流川回头瞪了一眼司徒天，没好气地骂道："司徒君，你如果敢捡就去捡！"

司徒天这家伙还真是傻到极致，连忙跑过去把七颗黑珠子捡起来，藏在自己的身上。

我实在无法直视，司徒天从小爱贪小便宜，根本不分轻重缓急，人死了

钱还有用？

想到此处，我便怒气冲冲地走过去拽起司徒天，紧跟在流川后头，继续寻找线索。

流川领着我们小心翼翼地走到一扇青铜石门面前，青铜石门上镶嵌着不少稀世珍宝，过半都是一些价值不菲的稀罕玩意。我寻思着估计随便抠下来一件，拿到市面去卖给那些珠宝大亨，都能卖个天价出来。

当然，我只能想想，不敢付诸实践，如果不小心，因为贪财开启机关，会害死大家。

流川站在青铜石门前面，转头问我跟司徒天："要不要冒险打开石门？"

司徒天上下打量起石门来，特别傻地反问道："我们能推动吗？"

我顿时汗颜无比，别看石门重，据我所知这类石门推起来根本不费劲儿。三个人联手推门，简直轻而易举，我实在看不过去，便接茬说："司徒天，我平时叫你多读书，你就是不听，眼前的青铜石门看起来重，但实际很轻，因为工匠要为使用者考虑，搞太重的石门推起来太费劲。"

流川听完我的解释，向我立起大拇指赞扬道："没错，你懂的东西不少啊！"

司徒天冷哼一声表示自己的不满，我们一致决定推开青铜石门，进去找出路。

在我们三人的合力之下，青铜石门被慢慢推开，首先映入眼帘的是一口天价黄金棺。

虽然距离有点远，但我的视力超乎常人，隔老远就看清了棺材的全貌，棺材是金子打造而成，棺材的棺盖上还剩了九个洞，不知道用来干啥。但我明白，这口金棺材比皇陵内的所有东西都值钱。

(2)

青铜石门打开没多久，皇陵像地震那样，开始疯狂震动起来，墙上的金粉掉了不少。

第二章 神秘皇陵，天价金棺

司徒天在我跟流川的拉扯下，才避免摔个狗吃屎，周围的金色墙壁，同时开始旋转，随后露出四面十分古怪诡谲的壁画，壁画纹理清晰，颜色鲜艳亮丽。初看之下，类似于古时候神秘部落的祭祀图腾。我们三个人都被吓了一跳，看来皇陵内的机关果然环环相扣，危机重重。

我大着胆子在第一幅壁画上仔细观察，司徒天和流川则负责看另外三幅，我们分头在画壁上找了一圈，根本没发现所谓的机关口。我和司徒天完全绝望了，果然如我之前说的那样，这价值连城的皇陵没出口，闯进来等于找死。

流川依然不死心，他叫上我跟司徒天，慢慢向着那口金棺材靠近，让人意想不到的是，金棺材的棺盖居然完全透明，用肉眼都能清楚看见棺内的情况，棺材内躺着一具身穿大红色嫁衣的神秘女子，头发上还插着几根金簪子，右手和脖子还戴有珠宝。她那张脸放到现代，绝对能颠倒众生，比起21世纪的女明星不知强了多少倍，奇怪的是她的尸体竟没腐烂，跟活死人差不多。

流川仔细观察着金棺的结构，但并没发现可疑之处，那神秘的壁画反倒引起了他的注意。

皇天不负有心人，在流川的仔细寻找下，他决定采用逆向思维，把自己倒立起来重新看壁画，结果成功找到四幅壁画埋藏着的线索，通过壁画得出一条关键信息，按照指定的方法打开金棺方能逃生。而壁画的位置代表七颗黑色珠子该如何扭转位置，分别按照方位安放珠子，即可打开棺盖。

流川让司徒天把七颗黑珠子交出来，开始按照壁画上的吩咐，逐个放珠子，珠子安放完毕。珠子往下陷，与棺盖重叠，而后棺盖自动打开。棺材里的那具女尸体好像诈尸了，猛然坐了起来，双手伸直对着司徒天，七窍同时流血，场面特别恐怖。

我们三个人被吓到了，接着那具女尸开始一点点慢慢消失，到最后连骨头都不剩，只留下一堆衣物跟珠宝首饰。如此奇幻的场景，当真让人觉得不可思议，流川胆儿比较大，直接跳到棺材里面敲敲打打。

司徒天显然还没回过神来，结结巴巴地问我："刚才？刚才……咱们是见鬼了？"

我差点让司徒天的话给逗乐了，拍着他的大脑袋说："没见鬼，只是有点古怪而已。"

原本在棺材里敲敲打打的流川，忽然插嘴道："刚才你们看到的东西不是鬼，因为女尸死后在金棺材内躺太久了，没有接触到空气，当我们打开棺盖空气会加快尸体腐烂的速度，女尸因此灰飞烟灭，我当年跟师父盗墓时见过同样的场景。"

我比较好奇流川到底想干啥，便问道："流川，你在棺材里干什么？"

流川没回头继续在寻找着什么，他蹲在棺材里说："我在找能出去的机关啊！"

司徒天也回过神来，嘲笑流川："流川，你在棺材里找机关？我读书少，你别骗我！"

话音未落，流川貌似发现了机关，用手死命往棺材的某处狠敲了好几下，然后他跳出来，棺材中间的石板开始往下掉，整个皇陵亦跟着剧烈颤动，壁画纷纷龟裂，我们根本没时间思考，直接跳到了金棺的密道里。

我是最后一个跳进去的人，在我下去的时候，金棺材的棺盖已经开始自动关闭了。

我们在密道集合，结果发现密道下面居然有一条路，能够通往另外一处，阳光依稀可见。

流川一如既往在前头领路，我们花费一个多小时，走完整条路，等出来的时候，赫然发现自己居然来到了一条高速公路下的山脚下。在成功逃出皇陵之后，我们三个现在的装扮跟原始时代的古人差不多，一个比一个狼狈。

流川这家伙鬼点子多，连忙想法子在高速路上拦下一辆私家车，撒谎说我们是拍戏的演员。因为重要物品忘记带，不惜付三倍车钱，让司机大叔火速赶到他租房子的地方去。

30分钟之后，流川独自一人跑上去，拿出放在门口地毯下的钥匙，打开房门从床底下的鞋子里头找出车钱，跑下楼付了车费。才将我跟司徒天带进他租来的单间，因为伤口不算特别严重，不需要去医院。索性我们互相替对方把身上的伤口处理干净，各自换上一身干净的衣服。

因为是周末，我们三个人不用上课，然而司徒天的故事瘾又犯了，经过商议之后，我们决定吃完饭赶到学校故事社去听人讲故事。本想能吃顿大餐，结果流川这家伙的家里头只有泡面，无奈之下各自泡了三碗面来吃。

第三章　戏子牡丹，人间绝唱

(1)

在吃泡面的间隙，司徒天吵着让流川讲了一个故事，故事大意如下——

江户时代元禄年间，在山城镇上有一班戏子，台柱子五十岚牡丹格外出名。

她自小是个孤儿，随师父走南闯北以唱戏为生，而今在镇上已长居数年。

戌时，百姓们吃完饭，会携一家老小来到河边，坐在离舞台最近的地方，等好戏开演。

舞台后方有一条长廊，打扮好涂了胭脂红的戏子行色匆匆，在用茅草搭建的休息室进进出出。

一位老者手持宽大的金丝线花纹底戏服，忙不迭地辅助女子穿上，并替她戴上朱砂色的假发。

女子在原地理了理衣服，她像一朵七彩云那般光彩夺目，备受瞩目。她小心翼翼地从木盒中锦布下取出以楠木而制的面具，两手轻轻地捏着面具的两侧，把面具的正面对着自己的脸。她一如既往地凝视片刻，才低声细语道："我要演你了。"

言罢，她又小心翼翼地将面具反过来戴上，更多了几分神秘色彩。

此时，一位身穿宫廷衣裳的浓妆女子从她身旁走过，斜视了她一眼轻哼一声,双眸流露出嫌恶之色。

女子本来跟她不对路,于是也不愿搭理,直接选择无视对方,自顾自地起身往前台走去。

舞台简陋空旷,是那种由四根大柱子支撑的芝居式建筑,背景只有一堵墙,上面刻了一辆牛车的壁画。女子悄悄地躲在墙后,只见台下人潮涌动,舞台深处有几位着黑衣的男子开始击鼓,一位手持和扇的宫廷官员从侧面走了上来。

台下的看客们瞬间沸腾,百姓们异常兴奋,连忙用力鼓掌,掌声洪亮整齐,估计来了不少人。

她听着如潮水般经久不息的掌声,露出满意地微笑。数月以来,看戏的人员不断成倍增加。

这一出戏名为《葵之上》,由世阿弥根据 11 世纪紫氏部撰写的小说《源氏物语》改编而成。官员解释葵姬是一个叫作源氏的宫廷贵族之妻,身怀六甲,却被妖怪附体,还不忘用手指了指身后,一名着宫廷衣裳的女子躺在木桌上,是出演葵姬的绫小路惠子。

官员的身旁站了一位女巫,女巫瑛日朝舞台后方,疯狂乱舞一番。

乱舞为登台暗号,表示所谓的附体妖怪已经被招来了。

此时,老者在女子耳旁,吩咐道:"牡丹,该你上场了。"

台上的黑暗处传来一道凄厉瘆人的笛声,曲调特别诡异。

五十岚牡丹的头上戴着复仇女子的面具,缓缓走到舞台中央。她身上散发出一股说不出的妩媚,面向观众深深地鞠了一躬,柔声细语道:"大家好,我是源氏失宠的情人六条御息所。"

台下掌声不断,甚至有男子吹起了口哨,向她表达爱慕之情。

她微微一笑,徐徐闭上眼,几十秒之后,掌声渐渐消失,全场静如死水。

六条御息所 16 岁时被选为东宫妃,但 20 岁那年,丈夫东宫未即位就过世了,两人之间育有一女。自从丧夫以来她便一直不与人交流,过着平淡的

独居生活。然而，她刚满24岁，比她小8岁的光源氏开始疯狂地追求她，重燃了她的爱情之火，她便与其展开热恋。

　　她讲完自己的遭遇，双目瞥了一眼身后的葵姬道："幸福总是那般短暂。"

　　贺茂祭那天，已怀身孕的葵姬乘牛车出游，不巧碰上六条御息所，两人的随从因争地方停牛车而大打出手。六条御息所的牛车本就破旧，如此一来，被打了个破破烂烂，只好屈辱退到一旁。回到家中，她发觉自己的精神常常恍惚，如同灵魂出窍一般，不断地折磨着正在待产的葵姬。而后，葵姬因遭她袭击致死。

　　她的眼底掠过一丝憎恨，转身用扇子殴打葵姬，葵姬睁开眼睛瞪了一下，又很快闭上了。

　　牡丹的心开始砰砰乱跳，面无表情地走入舞台后面，换上魔鬼的女面具。

　　她在眼睛周围涂上了金色脂粉，举手投足间更加神秘诡谲。

　　灯光洒落于站在一旁的宫廷官员的身上，他叫来信使，命令信使邀请山中的苦行僧来驱逐妖怪。六条御息所见苦行僧赶到，手中挥舞着魔杖，与之激烈交战。苦行僧默念咒术，六条御息所捧着脑袋，痛苦地躺在地上，撕心裂肺地哭喊了起来。

　　一出戏终了，参与表演的所有戏子、乐师，脸上还带着浓妆，彼此手挽着手，朝台下的百姓深深地鞠躬，表示谢幕完结。人群渐渐散去，五十岚牡丹走到舞台边，拾起装银两的铜盘子。

　　她的眼眶瞬间湿润，之前虽然有唱戏，但打赏的人不多。数日来均以白粥为食，时常饿到手脚发软，而眼前这一锭银子，足够戏班吃半个月。她好奇地四处巡视，暗想一定要和施舍银子的善人表达谢意。

　　结果来回找了好几次，台下却空无一人，她的眼里闪过一丝失落，更加断定善人必定是出生于富贵人家的大少爷，只因喜爱听戏才大方赏银。她的唇角微微上扬，带着五分欣慰、四分苦涩、一分喜悦。

第三章 戏子牡丹，人间绝唱

在漆黑的夜里，最角落的地方，一个英俊不凡的男子，将这意味深长的笑容尽收眼底。

时隔两日，晚上再次开台唱戏，严肃的能戏演到过半，戏子下台休息，新换一批出演大名狂言的戏子。他们多数身穿襦袢和衬袄，兽头肩衣，以及黄色长袜子，脸上抹浓妆，表演时神情丰富，动作夸张。大名狂言的剧目，纯粹是讽刺大名的愚蠢、无知、懦弱。因为通过现实世界取材，格外引人发笑，深受老百姓的喜爱。

很快两位身披甲胄，手握长刀的大名走上台，看着台下的观众，脸上流露出无奈的神色，大喝道："本想带个随从一起，结果全被派出去办事，一个人也不在，我只好自己拿着大刀。"

他顿了顿，眉飞色舞道："上了进京大道，找个合适的过路人，让他给我拿，你看怎样？"

两名平民徐徐走上前，见对面迎来两位打扮成大名的人，忙垂首悄悄地走过，却被大名拦住，并邀请他们一同前往目的地。起初，男子不答应，在大名低声下气、再三强烈邀请下，方才答应同路，跟随在他们身后。

走了一小段路程，其中的一个大名忽而转身，威胁身后的男子替他拿大刀。

两名男子相视一眼，其中一位忙伸手接过。片刻，拿着大刀的男子越走越不稳，因为大刀实在是过于沉重，抬头一看面前的两位大名，他们正优哉游哉地走在街道上，心中顿时怒火中烧。

忽然，他停住脚步，气到脸色通红，大声喝道："你们这两个好吃懒做的家伙，自己的东西硬叫我拿，大爷我快累死了。"他停了停，喘了口气，"这下甚好，刀在我手中，看我不把你们的脑袋砍掉！"

两位大名听到恐吓，吓到全身发颤，立刻将自己随身携带的短刀，统统交给了男子，开始连连求饶。两位男子脸上流露出得意之色，威胁大名连唱带滚，唱京城里流行的小曲《不倒翁》。

懦弱的大名不假思索地在地上滚动，还不忘哼起了小曲。

台下看戏之人哄堂大笑，夹杂着叫好声与鼓掌声。五十岚牡丹收起目光，她轻轻地倚在墙边，神情慵懒。少时，她的身子微微前倾，露出疲惫之色，因为身为女子，外加排演了一日，身体有点吃不消。

她现在没戴登台演出的面具，就那样静静地站着，台下一个气质高贵的男子正在看她。

不一会儿，牡丹再次上台演出，她的举止和唱曲腔调，分外清澈空灵，戏班里没有谁能与她相提并论。她5岁开始学艺，至今已学满15年，她的大半青春，都交给了戏剧。除开唱戏之外，她最大的心愿，就是能与深爱之人喜结良缘，白头偕老。

(2)

这场戏很快就落下了帷幕，牡丹跟往常那样独自收拾着铜盘子，又见一锭银子。此时人群还未散尽，她忙下台找人，只见都是平民百姓，没有达官贵人。她不禁长叹一口气，将银两装进布袋中，转身缓缓往茅屋走去。

忽然，一道特别温柔的声音从背后响起："牡丹姑娘，请留步。"

牡丹迟疑片刻，她停下了脚步，徐徐转过身，瞧见一身披华丽绸缎的年轻男子，轮廓深邃不说，尤其那两道剑眉，更是英气逼人，从五官上推测，大抵23岁左右。他的眼眸炯炯有神，打量着她的目光温和，嘴角扬起一抹浅笑。

"是你给的银子？"牡丹打量他一番，发现自己并不认识他。

男子微微一笑，将手中的扇子收好，身后的童子朝她小声介绍道："这是平宫先生。"

牡丹一心只唱戏剧，向来不太喜欢跟外人打交道，也不知这平宫先生有多大来头。

只觉得对方风度翩翩，令人心生好感。她躬了躬身，含笑道："多谢先生。"

平宫辉彦道："过段日子便是年末，不知牡丹姑娘是否有空，到本府弹奏

第三章 戏子牡丹，人间绝唱

一曲？"

牡丹略一沉吟，童子忙补充道："牡丹姑娘，你若答应，银子不少啊！"

一到新年，家家户户张灯结彩，年糕是不可缺少的美食。人们的脸上都挂着笑容，气氛格外热闹。在年末时，脓町的富商都会举行捣年糕的活动，常可在他们的府邸外听见乐曲，以及欢笑声。

平宫府上，一入园子，未闻花香，已见满眼绯红的樱花，宛如少女害羞的脸颊。

牡丹情不自禁地呆望片刻，将头埋入花中轻嗅，她在花丛中嫣然一笑。

三名穿着蓝色布衣的男子，随曲子依次抡起巨大的木槌捣年糕。弹奏三味线的有两人，除了牡丹，还有惠子。今日，惠子的打扮很是艳丽，她有一双动人的丹凤眼，眼尾斜斜飞起，只需微微抬头眨眼，便能勾走男人的心魂。

惠子的目光落在平宫辉彦的身上，久久未曾转移，还故意向他抛媚眼。

牡丹没有别的心思，一心想着园子里的樱花，她自幼喜爱花草，不喜攀附权贵。府上的家仆捣好一团年糕，在表面洒了许多芝麻，侍女纷纷端向四座。牡丹却委婉拒绝了，她从童子那得到银子后，默默地溜出府邸。

临走时，牡丹瞧见惠子在平宫辉彦的身旁，羞涩地掩嘴偷笑。

不时，刻意佯装在他面前假跌倒，辉彦扶了她一把，她便顺势靠在他的胸口。

牡丹见到此情此景，觉得格外恶心，她萌生了拆散两人的念头，刚上前两步，又理智地摇了摇头，抬眼迎上辉彦的目光，顿时心慌意乱，忙转身逃离，因为她还要回去准备晚上的表演。

夕阳西下，茅屋处于赏日落的最佳之地，百姓们早早吃完团圆饭来到河边。

待牡丹步行回去，不过两炷香时间，她立刻要登台唱戏。踏入茅屋，换上华丽的戏服，一番精心打扮之后，她忙拿出红木盒，轻轻地掀开锦布，脸上却大惊失色，双手一抛，盒子里的小青蛇爬了出来，咬伤了她的大腿。

一时之间，众人惶恐不已，纷纷往外逃，场面一片混乱。

倚在茅屋门楣的平宫辉彦眉头紧锁，忙上前将牡丹抱到一旁，见她脸色渐白，心头仿佛被针刺穿那般。他脱下牡丹脚上的白色袜子，腿部开始发紫，血流不止。下一秒，他毫不犹豫地对准脚背，用嘴将紫黑色的毒血一点一点地吸出来。

惠子站在一旁，见他舍命相救，心中又恼又怒，忙将他往外拉，却怎么也拉不动。

"平宫先生，那蛇有毒！你吸毒血也会中毒，你快放开啊！"

平宫辉彦完全不理惠子，继续在快速吸毒血，没过多久，他跟着倒下了。

翌日，牡丹苏醒，睁开眼看见自己的师父满面愁容，她从师父口中得知自己的命是辉彦不惜冒着生命危险舍身相救的。她的眼中闪过一丝诧异，他不是和惠子两情相悦吗？怎会舍命救我？

尽管心中满是困惑，她不知不觉来到辉彦的床边，眼下竟无人守护，只见他的脸庞略显苍白，一想到他没有苏醒的迹象，眼泪顿时决堤，砸到了他的脸上。背后传来脚步声，她迅速擦干自己脸上的泪水，若无其事地起身往外走。

惠子端一盆水，见来人是牡丹，一把放下水盆，逼近她厉声道："你这个祸害，还敢来这儿？你给我滚出去！"

惠子边说边把牡丹猛地往外推，还不忘把门给死死关住。

此时，辉彦努力睁开眼，惠子拧干热毛巾，连忙上前扶起他。

辉彦单手撑着榻，左顾右盼，掀开被子要下床。

惠子知道他要找谁，用力地将他按回去，扭过身不看他。

片刻，辉彦沉声道："刚刚牡丹来过，你把她逼走了？"

"是，那个贱人没资格来看你！"

"闭嘴！为了她，我愿舍命！若你再敢欺负她，休怪我不客气！"

峻小路惠子的肺都快气炸了，她猛地推开门，捂着脸跑开了。

第三章 戏子牡丹，人间绝唱

子夜悄然来到，牡丹右手提着一盏纱灯推门而进，童子急忙退了出去。她站在他的面前，郑重地向救命恩人表达感激之情，却始终不敢直视他的双眼。从前听师父说，女子的赤足只能给心爱的男子看。没想到如今，心爱的人还未找到，就已被人抚摸过了。

她一想到这儿，脸颊有点发烫。辉彦却喜出望外地凝视她，伸手将她拉到身旁坐下。

忽然，他看着牡丹，握住她的手，轻声说："你活着就好。"

在这人世间，倘若你死了，我活着跟死了有何区别？

立夏过后，南方的雨水逐渐增多，去年的整个夏季，几乎都在雨中度过。平宫辉彦将成亲之期定至冬日，也算一起走过第一个四季。牡丹提起想象中的拜堂情景，在漫雪纷飞的冬日，两人走在雪地里，雪花飘落在发髻，仿佛在冬至那天，二人已经白头偕老。自从日子定下后，辉彦平日里无论店里多忙，晚上都会去看看牡丹，她的每一场戏，他都不会错过。比起他送的珠宝，牡丹更喜欢他来看戏。

一日午后，牡丹的房门外，有一男子道："平宫先生让我转告你，希望你能去店里找他。"

她应了声"好"，起身打扮。每次见他，她都会精心打扮，皆因女为悦己者容。

戏班子所住之处，离店铺有些远，需要走过一条昏暗的街道。眼前一片漆黑，一路走来，只有牡丹的纱灯亮着，她心中不免害怕，却顾不上太多，边走边给自己壮胆，前行的速度不断加快。

忽然，一个巨大的麻袋从头顶罩下来，牡丹大叫救命，却引来两名男子的嫌恶，他们相视一眼，将她硬敲晕。牡丹醒来后，发觉自己的手脚被绳索绑住，口中塞着一团白布。耳旁传来流水潺潺的声音，船身摇摇晃晃，她四下张望，想找到割断绳索的工具。

此时，眼前的帘子被人揭开，峻小路惠子扭着身子走出来，她伸出两根手指掐住牡丹的下巴，阴冷地笑道："贱人，你想嫁给平宫辉彦吧？"结果她

右手使劲一挥，扇了牡丹一记耳光，"那是我的位置，你想都不要想！今日就让你死无全尸，葬于江河之中！"

言罢，她击两下掌，之前负责绑架牡丹的两名壮汉走了进来。

他们合力抬起牡丹，将她扔入江中，江水湍急汹涌。没过多久，牡丹的身影消失不见。

另一头，平宫辉彦派10多个人寻找牡丹，他沉声道："就算把整个镇子翻过来，也要找到她！"

惠子前脚刚入屋，平宫辉彦后脚跟了进来。

他的脸色十分难看，不理会惠子的殷勤，大声质问道："你把牡丹交出来！"

"我没藏她，谁知道她去哪里了？"惠子端起一杯茶到嘴边，以掩饰心中的慌乱。

辉彦几个箭步走来，猛地钳住她的手腕，眼神极其愤怒："等我找到人，我再来收拾你！"

辉彦拂袖而去，峻小路惠子在心底冷笑，低声道："可惜，你再也见不到她了！"

翌日清晨，有一戏子到惠子的屋里催促她，却始终得不到对方回应，不禁猛地推开门。

戏子见她仍然躺在床上，眉头紧蹙，上前摇晃了她几下，却见对方毫无生机。

戏子用发颤的手指探了探鼻息，就慌慌张张地跑了出去，还传来戏子摔倒在地的声音。

戏班里一下有两个唱戏的女子离奇死亡，百姓们觉得戏班不吉利，渐渐地他们便不再来看戏了。舞台很快彻底荒废，唯有平宫辉彦每天晚上都来，他深信牡丹如此喜爱唱戏，定会现身来唱。

数月之后，台下只剩平宫和彦，他等了多日不见牡丹，从身后取出一支尺八。

清音寥寥，带着忧伤的曲调，如同天籁绝响，堪比人间绝唱。

忽见台上一女子的身影浮现，她穿着华服翩翩起舞，吟着牡丹唱过的戏曲。

辉彦情不自禁走上前去，他定睛一看，情绪激动不已，因为那女子确实是牡丹。

他的眼泪瞬间夺眶而出，刚要伸出手摸面前的人，牡丹却不见了，他双膝地泣不成声。

从此以后，平宫府上的园子里，种了许多牡丹花。辉彦说，宁睹物思人，也不愿忘记。

流川的故事刚讲完，正好也吃完了泡面，说实话他的故事让我感触很深，因为我想起自己在高一时看过的两部香港电影，一部是梅艳芳主演的《胭脂扣》，另一部是张国荣演的《霸王别姬》。

第四章　死人脸，姑获鸟

(1)

转眼之间，我跟司徒天已经从流川家回到了学校宿舍，小次郎窝在床上用电脑打字。司徒天跟我抢谁先洗澡，我们俩玩剪刀石头布，结果我输了。司徒天洗完澡回到自己的床上呼呼大睡，他说自己可能要二次发育，要保证充足的睡眠。

我找好衣服去洗澡，洗漱完毕也上床休息了，因为我最近睡眠质量特别糟糕，回到学校宿舍之后，总能梦到在血色瀑布之下的经历，惊叫一声猛然从梦中惊醒。我翻身坐起来，脸上布满了冷汗，抹掉额头的汗珠，开始大口大口地喘着粗气。虽然我们三个人逃了出来，但仍然心有余悸，尤其是那口金棺内的大红嫁衣女尸，那张七窍流血的死人脸，一直在我梦中来回闪现。

我抬头往前一看，差点儿活活吓死，小次郎这家伙还开着电脑，背靠椅子在桌上打字，电脑屏幕的光亮反射到他脸上，那模样无异于恐怖片里的变态连环杀手，他好像发现我醒了，开口反问我："你又做噩梦了？"

我点点头跳下床去，拉了张椅子坐在小次郎旁边说："没错，那个女人的脸实在太恐怖了！"

小次郎冷笑一声，推了推架在鼻梁上的眼镜说："恐怖？听我给你讲恐怖的姑获鸟！"

我觉得自己需要释放一下紧张的神经，微微颔首，表示我准备好了，让小次郎开讲。

第四章 死人脸，姑获鸟

永禄八年（安土桃山时代），在伊美镇有一条通往神社的大道上，孩子三五成群，大多是 7 岁以下的孩童。他们的眼眸清澈干净，脸上洋溢着无邪的笑容，欢快的笑声没有夹带半点杂质。

已是深秋时节，下过秋雨后的天气凉意渐浓，落了一地的枫叶随风飘散。

在田口府上，仆人替少爷穿上一层又一层价格不菲的衣裳，喂他吃完最后一口美味的红豆米饭，他便由母亲抱着上了马车。嘴里一路哼着小曲儿，高高兴兴地抵达了神社。

田口少爷刚满 5 岁，胖嘟嘟的不说，身材比同龄人都要修长，却十分羞涩，大抵是与外界接触少的原因。他一下马车，就像见到了邪魅之物，躲在安西工美的怀里，小声央求母亲一路抱着他。

安西工美出生高贵，从小未做过重活，自然抱不动。

她以为儿子只是怕生，只好抱着他入神社，参拜时再让仆人抱着。

为求唯一的儿子平安成长，两年前她也来参拜过这间神社，之后虽然一直平安无事，但心中仍然忐忑不安。5 年前，她 20 岁那年，身怀六甲，却惨遭丈夫背叛，因此做出了十恶不赦的事情。

至今多年，她都没向外人说过，自己每夜都梦见女人来向她索命。

永禄三年，安西工美自从成为人妻之后，暴躁的性格收敛了许多，平日里不仅协助丈夫记账，还打理他的琐事，从不让管家或仆从插手。

两人生活也算幸福美满，直到她怀有身孕。起初，丈夫还很高兴，每日早出早归。

渐渐地，他回家的时间变晚了。她告诉自己，丈夫因公职繁忙，忘了回家的时辰。

可一连数月都如此，甚至有时在外过夜。终于有一夜，她盼星星盼月亮，还是盼不来丈夫的身影，心中有些惶恐，便打算翌日去衙门打探一下情况。

烈日炎炎的上午，她双手捧着四方形的盒子，不顾管家的劝说，执意要

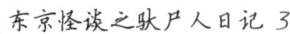

去衙门。

一路满怀欢喜，到了偏殿的门外，居然听见女人发出娇嗔的声音。

"老爷，别这样，讨厌。"女子故意将最后一字的尾音拖长。

"美人，快过来。"男子的笑容很是猥琐，追着女子跑，邪笑道："终于抓到你了。"

安西工美愣在原地，再也听不下去，便几个箭步走上前，猛地推开了门。她手中的盒子摔碎在地，榻上的奸夫淫妇齐齐转过脸，被耀眼的阳光刺痛了双眼，所以看不清来人。

但是从体型来看，田口纱南慌了，他从女子身旁移开，支支吾吾地解释，怎么也说不清。

俗话说，江山易改，本性难移。安西工美心如刀割，暴躁的性子爆发了。

她面无表情地走上去，一把扯住榻上女子的长发，顺着自己的方向拖出榻。

女子本能地伸手扯回发丝，头皮都要被扯掉了，边哭边朝纱南求救。

安西工美看着女子的惨样，觉得大快人心，她恨不得将女子毁容，让对方变成丑八怪！

田口纱南见新欢被欺负，忙上前掰开工美的手，并用力地推开她。

工美体力不支，跟跄几步，腰间被茶桌狠狠地撞了一下，她因为疼痛而龇牙咧嘴。

"绘梨衣，怎么样？有没有伤着？"田口纱南轻轻地揉了揉新欢的脑袋。

安西工美看着他们惺惺相惜的模样，心中不禁嫌恶。她在心底冷笑，眼里释放出冰冷的目光，指着纱南喝道："真叫人心寒！田口纱南，要不是当初我父亲扶你上位，你能有今天？"

说着，更觉得不值，而今的她因为怀有身孕，性格跟着变成了敏感的麋鹿，稍不顺心就容易哭泣。看到眼下这般残酷的情景，安西工美的泪水如同泉涌，不出一会儿，就已经哭成了泪人。

第四章 死人脸，姑获鸟

绘梨衣将乌黑的长发随意挽起缓缓抬头，她的脸上还留有泪痕，瞪着工美嘲讽道："安西大小姐，今时不同往日了，你还是回家看看镜中的自己，肤色发黄，手指粗糙，性格还如此暴躁，难怪纱南不愿碰你。"

一气之下，安西工美的腹部如同刀绞，整个人顺着桌子下滑，脸色苍白如纸，心中不禁担忧孩子会不会出什么事？田口纱南见她满头大汗，手捧腹部，想是动了胎气，忙上前抱起她回府。

怀中的人昏睡，眼角却不断地溢出泪水。纱南看着怀中的人，心中很难受。

大夫搭了脉，又看了看工美，沉声道："夫人受了惊，喝一碗安胎药就没事了。"

"大夫，这边请。"

"田口老爷，若夫人再受刺激，恐怕胎儿不保。"

一连数月，田口纱南没再去找过绘梨衣，而是陪工美在夜间散散步，两人虽不多话，但也没有发生争吵，好似之前的事已经忘记了。三个月后，工美生了个男孩，他沉浸在初为人父的喜悦中，每日照顾母子二人，乐此不疲。

某日有人来通报，绘梨衣有要事找他，若他不去见她，她便自己找上门来。

夜晚满天星辰，残月立在头顶，虽美中不足，却因它们相依为伴。

大树下有一孤独的身影，她跪坐在地，抬头望了望夜空，一脸忧郁之色。

片刻，她手扶三味线，其琴以丝做弦，花梨木做琴杆，狗皮做琴身。需要弹奏时，手里拿着用犀牛角制成的短拨子，每拨弄一下琴弦，就会发出悠扬动听的声音，萦绕在耳边，久久不散。

随心拨动了几下，她停了停，不禁长叹一口气。仔细听了一下，背后传来了动静，心中大喜，人果然来了。她清了清嗓子，开口吟唱："谁知寂寞苦，残月挂长天。我自别离后，思君夜不眠。"

歌声空灵纯净，夹杂着情殇与思念。

田口纱南看见她略显憔悴，脸上带着苦涩的笑意，快步走上去，双手环住她的肩。

今夜，她的声音动听极了，语调婉转依人，宛如仙乐。田口纱南恍恍惚惚，脚底轻如鸿毛，屏气凝神，听她道尽数月的相思之苦。低头一看，眼下的美人樱唇丰润，他不管三七二十一便吻了下去。

(2)

良久唇分，绘梨衣坐起身，满脸欢喜地说："纱南，我有了你的孩子。"

田口纱南看着她不敢相信，想来是真的了，便问："什么时候的事？"

"已经三个月了。"

纱南二话不说，直拉起她往外走，到了府上，安西工美一见来人是绘梨衣，脸上的笑容瞬间消失，又让仆人将少爷抱下去。她看也不看他们，双手端起茶盅，放至嘴边，小心翼翼地吹了吹。

田口纱南退后两步，道："从今起，绘梨衣便住在府上。管家，你派人好生伺候二夫人。"

田口的话刚说完，工美便将一杯滚烫的茶水泼在绘梨衣的脚边，打湿了脚背上的足袋。

田口纱南料到工美会这样，他还是忍不住心中的怒火，与她吵起来。

"纱南你可真厉害，我一生完孩子，你就将人领回家了？见我父亲被贬，你如今敢这般待我？果真是人面兽心的狗东西！滚！带着这个狐狸精，一起滚出去！永远别出现在我的面前！"

"这是我的府邸，你凭什么叫我滚出去？"

"你每日和狐狸精在一起，你看清楚了，这可是我父亲留的房子！"

"工美，前些日子，你已经把地契给我了。"

言罢，田口纱南掏出一张纸，工美定睛一看，的确是地契。

工美好像受到了晴天霹雳，双脚不自觉地往后退了几步，立在一旁的仆人忙上去扶她。

她在怀孕时一高兴，便将地契交给了田口纱南保管，生怕自己日后忘记。

她攥紧拳头，手背上的青筋凸显，现在不能跟他们硬碰硬。

转念一想，只淡淡道："好，只要我们还是夫妻，这就是我的家，你休想一个人独吞。"

安西工美丢下话转身回房，经过绘梨衣的身旁时，她那双如一潭秋水般温柔的眼，带着一丝轻蔑和憎恨，以及几分看不懂的情绪。绘梨衣心头一惊，不知怎么，她的直觉告诉自己，往后的日子会很不平静。

太阳透过云层，映照出瑰丽色的晚霞，四处的炊烟升起，万家灯火通明，远处的虫豸鸣声袅袅，伴随着一阵阵的犬吠声，宛如一场盛大的音乐会。田口府上一片寂静，仆人陆续端上菜。纱南坐在中间，身旁坐着两位夫人，他的目光停留在一盘清蒸鳊鱼上，广末绘梨衣会意，立刻夹了一块，送到他的唇边。

纱南吃了一口，与绘梨衣相视一笑。她伸手再次夹鱼肉，安西工美先一步，绘梨衣悬在半空的筷子只好转向别的菜。只是，她粗看一眼，发觉除了鱼肉，便没有自己能吃的了。怀孕在身的女人，饮食方面有许多忌讳，桌上的茶水、螃蟹以及放了热性作料的食物，皆不可食用，否则易导致流产。

她微微转过脸，只见安西工美脸上流露出得意的笑容，四目相对的瞬间，已燃起战火。

她的脸色微变，手下微重，勺子搁进碗里发出一声轻响。

田口纱南放下筷子，轻声问："不合你胃口？"

安西工美侧目瞥了一眼绘梨衣，含笑中不失机锋："纱南，你不知道，孕妇嘴刁！"

绘梨衣脸上带着一丝笑意："难道大夫人怀孕时，不是这样？"

田口纱南看了一眼工美，转身面向绘梨衣，道："你喜爱吃什么，明日让人去做。"

绘梨衣有些感动，对他重重地点了点头。

她的目光越过他的耳朵，看见工美无处发泄的模样，顿时暗爽不已。

翌日上午，绘梨衣从外面采集回到府中，远远看见安西工美坐在厅堂的上座，按照规矩，她施了一礼。安西工美今日的心情似乎很好，从仆人手上接过男婴，逗了几下，孩子发出甜美的笑声。

绘梨衣微微侧目，盯着男婴，嘴角不知不觉地上扬。自她怀孕以来，便对孩子失去了免疫力，若不是与工美相处不和，定早就上前去抱一抱了。

安西工美不搭理她，当她如同隐形人，抱着孩子从她身旁走过。晨间的阳光微弱，工美来到了市井，想着孩童容易生病，便到裁缝铺替孩子挑了几块上好的面料。如今秋意正浓，待冬至到了，寒风刺骨，孩子便能添几件厚衣裳。

裁缝铺的对面是一家药铺，她转念一想，派仆人上去打探了一番。

良久，仆人携两包药材走来，对她耳语几句。她又叮嘱了几句，方回到府上。

广末绘梨衣的腹部越来越大，为了胎儿，每日仆人都会端来一碗鸡汤，让她按时喝完。平时嘴馋，便会吃一些酸甜的蜜饯。在饮食方面，她相当谨慎，只让身旁的仆人插手。

某一日，家中举办盛宴，有些宾客食多了油腻的饭菜，觉得肚子有些不舒服。

安西工美转身向仆人耳语几句，片刻，仆人便端来了酸梅汤。

绘梨衣一见是酸梅汤，忙要了一杯。她小啜了一口，觉得味道不错，不多时便把一碗都喝完了。

过了一个时辰，宾客都散去了，主人也各自回房休息。可此时，绘梨衣刚躺在榻上胃里翻滚，腹部疼痛不已，吓得仆人立刻跑出去。田口纱南赶到了她房中，见她趴在榻上呕吐，忙扶她躺在自己的怀中。

两炷香的时辰，绘梨衣的脸色比纸都白。大夫很快就来了，替她搭了一脉，旋即摇摇头，表示她已救不活了。在屋外的安西工美见到这一幕，脸上流露出自己才能察觉的微笑。

忽然，田口纱南猛地扯住大夫的衣领，愤怒地瞪着他。绘梨衣吃力地抬起手，搭在纱南的手臂上，对他摇了摇头。

她的眼泪落了下来，脸上却挂着淡淡的笑容："纱南，别怪大夫，今生缘浅，来生再续。"

话音刚落，她停止了呼吸，手从他的手臂上滑落，眼角的泪水却还有余温。

田口纱南抱着她，未吭一声，一道鸡鸣声响起，天渐渐亮了。

待旁人都离去，他方问大夫："当夜，我夫人喝过一碗酸梅汤，大夫，你能查出死因来吗？"

"我已查过了，是有人在汤中下了毒。"

葬礼过后，管家抓到了下毒的人，却是一个仆人。

那人跪在田口纱南的面前，承认了罪行，他害怕到声音发颤，却不为自己推脱和求饶。

田口纱南一下丧妻丧子，心中特别沉重，便没多问。他眼神一凛，说出一个字："杀！"

安西工美回忆到这儿，心中不免打了个寒战。

翌年夏日，镇上的药铺来了一位医术高明的女人，相貌美若天仙，待人和善。

许多百姓都到她那去看病，不仅费用低，还效果好，大家都知道了她是个好大夫。

子时，绘梨衣变的女大夫的后院磷火闪耀，她披上羽毛，立刻化身为一只鸟，翱翔在空中。凭借记忆，她飞到了田口府的屋檐上，静静地伫立了许久。5年的时光，他们早已忘记她，可她忘不了死在腹中的胎儿。她开始恨田口府上的所有人，时日一久，怨气越积越深，变成了如今这般模样。

院中有婴儿的衣服，小小一件很可爱，她心中却酸楚，若孩子出世，也能穿上这样的衣裳了。她原以为，一个女人成了母亲，会变得宽和，但安西工美始终容不下他们母子，竟狠心下毒，还逼迫仆人做了替罪羊。

她飞向院中，在婴儿的衣裳上留下两滴血，又轻轻地闯入寝殿，将榻上的男童抱在怀中。一转眼，他竟然已经5岁了。她看着男童紧闭双眼，嘴角微微上扬，不禁动了恻隐之心。

绘梨衣静静地盯了片刻，最终，她还是放下了男童，转身来到田口夫妇身旁，缓缓俯身，将两人给杀了。临走时，她披上羽毛，看了一眼男童，眼角的泪水浸湿了毛发。直到第二天早上，百姓闻讯，田口夫妇一夜之间离世，躺在他们身旁的孩子却安然无恙，众人议论纷纷，虽然觉得相当奇怪，但谁也说不出其中的原由。

第五章　以津真天，巨鸟魔音

(1)

我听小次郎讲完故事，结果真的一觉睡到天亮，没梦到皇陵里那具七窍流血的女尸。

第二天，我和司徒天起了个早，小次郎估计打了一个通宵的字。我们俩吃完早餐，赶去教室上课，结果发现流川那家伙已经在教室里了，正和铃木千夏等人聊天。不过，流川跟和歌忘忧貌似一直不太对路，二人又开始掐架，两个人非要比完上次在社团里的讲故事大赛。

我找个位置坐下，距离上课还有很长一段时间，故意煽风点火："流川，放手比吧！"

司徒天跟我是一路货色，立马补充道："流川，别让我看不起你，好好讲啊！"

和歌忘忧还不忘对流川竖起了食指，那手势代表了啥，傻子都能看明白。

流川生性高傲，他岂能忍受自己居然让一个女孩给鄙视了，当即接下和歌忘忧的挑战。

流川在讲之前故意道："我接下来讲以津真天，你们听仔细了。"

镰仓时代，一怪鸟飞翔于紫宸殿之顶，口吐七丈巨焰，据悉其人首蛇身，尖牙利爪。

与此同时，瘟疫突降，以迅雷不及掩耳之势席卷京都，一时间百姓诚惶诚恐，不敢出门。

公元1333年，茨城县，夜幕降临，圆月高挂。

林中虫鸣不断，衣角擦过草丛的声响却打破了静谧。虽无灯火，但他们身上的寒光极度刺眼，不用多想，他们是一批锦衣夜行的刺客。刺客们纷纷潜藏在草丛的最深处，将自己彻底隐藏起来。

晚风接连拂过，树随风动飒飒作响，借着月光能清楚看见每一个人的严肃表情，还有一种将生死置之度外的决心。这群人就像是在深夜伺机出动的嗜血苍狼，只要猎物步入陷阱，就会把猎物吃个干干净净，连骨头都不剩下。

微弱的萤光在林中的各个角落上下飞舞，鸟啼虫鸣，风吹草动，湖光月色。

若不去注意那些冷人惊颤的目光，这里简直是梦中的天堂之景。

就在此时，林中某个角落的萤火虫突然乱飞了起来，一群人莽撞地闯进林子，在他们前方，赫然是刚才埋伏好的那群刺客。后面一群人气势汹汹地急速前进，一路上无数萤火虫随之而起，瞬间林子里被强行压出了一条路。

说时迟，那时快，一阵黑雨从天而降。顿时之间，一时之间传来人的阵阵惨叫声。

原来是箭雨，两拨人很快展开激斗，可惜，双方实力差距甚远，完全没有可比性。

"糟糕！有埋伏！"

"撤退！快撤退！"

"追！"

不出顷刻，这片林子里只剩下数不清的死尸，林子再次陷入死寂。

还有少数躲过埋伏的余党，正在快速逃跑，手中的旗帜早已不知所踪。令人感到疑惑不解的是越向前，路上的死尸越多，箭矢随处可见。人的断臂残肢，断刀和残矛，还有正在苟延残喘的士兵。

第五章 以津真天，巨鸟魔音

这一夜整个茨城县都不能安宁，残忍的战争，已经达到了尸横遍野，血流成河的地步。

但是他们对于眼前的一切却视而不见，更确切地说是早已司空见惯。

就在追兵快要追上余党时，戏剧性的一刻发生了。冲在前面的人直接掉进大坑里，坑里全是半人高的军矛，掉下去的人毫无疑问，只有一个死的结局。真正恐怖的还在后头，又一阵箭雨突然袭来，场面颇为惨烈。

前一刻还占绝对优势的一行人，顷刻之间便全军覆没。

与此同时，一支特别强大的军队杀出一条血路，出现在死去的那群人面前。

死状凄惨的百十来人，在这支军队面前犹如一只渺小的蝼蚁，等于单方面屠杀。

"杀！"就在这支军队完全暴露在月光之下时，另一支军队忽然从暗处冲了出来，并把先前的军队包围了。震天的喊杀声让人心惊胆战，硝烟铺天盖地，一场惨烈的大战已经彻底爆发。

战争进入白热化阶段，几乎在每个角落都能看到尸体，浓烈的血腥味让之前还在浴血奋战的士兵，下一秒则昏死过去。人还没能及时反应，便昏死过去。怪异的血气开始向外蔓延之际，当人们醒悟后，血气陡然消失，好似没出现过那样。

血气消失以后，所有将士都陆续苏醒过来。看见自己的敌人醒来，又开始新的战斗。

微光出现在天际，战争依旧在继续，斜立在死尸堆里的战旗，喷涌而出的鲜血，浴血奋战到底的战士。此刻的战场，只能用人间炼狱来形容。在战场只能不断厮杀，所有人的脑子里只有一个想法，杀掉自己的敌人，才能活下来！

他们虽然都是人，但全披着魔鬼的外衣，天色渐渐明亮，太阳徐徐升起。第一缕阳光洒落，将所有人的影子拉长，战场上为数不多的人停止战斗，停驻在原地待命，不断地喘着粗气。倾尽自己仅存的气力，拖着沉重的

步伐，开始继续前行。

只留下一人站在原地，他转头望向阳光升起的地方，想到自己的使命，最终还是战死沙场，嘴角露出微笑，然后缓缓倒下，从此再也不会苏醒。清风拂过，破烂的旗帜被烈火烧毁，战场上尸体成山，死伤不计其数。

与此同时，茨城边缘处的森林地带，有一处被强行清理的空旷地，绵延数百里。

(2)

"军情告急！"一个身穿麻布衣的人边喊边向军营冲去，虽然一路上有诸多士兵试图阻拦，但瞧见他背上的旗帜，才放弃了阻止的念头，继续干自己手头上的事。布衣人一路上无人阻拦，顺利到达军营，向将军禀报前方战况。

"什么？你再说一次！"将军用手拍了一下桌子，大声喝道。

一个身着麻布衣的人双手抱拳单膝跪地，仔细一看，赫然就是那个报信之人。

只不过，此时他的额头上冒出豆大汗珠，低着头不敢说话。

"全军覆没？"说话之人身披红黑盔甲，身前矗立一把硕大佩刀，"千夜那边如何？"

"回，回将军，属下不知。"麻布衣人声音开始有些颤抖。

"不知？"他将手中的酒杯扔到地上，强忍住心头的怒火，"说说敌军的伤亡情况？"

"属下，属下正在展开调查。"

"调查？你什么都不知道还敢回来？我留你何用？"

只听"铮"一声脆响，他将身前的配刀拔了出来，说话间就想将他的属下劈成两半。

"将军，且慢！"在他背后一个身着和服的人站出来，阻止了将军。

"将军，战场瞬息万变，如今正是用人之际，多一个人多一份力量。"

第五章　以津真天，巨鸟魔音

身着麻布衣的人吓到冷汗直冒，跪倒在地上打哆嗦。

"你还跪在这里做什么？快给我去打探军情，将功赎罪！"

麻布衣人劫后余生，连忙告退跑出去，生怕将军反悔。

"将军，羽织军虽败，那狒田军也不好过，探子没探到情报，否则，他们还不插旗防御？"

"嗯，军师言之有理。"羽织夜辛慢慢将出鞘的佩刀收好，话锋急转道："不过，我羽织军向来所向披靡，怎会全军覆没？"

"属下以为，或许是羽织军长时奔波，过于疲惫而被敌军抓住了弱点。"

"是吗？"羽织夜辛话还没说完，外面传来了吵闹声。

羽织很烦躁，自己的军队何时如此没有纪律了？反问道："何事喧哗！？"

一个小兵慌乱地从帐篷外冲进来，险些摔倒："禀，禀将军，天上有只鸟。"

"一只鸟？一只鸟怕什么？这林子里的鸟你们没见过？"

"不是！禀将军，有一只超级巨鸟。"

"巨鸟？镇定！你说清楚点。"那个身着和服的人觉得事态不妙。

"外面有只巨大的怪鸟，盘旋在军营上方！"

"什么？"

羽织一把推开小兵冲出去，偌大的军营顿时乱成一团，全部慌张地仰望着天空。

天上有只体型巨大的怪鸟，人首蛇身，牙尖爪利。扑打着翅膀在天空盘旋，时不时会发动偷袭，用自己锋利的爪子，抓起两个士兵，然后飞起来从高空中丢下，把人给活活摔死，死状极为恐怖。

"弓箭手！给我把鸟射下来！"

"妖怪！"

"快跑啊！"

"不要慌张！保持镇定！弓箭手！弓箭手！"

见到自己的兵四下逃窜，羽织夜辛亲自跑去取来弓箭，把弓拉满搭上三根箭，朝着大鸟射了过去，三箭全中大鸟要害，大鸟皮糙肉厚，箭矢居然只是擦破皮毛，同样让大鸟痛苦鸣叫。

虽然作用不大，但也算有点效果，弓箭手们也纷纷恢复镇定，开始有组织地展开攻击，几番射击之下，大鸟的致命处未伤分毫，箭矢只能让它被迫选择后退。它再次悲鸣几声，转了几圈，离开军营上空。

"列队！"大鸟已经离去，但看到惊吓过度的士兵们，羽织夜辛非常不悦。

不久前听到自己一部分军队全军覆没，如今现有的军队还惊魂未定，被一只大鸟吓到大惊失色，羽织的心情比任何时候都糟糕。如果继续这样下去，这场战役必然败北，他绝不允许战败变成事实。

羽织在军中威望极高，虽然还处于紧张状态，士兵们领命迅速列好队伍。

羽织没有说话，严肃地望着每一个人，就这样陷入了压抑和沉寂。所有人都能感受到一股无形的压迫，压抑到让人无法呼吸，军队很快又恢复了正常，一张张坚毅的脸，纹丝不动的军容。

羽织还紧绷着脸，大声质问道："告诉我，你们是什么人？！"

"军人！"

"很好，你们的天职是什么？"

"服从军令，宁可战死沙场，也不当逃兵！"

"非常好！你们是我羽织夜辛的将士，是能在战场上奋勇杀敌，战死沙场的英雄！"羽织夜辛故意停顿了一下，然后接着说："可是刚才，我看见了一群胆小的鼠辈，将天职抛之脑后的废物！"。

羽织深看看自己的队伍，又吸了一口气叹道："你们太让我失望了！"

闻言，所有的士兵都低下头去，显然羽织的话对于他们来说，是一种侮辱。

"你们能做的事只有一件，那就是战胜自己，能做到吗？"

第五章　以津真天，巨鸟魔音

"能！"所有人都异口同声地大喊道。

羽织为了能提高队伍的士气，又提高了嗓门喊道："回答我！你们能做到吗？"

"能！"士兵们个个昂首挺胸，喊声传出去老远。

在帐篷内，穿和服的人脸色苍白，说："将军，那怪鸟可疑，怕有祸事发生。"

"什么祸事？兵来将挡，水来土掩，鸟若再来，本将军必射杀之！"

"将军，以属下愚见，还是速速上报京都，以防不测。"

"闭嘴，待下次，本将军必定取其首级！"

"将军！"军师见劝说无果，只能摇摇头。

次日，羽织再次组织军队，准备偷袭敌军，以报羽织军全军覆没之仇。

军队整装待发之际，天边有红光闪现，一只大鸟从远处快速飞来。

"好！来得正好，弓箭手准备！"

"发射！"羽织右手往前挥动，并下令射箭。

"杀！"整个军队一起怒喊，气势到达顶峰。

一阵箭雨齐齐落下，将巨鸟的出路完全堵死，肯定能消灭巨鸟。不过，巨鸟的行为透着古怪，看起来它并不想躲，看着漫天的箭雨临近，却纹丝不动。最后，在所有人的注目下，巨鸟遭乱箭射死。

毋庸置疑，巨鸟应声倒下，彻底死亡。

"好！"羽织将军现在格外兴奋，他觉得巨鸟太好杀了。

"战！"军队的气势前所未有的高涨。

不过，身着和服的人见状，吓到脸色发青，不顾违抗军令，直接偷偷逃走。

没过多久，大鸟身上开始发出血红的颜色，居然有再次苏醒的迹象。

"火弩手！"

又是一阵火球向巨鸟砸去，巨鸟抬头张嘴悲鸣，把所有的火苗都吞到肚中。

041

"弓箭手！"此时的羽织开始慌了，巨鸟好像要复活。

一阵箭雨如期而至，但令人惊讶的是，弓箭全部像玩具般直接被弹开。

巨鸟展开翅膀，快速舞动着，刹时间狂风四起，腾飞到天上，头上的鸟喙张开老大，一口活吞好几个人，嘴里全是人头。巨鸟目光阴冷地看着一切，它的喉咙开始悄悄变肿，开始慢慢地向着鸟喙移动。

一团烈焰径直喷出，所到之处，皆烧成灰烬。原先杀气冲天的军队开始溃散，只能看见巨鸟不断挥舞着自己的利爪与尾巴，口吐七丈巨焰。不过，巨鸟并没刻意攻击人，它身上有一股无形的血气在不断扩散，将整个地区囊括在内。

"镇定！"羽织实在无法理解，这到底是什么怪物，回头大喊道："军师何在？"

"大家小心！"羽织突然发现自己的身体开始变软，脑子里一直回响着一句怪话。

所有人都和羽织有相同的症状，精神开始混乱。

巨鸟见没人反抗，舞动着翅膀离开，临走时，声音低沉地喊着怪话。

此后，传闻此鸟飞翔于京都紫宸殿之顶，整个京都陷入了慌乱与恐惧之中，经过逃跑的军师上报京都。皇室派出道行高僧，最终以高级的秘术打败此鸟，所有人的奇怪症状才消失不见。大鸟临死时依然疯狂嘶吼，怪鸟的事被后人们代代相传，因其的叫声与以津真天四个字最为接近，便把此鸟命名为以津真天。

第六章　黄泉客栈，人骨油伞

(1)

我觉得流川讲故事的能力，跟小次郎有一拼，绝对是此道高手。

和歌忘忧听罢，大言不惭地叫嚣着："流川君，你的故事真不好听，也不感人。"

流川本着君子动口不动手的想法，开口反讥道："好，你说我的不好听，你来讲个！"

和歌忘忧也是比较要强的女孩，很快就想起一件发生在北海道南部地区的真事。

位于北海道的南部地区，流传着一件骇人听闻的事，皆因一家用人骨做成伞来贩卖的黄泉客栈而起。 小镇本身处于最湿润的地带，每逢谷雨时节，商人走在山间的小道，举目望去，黑色的楼阁皆在烟雨之中，朦朦胧胧一片，除了黄泉客栈。

黄泉客栈是镇上最诡异和最神秘的地方，坐落于小镇后山的半山腰，周围有一片翠绿的竹林，客栈外墙皆为红木，屋檐下倒挂着几把红色的蛇目伞，描在白圈内的几片樱红色碎花栩栩如生，伞周围有几盏小花灯，还挂了一块写着"宿"字的木牌。 在一片白雾的笼罩之下，颇有几分蓬莱仙境的味道。

小久保悠一呆望了片刻，携一位仆人徐徐靠近。 不久前下过一场雨，将

他们的衣裳通通淋湿。

空气中透着凉意，草丛中沾满了雨水，晶莹剔透的雨珠顺着草叶的脉络滴进土里，脚踏在上面发出脆响声。未走几步，他停在原地看了看自己的装扮，转念一想，将仆人拉到竹林中的隐蔽角落，笑道："福康，你把衣服脱下，换上我的衣服，你当少爷，我当下人。"

"少爷，这不太好吧？"福康一脸为难之色，言语间，小久保悠一已脱下外衣。

"别废话，快把你的衣服给我！"他瞪了一眼福康，福康迅速解带。

悠一穿上仆人的衣裳后，笑了自己老半天，瞧了瞧穿纸子襦袢的福康，总觉得别扭，有种穿上龙袍也不像太子的感觉。悠一绕着福康转上一圈，忽然猛拍一下他的背说："要抬头挺胸，否则别人一看便知我是少爷了，今日你要叫我小久保。"

"少爷，您为何要这般？"此话一出，福康立即抬手捂住嘴巴，面色担忧地看着悠一。

果然，悠一的脸色突变，旋即又恢复正常，没其他意思，他只觉得这样有趣。

悠一接过福康肩上的行囊，往前做了个请的手势，语气温和地说："请吧，少爷。"

黄昏，温暖的阳光射进客栈内，停留在她的笔端，光线中飘浮着颗粒灰尘，夹带着檀香木的特殊香味。菊池景子正在柜台算账，一抬头便见天边的晚霞，不由心生感叹，晚霞甚美，即使短暂。

此时，滴滴答答的水声，打破了这份特有的宁静。

朝门口望去，只见一主一仆狼狈地站在门口，他们的行囊滴着水，不敢走进屋内。

菊池景子见状立马迎上去，走近仔细一看两人的面容，发现身着华服的男子气势却不如身旁的仆人，还真是怪事一件。她没多问什么，收起打量的目光，见他俩的身子微微颤抖，立即吩咐小二准备房间，将人给领了进去。

第六章 黄泉客栈，人骨油伞

悠一从小爷变成了仆人，自然要处理各种琐事，便开口问景子："敢问，在屋内可有能用来暖身的汤池？我家公子赶路淋了雨，怕他因此感染风寒，请尽快备好暖胃的食物，端到我们的房内。"

菊池景子听他以命令的口气说话，心里难免不悦，但脸上依然挂着笑容，低声回答道："客官您无须担忧，店小二肯定会迅速按照您的要求送上食物，现在请带上您的少爷先去汤屋暖暖身子。"

小久保悠一满意地点点头，跟随福康往汤屋走。一拉开门，热气扑面而来，顿时心中大喜，悠一已全然忘记暂换的身份，在店小二的目光下，独自宽衣解带后跳进了汤池。待店小二离开，他方才缓过神来，催促福康赶紧下去泡汤。福康倒是一副不打紧的样子，将地下的衣裳一件一件地拾起放进柜中，方才独自进了另一个汤池。

二人赤脚踏入二楼的客房，就能感受到暖意从脚底传入，空气中蔓延着花香，想来是那种加了香料的灯油才会发出的奇香。悠一嘴角的笑意更深，这是一间别样的客房，每个角落都有和伞装饰，每一盏和伞灯的图案都极具特色。他尤为喜欢入门时看见的东西，那是一盏牛骨制成的伞型烛台，端端正正地立在桌上。

"笃笃"两声，小二推门而进，手臂托着食案，他捧上两碗清汤，一揭盖就闻到鸡汤的香味，悠一的脸上流露出欢喜之色，接着放上一碟清炒南瓜，一碟以鱼肉和鲜花烹炸而成的饼，一碟樱花形状的和果子。店小二上菜完毕，便带上门退了出去。小久保悠一的目光停留在鱼肉饼上，见再无他人干扰，立即放下仆人的姿态，夹了块饼大口吃了起来。

悠一正对着窗，抬头之际，发现对面极美的景色，连绵起伏的群山，清澈小溪里似乎还能听见鱼儿跳跃时溅起的水声，恐怕只有在如此清闲幽静的山间，才能放下凡尘琐事。顿时感觉全身都松懈了，衬着窗外的美景，他喝了口汤："味道果然鲜美，令人食欲大增，还真是别有一番风味。"

"少爷，您所言甚是，这算我们这几日之中吃过的最美味的一顿。"

悠一萌发了在此度完余生的念头，不管家业与争议，只携爱人相守到白

头。 福康见他目光停留在和果子上,便夹了一块放在他碗中,碗中的勺子发出轻响,悠一回过神来,问道:"福康,若给你五百两银子,或者和一个相爱的女子在此过完余生,你选前者还是后者?"

"恕我愚钝,不太明白。"福康抓了抓头发答道。

"选了前者就无后者,若选了后者则反之。"

"我选前者,我娘久病不起,有了银子能维持她的性命。"福康说这话时,夹带着些许哽咽。

悠一拍了拍他的肩,以示安慰,幽幽道:"我选后者。"

记忆中,年幼时,父母健在,他们十分恩爱,他时刻都感到幸福。

双亲离世后,他跟随师父多年,直至今日,他已拥有在世间生存的能力,身旁的一切却物是人非。

一炷香的时间用完了晚餐,小久保悠一又换成仆人的身份,下楼向掌柜打听往后的天气状况。 柜台在楼梯旁,他低头就能看见菊池景子算账的背影,踏着沉稳的步伐走到她面前,语气比昨日谦和许多,笑道:"掌柜,你家的食物为方圆百里最好的,我已多年未尝到如此美味的佳肴了。"

"多谢,听到您的赞许,我便放心了。"菊池景子笑靥如花,举手投足间满是妩媚之气。

"过谦了,我常年跟随公子出行,还是头一回听他赞不绝口,直到进食的瞬间,眼中还闪烁着光芒。"他看了看窗外缠绵的细雨,"敢问,你们小镇是常年多雨的地带吗? 我小时候听父亲说过,在本国有这么一个地区,雨会下满整季。"

"令尊可真是博学,连我们这种小地方都知道。 我见你们来时未带伞,我虽然开的是一家客栈,但也贩卖伞,每年都有许多走南闯北的商人来我这里,一箱一箱地采购伞运送到各大城中去。"菊池景子含笑解释道。

一席话毕,小久保悠一便将目光扫过室内的伞,大概有 30 把以上。

伞分两类,一种是普通的竹骨伞,另一种是坚硬的牛骨伞。 价位自然竹骨伞比较便宜,但伞面单调。 而牛骨伞的伞面除了三层色彩之外,中间一层绘有富士山图案，山巅白雪皑皑，湖面上的白鹤寥寥无几，天水合一，呈蔚蓝色，透露着深不可测的神秘感。

他饶有兴趣地问："想必掌柜知道许多有关伞的文化，可否说来听听？"

"我说了您可别笑话我，都是长辈们流传下来的。"

(2)

不同颜色的和伞有不同的用法，在传统婚礼上，出阁的新娘通常会被红色油纸伞遮着；紫色伞主要用于祝寿象征长寿；白色伞则是用于送葬等。 男人与老人多选深蓝，歌舞伎倾向黑或茶褐色。 和伞就像衣服、鞋子、帽子一样，是人们日常生活必不可少的用具，亦是茶道表演必不可少的道具，还可放屋内作装饰用。

和伞全由手工制作，一些地区的伞面用美浓纸制成，在上面加上胡麻油，再用细线扎紧。 一般制伞的时间比较漫长，两个月能生产十几把。 而伞面上留了一个白圈的则叫"蛇目伞"，上面可以任意绘画。 大多伞柄和伞骨以龟冈的竹子制成，而黄泉客栈的还研制出用牛骨制作的伞，成品亦十分耐用。

小久保悠一听后击掌两声，与景子闲话一二，便撑着一把牛骨伞去了镇上。 刚入一家小饭馆就听到大伙在讨论，说清晨在竹林发现了一中年男子惨死的消息，那人的尸骨都被抽了出去，血将草地都染红了。

据说，脖上有深紫色的勒痕，肯定是被人用绳子活活勒死了。 众人一时间议论纷纷，一旁的悠一心中困惑不已，他从小骨子里就有那种豪侠的气概，凡事喜欢追求因果，如今遇到这事，要探个结果才会离开。

不一会儿，两个男人的对话，引起了他的深思。

"近年来，那片竹林中总有男人死去，而且都是尸骨无存，但一直找不到凶手，真的十分奇怪。"那人顿了顿，沉默思索片刻，继续道，"离竹林最近的一家，便是黄泉客栈了，该不会是？"

"不可能！ 景子小姐向来待人和善，我亲眼见过她给乞讨的小孩布施米

粥，她一个妇道人家，为何要杀人？"刚饮完一杯茶的男子反驳道。

小久保悠一向来不喜参与舆论，见他们往下要说的都是闲话，便起身要走。

走到饭馆门口却听闻一个陌生的声音，几乎细不可闻："可我见过她家的牛骨伞会发光。"

一百年前的小镇每到夏日就遇干旱，田园荒芜，附近常有山丘起火，直到那一夜殃及了小镇。

当时火势极大，一位身居小镇的法师功力强大，唤来一条像鱼的龙，它翱翔在天际，要求百姓贡献一男子。对于这种荒谬的要求，竟有人答应了，随即它呼风唤雨，一场大雨浇灌了整个小镇。从此，全镇的人都极敬畏这个神兽。

然而，一年后，男子同别的女子远走天涯，神兽想起忠贞不渝的爱情受到了背叛。

她伤心欲绝，狠心离开了，从此不在小镇出现，但小镇每年都还会下大量的雨水。

谁也不知道菊池景子是何时来的小镇，她深居山林，仿佛不愿与外界接触，是那样的遗世独立。

小久保悠一见过这样的她，入客栈用完第一顿饭后，他站在窗前眺望了远方许久。

庭院里有初开的晚樱，不经意间，他低头见菊池景子独自站在樱花树林里。片刻，她好像发觉身后有人注视她，转头回眸一笑，正是这一回眸，将他深深吸引，那双眼眸如同富士山下深不可测的湖水般美丽神秘。

这两日，他住在客栈只交了房费，景子不肯收余下的费用。他在市集上买了上好的酒和牛肉，一手提一个回了客栈。今夜出奇，竟没下雨，反而见到了久违的圆月。两人一杯敬一杯，肉也吃下肚，景子喝高了，太阳穴略疼，说了声"抱歉"，起身欲走。

一只宽大的手抓住了她的手腕，那人一用力，将景子整个人拉倒在怀中。

"你这是做什么？"她恼羞成怒大声道。

"没什么，喜欢你罢了。"他直视她的眼中有了缠绵之意。

她媚笑一声道："你才是少爷，对吗？我第一次见你就知道了。"

"没错，若今夜你陪我，我便娶你为妻，从此对你呵护有加。"

她甩开了他的手，冷笑一声道："你们男人没一个好东西！"

兴许是喝了酒的缘故，菊池景子的心忽上忽下，屋中的和伞都飞了起来，每把和伞都散发着红色的光芒，显得十分诡异。悠一大吃一惊，眼珠随和伞转动，他缓缓站起身，情不自禁地跟着红伞跳动，有一种莫名的喜感，景子仰头大笑，眼泪都快笑出来。

不知何时下起了雨，飘零的和伞轻盈落地。忽然，几个童子从牛骨伞中出来，个个身材曼妙，撑着红色的和伞，摆出优美的舞姿。歌舞升平，在场的每个人都心花怒放，被歌声围绕的小久保悠一像着了迷般深陷其中，完全忘了此番前来的目的。

菊池景子趁机灌了他一杯又一杯酒，他的脸色通红，双眼迷离，却乐此不疲。

曲毕，童子瞬间全藏进伞中，悠一见状，眉头微微皱起，不悦道："怎么停了？"

景子不回话，只是轻声数数，数到五时，悠一倒在榻上呼呼大睡。

夜里他的呼噜声大，将景子惊醒，她仔细端详身旁的人，年轻英俊的脸庞，并非多年前的蒙面人。

当年她离开小镇，在对面的山上隐居，因长年累积怨恨，以及吸收了大量的湿气而幻化成妖。她的功力日益增长，但需要男子的精气维持生命。每到日暮时分，一旦遇到下山受困的男子，她便用美色诱惑他们，心中早已恨极了薄情的男人，若有人上当，必将尸骨无存。

时日一久，竟引来了蒙面人的追杀。那是个雨夜，她从伞中现身，还未站稳便被一把长剑刺中了手臂，那人道行极高，与她大战了一回，两人受伤后各自逃离。 后来，她又回到了小镇，为了掩人耳目，便开了家卖伞的客栈。 许多人对牛骨伞很是好奇，她便向人解释，是牛骨做成的。 她待人极好，从未有人怀疑过她。

一夜之间，小久保悠一还未缓过神，就被告知景子是他的人。 仔细一想，昨夜似乎有这回事，他饮酒过多，导致法力无法使用。 他撑着头痛欲裂的脑袋，走在客栈的大堂内，不断有店小二称呼他大掌柜。 他心中更是莫名其妙，直到回到客房，开始收拾行李，福康跟他说了昨晚的事。

"不可能！ 以我的身份，怎会做这等事？"悠一十分诧异，失声道。

"少爷，您确定她不是妖吗？"福康凑近他耳边，小声地问。

悠一双手撑着桌面，沉思片刻，摇摇头道："看来，这妖怪道行更深了。"

他招手示意福康到身前，小声耳语几句。 接下来，他只需静待时机，然后雷霆出击。

天色越发暗了，天空像注入了乌黑的墨汁，逐渐扩大到极点。

然而，悠一故意将整个客栈只留他与景子二人。

景子身着红色的和服，脸上的妆容精致，令人眼前一亮。

她望了望四周，觉得奇怪，佯装羞涩地问："怎么今夜只剩我们？ 你把他们派去哪里了？"

悠一刻意撇开话题，闷声道："今夜真热，若有雨就好了。"

话音刚落，大雨倾盆而下，他拉住景子的手来到大堂。 烛火照射着矮桌上的酒菜，两人相视一笑，分别坐在彼此的对面。 酒到浓时，景子不再矜持，移身至他的身旁，举手轻抚他的脸庞，眼神暧昧，她的上身徐徐前倾，亲了下悠一。

小久保悠一知道时机成熟，从榻下轻轻地抽出长剑，却不料被景子发现。 她按住他拔剑的手，顿时面色难看，流露出无尽的悲伤，心中已明了。 瞬间，一头庞大的怪物出现，厉声骂道："男人果真都是狗东西！"

话毕，她的尾巴一甩带出几道残影，悠一见状连退十几步，撞上了酒缸。

结果酒缸立马碎了,他转头一看,缸内没流出来酒水,反而滚出无数块死人骨头!

"人骨?!"他低头看了一眼滚至脚边的人骨头,神情格外愤怒。

景子仰头大笑,嘴唇瞬间紫得发黑,轻蔑地瞟了他一眼道:"没错!店内所有的牛骨伞其实都是人骨所制,你可以想象一下,吸光了负心汉的精气之后,撕开他的肉身,将他的尸骨全拿来制伞。"她脸上流露出享受之色,很快如常一般,厉声道,"我已不是多年前的小妖了,不会再任你使唤!说起来,我如今这般也是托你的福。"

小久保悠一略微愧疚:"若无人辜负你,今日你定可以步入正道。"

"眼下说什么都晚了!你倘若执意要收了我,那就别怪我不客气!"

她不再念及往日的旧情,旋即伸出锋利的长爪向悠一杀去。

距离上一次大战,已历经 20 年,小久保悠一的功力亦增长不少。他微微抬手,地上的白骨通通浮在半空,顺势双手一推,白骨全向景子砸去。景子体积庞大,除了头部,身子不少处被砸伤。瞬间变回人形跌落在地,她微微侧头,嘴角流出血液,哀怨地盯着悠一。

小久保悠一趁机念起法咒,将她死死地定在原地。

与此同时,他还携一把精致的骨伞靠近:"和伞是你的依靠,与它相依为命,定不负你。"

景子的眼泪从眼眶里滚出来,落在和伞上,她慢慢合上了眼睛。

第七章　日和坊，付丧神

(1)

我觉得和歌忘忧的故事比较偏奇幻，但听起来还算有点意思，至少我耐心地听完了。

流川想了好久都没想到如何反击，于是开口说道："你容我想一下，我绝对能打败你！"

和歌忘忧却忽然拍打着铃木千夏的肩膀，说："还想打败我？我看你连铃木都比不过。"

铃木千夏的性格比较豪爽，顺着和歌忘忧的话，给流川下了挑战书，开讲她的故事。

回到久远的飞鸟时代，节分初定，突现一付丧神，常附人体内，使人皮肤出血，全身乏力，内脏刺痛。名曰和坊，为驱厉病，始创"撒豆"方能避之。又曰，若人见之，此日必晴空万里，何由不得而知。

公元665年，新年初定。春节时分，需以祭祀神社，除旧布新来迎禧接福，人人都想要祈求丰年，还要举行各种庆典活动，举国欢庆，好不热闹。正值十二月份，新木里子一家人就已经开始清扫屋子了，将自己家里面的旧物丢弃在外，只等着元旦时去买自己喜欢的新东西。

不过，他们有个奇怪的习惯，喜欢将自己的旧东西丢在同一处，长年累积之下旧物成堆。

第七章　日和坊，付丧神

除年末当日，新木里子才将草绳拉到自己的门上，然后走回自己的位置吃着素面发愣。

"吃东西时专心点！"他的父亲新木野田见里子在吃面时不专心，用筷子轻敲了一下他的头。

里子被强行拉回了现实，委屈地摸着头："我才没有呢！"

"里子还惦记着木偶吗？"里子的母亲花田美子轻声问道。

里子只是嘟嘟嘴，继续吃着自己的面条，并没有说话。

"坏都坏了，还有什么好惦记？"他的父亲很是不满。

"才没有呢！"说着里子将筷子狠狠拍在桌上，然后直接冲进了自己的房间。

"你去哪儿？　给我回来！"

"都要新年了，就别骂孩子了。"

"这不是我的问题，老东西不就是要丢掉吗？"

里子一个人坐在窗前，双眼通红，泪痕清晰可见。皎洁的月色透过木窗映射进来，将竹叶的影子投射到了里子稚嫩的小脸上。朝着窗外望去，能够看见邻居家里灯火通明，一家人团团圆圆地在一起谈笑。

说到木偶，那是前些年逝去的姐姐送给她的生日礼物。她将自己对姐姐的思念，全部寄托在了木偶上。然而新年前的习俗，是将旧的物具统统丢出去，虽然这已经不是第一次，但木偶意义特殊。

她又突然想起了自己和姐姐在一起的时光，一家人快乐地生活着。

然而，当姐姐死了之后，父亲就变了，不像以前那样爱自己了，这让里子更加伤心。

木偶是几年来她唯一的伙伴，而如今，它也离开了。夜晚，里子的屋子里总能听见哭声。

翌日，元旦清晨，里子一家人早早就来到了神殿，祈祷有个美好的来年。他们都穿着传统的和服，来到寺庙门口时，寺院的住持给每个上香的人都发了一张白色的纸条。纸条上面将会预示来年你会发生的事，而且来过的

人都说很灵验。

轮到里子接收纸条，老住持并没给白色的纸条，而是意味深长地看着里子。

"住持，有问题吗？"里子的母亲赶紧上前询问。

"哦，没有问题，施主。"住持如梦惊醒，然后巧妙地掩盖过去，将纸条递给花田美子。

上面赫然写着——旧物失伤！

花田美子大惊，追问道："请问住持，这是何解？"

"施主勿惊，皆因思念旧物而起，家人多加陪伴，令千金方可康复。"

里子也惊讶不已，这住持还真厉害，自己的事情他简直了如指掌。她突然对这个住持有了好感。里子还注意到，住持暗中示意朝拜之后独自去找他。虽然疑惑，但发觉这个老爷爷挺不错，也就决定一会儿去找他。

在父母的注目之下，里子将白条挂在了神庙边的大树上。然后里子一行人，来到庙钟之下。

里子被家人示意敲108下钟，每个人的心里都会有108个心愿。

在神庙内敲钟，心愿就会被神灵听到，愿望就一定会实现。并且听到钟声的人，心灵能得到净化。

里子一家人完成了大部分的习俗，不过里子突然想起自己和老住持的约定。

里子以自己身体不适为由，并没继续和家人一起去祈福，而是快速跑到住持所在的方向。

当他来到寺院门口时，发现发送白色纸条的人不是住持了。

住持在何处？当里子疑惑之际，有人轻拍了一下她的肩膀，她转头一看，住持正一脸慈祥地看着她。

里子很疑惑地看着手中的纸条，上面只写了日和坊。

"这是什么意思？"

"日和坊是个付丧神，它是借物件的怨气，机缘巧合之下形成，能附人身，久而久之人就会生病。"

"跟我又有什么关系？"

"你身上有股念力，是付丧神的雏形，最开始我看见你时，还以为你被付丧神附身。"

"什么？好可怕，老爷爷你要帮帮我！"

"这是自然，我且问你几个问题，你要如实回答，不然我也无能为力。"

"老爷爷你问吧。"

"最近是不是有亲人离你而去，还是你特别在意的人？"

"我姐姐，她很爱我，只不过她在一次意外中离开了。"说着里子的眼泪流了出来。

"故人已逝，小施主节哀。"看着伤心的里子，老住持并没继续发问，而是选择了安慰。

当里子情绪稳定之后，老住持才继续询问："你身边肯定有个东西，是你姐姐的遗物吧？"

"是，确实有一个。"里子呜咽着回答道。

"好，遗物在何处？"

"被，被人扔了。"

"原来如此，问题就在这件遗物上。"老住持收回纸条，继续问："小施主，你是四月出生？"

"你怎么知道？"

"这不重要，重要的是你将有血光之灾，而我刚好可以救你一命，这都是机缘，你随我来。"

新木里子只感觉这老住持说话好深，自己完全没有反驳的理由，便随老住持来到了后院，然后老住持示意里子在此等候。不知为何，里子此刻心里烦躁无比，有种想要逃离的冲动。里子想来，怎么会这样子？老住持人这么好，此处又是佛门清净之地，自己居然有这样的感觉？

"快走！"一个古怪的声音突然对里子叫道，吓了里子一跳。

"是谁？"里子惊恐万分，她有些害怕。

"快离开这！快！"

"不要，这是什么地方？"

里子不敢说话，但那个声音一直在叫嚷，并且手脚有些不受自己的控制。

自己居然开始向院子的门口走去，吓得里子额头开始冒出豆大的汗珠。

"小施主，不要慌张，那只是付丧神残留在你身上的念力，只要你在院子里，你就是安全的。"

里子听到住持的话之后，开始试着舒缓自己紧张的情绪，将那些令人战栗的声音抛之脑后，缓缓闭上双眼。就在这时，手中传来了一股热流，然后直接流遍全身，脑子立刻一片清明，那个声音也随之消失不见。

(2)

不知过了多久，里子才清醒过来，当她睁开眼的时候，发现自己居然站在寺院门口，早已不见了老住持的身影。寺院门口人潮依然涌动，人们都想知道来年的运气。里子四下找寻无果之后，不免有些失望，难道是自己做梦？

就在这时手上一股暖流传来，里子低头一看，是块奇怪的石制手链，还有一个奇怪符印。

老住持的声音此刻也在里子的脑袋里响起："你手上的是云海石手链，还有一个护身符，乃是用赤鱬鳞、玫瑰金、橘子石、影子石、法体盐共同制成，可保你一年内不会受到付丧神的侵扰。但这只是权宜之计，若想要与日和坊彻底断去联系，请找阴阳师给你结上云松、藏之介、南宫橘末三印，方能三元齐聚，祛除付丧神。"

"我怎么才能找到阴阳师？"

"一切都是机缘，我只能帮你到这里了，你且回去吧。"

"如果你的手链失灵了怎么办？"老住持说完后就闭嘴了，任凭里子如何

第七章 日和坊，付丧神

喧闹，也没出声。

里子回到家里的时候，父母老早就已经在家等她了。

"你去哪里了？这么晚才回来！"新木野田将自己手中的杯子狠狠磕在桌上。

"我……"里子刚想解释，却发现父母似乎很难相信自己的经历，即便说出来，也不见得有什么帮助，反而会让他们寒心，觉得自己是个喜欢撒谎的孩子。

此刻，里子的母亲却没劝阻新木野田，而是静坐在一旁。

"你还有什么想说？"

"其实……"里子想辩解，却发现其实百口难辩，自己确实晚回来许久。

这是个不解的事实，难道说自己去解决付丧神的事？

"真是越长大越不听话了！"新木野田发现里子不肯袒露实情，开口骂道。

"我听话，您误解了！"里子现在只能摇摇头，根本没法解释，格外憋屈，加上父亲的火爆脾气，还有故不作声的母亲，里子终于忍不住，一下子坐在地上，开始放声号啕大哭起来。

里子此时发现她的父亲站起来，并且走到了自己的面前。

里子退了一步，但父亲停在了自己的面前。她注意到眼前有一个小影子在左右摇晃。

她仔细一看，结果令她吃惊，居然是个木偶，全新的木偶！

"喜欢吧？"里子的母亲蹲了下来。擦干里子脸上的泪水，微笑着对里子说。

里子闻言强行止住了哭泣，睁大眼睛看了看那个新木偶，她想要看清楚些。

然后再望着自己的父亲，她想要得到他父亲的承认才能完全相信。

新木野田皱着眉头，吸了一口烟，对里子说："元旦快乐。"

与此同时，通过窗外能看见绚丽多彩的烟花。

此刻在里子的眼中，第一次觉得新木野田特别高大，虽然他的表情冷漠。

"谢谢父亲！"里子对野田说。

野田看着里子，心里很不是滋味，蹲下身将里子和花田美子拥入怀里，眼中多出了一丝若有若无的光亮。就这样，三个人在绚烂的烟火之下紧紧相拥，里子哭得最大声，但是和往常不一样，这次流下来的是幸福之泪。

时间一点点地过去，里子开心地过着每一天，因为，自那以后，父亲再也没发过脾气。每天都过得很充实，就像回到了以前的开心日子。小木偶担当了姐姐的角色，老住持所说的日和坊，里子一直都没见到过。或许是因为手链还有护身符，或许根本不存在，因为老住持撒谎了。

里子非常满意现在的生活，她快将早已离世的姐姐抛之脑后，一切都这么顺利。

有一次她不小心将手链摘下放在家中，闲置几日都未曾发觉，当她注意到想再次带上手链，想到自己不戴也没什么事发生，也就放弃了再次戴上去的念头，很自然地将护身符也闲置了。

几年之后，又即将要过元旦。里子早早就将草绳挂在门口，祈求好运。

家里又开始打扫，清除旧物，父亲为里子买的木偶也被清扫出来，由于家庭的转变，里子性格变了，变得开朗许多，也没将木偶当作自己唯一的伙伴，更多时间是将精力花在父母与新朋友身上。所以木偶自然变成了旧物，即将被清除出去。

"里子，这个木偶你还要吗？"父亲询问着里子。

里子看了看有些破旧的木偶，毫不在意地说："都坏掉了，扔就扔了吧。"

新木野田听到之后，心里有种说不上来的感受，里子终于长大了，不会再依靠这些小玩具。但这是自己送给里子的第一个礼物，它承载了很多东西，如今里子连看都不愿多看一眼，再想想自己老了？里子会怎样？野田不敢再想下去。

第七章 日和坊，付丧神

"哎，人老咯。"野田也感叹了一句。

元旦当日，里子一家再次来到那座寺庙祈福。发纸条的人已经不是老住持。

"怎么了？里子！"听到里子的惊呼，花田美子赶紧冲上前来。

里子惊异地望着手中纸条，花田美子下意识地看了过去，上面清楚地写着日和坊三个字。

里子已经好几年都抽到好运气，今年的纸条突然让她想起了以前后院发生的事，心中颇为震惊，她不顾家人的阻挠，将寺院找了个遍，想找老住持问个明白。不过，转念一想这么多年都没奇怪的事发生，八成是老住持故意整人，也没过于担忧，既然问不到人，空想也没什么用。

几日之后，里子突然生了一场大病。她说自己的五脏六腑像是被针刺了个千疮百孔，全身发热，皮肤还有出血的症状。所有来过的郎中都看不出病症，只开了一些降烧药，但效果甚微。

一天夜里，里子病痛难耐，深夜未睡，一直后悔为何不肯相信老住持的话，现在手链已经丢失，护身符也不见了，想必真是日和坊上了自己的身？突然之间，里子模糊之间听到一个熟悉的声音，她循声而去，发现对面房顶之上站着一个人，下一秒就出现在了自己的面前。

"老爷爷？是你！"里子惊呼，出现之人居然会是消失多年的老住持。

"哎哟！"老住持敲了一下里子的头，然后说："叫你不听话，现在知道了吧？"

"哼！谁知道那个家伙不肯放过我。"里子反倒是嘟起了小嘴，"我现在后悔也来不及了，再过几日你就要见不到我了。"

"别急，你看这是什么？"老住持抬起手。

"是手链还有护身符！"里子一把抓过将东西再次戴在身上。

"你等等，我一会就让附在你身上的小家伙出来！"

"是真的吗？"

"决不食言！"

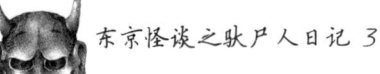

说着，老住持拿出了金箔加佛珠，还有禅杖平放在中间，口中开始碎碎念。

不一会，一个黑影从里子身体里窜出来，在三件物品里打转，仔细一看居然是木偶。

铃木千夏讲完后，朝流川做了个鄙视的手势："到你了！"

流川极不服气，正准备用新故事反击，结果上课铃响起，唯有暂停比赛。

第八章　角盥漱，无脸人

(1)

毋庸置疑，对我来说这节课格外无聊，我跟往常一样开始神游太虚。

课又被我混完了，下节课是自由活动时间，流川等人决定去故事社继续比赛。

我和司徒天岂会放过听故事的机会，自然跟着一起去了，我们到故事社的时候，很快引起了一场轰动，因为和歌忘忧和铃木千夏这两个大美女，实在太能引人注目。我和司徒天顿时觉得非常有面子，因为我们俩跟两大女神走在一起。

铃木千夏不知出于什么心态，故意大声说道："我要举行个讲故事大赛，冠军有奖励。"

那群故事社里的单身宅男齐声反问道："女神，第一名有什么奖励？"

铃木千夏很快公布了一个重磅消息，第一名能同时跟她与和歌忘忧约会。

当然，前提条件下是要能打败三个人，她本人跟和歌忘忧，外带流川那个猥琐男。

第一个报名的男孩儿叫花道，主动挑战流川："你知道角盥漱？"

流川坐在他对面，看着花道回答道："没听说过。"

于是，在我和司徒天的催促下，花道开始讲角盥漱的故事。

许久之前，在安井村住着一位名叫山口和也的乡士（是住在乡间，拥有土地，在当地很有势力的武士）。他所住之地，原是一位大将军的外邸，夏日避暑的好去处。将军在世时，炎炎夏日之际，总会携一家老小在外邸住上一段日子。后来，将军一家被满门抄斩，便有人传言，外邸有妖邪之物，没有人敢再去住。

山口和也不信这些，他一眼相中外邸，喜欢非常。初看，确实是许久无人居住，屋檐下结满了蜘蛛网，满目疮痍。推开沉重的大门，门应声而开，大片灰尘簌簌而落，呛得他猛咳了好几声。

厅堂宽敞，但无一具桌木。庭院中心为水池，池心有两岛，堆石而成的岛，周围敷了一片青苔，岛间有桥相连。池水旁架了一座方形凉亭，岸上周围有落地石灯，数株墨绿色的古松树。一切都是旧了的，若无上帝垂怜，院中的植物恐怕都已成枯萎。和也喜欢旧东西。

走过一条长长的走廊，来到正寝殿。由于先前吃了一嘴的灰尘，这次他折了根树枝，用力地推开大门，屋内略为昏暗，巡视一周，依然空空如也，更别提古董之类的瓷器，心中不禁有些失落。但是，有一盥洗的盆落入他的眼帘，是用圆木做的器皿，涂了黑漆，安着四根长支架。

和也的神情恍恍惚惚，像是沉溺在过往美好的回忆中。

小时候他很顽皮，母亲替他洗脸，为了不让盆里的水打湿衣服，便将袖子挂在支架上。

他心中很高兴，忙雇几个佣人、厨师，以及一对管家，吩咐他们打扫府中每个角落，以及寻人来维修破旧的房屋。管家娘子很伶俐，不多时派人打水擦拭屋内，尤其是那一个盆器。管家则去市集买了好些盆摘、家具、棉被等，放入室内。院中种植了几棵倭海棠，红色花朵簇拥，紧贴着树枝。

和也满意地对夫妇二人笑了笑，并赏了他们一些银两。忽然，他转身走向大门，在府外伫立许久，抬头望着屋檐下空荡荡的一处，沉吟片刻，挥手唤管家过去，吩咐他找人刻块牌匾。

傍晚时分，府上里里外外焕然一新，俨然是属于他的山口府。

第八章 角盥漱，无脸人

和也的心情格外舒畅，同管家商量后，决定明日举办乔迁宴。

翌日，从厨房传出切菜的声响，旁人听了，无不赞叹厨师的手艺。

山口和也一早醒来，很看重这次宴会，早就派下人去通知他的好友，以及其他的乡士。

酉时，天空宛如一片湛蓝的大海，薄薄的蓝云呈一匹马状，浅浅的弯月高高悬挂，山的那头，夕阳已经归家。陆续有客人远道而来，山口府外的马车络绎不绝。大多是青年才子，几乎每人都笑着鞠躬道喜。顷刻，厅堂摆满了贺礼，宾客坐在红木椅上饮茶，和也忙着挨个叙旧。

戌时一到，宾客围桌而坐，下人端着食案，放下一道又一道佳肴。众人对食物赞不绝口，酒过三巡之后，宴会越发嘈杂，不知是何人提起此府先前的主人，一语既出，四周一片寂静。

"以前住在这里的将军有一个女儿，在抄家前，被仆人抱着逃了出来，至今下落不明。"

山口和也循声望去，他是同村的乡士。据和也所知，将军犯了大罪，原因不得而知。但可以确定府上并无人生还。将军的夫人偏爱清净，特意找了处远离市井的地方，建造了这个避暑之地，并日夜派门卫看守，不允许平民百姓靠近。而当时，将军唯一的女儿不过是个5岁的孩童。想来是那位乡士喝多了，开始胡言乱语。

管家立在一旁，和也看了他一眼，吩咐道："管家，加藤乡士醉了，扶他到偏殿休息。"

立刻有下人上前扶起乡士，那乡士一脸通红，却反驳道："我告诉你们，前不久我还看见松本小姐的身影了，她人就在这儿。"

一片哗然，宾客们开始窃窃私语。山口和也端坐在原位，眉头微蹙。

诚然，他的心中燃起了怒火，却极力保持微笑，见加藤乡士被扶了出去，说道："今日和也招待不周，请诸位见谅。加藤乡士方才喝醉了，才说些胡话，大家不必心慌。这一杯酒，就当是我给大家赔礼道歉。"

言罢，他举起一杯香甜可口的米酒一饮而尽，并将杯子倒过来，以示敬意。众人见此情形，不再讨论将军一家的事，喝着喝着自然就忘了。到了亥时，夜已深，住在村里的乡士已被佣人扶上了马车，在摇摇晃晃的路途中沉沉地睡去。

山口和也躺在榻上，喝了许多酒的他，此刻却毫无睡意，耳旁不断地传来加藤武士说的话，什么见到松本小姐？瞎编乱造！他暗骂一声，索性闭上眼，不知不觉中，听见偏殿有女子的欢笑声，好奇地走出去探望，隔老远就看见有一抹妖红的身影躲在五棵松后。

和也本想走去，见女子移动五棵松遮住了她的身影，便停住脚步，问道："什么人？"

女子缓缓转过身来，眼神冰冷，面容被纱巾遮住了，隐约可见背后的一道伤疤。

女子阴阳怪气地说道："和也公子，你抢了别人的家宅，居然还敢常住？"

"你到底是谁？再不说我可不客气了！"山口反问道。

女子神情淡漠，只是盯着他不出声。

片刻，朝他作了个揖，往偏殿后的窗户跳出去。山口和也追去，人已消失。

夏日炎炎，白天比黑夜长，和也的头发长了许多，因此在夜里总睡不好。

一日清晨，下人替和也剃头，端来了多年前的盆器，洗完头后，又打了一盆水给他洗脸。

而此时，厅堂传来一道男声，是多年未见的老友光临，他吩咐下人退出去，独自更衣。他迎上去，两人击掌坐下，笑着寒暄。

友人打趣道："和也，如今你可好了，找了个好地方，我等却在京城受酷暑折磨。"

山口和也挥挥手，下人退去，见无他人在旁，低声问："三郎兄说笑了，如今情势如何？"

"还是一样,你在这儿当了乡士,我们还得替大名卖命。"三郎长叹一口气,摇了摇脑袋继续补充道:"况且今日我只是出来办事,路过此地,想起你居住于此,便顺道过来看看你而已。"

"那今日就不说朝廷之事,难得你来一趟,到凉亭去饮一杯。"

夜里,和也洗完脸,却见水面出现一女子美丽的面容,笑意盈盈地看着他。

吓得他用手压住心口,旋即看了看身后,却不见人,心中念叨:"奇怪了!"

他唤下人来换了一盆水,再次接近时,那女子的面容又出现了!

他双眼紧闭,胡乱地洗了脸,立刻躺在榻上。下人并无发现异样,面色淡然地将盆端走。

(2)

半梦半醒之间,门让人悄悄地推开了。一双雪白的赤足踏入屋内,缓缓走进榻边,和也在门开的时候便苏醒了,只是故意装睡。女子躲在他身旁,举手轻抚他的脸庞,忽然,和也伸手捉住她的手腕,眼睛猛然睁开。

"你是?水中的女子?"他大吃一惊,这张美丽的脸庞,与方才水中的女子一模一样。

"不,小女子名为荣仓裕美。"女子笑嘻嘻道。

"你来府中做什么?莫非是贼?"他眼神一凛,双手扣住裕美的手腕。

"不,您误会我了,裕美久仰公子的大名多时,想来看望你罢了。"女子的眼神有了缠绵之意,声音渐渐变得娇媚,她薄薄的丝质衣裳下,雪白的肌肤若隐若现,散发出阵阵诱人的体香。

迷人的夜色之下,绝色美人主动送上门来,和也自问不算君子,一时间亦难以忍受,猛然一把将她压在身下。裕美完全不反抗,主动用双手搂住对方的腰,她的衣裳在瞬间被撕开一大片,露出雪白的胸口,和也微微一愣,心中欲火难耐,一时间意乱情迷,如同洪水猛兽般扑了上去。

一夜尽欢，天色微亮时，裕美的俏脸紧贴和也宽阔的胸膛，并说自己来自邻村，希望能够嫁给他。和也揽着她的肩，睡眼惺忪，却坚定地点了点头。裕美很高兴猛亲他，旋即穿上鞋子，像个羞涩的少女般捂着脸走了。

"大丈夫一言既出，驷马难追。"和也不由得想起这句谚语，揉了揉眼，立刻起身。

他派管家备好下聘的礼品、马车以及其他琐碎的事情。管家听得莫名其妙，从未见过自己的少爷近女色，而今一夜之间，他就要娶妻，心中很困惑，却什么也没问，下去着手准备。

荣仓裕美是孤儿，但和也还是去她家下了聘，当日将她接回府，一路热热闹闹。

洞房花烛，璧人成双，一切水到渠成，事事都如此美好顺心。

婚后两人仍然过得幸福，裕美虽是主子，却无主子的架势，与管家娘子讨教厨艺，又谈及相夫教子之术，两人相谈甚欢。她又善待府中的下人，人人赞她和蔼可亲，是个贤惠的妻子。

某日，她与管家娘子一同去市井买菜，两人正在讨论该买什么菜，裕美却被一男子拽住了衣襟。她转头瞥了一眼，脸上流露出嫌恶之色，那男子却指着她笑道："这不是松本小姐吗？原来你真的还活着！"

管家娘子用力拍掉男子的手，挡在裕美身前："胡说，她是山口夫人，你认错人了！"

言罢，管家娘子便拉着裕美走了。回到府中，裕美久久未出声，手心蓄满了冷汗，双腿不停地发颤。和也听闻消息，立刻从邻村赶来，她一下扑上去，抱着他低声抽泣。和也知道了事情的来龙去脉后，很生气要派人去教训轻蔑裕美的男子。

荣仓裕美为了不生事端，好说歹说才使他改变了主意。

和也说她太善良，才会被人欺负，叮嘱她日后别去市井。

她笑着答应，心中甜如蜜，表示自己只想在他身旁安然度过这一生。

跪在地上的下人见了，格外羡慕，管家夫妇见主子这般恩爱，默默地舒

第八章　角盥漱，无脸人

了一口气。

夏末，荣仓裕美闲来无事，常在院中停留，见有几株倭海棠。她心思灵动，去找管家娘子要了些海棠的果实以及花朵。午后，骄阳似火，让人无心睡眠，裕美怕热，背心早已湿透。索性起来换了身衣裳，转身去了厨房。

裕美揭开一个布袋，烧了一壶水，又将袋中的果实放进水中。

她坐在一旁，暗想等它蒸煮之后，浸泡在以花和糖制成的花酱中，和也应该会喜欢吃。

她的神情很是认真，眼角的笑意渐浓。和也伫立在她身后，都未察觉。

忽觉身后有温润的气息，腰被一双手抱住："你在做什么？连我来了都不知道。"

"我在做一种让你吃后，更为我着迷的东西。"她伸手捏他的鼻子笑道。

他"噢"了一声，松开手，认真地看了看。

"蜜饯，有煨食止痢之效，倘若我先离你而去，你喝醉了，便可食这个。"

和也佯装生气地瞪她一眼，将她拉过来，轻轻地咬了咬她的唇："这是给你的惩罚。"

秋分将至，空气中飘散桂花香，金色的花瓣随风而落，昼夜温差大，山口夫妇的感情温度依然丝毫不减。一日，一位法师路过此地，来到府中投宿。和也热情地接待了法师，并派人安排了住处。

荣仓裕美外出探亲，傍晚才归家，见到法师的第一眼，她大大地吃了一惊，心中很是惶恐，忙躲在和也的身后。法师掐指一算，又见和也面上血色减少，眼中闪过神秘的笑容，很快恢复平常的淡然，不动声色地看着眼前的画面。和也对法师微微一笑，叮嘱他安心在府中休息，带着裕美走了出去。

午夜时分，普通的老百姓们早已安然入睡，裕美根本毫无睡意，听见一阵银铃声响起，本是悦耳之声，于她而言却是噪声，让她头痛不已，忙蹑手蹑脚离开榻，随手拿了件斗篷。回头一望，如此大的声音，和也竟如死猪般呼呼大睡。她的眉头微微一蹙，想来是那和尚施了法，府中的人才没醒。

法师立在屋顶，见她来了，银铃摇得更厉害。忽然，荣仓裕美摇身一变，双手变长数倍，背上生出一对大翅膀，雪白的羽毛布满双翼，鼻子又尖又长。裕美怒气冲冲地飞上去，冲法师猛地撞上去。

法师侧身闪过，他根本不怕裕美，嘴上念念有词。

裕美忽然觉得四肢无力，摔在地上变回人身，血从嘴里喷发，心像让人撕裂了。

不知和也是如何醒来，他在一旁目瞪口呆，朝裕美的方向走了两步，又停了下来，转身向法师走去。裕美见他出现，脸色大变，想来他是看见了自己这般奇怪的模样，方才走向法师。

可是她不甘心，从一位羞涩的新娘，到扮演一位好妻子、好主子，为这个家尽心尽力，一心一意地待丈夫好。她花费了那么多心血，只求与他在一起，被他细心呵护。曾经两人那般恩爱，她不相信他会狠心放弃自己。

裕美的泪水簌簌落下，苦苦哀求道："和也君，快背我回去，我的腿好痛，走不动了。"

和也见她一副楚楚可怜的模样，不禁动了恻隐之心，朝她的方向走了过去，却被法师拦住了。法师在他身上掐了一个睡诀，他立刻闭上双眼，躺在一旁。荣仓裕美见此情形，再次变身，发狂地冲法师而去。

天亮时，山口和也被鸡鸣声惊醒，他坐在榻上，瞧了瞧身旁，不知妻子去了何处。

忽然，他的脑中闪过一个片段，好似梦中的场景。

荣仓裕美将他抱回了寝殿，悄悄地在他身旁躺下，侧身静静地看着他。良久，泪水夺眶而出，她捂着嘴生怕惊醒山口。良久之后，她哽咽道："和也君，与你相识一场，是我此生最大的幸福，可惜我不能继续陪你过完下半辈子，还希望你不要太悲伤。"

说罢，她抹干泪水，拂袖而去。

山口和也猛然惊觉，大声地呼喊她的名字，却无人回应。管家夫妇闻声出来，也随他一同呼唤。此时，一个下人从正寝殿出来，慌慌张张地跪下，

第八章 角盟散，无脸人

向和也说："少爷，你最宝贵的盆不见了。"

和也不由得大吃一惊，他向来放在一个地方，怎会不见？一个古老的盆，谁会拿去？快步走进寝殿，窸窸窣窣地翻了一阵，确实凭空消失了。他呆坐在榻上，忽然忆起梦中妻子说的话，那个圆木做的盆就是我。

第九章　百年树，天神怨

(1)

花道的故事讲完了，我跟司徒天都觉得很一般，很快轮到流川讲故事与之对战。

流川要讲述的故事，发生在公元 1336 年的足利时代。又是一年初春悄然而至，珍珠般大的雨露顺树叶下滑，滚动到下一根枝桠上的花苞里。楚南家坐北朝南，阳光常年宠幸他家中的植物，一到花季庭院的花都全部盛开，尤其是那棵百年树，树须垂直几近落地。

夜间，枝桠上的胭脂红花偷偷地绽放，一个花骨朵连一个花骨朵，开满了整个庭院，一眼望去，像无数个娇羞的少女，甚是惹人怜爱。说来也怪，楚南家世代的夫人只育有一子，但也延续了百年的香火。而今，楚南佳代 7 岁时，母亲离世，剩父子二人相依为命。这日，父亲遵从母亲的遗愿，将她的骨灰埋在百年树下。

佳代哭得双眼通红，一张粉嘟嘟的脸蛋噘着小嘴，直念叨着娘亲。楚南太郎亦眼眶尽湿，一手搭在佳代的肩上，一手轻抚树干，喃喃自语道："百年树，我将此生最爱的女子交给你，她从小就很怕黑，但有你与她做伴，应该就不会觉得孤单害怕了。"

话音刚落，晚风呼啸而起，树叶发出一阵窸窸窣窣的声响，惹得久哭不止的佳代微微抬头。他立即止住了哭声，怔怔地凝望着茂密的树叶，像在用

第九章 百年树，天神怨

眼神同大树交流。

忽然，他缩进父亲的怀中，指着大树，父亲低头安抚他，问道："怎么了？这么害怕？"

佳代偷偷地看一眼，发觉树木已恢复平静，才小声说："刚才，我看见树对我笑了。"

"你这孩子，说什么傻话？"父亲拍了拍他的肩，以为小孩子看花眼说胡话。

"父亲，我没有说谎话，您相信我。"他身躯站得笔直，望着父亲的脸认真地说。

他在心中暗自猜测起来，难道是母亲的灵魂？不，那不像母亲的笑容，一张红润的脸堆满笑意，肌肤轻轻一拧就能挤出水来，那定是年轻女人才有。会是谁呢？他努力回忆刚才所见的笑容，将此描述给父亲听，却听见头顶传来一则轻轻的叹气声，佳代打小就是个聪明人，事情瞒不住了。

"佳代，在你心中，这世上可有精灵？"父亲蹲下身，拉他坐在树下。

"是背后有一双羽翼，会施魔法的精灵？"楚南佳代天真地看着父亲问道。

父亲见自己的孩子如此纯真可爱，忍不住笑出声，拧了拧他的脸，望着他那双如湖水般清澈亮丽的眼睛，心情似乎也因此平静不少，妻子死后留给自己的，只有这么一个可爱的孩子了。他学佳代说话的动作，扯着嗓子用嗲声："对，不过，精灵们和我们人类一样，只是长得比我们平常人都要矮许多。"

楚南佳代双眼发光，双手托起下颌："可以和我一起玩？父亲，你知道精灵在何处吗？"

父亲故作沉思一番，想了半晌道："住在我们面前的这棵大树之中，说起来，精灵算是我们一家的救命恩人。"言罢，他微微一笑像勾起了昔日美好的回忆，整个人如同黄昏的夕阳，散发出无限温柔的光芒。

在大树满100岁的那一年，佳代出生降世。某一天夜里，楚南夫人多年来一直有个古怪的习惯，喜欢半夜起床去上茅厕。夜已经很深，静到能彻底听清远处传来一阵又一阵蛙鼓蝉鸣的声音，虽然人很困乏，但她依然习惯抬头观察星空，推测明日的天气。

空中星河璀璨，聚成一条绚烂的银河，月亮亦安详地悬挂在空中，她安心地继续往前走。正要踏进屋子睡觉，发现树的方向发出淡淡黄光，若隐若现，略显神秘。自从她嫁入楚南家之后，不仅要操劳家务、相夫教子，还要照顾这棵百年大树，根据天气情况来施肥。

她不禁感到奇怪，从未见过此景，难道是谁在树上挂了一盏灯笼？

否则，那黄色的光芒从何而来？她的心中并不害怕，径直走去，想要探个究竟。

只见光芒从树后发出，楚南夫人绕开了树干，落入她眼帘的是一位长发飘飘，来历不明的神秘女子。神秘女子手握一盏暖色的小灯，低垂着脑袋，乌黑的长发在她面前飘扬，遮住了自己的模样。忽然，一阵春风吹来，花朵簌簌如雨，一瓣一瓣地沾在衣间，身着单薄的楚南夫人不禁打了个寒战，不知神秘女子为何在这里，便小心翼翼地拍了拍她的肩膀，谁知一眨眼的瞬间，眼前只剩一地花瓣，根本没有什么神秘女子。

清晨，天刚蒙蒙亮，楚南夫人一醒过来就想起了昨天夜里遇见的怪事，便大声呼唤丈夫的名字，丈夫很快就跑到她身旁，他连忙问自己的夫人，因为何事大呼小叫？楚南夫人仔细想了老半天，记不起自己后来是如何回到屋内入睡，只觉得一切过于梦幻，更像是自己做了一场梦，或者是梦游了。否则，一个人怎么会在她面前凭空消失？因为这个问题，原本到了嘴边的话又吞回肚里，婴儿的啼哭声适时响起，她开始边哄佳代，边叮嘱丈夫外出要注意安全，办完事情之后早点回家。

夕阳西下，楚南家中的饭桌上摆了三盘可口的小菜，一壶细口瓶子的清酒，以及两个白色小瓷杯。楚南夫人满脸笑容地坐在桌前，幻想丈夫尝着桌上他最爱的菜称赞自己。过了许久，她站在门口眺望远处，左等右盼许久，始终见不着丈夫的身影。菜凉了之后，她端去厨房热了一遍又一遍。漫长

第九章　百年树，天神怨

的等待像一盆冷水，将她高涨的热情浇灭了。

楚南夫人再次回到桌前，欲将剩下的饭菜全部倒掉，却听见悦耳的笑声，顺着声音望去，恰好在树的方向："夫人，我是赶路的货商，已经整整一天没吃东西了，实在饥饿难耐，不知您能不能施舍一些残羹剩饭给我充饥？"

那女子身穿一袭黑衣，发上插了一把镶有红玉石的木簪子，身长约有五尺，相貌十分秀丽，五官精致，笑容甜美，给人一种沐浴在和煦的春风中的感觉。女子盯着盘中的菜，口水吞个不停，想来肯定是饿坏了。楚南夫人见她面善，将盘子放回原位，不多问，只是静静地看着她狼吞虎咽，不知不觉地笑出了声。

女子微微抬头，停止了进食，她满足地摸了摸肚子，笑道："夫人，我叫杏子，今夜多谢您大方施舍。来日你遇到困难，需要我的帮助，只需喊我一声，我便会出现，就当是给我一个报答你的机会。记住，我有能力让你脱离危机。"

一席话毕，女子便起身离开了，她未掌灯刚踏至树旁的大门，人和黑夜融为一体，木门徐徐关闭，此情此景有点奇怪。夫人不禁揉了揉疲倦的双眼，更加困惑，搓搓手臂上泛起的鸡皮疙瘩，忙转身回屋。

过了几日之后，楚南老爷背着沉甸甸的行囊回到家中，他一脸疲惫，夫人立即上前替他卸下行囊，却被他拒绝。她一抬头就迎上他哀伤的目光，不等楚南夫人开口，他边冲进屋内边说："赶紧将值钱的都带上，这里不能住人了。"

"为什么不能住人？发生了什么事？"夫人愣在原地，一时间，看不懂现在的情况。

"别问那么多了，你还傻愣在原地干什么？赶快收拾收拾，等一下就走。"丈夫瞥了她一眼，不断地催促。他翻箱倒柜许久，从床底掏出一包沉甸甸的东西，走到夫人身旁，见她揣了些寥寥无几的首饰，忙牵着她的手往外走。

"砰"一声巨响，木门被人踹开，一行人手持木棍来势汹汹，站在中间领

073

头的矮个子男人怒视他们，举手一挥，对身后的人命令道："都给我一起上，今天谁要是能抓住他们，重重有赏！"

十多名壮汉齐齐上前，每个人身穿便服，手臂的肌肉特别粗大，楚南夫妇被逼回了屋内，眼看无路可退。夫人瞬间明白了，绝对是丈夫行商时遇到了恶人，仇家此次命令恶人来家中寻仇，她脑中忽然闪过那个神秘女子的面容，不顾三七二十一，她立即大声喊了出来："杏子！"

众人眼前一片白雾，有女子从空中现身，如天仙下凡，身子徐徐旋转而落。丈夫犹自迷茫，他看了一眼自己的妻子，脸上带着神秘微笑，再瞥一眼面前的恶霸，有人疑惑，有人震惊，亦有人害怕。

"夫人，您喊我呢？"杏子揭开宽大的衣袖，脸上露出欢喜之色。

楚南夫人指着面前的不速之客，道："若你昔日说的话还当真，就将他们给我抓起来！"

杏子徐徐转身，脸上虽然带着笑容，眼神却流露出厌恶之色，她黑色的裙裾拖地，每走一步，眼前的矮个男人就后退一步。他怕极了从天而降的神秘女子，故意佯装镇定，恶狠狠地叫骂道："你是谁？不要多管闲事！"

"若我多管闲事了，你又能奈我何？"杏子轻哼一声，言语间已走到男人面前。

不知何时，身后的一行人早已退至屋外想要逃走，杏子伸手在空中划圈，瞬间将他们全部定住，那群人通通站在原地无法动弹。她从身后取出麻绳，轻松提起矮个子男人，男人开始拼命挣扎，绳索被鲜血染红了，直接把他丢到楚南夫人脚边。

突然传出响亮的磕头声，众人低头一看，赫然是那男人在磕头求饶。纵使楚南夫人心生怜悯，此时也轮不到她做决定，杏子咬牙切齿地说："你终日想着谋害别人的性命，倘若今天留你一命，恐怕以后你更会多做坏事。"

"害我们的人都死了。"父亲顾及年幼的佳代，未多描述当时的血腥场面。

"我们还能见到仙子吗？"

第九章 百年树，天神怨

"不好说，这一百年间，只有我和你母亲见过。"

父亲以大人的叙事角度耐心解说，佳代听了故事后很高兴，将其铭记在心。若干年后，父亲离世，他满20周岁，已经娶了妻，继承了父亲的家业，唯一的愿望就是想见传说中的仙子。

楚南佳代见到妻子的第一眼，以为自己遇见了久居树中的神仙姐姐，相遇在多雨的秋季。

深秋的晚风有些大，秋风将额前几缕发丝吹起来，红色的裙裾亦随风摇摆，她独自站在二楼，眼睛注视着远处，只见山峦重叠，起伏不绝。她站了许久双腿有些发酸，却不愿意离开半步，看样子像在等什么人。

片刻，不远处闪现出微弱的烛光，秋风忽然再度来袭，男子手中的灯笼因此左右摆动，他有些不太高兴，翻过一座山后疲惫不已，在山下小憩片刻，不知睡了多久，睁开眼只见天色已暗，连忙赶路进了村庄，却没发现有那户人家里还亮着烛光。所幸在前方的不远处，有一户人家灯火通明如同白昼。他兴冲冲往前走，稻森杏知道自己要等的人来了，便徐徐走下楼去。此时此刻，她刚才的忐忑消失了，每走一步就越开心。

响起两声敲门声，稻森杏手持一盏纱灯，步伐很缓慢，脸上洋溢着笑容。屋外响起楚南佳代的声音，他一脸焦急："请问有人在吗？麻烦好心人开开门，我是前往京城办事的人，夜间路过此地，还请您大发慈悲让我住一宿，免我露宿荒山野岭。"

稻森杏躲在门后，静静地听完了他的请求，才缓缓开门。门刚打开，他立即抬头面带倦色，结果见到面前的漂亮女子，傻笑着看着对方。两人不过相隔两三步，他身上淡淡的花香随风一吹，飘进了她的鼻子里。

"进来吧。"

屋内弥漫着一股淡淡的茶香，佳代神色拘谨的坐在榻上，怔怔地看着漂亮的稻森杏。

她从厨房陆续端出三盘香气四溢的小菜，以及一碗飘着药香的汤。她一一推至他面前，语气和缓地说："请公子尝尝这汤，红色的东西是从远方运来

的珍贵药材，可以用来补身子和抵御寒气。"她坐在对面看着佳代吃东西，含笑道，"不知这些小菜合你的胃口吗？若味道不好，也只能委屈你将就着吃点吧。"

楚南佳代心生感动憨笑着说道："好吃，我感激还来不及，你的菜简直是美味佳肴。"

言罢，忙喝了口汤，顿了顿又尝一口。稻森杏见他细细品尝，轻声问："如何？"

"味道极好。"说着，他埋头将汤都喝完了，而稻森杏心里乐翻了天。

忽然，她起身去厨房，想起了热在炕上的米酒。不久，一股酒香从转角处飘来，楚南佳代酒瘾犯了，满桌的佳肴若缺了好酒，实在不算完美。稻森杏放下食案，用抹布握着细瓶口，替他的杯中斟满了酒。佳代今天最高兴的时候就是现在，忍不住唱起了歌谣，以示自己的感激之情。

酒到浓处，易敞开心扉。在这茫茫人海之中，能遇到一个对自己好的人实在不多。

佳代忍不住与稻森杏多说了很多东西，他谈起了自己这几年的行商趣闻。

这些年，他遭遇过很多糗事，有一回，他的马不翼而飞，走到双腿发软才遇到客栈，却因为没有空房，只好睡在大厅。夜里风一吹，只又自己拽紧衣裳。两人谈起彼此的经历，如今一想，以往的那些苦难似乎都轻如鸿毛，有趣的糗事让二人仰头大笑，倒霉的事使二人互相怜悯。

楚南佳代的脸颊微红，开始胡言乱语："稻森，我第一眼见你，以为你是传说中的仙子。"

"哦？什么仙子？"她的神色微变，用手袖揉了揉鼻头，极力掩饰心中的慌乱。

"小时候，我父亲跟我说过一则传说，与家中的百年树有关。"佳代细心解释道。

"是吗？能说给我听吗？"她仔细观察了一下，见对方未发觉，顿时安心

第九章 百年树，天神怨

不少。

或许是因为酒力过盛，楚南佳代不顾自己在陌生人面前透露太多。

他微微一笑，将故事娓娓道来。他接连喝了好多杯茶，讲完故事，一壶茶已见底。

稻森杏似乎陷入了沉思，沉默片刻才说道："能带我去见一见百年树？"

楚南佳代未曾想过她会提出这请求，一时之间不好拒绝，只有硬着头皮答应下来。两人顺其自然地到京城办事，随后一同回到小山村。未满三个月，两人结婚了，婚后生活甜甜蜜蜜，夫妻感情日渐升温。

转眼又到一年秋季，本该是丰收之时，这一年却颗粒无收。村民为了生存，一行人扛着斧头浩浩荡荡地走向远郊的树林子，仅仅半年时间，林中的树木都被村民砍光了，放眼望去，林子里只有光秃秃一片。村民们都很高兴，以为将树木变卖成银子，他们就可以幸福地活下去，最起码解决了温饱问题。

一日清晨，她从他口中得知砍树之事，拍桌而起："愚蠢！若下暴雨，会发生泥石流！"

楚南佳代亦连连摇头，思考了很久之后，才说道："夫人，不如我们现在搬走吧？"

"那怎么能行？倘若我们离开之后，恐怕家中的这棵百年大树也会被他们砍了。"

午后，秋雨准时从空中降落，窗前的人皱紧了眉头，暴雨终于来了。

忽然，一道敲门声响起，这时候有谁会来？

"你继续看书，我去开就好。"她抢在佳代面前说道。

她撑着一把白色的油纸伞，身上穿了一套红衣服，长发随意披散在两旁，脸色有点让人捉摸不透，她小心翼翼地打开门，心中一惊眼前竟有一行扛着锄头的男人，看这阵势应该是想来砍树的人。

起初，几个男人故意同她寒暄，言语间有讨好的意味。佳代见她一直未进屋，立即起身去大门口，远远看见了那群拿着锄头的壮汉，忙迅速走去将

她拉在自己身后。他眼神凛冽，只是说了一句话，便将壮汉们吓到不知所措。

"听闻你家的树已有百年的历史，砍去卖肯定能卖个高价。"

"想必，你们亦听过我家的传说，若你们要砍，我保证没人能活过今天晚上！"

壮汉们面面相觑，他们亦听过多年前的那个百年树传说。顿时，一些年老的男人开始摇摆不定了，不断地劝退其他人。但有些不畏惧佳代恐吓的男人，他们冷哼一声，拨开佳代夫妇走进庭院。

忽然，暴雨又变大了几分，砸在人身上很疼，他们拿出刀具，在树旁摆好姿势，下一秒斧头便落在了大树的树干上。没有人发现，稻森杏腿上流出了鲜血，她觉得疼痛难忍，大声呵斥道："暴雨来袭，肯定是天神的警告，你们竟还敢大肆砍伐，简直不可饶恕！"

雨果然连着下了整整一天，河坝决堤水流溢出，大量的鱼儿死去，村上的街道被彻底淹没了。不一会儿，肮脏的黄水殃至高处的楚南家，众人这才反应过来，立即丢掉锄头往外狂跑，却被稻森杏用麻绳鞭策后背，瞬间皮开肉绽。她忽然想到一些可爱天真的面容，才决定用绳索将他们的腰部缠住，再一一抛他们到家门口。

身旁的楚南佳代看得目瞪口呆，他的眼中充满疑惑，心中却已了然一切。

稻森杏来不及解释自己为何接近他，只不过是爱上了，无法做出违背内心的事。她忙将佳代和自己绑在一起，飞向了远方的山上。她深知几分钟后，林子附近的山上，那些巨石会混着泥沙，形成破坏力极强的泥石流，村中的百姓生死她无暇顾及，而她只能保住自己最爱的人。

第十章 寺清鸟，毁寺院

(1)

流川的故事吸引了不少人的注意，他的故事特别有教育意义，爱护森林，人人有责。

铃木千夏再次开始煽风点火，吆喝着："花道同学惨败，还有谁想挑战？"

美女的魅力不是一般大，很快又有一个肌肉男来挑战流川，以下是他口中的故事。

早在日本的飞鸟时代，佛法初驻，突生一鸟。此鸟似鸟非鸟，似兽非兽，若有新建之寺院，必能见到其身影。用其方毁之，竭其力而亡，其毅力之顽，后来世人皆将此鸟称为寺清鸟。

公元584年，敏达天皇即位14年，本土教派还没有确切的传播方向与名字，佛教还隶属异教。南田长业一心向佛，早已皈依佛教，敏达天皇应南田长业之请，于百济带入两座佛像。值得一提的是，南田长业乃是当时日本首屈一指的豪族。

次年，南田长业莫名染上怪病，请遍名医都没能治好。询之卜者，卜者曰："此乃入佛不适之兆，定是佛像遭遇毁弃，无故加之。"南田长业被吓坏了，立即派遣司马达等与池边冰田寻找佛教修行者，欲拜入佛门请求宽恕。

翌日在播磨国寻来还俗僧人丽人慧便，南田长业立即拜其为师，以示皈

依佛门之意。之后为弘扬佛法，渡化司马达等的女儿司马岛出家，法号善信。不过，南田长业的病情并没有得到好转，便让善信渡化了禅藏与慧善。为使佛法能够顺利在日本流传开来，南田长业礼敬善信、禅藏、慧善佛家三尼，不惜花重金，在石川老宅建造了顶级佛殿。

自此，南田长业的病情开始逐渐好转。不论他抱着什么心态，因为他的不懈努力，佛教开始慢慢在日本流行起来。见到南田长业如此推广佛学，一向排除异己的保守派物部守屋觉得自己的地方受到了威胁。对于刚刚晋升为大连的他来说，南田长业此举无疑是当着全国人民在打他的脸。虽然都是出生豪族，但若是任由南田长业继续肆无忌惮的推广佛教，确实会影响到他在天皇心中的地位。

原本以为佛教也没什么了不起，以为南田长业也就是一时起兴，任他也翻不出太大的风浪。但是随着佛教的渐渐壮大，竟然如潮水般席卷整个日本，已隐隐有叫板本土教派的趋势，若是继续任由其发展，显然不是个明智之举，要想尽一切办法扼杀才行。

次日，物部守屋特邀南田长业上堂做客。

"听闻南田君不小心患上异症，不知近来可好？"

"承蒙物部君错爱，在下身体已经好了。"

"哦？南田君千万不能掉以轻心，治病还需从病根治起。"物部守屋看着南田长业，顿了顿又继续补充道："世上有太多的恶疾你以为它已经治好了，实则留有病根，病根可大可小，小则复发，大则危及性命，如果不小心复发了，那就危险了。"

"我自己的身体，我比任何人都了解。至于是否留下病根，也是我自己的事。如果留下病根，那就是天命难违，万物皆有因果，在下定会全力应对，物部君大可放心。"南田长业觉得物部守屋话中有话。

"南田君见外了，你我都属豪族，是日本的支梁，同属神统之下，南田君的事便是我的事。"他说着便叫下人奉出一个锦盒，"南田君若不嫌弃，这里有一株百年人参，当作物部今日送给您的小礼物，希望南田君可以早日除去病根。"

南田长业闻言病根二字恍然大悟，物部守屋表面是在问候自己身体，实则以此刺探自己传扬佛教的事实。原本自己就是因病才大肆宣扬佛教，以求能获得佛法释怀，然而佛教流入日本之后，疯狂地扎地生根，急速蔓延，已经对本土教派产生了极大威胁。

人参乃是土生土长的珍贵灵药，言外之意就是本土教派。病根，显然意指佛教无疑。以土生土长的灵药来根除自己的病根，目的十分明了。这显然就是下了一封挑战书，是对自己赤裸裸的威胁。

"物部君的好意我心领了，不过，在下身体已无大碍，无功不受禄，物部君错爱了。"

闻言后，物部守屋那张脸立刻就变了颜色，出言威胁道："我希望南田君不要敬酒不吃吃罚酒，做人不能太过固执，病了理应对症下药，正所谓良药苦口，还需明白何为药到病除。"

"物部君言重了，不过当今世道灵药众多，却没有一个统一的名字，那么灵药再珍贵，又该如何让人对症下药呢？在下家中还有许多琐事没处理，就此告辞，还望物部君珍重！"

物部守屋勃然大怒，挥了挥右手吼道："长业君慢走，恕不远送！"

表面上物部守屋与南田长业都彬彬有礼，互相问候，但实际上，暗地里却就此结下了梁子，矛盾就在于教派问题。自那以后物部守屋召集本土教派元首进行商讨，经过几次大的决断，最终确定了自己教派的方向，最重要的一点就是统一了教派的名字，取名神道教。也是从那时候开始，神道教按照最初的宗旨与方向，开始广泛吸收各个领域的优秀思想。

神道教的人在此时也站住了脚跟，与其他本土教派一并和佛教开始了长期的势力角逐，经常展开抢人战争，形成了排佛派，双方在物部守屋与南田长业的引导下，开始变得水火不相容。

与此同时，天降横祸，瘟疫开始横行，日本各地平民百姓因瘟疫死伤无数，民不聊生。

物部守屋和排佛派中臣胜海因此聚在一起，商讨着如何一同对抗佛教。

"物部君，南田长业气焰嚣张，在各地开始修建佛殿，简直没把我们本土教放在眼里！"

"中臣君，你放心，只要我们好好合作，一定能将南田长业打倒！"

"大人，眼下南田长业是敏达天皇身边的红人，再这样下去，我们以后可难过了。"

"你这叫未战而败，敏达天皇虽说应允祭祀蕃教，但也不可能直接忽视我，本土教按道理来说不会遭人冷落，眼下的重点就在于这蕃教，我们怎样才能让天皇认识到它的丑恶嘴脸！"

"物部君所言极是，佛教很安分，一切都格外中规中矩，要找到弱点略有难度。"

言罢，二人同时陷入了沉默。良久之后，他们互相对视一眼，继而开始窃窃私语。

(2)

翌日，物部守屋与中臣胜海联名上奏，状告南田长业妖言惑众。

"若爱卿所言非虚，蕃神乃瘟疫之源？"敏达天皇看完之后反问道。

"一派胡言，佛法只会普度众生！"南田长业闻言大怒。

"谁知道你们的想法？"物部守屋反驳道。

"你！"

"肃静！朝廷之上，不可大声喧哗！"敏达天皇身边的侍卫怒斥道。

"物部大臣，这事若有虚假，可是杀头大罪！"敏达天皇语重心长地说。

"禀天皇，微臣不敢，不过微臣所言并非空穴来风，自然有证据证明。"

"哦？爱卿但说无妨。"敏达天皇纯粹一副看戏的表情。

南田长业为人光明磊落，不过，还是有些不舒服，他心里有种不好的预感。

"是！"物部守屋眼中闪过一丝阴冷的笑意，但转瞬即逝，估计都没人注意到，他顿了顿继续说道："启禀天皇大人！ 在此之前我要先向南田长业请教几个问题，不知南田君意下如何？"

敏达天皇此时看向南田长业，征求他的意见。

"你问吧！"南田长业十分淡定，他很想知道物部守屋打算要什么花样。

"南田君果真胆识过人！"物部守屋调侃道。

"哼，还请物部君口下留情！"南田长业不想与对方多作纠缠。

"好，那我直奔主题，请问南田君在向天皇引进蕃教之前，身体可有异样？"

"在下一向身体安好，除了偶有风寒，并无其他病痛！"

"是吗？ 我可听说南田君在此之前，好像不是染上风寒这么简单！"

"你什么意思？ 难道我的身体好不好，还能与佛法搭上边？"

"物部大臣，你还有什么要说？"

"还请南田君正面回答我的问题，我愿以神道教的名义起誓！"

敏达天皇再次看向了南田长业。

南田长业见避无可避，只好假意道："微臣早已答复，我的身体一向安好，并无异样！"

"你撒谎！ 回禀天皇大人，微臣请求人证！"

"人证？ 物部大臣，到时你收不了场，后果你自己清楚！"敏达天皇有些不耐烦了。

"谢天皇，微臣明白！"

"南田大人在见您之前，确实身患异病，如何治都没用。"南田长业的近侍被传上庭来。

"你？"南田长业心都凉了半截，他死死瞪住自己最信任的侍卫。

侍卫不敢抬头，无意间瞟了一眼物部守屋，然后继续装傻。

"物部，你费尽心机证明这个，我承认，现在你能奈我何？"

"物部大臣，我也想知道，有什么用处？"敏达天皇接着追问道。

"承认就好，回天皇大人，敢问瘟疫是在蕃教流行时才开始蔓延的吧？"

"说来，仔细想想，果真是这么回事。"

"南田大人，当时您又是如何治好的？这其中的关联，我不用多说了吧？"

"我不明白你在说什么！"

"物部大臣，别卖关子，直说结果。"

"禀天皇，微臣怀疑，只要信奉蕃神的人就一定会染上瘟疫，而南田长业之前染上瘟疫，为自己活命，继而宣扬蕃教，转嫁自己身上的瘟疫。所以，这场瘟疫是蕃教所引起！微臣请您废止蕃教，以停止瘟疫蔓延！"物部守屋说完之后，朝廷之上一片哗然。

"你血口喷人，天皇大人，佛教乃圣教，此乃天灾并非人祸！"

"肃静！"

顿时，所有人立马安静，敏达天皇陷入了沉思。他看了看南田长业，又看了看物部守屋，不知过了多久，敏达天皇站起身看向朝廷之外，似乎看到了天下受到瘟疫折磨的子民们，丢下一句"昭告天下，废止佛法"，便扬长而去。

"天皇大人！此事万万不可！"南田长业想要阻止，但已经来不及了。

自此，物部守屋带着自己的部队与排佛派的人一起前去拆毁佛殿、寺院。他们的手段残忍，每每见到佛教的人就打，发现寺院便强拆，把佛像砸碎或烧毁，更甚的将佛像直接投入海里。

顷刻间，声势浩大的佛法宣扬就此落败，佛庙寺院跟着消之殆尽，留下了一些残破不堪的庙宇，残留下来信奉佛教的人，要么投奔本土教，要么东躲西藏，任谁都不敢再提起佛教的名字。

在南田长业的庇佑下，禅藏尼、慧善尼、善信尼得以逃过一劫。

但是物部守屋还是不解气，前来找南田长业要人。

"南田长业，我念你也是豪族，若你交出三尼，就不和你计较。"

"你们已经触怒佛法，犯下滔天罪孽，还不知悔改，真是天下最大的不幸！"

第十章 寺清鸟，毁寺院

"少废话，快交出三尼，否则休怪我翻脸不认人！"

"你！"

"闪开，给我进去抓人！"

言罢，他身后的人一窝蜂地钻进了南田长业的家，将人给带了出来。

"阿弥陀佛。"三尼出来看到南田长业之后，依旧一脸淡然。

"阿弥陀佛，让三位受苦了！"

"带走，统统全部带走！"物部守屋大声叫嚣着。

物部守屋剥光了三尼的法衣，在众目睽睽之下绑在木桩上鞭打，以儆效尤。

南田长业看到之后，他已经达到崩溃的边缘，独自念着经文啜泣着。

但是随着排佛派破坏的持续进行，瘟疫并没有就此终结，佛教是蕃教的流言不攻自破。没有根治的瘟疫进一步蔓延，就连敏达天皇和物部守屋也都受到了感染。在这时，有人说，这是烧毁佛像的惩罚。

不过，事已至此，没办法更改了，敏达天皇并没收回废止佛教的指令。

南田长业立马上奏，想要请求祭祀佛法，但是敏达天皇意志过于决绝。

最后还是同意只允许南田长业一个人信奉，不允许传教，并且释放了三尼。

南田长业已然知足，他请回三尼，并且建造了新的佛殿和寺院。

没过多久，敏达天皇因病去世。浩浩荡荡的瘟疫大军也停止了步伐。在敏达天皇的葬礼上，南田长业带佩刀悼词，物部守屋见状，大笑道："南田君如此甚好，亦如中箭之鸟雀！"

南田长业并没有理会。物部守屋念悼词的时候全身战栗。

南田长业见状忍不住嘲讽道："物部君手舞足蹈，为何不悬置一铃，其状更美！"

在教派上两人分歧已是较大，加上今日之举，两人已势同水火。

公元587年，用明天皇继位的第二年。用明天皇因突然病重招来南田长业，欲信奉佛法。遂召集群臣商议，虽然遭到物部守屋与中臣胜海的极力反对，但由于群臣大多隶属南田长业，所以得到了用明天皇的支持。

用明天皇没过多久便病故，物部抓紧时机欲立穴穗部皇子为天皇。

但南田长业先人一步暗杀了穴穗部皇子，自此，朝廷大部已隶属南田长业。

南田长业乘胜追击，商议大臣一同决定，灭绝物部氏。

不过，物部氏乃是军事氏族，士卒皆为精锐，加上城墙高固，即便由诸皇子与诸豪族联合的大军都是难以攻下。为此，圣德太子雕出了四大天王的胶木像，以此来祈求胜利，战胜物部氏，并宣言如获得胜利，一定准许修建佛塔、弘扬佛法！

联合大军军心稳定，在各种联合猛攻之下，终于将物部氏给彻底击败，物部守屋被泊濑部皇子击杀。听说他死时怒目道："我不会让你们得逞，死后定会化为奇鸟，毁掉所有的寺院，直至力竭！"说完便化为一具黑尸，死相极其恐怖。

每每新建的佛殿、寺院，若是遇见一似鸟非鸟的奇鸟，通常这个佛殿、寺院很难维持下去，因为经常会发生各类灾祸，不外乎断柱或烂瓦，最后大多数庙宇唯有放弃修建，人们都说，这是寺清鸟捣的乱。

第十一章 紫藤精，千年恋

(1)

不二的故事确实普通，我差点睡着，很快轮到铃木千夏出战，她要讲紫藤精。

公元1200年的初春，京都的货茂大街上车水马龙，众多穿着华丽而高雅的和服贵族乘着系上向日葵的牛车开始游行街头。今日是葵祭，人们为了避免灾难，求得丰收而举行的祭礼。

每年举行祭祀活动时，城中来来往往的人潮拥挤不堪，不少女子为了一睹祭祀的风情以及心中所景仰的武士，会穿上自己最好看的衣裳，打扮得十分美艳，即使挤个头破血流也要站在最前头。

此时，唯独岩濑穗着一袭灰色的男儿装，悠闲地坐在屋顶。

她扫了一眼脸蛋被挤成肉饼的女子，流露出鄙夷的神色，仿佛在嘲笑，这群愚蠢的女人。

陆续有上流女子出现，大多头戴市女笠，白纱垂帘遮住面貌，身着五件单衣，胸前戴着几根葵叶，并以双手把绸带举在胸前作为护身符，身旁一仆人撑着伞面布满花朵的朱伞。

忽然，听见众多女子开始疯狂呐喊的声音，惹得岩濑穗微微蹙眉，忙遮住耳朵。举目望去，一个身着狩装束的男子骑着棕色壮马，正朝这边缓缓而来。他神色冷淡，似乎不太愿意参加这种活动，两鬓的汗水直流入衣领，以

指扶着脸庞，猛然发觉满手全是黏黏的汗液，连忙甩了甩头，看了这么久，原来到了最热的时辰了。

她回头多看了几眼被女子崇拜的武士，嘴角的笑意隐隐浮现，不知为何，隐约觉得这个男子有些意思。游行队伍过于漫长，若一直站在原地等待活动开始，恐怕会有不少人渴死在神社面前。她去了葵桥附近的一家小茶馆，还未坐下便猛喝了几大碗茶。

一炷香烧完了，结果身后传来木凳被踢倒的声响，将沉思的人吓了一跳，指间的茶杯被摔倒在桌，她的衣袖因此浸湿。不由眉头拧成一团，顿时火大，还没来得及侧身看清来人，就听到一道怯怯的声音响起："公子，你可有受伤？"

男子面无表情地站在桌旁，身旁的仆人迅速地捡起板凳。

那男子坐下后，语气颇有怪罪之意道："今年怎如此热，差点被渴死，等会我不去了。"

仆人面色为难，也不敢看自家的小少爷，故作低声抽泣道："公子，您要是不打算去了，小的这条贱命可就不保了，我家中的母亲怎么办？"说着，他以手袖擦拭毫无泪水的脸庞。

"停，你一个堂堂男子汉，所谓男儿流血不流泪，大丈夫动不动就哭，成何体统？"男子打断了他的话，继而教训道，"如今你越来越会演戏了，改日不如到府上领一些人演一出好戏？"

"公子抬举小人了，我岂敢在您面前演戏，如今天气炎热易肝火旺，小的只希望您身子安康。"仆人一听，吓得险些跪在地上。

与他们背对而坐的岩濑穗听完此话，怒气早已消失得无影无踪，反倒"扑哧"一下笑出了声来，引来古川智马的不悦。她暗自想到情况不妙。果然身后的人徐徐转身，脸色一变，沉声道："这事很好笑吗？"

刚抿一口茶的仆人以为是在问他，立刻放下茶杯，道："公子，我刚没笑。"

"没说你，我说我身后的这位，你方才笑什么？"古川智马眉头微蹙。

第十一章 紫藤精，千年恋

岩濑穗在心中冷笑，出言毫无礼数，可知这人何其傲慢。回头一看，心底颇为惊讶，原来是他。她眼波流转脸上带着浅笑："您是在说我？在下方才看见一只老鹰啄了一只小鸡，那场景可壮观了，实在忍不住笑出了声。"

古川智马不明其意，正想还口，一眼瞥见立在一旁的仆人掩嘴微笑，忽然明白了过来，朝着仆人狠狠地瞪了一眼。岩濑穗虽穿着随意，但举手投足间很优雅，眉宇间更是温柔如水，丝毫不像一个男人该有的气质。顿时，他玩世不恭的坏毛病又犯了，拉住她白嫩的手，狐疑地看了看她，语气古怪："哦？原来是我误会了，还请阁下不要介意。"

只见岩濑穗猛然缩手，连忙远离他，瞪着眼睛恼羞成怒道："你干什么？！"

"男人之间握了下手，有必要如此紧张？"他挑眉一笑反问道。

"无赖！流氓！"岩濑穗见他公然调戏自己，顿时脸色大变，声音增大了几倍。

"既然你说我是个流氓，那我可不能浪费了你给的美誉。"忽然，他几个箭步走到她面前，再次抓住她的手举在胸前，身子微微前倾逼近她，唇角的笑意更深，"我这个无赖，可有很多人仰慕。"

他把流氓二字发挥到了极致，岩濑穗涨红着小脸，不知是害羞还是恼怒。

她使出全身的力气，却仍甩不开他的手，见他如此欺人，她亦顾不上什么。转念一想，露出两排洁白的牙齿朝他诡异一笑，古川智马心生疑惑，可是，已经来不及了，下一秒几乎每个茶杯中的水面都被震起了涟漪。

"你疯了！快帮我把她的头弄开！"古川智马痛得龇牙咧嘴，边用另一只手抵着她的额头用力外后推，边朝在一旁诧异地看着这一幕的仆人喊。

岩濑穗死死地咬着，见有人来帮忙，猛地一抬头，将古川智马撞得再次尖叫。她以手袖轻轻一擦唇边的鲜血，嘴角露出得意的笑。正在她转身逃离茶馆之际，忽觉一只沉重的手搭在她肩上，掐得她生疼，旋即侧身一闪，肩上的一块衣布被扯破了。

古川智马的眼眸中仿佛有熊熊烈火在烧，气势汹汹地朝她奔去。 不知怎的两人胡乱地缠在了一起，一同摔倒在地，他压在她身上，薄薄的嘴唇落在她的樱唇上。 四目相对之际，时间仿佛停止了几秒，岩濑穗浑身打了个激灵，恼怒地撇开了头，又抬起右腿，狠狠地踢了对方的命根子一脚。

顿时，智马只觉整个身子僵住了般，致命的痛楚蔓延至全身，差点流出眼泪。

她趁机将智马推倒在地，拍了拍身上的灰尘，朝地上的人冷哼一声，当即拂袖逃离。

回去的途中，她忽而仰头大笑，忽而朝身后无人的街道做鬼脸，像个顽皮的孩童。 很快回到了家，往屋内来回巡视也不见一个人影，她愣在原地，眼中的光被熄灭了般，渐渐黯淡了下来，才想起父母已经离世一年，如今整个屋子只剩她一个人。

她看着窗纱上明晃晃的阳光，只觉有些恍惚，又不想陷入悲伤之中，便进厨房洗净了一些枣子放在桌上。 转念一想，独自前往庭院的凉亭中，落座在石凳上，在如此明媚的天气里，她却觉得有些冷。

倏然间，回想起和古川智马一同摔倒在地的情形，他的鼻息一阵一阵地扑在她脸上，身上还有淡淡的薄荷香，只有非常近才能闻到。 想到这里，她羞红了脸，开始自我催眠，如此一来，两人定是水火不相容，怎能幻想自己和他发生些什么？ 万万不可再继续想下去，否则只会造成一段孽缘。

在古川府上，仆人跪在智马面前，低着头大气也不敢出。 智马独自将手上的伤口用药酒处理好后，也不叫仆人起来，一瘸一拐地走回房。 此时，侍立在一旁的管家方敢扶起仆人，好生劝慰一番，仆人呜咽着将来龙去脉同管家说了一遍。 管家恍然大悟，原来少爷唤自己查清那女子的身世背景，还存在这么一个有趣的故事。

翌日晚上，古川智马携管家一同走在黑暗的小路上，一路走来并不见几户人家，他不由得笑了笑，这女子果真不同常人，竟敢独自一人住在如此偏僻的角落。 他的目光望出去很远，眼前漆黑看不到尽头，便问："还有多远？"

"少爷，走到巷子的尽头再转个弯就是了。"管家提着红色椭圆形的油灯笼，声音细不可闻，已经走了一段路，年迈的他已经跟不上智马的步伐。古川智马察觉管家有些疲惫，便放慢了脚步，不一会，见到了转角处微弱的灯光。

他在门外轻轻地敲了敲，片刻之后，门让人缓缓打开了。

一个穿着黄色的小袖，下身一条红白渐变的裙子，将乌发束在身后的女子，从门缝中探出脑袋来，一见来人是古川智马，吓得把头缩回去，想把大门紧紧锁上。管家不知所措地立在原地，智马从那女子的美貌中缓过神来，问管家可有走错路。管家通晓城中的大街小巷，坚定地摇了摇头。

岩濑穗坐在屋内抿了口茶，又轻轻地拍了拍胸口，心跳个不停。半晌无人出声，以为他们已经离去，正当她要吹熄蜡烛时，敲门声又响了。心中又惊又恐，在这月黑风高之夜，该死的男人守在家门外，究竟是想怎样？难道想来找本姑娘报仇？她立刻把最重的家具全搬出来挡在门口。

(2)

忽然，一道略带温柔的男声响起："姑娘，你别怕，我们只想向你道歉。"

微风乍起，不远处蛙鼓蝉鸣，树叶发出窸窣的声响，却听不见屋内的人传来应答声，古川智马只好作罢，他走得极慢不知为何心中乱成一团。管家跟在他身后，走出去很远也没听到女人的声音。

夜半下起了绵绵细雨，天一亮，空气清新到令人身心舒畅，岩濑穗梳洗打扮结束，换上一袭白衣，携一个小花篮出门。刚到转角处，就撞上了一堵黑色的大墙，"哎哟"一声捂着额头，愤然地抬头，准备仔细看看到底是什么墙壁，竟如此生硬。

结果，将她吓得魂飞魄散，手一扬往家的方向奔去，家外的道路并不好走，加上一夜的雨，奔跑的人稍不小心便会滑到。岩濑穗身子往后倾斜，一

只腿抬起紧闭双眼，过了半响，好像没摔倒，便睁开了眼。

映入眼帘的是古川智马略显担忧的脸庞，她站稳后退了几步，转身不敢看他。

有一只修长的手把花篮子递给她，傻站在原地静静地看着她，眼眸流露出期盼之色。

岩濑穗叹了口气，她万万没想到，昔日高傲的男子竟会对自己死缠烂打。

索性将门打开，大方迎他入内，她从屋内端了壶茶来，含笑道："寒舍没什么好东西能够招待你，首先交代一下你大清早来这儿，有什么话想对我说？"

古川智马沉默良久，开口说道："那日对你太过鲁莽，实在抱歉。"

岩濑穗立刻面红耳赤，佯装听不懂，嗫嚅道："发生过什么事？我忘记了。"

智马脸上流露出讶异之色，道："那么今日我请你饱餐一顿，当作见面礼，可好？"

岩濑穗沉思了片刻，豪爽地答应了。

小酒屋在一个巷子的角落里，门外只挂了一盏红灯笼，屋檐略矮，古川智马要弯腰才能进去，两人在一张紫檀木桌旁席地而坐。一个留了胡渣的男人从陈木柜台里头拨开帘子，看了一眼岩濑穗，旋即朝智马挤眉弄眼道："你来了，头一回见你带女人过来。"

"他这人虽然不太正经，我跟他认识多年，已经习惯了，你也甭跟他客气，想吃什么东西，只要你叫得出名字来，他都能给你做出来。"智马忙解释道，瞬间化解了两人之间的尴尬。

她心中感动，有种莫名的宠溺感，笑道："是，我绝不客气，非要吃穷你不可。"

众人仰头大笑，男人以手托食案，取两壶细口瓶子的酒放在桌上，又顺手放下几盘下酒菜，笑道："你若想吃穷他，那可要吃一辈子，他唯一的特点就是不愁吃穿。"

　　岩濑穗听懂了他的意思，还未饮酒，脸庞就像喝醉了般红彤彤，生怕再引起他们笑话，便盯着面前绘了青花图案的小瓷杯，不再吭声。

　　古川智马见她露出羞怯的神色，顿时生出保护的欲望，将手搭在男人的肩膀加重力道一拍，扬声道："别吓着人家，你以为谁都像你一样不知羞？"

　　夜里的风甚是温柔，像身旁娇羞的女子，两人沉默地走了一段路，两只手却有意无意地摩擦。忽然，古川智马握紧她的手，手臂僵住了那样无法摆动，手心传来丝丝热气，细细的汗黏着彼此的手，两人明显都有点儿紧张。

　　忽然，岩濑穗停下脚步，迟疑道："掌柜和你说了些什么？"

　　临走时，男人看出了他用情之深，便提醒他，倘若要娶她，必须要说服他父亲。父亲很久之前对他说过，他要找的对象必须门当户对。沉思了片刻，他认真地问："我只想知道，无论以后面对什么事，你都愿意与我共同对抗？"

　　岩濑穗迎上他的目光，不假思索地点了点头。他心底泛起一阵暖意，将她揽入怀中，鼻息扑在她脖颈上有些痒，深情款款地说："好，哪怕所有人都反对我们，我也要带你浪迹天涯！"

　　夜色渐渐深了，唯有岩濑穗的家中亮着烛光。

　　室内芳香四溢，烛影摇晃，拉长了两人的侧影，智马的指尖轻触她的肌肤，衣裳滑落。

　　翌日清晨，智马让岩濑穗睡醒再起来，独自穿戴完毕便往门外走，管家一早就在外头等候，见他来了，忙将老爷大发雷霆的场景叙述了一遍，并提醒他等会回到府中一定要小心行事。

　　从小到大，任何一件有关智马的事，都逃不过古川老爷的耳朵，府上无人敢违抗他的命令。他已准备好这一日的到来，而此时此刻手心却直冒冷汗，一进府便见大堂中间，坐着最具权威的人，他垂着眼睑，双手撑着红木拐杖。脚步声愈来愈近，他缓缓抬起头，眼神一凛，沉声道："你可知自己犯了什么错？"

古川智马直视他，不卑不亢地说："孩儿不知。"

"跪下！"他拄着拐杖站起来，几步走到智马身旁，扬起拐杖狠狠地打了一下他的右大腿，火辣的疼痛让智马的额头冒出不少汗珠，痛得他双手不自觉地放在膝前。

老爷站在原地，瞧了他两眼，厉声道："我说过，你要找千金小姐，而非贱女！"

智马听到"贱女"二字，反驳道："请你别用污言秽语侮辱别人，好歹您也是读书人！"

老爷拄着拐杖的手微微颤抖，显然从未想过有朝一日会被自己培养出来的人给当堂反驳一次，老管家走上前扶住他，再次入坐回原位，怒道："管家，从今日起，不准他再出这个大门！"

智马一惊，忙从地上起来，几个箭步走到大门，身后一行人齐声道："少爷，对不住了。"

二三十人把他给死死包围着，纵然智马的武功再高，也是双拳难敌四手，好汉架不住人多。最终，他还是被家仆给擒住了，双手让绳索绑住，单膝跪地，瞪着屋内的所有人，尤其是老爷。

老爷缓缓走出来，扬声道："我再给你个机会，你若听我话最好，若不从，后果自负！"

智马冷哼一声，后果哪怕是死路一条。可一个人若不能和自己所爱的人在一起，与死尸有什么区别？他使出最大的力量，身上的绳索竟断开了，众人的脸上浮现出畏惧之色，他要动真格了。

两炷香的时间，他逃离了古川府，却身受重伤，老爷派来的人将小巷围了个水泄不通。

他腹部的血液不断往外冒，岩濑穗泪如雨下，鲜血浸红了她白衣上的花纹，形成一朵一朵艳红的花。智马露出心疼之色，抬起手轻轻拭去她脸上的泪水，苍白的嘴唇艰难地吐出几个字："不要哭，你快逃。"

话音刚落，智马的手从她脸上滑落，一颗泪珠滴落到她的手心，一颗心如同被万箭射穿，痛到她无法呼吸。此时，门被撞开了，一行人浩浩荡荡地逼近他们，手中的箭一松，直直地朝他们射去，岩濑穗俯身挡箭，口吐鲜血。她朝怀中的人微微一笑，身子往前扑去。

若干年后，太阳透过窗帘的缝隙洒进屋中，一位居住在岩濑穗旧屋的妇人想起，今天要上集市，便匆匆忙忙地收拾包裹往外冲。忽然，她整个人都被震住了，又惊又喜地望着眼前的大树。树枝上竟缠着许多藤，一串串紫色的蝴蝶花垂直向下，仿佛是一条紫色的瀑布，场景壮观极了，她再次想起旧屋主人的故事。

第十二章　户隐鬼女，蛇蝎美人

(1)

铃木千夏的故事，自然得到大部分人的认可，挑战者失败，铃木胜利。

故事社的人又多了不少，大部分都想来参加挑战，争夺和女神约会的机会。

果不其然，一个穿着邋遢的四眼天鸡走了过来，他向和歌忘忧发起挑战。

我特别不喜欢四眼仔，在看到这家伙的第一眼，我就想打爆他的眼镜。

四眼仔刻意清了清嗓子，开始讲故事。

日本平安时代，天降一女自在天，传其生于魔利支天第六日，天生魅丽，被称为红叶狩。

因其长没于户隐，又称为户隐女，较于闻名京都的酒童，有过之而无不及。

公元937年（承平7年），奥州，会津若松。

这个小镇平常无奇，由于道路崎岖，所以货物流通很不方便。今日，雾气浓厚，下起了小雨。一个身披蓑笠的陌生旅人站在小镇口，单手压下头上的斗笠，望了一眼小镇深处，消失在夜色中。

一叶知秋，正值秋季来临，红叶开遍满山，全城子民欢聚于野良山。红轿马车接二连三赶来，满城空尽，环山悦领，好一派富村山居风光。即便你不是细心之人，也不难发现此地百名齐聚。

此时正是魔利支天第六日，属于红叶漫山的最佳时节。野良山歌舞升平，在那赏叶台之上，各色和服者全聚于此，皆是达官贵人。红白相间的和服披在最外面，棕绿色的和服屈于红白之外。

虽然名流集聚，但居于正中间的却只有寥寥数人，异于他人的是，他们的和服很宽松，腹部服饰微微隆起，其中大红和服为三人，其中一人头上戴着金色礼冀，坐在最中心的位置，其地位不言而喻。

放眼望去，所到之处都是城民，以及那漫山遍野的红叶，更让人叹为观止。

天际一片红叶越过山岭，飘过山峰，飞过河流，在人群中翩翩起舞，然后轻轻落在那头戴金色礼冀之人的头上，众人举杯，它又滑到杯内。所有人均大惊失色，惶恐地看着杯中的红叶与举杯人。

那个头戴礼冀的人丝毫不在意，带着他那标志性的微笑，淡淡地将红叶敛起，"你也甚是顽皮，怎会跑到这里，此地甚小，怎能容下肆意姿态，还是寻你的自由去吧。"言罢，便将红叶置于空中，任风散去。

小镇的某个小屋中云雾缭绕，正屋之上放有一黑色神佛之相，有两人正对佛像，闭目专注，先是动作缓慢，在做着奇怪的仪式。

"矢丸，我们如此反复数十日了，可我的肚子一点动静都没有。"女子问道。

"菊世，不要这么说，你会得罪神灵！"

"别胡思乱想，难道你忘了那个旅人让死人复活了吗？我觉得他的话一定有道理。"

"可是我们将家中唯一的一匹马杀了，祭拜魔王大人已经接近20天，也没见到那个旅人所说红叶漫天的奇景。我们离野良山相去甚远，又怎么会见到红叶漫天？"这个女子带着哭腔说。

"他不是说，我们就是被那些伪佛缠上，才被诅咒不能生育子嗣，加上常年祭拜伪神，加重了诅咒。所以需要有耐心，等第六天魔王大人将伪神佛从我们体内祛除，我们就会摆脱他们的诅咒了。"

"哎，现在也只有这样了。"

"菊世，我还记得他说过我们要心诚，将身心完全交给第六天魔王才行！"

"你说的不错，心诚则灵，心诚则灵！"说着女子又赶紧闭上双眼。

两人又开始做那奇怪的仪式，正屋之上的黑色神佛之像额头上开始冒出红色的角。

此时一片红叶从远处飘了过来，方向正是那红叶开尽的野良山，那片红叶不偏不倚落在了做着奇怪仪式两个人的房顶之上。红叶之上带着湿气，原本借湿气早已紧贴在房顶，可是一阵异风突起，生生将其吹飞。

阴差阳错之下，红叶穿过红木桩，飘过正在做着奇怪动作的两人头顶，飞到了长着角的神佛之像头上。那个被叫作菊世的人突然生出奇怪的念想，然后摸了一下自己的肚子，惊叫着站了起来。

"菊世，你怎么了？"矢丸赶紧抓着菊世。

"你摸摸我的肚子！"此时的菊世很兴奋。

矢丸不明白发生了什么，还是半信半疑地碰了一下她的肚子，露出不可思议的表情。

"难道？"

"没错！"菊世坚定地点了点头。

"我们有孩子了？"矢丸立马兴奋起来。

"对啊，矢丸，我们有孩子了！你没说错，我们有孩子了！"

"真的？我们有孩子了！"

就在此时，窗外下起了红色的雨。不过仔细看过之后，才发现下的不是雨，而是漫天的红叶，不知何时飘来了漫天红叶，就像红色的叶雨纷纷下落，将天色都染成了红色，血一般的红色。

见到此状，两人都拉开门走出了屋子，被这不可思议的一幕吓坏了。

矢丸将菊世抱起冲进漫天的红叶中，喊道："他没骗人，果真是红叶

第十二章　户隐鬼女，蛇蝎美人

漫天！"

"看你高兴的，快放我下来！"

两人兴奋得不能自已，全然没注意到家中的佛像早已消失不见。

说来奇怪，菊世的肚子一天比一天大，几乎是成倍增长。

虽然觉得神奇，但是因为是求来之子，必定有其奇特之处，他们也释然了。

就在菊世怀上孩子的第六天，天色无云，忽然下起了小雨。

镇子不远处的一座山峰上，一个身披蓑笠的人正闭目打坐，一片红叶抚过他的面庞，他睁开了双眼，眸子里没有任何光芒，深邃得就好像要把人的灵魂吸进去。然后，又忽然消失不见了。

"让我抱抱，我想看看她像谁。"菊世虽接近虚脱，但还是努力保持清醒。

"他长得像你，还嘟着嘴呢，你怎么哭了，孩子已经安全了！"

"不是，我是太感动，我们终于有孩子了！"说着菊世满脸愉悦。

"我们要感谢那个神秘的旅人，是他给我们指点迷津，我们才有今天！"

就在这时，敲门声响起。矢丸试想可能是那个邻居，他试着前去开门，想将这个好消息告诉给他知道。现在的他恨不得让全天下的人都知道自己有孩子了，矢丸打开门直接愣了三秒。

"恭喜施主喜得一子，不知可否让贫僧看上几眼？"门外的男子身披着蓑笠，手持一把怪异木杖，背上有个棕色麻布包裹，头戴一遮面斗笠，虽然在下雨，但是他身上并没淋湿的痕迹。

矢丸见到此人很惊讶，但是又变得很激动："原来是大师啊，请进，请进！"

将此人请进家中之后，立马对菊世说："菊世，你看，是谁来了？"

"原来是大师，大师对我们的恩德，我们没齿难忘！"说着就要起身跪拜。

"使不得，举手之劳，不足挂齿。"

矢丸赶紧前去搀扶住菊世，说道："不行，您的大恩大德，我们一定要报答！"

"在下乃是苦行之人，本就是戴罪之身，不能接受任何回报。"

"对了，孩子刚出世，还没取名字，大师若不嫌弃，就为她取个名字吧？"菊世见大师不肯收取任何回报，灵光一闪说道。

"求大师赐名。"说着，矢丸将手中的孩子小心翼翼地交到这个旅人手中。

此人仔细端详了一下新生的婴孩，然后在矢丸与菊世两夫妻惊讶的眼神中咬破中指，将血点在婴孩的头上，说道："此婴孩降于摩利支天第六日，实为自在天，过于妩媚今后天下无双，可谓红颜祸水不佳，故贫僧以至阳之气压之，免去诸多祸事。 切忌不可让其近于皇室，否则，后果不堪设想！"

(2)

听大师这么一说，两人皆是吓出一身冷汗。

"多谢大师指点，在下一定铭记在心！"

"不知大师对小儿的取名有什么好建议？"

"近日乃枫叶红遍，红叶狩盛节，第二日恰逢枫鬼的忌日，那么叫她吴叶如何？"

"吴叶，无叶？ 此名甚好！ 夫人，你认为怎么样？"矢丸望向菊世。

"大师说的有理，吴叶也并无不妥，多谢大师为小女赐名！"

旅人自始至终未曾摘下斗笠，将吴叶交给矢丸后便消失不见。

小雨也随之停止，天色开始放晴。 随着吴叶慢慢长大，她也变得更加漂亮了，虽然还未成年，但也算芳名远扬，能歌善舞，棋琴书画均会。 矢丸是个乐师，一次无意间将自己的琴落在家中，回去的时候发现不足 6 岁的吴叶，竟然将自己练习的曲子完全弹了出来。

由于诸上原因，矢丸菊世夫妇更加坚信了旅人的警告，所以一直不敢让吴叶与陌生人见面，生怕出了什么岔子。 以至于吴叶的世界里只有紧闭的房

第十二章　户隐鬼女，蛇蝎美人

门，只好终日与琴为伍，以舞为伴，还有远方依稀可见的枫树。

吴叶非常不明白，为什么要这样对待自己，所以越想要到外面的世界去看看，想知道外面的世界如何，时间一点一点地流逝，吴叶也到了花季，昔日的懵懂少女已经拥有倾国倾城之貌。

是日，又到了红叶盛开的季节。不知何时开始，这个不知名的小镇早已被繁茂的枫树所环绕，所有名人狩叶的地点也顺理成章的转到了这里，让常年闭塞的小镇迎来了有史以来最为热闹的一天。

镇上稍微有名的琴师都被叫去弹琴，皆为能博得名人一笑，领取高额的奖赏，矢丸当然也在被邀请的名单中。所见之人都是名人，对于战乱年代，名人都是战争中的佼佼者，秉性难以捉摸。

"你们很幸运，原经基大人喜好音律。大人们说，既然你们是这里有名的琴师，那么你们就弹出红叶漫天的乐律，让经原基名人高兴。否则直接剁去双手，因为你不配当一名合格的乐师。"一位身穿棕绿色和服，带着黑色小扁帽的小侍趾高气扬地对着琴师们说道。

"红叶满天？剁手？"

"什么？我们只是乐师，又不是什么琴师！"

"这里只是小镇，红叶也才开一年，谁知道红叶的感觉？这也太难为人了吧！"

"我们不干了！"

一时间，琴师堆里炸开了锅，谁都想直接走人，因为在场的都是老琴师，只会弹奏古乐，连自创都谈不上，更别说谈什么感觉了。弹不出感觉就要剁手？那不是直接要了他们的老命？对于他们来说宁可不要赚这些小钱，也不愿意去演奏了。

"放肆！这里岂是你们说来就来，说走就走的？今天你们不弹也得弹！"

"你们凭什么？我们怎么就不能走了？"

"今天乃是'红叶狩'盛节，各大名人齐聚于此，若你们乖乖上去弹琴，弹得好的话赏赐，弹得不好顶多就是废了双手。如若不然……"在此，小侍刻意停止了一下，扫过在场的每一个人，让所有人都有种发自内心的恐惧。

"不，不然，又怎么样？"其中一人硬着头皮，举步维艰地质问道。

"杀无赦！"说着他举起右手向前挥，一大群武士蜂拥而至，将偌大的庙堂围起来。

所有人都被这震撼的一幕吓坏了，少部分人直接脸色发青坐在地上。

"红叶狩"正式开始，万事俱备，琴师们纷纷上台。

所有名人都等待着沁人的乐声，不过因为各种原因，琴师并没达到预期的感受，让名人们大失所望。矢丸看到赏叶台上的名人们纷纷摇头，紧接着弹琴的那个人被两个武士拉了下去，等待他的，只有一个结局。

"不要！我，我还可以，再给我一次机会！"他疯狂地吼叫着。

不过，并没有人理会他，两个武士依旧面无表情。

"不要！大人们，饶了我吧！"他嚷嚷了几声，直接被武士打晕。

终于轮到矢丸上场了，先是紧了紧早已湿润的双手，拭去头上的汗水。

他抬头望着赏叶台上的名人，然后鼓足勇气，慢慢地走了上去。

"矢丸，你不要去啊！"菊世眼神里充满的忧虑，紧紧抓住了他的手。

矢丸轻轻拍了拍菊世的手，微笑着说："放心，我不会有事的。"

然后，矢丸直接拨开了她的手向前走，完全不管在背后喊叫的菊世。

他静静地坐在琴前，双手开始慢慢抚摸着琴弦，望着眼前漫山的红叶，闭上眼睛，心静如水陷入沉寂。就在所有人以为他已经放弃的时候，他好似感悟了什么，睁开双眼，开始了自己的演奏。

琴声和风声互相呼应，他静静地弹奏着琴，仿佛进入了另一个境地。再次看向台上，所有的名人都震惊了。莫非自己成功了？名人们并没否认，加上自己已经赌上了所有，倾尽了全力，这都不成功的话有点不合理吧？

就在他终于放下包袱准备离开，名人们开始有了动作，先是一个人，然后所有人都摇头！

在这极悦极悲之下，矢丸眼前一黑直接跪倒在地，叹息道："完了！"

第十二章　户隐鬼女，蛇蝎美人

"不！我知道还有谁可以，请大人们开恩，饶了我夫君！"就在武士要将矢丸拉下去的时候，菊世冲了出来。

"你来干什么，快回去！"

"大人，请饶恕我的夫君，我知道谁可以做到！"菊世并没理会矢丸。

上面的名人互相耳语了几句，位于中间的头戴金色礼冀的人点点了头。

"只要你能证实那人能做到，我们就放了你夫君！"那个穿棕绿色和服的小侍大声说。

"你怎么能这样？菊世！"矢丸怒目呵斥道。

菊世哽咽着不敢说话，但是眼神中的哀怨已经说明了一切。

吴叶在菊世的带领下来到了琴前，她脸上带着面纱，没有人能看清她的样子。

吴叶第一次来到外面的世界，对于眼前那满山遍野的红叶，感觉风景好美。

所有人都在等，想知道这被人以死保证的人，琴艺到底如何，希望不会再让人失望。

"怎么还不开始？"见到上面的人四处奔走，左摸右看迟迟不开始小侍问道。

菊世赶紧上去轻语几句，吴叶才安置在琴前。

所有人都聚焦在她的身上，琴师们祈祷，名人们期待，平民们观戏。

只见她轻轻拨动琴弦，指尖雀跃在其之上，风起叶动，在一瞬间，勾起了所有人的心弦。琴动万物皆悦，仿佛置身枫叶飞舞之间，漫天红叶所有生灵齐齐出动，就像是天籁琴音，与自然融为一体，人们都还沉溺在那似幻似真的琴声中无法自拔。

经原基最快从中抽离出来，想好好奖赏这神乎其技的琴师，就在他望过去的同时，吴叶也刚好看向了他，经原基直接愣在了当场，原来在吴叶弹琴的时候，面纱不知道怎么掉了下去。

经原基被吴叶的惊世美貌与神乎其技的琴技所折服，吴叶在矢丸与菊世

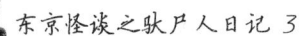

悲戚的眼神中，让经原基给强行带离开小镇。吴叶其实一直觉得自己似乎见过经原基，也就跟着经原基到了京都。

自那以后，矢丸与菊世只能偶尔收到吴叶的信件。

传闻说她嫁给了名人经原基做小妾，之后被比叡山的高僧当作妖女，经原基听了高僧的话，把吴叶流放到鬼无里，也就是户隐，被称为户隐诡女，之后在户隐集结起异军为乱一方，惊动天下。

第十三章　双生花，姻缘泉

(1)

和歌忘忧比较懂礼貌，纵然四眼天鸡说的故事不怎么样，还是为对手鼓掌叫好。

和歌忘忧组织好语言，说起了她要讲的故事，故事名为双生花，发生在江户时代。

江户时代后期，相传每年十二月的最后一日，是大晦日。天尚未亮，和溪镇上已热闹非凡，小贩的吆喝声连绵不绝，热气腾腾的包子刚出炉，摊上的鱼肉果蔬比往日都要新鲜，几乎每个摊位前都挤满了男女老少。

白泽夫人背着一箩筐食材缓缓起身，面色略显吃力，她挤出人群，以手袖擦了擦汗涔涔的额头，继而笑着走向人少的摊位，也不砍价，买好最后一捆蔬菜，对小贩道一声新年好后，笑盈盈地往家的方向走。

在市井街道的末尾，有一家小小的和扇铺子，白泽先生正在门上挂草绳，远远望见妻子疲惫的身影，上前扶了她一把，又将竹篓背在自己身上，妻子对他微微一笑，眼中满是感激之色，两人相互搀着走向后院。

后院是他们自居的地方，为了供神，屋内已摆设以麻薯做的镜饼。天尚未暗下来，白泽夫人在厨房待了将近一个时辰，她端着食案，放下三碗热气腾腾的年越荞麦面、年糕红豆汤、七草粥，以及烤制而成的年糕，一张小小的桌子摆满了美味佳肴。

白泽先生喝了一口汤，停了停，又喝了半碗，顿时只觉一阵甜味暖入了心房，笑道："春野，今日你可有什么地方想去？"

春野嚼完一块年糕，笑嘻嘻地说："爹，我没有想去的地方，您只要给我压岁钱就好了。"

话还没说完，父亲用一支筷子敲了敲儿子的头："年纪轻轻，想得可真美。"

春野噘着嘴，朝母亲嘟囔一声："如果想得不美，还需要想？"

言罢，母亲抿了一口茶，方夸他嘴皮子又厉害了。一家人脸上笑意盈盈，窗外月光明亮，一朵朵如花般的烟火在空中盛开，绚烂无比。街道遍布孩童嬉戏的欢笑声，亦有邻家的新生儿出世的啼哭声，好不热闹！

子夜时分，寺庙传来一道又一道的钟声，人人皆知总共会响108遍，大家深信如此一来便可驱走霉运，得神佛保佑。钟声一停止，便是新年了，只是时间太漫长，昏昏欲睡的春野扛不住困意，早早进入了梦乡。

翌日，五更时，家家户户震耳欲聋的爆竹声响起，惊醒了睡梦中的人，春野一睁眼，也不捂住耳朵，像是想起了什么，忙起身摸了摸枕下。是一个红色的信封，打开一看，他的唇边露出淡淡的笑意，暗自想，今夜可溜出去尽兴一回了。

白泽夫人一早便在厨房忙活，为了供奉年神，她做了四盒小菜，分别是红白萝卜丝、黑豆、海带卷、萨摩芋茸栗子。实际上，第二日就可撤下来，祭人的五脏庙，其中有一种意思是从年神那里得到吃的东西，希望能为新的一年带来好运。

午后，她着一身和服，围上毛皮围巾从卧室走出，一眼就见春野要翻墙而出。

她立刻几个箭步追上去，问道："站住，你去哪里？"

春野心头一惊，转身谄媚地笑道："我去外头逛逛。"

"正好，你顺路陪我去一趟神社。"她略有所思地点点头，脸上露出得意的笑。

第十三章 双生花，姻缘泉

地主神社，位于清水寺后方，以祈求良缘而著名。起初，白泽春野同母亲到清水寺祈福了一番，正要往回走，却被母亲拉住了臂弯。他有种不祥的预感，果真，母亲将他拖到了地主神社，一本正经地说："春野，如今你已十七岁，该去向神明祈求一段属于自己的大好姻缘了。"

即使现在天气不好，神社仍是女子趋之若鹜的地方，春野一想到自己要跻身于那些女子之中，恨不得掉头就走，奈何身旁的母亲是个厉害人物，只好乖乖同她进去。好在此时的人寥寥无几。

一入门，便见一个摆满了绘马木板的摊子，母亲饶有兴趣地走上去，春野却趁机溜去了别处。不经意间，他走过鸟居来到了神界，见一着天蓝色和服的女子在拜殿中央，行了两次深鞠躬，随后双手在胸前击掌两次，合掌闭眼嘴中念念有词，却声细如蚊："信女名为鹤田遥，只求今生与世间最好的男子白头偕老，愿神明成全。"言罢，她再一次深深地鞠躬，打算转身离开。

春野来不及躲避，像是偷窥被人抓了个正着，心里不免有点惊慌，立在原地尴尬地笑了笑，摸着自己的脑袋，心想这笑容定比哭还难看。鹤田遥愣了愣，朝春野微微点头，从他身旁缓缓走过。

见女子离去，他猛拍了拍自己的胸口，责怪自己之际，回到了大殿，远远便见母亲在一张铺了红布的桌前弯着腰，好似在写东西。一走进才发觉，刚才那个女子也在，一位童子立在旁边。

春野胡乱地擦了擦脸上的汗，便垂首看母亲写的字。只见母亲落笔的名字是他的，双目一览内容，更是哭笑不得。他一把抢过木板，指着自己的名字道："娘，你写的都是什么东西？这里应该写你的名字才对！"

"我一夫人，祈求良缘作甚？况且，得知你不会写，我替你写。对了，娘方才替你占了一卦，说你今年会有一段美好的爱情，但是有些曲折。"母亲轻轻地叹了口气，从春野手中抢过木板，将其挂在良缘处。

白泽春野闷闷不乐地立在原处，好奇地瞥了一眼鹤田遥，不知思考着什么事。

此时，母亲走过来，将他拉到鹤田遥面前，笑道："春野，鹤田小姐是鹤

田老爷的千金。"

鹤田遥并不言语，只是朝春野微笑，她的身子过于单薄，仿佛风就能将其吹倒。因只隔一个桌子的距离，她脸上的胭脂依然遮不住病态，眼里布满了忧郁，她想掩饰的东西，统统被春野尽收眼底。

在回去的路上，母亲不禁感叹："听闻鹤田小姐染上了一种怪病，久治不愈。她家有权有势，每年不知有多少人去拜访，只是她谁都看不上。鹤田老爷很着急，一心想替她寻个好夫婿。"

母亲之后的话，春野无心再听，耳旁却响起在拜殿前那一则微弱的声音，只求今生与世间最好的男子白头偕老。他讪笑着摇了摇头，无论过了多少年，世间女子最大的期盼，莫过于此。

夕阳的余晖渐渐淡去，娇羞的月亮悄悄露出头，镇上万家灯火通明。白泽夫人端上一个雕刻着图案花纹的漆壶，以及两个漆器的盛酒小盘。自10岁起，新年的第一夜，父亲定会邀春野与他共饮屠苏酒，是一种从异域引进以中药泡制而成的酒，有饮三杯屠苏酒，适合春季养肝的说法。但父亲不允许春野多喝，自己却贪杯。

两人共饮三盅后，父子俩借着酒劲说了好多的贴心话。或许是因为父亲年纪大了，他开始犯困，头好几次差点直扑饭菜，春野扶他到卧室休息。陪完了父亲，他心中大喜，忙往镇上飞奔而去。

夜里人潮拥挤，两排五颜六色的灯笼高高悬挂，烛光下各式各样的摊子占满了街道的两旁，不仅有平民百姓，许多大户人家的子女也出来凑热闹。

白泽春野站在一个摆满大大小小的漆器的摊位前，手中把玩着一个镰仓雕，饶有兴趣地问："这是怎么做的？"

面前的摊主得意地说："公子好眼力，这是雕刻漆器，在木材上薄薄地雕刻出图案花纹后，先涂黑漆，而后涂各类漆，最后抛光即可。"

话音刚落，身旁一道温柔的女声响起："麻烦帮我包起来。"

白泽春野转过头，看见一位着金线花边粉色和服女子，女子面容极美，她笑盈盈地接过漆器。春野想了起来，女子正是神社遇见过的鹤田小姐。

不知为何，春野对她有种说不出的好感，人群如海浪般涌来，他无意间推了鹤田遥一把，踉跄几步后，抓住了她的手。

（2）

鹤田遥盯着他的手，他立刻松开，主动道歉："人太多，不小心推了你，没事吧？"

"没事，不要紧。"说罢，她手臂的血顺流而下有些刺眼。

春野忙撕下衣襟的一块布，不由分说地将她拉到一旁，以布包扎伤口。

她目不转睛地盯着春野悉心包扎时眉头紧锁的模样，眼角的笑意渐浓。

忽然，他抬起头道："等会你回家，用药酒清理伤口，再包扎一遍，不久就会好。"

她顿时感到脸上火辣辣地如同火烤，在灯光之下，绯红的脸颊增添了几分亲切之感。

春野瞧她这般，忍不住说道："怎么今夜没有童子跟你一起来？ 身子好些了？"

"好多了，只是受寒，嗓子不适，有劳白泽公子费心了。"

两人格外心有灵犀，抬头四目相对，鹤田遥望向别处，春野却直勾勾地凝视她。

片刻，一名童子跑了过来，说要接自家小姐回家，她这才跟童子离去。

春野目送佳人离去，他起身发现镰仓雕还在，刚想追上去，转念一想，就收下了。

翌日清晨，鹤田遥猛然惊觉地坐起，不见镰仓雕，便再也睡不着，派人去找。

过了许久，回来的人却禀告东西已经不见了，她为此不高兴了好半天。

午后，她独自走在市井街道上，脚步停在一家店铺前，从店旁的小巷走去，在白泽家门前来回徘徊，犹豫着该如何解释自己的来意。 过了半晌，倚在门楣上的鹤田遥被冻到双手通红，抬手正要敲门，不料门先开了，出来的

正是白泽春野。

　　白泽很惊讶，笑到合不拢嘴，把她迎入屋内，道："这么冷的天，你怎么不进来？"

　　正在做针绣活的白泽夫人见来人是她，连忙站起来："鹤田小姐来了，快请坐。"

　　她伸出冻红的双手，暖炉的火不大，笑道："夫人不必称我小姐，叫我名字即可。"

　　白泽夫人笑着点点头，她去厨房端出一碗生姜汤，放在鹤田遥面前道："快喝碗汤暖身。"

　　太阳逐渐发出炙热的光芒，明晃晃的阳光洒在一架秋千上，几串紫藤攀着秋千疯长，开出娇嫩的紫花，花朵香气宜人。鹤田遥坐在秋千上，风乍起，淡淡的香气扑鼻而来，她忽然来了兴致，独自荡了荡秋千。

　　脚步声渐行渐近，她知道自己等的人终于来了，她身后被人轻轻地推了一把，秋千开始荡漾，她的身子在空中飞舞，两鬓的发丝随风飘扬，秋千上的人儿发出欢快的笑声。秋千晃动的幅度逐渐增加了，风用力地刮过耳边，裙裾迎风飞舞，她的内心惶恐不已，忙叫春野让她下来。

　　紫藤花瓣在空中翩翩起舞，忽如细雨般飘落在两人的头上。鹤田遥仰头一看，迎上春野如墨玉般乌黑的瞳孔，正静静地看着她。替她摘下头上的花瓣，两人一起笑了出来，很享受当下的幸福时光。

　　忽然，她拍了一下自己的额头，笑着问道："昨夜，是你收留了镰仓雕？"

　　鹤田遥捧着失而复得的东西，手舞足蹈地回了闺房。她双手托着下颌，双眼直视窗外，心中有种说不出的喜悦，脑海中反复浮现荡秋千的那个场景。经过数月之后，她的身子竟渐渐好了起来，却道不出是什么原因，来诊脉的大夫深感吃惊，都在感慨上天眷顾鹤田遥，所以才发生了奇迹。

　　鹤田老爷发现自己的女儿反常，便喊来一个童子问道："近日，小姐都去了何处？"

第十三章 双生花，姻缘泉

童子稍有迟疑，见老爷猛咳一声，吞吞吐吐地说："回老爷，小姐常去卖和扇的白泽家。"

鹤田老爷听闻，不禁脸色大变，没说什么，直接挥了挥手，童子默默地退了出去。

相传，地主神社的门前有一口姻缘泉，年轻的恋人双双来到此地喝一口姻缘水，就能喜结连理，相伴一生。 七夕那天，鹤田遥同春野提起这个传言，一脸期盼地望着他，春野心底自然是不信这些无稽之谈，但为了心爱的人，只好答应一同前往。

炎热的盛夏，即便夜里只有暖风，神社仍有无数对恋侣光临。 今夜的鹤田遥化了淡淡的妆容，一袭橙白渐变的和服加身，满心欢喜地来到通往神社的坡道。 凡是路过的人，无一不偷看她几眼。

自从鹤田遥那天晚上从神社回来之后，老爷派了许多人监视她。

她却没察觉，每每想起春野，整个人都变了许多，即便仆人做错了事，也不责怪。

那一夜，鹤田遥紧紧地牵着他的手，在神社门口共饮一口姻缘水。 听见烟花绽放的声响，恋侣纷纷相拥共赏，衬着良辰美景，春野双手扣着她的肩，在她耳旁低声细语："倘若我去你家提亲，你可愿嫁我？"

鹤田老爷坐在上座，一改从前的笑容，面色严肃地问道："女儿，你应知为父一直期望你能嫁给大将军的儿子，只是从前因你身子不好，而今渐渐好转了，少将今日已派人来提亲了。"

诚然，鹤田遥一脸诧异地看着父亲，摇头道："不，我不嫁，今生我只嫁给春野！"

"放肆，婚姻大事，父母之命，媒妁之言，白泽春野有什么好？ 他给不了你荣华富贵，又不能助我一臂之力，无论如何我都不会让你们在一起！"鹤田老爷指着自己的女儿大声质问道。

"在我眼里白泽比谁都好，没有人比他还要温柔，亦没人比他更懂我！"

鹤田老爷气急败坏地说："即日起，不许小姐出门，若谁放她出去，家法处置！"

一连数月，鹤田遥没能踏出家门，两人只好靠着书信来往，字字句句全在述说相思之苦。

鹤田遥推开窗，眼前白茫茫一片，呆望片刻，石墙外忽然冒出了一个人头，将她吓了一大跳，仔细一看，那不正是她日思夜想的春野，春野跳下来稳稳地站在院中，将鹤田遥揽入怀中，告诉她外面有人接应，此刻就能逃离鹤田府，否则就来不及了。

鹤田遥瞬间恍然大悟，他们俩除非私奔，眼下没有比这更好的办法了。

守在门外走廊上的仆人闻声，顿时睁开眼，见他们溜了出去，忙唤人追了上去。马车一路颠簸，不知怎么走到悬崖边。两人紧紧握着对方的手，前方是悬崖峭壁，摔下去必定粉身碎骨，而后退一步即是被逼成亲，终生不能与相爱的人在一起。

仆人越来越近了，鹤田遥又想起自己父亲的劝告，站在悬崖边缘的两人手牵着手，紧紧地拥抱着对方，这对情侣下了不能同生，愿能同死的决心，默契地相视一笑，互相点了点头，纵身跳下悬崖。

倘若只有一个办法，可以实现自己的心愿，她宁选择前者。

经年后，攀崖的峭壁上，长出了只有一根枝桠，却相拥而生的洁白花朵，乍看之下像极了妇人子宫里孕育出来的双胞胎。后世的人替它们取名为双生花，意味着两朵花永远不会分离。

第十四章　夜啼石，夜哭郎

(1)

经过大伙投票，四眼天鸡战败，和歌忘忧大获全胜。

我本以为应该没人敢来挑战了吧？ 结果我还是忽略了女神强大的吸引力。

10分钟之后，一个打着游戏机的男孩突然出现，扬言要打败流川，成为新的故事王。

游戏机男孩的故事，发生在1 000年前，伊予二名洲的一个小乡村里。

五郎夫妇住在村里，他的妻子怀有八个月身孕，家境贫穷，全靠他扛起家庭的重担。

清晨，五郎和村里同行的人，为了要执行一个秘密任务，需前往峡谷，攀上陡峭的悬崖。

黑谷珠听见这个消息，脸色大变，她深知悬崖下江河湍急，稍有不慎掉下去，定会被江水冲走，甚至连尸体都找不到。 她下意识地抚摸着隆起的腹部，早已如坐针毡，越想越不安，便起身寻找丈夫。

此时，五郎在家门外收拾绳索。 她站在五郎面前想开口，却不知如何劝说。

五郎抬头见她眉头紧锁，扶她到一旁坐下说："你别乱跑，好好在家养胎。 这是最后一次任务，我不能不去。"他蹲下身，贴近她的腹部，仿佛听见了孩子的欢笑声，脸上洋溢着幸福的笑容，"你放心，为了你和肚中的孩子，天黑之前我一定回来。"

听见"回来"二字，她已经无法控制自己的情绪了，顿时泪如雨下。

两人紧紧相拥，五郎轻轻地吻她的脸。

临走时，黑谷珠躲在窗户的锦帐后，右手扯着碎花锦帐，脸上露出担忧之色，她实在无法目送爱人的离去。脚步声渐行渐远，直至屋外鸦雀无声，举目看着他离去的地方，无法缓过神来。

以五郎为首的一行人，说说笑笑地走进了大峡谷，小心翼翼地跨过山石，远处传出波浪相撞的声音。果断停下脚步，内心如同江水般汹涌，开始有点恐惧了。他们需要攀上 100 米以上的崖壁，进入林中。

只见林中古木森森，悬崖下江水滚滚，激起一朵又一朵白色浪花。天色渐渐昏暗，乌云遮住了太阳，伴随着一道又一道雷鸣。山谷中的天气变化莫测，前面的四人都已上去，只剩五郎一人。他想也没想，接住上面的人抛下来的绳索，将其捆住自己的腰，一步一步地往上攀。可惜天不遂人愿，此时竟下起倾盆大雨，泥路更为难行，身后的江水像发怒的雄狮，开始怒吼。

上方的人瞧不见麻绳正被石头来回摩擦，只大声喊，要他抓紧绳索上去。

可时间一长，加上五郎的体重，磨在石头上的麻绳一点一点地断开了。

突如其来一声大叫，响彻整个山谷，五郎的身子飞速往下坠，他害怕得忘了伸手抓悬崖上的树枝。片刻，他的头重重地摔在石头上，血浆从脑后顺着石头流入江水中，身子让江水给冲走了，眨眼之间，五郎彻底消失。

四人眼睁睁地见他掉下去，吓到手脚发颤，惶恐不已，陆续下去寻找尸体。

天色渐渐变暗，雨后的夜空，不见月光亦无星辰。唯有凉飕飕的风呼呼地刮。黑谷珠举起一件宽大的外套，暗自想丈夫穿上这件衣服，能过个暖冬。忽然，她的右眼皮不停地跳动，仔细挑线穿针，却总穿不进。孕妇的情绪很不稳定，索性随意一穿，却被尖锐的绣花针刺进了拇指，血迅速流了

第十四章 夜啼石，夜哭郎

出来。

目光望向窗外，天色已暗，五郎怎么还不回来？她缓缓起身，在屋内来回徘徊。

忽然，她像感应到了什么，放下针线就往外跑，却撞上了一同去峡谷的人。

四人的脸色特别难看，他们抬着一架盖了层白布的尸体。黑谷珠的目光落在白布上，心头大乱，愣在原地无法前进。片刻之后，她上前一步，抓住其中一个男子的手臂，大声追问道："怎么只有你们？五郎人在何地？"

男子不敢看她，肩膀抖得厉害，哭泣着说道："嫂子，我们对不住你。"

话还没说完，黑谷珠的眼泪狂流，眼睛像要从眼眶跳出来，几步踉跄，扑在五郎的尸体前。双手发颤地掀开了白布，瞧见那张泡到惨白浮肿的脸，她哭得更凶了，上半身伏在五郎身上，大声地呼唤他的名字。旁人怕她伤心过度，殃及胎儿，忙上前拉她，开始劝她节哀顺变，注意安胎。

葬礼过后。黑谷珠一如既往地去瓮里舀米，发觉只剩一碗米饭的量。

她找出了所有钱财，呆望撒在床上的几枚铜钱，眼泪再次涌出来。

忽然，她想起一句为母则刚，即使再无助、害怕，也要用心地活下去，不为别的，只为肚中的孩子。强逼自己打起精神，胡乱抹干挂在脸上的泪水，转念一想，邻村的大哥家尚可问问，便起身前往。

去邻村需翻山越岭，于她而言，只能步行前往。好在道路不难行，走走停停，三个时辰便到了。烈日当头，挺着大肚的黑谷珠衣服都湿了，到大哥家中，只见嫂子一人。她有些迟疑，正往回走，却听见一道尖锐的女声："你在做什么？"

嫂子的右手戴了一个墨绿的玉镯，头上插了一枝流苏银簪子，身材丰腴高挑，整个人像江浪一样朝她扑来，眼里分明写满了不屑。她笑着同对方寒暄："近来，嫂子和哥哥过得可好？"

"托你的福，过得一般。你这么大的肚子还往外跑，真是不要命了！"嫂子瞥了她一眼。

115

"谢谢嫂子关心,哥哥什么时候回来?"她不介意地笑了笑。

嫂子一脸狐疑地看着她,问:"你找他有什么事?同我讲就行,我会转告。"

黑谷珠嗫嚅道:"这个,我想向你们借些钱,你放心,我日后一定会还。"

嫂子冷哼了一声,讽刺道:"我就知道,你是无事不登三宝殿!"

她的嫂子是村里出了名的势利眼,阿谀奉承,嫌贫爱富。黑谷珠见她一副要送客的模样,转身就走,却碰巧遇见哥哥回来了。嫂子百般阻挠,又哭又闹,哥哥不搭理她。忙将一袋钱放在黑谷珠的手中,叮嘱之后她才离开。

(2)

天色将晚,两个壮汉躲在一棵大树后,其中一个暗骂了一声娘,抱怨今日劫持不成,到手的肥肉居然跑了。另一个全神贯注地凝望远处,他的眼中露出邪恶之色,面目格外狰狞和恐怖。

黑谷珠胆战心惊地走在山间小路,手上的灯笼摇摇晃晃,野兽吼叫的声音从天边传来。

忽然,两道人影从身旁略过,交叉重合后各自站在一边,挡住了她的去路。

两个壮汉蒙着面,双手抱臂,威胁黑谷珠把身上所有的钱财都交出来。

她下意识地拽紧了行囊,声音颤抖,仿佛恐惧到了极点:"你们,你们是谁?"

一个强盗开口骂道:"废话少说!快把你的银子都交出来!"

黑谷珠的眼神小心翼翼地张望着四周,想找个地儿逃出去。强盗见她不依,心中异常烦躁,几个箭步走去,用蛮劲猛推了她一把。黑谷珠摔倒在大石旁,腰间疼痛欲裂,伸手撑着腰,双腿屈膝,才觉得好了点。

强盗俯身抓着她的头发,将她的身子轻轻提起,强行与他对视。黑谷珠面色苍白,几缕发丝粘着汗液,上齿紧咬下唇,神情痛苦万分。天色渐渐变

第十四章 夜啼石，夜哭郎

亮，强盗害怕天一亮，就会有村民出行，举起大刀划过她的腿，却误入大石之中。他们抢过她的行囊，将银子装进自己的腰间，匆匆忙忙地提着大刀离开。

忽然，黑谷珠仰头一叫，手托着腹部，腿上流了一摊血，她的羊水破了。

四更天，漆黑的夜笼罩大地，在这荒山野岭之中，四周空无一人。

她凭着最后一口气，生下孩子。自己像泄了气的气球，躺在地上无力求救。

婴儿第一道啼哭声响起，她光听声音就知道是个男孩儿，她不自觉地抬了抬头，像是瞧见了五郎的模样，欣慰地笑了笑，眼角的泪水肆意流出，脑中想抱一下儿子的念头是那么强烈，却无法起身。

她已经完全丧失了求生的欲望，只见她抱着一块大石头，永远地合上了双眼。那瞬间，男婴好似感受到母亲的痛苦，哭了许久，那哭声令人心碎。哭着哭着，男婴不知是昏了过去还是睡着了，一声不吭。

太阳徐徐上升，挨家挨户的鸡鸣不断，百姓扛起锄头去田野劳作。

结果，黑谷珠所抱的石头如人那样发出了啼哭声。

附近清扫寺院的僧人听罢，感到十分奇怪，索性循声寻去，越是靠近，越觉得有人在苦苦哀求。走过层层屏蔽的密林，远远就望见襁褓包着一个男婴平放在血泊中，母亲的死状惨不忍睹。僧人顿时心生怜悯，嘴中低声念"罪过罪过"，又双手合十为女子超度。将女子埋葬在附近，抱着男婴回了寺庙。

小沙弥见僧人抱了个婴儿回来，他感到格外惊喜，忙丢下扫帚，踮起脚尖看，却被吓了一跳，男婴身上血迹斑斑，一动不动像死婴。

他指着婴儿的手，结结巴巴地问道："师父，你，你怎么抱个死婴回来？"

"还活着，你快去打盆热水来。"僧人低头，喃喃道，"可怜的孩子，以后你就叫记石吧。"

只是，从那一夜起，每当子夜时分，都会听见一阵女人的哭声传出。寺庙里的僧人，以及住持多次去超度，根本毫无用处。山居岁月悠长，一转眼记石已10岁，平日里与小沙弥一同打坐念经，追逐嬉戏，攀爬藤蔓树枝，生活快乐无忧。

惊蛰之后雨水充沛，今日天气晴朗无比，太阳洒在人脸上，花草充分地吸收阳光。记石在僧舍午睡，忽然身子抖动了一下，他像一脚踩空了，落入万丈深渊，整个人猛然惊醒，擦干净额上的汗珠，睡眼惺忪地游走到茶房，在僧人对面席地而坐，一直哈欠连天。

茶室的墙上有一幅碑文，桌上的细口瓶插了一枝花，一个小小的莲花盘上点燃着三根檀香，幽幽飘散的香气，将人的睡意冲散了不少。僧人放下手中的经书，端出茶案沏了壶茶。记石第一次喝茶，因热气腾腾，只抿了一口，入口的时候，还被茶水烫到了舌头。

师父笑道："茶刚入口时苦涩，等待片刻，会感到舌尖传来甜意，人生亦如此。"

古川记石尚不能理解人生，只是凝望着僧人许久，一副有话要说的模样。

终于，他指着远处，问道："师父，为何每夜那边都会传来女人的哭声？"

僧人的脸色立马变了，记石以为自己说错了话，立刻低垂着脑袋，默不作声。

僧人没有开口说话，思考许久之后，他忍不住叹息道："那边有一块会哭泣的石头。"

那块石头一哭就是10年，10年间从未间断过，夜夜低声抽泣，像在哭诉什么冤情。偶尔有邻村的村民路过，听见石头发出毛骨悚然的哭声，左顾右盼之后没发现有任何女子的身影，吓到撒腿就跑。

渐渐地，村民间流传出大量谣言。子夜时分，有一个魔鬼身材的女子端坐在石头上，披着黑色的斗篷。若你上前唤她一声，就可见她斗篷下的面

第十四章 夜啼石,夜哭郎

容,凌乱的发丝遮住半只眼,咧嘴微笑时血口张开,一副似人非人的模样。谣言散播出去后,便越传越远,版本变得更加荒谬。

僧人说起这些事的时候,风吹叶落一根树枝掉下来,冷不丁地落在记石身旁,他被吓到,抱紧僧人的手臂。林子里头太阴冷,许久不见一人,倘若没有僧人带领,固然会迷路,因为树丛密集而找不到方向。

难怪此处的瓜果远比外界的甘甜,记石暗自想。不知不觉已到目的地,他站在一块光滑的巨石前,有种莫名的亲切感,不知为何,心头酸楚万分,问道:"不知这石头有何来历?我一见它,怎么就难过不已?"

僧人不可思议地看他,沉声道:"与你的身世有关。"

古川记石默默地听完僧人的阐述,眼眶早已浸湿,仿佛有颗巨大的石头砸向胸口,把五脏六腑砸了个粉碎,呼吸都变得艰难。他双膝跪地,拥抱巨石,朝巨石不断地磕头拜谢,磕到脑袋都肿了起来,鲜血顺着额头流了一脸。

僧人怕他承受不住,上前扯住他的手臂。

记石缓缓起身,他眼前忽然一黑,整个人倒在僧人的怀中。

记石因高烧不退,连续沉睡了三日,期间迷迷糊糊地呼唤母亲。僧人日夜陪在他身旁,偶尔小沙弥劝他歇息,他却道,"是自己道出身世,才令记石这般痛苦,若此时离开他,心中更觉不安。"

醒来的时候,正逢记石的生辰。他缓缓睁开眼,僧人焦急的面孔逐渐清晰,伸手将额上的毛巾摘下,身子有些乏力,内心格外平静。僧人惊喜地问他,要不要吃点东西。他却轻轻地摇摇头,半响,才低声道:"师父,你可愿意教我习武?"

僧人盯着他怔了怔,问道:"你习武,可是为了报仇?"

"没错,若有一日我找到仇人,定斩其首!"他目光中燃起熊熊烈火,咬牙切齿地说道。

僧人深知记石生性温和,如今却因为母亲的原因想报仇。纵使自己不教他,按他执着的态度来看,定会寻他人。记石从小在寺庙长大,虽是一个孤

119

儿，僧人却将他视如己出，细心呵护。

翌日清晨，寺庙中的大院里，师徒二人斗志满满，记石的武姿有模有样，一招一式都带着杀气，那样子好比杀母之人就在面前。深秋的风又寒冷了不少，吹到脸上生疼，无论何时记石每日都会出现在大院习武。

一晃眼，四年过去了。记石长成了帅气小伙，棱角分明，一双炯炯有神的眼睛，喜欢穿黑色的衣服，侧身插了一把大刀，身姿矫健，颇有几分豪杰气概。他向僧人连磕三个响头，以示多年的养育之恩。僧人淡然地抬了抬手，示意他起身。

记石来到了城里，留在一家打铁铺做学徒，他对老匠人的手艺赞不绝口，与其言谈一番后，更是崇拜不已。待了将近三个月，平日里除了学习手艺，还天天早起练武。某个清晨，匠人因事外出，交代他要日夜守着铺子，不可偷懒。他拍了拍胸脯，一本正经地保证。

翌日午后，暖风让人昏昏欲睡，正打算小睡的记石听见外面有人呼喊，忙起来迎了上去。原来是一位来自异乡的客人，那男子脸上有一条疤痕，身材魁梧，他猛地摆出一把大刀，顿时使记石清醒了不少。

男子沉声道："请打好这刀，十四年前我做过盗贼，因砍一个女人误中石头。"

记石愤怒地大吼道："贼人，你竟自己送上门来，不枉我等候多时！"

说罢，他拿起手中新磨好的刀，猛然跃起来，冲着还未回过神来的男子，狠狠地砍了下去，男子的人头滚出去很远，一副死不瞑目的模样。报仇之后，记石以衣布裹着人头，埋在一个荒无人烟之地。

第二天一大早，他向老匠人请辞。一路健步如飞地回到寺庙，僧人告诉他，昨夜未听见巨石的哭声，想来他母亲大人的在天之灵，已经得到了安息。他的眼泪顺着眼眶缓缓滑落，双膝跪地，恳求僧人为他剃发，从此在寺庙度过余生，只为洗去自己报仇之后的杀孽。

第十五章　雨降小僧，雨神侍童

(1)

游戏机男孩把故事说完了，还故意朝流川挑了挑眉毛，简直是在故意挑衅。

流川连连摆手，根本不把游戏机男孩放在眼里，自顾自地讲起了新故事。

奈良时代常年闹旱灾，民间百姓流传说是天上的司雨之神被困，所以才会发生旱灾。

鉴越寺住持穷极所有，圆寂当日，遣散万千弟子于天下，解民于水火。

夜色微凉，枯木林中的提灯之人都身穿麻布破衣，全都是一副僧人装扮，其中颜色略有不同，领头之人头戴斗笠，手提一把雨伞，面色阴森恐怖，紧随其后的是一位满脸横肉的死胖子，胖子后头跟着个身材矮小，一脸稚嫩的小孩，还有个身材魁梧的大胡子在队伍末端监督他。

天下大旱，但夜间的虫鸣声未减，依稀还能听见鸟啼。

"无空师兄，我们都走一天了，为何还没到下田？"满脸横肉的死胖子，他擦拭着脸上的汗水问道。对于一个胖子来说，在干旱的日子连着赶一天路不休息，纯粹就是找死。毕竟，连正常人都吃不消，更别说脂肪过剩的胖子。

"别急，再走一段就到了。"领头人头也不回地答道。

"师兄，你这句话都说无数次了，好歹我们也要休息一下吧，你不照顾一下我，也得照顾一下玄泽。"说话间，他喘着粗气故意转头望向身后的小僧，眨着眼睛问道："玄泽，你觉得咱们该不该歇歇脚？"

满脸疲惫的玄泽望向了师兄冷酷的背影，咬咬嘴唇说："二师兄，快到了，坚持到底！"

"不是吧？ 玄泽，你太让我失望了！"

"二师兄，你多忍一阵，我们一会就到。"走在最后的大胡子劝说道。

无语到极点的二师兄再次看向最后面一脸忠恳的大胡子，瞬间崩溃，"虔净！ 你给我闭嘴！"说完之后依旧垂头丧气地继续跟着漫无目的行走着。

一行人又继续行了一段，不过依旧没有村庄的踪影。

"师兄，还有多久啊？ 我真走不动了。"二师兄有些不耐烦的询问道。

"武能，别着急，还有一会。"

"什么还有一会！ 是你说能找到雨神我们才跟着你的！"被称作武能的人瞬间爆发，除了为首的人，其余人在武能的怒声之下，全都停了下来，"我看你是根本不知道雨神在哪儿吧？ 否则怎么会这么久都还没到，这里根本就是人间炼狱！ 喂！ 你听到没有，我在和你说话呢！"

言尽于此，为首之人方才停顿了下来，依旧背对着武能。

"师兄……"玄泽见到两位师兄开始对峙，心里七上八下。

"两位师兄，师父临终前吩咐我们要团结对抗天灾。"走在最后的虔净赶紧劝解。

"哼！ 雨神仅仅只是一个传说，师父当时也怕是说的胡话，怎可当真？当务之急，不是去找寻那虚无缥缈的雨神，而应该回到村庄，救助灾民！"

被称为师兄的人终于转身，望着武能："你说师父撒谎？"说话间，脸拉起老长。

眼看大师兄就要发火了，武能从小对自己的师兄有种发自内心的恐惧，但他转念一想，认为自己的话也没什么不妥，便挺起胸膛，昂扬起头，道："你可以问一下虔净、玄泽，他们可曾相信？"

第十五章 雨降小僧,雨神侍童

大师兄看向玄泽,玄泽坚定地望着他,再看向虔净的时候,虔净低下了头。

"你们!"

见到玄泽他们的反应,武能满意地笑着说:"师兄,事实就在眼前,和我们一起回去吧。"

无空眼神凝重地扫过每一个人的脸,强压住自己内心的愤怒,闭上了眼睛,深吸了一口气,然后再次转身道:"心诚则灵,既然你们心中早就失去了信念,那也没必要继续跟着我了。"言罢独自继续向前走。

"无空师兄!"玄泽见状便要追将上去。

"玄泽,你去哪里?"武能怒声斥道。

"无空师兄他?"

"这是他的路,我们谁也阻止不了。"

"可是!"

"没什么好可是的,那是他的道。"

玄泽犹豫着看向无空渐渐消失在漫漫黑夜中,他并没有追上去,因为就连他自己都不明白是什么原因。 也不知道天空何时出现了一轮犹如一把锋利弯刀的血月,那颜色比人血还红几分。

"玄泽,玄泽!"在玄泽发呆的时候,武能和虔净已经向回走了好长一段,发现玄泽还呆在原地,武能赶紧呼唤玄泽。

"玄泽,赶紧跟上!"

玄泽揩拭了一下从眼睛里掉出来的眼泪,然后再次不舍地望向了无空消失的方向,在心里暗自祝福师兄,然后,他毅然转身向着武能他们追了过去。 原本同向的四盏油纸灯,此刻因为不同的信念背道而驰,虫鸣更加放肆。 狂风开始呼啸,把大树吹得疯狂摆动。

是日,遍地黄沙的风尘中慢慢出现一个三人队伍。 为首一人身材微胖,虽然在如此干燥的天气,脸上依旧油光满面,身后是一个瘦小的孩童,装扮毫无特色,但值得一提的是,他有双炯炯有神的双眼,眼神中充满了坚毅与

123

光辉。 最后一人身材魁梧，满脸络腮胡。

在他们的前方，一个小村庄在风沙中若隐若现。

"终于，终于要到了！ 快点跟上，我们就要到了！"为首那个油光满面的人喊道。

"太，太好了。"最后那个络腮胡壮汉艰难地自语道。

最后的一人没回话，因为不断赶路，让他疲惫不堪，刚想说话，眼前一黑晕倒了。

"玄泽！"

当玄泽醒过来的时候，发现自己正躺在一个简朴的房间内，窗外是一片早已枯萎的竹林。 他准备强行坐起来，四肢因为使不上劲儿直接躺了回去，并且头还眩晕，他才发现自己虚弱了不少。

"你终于醒了。"正当他想再次爬起来，一个穿着质朴的女子端了一盆水进来。

见到自己正躺在一个陌生女子的房间内，对于不了解状况的小僧来说，会受到不小的惊吓。 玄泽现在就是这样，他尽管全身无力，但依旧挣扎着想起身。

"别动，你现在身子很虚，需要好好休息。"说着就放下水盆将玄泽给按回去。

挣扎许久，玄泽唯有选择放弃，俗话说得好，既来之，则安之。

"你为何如此倔强？ 像现在这样躺着岂不好？"那个女子怒气冲冲地说着，然后拧干水盆中的麻布，将其平敷在玄泽的头上。 不小心碰到了玄泽的皮肤，玄泽瞬间面色通红，突然想到寺内清规戒律，瞬间转为悔恼，然后闭上了眼睛，轻声碎念起来："空即是色，色即是空！"

"小和尚，你在念什么？"女子觉着很奇怪，自己就进来给他降下烧罢了。

高烧没降不说，反而还升高了，小和尚还在胡乱念叨，难道说，他烧坏了脑子？

"色即是空？"女子听清楚他在念叨的话之后，捂嘴偷笑。

(2)

"有什么好笑的？"女子的突然举动让玄泽无法理解。

"不好笑，一点儿都不好笑。"女子花了好长时间才将自己的笑声止住。

她还是有些无法控制，只好赶紧转移话题："对了，我叫花木林子，你叫什么？"

玄泽假装淡定地双手合十，回答道："我叫玄泽。"

"女施主，请问你能告诉我这是何地？我的两位师兄，他们人去哪儿了？"

女子本想继续打趣这个天真的小和尚，但是看到他一脸认真的表情，加上他的眼神，也就收起了俏皮，笑着说："这地方叫鹿沼，是一个偏远的小村庄，你们三个人运气不错，能够在那种情况下来到这里，要是再晚一些，你的小命可不保了。你师兄们的情况比你好多了，现在可能帮着村里人做事吧。"

"是吗？那就好，真是太感谢你们了。"

"知道感谢的话，就好好休息吧，桌上有吃的，我明天再来看你。"

"嗯。"说着玄泽的眼皮犹如千斤重，缓慢地闭上了，在迷糊之间，他看到了林子离开的背影有些飘忽，还听到一句莫名其妙的话，你是个好孩子。当他想要听清一点，眼睛再也睁不开了。

"玄泽，玄泽，快醒醒。"不知过了多久，玄泽恍惚间听到了有人在呼唤他。

他睁开眼睛一看，自己正处于一片苍茫之中，什么都没有。

"玄泽。"

玄泽左右看了看，并没有发现任何人，依然一片苍茫。

"玄泽，在这里！"

这个人的声音很熟悉，但一时想不起是谁，这说话之人就在自己身边。

他循着声音看去，因为眼前的人躺在墙壁上，全身是伤，难以看清此人的样貌。

但是他手上拿着一把雨伞，头上的斗笠被一分为二散落在地上。

"无空师兄？"玄泽大概猜到此人是谁，但却不敢相信，师兄怎么会变成这样子？

"玄泽，你在哪？"

"师兄！真的是你？你的眼睛怎么了？"听到此人的声音，确认是大师兄无空无疑。

"你别着急，听我说，你们，你们现在很危险，要赶紧离开！"

"师兄，你怎么变成这个样子了？"看着无空现在的惨状，玄泽并没听清无空说的话。

"冷静点！不用管我，我找到司雨大神了，师父说的没错。"

"师兄的意思是，天下苍生有救了？"

"不，我机缘未到，不过我相信你们一定能做到。"说着无空开始紧张起来，"我要走了，听着，离开那个地方，拿着我的伞，去找雨神！"然后将自己手中破旧的伞递给了自己的小师弟玄泽。

"不，师兄，你不要走！玄泽该相信你的！"

无空的样子开始虚化，还不忘吩咐师弟，拿着伞去找雨神，最后只剩下一把伞。

"师兄！"玄泽大喊着坐起来，发现自己还在简朴的房子里，道："还好只是一场梦。"

玄泽下意识地向身旁看去，不知道林子什么时候坐在了自己的床边？

"做噩梦了？"林子一脸平静地问道。

"确实，梦挺吓人，林子你来了多久？"

"我早就来了，见你睡得正香，就没打搅你。"

"哦，是这样，对了，我师兄他们怎么都没过来看我？"玄泽想起梦里师兄说的话，主动问道，看来果真可疑，既然自己都醒了，那么关心自己的师

第十五章 雨降小僧，雨神侍童

兄们没有理由一次都不来看自己。

"他们可能在游玩吧。"林子回答道，较之于之前的态度，完全判若两人。

"游玩？"这个回答让玄泽有种不好的预感，思索间向窗外望去，外面阳光明媚，青葱的竹林随风摇曳，虫鸣鸟啸，还有潺潺的流水声肆意喧闹着，让人怀念多少年没看到如此美丽的景色了，大概四年了吧？

什么？现在乃是天下大旱，灾情肆意，怎么可能会有如此盛景？玄泽下意识地后退了一下，然后碰到了一个东西，转头一看，竟是一把雨伞，这把破烂不堪的雨伞与梦中大师兄给自己的伞相同。

"玄泽，你怎么了？"林子双眼无神追问道。

"没，没什么，只是突然想去外面看看！"

"哦？你身体还这么虚，不方便吧？"

"我睡了这么久，早就恢复了，我想去看看我的师兄们。"说着玄泽就要起身。

"不行！你身体还没好。"眼前的林子开始变得有些古怪。

"相信我，我已经没问题了。不信的话，我下床给你看。"

"不可以！"说着，这个林子全身开始变样，双手居然变成了树枝，那样子像一棵百年古树，狰狞地喊道："玄泽，看来不得不这样了，小子，受死吧！"说着举起那些庞大的枝桠。

玄泽想躲避，却发现自己根本动不了。过了许久，他并没受到任何的攻击。

"喂，装什么呢？还不快走？"此时一个清爽的女声响起。

玄泽睁开眼一看，对方恢复了原来的样貌，向地上一看，有个奇怪物体怎么回事？

"快和我走，没时间了。"林子又恢复了往日的活泼，眉宇间多了一份凝重。

玄泽也不是拖沓之人，能捡回一条命怎么说都不是一件坏事。

127

刚想和林子出去，突然想起了一件非常重要的事，他叫道："等等！"

"还等什么！ 快走！"

玄泽不顾一切回到床上，拿起那把伞。 当林子看到这把伞时，并没有多问。

来到村口，再走一步便能离开这里。

"对了，我的师兄们怎么样？ 你能救救他们吗？"

"对不起，关于你的师兄，我怕无能为力了。"

"为什么？"

"因为，我已经不行了。"说着，刚才还活蹦乱跳的林子直接倒地。

"林子？"玄泽赶紧前去扶住林子，问道："你怎么了？"

"你快走，我为救你已经违背法则，我的身体出了问题，你再不走，他们就要来了。"

"不！ 为什么会这样？ 你要和我一起走！"玄泽突然发现，林子的身体冒出了绿芽。

"你该去找雨神，这把雨伞会带你找到雨神，如果是你的话，我相信雨神会感动。"

"不要，快起来，和我一起走！"

"玄泽，我能死在村子里已经满意了，你赶快出发去完成自己的使命！"

"我不想走！"玄泽始终还只是个孩子，开始号啕大哭。

"可怜的孩子。"花木林子看着眼前稚嫩的小僧，眼角不自觉滑出一滴泪水，掉落在地上，随后生出了一片绿地。 她自己开始落地生根，不断生长，最后又重新长成了一棵参天大树。

"快追，他在那儿！"这时村子里的人已经追了出来。

玄泽来不及伤心，最后依依不舍地逃出村子，在他离开村子后狂风依旧。

还没等玄泽反应过来，整个村子在一瞬间消失不见。

玄泽向原来村子的方向磕了 10 个响头，以慰林子还有师兄们的在天之

第十五章 雨降小僧，雨神侍童

灵。 之后头也不回地消失在了沙尘中。 没过多久，终于下了第一场大雨。当天有人看见一个头顶破烂雨伞，手持油纸灯的小僧在雨中奔走，转眼间又消失不见。 与此同时，在其他地方也纷纷流传着相同的事，玄泽因此获得雨降小僧之名。

第十六章　血傀儡，人形师

(1)

我和司徒天本以为能继续听不同的人讲故事，结果本该轮到流川讲新故事反击，还没开始他就让黑木那个老家伙打电话召唤走了。最后，游戏机男孩亦没能成功约会女神，他败给了铃木千夏。

和歌忘忧见流川离去，因为下午没课，所以她要带着铃木千夏出去逛街。我和司徒天闲着无聊，果断跑回自己的寝室，进去一看结果发现小次郎这家伙竟然也在寝室，他正坐在书桌前玩电脑。

小次郎发现我们俩回来，停下手里的动作问道："下课了？我一直在想新故事。"

司徒天把门关好，大大咧咧地走到小次郎旁边坐下："新故事？什么样的新故事？"

小次郎向我招了招手，我跟着坐在司徒天旁边，小次郎把笔记本电脑转过来面对我们俩，屏幕上呈现出来的东西，是那种让人毛骨悚然的恐怖傀儡，傀儡通体血红，颜色跟大小各不相同，模样稀奇古怪。

小次郎指着其中一张血红色的傀儡图片道："这东西叫血傀儡，为古代人形师独家制作。"

我看着血红的图片，不禁有点害怕，皱着眉头反问小次郎："傀儡人形师？日本不是只有阴阳师吗？"

司徒天左手撑住下巴，右手指住电脑屏幕说："小次郎，这些傀儡看起来

第十六章　血傀儡，人形师

好像真人！"

小次郎很神秘地笑了一下，对我和司徒解释道："司徒君，你眼力真好，它们都是真人！"

我听到这儿，立马不淡定了，开始催促道："小次郎，你别卖关子了，快仔细讲讲过程吧。"

小次郎总算没继续装大神，一分钟之后，才将血傀儡和人形师的事给讲了出来。

由于故事年代久远，具体年份没地方考证，据流传下来的版本，曾经在大阪地区的烟云阁出现过一名人形师，人形师的名字叫山吹，他拥有一家从祖上流传下来的神秘傀儡铺，如果你登上烟云阁进到他的店里，会看见那些挂在墙上五颜六色的精致傀儡，店铺的木门上常年挂有四个表情各异的白傀儡，分别代表着喜怒哀乐。

居住在烟云阁附近的孩子都格外喜欢山吹，尤其是他亲手做的人形傀儡，几乎每个孩子都有他送的傀儡，而且是按照那个孩子的模样所做，孩子们会看着傀儡，感觉好比在照镜子那样。

天才蒙蒙亮，正飘着毛毛细雨，山吹和往常一样起床开门，结果门刚打开便发现一个少年昏倒在他的店门口。少年那张清秀的脸上有一道伤口，还在往外冒血，身上的衣服早已破烂不堪，混合着大量血迹，破衣之下全是鲜血淋漓的鞭痕。

少年好似感觉到了山吹的存在，他缓缓抬起脑袋来，气若游丝地呼喊道："求你……救我……"

山吹来不及多想，连忙将少年给抱进店里，他还不忘用手指探了探少年的鼻息，暗自庆幸人还没死透。

少年注定命不该绝，山吹自打接手傀儡铺，传承了人形师的手艺，他爷爷临终前交给他一味神奇的药方子，只要人还没死透，剩一口气喝下药后都能给救回来。当然，药引过于特别，需要以他的血和傀儡入药，风险极高不

说，严重点双方都会当场暴毙，甚至损耗人的阳寿。

不过，按照老祖宗定下来的规矩，历代人形师都要遵守祖训和四大禁忌，四大禁忌其中一条便是，但凡见死不救者，会破坏某种禁忌，惹来无法躲避的杀身之祸。虽然冒险救人有生命危险，但比起中禁忌要好多了。

山吹店铺后面有一间破旧的茅草房，旁边有一口水井，井口往外呼呼冒着白色的寒气。

在茅草房背后的那片空地上，种满了许多稀奇古怪的名贵药材，随便拿一株药材去卖都能卖个天价。他抬起右脚轻轻踹开茅草房的门，在茅草房内正中间摆着一个特大号的药木桶，他把少年身上的衣服脱掉，整个人放到木桶中。

随后，山吹迅速找来两个用来打水的桶，丢在井里开始打水，一桶接着一桶倒入药木桶内，水把少年的身子给淹没过半。山吹放下水桶，跑到前堂取下挂在墙上的三个血红色傀儡，顺手还拿走了摆在桌上的银针套。

待山吹再次来到木桶前，他先把三个血红色的傀儡绑在少年的身上，随后右手打开银针套子，一排整齐的银针展现开来，不多不少整整 49 根，再将银针套子放在少年的脑袋上。

确定套子不会掉落，他调整一番气息，双手才开始发力，同时抽出 10 根银针，往少年身上的各大穴位刺去，手法快如闪电，每落下一针还能瞧见针在微微颤动。

山吹刺下去的银针越多，脸色越苍白，他在少年的背上和胸前都刺满了银针，少年的皮肤开始变色，有黑色的毒血透过银针缓缓流入药木桶内，等 49 根银针全部刺完，山吹长吁了一口气。

山吹看着桶内变色的水，咬牙切齿地说："当真是歹毒心肠，居然用毒鞭抽打！"

山吹生气归生气，依然没忘了正事，他咬破自己的右手食指，滴到绑在少年身上的三个傀儡上，每个傀儡各滴了几滴血在傀儡眼球表面，最后挤出一滴血到少年嘴里，开始念念有词道："以吾人形师之血，转天地阴阳命！"

第十六章 血傀儡，人形师

话音刚落，三个血傀儡开始自动褪色，从血红色转变成白色，而少年背上则多了一个诡异的红色傀儡纹身，那个纹身开始发光，到最后完全烙在少年背上，仿佛是从他体内长出来的那般。

几分钟之后，奇迹开始发生，少年身上的鞭痕一点点地消失不见。伤口在悄然愈合，那皮肤好比新生婴儿般光滑白嫩。少年徐徐睁开眼睛，看着站在自己面前的山吹问道："山吹大师，是您救了我？"

山吹对于少年能说出自己的名字，感到十分惊奇，点了点头便道："是我，你听说过我？"

少年很是吃力地笑着说："嗯，方圆十里的人都知道您，烟云阁上的山吹傀儡大师。"

山吹听见少年如此夸奖自己，当即放声大笑，还不忘问少年："你叫什么名字？"

少年定了定神，突然从木桶内爬出来，双膝跪地，哭嚎着哀求道："山吹师父，我叫凉生，您既然救了我一命，求求您收留我吧，我是偷偷逃出来的府邸家奴，如果再被府中管事抓回去，肯定会被乱鞭活活抽死！"

山吹见少年跪在面前失声痛哭，当即动了恻隐之心，他在年少时就知道自己这辈子不能娶妻，年老之后会无子嗣送终，思量片刻走过去扶起少年说："凉生，如果你不想回去，我收你当我的义子，你可愿意？"

凉生听到这话，止住了哭声，轻轻推开山吹，朝着地上连磕三个响头："凉生跪谢义父！"

山吹对此深感欣慰，把凉生拉了起来，带着他去换了身衣服，虽然有点大，但还能勉强凑合，好歹比之前的破烂血衣要强。山吹让凉生吃过早饭后，到他住的小屋来，说有重要事情商量。

凉生吃完早饭，按照约定来到山吹房内，入房后顺手关上门，小声问道："义父，对不起，我多吃了点早饭，让您久等了，你到底找我谈何事？需要如此神神秘秘？"

山吹坐在床上背对着凉生，他慢慢转过身来，此时此刻的他居然满头白

133

发,仅仅过了一个早晨,黑发不知所踪,连带着脸上还冒出了十几块老年斑。顿时把凉生吓坏了,大声呼喊着:"义父,您怎么了?怎么突然苍老了许多?"

(2)

小次郎叹了口气,扭了下脖子,意味深长地笑道:"司徒君,你试试猜下结局如何?"

司徒天正听得起劲儿,结果小次郎不说了,捏着下巴道:"我猜你一脸!快说!"

小次郎眨巴眨巴几下眼睛,转头问我:"白逸君,什么叫猜你一脸?"

我先是一愣神,继而爆发出魔性笑声,捂着肚子说:"今天没吃药吧?感觉很天真!"

司徒天还不忘顺势补上一刀:"何止没吃药,简直没好过!"

小次郎立刻明悟,他叫嚣道:"就知道欺负我,算了不想跟你们计较,听我继续讲吧。"

山吹的脸上布满了皱褶,像那种千沟万壑的山坳,朝凉生招手微笑道:"凉生,你别太担心,我没什么事,反正义父也活不了多久了,之前我能救回你完全是跟阎罗王抢人,在鬼门关把你给硬生生抢了回来。"

凉生拉着山吹的手,颤抖着肩膀略带哭腔地问道:"义父,您的救命之恩,我无法报答,您若还有心愿未了,可以让我替您完成。"

山吹摸出随身携带的一个红色傀儡,仔细一看那傀儡居然是他自己,把傀儡递给凉生,郑重其事地说:"凉生,从今日起你便是这傀儡铺的店主,你切记我们是人形师,人形师天生短命,而我之前替你续命又浪费了不少阳寿,所以义父要提前离去了。时刻谨记,不可行违背良心之事,否则会招来禁忌!"

凉生自然点头答应,然后山吹把那个祖辈相传的秘方,以及做傀儡的手艺都传给了他,还将一些跟医术有关的东西,统统倾囊讲出。临死那一刻都

第十六章 血傀儡，人形师

不忘吩咐凉生不可作恶多端，一定要多做好事。

凉生发现山吹圆寂，跪在地上磕了三个响头，然后把山吹的尸体埋在后山，没有立墓碑。

因为人形师死后统统不能立碑，避免让心怀不轨之人前来挖墓盗尸。

在凉生接手傀儡铺的第三年，他是历代最年轻的人形师，三年来日日苦心钻研医术，偶尔出阁去给人瞧病或者做傀儡娃娃。果真以多行善事为人生戒条，附近的百姓都知道他医术高明，妙手仁心，看病从不收钱。

直到有一日，不知是谁人泄密，把人形师的秘密泄露，引起当地土财主前川的注意。

前川今年已过70岁，想来也活不了多长时间了，如今听闻有这等神奇的续命之法，岂会甘心放过？他开始招揽江湖中的飞贼高手，命令对方偷偷潜入傀儡铺盗取秘方。结果东西没盗成，那些前往去偷东西的飞贼，全都吓疯了。

几乎每个飞贼都在说，傀儡铺内的傀儡会动，傀儡的眼睛能发光，舌头能伸出1米多长，时不时发出阴冷的笑声。即使如此，前川还是想尽一切办法为自己续命，今晚他决定直接带上一大群人杀上烟云阁的傀儡铺找凉生。

皎洁的月亮让乌云盖住了，空气中充斥着莫名的压抑，顿时狂风乍起，电闪雷鸣。

凉生独自坐在傀儡铺的门口，抬头看着那一道道穿过乌云的银白色闪电，小声喃喃自语道："月黑风高夜，杀人放火天！我等了这么久，还是没能避免躲过此劫，看来事事皆有因果，均是命中注定！"

凉生之所以会像现在这般感慨，原因很简单，因为他当年就是从前川府中逃出来的那个小奴役。若非山吹心善以续命之法救下他，恐怕他已经奔赴黄泉。雨水一滴滴地落在地上，发出凌乱的响声。

与此同时，山下聚集了一帮身穿黑色蓑衣的男人，初步算了算大概有十来人，纷纷右手持着火把，左手握着大刀。这些人个个威猛高大，额头的青筋高高暴起，显然是练外家功夫的高手，脸上的表情简直要把人给活吃了。

为首的是一个打着白色雨伞的少年，他抬头看着蜿蜒曲折的山梯，右手一挥喝道："上山！"

伴随着少年的一声令下，一群人浩浩荡荡地冲上烟云阁，不出一会儿便把傀儡铺围了个水泄不通。让少年感到惊奇的是，凉生居然主动坐在大门口笑吟吟地看着他，好像许久不见的老朋友那般招手道："少爷，想不到时隔多年，我们居然以这种出人意料的方式见面，看来您也长大了啊！"

前川顿时一头雾水，为何凉生要叫自己少爷？他开始仔细打量起凉生来，貌似认出了面前之人，试探性地询问道："你叫凉生？我怎么没想到，你就是当年那个从府内逃跑出来的奴役吧？"

凉生没有否认反而大方承认，主动提出要求说："少爷，您今夜带着这群人来势汹汹是为了夺取我手中那个人形师续命的秘方？"

前川少爷见凉生有意与自己商量，坐到他身边道："没错，我奉命前来这烟云阁上逼你交出秘方，凉生若你肯自愿交出秘方，我保证能饶你不死，如果你执意反抗，别怪我痛下杀手！"

说话间，那群手持火把的男人又往前跨了一大步，并齐声喝道："交出秘方！"

凉生皱了下眉头，心头有些不悦，但表面依旧平淡："少爷，你真的那么想要秘方？"

前川少爷一脸兴奋地盯着凉生，他很坚定地说："当然！交出秘方，饶你不死！"

"前川少爷，秘方不是我不想给你。"凉生看了许久之后，才叹了口气道："只不过，因为这秘方实在过于特殊，而且一般人用不了，除了人形师之外，别的任何人都无法使用秘方达到续命之效。"

前川瞬间明白，原来这其中还藏着不为人知的秘辛，立马追问道："你且说说原因。"

凉生当着面前这帮人的面，把人形师的秘密和禁忌给说了出来。除凉生外的余下之人纷纷深感震惊，原来这传说中的续命秘方，竟然真是用一个人

第十六章 血傀儡，人形师

的命去延续另外一个人的生命，试问天下有谁愿意奉献自己的阳寿？

最主要的一点，只有人形师才能开启此秘法，其余人都不能开启。

但前川少爷依然不死心，还是咄咄相逼让凉生交出秘方，不然血洗傀儡铺。

凉生知道自己可能活不过今晚，好似一切都在他的意料之中，便开口说："唉，既然你执意如此，那少爷请带着您的手下跟我一起进去拿秘方吧，顺便给你们讲讲傀儡的制作流程与方法。"

前川少爷听闻大喜，让凉生在前头领路，手下一帮人跟在他后头一起涌入傀儡铺。

傀儡铺的墙上以及天花板上都挂满了恐怖的傀儡，在进门之后傀儡铺的大门便自动关上了。这突然起来的关门声，把前川少爷吓到了，叫骂道："凉生，你这装的什么破门？差点吓死本少爷！"

凉生没搭理前川少爷，依然自顾自地在往前走，走到通往茅草屋的后堂入门处，突然纵身跳过门槛一掌拍向左边的石壁，方才那道门又自动合上了，凉生在瞬间便整个人都彻底消失不见。

前川少爷才恍然大悟，拍打着自己的额头骂道："糟糕！中了凉生的奸计！"

话音未落，那些挂在房内的傀儡开始动了起来，傀儡的嘴巴里纷纷射出飞针，如密密麻麻的针雨，精准地刺入前川带来的那群人身上。一时间各种惨叫声不断，有的试图用火把烧毁傀儡铺，结果却因为有的傀儡居然还能喷水，把所有的火把都给淋灭了。

从那以后，再也没人敢擅自闯入凉生的傀儡铺，坊间都在流传烟云阁上的傀儡铺布满了五行机关阵。如果想闯进去偷东西，绝对是嫌命长。还有人说，前川和那群手下让凉生按照他们死后的模样做成了傀儡。

第十七章 珠宝大亨，天价委托

(1)

小次郎说完了故事，流川一个电话打了过来，让我和司徒天赶到他租房子的地方，有大生意要谈。随后，我跟司徒天火速到他租房子的地方，我们俩坐在他对面。流川把手机递给我，上面的网站发布了一单最新的驮尸任务，任务委托人是神奈川最有钱的珠宝大亨黑岩一郎，驮尸费用堪比天价，整整300万日元。因为黑岩一郎的儿子黑岩田突然离奇暴毙在家中，死法过于诡异，至今查不出死因。

在案发现场没有打斗的痕迹，死者身上的器官完好无损，让人觉得不可思议的是，因为他的血离奇不见，好像遭吸血僵尸吸干了。黑岩一郎很快报案，一大堆所谓的警界精英和专业人员赶到，结果啥线索都没查出来，彻底变成一桩悬案。

流川从我手里拿回他的手机，严肃地问道："给我说说你们的看法，该不该接？"

我想着那300万日元，说不心动才有鬼，顿了顿说："报酬丰厚，我想接！"

司徒天先是看了我一眼，又转头看向流川，贼笑道："不用想了，咱们一定要接！"

"我个人认为这次的委托任务，我们不该冒险接下来。"流川在听到我和司徒天的决定之后，脸色依然不太好看，继续说："你们听我解释完再做决

第十七章 珠宝大亨，天价委托

定，因为黑岩田的死因实在过于离奇，我们若贸然接手恐怕会倒霉。"

司徒天明显不太相信流川的说法，最终采取投票来决定，结果显而易见。

流川在我跟司徒天的催促下，打通了黑岩一郎的电话，接电话的并非黑岩一郎本人。好似是他的私人秘书，秘书和流川说了几句，便挂断电话。提到秘书二字，司徒天极其猥琐地笑了几声，让我浑身直起鸡皮疙瘩。

我打了个哆嗦，开始调侃司徒天："司徒，你小子又邪恶了吧？"

司徒天则冲我摇摇头，反驳道："咋了？让我想想都不行？想想又不犯法！"

我不知如何回答，居然让司徒天给问住了，他说得也对，毕竟想想又不犯法，也不会闯祸。流川瞧见我吃瘪，他想都没想就笑了出来，完全没有先前探讨是否接驮尸任务的那种凝重神色。

流川记下黑岩一郎秘书发过来的地址，我们三个人一起下楼，流川在马路口拦住一辆蓝色的出租车，准备赶往黑岩一郎的珠宝集团。流川给司机大叔报了地址，谈好价钱便一起上了车。

司机大叔比较健谈，在开车的间隙主动跟流川聊起了家常来。流川兴致不高，随便敷衍了几句，反倒是司徒天这家伙主动跟司机大叔搭上了，他们俩聊完几分钟，恰好赶上高速路堵车。

司徒天觉得气氛有点烦躁，便跟司机大叔提议让他讲个故事来解闷。

司机大叔爽快答应，他也说这丑时子女的故事是听其他乘客所说，如今他转述罢了。

清风徐来，水波不兴，海天交际线的尽头，月牙初升。

在海的彼岸，乃是拥有几百户人家的小村落，伴着黄昏时分，灯火熙攘的开始明熠。此时正值大节，家家灯火璀璨，爆竹碎碎，有欢歌，有灯谜。孩子在欢笑中奔跑，青年们欢聚一堂欣赏着年会。

游行开始，人们纷纷提着红色的油纸灯笼，长长的队伍弯曲蔓延，在街道，在海边，在山林。人声更加鼎沸，整个村落瞬时之间灯火通明，好一派安泰气象。

就在举天同庆欢乐的日子里，却并不是每一个人都可以沉浸其中。在村落的彼岸，有人将这里发生的一切尽收眼底，看着他们欢颜无限，心中百感交集。

她一袭红装，只是轻纱素面，难以得见其容貌。但是你可以清晰地感受到她发自心底的高贵，哪怕只是一个背影，你依然可以感受到只可远观，拒人千里之外的气质。

海风轻启，将她长长的面纱吹落，在背后的林子上空辗转游动。她的面容已经完全暴露在空气之中，虽算不得倾国倾城，但也算得上精致，她那带着淡淡忧虑的眼神看向远方，相信天下男子都会为了这样一个女子疯狂的吧。

只是几丝乱发调皮地在她的额头处盘绕，让这个女子略显萧条。

就在几天之前，她还风光无限，惹扰一众将臣。

皇城之中，下至宫女，上至大臣，所有人都行色匆匆，整个宫殿都陷入了紧张的气氛之中。

一阵瓷器摔落在地的声响从书房的位置传来。

"蠢材！连个人都找不到！要你们何用！"一个身着高贵，盛气凌人的男子怒发冲冠地说道。

"是！奴才该死！"其余几人全都急急下跪，看着散落在地的名贵器物，更是不敢多说几句，生怕一个不小心，自己便会和这个器物一样支离破碎！

"真是一群狗奴才，办件事情都办不好，那我留你们何用！"摔完东西，还是觉着不爽，说着直接将书桌上的佩刀拔出鞘。眼看跪在地上的几人就要横死当场。

"天皇息怒！"一个朴实的老者站在书房门口觐见道。

第十七章 珠宝大亨，天价委托

见到前来之人，天皇也是很给面子地没有将刀刃挥将下去，只恨恨地看了一眼跪在地上不敢有任何动作的奴才们，将手中的刀随手扔在地上，转过身闭目养神。吓得跪在地上的奴才们心里狠狠一颤。

老者很识时务地低头走了进来，见到地上慌张的几人，"你们还愣着干什么，还不快出去！还要天皇亲自送你们出去吗？"

几人听到老者的话语，瞬间一个激灵，赶紧磕过响头逃也似的离开了书房，临走时险些忘了将书门给带上，今天真是过得太惊险了，伴君如伴虎真是一点没说错！

"羽织大臣可有要事？"天皇依旧背对着，没有转身的意思。

"天皇明鉴，老臣听说天皇最近总是梦到一个女人？"

"嗯？是又如何？"天皇眉头显然有些动容。

"实不相瞒，老臣大概知道天皇该如何见到此人。"

"哦？"天皇第一次有了兴趣，欣然转过身，"羽织大臣有何妙计？"

"其实没有必要如此大张旗鼓地四下搜寻，加上奴才们都是一些蠢材，又怎么会体味天皇的圣识呢！"羽织并没有继续说下去，而是在等待着天皇的表态，发现天皇若有所思之后，才继续道，"其实天皇完全可以举办一场选秀，只要是天皇只手一挥，天下美人皆会集聚于此，到时候全部都由天皇亲自审核。"

羽织又停了下来，低下头继续等待着天皇的反应，并没有直接点破。

"羽织大臣！"天皇声调突然提高，变得非常恼怒。

羽织闻言赶紧下跪，"此事确实有些不妥，有伤风雅，天皇明鉴，又怎么会做这种事情呢！"羽织的额头上开始浮现出豆大的汗珠。

"你很有想法，难怪父皇也叫我重用你，现今看来，你着实没有让我失望。"天皇的画风又是突然一转，转而将跪在地上的羽织扶将起来。

"微臣不敢！承蒙先皇错爱！"羽织也是吓了一跳，按照他经年陪伴在君王身边的经验，终是有惊无险，他暗自揩拭掉自己额头上的汗珠。

"羽织大臣谦虚了，这个想法既然是你提出来的，那么我就想把这件事全

141

权交给你负责，我相信，羽织大臣定是不会让我失望的！"天皇大有深意地拍了拍羽织的肩膀。

看来天皇还不是个傻子，知道这件事情有伤风化，可能引起天下不满，所以特意让自己来负责，到时候担责起来，也可以将事责全权推到自己身上，而自己既达到了目的，又可以全身而退，天皇果真还是有其厉害之处！

"多谢陛下隆恩，微臣以项上人头担保，必定不辱使命！一定让天皇陛下满意！"羽织再次下跪，将头埋得颇深，嘴角带起一丝若有若无的弧度。只可惜比起先皇还是有些稚嫩，羽织有种计划得逞的兴奋，却没有引起天皇的注意。

次日，一场全国由下而上的选美大赛便浩浩荡荡地拉开了序幕。

九州、阪田、名古屋等，经过再三审核之后的美女们都要在京都大殿外面进行最终的审核，听说大赛的第一名可以得到天皇的青睐，所以赛事异常地火热。

大赛初至，名古屋，江崎府邸。

江崎府邸可谓是当时名古屋数一数二的大户，一听说选美大赛，瞬间便是热腾起来。可是他们的热腾和一般民众却大不相同。

"不嘛，爹爹，我就要去！"一个稚嫩的女子娇滴滴地对着坐在中间的人撒娇道。

"你一个小孩子家，去做什么？"大厅内，坐在所有人上面的中年人训斥道。

"你还小，这些都是大人们的事情。"坐在中年人旁边的端庄妇人也随声附和。

"我都十四了，姐姐比我大三岁都可以去，我怎么不能去？"女子继续撒娇道。

"你再纠缠，小心爹爹我禁足你三天！到时候连腾崎家的信长你也见不到了！"

第十七章　珠宝大亨，天价委托

"不嘛！"

"杏子，休要胡闹！"

"你们都欺负我！"杏子一下子哭了起来，始终还是个孩子，受不住厉声呵斥，"我要去告诉我的姐姐，你们全都欺负我！"说着捂着眼睛离开了大厅。

"杏子！真是越大越不听话，一个孩子怎会有那么多想法！"中年男子又气又无奈。

"正雄，不要着急，杏子只是一时起兴，时间久了自然也就忘了。"端庄妇人轻劝道。

"哎，要不是有幸子在我的身边，我还真不知道怎么降服这个小家伙！"

幸子只是淡淡一笑，两人很有默契地没有继续往下说。

"我有些担忧，朝廷的选美大赛，事情肯定没表面这么简单。"江崎正雄说道。

"听说这是天皇陛下暗中指示，榜首之人会被天皇陛下宠幸！"说着说着还有些向往。

"你说什么？如果真是这样，那一定要让纪美子参加。"

"如果这只是那些贪官污吏的余兴呢，纪美子不就毁在我们手里了吗？"

"纪美子不是一般人，生在我们家也是委屈了她，这刚好是一个机会。"

"哎，但愿这孩子能顺利吧。"

当夫妻二人在大厅谈心的时候，杏子带着哭腔来到了西厢房。

(2)

只看见一个芊芊女子坐在纱帘之中，轻解罗裳，坐在琴前，手指在琴面翩翩起舞，加上香烟弥漫。音起瞬间将人带进一个美妙的情境之中，在那有许多仙女在翩翩起舞，在云层间，在树梢上，在一切你认为妙不可言的地方。

突然一个带着哭腔的女孩闯了进来，打破了所有。

143

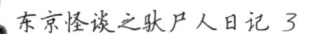

"姐姐！"是带着泪珠的杏子，她每次都受到委屈，都会到纪美子这里寻求安慰。

琴声戛然而止，纪美子回头笑着问道："怎么了？我最爱的妹妹。"

"爹爹他们欺负我！不许我去玩！"

"哎呀，原来是爹爹他们呀，真是讨厌，怎么可以伤害我们的杏子大小姐？，走，姐姐陪你去说理。"看着天真无邪的杏子，纪美子眼中尽是温柔。

"不要！我才不要去见那个可恶的人呢！"

"好好，杏子现在想做什么呢？姐姐陪你好不好？"

杏子半带着哭腔，看着一脸温柔的纪美子："姐姐，今天我可以在你这里睡吗？"

"当然可以啦。"

杏子瞬间将自己的脸全都埋进了纪美子的身上，痛哭流涕起来。

就在她哭完之后，陷入了安静状态，纪美子哼着民谣，哄着杏子缓慢入睡。

"姐姐你真的要去参加那个比赛吗？"杏子半张着迷糊的小眼睛问道。

被杏子突然一问，纪美子明显愣住了，开始陷入了沉思。自己每天都在做梦，梦到有一个身披祥云的人前来接她，每次的形式都不一样，但是唯一不变的，就是这个神秘的男子。

所以她努力着，努力变成能配得上梦中人的样子，学习琴棋诗画。终于，她感觉近了，自己就快要见到梦中人了。而刚好又遇上了这样的事，她觉得这就是机遇，一个见到他的机遇！

京都，羽织府邸。

所有人都忙碌着，为越来越近的选秀日，整个羽织府都紧张了起来，而他们的中心，并非是选秀日，而是要参加选秀日的羽织大小姐。

羽织大小姐的闺房之内。

"哎呀！不要这个簪子，丑死了！"

"这个也不要，太小了！我要大的！知道吗？！"

第十七章 珠宝大亨，天价委托

大老远便听到一个女子的怒嗔声，与此同时，羽织也快步踱到他女儿的闺房。

"爹，你快看看，这里面哪个好看？快点给我建议。"羽织晴子头上已经带了好多珍贵饰品，但依旧不满意。

羽织给了下人们一个眼色，下人便停止了手中的动作，全部退了出去。

"晴子你戴什么都好看，爹我已经为你准备好一切了，只等选秀之日，天皇一定会选你。"看着晴子，眼中难得没有丝毫的心机，"可惜你母亲她死得早，她托我一定好好照顾你，你的所有愿望我都会为你实现，就算是成为皇妃！"

"爹，那些老掉牙的事就不要提了，我要凭自己的实力得到天皇的恩宠！"

"对对！晴子是世间最美的人，谁都比不上你！等你俘获天皇之后，我就是一人之下，万人之上了！到时候夺取天下，也指日可待！"

选秀日也在临近，纪美子也很自然地被选上，最后一轮是在京都举行。

临别时，杏子放声大哭，名古屋的人都前来为纪美子送行。好歹纪美子在名古屋算是数一数二的美女，加上江崎家也是个大户。不说是所有的男子，至少一半的名古屋男子都暗自惋惜，还有的不禁痛哭流涕。有家室的人只好在暗地里默默流泪，这样一个大美女要离开了！

纪美子离开的时候本来是面带微笑，因为自己终于要如愿以偿。但是她的直觉告诉她，自己可能再也不会回来了，看着满脸希冀的父母，还有哭泣不止的杏子，纪美子第一次对这个地方产生了不舍。

不管怎么样，选秀终于到了最后一轮，大部分人都会在这一轮被淘汰。

结果，只会留下一个人，这是羽织已经看到的结局！

"不行！我一定要去看看！这么浩大的比赛不是白费了吗？"按照羽织的安排，这一轮并不会让天皇参加，只会留下晴子，到时候天皇是选也得选，不选也得选。但是迫于天皇的坚持，得让天皇在暗中查看。

羽织为了达到目的，专程找人做了一个帘子挂在天皇的面前，一来是防

145

止有人看见天皇，二来便是在帘子里面做动作。 一旦遇到优秀的女子，帘子会变密集，让天皇看不清楚，只让他看见晴子。 这样一来，即便天皇在现场，也不会有多大的影响。

到最后，前面所有人都被这样搪塞过去，终于到了晴子。

晴子的出现，倒是让天皇眼前一亮，虽然没有梦中人那么美妙，但依旧风味依存。

看着天皇满意的神情，总算看到了自己想要的结果，羽织暗暗松了一口气，只剩下最后一个女子，他也就不那么在意了。 按照他的猜想，天皇也没有心思再看下去，也就准备收场。

当纪美子走出来的时候，刚好一阵风吹过，将帘子吹起，吹醒了陷入迷醉状态的天皇，也就在这个时候，纪美子无意中看到了帘子之下的天皇。

天皇最终选择了纪美子，这似乎是上天注定，作了这么多准备最后还是功亏一篑！ 都是这该死的纪美子！ 晴子心中特别怨恨。 但又能如何呢？ 她现在已经是天皇的人，自己失去了得宠的机会。

我诅咒你！ 诅咒你会被抛弃！ 我得不到你也别想拥有！ 我诅咒你的一切！

晴子每天像发了疯一样，终于在巫师的口中得到可行之法，并且付诸实践。

晴子头戴着铁环，在上面插着三根蜡烛，嘴里含着铁钉，一手拿铁锤，一手拿五寸钉，在丑时来到森林里，将草人钉在树上，草人身上写着江崎纪美子。 自那以后晴子像人间蒸发了一样消失不见，她的诅咒也一件一件地应验在纪美子身上。

纪美子伤痛欲绝，来到了海边，她一袭红装，只是轻纱素面，难以得见其容貌。 但是你可以清晰地感受到她发自心底的高贵，这就是打从心底里散发出来的东西，无人可以与之匹敌。

她闭上双眼跳了下去，因为自己梦中情人的背叛，亲人的离逝让她觉得

第十七章 珠宝大亨，天价委托

生无可恋。

现在正值丑时，一个头戴着铁环，上面插着三根蜡烛，嘴里含着铁钉，一手拿铁锤，一手拿五寸钉，身穿红色衣服的女子站到了纪美子跳下去的地方。她开始苦笑，仔细一看便会看出此人的样貌与晴子如出一辙。

第十八章　阴阳堂，百百爷

(1)

司机大叔的故事讲完了，我们也到了黑岩集团楼下，黑岩一郎的女秘书在门口等我们。

女秘书领着我们三个搭乘电梯上楼，在上楼途中女秘书好心劝告我们不要接这单驮尸任务。说是因为黑岩田死因过于离奇，她说黑岩田十分好色，仗着自己家里有钱是个富二代，到处糟蹋女生，这次离奇暴毙估计是遭受天谴。

当然，这话她估计只敢跟我们说说，如果让黑岩一郎知道，早就炒她的鱿鱼了。

我们从见到黑岩一郎，到出来总共不超过10分钟，所有的事情都谈妥了。

临走时，黑岩一郎嘱咐晚上10点，我们要赶到一家殡仪馆参加他儿子的葬礼。

流川自然一口答应下来，在斩穴行当里有个禁忌，按照道理来说，死者死后越早下葬越好，若太迟难保不会因尸气过重发生尸变。到时候，尸气冲天很容易中尸毒，分分钟小命不保。

流川带着我跟司徒天离开了黑岩集团，我们来到集团楼下，先前接我们的司机还没离开。

司机看见我们三个人，主动把头伸出车窗，大喊道："几位先生，需要我

第十八章 阴阳堂，百百爷

送你们回学校？"

流川是个爱占小便宜的家伙，如今又有免费车坐，他岂会放过？立马小跑过去，拉开副驾驶的车门坐了进去。我和司徒天现在已经无话可说了，流川这张脸皮比城墙还厚，在我看来司机应该是出于客套顺嘴问问。

当然，最后我们全都上了车，流川让司机把我们送到神奈川县一个叫阴阳堂的地方，阴阳堂本身是一家冥店，因为我和司徒天不懂，流川在车上向我跟司徒天讲解何为冥店。日本的冥店是专门买卖死人用品的，在华夏统称为棺材铺或者寿衣店，据我了解中国的棺材铺普遍都提供一条龙服务，包括哭丧队或丧乐手以及抬死人入殓用品等。

半个小时后，司机像送瘟神那样把我们给请下车，然后火速驾车离去。

流川显然很熟悉这一带，他带着我和司徒天，走到一家古老的店门口停下。在我面前有一道半虚掩着的木门，我抬头看了一眼木门中间那块布满了蜘蛛网的木牌，上面所刻的字随着岁月洗礼已变模糊，但还能凭字体推测出是店名阴阳堂。

我们还没进去，结果里面先传出来一道苍老的声音："流川，你既然来了就快进来！"

这句话可把我跟司徒天给吓傻了，现在到底什么情况？未见其人先闻其声。难道里面的那个人是一位武林高手？会我大华夏所谓的传音秘术？并且还知道来人是流川，估计还有未卜先知的能力。

尽管我好奇，还是随着流川走了进去，映入眼帘的是一个老家伙，他跪坐在中间扭过脑袋，指了一下放在不远处桌上的东西，笑道："你要的东西剪纸人和冥纸我都准备好了，等会儿付钱拿走便是，今晚你接了什么任务？"

流川点了点头把钱给了之后，又将桌上的东西收好，拱手道："长孙先生，谢谢您了。"

长孙无所谓地摆摆手，又看向我跟司徒天说："两位面生，以后少来我这，免得染病。"

司徒天让长孙的话给弄糊涂了，挠着脑袋问道："为何到你这儿来会

染病？"

长孙顿了顿才补充道："请耐心听我讲完百百爷的事，你自然能够明白原因。"

时光飞速倒流到数百年以前，夜已深，风已静，月止悬于海天尽头。

有异光游曳于森林之上，莫不是鬼火？仔细一看，原来是纸皮灯笼，不过渺无人烟。

离森林不远处，升起缭缭轻烟。一个不知名的小村坐落于此，多半人都已经熟睡。趁着夜色一个奇怪的身影悄无声息地潜入了村落。

一阵素风轻缭在这凄清的大街之上，将掉落在地的灯笼吹得老远，一个提着纸皮灯笼的老者不禁缩了缩肩，将手中的酒壶摇了摇，然后狠狠地喝一口，表现出非常满意的样子。深秋的夜，着实有些寒不可耐。他突然发现一道黑影飘然而过，迷醉的双眼不禁再次打起十二分精神，努力地揉了揉，再次瞟向刚才的方向，就连鬼影都没有，也只以为是自己的错觉。

原本就已经深夜，偶尔出现这么一两次还是很正常的。所以更加没有引以为意，将自己手中的更器提起，向着自己家里走去，结束这漫长的巡夜。

翌日，清晨时分。随着一声划破晨晓的惊叫，整个村子都围上前来。只见一个老者正襟危坐在桅杆之前，面色发黑，瞪大着双眼，透出瘆红的血丝，早已经失去神采。他头上的破旧的酒桅正在熠熠摇曳，更器随意地散落在他的周边，早已空荡的酒壶被他压在身后，奇怪的是，他身上没有一丝伤口！

所有来到这个地方的人都捂住了鼻子，是因为有一股奇怪的恶臭正在无限蔓延，似乎已经占据了这个可怜的死者的全身。唯独一个老妪在失声痛哭，想必那便是他的妻子。两人已近古稀，本来生活就很艰辛，靠着老者打更工作赚得一点钱勉强维持生计。如此一来，就连他们最后的一点生存希望也被剥夺。

两人平时朴素自然，并没有结下什么梁子，更别说是什么生死冤家了。

第十八章 阴阳堂，百百爷

老者平日里身子骨强硬得很，就连挑砖砌墙也不在话下，可是就这么死了？原本应该有人站出来主持公道，但是看着眼前的一切，着实让大伙有些晦暗，谁也不敢上前触这个霉头。

就在当天下午，陆陆续续发现一些奇怪的现象。就是有好些人家突然生出重病，身上开始发出淡淡的恶臭，这与村口刚刚死去的老者气味如出一辙。任医师如何作为，都无法将其给治好。这下村子里面就开始乱了起来，说是瘟疫，不日便会感染到所有人身上。那时候再想要制止，怕早已是回天乏力。

所以，很快便是将生病的人给隔离了起来。但是随着日子一天天过去，每一天都会有人生病，并且生病的人都有一个特征，深夜时分出过家门。那些深夜没有出门的人，即便是和病人待在同一屋檐下，也同样没有生病。那么问题就来了，晚上到底出了什么事了，为什么有人出去便就会得上这种奇怪的病呢，并且除了打更老者之外，并没有出现第二个死者。

这到底又意味着什么呢？终于，出现了一点蛛丝马迹。生病的人中，有人说自己夜晚出去的时候遇到了不好的东西，说是有个奇怪的身影在这段时间夜晚时分每一夜都要来到村子里面，每来一次，便会增加新的生病的人。他还强调，那绝对不是人，因为头上长着鹿角，他每次离开的方向只有一个，就是不远处的森林。

于是乎，为了解决全村的危难，一群青年自告奋勇地自荐出来，拿起铁锹，磨练好棍棒，组上队伍游走在村口村尾。在那个怪物经常出入村子的地方做好陷阱。所有人身上都有锣鼓，一旦有什么动静想必大家能够以最快的速度聚集过去。

大家很是勤奋，也很有斗志，起初，好些天都通宵达旦，不睡不吃，不眠不休。可奇怪的是，出动了村里大部分青年男子之后，便再也没有奇怪的身影出现，而且病人也没有再次增加的迹象。难道，是因为人多之后，阳气过盛，让他不敢再来了？还是根本就是有人胡编乱造，根本就没有什么奇怪的身影，或许只是他自己的幻想，这场瘟疫必定另有原因。

就当所有人已经放弃了捕获怪物的想法之后。奇怪的事情终于再次发生，有个陌生的浪人跑进村里，说是遇到一个把自己的马给吃了的怪物。

他说，那个怪物猪面鹿角，面容狰狞，体型比好几匹马加起来还要大，裸露出来的上半身，居然没有长毛！嘴巴张起来，能够直接吞掉一匹马！前爪尖锐无比，后腿拥有着爆炸似的肌肉，很是瘆人！

鹿角？按照村里人的意思，引起村里人生病的怪物，头上就有鹿角，不知道是不是同一个妖怪呢？大伙听完之后，陷入了沉思，要不是深夜时分看不清楚，想必现在按照这个陌生浪人的描述也能猜知一二。抱着"宁可错杀一千，不可放过一个"的奇怪念头，大家伙儿很快便踏上了深入森林的旅程。

(2)

是日，森林某处，一匹白马沐浴着阳光，独饮着河水。此时正值花季，蝴蝶飞舞。

你可以嗅到花香飘过方圆百里，还有那源远流长的小涧，在这里让人好不自在。

一群喧闹的人打破了这里的宁静。经过连夜长途跋涉，他们都已经疲惫不堪。

"石下，你觉得那个浪人可信吗？"人群里，有人凑在一起窃窃私语。

"田中，你怎么会这么问呢？"一个身材魁梧的人很不在意地回了一句，依旧将目标定在任何会出现妖怪的地方。

那个被称为田中的人似有似无地瞟了瞟跟在身后一本正经的浪人，"他一身破烂，怎么会像是有马的人，你看他现在，明显心不在焉，我们什么时候才能找到他说的那个地方？再说了，一天找不到，就要多给他一天的口粮。"

"住嘴！"，石下听到这里明显有些愤懑，但是发现自己的声音有点大了些，还好没有引起他人的注意，然后低下声音继续对着田中说道，"我们是出

第十八章 阴阳堂，百百爷

来解决村子的困难的，而不是互相猜忌的，要是都这么想，那我们还不如回去了好。"

见到田中还要继续反驳，石下并没有让他继续下去，而是无奈转过身向着浪人走去。

"敢问，我们离你失去马的地方，还有多久，你不要多心，只是我们已经赶了一天的路了，为何还没有到达？"

"森林这么大，都快把我给搞糊涂了，不过，我觉得应该不远了。"

田中立刻站出来嚷嚷道："不远？你根本就是故意撒谎骗人吧？"

"你？我没事骗你们干什么，我是真的遇到了妖怪！"

此刻，所有人都表现出一副漠然的样子，静看着事态的发展，没有人前来制止，就连石下也依然冷眼旁观。

这个浪人也不是傻子，明眼人都能看出来，此刻的他在村民的眼里成了说谎大王。

"我说的都是实话，你们这么不信任我的话，为什么还要来这里？"

"好了好了，大家原地休息，想必长途奔波大家也已经累了。我们休息一下再继续寻找吧。"石下此刻出来打了圆场，"你也不要多心，大家走了这么久，难免有些困，休息一下就好了，你也好好休息一下，说不定醒来之后就想起来了。"

"驾！"就在这个时候，一道马的嘶吼不适时宜地划破了长空。引起了所有人的注意。

"白泽！是我的白泽！"听到马啸之后，浪人开始激动起来。

"白泽？什么意思？"

"白泽是我的马！我找到你了！"说着便向着马啸的地方冲了过去。

石下一行人显然还有些不解，但是看着激动的浪人，显然明白自己离那个怪物不远了，不禁紧了紧手中的武器，四下对视，迟迟不肯跟去。

"大家快跟上！"石下第一时间反应过来，便紧跟着浪人而去。

大家虽然有些恐惧，但是为了村子，也硬着头皮跟了上去。这马啸声是怎么回事？那匹马如果真的被妖怪抓住，过了这么久了，而且还没死？又怎么会有如此铿锵有力的叫声？着实有些令人难以理解。带着许多疑惑，不一会便见到了浪人的身影。

此刻的浪人身边多了一匹白马，白马也似乎对他非常的亲切。

"这？"石下看着眼前的一切显然有些不解，"这就是你说的白泽？这可是一匹白马！"

"是的，它是叫白泽。"

"这就是你丢失的马？"田中气喘吁吁地冲上前来，看着浪人的样子问道。

"没错，只不过……"浪人脸色突然凝重起来。

"不过什么？"

"那天因为天黑，此地又草芥丛生，白泽的腿在那时被草芥给弄断了，现在好了。"

"你说什么？"

"你敢确定？"

"千真万确！之后我打水回来时，发现了那个妖怪，妖怪正好在白泽身边。"

"妖怪当时在做什么？"

"当时我被吓傻了，直接就跑了，所以……"

"这么说来，你根本就不知道吧？又或者你在骗我们？"按照他这么一说，那个妖怪不但没有吃掉马，反而还治好了它！这个推测明显有维护那个妖怪的嫌疑！所以引来田中不满。

"你！真是无礼，你如此针对我到底是什么意思！？"

"停下！"见到事态有变坏的趋势，石下立刻制止，"既然白马在这里，想必那妖怪也可能在这附近，我们就地休息，准备天黑之后进一步探索。"

"我可不管，本来出于好心，被你们这么误解，我的使命完成了，我也该走了！"

第十八章 阴阳堂，百百爷

"你就想这么走了？可没那么容易，事情还没弄明白！"说着，其他人也嗅到异样的气息，立马将浪人给围了起来，"现在倒好，你的马找到了，就想一走了之？"

"你们都给我住手！"石下又转身对浪人说，"你暂时不能走。"

浪人的脸上露出淡淡地微笑，没有继续纠缠。

虽然十分不情愿，所有人都选择了就地休息，等待天黑。

"狼！有狼！"一阵喧闹声，将所有人从睡梦中惊醒。他们千算万算，还是低估了这个地方的危险程度，他们不仅要对抗一无所知的妖怪，还要分身对付来自森林的凶猛野兽。

"快，拿起火把！"

"快！聚集在一起！快！"

只见密密麻麻的红光在四周游荡，并且发出令人为之颤抖的吼叫。

"点一下人，看少了谁没有！"

"浪人跑了！他的马也不见了！"

"什么？"

"我就说他有问题嘛，你还不信！"

"废话少说，我们要齐心协力！"说话间，石下将冲向自己的那头狼给一刀捅死。

"大家不要慌，只要坚持住，等天亮了，就没事了！"

"不行！我们的火把快要熄灭了！"这句话犹如一句晴天霹雳在每一个人的心里回荡。

"不要慌，只要干掉它们的狼王，狼群自然会撤退！"石下继续鼓舞着。

"可是谁又敢去？"

"我去！"石下跳出补充道。

所有人都望向了石下，他们知道，现在出去无疑是送死，但是也不能坐以待毙，谁也不想做出头鸟，也只能在心里默哀。石下观察了许久，终于发现了一头白色的狼，它只是站在远处，并没有冲过来的意思，想必它肯定是

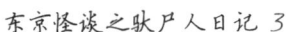

狼王。

"你们守住，我去杀了狼王！"还没等人们反应过来，他已经冲了出去，一路披荆斩棘，犹如战神，以超乎常人的速度冲到狼王身边，不过狼王的表情十分轻蔑，似乎眼前的人已经是死人了，这让石下的心里极为不安。

说时迟，那时快，石下使出全身气力扑向狼王，他开始产生了一种错觉，这头白色的狼王曾经见过！可是已经容不得他有更多的思考，刀身已经快要插进狼的身体，他无比相信，下一秒，这只狼一定会命丧当场。

可就在这个时候，石下的身体不受控制地偏离了最开始的轨道，一阵剧痛从腹部发散至全身，发生了什么？

"石下君，别来无恙。"他倒地之后，发现自己身边多了一个人。

"是，是你！"原来是那个浪人，刚才正是他一脚将石下给踢飞。

刚才的狼王也突然变成了一匹白马，然后又恢复到了狼的状态。

他突然听到身后发出惨叫，是田中一行人，他们已经被狼群分散！

"把你们骗出来，还真是花了不少心思，还好你们够傻。"说着便缓步走向石下，石下刚想发力，眼前一黑，便什么都不知道了，只是迷糊之间听见浪人说的话。

"就这样让你死了，太可惜了，我要让你生不如死！"

翌日，一阵震天的嘶吼回荡在林子里，因为石下醒来之后，发现自己的双腿已经残废，自己的同胞们也已经只剩下残肢，鲜血充斥在他视角的每一个角落！自己已经没有脸回去，想着要是自己肯相信田中的话，他们就不会死了！

是夜，月光明媚，萤火虫在随意飘荡，野兽继续展示自己的权威，鸟虫叠鸣，星光璀璨。奄奄一息的石下在森林里静静地感受着这一切，是那么的美好！如果可以选的话，他会选择好好地活下去，这世间的一切是那么美妙，那么令人向往。

突然间，他感受到有人在窥视着他，会是谁呢？不过他很快放弃了猜测，因为不管是谁，他都已经注定死去。可这股气息越来越明显。他缓缓

第十八章 阴阳堂，百百爷

睁开双眼，尽头出现了一个影子，拄着一根拐杖缓慢地向他靠近，他可以感受到，所有的生灵都在向他致意。

他发现他走过的地方，鲜血变成水露，残肢变成花草，来者的头上在发着微微的光芒，那些全都是植物。他的头上长着鹿角，是那个怪物！石下又开始紧张起来，很快又释然了，现在的自己又能做什么？

他开始仔细观察着这个妖怪，他全身都长着植物，就像是活着的大树一样。他就这样站在石下的面前，并没有动作，石下想要说点什么，可就在下一秒因为体力不支而晕厥过去。

石下做了一个非常美好的梦，就像再次回到自己母亲的怀抱了。他再次醒来，发现自己已经回到了村子，所有人都围在了他身边，听说村子的怪病已经消失了。只是中田他们再也没有回来，每当有人问起，他只是泣不成声。

第十九章 墓园凶冢，怨气冲天

(1)

司徒天跟我都认为长孙所讲的是真事，毕竟日本古代稀奇古怪的事太多。

流川向我们俩告别，我和司徒天从阴阳堂回到学校，在吃过饭之后决定窝在寝室呼呼大睡，为了晚上的天价驮尸任务养精蓄锐。时间不知不觉走到晚上10点，流川打电话叫我跟司徒天坐车去殡仪馆，我们三个人拦了辆车，由于没穿丧服不能出席葬礼，唯有在殡仪馆后堂等候。直到葬礼结束之后，参加葬礼的人各自归家，唯独我们三个还在殡仪馆后堂等驮尸合同。

半小时过去了，黑岩一郎才让他的秘书送来一份合同，当着我和司徒天的面，与流川签署了驮尸合同。合同上明确规定，他要提前支付一半驮尸佣金，150万日元整。据我所知，他的儿子黑岩田死因极为诡谲，因为他的尸体跟死状过于恶心，根本不同于普通的凶杀案，反倒像妖怪所为。

流川成功收到款项，又转身向黑岩一郎征求意见："黑岩先生，能解剖尸体？"

黑岩一郎听罢，心头燃起一股无名火，勃然大怒道："为什么？请给我个理由！"

流川知道黑岩一郎发火了，自然没敢再次提出解剖尸体的要求，毕竟，死者为大。

就这样，我们在殡仪馆司机大叔的帮助下，来到了死亡墓园的山脚下。

第十九章 墓园山冢，怨气冲天

在来的路上司机大叔一直都在讲和死亡墓园有关的事。据我从司机大叔那儿听来的解说，因为死亡墓园特别凶，所以一般尸体不敢埋在其中。传说是因为墓园内有一片自杀林，林子里头死了至少上百人，又被叫作百人自杀林，或者稻草人自杀林。因为每个人的死法全部相同，都是让凶手强行割去头颅，把人皮整张剥下，四肢齐齐砍断做成稻草人的模样，绑上一把特制的木头十字架，竖立在山间或者田野内。

司机大叔送我们下车后，二话不说跟之前那些司机一样，像开火箭一样离开了。

司徒天的背上驮着尸体，流川还在继续讲述稻草人自杀林的事，我的脑海中自动浮现出一个恐怖情景，茂密的丛林内立起来上百个背着十字架的人皮稻草人。阴风吹过飒飒作响，让人顿时汗毛乍起。

司徒天驮着黑岩田的尸体往前走，他走着走着忽然叫住我，神经兮兮地问："你冷吗？"

我转身的瞬间，一阵阴风忽然刮过，我点了点头说："冷啊！这鬼地方好阴森！"

流川走在最前面，发现我跟司徒天都没继续前进，便小跑到我们俩面前说："你们怎么了？为什么不继续走？这地方是全神奈川县怨气最凶的死亡墓园，我们要尽快把黑岩天的尸体下葬，然后赶在天亮之前离开！"

司徒天讪笑着说："流川君，反正现在还没到地方，你给我讲个故事来解解乏。"

为了不被司徒天骚扰，流川讲起临时构思的一个故事，跟豆腐这东西有莫大关联。

战国时期，在鹿儿岛的一座山上有一家豆腐饭馆，掌柜是一个长相奇怪的青年男子，头四四方方，好在有千缕发丝遮掩，也不至于太过明显而引来旁人异样的眼光。他常年着一身深色和服，脚上套着一双靴子。因厨艺很好，做得一手美味佳肴，能应得客人的要求，久而久之，便有许多邻县的百

姓或官宦都来此地饮食。

饭馆的后院是居室，以及一小块田地。每日一早起来，他便往田地探望，除草除虫，又浇水施肥，在这般精心照料之下，蔬果自然长得肥嫩可口，青翠欲滴。他极少下山，远离城镇而独自山居，却也怡然自得。

一日清晨醒来，推开门窗，虽春已至，早晨仍然处处透露丝丝凉意。抬眼之际，满眼都是春色，园子里的几株桃树开了粉色的小花，一根根树枝上粉色的花朵甚是簇拥，走近一看，还有许多花朵含苞待放，已然三月。他摘下一枚桃花在指间轻嗅，随后折了几根桃木花枝悬挂于门柱，以此驱邪避凶。

午时将至，阳光渐露，陆续有客人携幼女进入豆腐馆，几乎每一桌的客人都点了相同的菜。吉川豆从酒缸中盛满一壶壶桃酒，红白相融的液体，颜色喜庆。他转身进入厨房，做菱形黏糕，多年的手艺使他信手拈来，很快做好了几盘，艾草香气幽幽地扑鼻而来，盯着一个个甚是可爱的三色糕点，忽然有些恍惚。

年复一年，不知不觉中，他已在鹿儿岛度过五个雏祭，这一日又称女儿节。为了家中的女童身体安康，免除疾病，佳节当日女童需穿和服，自制朴素的立型小偶人，并邀请玩伴来家中赏玩偶人，食糕饼，饮白色甜米酒。待节庆过后，再来到河流边，擦拭偶人的人体，将其放入河中顺水漂走，此举意寓着偶人代替自己，将病态灾难一起远远离去。

忽而忆起10多年前，他的父亲在小镇经营一家酒馆，母亲负责制酒，平日里生意兴旺，一旦到桃花节，店中更是人潮拥挤，呼声连连。只是，他7岁那一年，父亲以他的头长得与常人不同的原由，不允许他外出。

独自在院中玩赏母亲制作的男形人偶，头呈四方状，戴了一顶乌纱帽，身上穿着长袖和服，看起来与他有几分相似之处。院中有两棵矮矮的桃树，春回大地之时，枝桠上的花朵悄然盛开。忽而树干猛地舞动身姿，淡红色花瓣如飞雪一般飘落在眼前，花朵单薄犹自带着纯净的露珠，娇嫩可爱。

忽闻角落传来"哎哟"一声，循声寻去，拨开花枝，一个同龄的女孩从

第十九章 墓园山家，怨气冲天

墙角的洞口匍匐进来，她揉着肩膀，脸上流露着不大高兴的神色。吉川豆不由得被吓一大跳，猛然后退一步。

"你，你是谁？"吉川豆心中已然惶恐不安。

"你的头好奇怪，怎么是这样的？"女孩答非所问，只惊呼一声，朝他走近两步，好奇地问。

"我的头这般，关你何事？快说，你来做什么？再不如实招来，我要去喊母亲来抓盗贼了。"吉川豆一听她谈论自己的脑袋，立刻像个刺猬般，恼怒地瞪了她一眼。又见无人再进院中，而她只是一个女儿家，便也不再害怕，俨然一副小主人的模样。

女孩比他高一些，身着橘色的和服，衬得肤色白中透红，一双细眉大眼，纤长的睫毛如同蝴蝶的翅膀扇动，很是可人。她缓步走向桃树，拾起地上一片片花瓣，又好气又好笑："见你家树上的花开得美，便想摘一朵插进发梢，可今日大门紧闭，怕花期一过，又要等上一年，方不得已从洞口进来。"

"原来如此。这是桃花，但这里并不多见。"吉川豆盘腿坐在树下，头顶传来一股淡雅幽幽的香甜气味，像是置身于母亲的怀抱中，令人感到心安。

"你也有偶人！"女孩一脸讶异，双手往身后摸索了好一会，方拿出一个穿着窄袖和服并系上细腰带的偶人，旋即笑嘻嘻道，"你陪我玩吧？"

(2)

吉川豆闻言微微一愣，双手被女孩抓住，偶人藏不住，便只好作罢。他不记得有多久，没有小伙伴愿意与他一同玩耍，在很长的一段时间里，即便是他远远地在一旁望着玩耍的孩童，也会被其母亲恶语相向，被孩童推搡。久而久之，他便不再出现在人群之中。他抬起头，心中感激，便朝女孩微微一笑。

一转眼夜色悄悄降临，空中只剩远方一抹淡淡的橙色。女孩忽然心底一惊，胡乱地拾起偶人，慌慌张张地往洞口跑。刚要匍匐出去，却停了停，回头对吉川豆道："我叫美木夏实，现下天色渐渐晚了，我娘会担忧，明日再来

161

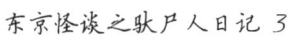

找你玩。"

她四肢灵活，很快消失在洞口，随后墙外响起她甜甜的声音："吉川豆，再见。"

吉川豆面对那堵墙，用力地挥动双手，笑着高声喊："夏实，明日见。"

话音一落，他放下双手，心头一惊，自己手中的偶人是夏实的！正要开口叫住夏实，却听得身后的大门被打开了。父亲的脸黑如锅底，几个箭步朝他走去，沉声问道："你在跟谁说话？"

吉川豆忙将手中的偶人藏在身后，跑到母亲身后，低着头，手脚发颤，很是恐惧。他清晰地记得，某一夜父亲回到家中，满口浓重的酒气，一见到他，便破口大骂，言语不堪入耳。但他听出了个大概，意思是他的脑袋长得与常人不同，街坊邻居都说他是个怪物，让父亲丢尽了颜面。

母亲温暖的大手牵着他，朝着父亲笑道："哪有什么人，你把他一人关在家，难道还能无端生出个人来？"

父亲的面容略显疲惫之色，沉思片刻后，方走进屋内。

翌日，父母一早便去了酒馆，待吉川豆醒来，独自洗漱更衣之后，一如既往地到厨房，揭开锅盖，舀了一碗白米粥。一面喝着淡淡的温粥，一面等待美木夏实。

直至夕阳西下，暮色降临，美木夏实仍未出现。吉川豆伫立在桃花林中，呆望那个洞口，指间拈着纸偶人，脸上流露失落之色。她还是没有来，回屋吧，她不会来了。

又一日清晨，他依然兴冲冲地坐在树下，拾起一片片花瓣，装进一个小小的橘色荷包之中。暗自想，这样夏实便可以带回家，像母亲一样将其放在床头，夜夜闻着花香入眠。

然而，午后忽然下起了滂沱大雨，雨水涨到膝盖，浸湿了他的靴子，以及深色的下摆。他飞速地跑回屋中，又迅速地撑伞到院子里，一手紧握橘色荷包，静静地站了许久。

傍晚时分，骤雨终于停了，没过多久，闻得洞口响起女童细小的声音，

第十九章 墓园山冢，怨气冲天

他忙走去，原来是夏实在呼喊他的名字。他立刻应了一声，却不见她进来。

"吉川豆，我要走了。"

"你要去哪？"

"我也不知，母亲说要带我离开这里。"

言语间，吉川豆从洞口递出那个橘色荷包，荷包两面绣了桃花的图案，想是母亲绣的香囊。

"你等等，这个送给你。"

美木夏实接过香囊，瞧见娇羞的粉色桃花，不由得心生怜爱，小心翼翼地轻抚。她语气欢快，向吉川豆道谢，随后应了不远处母亲的呼唤，便匆匆忙忙地走了。

自从那以后，吉川豆再也没有见过夏实。

两年之后，朝政混乱，战争四起，一时之间，兵荒马乱，盗贼肆意地杀戮，强抢钱财，民不聊生。吉川夫妇当时在酒馆，盗贼闯进来时，他们已来不及逃走，连带着酒馆的人，全部暴毙。

吉川豆当时在自家的酒窖之中，见父母不在，便深入酒窖，想偷偷斟一杯桃酒，品尝其中的味道。刚入酒窖里，便闻得头顶嘈杂的马蹄声、呼喊声，接着听得声音愈来愈接近自己。

他以为是家中进了盗贼，吓得蹲在地上，双手抱头，一声不吭，心怦怦直跳。好在父母将酒窖建得隐蔽，盗贼未曾发觉，方才躲过一劫。

一晃多年过去，他依稀记得那日，镇上遍布尸体，哭声传遍大街小巷。一些店铺外的妇人蓬头垢面，失魂落魄地抱着已逝的孩童，哭得撕心裂肺。

他战战兢兢地跑进酒馆，一眼便见双亲躺在地上，嘴角流着鲜血，双眸已紧紧合上。忽然，悲从中来，却又不敢大声痛哭，生怕盗贼闻声而来。他不知上天为何如此残忍，这一切又是如何演变而来的，只知自此往后，他再无父母，亦无友人，要自己一个人活着。

大厅的客人按捺不住，朝厨房扬声呼唤掌柜，吉川豆方回过神来，忙收起愤恨的目光，擦干淌了一脸的泪水，旋即将菱形黏糕端出去。

163

一入厅内，闻得婉转绕梁的琴声传来，不知何时，角落坐了一位横抱四弦四柱琵琶于膝上的女子。那女子身着橘色和服，见吉川豆望来的目光，微微颔首，笑意盈盈地唱：

"一尺深红胜曲尘，天生旧物不如新。合欢桃核终堪恨，里许元来别有人。井底点灯深烛伊，共郎长行莫围棋。玲珑骰子安红豆，入骨相思知不知。"

吉川豆暗想，好一个"玲珑骰子安红豆，入骨相思知不知。"此句虽不见华丽的辞藻，却以骨制成的骰子来比喻相思之情，可真是恰到好处，诗人有心，听者动情。他静落观众席中，闭眼倾听女子的清音反复吟唱最后一句。她的歌声十分婉约，加上琴技非比寻常，将闺中人的离别之久、相思之苦，乃至欲说却无人聆听都表现得淋漓尽致。

唯有过同样经历者，方能弹奏得如此出神入化。

一曲终了，吉川豆随着雷鸣般的鼓掌声，缓步走向那女子。他笑道："此曲只应天上有，人间哪得几回闻。姑娘，要吃些什么？"

"吉川君知不知？"女子放下琵琶，紧盯着吉川豆，徐徐起身，眼中泛着晶莹的泪光。

吉川豆一头雾水，却见女子要哭起来，顿时惊慌失措，定睛看了几眼，忽觉她的眉目与幼时的玩伴夏实有几分相似，却又不敢贸然，只好安慰道："姑娘，莫要伤怀……"

女子打断了他，从一个绣了桃花图案的荷包中取出男形偶人："难道你不认识我了？我是美木夏实啊！"

果真是她！脑中的记忆一下退回10多年前的那个春日，往事历历在目，心中牵挂的人却已亭亭玉立，又弹得一手好琴，不禁令人感叹时光真奇妙。

豆腐馆的客人吃饱喝足之后，陆续离开，只剩重逢的二人坐在榻上，热了一壶酒，时不时饮一杯。吉川豆笑得合不拢嘴，将自己妥善安放的女形偶人铺在桌上："当年我本要叫住你，却见父母回来了。好在有偶人，如今才

第十九章 墓园凶冢，怨气冲天

能与你早些相认。不过，那时你为何要离开？"

夏实盯着酒杯，略略凝神，似有所思，不多时淡淡一笑道："父亲要纳妾，母亲为此与他大吵了一架，她绝不允许自己的爱情有瑕疵。既然爱意无处安放，事情又没有谈论的余地，她也只好放手，便将我一起带走了。"

"那之后你们过得好吗？"

夏实微微叹息，将目光转向窗外："母亲带着我四处奔波，虽外表十分刚强，却始终是弱女子一个。她这般命运坎坷，生性敏感，一旦在夜里忆起往事，父亲有二意，自己却痴情多情，落得这步田地，便会低声抽泣许久，终是抑郁成疾，前不久病逝了。"

吉川豆说不出安慰的话，他亦是有过此类悲痛的人。良久，他伸手轻握夏实的手，心底忽然一惊，她穿着厚实，手却凉如冰雪。

之后的战事二人都知晓，只是当时夏实拜师学艺，吉川豆却遭遇了怪事。

据说当年有妖怪出没，不知为何逃到了鹿儿岛，但至今无人证实。吉川豆只记得自己从酒窖出来，踩中了一具死尸，吓得猛然往后退了几步，又撞上一个明眸皓齿的女子，顿时狭窄的空间荡起一声尖叫。

那女子倚在墙上，手指缠着几缕发丝把玩，妩媚一笑："小家伙，还不谢谢我？是我让你保住了性命。"

见吉川豆无动于衷，她继而笑道："看来是我多管闲事了，也罢。我只想告诉你，十多年后的桃花节，你回到鹿儿岛，便会遇见念念不忘的人。"

吉川豆忽然停住脚步，慢慢咀嚼她话中的深意，却不得要领，正要回头询问，谁知那女子却不见了。

夏实默默地听完，脸上并无过多的表情，亦没有一丝讶异之色。反而听到她惊喜道："我也遇见了这么一个人！"

当时母亲患病，家中再无存粮，夏实便出门寻找生存之道。一日下来，她踏遍了城中所有的酒馆和店铺，都被无情地拒绝或轰走。偏偏此时天色昏暗，肚子不争气地发出"咕噜"的声响，她只好强打精神，走向最后一家。

此酒馆离市井有些远，走过去已饿得晕头转向，夏实见了掌柜，腿一软，跪在女子面前。那女子也不刁难她，却唤小二端来茶水、饭菜，又扶她坐在榻上。

经过一番言谈，掌柜得知夏实的遭遇，深表同情，便应允她留在酒馆帮忙，只是要跟着她学习琵琶，日后在酒馆为客人弹奏助乐。五年未到，有此方面天赋的夏实已练得炉火纯青，因此酒馆的生意愈来愈红火。

十多年过去，掌柜极厚待她，虽无血缘关系，却视如己出。起初，掌柜托人找了医术高明的郎中替母亲看病，又帮她照顾母亲。一个月前，掌柜见她年纪渐长，却仍然孤身一人，有意谈起亲事。

她明白掌柜的来意，便将埋藏在心中多年的旧事挖出来，道明自己内心有情郎，只是不知情郎现身处何处。

在掌柜的指引下，她重回鹿儿岛。本想于今日上山看日出，没想到瞧见了院中的桃树花开，一下忆起从前，便进入了豆腐馆。

吉川豆站在她身后，双手环住她的肩，面部紧贴她微红的脸颊，声音温柔："这些年来，我四处寻你，却始终找不到。好在你安然无恙的，回到了我身边。"

美木夏实转过身，声音越发柔软："吉川君……"

光阴似箭，10年一晃而过，诉尽彼此10年之间的经历，一弯月牙悄悄悬立在空中，两人在温柔的月色下相拥，不知身后不远处有一女子悄悄地消失在天际。

五日后，二人择良辰吉日在豆腐馆成亲，宾客寥寥无几，新人却一脸幸福，笑得很是温柔。吉川豆紧握夏实的手，眼角的笑意渐浓："夏实，娶了你，实属我三生有幸。这一路走来，坎坎坷坷，但要在一起的人，即便曾分散在天涯，亦会破除万难彼此相逢，最终一起白头偕老。"他停了停，扬声道，"今生今世你都逃不了了，你已是我的人！"

夏实本是个感性之人，听他语气恳切，泪水缓缓落下，羞涩一笑："今生是你的，那下辈子不是吗？"

"下辈子，下下辈子，下八百辈子都是我的！只能是我的！"

忽闻"扑哧"一声，众人循声望去，一男子将刚入口的桃酒喷出，想是被刚才新人的情话呛到了。四座轰然一笑，纷纷怪嗔新人太过甜蜜。宾客虽不多，婚宴上的菜式却不少，众人眼瞧着桌上色香俱全的味噌汤和挂面、鲷鱼和茶泡饭，迫不及待地大动食指。

吉川豆很是高兴，站在宾客间举起杯盏，与之共饮桃酒，听得大家夸他与夏实真是一对璧人，不由得转身看了看身后的妻子。

美木夏实坐在一方轻拂琴弦，朝他笑了笑，旋即起了个调子。歌声由幽怨转为欢畅，琴音由急渐缓，声声含情，似乎有意无意地感叹这世间的情路坎坷，唯愿上天眷顾有情人，终成眷属。

第二十章　山魈偷袭，闯自杀林

(1)

流川的故事虽然讲完了，但还是没找出适合埋葬黑岩田的墓穴，看起来他好像在寻找什么东西，嘴里还碎碎念个不停。此时，我忽然想起了周星驰的《大话西游》里那个特别唠叨的唐僧，仿佛他正在我面前唱歌。

司徒天的体力估计也快消耗光了，之前山上的山梯又窄又陡，正常人爬上去都很吃力，更别说司徒天这个死胖子驮着黑岩田的尸体爬了，他现在早已经累成狗，身上的衣服估计都能拧出水来。

司徒天站在原地喘着粗气，有点不耐烦地喊道："流川，你还要找多久？能快点不？"

流川连头都没回，大声骂道："催什么催？你要是觉得辛苦，换白逸君驮着尸体，你们不知道替死者找墓穴很重要，尤其是黑岩田这种死因离奇的家伙，如果随便找一处下葬，会引发尸变，到时候我们都会染上尸毒！"

我见这势头有点不对，立马开始调节气氛，主动转移话题，让流川讲故事给司徒天听。

天正元年，夏至四更，蝉鸣蛙鼓，桔梗花漫山遍野，晚霞艳丽多彩，却闷热难忍。一年之中最炎热气闷的时节，悄然而至。毗邻海边的小镇上，阳光更为毒辣，却也抵挡不住当地孩童下海。海水碧蓝如天空，一望无际，夜里泛起鱼鳞般银色的光，煞是好看。微凉的海风轻轻吹拂，浪花拍打礁

第二十章　山魈偷袭，闯自杀林

石，发出欢畅的声音，宛如一家人在嬉戏，好不热闹。

镇上白昼的空气中热量充足，人昏昏欲睡，总也打不起精神。偶尔闻得小巷里传来孩童的啼哭声，便知是被母亲训斥私自下海之事，大抵是天气炎热，人心容易烦躁，惩罚的方式也粗暴了起来。但比起寒冬，这样的天气，却是盗贼行动的好时机。

木村信吾一早便闻得昨夜镇上几户人家被盗窃，匆忙赶去，却见衙门外熙熙攘攘，人声鼎沸。好不容易挤进去，大堂内几名百姓正在申述，并乞求官府早日捉到盗贼，否则难以安抚人心。

坐在大堂正中央的知县大人神色困顿，脑袋像小鸡啄米一般，听闻身旁的师爷提醒，方佯装郑重地点点头，旋即呼唤捕头，下令近日要将盗贼捉拿归案。

木村信吾闻声出列，双手作了个揖，垂首称是。

退堂之后，木村信吾领着两个跟班，来到被盗之人的家中，查看盗贼留下的破绽。踏破了几户人家的门槛，已有一些眉目，每户的墙上都有血迹，只写了"大智"二字，似乎是一个名字。

他沉吟片刻，问道："有谁认识大智？"

在场无一人回答，他一一扫过众人的脸庞，发觉一个富商脸上流露出不安之色，眼神也躲躲闪闪，腿不觉地打战，很是慌张的样子，便朝他走去。良久，那人依旧反复道："大人饶命，小的真的不认识。"信吾自知得不到答案，于是只好作罢，着眼于当下的差事。

五更，万籁俱寂。木村信吾与两个跟班藏身于富商宅邸附近，他轻功了得，独自攀上屋顶，匍匐于隐蔽之处，不动声色地等待盗贼的降临。

两炷香的时辰过去，跟班在稻草中等得昏昏欲睡，被信吾一个石子弹去，顿时清醒不少。少时，从一个巷子里出来一黑衣男子，低着头，身材瘦小，走路无声无息。忽然，他施展轻功飞上了富商宅邸的屋顶，又将身一跃，已然入了书房。

悬立在屋檐下的信吾，用手指沾了些唾沫，戳了书房的窗纸，从洞口看

去,那男子正在窸窸窣窣地翻东西。 就趁此时,信吾闯入书房,那盗贼一见来人,旋即往窗户逃了出去!

按脚印跟到这里却断了线索,只见四周古木深深,光阴斑驳,已然进入了森林之中。 信吾四处寻觅,良久,方见山下有一个小村落,只是山势险峻,泥路难行,一时之间也藏不进村里。 转念一想,盗贼可能仍在附近。

信吾在跟班耳旁细语,又冲其他人使眼色,大家领意,纷纷藏身于灌木之中,唯有信吾一人施展轻功,稳稳地落在粗壮的树枝上。 他左顾右盼,伸长颈部眺望,忽见不远处一颗奇形怪状的大树后,冒出了一块黑色的衣布。顿时脸上露出一抹得意的笑容,内心却喝道:贼人,看你还往哪里逃!

不过两棵大树的距离,他的身影却快如闪电,像是长腿只迈开了两步,便落在盗贼所在的那棵树上。 那盗贼有所察觉,眼见四周的灌木有所移动,立刻撒腿便跑,不料头顶已布下一张大网。

木村信吾将身一跃,已然站在贼人面前,这才看清此人戴着一副面具,眼色冷淡,似有恨意。 忽然,寒冷的刀光闪现眼前,信吾旋即跃身退后,从腰上抽出宝刀,朝敌人招呼过去。

大战十几回合之后,方知两人的功夫不相上下,跟班却早已受伤,贼人势单力薄,现下体力不支,抱刀而立。 信吾手中寒光一现,单刀旋转飞舞,那贼人见状,慌乱而逃,不知前方地形宛如悬崖!

他一脚踩空陆地,身形飞速坠落,耳畔风声呼啸,尖叫声堪比雷鸣。 忽然那贼人惨叫一声,脑袋磕到一块大石头上,鲜血横流不止,已然一命呜呼!

紧跟其后的信吾被贼人胡乱拖住小腿,来不及抱紧周围的大树,身子在山间滚落,见到贼人的下场,内心惊恐不已,忙伸手乱抓一通,却什么也抓不着。 忽然不知怎的,他整个人像中了毒一般,面色惨白,青筋突起,双眼一闭,失去了知觉!

深夜,身着蓝紫色和服的女子推门而入,轻轻地放下食案后,正要伸手探测信吾额头上的温度,却被另一只手蛮力地钳住,躺着的人缓缓睁开眼,

第二十章 山魈偷袭，闯自杀林

沉声问："来者何人？"

"你终于醒了。"女子惊喜道。

信吾见女子不答，顾着起身，却"啊"一声呻吟，又躺了回去，问道："我怎会在这里？怎么这么痛？"

"你从山坡上滚下来，摔断了腿，脸部被擦伤，身上也多处受伤。"女子扳着手指头算了算，"已经昏睡了五日。"

信吾顿时双眼瞪得极大，眼眶像是被覆上了一层红色的雾，双手捏住女子的手臂，高声道："怎么会？我怎么可能摔断腿？"言语间，他猛地揭开被褥，怔了怔，目光渐渐黯淡，良久方重新盖上，已然心如槁木。

连续三日，信吾足不出户，却每日按时喝药饮食，也不担忧女子是否下了毒，亦不闻不问窗外事。直到某一日，他惊觉这段时间以来，自己像与世隔绝一般，除了女子，便再无他人问候，亦听不见周围嘈杂的声音。刹那间，心底悚然一惊，忙下床持起降龙木拐杖，一跛一跛地走出门。

的确位于深山之中，房屋相隔较远，皆用竹子建成。不远处似有一片花海，方圆十里都开满了紫蓝色的花朵，明晃晃的阳光洒在花瓣上，甚是娇嫩可爱。放眼望去，只觉花团锦簇，美不胜收。

他的目光眺望远处，似有所思，脑中开始回放七日前的画面，那日与盗贼打战，未曾见过此地有一片花海，又是这般艳丽的色彩，怎会看不见？真是奇了怪了。

忽闻女子呼唤，他却不作声，脸上写满了疑问，不多时她已走到身旁："木村公子，回去吧。"

刚落座，信吾佯装若无其事，问道："这么多日，可有人找过我？"

女子笑着摇摇头，转身从身后的木桶中取出一份面食，自顾自地说："为了这碗冷面我可费心存了冰水，将荞麦面煮好之后，以冰水泡至冷却，再放在盆中的竹帘上，放些许紫菜丝，往冷面汁里洒葱花和白芝麻，便成了一道消暑去燥的美食。老人常道夏至食面，公子可得尝尝。"

木村信吾微微颔首报以一笑，瞧了两眼桌上的菜肴，一盆伏日绿荷包

171

子，即以荷叶裹的包子，入口即有一股清爽的叶草香沁人心脾。以及儿时最爱的水无月和琥珀羹，皆是夏季的和果子。这些菜肴都有消暑的作用，最是适宜夏日食用。

(2)

当年手艺很好的母亲，一到这个节气，因冰块难存，又难以忍耐闷热，便会做水无月来吃。当母亲的身影在厨房忙忙碌碌时，信吾却在一旁玩糯米粉，弄得自己一脸苍白，被母亲称作最美的白花猫。

制作过程也不难，依稀记得母亲做好糯米糕后，再撒上以蜂蜜煮过的红豆来蒸制，一出锅便可食用。他虽不是女孩，却十分喜爱点心。更何况母亲做的这一道，甜蜜豆甘甜松软，糯米糕劲道弹牙，味道好吃得无以言表。后来母亲离世，他在街上买过水无月，却再也吃不到那种充满母爱的味道。而琥珀羹身价高贵，寻常百姓一般吃不到。

而今忆起，似乎最美好的时光，都停留在过去了。

女子在他眼前晃了晃手，信吾方一脸醒悟过来。她温柔地笑笑，挽袖拎起冒着水汽的铜壶，从壶嘴斟出一道乳白色酒水，倾入两只淡蓝色的陶瓷杯。那酒水一入杯中，顿时沙沙作响，泛起细小透明的水泡。

木村信吾尝了一口面，惊喜道："好吃！真是抱歉，打扰了姑娘这么多日，却不知姑娘的芳名为何？"

女子的眼眸如桂圆一般，炯炯有神地盯着他："小女名为小池桔梗，因生于桔梗花乡，便取了这个名字。"

四目交加的瞬间，她那双温柔的眼眸中，隐隐发出一种奇怪的信号。信吾忽然浑身一个激灵，将目光移向酒杯，笑道："好名字！敢问小池姑娘为何一人住在这里？这般偏僻生冷，又冒着野兽突临的危险。"

小池桔梗掂起陶瓷酒杯，笑得极其大方："万物皆有灵性，怕什么？不过，说到底还是我一个人久了，也就习惯住在这里了。"

不知怎的，听闻她并无心上人，信吾的内心竟有些欢愉，嘴角不自觉地扬起微笑，这一动作被桔梗完整地收入眼底。他忽而想起自己的残躯，已没有资格让一个花容月貌的女子，舍弃大好青春以及荣华富贵来陪自己吃苦，恐怕她想要的，哪怕是一点点，他都给不了。

于是，他收回笑容，淡淡道："我吃饱了，先回房了。"

桔梗有些错愕，不知自己说错了什么，手足无措地愣在原地，任他一人离开大厅。望着他孤单的背影，想必这些年来，他都是一人承担，身边没有可以信赖的人，一定很是辛苦。就这么想着，不多时，她已原谅他方才对自己失礼的态度。

一连数日，木村信吾都不愿见她，却碍于自身不便，又是客人，也不好驱赶她，只是态度依然冷淡。桔梗起初并不介意，相信某一日他会看清自己的内心，与她求和。

然而，一个月后，她终于按捺不住，猛地推开他的房门，双眼通红，神情凄苦，颤声道："信吾，你为何要这般待我？明明动了心，却又将我推到千里之外。"

语毕，她潸然泪下，滴在木村信吾的手背上，带起一阵灼热的刺痛。

他低着头，不敢看她，生怕自己会忍不住冲过去拥住她。她流的泪，是他身上的血，每一滴都引起心上一阵疼痛，却只能在心中回答，"因为我不能连累你。"

小池桔梗的哭声愈来愈大，见他不理会，心中更是委屈，转身跑了出去。静坐在花丛中，抬头仰望夜空，发觉月亮有个缺口，与自己此时此刻的那颗心毫无区别。

眼中又蓄满了泪水，发觉自从爱上一个人后，整个人敏感如麋鹿，稍受了一丝委屈，泪珠便如同洪水猛兽一般涌出，生生叫人笑话。于是，她仰起头，努力地不让泪水流出。

"桔梗妹妹，你这是在做什么？"身旁不知何时出现一个美若天仙的女子，声音宛如潺潺而流的河水一般，甚是好听。

"我在看星星们眨眼啊，姐姐怎么有空来这里？"桔梗淡然地说。

173

"我来是想问问，妹妹是下定决心了么？"那女子微微一笑。

小池桔梗思忖片刻，忽然脸上绽放出笑容，缓缓开口道："没错，我认定了。"

"还有一个坏消息。"那女子宛然一笑，在她耳旁低语几句，便消失得无影无踪，像是从未来过一般。只见桔梗的脸上一青一白，像是受到了什么惊吓。

翌日，不知怎的，木村信吾一早醒来，就慌乱地寻找桔梗。刚踏出房屋，见得厨房灯火通明，一个熟悉的身影在里头忙碌，旋即快步走去。

忽觉腰上传来丝丝温度，被一只手臂牢牢地环住，耳旁响起一道清朗的声音："桔梗，你在做什么好吃的？"

小池桔梗的脸颊滚烫，泛起一片绯红，却佯装生气道："真是厚脸皮，也不知是谁当初将我拒之不理的？"

木村信吾将头埋进她的发间，声音软软的："是我错了，我真是十恶不赦！主人，你打算怎么惩罚我？"

小池桔梗转过身来，一脸天真无邪的笑容，随后狠狠地朝他的手臂咬了一口，顿时一道惨叫声响彻天际。

自那以后，两人像神仙眷侣一般隐居山林，岁月悠长平淡，却也过得十分惬意。每日一早，信吾睁开双眼不见枕边人，就急得疯狂地呼唤和寻找。食一顿饭，两人也有商有量，闲来无事便去摘野果子，种时令果蔬，共赏黄昏。像极了一对相亲相爱多年的老夫妻。

直到花期那一夜，二人正要入睡，却见窗外一阵美丽的霞光闪现，只一瞬消逝，木村信吾怕有盗贼潜入，便要起身去探个究竟，却被小池桔梗拉住手腕。他忽觉困顿非常，倚靠着床头，渐渐地睡着了。

桔梗蹑手蹑脚地离开，她知道，那个人在等她。

一弯月牙高高悬挂，繁星璀璨，月光照得大地通亮，沿着小径走去，远远望见一位身着粉色碎花长裙的女子，身上隐隐散发白色的光，宛如一个花仙子。山间清冷的风吹起她漆黑的长发，女子一动不动地站着，与这片山野

第二十章 山魈偷袭，闯自杀林

一样寂静。

良久，一道轻柔甜美的声音徐徐响起："桔梗，你该回来了。"那女子转身盈盈浅笑，月光落在她的脸上，有种说不出的好看。

桔梗虽知道她的来意，却没想到来得这么快，顿时面露难色，蛾眉紧锁，眼中饱含泪水："姐姐，我还不能回去，信吾他的腿疾还未痊愈，我若此时离他而去，定会伤及他心。"

女子淡淡道："倘若，你的离开可以换回他的那条腿，你可愿意跟我走？"

桔梗闻言微微一愣，擦拭脸上的泪水："姐姐，你有什么方法？"

女子语重心长道："我自有法子，只是……"

桔梗内心不安："只是什么？"

女子摇摇头，苦口婆心地劝道："若要他双腿能够如常人般行走，你就不能再与他一起。桔梗，你的修行还差最后一步，在事情变得更糟之前，可别再犯糊涂了。"

小池桔梗怔了怔，旋即点点头，眼中不觉落下泪来。女子心疼地看着她，自知再说什么都是多余，便轻轻拍了拍她的手以示安慰，渐渐地消失在眼前。

微凉的山风又起，桔梗蹲在花丛中抱着自己，眼泪像雨水般不停止地掉落。她跌跌撞撞地走回房中，轻轻地抚摸信吾的脸庞，一遍又一遍，像是怎么都摸不够似的。

"倘若可以两全，该多好。我宁可不成仙，只看你自信潇洒地活着，与你做一对尘世夫妻。可惜今生……"她的抽泣声再起，不敢再说下去，生怕惊醒梦中人。只是信吾，如何让我舍得离你而去？既然今生无法再相爱，那么就请你忘记我，好好地活着。

木村信吾乍然醒来，两个跟班映入眼帘，他们惊醒道："头儿，你醒了，真是老天有眼啊！"他听得一头雾水，只记得当时滚下了山，再醒来便在自己的家中了。

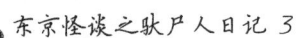

忽然，瞥见窗旁的花瓶插了几枝蓝紫色的花朵，颇为艳丽，即使室内无风，它们也一摇一摆地舞弄身姿，似乎很有灵性。信吾很是喜欢，拨开跟班，下床走向桔梗花，愈是靠近，心痛的感觉愈深刻。

明明昨夜无雨，花瓣上却沾了几滴晶莹的水珠。他捧着花朵，顿时像吃了大蒜一般，眼泪不觉地滴落在花蕊之中。

身后的一个跟班奇怪道："深秋的桔梗花不是已经结果了吗？怎么还开得这般华丽？"

另一个跟班一本正经道："听说，桔梗花的花语有四种，分别是：永恒不变的爱，永世不忘的爱，无望的爱，无悔的爱。"

只见木村信吾的嘴角翕张，念念有词："无悔的爱……"

故事才说完，一群体型粗壮外形酷似猴子的生物，突然从林子里窜了出来。

流川见状指着那群东西大叫道："快跑！这些家伙是山魈！"

第二十一章　独臂火猴，玩命逃亡

(1)

话音刚落，我跟司徒天都听说过山魈的凶猛，我们三个人慌慌张张地跑入前方的那片森林，本在后面紧追不舍的山魈不知道出于什么原因，突然停下来不追了，还龇牙咧嘴地大声怪叫着往回跑，看样子它们好像很惧怕森林里的某种东西。

我背上依然绑着黑岩田的尸体，呼吸急促地反问流川："那群山魈怎么不追了？"

等流川转过身来后，我才发现他的脸色比之前被山魈追时还要难看几分。

流川先是观察了一下四面八方，顿了顿才回答道："没有为什么，因为这块林子是死亡墓园里最凶的自杀林，林子里有上百无名的凶冢，大部分人都是冤死在里面，根本没地方埋葬尸体。"

我不知为何，突然打了个寒战，接过话茬："流川，那我们还要继续深入？"

流川先是迟疑片刻，白我一眼说："进！不进怎么完成任务？"

司徒天不愿意了，他冲流川小声抱怨道："还要走多远？路上真无聊！"

流川岂会不明司徒天心里那点小九九？主动答应下来途中会讲故事解闷。

此话一出口，司徒天的态度立马来了个大逆转，当下缠着流川讲了一个

相思羹的故事。

庆长八年，京都府近郊乡下，在熙熙攘攘的街道上，新开了一家名为"合欢"的糕点店铺，掌柜是个20多岁的女子，一头乌黑的长发上束了几根彩带，总爱穿一身素色的长裙，给人一种清爽的视觉。她做的糕点都是传统的点心，却自己花了一番心思，为这些糕点取了新的名字，大多都符合节日。

恰好过两日是七夕，天上的牛郎织女相会于鹊桥，尘世间的恋侣则去地王神社许愿，以及品尝水羊羹。天上人间，恋人成双，执手相看两不厌，皆洋溢着一股浓郁的甜蜜。总而言之，是个极好的日子。

幸田优那在店外伸了个懒腰，来回踱步，伸展筋骨。天未亮，她已在厨房忙活，为了这个节日，她特意做了一道相思羹，其传统的叫法为水羊羹。

因制作细红豆沙的过程繁琐，需要炖煮、碾压、过滤、沉淀之后，方能使之成为入口即化的红豆沙。她端过早先做好的细红豆沙放入糖水中熬煮，慢慢地混入透明的寒天条，熬煮使其融化之后，再倒入容器内冷却，凝固成长方体的红色糕点。

天一亮，街上热热闹闹，小贩的吆喝声混乱，仔细一看，竟都在卖水羊羹。幸田优那忙插上剪彩小旗，让店里的小瑶和小二哥端出去卖，她也扬声吆喝几句，声音如夜莺一般好听，很快就引来一批客人。大家一听是相思羹，很是新奇，纷纷抢着要买，不一会工夫就被一抢而空。

幸田优那与小瑶收拾完毕，正要转身走入店内，却闻得身后徐徐响起争吵的声音，不禁回头一看，原是一对年轻的恋人。

"你看，都已经卖完了。"女子的脸鼓得像个包子一般，翻了翻白眼，心中有一股闷气无处可发泄。

"那我明日早些过来，给你买10个，够吃吗？"男子拉过她的手，也不在意她的责难，语气十分温柔。

女子"扑哧"笑出声，略作思忖一下，方点头应允。脸上的五官精致，身着一袭青衣，与身旁的男子很是般配，不多时两人手牵手扬长而去。

　　幸田优那见今日的生意很好，转念一想，让小瑶明日卖糕点时说，相思羹只在这两日有卖，节后则不再供应。翌日，专程来买糕点的人络绎不绝，多是昨日尝过的老主顾，以及慕名而来的人。

　　人手不够时，幸田优那便会在一旁负责收银两，眼见相思羹再度在短时间内被抢光，眼角的笑意愈浓，深信店铺的生意会愈来愈红火。只是她等了许久，一面收钱，一面左顾右盼，始终不见昨日的那对恋侣。

　　今日即是七夕，幸田虽只身一人在京都府落脚，却也知道，在这仲夏之夜，一面品尝水嫩柔滑、清凉润喉的相思羹，一面观赏着一年一度的烟花大会，可谓是炎夏里最美的享受。而成双成对的年轻恋侣，他们牵手，或拥抱，或亲吻，都是这个时候最美丽的一道风景。

　　薄暮时分，优那塞了些银两给小瑶，将她推到店外感受节日的氛围，独自一人在后院欣赏黄昏，享受这一分一秒的宁静。在温柔的阳光下，余光看见角落有小小的淡紫色花朵，藤蔓缠绕，花冠呈漏斗状。优那被吸引过去，也不知是何时种的花，在这不起眼的角落盛开，不由得心生怜爱，目光祥和地看了许久。

　　优那向来喜爱花草，自然知晓这是朝颜花，忆起书中记载此花有薄命之意，清晨盛开，黄昏凋谢。

　　忽闻"咚咚"两声，不知是谁人敲门，打破了这一份美好氛围。优那顿时峨眉微蹙，极缓慢地走去。

　　开门一看，原是昨日的那个男子。他一脸疲惫，颇为愧疚道："真不好意思，掌柜你可还有相思羹卖？"

　　优那不假思索道："今早已经卖完了。"

　　那男子不甘地接着问："那你可再做一些吗？我愿付双倍的价钱。只今日一次，拜托你。"

　　优那见他语气诚恳，几近哀求，沉思了片刻。为了这个店，她的盘缠似乎已剩不多，现下有人送钱上门，何乐而不为？于是，她点点头，将男子引

入院内。

　　那男子自有一身高贵之气，进了院子也不张望，独自坐在凉亭中等待，只是身旁无人时，他的脸上流露出忧愁之色，想是发生了什么。　优那也不多问，转身走入厨房忙活。

　　不多时，优那端出铺在绿叶上的相思羹，将其装入一个木盒子里。　那男子很是感谢，将两锭银子放在桌上，便提着盒子匆忙地离去。　优那目送他远去，掐指一算，只笑了笑，随后转身关好了大门。

　　天色渐渐暗下来，夜里的街道人头攒动，两旁的店铺为了在节日里捞一笔钱，加大力度地引诱人群，而向来夜里不经营的合欢店铺，却奇迹般开着门。　经过黄昏的事之后，优那寻思了许久，决定今夜起店铺整日都开门经营，说不定能看见许多有趣的故事。

　　亥时，人群渐渐移至河边和神社，等待一年一度的烟花大会，优那也关了店门，寻了一处人少的地方，看着月光下相依相偎的恋侣，听他们低声细语。　不多时，听见爆竹的响声，缤纷多彩的火花从远处喷发，在空中形成一朵五彩缤纷的花。

　　一时之间，惊呼声、欢笑声连连响起，奏成人间特有的一段音符。

(2)

　　不经意间，一对璧人落入优那的眼帘，定睛一看，正是几日前在店前吵架的那对恋侣，今夜方知男子是北村万里，一名为人极低调的武将。　女子小仓瑞希出身商家，家大业大，在镇上名列前茅。

　　然而，此时此刻小仓瑞希泪流满面，嘴角微启，念念有词，却因相隔较远，优那听不清内容。　只见北村万里面露愁色，替她轻轻地拭去泪水，相拥于黑暗之中。　少时，他们便坐上马车离开了。

　　居数月，合欢店铺更名为合欢馆，空间扩大了几倍，新增了许多菜肴。优那尤为高兴，每次或在柜台边算账，或招呼客人，忙得不亦乐乎。

　　一个黄道吉日的晌午，馆外人声鼎沸，从很远的地方传来吹吹打打的声

第二十一章　独臂火猴，玩命逃亡

响，惊醒了梦中的幸田优那，顿时猛地坐起来，怒气冲天，睡意已然全无。

优那伫立在合欢馆的门口，眼见迎亲队伍扬长而去，不免有些郁闷，忽闻身旁两名妇人讨论的声音，方停下往回走的脚步。

"听说那个北村少将战死沙场了。"

"今天成亲的是小仓家的千金，与另一个富家少爷。"

"真是可惜，他们本就是天造地设的一对，现下却阴阳两隔。"

妇人摇摇头，带着一脸遗憾的神色，慢悠悠地走回家。幸田优那有些不可思议，上次她明明算的是两人在一起，怎么现在却有一个死了？忙掐指一算，脸上方绽放笑容。只是她也说不清自己为何要帮这对璧人，大抵是缘分所致。

松下宅邸的屋檐下挂了两个大红灯笼，大门外多名壮汉严守，像是怕人破坏。优那在心底冷冷一笑，轻哼一声，踩着一地的落叶，转身走进了巷子里。少时，她已出现在小仓瑞希的眼前。

小仓瑞希见有人突然出现在屋内，吓得一声尖叫，守在门外的下人闻声，旋即破门而入，四目张望道："夫人，你没事吧？"

"没、没事，方才有只花猫闯了进来，见你们一来，从窗户逃出去了。"瑞希指指窗户，下人低着头退了出去。

幸田优那闻得关门声响，小心翼翼地从柜子里出来，笑道："姑娘别问我是何许人也，我是来通报一声，北村少爷并没有战死沙场。"

瑞希眼中猛然一亮，惊喜道："掌柜说的可是真的？万里他当真没有死？"

幸田优那的眼神坚定，不容置疑，她笑道："我不说胡话，姑娘若是相信，便信。若不信，我这就可以走。"

瑞希忙拉住她的手臂，低声问："掌柜，你并非常人，可有法子救我出去？这桩婚姻并非我自愿，而是父亲破产，为救一时之急，接受了松下家族的交易。"

优那一听这桩婚姻是一笔交易，瞬间暴怒："什么，为满足自己竟将女儿

的终身大事当作儿戏，欲望如此膨胀！你放心，我来就是为了救你的。只是，我现下要去厨房一趟，若等下他进来与你喝酒，你什么都不要吃，千万要记住。"

话音一落，优那已消失得无影无踪。她化作松下府上的一个佣人，见厨房的火炉旁有一童子守着热甜酒，酒味香醇馥郁，眼中忽然一闪，她轻轻地走到童子身后，在肩上狠狠地敲了一下，顿时童子脑袋一歪，已经晕厥过去。

"这酒真是香，不喝都对不起自己。"她替自己斟了一碗，一饮而尽后，倒了一碗乳白色汁液，"今夜，你们就能甜甜地沉睡了。"

亥时，宾客都散了去，只剩松下少爷一路跌跌撞撞地走进婚房。他一脸通红，醉得不成样子，嘴上还说着令人嫌恶的废话："夫人，夫人，我来了，终于可以洞房了。"

"还不能洞房，我们的交杯酒可还没喝。"小仓瑞希从他身后走来，往两盏银杯里斟满了乳白色的甜酒，满面笑容地递给他。

松下少爷也不作他想，只当作普通的一杯酒，内心想着喝完这杯便能与美人一夜尽欢了。饮完这杯交杯酒，他立刻伸手扑向瑞希，瑞希见他还没死，很是惶恐，玩起了满屋子跑的游戏。

忽然，"扑通"一声，身后的松下少爷昏倒在地，一动不动，面色惨白。瑞希缓缓走去，吓得手脚发颤，手指靠近他的鼻子时，此人已没有了气息。

翌日清晨，合欢馆依然挤得门庭若市，幸田优那睡眼惺忪地倚靠着柜台，听客人小声议论松下少爷洞房花烛夜，被人用夹竹桃汁液毒死，而新婚妻子不翼而飞的奇事。渐渐地，愈来愈多的客人一起议论松下家族，他们昔日是如何仗势欺人的，连店小二也参与了进去。

良久，小瑶不由得浑身一颤，低声道："真是吓人！不过松下一家也是活该！"

许久不发一言的优那手握山芋馒头，嚼了一大口，朝众人微微一笑："可见人的欲望一旦发展得不可收拾，自会惹事上身。"

第二十一章 独臂火猴,玩命逃亡

在距离京都府十万八千里之外的一个小山村,来了一对年轻的夫妇,男子早出晚归,每日养马挑柴种菜,而女子则做些针线活拿去镇上变卖,两人脱离了锦衣玉食的生活,却更觉安宁幸福。

这一对夫妇便是北村万里和小池瑞希。那一夜,优那救了瑞希之后,在门上画了一圈,轻而易举地将她送到了这个小山村,而万里早已在此等候多时。两人远远相望,却是泪雨凝噎,随后快步地冲向对方,深深地拥住彼此。不多时,二人只紧紧握着彼此的手,泪眼婆娑,不断地向优那道谢。

优那却说:"不必谢我。你们帮我得到了欲望,而我这么做,只是礼尚往来。"

二人不知她话中的深意,以为她是仙人,仍一味地弯腰道谢,再抬起头,眼前的仙人已消失了。

故事刚说完才没多久,一只独臂的火猴子突然从林子里跑了出来,对着我们三个就是一顿猛追。

第二十二章　尸毒蔓延，血虫食毒

(1)

虽然逃过了独臂火猴，但我们各自都有负伤，多数是因为逃跑的途中让树枝刮伤的。

直到能确认已经摆脱独臂火猴之后，我们三个人才停下逃跑的脚步。

突然，我感觉驮着的尸体貌似动了一下，便叫住流川："流川，我背上的尸体在动！"

司徒天以为我想多了，笑着说："你不想驮就换我来，别扯瞎话！"

流川反倒神情严肃地走到我跟前，探了下黑岩田的额头，结果大喝道："要尸变了！"

此话一出，我还没回过神来，只听见手上的紫铃铛发出脆响声，原本在我背上的黑岩田突然朝我耳朵喷了一口气，发出嗷嗷怪叫。司徒天二话不说冲了过来，一把将黑岩田的尸体踹开，我乘机驴打滚躲过。

黑岩田被踹倒不假，岂料他来了个鲤鱼打挺，死死抓住司徒天的腿，张嘴便咬了下去。

司徒天吃痛大叫，在地上来回滚动。流川立马抽出背上的刀，直接举刀杀向黑岩田，刀从背面直接穿过黑岩田的前胸，本以为一刀必杀，可惜黑岩田的右手死死抓住流川的刀，估计还没死绝。

我见状亮出九节鞭甩了过去，九节鞭锁住黑岩田的脖子，我开始使劲硬生生把黑岩田给弄死了。司徒天却躺在地上，他的腿部长出少量绿色小点，

第二十二章　尸毒蔓延，血虫食毒

流川收好刀赶忙跑过去，撕烂自己的袖子替司徒天的伤口包扎。

"快！快过来帮忙啊！"流川见我还傻站着，就冲我大吼："之前，我也见过驮尸人中尸毒，现在我们要赶在明天凌晨之前，想办法替他清除体内的尸毒，如果办不到，他就会因中尸毒惨死！"

经流川这一吼，我才回过神来，主动把司徒天放在流川的背上，流川为了不让司徒天失去意识，在沿途不断跟司徒天说话，我们开始往回狂奔，幸好流川跟我都练过武，用尽全力狂奔。

我们花了足足一个多小时才抵达殡仪馆附近的小旅馆。流川出高价解决了租房问题，我们合力把司徒天平放在床上。因为是中了尸毒，根本不敢送医院，就算送医院估计同样无能为力。

我坐在床沿看着躺在床上的司徒天，此次驮尸任务彻底失败，本以为能顺利在死亡墓园下葬完成任务。结果半路却因为误闯死亡墓园内最凶猛的稻草人自杀林，黑岩田意外诈尸引来突变。尸毒没能成功抑制，流川皱着眉头在床边来回踱步，他走到我面前神情颇为凝重地说道："白逸君，眼下只有请我师父出马了，估计他能有办法解掉司徒君身上的尸毒！"说话间，他不管我有没有答应，直接掏出手机给黑木老头打电话。

我一时间不知说什么好，看着司徒天眼睛有点发红，他虽然有时候不靠谱，但关键时刻绝对是能把后背交给他的生死兄弟。倘若不是他在危急关头推开我，我肯定会让尸变后的黑岩田给咬了，导致染上尸毒。

流川已经打完电话，走回我面前，我连忙问道："流川君，怎么样？黑木他有办法解毒？"

在等黑木的过程之中，为了不让司徒天失去知觉，我在他耳边碎碎念。

等了一个小时，黑木老头总算来了，进门便对着我和流川一顿乱骂。

我们俩无法反驳，他骂完之后又从怀里拿出一个透明的白瓶子，瓶子内装满了五颜六色的虫子，把瓶盖打开将虫子全倒入司徒天的嘴巴里。他一边给司徒天用血虫清理他体内的尸毒，一边开始讲故事。

故事发生在元禄年间，一种名为木偶净琉璃的文乐兴起，又称木偶剧。在大阪城有一位富家千金名为惠丽菊，自幼受母亲的熏陶，从小就爱看木偶剧。如今芳龄十八，已亭亭玉立，气质优雅，不少男子对其心生爱慕之意。

前不久她的母亲离开人世，一夜之间，父亲一蹶不振，脾气喜怒无常不说，还格外得暴躁，往日的慈父形象已不知所踪。于她而言，这无疑是一场噩梦。每每见到父亲颓废的模样，她很是心痛，只有在看木偶剧时，才能开怀大笑。

母亲去世的第二个年头，她独自去看戏。起初，她如坐针毡，在热闹的人群中似乎只有她是一个人，觉得周围的人都在看着自己。渐渐地看到精彩处，她便放松了，脸上堆满笑容，如同往常般拉着身旁的人的衣袖，想要分享那一刻的精彩。可在下一秒，她猛地发觉自己拉错了人，连忙松开手，又不断地向男子道歉，羞到脸上微微泛起红晕。

男子面目清秀，虽然穿着打扮过于朴素，但行为举止却彬彬有礼，他丝毫不介意她的鲁莽，只是对她温柔地笑了笑，小声道："姑娘好似很喜欢看剧，方才听到你的笑声，我知道你也是懂剧之人。"

惠丽菊愣了愣神，眼底掠过几丝淡淡的忧伤，连她自己都忘记了，有多久不曾发自内心的笑。她收起了这一份伤怀，朝男子微微一笑："我自小就看剧，常是这副状态，让公子见笑了。"

男子观察细微，自然看见了她哀伤的神情，便将话题转向别处："不敢当，在下永山和夫，平日里在学堂教书。"他说话的声音温润如水，细细观察着惠丽菊。忽然，他的心跳逐渐加快，手心直冒汗，快速收回目光。

她瞧了两眼，故意打趣道："和夫先生，你怎么这般拘束？可是风大吹着你了？"

和夫一时之间，大脑转不过弯来，答非所问："真是奇怪。"

响亮的掌声响起，惠丽菊见他的嘴唇张了张，却没听清内容，一脸困惑道："你说什么？"

和夫摇了摇头，右手却不自觉地摸了摸胸口，心跳的节奏比平常快。

第二十二章　尸毒蔓延，血虫食毒

惠丽菊微微侧首，见四周只有他一人傻傻摇头，觉得很是奇怪，自动挑起眉毛，一副此人疯了的神情。撇回头之后，她的目光望向台上的木偶，嘴角却浮现出一抹连自己都未察觉的微笑。

一出戏演完了，群众缓缓起身，与身旁的人携手离去。

永山和夫与惠丽菊步行了一段路，两人时而滔滔不绝，时而低头不语。

末了，惠丽菊朝和夫施了一礼，转身往马车的方向走，带着一丝不舍。

和夫回到家中，没有丝毫睡意，便到书房取出文房四宝，将印在脑海中的面容一笔一笔地描绘到纸上。不一会儿，一张美人图便展现在眼前。他站起来，双手捏着那幅画的边，目不转睛地盯了许久，死死地盯着那张脸，总是缺少了一种味道，专属她的味道。闭上双眼回想片刻，方才发觉，原来是左眼下方少了一颗小小的泪痣。

与此同时，躺在榻上的惠丽菊辗转反侧，久久无法入眠。她平躺着，脑海中不断浮现和夫的面貌，虽是一位文人，却颇有几分英气。而且，他知进退气质温文尔雅，说话时声音温柔，与她所见过的男子都不同，这使她一想再想，心动不已。

夜已深，窗外的月光像是一盏大灯，月光如雪般全部洒在地上，院中树影斑驳，偶尔听见远处传来一阵敲锣声。屋内的人儿满怀心事，带着浓郁的思念以及期盼之心，渐渐进入了梦乡。

翌日，再次上演木偶戏。舞台上表演的人员已在准备工具，观众陆陆续续到场，和夫早早便在场守候，只为能与惠丽菊坐在一起。片刻，他远远望见她的身影，内心莫名地激动，忙站起身挥手。

不多时她笑着落座，身旁的人抑制不住内心的激动，将手中的一卷画递给她。她的脸上流露出讶异之色，忙接过来，又小心翼翼地捋平纸。

"这，这是我昨夜回去后画的，想送给你。"和夫一脸真诚，又一脸期待地看着她。

"我的天，好厉害，画得栩栩如生，看得我以为自己要从画中跳出来了。"她以手掩住因惊讶而张开的嘴唇。

"你喜欢就好。"他轻轻地舒了口气。

"当然喜欢，这是我收过的最好的礼物。"她满脸欢喜，眼中发光。

一个会心的礼物，使她看到面前的男子的真诚。忽然忆起母亲在世时，对她说，小菊日后的夫君，至少是专心待自己的人。

而今，于千万人之中，在最好的年华里，这样的人终于出现了，自己却无法与他相守。怎能叫人不伤悲？

她垂下眼睑，目光停留在画中的那颗痣上，知书达理的母亲曾说过：

传说，眼角下方有颗泪痣的女子，终生都为爱所苦，为情所困。这是三生石上刻下的印记，即使是转世也抹不掉的痕迹。

但昨夜她已决定，纵使只能与恋人在一起一日，也要爱个够。

永山和夫以手掌在她眼前挥了挥，将神情恍恍惚惚的她拉回来，含笑道："戏开始了。"

时日一长，两人的情意日益渐浓，惠丽菊的脸上的微笑也愈来愈多。

某一日，她回到家中，一踏进府，便见父亲在欢喜地查看大大小小的礼盒，以及地上一团被踩躏的纸。她定睛一看，竟是那幅画，和夫给的定情之物。

她面色瞬间大变，俯身要拾起画，却闻得父亲喝道："小菊，你是有婚约的人，怎么能与那人幽会？今日藤井将军又亲自来府上下了聘礼，这事若是传到了他的耳中，岂不让人一番笑话！"

她不理会，继而拾起了那团纸，双手极轻柔地打开那幅画，但已不复当初的完美。她就那么站着，目不转睛地盯着那幅画，上齿紧咬下唇，唇瓣随即立刻流露出血色，浑身因极度愤怒而轻微地发颤。

片刻，惠丽菊道："难道您这番做贼的行为，就不叫人笑话？恐怕，将军也不会愿意与这样的人结为亲家。"

她本想反驳，却控制不住自己的怒火，于是将计就计，把藤井将军搬出来，深深地打击了父亲。她早早便知，自己只是一个弱女子，永山和夫是一介平民，他们势单力薄，毫无力量去对抗敌人的权势。难道只能委曲求全？

她如此想着，闻得头顶传来："你，算了！明日你就去与那人断了来往，安心地嫁入藤井将军府！"他轻叹一声，"爹爹是为你好，你知道，藤井将军是想要就一定会不择手段也要得到的人。"

父亲最后的一句话，如同醍醐灌顶，将沉浸在困惑世界中的惠丽菊瞬间浇醒了。她在心底冷哼一声，抬头的那一刻，因久站而僵硬的身子发出一道轻微的声响，像是在表达自己的不甘。

(2)

翌日清晨，惠丽菊顶着一头蓬松的长发，睡眼惺忪地坐在镜前，不经意地看了一眼圆镜，却把自己吓了一大跳，双眼周围一圈黑色，像是昨夜与人斗殴了一般。她盯着镜子，看了好一会儿，方唤侍女替她梳妆。

她手上把玩着一枚银簪子，朱红色宝石的光泽鲜艳夺目，对着镜子，将其插入发梢。不经意间，看见镜中映照出身后的那幅画。又瞧了瞧窗外的天色，发觉已经不早了，忙起身穿上初次见和夫的衣裳。

今日并无戏剧可看，因此来者寥寥无几。门外只有永山和夫一人，他已在此等了两炷香的时辰，毒辣的阳光将他的后背全浸湿了。正在擦额上的汗珠之际，瞥见对面的侍女撑了一把油纸伞缓缓走来，伞面透过光线的照射，映得伞下的人一脸红润，远远地看着，就已被吸引。

惠丽菊在他面前站定，眼眸不敢直视对方，只是面无表情地说："永山和夫，从今往后，我们再没有任何关系了。"

和夫愣了愣，很快恢复笑脸，以为他做错了事情，惹得她生气，便要伸手去牵她，却被她冷冷地甩开。他尴尬地站着，脸上勉强挤出几丝微笑，温和道："这是怎么了？"

"和夫，我是说真的，从今起你不要再来找我，过段日子我就要嫁作他人的妻子了。"

"那今日我们就私奔，去一个无人认识我们的地方。"

"傻瓜，我们逃不了的。但请你相信，我依然爱你，只是我们今生无缘

相守。"

言罢，她双眼通红，垂首要走。和夫眉头皱紧，心疼不已，一把将她拉回来，紧紧地拥在一起。一瞬间，她哭得梨花带雨，惹得伫立在一旁的侍女也跟着落泪。

世上有数不尽的悲伤，但唯独不能与你在一起，是最令我伤心的事。

惠丽菊脑光一闪，胡乱地抹干一脸的泪水，将他用力地推开。他愣在原地，她却头也不回地匆匆走了。这一别，竟一年后才相见。

斗转星移，春去秋来，一年之内，战火连连，藤井将军不断被召进宫商议战事。惠丽菊终于能够松一口气，这段妾室岁月，对她来说实在过于难熬。

一日，阳光明媚的清晨，惠丽菊到寺庙上香。沿着小径上山，忽见一根箭从眼前飞速闪过，顺势望去，一只不知名的鸟被箭射中胸口，雪白的羽毛被染得殷红。

又闻得一阵男声从远处传来，循声寻去，她心头猛然一惊，已来不及躲开，僵硬地愣在原地。她暗自想，若时光可以倒流，自己定不会在此停留。

一瞬间，眼眸泛酸，却又不敢闭眼揉一揉，生怕眼眶的泪水汹涌而出。眼前的这个人，她盼了三百多日，既想再次见到，又害怕得知他已娶妻生子的消息，索性不打听，不出门，安安静静地当她的二夫人。

那一刻，时间似乎静止了，四周只剩他们二人。良久，永山和夫回过神来，如同初见时朝她微微一笑。他走到树旁拾起小鸟，转身时，那双发红的眼眸看了她一眼，却是这一眼，将他不留余地的思念都道尽了。

惠丽菊侧身偷偷地拭去泪水，又命侍女在外等候，独自追上去。庙里一个偏僻的角落，和夫的嘴角微微上扬，他知道她会来。正当她寻觅之际，他从转角处拉了她一把，佳人立刻倒入怀中。

"你怎么忍心，三百多日不见我？"和夫哽咽道。

此时，惠丽菊方见到他头上的几缕白发，心一下更加软了，不由得伸手轻抚他的脸庞，曾是她最迷恋的最英俊的面容，而今却多了几分沧桑之感。

第二十二章　尸毒蔓延，血虫食毒

原来，不仅是岁月催人老，思而不见也会催人老。

"和夫，近日可好？"她本想说，我不能连累你。可话到嘴边，又咽了回去。

"我还不错，你如何？有没有人欺负你？"和夫的脸上露出担忧之色。

一阵风袭来，吹得惠丽菊的发丝胡乱飘扬。她揽住发丝至耳后，连连道，那就好。重逢是一件令人高兴的事，她不愿提及心中的苦，就让那些不愉快的过往，都随风飘去。

夕阳斜照，惠丽菊刚到府上，却碰见大夫人菊地氏也从外回来。菊地氏看她一眼，带着些许轻蔑的意味，含笑道："怎么今日二夫人舍得踏出府？"

"今日天气好，便出去走走。"惠丽菊淡淡道。

"外面的世界是不是比府中的有趣？"菊地氏对她意味深长地笑了笑。

"这就要问大夫人，您应该比我更清楚，不是吗？"她不愿再谈下去，便福了福身子，先菊地氏一步走进府。

"惠丽菊，走着瞧，到时候看你还敢这般骄傲！"菊地氏冷哼一声，旋即脸上漾出一丝狡黠的笑。

八月十五，一轮皎洁的圆月高高悬挂，月光之下，藤井府上热闹非凡，园子里搭了一座大舞台，有三五傀儡师、游女等流浪艺人轮番上台表演，其中有惠丽菊最喜爱的木偶剧。

藤井家三大主子坐在台下，面前摆了几盘白色的月见团子、毛豆、栗子、芋头，以及三壶美酒。藤井将军坐在中间，时不时敬惠丽菊一杯，自从他纳妾之后，菊地氏在他心中的地位一落千丈。

菊地氏今夜也只是淡淡的妆扮，却掩饰不住她的那份妩媚。她默默地在他身旁落座，偶尔夹一个月见团子喂他吃，随后又独自饮闷酒，一杯又一杯地下肚，看了直令人萌生怜惜之心。

看完一出戏，惠丽菊忍受不了藤井将军的热情，便借饮多了酒的原由，起身到偏殿歇息。

过了几炷香的时辰，想是戏剧也要演完了，惠丽菊便起身回到园子。刚落座，只见藤井将军面色难看，而一旁的菊地氏却冲她得意一笑，令她隐约感到一丝不安。

藤井将军目不转睛地盯着她，沉吟片刻，方道："前几日我进京时，你去了何处？"

惠丽菊的心头猛然一颤，定是菊地氏说了什么，她极力地保持面无表情的模样，淡淡道："去寺庙上香了。"

藤井将军又问："和谁在一起？"

惠丽菊撇过脸直视他深邃的眼眸，正色道："和侍女。"

菊地氏在一旁按捺不住，曼声道："难道不是和男人幽会去了？"

一瞬间，藤井将军的面色难看至极，吓得惠丽菊心中微微发凉，不容得她多想，站起身挪开椅子，从容不迫地跪在他面前："老爷，妾身不敢做出违背妇道之事，那日寺中人少，只有些许僧人。大夫人若是不信，方可去调查，现下这般无字无据的，真叫妾身感到冤枉。"

她一边顾着与菊地氏周旋，一边暗暗地观察将军的神色。藤井将军虽面色缓和了许多，却并不叫她起来。

少时，菊地氏猛地站起身，厉声道："你这个贱妇，还死不承认，与男人旧情未了便罢了，竟做出这番偷鸡摸狗的事来。老爷，有下人见她偷偷摸摸地进了书房，派人一查，她竟将传家之宝藏入了自己的房里，怕是明日要去送给她旧情人的。"

惠丽菊暗骂了一声娘，这女人果然不可小瞧，竟能抓住他的弱点，以此下手。正当她开口之际，疑心重重的将军竟命两个下人去她的房里搜一遍。她眼睁睁地见下人走了，却说不出一句话。

不多时，下人便回来了，手中端着一个精致图案纹底的盘子，其中一人禀报："这个是在二夫人的房中找到的。"

"果然是你！"惠丽菊猛然抬头，因为自己的大意疏忽，才让敌人有机可乘。

第二十二章　尸毒蔓延，血虫食毒

惠丽菊的嘴角抽搐几下，想起自己从下嫁到藤井将军府之后，根本没有享受过父亲所说的安逸生活，又避不开菊地氏的冷言冷语。她在这一刻幡然醒悟，有时候人心比什么东西都冷酷无情。

果真，藤井将军的目光一凛，命人将她囚禁在仓库。

秋意渐浓，夜里风凉，一阵秋风袭来，吹得惠丽菊打了个冷战。夜已深，她却很是清醒，在这样的岁月中，她不知自己还能熬多久。忽觉有些恍惚，她不甘心，当初若跟着和夫逃离此地，即便是死，今生亦无憾了。和夫啊，难道我们今生注定不能在一起吗？想着想着，眼眶蓄满了泪水。

忽然，两个身材魁梧的蒙面男子闯进屋，一把捂住她的嘴，又以绳索绑着她抬起来。未走几步，身体如同踩空了陆地一般，飞速地下坠。片刻，在一个狭窄的空间里，惠丽菊被摔得血肉模糊。

翌日，送饭的侍女见房中无人，以为二夫人逃走了，慌慌张张地跑去大堂，却闻得二夫人已经去世的消息。

在不久之后的清明节，清明节当晚有一侍女路过院中的一口水井，却听见井中传出细小的声响。她仔细一想，井中早已无水多年，何处来的声音？便忍不住好奇地走近，闻得声音逐渐清晰。

"一枚，两枚，三枚……九枚！"女子顿了顿，发出惨叫声，"少了一枚，少了一枚！"

侍女惶恐不已，立刻大喊道："二夫人回来了！二夫人回来了！二夫人……"说着，在感觉自己的眼前真浮现出了惠丽菊的身影，那张恐怖的脸和张牙舞爪的动作，把她直接吓昏过去。

府上的人听见呼喊声，纷纷跑出来，下人们举着火把，按着声源找去。只见井口有许多密密麻麻的红色虫子，下人们接连后退数步。忽然，为首的一只虫子瞪大两颗青色大眼珠，直勾勾地盯着藤井夫妇，以迅雷不及掩耳之速率领虫子军队冲过去。

藤井将军夺过下人的火把，冲着直面而来的虫子挥舞。为首的虫子趁他跟虫队周旋之际，来到了他们的身后，化身成浓妆艳抹的惠丽菊，她将缩在

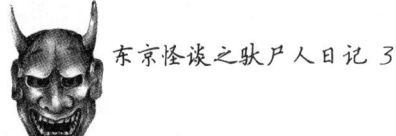

他背后的菊地氏狠狠地咬了一口，旋即攻击了藤井将军。不一会儿，夫妻二人倒在地上，脖子流出了绿色的液体。一夜之间，藤井府上无人生还，多年之后，百姓们都告诫自己的孩子藤井将军府是一间凶宅，千万不可进去玩。否则，人就会被奇怪的虫子活活啃死。

第二十三章　柳婆锁魂，撒豆驱邪

(1)

　　经过黑木老头的一番捣鼓，一条条五颜六色的虫子从司徒天嘴巴里缓缓爬出来，爬入黑木那个用来装虫子的瓶子内，那画面太惨，本宝宝不敢看。黑木老头把血虫收拾干净，见尸毒已解便迅速离开了。在黑木离开没多久，铃木千夏带着和歌忘忧赶了过来，专程来看司徒天。

　　铃木千夏拉着和歌忘忧小跑到司徒天床边，小声问道："司徒君，你好些了吗？"

　　司徒天恢复了意识，尸毒已让虫子吃干净，他看着铃木千夏道："好多了，谢谢你。"

　　司徒天舔了舔嘴唇，他强行坐起来憨笑道："铃木，你讲个故事给我听听呗。"

　　铃木千夏本着尊重病号的缘故，主动给司徒天讲起了柳婆。

　　夜色如血，雾气如纱。吐着湿漉漉的黏液，在那成片的枯木，还有一望无垠的坟墓。一片柳芽开始显露出勃勃生机，在极短的时间之内怒力爆发，拔成一棵硕大的柳树。

　　柳树参天蔽日，也因为墓地久久未有人访，所以并没有引起太多人注意。只是偶有人会大惊于柳树的顽强力量，然后也就不了了之。

　　灰蒙异常的黄昏，就连霞光也是那么黯然失色。在河边传来一阵阵婴孩的哭声，在这灰暗的空气中总有种异样的情绪被拨动。越往近，越是能够听到一个女子在颂唱着童谣，是那么的轻畅、悠扬。不由得想让人靠得更近一些，你便是会看清那个女子身穿深红色和服，眉毛只有简短的两笔，脸色异常苍白，加上深红色的口唇，甚至已经染红了一部分雪白的牙齿。

因为灰暗的空气，把所有的红色都笼上了一层似有似无的黑色薄膜。她怀中的婴孩依旧在放肆哭泣，女子开始缓慢地摇动。婴孩终于停止了哭泣，揉动着还未完全分开的小眼睛，很是可爱。她一脸欣慰地看着婴孩，作为妈妈的第一天自己终于学会了如何安慰。

一阵冷风吹过，带出了只有柳树才会发出的沙沙声响。婴孩突兀地睁开了眼睛，停止了所有的动作，只是面无表情地看着眼前的女子，眼睛已经完全打开，大大圆圆的，就像一颗晶莹剔透的玻璃珠子。

婴孩此举，让得她原本和谐的微笑开始慢慢收敛。这孩子才出生一天不到，眼睛怎么可能会睁开呢！她由最开始的疑惑，慢慢变成害怕，发自心底的害怕。因为她注意到这孩子的眼神就像能够洞察一切，这眼神，就像是看着一具死尸！

她不敢去直视，但是她惊异地发现透过婴孩的眼睛里除了自己之外，似乎还有什么东西在晃动！她终于有些按捺不住，想要逃离。这一切发生得太过瘆人，还是尽快找人求助的好，最好是回去做一场法事。一想到法事，她突然开始生出一个惊悚的念头，因为她注意到，自己才去过门的男人家里，不是才做过法事吗！难道？

就在她快要得出结论的时候，她发现有什么东西揽住了她的脖子！她一脸惊恐地看着眼前的婴孩。就在下一秒，全世界似乎都失去了色彩，没有风吹，没有虫鸣，没有一切世间上的声响，只听到"咔嚓"一声，她的头颅就这样被无情地分离。

鲜血狂涌，婴孩无力地下坠。又再次听到婴孩的哭泣声，可就在下一瞬间，婴孩的声音戛然而止。因为女子的无头尸因为失去重心直直下坠，你能清楚地听到骨头脆裂的声音！

第二十三章 柳婆锁魂，撒豆驱邪

天空的黏液吐得更加肆虐。就在不远处，有一个繁荣的小镇，虽然只是黄昏，但是所有的灯烛都已经打开，小至面馆，大至酒店。但是天色沉陷，依旧给人一种深深的压抑之感。

湿漉漉的雨水已经覆盖了整个小镇，尽管如此，街道上依旧人流不息。街道上的摊铺也是络绎不绝，有打铁铺、当铺、酒馆、花满楼、药铺，居然还有人偶摊贩。所有商人都选择了在此时敞开门面。街道上的行人也是鱼龙混杂，甚至还能在花满楼里面看见红光满面的僧人！

就在所有人都沉浸在欢悦的夜生活里的时候，有一个地方的气氛却显得异常紧张。

不难看出这是一家豪宅，红色的绸缎悬挂在豪宅内任何可以挂上的地方。一群家丁模样的人在外面小声嘀咕，虽然不清楚具体内容，但是从他们忧郁的神情中可以知道并不是什么好消息。其中一个领事模样的人听完后一脸惊恐，然后严厉地训斥着其他人，但是依旧可以感受到他的小心翼翼。

其他人分成两拨向着镇口镇尾急掠而去，很快便是消失在拥挤的人群中。余下的一人，左右遥望了一下，似乎在查探有没有引起他人的注意。似乎得到了自己满意的答案，正襟危坐地理了理整洁的衣领，然后故作镇定地回到了府内。

在一座高楼之上，有个人将一切尽收眼底。见到管事淡然地离去，狠狠地吸了一下手中长长的烟杆，红色的烟头瞬间将这个人的整张脸照亮，这是一张坚毅的脸。最令人注意的是他脸上有一道长长的疤痕，从额头直达嘴角，这道伤疤无情地将他的眉毛、眼睛给撕成两半。你若只是晃眼一看，便会错以为是条长长的虫子在他的脸上蠕动。

他还有一双深邃的眼睛，那眸子里有着让你看一眼便会被吸进去的力量。看得越久，你便会越无法自拔。

他停止了吸取手中的烟杆，他的身影再次隐秘在黑色之中，只在外界传进的丝丝霓光之下还可以依稀看清他脸庞的轮廓。他缓缓地将全部的烟气吐出一个长长的烟雾，一瞬之间，整个昏暗的屋子在外界灯光下显得烟雾缭

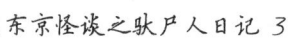

绕，有些梦幻般的不真实。

"大爷，来啊，我还在等着您呢！"一个毫不应景的娇媚声音从他身后传来。

不过他依旧抽着烟，并没有回应。

"大爷，你怎么不应奴家呢？"身后的女子见他没有反应，便是直接来到他的身边，从后面将他整个拥住。借助于不算明亮的街灯，那个女子妖娆的身材展露无遗。她穿着暴露，水灵的嘴唇不断在他耳边娇嗔，娇嫩的双手在他身上不断游走。

感受到女子的临近，他赶紧带上一个白色的面具，刚好将右脸上恐怖的刀疤遮掩住。然后将烟杆放在一边回应着女子的激情，准备开始长久的缠绵之战。

两人从窗前一直缠绵到床边，带着女子的娇嗔，这个男人也开始有了激烈的反应。整个屋子里面就只出现了他一个人的喘息声，他快要达到高潮。他抱着女子的头开始了努力的应和，只是他注意到女子的脸上很是湿润，这女的这么努力？他如是想着，也没有多注意，显得更加兴奋。

就在这时，女子转到了他的身后，继续着。但是他明明把女子压在身下的啊，他还抱着她的头呢。不对？男子开始产生一种错觉，女子头以下，什么都没有了！他猛地睁开眼睛，似是注意到男子的动作，女子也是突兀地睁开眼睛，直直地看着这个男子。她笑了，笑得那么诡异。男子突然发现这个女人头上全部是血，并且张大着嘴巴，里面全是蠕动的虫子！

他大叫了起来，并且将女子一把推开。可是，被推走的，只有一个头颅！他身后的女人身体开始勒住他的脖子！他无比地惊恐，努力想要摆脱，但是无论他怎么做都无法将身后的不知道是什么的东西给弄下来。他依旧能够清晰地听到女子的叫声，"救我！"离自己是那么的近，又是那么的邪异！

他用力撕扯，只是将她的衣服扯破丢在地上。当他仔细一看的时候，才发现，那些碎裂在地的，不是衣服，居然是人皮！他快要窒息，不是因为被

第二十三章 柳婆锁魂，撒豆驱邪

勒住的窒息，而是被吓得无法呼吸！躺在地上的他发现一个黑色的东西滚到了他的面前，他睁大着眼睛，只能看着眼前的一切发生。

(2)

那东西终于在离他只有零点几厘米的位置停了下来，是那个女人的头！它眼睛睁得滚圆，里面全都是血！它在哭，嘴里一直在念叨："救我！"

他几乎已经叫不出声，憋了好久终于大声叫了出来。就在下一秒他一下子坐了起来，口里还不住地惊叫着"不要！不要！"手不住地向前抓，想要努力摆脱抓住他的手。

"客官？客官，你醒醒！"就在这时一个老者的声音突然响起。

他还是在挣扎，一会之后发现什么也没发生，"客官！你醒醒！"一杯冰冷的水直接泼在他的脸上，寒冷的感觉瞬间触动起他全身的触感，直接打了一个寒战。

他睁开眼发现自己正躺在地上，一个老头举着烛光紧张地望着他。老者见这个男人终于安静下来，长舒了一口气，"客官，你可算醒了！"

"发生了什么？"男子无力地回了一句，嘴里因为干渴一时没有发对音。

这个老者显然是一个见惯世事之人，满嘴油腔滑调，络绎不绝地诉说着。然而并没有几句说到点上，男子也只是大概听清这个人是这里的老板，因为自己在大喊大闹吵到了其他的宿客，前来查看。

不过男子并没有多加注意这个老者无聊的老生常谈，而是陷入了深深的回忆之中。这个男子叫作山本一郎，本是打猎为生。无意间在河边发现一具女子的死尸，出于好心将其捞上岸掩埋，谁知道却被那个冤死的女子缠上了，一直叫嚷着为她伸冤，只有这样才能让她安息。所以他踏上了漫漫的伸冤之路。

今天这种类似的梦已经不知道做了多少次了，但是每一次都以不同的形式出现，顺着她给出的暗示，他才走到了这里。这一次更加真实与恐怖，他相信自己已经离真相非常接近了。

他思绪良久，发现自己正躺在窗边。试想着自己做梦之前的行径，想必眼前这个张灯结彩的府邸一定有着不为人知的秘密，或许，自己饱受的煎熬就要到头了。

他揩拭掉自己满头不知道是汗还是刚才泼醒自己的水，坐立起来。直接打断了还在滔滔不绝的店老板，"你做这个店老板也有些年头了吧？"

"如阁下所言，我已经在这里待了三十年了。凭我几十年的经验，见你身强力壮，孤身到此，你肯定很久没有发泄了吧？不瞒你说，只要肯付足够的铜钱，我什么都可以帮你实现！"这个店老板眼角带着邪异的笑容，在他手中烛光的映衬下，显得格外的邪乎。弄得山本一郎不禁打了一个寒战。

"你对对面的那家宅邸有多少了解？"山本一郎并没有理会这个店老板的暗示，强忍住想要一拳将他打得满地找牙的冲动，直奔主题。

"哦？你是看上那家宅邸的丫鬟了？这个好商量！"他伸出五个手指头，"只要这个数，我一定满足你！"

山本一郎本就是个急性子，见到这个店老板如此作态，发自心底的作呕。就这么几句话他就已经清楚这个店老板到底做的是些什么见不得人的勾当，想起自己才来时，鱼龙混杂的局面，想想也就淡然。这个地方就像是在阴沟里一样散发着恶臭，见不得光。

见到山本一郎皱着眉头，店老板似有领悟，"一个还不够？你可太贪心了，这么着吧，"他直接伸出了两个手指，"你必须得这个数了，不然，我也没办法。"

这下山本一郎可急了，一拳将店老板挥倒在地，你可以听见地上有东西散落，发出"噔噔"的响声。正常情况下，山本伊朗这一拳直接就能将人给挥晕好一阵子，更别说一个瘦弱的老家伙。但是这个老家伙并没有晕倒，居然还站立了起来，抱着自己的嘴支吾着，"客官，这就是你的不对了，价格好商量啊，怎么打人呢？我牙都掉了，这你可得赔钱！"说着将掉落在地上的牙齿一颗颗捡起来，尝试着安回去。

山本一郎已经非常无语了，这到底是要弱智到什么程度，才可以达到这

第二十三章 柳婆锁魂，撒豆驱邪

种境地。他无奈地摇了摇头，一把将店老板给提起来，"少给我装蒜！我是问你，那个府邸有没有什么奇怪的事情，或者见不得人的秘密！"

听到山本一郎如是说，店老板原本戏谑的神情瞬间变得严肃起来。"奉劝你，不要试图接近这个府邸。"

"还以为你不会说人话呢。"虽然惊异店老板对这件事的反应，不过见到老板明白了自己所想要知道的事情，他也还是放松了下来。

"这些事，是我们镇子里的禁忌，都不敢乱说。如果你还想活久一点，最好不要知道。"

见到如此不可一世的店老板对这件事情如此谨慎，虽然有些担忧，但是也触发了自己作为男人深处的某些情绪，更加想要知道被他们称之为禁忌的事情，加上每天都要担心做噩梦，还不如死了划算。

"哼，年轻人，我不得不佩服你，作为对你的敬重，我不需要任何报酬。"

原来，这个府邸的主人已经娶过很多任妻子，但是每次娶的新娘没过多久便会莫名其妙的死去。听说是因为府邸的主人背弃了第一任，她前来诅咒所致。这只是其中的一个版本，到底哪一个才是真相，这就不得而知了。

山本一郎听完之后若有所思，那么问题就一定是这家府邸无疑了。他再次向窗外望去，发现刚才出去的家丁又都回来了，只是动作有些鬼祟。

山本一郎决定今夜前去一探究竟。

"你说什么！和美子死了？"一个暴怒的男人声音在府邸的某处。

"属下办事不力，请老爷责罚！"

这个男人刚想发作，但是又强行抑制了下来，整个人直接瘫软在地上，就像是失去了所有的精力，"算了，这也怪不得你，已经不是第一次了，你下去吧。"

下跪的人也是暗暗地摇了摇头，"老爷保重！"说着像是下定了什么决心一样愤然离去。

之后陷入了无尽的宁静，只能听到一个男人的抽泣之声。山本一郎也刚

好来到这间屋子,"我到底做了什么孽,你要这么对我!"原本以为屋子里没有人,山本一郎才进来的,这一声叫喊着实吓了山本一郎一个趔趄。他赶紧找了个地方躲起来。

"神明在上,你得让我明白,我到底哪里做错了,我会用尽一切方式来弥补的!"他想到自己失去的妻子们,开始失声痛哭,长时间的压抑已经达到了他的极限,在这一瞬间爆发了出来。

这就是这座宅子的主人? 怎么会到了这步田地? 想想自己只是做梦,是要比他好了不少。 山本一郎在心里默想到。

"哼! 你居然还不知错!"此时一个女子的声音突然响起,山本一郎刚想知道是谁发出的声音,他自己就走出来对着府邸老爷说,"你可还认得我?"山本一郎这下可慌了,自己本来就是夜闯深宅,还站出来让人抓,真是作死。 不过让他惊讶的是,自己的身体完全不能被自己掌控!

"是谁?"他刚想叫人,但是突然话锋一转,"是你?"就好像他看到的不是山本一郎,而是另外一个人。

"是我,大山君,近日可好啊!"

"你,你不是死了吗?"

"哼!"言罢,便没有再说话。

"你等等!"说着,被称为大山的人开始追了出去,让山本一郎完全摸不着头脑。 但是他还是跟了上去。

不知觉间来到了那个红衣女子死去的河边,在此时多了一棵硕大的柳树,大山一个人站在树下,像是遇到熟人一般自言自语,并且开始跪下,就好像是在认错一般。

与此同时,那个被大山训斥的下人在一棵树上打好绳结准备自杀,以慰自己多次失误之责,想必他也是一个忠心耿耿的人。 就在这时,他发现自己的主人,大山正在一棵硕大的柳树旁,他脚下全部是血水。 并且,柳树开始缠绕在他的身上,将他直接裹进了树叶之中。

他赶紧跑过去寻找大山的踪迹,但是怎么都寻不到。 他情急之下跑回镇

第二十三章　柳婆锁魂，撒豆驱邪

上叫人，在铁匠铺带了一把火把跑到那棵柳树下，一把火将它给烧毁。

大火烧了整整三天，他们似乎都能听见有人惨叫的声音。等火灭了之后，他们在树中发现了许多头颅，还有两具辨不清的尸体，一个断定是被活活烧死，另一个是早就已经发臭的尸体！

因为人们一直将丑陋的妖怪当作婆，之后这件事被人称为柳婆锁魂事件。

第二十四章　祸津日神，天降厄运

(1)

铃木千夏讲完柳婆，貌似还觉得不过瘾，又开讲新的故事。

天色昏暗如潮，西下的余晖染红半边天色。尽管此地远离海面，但是朦胧间，似乎还能够感到海涛呼啸的样子。几只旗帜孤零在广袤的平原随风努力地摇摆着，风中掺杂着令人作呕的味道，那是只有死人身上才会散发的味道。

突然间下起了小雨，已经完全嗅不到阳光的味道。但是它的余温依旧将憨厚的云层烤得通红，整个空气中都弥漫着短暂而又漫长的猩红气息，就连雨水都被惹得恼怒了颜色。雨水敲打着旗帜，发出"嗤嗤"的声响，将旗帜上面跳跃的火焰吃掉，轻烟缭缭飘向失去光芒的天空，蔓延在猩红的空气中。

当全世界安静下来，你会听到不远处有刀剑激烈碰撞的声响，十分刺耳。

有人搏命在这荒谬的时空里，空气里散发出残酷的味道。一群人在草丛中拼命奔跑，除了肌肤摩擦草丛的"沙沙"声外，还有他们惊颤的吼叫。一路上，不断有光影闪动，一道无形的刀痕将所有略及之物一刀两断。这群人中不断有人被拦腰截断，横死当场。

你可以清晰地看到纷飞的杂草，乱入的马头、断臂、残肢，以及刚刚掉

第二十四章　祸津日神，天降厄运

落的头颅。所有人，准确说是所有物，都在几道光芒之中支离破碎。这时，一道身影突然顿在原地，他手中提着一把崭新的钢刀，锋刃处弥漫着浓烈的杀气。一滴鲜血从刀身缓缓滑落，弥留在刀尖，带出一道邪异的轨迹，在鲜血终于离落之际，消失不见。

此人身穿白色宽松礼服，给人一种慵懒的感觉。虽然被鸟饰面具遮住了半张脸，但是那双有神的眼睛却出奇地醒目。微风涌动，撩起长长的巾绫，你能看见他嘴角突然带起了微微弧度，在下一秒化为一道黑影而消失不见。

离此不远处依旧有人影蹿动，一个黑衣束身，手持白刃之人在其中跃动。每一个跃跳，都有人洒血如泉，只听到几个闷哼，黑衣人便是停止了动作，所有人都诡异地定在了原地。遥远的天际线上，不知何时挂起了一轮血红的残月，以一个优雅的弧度定格在地平线上，你可以感受到月梢尽头的骨感。

黑衣人潇洒地挥掉残留在刀刃的异色，发出剑啸淋漓尖锐的响声，只看见所有人瞪大着双眼，应声倒下，或许他们能听到的最后声响，便是自己鲜血喷涌如同大海咆哮的声音。

与此同时，刚才的身穿白色礼服的人一个跃动来到了他的身后。

"奈良，你慢了，我在一旁看得都快打盹了。"白衣人此话一出，将他的高冷气质完全打破，你能明显感受到他刚才杀人时的煞气荡然无存。

被称作奈良的人并没有说话，只是睁开了双眼。他的双眼无神，呈现一副好像永远也睡不醒的慵懒的姿态，更多的好像是对一切事物都没有兴趣一样。

"呵，你还别装，欠我一顿酒，跑不了了。"似乎是对他的冷漠早已司空见惯，他故意跳过话题。

"哼，这可不一定。"奈良只是淡淡回应，说着便是紧了紧手中没有一滴血残留的刀，眼睛直视前方。白衣之人也似乎嗅到了什么味道，直接抽出长刃，与奈良背对背靠着，眼睛左右瞟了瞟，然后嘴角带出优雅的弧度，自顾自说道，"看来，今晚注定，有些漫长呢。"

在他说话间，上百的人众如同蚂蚁一般蜂拥而至，将他们两人团团围住，可以明显感受到他们与刚才那些人有着天壤的差别，每一个人的眼中都充满了血丝，几个勇猛的大胖子悠然自得地走在最后，手中提着巨斧与硕大的铁锤。他们的目标很明确，赫然便是位于包围圈之中的奈良二人组。

奈良二人并没有被眼前的景象所吓倒，但是他们的眼神中不免多了一些凝重，两人踩着整齐的步伐，旋转式地向包围圈冲去。见到二人的动作，所有人都发出了震天的吼叫，一场看似毫无悬念的大战即将上演。

10年前，六本木。

此地远离京都，属于偏远地区。但是却依然有人雄心勃勃地想要出人头地，在如此偏远的地方，那几乎成为几率为零的事件。

此处绿荫环绕，泉水潺潺，河流紧促，花开似锦，鸟鸣如勤。阳光普照在重重叠嶂的山峦，透过密集的树叶洒下缕缕光线，光线将灰暗的林子刺出密麻的小洞。有人小憩其中，微风轻拂，此人突然睁开了双眼，随手提起一把精锐的小斧头开始舞动起来。

在他挥舞的当下，无数枯枝残木掉落，你可以清晰地看到它们的切口是那么的干净、利落，丝毫没有犹豫。至此，此处便是多了一人的汗水，多了一份奋斗的气息。

此人便是奈良，即便他在这偏远深处，却依旧有着一颗勃勃的雄心，只希望有一天能够被器重，做出一番大事业！在他的眼神里，你或许只能够看见认真的味道，干净得没有一丝杂念。

即便村中之人一直在嘲笑他，他依旧一如往常，每天坚持闻鸡起舞，哪怕砍柴，也依旧磨炼着自己的忍道，哪怕，手中只有小斧，只有枯木。他早出晚归，晨跑在山林，挥汗在林间。很多时候都静坐在瀑布边，还有时候停留在河中，用心感受着自然的律动。他最喜欢的便是徒手抓鱼，他在河里努力感受着鱼的去向，尽管了解到鱼的位置，但最开始的时候依旧会因为光线，水深的原因而产生了错误的判断。

所以，他现在一站在水里，便是好几个时辰，不动则已，一动便是捏起

第二十四章 祸津日神，天降厄运

一条鱼。因为经过长时间的自我训练，他已经将水流等因素都考虑在内了。

当然，他有一个很神秘的师父，不过却并没有向任何人提起。他所有对外界的想象，都来自他这个神秘的师父。那是一次偶然，他因为一次误入，被这个师父遇到，才险些没有被狼群所分噬。奈良见到他三两下便是将向来凶狠的恶狼击退，当场便是下跪磕头！

或许是缘分，那个神秘的人当时自我嘀咕了几句，便答应了他。

关于这个神秘的师父，奈良一直没有对外人提起，这也是他师父自己的意思。或许是为了躲避仇杀，也或许只是想要安分的归隐，奈良并不知道，也并不想知道，他只知道，这个人将会改写他的一生，他值得为此奋斗的一生。

"很好，你很有天分，也很努力，也不枉我传授你十几年。"那个神秘的人不知何时出现在奈良的身后，看见徒手抓起大鱼的奈良，心中很是欣慰。

"多谢师父夸奖！"难得听到师父对自己赞许，奈良心中不免有些激动，激动之余险些让手中的大鱼掉入河中。

"快点上来吧，好久没吃鱼了，如果鱼给跑了看我怎么收拾你。"说着便是转身离去，独留憨笑不止的奈良在身后。

是夜，星辉满布天空，就像是无数刺破地球的漏洞，银辉将整个山林笼罩其间，虫鸣四间，萤火虫在四下涌动，有一丝异样的红焰在林间起跃，夹杂着星辰似的红点纷纷扰扰的飘向天空，然后在更高处泯灭，消失不见。

奈良师徒二人正闲居于此，将今日捉到的大鱼烹饪于火焰之上，奈良不断加着各种调料，香味瞬间四溢，一旁打坐的师父也不禁凑了凑鼻子，对于他来说，奈良的手艺不得不说，还真是一绝，让天天吃野味的他也不禁有些失去定力。但是碍于面子，也就继续假装毫不在乎的样子。不过你可以从他频动的喉咙，下瞄的眼神中看出来他的难受。

"终于好了，师父。"奈良拿起大鱼狠狠地嗅了嗅，做出一副享受的样子。

奈良的师父依旧故作镇定地缓缓睁开眼睛，看着眼前奈良一副要死的样

子，心里不住地暗骂，这小兔崽子肯定是故意的！

感受到师父犀利的眼光，奈良停止了作死的动作，赶紧将手中的大鱼交到他的面前，"师父，孝敬您的，别客气。"

看到奈良如此识相，师父也是露出了满意的笑容，做出一副高傲的姿态将大鱼接过，"嗯，今天表现不错，不过差点将大餐给弄掉，罚你今天不许吃饭。"

说完不顾奈良委屈的表情开始了狼吞虎咽，根本没有要给奈良留下的意思。奈良用乞求的眼光看着师父，希望师父能够不看僧面看佛面饶过他一次。

他的师父看着他委屈的样子，停了下来，然后做出一副嫌弃的样子转过身继续着自己的战斗。

这下更是惊呆了奈良，师父怎么能够这样对待自己的徒弟呢！想着，便是将一条更大的鱼拿出来放在了烤架上。看着一脸震惊的师父，也是摆出一副要死的样子，好像在说，你来咬我啊！

两人很快便是将两条大鱼给消灭干净，在这星辉斑斓的天底下享受着生活的满足。

两人就这样躺着，都没有说话，各自想着自己的心事。奈良想着如果每一天都能够这个样子，那么将会有多实在，今天的师父不知道为什么有些反常，但是却还是挺不错的，如果能够一直这样下去就好了。

看着陷入熟睡的师父，奈良也有些迷糊，非常满足地进入了梦乡。

(2)

翌日，奈良被一阵白芒所刺醒，天色居然已经接近正午。奈良每天都是和朝阳一起醒来，今天却有些异常，他四下张望却不见了师父的踪影，他心中有种不祥的感觉。左右呼喊依旧没有得到他师父的回应，他安慰自己，师父一定是到某处修炼去了，所以强行让自己镇定下来。连续几天，他都没有再出现过，奈良开始急了。

第二十四章 祸津日神，天降厄运

他找过每一个师父可能出现的角落，却始终一无所获，直到他回到他们烤鱼的地方，居然发现了一张纸条，连带着还有一个吊坠。纸条上分明地写道：野良，祸津一念，顾忌杀戮，切切。意思虽然不懂，但是很明显，师父已经不辞而别。

拿着师父的吊坠，奈良明白，是时候出去历练了。因为自己的师父说过，当自己将吊坠交给他的时候，便是他离开的时候。想到自己就要离开家乡，心中难免有些不舍，对着虚空狠狠地鞠了一躬，以示对这片土地的热爱与对师父的敬仰。

再次想到自己即将离开这个地方，去到更为广袤的大都市，心中不免有些激动，他稍作收拾，便带着坚定的背影离开了六本木。

一路上他遇到过各种磨难与各色人等，强盗、富商、府隶、妖怪、僧人，但都依靠着师父传授给他的经验轻松应对，这让他在心中把师父又放在了一个新的高度。他不禁在想，他师父到底是什么人，居然有这么高强的武艺与经验，如果自己某一天能够有幸归家，一定会去问个究竟。但是现在才发现，自己连师父的名字都不知道，还真是失败。

就这样，他经过漫长的历练，终于来到了京都的外城，再向里走便是京都，那个他师父口中最为繁盛的大都市！

因为已近深夜，所以他选择在一个破庙中暂歇。就在他快要入睡的时候，一阵骚动将他惊醒。只见十几个人慌张地冲进寺庙，将仅存的破门把门口堵住，然后紧张地望着外面。

"新佑卫门即将要叛变，明日将要逼宫，想要让天皇禅位！"其中一人说道。

"他？他怎么敢！"

"听说几个将军都已被他给收买了！"

"什么？"

"那些人都不是善茬，只要情势不对，其他几个将军会立马倒戈。"

"不行，我们一定要让天皇夺得政权，这样天下才会得以永久安稳。"

"可是……"此人话还没说完，便是停顿了下来，其他人都有些慌了神，急匆匆地望着外面，只听到外面出现了密密麻麻的"沙沙"声。他们已经被包围了！

"可是，天皇并不知晓，我们已经被包围了。"说完之后，不禁垂头丧气地摇了摇头。其他人也都有放弃的念头，他们哪怕是不杀进来，只要过了今晚，一切也照样完了。

"我们不能退缩，天皇大人还在看着我们，我们只能搏一搏，杀出一条血路，哪怕只逃出一个人，天下一定会逃过此劫的！"

"对！我们杀出去。"

可是才站在门口，他们立马又被吓回来了，人太多了！而他们只有十几个人！外面的人也是不依不饶，开始试图冲进去将他们击毙。

就在这个时候，睡得正香的奈良从房梁上掉了下来，吊坠也露了出来。他起身揉了揉腰，并没有注意这群人惊吓的表情，赶紧将吊坠给收了起来。

其中一人显然是有些见识，看到奈良身上的吊坠立马对着奈良跪了下来，"野良神大人在上，请你务必帮助天皇大人！"他也赶紧示意其他人一起跪下。

其他人也是应声附和，齐齐跪下。

这下轮到奈良惊讶了，野良神？师父不是提到过吗？"你们这是什么意思？还有，谁给我解释一下什么野良神？"

"请你务必答应我们的请求，我就告诉你！"

"只是能解决外面的人的话，你们就起来吧。"虽然有人威胁他，让他很是不爽，但是野良二字倒是对他吸引不小。

"你答应了？"那个眼尖的人不禁兴奋不已。

"嗯，不过你……"话音未落，外面的人便是冲了进来。奈良很是无奈地看了看他们。

一群人被无情地抛出了寺庙，直接落地失去了知觉。外面的人都很惊讶，发生了什么？这些人不都是文人吗？怎么会！

第二十四章 祸津日神，天降厄运

一个头戴灰巾的男人拨开众人来到最前面，看着一脸不屑的奈良，心中很是愤懑。但是依旧放不下颜面，"这是我们的家事，若有得罪壮士之处，还请壮士海涵，待我们解决完家事，必定重金赔偿壮士！"

"野良神大人！"里面的人像是抓住救命稻草一样，紧张地看着奈良，奈良的举动将会决定国家的命运！

奈良摆出一脸无奈的样子，"喏，如你所见，拿人钱财替人消灾，这几个人，我保定了。"闻言，其他人才松了一口气。

"哼！放肆，真是敬酒不吃吃罚酒！给我上！"说着所有人便冲了上去。

奈良轻松将靠前的几人扔进人群，然后对着灰色头巾的人冲去，花了几下功夫，将其给制服，"住手！你们都给我住手！"灰色头巾之人大吼道。

寺庙里面的人见到奈良的勇猛，不禁傻在了原地。

很快，奈良便被天皇重用。并且因为吊坠的原因被人称为野良神，在他心里更是增加了师父的神秘色彩。

在奈良的帮助下，叛军很快被平定。但是听说因为杀戮太多而迷失了心智，沦为了杀戮的机器。被天皇列为头号通缉犯，皇族之内极力将其帮助平定叛军的事情封杀。因为在江津开始暴动，被称为祸津神，意指弥乱一方的付丧神。

一群人将两人给团团包围，所有人眼中都充着血，势必要将眼前两人击杀。在他们身后有几个魁梧的大胖子手提巨斧与铁锤，不屑地看着眼前两人。

两人瞬间踩着旋转的脚步冲进人群，一时间血肉横飞。所有触及之人都被一刀两断。要问他们是谁，他们便是魑魅魍魉之主祸津神！

第二十五章 雪山清姬，吸血诡屋

(1)

流川跟和歌忘忧是宿敌，他又主动挑衅说和歌忘忧的故事不好，向对方发起挑战。

流川讲述的故事如下——

战乱年间，腥煞之气萦绕民间，遇至邪念歪气便会生出妖物，为祸一方。幕府时期便是出现多起怪诞事件，不过由于战乱，并没有引起太多官府注意。这些事件被民间异人记录流传，变为传说。也因为时代久远，难以证实。

一个风雪交加的夜，两道黑影在夜色中逆着风雪逶迤前行，一个老练沉稳，一个稚气未脱，他们站在这无尽的雪白世界里，如同两只喝醉的蚂蚁，随时都能被风刮走一般。就在风雪的尽头，有一家老屋灯火通明，这无疑对他们有着极大的诱惑。

"师父，前面有一户人家，我们可以进去吗？"一个年轻的声音疑惑地询问道，不知道是因为太过寒冷还是兴奋，口齿有些颤抖。要知道他们已经走了很远的路程，谁料想会突然下起鹅毛大雪，将他们直接淹没在茫茫白色世界之中。不知路过多少人家，但都未能如愿停留下来，停止这场毫无意义的冰冷折磨，对于这个年轻人来说这简直犹如一场漫无边际的地狱，等待他们的除了风雪与寒冷，更多的，便是死亡，这是他最不愿意看到与想象的。

第二十五章 雪山清姬，吸血诡屋

"此地太过蹊跷，下一家。"另一个人面无表情，将面庞前面的袍子向上拉了拉，以便自己更好地将裸露的肌肤与这冰冷的世界隔绝，然后转身对着温暖而舒适的房屋背道而驰。

"师父，都已经走了这么远了，我们找个地方休息一下好不好。"这个年轻人显然有些疲倦不堪，听到师父的回答后立马耷拉下来。

"下一家就下一家，有点耐心。"这个老者不紧不慢地回答道。

"师父！"他居然开始撒起娇来。

前行的老者并没有多加理会。

"师父！"

听到后者的不情愿，老者突然停止了脚步，以至于后者都没来得及反应，直直地撞了上前者脖子上硕大的佛珠，疼得后者哇哇大叫。

"安贞，修行之人不可心存杂念，要坚守如一，否则便会一念成魔，万劫不复。"

"是！师父。"还是首次听到师父如此严厉的话语，安贞不由得打起十二分精神，生怕一个不小心师父当场走火。

这位年轻人只是很不舍地再三看了看不远处看起来温暖舒适的房屋，就好像有着一股神秘的力量在吸引着他的所有的感官，不过还是咬咬牙蒙过头向着老者离去的方向奔去。这个年轻人是多想要留下来，他已经不知道是他们遭遇的第几所房屋了，每次都是那么的接近火焰的温暖，还有那让人想想都觉得妙不可言的木榻。

但是这一切美好的事物比起师父的命令来说显然要次要得多，因为他是个孤儿，自小便被师父收养，很自然成就了他师命为首的秉性。

老者半侧过脸看了看安贞疲惫的面孔，心里若有所动，但面不改色，然后自顾自地说道："就下一家。"

原本以为师父会对自己又是一番严厉的说教，但是未曾料想到师父会突然话锋一转，这让他始料未及，所以直接愣在当场。当他反应过来的时候，那个老者已经走了好长的距离。

213

"师父，等等我！"

就在两人刚好离开的当下，那所屋子里的灯在一瞬间灭掉，然后在下一秒消失不见。

两人持续前行，不过很是配合的，再也没有出现过房屋或者任何可以让人居住的地方。让原本像是打了鸡血的安贞很快又耷拉下来，然后望着师父的背影念念有词。

那个老者表面上一脸从容，但久久未曾再次出现房屋，也未免太不给面子了吧，让现在的他难免有些尴尬。

说实话，此次出行很是不巧地遇上暴风雪。前面遇到好多安全的房屋，虽然出来是修行的，自己也快受不了这里的寒冷了，但是好歹要装出一副危机四伏的样子，才会让安贞有修行的状态。想着为了小小的做作已经错过很多家，下一家就去借宿一晚，待明早风雪小些之后再上路。

不过，最后那一家还真是有点令人忐忑不安，虽然只是五五开，但是依旧选择了最为保险的方式。谁料想，后面就遇不到人家了，哪怕破寺庙都遇不到。这就不免让老者有些尴尬，明知道安贞在背后念念有词，但是却故意装作没有听到的样子，厚着脸皮继续行走着。眼睛却一直在四下张望，真希望出现一家可以居住的房屋，哪怕是破旧的寺庙也行啊，佛祖一定要保佑啊！

今晚的夜注定会比较漫长。就这样不知道过了多久，他们终于在这风雪肆虐的黑夜中寻找到一丝光亮。它在风雪中摇曳着，是那么的微弱与渺茫，就好像随时都会消失一般。但是依旧拥有激励人心的力量，这无疑是对风雪中行人的一种极大诱惑。

两人很有默契地加快了步伐。很快便是来到了光源所在的地方，映入眼帘的是一个山洞。洞中有异光闪动。

"此处怎么会有洞呢？"老者在洞口停了下来，料想事情没有这么简单。

"啊！"不等老者反应，安贞早就已经进入到洞里，并且发出惨叫之声。

"糟糕！"老者闻声立马将自己脖子上的佛珠拿在手中，赶紧冲进洞内，

第二十五章　雪山清姬，吸血诡屋

"安贞！"

老者进入到洞中之后，发现蒙着双眼倒在地上的安贞，手指着前方不断大声尖叫着。他循着安贞所指的方向看去，一副巨大丑恶的鬼脸正恶狠狠地看着安贞，而且只有一个头颅悬浮在空中，并且还散发着绿色的光芒。

老者见状向前虚空一指，鬼脸表面便是开始出现波纹，就像是水面溅起的水波，鬼脸便是开始溃散，离散成无数的光点。你仔细观察便是会发现这些小点都是一些发光的小虫子，在溃散之后不久又是以最快的速度形成一张新的鬼脸，并且迅速对着老者冲去。

老者依旧面不改色，只是漠然地看着这个不断变化的鬼脸。见到招式对老者没有效果，那个鬼脸做出了一副很生气的样子，然后便是无奈地消散成无数的小点依附在石壁之上。

看着假装晕死过去的安贞，老者轻轻拍了一下他的脸，他一把甩过老者的手，再次吼叫着起身想要逃跑，但是洞口很不凑巧地在他的身后，只好将全身贴在墙上，嘴里还念念有词。看着自己的徒弟如此不争气，让老者摇头不已。

"都是这些虫子搞的鬼？"安贞很是愤懑地看着墙上无数发光的小点，恨不得一把火将它们全部烧毁。似是感受到了安贞情绪，原本安静粘附在墙上的虫子们瞬间又聚集在一起，再次幻化成一张非常凶狠的脸。

"是的，这些虫子叫噬，是惨死之人的残念寄生在萤火虫身上，日积月累后所生成的妖怪，它们喜欢群居，就像蚂蚁那样。眼下它们也还只能吓吓人而已，如果再多一些会幻化成更强大的妖怪。"

老者讲得正酣，一个巴掌狠狠对着他扇了过来，打了他个措手不及。正当他要发怒的时候，安贞猫着身体示意老者安静，慢慢向老者靠近。只看见一只噬正缓缓地飞到老者的肩上，眼看安贞就要再次一巴掌将这只噬给拍死，老者一句怒嗔便是将贪玩的安贞给惊醒。

看着老者脸上红肿的手印，安贞倒吸了一口凉气，然后灵机一动，"师父，你怎么受伤了？是谁！竟敢伤我师父，给我站出来！"

他见怒气冲冲的老者并没有将愤怒的眼神从自己的身上转移，继续假装，"哎呀，师父你看，你说的没错，这些小妖聚集在一起真的很厉害！都把我给催眠了，刚才的事我居然一点都不知道！到底发生了什么？师父，徒儿马上给您拿药。"

"安贞！"老者的怒声透过洞口，回荡在漆黑的夜空中。

整个世界都被白雪的世界所覆盖，暴风雪一点都没有想要停止的意思。一道黑影在这黑幕之中飘荡，很快便是来到了一个发出火焰光芒的洞口，在下一秒消失不见。

不管外面世界多么的狂躁与寒冷，在洞内还能听到狂风在外面嘶喊的声音，一切都那么宁静与舒适。

老者此刻已经熟睡，时不时说着梦话。安贞此刻正对着火堆念着经文，时不时撬一撬篝火，让它熄灭得更晚一些。不过安贞的眼睛却不听使唤地一张一合，经过连夜的赶路，安贞已经非常劳累。

由于他脑残的举动，让师父罚他念《心经》一千遍，显然，这夜对他来说将会无比的漫长。就在这个时候，壁上的嗤们开始有些焦躁不安，不断地在鬼脸与零散的个体之间转换，一阵冷风袭过，睡意正酣的安贞被冷得打了一个寒战，睡意锐减。

清醒不少的安贞发现自己不知道什么时候睡着了，老者似有意无意地翻了一个身，吓得安贞不禁赶紧装模作样地念着经文。发现老者睡得正香的时候，安贞才长舒一口气，还好没有被发现，不然不知道又得被罚多少遍。

安贞转念一想，不对啊，洞内并没有任何的通风口，只有一个出口，怎么可能会有风吹进来呢？就在安贞百思不得其解的时候，洞外面突然有了动静。是有人叫救命的声音，仔细一听便会发现越来越多的人向着这里奔来。

"师父！"安贞现在六神无主，想要知道自己该做些什么，但是发现师父睡得正香，便没有再去打搅。自己思量片刻，便是决定要出去看看，或许自己能够帮上什么。

正所谓救人一命，胜造七级浮屠。抱着试一试的心态，安贞摇摆不定地

第二十五章　雪山清姬，吸血诡屋

向洞外走去。当他出洞之后，外面的世界全都亮了起来，在下一瞬间，安贞发现已经到了白天。但是令他惊讶的是，整个世界都发生了转变，笼罩着整个世界的白雪全然消失不见。取而代之的是和煦的阳光，还有一人高的干枯的草丛。

"救命啊！"

就在安贞思量间，那个吸引他的声音再次响起。这次他听得非常的清晰，那个声音正是从那半人高的草丛中传来。安贞不禁咽了一口唾沫，犹豫之下还是决定前去看看。他刚想进草丛，一个体型强壮，胡子拉碴的男子冲了出来，是个山贼！着实吓了安贞一跳。

那个男子一脸惊异地对着安贞冲过来，可就要和安贞来一个亲密的拥抱的时候，他却与安贞擦肩而过。安贞着实有点蒙，他还没反应过来，一群人从草丛中冲了出来，口中都叫着救命！根本不容安贞反应，便被人群冲走，他被卡在人群中了！

他花了好大气力从人群中出来的时候，一个黑影笔直地冲进了人群。准确说来，他是一路杀进去的！安贞只看见断手断胳膊满天飞，惨不忍睹！一会就有一只胳膊或者一只手砸到他身上，他很是尴尬地向后移了移，但是鲜血依旧偶有偶无地溅到他的身上。就好像是那些断胳膊断腿故意找他一般，无论他去到哪里，都能准确无误地飞到他的身上。

所以，没过多久，他身上已经满是鲜血！上天还是很给面子地下起雨来，或许，这是安贞最值得欣慰的一件事情了。

安贞既然避无可避，索性选择了站在原地，口中一直在念着经文为刚才的死者超度。不知道过了多久，杀戮终于停止了下来。也终于能够一睹那个杀神的全貌，他手中拿着一把巨大的镰刀，尽管与这么多的骨头相碰，但刀锋依旧锃亮如新。很诡异的是，这个人身材并不壮硕，用妖娆来形容或许恰到好处。

或许是雨水积聚的原因，他的脚下用血流成河来形容也不为过。安贞神情复杂地看着眼前所发生的一切。就在这个时候，雨中的杀神此刻用了一个

很是享受的姿势转过身来看着安贞。

安贞直接惊呆了，因为眼前之人并没有自己想象的那么丑陋不堪，反而让他眼前一亮！惊艳！怕是只有这一个词能够描绘雨中的这个杀神！如不是亲眼所见，还真不敢相信这些人都是被眼前瘦弱的女子所杀，手段还那么残忍。

这个女人笑了起来，笑得那么甜美，那笑声却好像就在他的身边一般。就在下一秒，她来到了安贞的身前，安贞几乎可以嗅到她身上的味道，是那么的引人入胜。就在这时，安贞发现自己的头有点晕，并且天地开始发生倒转，不断倒转。直到画面里再次出现那个拿着大镰刀的女子的身影，但是，她的身边出现了一具无头尸！他身上的装扮居然和自己无异！

自己要死了？这是他能够得出的唯一信息，并且意识开始变得模糊。

"安贞！"这时一个熟悉的声音从天上传来。

是谁？是谁也已经不重要了，反正我都要死了。

"安贞！你醒醒！"

"安贞，保持清醒，不要被妖怪给迷惑了！"

师父？与此同时，安贞的师父从天而降，与笑得邪异的女子开打起来。

"安贞！赶快起来，你是在睡觉！我们还在山洞里！"

对！我这是在做梦！安贞此时突然清醒了，他突然想起来从开始到现在，都是那么的不现实，自己正在洞里面念经呢！

就在安贞清醒的当下，他面前的一切都开始变得模糊起来。他再次睁开眼的时候，发现自己正躺在山洞中，他的师父正一脸焦急地看着他。

"我做个梦都会被妖怪看上？"

"你被邪物附了身，要是你当时不清醒的话，灵魂便是会被邪物所俘虏，你的身体便会被它给侵占。"

"呼！听师父这么一说，还真是惊险。不过话说回来，师父你是怎么进入我梦里的，又是怎么出来的？"

他的师父很是神秘地咳嗽了一声，"秘密！"并且神情有些不自然。

第二十五章 雪山清姬，吸血诡屋

虽然有些疑惑，但是安贞依旧没有多问，师父就是师父。

"我们上路吧，时间也不早了。"

"好吧。"安贞看了一眼洞外，已经天亮，暴风雪也已经停止，说着收拾一下便开始出洞。

"安贞！小心！"就在这时，安贞再次听到他师父惊恐的声音。

"什么！"安贞急忙转身，发现他的师父正将佛珠扔向再次变成鬼脸的嗤们，直接将他们摧散。

"聒噪！"他的师父神情很是愤怒，然后又像是变了一个人转身对安贞说，"没事，我们走吧！"

安贞虽然疑惑师父奇怪的行为，但是也并没有多说什么，便踏上了行程。 这时那些嗤想要再次成型，老者直接恶狠狠地看着他们，他们也就不再造次。

然后安贞的师父在这个时候笑了起来，笑得那么甜美，笑得那么邪异。

不久之后，有人在风雪里发现了一具年轻和尚的尸体，而在山洞中发现了一个老和尚的尸体。

他们说，在暴风雪中会突然出现一户人家，如果你进去居住，你会少去一些血气，但是如果不进去居住，便是会丢掉性命。 这个屋子里面的人，便是清姬。

尾　声

(1)

和歌忘忧不服气，又重新构思了个故事，自顾自地说了起来。

在很久以前，有一个名为仲代悠生的浪人，其身世不明，喜爱穿破旧的衣裳，看起来家境并不富裕，却几乎夜夜流连于青楼。时常惹得街坊闲言碎语，偏偏这人英姿飒爽，武艺高强，引得不少女子为他而折腰。

而此时，他奉波斯国的富商之命，不远千里，翻山越岭，历经五个昼夜，终于来到藏宝之地。

五日前的夜晚，三五壮汉来到悠生所住之地，为首的一人眼眸深邃，鼻梁高挺，嘴周一圈浓密的胡须，看其打扮也不像东瀛人。悠生仔细打量了一番，努力从脑中搜索记忆，忽然脑中灵光一闪，此人倒有几分像波斯商人。

波斯商人让身后的壮汉打开小盒子，指着闪闪发光的银子，眉飞色舞地说了一口波斯语。捧着盒子的壮汉朝悠生笑笑，转述道："薛老爷听闻你武功高强，特意前来做一笔交易。"他在悠生耳旁低语几句，笑道："这些是一小部分的报酬，待你办事成功，我们会给你剩下的。"

仲代悠生一脸狐疑地看着他们，又一脸不可思议，目光却如同金子般闪闪发光，他沉吟了片刻，将衣袖徐徐捞上来。面前的薛老爷和几个壮汉大眼瞪小眼，一脸疑惑地盯着他。

窗外的秋风肆意地呼啸，屋内的烛影左右摇晃。忽然，仲代悠生一拍木

尾声

桌站了起来，将壮汉们吓了一大跳，纷纷恼羞成怒地瞪他。他忙赔礼似的大笑几声，将木桌上的盒子揽到面前。

据说藏宝之地在松根乡，位于深山野林之中，古木欲比天高，野兽飞鸟多不胜数，且地形十分复杂，容易迷路。若是没有当地百姓相助，想要深入其中并寻得宝物，实在是痴人说梦。于仲代悠生而言，这些都不是问题。令他感到沮丧的是，启程的第一夜居然下起了大雪。

悠生自小有个毛病，一到下雪天就特别喜欢自言自语。他不禁暗骂了一声娘，早下不下，偏偏赶上这个时候。不过，说来也是奇怪，今年的雪似乎来得早了些，而且还特别冷。

起初，宛如一片片鹅毛似的大雪从空中飘落，少时，眼前白茫茫一片。在苍天大树之下，悠生像一只黑乌鸦，时不时施展轻功探路，与这片宁静的美景格格不入。只是他在雪地里觅了很久，直到夜幕降临，也没寻到一间小屋。

夜里的风寒冷刺骨，不断地从衣裳的空隙间钻入体内，地上已结了一层厚厚的雪，每走一步便留下一个深深的脚印。悠生感到双足愈来愈凉，即使不断地搓手，皮肤仍然被冻得通红，逐渐没有了知觉。落在他睫毛上的雪花似乎有些沉重，使他的双眼眯成一条缝，却仍手执树枝，行动极缓慢地前进。

夜渐深，空中云遮雾掩，一钩朦胧弯月，月光清淡，落在悠生的眉宇间隐约有几分忧愁之色。赶了一日的路程，在林子中觅的野食早已被消化，现下双腿微微发软，加上气温如此之低，若是再无处可落脚，又遇到一头野兽，恐怕……今夜就要葬身于森林中。

他蹲在奇形怪状的树枝上，垂着头，心底萌生丝丝凉意，头一次后悔没多带两个饭团，以及多加几件厚衣裳。早知如此，当初便不接这笔交易，少花天酒地几日也无大碍，何苦如今在这受罪？

正在自怨自艾之间，脑袋被一颗杉木花果砸中，他仰头怒吼了一声，又俯身捡起花果道："可不能死在这里，大爷我还没娶妻生子，不能死！你说对不对？"随后旋即打起精神，继而前往。暗自想，倘若有旁人在场，肯定以为他患了癫痫病。

不经意间，悠生的右脚踩中一个生了锈的夹子，又掉进坑中，想是猎人捕兽时埋下的陷阱。他瞥了一眼被牢牢夹住的脚踝，却因饥饿浑身使不上劲，又找不到可以掰开的工具。忽觉胃里难受非常，像被千万只蚂蚁吞噬一般，加上又冷又饿，昏昏沉沉，几乎晕厥过去！

恍惚中，闻得脚步声渐行渐近，脑海中又浮现一头流哈喇子的野兽正在逼近自己的画面。心忽然被提了起来。不多时，一道黑影遮住了眼前的亮光，想是来了一只体型庞大的动物。

一阵风再度袭来，扬起的裙裾与落叶摩擦，沙沙作响。又闻得桂花香扑鼻而来，面上痒痒的，像是有丝丝毛发扫过，内心已然惶恐非常，头顶却响起女子轻轻一笑的声音。

悠生悬着的心稍稍放松了些，他想睁开双眼，瞧瞧这人的面目，却始终抬不起眼皮。困意像是一个无底深渊，将他无情地拖进去，一路下滑。

深夜半梦半醒之间，一女子的背影落入眼中，悠生抬了抬手，想要起身，却闻得一声脆响，只觉右腿剧痛无比，悠生吃痛大呼一声，旋即昏了过去！

翌日，微弱的阳光射进屋内，悠生乍然醒来，下意识地轻轻移动双腿，一把掀开被子，瞧见脚踝处包了一圈厚厚的纱布袋。又摸了摸自己的头部，发觉并无不适，方放下心来。

他半躺着，静静地巡视这间小小的屋子，素色的帐幔，白色的纱窗，桌上放了一个深蓝色的瓮，瓮的瓶口不小，却只插了几根枯枝。不禁想，虽装饰简单，却别有一番风味，这间屋子的主人定亦如此。

门外响起窸窸窣窣的脚步声，悠生慌慌张张地躺下，佯装熟睡。"嘎吱"一声，两名女子推门而入，其中一个端着食案，朝另一位女子小声道："掌柜的，这都过去一天一夜了，他怎么还没醒来？"

被称作掌柜的女子端起食案上的一碗黑漆漆的汤，含笑道："彩花，帮他张开嘴。"

　　彩花忙放下食案，在仲代悠生的头下垫了个枕头，正要伸手触摸他苍白的双唇，却见他动了动，忽然睁大眼一动不动地瞪她，像一具还魂的尸体，吓得她猛然往后一退，"咣"一声，打翻了掌柜手中的碗。

　　掌柜微微侧脸，瞥了一眼几欲哭泣的彩花，淡淡道："再去端一碗过来。"

　　彩花应一声"是"，便悄无声息地退了下去。

　　屋内两人瞬间相视，却无言以对，只一瞬间，掌柜白石栗子被盯得有些心慌，发觉不妥，便起身去开窗。微风袭来，纱窗轻舞，清凉的风掠过滚烫的脸颊，丝丝鬓发被风吹得飞起，胸口顿时舒畅许多。

　　良久，他的语气如同久久不散的雾气："多谢姑娘相救，请问这是何处？"

　　栗子徐徐转身，婉声道："我的酒馆里。"

　　悠生有些疑惑，自己在雪地里寻了几个时辰，怎不见这一个酒馆？既然是生活在深山之中的人，想必熟路，便问："那你可知松根乡怎么去？"

　　栗子闻言微微一愣，眼中忽然闪动了一下，沉吟片刻，方问："公子去那作甚？"

　　悠生不假思索道："听闻那里山清水秀，是散心的好去处，无奈我在林子中迷失了方向。所幸，遇到你。"

　　他将最后一句话说得极温柔，眼神暧昧不清，之后便不再说。一时之间，栗子的脸颊再次微微发烫，正愁着怎么搪塞过去。忽然，门外"笃笃"两声，彩花小心翼翼地端着一碗药汤进来。

　　彩花轻轻地将那碗汤放在木桌上，侍立在一旁。她偷偷地抬头看了一眼面色惊喜的白石栗子，又扫了一眼悠生，那人正一脸坏笑地看着自己。匆匆地收回目光，隐约觉得气氛有些怪异，空气中蔓延着尴尬的味道。

　　白石栗子将碗端到悠生面前，脸颊上浮起一丝疏离的微笑："我看公子还是先治好脚上的伤要紧些。栗子有事要办，就不奉陪了，公子有事找彩花

即可。"

仲代悠生闻言，立即接过碗，皱着眉喝完了药。

彩花见他对自己暧昧一笑，不禁浑身一颤，嫌恶地瞪了他一眼，正开口喊道："掌柜的你……"而白石栗子已经走远了。

她恼怒地一屁股坐下，朝悠生凶神恶煞道："别再用那副癞蛤蟆想吃天鹅肉的样子看我，小心我挖了你的猪眼！"

仲代悠生仰头大笑，见彩花眼中燃烧着熊熊烈火，忙抿着嘴，一副无辜地模样，逗得彩花笑出声。他方开口道："彩花妹妹，你可知怎么去松根乡？"

"不知。"彩花闻言，立刻收起笑容，淡淡道。

"那我的伤何时能好？"悠生又问。

"看你这般生龙活虎的，明日应该就能好。现下没我的事，就先告辞了。"彩花不愿再说下去，转身就走。

望着美人的身影在门缝消失，他心中的疑团愈来愈多，这里真的是酒馆？为何一听闻松根乡就不愿再谈？难道她们也为此而来？悠生呆呆地盯着右腿，轻轻地叹了口气。

翌日，暮色霭霭，树影重重，明亮的月光透过纱窗，洒在深蓝色的瓮上，其表面像是镀上了一层银色的纱衣，正微微泛光。此时家家户户炊烟四起，而飘进屋内的却不是饭香，倒是一阵阵酒香从远处幽幽地传来，将仲代悠生这个酒鬼从梦中馋醒了。

(2)

"公子醒了？正好，该吃饭了。"白石栗子笑笑，扶着悠生坐在桌旁。

"多谢掌柜的照顾，一觉醒来，精神甚好，腿也好多了。"他顿了顿，鼻子用力闻了一下，"不是浊酒？"

"虽你打扮得十分贫穷，但往往这般掩饰自己的人，都与之相反。猜测你在城中喝腻了浊酒，便盛了些桂花酿。"言语间栗子已斟好一杯，笑着示意

尾 声

他品尝。

杯中的酒色浅黄,香气沁人心脾,仲代悠生只看着酒杯,既想一饮而尽,又不敢下手,内心乱成了一锅粥。

白石栗子似乎洞穿了他的心思,望着高举的酒杯:"桂仍百药之长,在京城都难以饮到的酒,公子,过了这个村,可就没这个店了。你要是怕酒里有毒,那我就先干为敬了。"

言罢,她豪迈地一饮而尽,又替自己斟了一杯。仲代悠生莫名地感到自尊心受到了伤害,同样的一壶酒,既然主人都喝了,自己也没什么可顾虑的,索性举起酒杯喝得一滴不剩。

酒过三巡,气氛正浓,两人不知何时坐在同一侧。在烛光的映衬下,栗子双颊通红,满脸欢喜,这个平日里冷傲的女子,一沾上酒,就变得像个妇道人家,和悠生絮絮叨叨许久也不觉口渴,像与多年不见的老友叙旧一般。

悠生趁热打铁,凑近栗子,低声道:"听闻松根乡出了珍宝,京中有许多人正蠢蠢欲动,都思索着该如何得到奇珍。"

白石栗子轻哼一声,酒气从鼻子喷出:"就算有,他们也找不着。珍宝岂是让人白白捡走的东西?"

"所言有理,真是可惜,恐怕今生见不到了。"悠生一脸失落。

栗子诡异一笑,从身后取出一颗色泽晶莹紧致的珠子,其纹路是天然形成的,笔直的一条白色条纹,像极了薛老爷要找的东西。她像看自己的孩子般看着那颗珠子,曼声道:"真是美呢,难怪这么多人想要。"

悠生更是目不转睛地盯着,他迟疑地伸出手,两指捏住珠子。心中突然萌生了一种念头,若是将其拿回去交差,剩下的报酬能去青楼一段时间了。

他心里美滋滋的,唇边勾出一抹微笑,却肩膀一酸,一颗沉重的脑袋砸了过来,传来栗子浓烈刺鼻的酒气。他不禁叹惜,一妇道人家,何必喝这么多酒,也不怕伤身,不过,真是天助我也。

趁栗子熟睡,四下无人,悠生忙将腿上的纱布拆卸,又觅得一盒子装好珠子,逃亡似的离开了酒馆。

四更天，万籁俱寂，唯旷野的风声格外嚣张，吹得衣裳沙沙作响。放眼望去，在这漆黑的夜色中，只有无穷无尽的杉木，重峦叠嶂的大山，忽觉有些荒凉。又因这一份荒凉而停留了片刻，悠生方施展轻功，飞过一棵又一棵古树，停下来时已出了一身汗。

他回头望了望，隐隐见到酒馆屹立在万千藤树之中，是一家两层式的老屋，外表处处尽显沧桑。若是寻常人，绝不能轻易寻到它。不禁觉得掌柜有些奇怪，谁人会把酒馆建在此地，临近悬崖，荒无人烟，偏僻难寻，难道只是图一个清静？

翌日夜里，薛老爷双手发颤地接过木盒，打开盒子的那一瞬间，他的瞳孔比天上的繁星还亮，想是内心无比激动。立在一旁的壮汉亦满脸欢喜，目光久久移不开木盒，不言不语，眼中却闪过一丝狡黠。悠生见状，忙收好沉甸甸的银子，默默退了出去。

时隔多日，他再次坐在自家小院乘凉，桌上摆了一壶酒。浊酒入口的瞬间，脑中浮现一个画面，是他在酒馆的第一夜。

三更时分，困意滚滚而来，他刚闭上双眼，便听见有人进屋，忙将手藏于被褥中紧握匕首。那人走路无声无息，不多时已到床头，一股淡淡的桂花香扑鼻而来，顿时松懈下来，是白石栗子。

光影稀疏，落在她哀愁的眉宇间，良久，她喃喃道："回去吧，回到你来的地方，不要再来这里，更不要寻找松根乡，那是个幌子，是虚无的地方。而你要找的东西，即便是穿崖挖石也不见得一定有。"

不论交情，她也是自己的救命恩人，雪中送炭，又苦口婆心地劝告自己，没想到得来的却是引狼入室。倘若那颗珠子于她而言，有特别的用处，那我岂不是害了恩人？如此一想，心底微微一沉，觉得甚是愧疚。

数日后，已是春季，万物复苏，生机勃勃。仲代悠生却像生了一场大病般，无论做什么，都觉得无趣。一个午后，偶然忆起藤树中的酒馆，以及在那三天两夜的时光，山居的岁月虽平淡，却比纷纷扰扰的俗世有趣。他笑了笑，不过须臾转身进屋，裹上一件厚实的外衣，便匆匆关上了大门。

尾 声

进入了藤树林,如同进入了迷宫一般,看不清方向,所幸走时做了记号。 然而,记号的尽头却是一个空地,只剩四周青葱浓郁,鸟语花香,唯独酒馆不知所踪。 悠生不甘心,在附近来回转悠,隐隐见到前方的流泉飞瀑,便缓步过去。

忽然,身后冒出三名抹黑面部的壮汉,打扮迥异,悠生定睛一看,这不是薛老爷的跟班?

"仲代悠生,把你找到的玛瑙珠子都交出来! 否则休怪我们不客气!"

"原来如此,可惜我身上毫无值钱的东西。"

话音刚落,壮汉锋利的刀像一把箭,飞速地向悠生刺去。 他猛地一侧身,忙拔出胯上的宝刀,不禁喟叹,对方不仁,我则不义。

一场激烈的大战打到一半,悠生的双臂被刀划过,鲜血淋漓,疼痛不已,嘴唇发白,面色十分难看。 忽然,天上洒下许多玛瑙珠子,颜色不一,但色泽晶莹饱满,几乎与悠生所见的一模一样。

三个壮汉立刻丢下大刀,发疯似的捡地上的珠粒,不多时珠子已被捡完,只剩不远处最后一颗。 三人瞪着对方,忽而像一群饿狼般蜂拥而上,为了抢一颗珠子,再次打了起来。

"狗东西,敢抢大爷的珠子,不要命了!"言罢,被挤出在外的壮汉举起大刀,从背后将其中一人的脑袋砍飞,迸发的鲜血射了身旁的壮汉一脸。

两人面孔狰狞,继而争夺那一颗珠子,不多时三颗脑袋都滚入瀑布之中。 此时,酒馆现身在悠生的眼前,楼上一个身穿白衣的女子静静地伫立,正是栗子。 她浅浅一笑,嘲讽道:"世人真是贪得无厌,不过,你们三兄弟在地下可做个伴了。"

言罢,只见三人的脑袋浮现在水中,又闻得他们争吵的声音。 白石栗子不耐烦地挥了挥手,瀑布很快恢复如同往常一般。 她站在悠生的面前,见他虚弱地躺在藤树旁,突起怜悯之心,忙蹲下身,抓了几把药草敷上,又替他擦干额头上的汗。

悠生动了动嘴唇,想开口与她道歉,却连说话的力气也尽失了。 栗子似

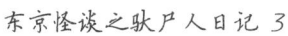

乎明了，只冲他摇了摇头，便笑着离开了。

　　临走时，她在耳旁留下一句："多谢你前世的照顾。"

　　在网上一直有许多能震惊全世界的日本猎奇案件，传说日本古代人喜欢用死人的骨头熬成汤，配上尸油炒饭来食用。许多年前神秘的人骨长笛驱蛇人血洗古玩街，如今手持炼尸鼎的炼尸人惊现古玩街，到底是什么原因？

　　神武诡店内的天价灵异诡物，从神武口中听到诡物背后的故事，简直觉得不可思议。藏在云外镜的镜中女子，以美人脸做成的美人花瓶，会在半夜哭泣的茶碗，大阴阳师安倍晴明竟然与狼妖有契约？甚至连狐妖都能依靠特殊的红嫁衣娶人类为妻？

　　殡仪馆内躺在极乐棺材里的死尸突然流泪，为完成驮尸任务深入死人山寻找阴墓蛇窟。驮尸路上半路出现的神秘养尸人，纯阳之血竟然能用来封印尸气，在大婚之日猝死的新娘子，为什么必须要倒尸下葬？（精彩未完，敬请期待：《东京怪谈之驮尸人日记4》）

图书在版编目(CIP)数据

东京怪谈之驮尸人日记：全4册／荆十三著. —上海：上海社会科学院出版社，2016
ISBN 978-7-5520-1453-2

Ⅰ．①东… Ⅱ．①荆… Ⅲ．①长篇小说-中国-当代
Ⅳ．①I247.5

中国版本图书馆 CIP 数据核字(2016)第 147445 号

东京怪谈之驮尸人日记 3

著　　者：荆十三
责任编辑：冯亚男
封面设计：周清华
出版发行：上海社会科学院出版社
　　　　　上海顺昌路 622 号　邮编 200025
　　　　　电话总机 021-63315900　销售热线 021-53063735
　　　　　http://www.sassp.org.cn　E-mail: sassp@sass.org.cn
排　　版：南京展望文化发展有限公司
印　　刷：上海天地海设计印刷有限公司
开　　本：710×1010 毫米　1/16 开
印　　张：14.75
字　　数：208 千字
版　　次：2016 年 7 月第 1 版　2018 年 3 月第 2 次印刷

ISBN 978-7-5520-1453-2/I·192　定价 119.00 元（全四册）

版权所有　翻印必究

东京怪谈
第十三作品
歇人日記 ④

上海社会科学院出版社
SHANGHAI ACADEMY OF SOCIAL SCIENCES PRESS

目 录

第一章　人骨鲜汤，尸油炒饭　　　001

第二章　人骨长笛，驱蛇怪人　　　010

第三章　云外镜，镜中女　　　016

第四章　青鹭火，苍鹭泪　　　026

第五章　小袖之手，巧计救婴　　　035

第六章　荒废神社，赤眼红妖　　　044

第七章　风生兽，长寿药　　　053

第八章　美人痣，红颜恨　　　063

第九章　粟羊羹，美人泪　　　071

第十章　炼尸鼎，邪诡物　　　079

第十一章　神武诡店，美人花瓶　　　088

第十二章　狼眼血玉，大阴阳师　　　095

第十三章　茶碗哭泣，肉身佛像　　　101

第十四章　狐妖娶妻，耿尸任务　　　110

第十五章	极乐棺材，死尸流泪	115
第十六章	耿尸夜行，赶赴阴山	124
第十七章	死人山，寻阴墓	134
第十八章	养尸人，木魅妖	141
第十九章	纯阳血，封尸气	152
第二十章	长生花，倒尸葬	160
第二十一章	阴墓蛇窟，人血封墓	171
第二十二章	森林妖怪，山间鸣屋	180
第二十三章	黑巨蟒，负重伤	188
尾声		197
后记		201

第一章　人骨鲜汤，尸油炒饭

(1)

小次郎刚讲完，司徒天便捂着肚子嚷道："故事听完了，咱们去吃饭吧。"

我还在消化小次郎说的故事，无论故事真实性如何，好歹也算一个流传多年的怪谈。

饭点已到，我们决定去学校附近的面馆吃拉面。

10分钟之后，我们赶到了美味面馆，现在的食客不多，兴许是上班族还没下班。我们各自叫了一碗最普通的拉面，等了大概3分钟，服务员就端着香喷喷的面放到了桌上。

小次郎望着碗里的红油面汤，忍不住问我和司徒天："你们想听故事吗？"

我吃了一口面条，抬头问道："什么故事？　刺不刺激？"

司徒天这家伙没辜负"吃货"二字，根本不搭腔，只顾埋头苦吃，多半是饿坏了。

小次郎右手拿着筷子挑起碗里的面条，左手端碗挪到嘴边，喝了一口红油面汤，冷笑着说道："刺激，绝对刺激，白逸君，你知道用什么东西熬汤和炒饭，才会奇香无比吗？"

我低头吃着面条，随口敷衍道："不知道，从小到大我根本没下过厨。"

小次郎白了我一眼，看样子是鄙视我不会下厨。不一会儿，他也没管我

跟司徒天同不同意，主动讲起了一个故事来。他甚至连故事的名字都没说，但最后我却被这个故事吓到想反胃。

故事发生于政治动荡的年代，所谓政权不稳，土匪恶霸成倍增加，平民百姓经常食不果腹，甚至还发生过大规模饥荒。虽然如此，但当地依然有恶霸横行，喜欢欺压百姓，大肆搜刮民脂民膏。

当时位于大阪地区的平阳镇，有一个最出名的恶霸叫梅川武，要是有哪家的孩子不听话，或者夜里不愿老实睡觉，便报上梅川武的名号。立马吓得老实睡觉，以后晚上都不敢出门玩耍嬉戏。

梅川武生平没什么特别喜好，但唯独喜好吃各种神秘的食物，尤其钟情于骨头汤泡油炒饭。梅川武吃腻了原来老师傅的手艺，便把对方辞退，出重金聘请新的厨艺高手，考试要求不高，做出一道让梅川武认可的骨头汤泡油炒饭即可。

起初根本无人敢上门来应征，原因很简单，因为梅川武早已恶名远播，甚至还说他吃过人肉，为人生性残暴，爱虐打家仆。过了整整半个月，才有一名叫长崎的年轻人前来应征。长崎穿着怪异，背上背有一个包袱，右手拎着一个密封的黑罐子。

梅川武把长崎接到府中，二人来到厨房，便发问道："长崎君，你有信心吗？"

"梅川大人，在下信心十足。"长崎在心里觉得好笑，如果没有信心，又怎敢前来挑战？笑着继续补充道："梅川大人，小人有一陋习和不成文的规矩，在下厨期间，不希望有外人打扰与观摩，还希望大人见谅。"

梅川对此也表示理解，真正有本事的人难免会比较独特，他点了点头："好，有什么需要，你可以随时吩咐府中的下人帮忙！"

说罢，梅川主动退了出去，还顺手把门给带上，开始在心里期待长崎能做出什么样的美味。长崎确认梅川完全离开后，放下手里的黑罐子，跑过去将门闩放下反锁住，预防外人突然闯进来。

第一章　人骨鲜汤，尸油炒饭

长崎眼里闪过一丝阴狠之色，双手握拳指关节发出脆响，冷声道："梅川！你等着吧！"

长崎把自己带来的罐子提起来，放在灶台上面，右手扭开上面的盖子，结果映入眼帘的是颜色奇特的油，与能够食用的油区别很大，因为这油是红色凝固状，还散发着阵阵诱人的香味。

长崎在确定油没问题之后，又解开先前的包袱，包袱内赫然放了一个黑色的木盒，打开盒盖里面居然装着灰白色的死人骨灰。他用右手把骨灰盒子举起来，倒入适量的骨灰到油罐子里，从口袋掏出一根小木棍，边搅边念叨着："梅川！我要让你生不如死！"

长崎搅了大概 10 来分钟，油跟骨灰完全融为一体，从表面上跟正常的油无异，唯独气味奇香无比。他成功调制出死人骨灰油，从灶台下的木柜找到一个装油的容器，把调好的油倒进去。

作完这一系列准备，长崎又把自己带来的东西藏好，旋即把门打开，大声命令道："喂，来个人去给我准备两碗隔夜的冷饭，外带一些新鲜鱼肉，我要替梅川武大人做骨头汤泡油炒饭！"

话音未落，不远处跑来几个下人，有个笑着对长崎说："长崎君，我马上去为您准备。"

长崎点点头，示意对方能离开了，另外还有三个人则开始生火热锅，没过一会儿先前那人已经取回两大碗米饭，头顶着一大盘切好的新鲜鱼肉，肉上还带着血，明显是刚杀好不久。

长崎让四个下人把相关的东西弄好之后，就将他们都轰了出去，本打算偷师学艺的下人们立马变了脸色，脸比马脸都长几分。长崎还是跟之前一样，反锁上了木门，往烧开了的锅内倒上特制的骨灰油。

在骨灰油倒到锅里的瞬间，油开始滋滋作响，等油彻底烧滚，把隔夜的两碗米饭全部倒进锅，拿着一把木勺子在锅内来回翻炒。饭粒完全饱和之后，把饭捞起来装在碗中，又从旁边的木桶内舀一瓢水泼到锅里。

长崎再次把锅烧开，把之前的油又倒了一部分下去，油彻底滚烫后将新鲜鱼肉一并倒入其中。他之所以要用油来炸鱼，纯粹是为了掩盖死人骨灰的味道，中途他还取出一小包红色的药粉撒在表面。

足足过了半个时辰，长崎才弄好一道色香味俱全的骨头汤泡油炒饭，骨头汤底用死人的骨头为底料，炒饭的油则是人死之后把尸体收集好，用烈火烧烤榨出来的尸油，简直是一道超级重口味的菜。

下人们见长崎手里端着一道菜，菜的香气四溢，隔老远都能闻到那股奇香无比的味道。简直让人直吞口水，但无一人敢上前与长崎攀谈，反而主动在前领路，带长崎赶去梅川武用膳的小院。

梅川武此时正坐在院中，面前摆了张木桌子，桌上有一对筷子，想来是在等长崎的美食。

长崎一个人端着香喷喷的食物，朝着梅川武的位置缓缓地走了过去，把东西轻放在桌上说道："抱歉，梅川大人，让您久等了，请您品尝下小人的手艺，希望您能喜欢这道骨头汤泡油炒饭。"

梅川武闻着碗中散发出来的奇特香味，咽下几口口水，立马抄起筷子吃了起来。

梅川武吃下第一口饭，脸上流露出陶醉的表情，扬起大拇指赞扬道："好！长崎君，不愧是厨艺高手，这道骨头汤泡油炒饭太美味了，汤油而不腻，还带着一股奇香，表面的炸鱼肉恰到好处，与饭粒融为一体。"

长崎听到梅川武的夸奖，躬身拱手道："梅川大人，您过奖了，只要您满意就好。"

梅川武点了点头，继续埋头吃东西，不一会儿，就吃了个干干净净，连汤汁都喝光。

梅川武擦干净嘴巴后，按捺不住自己的好奇心，主动问道："长崎君，请恕我冒昧问一句，不知你是用什么材料来烹调食物？居然能做出如此让人难以忘怀的美味，可不可以透露一二？"

长崎面露难色，抬头看着梅川武叹息道："梅川大人，您这个请求我无法答应，此乃我家世代祖传秘方，所用材料必须严格保密，所以大人还是别逼问小人了，只要小人一日不离开贵府，我保证您天天都能吃到这道食物。"

梅川武知道长崎心里那点小算计，自然不当面揭穿，表面点头答应不追问。其实心里还暗自计划着，有机会要找一两个身手矫健的仆人，待长崎出去买食材的时候，偷偷跟着对方记下那些食材。

(2)

不知不觉，梅川武吃了整整两个礼拜的骨头汤泡油炒饭，而且越吃越想吃，就好像中了邪术那般。如果有一天没吃到，心脏如同百蚁食心般痛苦难耐，四肢酸软无力，脸色比死人的那张脸还要白几倍。

而且，最让梅川武不解的是，他每次派去跟踪长崎的人都会离奇消失不见，连尸体都不知所踪。梅川武总算开始察觉到了怪异之处，本该到了用餐的时候，他特意差人叫来长崎问话。

梅川武看着站在自己面前的长崎，冷哼道："长崎，你到底是何人？有何目的？"

长崎抬头与梅川武对视，脸上看不见半点慌张，顿了顿说："梅川大人，您这话是什么意思？莫非您觉得我是歹人有心害您？若您觉得不放心大可找来医术高明的大夫为您诊断便可。"

梅川武经长崎这么一解释，想想还真是这样，立刻让下人去找附近医术最高明的大夫前来。不多时，下人领着一名满头白发留着长胡子的大夫来到府中，先是替梅川武号了号脉，结果一切正常，仅仅有点虚火旺盛罢了。

梅川武顿时放下心来，让下人付了诊金，送大夫离开。

长崎目送大夫离去，走到梅川武面前说："梅川大人，我想我是时候告辞了。"

梅川武知道长崎心有不悦，毕竟任谁被怀疑都会如此，面带笑意地劝告道："长崎君，我知道自己怀疑你不好，但你也不能因此离去，如果你走了，谁给我做美味的骨头汤油炒饭呢？"

长崎在心中冷笑，继续嘲讽道："既然大人不信任我，我又何必留在这里

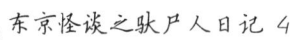

自讨没趣？"

梅川武不愿轻易放长崎离去，开始低声恳求："长崎君，您言重了，我给您涨工钱。"

长崎故意捏紧下巴，摆出一副思考的模样，良久后方说："好，涨两倍工钱，还有一个特殊条件，食材要我自己去买，梅川大人不可派人与我同去，不知梅川大人您能否答应在下这个条件？"

梅川武让这一问给问懵了，原来对方一早知道自己派人跟踪，他讪笑着说："好，我答应你，你放心，我以后都不会派人跟踪你。不过，我比较好奇，跟踪你的那些人怎么都莫名其妙的消失了？"

长崎突然靠近梅川武，故意恶狠狠地说："那些人？他们都让我杀了，你相信吗？"

梅川武听到这，忽然放声大笑，上下打量着长崎，嘲讽道："长崎君，你光天化日之下说这大话也不怕闪到了舌头？瞧你这弱不禁风的样子，手无缚鸡之力居然还能杀掉我派去的高手？"

长崎好似十分不爽，他板着一张脸说："你不相信？我告诉你把，你最近吃的东西，都是我用他们的尸骨熬成的死人骨头汤，炒饭的油是尸体炸成的尸油，调料还混合了大量的骨灰！"

梅川武误以为长崎是在吓唬自己，故作镇定拍着胸口道："长崎君，你别想借着这个吓唬我，我是什么人？方圆百里谁人不知道我的大名？连小孩儿听到梅川武三个字都吓到号啕大哭，实话告诉你，我当年生吃过人肉！"

长崎猛然往后退了几步，尴尬地笑着解释道："实不相瞒，梅川大人，小人刚才都是说笑的，就算借我十个胆子都不敢如此对大人，至于大人派来的人为何离奇失踪，小人还真不知情。"

梅川武听罢不禁有些好奇，他招来一个下人，在其耳边低声耳语道："以后跟紧长崎！"

下人自然连连点头，接着立马离开了，不知道是要去干什么事。

长崎见自己的嫌疑已经被排除，偷偷地松了一口气，对梅川武说："梅川大人，如果没什么大事，小人就先行告退了，因为明天一大早还要采购些食材，所以您有事最好能提前吩咐。"

梅川武早已安排好一切，冲长崎摆摆手说："没事，长崎君，你去忙吧。"

长崎心中如明镜，他知道梅川武对自己产生了怀疑，但也不想说破。

长崎深知要对付梅川武这种天生多疑的人，只能放各种迷雾，来迷惑对方的视线。

时间飞逝，很快来到第二天清晨，太阳刚刚升起，长崎匆匆洗漱之后，带着不少的银两出了梅川府。在他出门之后，立马又有两三个人尾随在他身后，想来定是梅川武派去跟踪长崎的人。

长崎早就发现了跟踪他的人，反而故意放慢脚步，带着他们四处游荡。

长崎最终在一家卖肉的档口前停下，朝着卖肉的屠夫说："我来取货！"

屠夫定了定神，拿出一块黑色的木牌子，木牌子上刻着一个长字。

随后，长崎也掏出一块黑色牌子，牌上刻着崎字，两块牌子正好对路。

屠夫核对身份完毕，故意压低声音问道："有人跟踪？他大概还需要多久才去见阎王？"

长崎捏紧下巴想了1分钟，才伸出一根手指说："活不过今晚，我给他下了药！"

说完后，长崎偷偷地冲屠夫使了个眼色，示意后面有人跟踪，接着屠夫立马开始收拾东西。二人一起往大街最西面走，前进的速度不断加快。梅川武派去的人自然紧随不舍。但是，他们很快就察觉到了诡异之处，因为越走越偏僻，连走几条小巷子之后，屠夫居然不见了，仅剩下长崎一人。

长崎突然停住脚步，转过身大喊道："好了，躲在后面巷子里的人都出来吧，我早发现你们了，梅川武竟然安排你们这些蠢材来跟踪我，简直让人笑掉大牙，跟踪技术未免过于低劣。"

梅川武派来的人虽然有点意外，但转念一想自己人多势众，根本不用怕

长崎。

为首的领头人带着一帮手下，主动从小巷子里走出来，大言不惭地叫嚣道："长崎君，你现在只有一个人，若真动起手来，我们兄弟几个绝对必胜，如果肯主动交出做那道菜的秘方，我保证给你留个全尸！"

长崎故意拍了拍胸脯，往后退了一步，笑道："我好怕，其实，要我给秘方也不是不行。"

领头人心想有戏，暗自计划着反正长崎必死，主动追问道："说说你的条件！"

长崎沉思许久，方开口说："放我一条生路，我自然会告你。"

领头人故意点头答应，摆手说道："好，我保证不杀，你说吧！"

长崎顿了顿吞下一口口水，阴笑着说："材料很简单，把你们都杀了，然后剥皮拆骨，把拆下来的骨头烧成粉，人皮晒干剪成皮，尸体用火烘烤榨出尸油，所有的材料就是这样而来。"

领头人以为长崎故意欺骗自己，当下勃然大怒，挥手下令道："杀！给我把他大卸八块！"

一大群人迅速冲向长崎，还没近身，一道身影就从侧边冲出来，手里持着一把长而乌黑发亮的剔骨刀。正是之前那位屠夫，他此刻持刀指着面前这帮人暴喝道："谁敢上前一步，我肯定把他剥皮拆骨！"

那群人立马被屠夫给镇住了，都愣在原地不知所措，领头人乘机抽出腰间的暗器，分别射向长崎跟屠夫的面门，眼看即将成功。长崎右手一抖袖子，飞出许多银针，把领头人的暗器全数击落。

屠夫也在同一时间发动攻击，双腿蹬地握刀杀向那群人，结果没过几招，过半的人都死了。只留下一个小喽啰，长崎走到那个小喽啰面前说："我告诉你，梅川武他绝对活不过今夜！"

小喽啰本想逃跑，却被长崎抓住扭断了脖子，之后长崎跟屠夫消失不见。

结果当晚，事情果真如长崎所说，梅川武死了。他是被活活痒死的，而

第一章 人骨鲜汤，尸油炒饭

且死状特别凄惨，最初浑身上下起满了红疹子，只要一抓破便流出血水，后来越长越多，奇痒难耐的梅川武受不了，选择自杀身亡。这件事被广为流传，都知道有个叫长崎的神秘人收拾了梅川武，替百姓们干了件惩恶除奸的大好事。

第二章 人骨长笛，驱蛇怪人

(1)

小次郎这次说的故事不算恐怖，就是有点恶心人，但我和司徒天还是吃完了面。

吃面的时候，流川给我发了条短信，说黑木老头不知道动用了什么神通广大的关系，居然摆平了黑岩田的老爸。让对方彻底妥协，不追究我们这次驮尸任务失败，对此无论我和司徒天怎么问，黑木跟流川都不愿说出其中的缘由。

吃完面后，正好今天周末不用上课，我跟司徒天还有小次郎都窝在寝室里休息。

我看着刚结账的小次郎问道："小次郎，你知道附近有什么好玩的地方？"

小次郎抬头望了我一眼，反问我："白逸君，你想去玩什么？"

在旁边喝饮料的司徒天突然插话说："他？他最爱去找漂亮的妹子玩。"

我立马反击道："司徒，你少胡说八道，我看你才想找漂亮妹子。"

小次郎想了半天，然后打了个响指笑道："反正没事，就去古玩街吧，你们觉得如何？"

司徒天听见古玩街三个字，顿时连连摇头："古玩街？一听就很郁闷。"

小次郎却一副你不懂的模样，他故意卖了个关子："听说过人骨长笛？"

我皱着眉头，忍不住反问小次郎："人骨长笛和古玩街有关系？"

第二章　人骨长笛，驱蛇怪人

小次郎示意我别说话，他冷声道："听我说完下面的事你就明白了。"

在日本一直有在闹市街区以长笛驱蛇为生的怪人，其中最厉害的当属30年前，一位来自印度的驱蛇怪人空降古玩街，据悉此人叫摩尼，他的到来让古玩街掀起了一阵腥风血雨，其长笛驱蛇之法，已经达到出神入化的境界。

13年前的驱蛇人摩尼有个怪癖，无论四季如何变化，头上永远都缠着白色的帽子，一身标准的印度打扮，双手戴着一对黑色的手镯。他会专门选定在古玩街人流最多的地方摆摊表演，某天他跟以往一样，在古玩街中间选了个空档，将背上装蛇的竹背篓取下来，拿出一把白笛子，笛子的外形诡异，长度比一般的笛子要长不少，站在远处看，跟人的骨头极为相似。

随后，摩尼再把红黑相间的毯子一并取下，先把毯子铺在地上，揭开装蛇用的黑木箱子，箱子里面装着大约四条青蛇。接着，他把箱子里的蛇倒入竹背篓，也不大声吆喝人来看自己的表演，把笛子移到嘴边，深吸一口气吹起神秘的曲子来。

渐渐地行人被摩尼的笛声所吸引，不出一会儿，围观的人群逐步变多，大伙都很好奇，为何笛声能够让蛇跟着节奏跳舞，还有几个胆大的小孩儿，蹲在地上看那四条蛇从竹篓里慢慢探出蛇头，张开嘴巴露出獠牙，来回吐着蛇信子。

摩尼继续吹笛，他徐徐站起身体，蛇也跟他一样把蛇身绷直，左右摆动着蛇头，那模样简直跟人没什么区别。又吹了一阵笛，摩尼开始往前走，让人吃惊的是，那四条蛇也相继跳出竹背篓。

此情此景，让围观的人群大吃一惊，因为还是头一次见到这样奇诡的表演。

摩尼走到人群中间，他突然盘腿坐下，嘴里依然在继续吹笛，四条蛇分成两路，分别爬到了他的身上，从脚底一路往上爬，其中两条穿过腰间来到

了颈部，在脖子绕了一圈，又游走到双臂缠成一团。

四条蛇都盘缠到摩尼四肢上，摩尼丝毫不感到害怕，停止吹奏笛子，轻轻捏着手臂上的蛇对人群说："大家有谁想来试一下？摸摸这些蛇，或者让这些蛇跟你一起跳舞，我以性命担保，蛇不会咬人。"

起初没人敢尝试，出人意料的是竟然有个孩子跑出来，对摩尼说："我想试试。"

摩尼咧开嘴很开心地笑了，因为终于有人肯相信自己了，他走到孩子面前，摸着对方的小脑袋说："孩子，我坚信神会保佑你，答应我，从现在开始你站好不要动行吗？"

孩子抬头看着摩尼，露出纯真的笑容，点点头道："好！我肯定不动！"

摩尼确定孩子不会乱动，才开始吹笛子，四条蛇听见笛声纷纷快速地往小孩子的地方爬了过去。人群自动散开一条路，让蛇顺利来到孩子脚边，蛇仿佛变成了人类，立起蛇身在孩子脚边跳蛇舞。

蛇的身子很柔软各种高难度动作都能做出来，表演渐渐达到高潮，摩尼开始发起群众打赏。打赏的钱不多，但摩尼得到了认可，从此之后以笛声驱蛇跳舞变成古玩街一大特色，来古玩街不看驱蛇表演，纯粹等于没来。

时间一长，摩尼驱蛇人的名号在古玩街打响，甚至有人专门赶来古玩街，为的就是看看驱蛇之术。摩尼也凭借这手绝技，赚到了足够养活自己的银两，比起他在自己家乡印度的收入高太多了。

摩尼在古玩街附近找了一个住处，除去日常的生活开销外，他把所有的钱都花在蛇身上，养了大概30多条蛇，离开印度之前还带了大量蛇香粉，防止自己的蛇不见或让人偷走，每条蛇上都有独特标记，通过手镯的声音来吸引蛇群。

其实，外人或许不知道，在印度那个地方，每个印度人手上戴着的手镯都很独特，蛇和手镯之间可以互通，二者缺一不可，若其中的某样遗失了，可通过另外一样找回来，无论多远都能找到。而且在印度当地，每个驱蛇人手中的笛子也来历非凡，乃历代驱蛇人死后命令后人，把自己的尸骨打磨成

第二章 人骨长笛，驱蛇怪人

粉，加入少许香料混着蛇粉喂给蛇吃，随后把人骨打造成一支笛子，交给下一代驱蛇人。

摩尼出生没多久，就被他父母常年安排在一个大水缸子泡澡，缸内装满了血红色的温水，还有各种各样类型的蛇脑袋。这种做法为印度当地驱蛇人的特别习俗，俗称蛇祭。泡澡把人的毛细血孔打开，让蛇的味道融入其中，让人身上有蛇味，才不会遭蛇攻击。摩尼打小就与蛇群居，蛇算他唯一的童年伙伴，成为一名优秀的驱蛇人，是他的终极使命。

在摩尼18岁那年，父亲离世后，母亲因伤心过度，忧郁成疾在第二年死去。而他继承了父亲的遗志，变成了新的驱蛇人，随身携带着用父亲的骨头打造成的人骨长笛。摩尼离开印度，开始四处表演，去过各种各样的神秘国度，认识他的人都称呼摩尼为"流浪的驱蛇怪人"。

(2)

艳阳高照，古玩街人声鼎沸，摩尼跟往常一样刚选好地方，把东西全部摆好，准备开始表演，岂料今天迎来了一帮不速之客。这帮人个个高大威猛，手持大木棍，其中一个额头有刀疤的壮汉走到摩尼面前凶神恶煞地喝道："你是新来的吧？你不知道在这一亩三分地是我做主？识相点交银两出来，我们兄弟几人保你平安无事！"

摩尼顿时恍然大悟，原来这帮人是最近刚从别处流窜过来的地痞流氓，想从自己这里收所谓的保护费，他想通之后立马反驳道："凭什么要交钱给你们这些恶霸？再说了，我不需要任何人保护！"

摩尼话刚说完，刀疤大汉的拳头便打向其面门，并喝道："你找死！吃我一拳！"

摩尼压根没想到对方敢动手打人，他来不及躲闪，脸上挨了一记重拳，鲜血立刻喷出，牙齿都打掉了一颗，捂着鼻子大声哭喊道："你们还有没有王法了？光天化日之下收取银两不成，还当街行凶打人！"

刀疤大汉抬头哈哈大笑，指着摩尼说："王法？我告诉你，谁拳头大，

谁人多就是王法！"

说着，刀疤大汉和他的同谋把摩尼身上的财物抢了个干干净净，留下那一根笛子和几条青蛇。摩尼看着那群逐渐远去的土匪，捏紧双拳，咬紧嘴唇说："人多就是王法？ 好！ 我就让你们尝尝百蛇阵的滋味！"

当天夜里，摩尼开始用笛子驱蛇，蛇感应到了手镯，带着摩尼找到了白天那群人。

摩尼没有着急动手，而是先取下背篓，把蛇全部倒在地上，然后悄悄离开。

因为布置百蛇阵需要很多条蛇，为了确保不让这群流氓有活下来的机会，一定要准备足够数量的蛇，让蛇毁掉这些人的尸体。 如此一来，摩尼也不用背负什么杀人的罪名，毕竟杀人犯法。

摩尼这几天都没去表演，他开始用蛇粉吸引附近大山里的野山蛇，山蛇行动迅速不说，关键是毒性非常强，乃布置百蛇阵的最佳选择。 摩尼通过四天的收集与准备，调教出了接近100条蛇。

那群流氓依然在古玩街横行霸道，连老弱病残都不放过，开始反抗的几个小年轻都遭到了毒打，自此再也没人敢反抗。 结果导致这群人天天都来摊位挨个收取银两，而且一次比一次收得高。 渐渐地已经没人敢到古玩街摆摊，附近的商铺纷纷关门歇业，要不直接搬到别处去。

摩尼知道自己该出手了，当天夜里他把调教好的蛇都引到了流氓的住处，时间开始慢慢流逝。 按照计划行动时间为半夜，人最为疲倦的情况下，基本上是那群流氓睡得像猪时，才是最佳的百蛇杀人时机。

摩尼躲在暗处开始吹笛，过百条山蛇朝着流氓的住处涌了过去，不多时便听见里面传来各种鬼哭狼嚎的叫声，很明显是摩尼的百蛇阵偷袭成功了。半个时辰左右，摩尼见山蛇群完成使命，都跑出来各自散去后，才走进屋子里看看。

摩尼刚进屋迎面扑来一股血腥之气，那群流氓没一个幸存，全都让蛇给咬死了。

第二章 人骨长笛，驱蛇怪人

摩尼第二天又跟往常那般，出现在古玩街上开始表演驱蛇绝技。很久之后，有个拾荒的老人家，发现了那群流氓的尸体，身上全是蛇的牙印，大伙都认为是老天有眼，收了这群恶人。其实，真相除摩尼本人之外，只要他不说，根本没有第二个人知道。

第三章 云外镜，镜中女

(1)

驱蛇怪人摩尼的故事结束后，小次郎就直接拉着我跟司徒天来到了传说中的古玩街，在我看来与其称之为古玩街，倒不如叫二手古董市场。因为我与司徒天在国内没少逛，我们俩都幻想着能够当一回捡漏王，淘到个天价古董，瞬间变成超级富豪。

我来回打量着街道两边的摊位和古董店，感到非常不可思议，因为这条街实在过于安静。根本没什么行人，做生意的商人也没多少，除了一两个小摊位有人之外，其他店铺几乎没营业。

小次郎看出了我的疑惑之处，主动解释道："很多店铺和诡物商人到晚上才会营业。"

司徒天转过脸问小次郎："诡物商人？ 什么是诡物商人？"

我虽然没开口，但心中依然有些好奇，等着小次郎继续说下文。

小次郎想了一阵子，才继续说："诡物商人，这个诡异职业从许多年前就一直存在，时至今日都还有，他们经常以倒卖各种灵异邪魅之物为生，这种诡物商人因长期或随身携带诡物通常活不长久。"

在我们俩说话之际，司徒天已经走到一个摊位面前，趁摊主不注意随手拿起位于右侧的一样东西，是一把放在铁盒子里雕刻着花纹的镜子。他刚想掀开镜子的花盖，结果摊主发现了他。

摊主一把夺过镜子，脸色凝重地说："切记，云外镜，不可随意掀开

第三章　云外镜，镜中女

花盖。"

司徒天与摊主的对话，我跟小次郎都听到了，于是我们俩朝摊位走过去。

我为此有点疑惑不解，接茬问道："为何不可？您能说说原因吗？"

摊主把云外镜放回原处的铁盒子里，才缓缓道出云外镜的故事。

文治元年，三更天，钟声自悠远的地方传来，烟花炮竹之声紧随而至。

街上灯火通明，人声鼎沸，孩童与家人脸上都洋溢着幸福的笑容。

正月初一，平冈老宅上办寿宴，一早便备好了几大桌碗筷，厨房切菜的刀声如同一场暴雨，叩叩有声。老太爷年过八十，儿孙满堂，虽只是邀请了一些近亲，门槛却险些被踏破。

临近午时，平冈龙之介在厨房检查一道道菜肴，派厨娘去酒窖斟五壶屠苏酒，这是一种混入白术、桔梗、山椒、防风、肉桂、大黄、小豆等中药的酒。平冈家老太爷曾定下规矩，为了新的一年防病消灾，每年的正月初一阖家大小都要饮一杯屠苏酒。

待桌上的菜肴都准备妥当，龙之介又让厨师备了些萝卜腌菜、年糕味噌汤，以及最后上一道以七种绿色植物煮成的粥，好让在正月里吃了过多油荤菜肴的食客调节一下肠胃。

院中孩童的欢笑声起伏不断，一个男童面朝树干闭着双眼，嘴里念念有词。其他的孩童闻声，皆像个兔子一般快速地四处乱窜，瞬间只剩他一人。

龙之介路过此地，呆望着玩捉迷藏的孩童们，有些失神。目光飘向院中的杉树，微弱的阳光洒在树叶上，地上的草坪都干了，一夜之间万物复苏，只是温度仍然很低。良久，他寻一块干净的草地坐下，微微叹了口气："又一年过去了。"

忽然闻得背后有人走来，徐徐响起一道如潺潺流水般的声音，那人也感叹道："是啊，时间过得真快。"

龙之介闻言微微一愣，心想这声音真是熟悉，难道是她回来了？脸上露出喜悦之色，却按捺住内心的激动，一动不动地坐着。他越是这般期盼，越是不敢回头。

那女子愈走愈近，伴随着一股淡淡的绿茶香气，淡青色的裙裾映入眼帘。他抬起头，阳光有些耀眼，看不清她的面目。于是站起身，瞬间一阵复杂的滋味涌上心头，目光在她的脸上微微一转："深津小姐，很久不见，别来无恙。"

深津千春愣了愣，不曾想有一日，他呼唤的竟是自己的姓氏。那双曾经爱笑的眼睛分明浮起一丝忧伤，却低首含笑道："很久不见，平冈君，我……"

"舅舅，你怎么还在这里？他们都在找你。"一个五六岁的女童从树干背后窜出来，打断了千春要说的话。

龙之介宠溺地拍拍女童的头，又朝千春抱歉地笑笑："今日家中有喜事，现在要去看看，就不奉陪了。深津小姐请自便。"

话音未停，他牵起女童的手，头也不回地离去。而女童却一直回头望，稚嫩的小脸露出一份担忧："舅舅，那个姐姐好伤心的样子，眼泪都快掉出来了。"

他心中一惊，没有说话，只是牵着女童继续走。

目送他逐渐远去的背影，千春心底早已泛起一片凉意，倘若是五年前，他定会拉住自己的手，交代管家送她回家。而今，他只是留下一句待常人的客套话，便转身离去，不回顾，也不挽留。

她拿出藏在身后的木棍，小心翼翼地摸索前方的路，唇边忽然漾起一抹淡淡的笑，像是忆起什么美好的往事一般。

15年前，深津一家从京城搬到小镇，父亲是个怀才不遇的书生，多次科举考试落榜，家境窘迫。起初，母亲还会苦口婆心地劝导父亲，而父亲甚是顽固，最后母亲断然离去，他方才幡然醒悟。为了维持一家的生存，父亲不得已放弃科举的名利，再次回到故乡，在一所学堂教书。

千春是个喜欢独自玩耍的女童，时常在自家的庭院玩偶人。偶然一次，

第三章 云外镜，镜中女

天空忽然下起了大雨，她一抬头便望见隔壁家二楼的窗台上，一个病态的少年正面露忧色地望着她。

她顾不上太多，急忙跑进家中，独自换上干燥的衣裳，脑海中却不断浮现那个少年的模样，他似乎也很孤单。

日暮时分，父亲回到家中，唤她一起去庭院。她一面将湿透的衣服扭干，一面仰望隔壁家的二楼，少年却不在窗后。她好奇地问父亲："爹爹，隔壁家住着什么人？"

父亲闻言，目光望向那一栋白色的屋子："住的是本镇有名的商户平冈家。"他的目光又转向5岁的千春，轻轻叹了口气，"他家有个比你大两岁的男娃，才七岁就失去了父母，又体弱多病，只能在家中休养。看来，钱多也不见得好。"

居数月，终于迎来第一个除夕，自申时起，为了年夜饭，几乎家家户户的大人都忙得不可开交。千春独自坐在亭子里，忆起父亲下午拒绝带她去赏烟花的请求，一脸闷闷不乐，又百无聊赖。忽然，闻得布谷鸟的啼叫声，循声望去，只见那个少年在向她挥手，似乎在邀请她。

父亲在厨房甚是忙碌，千春心想他也无暇顾及自己，便扬声道："爹爹，我去隔壁家玩，等会回来。"

果真，父亲头也不抬，专心地切萝卜丝，只听得他"唔"一声，千春便迅速地溜了出去。

龙之介带千春来到人少的后院，提议玩捉迷藏的游戏，两人一拍即合，不多时游戏已然开始。千春自小聪慧，为了藏得深，悄无声息地躲进后院的仓库。她一面盯着窗棂，一面环视四周，方才发觉屋内昏暗非常，光线只能从窗格洒进来，丝丝灰尘在光线中飞扬，角落堆满了杂乱无章的旧物件，隐隐透露着一股幽深可怖的气息。

千春胆小，浑身因害怕而发颤，忽而猛地站起身，正要推门而出，却闻得身后"哐啷"一声，铜盘子自高处滚落，碰到被塞在中间的一面杉木圆镜。她被吓得紧闭双眼，过了半晌才徐徐睁开眼，惊觉圆镜居然毫发无损！

龙之介本在附近寻找，听得响声立刻奔了过去，推开门便见千春蹲在地上捧着一面镜子。他拉住她的手腕，一脸焦急："千春，你没事吧？"

"龙哥哥，这面镜子你送给我好不好？"千春目不转睛地盯着圆镜，心中甚是喜欢。

龙之介以为是放在仓库里将要丢弃的物件，也不作他想，便点点头。千春见他答应，笑得很是开心，像是得到一块宝贝一般爱不释手，抱回家之后，将其放在妆台上，与它朝夕相伴。

日复一日，年复一年，一转眼已是10年。

仲夏的清晨，火红的太阳渐渐高挂，橘红色的光芒射入屋内，尚是宁静的时刻，深津千春的房中却传出一声尖叫，震得屋顶的瓦片险些掉落。

她的床边坐着一位出落标致的美人，正笑盈盈地盯着她，四目相对的瞬间，她掐了掐自己的脸蛋，发觉这不是梦，于是又响起一道震耳欲聋的尖叫声。

那女子似乎认识她，将她从榻上拖出来，边挑选衣裳边问："你有什么比较不俗气的衣裳吗？可否给我试试？"

千春一听"俗气"二字，瞬间脸黑如墨汁，没声好气道："你到底是何人？嫌弃我的衣裳就别选！"

那女子也不生气，指指妆台的一个角落，笑道："我是被你放在这里的那面镜子，可是一直看着你长大的人，只是你不知道半夜我会出来看你罢了。对了，你以后叫我阿镜，便好。"

忽然千春像是木乃伊一般愣在原地，眼珠瞪得大如核桃，被惊得说不出话。随后很快醒过神，说话却结巴起来："你、你哪来的怪人，说这么奇怪的话。咦，我的镜子怎么不见了？"

一夜之间，日夜相伴的宝镜居然丢了，千春不由得细细斟酌阿镜话中的深意，却依然面露狐疑之色。忽然，她的腹部传出一道道开水沸腾的声响，引得阿镜哈哈大笑。

千春佯装生气，瞪了她一眼，快速地打扮一番，捂着肚子走向厨房，端

第三章　云外镜，镜中女

起两碗白粥，递给阿镜一碗。食完之后，忆起夏至已到，龙之介又是出汗体质，最怕夏日，便再次回到厨房。自阴凉处取30克百合干，100克绿豆，放入砂锅之中煮几个时辰，直至绿豆开花。

"美人，你在弄什么？"阿镜像一阵风似的飘来，在她耳边轻嗅，又探了探锅中的食物。

"阿镜小姐请自重，现下天气炎热，喝一碗绿豆百合汤，最适宜不过了。"千春顿时感觉手上的鸡皮疙瘩落了一地。

不经意间，目光被阿镜牢牢地吸引，她着一身红色衣裳，美如冬日里的红枫。她的眼角斜斜上扬，薄如冰片的嘴唇涂了一抹红，有种说不出的妖艳，与自己的打扮有天壤之别。

"是给龙之介做的？"阿镜朝她眨眨眼，面露暧昧的笑容。相伴多年，自然听得她在闺房常说起心上人。

一瞬间，千春的脸上浮现两块红云，整个人都散发温柔的光，低头微笑的模样甚是惹人怜爱。阿镜见状不由得"啧啧"两声，笑道："难怪世人都说恋爱中的女人最美，瞧你美的。"

忽闻"咳咳"两声，二人纷纷侧首望向门外，只见一白衣男子手持桧扇，风度翩翩，面带微笑地走来。千春更是喜出望外，眼眸发光，欢喜道："龙哥哥，你怎么一大早就来了？"

龙之介收起桧扇，笑道："醒来想见你，便来了。"他牵起千春的手，转身瞧见红衣女子，"这位是？"

阿镜微微一笑，以示与他打个招呼。她知道此时该说话的人，不是自己。于是手捧一杯热茶，从他身后慢悠悠地走过，往凉亭方向前进，又寻了干净的一处坐下，优哉游哉地抿了一口茶。

"正好你来了，我想和你说说这件事。"千春拉他走向厅堂，喝了一大口茶，方将早上的故事娓娓道来。

龙之介默默地听千春讲完，慢慢放下茶盅，神情若有所思。沉思半晌，方道："原来如此，那可是要一直住在你家？"

千春点点头，忽然像是忆起什么似的，猛地站起身来，朝厨房奔去。不过一炷香的时辰，她端来一碗绿豆百合汤，笑着喂龙之介一口又一口，让凉亭的人不忍直视。

(2)

薄暮之时，深津夫子回到家中，见突然冒出一个妖艳女郎，暗暗诧异了许久。用过晚膳之后，千春瞧着小小的屋子，将手一摊，神情甚是苦恼："房子实在太小太小了。"

阿镜站在一旁，以手指托着下巴，沉吟片刻，笑道："千春，仓库隔壁不是有一间小房子？"

千春摇摇头，眉头皱在一块："那可不行，太脏了，无法住人的。"

阿镜将她往外推，拿起一条扫帚，瞪大杏眼，又点点头，笑道："别矫情了，打扫打扫就能住了。"

"嘎吱"一声，门楣上的灰尘簌簌而落，呛得二人猛咳了几声。阿镜环视四周，门窗都没有破损，只是屋梁上的蜘蛛网颇多。她叉着腰，一副充满干劲的模样，旋即挽起宽大的衣袖，有模有样地扫起来。

不过三盏茶的时间，阿镜已落脚于此，与千春告别之后，这个活了上百年的女子躺在榻上，尽管身子已然疲惫不堪，却无法闭上双眼，脑海中不断浮现早晨的那一幕，与他四目相对的瞬间，她清楚地听到自己的心跳声，快得让人面红耳赤。

翌日清晨，阿镜早早就去街头溜达闲逛，在平冈家店铺附近的摊点左右张望，一面用早膳，一面紧盯店铺，生怕一眨眼就错过与龙之介碰面的机会。

待她吃第二碗拉面时，龙之介终于出现在眼前，她忙将铜钱丢在桌上，又喊了一声掌柜收钱，便健步如飞地奔去。

"平冈公子，这么巧？"阿镜有些紧张，不敢直视对方的双眼说话。

"阿镜小姐，你怎么到这儿了？"龙之介暗暗诧异，却不动声色。

"我来找找活干,一大姑娘,可不能白吃白喝别人家的。不知平冈公子这里可有我做的活?"阿镜哈哈大笑,又小心翼翼地试探。

龙之介找来管家,不知他们说了些什么,不过须臾他浅笑道:"有是有,只是负责伙食这样的粗活……"

"挺好的,我接了。"阿镜笑道。

龙之介笑着点点头,将她交给管家之后,便去了后院。阿镜望着他离去的背影,心中泛起一丝希望的涟漪。

日落之时,她回到深津家,兴高采烈地宣布她找到了一份活儿。千春知道赚钱不易,而她又是一个女儿家,顿时心生怜爱,攥了大块大块的肉放她碗里。

之后的一个月中,阿镜一如既往地去店铺,时常陪在龙之介身旁,在他困顿时递上一个枕头,口渴时递一杯开水,只是做这些无人关注的小举动。而千春也恢复了学堂教书的身份,与龙之介依然甜甜蜜蜜。

直到某一日深夜,平冈老宅灯火通明,阖家大小全无睡意,整齐地站在龙之介的房外,一个个面露担忧之色。

"少爷的病怎么又复发了?"一个女仆唉声叹气。

"少爷要是醒不过来可怎么办?"另一女仆闻言,低声哭了起来。

"都给我闭嘴,少爷才不会有事!"管家看了她们一眼,顿时勃然大怒。

约一个时辰后,大夫自屋中走出,面色凝重,低声道:"此地不宜多人守候,少爷已无大碍,只是昏迷不醒。若要他醒来,只得找来他最重要的人日夜呼唤他才行。"

老太爷点点头,吩咐管家立刻去将千春找来。此时已是三更时分,四周已经一片漆黑,只闻得远处偶尔传来一两道狗吠声,平冈家仆火急火燎地跑去,轻轻地敲响了深津家的大门。来开门的是夫子,得知此事后,旋即叫醒了千春。

阿镜向来眠浅,耳力又好,闻得此动静,立刻穿好了衣裳。一推门,只见千春焦急地飞奔屋外,眼中似乎有泪光,她心中隐隐有一丝不安,也不管

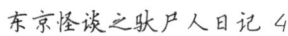

不顾地跟了去。

千春气喘吁吁地站在门外，朝老太爷点点头，目送他们离开。她一抬腿，方才发觉自己难以向前走，脚步如钢铁一般沉重。过了一炷香的时间，她才缓缓靠近龙之介。

见到龙之介惨白的面孔那一瞬间，千春的眼泪像断了线的珍珠滚滚而落，牵着他的手，放在自己的脸上。她哭得难以呼吸，不停地呼唤他的名字，躺在床上的人却无动于衷。

阿镜站在门外，久久没有进去，她拭去脸上的泪水，不知怎的，千春忽然睡着了。她伫立在千春的身旁，目光落在龙之介的脸上，心如同被刀割一般疼，不多时躺在床上的人醒了。

"阿镜？"龙之介有些不可置信，声音很是虚弱。

"没错，是我。"阿镜的眼眶再次发红，"龙之介，我想问问你，这段时间以来，你可有喜欢过我？"

龙之介微微一愣，他是聪明人，自然早已看出了这女子的情意。只是沉思片刻之后，他坚定地摇摇头："我和千春都喜欢你，当你是最好的朋友。"

阿镜凄凉一笑，声音已然哽咽："可是，我喜欢你，非常非常喜欢你，是男女之间的喜欢。我活了上百年，头一次这么喜欢一个人。"她仰起头，泪水自眼角滑落，"不过，谢谢你能如实地告诉我。"

龙之介不解："为何这样说？"

阿镜的唇边扬起一抹凄楚的笑："等你醒来，自然会明白。"

言罢，龙之介再次昏厥过去，阿镜却化成一颗药丸，从他的心脏位置徐徐进入。她消失的那一刻，一切也都恢复了原样。

三四天后，龙之介乍然醒来，四处寻找千春，却被告知千春一家已离开了小镇，不知去向。

忙完家中的寿宴已是二更天，龙之介自二楼的窗户眺望，隔壁的那一户人家终于燃亮了烛火，他盼了太久太久，却又害怕听到答案。不知何时，老太爷出现在他身后，沉声言道："你要是想做，就去做，别等到再一次失去才后悔，那时已来不及了。"

龙之介朝老太爷深深一鞠躬，抬头的那一刻，脑中浮现许多过往的回忆。下一秒，他疯了一般朝深津家奔去，不带喘息地站在门外，大声地呼唤千春的名字。

少时，门缓缓打开了，见着千春的那一刻，他的眼眸落下透明的液体，紧紧地拥住她，在她耳边低语："千春啊，我们再也不要分开了！"

语毕，他扶着千春往屋内走去，两人相互依偎着说起五年前。龙之介昏迷的那三四日，深津夫子患了重病，执意要求千春护送他回到京城，连夜就离开了小镇。说到阿镜时，两人声音哽咽，眼中蓄满了泪水，在他们心中，她是这一生中最为牵挂的人。

第四章 青鹭火,苍鹭泪

(1)

摊主说完故事后,开始收拾自己的东西,嫌我们三个人晦气,还把我们给轰走了。

我心想每件古董背后估计都有不为人知的故事,后来我们还是离开了古玩街。

小次郎领着我们往学校走,路上闲来无趣,他主动讲了个故事。

故事始于江户时代中叶,深秋格外萧瑟,夜里风声呼啸,一更天时,街头的行人已寥寥无几。一个黄道吉日,近午时分,道町县的杨谷木街头甚是热闹,自街尾的巷口响起一阵"噼里啪啦"的爆竹声,烟雾弥漫,爆裂开的红纸随风冲上半空旋转,而后缓缓地贴在纸窗上。

片刻,爆竹声戛然而止,烟雾徐徐散去,悬挂的两盏红色椭圆形的纸灯笼摇摇晃晃,人群再次围堵那家小店,挤得门庭若市。有些人微微昂头,望见门楣上刻着"一幸风月"的木牌格外明显。

此时,微启的木门猛然而开,一个约莫17岁的少女自馆里出来,一头岛田髻,着一身鹅黄色小袖,肩上佩戴两片白云似的兔毛披肩,腰间束着一条棕色的宽腰带,平眉大眼,面带迷人的笑容。

她站在石梯前,朝下面一片人扬声道:"欢迎各位父老乡亲们光临小店,今日我水岛温子请大家吃一碗山芋百合干汤,一幸风月初来乍到,还请各位

第四章 青鹭火，苍鹭泪

以后多多临幸小店。"

言罢，她退至一旁，身边站了两名男子，看其打扮像是店小二。众人闻言面露欢喜之色，瞬间一哄而上，三步并作两步地走，不多时厅堂已然高朋满座，在座的多是携带孩子的妇人。

水岛温子眼角的笑意更浓，一面缓步走进，一面温和招呼，很快店小二端起食案从后院出现，瞬间厅堂安静下来，无数双眼睛盯着店小二的手，那一碗碗热气腾腾的山芋汤放至客官的面前，白色的百合干若隐若现，自有一股淡淡的清香扑鼻而来，令人食指大动。

少数食客的心思却不在甜点上，坐在角落的一位青年男子，从进门那一刻起，目光就一直锁在水岛温子身上，见她一手叉着柳腰，一手在柜台上极力地支撑着。不知为何，他的双脚开始不听自己的使唤，正在一步步地迈向她。

"掌柜，请坐。"伊东阳太将手中的高木凳放在她身后。

"不了，今天的客人较多，我得好好招呼。"温子以为是店小二，便头也没回。过了两秒，她忽然觉得有些不对劲，猛地一回头，脸上闪过一丝诧异，随后很快笑道，"原来是伊东公子，多谢！"

伊东阳太与她并肩站立，目光望向一片脸上挂着满足二字的百姓，笑道："我想掌柜的点心一定做得很美味，瞧瞧他们！"

水岛温子微微颔首，双眼笑得像两弯月牙一般，阳太的脑中忽然跳出曾听过的一句话："一笑倾人城，再笑倾人国。"

温子似乎听到他低不可闻的声音，侧首看看他，他左眼下的一颗小小的痣，为他增添了一份魄力，很是吸引人。她很快移开目光，笑道："原文不是一顾倾人城吗？"

阳太眼角的笑意渐浓："将'顾'换作'笑'，在当下是最适合不过了。"

温子抿嘴一笑，见百姓都渐渐散去，忙向他道声抱歉就去送客，待人都散得差不多了，又转身收拾近百个碗。起初，她抬头之际还可见到他的身影，像她一般在收拾碗勺，少时已不知他的去向，想是有事先走了。

过了一个月，某大户人家的主子听闻一幸风月的掌柜的手艺极好，到了

深秋的清晨，那人总想吃些山芋馒头，食过温子做的之后，接连几日都唤下人天一亮就去买。温子听闻此人来头不小，生性暴躁，而她又不想惹是生非。因此，每每五更天夜光隐退，她便从厨房端出热气腾腾的馒头，等待那家的下人来买。

山芋馒头做起来并不难，以磨碎的薯蓣，混入大米粉、水饴、砂糖来做成外皮，将红豆，或栗子，或白味噌和山芋放入其中，再捏成粉红或雪白的圆形，表皮沾些红豆或味噌粉作为标志，便可放进一屉一屉的锅中蒸制。

其中最主要的配料是野生山芋，而今天气逐渐寒冷，山里的温度更低，温子不忍心让店小二受凉，便叫店小二到山上采挖野生山芋时，尽量一次带回三日的用量。若是以往，她定会坚持每日都使用最鲜美的山芋。

又是一个五更三点，曙色降临，雄鸡高鸣，寒风凛冽。水岛温子身着白色的小袖，裙摆绣了清雅的栀子花图案，她一如既往地立在柜台边闭着星眸微寐。两名店小二则在门口，一人观察脚边小炉灶的火候，使蓬松的馒头不变得生硬，另一人则眺望那苦命下人的身影。

天色渐渐明亮，远远望见两道身影朝这边走来，不多时已到了一幸风月的门前。一个约莫20余岁的男子头发稀疏，身材臃肿，一看便知是成日好吃懒做的人。其身后是两个瘦小的男子，皆垂头不语，肩膀却瑟瑟发抖，似乎很是畏惧眼前人。

那男子粗声道："我要见你们的掌柜，她在哪儿？"

店小二面色难看，指了指昏暗的厅堂，见男子要进去，忙拦住道："小店还未开门营业，烦请再等一会儿。"

那男子不理会，执意要进，见店小二拦着不让，顿时大动肝火，不耐烦地甩开了他们的手。小二哥亦被惹怒，徒手抓住他的肩，却抓了个空。那男子面露杀气，将他们大力地往后一推，二人瞬间齐齐摔倒在地。

男子怒道："还敢拦小爷的路，活得不耐烦了！"

言罢，他便要上去揍人，却闻得一道声音从屋内传来："二宫公子今儿怎生这么大的气？"

第四章 青鹭火,苍鹭泪

水岛温子一手扶着门框,面色略微憔悴,却依旧挂着温暖的笑容。二宫日向一见美人出现,立刻眉开眼笑,像是之前什么也没发生过一样。

他走上去,双眼笑成一条细缝,讪讪道:"哪里的话? 没生气,我可没生气,难为温子姑娘每日起一大早来做馒头了。"

温子往前走两步,故意离他远一些,目光望向小炉灶:"今日二宫公子可是不食馒头了?"

二宫日向闻言一愣,随后唆使瘦小的下人将那一屉屉的馒头都带回府上,笑道:"当然不是,我此番前来是为了明天家父寿宴之事。据我所知,山芋馒头如同红白双色的花弁饼一样,本身是喜庆时节的点心,又有滋养身体延年益寿的功效,放在寿宴上最是适合。"

水岛温子深知薯蓣的功效,直言道:"因此,你是要我去?"

二宫日向:"温子小姐果真聪慧。 近几日我食过贵店出的山芋馒头之后,一直无法忘记它的味道……"

水岛温子以手撑住脑袋佯装头疼,不愿再听他油嘴滑舌:"行了,您不用说这么多,我明天会去的。"

见她应承,二宫日向激动地握住她的手,却被恶瞪了一眼。 他方缩回手,眼神似有他意,却什么也没说,讪讪地走了。

"这个没用的东西,一肚子坏水! 他明日肯定会动什么手脚,你们也跟着我去!"温子猛地放下茶盅,桌面却发出一声愤怒的脆响。

"掌柜,你怎么不找伊东公子? 他可是武士,论武艺,没几人能与他相比啊!"言语间,温子摇摇头。

她仔细一想,已有许久没有见到伊东公子,自上次一别之后,偶然一次,她在馆里闻得他与将军进京的消息,想是去办重要的事情了。 令她万万没想到的是,近日却收到了他写的几封信。

(2)

傍晚时分,阳光变得柔和,她坐在窗边的书桌旁,拿出厚厚一沓信细细

地读。第一封不过寥寥数行字，却道尽了京城的红枫落叶的美，以及一丝丝思念，看到最后，她发觉落笔时似有犹豫，浓黑的墨汁在纸上点了两点，写的却是——愿温子安好。

她聪慧，自然明白来信者的心意，若不是心中有所牵挂，也不会不远万里飞鸽传书了。她的手轻轻地扫过纸面，像是在抚摸他的脸庞一般，极温柔又深情。顿时提起笔，蘸上墨汁，欲回复一封，却又觉不妥，无奈只好作罢。

窗外忽然飞来一对硫黄色的蝴蝶，飞行在一道温暖的光线中，而后缓缓落在眼前的菊花花蕊上。水岛温子放下手中的信，饶有兴趣地观察它们，却见他们像受到了惊吓一般，再次翩翩起舞，而较强壮的那一只不顾危险，一路在雌蝶身后为其护航，不多时已然逃远。

温子心头一暖，世界万物皆有灵性和爱情，在一起却要付出巨大的代价，既要风雨同舟，又要互帮互助，携手渡过重重阻碍，还得是同一个世界的人。一想到这，不由得叹了口气，将一封封信纸再度收起，放在一个无人可见的角落，如同她那颗被扰乱的心。

与此同时，二宫日向在回府的路上，恢复了一贯的高傲，昂首挺胸，面如墨汁。他冷哼一声："那娘们明天还不是会折到我手上！装什么清高！一直以来，不知有多少美人想投入本大爷的怀抱！"

"那也是被你逼的。"他身后的下人暗自在心中念叨。

深秋的夜极短，一觉过后，黑白交替，闻得雄鸡高鸣，水岛温子徐徐睁开眼，瞧见窗外的天色如彩霞一般丰富多彩，她忙起身更衣，一推开门便见店小二蹲在石梯上，二人一副随时待命的模样。

她满意地笑笑，径直走到马厩，打开了后院的大门，身后的二人吃力地驮起两袋山芋。少时，闻得"吁"一声，一辆马车出现在眼前，车夫正是平日来买馒头的下人，他牵着缰绳，朝温子恭敬道："水岛小姐，我是二宫少爷派来接你们的，请上车。"

马车摇摇晃晃，要到临县必须历经一段颠簸的路程，昨日水岛温子派人

第四章 青鹭火，苍鹭泪

去打听，方知二宫府邸原来在临县，是当地知县的住宅。

没过多久，马车不再摇晃，想是上了一条平坦的街道。温子睁开星眸，好奇地拉开车帘，眼前是一座古老的大宅，甚是气派，而此时闻得外头车夫正唤她下车。

进了府邸，温子匆忙地在厨房蒸制山芋馒头，将早先准备的材料都拿出来后，很快就做好了数屉馒头。阳光渐猛烈，久处高温厨房的水岛温子香汗淋漓，眼见二宫家的下人来厨房端菜肴，她忙到走廊下，以衣袖擦了擦汗水。

"水岛小姐，辛苦你了，等下跟我去用膳吧。"二宫日向的声音自背后冷不丁地响起，将她吓了一大跳。言罢，那混账的猪蹄伸来，蛮力地拉起她往厅堂走去，由不得她拒绝。

一眼望去，满厅都是富贵人家，温子也只好先坐下，却坐如针毡，只想找个时机逃离这一场阿谀奉承的官场氛围。不经意间，她瞥见隔壁桌的伊东阳太，正想向他打招呼，却被二宫日向宽厚的身体遮住。

二宫日向一面替她斟酒，一面笑道："水岛小姐，多谢你的山芋馒头，我爹说味道极好，要我来敬你一杯。"说罢，与她碰碰杯，自己一饮而尽。

温子微微颔首，见远处知县的目光望向自己，她立刻一杯下肚，不过须臾浅浅一笑："二宫公子，我想起家中还有些事，就先走了。这大好的日子，您多喝几杯。"

"水岛小姐刚喝完酒，还是到偏殿歇息一会再走吧，顺便解解酒。"二宫日向一把拦住她，扬声道"来人，送水岛小姐到偏殿。"

温子一时心急也没留意他倒的是什么酒，只觉整个人有些飘飘然，不多时已被扶到偏殿，两名捕快站在门外守候。她的心中隐隐不安，偏偏此时找不到店小二，一出门又被捕快拦住，瞬间急得火烧眉毛，险些跳窗而逃。

正在屋内徘徊之际，余光瞥见二宫日向醉醺醺地走来，遣开了那两名捕快，进来之后又将门死死地关住。温子蛾眉紧皱，心生嫌恶，远远就闻得他身上一股刺鼻的酒气，下意识地后退，他却越走越近。

"美人，今天你终于来了！快来我的怀抱！"

"你想干什么？不要以为这是你府上就可以乱来！"

"哎哟，别人都巴不得投入我的怀抱，你这是欲擒故纵吗？"

言语间，两人围着圆桌你追我赶，闹得温子心中甚是愤怒。她一面拿东西砸过去，一面扬声求救，可那二宫日向也不是省油的灯，趁她不经意间，一把扑上去，且毫不偏差地将她压在身下。

温子动弹不得，正要使用法术，却见两扇门忽然猛地张开手臂，一个身姿高大的男子闯进去，几个箭步已然走到他们身旁。那男子满目怒火中烧，将二宫日向一把提起，狠狠地丢在一旁。

那二宫日向一时没有防备，撞上了墙面，接着发出"哎哟"的呻吟声。不多时他扬声道："来人，抓刺客！"

此话一出，很快进了两名捕快，手抓着腰刀刀柄，左右张望道："刺客在哪里？"

二宫日向手指立在床边的男女，那两名捕快静静地看了片刻，方垂首道："参见伊东公子。"

伊东阳太也不看他们，横抱起衣裳凌乱的温子，一脸漠然地走出去。怀中的人下意识地环住他的颈项，脸涨得像一块红宝石，一动也不敢动，随后被他抱上了马匹的背上。

一路吹着微凉的秋风，温子手脚冰凉，冷得身子发颤。忽觉身上一暖，原是身后的人将衣裳牢牢地包裹了自己，瞬间心底甜如蜜一般。她微微一笑，佯装神志不清地贴近他的胸膛，不禁想，就让我待一会，只要这一会儿，就好。

三盏茶的时间，二人已回到小镇，远远便见店小二忧心忡忡地眺望自己的方向，阳太方提醒怀中的人，前方便是一半风月。水岛温子闻言浑身打了个激灵，瞬间缓过神来，不好意思地理了理自己的衣裳。

阳太率先下马，随后伸出一只手，却见温子独自跳下了马，她一脸淡然地道谢，也没招呼他进店品一杯茶再走，与方才钻入他怀中的那个人完全不同。阳太微微一愣，不知该如何开口，却用力地揽住了她的手臂。

"温子，我写给你的信，可都看了？"

"我看了。"

"那你，你对我的心意也是一样的吗？"

"不，伊东公子您误会了。"

一瞬间，他眼中的光泯灭了，面露痛苦之色，双腿一步步地往后退，他的手中还牵着缰绳，不过片刻已再次上了马背，呼啸而去。他一路都在想，原来自己所做的只是徒劳。却不知，目送他离开的人一脸泪水，心中不停地在喊：阳太，别走，别走，你拉住我。

他还是走了，那夜随将军一家移至京城，这一去便是多年。水岛温子一直在原地等待他再度归来，春去秋来，一个又一个四季过去，他始终未归，终于在10年之后，她听到对方的婚讯。

那一刻，她听到自己的心"吧嗒"一声，被狠狠地摔碎在地。

一夜之间，一半风月向外迁移，没有人知道水岛温子的去向。

伊东阳太娶的是将军的女儿，成亲两年后，便与妻子回到道町县定居。妻子很是贤惠，平日里喜欢做糕点，便寻思要开家糕点铺，不过数月，她的店开张了，位置正是曾经一半风月的馆子。

秋意渐浓，大片大片的金黄色银杏叶落下，这一日妻子受了风寒，伊东阳太受其委托，替她看守馆子。他坐在厅堂的一个角落，脑海中浮现了初次见温子的情景。

那瞬间，他十分想知道，她过得好不好。他曾派人打探过，却一无所获。她在最美的时候出现，只一瞬间就消失了，令他这一生都难以忘却。

阳太轻轻叹了口气，独自走向后院，伫立片刻，方发觉天色已晚。忽然空中亮起一道蓝色的火焰，若隐若现，令人十分惊讶又新奇。定睛一看，原是一头苍鹭在空中遨游。

然而，令他诧异的是，无数封信件宛如冬日里的鹅毛大雪，自空中旋转飘落，像是那只苍鹭撒下来的。他的内心顿时有一道声音在呼唤似的，脚步

不自觉地走上去，而后俯身拾起一沓信件。

阳太坐在厅堂，点燃两盏灯，烛光明亮，照得字迹清晰无比。忽然他的鼻头一酸，手上攥紧一封信，疯了似的跑到后院，那只苍鹭却不见了。顿时泪如泉涌，泪水沾湿了信纸，一行字迹的墨汁被晕染开来。

那一行字写的正是：愿伊东阳太安好——温子至上。

第五章　小袖之手，巧计救婴

(1)

转眼之间，我们三个人已经走到了学校，司徒天提议去传说故事社逛逛。

我心想反正闲来无事，于是我们达成共识，一起前往故事社听人说故事。

或许是老天眷顾，我们才进入社团就听见有什么比赛，大赛第一名有高额奖金。

我们三个果断报名参赛，比赛采取轮流淘汰制，分三次筛选。

最先上台的是个叫雨宫琴樱的女孩，她讲的小袖之手还算不错，整个故事如下——

霜降，天气渐冷，红枫满山遍野。每到这个时节，居住于悠悠镇的夏井家就开始制作味噌。清晨，夏井妇人牵着毛驴驮回三大袋黄豆，将其全倒入大木盆中，又一颗一颗地拣出完好无损的大豆。毋庸置疑，拣大豆是个浩大的工程，通常两人需要花费半个白昼才能完成。因此，夏井妇人站起身来，一如既往地扬声呼唤她的女儿前来帮忙。

只闻得有人应了一声，随后一个少女跪着拉开走廊的门，今日她一身粉色花草图案的和服，抬头之际，那张天真的圆脸上，眼神甚是无辜，眉尾有一颗小小黑痣，衬得她愈发温柔妩媚，清新丽人。

"莉央你来了，今天这一身衣裳很好看。"母亲微微一笑。

"多谢母上大人夸奖，多亏您有一双厉害的巧手，让我年年都有美丽的衣裳穿。您说您的手，既能做衣裳，又能做美味佳肴，还有什么是不会的？"夏井莉央笑着眨眼，捧起母亲那双皱褶的手，既心疼又骄傲。

"小丫头，一大早别这么肉麻，快拣大豆。"母亲缩回手，佯装受不了的模样，随后又朝她温柔一笑。

她依稀记得小时候，父亲病逝，母亲依然年年制作味噌。某一年，母亲又一人穿上草鞋，用力地踩软软的大豆，额头两鬓满是汗珠，却乐此不疲。她上前走两步，面露心疼之色，问道："娘亲，您为何年年都要耗费精力来制作味噌？"

母亲"唔"一声，擦擦汗水："因为传统，以及这是你爹爹最爱的一道菜肴。"话音一落，莉央的眼泪迅速落下来，原来母亲是以这样的方式思念父亲。

从那以后，年少的她，总会帮助母亲做家务，以及制作味噌。母亲待街坊邻居都极好，时常将味噌赠予他人，亦时常得到他人的赞美。某一日，她突发奇想，既然母亲制作的味噌汤极美味，那不如开间饭馆，以此作为招牌菜。

傍晚时分，母亲从外回来，她将想法告知，满脸兴奋和期待。却见母亲面色微变，眉头露出愁色，微微叹了口气："丫头，家中积蓄不多，开不起饭馆啊！"

无奈之下，只好早晚摆摊变卖。令他们意外的是，生意十分红火，即使是下雨天，前来购买的客人依旧络绎不绝。

夕阳逐渐偏西，二人齐心合力做完了味噌。莉央回到厨房，自阴凉处取出一个大陶瓷瓶子，揭开盖子轻嗅，神色满足。她慢慢地舀出味噌，将其放入小锅中用热水融化，又准备好空锅，放在大火上烹煮，随后将小锅中的味噌汤倒入大锅中，气泡滋滋地响。再加入先前刨好的葱，磨碎干制鲣鱼，以及新鲜萝卜。

第五章　小袖之手，巧计救婴

片刻，她已端好食案，小心翼翼地朝小厢走去，一盏落地灯映得屋内亮堂堂，却见母亲伏在案上星眸微寐。她轻轻地放下食案，跪坐在门外，隔着空格拉门，静静地看母亲苍老的脸，雪白的发丝。不知为何，忽然鼻头一酸，眼泪涌上眼眶，微微转身擤了擤鼻子，却不想惊动了母亲。

"丫头，在外面做什么？天冷，快进来。"母亲拉开门，将食案端进去。

莉央心头一暖，忙擦干泪水，笑着大声道："是。请尝尝我做的汤。"

"味道真是极好的，不愧是我女儿。"母亲点点头道，"明日我要将几件衣裳，以及几匹染好颜色的面料，都一起送到临县去，你能陪我走一趟？"

莉央闻得母亲的认可，笑容渐深，露出一个迷人的酒窝："在下愿意舍命奉陪，只是娘亲，你以后别做这些活了，我来做就好。"

母亲拍拍她的手，面露欣慰之色："我女儿长大了，只是你让我闲着也不是事，总会闲出病，我少做便是了。"

莉央两手一摊，面色无奈，拗不过年老的母亲，只好点点头。她攥了一块腌萝卜喂到母亲口中，母亲眉头微皱，佯装味道不好。随后莉央也嚼了一口，方知是母亲调皮，故作转身不理会，任母亲千哄万哄。二人相谈甚欢，毫无顾忌地露出一排整齐的牙齿，捂着肚子笑得险些气岔。门外金黄的银杏叶随风而飘落，在这萧瑟的深秋，她们是最温暖的人。

翌日清晨，天色微亮，雄鸡高鸣，母亲早早起来，将晾在高杆上的面料一点一点地收下来。莉央自屋内走出，神色慵懒，着一身红色竖条纹的和服，一头乌黑的长发挽至右耳边，倚在门边揉了揉双眼。

眼见母亲有些吃力，她忙走上前，与母亲一同将面料卷成圆筒，不多时回到自己的屋内，一番梳洗打扮，再走进厨房做早膳。

用过早膳，两人将货物包裹好后，放在驴车上，由莉央驾车。悠悠镇依山而居，在去邻县的路上，道路坑坑洼洼，只得缓慢前进。眼前一块块田地宛如月牙层层递上，远处大片红枫遮住了房屋，只露出屋顶的一角。微弱的阳光斜射树木，小鸟在一圈一圈的光晕中飞行，有鸟语美景相伴，莉央的心情也愈发愉快，不由得哼起歌来。

山间清爽的微风忽然扑面袭来，夏井莉央不禁打了个寒战，脸庞已然有一丝丝凉意，她想腾出一只手拽紧衣裳，却背后一暖，一件厚实的斗篷牢牢地铺在自己身上，撇头一看，正是母亲常穿的黑色斗篷。她控制住毛驴，车停了，母亲快步地走到她面前，替她将衣裳固定，随后浅浅一笑。

她心底十分感动，道："娘亲，我身体很好，还是您穿着，免得着凉。"说着，她便要解衣。

母亲握住她的手，将自己所穿的厚衣裳给她看，笑道："为娘早有准备，你且安心穿着。"

言罢，母亲独自一人走去，阳光下，她的背影更显娇小，行步缓慢从容，心亦如此宽厚。忽然，她回过头来，朝莉央招招手。莉央方才醒过神来，牵着驴车快步走去。

深秋的夜晚来得早，申时母女俩办完事，便匆匆忙忙地往回赶。路上遇见一朵不知名的花朵，开得甚是鲜艳。莉央向来喜爱花草，忍不住凑近草丛，正要低头轻嗅，却"啊"一声，吓得后退了几步。

母亲立刻走上来扶住她，好奇地要去看，却被她伸手一把拦住。她从小被古怪传说吓得不轻，生怕突然躺着的人猛然站起身，伸手要咬自己。她拍了拍脑袋，暗骂自己一声想象力太丰富，便拍拍身上的灰，却仍心有余悸，道："娘亲，你别去，好似一个受伤的官人，待我去瞧瞧。"

杂草长得高，一个身姿挺拔的男子躺在其中，面上多处伤痕和泥土，着一身普通的衣裳，却也多处被划破，鲜血浸染了白衣。莉央倒抽一口气，手指发颤地靠近他的鼻头，得知他还有呼吸，心头略松快了些，紧缩的眉头也平展开来。

"怎么样？还活着吗？"母亲在一旁急切地问。

"活着，恐怕是一个被仇家追杀的人。"夏井莉央转过身，面露忧色。

"那我们也不能见死不救，先驮回去看看。"母亲走到驴车旁。

莉央会意，与母亲吃力地拖上男子，以面料遮住其身子，一路稳稳当当地回到了小镇。

(2)

酉时，大门"咚咚"两声作响，莉央立刻起身穿上木屐，大门一开，原是她去请的大夫，忙招手让他往里走。母亲恰好从她的卧室走去，与他一同跪坐在仓库外，只见大夫专心地处理伤口，在那男子的头上以及腿上，都缠了一圈圈的纱布。

不多时，大夫走出来，轻声道："公子已无大碍，只需多加休息几日即可恢复，我会定时来换药。"

莉央一面点头道谢，一面送大夫往外走。已是黄昏，山边的太阳逐渐下落，天际还残留一抹橘黄的余晖，她忽然想起此时还未做晚膳，慌慌张张地跑进厨房，却见母亲的背影。

"莉央，你劳累了一整日，去歇息一会吧。"母亲未转身，只是低头洗菜。

"那就劳烦娘亲了。"莉央缓步离开，听得母亲这么一说，忽觉肩膀微微酸胀，便轻轻地捏了捏。

那男子依然在沉睡，见他一脸污渍，她又去端了一盆水来，将水盆放至门外，扭干毛巾之后方进了屋。她的力道极轻，生怕一不小心就将他的皮囊抹去似的，又替他擦净手臂。

她静静地看着这男子，白净的脸庞颇有几分英气，手指细长，想是富贵人家的家丁。她盯得出神，嘴含一丝浅笑，心中似乎有股力量，使她情不自禁地靠近那男子。

忽闻得门外母亲的呼唤，她猛然侧首，面露诧异之色，却见母亲只是站立着，似乎未见到她窘迫的样子。她忙起身，蹑手蹑脚地端起木盆，朝另一个房间走去。

黑檀圆木桌上摆了四个菜肴，分别是天妇罗泡饭、盐烤秋刀鱼、味噌汤、萝卜泥。夏井莉央眼中闪过一丝诧异，满脸欢喜："今日是什么好日子？娘亲做这么丰富的菜肴。"

母亲笑而不答，从身旁携起一壶挂花酿，又拿出两个小巧的陶瓷杯盏，

徐徐往里斟满黄色的酒水，一股淡雅的香气自酒壶飘来。

对面的莉央垂涎欲滴，忍不住伸手要了一杯，却只举起杯盏，神情似有所思。忽然她一脸恍然大悟之色，欢喜道："多年前的今日，是您与父亲成亲的好日子。"

一夜并未说太多的话，思念之情过于浓厚，两人都怕说着说着就哭泣。用完晚膳，莉央艰难地喂那男子喝完苦药汤，强撑起酒后的困意，迷迷糊糊地走进自己的闺房，往榻上一倒便睡着了。

翌日午后，除却院中的虫豸高鸣，夏井家安静得只闻得水滴声，母亲早已去歇息，只剩莉央在闺房提笔练字。忽然，眼前的光线暗淡了下来，一个修长的身影出现在门口。

她微微抬头，冲那男子笑道："公子醒来了，可还好？"

男子苍白的脸上努力挤出一丝微笑："多谢姑娘相救，在下柏原光，这段日子打扰你们了。"

言语间，柏原光一眼望见她笔下的字迹，有潦草的，亦有整齐的，看起来似有心事。四目交加的瞬间，他捂着肚子，讪讪道："姑娘可有食物提供？醒来觉得自己几日没进食了一般，肚子抗议个不停。"言罢，他的腹部响起一阵嘟囔声。

莉央极力地憋住笑，松开遮住字迹的手，起身道："这边请。"

柏原光盘腿坐在另一间小屋中，眼前的黑檀木桌上摆了简单的几道小菜。他用木勺舀了一口汤，入口那一瞬，双目露出一丝诧异之色，道："世间还有这样的味增汤，我在京城都不曾喝到过。"

莉央跪坐在一侧，眼角笑意渐浓，那颗小小的痣也瞬间变得迷人起来。柏原光又尝了一口鲣鱼茶泡饭，面色满足，竟三两口便食完了一碗。他笑着摸摸微鼓的肚皮，对她的厨艺赞口不绝。

莉央满脸红晕，也不敢抬头看他。衬着四周万籁俱寂，他的身影缓缓倾向她，鼻息扑面而来。她微闭星眸，他的嘴唇就要点下去，却闻得脚步声渐近，母亲的声音突然响起："莉央，天色不早了，去做晚膳吧。"

第五章　小袖之手，巧计救婴

莉央猛地睁开眼，吓得一把推开柏原光，慌慌张张地朝母亲点头示意，便走去厨房。

夏井妇人笑得很是慈祥，道："公子的伤势如何？"

"多谢夫人，在下已好多了，只是，"柏原光顿了顿，正色道，"我知道这个请求很唐突，但不得不现下说出来，我想娶莉央为妻，希望您能同意。"

夏井妇人面色诧异，沉声道："我就这么一个女儿相依为命，视如珍宝，你与她相识不过数日。"她故意不说下去，只抿了一口茶。

柏原光思忖片刻，道："夫人放心，今后我定像您这般待她好。我看得出莉央的心中亦有我。若您同意，明日我便派人送彩礼来，再择个黄道吉日成亲。您看如何？"

"快出来吧。"一个娇羞的少女自门后走出，脸涨得通红，母亲笑看她，她点点头以示应承。

而后几日，柏原府上的管家带来了几辆马车，有多匹上好的面料，多箱山珍海味，几盒金银首饰，以及黄金银两等。夏井妇人早已看得傻眼，却指着首饰和钱财道："这些你们都带回去，我用不着，放在屋中还要每日担心被盗贼偷了去。我这个老婆子一把老骨头也走不动了，京城是去不了了，只希望你们二人幸福。"

夏井莉央临走的前一夜，母亲将一件华丽的小袖和服放在她手上，语重心长道："这是为娘成亲时穿过的礼服，辛苦你这么多年了。女儿，以后要用心地相夫教子，不用太牵挂娘亲。明白吗？"

莉央的泪珠在华丽的小袖上开出一朵晶莹的花，这是她盼了多少个日日夜夜的衣裳，而今母亲将心爱之物拱手相让，心中的感动和感激之情无法言表，她猛地扑进母亲的怀抱。一时之间，母女二人相拥彼此，泪流满面。

一切水到渠成，回京成亲，一路吹吹打打，婚宴盛大，洞房花烛……

婚后一年，仲夏之夜，莉央生下一女，产婆抱给她看时，夸孩子的眉眼极像她。丈夫闻声夺门而进，激动地抱过孩子，可下一秒，他的脸上写满了失落。

她虚弱地躺在榻上瞧了一眼丈夫，只这一眼，她的心底怵然一惊，忙将孩子抱在身旁，却见丈夫竟失魂落魄地掉头离开。望着那个熟悉的背影，她的内心害怕非常，这一刻，一种未曾有过的悲伤如洪水猛兽般涌来。

果不其然，她担心的事情终是发生了。六个月后，她抱着孩子在街头闲逛，却见丈夫的身影出现在京城有名的青楼，老远就闻得那群打扮妖娆的女子招客的声音，不知为何，她迈不开步子上去骂那个负心汉，而像一个逃兵般掉头走回了府上。

独自坐在窗前，不由得忆起往日甜蜜的时光，当年身为副将的他受敌人暗算，背负重伤逃到偏僻的山上，却支撑不住伤痛而昏厥。初次对视那一瞬，她的心就被这个来历不明的男人完全俘虏。

府上的仆人虽多，她却依旧每日为他亲手做羹汤，夜里无论他多晚归来，也为他掌灯等待。他曾去远方打仗，心心念念佳人，写过数封家书，每一封都离不开浓厚的思念。

原以为能一直这样恩爱到老，而今却不禁喟叹，"侬作北辰星，千年无转移，欢行白日心，朝东暮还西。"

她打算将余生都托付于他，不求富贵，只愿举案齐眉，却不想君是负心人。

夜里孩童不停地啼哭，奶娘用尽方法也安抚不了孩子，无奈只得敲响莉央的寝殿，却被身旁的柏原光训斥了一番。她蹑手蹑脚地走出去，将孩子抱入怀中，轻轻地吟唱民谣，孩子方不再哭泣。

窗外花好月圆，她却无法入睡，心底早已一片潮湿，脸上流的是泪，心却如刀割，眼皮也一直跳个不停。一夜无眠，清晨推开门，只见管家跑得气喘吁吁，与她低声几句。忽然她面色大变，推开管家，朝门口一路狂奔。

行至一半的路程，极度悲痛之下，她方忆起孩子仍在家中！顿时心中纠结万分，想必丈夫不至于狼心狗肺将亲骨肉于不管不顾，便唤车夫加速赶往小镇。

进门的那一刻，院中站满了街坊邻居，有的人闻得粗重的脚步声，立刻

第五章 小袖之手，巧计救婴

止住了哭泣，无数双目光齐齐望向门口那个无助的少妇。莉央双腿一软，跪在盖上白布的母亲身前，随后闻得一道悲恸的哭声划破了天际。

是夜，柏原府上的奶娘愁眉苦脸，一面盼望夫人早点归来，一面抚慰怀中的小姐，无奈孩童的啼哭声连绵不绝，惹怒了书房的柏原光。他几个箭步走到卧室，将孩子抱过，又遣开了奶娘。忽然，孩子一见是他，"哇哇"哭得更大声，他顿时心中泛起无限的恨意，鬼迷心窍般伸手掐住孩童的颈项。

就是此刻，角落的箱子忽然打开了，一件华丽的小袖从中飘出来，衣中似有一个人般，两只袖口竟伸出手来。柏原光瞬间两手一送，孩子落在枕头上，又响起一道震耳的哭声。他满眼恐惧，定睛一看，那是一双长满皱褶、老年斑的手。只见那双手快速地朝他挖去，吓得他连话也说不清："岳、岳母，手下……"

过了几日，夏井莉央回到柏原府，冰冷的月色下，两盏白灯笼映入眼帘，她的心忽然被揪了起来，暗自想，难不成是孩子？她快步地跑去，途中摔了一跤，又立刻起身，连身后被遗落的木屐也不管。她拽住管家的衣襟，疯了似的问这一切的来龙去脉。

管家也不明原由，只道当时见到自家老爷双眼被挖出，颈项一圈紫红色，可是屋内一个人影也没有，只有一件夫人成亲时穿的小袖。莉央很是疑惑，不知自己是如何回到卧室的，见到孩子安然入睡，她的嘴角扯起一抹笑，又望了望窗外，一轮圆月隐隐散发着银色的光芒。

雨宫琴樱的故事没引起太大的轰动，掌声不是很响亮，她下台后，一个男孩儿跑上台。

第六章　荒废神社，赤眼红妖

(1)

男孩称自己是山宫家族的后裔，全名为山宫皇，讲的故事是祖上传下来的赤眼红妖。

庆长八年，在新夷村有一座被人们遗忘的神社，早在100年前，传言神社的阁楼埋藏了一个吃人的妖怪。一时之间，人人信以为真，对此诚惶诚恐。渐渐地，神社被荒废。可历经100年，也没有人见过住在里头的妖怪，只是偶尔有人路过时，闻得一两则怪里怪气的咆哮声。

神社依山而建，层层递升，沿着一层层的长排石阶而上，又过一长排"开"字鸟居排列成的甬道，便是一个院落，四周种了四棵欲比天高的古树，两侧为厨房、饭堂、表演的舞台之类。

正中央便是重檐歇山顶式的主殿，殿前设有水池。主殿由古老的树木建成，一眼望去，只见一块极长的深蓝暖帘横批门外，两盏白色的落地灯立在大柱旁。阁楼屋檐上的金漆闪闪发光，除却这一丝亮眼之处，整座建筑像一座黑城堡，庄严又神秘。

神殿之后又是一长排石阶，两旁古木森森，上去之后又是一片院落，便是平日里安排香客的黄木屋。大大小小也有10余间，木屋上的刻画很是特别，却看不出是什么图案，屋内也算古朴整洁。

这是百姓对神社最初的印象，而今早已满目苍夷。屋檐下结满蜘蛛网，纸窗破旧不堪，客房的门上像镀了一层灰白色的纱窗，阁楼屋梁上的金漆也早已斑驳。唯有那座主殿依然气势磅礴，似有神秘的力量支撑。

春暖花开的清晨，15岁的山口阳菜着一身蓝白色和服，手携竹篮上街买菜，街头熙熙攘攘，小贩的叫卖声很是响亮。路过鱼摊，来到糕点铺，她眼波流转，探头张望，一眼望见心爱的蕨根饼。忽然，一道小小的身影"刷"一下挤到最前面，冲掌柜喊道："来半斤蕨根饼。"

阳菜从人群中出来，齿间露出茶褐色的蕨根饼，满脸欢喜地往前走。回家的路上需经过神社，行至一半，眼看前方不远处便是家，却在神社的石阶上碰见了几个同龄的男孩。

他们仰头呆呆地望向高大的主殿，一脚迈向石阶，忽而踌躇不前，面色畏惧。为首的高个男孩看见阳菜走来，忽然转念一想，朝她挑衅道："那个寡妇的女儿，对，就是你。敢不敢和我们去神社？"

她本想装作看不见这群人，默默地走过，却闻得辱骂母亲的话语，顿时火冒三丈，停住脚步，侧首怒视，厉声道："你给我闭嘴！你要是敢再骂一声，信不信我让你死在神社里？"

"好大的口气！但你确实是寡妇的女儿，我娘说寡妇会偷男人……"此话还未说完，其他的男孩都哈哈大笑，似乎全世界都在看她的笑话。

阳菜被怒火烧得失去了理智，拣起地上的石子，一把抛向那些男孩，他们来不及躲闪，纷纷往鸟居甬道的方向奔去。她也一路紧跟其后，脑中只有一个意识：一定要将这群坏小孩打得再也不敢侮辱娘亲。

忽然眼前一亮，众人气喘吁吁，有人坐在地上，抬头之际，面色大变。那人指着主殿本尊，惊恐道："我们怎么来神社了？"

高个男孩闻声望去，只见阁楼忽然红光一现，瞬间就消失了。他"啊"一声，跌跌撞撞地往甬道跑，大声道："有妖怪，有妖怪！"其他人闻得"妖怪"二字，也不管是真是假，纷纷撒腿就跑。

阳菜向来对民间的传说不以为然，见他们一个个惊慌失措，顿时大快人心。她顺手扯住高个男孩的衣襟，另一只手拽住他的衣领，笑道："你还敢

不敢骂我娘亲？"

那男孩神色十分不安："不敢了，不敢了，求你放过我。这里真的有妖怪，再不走就要死在这里了！"

她松开手，嫌恶地瞪了他们一眼："净瞎说八道！真没用，你们快点走，别再出现在我眼前。"众人唯唯诺诺地点头，旋即跑了去。

阳菜仰头望向主殿，发觉高处的空气极新鲜，便用力地深呼吸。片刻，她将一袋蕨根饼放至主殿前的干水池上，忽而一眼瞥见阁楼闪现一抹诡异的红光，像是有一只眼睛在盯着她。顿时害怕得双手发颤，却极力镇定地提起竹篮。她越是畏惧，脚步越是缓慢，进了甬道，方一路狂奔，一口气溜回了家。

母亲恰好打开门，被她一把撞上来，忍不住要训斥几声，却见她气喘吁吁地坐在地上，一脸惊魂未定。母亲走上前，轻轻地拍她的肩，却闻得她一声尖叫。

阳菜满头是汗，微微侧首，见是母亲，方拍拍自己的胸脯压惊。不多时她垂首，低声道："娘亲，对不起，方才撞到你了。我回来时看见一条红眼小蛇，差点被吓死了！"

母亲深知她怕蛇，也没多疑，叮嘱她关好门，便送绣花去了。阳菜到厨房拿出一袋袋时令果蔬，心脏仍然"怦怦"跳个不停，仔细一想，似乎有些不太真实，可能是幻觉罢了。

午后，她在大树下，乘着摇摇椅，阳光暖暖地洒在身上。忽而忆起心爱的蕨根饼，心中很是不快，一面对蕨根饼念念不忘，一面渐渐地进入了梦乡。

倏然间，忽觉嘴边有一块软软的东西，带着一丝豆沙的香气。渐渐地，那东西似有双腿一般，竟爬到了鼻尖，一直往上到额头，脸上顿时痒痒的。她迷迷糊糊地伸手摸索，却什么也没有，继而又陷进困意的深渊。

不知怎的，阳菜竟独自在一条黑色的甬道行走，走了许久，却好似怎么也看不到尽头。渐渐地，前方隐约传来一阵阵糕点的清香，不禁加快了脚

第六章　荒废神社，赤眼红妖

步，不多时见到出口的光亮。

她兴冲冲地跑去，刚一出去，方才发觉自己正站在神社前的石阶上。不远处，一名身姿修长的男子立在古木之下，手指横捏一支竹质长笛，深情而悲伤地吹奏。她看不清那人的脸，只觉其人气质非凡，绝不是"潇洒脱俗"这样的词所能形容的。

一曲终了，她静静地站了片刻，那人依旧不转身，只道"后会有期"，便往神社走去。她正要阻拦那人，却被光线刺得睁不开眼，忽然浑身一颤，似失足落入了深渊。

阳菜猛然坐起身，摸了摸一脸的汗水，发觉自己依然在自家的院中。不禁舒了口气，暗自想，原来是一场梦。

翌日清晨，母亲一早不知去向，阳菜只好再次携竹篮去买菜。路过神社，她不敢再停留，昨夜听得母亲讲起那几个坏男孩，竟是连滚带爬回了家，却什么也记不起。她微微垂下眼睑，神色黯然，匆匆地走过神社。

忽闻一道婉转绕梁的笛音响起，不由得侧目望去。她愣了愣，那人好生奇怪，竟与梦中的男子长得几乎一样，约莫20岁，鼻梁高挺，气度非凡，只是他手中的物件略有不同，是一把玉笛。

阳菜歪着头，移动脚步去看那男子，却见男子撇过脸，对她微微一笑。只一瞬间，她的心几乎融化，这男子的俊脸一笑，简直迷煞也！

"小妹妹，你还不去买菜？"那男子的声音十分好听。

"我是山口阳菜，有名有姓，不是小妹妹！"阳菜脸色一沉，极不服气。

"原来是你，听闻你喜爱吃蕨根饼，可愿意来尝尝我做的？比糕点铺的还好吃。"男子极力憋住笑。

阳菜沉吟片刻，心想自己无色无财，此人也看不上她一个小丫头，便点头应允，只道午后再会。近午时分，母亲做好午膳，她快速地吃完一碗饭，又朝母亲交代了去向，方去赴约。

那男子的房屋在神社附近，走了半个时辰，隐约见得一个青色的人影在路口等待。越是接近，她的心脏越跳得快，也不知该如何摆放双手，脸上逐

渐渐滚烫起来。她低着头，瞥见他青色的衣襟。

(2)

一路只闻得那男子的声音，向她介绍自己以及家中的情况。随他来到厨房，见桌上早已做好了一些蕨根饼。阳菜毫不客气地用竹签夹起一块，塞得满嘴都是豆沙粉，胖胖的脸更惹人怜爱，大野悠翔忍不住伸手去擦拭。

阳菜下意识地快速抹去粉末，冲他不好意思地笑笑，又不断地赞叹他的手艺。见他重新开始制作，她立刻站在一旁，饶有兴趣地观看。

"悠翔哥哥，你这是怎么做的？"

"我只会做，不太会解说。用蕨根淀粉加入红糖，然后经过熬煮、冷却，再撒上一层豆沙粉，便成了。春天是收获蕨类植物的季节，此时提炼的淀粉最好。"

"原来如此，我也学学，往后便不用再去买了。"

"学什么？你嫁给我，我天天都做给你吃。"

"悠翔哥哥真爱说笑。"

大野悠翔微微侧目看她，明眸皓齿，眼角有一条淡淡的小疤痕，微卷又细长的睫毛，鹅蛋般的脸型。世间这样美丽的女子，多不胜数，却唯独她，是最吸引他的那一个。

"阳菜还在念书？"她头也不抬，只"嗯"一声，又点点头。

告别时，大野悠翔将一袋蕨根饼都塞进她手中，几番推脱之后，她终于接受。目送她远去的背影，他抬头看看天色，正是日暮之时，踌躇片刻，还是去了一趟学堂。

春季过后，学堂的大门重启。阳菜十分兴奋，早早起床，简单的洗漱一番，便捧着几本书籍，手舞足蹈地前往学堂。路上遇见高个男孩，她昂头挺胸地走过，也不理会那群人。新的一学期，新生面孔并不多，可往日教书的夫子却说今日会来一个新先生。

夫子一走，室内瞬间炸开了锅，大家纷纷讨论会是谁。过了两炷香的时辰，夫子又进来，身后跟着一位英俊的青年，只是一个侧面就引起少女们惊呼。坐在后排的阳菜闻声，懒洋洋地抬起头，定睛一看，险些将"悠翔哥哥"四字脱口而出。

她捂住张得老大的嘴，圆圆的大眼直视前方。只见大野悠翔朝她眨了眨眼，随后笑着介绍："诸位好，我是大野悠翔，今后由我教你们……"

阳菜双手托腮，没再听他后面说什么内容，却闻得周围一片少女低声探讨悠翔是否有心上人。她呆呆地望着上面那个才华横溢的男子，心想这人真是奇怪，下得厨房，上得学堂，吹得笛子，如此多才多艺，恐怕世间的所有男儿见了，都会自愧不如！

自从此后，每个傍晚，待学子们一一散去，悠翔总以兄长的身份，与阳菜并肩而行，二人在神社的路口分别。翌日清晨，悠翔总是晚一步出门，默默地跟在她身后，隔着不远的距离，瞧见她嘴上念念有词，想是在背诵诗歌。

春去秋来，落叶纷飞，在这秋高气爽的季节，阳菜患上了风寒，母亲荣仓氏忙于生计，只能暂时照顾她。午后，悠翔闻得消息，自学堂赶去探望，一路心急如焚，到了门外正要敲门，却见荣仓氏出来。二人立在大门外谈了一会，荣仓氏面露感激之色，不停地鞠躬道谢。

他轻轻地拉开门，见她静静地躺在榻上，面色憔悴，额头上敷了块毛巾，顿时心底微微泛酸。忽然一阵秋风袭来，他缓缓拉上被褥，榻上的人还是睁开了眼。

"悠翔哥哥？你怎么来了？"阳菜有些诧异。

"听说你得了风寒，担心你。"他伸手到桌边，端来一碗红得发黑的汤，笑道，"把这碗红糖姜汤喝下，这样你的病好得快些。"

阳菜小啜一口，顿了顿，又喝了一大口，眉头紧皱："好辣！"

"我跟你娘亲说了，让你连喝几日的姜汤，这样可以省些银子，你的病也会很快好起来。"他唇边扯起一丝邪恶的笑容，"她答应了。"

阳菜一脸欲哭无泪，忍着辛辣的味道，一口气喝完了剩余的汤汁。她半

躺着，以被褥抹干眼角的泪水，忽然"扑哧"一笑："居然是被辣哭的！"

悠翔收拾好碗，漫不经心地说："你真可爱。今年过后你念完书，可有打算？"

阳菜满脸红晕，低声道："今日我发觉，娘亲在替我物色好男儿。"

悠翔面色一沉："那可有看中的？"

阳菜点点头，心想他是兄长，这种事只能与他分享，便滔滔不绝地说起那人来。

原是村上的樵夫，名唤津川大辉，为人忠厚老实，其母与荣仓氏是好友。平日里两家也有往来，而今双方的子女长大成人，便寻思着这一门亲事。

言语间，悠翔静静地看着阳菜，这个情窦初开的少女，内心充满对爱情的向往，说起她与大辉相处的时光，时而嘟嘴怪嗔，时而娇羞垂首。

而他的内心却如刀割一般，滴滴答答地流了一摊血。她那些可爱的样子，都源自别人的爱，与自己无关。她唤醒了自己，为她着迷，为她失眠，而今却要嫁给他人。一想到这，他轻轻地叹了口气，眼中似有沙粒闯进，瞬间红了眼眶。

临近学期结束，津川大辉隔三差五提礼去山口家，总被荣仓氏留下来一起用膳。是日，学堂无课，大野悠翔做了些栗羊羹送到山口家，恰好家中只有阳菜一人。二人在院子里，沐浴暖阳，饮温热的煎茶，共讨诗歌，闲聊甚欢。

忽然，大门被轻轻地推开了，一个着粗衣布的青年走进来，阳菜顿时双眼发光，满脸欢喜，高声喊："大辉，在这儿！"

大辉几个箭步过来，与她相拥一起，他们像一团火光似的耀眼，刺得悠翔睁不开眼。悠翔故作"咳咳"一声，二人方放开彼此，少女双手挽着男孩的手臂，缓缓坐下来。

阳菜羞涩地笑笑，婉声道："悠翔哥哥，这就是我的未婚夫。"

津川大辉笑道："多谢大野君平日对阳菜的照顾，今后您就不必担心了，我会好好照顾她。"

大野悠翔不以为然,微微颔首,神情似有所思,只"唔"一声,又低头饮茶,对他的公然挑衅完全不在意。三人围坐成一圈,不约而同地沉默,空气中飘散着尴尬的气息。

阳菜坐如针毡,身旁的两名男子对视的瞬间似有杀气,让她夹在中间很是为难。她苦思冥想片刻,微微开启朱唇,却闻得一声感叹:"夕阳无限好,只是近黄昏。"

大野悠翔的眼中闪过一丝忧伤,继而低声道:"阳菜,祝你们白头偕老。"

言罢,他转身离开,留下阳菜一脸不明。须臾之间,两行热泪无声无息地涌出眼眶,他捂着嘴,在心中默默地念道,我也想与你举案齐眉到地老天荒。他的爱恋,像那美丽的夕阳,美过世间万物,却只是那一瞬间,很快就消逝了。

翌日,夫子走进学堂,唉声叹气道:"今后大野悠翔不会再来教书,听闻他已经离开了村庄。"

阳菜听到前半句,已面色错愕,来不及向夫子请示,人就冲了出去。她一路狂奔到悠翔的木屋,四处大喊他的名字,却寂静无声。忽然,她忆起昨日的话,不禁忧伤起来,原来他在向自己告别。

大野悠翔走了,未留下一字一句,无人得知他去了哪里。阳菜忽然发觉,他并无亲友,在村庄认识的人,只有自己。一瞬间,脑海中浮现一幕幕往日时光,他做糕点给自己吃,护送自己回家,清晨跟在自己身后,生病时逼她喝生姜汤,与她谈天说地。几乎时时刻刻,她都满面笑容。

原来她所有的快乐,都来自他的爱。他那样孤独的一个人,为了她,倾尽自己所有的温暖。忽觉喉咙被什么东西堵住了一般,她的泪珠一颗颗掉落,渐渐地,由无声转成大声抽泣。过了许久,天色昏暗,月半明,她低着头,哭得双眼发胀。忽然眼前出现一双木屐,却是母亲来寻自己。

成亲的前一夜,津川一家在屋内探讨明日的婚宴。忽然,一块瓦片自屋顶落下，一片寂静，屋内的人继而讨论。少时，又一块瓦片落下，津川夫妇觉得奇怪，便出门去看。

一拉开门，屋顶滚下一团火红的怪物，将津川一家吓得面色大变，齐齐跪地参拜。大野悠翔一头红色长发，着一身黑衣，露出一双大牙，沉声道："津川大辉，明日你可要娶妻？"

"是的，大人。不不，是神仙。"

"我是上天派来掌管你们人类的神仙，你听好了，倘若你不好生对待妻子，我便会来取走你的性命。"

"庶民、庶民明白，我津川一家，一定会好生对待阳菜。"

浮在上空的大野悠翔眼底划过一丝哀伤，长发随风飘扬，宛如天边的一片晚霞。忽然，他仰头长笑，随后化作一抹红光，不多时消失在天际。

第七章　风生兽，长寿药

(1)

怪客的故事实在无趣，刚说完就让人给轰下台了，我估计这家伙已经离开了。

10多分钟后，传说故事社的人越来越多，貌似大伙都是为了高额奖金。

这次上台的是个很成熟的大长腿学姐，司徒天看见这位学姐后，眼睛都挪不开了。

大长腿学姐叫和歌优子，和歌忘忧的姐姐，全校公认的女学霸加超级女神。

我转头看着司徒天嘲讽道："别看了，你小子没希望！"

司徒天显然没把我的讽刺放在心上，耸耸肩说："看看而已，就她这双腿我能欣赏好几年。"

我跟小次郎顿时满头黑线，看来我们还是小瞧了司徒天那张大脸的厚度。

和歌优子开始在台上娓娓道出她的故事，她给故事取名为《风狸》。

腊月，井根镇银装素裹，轻柔的雪宛如白花花的银子自空中飘落，没有风，内田家的大门敞开，屋内仅一盏油灯，微弱的光将相对而坐的两名女子的脸庞映得发红。

昏暗的夜，院子白茫茫一片，银白色的亮光似乎渗透积雪，从地上散发

出来一般，与微弱的烛光一起照亮了庭院的夜晚。绣球上、杉树上、灌丛中、水池都积了厚厚的雪。

"别喝了，你一个修炼了上千年的女子，什么没见过，何苦为一个臭男人弄成这般模样？"左侧着青白色高腰襦裙的女子，一段雪白的脖颈下半露酥胸，神色非常悲愤。

对面女子的容貌甚是标致，头顶盘岛田髻，清淡的月光落在她眉宇间隐有落寞神色，着一身瑰丽色芍药花纹底和服。她高举杯盏，只盯着门口的一抹紫色，却是枯萎的桔梗花。

内田百花嘴角扯出几分苦涩的微笑："有些情谊，就像这花，终要凋谢。春去秋来，能留到最后的何其少，只是不走到最后也不知前方的艰险，罢、罢、罢，做过方无悔矣。"

玫儿饮下一杯酒，苦口婆心地劝道："真正好的爱情应是共同变得更好，像他这样的男人，姐姐还留恋什么？于你不好的人事，该断则断。"

百花瞧她一眼，发觉这丫头长得愈发标致了，笑道,："玫儿，难道你一人修行近千年，都不会寂寞吗？"

玫儿两道柳眉一扬："姐姐，玫儿倒是觉得，自你染上庸俗的爱情之后，更加孤独了。"

百花被逗得笑出声："你这丫头，心眼越发多了！"她微微侧首，视线落在庭院飞舞的细雪上，忽而忆起夏日的雨季。

时间回到数月前，夏日的某个午后，井根镇上热气腾腾，街头寂静无声，两旁的店铺里，掌柜倚着柜台昏昏欲睡，店小二手持蒲扇一面驱赶苍蝇，一面替自己扇风。而小镇的西边，却是倾盆大雨，不带一丝预兆，说下便下了，将初到镇上的内田百花困在大树下。

那棵大树树龄百年有余，树枝很是粗壮，茂密的树叶，像一把油纸伞，恰好盖住百花的身躯。只是雨势越来越大，风向渐渐倾斜，不多时她的裙摆被雨水濡湿了。

忽然，一股清风自身后扑来，百花不由得侧目，只见一名着素色布衣的

第七章 凤生兽，长寿药

男子立在身旁，旁若无人地拍自己的手臂，一滴滴雨珠自布衣上弹出来。依相貌看，约莫25岁，脚旁分别是一把油纸伞和几本书籍。

大雨没有丝毫停歇的意思，反而越来越大，大树耐不住风雨的追击，留下的空间只容得下一人，树下的二人便越躲越靠近。那男子不小心触及美人的手臂，忙转身深鞠一躬道歉，又看了看自己手中的油纸伞，惊慌之下，他将伞塞进女子的手中，独自跑进了大雨中。

"等等，你的大名为何？我好到时送去。"她的声音被大雨埋没，那男子也未回应，想是已走远了。

过了几日，百花坐在榻榻米上，盯着倚在门边的油纸伞发呆，神情甚是苦恼。心中似有两个声音，一个说去还给那男子，另一个说区区小事不足挂齿。她两手一摊，无奈地伏在案上，不过须臾豁然开朗，起身拾起油纸伞，走在湿润的土地上。

要到许久之后，她方能知道，这一个决定带来的，亦是一场修行。

内田百花走进街头的店铺，按自己的记忆描述那男子，走至第三家时，终于有个聪慧的女子道出了男子的身份。百花喜上眉梢，鞠躬谢过，旋即携起油纸伞，飞奔而去。

巷口的拐角处突然出现一道黑影，眼看就要撞上，她却来不及刹车。那瞬间，她"啊"一声，旋即紧闭双眼，以为自己摔倒在地，却不想腰间传来温热的气息，一双大手牢牢地揽住了她。

百花眨巴眨巴双眼，四目对视的瞬间，她那一张巴掌大的脸涨得绯红，不由得垂下眼睑，心底微微泛甜。男子忙松开了手，立在一旁不知所措，脸上的笑容生硬，犹如他那一块胸膛。

百花举起油纸伞，笑盈盈道："管谷君，这么快就将我忘了？"

管谷峻一将她上上下下打量一番："你是？难道是树下飘散着仙气的女子？"

百花笑着点点头，将伞递给他。他却摆摆手："不过一把破伞，姑娘何必亲自送来？"

百花正色道："我从来不要别人的东西，你带回去吧，自有用处。"

峻一见她要走，忍不住问道："姑娘要去哪里？"

她手指远处，轻声说去清闲书斋。峻一面露诧异之色，很快恢复笑容，道明自己要去借书。二人欣然前往，寒暄几句之后，一路无话，目光却时时关注彼此。

在一片绿意葱郁的竹林前，他们停住脚步，立在一间竹子建成的屋外。峻一敲了敲门，发觉无人回应，轻轻地推门而入，顺着书架轻松地找出一本古籍翻开阅读。

百花巡视四周，屋内很是简洁，不过两张长木桌，数排靠墙的书架，其中的书籍应有上百本。她站在峻一的对面，二人在同一个书架上觅书，不经意间，隔着书籍的空隙四目相对。

他微微一笑："姑娘找什么书？"

她哪是找书，分明是想与他共处，却眉头微蹙，目光瞅瞅下面的堆满灰尘的古书："汉诗集在哪儿？这里真是太大了，我如何也寻不到。"

言语之间，峻一拿着几本厚重的古书走到她身旁，柔声道："在你身后那一排便是，只不过比较少，姑娘怎么对汉诗有兴趣？"

百花脱口而出："我是从……"她忽然紧闭双唇，只对他淡淡一笑。却暗自舒了口气，心想差点道出自己的身世，真是好险。

许久无话，二人各看彼此的书，却也轻松自在。百花看得双眼发酸，便一手撑着脑袋，歪着头偷看峻一的侧面。他的轮廓分明，眉毛稀疏，鼻梁笔挺，最突出的是耳垂下一颗豆大的黑痣。此时此刻，他安安静静地坐在那里看书，像是画里走出来的人物一般，令她目不转睛。

(2)

忽然，管谷峻一转过头来，浅浅笑道："我的脸长得很奇怪吗？"

百花闻言一愣，忙收回目光："我正想问这一句的意思，想必管谷君定也通读汉诗，还请赐教。"

第七章 凤生兽，长寿药

峻一的视线落在《越人歌》上，顺她的手指往下看，原是一句"山有木兮木有枝，心悦君兮君不知。"他愣了愣，一下洞穿美人的用意，她故作不明诗意，却是要试探他的心意。本想一口回绝，毕竟他是有家室的人，可话到嘴边，又鬼使神差地吞了回去。

"百花姑娘，这句实在太过深奥，我也无法解释。"

"是吗？那这个你会明白吗？"

管谷峻一闻言微微侧首，身旁的人忽然攥住自己的衣领，一个软绵绵的东西落在唇上，随后口中蔓延着淡淡的清香，使他不觉闭上双目，又伸出双手扣住百花的头，她却忽然松了嘴，留他一人回味。

百花顺势依偎在他怀中，笑道："君可知否？"

峻一垂首，眼神温柔，一手捧着她的脸，一手轻轻地拂过她的鬓发，柔声道："百花，你会做天妇罗茶泡饭吗？我忽然很想尝尝。"

百花徐徐坐起身，面露喜色："当然，天下第一厨娘就是我，只要你说得出，我便做得出，包括天朝的佳肴。"

言罢，她理了理发丝，率先走在前头，领着峻一路往镇外走，路过一条小河，又拐进一条巷子，方到一所白墙老宅的门外停下。在她掏钥匙之际，峻一巡视四周，发觉方圆一里少有人家，只是偶尔闻得一两声鸡鸣犬吠，实在是有些偏僻。

不多时百花打开了门，轻声地呼唤他的名字，他几个箭步走进老宅。进屋之后，百花去了厨房，他也跟了去。只见百花动作十分熟悉，身形闪动，快手快脚地生好炉子，在上方架了一块网状的搁架，随后将以面糊炸好的虾放在网上，用夹子慢慢翻动。

她的口中念念有词，到了近处，他方听清，却是重复的一句——"你们要变得好吃，管谷君喜欢吃"。忽然心头一暖，他按住她的肩，吻了吻她的脸颊。

百花微微一笑，不多时，她备好一小碗饭，将天妇罗切半放到碗中，倒入自制的料理汁和热茶，又舀一小勺绿色的陈芥子。

管谷峻一光是闻着香气，就已食欲大增，迫不及待地接过碗。只尝了一口，已然满脸欢喜，如同野鸡啄瓜一般快速地咽下去了。

午后，阳光洒进屋内，管谷峻一半倚着墙壁，心想偌大的房子，竟不见其他人，她一个弱女子何来的老宅，不由得感到困惑。忽而又忆起家中的妻子，是商人的女儿，自小娇气刁蛮，对他呼来喝去，眼中似乎无他一般，只当自己是一家之主。而他偏偏对经商不通，只爱读书练字，常被妻子责难。一想到这儿，忍不住又是一声长叹。

"怎么在叹气，可是遇到了什么困难？你同我说，我会尽量帮你。"臂弯下的人忽然开了口。

"不必担心，不过是生活中的琐事。"他不愿说出自己的身份。

"真的？你可明白？既然我们在一起，就要坦诚相待，共同承担。倘若将来成亲，你亦不要瞒我，若对我有意见，大可直说，我有错便改。"百花正色道。

"你真让人有种错觉，令人不禁感叹相见恨晚。"峻一的手指落在她的眉心上，不多时目光移向院子里，他看看天色，黄昏竟不知不觉降临。他立刻起身更衣，向她匆匆告辞。

自从此后，峻一趁着妻子到店铺之后，悄悄地离开府邸，独自步行来到内田家。百花总是备好美味佳肴等待他的来临，食过午饭，二人便一同歇息，或读诗练字，或到竹林漫步，日子变得诗意起来。

一个月后，某一个傍晚，百花紧紧地拥着峻一，无论如何也不肯放手。转念一想，她以手放在他面前，令他自动妥协，答应留下来用晚膳。

百花自然不会放过这个大好的机会，忙做了几盘下酒菜，猜测他一介书生定不常饮酒，便摆了一壶甜酒。趁着窗外花好月圆，二人兴致极高，不但吟诗作赋，还饮尽了那一壶酒。

峻一喝得烂醉如泥，像头牛倒在榻榻米上一般，怎么也拖不动，亦唤不醒。百花将木桌移开，又抱来轻薄的被褥，轻轻地盖在他身上。忽然，他一把抓住那只白皙的手，喃喃自语："百花，若是早些遇到你，该多好。"

第七章 风生兽,长寿药

百花面色一红,心里甜甜的,正要扳开他的手,却不想这人的力气太大。不经意间,她整个人倒了下去,躺在他身边,紧紧地贴着他的身子。隔着一层衣裳,她听到了他的心跳,渐渐地,耳旁传来他低低的呼噜声。身旁的人已然睡得香甜,而她却瞪着大眼,幸福得无法入眠。

翌日,天色微亮,管谷峻一偷偷地回到大政府邸,步履轻盈,又左顾右盼,正要推开书房的门,却闻得身后一道压抑着怒气的声音响起。

"你昨夜去了哪里?"大政盈盈沉着脸。

"昨日加藤老兄拉着我多喝了两杯,你知我不胜酒力,饮一杯就倒,于是在他府上歇了一晚。"管谷峻一缓缓转身,脸上极力保持微笑。

大政盈盈一脸狐疑,又一脸困倦,不多时她打着哈欠,转身回房。

管谷峻一这才松了一口气,忙让下人准备热水,想着将这一身的酒气都洗净,午后再去见百花。他浑然不知,此时大政盈盈坐在梳妆台前,脸上露出一抹狡黠的笑容。她忙梳洗打扮,同管家耳语几句,方匆匆地去了一个地方。

正午时分,管谷峻一再次独自前往内田家,一如既往地敲了敲门,又小声地自报其名。不多时闻得脚步声愈来愈近,门被打开的那一瞬间,他的眼珠要掉出似的,面色诧异极了,下意识地撒腿就跑。

大政盈盈一声令下,身后几名身材魁梧的男子立刻冲上去,将峻一团团围住,他一个瘦弱的书生,只能就此作罢。

"好你个管谷峻一,竟敢背着我和狐狸精幽会!"大政盈盈顿时火冒三丈,口无遮拦起来。

"闭嘴!什么狐狸精,先瞧瞧你自己的模样,出身高贵,却目中无人,一丝优雅从容的气质都无!"管谷峻一闻言,亦动起肝火来,与她怒目相视。

"那你就进来瞧瞧,是不是狐狸精!"大政盈盈哈哈大笑,冷哼一声,命一行壮汉将他抓回老宅。

在宽敞的庭院,不知何时起,竟放了一个笼子,上面裹了一层黑布。一个壮汉上去揭开了黑布的一面,里面竟有一头似貌的妖物,神情颇为悲戚,

见到峻一出现，那妖物竟开口了："管谷君，是我！"

他目光猛然一缩，眼神之中惊讶害怕交织，而后冷声道："大政盈盈，你做了什么？把百花还给我！"

"我可什么都没做，只是让她现出原形罢了。"盈盈啧啧两声，讽刺道，"瞧瞧你的枕边人，竟是个妖怪，你不害怕吗？倘若今日你不阻扰我，往后你定还是大政府的老爷，过衣食无忧的日子。"

峻一闻言微微一呆，神色凝重，许久之后他默默地退后几步，别过脸去，再不看内田百花。不多时，笼子外架上稻草，壮汉点燃了火，渐渐地，火势愈来愈大，他开始着急，却无计于施。

在他放弃自己那一刻，百花的泪水滚滚而落，原本今日她要告诉那个弱懦的男人，她可以将他从沼泽中拉上来，只要他与自己远走高飞。现下的一切却证明，这只是她一人的异想天开。她忽然破声大笑，眼中闪过一丝青光，继而奋力地撑开笼子。

顷刻，笼子的木屑碎了一地。一个身材姣好的女子自火中飞出，稳稳地落在一行人的面前，百花拨开眼前的发丝，全身毫发无损，令众人的下巴险些掉在地上。

她心底冷冷一笑，轻哼一声："凭这种雕虫小技就想杀了我？你们还嫩了点！"语音未平，忽觉胸腔涌上一阵痛，下意识地捂住嘴唇，却是一丝血液。暗道一声不好，定是刚才那婆娘下了什么毒。

大政盈盈得意地笑道："这妖怪留不得，统统给我上，抓住她！"

百花闻言一愣，极力保持阵势，却力不从心。忽然，遥远的天边飞来一名着唐衣的少女，打扮甚是性感，令壮汉们眼前一亮。

"姐姐，你没事吧？"那少女扶起百花，猛然侧首，眼神杀气逼人，"可恶！"

众人见状，纷纷后退一步，无一不神色惊恐。壮汉们在大政盈盈地威逼诱惑下，手握大刀，再次一步一步地靠近。少倾，百花眼前一黑，昏倒在少女的怀中。少女眼明手快，身形闪动，健步如飞，不一会儿，地上倒了一片

第七章 风生兽，长寿药

壮汉。

她缓缓转身，嘴叼一把匕首，朝剩余的二人逼近。

管谷夫妇惊恐不已，纷纷跪在地上，大政盈盈抱着她的小腿苦苦求饶，却被少女一脚踢开。

少女俯身捏住盈盈的下巴，嘴角扯起一抹讽刺的笑："想活命？太晚了。"

言罢，她手握匕首，狠狠地插进旁边管谷峻一的大腿，一道震耳欲聋的惨叫声划破天际，盈盈眼见那双大腿血肉模糊，被吓得昏了过去。

一更天，内田百花醒来，开口便是："玫儿？真是你。他们怎么样了？"

玫儿淡淡道："姐姐，你也太善良了，对他们用不着心软。那一对狗男女双腿残废，余生都要卧床度过了，其他的只是受了轻伤，没有大碍。"

百花浅浅一笑，那个微笑掺了几分悲苦："说不上善良，只是我当初做了此生都与他在一起的决定，而今他要走，自然不会强留。只想彼此好聚好散罢了。"

自从那一夜之后，接连数日，老宅只有她们姐妹二人，玫儿施法将老宅藏了起来，凡人无法看见，自然也进不来。百花的伤势很快恢复，每夜都以酒消愁，到底是忍不住思念之苦。

一个夜里，玫儿实在无法再看她继续消沉，忍不住抢过她的酒杯，与她说了好些话，她的内心方渐渐平静。

良久，百花的嘴角舒展出一朵明艳的微笑："玫儿，我们回去吧。在此之前，我还要去做一件事，算是给自己一个交代。"

言罢，她缓缓起身，回房换了一身血红的唐衣，又撑起一把油纸伞，漫步在雪中。

玫儿望着她远去的背影，心中很是欣喜，她终于选择面对。

漫天大雪，唯有百花一人在街头行走，店铺虽开着，里头的人却都安然入睡。大政府上，峻一倚在床头，目光呆滞。忽然门口出现一团耀眼夺目

的色彩，却将他吓一大跳，躲在被褥中瑟瑟发抖。

"你不必怕，我是来向你告辞的。"

"你真的不杀我？"

"夏日的那场大雨淋热了我的心，而今这场雪已将它冰封起来，是该走了。"言语间她缓缓转身，眼色哀伤，一滴泪珠迅速落下，红色的裙摆拖地而过，一个个深深的足迹印在雪地上，不多时被白雪覆盖。

第八章　美人痣，红颜恨

(1)

我个人认为开头还很有意思，到后面就没劲儿了，和歌优子被大家果断淘汰。

很快轮到下一位参赛者上台，是个超级天真的女学妹，不折不扣的童颜巨乳，台下的男同胞们都在疯狂狼嚎。女学妹有点害羞，指着自己嘴角的一颗美人痣说："我叫白滨美子，我接下来要讲的故事，跟一个眉心长了美人痣的男人有关。"

我不禁为此感到好奇，一个男人居然也有美人痣，想必这个故事会很好听。

京都府初雪降临，大地被铺上一块银白色的纱巾，屋梁悬挂晶莹的冰条，孩童堆起一个个巨大雪球，在自己的庭院玩得不亦乐乎。虽是寒冬积雪结冰，上川间府上却是一片红，蛮子门上挂着两个大红灯笼，府里的仆人们忙前忙后，恨不得有三头六臂，却也都眉开眼笑。

今天可是好日子，他们家老爷上川间儒与相叶羽兮大喜之日。这位儒爷的父母仙逝多年，而今他已到而立之年，却迟迟未娶妻生子，好不容易这桩喜事降临，可不能出一点差池。

百姓们见府上内外皆张灯结彩，好奇地向仆人打听消息，得知此事后都奔走相告，相约前去道贺。凡是当地人皆知儒爷，他待人温文尔雅，毫无富

贵人家的臭脾气，眉中一颗朱砂痣鲜红欲滴，如同一个自画里走出来的美男子。

他未过门的妻子相叶羽兮，自小无父无母，孤苦伶仃。上川家业大，名下的房屋地皮都不少，定亲那日，儒爷便将一户宅子指到未婚妻的名下。新宅子的仆人也皆由他挑选，个个低眉顺眼，都不敢怠慢未来的大夫人。

此时，相叶羽兮坐在妆台前，梳着京风嶋田，发上佩戴儒爷派人专门定制的栉簪发饰，一脸精致的妆容，身披红色大裓，长长的裙摆拖至地上。不由得令人想起书中的一个词——风华绝代，没错，用这个词语来形容她最适合不过。

立在她身后的侍女也忍不住赞叹："小姐，您真是倾城倾国，儒爷见了一定很喜欢。"

相叶羽兮嫣然一笑，脸颊一抹淡淡的粉色，将她那张五官标致的小脸衬得温柔可爱。她轻启贝齿，柔声道："你且先下去，我有事再叫你。"侍女道一声是，向她行礼之后方退下。

夜幕降临，上川间儒处理好公事，便坐上了牛车回府。这一年的雪下得极大，人们开口便是白汽，石路被一层厚厚的冰覆盖，行人战战兢兢地走在上面，生怕一不小心就摔得四脚朝天。

上川家的仆人得知此状，提前撒盐融化了冰雪，铲出一条干净的道路，牛车安然地从中而过，却也只是一步一步地走。间儒揭开车帘，瞧见两旁的雪堆起有成人膝盖那般的高度，一阵凛冽的寒风迎面而来，顿时冻得他鼻头微红，不禁缩回头，搓着双手取暖。

在这样寒冷的夜里，总使人容易忆起往事。间儒微闭眼眸，时常有一种错觉，遇见羽兮已是很久之前的事，往事却历历在目，记忆犹新。不知不觉中，他似乎闻得昔日熟悉的气味，脑海中徐徐浮现与羽兮初次见面时的情形。

夏季的某一天，上川间儒与一群友人相约，行至镇子10里之外的林中打猎。他们曾去过多次，那片林子绿意盎然，是镇里达官显贵最喜爱的打猎胜地，不仅阴凉干爽，风景优美，更有许多温顺的动物。

间儒与友人下了一个赌注，一炷香内谁获得的猎物最多，输家便要将自己名下最赚钱的铺子让给赢家。毋庸置疑，此话一出，大家的好胜心已然被大大地刺激了。一声令下，比赛开始，数名男子骑着强壮的马匹向林中冲去，几乎每人的箭术都极好，却也无人比得上间儒的技术。

一炷香的时间很快过去，兴许是杀生太多的缘故，不知惹怒了何方神圣，在清点数量之时，林中的清风甚是猛烈，接着听得远处隐隐传来一声咆哮。众人正谈笑风生，未曾察觉此种异状。

忽然，一头庞大的猛兽从远处狂奔而来，似乎山摇地动一般，惊动了马匹，待他们看清那个不速之客，已有几个男子来不及躲闪被猛兽扑倒。

一时之间，众人自顾不暇，四处逃窜。间儒亦被吓得脸色煞白，慌乱之中，他顺手牵住一匹马，快马加鞭地往林子外逃跑。他惊恐地回头望，却见那猛兽像是盯上了自己，任他如何躲避，也无济于事。更令人惶恐的是，他竟又绕回了林中，并没有往镇上去！

猛兽穷追不舍，两个时辰过去，上川间儒的马匹体力渐渐不支，焦急之际，他的心中莫名动起肝火。眼看猛兽就要追上，马匹却突然双蹄一跪，他整个人硬生生地从马背上滚了下去。

好在他拽住一根粗壮的树藤，方稳稳地站起身，顾不上皮开肉绽的手臂，迅速拔出背上的箭，朝猛兽招了去。那猛兽被射中一条腿，悲伤地大声哀嚎，忽而兽性大发，疯狂地朝他扑去。稍不小心，他被蹄子踢中，再次从坡上滚落，撞到树干后不省人事。

待上川间儒醒过来，却是身处一草屋之中，身上的外伤已被包扎。他动了动身子，一阵巨大的疼痛感自伤口处来，令他紧皱眉头，再不敢移动，只静静地环视四周。

这间草屋甚是简陋，不但空间窄小，只有一桌一椅，桌上放了些晒干的草药，就连一扇窗户也没有。忽闻门外的脚步声渐近，不由得转头向门口，却被一道强光刺得双眼不适，许久才看清站在门口的人。

逆光打在女子身上，洒下淡淡的光辉，她的身材甚是曼妙，一身粗衣麻布，却也掩盖不了她优雅的气质。那女子行至他床边，靠得这般近，他方看清女子的面容，长得眉清目秀，与她的气质很是相符。

那女子手上端着一碗草药，不断地用勺子搅动药汁。上川间儒目不转睛地盯着女子，直到她羞红了脸颊转过头，他方意识到自己的举动有多么的不妥，顿时抬手握拳在唇边清咳两声，以此来掩饰尴尬。

他张张口，忍不住道："敢问姑娘芳名是什么？"

那女子一面扶起他，一面笑道："我是相叶羽兮。伤你的是我的坐骑，我已严惩了它。"

他向来不喜与他人亲近，这次却像是着魔一般任她喂药，自己十分配合地喝完了。只一瞬间，他发觉此举已然不妥，而得知女子的芳名那一刻，仿佛有什么从脑海里一闪而过，却怎么也记不起。

闻得那猛兽是眼前这个弱女子的坐骑，不由得心头一颤，脸上诧异极了，玩笑道："你竟敢养猛兽，女侠，请受在下一拜。不过，这间屋子我怎么从未在林中见过？"

羽兮被逗得笑出声："大抵是公子没留意，你的伤口过深不宜移动，恐怕要在这留住几日了。"

他微微躬身："劳烦姑娘。"

相叶羽兮莞尔而笑，忽而目光落在他那颗朱砂痣上，良久，她不好意思地笑笑："这朱砂痣真美。"

上川间儒闻言一愣，面色微变，眉间的这颗东西在早些年倒还好，只是他现在接近而立之年，听过愈来愈多的坊间传言，多是不好的，因此从未有人夸赞过。而今竟是从一面之缘的女子口中而出，偏偏她让他心生爱意，顿时让他不知该如何作答。

情急之下，他只好微微颔首报以一笑。相叶羽兮对他冷淡的反应也不在意，反而歪头朝他做了一个鬼脸，惹得对方哈哈大笑。短短几日，二人聊了许多，上至诗词歌赋，下至游历山河。间儒发觉眼前的女子知识渊博，不论他说起什么话题，她都略知一二，与他交谈甚欢，不禁以欣赏的目光看着她，心中的情愫也越来越浓厚。

川府上的人寻来，将患有轻伤的间儒接回了镇上。一切似乎又回到了原点，他一如既往地忙于家业，每日都不停歇。可闲下来时，哪怕只有一盏茶的时辰，他的脑海中不断浮现的总是相叶羽兮的笑容。一入夜，他独自躺在榻上时，更是无可救药地思念她。于是，他暗自下了个决心。

（2）

翌日午后，他处理完手头的事，便骑上马匹，一路奔向林中的那间草屋。他满脸欢喜之色，远远望见羽兮在晒草药，走到近处，他也不下马，只是静静地凝视她，不多时骑马扬长而去，一连数月，他都如此。终于某一日，他实在耐不住心中的渴望，再一次去了那片林子。

薄暮之时，相叶羽兮正把一捆捆草药收好，闻得马蹄声渐近，不由得侧目，见来人是他，只微微一笑，放下手中的东西，上前迎接。

上川间儒眉头微蹙，似有不安，眼神却非常坚定，柔声道："羽兮，你愿嫁给我吗？我向天发誓，即便是天荒地老海枯石烂，我亦定不负你。"

相叶羽兮一怔，眼眸闪过一丝得意，随后点头应承。

牛车里摇摇晃晃，坐在毛茸茸的毯子上的人，深深地陷进回忆中难以自拔，车外仆从喊了好几声，他方才醒悟过来。掀开帘子踩着仆从的背下了车，又扫了一眼大门，见已有侍女在等候。

随着侍女的指引，上川间儒走向寝殿，却发现一路除了自己与侍女，再没有第三人。当初得知羽兮喜爱花草，便让人种了许多常青植物，阳光下绿意葱郁，可一旦在冰冷的月光下，就显得有些阴郁幽深。

"还有下人到哪去了？"上川间儒语气颇不善。

侍女闻言甚是惶恐，忙向他解释道："夫人心疼奴婢们，说大好日子，在聚福楼订了几桌酒菜，让奴婢们做好自己分内之事后就过去。"

言语间，他已走到寝殿，烛光将相叶羽兮的身影印在拉门上，隐约间，

仿佛看见里头的女子羞涩一笑。侍女上前将门拉开，伺候他脱下外套。

上川间儒将自己带来的脂烛，与新娘帐前的脂烛合二为一，虽对方无父无母，不能将脂烛放在她母亲帐前的烛台上，但也按照传统，脂烛要点燃三天方能熄灭。

屋内通明如白昼，烛焰摇曳，空气中弥漫着一股暧昧的气息。羽兮跪坐在帐中，满脸通红，却只是静静地凝视间儒。两人对望许久，间儒正要开口言语，却听得羽兮轻叹："你可知这一天我等了许久。"

上川间儒也不作他想，面露愧色："对不起，让你久等了。"

相叶羽兮展颜欢笑，宽宽的衣袖一抖，香气扑鼻而来，他正想开口问这是什么香气如此好闻，却发现自己动弹不得。他诧异地看她，只见她的笑容更深，眼神森冷可怖，缓缓起身，慢步走到他面前。

她抬手轻抚眉心那颗血红的朱砂痣，轻启朱唇："墨，我好想你。"

上川间儒甚是惶恐，心想眼前的美人定非常人，一想到以往与她亲密无间，瞬间浑身冰凉。他的声音颤抖，几乎咆哮道："你到底是谁！为何这样待我？"

相叶羽兮不理会他，揭开榻榻米上一块红布，却是一祭奠故人的灵牌。她痴痴地抚摸灵牌，声音已然哽咽："墨，你在那边等很久了吧，很快他就去陪你了。"言罢，她侧首望向神色惊慌的男子。

上川间儒见状不妙，立刻求饶道："你们是谁？要什么？我通通都给你！"

忽然一阵狂风大作，吹得羽兮长长的发丝漫天飞舞，她满眼血红，却不见瞳孔，面色极其愤怒，咬牙切齿道："你居然将他忘了！上川间儒你可真是位好哥哥！"

"你到底在说什么，你肯定是认错人了！"上川间儒大大吃了一惊，被吓得差点昏厥过去。

羽兮冷哼一声："那就让我帮你好好回忆回忆！"

10年前上川间府上有一对让人艳羡的兄弟，同父异母，却不分嫡庶，感情深厚。自小哥哥身后总有一个跟屁虫，不管他去哪里，弟弟都跟紧跟其后，两人一直形影不离。

上川间儒20岁那一年，不幸患上重疾，父亲为他寻遍名医却都束手无策，弟弟也为他走遍天南地北寻找珍稀药材，依旧无法治愈。自他病后，上川家的家业便无人接管，父亲整日愁眉苦脸，不得不培养小儿上川墨。

渐渐地，家业正常运营，而间儒却久病在身，脾气逐渐暴戾，稍不顺心便对仆人狠颜厉色，甚至拳打脚踢。久而久之，再也无人敢去伺候他。唯有上川墨不厌其烦，一如既往地替他寻药草，熬药让他喝。

某一日，上川墨一踏入府上，见他在屋外沐浴阳光，更是喜上眉梢，笑道："哥哥，我爱上了一位美丽的姑娘，叫相叶……"

上川间儒见他满脸欢喜，心中隐隐不快："够了，你每日烦不烦？就凭你，看中的恐怕也不是什么好货。"

上川墨怔住了，实在无法想象刚才那一句粗话竟出自亲兄长，他的面色渐渐苍白，心情瞬间如同下雨天一般灰暗，却只是攥紧拳头，默默地走开了。

自那以后，他再不去见间儒。直到某一夜，他从外地办事回到自己的府上，得知间儒心生愧疚，已经一日一夜滴水不进，只求与他见一面。他的心忽然软了，忙坐上牛车赶赴上川府。

"找我有什么事？"上川墨佯装漠不关心地问道。

上川间儒虚弱地躺在榻榻米上，低声下气道："弟弟，你还在生我的气吗？我都这样了，你也不肯原谅我。"

上川墨扫了一眼平日里高傲的兄长，语气也软下来："才几日没见，你怎么就成这个样子了？"说着，他盘腿坐在榻榻米旁，将间儒盖着的被子拉上一点。

说时迟那时快，上川间儒忽然抓住他的手腕，以迅雷不及掩耳之速，从被子里抽出一把尖锐的匕首，狠狠地刺在上川墨的左胸口上。瞬间鲜血如泉水一般喷出，射了他满面妖红，却见他丧心病狂地伸出舌头，舔了一口唇边

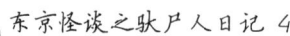

的血。

上川墨直直地倒下，满眼不可置信："为什么……"言语未尽，已然断了气。

上川间儒奸计得逞，仰头发出阴险的笑声，随后狠狠地踢了一脚榻上的人："你竟敢问我为什么？因为你抢了我的所有！因为只有你死了我才能活！"

不久之前，上川间儒听得一个民间偏方，据说饮下至亲之人的心头血，他的病就能根除。他被病痛折磨了许久，又心神不安，早已神志不清。闻得父亲培养上川墨，更觉自己一无所有，内心满是对兄弟的仇恨。为了这个计谋，他特意托人寻来一把匕首，一刀刺入，定将毙命。

上川间儒默默地听完羽兮所述的事实，幡然醒悟过来，只是愣了愣，很快歇斯底里地吼道："不！我没错！那一切本都是我的，是他不该出现！"

相叶羽兮愤怒至极："死到临头还不知悔改，那我今天就成全你！"

正当她伸手要除掉眼前的恶人之际，一道亮光闪过拦下了法术，闻得身后传来一则苍老的声音："羽兮，我原以为你已放下这份执念，方才放你出来。倘若你杀了他，便不可成仙，不可轮回，死后魂飞魄散。冤冤相报何时了，你当真不后悔吗？"

相叶羽兮眼含热泪，瑟声道："我永不悔，我无法纵容像他这样私心可怖的人存活在世，更何况，他杀了我今生的挚爱。"

言罢，脚边一股暖流流来，鲜血染红了她的裙裾，她带着微笑离开了人间。

第九章 栗羊羹，美人泪

(1)

不知怎么了，突然引起了很大的轰动，我回头一看居然是铃木千夏带着和歌忘忧来了。

流川那个猥琐的家伙，居然也跟在她们后头，一行人向我和司徒天走了过来。

铃木千夏跟和歌忘忧，以及她姐姐三人聚在一起闲聊，看起来准备参加比赛。

流川坐在我旁边，笑着对小次郎说："你怎么没去参加？"

小次郎想了接近1分钟，才回答道："没意思，我说故事也要看人，不是逢人就说。"

就在我们闲聊之际，已经有人上台，是个小姑娘，她介绍完自己后，开始讲了起来。

已过立秋时节，风黎村却没有一丝秋天的气息，扑面而来的都是温热的风。每到正午时分，烈日当头，一滴滴汗水不停地流进衣裳里，与背部的油分粘在一起，弄得人浑身不舒适，做事也提不起兴头。

在村庄的桂花街上，有一家夫妇糕点铺，顾名思义，掌柜是一对年轻的夫妇。自15年前开店以来，店里的每一道点心，都有一个故事。这是当地村民都熟悉的规律，每当铺子推出新式的糕点，大家欢聚一堂时，就能闻得

一个故事。只是,而今讲故事的人,是新一代的掌柜中谷希子。

临近日暮时分,太阳逐渐偏西,阳光不再刺眼,连风都温柔了许多,街上妇女前额的发丝被风吹成八字,细长的蛾眉露出,更显五官好看。夫妇糕点铺内,空气中飘溢着一股栗子的香气,桌上摆放了一个个花卉图案的盘子,其中切成一块块正方形的棕色糕点安然地躺在上面,孩童们很是嘴馋,等不及母亲用竹签插起,就已自己伸手去拿,吃得嘴边都是豆沙。

忽然,自楼上走来一个着桃花刺绣图案和服的少女,一双明亮的眼眸微微眯起,脸上的笑容甚是温和,曼声道:"这一道名唤希望糕的栗羊蒸羹,你们觉得如何?"

一个男子抢先回答:"好!极好吃!希子小姐的手艺自然是没话说的。"

瞬间底下的称赞声不断,忽然冒出一道稚嫩的童声:"娘亲,娘亲,我还要吃。"四座闻言哈哈大笑,循声望去,原是一个7岁大的孩子。

"希子小姐,今日又有什么新奇的故事?"此话一说,在场的目光齐齐望向已从木梯上走下来的少女。

中谷希子微微一笑,婉声道:"不知大家是否经历过,在身患重病或被困荒野受伤时,我们是不是常常以为自己会死?"她故意停一停,让在座的人慢慢细嚼其中的深意。

随后继而笑道:"但是如果心怀希望,活着的概率就大一些,很多事情是要相信才能支撑下去的。虽只是一道普通糕点,但被赋予名字之后,它的味道就不一样了。"

多年以前,在村庄有个叫中谷慕西的渔民,每日都会穿过一片树林,抵达无边无际的海边,拾些鱼虾到临县变卖。

早些年,风黎村的十月间,糯米小麦等农作物丰收,农民最是欢喜,天色微微亮,田野就已遍布密密麻麻的人。他们将果实都装在竹篓里,大大小小,色彩丰富。有圆溜溜的栗子、硕大饱满的水梨、红光润泽的苹果,以及婴儿手掌般大小的核桃。

第九章 栗羊羹，美人泪

到了夜里，几乎家家户户都白烟袅袅，大人们以大米酿造清酒，孩童也去凑热闹，她们将红薯架在木柴上，与父母蹲在一旁，一面烤火暖身，一面说些体己话。而今，农作物的收成已大不如从前，多数村民为了养家糊口，不得不在闲时去撒网捕鱼。

这一日傍晚，中谷慕西来到海边，出海之前他都会仔细检查小船，发觉没有破损之后，方扬帆起航。他将船身反过来，蹲下身查看，不多时面色微变，诧异地按压船板，盯着巨大的破洞，不由得叹了口气。

一更天，慕西用过晚膳，便在自家庭院织渔网。忽然天边一道刺目的闪电出现，又响起轰隆隆的雷鸣声，怕是有大雨降临，他忙将渔网都收起来，堆放在小仓库里。果不其然，不到半个时辰，就下起了滂沱大雨。他暗自侥幸，若是今日撒了网，半夜出海定会翻船。

翌日清晨，慕西徒步到树林，打算找上好的木材来重做一个船板。寻了约莫两个时辰，欢喜地拾起地上几棵柏木返回村庄。他定定神，一眼望去，惊觉自己走了这么远。偌大的林子，树木茂密，遮天蔽日，倘若是不熟路的人，恐怕就得在此度过一夜，等待当地村民路过才能走出去。

他擦擦汗水，又行了一段路，发觉手臂酸痛，又担心因此引发旧疾，方停下歇息。忽然，一个20多岁的女子从眼前1米远的地方走过，那女子的打扮很是奇怪，脸上蒙了一层黑纱，头部也用同色系的纱巾覆盖，把自己脖颈以上的地方包裹得严严实实，只露出一双深邃的眼眸。

慕西放下手中的水袋，神色困惑，那女子的穿着倒是一本正经，一身黑底红花的和服，不像是盗贼。女子似乎发觉他在注视自己一般，猛然侧首，眼神甚是冷漠。他心底一惊，忙弯腰重新揽上那些木材，打算继续赶路，却闻得一个虚弱的声音响起："请问如何才能走出这片林子？"

言罢，那女子上前两步，一个踉跄差点栽倒，幸亏她眼明手快扶住身旁的树干。慕西下意识地上前去扶，走进一看，这才发觉她脖颈满是汗水，双眼甚是疲倦，不禁问道："姑娘，你这是怎么了？"

那女子看了看她，只觉自己双腿发软，"扑通"一声跌坐在地，见慕西又

要伸手过来扶她,内心莫名不快,不耐烦道:"莫要管我,只想问你,怎么走出这片林子?"

她的声音愈来愈小,忽然身子一软,直直地往一旁倒去,好在慕西快速地一手捧住她的脑袋,这才没有磕中粗壮的树枝。他倒抽一口气,发觉她的额头甚是滚烫,一时之间手足无措,沉思片刻方将女子背着回村庄。

酉时六刻,女子缓缓睁开眼,见头顶上方敷了一袋冰水,又环视四周,茫然地撑起身。她惯性地摸了摸脸上的黑纱,舒了一口长长的气,忽而像是闻到什么似的深呼吸,惊喜地缓缓起身,随香气而找去。却见一个肩膀宽厚的男子在厨房,手掌汤勺,正低头细细品尝锅中的食物。

她好奇地靠近,冷不丁地问:"是什么好吃的?"

慕西被她吓一跳,手中的汤勺差点掉进汤锅里,他定定神,淡淡道:"香菇炖鸡,放了些生姜,正好你醒了,这会也差不多可以喝汤了。"

女子"哦"一声,笑道:"我来帮你端过去。"

(2)

言罢,她要去端汤锅,却被慕西先一步拦住,他指指旁边的碗筷,她立刻会意,跟着他身后小心翼翼地走。二人相对而坐,慕西揭开锅盖,舀了一碗鸡汤,一股浓郁的香菇芬香扑鼻而来,女子忙接过来,微微躬身道:"多谢,我开动了。"

她揭开一半的面纱,只喝了一口,就微闭了下眼,欢喜道:"真是太好喝了!我已经许久没有尝到这般美味的食物了。"

慕西静静地看着她,浅浅笑道:"我还担心是否合你胃口,看来是我多虑了。不过,你那天怎么会烧得那么烫?"

女子放下碗,笑容如花一般灿烂:"一夜的风吹雨打,怎能不患病?倒是你,如此帮助我这种不相识的人,难道不怕我是妖怪吗?"

慕西不以为然,只觉这女子甚是有趣,哈哈大笑道:"还不知姑娘芳名为何?要去哪里?"

第九章 栗羊羹，美人泪

女子眼眸有一抹愁苦之色，淡淡道："小女子名唤松下叶月，无家可归，无处可去，到处兜兜转转而已。"

顿时，慕西闻言一愣，不禁动了恻隐之心，正色道："不如留下来，风黎村虽小，但村民都很朴实，你可与我一同打渔或耕田织布。"他顿了顿，目光扫过她的脸，"我会替你打听，尽可能恢复美貌。"

松下叶月心底一暖，面露诧异之色，随后恢复常态："多谢中谷君。"

后来，这个男子使她多次忆起书中的那句——世间再无如他一般的人。她从未想过，会有人那样深情、真心地待她好，亦不曾想有一日，失去了生命中最原本的东西。

日复一日，二人渐渐熟悉彼此，每日她在家做羹汤或织渔网，他则去耕田或捕鱼，夜里他拥着她入眠，日子过得平平淡淡，却也令人着迷。她逐渐忘记自己的身份，依旧不敢照镜子，那条深深的疤痕印在脸上，连她自己都触目惊心。慕西找来很多名医，用尽民间偏方，也治不好她的脸。

秋分，夜里的风甚是舒爽，二人用过晚膳，一如既往地在庭院，坐在矮凳上乘凉说闲话。叶月牵着慕西的手，四目相对，眼角满是爱意。只是这样静静的一幕，已刻入她的心。

忽然她抬头仰望星空，脱口而出："真美。慕西，我美吗？"

慕西不假思索地点点头，叶月却不高兴了："你开口说一句不行吗？难道你嫌弃我了？"

慕西摸不着头脑，点头便是认可，怎还要开口？眼见佳人生气地别过头，他忙赔笑道："你美，松下叶月是我见过的最美的女子。"

叶月满脸红晕，笑靥如花，声音软软地说："慕西，你亦是我见过的最好的男子。多谢你，每当我任性，你都主动与我和好，任劳任怨，又勤劳。"

慕西双手捧住她的脸，在额头上轻轻一吻，笑道："这都是你的功劳，遇见你之后，我方知世上有这样的幸福。叶月，我们择个黄道吉日成亲，好吗？"

她含在眼眶的泪水，在听到最后一句时，倏然落下。她依然面带微笑，

郑重地点点头："得君如此，此生无悔。"

暖春初到，冰雪消融，柳絮纷飞，百花盛开，中谷家颇为热闹。小小的庭院挤满了宾客，却皆是当地村民，新人完成简单的婚宴，待客人散去，便倒在榻上，疲倦地睡着了。

惊蛰时节过后，夏日的气息逐渐浓厚，慕西夜里出海频繁，天色微亮时就会归来。叶月一见他回来，就催促他回屋补眠，独自负责拾好鱼虾，扛到集市去卖。偶尔收获颇多，便会买些补身子的食物，炖汤给慕西喝。他从未问过她的身份，她也装作记不起，安然地度过了数月，直到那一日，她从梦中惊醒。

"慕西！"叶月猛然睁开眼，尖叫道。

"我在这儿，叶月，你做噩梦了？"慕西十分困乏，双眼未睁开，却伸出双手，将她拥入怀中。

叶月的情绪渐渐平衡，却依然恐惧。她不敢睁开眼，梦中的一幕总浮现在脑海中，倏然间，她心底一惊，忆起那个规矩。自她离开银杏国那一刻起，便不得再施法，否则会永远回不到银杏国，彻底沦为人类。

天渐渐有了明亮的痕迹，叶月不知何时睡着了，慕西醒来发觉她侧着身，双手紧握自己的手臂，像是很害怕失去他一般。他微微一笑，面露喜色，在她额上落下一吻，便出门去海边。

傍晚时分，天色半昏，炊烟四起，叶月备好羹汤，在门外眺望丈夫回来的方向，却迟迟看不见人影，不由得有些落寞。约莫半个时辰过去，叶月再次走到门外，寻了一个高处眺望，却只见别的男子陆续归来，但始终没有自己的丈夫。天色渐渐暗下来，她的内心愈来愈不安，踌躇片刻，忙回去将大门锁上，只身一人去海边。

海岸上的人寥寥无几，只有几盏微弱的灯光，叶月一面大声呼唤慕西，一面询问渔民。过了一会，有一个渔民瞧见了她，笑道："原是嫂子，黑灯瞎火的你怎么还在这里？"

叶月定睛一看，她认识这人，是平日与慕西有来往的兄长。瞬间她似乎看到了希望一般，抓住那男子的衣襟，道："大哥，你可有看见慕西？平日里这时他早已回家，今日却迟迟不见人影，我一路寻来都未听得有人见过他。"

那男子面露诧异之色，随后摇摇头："我只在出海前见过他，此时海上没人了，想是他去好友家办事去了吧。"

叶月摇摇头，喉咙发出一声哭腔："不会的，无论他去哪儿，都会与我交代一句。慕西，慕西，你在哪儿？"

忽然，她的脑中闪过一个片段，那是在梦里看见海水中的慕西，他挣扎着，身子却愈来愈沉，闭着双眼一路沉下去。她猛地推开兄长，疯了似的奔向大海，也不顾身后的劝告，不顾一切地奔去。漆黑的夜里，一瞬间，已看不见她的身影，只有一排排海浪扑来，发出欢畅的笑声。

茫茫大海，慕西已无力挣扎，任凭身子下沉，忽闻有人呼唤他的名字，一道哽咽的声音从远方传来。他听出来了，是叶月，却无法回应。须臾间，一只手被一股巨大的力量往上提，又闻得叶月的声音，可是他再也支撑不住了，彻底地闭上了双眼。

岸上已无半点人影，唯有月光照亮大地，海滩上叶月发梢的水不停地滴在慕西的身上，她看了看四周，发觉没人后，方用法术将慕西唤醒。只是，他的一条腿再也无法正常的行走了。

一个月后，慕西接受了腿疾的事实，午后这对夫妇坐在自家庭院的银杏树下，暖阳洒在身上。慕西看着对面的叶月织布，忽然开口道："夫人，你知道我那时在想什么吗？"

叶月但笑不语，目光落在绿油油的银杏叶上。

他又道："落海的那一刻，我的双眼像是一个穿越时光的隧道，看见了自己以往的人生，然后你出现了。我当时只想待在你身边，这个念头十分强烈。我坚定地相信自己一定可以回家，尽管知道可能没有人会来救我。但是夫人，一直以来我不问你的过去，今后依旧，你无需担忧。"

叶月闻言一愣，放下织布，正要开口言语。忽然胃里一阵恶心，忙跑到

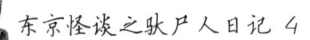

一旁呕吐，却什么也吐不出。慕西见状很是担忧，忙请了邻居找郎中来。

郎中把过脉，又问叶月吃过的食物，方笑道："中谷夫人，恭喜恭喜，您有喜了。"

慕西不敢置信，见郎中坚定地点头，与他交代孕期注意的事项，他方面露喜色，紧皱眉头终于舒展开来。送郎中走后，他激动地握住她的手，扬声道："夫人，我要当父亲了，我要当父亲了！"

见他笑得像个孩子似的，叶月璀璨一笑，眼底却闪过一抹哀伤，自下海救了慕西之后，她知道自己再也回不了银杏国。

秋天很快降临，村庄前的那片林子像一个金黄色的世界，满地堆积的银杏叶，铺成一条条道路。慕西拄着拐杖，与叶月慢悠悠地走在林间，不多时落座银杏之中，她端出一份简单的饭团，喂对面的男子一口，又自己尝一口。这一日，秋风迟迟不起，她倚靠在他怀中，形成林间最美的一道风景。

希子饮一口茶，笑道："各位乡亲，承蒙厚爱，小店多年来生意兴隆，现在故事讲完了。"

原本底下鸦雀无声，闻得她最后一句，有人打趣道："希子小姐，这可是真的吗？难道是你母亲？"

希子翻了个白眼，嫣然一笑："据说我母亲是狐狸精，你们信吗？"

那人摆摆手，与其他客人一同散去。

第十章　炼尸鼎，邪诡物

(1)

传说故事社的比赛结束后，冠军毫无意外是和歌忧子，她夺冠之后拿到高额奖金，带着铃木千夏跟和歌忘忧去逛街了。小次郎中途接了个电话弃权离场，不知道去干什么。而我跟司徒天没有好故事，也不敢上台丢人现眼。

就因为没上台这件事儿，被流川取笑说我们俩是胆小鬼。在决赛进行的期间，我跟流川说了驱蛇人摩尼，结果现在这家伙硬带着我和司徒天又赶到了古玩街。

流川在最前面走着，忽然停下来，转身问道："你们知道日本的诡物商人？"

我点了点头回答道："知道，小次郎给我和司徒天讲过。"

流川不知为什么，突然笑了起来，勾勾手说："走吧，我带你们去长见识！"

我与司徒天相视一眼，对流川要带我们去的地方充满了兴趣。

流川领着我们从古玩街街头，一路往下走，临近街尾时，他走到一个最不起眼的小摊位面前站着，摊主是个侏儒老者，正躺在地上小憩。我发现流川居然一直看着一个很古怪的黑鼎。

侏儒老者仿佛也发现了我们的存在，睁开眼睛爬了起来说："想买什么？"

流川抬手指着黑鼎说："敢问阁下，你是一位诡物商人吧？"

侏儒老者听后，脸色突变道："你是谁？你年纪轻轻，怎会知道诡物商人？"

流川饶有意味地看着老者，淡淡地说："我怎么知道你是诡物商人不重要，因为我很是好奇，你这毫不起眼的小摊位，居然有八岐大蛇炼尸鼎这等罕见诡物！"

侏儒老者定了定神，他的眼里闪过一丝阴冷，喝道："你想怎么样？"

流川突然向老者鞠了一个躬，笑着说："我想找你买这个炼尸鼎！"

侏儒老者突然就笑了，他反问流川："你知道它的价钱？"

流川不知道发什么神经，特别豪迈地说："当然知道，价钱随便开！"

流川的话刚说完，我开始仔细打量黑鼎，黑鼎的形状颇为怪异，随后我确实发现炼尸鼎表面雕刻着八岐大蛇，而我也知道关于八岐大蛇的传说。据说当时，是素戋呜尊奉须佐之男命从高天原被放逐到出云国之后，沿着斐伊川行走时，在上游遇到一对老夫妇，这对老夫妇原本生有八个女儿，但其中前七位已经被八岐大蛇吃掉了。如今，这对老夫妇正为即将面临同样命运的幺女奇稻田姬悲泣。

素戋呜尊便以事成之后将奇稻田姬许配给他为条件，自告奋勇收伏即将前来的八岐大蛇。为保护奇稻田姬，素戋呜尊将她变成一只梳子插在自己的头发上，然后酿造烈酒，在围墙上凿了八个洞，各自摆了装满烈酒的酒桶。

后来，到达现场的八岐大蛇一闻到了酒香，八个头便各自钻进八个洞中饮用烈酒，接着便酒醉倒地，昏睡不起。素戋呜尊趁机持着"十拳剑"，欲将八岐大蛇斩杀。在切到尾巴的时候，十拳剑的剑刃却敲出了缺口，将尾巴逐一剖开看才发现，原来其中含有一把坚硬而锋利的大刀，而这把大刀便是草薙剑。从此，素戋呜尊便娶奇稻田姬为妻，定居于出云国。

流川依然盯着炼尸鼎，侏儒老者没有开价，而是反问流川："你师父是谁？"

流川犹豫了片刻，对侏儒老者："我师父叫黑木，为专职斩穴人。"

侏儒老者明白了流川想要炼尸鼎的原因，笑道："我是诡物商人——隆

第十章　炼尸鼎，邪诡物

昌古。"

隆昌古颇有意味地点了点头，又继续道："你们愿听我说炼尸鼎的故事？"

我们三个人本来就对这炼尸鼎好奇，自然连连点头，听隆昌古讲述。

隆昌古说他从小就跟着师父四处走货，诡物商人最初叫行脚商人，或者奇货人。只要有人能出高价给他们找稀罕之物，并提供相关资料，他和师父便会出发寻找。

而这炼尸鼎来历十分凶险，要想做成一个极品炼尸鼎，首先要找来黑鼎，再把鼎埋在一个极阴之地，让阴气滋养鼎满百日。百日之后，取出鼎想方设法收集一百具女尸，并将尸体火化成骨灰倒在鼎内。最后一步，也是最关键的一步，黑鼎会被放在一个堆满了蛇和毒蝎的密封缸子里，炼鼎者开始生火烤鼎，待闻到蛇蝎的香气，炼尸鼎才算初步成型。

听到这里，我忍不住插嘴道："昌古先生，您这炼尸鼎有什么特别之处？"

隆昌古瞟了我一眼说："当然，我这炼尸鼎，可是真的炼化了百具死尸！"

司徒天不禁心生疑惑，接茬道："百具死尸！怎么会有百具呢？"

"因为，被炼化的都是一些心怀不轨的恶人！"隆昌古忍不住摇了摇头说："当年有太多的人想抢师父手中的炼尸鼎了，我们师徒二人一面躲避江湖人士的追杀，一面隐姓埋名收集各种稀奇古怪的诡物来维持生计。"

流川听到这儿双眼冒光，看来这炼尸鼎的价值，远远超乎了他的初步估计，他激动地说："阁下，您到底要怎样才肯卖这个炼尸鼎给我？"

隆昌古毫不在意地摆摆手："你听我说完整个事情，你再决定要不要鼎。"

隆昌古又开始自顾自地说着，在我听来，他讲述的故事过于离奇。

在隆昌古跟随师父走货的第 8 年，为了躲避追杀，连夜赶到一个名叫寡

妇村的地方，在村口就遇上了一件怪事，寡妇村村口的大树上吊着一具身穿大红嫁衣的女尸，女尸正下方有一口枯井，井旁放了五口大水缸，水缸表面居然漂浮着五颗人头，那恐怖场景把年幼的隆昌古吓坏了。

隆昌古抓着自己师父的手，仰起头哆嗦着问道："师父，我们一定要进村吗？"

师父目视前方，十分坚定地说："对！我们必须要进这寡妇村，找到一件十分罕见的诡物，诡物名为阴阳玉簪，传说此簪内有一个不为人知的秘密，若能成功破解，方能在一夜间拥有各方势力，成为一代霸王。"

隆昌古不太明白什么叫一代霸王，但他知道能让师父费尽千辛万苦都要寻找的东西，肯定不是一般的凡品。就这样，他虽然害怕，但还是任由师父牵着一起走进了寡妇村。

在进村没多久，就看见不远处有一个年轻女子，正坐在一把黑色的木头摇摇椅上，女子的面容娇媚，手持一把红扇子，抬头打量着隆昌古师徒二人，突然一下从椅子上站起来，冷声质问道："长谷半藏，你居然还有脸回来？！"

长谷半藏松开牵着隆昌古的手，对女子说："浅上藤乃，你既然已经算到我今日会来，想必是故意在这儿等我吧？我告诉你，炼尸鼎在我手中不假，这些年我成功炼化了大量尸体，如果你想要就把阴阳玉簪交出来！"

浅上藤乃不禁冷笑连连，忽然把红扇子打开对准长谷半藏挥了一下，结果许多暗器直逼长谷半藏的双眼。长谷半藏让隆昌古躲在背后，他根本毫不畏惧，袖子徐徐抖动，飞出不计其数的虫子来，虫子好似不怕死一样，主动迎上那些暗器。

浅上藤乃那双眼睛大张，她指着长谷半藏说："你练成了？你居然练成了？！"

长谷半藏轻轻地点了点头，望着地下的那些虫子，双袖又是一抖，地上那些本该死去的虫子，居然奇迹般的活了过来。虫子们仿佛听到了口令，又飞回到他的袖中。

长谷半藏一脸为难地看着浅上藤乃，好言劝告道："藤乃，你把东西交出来吧，炼尸鼎我能给你，如果你姐姐还活着，她也会希望你把东西给我，免你惹上杀身之祸！"

（2）

浅上藤乃听罢抬头放声大笑，面目狰狞地指着长谷半藏说："你这个伪君子！你居然还有脸说我姐姐？当初若不是你为了炼那个所谓的破鼎，居然狠心到连我姐姐都拿来当了炼鼎祭品！"

长谷半藏没有回答，而是又向前走了一步，面目狰狞地说："藤乃，我今天只想带走阴阳玉簪，希望你别逼我动手！"

浅上藤乃眉头紧蹙，她没料到长谷半藏居然如此执着，但依然不想交出东西来，叫嚣道："想要东西？打赢我再说！"

只见浅上藤乃的右腿往前方一踏，地表裂开好几道口子，脚尖踢出许多碎石子，石子仿佛利剑那般射向长谷半藏。随后，浅上藤乃左脚点地，亮出藏在袖中的匕首，暴喝道："长谷，今夜我要让你葬身于此！"

长谷半藏面色平静，眼里看不见半点慌乱之色，他身子往左微侧，石子从他鬓间飞过。随后，长谷半藏绷直了身子双臂微震，右手迅速取出环在腰上的软剑，持剑刺向迎面攻来的浅上藤乃。

隆昌古躲在暗处偷看，他觉得自己的眼睛都快跟不上了，因为二者初次交锋，竟然不分上下，双方你来我往，一时间打到难舍难分，匕首和软剑互相碰撞产生激烈火花。

长谷半藏忽然一个闪身，双腿蹬地整个人持剑高高跃起，剑柄在右手掌心旋转一圈之后，变成剑柄朝上剑尖对准下方的浅上藤乃，他快速舞动着剑从空中倒立而下，打算以这招倒剑杀死对方。

浅上藤乃也并非平凡女子，仅在瞬间便想到了破解之法，她立马抬手亮出袖里的红扇子，扇子展开后成功挡下，脚下的地已经龟裂，可见长谷半藏用了十足的力道。

浅上藤乃知道自己可能打不过长谷半藏，索性就地一个驴打滚往后急退，结果迎来的却是，长谷半藏狂风暴雨般密集的剑影，不但如此还剑剑致命，很快她的身上便布满了剑伤，衣服也被染成血红色。

不出顷刻，长谷半藏右手握剑对准受了重伤的浅上藤乃："把东西交出来！"

浅上藤乃抹掉嘴角的血迹，盯着长谷半藏大笑："休想！我死都不会给你！"

说罢，浅上藤乃忽然握紧刚才那把匕首刺入自己的心脏，不一会就死了。

长谷半藏仿佛早已预料到这个结局，根本没动手阻拦，而是对躲在暗处的隆昌古喊道："别躲着了，快出来吧！我们该进村子里找东西了！"

隆昌古听到师父的话，才小跑着到他身边，扬起头问道："师父，刚才她宁愿自杀，都不肯说藏在什么地方？我们怎么找呢？"

长谷半藏没说话，而是走到浅上藤乃的尸体旁，找出之前那把红扇子，将扇子打开后，在扇面上发现了一幅彩色的樱花图，樱花图色彩艳丽，勾画的十分传神，简直像真樱花那般。

隆昌古见长谷半藏盯着扇子，反问道："师父，难道线索在扇子的樱花图中？"

长谷半藏点了点头，取出随身携带的炼尸鼎放在浅上藤乃的肚子上，揭开鼎盖，渐渐地鼎内爬出不计其数的蜈蚣和毒蝎，它们仿佛闻到了肉香味，火速啃食起浅上藤乃的尸体来。

隆昌古站在旁边看着这一切，他很清楚自己的师父是在以尸养鼎，因为养尸鼎和鼎的拥有者有关联，若鼎不能接连炼尸会影响其寿命，到最后会遭鼎反噬中剧毒七窍流血而亡。

浅上藤乃的尸体变成了紫色，如果这时候你放一头老鼠去舔上一口，不出三秒钟绝对毒发暴毙。原因很简单，因为尸体和表面满是蜈蚣和毒蝎混合成的超强剧毒。

第十章 炼尸鼎，邪诡物

毒物吸收完了之后，快速爬回炼尸鼎内，长谷半藏盖好炼尸鼎，放到专门装鼎的布袋之中，左手拿着樱花扇，右手牵着隆昌古说："那东西肯定藏在村子里的樱花树下。"

师徒二人直接走入村子，沿途的场景极其恐怖，放眼望去整个村子里几乎没有活人，尸体堆积成山，血腥气浓烈，很明显是遭到了屠村。不过，长谷半藏并没放毒物出来，吸收这些尸体，而是不停地往前走，他担心阴阳玉簪让人给先取走了。

很快他们来到了村子里唯一的一棵樱花树下，但结果却让长谷半藏大失所望，因为树的前方被人挖了一个大坑，很明显有人提前取走了里面的东西，就在此时从树上突然跳下来一个女子。

女子的面容丑陋，身上有许多蜘蛛在爬，她盯住长谷半藏："把炼尸鼎给我！"

长谷半藏仔细打量面前的人，良久之后才说："毒寡妇，你想与我为敌？"

被称作毒寡妇的丑陋女子，突然亮出自己的武器，居然是一条软鞭，她挥出一鞭打到地上说："与你为敌？你还不配！我伊藤樱花修炼毒功多年，岂会怕你这个炼尸人？"

长谷半藏听到如此大言不惭的话，立刻抽出腰间的软剑，并命令隆昌古躲到一边去，剑指伊藤樱花道："好！废话少说，那就让我领教一下，你伊藤樱花的高招！"

话还没说完，长谷半藏先发制人，举剑直击伊藤樱花的喉咙，伊藤樱花往后狂退，顺势挥出毒鞭，鞭子打在软剑上缠绕了一圈，试图用鞭子扯掉软剑。长谷半藏嘴角微微上扬，右手腕上下摆动，软剑像蛇那样挣脱了鞭子，之后不退反进，舞出五朵剑花。

伊藤樱花也不甘示弱，把鞭子收回后，开始快速舞动，形成一个圈把剑花统统挡下。长谷半藏虽然脸上没表情，但心底早已掀起惊涛骇浪，那条毒鞭每打到剑上，都会让他握剑的虎口震动。

伊藤樱花的左手悄悄举起，取下挂在腰间的小瓶子，用食指把瓶盖弹开，一股奇特的香味传了出来。她贪婪地吸了好几口，那对能勾人心魄的媚眼变成血红，右手又加快挥鞭的节奏，当长谷半藏闻到那股香味，一时间脸色大变。

一会之后，长谷半藏渐渐处于下风，脸色通红，冷汗直冒，到最后他甚至连自己的剑都掉到了地上，跪在地上哆嗦着说："你！你居然真炼制出来了这种东西！"

伊藤樱花没跟长谷半藏废话，反倒扬起鞭子冲着对方的脸抽了过去，恶狠狠地说道："长谷半藏，你乖乖地把炼尸鼎交出来！我还考虑能给你解药，饶你们师徒二人的狗命！"

长谷半藏捂着脸上的鞭痕，反问道："伊藤樱花，你当我是3岁小毛孩？想要我给你炼尸鼎也简单，你告诉我阴阳玉簪在什么地方？还有，关于那个不为人知的秘密！"

伊藤樱花舔了舔自己的红唇，冷笑连连道："阴阳玉簪确实在我这儿，反正你都要死了，告诉你也无所谓，传说那个陵墓葬着一位将军，他生前热衷研究丹药，而他的墓中有长生不死药，而阴阳玉簪是开启陵墓的钥匙，而你的炼尸鼎与一般鼎不同，恰好能掩盖掉人的气息，下陵墓之后有鼎在手，不会引发墓中的东西尸变！"

躺在地上奄奄一息的长谷半藏听到如此惊天秘闻，倒吸一口凉气，他淡然一笑道："难怪，这些年来我和我徒弟躲躲藏藏，无论什么势力都想抢走我的炼尸鼎，现在明白过来也算死而瞑目了。"

我听到这里插了一句嘴："最后你师父真的把东西给伊藤樱花了？"

隆昌古摇了摇头回答道："没有，最后只有我一个人活着，师父和她都死了。"

司徒天为此颇为不解，他皱着眉头说："到底是怎么回事？"

隆昌古稍微迟疑片刻，又继续往下讲。

第十章 炼尸鼎，邪诡物

伊藤樱花说完关于陵墓的事之后，转念一想先抓住隆昌古当人质，逼迫长谷半藏交出炼尸鼎和使用鼎的方法，因为她知道每个炼尸人的驭鼎之法都不同，除非知道了秘法。

长谷半藏不让自己的徒弟受苦，用十分微弱的语气说："你……过来。"

伊藤樱花知道机会来了，把隆昌古丢在一旁，跑到长谷半藏跟前，蹲下身子在他身上找了起来，不出顷刻果然发现鼎，但她不敢轻易打开，反倒是用鞭子勒住长谷半藏的脖子警告道："快！长谷半藏，你如果不教我怎么用，我先杀了你再杀你徒弟！"

长谷半藏的喉咙都快断气了，他微微点头表示答应，并用眼神示意伊藤樱花走到他跟前，结果还没等对方靠近，炼尸鼎盖自动飞起，所有的毒物纷纷跳到伊藤樱花身上，伊藤樱花才明白原来这是陷阱，但为时已晚。

伊藤樱花本着死也要拖一个下水的想法，把全身的力量都汇聚到右手上，加大力度活活勒死了长谷半藏。而她自己的下场还要凄惨，一大堆毒物把她给吃了个干干净净。

第十一章　神武诡店，美人花瓶

(1)

隆昌古的故事已经讲完，结果最后谁都没能找到陵墓下的东西。经过一番思虑，流川还是没敢要隆昌古的炼尸鼎，因为他认为那个鼎会给他惹来大麻烦，索性直接放弃了。隆昌古开始收摊离开，我看着他渐渐走远，直至完全从古玩街消失。

司徒天为此感到不解，特意追问流川："他说送炼尸鼎给你，怎么不要？"

流川定了定神，转身回答道："很简单，因为我不想成为下一个他！"

听到这里，我跟司徒天恍然大悟，有句话叫怀璧其罪，何必自找麻烦？

流川领着我们进店，迎面走来一个老人说："神武诡店，有缘自来。"

司徒天顺嘴接了一句，反问道："你这么说，莫非，你知道我们会来？"

老人让司徒天这么一问，哈哈大笑说："没错，我的店只为有缘人而开。"

流川见到老人，露出尊敬的神色，主动鞠躬问好："神武先生，好久不见。"

神武发出爽朗的笑声，拍着流川的肩膀说："流川，你很久没来我这儿了，你师父还没死吧？"

流川的嘴角有点抽搐，尴尬地笑道："他身体还好，短时间内死不了。"

我跟司徒天听到流川的回答，顿时头冒黑线，在我眼里那个被流川称为

第十一章 神武诡店，美人花瓶

神武的老家伙，也是一个超级怪人，居然一上来就问黑木老头死没死，他们俩是要多大仇，才用这样特别的方式问候对方？

神武没有继续往下说，而是把我们带到他的店里，我看着店里摆着各种稀有古董玉器，但都不算稀罕的物件。我匆匆地扫了一眼，有两样东西引起了我的注意，分别是挂在墙上的浮世绘版画和角落里一个古怪的巨大花瓶。

那个花瓶实在太诡异了，瓶身大概半米多高，表面居然画了一张栩栩如生的美人脸。她的下巴处有一颗美人痣，嘴角微微上扬浅笑，露出两个浅浅的酒窝，妩媚动人的眼神简直能勾魂夺魄。

神武慢慢走到我面前，指着那个花瓶道："你对那个美人花瓶感兴趣？"

美人花瓶？这四个字让我和司徒天均是一愣，到底这玩意背后藏着什么故事？司徒天早就忍不住了，像个好奇宝宝那样问道："神武先生，您也是一位诡物商人？"

神武脸上露出吃惊的表情，显然很吃惊司徒天居然知道诡物商人，微微颔首笑着说："没错，我开这家神武诡物店接近五十年，你别看我的店面老旧，但我手里可有不少稀世珍宝。"

司徒天最关心的并非稀世珍宝，而是美人花瓶的故事，索性直奔主题："神武先生，您给我讲讲美人花瓶的来历吧？"

我和流川也跟着附和提出了要求，神武在我们的要求下，把故事娓娓道出。

美人花瓶的故事最初发生在江户时代，当时流行赏花节日，花瓶自然应运而生。要说瓷器最早的发源地大家都清楚是在中国，而日本通过海路运到了自己的国家，还专门学习了制作陶瓷的工艺。

百花镇上又迎来了一年一度的赏花大会，这天所有人都会放假赶到镇上赏花。而单身男子或者到出嫁年龄的女子都会精心打扮，如果在街上遇见心仪之人，方可与之相识。

专门以贩卖花瓶为生的千田美子跟父亲也到了百花镇，美子像个小女孩

那般高兴，因为从小到大她都很少出门，大部分时间统统贡献给了花瓶，接触最多的也是花瓶。

千田美子手里拿着一个白色花瓶，看着自己的父亲正在摆摊位，从装花瓶的木柜子里取出许多小花瓶。这些小花瓶颜色各异，上面画的东西与普通花瓶不同，因为上面画的都是美人脸。

当然，每个花瓶上的美人脸也不同，但画很传神简直宛如活物。千田美子好几次都想从父亲那儿学会做这种花瓶的方法，可都被父亲拒绝了，到后来父亲做美人花瓶时，会把她锁在房中，或等她睡着才做。

父亲很快摆好花瓶，招来千田美子吩咐道："美子，我去给你买点吃的东西，你在这儿看着，如果有人来买花瓶，就跟他说要等我回来才能决定，多少钱都不能随便卖，知道吗？"

千田美子站在原地点点头，表示自己明白了，父亲拿着银两渐行渐远。

她闲来无事蹲着看父亲做的美人花瓶，越看越喜欢，忍不住把花瓶拿在手里把玩了起来。轻轻地抚摸着上面的纹路，尤其是那张脸的手感简直跟真人脸差不多。

千田美子在小时候做过一个恐怖的噩梦，她梦见家里的那些美人花瓶上都贴着一张真的人脸。而父亲就是一个专门残杀美女的花瓶匠人，杀完之后把美女的脸皮剥下来，然后贴在花瓶上，经过加工之后变成美人脸花瓶。

"姑娘，你手中的花瓶卖吗？"一个温润好听的声音把千田美子拉回现实。

"卖，不过，要先等我父亲回来才行。"千田美子把玩着花瓶回答道。

男子叫山下久智，是山下将军的儿子，百花镇上排名榜首的大才子，他真正出名的除了文采之外，还有俊美的样貌。而千田美子的举动让他感到不可思议，他自认美貌超群，眼下遇见一个卖花瓶的姑娘，居然直接无视了他。

山下久智走到摊位前蹲下，盯着千田美子说："你知道我是谁？"

千田美子才抬起头看了一眼他，然后回答道："不知道，怎么了？"

第十一章　神武诡店，美人花瓶

山下久智看千田美子不像是在撒谎，眼睛在眼珠里转上几圈，掏出50两银子说："我愿意出五十两买你手中的花瓶，不过有个条件，告诉我你叫什么名字和家住何处？"

千田美子时刻记着父亲的盼咐，虽然眼前有50两白银，可她依旧摇了摇头说："不行，我父亲说了，要等他回来之后，才决定卖不卖花瓶，跟价钱无关，若父亲高兴，花瓶免费送你都行。"

山下久智不禁好奇心大起，一个靠卖花瓶为生的女子，居然这般讲原则，当真是让人刮目相看。他仔细看了看千田美子，又想起自己最近的烦恼，一时间仿佛下了什么决定。

与此同时，千田美子的父亲已经回来了，发现女儿正在被陌生男子骚扰，顿时怒火中烧，加快速度跑过去，准备喝斥或赶走山下久智，结果还没等他冲过去，右边突然冒出一群黑衣人把他给拿下了。

为首的黑衣人警告道："押过去，这老家伙，想对山下少爷不利！"

话音刚落，另外两个手下架着千田美子的父亲走了过去，当千田美子看到自己的父亲让人架着，她小跑过去质问道："你们干什么？ 光天化日的还有没王法？ 快放开我父亲！"

山下久智一看便明白了是什么情况，眉头拧成一团快步走到为首的黑衣人跟前，扬起手抽了对方一巴掌，并破口大骂道："安山，谁让你胡乱抓人？有没有经过我同意？"

安山让山下久智打蒙了，一时间还缓不过神来，幸好手下机灵回答道："少爷，是安山大人怀疑此人会对您不利，所以才下令把他拿下，也是出于一番好意啊！"

(2)

"闭嘴！ 你算什么东西？ 马上给我放人！"山下久智怒吼道。

千田美子拉着自己的父亲走到摊位前，怒视住山下久智："你们走吧！"

山下久智看见千田美子脸上写满了怒气，主动说："作为安山无理的赔

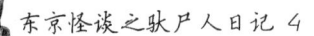

偿，我会花重金买下你们所有的花瓶，你们开个价吧。"

千田美子的父亲冷笑道："开个价？你这种人我打死都不会卖！"

说罢，父女二人便开始收摊位上的东西，准备回家去。

山下久智站在原地目送这对千田父女远去，拳头紧握，恶狠狠地说："安山，你悄悄跟上去，本少爷想要的东西，还没有人能拒绝！"

安山比任何人都明白自家少爷的习性，在外人看来山下久智彬彬有礼，行为举止颇有风范。其实暗地里干的坏事多了去了，整日游手好闲，奸淫掳掠无恶不作。

安山领命之后，带着四个人尾随千田美子父女，准备在人烟稀少之地动手。

山下久智则领着一帮手下，回到将军府静候安山的好消息。

大约过了两个时辰，安山成功归来，身后的四个人提着两个大麻袋。

山下久智让手下打开麻袋，袋中果然装着千田父女二人，他二话不说冲过去踢了千田美子的父亲一脚，吐了一口痰到对方脸上，骂道："老家伙，给你脸你还不要脸，现在没脾气了吧？"

千田美子想跳起来抽山下久智，结果让人给按住了，她在不断地挣扎着。

山下久智露出邪魅的笑容，徐徐走到千田美子跟前说："小美人，你如果能回答我几个问题，或许我会考虑放过你爹。"

千田美子知道现在的情况，根本不可能逃脱，索性点头答应。

安山挥手让人放开千田美子和她的父亲，但还是把刀架在他们的脖子上。

山下久智拍了拍千田美子的脸说："你们的那些花瓶怎么制作？你叫什么名字？"

千田美子强忍着泪水，如实说道："美人花瓶？我不知道怎么做，我叫千田美子。"

山下久智又转过脸看向千田美子的父亲："老家伙，你会做美人花瓶？"

千田美子的父亲点点头道:"我会! 你想怎么样?"

山下久智没答话,安山却接茬说:"把方法说出来,放你女儿走!"

美子的父亲脸色突变,因为这个算是他最大的秘密,迟疑片刻道:"好!不过,我不相信你们,你们要先把美子放了,我确认她安全离开之后,才说做花瓶的办法。"

千田美子不愿答应,但还是被赶出将军府,美子的父亲确认女儿安全,才把美人花瓶的秘密告诉山下久智。这个秘密让所有人大吃一惊,因为确实是用真人脸加工而成。

想做成一个逼真的美人花瓶,步骤并不复杂,提前找到一张美人脸,把脸给剥下来,但脸要保证完好无损。然后捏一个花瓶的模型,将脸放在瓶表面,通过温火来烘烤。到最后经过晒干上色等工序,美人花瓶便大功告成。

山下久智知道方法后,居然莫名觉得兴奋了起来,他在千田美子的父亲面前,神情激动地搓着手说:"好! 听起来挺刺激,我今天就开始学做美人花瓶,老家伙你叫什么名字?"

美子的父亲如实说道:"想让我教你? 我有个条件。"

山下久智很大方的答应了,其实条件很简单,教会之后放他离开。

很快,山下久智让手下去抓镇上年轻貌美的女子,当然抓来之后都会事先凌辱一番,随后才剥脸来做美人花瓶。时间飞逝而过,转眼之间已经做了8个美人花瓶,而山下久智也学会了。

按照约定他本应该放千田离开,结果临时反悔,还派人抓来了千田美子。

千田发现自己的女儿被抓,要求山下久智放了千田美子。

结果反而起了反效果,山下久智当着他的面凌辱了千田美子,还剥下她的脸,做成一个美人花瓶留念。父亲因千田美子惨死,一时间接受不了变成了疯子,山下久智让人把他赶出将军府。

就这样,千田离开将军府,没过多久山下久智的父亲外出打仗,刚走第二天深夜将军府发生大火,火势凶猛不说,但根本没人来救火,附近的普通

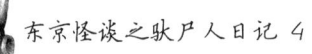

百姓平日里都恨透了山下久智，巴不得他被火烧死。

　　大火烧了一个晚上，府内无一人生还，而在前线打仗的山下将军战死沙场，根本不能回来了。第二天一早有几个乞丐想到烧成废墟的将军府找找有没值钱的玩意，结果却发现一堆美人花瓶，那堆花瓶里唯独千田美子的不在，因为放火之人正是装疯的千田。乞丐们把花瓶瓜分后，分别拿到镇上去买了。相传，买了花瓶的人在晚上都能听见古怪的哭声，还有人说看见过花瓶流泪。

　　故事讲完，我心里大概也清楚了，美人花瓶的价值，确实算罕见的古董。

　　神武顿了顿笑着对我说："怎么样？你愿用佛珠换美人花瓶？"

　　我果断摇头拒绝了，其实我从踏入神武诡物店那一刻，整个人都不好了。因为这家店给我一种特别阴森的感觉，越往店里走，身上的鸡皮疙瘩会不断增加，跟踏入尸气冲天的殡仪馆差不多。

第十二章　狼眼血玉，大阴阳师

(1)

神武不知怎么回事，他还不死心："好，那你能把佛珠借我看看？"

我稍微犹豫片刻，取下手上的佛珠递给神武，神武把佛珠拿在手里，小跑到一个小柜子面前，往下使劲儿一拍，结果柜子发出"咔咔"声响，正中间升起一盏金莲花灯，结果灯开始自动旋转，发出刺眼的亮光。

神武把佛珠放在灯下仔细打量，边点头边道："果然是七彩佛珠啊！"

我深怕这老家伙会坑走佛珠，淡淡地说了句："神武先生，您还打算看多久？"

神武尴尬一笑，恋恋不舍地把佛珠给了我，突然问道："你想看狼眼血玉？"

我知道这老家伙今天估计是铁了心，想让我把佛珠换给他，我也不想当场点破，假装非常好奇的样子，憨笑道："好啊！我还真希望神武先生能拿出让我动心的东西。"

司徒天这个家伙也自动跳出来，接茬道："没错，我也想多看看。"

我跟流川都明白，司徒天这家伙根本是醉翁之意不在酒，摆明了是想多听几个故事。神武又继续拍了一下那个小柜子，那盏莲花灯又升高不少，现在能清楚看见，位于莲花灯的正中央居然有一块血红色的玉，当神武把玉取出来后，莲花灯的亮光消失了。

流川不愧见多识广，当即就叫了出来："天啊！这是狼眼血玉吧？"

我好奇的是为啥叫狼眼血玉，而且貌似跟莲花灯有某种联系。

司徒天是个急性子，扯着嗓子追问道："狼眼血玉？来历非凡？"

神武把狼眼血玉高高举起，指着中间的狼眼说："当然，你们看这玉中的狼眼，相传是平安时代的大阴阳师安倍晴明与一头狼王合体后，晴明死了狼王抠下自己的狼眼，放在一块血玉里。据说安倍晴明死后这头独眼狼王嘴里叼着血玉，在他的墓前守了足足七天七夜，离去之时把血玉打进了棺材里，保护安倍晴明的尸体不腐烂。"

我比较怀疑一件事，安倍晴明真的存在？耐不住好奇问道："神武先生，在日本的平安时代，大阴阳师安倍晴明真的存在？或者说完全是人们后来杜撰出来的虚拟人物？"

我这么一问，司徒天与流川二人相继看向神武，都在等候他的答案。

神武连想都没想，直接回答道："存在，我给你们讲他和独眼狼王的故事吧。"

话说日本的平安时代妖怪与人类共同居住，每当夜晚降临妖怪也会出动，在各大街道上行走，像人类那样有秩序和条理地生活着，可后来妖怪们想消灭人类，成为人类的霸主，不断发动暴动，袭击和灭杀人类。

这个消息传到了天皇的耳朵里，天皇听后当时十分愤怒，下令安倍晴明无论用什么方法都要彻底降服或猎杀掉妖怪。安倍晴明领命立马组建了一个阴阳师队伍，在京都疯狂猎杀妖怪，还颁布法令禁止人们深夜外出，为保证生命安全，每家每户的门上都贴有特制符纸，防止妖怪破门而入。

渐渐地阴阳师与妖怪们的战争全面爆发，妖怪在京都大肆破坏，阴阳师本来就不多，在这一场比拼耐力和持久性的战争中节节败退，阴阳师死伤无数，甚至有的妖怪还会抱着阴阳师一起自爆而死，采用了人海战术。

天皇见阴阳师落于下风，当即召回安倍晴明，紧急秘密商议应对之法。

天皇站在一间密室里，他对面站着的是安倍晴明，二人沉默了一阵。

安倍晴明率先开口说："天皇陛下，我率领近百阴阳师与妖怪战斗，直到今日活着的阴阳师不到十人，若不想出应对之法，恐怕您要准备迁移京都了，若支持不下去，京都必定让妖怪攻陷。"

天皇知道安倍晴明说的是事实，叹了一口气："晴明，即使你不说，我也能料到后果，可眼下你有什么应对之法？"

安倍晴明一副欲言又止的模样，犹豫再三后才说："其实，我有一个办法，在我们安倍家族流传着一种古怪的禁忌之术，以牺牲人的阳寿和凶猛的动物签下契约，让动物成为战斗武器。"

天皇听到这话，顿时眼前一亮，但转念一想，摇摇头道："不行，如果要损耗你的阳寿，我万万不能答应！"

安倍晴明突然双膝跪地，拱手道："天皇陛下，臣出生于安倍家族，世代以守卫皇族和平民百姓安全为家族使命，就算要我折寿都没关系，恳请陛下您批准我带余下的阴阳师深入雪山找山上的雪狼王。"

天皇到最后还是批准了安倍晴明的请求，让他带着仅剩的阴阳师去了雪山。

然而安倍晴明等人抵达雪山之后，事情的难度远远超乎他们的想象，因为山上的雪狼把他们团团包围了，为首的狼王仿佛已经修炼成精，居然能像人类那般直立行走。

这样的场景让安倍晴明很是不解，看着狼王问道："你修炼了多少年？竟然能幻化为人形？"

狼王那双血红的眼睛盯着安倍晴明，徐徐走到他的耳边，压低声音说了让安倍晴明十分吃惊的一句话："你是狐妖和人类结合生下来的人类吧？"

安倍晴明瞳孔紧缩，他本以为没人会知道这个秘密，但眼前的狼王却一眼看穿，并且还说了出来。安倍晴明清楚他是狐妖和人类结合生下来的小孩，但这个秘密绝对不能泄露，他瞪着狼王反问道："说吧，你想怎么样？"

狼王淡淡地说道："我？我知道你来雪山的想法，但是想让我成为你的契约兽，必须答应我一个条件，否则我不会帮你平定京都的暴乱！"

安倍晴明也算个精明之人，他笑着说："你说条件。"

狼王用自己的狼爪挠挠头，回答道："很简单，我要当百妖之王！"

安倍晴明二话不说，便答应了狼王的要求，随后他让狼王变成狼的模样，咬破自己的右食指，挤出几滴血液滴到狼王的右眼。狼王的眼睛发出幽幽红光，直接冲入了安倍晴明的身体。

安倍晴明半跪在雪地里，胸口渐渐浮现出一个狼头的纹身，如此场景可把周边的阴阳师给吓坏了。但他们又不敢轻易去打扰饱受折磨的安倍晴明，只能在一旁干着急。

不知过了多久，安倍晴明恢复神志，他仰天像狼王那样狼嚎，一时间响彻整座雪山。阴阳师们根本还不明白情况，等狼嚎结束安倍晴明便转过身说："走！跟我回京都去，消灭那些妖怪！"

(2)

阴阳师们跟着安倍晴明在深夜返回京都，那一夜阴阳师和妖怪们展开决战，结果安倍晴明一人斩杀不计其数的妖怪，还叫来了许多野狼前来帮忙杀妖，经过连夜激战，妖怪们被杀光了，最大的功臣便是安倍晴明和野狼。

让所有人奇怪的是，战斗一结束，那些狼全部逃走不见，仿佛从没出现过那般。而安倍晴明变成人们心目中的大英雄，天皇赏赐他无数金银珠宝和田地，还不忘给其加官晋爵，封为第一阴阳师。

事情的真相只有安倍晴明最清楚，因为他跟狼王签订契约后，就代表着要一统人界跟妖界。妖界几乎没妖怪敢与安倍晴明为敌，一方面是他法术高超；另一方面是破坏力特强。

但平息妖怪暴乱的第 10 个年头，期间并非一直平安无事，偶尔会有妖怪来入侵，但都大败而归。安倍晴明发现自己的身体每况愈下，甚至还长出大量白发，出现未老先衰的状况。他开始吃药调理，直到某一天早上醒来，他准备洗漱时，从水中看到那张长满了皱纹和老年斑的脸。

安倍晴明的头发跟眉毛全白，连带着还长出了白胡子，四肢亦跟着相继老化枯萎，他连忙对身体里的狼王说："狼王，快离开我的身体，我告诉你，我的命不久矣，我死了你亦活不成！"

只见安倍晴明胸口的狼头跑了出来，化成人形站在晴明对面问道："你后悔吗？"

安倍晴明坐在蒲团上，摇了摇脑袋，咳嗽几声说："我不……不……后悔。"

狼王跟晴明相处好歹多年，自然明白他心中所想，忍不住叹息道："晴明，你放心走吧，你离开之后，我会帮你守护京都百年之内平安无事，当作这些年你让我住在体内修炼的报酬。"

安倍晴明对狼王露出微笑，然后渐渐合上双眼，安心离去了，因为他知道狼王会信守承诺，保京都百年之内平安无事。狼王看着安倍晴明的尸体，流下了一行眼泪，然后快速奔跑起来，从后院的墙飞跑出去，没人知道它会去往何处。

等安倍晴明的仆人发现他去世之后，便立马通知天皇陛下，晴明离世的消息传遍每个角落，天皇亲自下命令把安倍晴明风光大葬，并赐封号晴明公。传说在安倍晴明下葬当天，有许多野狼在为他嚎叫，并自发到墓地为其站岗。

那些狼群足足守护了七天七夜才离开，这等狼群守墓的奇观，让安倍晴明这个人又添加了一丝神秘色彩。普通百姓跟天皇陛下最担心的是晴明死后，如果还有妖怪要进攻京都或发动暴乱怎么办？

让人感到不可思议的是，晴明死了依然没有妖怪敢入侵京都，大家都认为是晴明在天上保佑京都。就这样大阴阳师安倍晴明越来越出名，到后来他的名字流传百世，几乎无人不知无人不晓。

直到故事结束，我还不愿相信，原来安倍晴明真的存在。

不过，我依然不愿换，虽然狼眼血玉来历非凡，但未必能保命，带着一个天价宝物出门，岂不是等着让人来抢？这等傻到极点的事，我自忖做不出来。当然，司徒天会不会这样干我说不准。

司徒天这家伙还专门搜索了一下安倍晴明的资料给我看，网页呈现的内

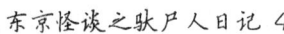

容如下。

安倍晴明，据安倍氏所传图系，为大膳大夫官之下级贵族安倍益材和白狐女妖葛叶之子，因为是白狐之子，所以世人称他为"白狐公子"。生于摄津国阿倍野，据称为阿倍仲麻吕之子孙。

晴明受了皇太子的命令，到那智山举行封印天狗的仪式。从那时起，晴明似乎得到了花山天皇的信赖，纪录中详尽地记载了晴明执行阴阳道仪式的情况。花山天皇退位后，晴明也得到了一条天皇和藤原道长的高度信赖，这可以从道长的日记《御堂关白记》和其他贵族的日记之中得知。

身为阴阳师极负盛名的晴明，担任过左京权大夫，处于江户时代的晴明担任浮世绘谷仓院别当、播磨守等重要职位，地位也因藤原道长的信任和颇强的办事能力而一路攀升至从四位下直至受赐"法清院"，成为平安时代阴阳师一个不可逾越的高峰。另外，晴明的两个儿子吉昌和吉平，也被任命为天文博士和阴阳助，安倍家族也在晴明这一代成为能跟师父忠行的贺茂一族相提并论的阴阳道世家。

第十三章　茶碗哭泣，肉身佛像

(1)

　　神武依然不死心，带着我们三个人来到一个古董架前，里面摆着一个血红色的茶碗，茶碗的表面居然画着一双眼睛，那眼睛好像有一种魔力，我盯着看了一阵，总感觉眼睛它流泪了，茶碗哭泣的声音在我耳边回荡。

　　司徒天突然用力拍了一下我的肩膀，问道："怎么了？我叫你没听见？"

　　经他这么一拍，我才缓过神来，望着那个恐怖的茶碗对司徒天解释道："记住，你千万别盯着那个带眼睛的茶碗看太久，我看的时候仿佛听见了茶碗在低声哭泣！"

　　司徒天和流川都听见了我的话，都说我是看太久产生幻听，还嘲笑我胆小如鼠。结果神武这老家伙却主动站出来，把我们三个领到茶碗面前说："实话告诉你们吧，这茶碗还真的会哭，因为这碗是禅宗史上著名尼师千代野，遗留下来的东西。"

　　流川听到千代野之后，跟着点了点头说道："原来如此，神武先生，想不到您居然还能淘到尼师千代野的东西，这个茶碗如果现在拿出去拍卖，估计能卖出个天价吧？"

　　我跟司徒天还没弄明白是什么情况，但见流川和神武聊了起来，我索性搜索了一下千代野。网页呈现出来大量资料，还有一个关于千代野为何想出家的故事，故事如下——

千代野又名千代能，日本镰仓中期最著名的美女。同时，也是日本禅宗历史上著名的尼师。生于安达氏一族，安达泰盛之幼女。

千代野长大成人，遗世而独立，早已成为远近闻名的大美人。见过她的少年才俊都爱慕她，她的倾慕者不计其数。甚至，连君主和贵族臣子们都追求她。最著名的追求者，是当时的天皇后嵯峨天皇和幕府执权的武将北条实时。但千代野都一一将他们回绝了。

在一次公祭拈香时，千代野从禅师的讲法中体悟到再美貌的面容也有衰老的一天，死后也不过是一堆白骨，真正能改变无常的只有修行，遂有了出家求道的念头。后来其父安达泰盛消灭异族三浦氏，千代野有感于生灵涂炭，再加上之后父亲去世，更坚定了千代野的出家愿望。

于是，她便开始了真正的求道之路。

千代野去了一些寺院，希望成为一名比丘尼，但都被师父们拒绝了。她长得太漂亮了，没有寺院敢收她，有些住持，只看了她一眼，就严词将她拒绝。直到最后，她来到了常乐寺。住持是当时最有名望的，第一位到日本传法的，来自中国的兰溪道隆大觉禅师。大觉禅师说："你求道修行的心虽好，但我必须也期望我门下的徒弟们也是如此。你在这里，五百个徒弟会发疯，他们会忘记静心，忘记他们的经典以及所有的一切！你将变成他们的神。而且，自古以来，美貌是修行路上最大的障碍。女人在佛法的修学上存在太多困难。从前，出家为尼的女人很多，但是许多人非但没有修成正果，反而玷污了佛门。所以，千代野，你还是走吧！"

千代野这才醒悟，自己绝世的容貌，成为了出家最大的障碍！她本就是那么倔强不屈的女子，找不到其他方法了。为了自己的信仰和追求。千代野下了这样坚定的决心，她用火钳子夹着火炭烧在自己绝美的脸上，毁掉了自己的美貌，然后再去找大觉禅师。禅师被她求道的决心感动，终于答应为她剃度，取名无著。

千代野每日做一些挑水、扫地、种菜的琐事。出家后的千代野，满怀着信心热切地寻求得道，她不计代价的苦行，拼命地做活，不断地参悟。但她并没有悟道，为此她也遭到了大觉禅师的严厉批评。禅师指出，她心中并没有摆脱过去的记忆，求道者内心存在太多的有所求，这样是无法真正悟道的。

1253年，大觉禅师在天皇的邀请下，来到建长寺。作为该寺的开山祖师，大觉禅师随行带了很多常乐寺的弟子，其中也包括千代野。她后来就住在建长寺专供女尼修行的海藏寺中。许多年过去了，千代野早已不再是曾经风华绝代的美人了，她现在是一个真正的修行者，每日在苦行、劳作及听经参禅中度过。期间，她经历了大觉禅师的圆寂，另一位来自中国的佛光禅师无学祖元继任住持。但她依然没有悟道。

直到1282年的一天夜里，千代野如往常一样提着盛满水的木桶往寺里走，这样的工作她重复了30多年。这夜的月亮很美，千代野提着盛满水的旧木桶，正行走间，看到映照在水桶中皎洁如玉的明月，忽然，竹编的水桶箍断裂，木桶散了架，井水倾泻出来，桶里的月亮，消逝得无影无踪！千代野在此刻顿然开悟。

于是，她留下了一首著名的禅诗：《无水也无月》

> 我曾竭力使水桶保持圆满
> 期望脆弱的竹子永远不会断裂
> 然而顷刻之间，桶底塌陷
> 从此再也没有水
> 再也没有水中的明月
> 而我的手中是——空

这口她打水的井也因此而闻名，直到现在，也是海藏寺著名的游览景观。井边，还留有千代野的那段开悟诗，这口井被取名为：底脱井。千代野开悟了，后来在圆觉寺成为了佛光禅师最优秀的弟子，晚年继承禅师衣钵，开创了京都尼寺——五山第一的景爱寺，建立了当时最有名望的女众

道场。

我跟司徒天看完这个故事,对千代野心生敬意,为追求自己的理想,甚至不惜毁容。我光想想都觉得恐怖,一个活生生的大美女用火钳亲手把自己毁容了,这需要多大的勇气跟决心。

而司徒天这家伙认为太可惜了,好端端的一个纯天然美女,为了出家居然毁容,真是天理不容啊! 对于司徒天这种肮脏的想法,遭到我跟流川深深的鄙视,认识他简直太丢脸了。

神武为此见怪不怪,还开了个玩笑:"说实话,我同意司徒君的想法。"

神武的话让我顿时头冒黑线,没想到神武也为老不尊,年轻时肯定是个风流少年。

神武顿了顿继续道:"其实,这个茶碗是她出家后,一直用到死时,据说她死后羽化之际,滴了一滴泪到碗里,结果碗的表面便自动多了一双眼睛,而且碗里的茶过了好几个时辰都没凉。"

我们都认为这太不可思议,转念一想世上有太多未解之谜,便欣然接受了。

很快,神武又带我们走到一尊佛像面前,那个佛乍看之下跟真人没什么区别。

神武很是兴奋地舔了舔下嘴唇,介绍道:"是不是觉得这个佛像很真实?"

我跟司徒天还以为自己眼花,又往前走了好几步,仔细瞧了瞧,确实跟人肉差不多。

流川相继走过来,想打开玻璃柜子去摸一下,却让神武给拦住了。

神武一把推开流川,并且警告道:"你小子,想毁了我的肉身佛像?"

流川这下子懵住了,打开下柜子有那么严重吗? 便憨笑着说:"为什么不能开?"

神武没好气地把我们给带到另外一边,深怕佛像被毁了。

接下来,神武才开始解说肉身佛像的事,我后来被震得不轻。

第十三章 茶碗哭泣，肉身佛像

时间回到数百年前，当时日本的佛教普及广泛，而且天皇十分信佛，大范围建筑寺庙佛堂。最鼎盛的时候，传教的僧人地位甚至还高过武士和高官。直至后来爆发了一场叛乱，让天皇非常愤怒。

天皇立马颁发命令开始捕杀僧人，见到寺庙一律拆除，把信佛之人视为异族，会遭受株连九族的大罪。一时间没人敢说自己是僧人，僧人们为求自保都躲了起来。但因为之前杀的僧人太多，尸体随意乱丢，很快爆发了一场让全国上下都惧怕的尸毒瘟疫。

染上尸毒的人绝对活不过三天，天皇对此束手无策，发布悬赏寻找天下奇人异士，若谁有本事治好尸毒，皇上能实现其一个心愿。这个消息已经发布，顿时造成了巨大轰动，无数所谓的医术高手，冒着染上尸毒的风险，都要去研究解毒之法，结果显而易见全都染上尸毒不治而亡了。

让所有人都大吃一惊的是，成功治好尸毒的人居然是一名僧人，他以一种神奇的虫子吃掉了人体内的尸毒。天皇连忙召见僧人，实现了他的一个愿望，接着开始培育僧人的虫子，尸毒瘟疫成功破解。

天皇依然坚信僧人为异族，有心除掉这个僧人，下达暗杀指令，让阴阳术高手趁着深夜去杀僧人。结果天皇的高手到了之后，却发现僧人已经死了，但尸体还是温暖的并且面前还结了一颗类似金丹的东西。

当天夜里，这个僧人的尸体被保护了起来，一直放在他的房中多年。天皇也取消了杀僧人的法令，因为他在梦中见到了那个僧人，僧人告诉他不可滥杀无辜，否则国之将亡，瘟疫会再次爆发。

(2)

流川耐心地听完了整个故事，还为神武鼓了掌。

神武面带笑意地看着我："阁下，莫非是看不上这里的东西？"

我让他给问懵了，不是说不愿交换，因为我时刻记着那阴阳师的告诫，总感觉七彩佛珠能在关键时刻保命。念及此处，我想了想咬牙道："神武先生，您误会我了，您的东西都是奇珍异宝，只是我不想换而已。"

司徒天却摆了摆手，笑着说："神武先生，我手里也有一串这样的佛珠。"

神武听后顿时眼冒金光，冲到司徒天面前："真的？你愿意跟我交换？"

司徒天先是故意迟疑了一下，又继续道："当然，不知道神武先生，还有何奇珍异宝？"

神武岂会不明白司徒天的话外之音，当即转身把店门给关了。

神武走到我们三个人面前说："跟我来，我带你们去见真正的顶级诡物。"

在他的带领下我们来到正中间的木桌前，他朝最右边的桌腿踢了三脚，结果让我们大吃一惊，因为木桌正在开始徐徐往前移动，很快就看见一条通往地下室的石梯。

神武见我们久久没行动，催促道："一起下去，看看我最值钱的宝贝！"

我们鼓足勇气一起下到地下室，下去之后神武打开电灯，我发现墙上挂着一套金色的嫁衣，嫁衣下还有一对很好看的绣花鞋。不禁暗自思考起来，这两个东西为什么会被神武藏在地下室？

神武走到那件嫁衣面前，无比自豪地说："你们可能不知道，这东西叫金缕嫁衣，是多年以前一位妃子穿过的东西，据我所知这衣服还有个名字叫妖衣，因为这妃子不是别人，正好是文车妖妃！"

流川顿了顿才问道："神武先生，你听过狐妖娶妻的故事？"

我跟司徒天相视一眼，顿时明白流川又要开始显摆自己讲故事的能力了。

神武饶有趣味地看着流川回答道："真没听过，你给我讲讲如何？"

流川点了点头，开始讲了起来。在日本平安时代，妖怪流祸四方。尤以狐妖最为繁多，但行踪颇为隐秘。对于这强盛而又低调的种族，不免会有些骇人听闻的怪谈，给原本隐秘的妖族蒙上了一层神秘面纱。

公元784年，恒武天皇迁都平安京，也就是现在的京都，横跨几个世纪

第十三章　茶碗哭泣，肉身佛像

的平安时代也就开始了。此时国力达到鼎盛时期，可谓是国泰民安，风调雨顺。也是在这时，各地妖怪流言像是瘟疫一般蔓延开来。

是日，奈良城，日本旧都。此地依旧人气鼎盛，风光迤逦。但是却有着空城旧梦的黄昏之感，今年始终大事连连，只有奈良城还依旧蕴蓄着奈良时代的所有记忆。

那些老旧的建筑，随时都在述说着以前的往事，难免令人有些莫名的伤感。良城之下，人潮涌动，却不复往昔。大雨倾至，楼中人文赋语，亭下匆人皆非，街道小巷，无不仓促，偶见行人如发，撑起朵朵油纸伞，在仓促的行程中谈笑风生。

雨过天晴，虹霓初现，阁中文人薄发。府闻庙宇之间，皆为民人，犹若荷塘莲叶碧池天，中雨薄发人尽矢的错落之感。夜辉洒落，霓虹通晓，依旧人声鼎沸。奈良之夜，早已迈入林中深处，以节日助兴，只见纸皮灯笼成队结群，穿梭在密林，游荡在城宇。

或许在这繁城之下，还有人在祭奠着奈良的故事，也只是默默而为罢了，独自承受着时代的更迭，淡忘凡世的荣华。也或许，早就有愚中的妖怪混淆其中，一齐享悦着人间的欢乐，趁着夜幕的独白，在某个不知名的角落，悄悄地进行着污秽的行径。

就在这灯火璀璨，普天同庆的欢乐城砾中，却有人在独自哽咽。

奈良城外，一座破烂庙宇，透过房砾的漏洞，可以探见星辉包揽，常月如瞳。你可以看见虫子在田野里争相歌唱，也可以听到鸟儿在林中嬉戏打闹。过剩的雨水敲打着房梁，滴落在残桩瓦砾之间，在地上汇聚成了一摊水。在庙宇的更深处，烛光熠动，哽咽之声更甚，橱窗上映射出一只瘦弱的影子，从形态之中不难看出是一名女子。

此人名叫三笠，乃是一个弃婴，被一对好心夫妇收养。只可惜好景不长，就在他们收养她不久便降下一子，从此将心思转移到了他们儿子的身上，将三笠置于一旁置之不理。这对于三笠来说，简直就是噩梦的开始。

自5岁开始，便是被迫每天早起晚睡，洗衣擦地，与她的弟弟形成了鲜明对比。完全被当作下人，每天熬不住的时候，就只能妄想着将来某一天自己的亲生父母会来接她。就这样度过了16年艰苦岁月。

说来奇怪，在她16岁生日的前夕，一个自称是她父亲的人来了。

"不行！你说她是你女儿？无凭无据，谁信呢！"浅仓一郎恼羞成怒道。

"恕来冒昧，我知道对你们来说有点难以接受，不过当初我有苦衷。"一个全身包裹在灰色袍子里的人应声道。他的声音有些不协调，给人一种神秘的感觉，但是衣袍略显脏旧，就像很久没有换过一般，仅露出来的部分是苍白头发和一脸沧桑。

"废话少说，乱认亲的人多了去了，前些日子我还打发过好几个，都是为了来讨几个饭钱，这次可没那么便宜了！"坐在浅仓一郎旁边的妇人也是恼怒得不行。前些日子来了几个苦行僧，说他们家里有妖气，前来帮忙驱逐，谁知道都是骗子，出于好心才没有和他们计较，今天又来个骗亲老头。

"夫人莫急，三笠右臂上是否有梅花印？她现在也该有16岁了吧？"

浅仓一郎一听，瞬间脸色大变，指着对方道："你！"

就在浅仓一郎手足无措时，他的夫人见势不对，直接狠拍了一下桌子，"你说有就有？别说她不是你的女儿，就算是，我也不会把她交给你！人都这么大了，才知道来要人？那我们这十几年不是白养了吗？"

浅仓一郎松了一口气，正襟危坐着喝茶，眼神在偷瞄那个身着灰袍的人。

"夫人教训的是，不过在下真有苦衷，现在我必须将她带走。"

"还威胁起我们了？来人，把他给我轰出去！"

一群下人带着棍棒冲了出来，将灰袍男子给围了个水泄不通。

"你到底要怎样，才肯将我的女儿还给我？！"

"你想要女儿，没有三百两，我不会给你！"

"什么？"

"你如果能拿出来，我马上把她交给你。"

第十三章 茶碗哭泣，肉身佛像

"我……我没钱。"灰袍男子此时的声音开始有些颤抖。

"没钱？ 你还敢来要人？ 把他给我轰出去！"

"对对，没钱还来要人，给我轰出去！"浅仓一郎帮腔道。

毫无悬念，灰袍人被撵出了浅仓府。 不过之后又来了好几次，都是以同样的结局收场，消息很快便是传到了三笠的耳中，她有种预感，那个人一定就是自己的家人。

第十四章　狐妖娶妻，驮尸任务

(1)

流川的故事吸引了神武，神武见流川停了下来，便催道："快继续讲！"
流川故意轻咳几声，才接着往下讲。

是夜，月光如水，三笠依旧在忙碌着。因为这几天魂不守舍，每日之事都被加上一倍，所以现在也就她一个人在做工。不过她并无怨言，她觉得这是她应该做的，因为自己不想在这里白吃白喝，自己的父母一定会来接她走，到时候走得问心无愧。她坚信离这一天已经不远了。

三笠因为几天连续加工，没有得到充足的睡眠，精神萎靡，本就瘦弱的身体，如今看起来更是风都能吹倒的样子。

"这是谁呀？还在洗衣服呢？"一个丫鬟慢吞吞地走前来明知故问道。

"这不是我们大小姐吗！听说最近不知道为什么老是做错事，被罚了。"另一个丫鬟故意调侃道。

"听说有人冒充大小姐的家人来接她走，不过被浅仓老爷轰走了。"

"是吗？看来这大小姐是想家了，怪不得会魂不守舍呢。"

三笠并没有在意她们的言语，继续着自己手中的活计。

见到三笠并没有对她们的话语作出反应，有种被人当作空气的感觉，对象还是任谁都可以欺侮的人，自尊心受到了极大地打击，其中一人一脚将她踢倒在地，"哼，还真以为你是谁！现在翅膀硬了，能飞了不成？"

第十四章 狐妖娶妻，驮尸任务

三笠只是无力地看了她们一眼，然后艰难地爬起身想要继续着手中的活计。

她们都已经如此，三笠依旧没有理会她们，如今显得更加恼怒，"还真以为有人来接你了不成！也不看看你几斤几两，你父母当初不要你是应该的！如今更不可能认你！给你明说了吧，即便你的父母真来接你，浅仓老爷也不会让你走的，他要让你在这里做一辈子的下人，永远和我们一样！想出去？你就别想了。"

两人讥笑间，乌云大作，天色暗得很快，现已伸手不见五指，狂风又开始造作起来，让两人不得不停止讥讽，想要赶紧回到屋子里。反观三笠，她停止了手中的动作，紧闭着双眼，脸色非常难看。

周边的苦行僧全被惊醒，仰望着天空，全都集聚在一起。森林之中也有着异样的骚动，几道白色的影子在黑夜中窜动，奈良城中，一小部分人停止了玩乐，凌空嗅了嗅，一瞬间就只剩下衣服，只见不远处有红色、白色的影子在窜动，所有人的注意力，都在浅仓府这个方向上。一瞬间，整个良城又热闹了起来，只不过，可以看得出这个热闹不是谁都可以凑的。

已近深夜，浅仓府已经处于沉睡状态，安静异常，就连虫鸣也不见了踪影，静谧得可怕。然而，在浅仓府后院，异常的躁动。这是一个晴朗的夜晚，四下无风，但是在这里，却有着别处不可能会有的狂风造作，准确来说，这里的物体，无风自起！

三笠突然睁开了眼睛，眼中充满了碧绿之色，在这黑暗的夜色中格外得明亮。她手上的指甲有变长的趋势，她身后也有着异样的变化，与此同时，她的眼里出现了两个人，赫然便是还没来得及躲避暴风的两个丫鬟。就在下一秒，三笠化身为一道影子，来到了她们两人的跟前。一个挥爪划破了离她近些的人的喉咙，刹那间，血色犹如瀑布般喷涌而出。在她的眼里依旧还残留着恐怖与难以置信，她已经来不及反应，就连捂住喉咙的气力都已经没有！

三笠还在动作，一个甩臀，在空中做出了360°旋转，一条尾巴便将破喉之人打到墙上，墙上直接被撞出了一个窟窿。剩下的一个丫鬟目睹了刚才发生的一切，细致入微！她直接瘫坐在地，满脸惊恐地看着眼前的怪物！

三笠看着眼前的人，不断回想起刚才她所说的话："你父母不要你是应该的！"。三笠显得更加暴戾，尖叫了一声便是对着那个丫鬟冲了过去，只不过这个声音已经不能用人类来形容了。森林中的白色影子愣了一下，然后加快了速度向着浅仓府前进着，周围的僧人直接被吓了一跳，都站立在了原地，你看着我，我看着你，却只有少数人依旧前行着。

还有一部分人咬咬牙，也是硬着头皮追了上去。

"怎么不走了？快点啊，不然赶不上了！"一个毛头小和尚看到很多脸色难看的人停了下来，不解地询问道。

"这个……"一个被问的中年大叔并没有回答，只是呆呆地望着前方。

"傻了吧？真是。"毛头小和尚只是跟着凑凑热闹，并不理解到底前方是什么。

说时迟，那时快，就在三笠要将剩下丫鬟的喉咙割破的时候，一道黑影凌空打破了她的轨迹，三笠直接消失在了原地，那个丫鬟由于惊吓过度，直接晕死了过去。

与此同时，几道白影也如期而至，只不过浅仓府后院除了墙上的窟窿还有晕死的丫鬟，什么也没有留下，几道白影转而向着另外的方向加速奔走。

几个僧人来到此处，看着眼前的一切，面色非常凝重。

"看来我们得走一趟了。"其中一个老者对着其他几个人说道，其他人只是默不作声。

城郊外的一个废旧庙宇，两道黑影急掠而至，直接穿破房顶掉进屋中。瞬时之间尘土大作，两道黑影在此之中不断交错，原本完整的房屋被强烈的撞击而变得千疮百孔。

两道黑影经过短暂的交锋之后，消停了片刻，其中一个黑影全身灰袍，赫然便是前些日子自称是三笠的父亲之人，只不过银白色的头上多出了两只耳朵，身后出现了四条尾巴，居然是四尾妖狐！听说狐狸的尾巴便是妖力的象征，每多一条尾巴，妖力便是呈倍数增长，四尾在妖狐之中已经算得上是佼佼者。

反观三笠，她身后居然是六条尾巴！不对，居然还有一条正在慢慢生长！

灰袍人面色凝重，因为只要三笠长出第七条尾巴，她决然不会再是对手，就在她思考间，三笠又是冲将过来。越到后面她越觉得吃力，最后她选择了下定决心。

就在三笠要给他致命一击的时候，他张开双手，放弃了抵抗，让三笠的利爪毫无障碍地伸进自己的身体，不过，任凭三笠如何挣扎，始终都无法挣脱，灰袍人的尾巴开始脱落，一股强大的力量的开始灌进三笠的身体，此刻却下起了小雨，四周的物体无风自起，自灰袍人的尾巴脱落以后，她身上也将开始发生变化。

灰袍人就在一瞬间变成了一个女人，一个美若天仙的女人，此时的三笠也恢复了清醒，看着眼前之人，她莫名地觉得一种亲切感，"母亲！"

这个被三笠称为母亲的人温柔地看着三笠，轻抚着她的头，"再过一会，你就长大成人了，这算是作为母亲给你的成人礼吧，生日快乐！"

说话间，她的身后突然出现了八条尾巴！然后便是失去光泽。

三笠只在依旧温存的眼泪里看见她无奈地说了声"对不起！"，然后便化作一道烛影消散。

"母亲！"

此时三笠瘦弱的身影被映射在橱窗之上，第八条尾巴开始显现。

与此同时，几道白影飘然而至，看着眼前的一切，直接全部跪拜在三笠面前。随后而到的妖狐都纷纷下跪。因为普天之下，八尾妖狐只有一个，而如今，依旧只有一个！想必是八尾妖狐不想让自己的女儿重蹈覆辙，才会出此下策，不管初心如何，如今三笠还是逃不过这个命运。

几日后，几个僧人来到了彩虹的尽头，这里是狐狸居住的地方。

"那个僧人说，我们违背了誓言，前来讨个说法。"一个狐妖对着狐狸长

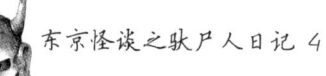

老和三笠说。

"那个誓言本是八尾自己发下的,而如今又被八尾自己打破,这……"一个老狐狸缓慢地说道。

"我想一定是那些僧人知道八尾会在今年再现,才建议皇族迁都平安京,真是狡诈!"有狐狸嘀咕道。

"多嘴!"老狐狸狠狠地看了他一眼。然后继续说道,"三笠,你母亲因为爱上皇族之人,被僧人发现,逃至我族,为保你性命才耗去功力将你变为人类,才变成四尾,僧人是为你而来的。"

"那些僧人可厉害了!"又是一些狐狸小声嘀咕着。

"如果你嫁给山神,他们就没话可说了。"

果不其然,僧人们没有再为难,并且允诺当天做法护航,也就是监督的意思。山神很喜欢晴天,所以嫁期定在了晴空万里的日子,但是出嫁当天三笠所到之处都下着小雨,老狐狸说是她的母亲为她送行。还有老僧人为她护航,让狐狸们有种被监视的感觉,很是不自在。

三笠嫁给山神的事情被狐妖颂为佳话,自此之后,狐狸娶亲的日子总是在晴天下雨的时候,并且讨厌被人类看见,认为那是一种耻辱。

第十五章 极乐棺材，死尸流泪

(1)

神武听罢大呼精彩，到最后他依然没能换到七彩佛珠，因为黑木老头临时打电话给流川，让我们三个现在马上回去休息，晚上10点30分赶到指定的一家殡仪馆去驮尸。于是，我跟司徒天回学校宿舍，流川则回了他租房子的地方，按照黑木的要求准备些特殊装备。

等到晚上10点整，流川给我打了个电话，说他在学校门口的一台黑色出租车上，让我和司徒天快点拿好家伙去跟他碰头。尸体还没封棺，但让我疑惑不解的并非尸体，而是装尸体的那口棺材。在我面前的这口棺材居然是用顶级檀木打造，棺盖上居然刻着"极乐棺材"四个字。

我看着棺材上的字反问流川："你知道为什么要在棺盖上刻极乐棺材？"

司徒天望了一眼极乐棺材，跟着搭腔道："没错，你给咱们说说呗。"

流川一脸为难的模样，因为他自己也不太清楚，极乐棺材是怎么回事。

他还是硬着头皮讲了出来："我小时候在无意间听师父讲过，倘若有新娘子在结婚之日离奇猝死，必须要用极乐棺材为其送行，否则，她的丈夫会每晚都做噩梦和招来霉运。"

我倒不是很相信这种事，毕竟人死之后会变成什么，根本没人知道。

不过，我们因为有任务在身，也没在殡仪馆闲聊，搭乘殡仪馆的车出发了。

在上车之后，殡仪馆的老司机问道："你们为什么要干靠死人吃饭

的活?"

司徒天想都没想便脱口而出:"因为刺激啊,路上还能听故事,而且还有钱赚!"

我和流川互相看了看对方,或许正如司徒天所说,我们完全是为了寻找刺激。

老司机貌似也是个故事狂人,边开车边说:"那你给我讲个故事听听。"

司徒天顿时愣住了,他这人特别死要面子,一口答应"行啊,待会儿听我的。"

流川继续说道——

是夜,月黑风高。百家灯火俱灭,生气寥寥,寒风呼啸,只有一家光焰通明,人影蹿动。有一大汉素黑前行,大汉虎背熊腰,两把锃亮血斧立于熊背之上,奇异的是,理应缓步如山的脚步却如履平地,轻缓得有些不可思议。

大汉气势汹汹地来到唯一大开的豪宅前,一阵寒风突起,将守在门口的两人从半梦中惊醒。两人疑惑地相互望了望,眼尖的一人发现了来路不明的大汉,"是谁!"

大汉的身影隐藏在黑暗之中让人看不清他的样子,但光是身影就让人背脊一凉。大汉的身体只是在黑暗中不断起伏,而且发出不大不小的喘息之声,但并没有要任何动作的样子。

在此期间另一个守卫也发现了大汉的存在,只不过他的脸上露出了难以置信的神情。刚想说话,就感受到一阵邪风吹过,并且发现一股热腾腾的液体狠狠地溅到自己的脸上,出口的话语生生收了回来哽在了喉咙,只能单独地发出一个字,"你!"

刚想用手去触摸脸上莫名的热液,却是讶异地发现,隐藏在黑暗中的大汉居然失去了踪迹,一阵冷汗夺溢而出,眼睛瞪得滚圆,习惯性地用左手擦拭了额头冒出的豆大的汗珠。他感觉有些不对劲,还嗅到一股子腥味,那是

第十五章 极乐棺材，死尸流泪

只有死人身上才能发出的味道。

"啊！"一阵尖叫惊动了院子里的其他守卫。出声之人不是别人，正是门口的守卫，因为他发现自己手上全是血！而且身旁同伴的头颅早已落地，他掉在地上的脑袋依旧保持着紧张的表情！显然是在他说话的瞬间被人斩掉头颅，那该是有多快的刀才能做到这一点！

就在这一秒，他觉察到一丝丝凉意从头到脚，传至全身，就像是有一头凶猛的野兽正在暗处虎视眈眈，目标全然锁定在自己的身上！他已经吓得动弹不得，仅能移动的眼球飞快的在黑暗中左右张望，却并没有发现任何异样。

可就在他刚松下一口气的时候，突然背脊骨一凉，因为他突然发现自己的身后一双冰冷的眼睛正直直地盯着自己！他木讷地开始转头，才转到一半，就看见一道寒光闪过，并且听到可能是这辈子听到的最让人绝望的一句话，"全都得死！"那声音非常低沉与充满愤恨！

时间回到三天前，丽水河边，两道身影快马扬鞭匆匆掠过，给宁静的河水带起阵阵涟漪。秋风啸过，飞叶四起，掩盖了行人的痕迹。

"五哥，安藤家族太横，前两天扣了我们两个兄弟，非要当家的取人，这分明不把我们放在眼里！"后一匹黑马之上，一个身材矮小，口带黑色面罩，背上一把清风小刀的青年怒斥道。

"什么？安藤家也太把自己当回事了，大哥怎么说？"前一匹快马之上，一个壮硕的中年男子眉头紧蹙，脸上一道刀疤划过眼角，连到嘴唇，说话间刀疤抖动，就像是一条蠕动的肉虫，让人不寒而栗。两把锃亮巨斧紧束于熊腰之上，马蹄每跳跃一次，巨斧就狠狠地向下低垂，就好像随时都会脱离壮汉的身体一般，但每一次都被男子巧妙地安置在背上，不至于下落。

"老大当时就不乐意了，他安藤家算个什么，气势汹汹地带人过去了，可是过了两天都没有消息，实在没办法，这不就叫五哥你回来了。"青年男子显然对这个男子带有极其敬佩之情，故意让自己跑在男子的后面。

"两天都没回来？"巨斧男子眼中闪过一丝讶异，但十几年的混迹经验很

快又让他恢复了神情，但是眉头更是拧成一团，"那就得赶快了！"说着用马鞭狠狠地抽了几下马背，这几下让黑马怒啸一声加快了步伐。

"五哥，等等我！"后面的青年发现自己快要跟不上壮汉，也不禁全力追将上去。只留下一路的尘土与飞叶，路上的三两行人赶紧闪到一旁，还有反应稍慢的人，只好狼狈地扑倒在路边，五体投地，做了个完美的落雁式扑腾。

"站住！"倒地之人愤懑地起身，刚想将来人的家人加以问候，眼疾手快的一个老者赶紧加以阻止。感受到后面的敌意，壮汉转过头看了一眼被老者制住的人，杀意四起，瞪得那人愣在原地不敢再有所动作，他相信，只要自己一个不小心，这个煞神一定会立马将自己碎尸万段！

"你，你干吗！我就想问候一下，你，你挡着我做什么！"待马蹄声渐远，反应过来的那人发现自己正被老者以一个奇怪的姿势摁在地上，赶紧挣脱老者，强打起底气说道，只不过腿脚却有些不听使唤，开始瑟瑟发抖。

"嘘！小声点！你不想活了？老夫我可还想多活两年！"老者紧张地望着远去的壮汉两人，然后几乎是跳起来对着此人吼叫道。

"什，什么嘛，他算老几，看你给，给吓的。"此人说话都有些变得不利索起来，还自顾自地对着老者傻傻一笑，因为刚才的悸颤，就连笑声都有些断断续续。

"哼，年轻人，看见刚才那人身上的两把巨斧没有？"看着刚才两人的身影完全消失在风尘中，老者才稍微变得镇定许多。

"巨斧？"说着，他的眼珠打了一个转，回想起来，刚才还真没注意到，"巨斧！两把！难道？"他的声音开始变得越来越小，用着惊颤并且疑惑的眼神看向老者。

"哼哼，没错，他就是大野山人称'天煞五'的平山野狩，山贼五大巨头之一！"老者说着还不忘左右遥望，生怕那个人再回来听到，"今天看来他是另有急事，否则刚才你我早就人头不保了。"

"他就是——平山野狩？"这个年轻人此时全然不顾现在别人看他的眼

神,一字一句地吐出这句话,然后只是瞪大着眼睛看着平山野狩消失的方向。 平山野狩乃是大野山的山贼,出了名的凶残恶狠,只要是他想杀的人,一般见不到第二天的太阳,就连当地的府令都拿他没有一点办法,而自己刚才差点就惹到这个煞星了!

"五哥,刚才那小子还真有点种,要不我去帮你结果了他。"青年显然是个做事严密之人,刚才也很自然地被他看在眼里。

"哼,大哥形势危急,不用惹生事端。"平山野狩冷哼一声,眼睛一直盯着前方,头也不回不屑地说道。

"那小子还真是走运!"

"驾!"话语刚落,一阵马啸让两人险些被急顿的马扔将下去。

"怎么回事?"平山野狩感受到一股强大的杀气扑面而来,眼前的景象忽然一转,只看见满地堆积如山的尸体,腥红的气体在下一秒包围了平山野狩所在的空间,紧促不断的喊杀声,还有刀剑划破肌肤的摩擦声,狂风开始呼啸,将地上的尸体吹得左右翻动,就像是麦浪一样一层一层。

翻动起来的尸潮逐渐变得活跃起来,紧接着残肢,断臂开始立起来,有的连在尸体上面,有的直接腾在空中。 喊杀声在此刻戛然而止,仿佛全世界都陷入死一般的宁寂。

(2)

见到此情此景,就连杀人无数的平山野狩也都有些战栗。 平山野狩见到所有的残肢断臂全都像是活了一般整齐地立起来,喉咙不禁狠狠地吞了一口痰。 此时他可以清晰地听到自己喉咙处脆骨交叉的声音,但是又似乎没有那么简单,你若是够仔细,你便能听到一些细碎的声音在这一刻被唤醒,就像是肌肉持续缠绕骨头,滑动出来的声音。

一切在此刻都好像还只是开始,那些奇怪的声音开始变得越来越清晰,越来越剧烈,你会听到有人在你耳边轻声低吟,就像是绞肉机突然停在了你的背后,那些被绞得只剩下一个头,喉咙也只剩下一点的人在你身边轻吟,

"救命！ 救救我！"

此起彼伏的在你的周遭萦绕，那些立起来的残肢开始有规律地前后摆动，就像是微风吹向平静的湖面带起的丝丝涟漪，遇到树枝或者山岩，便是激起朵朵浪花，只是这些浪花全都是红色，深红之色！

平山野狩现在就连呼吸都开始变得有些困难，因为紧接着浪花而来的，是那如潮水般奔涌的血潮！那吞没天地的血海随着紊乱的残肢断臂直直向着平山野狩而来。平山野狩只是不断抖动着头颅，眼神随着血海开始慢慢变红，血一般的红！

"五哥，前面是一片坟墓，怕是有什么不好的东西，要不我们绕个道？"紧跟着平山野狩的蒙面青年被刚才的马啸给摔下了马，拍了拍自己满是尘土的衣裳，并不知道平山野狩看见的一切，对着背对着他的平山野狩说道。

平山野狩并没有回应，更准确一点是没有听到。蒙面青年发觉有一丝不对劲，紧张地将手放在背后的清风小刀之上，缓慢地向着平山野狩靠近，"五哥？五哥，你回个话，五哥？"

就在蒙面青年离平山野狩还有3厘米的时候，平山野狩的马不安分地跳了几下，吓得青年急忙将小刀拔出，向后面跳了好几步，在一个安全的距离处停了下来。

"妈呀！救命！"与此同时，一个糟老头子和几个年轻的小伙从前方的坟墓堆里面连爬带滚地跑了出来，边走还边将身上的器具给扔掉，蒙面青年依稀看清他们所扔掉的都是一些锄头、铲子，很明显，他们是一群盗墓者。青年很直接地将马跳和老者一群人的出现归为因果，也就放松了一部分的警惕。

"老家伙，给我站住！"虽然放松了不少，但是青年依然被一股恐惧的心理所围绕，将刀刃对着一行人。

"诈尸了！快跑！"对于青年的威胁，老头子根本不以为意，而是一味地向着背离坟墓的方向。

"我叫你站住！没听到是吧？"说着，几个快步来到老者的面前，用刀架

第十五章　极乐棺材，死尸流泪

在他的脖子上，他才停下来。其他人见状根本不顾他的威胁，立马四散逃去。蒙面青年也只能无奈地看着其他人散去，要是放在以前，谁敢这么放肆！对了，五哥怎么没有动静？今天难得五哥如此大气。

"哎哎，小伙子，你疯了吧？我没骗你，真的诈尸了，今天可是七月十五！"老头惊魂未定地指着天上说道，直接打断了青年的思考。

蒙面青年顺着老头的手向夜空看去，夜空中乌云涌动，但依旧可以看得出今天是满月，但令青年恐惧的是，乌云中依稀可见的月亮居然满是腥红之色！可就在下一秒月亮就被乌云完全吞没。原本平静的山丘马上开始狂风大作起来。青年顿了顿，再次看回来的时候，却发现老头子显得更加惊恐的表情！顺着他的眼神望去，俨然便是平山野狩所在的方向。

此时的平山野狩失去了往常的淡然，却表现得异常的暴戾。

"妈呀！妖怪！"老头一屁股坐在地上，指着平山野狩直往后退。

"五哥？"见到暴戾不安的平山野狩，蒙面青年愣愣地看着不断变得暴戾的平山野狩说不出话来。

此时平山野狩全身都在战栗，因为在另一个世界，自己已经被那腥红的血海所包围，血海中有着数之不尽的断肢残臂，将他给抓住，不断地撕扯，他什么感觉都没有，只有一个感受，痛！撕心裂肺的痛！但是他依旧忍受着，发出闷哼，可能是仅有的尊严，导致他就是不愿意大声叫出来。

平山野狩的眼中开始被血水给堆满，他全身青筋暴起，仰望着夜空。数不清的隆起在他的身上游走，一张一合。终于，平山野狩的承受达到了极限，全身血管爆裂，直接变成了一个血人！血海中的平山野狩被撕成碎片，融在了血海之中，里面全是悲怨的人头还有密密麻麻的断肢残臂在不停地挥舞着。

老头头也不回地开始逃跑，只想要快点离开这个人间炼狱！可就在下一秒，老头没有任何征兆地倒在了地上，当他想要翻身继续逃命的时候，却发现怎么也起不来，下半身一点反应也没有，就好像没有了一样。带着这样奇怪的念头，老头向自己的下身望去。

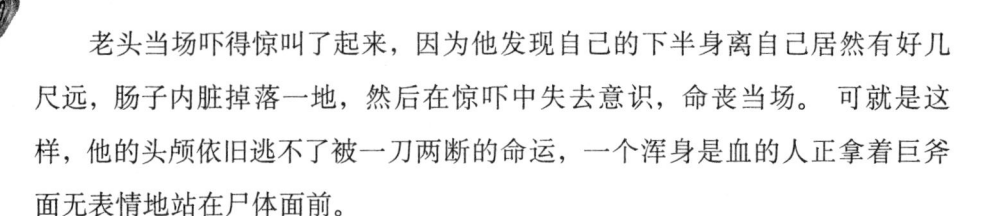

老头当场吓得惊叫了起来，因为他发现自己的下半身离自己居然有好几尺远，肠子内脏掉落一地，然后在惊吓中失去意识，命丧当场。可就是这样，他的头颅依旧逃不了被一刀两断的命运，一个浑身是血的人正拿着巨斧面无表情地站在尸体面前。

蒙面青年呆呆地看着眼前发生的一切，狠狠地吞了一口唾沫。这时，那个身材魁梧的血人注意到了他的存在，一旁的马像是感受到了什么，惊啸一声转身就逃。可就在这时，平山野狩又开始有了动作，下一秒，马头落，马身还没有反应过来，继续向前奔跑。

好快的斧头！这绝对不是人力所能够达到的！青年再次惊异。

青年此刻生出了一种恐惧，发自内心的恐惧，因为，平山野狩再次注意到他的存在，他手中的清风小刀不禁紧了紧，然后看着身材魁梧，满是杀气的平山野狩，他开始有些无力与溃退，"五，五哥！"

下一秒，头身分离，喷血当场。

就这样，平山野狩在无意识中回想到了他不可能存在的30年前，还记得那是一个十五的夜晚，一群山贼意气风发，连续烧杀掠抢几个村落，将整个村落赶尽杀绝，唯独剩下一个小男孩，身穿深红色和服，看着这群山贼将自己家里面的人一个个杀掉，头颅，手臂，鲜血，整个世界都是怨闹之声。

而那些带头之人，都是当今的大家族、富商，其中一家便是安藤家族！毫无意识的血人来到了安藤府。

就在这一秒，安藤府剩下一个守卫觉察到一丝丝凉意从头到脚，传至全身。就像是有一头凶猛的野兽正在暗处虎视眈眈，目标全然锁定在自己的身上！他已经吓得动弹不得，仅能移动的眼球飞快地在黑暗中左右张望，却并没有发现任何异样。

可就在他刚松下一口气的时候，突然背脊骨一凉，因为他突然发现自己的身后一双冰冷的眼睛正直直地盯着自己！他木讷地开始转头，才转到一半，就看见一道寒光闪过，并且听到可能是这辈子听到的最让人绝望的一句话,"全都得死!"那声音非常的低沉与充满愤恨! 此人便是平山野狩!

第二天安藤家族被屠族,当时参加村落抢劫的"大善人"们都被一一惨遭灭门或者失踪。 此后,这种被怨气上身的人便被称为"油蜕"。

第十六章 驮尸夜行,赶赴阴山

(1)

不过,流川的故事老司机却认为好听,因为比较新奇。

故事结束之后,流川告诉我这次的驮尸任务绝对是最为棘手和危险的,这次我们三个要赶往奈良地区的阴山。阴山之名并非空穴来风,据流川调查所知从很久之前算起,阴山下至少埋着上千万人的尸体,乃货真价实的死人山。

一般人还真不敢在深夜进入死人山,更何况我们还带着一具穿着大红嫁衣的女尸?

我们坐在殡仪馆的车上闲着无聊,流川破天荒地要求让我或者司徒天讲讲发生在中国古时候的奇幻传说。司徒天想了老半天才想起一个叫童子心的故事,而这个故事还是他爷爷所讲的。

童子心的故事如下,来吧,喝下这碗用童子之心熬成的药,你将无病缠身。

清朝末年,北京城里出了一名特别有名的大夫,人称黄大仙。上到达官贵人,下到地主财主,都是黄大仙的常客。但黄大仙给人看病却有四条怪规矩:

一、穷人免费,富人收费。

二、非疑难杂症不看。

第十六章　驮尸夜行，赶赴阴山

三、 如何用药由老黄来决定。

四、 老黄在治病期间，无论发出什么动静，任何人不得干扰。

老黄这四条规矩中单单第一条就让不少穷人十分高兴，穷人们私下里都称其为黄大仙。 虽然，给穷人免费看病，可这对老黄的生意却没有丝毫影响，依旧是客源不断。

因为老黄善于医治各种疑难杂症，所以富人找他看病他要求的诊金比一般人的都要高。 而老黄单凭一剂祖传偏方，在北京城内远近闻名，可以说偌大的北京城无人不知，无人不晓。

老黄打小颇具学医的潜质，出师以后，任何怪病到了老黄手里都会被他治好。 老黄替人看病的方法很特别，他会先询问病人一些很怪异的问题，无论男女老少，他都喜欢问病人的生辰时刻、八字五行、配偶情况。 他还特别喜欢小孩子，总喜欢闻孩子身上的那股奶香，奇怪的是老黄这么多年来一直是单身，他一直想找一名七月初七出生的至阳童子。

每次老黄替人看病时都会选择一个特别密闭的小房子，用黑色的纱布将自己和病人隔开，病人只需先把左手给老黄号脉了，继而把右手也让老黄号脉了。 不出几分钟，老黄就会搭着梯子在各种药柜子里开始配药，老黄这人很奇怪，抓药从来都不用秤去称量，每次都是一抓一个准。 若是老黄外出问诊，只会挎着他的药兜。 药兜里只是一些普通药材以及银针之类。

老黄用药很讲究，他会根据病人的年龄以及性别来配药，若是个上了岁数的老头子，他会选用一些补气的药材，如果年轻貌美的女子，他则会选一些具有养颜美容的药材，如果是刚出世的孩子，他则会将药量减半。 不论是什么样的怪病，老黄都能治好。

虽然老黄有一手绝世医术，可是在他心里始终有个无法抹去的阴影。 老黄每天晚上都会做同一个噩梦，这个秘密只有两个人知晓，他打算把这个秘密带到棺材里连同他的尸体一同腐烂。 而另一个人早在几年前就死了。 如果这个秘密不小心泄露出来，老黄则会身败名裂，而他这间祖传下来的医馆也会关门大吉。

老黄规矩里的第一条，就和这个秘密有着不可分割的关系，这些年只要是穷人来看病，他分文不取。若是达官贵人来看病，老黄则是开出异常昂贵的价钱，但对于那些达官贵人来说，都是九牛一毛而已。

这不，又有一名客人上门了。

"黄师父，我家老爷得了一种怪疾。"未见其人，先闻其声。老黄收起了有点颤抖的双手。打量起来人，只见这人长得一副狗奴才相，天生就是跑腿的料。老黄这辈子最讨厌狗腿子，不过这种狗腿子通常都是达官贵人家中所养，老黄可不想黄了一单生意。

"请问你家老爷子是何许人也？"老黄第一眼就觉得这个狗腿子，不是啥好玩意儿。

狗奴才没有先报主子的姓名，而是从口袋里拿出一袋银子，"咚"的一声丢在了老黄的桌子上，老黄稍微皱了一下眉头，不过还是将银子如数收好。

狗腿子奴才冷哼一声："走吧，黄大仙，我家主人是北京城里最有钱的主儿。"言语中带着不屑的口吻，老黄拿了人家钱财也不好意思多说什么，收拾了一下药兜，随狗奴才去了。

两人一前一后，来到一座大宅子面前，狗奴才领着老黄走进了宅子里。刚进宅子里，一个年轻貌美的女子就把老黄给惊住了，狗奴才讽刺道："别看了，快走！眼珠子都要掉出来了，那是我家老爷的三姨太。"老黄愣了一下又很快缓过神来，当老黄和女子擦肩而过时，女子朝老黄神秘一笑，并且偷偷丢了一个东西到老黄的药兜里。

老黄在狗腿子的带领下，来到了一间较为古雅的房子前，狗腿子推开门，走到床前，弓着腰："老爷，小的把人给您请来了。"老黄在狗腿子身后，打量了一下床上的人，此人病入膏肓、面色惨白、嘴唇乌紫，显然是大限之期。

"快！快！请黄大仙为老夫看看。"床上的老爷子吆喝起来，想必老爷子对老黄的医术也是有所耳闻，将老黄当成了救命稻草。

老黄看了一眼狗腿子，并没有问诊的样子。老爷子也是明白人，自然也知道老黄的那些个怪规矩，很快将狗腿子给赶了出去。

老黄见狗腿子出去后，重新关上门，回到老爷子床前。

"老爷，我不妨直说，您这病要医治很困难。"老黄说的是实话，也省去了那些怪问题。

"黄师父啊！老夫可听说你有一副包治百病的祖传偏方，价钱不是问题，只要能将老夫治好，哪怕要老夫倾家荡产，老夫也在所不惜！"老爷子死死抓住老黄的手说。

老黄伸出手，替老爷号了号脉，摇了摇头。

老爷子见老黄摇头，把老黄的手抓得更紧了："真的没有药能医治老夫的病吗？"

老黄一脸无奈，犹豫了片刻，说："这个……有是有……可引子比较难寻，此药服下有包治百病之效。"

老爷子一听，喜出望外："黄师父，你说，哪怕耗去我所有家财，我也要寻得此方的药引子。"

老黄伏在老爷子耳旁说："只需寻得七月初七出生的至阳童子，用他的童子之心，熬成药水服下，可包治百病。"

老黄说完就收起药兜，匆匆离开了老爷子府上。狗腿子待老黄前脚离开，后脚就进去了。

"老爷，黄师父可曾说您得的是什么怪疾？"狗腿子故作关心地问道。

老爷子没有回答而是嘱咐狗腿子："花重金寻七月初七生的至阳童子，老夫要收为义子。"说完又剧烈地咳了几声。

狗腿子虽然不明白，老爷子寻七月初七生的孩子是何用意，不过还是退了出去。出去时，刚好遇见了大夫人。

大夫人的皮肤十分白皙，脸蛋带着少女的潮红。大夫人在狗腿子耳旁说："今晚老地方，不见不散。"狗腿子点了点头，然后就一溜烟地跑了出去。

大夫人则是诡异一笑，继而也往外面走去。

老黄回到医馆，将药兜随手一丢，里面便有东西滚了出来。老黄觉得甚是奇怪，为何自己的药兜里有类似手绢的东西，老黄移步把手绢捡了起来，摊开来一看上面写着：我知道你的一个秘密，你最好和我合作，否则我能让你身败名裂。

老黄看完一屁股瘫坐到地上，眉头微皱，口中喃喃细语："会是她吗？她还活着？"老黄不敢去想，在于他看来那是一件不光彩的事，他打算和那个秘密一样一同腐烂。

"黄师父，这么多年不见，你还是声名远播啊！"来者正是老爷子的三姨太，她上下打量起老黄来。

"谈不上声名远播，说吧，你来找我有什么事情！"老黄也是个明白人，不用多说，方才那个手绢绝对是她偷偷丢到药兜里的。

"哈哈，多年不见，师兄还是和昔日一样，深知我的心思。"

"哼，我们俩苦斗多年，本以为你嫁了人不会再到处毒人，不料你还毒到自己的丈夫身上去了。"

"哼，师兄你别忘了，当年，若不是因为你，我如今会下嫁于那个老头子！"

老黄没有搭话，女子在老黄耳边窃窃私语，老黄先是一愣，最后还是无奈地点头。

女子摇摆着身姿走出了医馆，而老黄则是长叹一声。时光流转，老黄看着女子的背影一切仿佛又回到了拜师学艺的那段美好时光，老黄低头看着自己的双手，这双手救过少人，同时亦害过不少人。

连老黄自己都不清楚他的手什么时候开始打起了哆嗦，他自嘲地笑了笑："该来的还是要来，行了半辈子的医，到头来自己的病却无法治疗。"他转身回到医馆里，先是给自己的手扎了针，片刻之后哆嗦有所减少。

与此同时，狗腿子还在张罗着给老爷子寻七月初七生的至阳童子，并且大肆宣扬若寻得者奖白银万两。很快这件事就在北京城里传开了，金钱的诱惑是那般巨大，没过多久，狗腿子和一名女子碰了头，交谈片刻给了一袋银

第十六章 驮尸夜行，赶赴阴山

子，就抱走了一个孩子。

而老黄心里还在琢磨，如何实行那个计划，他可不想为财害人，可他亦不想身败名裂。老黄看着老祖宗的牌位，然后嘴角轻蔑一笑。起身往里走，和衣而睡。

半夜时分，月光如水，大夫人蹑手蹑脚地往一间房里走去，大夫人关门时还不忘看看四下有没有人。

"死鬼，那老头子，叫你去干吗？"大夫人看了看，狗腿子一脸妩媚地说道。

狗腿子一边脱衣服一边笑说："他叫我帮忙寻得一七月初七生的至阳童子，当他义子。"

"义子？那老头子那方面不行，现在琢磨着收义子？"

"看他的样子，估计活不了几天！"

"今天那个黄师父怎么说？"

"管他的，那个毒就算华佗转世也医不了！"

狗腿子和大夫人两人春色满屋，这一切都有人尽收眼底。

(2)

次日中午，狗腿子抱着一个孩童屁颠屁颠地往府里面跑，领进门时还通知了一仆人去通知请老黄前来。

狗腿子路过庭院时，恰好遇见三姨太，三姨太叫住狗腿子："你弄这么大点的孩子回来干啥？是不是你在外头偷吃和哪个女人生的野种？"狗腿子抱着怀里的孩子，一脸无辜地回答："这孩子可是老爷的义子，谁叫老爷多年来膝下无子，唯有找个孩子好继承老爷的家产。"三姨太抚了抚鬓角的长发："那为何一定要选这孩子？其他孩子不可吗？"狗腿子笑了笑，说："老爷子特别盼咐必须是七月初七那日出生的至阳童子，我为了找孩子可不容易，给了接生婆不少银子呢。"三姨太没有答话而是朝屋外走了出去。

老黄刚好也进来了，与三姨太照了个面，二人心照不宣。狗腿子见老黄

来了，立马抱着孩子走过去："黄师父，这孩子乃七月初七所生的至阳童子，产婆所说不会有假，小人还得到这孩子的父母亲口证实。"老黄接过孩子，手又开始哆嗦起来，抱了一会儿，说："好了，这里没你什么事了，对了，在我替老爷子治病期间，无论发出什么声响任何人都不要前来打扰，否则，后果自负！"老黄的语气看似在警告。

狗腿子连连点头，可心里却想着，你医得好才是见鬼了！然后，转身离开，老黄抱着孩子往老爷子那间房走去。看着怀里的小孩子，老黄开心地笑了。

"嘎吱"门开了，老黄抱着孩子走了进去，把孩子放到老爷子面前，在他耳旁说了一些悄悄话后，老爷子的脸忽红忽白。

老黄把孩子放到另一张床上，然后拔出随身携带的银针替老爷子扎针，老爷子躺在床上问道："黄师父，能否告诉老夫，老夫得了什么怪疾？"老黄一面扎针，一面答道："老爷子，您是中了一种剧毒，俗称无色散，此毒无色无味，可在空气中传播，凡中毒者不出六日定当七窍流血而亡。"

老爷子知道了真实的情况，原来自己是中了剧毒，老爷子犹豫了一下："黄师父，你一定要帮帮老夫。"

老黄微微点头，拔出原本银白色的银针，黑色的毒血顺着银针，缓缓地流了出来。老黄为了保护老爷子的安全，刻意在府里住下，老爷子对老黄可谓是十分信任，连自己的秘密都全告诉了老黄。

老黄还是和往常一样给老爷子扎针，只不过这次的针颜色变成了黄色的针，扎完也没有流毒血。前几日，寻来的那个孩子也交由奶娘带到了乡下。一切都在计划中进行，老黄给了一颗归息丸让老太爷服下。老黄出了老爷子的房间，三姨太正好在外面等着他。

"师兄，那老鬼可是将所有秘密都告知与你？"三姨太在老黄身旁细语。

老黄点了点头，手一扬，说："不过，现在还不是时候，你得配合我演一场戏，我打算干完这一票就收手。"说着，伸出了哆嗦的双手。

隔天，老黄和往常一样，准时去给老太爷看病，刚推开门，就疯叫着跑了出来:"老爷子死了! 老爷子死了!"这个消息惊动了整个府里的下人,老爷子那三房姨太太,也是哭丧着脸,奔丧来了。

三姨太先是给了老黄一个着实的耳光,怒斥:"你这神棍,不是说包治百病? 如今医死我家老爷,你说这事如何处理!"老黄瘫坐在地上,一脸无奈。

大太太则是走到老黄面前:"狗奴才,快滚! 快滚!"老黄连滚带爬地跑了出去,同时还带上了自己的药兜。 可惜,他并不是回医馆,而是去了另一个隐蔽的地方。

老黄绕到大宅的后头,顺着数下去,第三棵树。 老黄早就是有备而来,用手刨开了树前的黄土。 拿出铁铲子,开始挖了起来。

"叮"老黄听到了声响,丢下铲子。 慢慢抹开上面的黄土,把那个铁盒子装入药兜里。 头也不回地跑了,到街上雇了一辆马车,一路西去。

对于老爷子的离奇死亡,大概是第二天,老爷子和老黄的名字传遍了整个北京城,老黄不再是神医了。

老爷子下葬时,三房姨太太和府里的仆人哭得是肝肠寸断,海枯石烂。老爷子下葬没多久,大太太就开始和几个太太瓜分起老爷子的财产来,大太太把余下的几房姨太太都给赶了出去,就留下了府里的旧仆人。

老爷子下葬后第三日,夜晚,老黄从自己师妹的口中得知了老爷子的下葬地点。 自己一人带上铁铲,前往老爷子的墓地。 老黄挖了10多分钟左右,棺材渐渐露了出来。

老黄用尽全身的力气,将棺材盖挪开,把老爷子扶起来,丢了一颗黑色药丸到老爷子嘴里,不出片刻,老爷子竟然奇迹般地死而复生,他握着老黄的手,一个劲儿地说谢谢,还扬言要分一半家财给老黄。 老黄见老爷子重新活了过来,开口说:"老爷子,我不能要您的钱财,只求将你的三姨太还有那七月初七生的孩子给我就可。"老爷子连连点头,满口答应:"好! 好! 没问题,黄师父治好了我的病,可以说是我的再生父母,这两样东西你拿去便是。"老黄拱手道:"好,多谢老爷子,你我就此别过。"老黄临走时把身上的

匕首给了老爷子，二人就此别过。

老爷子一人走到了府前，去敲府门，敲了好半天才有人前来开门，一见是老爷子，像见了鬼似地乱喊："诈尸了！诈尸了！老爷子死而复活！"老爷子推开门，慢慢走了进去。

狗腿子和大夫人正在房里干那见不得人的事儿，其他几房姨太太均被赶走。狗腿子与大夫人衣衫不整地从房里出来，刚好和老爷子撞了个正面。

老爷子冷笑着说："你们这对狗男女！我死不瞑目，我要你们一起下去陪我！"

开始狗腿子还有点害怕，以为是冤魂索命，一低头看见老爷子的影子，心里就有底了。

狗腿子刚想冲过去，老爷子拔出老黄送给他的匕首给了狗腿子一刀，狗腿子手臂挨了一刀，可这并不影响他杀老爷子。

狗腿子死死勒着老爷子的脖子，而老爷子又重新给了狗腿子第二刀，正中狗腿子腹部，狗腿子腹部大量流血，匕首也插在其中。

大夫人来到老爷子面前面目狰狞地说："老爷，把你的秘密告诉我，我会救你。"老爷子示意大夫人俯下身子，说了几句话便让大夫人给勒死了。

狗腿子躺在地上苦苦哀求大夫人救他，大夫人拔出狗腿子腹部的匕首，继而又给了狗腿子狠狠的一刀。

狗腿子临死前微微说了一句——为什么？大夫人冷笑着说："那是因为你和那个死老鬼一样，都太笨！"丢掉匕首，往大宅外跑去，来到了大宅后头，顺着树数下去，结果空无一物。

等大夫人再次回到府中时，不知何人告了县官，正有不少官差在府里等她，而报官之人正是——老黄。

老黄和老爷子道别后，根本没有离开，而是紧随老爷子身后。大夫人这下子可算是明白了，原来一切都是在老黄的计划之中，老黄身旁的人正是昔日的三姨太。大夫人被官府带走后，老黄与三姨太也离开了这宅子，而原来的二姨太听说之后就搬回来住了。

根本没有所谓的偏方治百病，童子心更是无中生有的东西，这一切都是老黄和自己的师妹商量好的，不过，狗腿子去请老黄到府中为老爷子看病，确实是冲着老黄的名声去的。那毒亦是狗腿子和大太太两人商量所投，只不过让老黄给解了，老黄就顺着师妹的计划洗光了老爷子的家产。

　　其实，老黄和小师妹原来有过一男孩，那孩子正是七月初七所生，那孩子出生没几日就夭折了，师妹也离开医馆不知所踪。老黄和老爷子有一点是一样的，自打第一个孩子夭折后，以后就失去了生育的能力。

　　老黄带着一大笔巨款，携着昔日的小师妹，还有那个七月初七出生的孩子，到了另一个地方，开了一间新的医馆，只不过这次的大夫不是老黄，而是自己的小师妹。开张第一日，第一名客人来了就问："我家老爷得了怪疾，可有偏方包治百病……"

第十七章　死人山，寻阴墓

(1)

司徒天的故事讲完了，我们的目的地也到了，我们下车后目送殡仪馆的老司机开车离去。我背上驮着身穿嫁衣的水月花子，抬头凝视着不远处，这死人山群山连绵不绝，而且还特别陡峭，一座更比一座高。我在心里算着路程，按照眼下的情况想驮着一具尸体登上去，肯定是一件极度艰难的事。

流川听完司徒天的故事，貌似还觉得不过瘾，愣是缠着我也讲一个。

我耐不住流川的死缠烂打，想了一下说道："我讲一个跟蛇有关的故事吧。"

我的故事名为蛇怨，故事内容如下——

村西北方有座山，村民称它为"蛇山"。站在村口，远望此山，就像一条凶猛巨蛇，围绕着村庄。听老人说，山上的确有蛇。猎人经过此山，就没再回来。其实，关于猎人有更神秘的"蛇怨"故事。

他是打猎唯一经过这座山的人。某天，他早早起床跟家里告别，上山打猎。他背起工具，推开门向深山方向走去。他站在村口，回头望望仍未熄灯的屋子。他知道，妻子不放心，怕他遇到蛇。他看看西北方"蛇山"，紧紧身上背的工具。哼着小曲，悠闲自得地向山上走去。"蛇头山"像吐信子的蛇，吐着信子等待猎人到来。

一阵狂风刮过，乌云密布。猎人加快脚步，雨淋的滋味他深有体会。

第十七章 死人山，寻阴墓

他踮起脚，遥望远方茂密森林是否能找到躲雨处。森林某个空旷位置，有一间十几平方的茅草屋。天空黑暗，乌云密集。一道亮光闪过，"轰隆隆"雷鸣声响彻山头。他慢跑起来，马上就要下雨了。蛇群也纷纷各自回到家中，仅有树木和小精灵等待雨水洗礼。

茅草屋是原来猎人建造的。屋内设施简陋，仅有一张像样的床和一盏煤油灯。"还好！屋内不漏雨！大部分茅草放在顶上，能经得起几场雨淋。"他自言自语。

屋外狂风呼啸，磅礴大雨。"哗哗"雨水击打着树枝和茅草，摇摆树枝发出怪怪声音。偶尔听到动物怪叫声。雨水不仅沐浴它们，也侵犯它们。有的能够找到避雨处，有的却让雨水淋得狼狈不堪。一条青蛇找不到躲雨处，四处蠕动。它向茅草屋方向爬来，吐信子四处张望，慢慢爬来。

雨水渐渐小了一些，猎人摸摸自带粮食。雨水浸泡过，已无法食用。他咒骂了一句："算我倒霉！"饥饿的肚子"咕咕"叫个不停。

他起身点亮灯，看看四周能否有填饱肚子的东西。青蛇看到一个小小缝隙，它蠕动着慢慢爬向屋内。它瞬间感觉暖暖的，它睡着了。猎人无心睡觉，但是饥饿，辗转反侧，难以入睡。它听到蠕动声，声音越来越清晰。他一手拿工具一手拿煤灯，半蹲着身子，来回走动。一条青蛇吐信子盯着他，他没看清那是一条怎样的蛇。他狠狠砍下去，青蛇躲开，凶猛伸开脖子，紧紧咬住猎人手臂，鲜血沾满茅草。猎人使劲甩开青蛇，然而无能为力。他愤怒地拿起比较锋利的刀具，狠狠再次砍下去。鲜血溅满脸，青蛇挣扎一会停止呼吸。仅有蛇尾摇摆，他用石头砸下去。一道亮光闪过，一声巨响，响彻山头。他肯定那不是雷鸣声，那是什么？

他点燃篝火，美餐一顿，早早睡去。夜深，暴雨停止。偶尔出现闪电或雷鸣，风变得小了一些。他感觉后背痒痒，挠了几下，继续睡去。痒痒加剧，他继续挠。黏黏的液体，带着腥味，沾满双手。几十条幼蛇撕咬后背，撕下的人皮一层一层进入口中。他惊叫起来，惊醒熟睡鸟儿。瞬间，寂静的夜，安静的森林，又陷入一片混乱。他跑向屋外，蛇群吐信子盯着他。 一条庞大的青蛇紧紧缠着他的躯体，他全力挣扎。 激怒青蛇，一声巨响，蛇群爬向躯体，惨叫声、撕咬声连续不断，等声音消失，仅有一个骷髅，一段蜕皮，警示人类不要伤害蛇。

猎人没回家那几年，妻子经常梦见蛇。 梦境中，家里每个角落都是蛇，就连被子里也是。 村西边池塘中有条巨蛇，吐信子来找她。 蛇把她带走了，她跟在蛇的后面，走向池塘，走进池塘，渐渐消失。 偶尔，噩梦把她惊醒。 朦胧中，看见屋内某个角落堆放着蜕皮的蛇，时常蠕动着。 她却不知，蛇皮下面是一具未消化完的躯体。

自打猎人没回村庄，再也没人上山打猎。 某年，村里来了一位老人，说自己是生物学家，专门研究蛇科。 他叫詹姆，一位从东京大学毕业的生物学家。 前几年，詹姆无意看报纸有关蛇的报道，提到村子西北方向的蛇山。那时，还没人遇到蛇。 只是，山外形像蛇，取名蛇山。 猎人打猎没回来，有人猜测蛇山必定有蛇。 他这次来是要登蛇山，寻找珍贵的蛇毒，作为研究拯救人类生命的药物。

村民纷纷劝他，不要去蛇山。 詹姆找到村长，说："听说咱们村民去山上打猎，至今仍没回来。"

"是啊！"

"我一般很少去那座山，我也不需要打猎。 不过，你要真去。 我也无法改变你的主意，希望你能顺利。"

"我想问一下，去山上最近的一条路，怎么走？"

"你走到村口，就能看到蛇头山。 村口旁边有条小道，你顺着向上走。再看到蛇头山，你直走就可以了。"

"谢谢！ 我明天收拾一下东西，下午就去。"

"好吧！"

"村长，蛇山森林高大的柏树，不停地摇摆。 你快去看看！"

"马上就去！ 不好意思！ 詹姆，我要走了。"

"我们一起去吧！ 我想多了解一下蛇山。"

第十七章 死人山，寻阴墓

詹姆、村民、村长站在村口，高大的柏树不停地摇摆。树叶"哗哗"落地声，惊动鸟儿飞向远方。

"蛇山要出事了！"村长自言自语。

"詹姆，你不要上山了。柏树摇摆，鸟儿高飞。别的动物入侵了蛇山。"

"没事！我一直喜欢动物。我在大学研究蛇科好几年，现在正是锻炼的机会。"

村长不再说话，詹姆却有种不祥预感。他认为不是入侵那么简单，或许还有更恐怖的事情。

詹姆收拾好东西，同村民和村长告别，踏上寻找蛇毒之旅。

詹姆站在村口，望着蛇头山，就像一条发怒的蛇吐信子，招呼蛇群等待攻击。詹姆冲着山做了祈祷姿势，紧紧工具，走向茂密森林，走进蛇山。道路崎岖，阳光透过密密匝匝的枝叶，照在身上。额头汗水淋淋，擦拭汗珠。他停靠树桩，休息一会。一只调皮的猴子，站在树枝偷吃果子。时而发出怪怪叫声，一条青蛇爬向草丛，摇摆草叶，慢慢停了下来。

"这才是大自然！这是大自然馈赠人类最好的礼物。"他沾沾自喜地说。

一群鸟儿飞过，观望鸟儿飞来的方向。柏树摇摆，蛇头山也变了样。他加快步伐，晚上到达目的地。崎岖道路，茂密森林。目前环境，无法加快步伐。他深深叹了一口气。"还是慢慢走吧！"太阳要落山了，他得找个晚上休息的地方。他站在比较高的地方，眺望远方。他发现前方有间茅草屋。

他来到茅草屋，推开简陋的门，屋内更是简陋。四周传来蠕动声，他并不在乎。他吃了一点随身携带的食物，躺在茅草上，渐渐睡去。熟睡中，一条青蛇爬上身，他轻轻挠一下。蛇落地，蛇再次上身，滑滑的、长长的、圆圆的，他匆忙站起来。蛇落地，远处一条受伤的蛇。他似乎明白了。他拿出药箱，医治蛇。蠕动声加剧，这不是一般蛇。他紧张起来，另一条青蛇吐信子观望四周。一条毒蛇爬向他，他被袭击了。青蛇与毒蛇展开搏

斗，守护着他。青蛇群到来，毒蛇逃跑，青蛇拖着昏睡的詹姆爬向远方。

(2)

现实中，蛇的记忆力非常好。当然，它也记恨曾伤害或者攻击过它的敌人。多年以后，如果遇到敌人也会报复。不过，蛇也会报恩，只是少见而已。

生物学家慢慢恢复知觉，他睁开蒙眬眼睛。蛇群围绕身边，吐信子盯着他。他后退几步，腿部隐隐作痛，他想起袭击的毒蛇。他看了一下伤口，还好不是毒蛇所为。蛇毒是名贵的药物。他不能放弃这次机会。他站起来，慢慢地向远处走去。他再次踏上了寻找蛇毒之路。

森林茂密，雾气重重。一条眼镜蛇趴在草丛等待食物。詹姆慢慢地向前走，树枝是唯一的扶持物。前面是一片草丛，他想过去休息一会。他看见草叶不停地摇摆，眼镜蛇已经嗅到他的气息。他手中紧紧握着捕蛇工具，盯着草丛。眼镜蛇张开前沟牙伸出脖子喷射毒液，他不小心摔倒在地。眼镜蛇再次袭击，瞬间两条青蛇挡在前面，再次展开搏斗。青蛇倒下，蜕皮，消失在雾中。詹姆趁机用工具制服眼镜蛇，他准备获取蛇毒。结果，让他失望。眼镜蛇已停止呼吸，瘫在地上。

詹姆再次逃过一劫，他仍没放弃寻找蛇毒。他站在草丛中，看着远处的蛇头山。他想起导师的一句话："蛇是危险的爬行动物，蛇最大的敌人却是人类。"他笑了笑，坚定信心向蛇头山方向走去。青蛇蜕皮消失雾中，蛇群脱离身后。孤身一人，泥泞路面，潮湿空气，密密麻麻的草丛是毒蛇伏击最佳环境。远处草丛延伸远方有一个深深黑洞，他加快了步伐。洞的不远处，一棵庞大的柏树。他抬头仰望，茂密树枝，分叉树枝，似乎有什么东西在不停地蠕动。他想到村民告诉村长的那句话："村长，山上那棵庞大的柏树不停地摇摆。你快去看看！"他此刻明白为什么摇摆，村民却无法揭晓答案。走到洞口，手捏了一点泥土，软软的、暖暖的，洞口粗糙。他断定这是毒蛇大王的巢穴，它刚收获猎物回来。洞深处，一个骷髅，一条巨大的毒蛇吐信子，观望四周。

詹姆悄悄地走向洞深处，他看清骷髅，它属于健壮的男人。他想到一直没回村里的猎人，心里胆战起来。毒蛇似乎嗅到什么气味，它蠕动着身体慢慢脱离骷髅，爬向另一个方向。詹姆趴在那里，就像木头人不敢挪动。他向另一个方向深处看出去，似乎看到了亮光。"难道，那是洞的另一个出口。"结果，他错了。那是通向巨大柏树的入口，柏树上爬着无数条毒蛇。那天之所以摇摆，因为毒蛇之间争斗猎物。毒蛇爬向柏树，洞内仅有无数小小的洞穴。这些洞穴对于詹姆来说，他并不在乎。他稍微挪动了一下身体，身下好舒服，软软的，如同海绵一般。他用手触摸过去，他差点叫出声来。蜕皮的蛇及黏黏的液体，白白的一片。他仔细看了蛇皮结构，断定并非全是毒蛇，还有其他蛇类，包括救过的青蛇。雾中蛇蜕皮，瞬间消失，都在这里？

他越想越害怕，越分析越紧张。一个声音打断他的思路，还是尽快获得蛇毒离开这鬼地方。他稍微向后退了几步，向另一个洞口前进。身后一条吐信子的毒蛇，盯着他。伸出脖子张开前沟牙喷射毒液，他慌乱地爬向另一边。灾难降临了！

"蛇怨"对于詹姆，他理解。猎人是蛇怨的陪葬者，而他却成了青蛇的陪葬者。

他的慌乱惊动了蛇群，那条巨大的毒蛇，快速蠕动身体。吐信子，张开前沟牙，爬向詹姆。柏树再次摇摆不停，蛇群听见召唤声，纷纷爬下树，进入洞中。詹姆只能拼死一搏，他用手中捕蛇工具抵挡蛇的进攻。可惜，毒蛇太多了。他累了！他仅仅马虎的瞬间，一条毒蛇伸出脖子张开前沟牙喷射毒液。毒液进入眼睛，他四处摸索。巨大毒蛇想缠住他的躯体，没能得逞。另一条毒蛇的毒液正好喷在伤口，他灵机一动用工具紧紧抓住那条蛇，获得毒液。詹姆已累得筋疲力尽，但他还是奋力向村口跑去。

迷雾中，一个人拼命跑向村口。他也在喊"救命"，再喊"村长"，无济于事。毒蛇紧跟其后，青蛇却已不存在。他终于跑到村口，却没遇到救他的人。他就这样挣扎着，死在村口。等待天亮，村民发现他。一具僵硬、伤痕累累的尸体，一个装有蛇毒的瓶子，安静地躺在村口。

"蛇头山"已不再是传说中的那样，村长称这座山为"无人蛇山"。只是，村民是否真正理解"蛇怨"真正的意义。怕某天，再有人引起蛇怨。这个村庄，或许就变成"蛇村"，成为无人区。

第十八章　养尸人，木魅妖

(1)

我讲的蛇怨遭到司徒天鄙视，因为他之前听我说过。

流川听了却认为还不错，认为我有当作家的潜质。

接连赶路寻找一处能够埋葬猝死新娘的墓穴，我们三个早已身心俱疲。

因为深山老林之中一到深夜，气温骤降不说，能见度还非常低，连蛇虫鼠蚁都倾巢出动，如果不小心惹来什么厉害的猛兽，估计又将会是一场生死大战。流川在前面领头，我背上驮着尸体，继续往前走。

结果，一个让人终生难忘的场景出现了，在我们面前有间木屋子，屋子外站满了一排排的死尸。尸体旁边坐着一个老家伙，他手里拿着一个紫色铃铛，正盯着我们三个人，还没等走过去，他便开口说道："喂，我是这一带的养尸人桃城，你们三个人若想从我这个养尸人这里过去，要么留下钱，要么留下你的尸体！"

流川说这家伙有点诡异，让我们把身上的钱都拿出来交给他，因为黑木老头经常说，能用钱解决的事就不是事儿。养尸人桃城拿到了钱，同意放我们三个离开，临走还不忘叮嘱我们，在乘船渡过前面不远处的黑水河时要小心，提防着河中专吃尸体的河妖，河妖出没时间不定，但胆子大的摆渡人，还是敢在晚上摇船送人过河。

为了防止发生什么意外，我还刻意问桃城："你该不会是骗人的吧？"

桃城仔细想了一下，才压低声音说："想知道事件经过，先给我讲个

故事。"

听到如此极品的要求,我跟流川差点晕倒,这家伙简直跟司徒天一个德行。

迫于无奈,流川唯有点头答应,开始讲起了故事来。

日本安土桃山时代,有一奇树,非妖非怪,若有人心存邪念,伤之分毫,便取人性命,更甚屠及全村。 是谓:木魅。 古语云:木魅晨走,山鬼夜惊。

日本虽经过战国诸侯割据一方的混乱时代,但紧接而来的安土桃山时代依旧混乱不堪。

此时有两人对峙于平原之上。 其中一人手持素锤,身披红色盔甲,头盔有两白色铁角直触天际,立于黑马之上。 另外一人腰间束有长短双刀,身披黑色盔甲,有一弯月形铁器顶于头盔之上,呈金黄之色,骑于红马之上。

朔风起,红黑巾绫飘然舞动。

"丰臣安吉,十几年来,你们住吉屡屡侵犯我高砂,想我高砂大人大量,想与你们不计前嫌,握手言和,你们住吉却信口雌黄,出尔反尔,到底是何居心!"

"织田信砂,别再往自己脸上贴金了,你面上要和我们握手言和,暗地里在做什么,想必只有你自己清楚,还说我信口雌黄? 这句话对于你们也是最适合不过了吧?"

"你!"黑马之上,织田信砂面红耳赤,竟是说不出话来。

"你什么你,难道我说的还有错不成? 今天不是你死就是我亡!"丰臣安吉说着拔出了长刀。

"哼! 就凭你?"织田信砂见丰臣安吉拔刀相向,也是挥舞起了手中素锤。

"不光我,还有我住吉熊熊烈焰的战士们,给我杀!"

"杀!"说着丰臣安吉背后万千士兵齐齐振奋道,声势瞬间高涨。

第十八章　养尸人，木魅妖

见到住吉士兵怒气冲冲地杀将过来，织田信砂也是瞬间暴走："高砂的士兵们，为了荣耀！战！"

"战！"织田信砂背后也是隆起一片，双方士气都达致顶峰。

织田信砂挥起素锤向着丰臣安吉头部砸去，丰臣安吉也是提起长刀轻松挡下。双方就此陷入了长久的征战，死伤惨重，两败俱伤。

高砂与住吉两地自战国时代以来，分别由织田、丰臣两个大名掌管，双方势力均衡，一直都想吞并对方，虽经过长年拼杀，但任谁都不能占据上风。所以也有过不少次和解，但因为双方都有至亲死于对方之手，虽然织田与丰臣两个大名同意和解，私下也有着不小的摩擦。

也就造就了如今尴尬的局面，对于任何属于高砂和住吉的人民来说，这都是一个死结。

"父亲，您又受伤了！"一个穿着纤细盔甲的女子看到织田安吉回来，急忙上前搀扶，"快，快去准备热水！为父亲清洗伤口！"。此人正是织田安吉的爱女织田辉夜。在她出生的时候，织田安吉的爱妻因难产而死，所以他将自己对爱妻的爱全部都倾注在了织田辉夜的身上，所以从小对其百依百顺。

但织田辉夜从小就喜爱武艺，喜欢舞刀弄枪，也就有些男孩子气，从小就听织田信砂说起高砂的敌人，所以住吉人是她最痛恨的，因为他们背信弃义，出尔反尔，实属不可饶恕。

闻言，偌大的将军府一下子紧张了起来。

"辉儿，别担心，又不是什么大伤，就擦破一点皮，不碍事的。哎哟，你慢点！"见织田信砂还要装强，织田辉夜轻轻拍了一下他的伤口。

"哼，都伤成这样了还要逞强，还不乖乖地去坐好！"言语间，织田信砂就像是一个小孩子，将军威风不复存在，战场上的所有戾气全部消失殆尽。

"这住吉人还真是可恶，每次都让父亲伤成这个样子，要是让我遇到，一定把他们打得落花流水，让他们不敢再踏进我们高砂的土地！"辉夜见到织田信砂身上的伤口，很是愤懑。

"打仗乃是大丈夫的事情，你一个小女子瞎掺和什么，受点小伤又算什么。我倒是不担心这个，我更担心的是你，你看看，你一点大家闺秀的样子都没有，以后还怎么嫁人！"

"我哪点没有大家闺秀的样子了，我才不想嫁出去呢，那些男人都是一些废物，还不如我自己一个人来得清静。"

"难道躬亲公子也不如你的意？其实佑幕公子也还是不错的，好歹也是个皇亲国戚，人品不错，长得也俊俏。"

"父亲！不要老是想让我嫁出去好不好，就让我留在你身边照顾你还不好？"辉夜越说，情绪越是激动，想她从小娇惯，织田信砂让她见得这些男子虽是优秀，但是都太过正态，总是一本正经，一点意思都没有。

听到辉夜如此言说，织田信砂又开始抱怨起来："哎！我老了，女儿长大了，也不听我的话了，以后我只有解甲归田，孤独终老咯。"

"父亲，您才没有老呢，女儿听您的就是了，只是那可恨的住吉，老是不能让您安心，女儿怎可在此时弃您而去呢？"

听到这里，原本虚弱无力的织田信砂瞬间兴奋起来，"你是说，只要我打败住吉人，你就肯嫁给躬亲公子吗？"

难得见到织田信砂如此精神，加上此刻确是也避无可避，该来的始终是要去面对的，"是，父亲大人，只要你安下心来，女儿嫁给谁都可以。"辉夜面容中闪过一丝哀愁，不过织田信砂只想到辉夜和躬亲成亲之后，自己的前程将会一步登天，陷入了自己的无限美好的遐想之中。

住吉此刻与高砂一样呈现一派萧条之景。

"父亲大人，您又出去打仗了？"

"信长，这是我的使命，也是你的使命。"

"使命？使命就是视人命如草芥？就是天天将别人的性命握在自己的手里？"说着被叫作信长的人开始激动起来。

"我这么做都是为了我们住吉人，要不是我出去四处征战，哪里来住吉人的安宁，哪里来住吉的祥和！"丰臣安吉义正辞严。

第十八章 养尸人，木魅妖

"父亲大人，你什么时候才能停止这场毫无意义的征战呢？"

"毫无意义？ 信长，当你看着自己的人民受苦受累，受他人欺凌甚至毫无还手之力的时候，你会怎么想？ 这世界上，只有一种法则！ 你不欺负别人，别人就会欺负你！ 弱肉强食从来都是亘古不变的真理！"丰臣安吉双手搭在丰臣信长的肩上语重心长地说道。

"弱肉强食？"

"是的，信长。 你跟我来。"言罢便是向前走去。

丰臣信长半信半疑地跟了上去。

"信儿，你现在看到了什么？"来到城墙之上，丰臣安吉背对着丰臣信长。

丰臣信长向前望去，心中虽然疑惑，但是依旧回答道："什么都没有。"

"真的什么都没有？"

丰臣信长再仔细望了望，可依旧毫无所获，"我确信，前面什么都没有！"

"你再仔细看看。"

这下丰臣信长有些疑惑了，明明什么都没有，为什么父亲大人要如此反复问我一个毫无结果的问题呢？ 想必定是有其他的寓意，丰臣信长迟疑地说道："难道是土地？"

"猜对了一半，信长，是疆土，属于住吉人的疆土！ 在这片领域之内，住吉人可以不用担心某一天流离失所，也不用担心某一天被人追杀，不用担心吃不饱，不用担心穿不暖，天天过着舒适的日子，不用担心任何的事情。"信长闻言若有所思。

"是的，父亲我常年征战，杀人无数，那些人或许并不该死，或许他们也可以过着舒服的日子，但是他们选择了侵占别人的疆土，那就是对这片疆土的人民的一种侮辱，那么他一定是准备好了为之付出代价的决心，那么他们的性命想必是人人得而诛之。 父亲我亦是如此，我早就已经做好了被他乡之人杀死，身首异处的决心，哪怕我那一天回不来了，我也对得起这片疆土，

还有疆土上面的人民，在这混乱的年代，没有所谓的正义，也没有所谓的邪恶，只有一条，物竞天择！"

(2)

信长再次望向前方，眼神迷离，似乎看到了很多平时看不到的东西。想来自己在丰臣安吉的庇佑之下，过着丰衣足食的日子，以为全天下的人都和他一样，过着没有烦恼，远离战乱和平的日子。直到有一天，他随父出征，亲自目睹了整个战争。在那里，人命如草芥，没有所有值得奋斗的理由，只有杀戮！毫无道理的杀戮！前一秒还在和你说话，后一秒就分尸当场，死尸成片，暗无天日。

所以，自那时候开始，他就讨厌战争，因为他不知道这到底是为什么。为什么而战？为什么而死？没有人去问，也没有人去了解，更没有人知道。留下的只是杀戮！很是疯狂，当一个正常人在战场的时候，他的脑子里只会有一个想法，杀人！

但是今天，在听了丰臣安吉的话之后才发现一个令自己震惊的事实，在这个混乱的时代，自己也逃不了，要么选择战争保护更多的人，要么远离一切自生自灭，然后看着一切的无奈与痛苦上演，而自己却无能为力。

"父亲大人，我……"当信长收回视线的时候，发现丰臣安吉早就离开了，到嘴边的话硬生生地吞了回去，然后继续眺望着远方，拳头紧了紧，面色较之之前更为凝重。

是夜，丰臣信长夜不能寐，前去室外透气，步履蹒跚。

想着今日丰臣安吉对他所说的话，他陷入了苦思。真的就没有别的办法了吗？战争？这毫无休止的战争，毫无意义的征战，在这个年代居然没有任何办法可以阻止。如果有办法，我一定要阻止！如果可以，我宁愿搭上自己的性命也在所不惜，可是，如今的自己又能够做些什么呢？

就在他念想间，缓过神来却发现自己已经走进了山林之中。

怎么回事？我怎么会到了这里？他发现自己已经离开城镇很远，想要

第十八章　养尸人，木魅妖

回去，却发现连城镇的影子也消失得干干净净。

忽然间，信长恍惚间听到了一个召唤的声音，虽然疑惑，但是依旧循着声音的踪迹而去。他走过丛林，越过小溪，来到了一个山坡之上，山坡之上有一棵古老的树，此时月色正酣，星河明月。

信长来到古树前面，周遭有萤火虫，浮于巨树之内。他从来没有见过这么大这么古老的树，不禁让他肃然起敬，看着树上年月带来的痕迹，情不自禁地让他靠上前去。在他触碰到树木的一瞬间，树木居然开始发起光来，所有的萤火虫都开始停止飘浮，转而停靠在大树之上。

"丰臣信长！"

"谁？是谁在叫我的名字？"

"就在你的眼前。"

丰臣信长左右望了望，然后不敢置信地望着面前的大树，"是你？"

"正是。"萤火虫开始在大树上面形成一个人的面容。

"你，你是谁？"丰臣信长有点飘飘然。

"我？我是树灵，你也可以叫我木灵。"

"树灵？一路上是你在呼唤我？"

"正是。"

"不知道木灵大人找信长所为何事？"

"不知道你对这乱世有何感想？"木灵并没有正面回答他。

"这世道？"信长转念一想，"这正是我这几日所困惑的源头，我不知对于这个时代，我该如何去定义，如何去接待，如何去承受。"

"嗯，看来你也非常人，那么如果有一个停止这乱世的法子，你愿意吗？"

与此同时，远在高砂的高山之上。

"哦？停止战争的法子？"织田辉夜疑惑地询问道。

"是的，如果你愿意，我会让你见到助你成功的人，到时候阻止战争也只是时间的问题。"

回到住吉的山坡之上。

"我愿意倒是愿意，我想木灵大人不会这么轻易就帮助我一个凡人，我想知道代价是什么，或者说，你能够在我这里得到什么？"信长也不是什么天真之人，什么事情都有着属于他的轨迹，如要改变，你必须要付出相应的代价，天下也不会有什么天上掉馅饼的事情。

"哦？"木灵开始对信长另眼相看，"代价？ 或许你要先见一个人，我告诉你才会有意义。"

"什么人？ 这么重要？"织田辉夜惊异地询问道。

"一个可以助你改变现状的人。"

"嗯，如果木灵大人都这么认为的话，我愿意先见那个人一面。"信长虽然疑惑，但是事情已经到了这一步，他不喜欢半途而废，加上他对这无力改变的世界确实想要做出更有意义的事情。

"好，你闭上眼睛，我就带你过去。"木灵对信长说。

"好，你闭上眼睛，我就带他来见你。"木灵对辉夜说道。

信长只感觉眼前一黑，便是失去了知觉。

"喂！ 你醒醒！"辉夜看着眼前昏迷的男子，心中为之一动，加上木灵说他是可以改变战争的人，心中自是对他提升到了英雄的程度。

信长迷糊之间听到一个女子的声音，慢慢睁开了沉重的双眼。

此时星河铺满银色大地，月如明镜，萤火虫四处飞舞，清风拂动，草丛发出飒飒的轻响。 他看见一个仙女正一脸无邪地望着自己，瞬间忘却了所有的烦恼，这一切犹若仙境，是梦？ 还是自己上了天堂？ 如若是梦，我宁愿永远不醒，若是天堂，我愿意在这里待上一辈子，一直这样下去，不愿再离去。

"你醒了？"

这声音犹若天籁，直接融化了信长那坚毅的心。

"别这样看着人家，人家会不好意思的！"说着辉夜红着脸转过身去。

此刻信长才幡然醒悟，这不是梦！ 赶紧坐立起身，"信长多有冒犯，还望小姐海涵！"

"信长？"

"哦，在下丰臣信长！多多指教！"

"嗯，我叫织田辉夜。"两人就这样陷入了沉默，"听说，你可以停止这乱世之争？"

"哦？在下正有此意，不过……"

"不过什么？"

"木灵大人说是要我见一个可以助我阻止这一切的人。难道？"说着两人相视一眼都若有所思地转过头。

"好了，现在我可以告诉你们真相了。"木灵正巧在此时出现化解了尴尬。

"你说的代价？"

"是的，也不全是。你们要作好准备。"说着严肃地看着他们两人。"我不多说，想必你们都已经认识了。"

两人再次相视一眼，都从对方的眼中感到了一丝不安。

"听好了，织田辉夜，高砂首领织田信砂之女，丰臣信长，住吉丰臣安吉之子。"说完两人都以不敢置信的眼神看着对方。

"你到底想说什么？"

"问题很简单，现今你们所看到的一切的混乱都来自高砂、住吉，由于他们互不相信，误会越来越深，导致根本就不知道原因，见面就只有一个想法，那便是战争。所以，你们是战争走向的引导索。所以，你们就具备了解决这些问题的关键。"

"那你又能得到什么好处？你为什么要这么帮我们？我可不相信你会出于一片好心。"信长首先一针见血。

"好吧，现在你们也明白了，那我的意图你们知道也无妨。"两人开始提起了十二分精神，对于这个自称木灵的家伙，他们简直一无所知。

"你们应该注意到了，高砂、住吉相去甚远，我是怎么将你们聚到一起的呢？实不相瞒，其实高砂、住吉都有一棵古树，而我可以轻易在两棵树之间穿梭。"

"那不是挺好的吗？"

"挺好？不过，我也被诅咒了，只能待在树里面，哪里也去不了。不过，只要你们愿意充当这两棵古树的树灵，那我就可以自由了。所以对于这一切，可以说是一个交易，于你们、于我都公平。不过不要担心，是在你们死了以后。我给你们一夜的时间考虑，我不急，但是我想你们才是最急的，因为明天高砂、住吉将会进行决战！好好考虑吧。"

"父亲！"

"什么？你给我说清楚！"木灵说完之后，便是隐秘了去，不再理会。

两人沉思良久，谈了很久很多，渐渐两人之间心中多出了一丝奇异的东西。

"好，就这么说定了，我们答应你！"言罢，木灵走了出来。

"我们各自回去请愿，想必能够阻止这场战争。到时候，你想怎样都可以。"

"你们放心，我们各取所需，你们死之前，我不会做任何事。"

是日，高砂。

"什么？女儿，你做梦了吧？住吉人那么可恶，你怎么可能知道他们是怎么样的呢？不行，今日，我定要丰臣安吉的血祭我们逝去的忠魂！"

住吉。

"信儿，你再要信口雌黄，莫怪父亲我翻脸不认人！你以为我们失去那么多的将士都是白死了吗？真是竖子不可教也！"

"还有一种办法，就是你们一起死在你们父亲的面前，那么我就可以阻止他们。"木灵再次出现在他们的面前。

"好！我答应你！"

战争开始的时候，辉夜与信长被木灵移到了战场中央。

"父亲，我们可以好好谈的！其实事情并没有你想的那么糟！"

第十八章 养尸人，木魅妖

"信儿，快闪开！否则我翻脸不认人！"

"辉儿，快走开，这里可是战场！"

他们坚决异常，他们坚守毅然，最后辉夜与信长死于他们父亲的乱马之下。战乱最后还是停了下来，在他们死后，两位首领像是变了一个人，在木灵的引导下走向了和平。

至此，高砂、住吉山上多出了两棵树，若有人心有邪念，遇之，不日便死于灾祸。若有毁树之意便会殃及家人。

许久之后，肥后国阿苏神社的神主友成在高砂游览时遇到两个老妪，在打扫树下的杂物，并且欣赏风景，上前去询问才发现原来他们叫作辉夜与信长，并自称为木魅。

桃城是头一回听这样的故事，把之前的怪事说了出来，事件开端能追溯到100年前，那时候有许多靠捕鱼和摆渡为生的人，因为当时的黑水河处于重要河道。南来北往的商人若要出边境，必须经过黑水河，久而久之黑水河便自动聚集了一批以摆渡为生的摆渡人，但后来没人敢出海了，因为出海的人都死了，传说是河妖出没，专门吃人和尸体。

第十九章 纯阳血,封尸气

(1)

不过随着时间的推移,当初的黑水河已经变浅了,告别桃城之后,我驮着水月花子打算沿着河沿慢慢走过去,因为河本身不是太宽,水深应该只有半米左右,我踩下去水位恰好到我膝盖,往前走了一步,发现下面没有淤泥之类,才放心继续前行。

司徒天在我后头暗自嘟囔了一句:"桃城那家伙肯定是骗子,根本没有河妖!"

为此,流川也十分无奈,不过因为河妖让他想起了关于神隐的传说,传说如下——

北冥有灵,居于深山丛森。常闻魑魅魍魉之气,所遇之生色,皆消灭其间,不见其影匿。常有文曰:"天以气为灵,王以术为神,术以神隐成妙,法以明断为工。"

京城繁杂依旧。那行云流水般穿梭的拥挤人潮,闷热的空气还有堵塞不断滴滴作响的大小汽车。天空早就习惯了高耸入云的烟囱的倾情排泄,车尾的污浊气流。

入厕时的哗啦,一脸满足的清爽的笑齿。神奇的化学工厂,变出所有你想都想象不到的美好,抽离出多量的单粒元素,然后如厕般哗啦冲刷。下水道沁人心脾的不透明粘液,黑色的老鼠也只是惬意地绕道而行,发着光亮的

第十九章 纯阳血，封尸气

黑水顺着管道滴答下坠，辗转汇聚于城市的主干，形成一道完美无瑕的流通系统，将所有的暗渍汇流入河。

灰色是天空的专属，拥堵是车流的常态，喧闹是人类的特权，浑浊是河床的无奈，生存是动物的唯一。

是日，光线透过灰蒙蒙的天空，懒洋洋地挥洒在城市的各个角落。一张慵懒的面庞只手遮挡着不算刺眼的阳光，迷糊的双眼透过还算洁净的玻璃窗向外张望，所有的系统都井然有序地陈列着，尤其是那排排的大烟囱更是醒目。

他只是慵懒地看着窗外的一切，眼中尽是无奈之色。顺着灰蒙蒙的天空向上看去，最后在太阳的地方停留了下来，尽管连眼睛也睁不开，但却依旧露出了满足的笑容。

"喂！江尺君！"身旁突然出现的一阵轻昵强行将他拉回现实。

"嗯？"

他眼中依旧存留着阳光的律动，即便身边之人近在咫尺，他却依旧看不清旁人的样子。稍许之后，眼球终于恢复了正常的状态。他才看清楚原来是青叶千羽，没有其他的问题，想必又是来给自己送午餐的。

就在几个星期前，她突然出现在自己的世界，莫名其妙地对自己非常的好。这倒是让江尺纳闷了，自己就一个穷小子，不帅又没钱，更是和这个千金大小姐没有任何的瓜葛，作为直男的他只把她当作一时心热，过了就好，没想到，一过就是好几个星期。

江尺不是说这个叫作千羽的大小姐有什么不好，只是她太优秀，优秀到江尺高攀不起。其实还有个原因就是学校她的追求者数不胜数，这无疑是给自己招祸，综合想来，江尺只认为她来者不善。

只是为什么所有人的视角都集中到自己身上来了，她这样做又不是第一次了，不是都已经习惯了吗？江尺突然意识到了什么，下意识地向后退了一步暗叫不好，因为光线原因导致没有分清楚距离，他现在几乎能够感受到千羽面庞所散发的温度。这就难怪其他人了，今天真是大意了。

看着依旧满脸微笑的青叶千羽，江尺意识到，自己不免又要被她那些盲目的追求者围追堵截了，看来又得翘课了。

江尺很想搞清楚，青叶千羽如此到底是为了什么？

夕阳下的学校显得格外的幽静，丝丝缕缕的光线穿过篱墙散落在操场。

江尺轻车熟路地翻越过铁篱，早早回到家躺在床上，想着还是找个时间去问一下千羽到底想做什么吧，不然自己肯定会被玩死的。然后就什么也不想，什么也不想去想。今天难得的没有听到那烦人的唠叨，所以也就很快地进入熟睡。

次日，江尺一觉醒来好似睡了好几个世纪。带着惺忪的睡眼来到洗浴室，含着牙刷的他突然意识到今天有些安静得过分。像是往常，自己早就被母亲给叫醒了，今天怎么会如此破例？是忘了还是没睡醒？他下意识地看了一下挂钟，12点！

居然都已经过了中午？这不应该啊，他在屋内找了大半天，家人早就不见了踪影。可就在他正郁闷的时候，他发现窗外下起了大雪！将一切掩埋在这洁白的世界。

他望着窗外的白雪心中稍稍平静了些许，忘却了这城市的繁杂，城市的臃肿，城市的一切喧嚣。然后，他发现一个黑点在窗外奔跑，他确定那是一个人影，然后在下一秒黑点抛出一个奇异的东西，慢慢向着自己的房子靠近。

越来越近，然后在下一秒破窗而入。那个东西与江尺擦肩而过，带着呼呼的声响擦破江尺的脸庞，带出一道不深不浅的血痕。带着不可思议的表情摸了一下还在流血的伤口，他居然感受到了伤痛！他转过身一看，刚才破窗而入的东西斜插在木地板上，居然是一把长矛！现在依稀还能听到长矛的颤抖！

江尺懵了，彻底懵了。怎么回事？他刚想上前，突然又是一把长矛带着呼啸声刺破窗沿穿了进来。将江尺衣物直接刺穿，还未经他考虑，一阵箭雨也是如期而至，仓促之余，只好将衣物弃掉，仓皇奔走，几个窜身便是出

第十九章 纯阳血，封尸气

了房屋。

他一出来便是傻眼了，因为他所熟悉的街头巷尾完全变了样，整个城市，准确来说，自己已经不在城市，而是来到了一个奇怪的地方。 没有了车水马龙，没有了排烟大囱，没有一切他习以为常的建筑。 有的，只是绿的树、清的河、高的山、白的雪，居然还有蓝的天！

"有人类！"

"是人类！"

他根本来不及享受这一切转换下的视觉冲击，只听到后面传来莫名其妙地叫嚷，与震天的喊杀声。 然后发现自己已然在奔逃中一丝不挂。

就在他不知所措的时候，一道白色的身影将他给扑进了远处的丛林。 江尺刚想挣扎，却发现这个人是那么的让人熟悉，定睛一看，不是别人，正是前段时间缠着自己的千羽！ 只是她的头上多了一对毛茸茸的头饰，江尺突然发现她还是挺可爱的。

刚想说点什么，却被千羽示意不要出声，并且紧张地向外张望。 看着千羽严肃的面庞，江尺出奇地并没有忤逆，反而是顺着她的视角看了出去。

不久之后，一群带着奇怪白色面具，头戴黑色官帽的红袍人追到了江尺刚才所在的方向，准确一点，是飘过来！ 因为一路上都没有脚印！ 江尺强忍着内心的震颤，闭着眼睛不敢再看。

"气息还在，应该没有跑远，你们去那边，你们去另一边，一定要把他给我抓住！"一个看似头目的人指挥着众人。

"是！"在应和声之后，他们开始散开来。

就在以为他们已经离去之后，江尺长舒了一口气。 江尺才舒一半，就被千羽捂住。 可就在这时，那个头目似乎感受到了什么，转过身看着江尺所藏匿的方向，并且开始慢慢靠近，其他的人也注意到了他这一举动，江尺他们被发现看来也只是时间的问题。

千羽此时只是戏谑地看着江尺，好像在说，看吧，都是你。

江尺羞愧之余发现自己能够感受到千羽的呼吸与温度，问题是自己居然还一丝不挂,然后脖子很快就潮红了大半。似乎千羽也发现了不妥之处,然后愤愤离开,直接出了丛林。

(2)

"真巧啊,川司,你也在这里呀。"千羽轻车熟路地和那个头目打起了招呼。

"哟？里奈小姐怎么得空来结界？"那人居然毕恭毕敬地和千羽闲聊起来。

江尺发现他们居然认识就已经快要坐不住了,谁知道他还无意间看见千羽的身后居然也有几条毛茸茸的东西,但一想其中的猫腻,他得出了一个不可思议的结论——这群奇怪的家伙想必就是所谓的妖怪,那么千羽头上的是耳朵也不奇怪了,身后的是尾巴也不是不可能的,那么千羽是——妖怪!

"这世界怎么了？末日了吗!"江尺努力平复自己受刺激的心灵。

"嗯,我就在这里玩玩,你们忙去吧,不用管我。"青叶千羽娇嗔地说道。面具男人们虽然疑惑,但是依旧离开了这里。

不知道千羽是从哪里拿出的衣物,这衣物更像是和服,江尺披上居然刚好合身。

"我知道你的疑虑,但是我奉劝你不要问,不然我一个不耐烦吃了你!"千羽突然变得严肃起来,和外面完全不一样,反而变得非常高傲与冰冷。这个样子反而让江尺心里有种踏实的感觉,感觉这才是真实的她。

"刚才她们叫你里奈小姐？这才是你的真名？"虽然知道不该多问,但是不知道为什么就是有些按捺不住,让你第二天醒来就世界末日然后叫你不说话试试。

千羽只是漠然地瞟了他一眼,继续赶着路,并没有要回答的意思。

"那我总可以知道,到底怎么回事吧？"原本话不多的江尺,此刻却变得多嘴了起来。

见到自己一而再再而三地被无视,江尺自尊心受到莫大的打击。加上他

第十九章 纯阳血，封尸气

猜测，自己来这里应该是有作用的，所以不用担心她刚才的恐吓。

"你！"江尺刚想再说什么，千羽没给江尺半点反应的机会，单手将他提到树上，利爪卡在他的脖子上，露出了狐狸的面庞，非常狰狞，"我是不会吃了你，要不是隐神点名要你，我早就把你吃了，在外界我那么努力，你居然还毫不在意，让我在大人面前差点颜面尽失，我说最后一句，别惹我！"

江尺狠狠地吞了一口唾沫，吓到竟然说不出半句话来。

见到江尺老实了许多，千羽才恢复了人样，狠狠地瞪了江尺一眼之后才将他放下来。 江尺下来后抱着喉咙使劲咳嗽，自己作了什么孽啊！

终于，一路上安静了下来，江尺只是默默地跟在千羽身后，不知道到底要去哪里，也不敢问。 他们走过荒旧的村落，走过沙漠绿洲，走过云层，最后在海水边停了下来，他们所在的是一座分不清年代的水上城市。

一路上，他们遇到了很多全身黑色的半透明的看不清脸庞的人，有提着公文包的，有挑着担子的，有穿着制服的，这里就像是一个隐秘的世界，谁也不知道谁是谁，谁也不知道将要上哪儿去。

江尺分明地听见不远处有着火车的鸣笛，然后在水中发现了轨道的痕迹，直至天际，月光在此刻升了起来，将清澈的水照耀得更加明亮，就在这海天之间。

远处明亮的车灯映射过来，火车将水花分道两边优雅地驶了过来。 千羽示意江尺上车，江尺就这样坐上了这辆水上列车。

列车好似开了一瞬又好似开了好几个世纪，从海上开到了陆地、森林。

你会看见，穿过层层的树障，你会发现一座宁静的城镇。 那上面分明写着"户隐城"三个大字。 樱花不合时宜地盛开。

樱雨纷纷，在户隐城内的每一个角落落地生根。 暮色低垂，轻风优雅地穿过万重礁岸，只是为了轻抚这藏在山林深处的城落。 不难发现，城墙上面早已爬满了青苔，还有生灵的存在，整个城镇都洋溢着大自然的气息。 植物与建筑的完美结合，所有不可能的事情都在这里发生。 这里的人也都变得清晰起来，穿着衣物会说话的老鼠，会走路的鱼，面庞奇异的各色人，准确说来，不是人，全是妖怪！

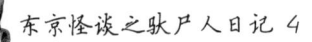

这是一个由妖怪组成的美妙的城镇，一切都是那么的自然而然，不用修饰。

"人类？"

"什么？你说什么？"

"老婆，是人的味道，好臭！"

"那不是里奈小姐吗？怎么带着一个人！"

"把他赶出去！"

就在江尺出现的一瞬间，整个城镇都变得不再宁静，人云亦云之声，鼎沸全镇。所有人一起形成了一道围墙，不让江尺再向前。

在镇子的中央，有座最高的建筑，大红的木桩，还有气势恢弘的建筑瞬间吸引住了人的眼球。那是神明居住的地方，也只有接受神明邀请的人才有资格进入的地方。

"你们曾经也是人类！让他进来吧"这句话在每个人的耳边回荡，直接震颤了江尺的心灵。

"曾经？都是人类？"江尺向周围的奇怪装扮的妖怪们看了一眼。

很快，江尺在千羽的带领下来到了神殿门口，大红柱子立在两旁，上面还飘荡着符文的样式，千羽也是恭谨的远退，他第一次感受到神明威严的不可抵挡。向上一望，乃是一眼望不到边的阶梯，神殿想必就是在这阶梯的尽头吧，不过也太长了点吧！

"不要怕，大胆向前走。"

他踏出了第一步，然后两步三步，直到不知道多少步，也或许只是一步。

他眼前一亮，发现自己到了神庙之顶，再次向下望去，依旧一望无垠。

"你不是有疑问吗？"

无论江尺如何寻找，都无法看到所谓的神灵。

"别看了，在你的脚下！"

第十九章 纯阳血，封尸气

江尺低头一看，还真有个缩小版的人影，只是带了一个白色的面具。

后来江尺才知道，神灵是需要被信仰的，他面前的神灵便是地神，由于土地开垦，乱用土地，导致多人流离失所，失去了原先对土地的信仰。而他却是少有对土地保有纯净念想的人，所以地神才找到了他。

"我只想知道，我是谁？"

"哈哈，还记得你学校外面的石像堆吗？"

"原来是千羽算计我！"

江尺回到现实世界让很多人拥有属于自己的土地，开始信仰土地的力量。

第二十章 长生花，倒尸葬

(1)

流川讲的神隐其实是在宣扬人要有信仰，算是典型的洗脑故事。

套用司徒天的话来说，神隐可能存在，但人类感知不到罢了。

我的体力已经到达极限，把水月花子的尸体交给司徒天。

司徒天驮着尸体边走边说："流川，你打算怎么安葬水月花子？"

流川想了想才回答道："水月花子在结婚之夜离奇猝死，而且还睡过极乐棺材，替她这种死法的人下葬，肯定要用纯阳之血封住尸气，选极阴之地来埋尸，下葬的方法则是倒尸葬。"

我皱着眉头想到一个画面，倒尸葬？把尸体倒过来怎么葬？

流川仿佛看出了我心中的疑惑，主动讲解起来："倒尸葬并非把尸体倒立着下葬，而是通过斩穴人勘舆墓穴之后，把葬尸的方向改变，比如说头朝南，脚对北。"

司徒天研究过风水学，一听便懂，接茬道："根据五行下葬？首尾颠倒？"

流川看着司徒天点了点头，笑着说："对！在华夏靠五行，在日本看方位。"

我忽然想起人这一生其实很短，原本是大喜之日，却离奇身亡了。

流川似乎看出了我的感慨，他拍了拍我的肩膀道："听过长生花？"

我跟司徒天都被这三个字吸引了，同时回答道："没有，你听说过？"

第二十章 长生花，倒尸葬

流川点了点头，脸上露出得意之色，讲起了长生花来。

炎炎夏日，云来镇的上空乌云密布，狂风席卷街道，空中纸屑乱舞，沙尘四起，整座小镇笼罩在一层迷雾之中。一时之间，妇人抱起孩子奔回家，小贩推着板车乱窜，店铺、房屋的门皆"哗"一声关上。

不过半炷香时辰，街道已经空无一人。百姓躲进屋内，浑身僵硬，双腿因害怕而瑟瑟发抖，面色忽红忽白，手心不停地冒冷汗。孩子们缩进妇人的怀中，闻着外头狂风的呼吸声，纯净的双眸闪过一丝不安，在母亲的安慰下方渐渐入睡。

在高木府上，一个年轻男子立在书房的窗前，他抬头望望天空，此时应是白昼骄阳似火，却如同黑夜一般看不见光明，头顶的那一片黑气更是诡异，阴气甚是深重。

"少爷，此现象真是深不可测，不过，早些年我听老爷说过，据说很久以前出现过这样的场景，当时空中一片银光，来的都非常人。"

"今夜是无法安然入睡了，时隔一百年，他们又来了。"

"他们？妖怪？"

高木圭太但笑不语，转身重回书桌前，取出一把普通的木剑，呆呆地看着，神情似有所思。

云来镇方圆五百里外，有一座甲箱山，其山奇形怪状，岩石巨大，古木森森，却有一块净土。据说，在那块净土上有一朵十分珍贵的长生花，每隔百年开一次，寿命只有两日，无论是将死之人或身患重疾者，一旦食下它，就能永生不死。

然而，几百年以来，都不曾有人见过长生花，更别说吃过。只是人妖依旧对此无比向往，常年孜孜不倦地寻找，甚至不惜靠近断崖，多年来死伤无数。

自上一次妖邪之物齐聚甲箱山，人们便不敢再去了。奇怪的是，那些妖怪大多不乱伤及无辜，只是一味地飞奔山上，若不是心急想吃热豆腐，定是

有神圣控制。

高木圭太自然是不信世上有长生不老之术，一朵花哪值得牺牲自己的性命，与妖怪抢夺物事，无疑是自找死路，即便是得道高僧，也不会去做。

他现在心心念念的是桃井府上的一位姑娘，不知她伤势如何？是否还能活下去？抑或已经离开？他摇摇头，不敢再想，只在屋内来回徘徊。不过一盏茶工夫，他随手套上一件披风，携上木剑，快步往府外走。

在桃井家的闺房内，一名着麻灰色竖条纹和服的女子坐在床头，面露病态之色，喝下苦涩的草药汤，旋即歪向一边咳了两声，咳得面色微微泛红。她凝视对面的女子，声音虚弱："姐姐，你非去不可吗？"

那女子并未出声，眼中流露坚毅之色，以此告诉她自己的决心。

纯子神色略显哀愁："多谢姐姐这些天的照顾，都是妹妹不好，连累你去蹚这个浑水。据说那山上有神仙庇护，姐姐可千万要小心，莫要为了我搭上自己的性命，否则妹妹活着也等于死了。"

说到最后一句，纯子的声音带着一股哭腔，莉娜双手环住她的肩，轻轻地拍她的后背，以示安慰。半晌闻得敲门声响起，莉娜心生疑惑，不知谁人此时敢在大街上晃悠，也不怕妖怪眼尖擒住他。她缓缓走去，门开了。

"我道是谁，原来是高木家的少爷。"她顿了顿，收起笑容，语气森冷，"你来做什么？还嫌害我们姐妹俩不够吗？滚！给我滚回你家去！"

"我求你，让我见纯子一面，就一面。"高木圭太被她逐出过太多次，现下已是一脸平静，低着头像个做错事的孩子。

"快点滚！否则，别怪我不客气！"莉娜作势要动手与他大战。

"圭太？"桃井纯子愣了愣，面露诧异之色。起初闻得外面争吵的声音，循声而去，竟见到了他。

"纯子，你怎么出来了？我们进屋，别理他。"言罢，莉娜过去扶她，却被她握住双手，使眼神示意自己有话要说。

莉娜无可奈何，只好退在一旁观看。只见桃井纯子空洞的眼神瞬间明亮起来，瞳孔黑白分明，微微一笑道："你见我是要说什么？就此说也无妨。"

高木圭太一时语噎，只是静静凝视她，见她咳得脸色泛起一丝红潮，不由得皱紧了眉，面露一丝不忍和愧疚之色。他轻启薄唇，却不知为何，始终无法开口言语，只觉喉咙有颗石子卡住了一般，生生地硌着疼。

纯子走上前两步，定了定神，淡淡道："你不说，那我可说了。我活了上千年，看尽了万水千山，遇见你，方知那些都不及你的柔情。于我而言，最为珍贵的，是如最初那般对你满怀热忱的自己。因此，我感谢你。"

她像是想起什么美好的记忆一般微笑，继而缓缓言道："我曾以为自己的寿命很长，总担忧若是你死了，我怎么办？每每想到这，眼泪便会不自觉地簌簌而落。曾经你骗我，我却还想回到你身边装傻，但老天不如我所愿啊……不过，那些我都不介意了，因为我不再爱你了。"

语音未平，她抹抹脸上的一行泪，又扫了一眼面前的男子，见他双眼发红，热泪积满眼眶。忽而忆起一句话——情到深处方泪流。她撇过脸，不敢再看，却一手握住头上的血红宝石发簪，将其拔出来，手往侧面一扬，发簪被狠狠地抛出去好远。

高木圭太的泪水瞬间落下，他从未在人面前落泪，父母离世时也不曾落泪。而今见她决绝地丢下定情之物，望着她袅娜身影消失在眼前，心中似有异物要炸开一般。倏然间，他恨极了，恨她轻易地闯进自己内心的世界，恨她替自己挡了一箭，最恨的是，自己辜负了她。

夏日黄昏的夕阳暖暖地洒在身上，心头却是无法言喻的寒冷。他走在回家的路上，不断地想起那句话——"高木圭太，我不再爱你了。"

桃井纯子初到云来镇那一日，是个特别好的日子，镇上正在举行祭祀活动。华灯初上，街道人头攒动，中央的大道上有女子翩翩起舞，耳畔尽是八尺和三味线等乐器演奏出的婉约曲调，百姓兴致极高，纷纷哼起了歌谣，好不热闹！

人群之中，一个女子甚是耀眼，着一身玫丽色圆点和服，肌肤胜雪，眼神通透，面露喜色，笑起来格外好看，像四月里怒放的樱花。圭太只看了这一眼，便深深地记住了，脚步不自觉地迈向她，却被人群左挤右撞，离那女

子越来越远，不多时已然看不见她。

他又要寻去，却闻得不远处管家的呼唤声，一声又一声的"少爷"，听得他内心莫名烦躁，寻人的兴致瞬间全无。

"少爷，家中有事急需您回去处理。"一花甲老头在他耳旁低语。

"知道了。"他有些不耐烦，往人群中眺望了一眼，见那女子确实不在，神色略显失落，只好先与管家打道回府。

在街道的另一头，小贩的推车占了一半，人只能侧身而过。纯子嘴含红色糕点，面色尽显享受之乐，手上却是一袋煎饼。转身之际，她望见对面的馒头铺，几个箭步迈去，不多时已携一袋雪白馒头坐在石梯上。

忽闻一声悲恸的哭声传来，纯子不由得侧首望去，却是一群戏班子，也不知他们何时搭起的戏台，这时已有不少人往那边走。纯子向来喜爱热闹，这下更是不容错过，一面吃着煎饼，一面随人群移动。

远远望见台上约莫两三人，那群戏子脸戴诡异奇特的面具，身着鲜艳奢华的服装，手握折扇载歌载舞。到了近处，只见台下人群簇拥，3米外尽是人，纯子只得站在后头观看。

四周漆黑一片，丛林中发出虫豸蝉鸣，没有人看得清身旁人的面容，却唯独她眼力极好，见得身旁的男子着一身上好面料的衣裳，身杆笔直，鼻梁高挺，双眼炯炯有神，手持一把桧扇，满是富贵人家特有的气质。

那男子像是发觉她投去的目光，撇过头笑眯眯地看她。纯子微窘，忙回过头来，佯装若无其事地眺望舞台，却已没心思看戏，想移步离开却发觉身旁站满了人，一步也动不了。

"好！好！"观众激动之下，一味地拍掌，掌声甚是洪亮。一行人沉浸于舞台上精彩的情节和演技之中，全然没有发觉黑暗之中，有一双手偷偷摸摸地伸入少女的行李包袱中。

纯子隐约发觉周围的人都挤向自己，似有手触碰自己的肌肤，顿时动起肝火来，趁着花好月圆，就敢吃本姑娘的豆腐？当真是胆大包天！她撇过头，怒气冲天，正要伸手钳住那手，却闻得"哎哟"一声。窃贼半跪于地，

第二十章 长生花，倒尸葬

手被另一只宽大的手制住，她抬眼望去，竟是身旁这个文雅的富贵男子。

"田中，把他抓去官府。"男子淡淡道，话语掷地有声。盗贼闻言一惊，连连求饶，却被一个名唤田中的中年男子派人拖了出去。

"多谢公子。若没有你及时出手，恐怕我今夜就要留宿街头了，纯子在此谢过。"言罢，她立刻朝他深深地鞠了一躬。

"在下高木圭太。姑娘不必行礼，路见不平，拔刀相助，乃属正常反应，否则那盗贼岂不是更猖狂？说不定这一行人的东西都要被盗走了。"他微微一笑，笑容甚是温和。

桃井纯子点头称是，眼下已然没有心思看戏，便向他告辞。忽然，一只发着绿光的虫子慢悠悠地飞过眼前，看得她的眼珠子不自觉地随虫子移动，她像个孩子一般欢愉，踮起脚尖去捉，那虫子却越飞越高，不多时消失在眼前。

"你想看萤火虫齐聚一堂吗？"高木圭太见她那张爱笑的脸上写满了失落，不禁动了恻隐之心，牵住她的手往回走，笑道，"带你去一个地方，你一定会喜欢的。"

"去哪里？"纯子心底怵然一惊，整个人被他拽着走，他手臂的力气大，不容她挣脱，渐渐感到他的手心传来一阵温热的气息，不禁羞红了脸。

"别问那么多，跟我走便是了。"他回头冲她一笑，对车夫言语几句，二人便乘着马车一路往郊外走。

起初，车子还算平稳，二人相对无言，一路静得只闻得速度加快的心跳声，渐渐地，车内摇摇晃晃，窗帘随车一前一后地晃动，想是乡间的道路颠簸非常。纯子一不小心脑袋撞上车顶，吃痛地胡乱抓住车窗，却还是没坐稳，忽而身子抛到了柔暖的怀抱中。

高木圭太的手扶住她的肩，双眼直直地看他，唇边不自觉地扯起一抹淡淡的微笑，

他先行下车，立在一旁，像个优雅的绅士一般，伸出手来要扶她一把。她见状微微一愣，自小就受姐姐的教诲，男女授受不亲。若是方才的拥抱，

可说是个意外，而现下的肌肤接触，可就是有意。可注视他的双眼那一刻，该死的心跳又加速了，似乎要从口腔蹦出去！

忽然，她的目光被一片花海所吸引，点点绿光浮在半空中，无数只萤火虫像地上的繁星，她从不知道人间竟有比仙境更美的地方，简直就是一个梦幻王国。顿时心花怒放，独自下车奔去，贪婪地吸收浓郁的花香，身后的圭太无奈地笑了笑，收回悬在上空的手，缓缓走向她。

只见她忽然蹲下身，拾起脚旁一朵折枝的花，在这明亮的月光下，她的手指越发纤白，那白色的花瓣上有红色斑点，花瓣向后弯曲，犹如龙爪，更像一个妖娆的舞娘。

纯子小心翼翼地用衣布包起那朵花，他很是不解，指着周围一片硕大的花朵，道："姑娘为何只要这一朵凋落的鹿子百合，虽美却不足矣。"

"鹿子百合？这名字真好听，果然花如其名。"纯子似乎在对着那一朵花言语，半晌冲他嫣然一笑，道，"虽美中不足，但我喜欢，与其将她丢在这任人践踏，不如带回家多加利用，发挥其价值。"

"你让我想起一个词，物以类聚。"见她不解，他笑道，"此花清晨盛开，亦在清晨凋落，较异于其他花。你说得没错，它不仅可用来观赏，还可药用。"

纯子闻言一愣，旋即反应过来，原来他认为自己比较特别，举目望去，笑道"多谢过奖，高木君真是博学，让我大开眼界，这里太美了。"

言语间，圭太缓缓走上前两步，举起手靠近一只萤火虫，又迅速一合，那一颗豆大的绿光瞬间不见了。他径直走来，微笑着望向她，目中泛着淡淡温情，双手微微打开，一只翅鞘黑色的萤火虫映入眼帘，它发出的绿光极亮，正努力地慢慢飞出高大的五指山。

他凝望她，眼神深邃又坚定："你的确与众不同，纯子，你可愿意与我在一起？"

这样的眼神令纯子心底一惊，她微微垂首，再看他时，只见那深深的眼神中略显伤神，令她怀疑自己出现了错觉，在这样的时刻，本该是高兴才对，她摇摇头，心想定是自己看错了。而面前的男子，忽然扶住她的双臂，趁她毫无防备，吻了下去。

（2）

暖黄的月光之下，一对恋人相拥亲吻，四周满是萤火虫飞舞，绿色星光，白色花海，浪漫得令人窒息。桃井纯子躺在床上，回想起今夜的画面，不禁窃笑，又辗转思念圭太。

一连数月，圭太每日都抱一束花去看她，今日是百合，明日是茶花，后日是蓝色鸢尾，连续七日的花朵都不一样，明明不是花开的时节，却费尽心思去找，将美人的芳心都收服了。

某一夜里，纯子取下发中的红宝石发簪盯得入神，这正是前几日，他送的定情信物。她至今记忆犹新，当时他深情地承诺今生要娶她为妻，将她感动得一塌糊涂。

忽然闻得敲门声，走近一问，方知是高木圭太。她打开门，一股浓重的酒气扑鼻而来，圭太醉醺醺地直朝她扑去，她只无奈地叹了口气，想必他又去应酬了。

纯子跪在榻上替圭太擦脸，他半眯着那双迷人的眼眸，眼神无比温柔，半晌方道："莉娜，莉娜，你终于回来了。"

纯子闻言面色大变，目光落在镜子里的自己上，样貌确实与姐姐很相似。但他怎知姐姐的名字？她不禁忆起来人间的前一夜，莉娜劝她不要去寻所谓的爱情，那都是骗人的。她不以为然，面对莉娜的阻拦，两姐妹大吵了一架。

她缓缓起身，不知不觉地坐在走廊上，目光望向空中那一轮圆月，心头涌起一阵阵的酸楚，上帝就是这般见不得人好，在她最幸福的时刻，猛地一刀刺入胸口，疼得无法呼吸。她擦干泪水，轻轻地打开大门，打算去见见曾相依为命的人。

那个地方正值黄昏，越过低矮的山丘，便是一座湖，湖面呈现岸边树木

的倒影，中心架起一座绿色水榭。忽然一阵微风袭来，水榭的四面纱窗飘逸，隐约见得一位女子正在里面饮茶，看样子像是已等候多时。

"姐姐好兴致，独自一人在这世外桃源品茶赏景，也不叫上妹妹！"纯子轻盈地落在她身后，娇嗔道。

"妹妹比我潇洒多了不是？甘愿舍弃凡间回来，是为何事？"莉娜放下茶盅，婉声道。

"姐姐，多年前你与高木圭太在一起，是吗？"纯子轻声道。

莉娜闻言脸色稍变，瞳孔几乎放大了一倍，不自觉地躲开了纯子的眼神。纯子见她这般面容失色，一瞬间，心中的疑惑全有了答案。虽早已想过会是这样，却还是不敢相信，自己深爱的人，曾经竟是一对恋人，而他，竟把自己当作了替代品！

"纯子，你还好吗？"莉娜见她攥着纱窗，发出双排牙齿打颤的声音，内心有些害怕和担忧。

"我没事，姐姐，你们当年肯定很相爱吧？"纯子淡淡一笑。

"没错，但都已经过去了，从他不信任我那一刻起，我们就结束了。不过，你怎么认识这个人？"莉娜抬头看她，困惑地问道。

纯子笑着摇摇头："姐姐，我走了，有空再来看你。"言罢，她宛如一缕清风，自纱窗飞了出去。

莉娜不放心，偷偷地跟在她身后，却在半路不小心跟丢了。再见到纯子是在后山，亲眼见她被蛇精吸妖气，面色惨白。莉娜二话不说，直接冲出去与蛇精大战了几百回合，双方都受了伤。最终，纯子替莉娜挡了一掌，蛇精也有自知再继续下去，自己可能会吃不了兜着走，便趁机逃了去。

莉娜吃力地走到纯子身旁，见她粉嫩的嘴唇变成了紫黑色，顿时惊慌失色，这是蛇精放的毒！她忙将纯子扶起，以自己的功力替她逼出毒素，却渐渐体力不支，二人一齐倒在地上。

莉娜强撑着起身，扶起纯子一路躲开小妖，刚进桃井家的院落，整个人直直地倒了下去。

第二十章 长生花，倒尸葬

而今，姐妹二人约好回到水榭后，再也不来人间。

"妹妹，你一定要等我带着长生花回来，我要你和我一起活着！明白吗？"莉娜深深地看了她一眼，旋即飞去了甲箱山。

半山腰上，五湖四海的小妖争先恐后地迈向山顶，一路走去，死伤无数。莉娜有任务在身，只得一面冷眼旁观，一面躲开食人花和一些小妖。终于，半炷香的时辰，她抵达山顶。

一个全身黑的女子伫立在一棵大树的面前，浑身散发黑气，她缓缓转过身，眼神如利器一般尖锐，嘴唇如墨一般浓黑，似笑非笑地望看莉娜。

莉娜心头一惊，暗骂一声这个不怕死的蛇精，又看了看那一棵大树，想是她破不了仙界的阵才被困在外。甲箱山本是灵气之地，其山上的神仙杀妖除魔厉害无比，他们布下的阵自然也难以攻破。而眼前的妖女，差点害死纯子，必须除掉！

两人挺直腰板一言不发，双方的手中冒出一团妖气，一副蓄势待发的模样。果真，下一秒蛇精黑色的指甲向莉娜挥去，却见她往后弯腰，身子从她的身上横飞而过。

莉娜亦下手凶狠，她取出身上的绳索，那蛇精不以为然，却见绳索似有生命一般，一下子长出好几条，迅速地将蛇精的脖子以下死死地捆住。蛇精越是挣扎，那绳索就捆得越紧，足以让她喘不过气。

忽然，天空一道白光划过，眼前出现一个白胡子老人，他沉声道："你们这些小妖，竟敢闯入甲箱山，看招！"

眼见那一掌就要挥来，莉娜忙道："大师饶命，我有要事相求！"

白胡子老人闻言，立即收手，道："废话少说！"

莉娜双膝"扑通"跪下，诚恳道："我乃长居远方一处水榭的草精，妹妹前几日被这个蛇精施毒，现时身受重伤，恐怕命不久矣。此番前来只为求一朵长生花，让我妹妹活下去！"

白胡子老人捋了捋长长的胡子，轻轻叹了口气："你回去吧，这里没有长生花，那都是被捏造出来的传言。世上哪有长生不老之术，倘若有，那还轮

得到你们？"

莉娜愣了愣，连那蛇精也瞪大了眼，几乎齐声道："大师，你说的是真的吗？"

白胡子老人忽然化作一缕白烟消失了，他的声音却在头顶响起："我是这里的山神，从未见过长生花。倘若你们再来，我定不放过！"

莉娜侧首望着那蛇精，喝道："妖女，你一定有解药！快给我，否则你也别想活！"

那妖女仰头一笑，道："我劝你还是赶紧回去，否则连最后一眼都见不到了！中了我的毒，是没有解药的，我得不到长生花，也成不仙，这条贱命你要就拿去！"

莉娜闻言甚是愤怒，二话不说，将蛇精一刀毙命，随后收起绳索，飞回了桃井家。远远闻得高木圭太的声音，她几个箭步走去，却见纯子口吐黑血，面色惨白，气若游丝。

"姐姐，你回来了，还好你没事。"纯子看见她，艰难地吐出几个字，一股温热的液体流在莉娜的手上。

"纯子，纯子，你不要死！你睁大眼看着我，不要死！"莉娜抱起她的头，见她嘴角流溢黑血，两行眼泪瞬间落下。

"姐姐，我好高兴，与你成为姐妹。"话音刚落，纯子闭上了眼眸。

莉娜的哭声悲恸，忽然发出一声嘶吼，将身旁的圭太吓得一愣一愣的，她含恨的双眼直视他，咬牙切齿地一字一字道："都是你！要不是你，纯子就不会再来这里，也不会遇上蛇妖，更不会死！都是你害死的！高木圭太，我要你今生今世孤独终老！"

话毕，耳旁响起他的惨叫声，他抓紧大腿，眼见鲜血自膝盖流出，一时之间，忍不住疼痛的圭太昏倒在地。莉娜抱起纯子，夕阳的余晖映在她脸上，眼泪风干后的痕迹明显，此时的她像一个历经沧桑后，平静而文雅的老妇人。

第二十一章　阴墓蛇窟，人血封墓

(1)

流川说的长生花，我跟司徒天简直连听都没听说过，当然世上真的有没这等奇花，现在也无法证明。不过，故事本身倒是十分感人，我忽然感慨道："问世间情是何物，直教人生死相许。"

我们三个人又继续走了好长时间，流川一面寻找适合下葬的阴墓方位，一面观察四周。他对我和司徒天说今晚估计会有大事发生，我们的一举一动都要特别谨慎才行。我们爬到半山腰流川便停了下来，他指着一处空地说："就在这里，司徒君，赶紧拿铲子挖坑！"

说话间，我放下水月花子的尸体，从包里拿出铲子递给司徒天，没办法我们三个人中他的体格最大，挖坑这种事儿自然要让他来。我跟流川在一旁看着，司徒天为此表示严重抗议，但被我们俩否决了。

但司徒天提出要求，让流川给他讲个故事，他边听边挖，这样才会干劲十足。

流川想了老半天，才把最新的故事娓娓道出。

月色如潮，风中夹杂着茶叶苦涩的香味。有人在这曼妙的夜色中跃动，在稻田里泛起圈圈麦浪，沙沙的响声由远及近。静心聆听，你便会听见轻微的喘息声。

是的，有人奔逐着，为这迷人的夜添上一篇活力的乐章。月光尽头，麦

浪层叠之处，你会发现三个人凌空孤立在稻田之上。在他们周遭泛起微微的波动，就像是水纹一样蔓延在麦田之上。其中一人黑衣加身紧闭双眼，神态淡然地将双手合于胸前。你可以清楚地感受到其余两人周遭的波动甚为紊乱，眼神中泛着咄咄逼人的杀气，一把硕大镰刀，一把破空长剑均已在握。两人蓄势待发，目标赫然便是眼前神态淡然的黑衣之人。

萤虫之光漫布在三人周边，很奇异的是它们并没有受到三人的气息波动所影响，依旧飞游得缓慢，就像是时光被加了减速剂。你会发现持械两人与这里的一切都显得那么格格不入，没有一点和谐感。

两人突然出动，镰刀破空舞动直接将黑衣人的退路锁住。长剑化成一道幻影长驱直入，直指要害，很多人都是命丧在他们的联手之下，这个黑衣人居然并没有任何的防备，就连动作也是直接略去。吓傻了吗？还是根本看不起我们？两人表情突然变得更加狰狞，就在下一秒刺穿了黑衣人的身体。

就在他们以为如此轻易就得手的当下，黑衣人的身体开始变得通明，化为一道残影消失不见。他们的攻击更是直接落空。但是残留的刃气将所遇之处横为两段，一瞬之间树木倒塌，尘烟四起。

与此同时，一只白色的乌鸦划破长空直冲天际，让持械两人不禁有些惊颤，乌鸦在天际尽头突然炸裂闪亮天际，月色就在下一秒变得赤红，与此同时黑衣人突然睁开了双眼，爆发出惊人的气势。周遭的萤虫也随之跃动，旋转在黑衣人的身边，形成一道无形的屏障。

"不好！他要跑了！"其中一人紧张地望着眼前的黑衣人。

"不行！不能让他成功！这是主公的死令！二十年了！还发什么愣，快！妖怪，就是妖怪，一辈子也别想翻身！"另一个人蓄足气力，一边向他靠近，一边掏出自己的飞镖，向着黑衣人的要害刺去。

"是，是的！这是死令！"双脚无力的他再次强行涌出气力，使出自己的撒手锏。高速旋转，达到最大力量的时候，将自己的镰刀扔出，也是直指要害。

这让黑衣人不得不腾出空隙来躲避，三人就这样两人追，一人倒退，离

第二十一章　阴墓蛇窟，人血封墓

开了麦田。但是眼前的一幕着实有些震撼，因为地上全部都是死尸，血腥之气在一瞬间将三人吞没。整个世界都像是更换了一样，准确来说应该是他们三人像是来到了地狱！

一个全身沾满鲜血的人凌空出现在他们面前，眼神之中尽是煞气，嘴里一直发出低低的嘶吼。黑衣人看着眼前出现的身影，瞳孔不自觉得收缩了一下。其余两人愣是不敢再向前踏出一步，对于眼前所发生的一切，从他们的眼神中可以看出他们发自心底的恐惧。

"祸，祸津神？"奋气勃发的两人直接愣在原地。

黑衣人直接褪去了所有气息，眼神复杂地看着突然出现之人，但是却并没有一点恐惧的意思。满是煞气之人发现了黑衣人奇异的眼光，并没有多作反应，下一秒便出现在了黑衣人的面前。他单手凌空举起，一把血红长刃突然出现在他的手中，直直对着黑衣人劈下。

说时迟，那时快，直到刀刃离黑衣人只有几厘米的时候，黑衣人才开始有所动作。黑衣人清楚地看见。自己身上的一缕发丝被看似虚无的血刃直接削断，他依稀还能听见发丝断裂时，刀刃上发出的"铮铮"响声。

"你？"黑衣人刚想说点什么，他背后不适时宜地发出老树吱呀的断裂声，那是他刚才躲过的剑刃砍击树木的声音！断裂的树木切口很是干净，只有非常快的刀才能做到这样的程度。他的瞳孔再次收缩了起来。他似乎明白了什么，瞬间像是变了一个人，整个人开始耷拉下来，没有了任何的活力，就像是瞬间老了 20 岁一样。

见到对黑衣人的攻击没有奏效，他的眼神中分明出现了一丝讶异，但是转瞬即逝。他又把目标转移到了一直发愣的两人身上，想要将他们逐个击破。在他看来，只有杀戮才能让他兴奋，只有破坏才能让他有存在的意义！

"快逃！"拿着镰刀的人反应过来的时候，他已经突进在他们的身边，他赶紧挡在朋友的面前，就在这时，一把血刃凌空出现。

他奔走过来已是极限，想要阻挡，显然时间已经不够，只是眼睁睁地看着刀刃在自己眼前滑落，等待死神的降临。在这一刻，他忽然感觉这个世界

多么美妙，多么迷人，多么值得自己留恋，他还听到彼岸早已逝去的母亲正在呼唤着自己，他闭上了双眼。

刀落，他直接被劈成两半，顿时血肉横飞，内脏四溅，鲜血毫无保留地喷洒在身后之人的身上。持剑男子看懵了！陪伴自己多年的好友，就这样消失了？他好歹也是一顶一的高手，一刀就没了？

在他反应的当下，被称为祸津神的人并没有停下脚步，而是继续着简单而又粗暴的动作，横挥、竖劈。没有多余的花招，但是每一招都直戳要害，每一招都是用尽全力的一招！眼看剩下的一个男子就要步上横尸当场的后尘。

可是，一直站在一旁的黑衣人终于有了动作。

"快走！"他用尽全身气力，将还处于发懵状态的男子一把推开，让他安然再次躲过致命一击。不过，黑衣人显然就没有那么幸运，他的一条手臂直接被劈断。

反应过来的男子神情复杂地看着黑衣人，"你？为什么？"

"这是我造的孽，是我的业，是该由我来结束。"黑衣人额头上冒出了硕大的汗珠，明显有些逞强，"还不走？是要留下来陪老夫吗？"

男子左右思量之后，将手中的长剑抛给黑衣人，有些歉意地说道，"大恩不言谢，你的所为，我一定如实禀报天皇大人。后会有期！"男子再次哽住，转身急速奔走，之后传来一阵回响，"野良神大人，保重！"

听到最后传来的声音，黑衣人转过身，一脸凝重地看着眼前熟悉得不能再熟悉被人恐惧的付丧神，脸上有一丝若有若无的弧度浮现。

二十年前，京都。

京都乃是日本首屈一指的大都市，各界名流皆聚于此。花木道家族居于名人之首，天皇最为信赖的家族之一。

花木道代代武将出生，直到花木道一这一代却陡生变故。花木道一是花木道家族长子，从小生得奇病，一旦剧烈运动便会全身瘫软，重则抽搐，更别说骑马射箭，习武练艺了。尽管花木道家族族长寻遍天下名医，终以失败

第二十一章　阴墓蛇窟，人血封墓

而告终。

望着体弱多病的花木道一，所有人都表示非常同情，原本他应该是又一名人界新星，前途不可估量，但是老天捉弄人，害得他成天只能待在屋里，就连出去的机会都没有，说是只会丢了花木道名的颜面。正所谓家丑不可外扬即是如此。

今天花木道一依旧过着平凡的日子，习着古文，练着琴画，但是注定是个不平凡的一天。

府中亦如往常地来人稀疏，就连家中的家丁都少了些许。突然之间，庭院之内却喧闹了起来，一个小孩子在哭闹，打破了往日的宁静。这无疑是给枯燥乏味的花木道一增添了些许的乐趣与好奇，会是谁呢？在如此肃穆的地方也敢如此喧哗。

"道一！"花木道一的老师见到他心神不定地向外张望，不由得给了花木道一一个严肃的眼神。但是花木道一的心思几乎都在外面的喧闹声上了，让得他很是懊恼。按照正常情况，花木道一一定是专心地学习自己所说的内容，让自己的成就感倍增。

(2)

但是今天一事，却让花木道一的信念产生动摇，无疑是给自己一个大大的耳光。原本不想去搭理到底谁这么大胆胆敢在花木道府上闹腾，如此一来，自己得做出些什么实际行动了，他准备出去好好调教一下这个不知天高地厚的家伙。

花木道一见到怒气而走的老师，心中不禁有些忧虑。他为外面闹腾之人感到惋惜，没有谁能够在这个地方大闹之后还能安然无恙的。就像是前几天，有人也是同样的遭遇，听下人们说，是被拉去砍头了！就连审也不用审，直接处死！更别说还只是个孩子。花木道一尽力将自己的视角向外面多看一点，但是碍于窗子的狭小，始终都不能完全看清外面那个小孩子的样子。

就在这个时候，他的老师出现在他的视角范围，当然，还是不能看清老师以外的人。只见到怒气冲冲的老师正要发作的时候，他突然顿住了，紧接着发生了不可思议的一幕。想来高傲不可侵犯的老师，居然跪下了！并且不住磕头，嘴里还念念有词。

什么？这一幕对花木道一来说不可思议到了极点，他现在只有一个念头，很想知道这个令老师都如此作态的人到底是何许人也，非常想要一睹此人的真面目。由于窗子的视角有限，他毅然选择鼓足勇气踏出这个他一直都不敢涉足的房门，因为他第一次想要出去看看！

尽管身体不便，尽管诸多限制，但是，他依然走出了最为艰难的一步，然后转过角，很快就能见到这个在他心里泛起涟漪的人。

他已经看到了下跪的老师，不住奉劝的下人，但是怎么也没见到那个他一直想要见到的伟大的人。就在他寻找间，下人们见到了花木道一，脸上露出了难堪的神情，一个劲地给花木道一打眼色。但是花木道一并没有领会到他们的用意，想必即便是领会到了，现在的他也不会做出奉承的事情，因为，他现在有一件更重要的事情，那便是见到这个人！

发现了周遭下人眼神的猫腻，那个神秘的人向着花木道一探出了头。这不探不知道，一探吓一跳，此人和花木道一年龄相仿，一看便是个霸道公主，只不过眼角早已湿润不堪，乍看之下，就一爱哭鼻子的小毛孩！这与花木道一最开始的想象有着天壤之别，花木道一直接愣在当场。突然之间发现被那个小破孩盯上的花木道一，开始木讷地转头嘴里一直叨念，"看不见我，看不见我，看不见我。"

"站住！"就在花木道一以为可以逃离的时候，一个震天的稚嫩的声音突然爆发，吓得花木道一心脏都差点跳了出来，不过他继续动作着，假装没有听见。

"就是你这个小破孩，给我站住！"花木道一额头上瞬间多了几道黑线，到底谁才是真的小破孩！花木道一心里叨唠着。

所有人都无奈地叹了叹气，还有的人见状直接晕倒在地，晕倒前最后一

第二十一章 阴墓蛇窟，人血封墓

句话是，"这下完了！"

"我要你陪我玩！"

就这么简短的几个字，却改写了花木道一的生活。这个人乃是当朝公主，小小年纪，却与别人有着不一样的需求，对她来说只是简单的玩玩，却因此有好几个公子哥为此丧命！因此被软禁在花木道府上，希望她能有所改进。她的大名可谓在皇族之内众人皆知。

她最喜欢用鞭子打人，花木道一这种身体哪里受得了！才打几鞭子就晕厥过去，但是却被水泼醒继续！如此反复，第三天的时候，他居然可以挨上百鞭才又有疼的感觉！

这让公主更加喜欢花木道一，玩法也越来越刺激！居然叫人拿石头扔花木道一，就像最开始的一样，直到最后，花木道一居然可以免疫这些伤害。让原本担忧花木道一生命安危的花木道术直哑口无言。因为，从此以后，花木道一就像是变了一个人，病痛不再缠绕着他，身体一天比一天强，自残手段也越来越令人骇人听闻，但是他却越来越健康，越来越强大！

他和那个小公主关系愈加紧密，原因居然会是这个，小公主便赐给他一块吊坠，以见证他们的友谊。如此以往，花木道一的名字很快传遍了皇族各个角落。

八年之后，爱折磨人的小公主居然成了天皇，真是造化弄人！所以花木道一顺理成章地成为第一将军，为天皇四处征战，寻找乐趣。很快便获得了第一战神的称号，天皇为表爱意，特赐名"野良神"，将花木道一瞬间推至人生巅峰。

只可惜，万事万物皆逃不过轮回。正所谓盛极必衰，花木道一有时候一提到杀人，便兴奋得不行，最开始还能自我控制，但是不久之后便传出花木道一胡乱杀人的消息，死的人数达至上百！这消息还未传开便被封杀。

不过之后朝廷发出捉拿"野良神"的通告，天皇驾崩的消息瞬间也是席卷全国。至此，野良神消失匿迹。

花木道一醒过神来的时候发现自己已经到了一个偏远地区。迷糊地记得

小公主惨死在自己手上的场景，心中悲痛不已，就在他想要一死了之的时候。一个自称是奈良的小男孩却阻止了他，他在这个小男孩身上看见了小公主和自己的影子，他认为这是小公主对自己的惩罚，决心好好照顾这个孩子。

他将自己的武学经验传授给奈良，发现居然真的起效，原本资质平平的奈良，每天都有着惊人的进步！10年后，他发现自己的病有发作的迹象，并且天皇的人已经找到了自己的栖身之所。所以留下书信一封，将自己随身所带的吊坠交给了他，让他带着自己对小公主的忠诚继续活下去！

"野良，祸津一念，顾忌杀戮，切切。"他发现奈良和他居然是同种体质，不想让他步自己的后尘，所以故意留下这句话提醒他。

他本想就这样默默死去，谁知道造化弄人，他无意中听到奈良暴走的消息，马不停蹄地赶去了京都。

男子左右思量之后，将手中的长剑抛给黑衣人，有些歉意地说道，"大恩不言谢，你的所为，我一定如实禀报天皇大人。后会有期！"男子再次哽住，转身急速奔走，之后传来一阵回响，"野良神大人，保重！"

听到最后传来的声音，花木道一转过身，一脸凝重地看着眼前熟悉得不能再熟悉被人恐惧的付丧神，脸上有一丝若有若无的弧度浮现。

"奈良，我的孩子！"说着他的眼角有光芒闪动。

又是一道血刃无情地劈下来，不过，他并没有躲避，而是硬着头皮接下，然后死抓着不放，想要以命搏命将长刀狠狠刺进奈良的身体。不过奈良将血刃化为虚无，轻易地躲过这致命一击，但是脖子依旧有被划伤，一个吊坠不合时宜地掉了出来，掉在了花木道一的身边，沾上了花木道一的一滴鲜血。

花木道一刚才已经花掉了大部分气力，只要再一击，自己必死无疑。可是在这个时候，他像是受到什么召唤一样看着吊坠，眼里尽是温柔之色。

发狂的奈良终于冲了过来，一把深红长刀直击花木道一要害，眼中尽

第二十一章 阴墓蛇窟，人血封墓

是疯狂之色。花木道一看着离自己越来越近的奈良，嘴角带起了微微弧度，然后闭上了双眼。吊坠在此时不合时宜地发出了光芒，瞬间吞没了他们两人。

祸津神从此消失匿迹，天下再次太平，只听说，多了一个特别喜欢帮人做事的神，自称野良神。

第二十二章　森林妖怪，山间鸣屋

(1)

流川的故事讲完了，我们三个老处男的用处，总算得到了体现，就是让流川用我们的纯阳之血来封墓。封墓结束之后，流川和司徒天二人开始捡起地上的铁铲子填坟，做完最后这一步我们的驮尸任务彻底完成。他们俩填坟的速度很快，仅仅用了10多分钟就把水月花子的坟填完了，这会正躺在地上喘着粗气休息。

我从登山包里拿出两瓶水，分别丢给他们俩，并问道："什么时候回去？"

司徒天反倒不着急，他喝了一口矿泉水说："不忙，流川讲个故事来听听。"

流川想了很久，才挠着头发说："好吧，我讲个鸣屋好了。"

旧时的日本并没有想象中那么祥和与宁静，四处征战不休，唯一能够躲避人类灾祸的地方，莫过于森林深处。待到和平时期，战怠的人们才发现林中别有洞天，少部分人选择了入驻其中。森林妖怪的传说也正于那时开始，其中关于鸣屋的臆想最为流行。

鸣屋，顾名思义，就是会发出奇怪声响的房子，更确切点是老房子。一些常年没有人居住的老房子，经常会莫名发出奇怪的声响，将短程的旅客吓走，那些声音更像是有人拿着器具在四处敲打房子。给人有种房子就要坍塌

第二十二章 森林妖怪，山间鸣屋

的错觉，而且多半是深夜，很容易将其与吃人鬼怪联系在一起，让人不寒而栗。

毫无例外，多数人在这种情况下都会选择逃离，再也不敢靠近。

平安时期，有那么一个人，生性胆大，敢与任何牛鬼蛇神交锋，要是遇上什么神秘谣言，他一定会去追根问底，很巧的，他即将挑战这个叫作鸣屋的地方。

是日，阳光明媚，所有人都选择在这宜人的天气里，将自己闲置于阳光之下。名人做骑射，商人摆货摊，老人聚一堂，小孩四奔漾，武士炫名耀。所有人都做着自己可以做到的美好的事情，他们称之为生活，确为惬意。

不过，就有那么一个人，不隶属于任何一个角色，穿着名人服饰，住着平人破房，搅扰老人聚堂，辱没孩提向往，竟与下级武士争高低！他与这里的一切显得格格不入，谁也无法想象，到底潦倒到怎样的地步，才能达到他这种地步。

"哎哟，这不是安野名人吗？你找到鼬了吗？"那边一群下级武士正在树下闲聊，其中一人见到他高声喧嚣着。

"小子，河童不会把你吓傻了吧？怎么不说话呢？"又是一阵嘲讽。

他见到他们，就像是老鼠见着猫，对于从小不认真习武的自己，在这种情况下只有逃离。

"你给我站住！我们话还没说完呢！名人大人！"

"别跑，你给我站住！"

他其他什么的都只能算作是儿戏，但是他身手敏捷这一点倒是不假，就凭他轻易地将这群黏人的武士给甩掉，你就可以看出他为什么可以跑这么快。

此人名叫安野三四郎，出生于名人世家，打小有着捉妖的奇怪念想。虽然荒唐无比，但是凭着家大业大，家人也任由他胡闹，以为这只是孩提时的玩乐，并没有放在心上。直至在一次祭祀典礼之上，他居然以捉妖之名在祭典上大肆喧闹，搅得祭典一塌糊涂，让整个家族颜面扫地。

之后问罪还不知悔改，一再审判之下，将其逐出家门。这也是整个安野世家因为如此奇怪的理由将人驱逐的首例。主要是因为三四郎打小迷恋怪谈妖怪，加上家族的支持，只会什么捉妖之术！家里的名人教育居然被他直接荒废，不会骑马射箭，不会纲常礼仪。除开出生在名人世家的身份，在这个时代，他就是一个三流，连二流都算不上！

所以他受尽了家人的嘲讽，与外界的排斥。所有人都不相信他，但是这些嘲讽与排斥并没有降低他对妖异怪谈的兴趣，他觉得是时候证明自己了，他一定要将那些藏在深处的妖怪公布于世，让所有人都知道，自己没有失常，只有自己才是对的！只有这样才能给那些嘲笑自己的人当头棒喝。

但是回想了一下事实，又耷拉下了脑袋。自己已经不知道说过这样的话多少遍了，那些妖怪就像是从人间蒸发了一般，任凭自己如何努力，都不能抓到丝毫痕迹。

就这样，时光一天天流逝，安野三四郎也开始怀疑自己最开始的坚持，也早就忘记了自己原有的面貌，如今生活得如此狼狈。还记得家人说过，自己哪天想清楚不再胡言乱语，承认自己不再相信怪谈，不再追逐妖怪，不再乱作捉鬼之术。那么家门自然就会对自己打开，生活自然就会好转，人生依然会如鲜花般绽放。

如今他又开始想念自己的家，这个鬼地方哪里是人住的，就连牲畜也怕是住不下去吧，三四郎如是想到。还是回去吧，只需要认个错，不再捣鼓这些弃我而去的鬼话，那么我就解放了。就连怪谈鬼话居然都开始嫌弃我了！真是不像话，那我为什么还要相信你们呢，他不禁自我嘲讽。

对，自己必须回去，没有鬼怪出现的信念，简直如同没有落叶的秋天，何必再苦苦坚持这些毫无用处的念头。他现在就像是一条丧家之犬，只能四处求生，就连自己的尊严也可以放弃掉。

凭什么！自己遭罪的日子里，家里面的人一次都没有来见过自己，现在回去，岂不真如他们所言，就是个废物？回去之后，还不是颜面扫地，不能做人？不行不行，不能就这么回去。

第二十二章 森林妖怪，山间鸣屋

不行了，自己一定要回去了，我再也忍受不了这样的日子了，这里宛如人间地狱！ 这房子冬冷夏热，雨天漏水，雪天就只能像乞丐一样躲在别人家厨房，我就像是一个小偷，就像是毫无信念的行尸走肉。 好吧，我觉得快了，就快了，他们一定会有人来看我的，哪怕只是看我一眼也好，我不再奢求其他的了，只要有人来，我就和他一起回去，一起逃离这个鬼地方。 是的，就这么办了，至少我回去，不会再遭受这份罪。 我要回去！

三四郎每日无事就静蹲在门口守望，就像是古稀老人等待着死亡一样，等待着重生。 显然，这只是徒劳，就在这一刻，他彻底崩溃。 不行了！ 我要回去，哪怕被人嫌弃也好，被人嘲笑也好，我一定要回去了，只是不再去管什么鬼怪，不要去捣鼓奇怪的东西，像他们一样，做个正常人就好。 对，就这样，反正那些我所坚守的，现在都已经离我而去，我所相信的也已经背弃了我，那我何必要再死死纠缠，和这些并不存在的虚妄的东西纠缠不休呢，是的，我就算是死，也要回去。

于是，安野三四郎踏上了漫漫的回家之路。

一路上，没有人认识他，所有人都在做着自己分内的事情，过着每日的家常生活。 不知道为什么，三四郎心中却有着丝丝的情绪波动，他既高兴，又觉得担忧，他高兴的是，现在没有人再有事无事嘲笑自己；担忧的是，家人是否还承认自己，让自己能够回到家里，过上自己幸福的生活，美味佳肴，山珍海味，还有整洁如新的衣服。 一切都是那么的美妙无比。

回家的路显然很是漫长，他还真想知道自己到底被驱逐了多远，不知道这是不是家人没有来看望自己的原因呢？ 他如是想着，脸上突然露出了久违的笑容。

他凭着记忆，花了一天的时间来到一个小村庄，只要再越过这个小村庄，自己就可以回去了，如是想着，不禁加快了步伐。

"你听说了吗？ 在这山里有妖怪。"

"哦？ 此话怎讲？"

在村口处，有两个老人在窃窃私语。

只见一个老人左右遥望了一下，然后对着另一个人小声说道："听说这山里有个空房子，夜半三更的时候就会发出奇怪的响声，听说像是有人在拿锤子敲打的声音。"

"骗人的吧，这你怎么会知道呢？"另外一人带着惊讶的眼神质疑道。

"你还真别说，村里面就有人去过，是他亲口说的。"

"不会吧？我怎么就不知道呢。"

"那是村长不想让更多人知道，也就没有张扬出去，这不是怕引起大家的恐慌嘛。"

"原来如此。"

"你猜那个人怎么了？"这个老人一脸古怪地说道。

"怎么着？"

"那个人的耳朵被妖怪咬掉了！听说还疯掉了呢！"

这些话刚好被三四郎听在了耳中，不禁狠狠吞了一口唾沫。那两个老人此时也发现了三四郎的存在，也就没有再说话，而是一脸惊恐地向着村里跑去。原来三四郎常年一个人生活，原先崭新的衣服也已经不知道什么时候划出了大大小小的洞，加上连夜赶路，风尘仆仆，不仔细看的话，活像一个怪物！

三四郎刚想叫住他们，再看了一眼自己，也就释然了，想必自己见到了也会有同样的做法吧，现在自己真的就像是一个妖怪。

(2)

不过转念一想，这山里真的有妖怪吗？这倒稀奇，任自己以前怎么寻找，就是不能够找到妖怪的半丝痕迹，如今自己不想找的时候，他却突然出现了！难道这只是巧合？说不定还真有机会被我给找到！

但是转瞬便是被自己给否决了，自己等了那么久，找了那么久，假消息也不是没有。这么多年了，即便现在这个妖怪是真的，自己也不会再去寻找了。三四郎只有一个念头，那便是回家，没有尊严也要回家！蒙着头便是

第二十二章　森林妖怪，山间鸣屋

继续向着自己的理想之地前进。

　　天色渐黑，山林中的蛇虫鼠蚁都出来开始觅食，山禽走兽也屡见不鲜，一个奇怪的生物缓慢地开始前行，于这里的环境格格不入。

　　一个踉跄，那个奇怪的生物直接摔倒在地，它缓慢地站立起来之后，才发现居然是三四郎，他最终还是没有经受住妖怪的诱惑，来到了山里。

　　他已经很努力地想要回到家中，但是挣扎之下，他终于明白，妖怪对他的吸引力远远超过了回家对他的诱惑。他非常想要知道，到底是什么妖怪，会做这样的事情。他从小热爱这些怪谈，也并不是一直一无所获，他凭着自己的喜好，将别人口中的怪物分门别类做成了一本书，并且注上了名字。他发现所有妖怪的成因都是因为人，并且按照道德常理做着报复之事，所以，在他的眼里，所有的妖怪都是可以被理解的，这也是他的兴趣所在。

　　经过大半夜的寻找，三四郎居然真的找到了一间古老的房子。房屋之宏大，几乎可以比拟名人的住所，在一瞬间，三四郎爱上了这个地方，就像是有着什么在吸引着他一般。

　　他发现，房屋里面居然还有着灯光明熠，这房子里面有人？他想现在自己已经走到了这里，不进去看看似乎有些说不通，恐怕也说服不了自己。但是自己现在的样子，不会将这家人给吓到吧？这真的是鸣屋之家吗？他根据村口两人的谈话，私自将自己即将找到的鬼屋命名为鸣屋。就在他犹豫之际，天色突变，狂风忽至，居然还伴随着闪电!

　　在这荒郊野岭，自己还要独自在外的话，无疑是自寻死路。三四郎也就不再考虑，使劲敲了敲门，门就在这一刻开了!三四郎想都不想便走了进去。他已经想好了如何向这家人问好，可出乎他意料的是，房间内一个人都没有。空荡荡的，只有雷电声不断回响，房间内也并没有自己所见的灯光，只有借助于雷电的闪耀才能一睹房内的全貌。

　　这确实是一间破旧的老房子，狂风依旧，吹得房子四处吱吱作响，这不会就是他们口中奇怪的声音吧？真是大惊小怪。也没有他们说的那么可怕。但是，那个被咬掉的耳朵是怎么回事？想到这里，三四郎木讷地转过

头看着已经关上的大门，这门是什么时候关上的？ 如果没有人，那又是谁开的呢？ 想到这一切，三四郎突然兴奋起来，一定是鸣屋无疑了！

三四郎如是想着，突然笑了起来，笑得那么扭曲，那么令人发寒。

他并没有退却，反而是非常兴奋地找遍了这个屋子的各个角落，厨房、衣柜、浴池，可是一无所获。 但是他发现了有可以穿的新衣服，厨房也有吃的东西，浴池居然还是热水！ 这里比起自己那个简陋的破房子显然有过之而无不及。

就这样，他把这里当成了自己的家，吃穿住用，这里几乎什么都有，他已经爱上这里无法自拔，但是一直没有见到所谓的鸣屋现象着实令他有些失望，他是多么想要见到所谓的妖怪，哪怕只是一眼就好。

时间一点点过去，直到有一天。 有三个人来到了房子的外面，一个男人，一个女人，还有一个小孩，他们轻车熟路地打开了门，很显然是这个屋子的主人。 在他们进门的那一刻起，三四郎便发现了他们的踪迹，原本以为只是迷路的人，但是见他们进门的样子，显然对这个房子的构造了如指掌。

这房子的主人，是他们？

"羽恬，这是怎么了？"那个女人显得很惊讶，他们只是出去了一趟，没想到家里边变成了这样。

那个被称作羽恬的人随手抽起一根木棒，"不要慌，想必是出了贼，你们在这里等我。"

羽恬拿着棒子，走过厨房、浴池，走过一切可能藏人的地方。

"没事了，那个贼只是偷了一些吃的东西，想必也是个穷苦的浪人，如今怕是走了吧。"

一家人回来之后，很是勤奋地打扫着房间的各个角落。 但是女人的直觉让这个女主人觉得暗中总有人在观察着自己，让她心里发寒，说给羽恬听，他也说她疑心太重。 随时间推移，这样的感觉越发强烈。

一天夜晚，房间的女主人听到厨房传来窸窣的声响，本想叫羽恬前去寻探，但雨天因为太劳累，他说只是老鼠，并没有在意。 但是强烈的好奇心让

第二十二章 森林妖怪，山间鸣屋

女主人一个人来到了厨房。

来到厨房，那阵窸窣之声更加清晰，女主人缓慢地向前行进着，虽然有些害怕，但是想了一下这是自己的房屋，也就强硬着头皮继续行进。就在她快要看清的时候，一阵寒风袭来，将蜡烛给吹灭，吓得女主人踉跄摔倒在地，惊吓之余回过头不敢看过去，生怕出现什么奇怪的东西。忽然间听到一阵老鼠的吱吱声，定睛一看，一只黑影急掠而去。女主人方才舒了一口气，原来真是老鼠。

与此同时，她听到一阵奇怪的声响，仔细一听，是一阵阵锤子敲打木梁的声音，声源地来自羽恬那个地方，想必是羽恬在修东西。她心里想到，还说不陪我来厨房，自己倒是有兴致修东西。

她恨恨地前去，想要讨个说法。就在她回来的那一刻，她发现羽恬依旧躺在床上，而声音依旧在继续，而且是在房梁上！

她非常害怕，赶紧将羽恬摇醒。羽恬无奈地起身，女主人看见羽恬之后，当场吓死！羽恬不知所以，对着镜子一看，险些晕倒过去。因为他发现自己的耳朵不见了！而且还在流着鲜血。此时，他的儿子走了出来，一直念叨着："鸣屋，鸣屋。"可就像是中了邪一样，怎么摇，都摇不醒。

羽恬此时才注意，有人在用锤子敲打着自己的房屋，他非常愤怒，想必敲房子的人，一定就是罪魁祸首！然后拿着木棒便是冲了出去。

当他醒过来的时候，自己已经到了一个小村庄。只不过，只记得自己老婆孩子的最后状况。

当村长问起他发生了什么的时候，他只木讷地说了两个字"鸣屋"。

第二十三章　黑巨蟒，负重伤

(1)

流川讲完了，本该轮到司徒天讲，结果不好的事还是发生了。

"等一下！你们看那是什么？"流川抬手指着一群在山顶快速移动的东西。

我跟流川顺着司徒天指的方向看过去，虽然天色有点暗，但在月光的照耀下，还是能看清东西。那群东西以极快的速度在移动，然后分散到四面八方，像一群夜行者。

司徒天视力比较好，他惊呼了一声："快下山！山上的东西是蛇群！"

我是比较怕蛇的人，二话不说准备拔腿就跑，明显我低估了蛇群前进的速度，转眼间我们就让许多小蛇给包围了。奇怪的是那些小蛇没有发动攻击，仅仅是挡住了我们的去路。

接着一条超级巨蟒从山顶往下急速狂奔而来，巨蟒转瞬之间便来到我们的不远处，它仿佛能通人性，它昂起蛇头大声吼叫，叫声响彻群山，蛇尾不断打向陡峭的山壁，山壁在它的撞击下裂开，惊醒了躲在山中的鸟群，巨蟒的蛇头突然转了过来，向我们发动攻击。

巨蟒的尾巴直接打到了流川，流川倒飞出去，我们知道这次只能逃了。

我立马小跑过去把昏倒在地上的流川背起来，回头冲司徒天大喊："快跑！"

然后，我背着流川往回狂奔，司徒天也跟了上来，边跑边骂："流川！

第二十三章 黑巨蟒，负重伤

你给我听着！ 你不能死！"

我们走的是下山的那种小路，巨蟒暂时还追不上来，跑着跑着到最后，完全摆脱了巨蟒。

流川在我的背上，他的呼吸越来越弱，我明白这样下去会很危险，又加快了奔跑的速度。 可以说是使出了吃奶的劲儿，为了不让流川昏迷过去，司徒天这家伙临时想了个跟日本围棋有关的故事，正在边跑边讲。

故事发生在日本的庆长八年，德川幕府在江户建立，结束了战火纷飞、民不聊生的战国时代。 可属于那个时代的恩怨，却还未停息。

六月的天，总是灰蒙蒙的，阴沉的乌云聚集在京都的上空，昭示着即将降暴雨。 在石原府上，满目白色的物件，行人心情沉重，大堂烟雾袅袅，哭声覆盖了整座府。

灵柩旁跪着一名约莫15岁的少女，面色憔悴，发丝蓬乱，眼睛微微湿润，像是刚哭过。 她一动不动地跪在那里，双眼无光似空洞一般，悲伤非常。

几乎每一个出席仪式的人，都是朝廷官员，他们身着上好布料的黑色丧服，烧香跪拜之后，神情肃穆地走到垂首不语的少女面前，道一句"节哀"。 有些与石原大人生前交情尚好的官员，会派人协助管家，风光下葬石原大人。

葬礼之后，石原桑子一夜之间，从活泼少女变成了寡言的女子。 父母的离去，让她深感自己像个孤儿一样，不知何去何从。 这一日天色微明，她躺在榻上看着天花板，神情呆滞，双眼疲惫，头脑却清醒。 她夜夜失眠，时常睡三个小时，便会醒来，再无睡意。

今日天气明媚，她轻轻推开书房的门，数日过去，桌上依旧一尘不染，但所有的物品都不曾移动过，一笔一书皆在原位。 她坐在榻上，轻抚桌面，忽然，身旁仿佛出现了父亲的身影，他坐在榻上翻阅书籍，或提笔写字，时而眉头紧皱，时而陷入沉思。

夕阳余晖洒在他身上，一阵清风从窗外吹来，卷起纸张，也吹起了他的胡须。

"爹爹，爹爹，该用晚膳了。"一个10岁的小女孩闯进来，稚嫩的小脸绽放着笑容，双手摇晃石原老爷的手臂撒娇道。

石原老爷宠溺地摸摸她的头，笑道："你这丫头，可是饿了？"

女孩指着纸张，点头道："嗯，爹爹，您这是在画什么呢？"

石原老爷静静地看着她，眼中流露出不舍之色："画长大后的你。爹爹老了，怕看不到你长成大美人的样子了。"

女孩猛地摇头："爹爹胡说！您肯定会活很久很久，会看我嫁作他人的妻母，对不对？"

石原大人的目光望向窗外，山的那一头，夕阳即将消失，他也不得不感叹，岁月催人老。若要说有什么遗憾，便是女儿尚幼，自己已踏上一条不归路。明日会发生什么，他也无法得知，只能尽力保全女儿。

即便如此，他还是认真地点了点头，安抚她不安的心灵。

渐渐地，身旁的父亲像幻影一般透明，石原桑子错愕地凝望，眼中闪过不舍和难过之色。直到父亲在白光中完全消失，她也没发出声音，嗓子却早已被什么东西堵住般难受，脸上亦是两行清泪。

她渐渐起身，却见木桌上原本合着的书籍，此刻已翻开了几页。难道父亲刚刚真的来过？她思忖着，闻得门外响起一道熟悉的声音：

"大人，我家老爷到底是如何离世的？尸检说是自缢，但老爷胸口出血，明显是被人所杀啊，更何况他最看不得小姐哭了。"

"管家，还请节哀顺变。我只能告诉你，这是一个江湖人士所为，其他的，我们也不得而知。"

老者轻轻叹了口气，正要拂袖离去，房门却"嘎吱"一声，两个老者惊讶地看向石原桑子。

"工藤伯伯，您可以告诉我那人的名字吗？"桑子低声道。

"桑子，你知道的越少越好啊，至少我可以保证，你们不会有危险。"工

第二十三章 黑巨蟒，负重伤

藤老先生欲言又止。

"多谢伯伯，您有心了。"桑子也不强求。只是顺着老先生的意思，与管家伫立在府外，目送他乘车离去。

几日后，深夜的京都格外静谧，街巷只有几盏古旧的红灯，微弱的月光透过云层射在大地上，石原府的书房还亮着一盏落地宫灯。

桑子跪在榻上用毛笔写字，身上穿的却仍是白日的衣裳，脸上亦未卸妆，像是在等人。一盏茶的时刻，纸窗上映出一道黑影，却没有听到任何脚步声，那人已经敲响了门。

一个身姿挺拔的男子走进来，揭下面上的黑布，向桑子行了一礼，恭谨道："桑子小姐，我已经查到了。"

正在写字的人闻言一愣，放下手中的毛笔，在灯光下，纸张上大写的"等"字显得十分有重量。蒙面男子走上前几步，将一封信交到她手中，随后立即退了出去。

次日，石原桑子背上行囊，向管家交代一些事项后，便独自踏上了散心的旅途。这一走，便去江户居住了五年。

阳春三月，元宵之夜，大街小巷张灯结彩，人们赏花灯，猜谜语，清晨吃小豆粥，夜晚吃红豆草饼。

傍晚，热闹的街头，行人皆是笑脸，头顶横挂五彩缤纷的花灯，灯上的图案画得栩栩如生，或一些大写的"寿""春"等字。

在一个挂满花灯的摊前，石原桑子挤在人群中，与身旁的男子抢猜灯谜，起初她兴致勃勃，一连答对五个，而今却有些怒火中烧。

那男子风度翩翩，相貌英俊，笑着念出灯谜："一轮明月照窗前，四字日常用语。"

身旁观战的人越来越多，桑子更是不甘示弱，沉思片刻，忽然眼中一亮，大声喊道："临幸舍下。"

摊主咧嘴一笑："姑娘真聪明，下一题获奖面，两字日常用语。"

桑子得意洋洋地看向那男子，两字可不容易，这下总算可以灭灭他的威

风。可那男子心思灵动，只是淡淡一笑："还请姑娘赏脸前来小舍。"

桑子轻哼一声，眼看着摊主将一个凹进去一小块的瓶子递给那男子，不甘心地问道："你是何人？为何要与我争一个不起眼的瓮？又不值钱！"

男子温言道："在下名唤吉泽淳一。敢问姑娘，为何拼命要赢？"

桑子脸色微微难看，只一瞬间又恢复了笑容，道："我是真心喜欢，否则谁会去费心得到呢？"

"说的也是。在下为了与姑娘结友，想将它送给你，才费心赢的。"说着，吉泽淳一将瓮递给她。

桑子眉头皱起，顿时内心有千万匹马奔腾而过，极力吞回了嘴边的话，只是喃喃道："怪人！"

就在此刻，道路中间忽现一条巨长的龙，龙体下的男子挥着棍子，前方引导方向的舞狮团手舞足蹈，站在两旁的行人兴奋地鼓掌，一下子热闹起来。

石原桑子饶有兴趣地观看，吉泽淳一紧跟其后，在她耳旁低语："桑子姑娘，刚刚你可答应了，要前去在下的府上。明日午时，我就派人去接你。"

"那只是游戏罢了，公子何必认真。"石原桑子干笑一声，脸上似乎写着"别自作多情"五个大字，心想他是聪明人，应该不会再为难自己。

可吉泽淳一偏偏在此刻装傻，笑道："桑子姑娘，出尔反尔可不是君子所为，就这么说好了，明日见。今夜就让仁叔送你回去吧？"

石原桑子斩钉截铁地拒绝："多谢吉泽公子的好意，我心领了，不劳烦你们了。不过，我可不是君子。"

吉泽淳一略有所思地点点头，与她道别之后，坐在马车上揭开车帘，吩咐道："仁叔，派人护送桑子姑娘，不要让她发现即可。"

翌日，桑子一早醒来想到吉泽淳一的邀请，思虑了好半天，方才决定着一身碎花和服，略施粉黛，却更衬托她清新脱俗的气质。午时一到，大门外响起"咚咚"的敲门声，仁叔已备好了马车来接她。

吉泽府邸在近郊乡下，一路都是田野、耕牛、小溪，行人稀少，适合居

第二十三章 黑巨蟒，负重伤

住。只是路途颠簸，车内摇摇晃晃，桑子扛不住困意睡着了。

一觉醒来，已是吉泽府外。

仁叔不紧不慢地领着她，往小榭走，说是在那里设宴。到了榭台近处，她已路过两个园子，不由得想，这吉泽府邸果然名不虚传，虽鲜有来客探访，却已被桑子猜对了七八分。

"桑子姑娘，快请入座，在下方才有事要办，有失远迎了。"吉泽淳一见到她来，立刻站起身，面带愧色地迎接。

"吉泽公子哪里的话，是我不打扰你才好。"石原桑子不小心看了一眼桌上巨大无比的虾蟹，顿时心花怒放，满面笑容。

淳一望向仁叔，以眼神示意，仁叔立刻击掌两下，仆从端着食案，井然有序地上酒菜。一份摆盘简单的鱼肉，一盅灵芝炖鸡汤，一壶花香四溢的桃花酿。

仆人携起酒壶，粉色的酒水倒入两盏小小的青花瓷杯，淳一主动举杯敬桑子，以示欢迎。桑子抿了一口，心中似有清凉的舒服感，对他的印象也好了许多。

午后，两人食之过多，淳一便提议在府邸闲逛片刻，慢慢地绕过两个园子。桑子从他的口中得知，吉泽府竟有三个园子，鱼池有两个，树木花草丰富，在万物复苏的春夏时节，一眼望去，满目翠绿，花朵簇拥。

(2)

阳光渐渐地躲起来，天色一片阴沉，乌云齐聚上空。两人担忧暴雨突降，忙走到一座亭子歇息，桑子刚落石凳，便见石桌上刻着横竖交错的棋盘，摆着两碗黑白棋子。

吉泽淳一转念一想，天色至此，邀桑子饮茶下棋，便可留她用晚膳，这样岂不是更好？他的嘴角扬起一抹笑，问道："桑子姑娘可会下棋？"

桑子点头一笑："小时候家父教我下棋，但不得要领，常常输。过了这么久，恐怕都有些忘了。"

淳一嘴角的笑意更浓："姑娘聪慧，就别再谦虚了，与我下一盘吧？"

言罢，他两根修长的手指夹住黑子，先走一步，桑子应邀，用白子也走了一步。忽然，大雨哗啦啦下起来，一串串雨珠沿着亭顶的瓦片顺流而下，亭内的人身心皆在棋盘，思忖着下一步该如何走。

桑子果然忘了不少，频频走错，到最后无路可走，满盘皆输。她却信心不减，到了下一盘，就开始请教对手，是否可以这样走。若淳一说能走，她便问原因，以此来学习。

她是聪慧的女子，即便输了，也不放弃，在挫败中吸取经验。淳一偷偷地露出赞赏的眼神，故意走错几步，让她赢得自然。

果真，她一高兴，不顾女子的矜持，拉着他下了好几盘棋。待大雨停歇，空中亮出一道七色彩虹，管家前来告知现下可以用晚膳了，她方知自己头一次在友人家中待了这么长的时间。

"桑子姑娘，我们先去用晚膳吧？今夜的牛肉可是神户川的，味道极好，平日里难得。"吉泽淳一做了个"请"的手势。

一闻得神户川的牛肉，桑子嘴边的拒绝就被咽了回去，他仿佛是她肚里的蛔虫，竟知她爱吃的美食。她不好意思地笑道："多谢吉泽公子的招待，那我可就不客气了。"

雨后的空气沁人心脾，一轮淡黄色的月亮悬挂在半空，阁楼上的露台除了花，再无其他，落座于此饮酒吃肉，又闻得一阵阵花香飘来，真可谓人生中一大乐趣。桑子如此享受着，她平日喜爱喝花酿，眼前一杯淡黄色的酒水，正好俘虏了她的芳心。

可惜，即便是这样花好月圆的夜里，她也不能贪杯，否则就会坏事。淳一却不罢休，与她谈天论地，又道她太过消瘦，便一味地搛菜到她碗里，劝她多吃。

桑子抬眼悄悄地打量他，正值青年才俊，家财万贯，定是从来不乏女人投怀送抱，却迟迟不娶妻生子。

淳一转过脸，迎上她的目光，他像是洞穿了她的疑惑，笑道："我知道你

第二十三章 黑巨蟒，负重伤

在想什么，成亲是人生中头等大事，不容马虎，要与所爱之人在一起，两情相悦才能长久。"

他顿了顿，继而说道："我所爱之人便是你，从见到你的那一刻起，就已被你所吸引，人群中唯有你最耀眼。"

桑子闻言微微一愣，淡淡道："我不过是一粒尘埃，何来耀眼之说？吉泽公子，我……"

"唔——"她瞪大眼睛，唇片上落下一枚清凉的吻。她在他的怀中挣扎，却被他蛮力拥住，不允许她拒绝。而闭上双眼的吉泽淳一并未发现，怀中的人背后生出了一双金色的蝉翼。

一年之后，石原桑子怀有八个月身孕。滂沱大雨的深夜，电闪雷鸣。吉泽淳一从外应酬回到府上，醉醺醺地推开了门，一躺在床上就再也不愿动弹。

桑子见他如此不爱惜自己的身体，心中有些失望，催促他沐浴更衣，他也不愿去。顿时动起肝火，强行拉他起身，可男人力大如牛，他的手一甩，身子不便的桑子吃痛一声，摔倒在地。

吉泽淳一闻声，立刻清醒不少，下意识要去扶她，却见她的背部开始浮现一片金灿灿的蝉翼，忽隐忽现，很是惊奇。他揉了揉眼，诧异地看着自己的妻子，不断地问："桑子，你、你怎么会这样？"

桑子手托着腹部，冷汗浸湿了她前额的发丝，脸上流露出痛苦的表情，怒视着他："难道你不知道吗？我寻了你五年，期间我受尽折磨，变成了妖精，这都拜你所赐！"

原来她年少离家，心中滋生恨意，而她不再留恋这个残酷的世间，跳河未遂，被河底的妖怪吸了阳气，并闻出了身上有股奇怪的气味，说她似人非人，古怪非常。

经过几番周折，在一个修行甚深的阁主那里，她找到了答案。

"我生来就是金蝉。父亲的遗体，胸口明显是被利器所伤，而且血肉中有一颗黑子，后来经过调查，得知那人竟是你。但当时我势单力薄，心中充

满了对你的恨意，经过跳河之后，这副皮囊才得以彰显。"谁知，谁知。"她再也说不下去，那双金色的蝉翼"扑扑"地扇动着，眼中却蓄满了泪水。

"谁知你爱上了杀父仇人，还怀上了他的孩子，开始犹豫不决，想忘掉这一切的恩恩怨怨，身世却摆脱不掉，时刻提醒着你。对吗？"他淡淡地看她一眼，像是在论述与自己无关的事情。

大雨一直在下，她羞愧地低头，视线落在他被雨水打湿的衣摆上。原来大雨下进了她的心中，时刻提醒着过去的残酷无情，她无法拥有未来的幸福。

就在此时，她的腹痛一阵又一阵的传来，难受无比。产婆冒雨前来，仆人将她抬到床上，吉泽淳一被赶到门外，焦灼地等待。

房里传出一声又一声嘶叫，一炷香的时辰过去，新生儿的哭声响起，门外的人露出了惊喜的笑容。产婆出来了，却摇摇头道："夫人保不住了。"

吉泽淳一心头一惊，几个箭步走到床边，哽咽道："桑子，你坚持一下，别睡，千万别睡。"

淳一继而说道："当时你还小，不知你父亲为了权力，做了多少草菅人命的事，在他策划的一桩案子里，我无辜的父母也被他杀害了。可我是真的爱你的，从来都没有查过你的身世。"

"淳一，别说了，这都是一报还一报吧。记得，替我照顾好孩子。"桑子面色苍白，双目望向襁褓中的婴儿，只浅浅一笑，眼角流出泪水。

忽然，婴儿似有感应一般，哭声越来越大，无论奶娘如何哄她，也不罢休。雨，悄然停止，恩怨也在这一个雨夜结束了。

尾　声

　　幸好直到故事讲完，流川还有知觉，我们在路上以自杀式拦车法，拦下一辆小车，司机大叔人比较好，看人命关天，马上飙车赶往附近的医院。到最后大叔都没收钱，静悄悄地开车离开了。

　　我背着流川在医院疯狂乱吼，很快有医生和护士出来，把流川放到床位上，推进了手术室。我让司徒天去交钱并通知黑木老头，随后我就在流川的手术室外傻等，看着那红色的手术灯，心里很不是滋味儿。手术大概进行了一个小时，流川被推出来，转移到了重症监护室。

　　医生安置好昏迷的流川之后，司徒天也缴费完毕，跑过来跟我会合。

　　而医生告诉我们流川可能变成植物人，因为他的脑袋受到了剧烈震荡。这个消息好比晴天霹雳，我站在重症监护室外久久缓不过神，透过面前的透明玻璃，看着沉睡在床上的流川，从包里取出一盒香烟和一个银白色打火机，本想吸一根，可转念一想这是医院，便把烟叼在嘴里问道："司徒，你说流川会醒过来吗？"

　　司徒天不知如何回答，想了足足1分多钟才道："不知道，各自参半吧，医生说醒过来估计变成植物人，我希望他可以平安苏醒，但我不想他记起我们俩，就像医生之前说的那样，有些事情能够永远忘记，未尝不是一件坏事。"

　　"确实，流川能醒来最好，如果不是因为我们俩，他根本不会受伤！"对于司徒天的话，我也表示认同，点头继续道："司徒，通过这次的事，我打算

回国找学校申请休学，或者取消来日本留学。"

司徒天沉思片刻，舔了几下嘴唇说："行，回头找学校申请取消日本留学。"

黑木也赶了过来，他看着我跟司徒天，淡淡地说："你们走吧，这儿有我。"

就这样，我跟司徒天离开了医院，中途有来看过流川几次，但他都没有醒过来的迹象。随后，我们俩和国内的学校经过一番沟通，打算申请暂时休学，而学校要求在一周内必须回国。

我和司徒天在日本的时间不多了，在确定回国的日子后，我们俩每天都会抽时间来医院看望流川，希望他能突然醒过来，像原来那样面带坏笑和我们开着玩笑。

然而，黑木几乎是全天守候在流川身旁，我明白他很喜爱流川这个徒弟，跟对待自己的亲生儿子一样。我帮忙打来了一盆热水，司徒天买了一条新的毛巾，黑木把毛巾打湿后，开始替流川擦拭身体，每一下都那么缓慢和轻柔，深怕用力过头伤到了他。

时间转眼匆匆过，回国之期已到，我跟司徒天收拾好自己的东西，不打算跟任何人告别，直接悄悄离开。司徒天已经提早让罗叔在学校门口等着，等会送我们去机场。

我们俩收拾完毕，临走前我提议去看看流川，打电话给黑木老头，在电话中却让他拒绝了，他一直认定流川变成植物人是我和司徒天所致。就这样带着遗憾，带上行李来到校园门口，上车赶往机场。

我坐在车里看着川流不息的人群和车辆，顿时百感交集，我回头对看着窗外的司徒天说："司徒，反正我们提交了休学申请，到时把在日本留学的经历写成手记如何？"

司徒天转过脸笑道："你确定要写下来？发到网上连载？"

我点了点头说："当然，我连名字都想好了，叫《我在东京驮尸的日子》。"

尾声

  我说完之后，司徒天没有说话了，因为不是上班高峰期，高速路上不拥堵，就这样在寂静中我们来到机场。罗叔送完我们之后，便驾车离开。我们俩拖着各自的行李开始到航班柜台取票，然后过安检，把行李进行托运，进入候机室等机场广播通知登机。

  我找了个位置坐好，握着飞机票想起了流川，问身旁的司徒天："流川会醒？"

  司徒天想了足足1分钟才说："会，有句话说的好，好人不长命，祸害遗千年。"

  希望流川真的像司徒天所言，能够祸害千年吧，机场广播传来登机的通知，我和司徒天拿着机票找到登机口，搭上回国的飞机。成功上飞机后，我们找到了自己的位置，刚好买的是邻座票，司徒天坐在外面，我则靠窗户那边。

  我上飞机后第一时间，就是系好安全带，找空姐点了一杯牛奶，喝完牛奶之后，我靠在位置上渐渐合上了双眼。在梦中我梦到了流川，他居然苏醒了过来，而且恢复了记忆，然后独自一人到中国旅行，还想办法跟我和司徒天联系上了，我们约在大学外面涮火锅。驭尸三人组在中国再次重聚，聊起之前在东京接驭尸任务的时光。

  时间转眼即逝，我跟司徒天已经回国三个月了，中途我还说了自己的梦，司徒天说我是日有所思，夜有所梦。因为休学的关系，我闲着无聊就在网上写起了故事来。而题目确实叫《我在东京驭尸的日子》里面写的全都是在东京留学和驭尸的经历。

  我又像往常一样，坐在电脑前打字，司徒天在我旁边说："你说，流川醒没醒？"

  我白了他一眼停下手里的动作，笑着说："想知道？打个电话问问黑木如何？"

  司徒天连忙摇头道："不了，我怕听到坏消息，这样好歹还有个盼头。"

  回国之后，我们俩一直不敢联系日本那边的同学，深怕听到什么坏

消息。

其实，我知道这是在逃避责任，但人性不就是如此？而我在打字的时候，司徒天都会在我旁边看着，我们俩会想起发生在日本的事，直到有一天我收到了一封来自日本的信。我慢慢拆开信封，和司徒天一起看了起来，灰白色的信纸上，写满了黑色的日语，以下用中文转述。

写给我的朋友们：

我是你们的小伙伴流川，你们两个家伙回国都不通知我？真是太不够意思了。感谢你们舍命相救，等学校这边放长假时我会来中国旅行，顺便好好敲诈你们，要请我吃各种好吃的中国美食，带我多认识中国美女。

流川敬上。

后　记

　　从开笔到整个《东京怪谈》系列完全结束，中间我查阅了大量跟日本有关的资料和相关书籍。说句心里话，因为我是头一次写这样的异域怪谈故事，心里非常激动，在我看来这算是一次自我挑战了。

　　当你读到书里这些故事，我坚信你总能在其中一个故事找到你自己的影子。

　　其实，我一直不太认可一个观点。因为有人常说一个作者在写作路上要会忍受寂寞，甚至还要勇于面对失败的打击。很多人都不敢走写作这条路，因为这条路上有太多荆棘，甚至可以说是非常崎岖，而我要变成像能在沙场上浴血奋战的杀神那样，举起自己的战刀斩断面前的一切艰难险阻。

　　最终，迎来希望的曙光和胜利的果实。其实，我的写作时光并不寂寞，相反还很热血沸腾。因为身边有很多带着相同梦想的人，在跟我一起共同战斗。当然，这套《东京怪谈》系列能够成功面世，要感谢许多人。

　　首先，要感谢签下《东京怪谈》系列的上海社会科学院出版社，感谢王晨曦女士，感谢出版社编辑部的老师们，感谢我的家人帮我查阅和整理日本的相关资料，感谢钟宇先生和跟我一起奋斗的小伙伴们，以及一直为这套书付出辛劳汗水的工作人员，谢谢你们。

图书在版编目(CIP)数据

东京怪谈之驮尸人日记：全4册 / 荆十三著. —上海：上海社会科学院出版社，2016
 ISBN 978-7-5520-1453-2

Ⅰ. ①东… Ⅱ. ①荆… Ⅲ. ①长篇小说—中国—当代 Ⅳ. ①I247.5

中国版本图书馆 CIP 数据核字(2016)第 147445 号

东京怪谈之驮尸人日记 4

著　　者：荆十三
责任编辑：冯亚男
封面设计：周清华
出版发行：上海社会科学院出版社
　　　　　上海顺昌路 622 号　邮编 200025
　　　　　电话总机 021-63315900　销售热线 021-53063735
　　　　　http://www.sassp.org.cn　E-mail:sassp@sass.org.cn
排　　版：南京展望文化发展有限公司
印　　刷：上海天地海设计印刷有限公司
开　　本：710×1010 毫米　1/16 开
印　　张：13
字　　数：184 千字
版　　次：2016 年 7 月第 1 版　2018 年 3 月第 2 次印刷

ISBN 978-7-5520-1453-2/I·192　定价：119.00 元（全四册）

版权所有　翻印必究